# 中國語言文字研究輯刊

五　編

許 錟 輝 主編

第24冊

## 何萱《韻史》音韻研究（第五冊）

韓　禕 著

花木蘭文化出版社

國家圖書館出版品預行編目資料

何萓《韻史》音韻研究（第五冊）／韓禕 著 — 初版 — 新北市：
花木蘭文化出版社，2013〔民 102〕
目 8+286 面；21×29.7 公分
（中國語言文字研究輯刊　五編；第 24 冊）
ISBN：978-986-322-530-0（精裝）
1. 古音　1. 聲韻學
802.08　　102017939

ISBN-978-986-322-530-0
9789863225300

中國語言文字研究輯刊
五　編　　第二四冊　　ISBN：978-986-322-530-0

# 何萓《韻史》音韻研究（第五冊）

作　　者　韓　禕
主　　編　許錟輝
總 編 輯　杜潔祥
出　　版　花木蘭文化出版社
發 行 所　花木蘭文化出版社
發 行 人　高小娟
聯絡地址　235 新北市中和區中安街七二號十三樓
　　　　　電話：02-2923-1455／傳眞：02-2923-1452
網　　址　http://www.huamulan.tw 信箱 sut81518@gmil.com
印　　刷　普羅文化出版廣告事業
初　　版　2013 年 9 月
定　　價　五編 35 冊（精裝）新台幣 58,000 元

# 何萱《韻史》音韻研究（第五冊）

韓禕　著

# 目次

## 表目次

## 第十四部正編

| 韻字編號 | 部序 | 組數 | 字數 | 韻字及何氏反切 | | | 韻字何氏音 | | | | 何萱注釋 | 備注 | 韻字中古音 | | 上字中古音 | | 下字中古音 | |
|---|---|---|---|---|---|---|---|---|---|---|---|---|---|---|---|---|---|---|
| | | | | 韻字 | 上字 | 下字 | 聲 | 調 | 呼 | 韻部 | | | 聲調呼韻攝等 | 反切 | 聲呼等 | 反切 | 聲調呼韻攝等 | 反切 |
| 17377 | 14 正 | 1 | 1 | 干 | 改 | 丹 | 見 | 陰平 | 開 | 五二干 | | | 見平開寒山一 | 古寒 | 見開 1 | 古亥 | 端平開寒山一 | 都寒 |
| 17378 | 14 正 | | 2 | 迀 | 改 | 丹 | 見 | 陰平 | 開 | 五二干 | | | 見平開寒山一 | 古寒 | 見開 1 | 古亥 | 端平開寒山一 | 都寒 |
| 17379 | 14 正 | | 3 | 忓 | 改 | 丹 | 見 | 陰平 | 開 | 五二干 | | | 見平開寒山一 | 古寒 | 見開 1 | 古亥 | 端平開寒山一 | 都寒 |
| 17381 | 14 正 | | 4 | 肝 | 改 | 丹 | 見 | 陰平 | 開 | 五二干 | | | 見平開寒山一 | 古寒 | 見開 1 | 古亥 | 端平開寒山一 | 都寒 |
| 17382 | 14 正 | | 5 | 奸 | 改 | 丹 | 見 | 陰平 | 開 | 五二干 | | | 見平開寒山一 | 古寒 | 見開 1 | 古亥 | 端平開寒山一 | 都寒 |
| 17383 | 14 正 | | 6 | 玕 | 改 | 丹 | 見 | 陰平 | 開 | 五二干 | | | 見平開寒山一 | 古寒 | 見開 1 | 古亥 | 端平開寒山一 | 都寒 |
| 17384 | 14 正 | | 7 | 竿 | 改 | 丹 | 見 | 陰平 | 開 | 五二干 | | | 見平開寒山一 | 古寒 | 見開 1 | 古亥 | 端平開寒山一 | 都寒 |
| 17385 | 14 正 | | 8 | 戦 | 改 | 丹 | 見 | 陰平 | 開 | 五二干 | | | 見平開寒山一 | 古寒 | 見開 1 | 古亥 | 端平開寒山一 | 都寒 |
| 17386 | 14 正 | | 9 | 乾 | 改 | 丹 | 見 | 陰平 | 開 | 五二干 | 兩讀 | | 見平開寒山一 | 古寒 | 見開 1 | 古亥 | 端平開寒山一 | 都寒 |
| 17388 | 14 正 | | 10 | 鄿 | 改 | 丹 | 見 | 陰平 | 開 | 五二干 | | | 見平開寒山一 | 古寒 | 見開 1 | 古亥 | 端平開寒山一 | 都寒 |
| 17389 | 14 正 | 2 | 11 | **看** | 口 | 丹 | 起 | 陰平 | 開 | 五二干 | | | 溪平開寒山一 | 苦寒 | 溪開 1 | 苦后 | 端平開寒山一 | 都寒 |
| 17391 | 14 正 | | 12 | 栞 | 口 | 丹 | 起 | 陰平 | 開 | 五二干 | | | 溪平開寒山一 | 苦寒 | 溪開 1 | 苦后 | 端平開寒山一 | 都寒 |
| 17392 | 14 正 | | 13 | 刊 | 口 | 丹 | 起 | 陰平 | 開 | 五二干 | | | 溪平開寒山一 | 苦寒 | 溪開 1 | 苦后 | 端平開寒山一 | 都寒 |
| 17393 | 14 正 | 3 | 14 | **安** | 挨 | 丹 | 影 | 陰平 | 開 | 五二干 | | | 影平開寒山一 | 烏寒 | 影開 1 | 於改 | 端平開寒山一 | 都寒 |
| 17394 | 14 正 | | 15 | 侒 | 挨 | 丹 | 影 | 陰平 | 開 | 五二干 | | | 影平開寒山一 | 烏寒 | 影開 1 | 於改 | 端平開寒山一 | 都寒 |
| 17395 | 14 正 | | 16 | 窰 | 挨 | 丹 | 影 | 陰平 | 開 | 五二干 | | | 影平開寒山一 | 烏寒 | 影開 1 | 於改 | 端平開寒山一 | 都寒 |
| 17396 | 14 正 | 4 | 17 | **鼾** | 海 | 丹 | 曉 | 陰平 | 開 | 五二干 | | | 曉平開寒山一 | 許干 | 曉開 1 | 呼改 | 端平開寒山一 | 都寒 |
| 17398 | 14 正 | 5 | 18 | **丹** | 帶 | 餐 | 短 | 陰平 | 開 | 五二干 | | | 端平開寒山一 | 都寒 | 端開 1 | 當蓋 | 清平開寒山一 | 七安 |
| 17399 | 14 正 | | 19 | 單 | 帶 | 餐 | 短 | 陰平 | 開 | 五二干 | 平聲兩見又上聲 | 缺上聲，據單廣韻音增始淺切，見 14 部 | 端平開寒山一 | 都寒 | 端開 1 | 當蓋 | 清平開寒山一 | 七安 |
| 17403 | 14 正 | | 20 | 殫 | 帶 | 餐 | 短 | 陰平 | 開 | 五二干 | | | 端平開寒山一 | 都寒 | 端開 1 | 當蓋 | 清平開寒山一 | 七安 |
| 17404 | 14 正 | | 21 | 禪 | 帶 | 餐 | 短 | 陰平 | 開 | 五二干 | | | 端平開寒山一 | 都寒 | 端開 1 | 當蓋 | 清平開寒山一 | 七安 |
| 17405 | 14 正 | | 22 | 箪 | 帶 | 餐 | 短 | 陰平 | 開 | 五二干 | | | 端平開寒山一 | 都寒 | 端開 1 | 當蓋 | 清平開寒山一 | 七安 |
| 17406 | 14 正 | | 23 | 匰 | 帶 | 餐 | 短 | 陰平 | 開 | 五二干 | | | 端平開寒山一 | 都寒 | 端開 1 | 當蓋 | 清平開寒山一 | 七安 |

| 韻字編號 | 部序 | 組數 | 字數 | 韻字及何氏反切 | | | 韻字何氏音 | | | | 何萱注釋 | 備注 | 韻字中古音 | | 上字中古音 | | 下字中古音 | |
|---|---|---|---|---|---|---|---|---|---|---|---|---|---|---|---|---|---|---|
| | | | | 韻字 | 上字 | 下字 | 聲 | 調 | 呼 | 韻部 | | | 聲調呼韻攝等 | 反切 | 聲呼等 | 反切 | 聲調呼韻攝等 | 反切 |
| 17407 | 14 正 | | 24 | 鄲 | 帶 | 餐 | 短 | 陰平 | 開 | 五二干 | | | 端平開寒山一 | 都寒 | 端開 1 | 當蓋 | 清平開寒山一 | 七安 |
| 17408 | 14 正 | 6 | 25 | 嘽 | 代 | 丹 | 透 | 陰平 | 開 | 五二干 | | | 透平開寒山一 | 他干 | 定開 1 | 徒耐 | 端平開寒山一 | 都寒 |
| 17409 | 14 正 | | 26 | 灘 | 代 | 丹 | 透 | 陰平 | 開 | 五二干 | | | 曉去開寒山一 | 呼旰 | 定開 1 | 徒耐 | 端平開寒山一 | 都寒 |
| 17410 | 14 正 | | 27 | **灘** | 代 | 丹 | 透 | 陰平 | 開 | 五二干 | | | 透平開寒山一 | 他干 | 定開 1 | 徒耐 | 端平開寒山一 | 都寒 |
| 17411 | 14 正 | 7 | 28 | **餐** | 采 | 丹 | 淨 | 陰平 | 開 | 五二干 | | | 清平開寒山一 | 七安 | 清開 1 | 倉宰 | 端平開寒山一 | 都寒 |
| 17412 | 14 正 | 8 | 29 | **珊** | 燥 | 丹 | 信 | 陰平 | 開 | 五二干 | | | 心平開寒山一 | 蘇干 | 心開 1 | 蘇老 | 端平開寒山一 | 都寒 |
| 17413 | 14 正 | 9 | 30 | **寒** | 海 | 闌 | 曉 | 陽平 | 開 | 五二干 | | | 匣平開寒山一 | 胡安 | 曉開 1 | 呼改 | 來平開寒山一 | 落干 |
| 17414 | 14 正 | | 31 | 韓 | 海 | 闌 | 曉 | 陽平 | 開 | 五二干 | | | 匣平開寒山一 | 胡安 | 曉開 1 | 呼改 | 來平開寒山一 | 落干 |
| 17415 | 14 正 | | 32 | 邗 | 海 | 闌 | 曉 | 陽平 | 開 | 五二干 | | | 匣平開寒山一 | 胡安 | 曉開 1 | 呼改 | 來平開寒山一 | 落干 |
| 17416 | 14 正 | 10 | 33 | **壇** | 代 | 闌 | 透 | 陽平 | 開 | 五二干 | | | 定平開寒山一 | 徒干 | 定開 1 | 徒耐 | 來平開寒山一 | 落干 |
| 17417 | 14 正 | | 34 | 檀 | 代 | 闌 | 透 | 陽平 | 開 | 五二干 | | | 定平開寒山一 | 徒干 | 定開 1 | 徒耐 | 來平開寒山一 | 落干 |
| 17418 | 14 正 | | 35 | 儃 | 代 | 闌 | 透 | 陽平 | 開 | 五二干 | 兩見 | | 定平開寒山一 | 徒干 | 定開 1 | 徒耐 | 來平開寒山一 | 落干 |
| 17421 | 14 正 | | 36 | 貚 | 代 | 闌 | 透 | 陽平 | 開 | 五二干 | | | 定平開寒山一 | 徒干 | 定開 1 | 徒耐 | 來平開寒山一 | 落干 |
| 17422 | 14 正 | | 37 | 彈 | 代 | 闌 | 透 | 陽平 | 開 | 五二干 | 平去兩讀注在彼 | | 定平開寒山一 | 徒干 | 定開 1 | 徒耐 | 來平開寒山一 | 落干 |
| 17423 | 14 正 | 11 | 38 | 鸛g* | 柰 | 闌 | 乃 | 陽平 | 開 | 五二干 | | 鞿鞿離雖雖 | 泥平開寒山一 | 那肝 | 泥開 1 | 奴帶 | 來平開寒山一 | 落干 |
| 17424 | 14 正 | | 39 | **難** | 柰 | 闌 | 乃 | 陽平 | 開 | 五二干 | | | 泥平開寒山一 | 那干 | 泥開 1 | 奴帶 | 來平開寒山一 | 落干 |
| 17426 | 14 正 | | 40 | 儺 | 柰 | 闌 | 乃 | 陽平 | 開 | 五二干 | | 此處疑為難音 | 泥平開歌果一 | 諾何 | 泥開 1 | 奴帶 | 來平開寒山一 | 落干 |
| 17427 | 14 正 | 12 | 41 | **闌** | 朗 | 殘 | 賚 | 陽平 | 開 | 五二干 | | | 來平開寒山一 | 落干 | 來開 1 | 盧黨 | 從平開寒山一 | 昨干 |
| 17428 | 14 正 | | 42 | 讕 | 朗 | 殘 | 賚 | 陽平 | 開 | 五二干 | 萱按：平上去三聲皆可讀其義則一 | 只有陽平，沒有上去音字。增 | 來平開寒山一 | 落干 | 來開 1 | 盧黨 | 從平開寒山一 | 昨干 |
| 17431 | 14 正 | | 43 | 欄 | 朗 | 殘 | 賚 | 陽平 | 開 | 五二干 | 平去兩讀注在彼 | | 來平開寒山一 | 落干 | 來開 1 | 盧黨 | 從平開寒山一 | 昨干 |
| 17434 | 14 正 | | 44 | 籣 | 朗 | 殘 | 賚 | 陽平 | 開 | 五二干 | | | 來平開寒山一 | 落干 | 來開 1 | 盧黨 | 從平開寒山一 | 昨干 |
| 17435 | 14 正 | | 45 | 蘭 | 朗 | 殘 | 賚 | 陽平 | 開 | 五二干 | | | 來平開寒山一 | 落干 | 來開 1 | 盧黨 | 從平開寒山一 | 昨干 |
| 17436 | 14 正 | | 46 | 瀾 | 朗 | 殘 | 賚 | 陽平 | 開 | 五二干 | | | 來平開寒山一 | 落干 | 來開 1 | 盧黨 | 從平開寒山一 | 昨干 |
| 17438 | 14 正 | | 47 | 灡* | 朗 | 殘 | 賚 | 陽平 | 開 | 五二干 | 平去兩讀 | | 來平開寒山一 | 郎干 | 來開 1 | 盧黨 | 從平開寒山一 | 昨干 |
| 17441 | 14 正 | | 48 | 鬫 | 朗 | 殘 | 賚 | 陽平 | 開 | 五二干 | | | 來平開寒山一 | 落干 | 來開 1 | 盧黨 | 從平開寒山一 | 昨干 |

| 韻字編號 | 部序 | 組數 | 字數 | 韻字及何氏反切 | | | 韻字何氏音 | | | | 何萱注釋 | 備注 | 韻字中古音 | | 上字中古音 | | 下字中古音 | |
|---|---|---|---|---|---|---|---|---|---|---|---|---|---|---|---|---|---|---|
| | | | | 韻字 | 上字 | 下字 | 聲 | 調 | 呼 | 韻部 | | | 聲調呼韻攝等 | 反切 | 聲呼等 | 反切 | 聲調呼韻攝等 | 反切 |
| 17442 | 14正 | 13 | 49 | 戔 | 采 | 闌 | 淨 | 陽平 | 開 | 五二干 | | | 從平開寒山一 | 昨干 | 清開1 | 倉宰 | 來平開寒山一 | 落干 |
| 17444 | 14正 | | 50 | 虥 | 采 | 闌 | 淨 | 陽平 | 開 | 五二干 | | | 從平開山山二 | 昨閑 | 清開1 | 倉宰 | 來平開寒山一 | 落干 |
| 17447 | 14正 | | 51 | **殘** | 采 | 闌 | 淨 | 陽平 | 開 | 五二干 | | | 從平開寒山一 | 昨干 | 清開1 | 倉宰 | 來平開寒山一 | 落干 |
| 17448 | 14正 | | 52 | 歾 | 采 | 闌 | 淨 | 陽平 | 開 | 五二干 | | | 從平開寒山一 | 昨干 | 清開1 | 倉宰 | 來平開寒山一 | 落干 |
| 17450 | 14正 | | 53 | 奴 | 采 | 闌 | 淨 | 陽平 | 開 | 五二干 | | | 從平開寒山一 | 昨干 | 清開1 | 倉宰 | 來平開寒山一 | 落干 |
| 17451 | 14正 | 14 | 54 | 官 | 古 | 彎 | 見 | 陰平 | 合 | 五三關 | | | 見平合桓山一 | 古丸 | 見合1 | 公戶 | 影平合刪山二 | 烏關 |
| 17452 | 14正 | | 55 | 涫 | 古 | 彎 | 見 | 陰平 | 合 | 五三關 | | | 見平合桓山一 | 古丸 | 見合1 | 公戶 | 影平合刪山二 | 烏關 |
| 17454 | 14正 | | 56 | 棺 | 古 | 彎 | 見 | 陰平 | 合 | 五三關 | | | 見平合桓山一 | 古丸 | 見合1 | 公戶 | 影平合刪山二 | 烏關 |
| 17456 | 14正 | | 57 | 觀 | 古 | 彎 | 見 | 陰平 | 合 | 五三關 | | | 見平合桓山一 | 古丸 | 見合1 | 公戶 | 影平合刪山二 | 烏關 |
| 17457 | 14正 | | 58 | 冠 | 古 | 彎 | 見 | 陰平 | 合 | 五三關 | 平去兩讀 | | 見平合桓山一 | 古丸 | 見合1 | 公戶 | 影平合刪山二 | 烏關 |
| 17460 | 14正 | | 59 | 莞 | 古 | 彎 | 見 | 陰平 | 合 | 五三關 | | | 見平合桓山一 | 古丸 | 見合1 | 公戶 | 影平合刪山二 | 烏關 |
| 17461 | 14正 | | 60 | 毌 | 古 | 彎 | 見 | 陰平 | 合 | 五三關 | 平去兩讀 | | 見平合桓山一 | 古丸 | 見合1 | 公戶 | 影平合刪山二 | 烏關 |
| 17463 | 14正 | | 61 | 綸* | 古 | 彎 | 見 | 陰平 | 合 | 五三關 | | | 見去合刪山二 | 古患 | 見合1 | 公戶 | 影平合刪山二 | 烏關 |
| 17464 | 14正 | | 62 | 關 | 古 | 彎 | 見 | 陰平 | 合 | 五三關 | | | 見平合刪山二 | 古還 | 見合1 | 公戶 | 影平合刪山二 | 烏關 |
| 17465 | 14正 | | 63 | 丱 | 古 | 彎 | 見 | 陰平 | 合 | 五三關 | 卝古文，又上聲二讀詳在彼 | 此義讀如關。此處用關聲 | 見平合刪山二 | 古還 | 見合1 | 公戶 | 影平合刪山二 | 烏關 |
| 17467 | 14正 | 15 | 64 | **寬** | 曠 | 關 | 起 | 陰平 | 合 | 五三關 | | | 溪平合桓山一 | 苦官 | 溪合1 | 苦謗 | 見平合刪山二 | 古還 |
| 17469 | 14正 | | 65 | 髖 | 曠 | 關 | 起 | 陰平 | 合 | 五三關 | | | 溪平合桓山一 | 苦官 | 溪合1 | 苦謗 | 見平合刪山二 | 古還 |
| 17470 | 14正 | 16 | 66 | **彎** | 甕 | 關 | 影 | 陰平 | 合 | 五三關 | | | 影平合刪山二 | 烏關 | 影合1 | 烏貢 | 見平合刪山二 | 古還 |
| 17472 | 14正 | 17 | 67 | 讙 | 戶 | 關 | 曉 | 陰平 | 合 | 五三關 | | | 曉平合桓山一 | 呼官 | 匣合1 | 侯古 | 見平合刪山二 | 古還 |
| 17473 | 14正 | | 68 | **歡** | 戶 | 關 | 曉 | 陰平 | 合 | 五三關 | | | 曉平合桓山一 | 呼官 | 匣合1 | 侯古 | 見平合刪山二 | 古還 |
| 17474 | 14正 | | 69 | 懽 | 戶 | 關 | 曉 | 陰平 | 合 | 五三關 | 平去兩讀注在彼 | | 曉平合桓山一 | 呼官 | 匣合1 | 侯古 | 見平合刪山二 | 古還 |
| 17476 | 14正 | | 70 | 鄻 | 戶 | 關 | 曉 | 陰平 | 合 | 五三關 | | | 曉平合桓山一 | 呼官 | 匣合1 | 侯古 | 見平合刪山二 | 古還 |
| 17477 | 14正 | | 71 | 驩 | 戶 | 關 | 曉 | 陰平 | 合 | 五三關 | | | 曉平合桓山一 | 呼官 | 匣合1 | 侯古 | 見平合刪山二 | 古還 |
| 17478 | 14正 | | 72 | 鸛 | 戶 | 關 | 曉 | 陰平 | 合 | 五三關 | | | 曉平合桓山一 | 呼官 | 匣合1 | 侯古 | 見平合刪山二 | 古還 |
| 17479 | 14正 | 18 | 73 | 耑 | 睹 | 關 | 短 | 陰平 | 合 | 五三關 | | | 端平合桓山一 | 多官 | 端合1 | 當古 | 見平合刪山二 | 古還 |
| 17480 | 14正 | | 74 | **端** | 睹 | 關 | 短 | 陰平 | 合 | 五三關 | | | 端平合桓山一 | 多官 | 端合1 | 當古 | 見平合刪山二 | 古還 |

| 韻字編號 | 部序 | 組數 | 字數 | 韻字及何氏反切 | | | 韻字何氏音 | | | | 何萱注釋 | 備注 | 韻字中古音 | | 上字中古音 | | 下字中古音 | |
|---|---|---|---|---|---|---|---|---|---|---|---|---|---|---|---|---|---|---|
| | | | | 韻字 | 上字 | 下字 | 聲 | 調 | 呼 | 韻部 | | | 聲調呼韻攝等 | 反切 | 聲呼等 | 反切 | 聲調呼韻攝等 | 反切 |
| 17481 | 14 正 | | 75 | 耑 | 睹 | 關 | 短 | 陰平 | 合 | 五三關 | | | 端平合桓山一 | 多官 | 端合 1 | 當古 | 見平合刪山二 | 古還 |
| 17483 | 14 正 | | 76 | 鱄 | 睹 | 關 | 短 | 陰平 | 合 | 五三關 | | | 端平合桓山一 | 多官 | 端合 1 | 當古 | 見平合刪山二 | 古還 |
| 17484 | 14 正 | | 77 | 耑 | 睹 | 關 | 短 | 陰平 | 合 | 五三關 | | | 端平合桓山一 | 多官 | 端合 1 | 當古 | 見平合刪山二 | 古還 |
| 17486 | 14 正 | 19 | 78 | 湍 | 杜 | 關 | 透 | 陰平 | 合 | 五三關 | | | 透平合桓山一 | 他端 | 定合 1 | 徒古 | 見平合刪山二 | 古還 |
| 17487 | 14 正 | | 79 | 鷻 | 杜 | 關 | 透 | 陰平 | 合 | 五三關 | | | 透平合桓山一 | 他端 | 定合 1 | 徒古 | 見平合刪山二 | 古還 |
| 17488 | 14 正 | | 80 | 貒 | 杜 | 關 | 透 | 陰平 | 合 | 五三關 | | | 透平合桓山一 | 他端 | 定合 1 | 徒古 | 見平合刪山二 | 古還 |
| 17489 | 14 正 | 20 | 81 | 鑽 | 祖 | 關 | 照 | 陰平 | 合 | 五三關 | | | 精平合桓山一 | 借官 | 精合 1 | 則古 | 見平合刪山二 | 古還 |
| 17491 | 14 正 | | 82 | 欑 | 祖 | 關 | 照 | 陰平 | 合 | 五三關 | | | 精平合桓山一 | 借官 | 精合 1 | 則古 | 見平合刪山二 | 古還 |
| 17492 | 14 正 | 21 | 83 | 酸 | 送 | 關 | 信 | 陰平 | 合 | 五三關 | | | 心平合桓山一 | 素官 | 心合 1 | 蘇弄 | 見平合刪山二 | 古還 |
| 17493 | 14 正 | | 84 | 痠 | 送 | 關 | 信 | 陰平 | 合 | 五三關 | | | 心平合桓山一 | 素官 | 心合 1 | 蘇弄 | 見平合刪山二 | 古還 |
| 17494 | 14 正 | | 85 | 狻 | 送 | 關 | 信 | 陰平 | 合 | 五三關 | | | 心平合桓山一 | 素官 | 心合 1 | 蘇弄 | 見平合刪山二 | 古還 |
| 17495 | 14 正 | 22 | 86 | 華 | 布 | 關 | 謗 | 陰平 | 合 | 五三關 | | | 幫平合桓山一 | 北潘 | 幫合 1 | 博故 | 見平合刪山二 | 古還 |
| 17497 | 14 正 | | 87 | 盤 | 布 | 關 | 謗 | 陰平 | 合 | 五三關 | | | 幫平開刪山二 | 布還 | 幫合 1 | 博故 | 見平合刪山二 | 古還 |
| 17498 | 14 正 | 23 | 88 | 攀 | 普 | 關 | 並 | 陰平 | 合 | 五三關 | 𠬜或撲或作攀 | | 滂平開刪山二 | 普班 | 滂合 1 | 滂古 | 見平合刪山二 | 古還 |
| 17499 | 14 正 | | 89 | 眅 | 普 | 關 | 並 | 陰平 | 合 | 五三關 | | | 滂平開刪山二 | 普班 | 滂合 1 | 滂古 | 見平合刪山二 | 古還 |
| 17501 | 14 正 | | 90 | 潘 | 普 | 關 | 並 | 陰平 | 合 | 五三關 | | | 滂平合桓山一 | 普官 | 滂合 1 | 滂古 | 見平合刪山二 | 古還 |
| 17502 | 14 正 | 24 | 91 | 婠 | 甕 | 環 | 影 | 陽平 | 合 | 五三關 | | | 影平合桓山一 | 一丸 | 影合 1 | 烏貢 | 匣平合刪山二 | 戶關 |
| 17505 | 14 正 | 25 | 92 | 丸 | 戶 | 鑾 | 曉 | 陽平 | 合 | 五三關 | | | 匣平合桓山一 | 胡官 | 匣合 1 | 侯古 | 明平合刪山二 | 莫還 |
| 17506 | 14 正 | | 93 | 紈 | 戶 | 鑾 | 曉 | 陽平 | 合 | 五三關 | | | 匣平合桓山一 | 胡官 | 匣合 1 | 侯古 | 明平合刪山二 | 莫還 |
| 17507 | 14 正 | | 94 | 芄 | 戶 | 鑾 | 曉 | 陽平 | 合 | 五三關 | | | 匣平合桓山一 | 胡官 | 匣合 1 | 侯古 | 明平合刪山二 | 莫還 |
| 17508 | 14 正 | | 95 | 亘 | 戶 | 鑾 | 曉 | 陽平 | 合 | 五三關 | 亘隸作亘 | | 見去開登曾一 | 古鄧 | 匣合 1 | 侯古 | 明平合刪山二 | 莫還 |
| 17510 | 14 正 | | 96 | 查* | 戶 | 鑾 | 曉 | 陽平 | 合 | 五三關 | | | 匣平合桓山一 | 胡官 | 匣合 1 | 侯古 | 明平合刪山二 | 莫還 |
| 17513 | 14 正 | | 97 | 桓 | 戶 | 鑾 | 曉 | 陽平 | 合 | 五三關 | | | 匣平合桓山一 | 胡官 | 匣合 1 | 侯古 | 明平合刪山二 | 莫還 |
| 17514 | 14 正 | | 98 | 絙 | 戶 | 鑾 | 曉 | 陽平 | 合 | 五三關 | | | 匣平合桓山一 | 胡官 | 匣合 1 | 侯古 | 明平合刪山二 | 莫還 |
| 17515 | 14 正 | | 99 | 狟 | 戶 | 鑾 | 曉 | 陽平 | 合 | 五三關 | | | 匣平合桓山一 | 胡官 | 匣合 1 | 侯古 | 明平合刪山二 | 莫還 |
| 17517 | 14 正 | | 100 | 貆 | 戶 | 鑾 | 曉 | 陽平 | 合 | 五三關 | | | 匣平合桓山一 | 胡官 | 匣合 1 | 侯古 | 明平合刪山二 | 莫還 |
| 17519 | 14 正 | | 101 | 獂 | 戶 | 鑾 | 曉 | 陽平 | 合 | 五三關 | | | 匣平合桓山一 | 胡官 | 匣合 1 | 侯古 | 明平合刪山二 | 莫還 |

| 韻字編號 | 部序 | 組數 | 字數 | 韻字及何氏反切 | | | 韻字何氏音 | | | | 何萱注釋 | 備　注 | 韻字中古音 | | 上字中古音 | | 下字中古音 | |
|---|---|---|---|---|---|---|---|---|---|---|---|---|---|---|---|---|---|---|
| | | | | 韻字 | 上字 | 下字 | 聲 | 調 | 呼 | 韻部 | | | 聲調呼韻攝等 | 反切 | 聲呼等 | 反切 | 聲調呼韻攝等 | 反切 |
| 17520 | 14 正 | | 102 | 莧 g* | 戶 | 蠻 | 曉 | 陽平 | 合 | 五三關 | | | 匣平合桓山一 | 胡官 | 匣合 1 | 侯古 | 明平合刪山二 | 莫還 |
| 17522 | 14 正 | | 103 | 萑 | 戶 | 蠻 | 曉 | 陽平 | 合 | 五三關 | | | 匣平合桓山一 | 胡官 | 匣合 1 | 侯古 | 明平合刪山二 | 莫還 |
| 17523 | 14 正 | | 104 | 藿* | 戶 | 蠻 | 曉 | 陽平 | 合 | 五三關 | | | 匣平合桓山一 | 胡官 | 匣合 1 | 侯古 | 明平合刪山二 | 莫還 |
| 17524 | 14 正 | | 105 | 完 | 戶 | 蠻 | 曉 | 陽平 | 合 | 五三關 | | | 匣平合桓山一 | 胡官 | 匣合 1 | 侯古 | 明平合刪山二 | 莫還 |
| 17525 | 14 正 | | 106 | 俒 | 戶 | 蠻 | 曉 | 陽平 | 合 | 五三關 | | | 匣平合魂臻一 | 戶昆 | 匣合 1 | 侯古 | 明平合刪山二 | 莫還 |
| 17527 | 14 正 | | 107 | 脘 g* | 戶 | 蠻 | 曉 | 陽平 | 合 | 五三關 | 平上兩讀 | | 匣平合桓山一 | 胡官 | 匣合 1 | 侯古 | 明平合刪山二 | 莫還 |
| 17531 | 14 正 | | 108 | 睆 | 戶 | 蠻 | 曉 | 陽平 | 合 | 五三關 | | | 匣平合桓山一 | 胡官 | 匣合 1 | 侯古 | 明平合刪山二 | 莫還 |
| 17532 | 14 正 | | 109 | 寏 | 戶 | 蠻 | 曉 | 陽平 | 合 | 五三關 | 寏阮，院，院又去聲。正文作：或院，當作寏，去聲別有院 | 與院異讀 | 匣平合桓山一 | 胡官 | 匣合 1 | 侯古 | 明平合刪山二 | 莫還 |
| 17533 | 14 正 | | 110 | 瓛 | 戶 | 蠻 | 曉 | 陽平 | 合 | 五三關 | | | 匣平合桓山一 | 胡官 | 匣合 1 | 侯古 | 明平合刪山二 | 莫還 |
| 17534 | 14 正 | | 111 | 環 | 戶 | 蠻 | 曉 | 陽平 | 合 | 五三關 | | | 匣平合刪山二 | 戶關 | 匣合 1 | 侯古 | 明平合刪山二 | 莫還 |
| 17535 | 14 正 | | 112 | 還 | 戶 | 蠻 | 曉 | 陽平 | 合 | 五三關 | | | 匣平合刪山二 | 戶關 | 匣合 1 | 侯古 | 明平合刪山二 | 莫還 |
| 17537 | 14 正 | | 113 | 鍰 | 戶 | 蠻 | 曉 | 陽平 | 合 | 五三關 | | | 匣平合刪山二 | 戶關 | 匣合 1 | 侯古 | 明平合刪山二 | 莫還 |
| 17538 | 14 正 | | 114 | 戾 | 戶 | 蠻 | 曉 | 陽平 | 合 | 五三關 | | | 匣平合刪山二 | 戶關 | 匣合 1 | 侯古 | 明平合刪山二 | 莫還 |
| 17539 | 14 正 | | 115 | 患 | 戶 | 蠻 | 曉 | 陽平 | 合 | 五三關 | 平去兩讀注在彼 | 患字讀平聲很早就出現了，但為什么都查不到呢？何氏也沒解釋清楚 | 匣去合刪山二 | 胡慣 | 匣合 1 | 侯古 | 明平合刪山二 | 莫還 |
| 17540 | 14 正 | 26 | 116 | **摶** | 杜 | 環 | 透 | 陽平 | 合 | 五三關 | | | 定平合桓山一 | 度官 | 定合 1 | 徒古 | 匣平合刪山二 | 戶關 |
| 17541 | 14 正 | | 117 | 團 | 杜 | 環 | 透 | 陽平 | 合 | 五三關 | | | 定平合桓山一 | 度官 | 定合 1 | 徒古 | 匣平合刪山二 | 戶關 |
| 17542 | 14 正 | | 118 | 篿 | 杜 | 環 | 透 | 陽平 | 合 | 五三關 | | | 定平合桓山一 | 度官 | 定合 1 | 徒古 | 匣平合刪山二 | 戶關 |
| 17543 | 14 正 | | 119 | 蓴 | 杜 | 環 | 透 | 陽平 | 合 | 五三關 | | | 禪平合諄臻三 | 常倫 | 定合 1 | 徒古 | 匣平合刪山二 | 戶關 |
| 17544 | 14 正 | | 120 | 鱄 | 杜 | 環 | 透 | 陽平 | 合 | 五三關 | 平上兩讀注在彼 | | 章平合仙山三 | 職緣 | 定合 1 | 徒古 | 匣平合刪山二 | 戶關 |
| 17547 | 14 正 | 27 | 121 | **奻** | 怒 | 環 | 乃 | 陽平 | 合 | 五三關 | | | 娘平開刪山二 | 奴還 | 泥合 1 | 乃故 | 匣平合刪山二 | 戶關 |

| 韻字編號 | 部序 | 組數 | 字數 | 韻字及何氏反切 | | | 韻字何氏音 | | | | 何萱注釋 | 備注 | 韻字中古音 | | 上字中古音 | | 下字中古音 | |
|---|---|---|---|---|---|---|---|---|---|---|---|---|---|---|---|---|---|---|
| | | | | 韻字 | 上字 | 下字 | 聲 | 調 | 呼 | 韻部 | | | 聲調呼韻攝等 | 反切 | 聲呼等 | 反切 | 聲調呼韻攝等 | 反切 |
| 17552 | 14 正 | | 122 | 渜* | 怒 | 環 | 乃 | 陽平 | 合 | 五三闢 | 平上兩讀注在彼 | | 泥平合桓山一 | 奴官 | 泥合 1 | 乃故 | 匣平合删山二 | 戶關 |
| 17553 | 14 正 | 28 | 123 | 巒 | 路 | 環 | 賚 | 陽平 | 合 | 五三闢 | | | 來平合桓山一 | 落官 | 來合 1 | 洛故 | 匣平合删山二 | 戶關 |
| 17556 | 14 正 | | 124 | 鑾 | 路 | 環 | 賚 | 陽平 | 合 | 五三闢 | | | 來平合桓山一 | 落官 | 來合 1 | 洛故 | 匣平合删山二 | 戶關 |
| 17557 | 14 正 | | 125 | 鑾 | 路 | 環 | 賚 | 陽平 | 合 | 五三闢 | | | 來平合桓山一 | 落官 | 來合 1 | 洛故 | 匣平合删山二 | 戶關 |
| 17558 | 14 正 | | 126 | 鸞 | 路 | 環 | 賚 | 陽平 | 合 | 五三闢 | | | 來平合桓山一 | 落官 | 來合 1 | 洛故 | 匣平合删山二 | 戶關 |
| 17559 | 14 正 | | 127 | 欒 | 路 | 環 | 賚 | 陽平 | 合 | 五三闢 | | | 來平合桓山一 | 落官 | 來合 1 | 洛故 | 匣平合删山二 | 戶關 |
| 17560 | 14 正 | | 128 | 欒 | 路 | 環 | 賚 | 陽平 | 合 | 五三闢 | | | 來平合桓山一 | 落官 | 來合 1 | 洛故 | 匣平合删山二 | 戶關 |
| 17562 | 14 正 | | 129 | **欒** | 路 | 環 | 賚 | 陽平 | 合 | 五三闢 | | | 來平合桓山一 | 落官 | 來合 1 | 洛故 | 匣平合删山二 | 戶關 |
| 17563 | 14 正 | | 130 | 孿* | 路 | 環 | 賚 | 陽平 | 合 | 五三闢 | | | 來平合桓山一 | 盧丸 | 來合 1 | 洛故 | 匣平合删山二 | 戶關 |
| 17565 | 14 正 | | 131 | 覶* | 路 | 環 | 賚 | 陽平 | 合 | 五三闢 | 覶或作覼。又十七部 | | 來去合桓山一 | 盧玩 | 來合 1 | 洛故 | 匣平合删山二 | 戶關 |
| 17568 | 14 正 | 29 | 132 | **腝 g*** | 汭 | 環 | 耳 | 陽平 | 合 | 五三闢 | | | 日平開齊蟹四 | 人移 | 日合 3 | 而鋭 | 匣平合删山二 | 戶關 |
| 17571 | 14 正 | 30 | 133 | **櫕** | 措 | 環 | 淨 | 陽平 | 合 | 五三闢 | | | 從平合桓山一 | 在丸 | 清合 1 | 倉故 | 匣平合删山二 | 戶關 |
| 17572 | 14 正 | 31 | 134 | **頑** | 臥 | 蠻 | 我 | 陽平 | 合 | 五三闢 | | | 疑平合删山二 | 五還 | 疑合 1 | 吾貨 | 明平合删山二 | 莫還 |
| 17573 | 14 正 | | 135 | 刓 | 臥 | 蠻 | 我 | 陽平 | 合 | 五三闢 | | | 疑平合桓山一 | 五丸 | 疑合 1 | 吾貨 | 明平合删山二 | 莫還 |
| 17574 | 14 正 | | 136 | 犍 | 臥 | 蠻 | 我 | 陽平 | 合 | 五三闢 | 㹙或作犍 | | 疑平開佳蟹二 | 五佳 | 疑合 1 | 吾貨 | 明平合删山二 | 莫還 |
| 17575 | 14 正 | 32 | 137 | 般 | 普 | 環 | 並 | 陽平 | 合 | 五三闢 | | | 並平合桓山一 | 薄官 | 滂合 1 | 滂古 | 匣平合删山二 | 戶關 |
| 17579 | 14 正 | | 138 | 督 | 普 | 環 | 並 | 陽平 | 合 | 五三闢 | | | 並平合桓山一 | 薄官 | 滂合 1 | 滂古 | 匣平合删山二 | 戶關 |
| 17580 | 14 正 | | 139 | 媻 | 普 | 環 | 並 | 陽平 | 合 | 五三闢 | | | 並平合桓山一 | 薄官 | 滂合 1 | 滂古 | 匣平合删山二 | 戶關 |
| 17582 | 14 正 | | 140 | 擊 | 普 | 環 | 並 | 陽平 | 合 | 五三闢 | | | 並平合桓山一 | 薄官 | 滂合 1 | 滂古 | 匣平合删山二 | 戶關 |
| 17584 | 14 正 | | 141 | 鬆 | 普 | 環 | 並 | 陽平 | 合 | 五三闢 | | | 並平合桓山一 | 薄官 | 滂合 1 | 滂古 | 匣平合删山二 | 戶關 |
| 17585 | 14 正 | | 142 | 瘢 | 普 | 環 | 並 | 陽平 | 合 | 五三闢 | | | 並平合桓山一 | 薄官 | 滂合 1 | 滂古 | 匣平合删山二 | 戶關 |
| 17586 | 14 正 | | 143 | 鬃 | 普 | 環 | 並 | 陽平 | 合 | 五三闢 | | | 並平合桓山一 | 薄官 | 滂合 1 | 滂古 | 匣平合删山二 | 戶關 |
| 17587 | 14 正 | | 144 | **槃** | 普 | 環 | 並 | 陽平 | 合 | 五三闢 | | | 並平合桓山一 | 薄官 | 滂合 1 | 滂古 | 匣平合删山二 | 戶關 |
| 17588 | 14 正 | | 145 | 鞶 | 普 | 環 | 並 | 陽平 | 合 | 五三闢 | | | 並平合桓山一 | 薄官 | 滂合 1 | 滂古 | 匣平合删山二 | 戶關 |
| 17589 | 14 正 | | 146 | 幣 | 普 | 環 | 並 | 陽平 | 合 | 五三闢 | | | 並平合桓山一 | 薄官 | 滂合 1 | 滂古 | 匣平合删山二 | 戶關 |

| 韻字編號 | 部序 | 組數 | 字數 | 韻字及何氏反切 | | | 韻字何氏音 | | | | 何萱注釋 | 備　注 | 韻字中古音 | | 上字中古音 | | 下字中古音 | |
|---|---|---|---|---|---|---|---|---|---|---|---|---|---|---|---|---|---|---|
| | | | | 韻字 | 上字 | 下字 | 聲 | 調 | 呼 | 韻部 | | | 聲調呼韻攝等 | 反切 | 聲呼等 | 反切 | 聲調呼韻攝等 | 反切 |
| 17592 | 14 正 | | 147 | 皤 g* | 普 | 環 | 並 | 陽平 | 合 | 五三關 | 又十七部 | | 並平合桓山一 | 蒲官 | 滂合 1 | 滂古 | 匣平合刪山二 | 戶關 |
| 17593 | 14 正 | | 148 | 鄱 g* | 普 | 環 | 並 | 陽平 | 合 | 五三關 | 又十七部 | | 並平合桓山一 | 蒲官 | 滂合 1 | 滂古 | 匣平合刪山二 | 戶關 |
| 17594 | 14 正 | | 149 | 磻 | 普 | 環 | 並 | 陽平 | 合 | 五三關 | | 此處本缺字，增 | 並平合桓山一 | 薄官 | 滂合 1 | 滂古 | 匣平合刪山二 | 戶關 |
| 17595 | 14 正 | | 150 | 弁 g* | 普 | 環 | 並 | 陽平 | 合 | 五三關 | 平去兩讀注在彼。弁或，俗有卞。㝸籓 | 覍廣集只有皮變切一讀，玉篇沒查到。弁廣韻一讀，集韻有兩讀 | 並平合桓山一 | 蒲官 | 滂合 1 | 滂古 | 匣平合刪山二 | 戶關 |
| 17596 | 14 正 | 33 | 151 | 蠻 | 昧 | 環 | 命 | 陽平 | 合 | 五三關 | | | 明平開刪山二 | 莫還 | 明合 1 | 莫佩 | 匣平合刪山二 | 戶關 |
| 17597 | 14 正 | | 152 | 鸞 | 昧 | 環 | 命 | 陽平 | 合 | 五三關 | | | 來平合桓山一 | 落官 | 明合 1 | 莫佩 | 匣平合刪山二 | 戶關 |
| 17598 | 14 正 | | 153 | 曼 | 昧 | 環 | 命 | 陽平 | 合 | 五三關 | 平去兩讀注在彼 | | 明平合桓山一 | 母官 | 明合 1 | 莫佩 | 匣平合刪山二 | 戶關 |
| 17601 | 14 正 | | 154 | 趨g* | 昧 | 環 | 命 | 陽平 | 合 | 五三關 | | | 明平開刪山二 | 謨還 | 明合 1 | 莫佩 | 匣平合刪山二 | 戶關 |
| 17603 | 14 正 | | 155 | 謾 | 昧 | 環 | 命 | 陽平 | 合 | 五三關 | 平去兩讀注在彼 | | 明平合桓山一 | 母官 | 明合 1 | 莫佩 | 匣平合刪山二 | 戶關 |
| 17607 | 14 正 | | 156 | 鏝 | 昧 | 環 | 命 | 陽平 | 合 | 五三關 | 或槾槾兩見 | 與槾異讀 | 明平合桓山一 | 母官 | 明合 1 | 莫佩 | 匣平合刪山二 | 戶關 |
| 17609 | 14 正 | | 157 | 槾 | 昧 | 環 | 命 | 陽平 | 合 | 五三關 | 重出 | 與鏝異讀 | 明平合桓山一 | 母官 | 明合 1 | 莫佩 | 匣平合刪山二 | 戶關 |
| 17613 | 14 正 | | 158 | 㒼* | 昧 | 環 | 命 | 陽平 | 合 | 五三關 | | | 明平合元山三 | 模元 | 明合 1 | 莫佩 | 匣平合刪山二 | 戶關 |
| 17615 | 14 正 | | 159 | 鰻 | 昧 | 環 | 命 | 陽平 | 合 | 五三關 | | | 明平合桓山一 | 母官 | 明合 1 | 莫佩 | 匣平合刪山二 | 戶關 |
| 17617 | 14 正 | | 160 | 蔄 | 昧 | 環 | 命 | 陽平 | 合 | 五三關 | | | 明平合桓山一 | 母官 | 明合 1 | 莫佩 | 匣平合刪山二 | 戶關 |
| 17618 | 14 正 | | 161 | 瞞 | 昧 | 環 | 命 | 陽平 | 合 | 五三關 | | | 明平合桓山一 | 母官 | 明合 1 | 莫佩 | 匣平合刪山二 | 戶關 |
| 17619 | 14 正 | | 162 | 鬗 | 昧 | 環 | 命 | 陽平 | 合 | 五三關 | | | 明平合桓山一 | 母官 | 明合 1 | 莫佩 | 匣平合刪山二 | 戶關 |
| 17621 | 14 正 | | 163 | 慲 | 昧 | 環 | 命 | 陽平 | 合 | 五三關 | | | 明平合桓山一 | 母官 | 明合 1 | 莫佩 | 匣平合刪山二 | 戶關 |
| 17622 | 14 正 | | 164 | 樠 | 昧 | 環 | 命 | 陽平 | 合 | 五三關 | | | 明平合魂臻一 | 莫奔 | 明合 1 | 莫佩 | 匣平合刪山二 | 戶關 |
| 17623 | 14 正 | | 165 | 璊 | 昧 | 環 | 命 | 陽平 | 合 | 五三關 | | | 明平合魂臻一 | 莫奔 | 明合 1 | 莫佩 | 匣平合刪山二 | 戶關 |
| 17626 | 14 正 | | 166 | 樠 | 昧 | 環 | 命 | 陽平 | 合 | 五三關 | | | 明平合桓山一 | 母官 | 明合 1 | 莫佩 | 匣平合刪山二 | 戶關 |
| 17628 | 14 正 | 34 | 167 | 閒 g* | 几 | 山 | 見 | 陰平 | 齊 | 五四菅 | 平聲兩讀又去聲 | | 見平開山山二 | 居閑 | 見開重 3 | 居履 | 生平開山山二 | 所閒 |
| 17631 | 14 正 | | 168 | 姦 | 几 | 山 | 見 | 陰平 | 齊 | 五四菅 | | | 見平開刪山二 | 古顏 | 見開重 3 | 居履 | 生平開山山二 | 所閒 |
| 17632 | 14 正 | | 169 | 菅 | 几 | 山 | 見 | 陰平 | 齊 | 五四菅 | | | 見平開刪山二 | 古顏 | 見開重 3 | 居履 | 生平開山山二 | 所閒 |
| 17633 | 14 正 | | 170 | 菅 | 几 | 山 | 見 | 陰平 | 齊 | 五四菅 | | | 見平開刪山二 | 古顏 | 見開重 3 | 居履 | 生平開山山二 | 所閒 |

| 韻字編號 | 部序 | 組數 | 字數 | 韻字及何氏反切 | | | 韻字何氏音 | | | | 何萱注釋 | 備注 | 韻字中古音 | | 上字中古音 | | 下字中古音 | |
|---|---|---|---|---|---|---|---|---|---|---|---|---|---|---|---|---|---|---|
| | | | | 韻字 | 上字 | 下字 | 聲 | 調 | 呼 | 韻部 | | | 聲調呼韻攝等 | 反切 | 聲呼等 | 反切 | 聲調呼韻攝等 | 反切 |
| 17635 | 14 正 | 35 | 171 | **鬜** | 舊 | 山 | 起 | 陰平 | 齊 | 五四菅 | | | 溪平開山山二 | 苦閑 | 群開 3 | 巨救 | 生平開山山二 | 所閒 |
| 17637 | 14 正 | | 172 | 顅 | 舊 | 山 | 起 | 陰平 | 齊 | 五四菅 | | | 溪平開山山二 | 苦閑 | 群開 3 | 巨救 | 生平開山山二 | 所閒 |
| 17638 | 14 正 | | 173 | 覵 | 舊 | 山 | 起 | 陰平 | 齊 | 五四菅 | | | 溪平開山山二 | 苦閑 | 群開 3 | 巨救 | 生平開山山二 | 所閒 |
| 17639 | 14 正 | 36 | 174 | 山 | 始 | 菅 | 審 | 陰平 | 齊 | 五四菅 | | | 生平開山山二 | 所閒 | 書開 3 | 詩止 | 見平開刪山二 | 古顏 |
| 17640 | 14 正 | | 175 | 邖 | 始 | 菅 | 審 | 陰平 | 齊 | 五四菅 | | | 生平開山山二 | 所閒 | 書開 3 | 詩止 | 見平開刪山二 | 古顏 |
| 17641 | 14 正 | | 176 | 潸 | 始 | 菅 | 審 | 陰平 | 齊 | 五四菅 | | | 生平開刪山二 | 所姦 | 書開 3 | 詩止 | 見平開刪山二 | 古顏 |
| 17643 | 14 正 | | 177 | 删 | 始 | 菅 | 審 | 陰平 | 齊 | 五四菅 | | | 生平開刪山二 | 所姦 | 書開 3 | 詩止 | 見平開刪山二 | 古顏 |
| 17645 | 14 正 | | 178 | 偲* | 始 | 菅 | 審 | 陰平 | 齊 | 五四菅 | | | 生平開刪山二 | 師姦 | 書開 3 | 詩止 | 見平開刪山二 | 古顏 |
| 17647 | 14 正 | 37 | 179 | **閑** | 向 | 顏 | 曉 | 陽平 | 齊 | 五四菅 | | | 匣平開山山二 | 戶閒 | 曉開 3 | 許亮 | 疑平開刪山二 | 五姦 |
| 17648 | 14 正 | | 180 | 閒 g* | 向 | 顏 | 曉 | 陽平 | 齊 | 五四菅 | 再見 | | 匣平開山山二 | 何間 | 曉開 3 | 許亮 | 疑平開刪山二 | 五姦 |
| 17650 | 14 正 | | 181 | 嫺 | 向 | 顏 | 曉 | 陽平 | 齊 | 五四菅 | | | 匣平開山山二 | 戶閒 | 曉開 3 | 許亮 | 疑平開刪山二 | 五姦 |
| 17651 | 14 正 | | 182 | 憪 | 向 | 顏 | 曉 | 陽平 | 齊 | 五四菅 | | | 匣平開山山二 | 戶閒 | 曉開 3 | 許亮 | 疑平開刪山二 | 五姦 |
| 17652 | 14 正 | | 183 | 癇 | 向 | 顏 | 曉 | 陽平 | 齊 | 五四菅 | | | 匣平開山山二 | 戶閒 | 曉開 3 | 許亮 | 疑平開刪山二 | 五姦 |
| 17653 | 14 正 | | 184 | 瞯 | 向 | 顏 | 曉 | 陽平 | 齊 | 五四菅 | | | 匣平開山山二 | 戶閒 | 曉開 3 | 許亮 | 疑平開刪山二 | 五姦 |
| 17654 | 14 正 | | 185 | 騆 | 向 | 顏 | 曉 | 陽平 | 齊 | 五四菅 | | | 匣平開山山二 | 戶閒 | 曉開 3 | 許亮 | 疑平開刪山二 | 五姦 |
| 17655 | 14 正 | | 186 | 鷳 | 向 | 顏 | 曉 | 陽平 | 齊 | 五四菅 | | | 匣平開山山二 | 戶閒 | 曉開 3 | 許亮 | 疑平開刪山二 | 五姦 |
| 17656 | 14 正 | 38 | 187 | **孱** | 寵 | 顏 | 助 | 陽平 | 齊 | 五四菅 | | | 崇平開山山二 | 士山 | 徹合 3 | 丑隴 | 疑平開刪山二 | 五姦 |
| 17658 | 14 正 | 39 | 188 | **顏** | 仰 | 閑 | 我 | 陽平 | 齊 | 五四菅 | | | 疑平開刪山二 | 五姦 | 疑開 3 | 魚兩 | 匣平開山山二 | 戶閒 |
| 17659 | 14 正 | | 189 | 虥 | 仰 | 閑 | 我 | 陽平 | 齊 | 五四菅 | | | 疑平開山山二 | 五閑 | 疑開 3 | 魚兩 | 匣平開山山二 | 戶閒 |
| 17660 | 14 正 | 40 | 190 | **肩** | 几 | 遷 | 見 | 陰平 | 齊二 | 五五肩 | 肩俗肩 | | 見平開先山四 | 古賢 | 見開重 3 | 居履 | 清平開仙山三 | 七然 |
| 17661 | 14 正 | | 191 | 鞬 | 几 | 遷 | 見 | 陰平 | 齊二 | 五五肩 | | | 見平開元山三 | 居言 | 見開重 3 | 居履 | 清平開仙山三 | 七然 |
| 17662 | 14 正 | 41 | 192 | 攑 | 舊 | 箋 | 起 | 陰平 | 齊二 | 五五肩 | | | 溪平開元山三 | 丘言 | 群開 3 | 巨救 | 精平開先山四 | 則前 |
| 17663 | 14 正 | | 193 | 攓 | 舊 | 箋 | 起 | 陰平 | 齊二 | 五五肩 | | | 溪平開仙山重三 | 去乾 | 群開 3 | 巨救 | 精平開先山四 | 則前 |
| 17664 | 14 正 | | 194 | 搴 g* | 舊 | 箋 | 起 | 陰平 | 齊二 | 五五肩 | 攓或作搴。平上兩讀注在彼 | 攓集韻只有上聲一讀 | 溪平開仙山重三 | 丘虔 | 群開 3 | 巨救 | 精平開先山四 | 則前 |
| 17665 | 14 正 | | 195 | 蹇 | 舊 | 箋 | 起 | 陰平 | 齊二 | 五五肩 | 平上兩讀 | | 溪平開元山三 | 丘言 | 群開 3 | 巨救 | 精平開先山四 | 則前 |
| 17668 | 14 正 | | 196 | **騫** | 舊 | 箋 | 起 | 陰平 | 齊二 | 五五肩 | | | 溪平開仙山重三 | 去乾 | 群開 3 | 巨救 | 精平開先山四 | 則前 |

| 韻字編號 | 部序 | 組數 | 字數 | 韻字及何氏反切 | | | 韻字何氏音 | | | | 何萱注釋 | 備　注 | 韻字中古音 | | 上字中古音 | | 下字中古音 | |
|---|---|---|---|---|---|---|---|---|---|---|---|---|---|---|---|---|---|---|
| | | | | 韻字 | 上字 | 下字 | 聲 | 調 | 呼 | 韻部 | | | 聲調呼韻攝等 | 反切 | 聲呼等 | 反切 | 聲調呼韻攝等 | 反切 |
| 17669 | 14 正 | | 197 | 愆 | 舊 | 箋 | 起 | 陰平 | 齊二 | 五五肩 | | | 溪平開仙山重三 | 去乾 | 群開 3 | 巨救 | 精平開先山四 | 則前 |
| 17670 | 14 正 | | 198 | 遃* | 舊 | 箋 | 起 | 陰平 | 齊二 | 五五肩 | | | 溪平開仙山重三 | 丘虔 | 群開 3 | 巨救 | 精平開先山四 | 則前 |
| 17672 | 14 正 | | 199 | 衔* | 舊 | 箋 | 起 | 陰平 | 齊二 | 五五肩 | 䊴衔或釬鞬 | | 見平開元山三 | 居言 | 群開 3 | 巨救 | 精平開先山四 | 則前 |
| 17674 | 14 正 | | 200 | 攐 | 舊 | 箋 | 起 | 陰平 | 齊二 | 五五肩 | | | 溪平開仙山重三 | 去乾 | 群開 3 | 巨救 | 精平開先山四 | 則前 |
| 17675 | 14 正 | | 201 | 辛 | 舊 | 箋 | 起 | 陰平 | 齊二 | 五五肩 | | | 溪平開仙山重三 | 去乾 | 群開 3 | 巨救 | 精平開先山四 | 則前 |
| 17677 | 14 正 | 42 | 202 | 蔫 | 漾 | 遷 | 影 | 陰平 | 齊二 | 五五肩 | | | 影平開仙山重三 | 於乾 | 以開 3 | 餘亮 | 清平開仙山三 | 七然 |
| 17679 | 14 正 | | 203 | 嫣 | 漾 | 遷 | 影 | 陰平 | 齊二 | 五五肩 | 平去兩讀注在彼 | | 影平開仙山重三 | 於乾 | 以開 3 | 餘亮 | 清平開仙山三 | 七然 |
| 17682 | 14 正 | | 204 | 鄢 | 漾 | 遷 | 影 | 陰平 | 齊二 | 五五肩 | 平去兩讀 | | 影平開仙山重三 | 於乾 | 以開 3 | 餘亮 | 清平開仙山三 | 七然 |
| 17685 | 14 正 | | 205 | 鄢 | 漾 | 遷 | 影 | 陰平 | 齊二 | 五五肩 | | | 影去開先山四 | 於甸 | 以開 3 | 餘亮 | 清平開仙山三 | 七然 |
| 17686 | 14 正 | | 206 | 閼 | 漾 | 遷 | 影 | 陰平 | 齊二 | 五五肩 | | 玉篇於達切又於虔切。據閼何氏注、廣韻音和玉篇音義，增 | 影平開仙山重三 | 於乾 | 以開 3 | 餘亮 | 清平開仙山三 | 七然 |
| 17687 | 14 正 | 43 | 207 | 仚 | 向 | 遷 | 曉 | 陰平 | 齊二 | 五五肩 | | | 曉平開仙山重三 | 許延 | 曉開 3 | 許亮 | 清平開仙山三 | 七然 |
| 17688 | 14 正 | | 208 | 騫 g* | 向 | 遷 | 曉 | 陰平 | 齊二 | 五五肩 | | | 曉平開元山三 | 虛言 | 曉開 3 | 許亮 | 清平開仙山三 | 七然 |
| 17689 | 14 正 | | 209 | 軒 | 向 | 遷 | 曉 | 陰平 | 齊二 | 五五肩 | | | 曉平開元山三 | 虛言 | 曉開 3 | 許亮 | 清平開仙山三 | 七然 |
| 17690 | 14 正 | 44 | 210 | 驒 | 邸 | 遷 | 短 | 陰平 | 齊二 | 五五肩 | 又十七部義分 | | 端平開先山四 | 都年 | 端開 4 | 都禮 | 清平開仙山三 | 七然 |
| 17693 | 14 正 | 45 | 211 | 邅 | 掌 | 遷 | 照 | 陰平 | 齊二 | 五五肩 | | | 知平開仙山三 | 張連 | 章開 3 | 諸兩 | 清平開仙山三 | 七然 |
| 17694 | 14 正 | | 212 | 驙 | 掌 | 遷 | 照 | 陰平 | 齊二 | 五五肩 | | | 知平開仙山三 | 張連 | 章開 3 | 諸兩 | 清平開仙山三 | 七然 |
| 17696 | 14 正 | | 213 | 亶 | 掌 | 遷 | 照 | 陰平 | 齊二 | 五五肩 | 重見 | | 禪平開仙山三 | 市連 | 章開 3 | 諸兩 | 清平開仙山三 | 七然 |
| 17697 | 14 正 | | 214 | 饘 | 掌 | 遷 | 照 | 陰平 | 齊二 | 五五肩 | | | 章平開仙山三 | 諸延 | 章開 3 | 諸兩 | 清平開仙山三 | 七然 |
| 17699 | 14 正 | | 215 | 旃 | 掌 | 遷 | 照 | 陰平 | 齊二 | 五五肩 | | | 章平開仙山三 | 諸延 | 章開 3 | 諸兩 | 清平開仙山三 | 七然 |
| 17700 | 14 正 | | 216 | 氈 | 掌 | 遷 | 照 | 陰平 | 齊二 | 五五肩 | | | 章平開仙山三 | 諸延 | 章開 3 | 諸兩 | 清平開仙山三 | 七然 |
| 17701 | 14 正 | | 217 | 鸇 | 掌 | 遷 | 照 | 陰平 | 齊二 | 五五肩 | | | 章平開仙山三 | 諸延 | 章開 3 | 諸兩 | 清平開仙山三 | 七然 |
| 17702 | 14 正 | | 218 | 鱣 | 掌 | 遷 | 照 | 陰平 | 齊二 | 五五肩 | | | 知平開仙山三 | 張連 | 章開 3 | 諸兩 | 清平開仙山三 | 七然 |
| 17703 | 14 正 | 46 | 219 | 延 | 寵 | 箋 | 助 | 陰平 | 齊二 | 五五肩 | | | 徹平開仙山三 | 丑延 | 徹合 3 | 丑隴 | 精平開先山四 | 則前 |
| 17706 | 14 正 | | 220 | 挻 g* | 寵 | 箋 | 助 | 陰平 | 齊二 | 五五肩 | 挻本韻三見。俗作挻又有埏梴 | 正字作挻 | 徹平開仙山三 | 抽延 | 徹合 3 | 丑隴 | 精平開先山四 | 則前 |
| 17707 | 14 正 | | 221 | 梴 | 寵 | 箋 | 助 | 陰平 | 齊二 | 五五肩 | 梴俗作梴。已見 | 正字作梴 | 徹平開仙山三 | 丑延 | 徹合 3 | 丑隴 | 精平開先山四 | 則前 |

| 韻字編號 | 部序 | 組數 | 字數 | 韻字及何氏反切 | | | 韻字何氏音 | | | | 何萱注釋 | 備注 | 韻字中古音 | | 上字中古音 | | 下字中古音 | |
|---|---|---|---|---|---|---|---|---|---|---|---|---|---|---|---|---|---|---|
| | | | | 韻字 | 上字 | 下字 | 聲 | 調 | 呼 | 韻部 | | | 聲調呼韻攝等 | 反切 | 聲呼等 | 反切 | 聲調呼韻攝等 | 反切 |
| | | | | | | | | | | | 挻下可混而一之 | | | | | | | |
| 17708 | 14 正 | 47 | 222 | 挻 | 始 | 箋 | 審 | 陰平 | 齊二 | 五五肩 | 挻凡三見。俗有埏 | 正字作挻 | 書平開仙山三 | 式連 | 書開 3 | 詩止 | 精平開先山四 | 則前 |
| 17710 | 14 正 | | 223 | **羴** | 始 | 箋 | 審 | 陰平 | 齊二 | 五五肩 | | | 曉平開山山二 | 許閒 | 書開 3 | 詩止 | 精平開先山四 | 則前 |
| 17711 | 14 正 | 48 | 224 | **箋** | 紫 | 遷 | 井 | 陰平 | 齊二 | 五五肩 | | | 精平開先山四 | 則前 | 精開 3 | 將此 | 清平開仙山三 | 七然 |
| 17712 | 14 正 | 49 | 225 | 䙴 | 此 | 箋 | 淨 | 陰平 | 齊二 | 五五肩 | 卑或䙴 | | 清平開仙山三 | 七然 | 清開 3 | 雌氏 | 精平開先山四 | 則前 |
| 17713 | 14 正 | | 226 | 遷 | 此 | 箋 | 淨 | 陰平 | 齊二 | 五五肩 | | | 清平開仙山三 | 七然 | 清開 3 | 雌氏 | 精平開先山四 | 則前 |
| 17714 | 14 正 | | 227 | **遷** | 此 | 箋 | 淨 | 陰平 | 齊二 | 五五肩 | | | 清平開仙山三 | 七然 | 清開 3 | 雌氏 | 精平開先山四 | 則前 |
| 17715 | 14 正 | | 228 | 𨙻 | 此 | 箋 | 淨 | 陰平 | 齊二 | 五五肩 | | | 清平開仙山三 | 七然 | 清開 3 | 雌氏 | 精平開先山四 | 則前 |
| 17716 | 14 正 | 50 | 229 | **僊** | 想 | 遷 | 信 | 陰平 | 齊二 | 五五肩 | | | 心平開仙山三 | 相然 | 心開 3 | 息兩 | 清平開仙山三 | 七然 |
| 17717 | 14 正 | | 230 | 鱻 | 想 | 遷 | 信 | 陰平 | 齊二 | 五五肩 | | | 心平開仙山三 | 相然 | 心開 3 | 息兩 | 清平開仙山三 | 七然 |
| 17718 | 14 正 | | 231 | 鮮 | 想 | 遷 | 信 | 陰平 | 齊二 | 五五肩 | | | 心平開仙山三 | 相然 | 心開 3 | 息兩 | 清平開仙山三 | 七然 |
| 17719 | 14 正 | 51 | 232 | 乾 | 舊 | 連 | 起 | 陽平 | 齊二 | 五五肩 | 再見 | | 群平開仙山重三 | 渠焉 | 群開 3 | 巨救 | 來平開仙山三 | 力延 |
| 17721 | 14 正 | | 233 | **虔** | 舊 | 連 | 起 | 陽平 | 齊二 | 五五肩 | | | 群平開仙山重三 | 渠焉 | 群開 3 | 巨救 | 來平開仙山三 | 力延 |
| 17722 | 14 正 | | 234 | 𢯕* | 舊 | 連 | 起 | 陽平 | 齊二 | 五五肩 | | | 溪平開仙山重三 | 丘虔 | 群開 3 | 巨救 | 來平開仙山三 | 力延 |
| 17728 | 14 正 | | 235 | 𨝛 | 舊 | 連 | 起 | 陽平 | 齊二 | 五五肩 | | | 群平開仙山重三 | 渠焉 | 群開 3 | 巨救 | 來平開仙山三 | 力延 |
| 17729 | 14 正 | | 236 | 赶 | 舊 | 連 | 起 | 陽平 | 齊二 | 五五肩 | | | 群平開元山三 | 巨言 | 群開 3 | 巨救 | 來平開仙山三 | 力延 |
| 17731 | 14 正 | 52 | 237 | **延** | 漾 | 連 | 影 | 陽平 | 齊二 | 五五肩 | | | 以平開仙山三 | 以然 | 以開 3 | 餘亮 | 來平開仙山三 | 力延 |
| 17733 | 14 正 | | 238 | 挻 g* | 漾 | 連 | 影 | 陽平 | 齊二 | 五五肩 | 凡三見。挻俗有埏挻 | 正字作挻。取埏廣韻音 | 以平開仙山三 | 以然 | 以開 3 | 餘亮 | 來平開仙山三 | 力延 |
| 17736 | 14 正 | | 239 | 唌 g* | 漾 | 連 | 影 | 陽平 | 齊二 | 五五肩 | | | 以平開仙山三 | 夷然 | 以開 3 | 餘亮 | 來平開仙山三 | 力延 |
| 17737 | 14 正 | | 240 | 筵 | 漾 | 連 | 影 | 陽平 | 齊二 | 五五肩 | | | 以平開仙山三 | 以然 | 以開 3 | 餘亮 | 來平開仙山三 | 力延 |
| 17738 | 14 正 | | 241 | 郔 | 漾 | 連 | 影 | 陽平 | 齊二 | 五五肩 | | | 以平開仙山三 | 以然 | 以開 3 | 餘亮 | 來平開仙山三 | 力延 |
| 17741 | 14 正 | | 242 | 焉 | 漾 | 連 | 影 | 陽平 | 齊二 | 五五肩 | | | 云平開仙山三 | 有乾 | 以開 3 | 餘亮 | 來平開仙山三 | 力延 |
| 17742 | 14 正 | | 243 | 漹 | 漾 | 連 | 影 | 陽平 | 齊二 | 五五肩 | | | 云平開仙山三 | 有乾 | 以開 3 | 餘亮 | 來平開仙山三 | 力延 |
| 17743 | 14 正 | 53 | 244 | **聯*** | 亮 | 延 | 賚 | 陽平 | 齊二 | 五五肩 | | | 來平合仙山三 | 閭員 | 來開 3 | 力讓 | 以平開仙山三 | 以然 |
| 17744 | 14 正 | | 245 | 䜌 | 亮 | 延 | 賚 | 陽平 | 齊二 | 五五肩 | | | 來平開仙山三 | 力延 | 來開 3 | 力讓 | 以平開仙山三 | 以然 |
| 17745 | 14 正 | | 246 | 連 | 亮 | 延 | 賚 | 陽平 | 齊二 | 五五肩 | 平上兩讀 | | 來平開仙山三 | 力延 | 來開 3 | 力讓 | 以平開仙山三 | 以然 |

| 韻字編號 | 部序 | 組數 | 字數 | 韻字及何氏反切 | | | 韻字何氏音 | | | | 何萱注釋 | 備　注 | 韻字中古音 | | 上字中古音 | | 下字中古音 | |
|---|---|---|---|---|---|---|---|---|---|---|---|---|---|---|---|---|---|---|
| | | | | 韻字 | 上字 | 下字 | 聲 | 調 | 呼 | 韻部 | | | 聲調呼韻攝等 | 反切 | 聲呼等 | 反切 | 聲調呼韻攝等 | 反切 |
| 17747 | 14 正 | | 247 | 連 | 亮 | 延 | 賚 | 陽平 | 齊二 | 五五肩 | | | 來平開仙山三 | 力延 | 來開 3 | 力讓 | 以平開仙山三 | 以然 |
| 17750 | 14 正 | | 248 | 謰* | 亮 | 延 | 賚 | 陽平 | 齊二 | 五五肩 | | | 來平開仙山三 | 陵延 | 來開 3 | 力讓 | 以平開仙山三 | 以然 |
| 17751 | 14 正 | | 249 | 蓮 | 亮 | 延 | 賚 | 陽平 | 齊二 | 五五肩 | | | 來平開先山四 | 落賢 | 來開 3 | 力讓 | 以平開仙山三 | 以然 |
| 17752 | 14 正 | | 250 | 鰱 | 亮 | 延 | 賚 | 陽平 | 齊二 | 五五肩 | | | 來平開仙山三 | 力延 | 來開 3 | 力讓 | 以平開仙山三 | 以然 |
| 17754 | 14 正 | | 251 | 鏈 | 亮 | 延 | 賚 | 陽平 | 齊二 | 五五肩 | | | 來平開仙山三 | 力延 | 來開 3 | 力讓 | 以平開仙山三 | 以然 |
| 17755 | 14 正 | 54 | 252 | **廛** | 寵 | 連 | 助 | 陽平 | 齊二 | 五五肩 | | | 澄平開仙山三 | 直連 | 徹合 3 | 丑隴 | 來平開仙山三 | 力延 |
| 17756 | 14 正 | | 253 | 躔 | 寵 | 連 | 助 | 陽平 | 齊二 | 五五肩 | | | 澄平開仙山三 | 直連 | 徹合 3 | 丑隴 | 來平開仙山三 | 力延 |
| 17757 | 14 正 | | 254 | 纏 | 寵 | 連 | 助 | 陽平 | 齊二 | 五五肩 | | | 澄平開仙山三 | 直連 | 徹合 3 | 丑隴 | 來平開仙山三 | 力延 |
| 17758 | 14 正 | 55 | 255 | 肰 | 攘 | 連 | 耳 | 陽平 | 齊二 | 五五肩 | | | 日平開仙山三 | 如延 | 日開 3 | 人漾 | 來平開仙山三 | 力延 |
| 17759 | 14 正 | | 256 | **然** | 攘 | 連 | 耳 | 陽平 | 齊二 | 五五肩 | | | 日平開仙山三 | 如延 | 日開 3 | 人漾 | 來平開仙山三 | 力延 |
| 17760 | 14 正 | | 257 | 嘫 | 攘 | 連 | 耳 | 陽平 | 齊二 | 五五肩 | | | 娘平開山山二 | 女閑 | 日開 3 | 人漾 | 來平開仙山三 | 力延 |
| 17761 | 14 正 | | 258 | 繎 | 攘 | 連 | 耳 | 陽平 | 齊二 | 五五肩 | | | 日平開仙山三 | 如延 | 日開 3 | 人漾 | 來平開仙山三 | 力延 |
| 17762 | 14 正 | | 259 | 蘸 | 攘 | 連 | 耳 | 陽平 | 齊二 | 五五肩 | | | 日平開仙山三 | 如延 | 日開 3 | 人漾 | 來平開仙山三 | 力延 |
| 17764 | 14 正 | 56 | 260 | **鋋** | 始 | 連 | 審 | 陽平 | 齊二 | 五五肩 | | | 禪平開仙山三 | 市連 | 書開 3 | 詩止 | 來平開仙山三 | 力延 |
| 17766 | 14 正 | | 261 | 裻 | 始 | 連 | 審 | 陽平 | 齊二 | 五五肩 | | | 書平開仙山三 | 式連 | 書開 3 | 詩止 | 來平開仙山三 | 力延 |
| 17767 | 14 正 | | 262 | 澶 | 始 | 連 | 審 | 陽平 | 齊二 | 五五肩 | | | 禪平開仙山三 | 市連 | 書開 3 | 詩止 | 來平開仙山三 | 力延 |
| 17770 | 14 正 | | 263 | 嬗 | 始 | 連 | 審 | 陽平 | 齊二 | 五五肩 | 別有嬋，嬋平去兩讀 | | 透平開寒山一 | 他干 | 書開 3 | 詩止 | 來平開仙山三 | 力延 |
| 17773 | 14 正 | | 264 | 蟬 | 始 | 連 | 審 | 陽平 | 齊二 | 五五肩 | | | 禪平開仙山三 | 市連 | 書開 3 | 詩止 | 來平開仙山三 | 力延 |
| 17774 | 14 正 | | 265 | 單 | 始 | 連 | 審 | 陽平 | 齊二 | 五五肩 | 兩見又上聲 | 缺上聲，據單廣韻音增始淺切，見 14 部 | 禪平開仙山三 | 市連 | 書開 3 | 詩止 | 來平開仙山三 | 力延 |
| 17776 | 14 正 | 57 | 266 | **錢** | 此 | 連 | 淨 | 陽平 | 齊二 | 五五肩 | 平上兩讀 | | 從平開仙山三 | 昨仙 | 清開 3 | 雌氏 | 來平開仙山三 | 力延 |
| 17778 | 14 正 | 58 | 267 | **言** | 仰 | 連 | 我 | 陽平 | 齊二 | 五五肩 | | | 疑平開元山三 | 語軒 | 疑開 3 | 魚兩 | 來平開仙山三 | 力延 |
| 17779 | 14 正 | | 268 | 琂 | 仰 | 連 | 我 | 陽平 | 齊二 | 五五肩 | | | 疑平開元山三 | 語軒 | 疑開 3 | 魚兩 | 來平開仙山三 | 力延 |
| 17780 | 14 正 | 59 | 269 | **次** | 想 | 連 | 信 | 陽平 | 齊二 | 五五肩 | | | 邪平開仙山三 | 夕連 | 心開 3 | 息兩 | 來平開仙山三 | 力延 |
| 17781 | 14 正 | 60 | 270 | **緜** | 美 | 連 | 命 | 陽平 | 齊二 | 五五肩 | | | 明平開仙山重四 | 武延 | 明開重 3 | 無鄙 | 來平開仙山三 | 力延 |

| 韻字編號 | 部序 | 組數 | 字數 | 韻字及何氏反切 | | | 韻字何氏音 | | | | 何萱注釋 | 備注 | 韻字中古音 | | 上字中古音 | | 下字中古音 | |
|---|---|---|---|---|---|---|---|---|---|---|---|---|---|---|---|---|---|---|
| | | | | 韻字 | 上字 | 下字 | 聲 | 調 | 呼 | 韻部 | | | 聲調呼韻攝等 | 反切 | 聲呼等 | 反切 | 聲調呼韻攝等 | 反切 |
| 17782 | 14正 | | 271 | 蝒 | 美 | 連 | 命 | 陽平 | 齊二 | 五五肩 | 蝒隸作蝒 | | 明平開仙山重四 | 武延 | 明開重3 | 無鄙 | 來平開仙山三 | 力延 |
| 17783 | 14正 | 61 | 272 | **涓** | 舉 | 幡 | 見 | 陰平 | 撮 | 五六涓 | | | 見平合先山四 | 古玄 | 見合3 | 居許 | 敷平合元山三 | 孚袁 |
| 17784 | 14正 | | 273 | 䤰 | 舉 | 幡 | 見 | 陰平 | 撮 | 五六涓 | | | 見去合先山四 | 古縣 | 見合3 | 居許 | 敷平合元山三 | 孚袁 |
| 17785 | 14正 | | 274 | 䅌 | 舉 | 幡 | 見 | 陰平 | 撮 | 五六涓 | | | 見平合先山四 | 古玄 | 見合3 | 居許 | 敷平合元山三 | 孚袁 |
| 17786 | 14正 | 62 | 275 | 肙 | 羽 | 幡 | 影 | 陰平 | 撮 | 五六涓 | | | 影去合先山四 | 烏縣 | 云合3 | 王矩 | 敷平合元山三 | 孚袁 |
| 17787 | 14正 | | 276 | 悁 | 羽 | 幡 | 影 | 陰平 | 撮 | 五六涓 | | | 影平合仙山重四 | 於緣 | 云合3 | 王矩 | 敷平合元山三 | 孚袁 |
| 17788 | 14正 | | 277 | 㾓 | 羽 | 幡 | 影 | 陰平 | 撮 | 五六涓 | | | 影平合先山四 | 烏玄 | 云合3 | 王矩 | 敷平合元山三 | 孚袁 |
| 17789 | 14正 | | 278 | 剈 | 羽 | 幡 | 影 | 陰平 | 撮 | 五六涓 | | | 影平合先山四 | 烏玄 | 云合3 | 王矩 | 敷平合元山三 | 孚袁 |
| 17790 | 14正 | | 279 | 弲 | 羽 | 幡 | 影 | 陰平 | 撮 | 五六涓 | | | 影平合先山四 | 烏玄 | 云合3 | 王矩 | 敷平合元山三 | 孚袁 |
| 17792 | 14正 | | 280 | 冤 | 羽 | 幡 | 影 | 陰平 | 撮 | 五六涓 | | | 影平合元山三 | 於袁 | 云合3 | 王矩 | 敷平合元山三 | 孚袁 |
| 17793 | 14正 | | 281 | 蒬 | 羽 | 幡 | 影 | 陰平 | 撮 | 五六涓 | | | 影平合元山三 | 於袁 | 云合3 | 王矩 | 敷平合元山三 | 孚袁 |
| 17794 | 14正 | | 282 | 鞔 | 羽 | 幡 | 影 | 陰平 | 撮 | 五六涓 | | | 影上合元山三 | 於阮 | 云合3 | 王矩 | 敷平合元山三 | 孚袁 |
| 17795 | 14正 | | 283 | 輐 | 羽 | 幡 | 影 | 陰平 | 撮 | 五六涓 | | | 影平合元山三 | 於袁 | 云合3 | 王矩 | 敷平合元山三 | 孚袁 |
| 17796 | 14正 | | 284 | 帵 | 羽 | 幡 | 影 | 陰平 | 撮 | 五六涓 | | | 影平合元山三 | 於袁 | 云合3 | 王矩 | 敷平合元山三 | 孚袁 |
| 17797 | 14正 | | 285 | **鴛** | 羽 | 幡 | 影 | 陰平 | 撮 | 五六涓 | | | 影平合元山三 | 於袁 | 云合3 | 王矩 | 敷平合元山三 | 孚袁 |
| 17799 | 14正 | | 286 | 智 | 羽 | 幡 | 影 | 陰平 | 撮 | 五六涓 | 又十六部注在彼 | | 影平合元山三 | 於袁 | 云合3 | 王矩 | 敷平合元山三 | 孚袁 |
| 17802 | 14正 | | 287 | 嬛* | 羽 | 幡 | 影 | 陰平 | 撮 | 五六涓 | | | 影平合仙山重四 | 縈缘 | 云合3 | 王矩 | 敷平合元山三 | 孚袁 |
| 17805 | 14正 | 63 | 288 | 儇 | 許 | 幡 | 曉 | 陰平 | 撮 | 五六涓 | | | 曉平合仙山重四 | 許緣 | 曉合3 | 虛呂 | 敷平合元山三 | 孚袁 |
| 17806 | 14正 | | 289 | 譞 | 許 | 幡 | 曉 | 陰平 | 撮 | 五六涓 | | | 曉平合仙山重四 | 許緣 | 曉合3 | 虛呂 | 敷平合元山三 | 孚袁 |
| 17807 | 14正 | | 290 | 嬛 | 許 | 幡 | 曉 | 陰平 | 撮 | 五六涓 | | | 曉平合仙山重四 | 許緣 | 曉合3 | 虛呂 | 敷平合元山三 | 孚袁 |
| 17810 | 14正 | | 291 | 趯 | 許 | 幡 | 曉 | 陰平 | 撮 | 五六涓 | | | 曉平合仙山重四 | 許緣 | 曉合3 | 虛呂 | 敷平合元山三 | 孚袁 |
| 17811 | 14正 | | 292 | 翾 | 許 | 幡 | 曉 | 陰平 | 撮 | 五六涓 | | | 曉平合仙山重四 | 許緣 | 曉合3 | 虛呂 | 敷平合元山三 | 孚袁 |
| 17812 | 14正 | | 293 | 吅 | 許 | 幡 | 曉 | 陰平 | 撮 | 五六涓 | | | 曉平合元山三 | 況袁 | 曉合3 | 虛呂 | 敷平合元山三 | 孚袁 |
| 17814 | 14正 | | 294 | 諼 | 許 | 幡 | 曉 | 陰平 | 撮 | 五六涓 | | | 曉平合元山三 | 況袁 | 曉合3 | 虛呂 | 敷平合元山三 | 孚袁 |
| 17816 | 14正 | | 295 | 煖 | 許 | 幡 | 曉 | 陰平 | 撮 | 五六涓 | | | 曉平合元山三 | 況袁 | 曉合3 | 虛呂 | 敷平合元山三 | 孚袁 |
| 17817 | 14正 | | 296 | **藼*** | 許 | 幡 | 曉 | 陰平 | 撮 | 五六涓 | | | 曉平合元山三 | 許元 | 曉合3 | 虛呂 | 敷平合元山三 | 孚袁 |
| 17819 | 14正 | | 297 | 䡝 | 許 | 幡 | 曉 | 陰平 | 撮 | 五六涓 | | | 曉平合元山三 | 況袁 | 曉合3 | 虛呂 | 敷平合元山三 | 孚袁 |

| 韻字編號 | 部序 | 組數 | 字數 | 韻字及何氏反切 | | | 韻字何氏音 | | | | 何萱注釋 | 備　注 | 韻字中古音 | | 上字中古音 | | 下字中古音 | |
|---|---|---|---|---|---|---|---|---|---|---|---|---|---|---|---|---|---|---|
| | | | | 韻字 | 上字 | 下字 | 聲 | 調 | 呼 | 韻部 | | | 聲調呼韻攝等 | 反切 | 聲呼等 | 反切 | 聲調呼韻攝等 | 反切 |
| 17820 | 14 正 | | 298 | 䑲 | 許 | 幡 | 曉 | 陰平 | 撮 | 五六涓 | | | 曉平合元山三 | 況袁 | 曉合 3 | 虛呂 | 敷平合元山三 | 孚袁 |
| 17821 | 14 正 | | 299 | 鋗 | 許 | 幡 | 曉 | 陰平 | 撮 | 五六涓 | | | 曉平合先山四 | 火玄 | 曉合 3 | 虛呂 | 敷平合元山三 | 孚袁 |
| 17822 | 14 正 | 64 | 300 | 顓 | 翥 | 幡 | 照 | 陰平 | 撮 | 五六涓 | | | 章平合仙山三 | 職緣 | 章合 3 | 章恕 | 敷平合元山三 | 孚袁 |
| 17823 | 14 正 | | 301 | 叀 | 翥 | 幡 | 照 | 陰平 | 撮 | 五六涓 | | | 禪去合仙山三 | 時釧 | 章合 3 | 章恕 | 敷平合元山三 | 孚袁 |
| 17824 | 14 正 | | 302 | **專** | 翥 | 幡 | 照 | 陰平 | 撮 | 五六涓 | | | 章平合仙山三 | 職緣 | 章合 3 | 章恕 | 敷平合元山三 | 孚袁 |
| 17825 | 14 正 | | 303 | 嫥 | 翥 | 幡 | 照 | 陰平 | 撮 | 五六涓 | | | 章平合仙山三 | 職緣 | 章合 3 | 章恕 | 敷平合元山三 | 孚袁 |
| 17828 | 14 正 | | 304 | 跧 | 翥 | 幡 | 照 | 陰平 | 撮 | 五六涓 | | | 莊平合仙山三 | 莊緣 | 章合 3 | 章恕 | 敷平合元山三 | 孚袁 |
| 17829 | 14 正 | 65 | 305 | **穿** | 處 | 幡 | 助 | 陰平 | 撮 | 五六涓 | | | 昌平合仙山三 | 昌緣 | 昌合 3 | 昌與 | 敷平合元山三 | 孚袁 |
| 17830 | 14 正 | 66 | 306 | 恮 | 翠 | 幡 | 淨 | 陰平 | 撮 | 五六涓 | | | 清平合仙山三 | 此緣 | 清合 3 | 七醉 | 敷平合元山三 | 孚袁 |
| 17831 | 14 正 | | 307 | 佺 | 翠 | 幡 | 淨 | 陰平 | 撮 | 五六涓 | | | 清平合仙山三 | 此緣 | 清合 3 | 七醉 | 敷平合元山三 | 孚袁 |
| 17832 | 14 正 | | 308 | **詮** | 翠 | 幡 | 淨 | 陰平 | 撮 | 五六涓 | | | 清平合仙山三 | 此緣 | 清合 3 | 七醉 | 敷平合元山三 | 孚袁 |
| 17833 | 14 正 | | 309 | 銓 | 翠 | 幡 | 淨 | 陰平 | 撮 | 五六涓 | | | 清平合仙山三 | 此緣 | 清合 3 | 七醉 | 敷平合元山三 | 孚袁 |
| 17834 | 14 正 | | 310 | 絟 | 翠 | 幡 | 淨 | 陰平 | 撮 | 五六涓 | | | 清平合仙山三 | 此緣 | 清合 3 | 七醉 | 敷平合元山三 | 孚袁 |
| 17835 | 14 正 | | 311 | 荃 | 翠 | 幡 | 淨 | 陰平 | 撮 | 五六涓 | 又十五部入聲 | | 清平合仙山三 | 此緣 | 清合 3 | 七醉 | 敷平合元山三 | 孚袁 |
| 17840 | 14 正 | | 312 | 譔 | 翠 | 幡 | 淨 | 陰平 | 撮 | 五六涓 | | 譔 | 清平合仙山三 | 此緣 | 清合 3 | 七醉 | 敷平合元山三 | 孚袁 |
| 17841 | 14 正 | | 313 | 鐉 | 翠 | 幡 | 淨 | 陰平 | 撮 | 五六涓 | | 鐉 | 清平合仙山三 | 此緣 | 清合 3 | 七醉 | 敷平合元山三 | 孚袁 |
| 17842 | 14 正 | | 314 | 夋 | 翠 | 幡 | 淨 | 陰平 | 撮 | 五六涓 | | | 清平合諄臻三 | 七倫 | 清合 3 | 七醉 | 敷平合元山三 | 孚袁 |
| 17843 | 14 正 | | 315 | 䞭 | 翠 | 幡 | 淨 | 陰平 | 撮 | 五六涓 | | | 清去開尤流三 | 七溜 | 清合 3 | 七醉 | 敷平合元山三 | 孚袁 |
| 17844 | 14 正 | | 316 | 逡 | 翠 | 幡 | 淨 | 陰平 | 撮 | 五六涓 | | | 清平合諄臻三 | 七倫 | 清合 3 | 七醉 | 敷平合元山三 | 孚袁 |
| 17845 | 14 正 | | 317 | 悛 | 翠 | 幡 | 淨 | 陰平 | 撮 | 五六涓 | | | 清平合仙山三 | 此緣 | 清合 3 | 七醉 | 敷平合元山三 | 孚袁 |
| 17846 | 14 正 | | 318 | 竣 | 翠 | 幡 | 淨 | 陰平 | 撮 | 五六涓 | | | 清平合諄臻三 | 七倫 | 清合 3 | 七醉 | 敷平合元山三 | 孚袁 |
| 17847 | 14 正 | | 319 | 梭 g* | 翠 | 幡 | 淨 | 陰平 | 撮 | 五六涓 | | | 清平合仙山三 | 逡緣 | 清合 3 | 七醉 | 敷平合元山三 | 孚袁 |
| 17848 | 14 正 | 67 | 320 | **宣** | 敘 | 幡 | 信 | 陰平 | 撮 | 五六涓 | | | 心平合仙山三 | 須緣 | 邪合 3 | 徐呂 | 敷平合元山三 | 孚袁 |
| 17849 | 14 正 | | 321 | 愃 | 敘 | 幡 | 信 | 陰平 | 撮 | 五六涓 | 平上兩讀注在彼 | | 心平合仙山三 | 須緣 | 邪合 3 | 徐呂 | 敷平合元山三 | 孚袁 |
| 17851 | 14 正 | | 322 | 珣 | 敘 | 幡 | 信 | 陰平 | 撮 | 五六涓 | 又十二部 | 此處按宣廣韻音 | 心平合仙山三 | 須緣 | 邪合 3 | 徐呂 | 敷平合元山三 | 孚袁 |
| 17852 | 14 正 | 68 | 323 | 幡 | 甫 | 跧 | 匪 | 陰平 | 撮 | 五六涓 | | | 敷平合元山三 | 孚袁 | 非合 3 | 方矩 | 莊平合仙山三 | 莊緣 |
| 17853 | 14 正 | | 324 | 橎 | 甫 | 跧 | 匪 | 陰平 | 撮 | 五六涓 | | | 非上合元山三 | 府遠 | 非合 3 | 方矩 | 莊平合仙山三 | 莊緣 |

| 韻字編號 | 部序 | 組數 | 字數 | 韻字及何氏反切 | | | 韻字何氏音 | | | | 何萱注釋 | 備　注 | 韻字中古音 | | 上字中古音 | | 下字中古音 | |
|---|---|---|---|---|---|---|---|---|---|---|---|---|---|---|---|---|---|---|
| | | | | 韻字 | 上字 | 下字 | 聲 | 調 | 呼 | 韻部 | | | 聲調呼韻攝等 | 反切 | 聲呼等 | 反切 | 聲調呼韻攝等 | 反切 |
| 17854 | 14 正 | | 325 | 蕃 | 甫 | 跧 | 匪 | 陰平 | 撮 | 五六涓 | | | 奉平合元山三 | 附袁 | 非合 3 | 方矩 | 莊平合仙山三 | 莊緣 |
| 17855 | 14 正 | | 326 | **藩** | 甫 | 跧 | 匪 | 陰平 | 撮 | 五六涓 | | | 非平合元山三 | 甫煩 | 非合 3 | 方矩 | 莊平合仙山三 | 莊緣 |
| 17856 | 14 正 | | 327 | 籓 | 甫 | 跧 | 匪 | 陰平 | 撮 | 五六涓 | | | 非平合元山三 | 甫煩 | 非合 3 | 方矩 | 莊平合仙山三 | 莊緣 |
| 17857 | 14 正 | | 328 | 瀌** | 甫 | 跧 | 匪 | 陰平 | 撮 | 五六涓 | | | 滂上開宵效重三 | 孚表 | 非合 3 | 方矩 | 莊平合仙山三 | 莊緣 |
| 17858 | 14 正 | 69 | 329 | **權** | 去 | 煩 | 起 | 陽平 | 撮 | 五六涓 | | | 群平合仙山重三 | 巨員 | 溪合 3 | 丘倨 | 奉平合元山三 | 附袁 |
| 17859 | 14 正 | | 330 | 蠸 | 去 | 煩 | 起 | 陽平 | 撮 | 五六涓 | | | 群平合仙山重三 | 巨員 | 溪合 3 | 丘倨 | 奉平合元山三 | 附袁 |
| 17860 | 14 正 | | 331 | 蘿 | 去 | 煩 | 起 | 陽平 | 撮 | 五六涓 | | | 群平合仙山重三 | 巨員 | 溪合 3 | 丘倨 | 奉平合元山三 | 附袁 |
| 17861 | 14 正 | | 332 | 蠸 | 去 | 煩 | 起 | 陽平 | 撮 | 五六涓 | 又去聲副編 | 原注「又十五部去聲」，誤，另一讀在 14 副 | 群平合仙山重三 | 巨員 | 溪合 3 | 丘倨 | 奉平合元山三 | 附袁 |
| 17863 | 14 正 | | 333 | 爟 g* | 去 | 煩 | 起 | 陽平 | 撮 | 五六涓 | 平去兩讀注在彼 | | 群平合仙山重三 | 逵員 | 溪合 3 | 丘倨 | 奉平合元山三 | 附袁 |
| 17865 | 14 正 | | 334 | 拳 | 去 | 煩 | 起 | 陽平 | 撮 | 五六涓 | | | 群平合仙山重三 | 巨員 | 溪合 3 | 丘倨 | 奉平合元山三 | 附袁 |
| 17866 | 14 正 | | 335 | 齤 | 去 | 煩 | 起 | 陽平 | 撮 | 五六涓 | | | 群平合仙山重三 | 巨員 | 溪合 3 | 丘倨 | 奉平合元山三 | 附袁 |
| 17867 | 14 正 | | 336 | 觠 | 去 | 煩 | 起 | 陽平 | 撮 | 五六涓 | | | 群平合仙山重三 | 巨員 | 溪合 3 | 丘倨 | 奉平合元山三 | 附袁 |
| 17868 | 14 正 | | 337 | 卷 | 去 | 煩 | 起 | 陽平 | 撮 | 五六涓 | 平上兩讀義分 | | 群平合仙山重三 | 巨員 | 溪合 3 | 丘倨 | 奉平合元山三 | 附袁 |
| 17871 | 14 正 | | 338 | 捲 | 去 | 煩 | 起 | 陽平 | 撮 | 五六涓 | 平上兩讀 | | 群平合仙山重三 | 巨員 | 溪合 3 | 丘倨 | 奉平合元山三 | 附袁 |
| 17876 | 14 正 | | 339 | 鬈 | 去 | 煩 | 起 | 陽平 | 撮 | 五六涓 | | | 溪平合仙山重三 | 丘圓 | 溪合 3 | 丘倨 | 奉平合元山三 | 附袁 |
| 17877 | 14 正 | | 340 | 瞏 | 去 | 煩 | 起 | 陽平 | 撮 | 五六涓 | | | 群平合清梗三 | 渠營 | 溪合 3 | 丘倨 | 奉平合元山三 | 附袁 |
| 17878 | 14 正 | | 341 | 瓊 | 去 | 煩 | 起 | 陽平 | 撮 | 五六涓 | | | 群平合清梗三 | 渠營 | 溪合 3 | 丘倨 | 奉平合元山三 | 附袁 |
| 17879 | 14 正 | | 342 | 敻 | 去 | 煩 | 起 | 陽平 | 撮 | 五六涓 | | | 群平合清梗三 | 渠營 | 溪合 3 | 丘倨 | 奉平合元山三 | 附袁 |
| 17881 | 14 正 | | 343 | 狋 | 去 | 煩 | 起 | 陽平 | 撮 | 五六涓 | 又十五部義別 | | 群平合仙山重三 | 巨員 | 溪合 3 | 丘倨 | 奉平合元山三 | 附袁 |
| 17882 | 14 正 | 70 | 344 | **袁** | 羽 | 煩 | 影 | 陽平 | 撮 | 五六涓 | | | 云平合元山三 | 雨元 | 云合 3 | 王矩 | 奉平合元山三 | 附袁 |
| 17883 | 14 正 | | 345 | 轅 | 羽 | 煩 | 影 | 陽平 | 撮 | 五六涓 | | | 云平合元山三 | 雨元 | 云合 3 | 王矩 | 奉平合元山三 | 附袁 |
| 17884 | 14 正 | | 346 | 園 | 羽 | 煩 | 影 | 陽平 | 撮 | 五六涓 | | | 云平合元山三 | 雨元 | 云合 3 | 王矩 | 奉平合元山三 | 附袁 |
| 17885 | 14 正 | | 347 | 圜 | 羽 | 煩 | 影 | 陽平 | 撮 | 五六涓 | | | 云平合仙山三 | 王權 | 云合 3 | 王矩 | 奉平合元山三 | 附袁 |
| 17886 | 14 正 | | 348 | 爰 | 羽 | 煩 | 影 | 陽平 | 撮 | 五六涓 | | | 云平合元山三 | 雨元 | 云合 3 | 王矩 | 奉平合元山三 | 附袁 |
| 17887 | 14 正 | | 349 | 援 | 羽 | 煩 | 影 | 陽平 | 撮 | 五六涓 | | | 云平合元山三 | 雨元 | 云合 3 | 王矩 | 奉平合元山三 | 附袁 |

| 韻字編號 | 部序 | 組數 | 字數 | 韻字及何氏反切 | | | 韻字何氏音 | | | | 何萱注釋 | 備　注 | 韻字中古音 | | 上字中古音 | | 下字中古音 | |
|---|---|---|---|---|---|---|---|---|---|---|---|---|---|---|---|---|---|---|
| | | | | 韻字 | 上字 | 下字 | 聲 | 調 | 呼 | 韻部 | | | 聲調呼韻攝等 | 反切 | 聲呼等 | 反切 | 聲調呼韻攝等 | 反切 |
| 17889 | 14 正 | | 350 | 蝯 | 羽 | 煩 | 影 | 陽平 | 撮 | 五六涓 | | | 云平合元山三 | 雨元 | 云合 3 | 王矩 | 奉平合元山三 | 附袁 |
| 17890 | 14 正 | | 351 | 蝝 | 羽 | 煩 | 影 | 陽平 | 撮 | 五六涓 | | | 以平合仙山三 | 與專 | 云合 3 | 王矩 | 奉平合元山三 | 附袁 |
| 17891 | 14 正 | | 352 | 緣 | 羽 | 煩 | 影 | 陽平 | 撮 | 五六涓 | 平去兩讀此引申之義也 | | 以平合仙山三 | 與專 | 云合 3 | 王矩 | 奉平合元山三 | 附袁 |
| 17893 | 14 正 | | 353 | 捐 | 羽 | 煩 | 影 | 陽平 | 撮 | 五六涓 | | | 以平合仙山三 | 與專 | 云合 3 | 王矩 | 奉平合元山三 | 附袁 |
| 17894 | 14 正 | | 354 | 趄 | 羽 | 煩 | 影 | 陽平 | 撮 | 五六涓 | | | 云平合元山三 | 雨元 | 云合 3 | 王矩 | 奉平合元山三 | 附袁 |
| 17895 | 14 正 | | 355 | 垣 | 羽 | 煩 | 影 | 陽平 | 撮 | 五六涓 | | | 云平合元山三 | 雨元 | 云合 3 | 王矩 | 奉平合元山三 | 附袁 |
| 17896 | 14 正 | | 356 | 洹 | 羽 | 煩 | 影 | 陽平 | 撮 | 五六涓 | | | 云平合元山三 | 雨元 | 云合 3 | 王矩 | 奉平合元山三 | 附袁 |
| 17898 | 14 正 | | 357 | 沿 | 羽 | 煩 | 影 | 陽平 | 撮 | 五六涓 | | | 以平合仙山三 | 與專 | 云合 3 | 王矩 | 奉平合元山三 | 附袁 |
| 17899 | 14 正 | | 358 | 鉛 | 羽 | 煩 | 影 | 陽平 | 撮 | 五六涓 | | | 以平合仙山三 | 與專 | 云合 3 | 王矩 | 奉平合元山三 | 附袁 |
| 17900 | 14 正 | 71 | 359 | **縣** | 許 | 煩 | 曉 | 陽平 | 撮 | 五六涓 | 平去兩讀 | | 匣平合先山四 | 胡涓 | 曉合 3 | 虛呂 | 奉平合元山三 | 附袁 |
| 17903 | 14 正 | | 360 | 瞷 | 許 | 煩 | 曉 | 陽平 | 撮 | 五六涓 | 平上兩讀注在彼 | | 曉平合仙山重四 | 許緣 | 曉合 3 | 虛呂 | 奉平合元山三 | 附袁 |
| 17905 | 14 正 | | 361 | 駭 | 許 | 煩 | 曉 | 陽平 | 撮 | 五六涓 | 馬俗有駭 | | 匣平合先山四 | 胡涓 | 曉合 3 | 虛呂 | 奉平合元山三 | 附袁 |
| 17906 | 14 正 | 72 | 362 | **攣** | 呂 | 煩 | 賚 | 陽平 | 撮 | 五六涓 | | | 來平合仙山三 | 呂員 | 來合 3 | 力舉 | 奉平合元山三 | 附袁 |
| 17907 | 14 正 | | 363 | 䜌** | 呂 | 煩 | 賚 | 陽平 | 撮 | 五六涓 | 說文段注此與手部攣音義皆同。玉篇雲攣～也 | 玉篇作：力金切，此處取此音。其實兩個手也就是𠬞。䜌字集韻有見去合元三，俱願切一讀 | 來平開侵深重三 | 力金 | 來合 3 | 力舉 | 奉平合元山三 | 附袁 |
| 17909 | 14 正 | | 364 | 巒 | 呂 | 煩 | 賚 | 陽平 | 撮 | 五六涓 | 平上兩讀 | | 來平合桓山一 | 落官 | 來合 3 | 力舉 | 奉平合元山三 | 附袁 |
| 17911 | 14 正 | 73 | 365 | 椽 | 處 | 煩 | 助 | 陽平 | 撮 | 五六涓 | | | 澄平合仙山三 | 直攣 | 昌合 3 | 昌與 | 奉平合元山三 | 附袁 |
| 17912 | 14 正 | | 366 | **船** | 處 | 煩 | 助 | 陽平 | 撮 | 五六涓 | | | 船平合仙山三 | 食川 | 昌合 3 | 昌與 | 奉平合元山三 | 附袁 |
| 17913 | 14 正 | | 367 | 傳 | 處 | 煩 | 助 | 陽平 | 撮 | 五六涓 | 又去聲兩見凡三讀 | | 澄平合仙山三 | 直攣 | 昌合 3 | 昌與 | 奉平合元山三 | 附袁 |
| 17916 | 14 正 | 74 | 368 | **㨨** | 汝 | 煩 | 耳 | 陽平 | 撮 | 五六涓 | | | 日平合脂止三 | 儒隹 | 日合 3 | 人渚 | 奉平合元山三 | 附袁 |
| 17917 | 14 正 | | 369 | 瞤 | 汝 | 煩 | 耳 | 陽平 | 撮 | 五六涓 | | | 日平合仙山三 | 而緣 | 日合 3 | 人渚 | 奉平合元山三 | 附袁 |
| 17921 | 14 正 | 75 | 370 | 歂 | 恕 | 煩 | 審 | 陽平 | 撮 | 五六涓 | | | 禪平合仙山三 | 市緣 | 書合 3 | 商署 | 奉平合元山三 | 附袁 |

| 韻字編號 | 部序 | 組數 | 字數 | 韻字及何氏反切 | | | 韻字何氏音 | | | | 何萱注釋 | 備注 | 韻字中古音 | | 上字中古音 | | 下字中古音 | |
|---|---|---|---|---|---|---|---|---|---|---|---|---|---|---|---|---|---|---|
| | | | | 韻字 | 上字 | 下字 | 聲 | 調 | 呼 | 韻部 | | | 聲調呼韻攝等 | 反切 | 聲呼等 | 反切 | 聲調呼韻攝等 | 反切 |
| 17923 | 14 正 | | 371 | **遄** | 恕 | 煩 | 審 | 陽平 | 撮 | 五六涓 | | | 禪平合仙山三 | 市緣 | 書合 3 | 商署 | 奉平合元山三 | 附袁 |
| 17924 | 14 正 | | 372 | 櫄* | 恕 | 煩 | 審 | 陽平 | 撮 | 五六涓 | | | 禪平合仙山三 | 淳沿 | 書合 3 | 商署 | 奉平合元山三 | 附袁 |
| 17926 | 14 正 | | 373 | 篅 | 恕 | 煩 | 審 | 陽平 | 撮 | 五六涓 | | | 禪平合仙山三 | 市緣 | 書合 3 | 商署 | 奉平合元山三 | 附袁 |
| 17927 | 14 正 | | 374 | 輇 | 恕 | 煩 | 審 | 陽平 | 撮 | 五六涓 | | | 禪平合仙山三 | 市緣 | 書合 3 | 商署 | 奉平合元山三 | 附袁 |
| 17928 | 14 正 | 76 | 375 | **泉** | 翠 | 煩 | 淨 | 陽平 | 撮 | 五六涓 | | | 從平合仙山三 | 疾緣 | 清合 3 | 七醉 | 奉平合元山三 | 附袁 |
| 17930 | 14 正 | | 376 | 纛 | 翠 | 煩 | 淨 | 陽平 | 撮 | 五六涓 | | | 昌平合仙山三 | 昌緣 | 清合 3 | 七醉 | 奉平合元山三 | 附袁 |
| 17931 | 14 正 | | 377 | 仝 | 翠 | 煩 | 淨 | 陽平 | 撮 | 五六涓 | | | 從平合仙山三 | 疾緣 | 清合 3 | 七醉 | 奉平合元山三 | 附袁 |
| 17932 | 14 正 | | 378 | 牷 | 翠 | 煩 | 淨 | 陽平 | 撮 | 五六涓 | | | 從平合仙山三 | 疾緣 | 清合 3 | 七醉 | 奉平合元山三 | 附袁 |
| 17933 | 14 正 | 77 | 379 | **元** | 馭 | 煩 | 我 | 陽平 | 撮 | 五六涓 | | | 疑平合元山三 | 愚袁 | 疑合 3 | 牛倨 | 奉平合元山三 | 附袁 |
| 17934 | 14 正 | | 380 | 沅 | 馭 | 煩 | 我 | 陽平 | 撮 | 五六涓 | | | 疑平合元山三 | 愚袁 | 疑合 3 | 牛倨 | 奉平合元山三 | 附袁 |
| 17935 | 14 正 | | 381 | 芫 | 馭 | 煩 | 我 | 陽平 | 撮 | 五六涓 | | | 疑平合元山三 | 愚袁 | 疑合 3 | 牛倨 | 奉平合元山三 | 附袁 |
| 17936 | 14 正 | | 382 | 黿 | 馭 | 煩 | 我 | 陽平 | 撮 | 五六涓 | | | 疑平合元山三 | 愚袁 | 疑合 3 | 牛倨 | 奉平合元山三 | 附袁 |
| 17938 | 14 正 | | 383 | 蚖 | 馭 | 煩 | 我 | 陽平 | 撮 | 五六涓 | | | 疑平合元山三 | 愚袁 | 疑合 3 | 牛倨 | 奉平合元山三 | 附袁 |
| 17939 | 14 正 | | 384 | 邍 | 馭 | 煩 | 我 | 陽平 | 撮 | 五六涓 | | | 疑平合元山三 | 愚袁 | 疑合 3 | 牛倨 | 奉平合元山三 | 附袁 |
| 17940 | 14 正 | | 385 | 原 | 馭 | 煩 | 我 | 陽平 | 撮 | 五六涓 | | | 疑平合元山三 | 愚袁 | 疑合 3 | 牛倨 | 奉平合元山三 | 附袁 |
| 17941 | 14 正 | | 386 | 嫄 | 馭 | 煩 | 我 | 陽平 | 撮 | 五六涓 | | | 疑平合元山三 | 愚袁 | 疑合 3 | 牛倨 | 奉平合元山三 | 附袁 |
| 17942 | 14 正 | | 387 | 蒝 | 馭 | 煩 | 我 | 陽平 | 撮 | 五六涓 | | | 疑平合元山三 | 愚袁 | 疑合 3 | 牛倨 | 奉平合元山三 | 附袁 |
| 17943 | 14 正 | 78 | 388 | **旋** | 敘 | 煩 | 信 | 陽平 | 撮 | 五六涓 | | | 邪平合仙山三 | 似宣 | 邪合 3 | 徐呂 | 奉平合元山三 | 附袁 |
| 17945 | 14 正 | | 389 | 嫙 | 敘 | 煩 | 信 | 陽平 | 撮 | 五六涓 | | | 邪平合仙山三 | 似宣 | 邪合 3 | 徐呂 | 奉平合元山三 | 附袁 |
| 17947 | 14 正 | | 390 | 漩 | 敘 | 煩 | 信 | 陽平 | 撮 | 五六涓 | 平去兩讀 | | 邪平合仙山三 | 似宣 | 邪合 3 | 徐呂 | 奉平合元山三 | 附袁 |
| 17949 | 14 正 | | 391 | 璿 | 敘 | 煩 | 信 | 陽平 | 撮 | 五六涓 | | | 邪平合仙山三 | 似宣 | 邪合 3 | 徐呂 | 奉平合元山三 | 附袁 |
| 17951 | 14 正 | | 392 | 圁 | 敘 | 煩 | 信 | 陽平 | 撮 | 五六涓 | | | 邪平合仙山三 | 似宣 | 邪合 3 | 徐呂 | 奉平合元山三 | 附袁 |
| 17952 | 14 正 | | 393 | 檈 | 敘 | 煩 | 信 | 陽平 | 撮 | 五六涓 | | | 邪平合仙山三 | 似宣 | 邪合 3 | 徐呂 | 奉平合元山三 | 附袁 |
| 17953 | 14 正 | | 394 | 櫋 | 敘 | 煩 | 信 | 陽平 | 撮 | 五六涓 | | | 邪平合仙山三 | 似宣 | 邪合 3 | 徐呂 | 奉平合元山三 | 附袁 |
| 17954 | 14 正 | 79 | 395 | **繁** | 甫 | 權 | 匪 | 陽平 | 撮 | 五六涓 | | | 奉平合元山三 | 附袁 | 非合 3 | 方矩 | 群平合仙山重三 | 巨員 |
| 17956 | 14 正 | | 396 | 緐* | 甫 | 權 | 匪 | 陽平 | 撮 | 五六涓 | 緐俗有繁 | | 並平合戈果一 | 蒲波 | 非合 3 | 方矩 | 群平合仙山重三 | 巨員 |
| 17957 | 14 正 | | 397 | 蘩 | 甫 | 權 | 匪 | 陽平 | 撮 | 五六涓 | | | 奉去合元山三 | 符万 | 非合 3 | 方矩 | 群平合仙山重三 | 巨員 |

| 韻字編號 | 部序 | 組數 | 字數 | 韻字及何氏反切 | | | 韻字何氏音 | | | | 何萱注釋 | 備注 | 韻字中古音 | | 上字中古音 | | 下字中古音 | |
|---|---|---|---|---|---|---|---|---|---|---|---|---|---|---|---|---|---|---|
| | | | | 韻字 | 上字 | 下字 | 聲 | 調 | 呼 | 韻部 | | | 聲調呼韻攝等 | 反切 | 聲呼等 | 反切 | 聲調呼韻攝等 | 反切 |
| 17958 | 14 正 | | 398 | 蘇* | 甫 | 權 | 匪 | 陽平 | 撮 | 五六涓 | | | 奉平合元山三 | 符袁 | 非合 3 | 方矩 | 群平合仙山重三 | 巨員 |
| 17959 | 14 正 | | 399 | 楙 | 甫 | 權 | 匪 | 陽平 | 撮 | 五六涓 | | | 奉平合元山三 | 附袁 | 非合 3 | 方矩 | 群平合仙山重三 | 巨員 |
| 17960 | 14 正 | | 400 | 樊 | 甫 | 權 | 匪 | 陽平 | 撮 | 五六涓 | | | 奉平合元山三 | 附袁 | 非合 3 | 方矩 | 群平合仙山重三 | 巨員 |
| 17961 | 14 正 | | 401 | 䫶 | 甫 | 權 | 匪 | 陽平 | 撮 | 五六涓 | | | 奉平合元山三 | 附袁 | 非合 3 | 方矩 | 群平合仙山重三 | 巨員 |
| 17962 | 14 正 | | 402 | 顙 | 甫 | 權 | 匪 | 陽平 | 撮 | 五六涓 | | | 奉平合文臻三 | 符分 | 非合 3 | 方矩 | 群平合仙山重三 | 巨員 |
| 17963 | 14 正 | | 403 | 鐇 | 甫 | 權 | 匪 | 陽平 | 撮 | 五六涓 | | | 奉平合元山三 | 附袁 | 非合 3 | 方矩 | 群平合仙山重三 | 巨員 |
| 17964 | 14 正 | | 404 | 鐢 | 甫 | 權 | 匪 | 陽平 | 撮 | 五六涓 | | | 奉平合元山三 | 附袁 | 非合 3 | 方矩 | 群平合仙山重三 | 巨員 |
| 17965 | 14 正 | | 405 | 煩 | 甫 | 權 | 匪 | 陽平 | 撮 | 五六涓 | | | 奉平合元山三 | 附袁 | 非合 3 | 方矩 | 群平合仙山重三 | 巨員 |
| 17966 | 14 正 | | 406 | 蕃 | 甫 | 權 | 匪 | 陽平 | 撮 | 五六涓 | | | 奉平合元山三 | 附袁 | 非合 3 | 方矩 | 群平合仙山重三 | 巨員 |
| 17967 | 14 正 | | 407 | 畨 | 甫 | 權 | 匪 | 陽平 | 撮 | 五六涓 | | | 奉平合元山三 | 附袁 | 非合 3 | 方矩 | 群平合仙山重三 | 巨員 |
| 17970 | 14 正 | | 408 | 璠 | 甫 | 權 | 匪 | 陽平 | 撮 | 五六涓 | | | 奉平合元山三 | 附袁 | 非合 3 | 方矩 | 群平合仙山重三 | 巨員 |
| 17971 | 14 正 | | 409 | 旛* | 甫 | 權 | 匪 | 陽平 | 撮 | 五六涓 | | | 奉平合元山三 | 符袁 | 非合 3 | 方矩 | 群平合仙山重三 | 巨員 |
| 17972 | 14 正 | | 410 | 繙 | 甫 | 權 | 匪 | 陽平 | 撮 | 五六涓 | | | 奉平合元山三 | 附袁 | 非合 3 | 方矩 | 群平合仙山重三 | 巨員 |
| 17974 | 14 正 | | 411 | 燔 | 甫 | 權 | 匪 | 陽平 | 撮 | 五六涓 | | | 奉平合元山三 | 附袁 | 非合 3 | 方矩 | 群平合仙山重三 | 巨員 |
| 17975 | 14 正 | | 412 | 鐇* | 甫 | 權 | 匪 | 陽平 | 撮 | 五六涓 | | | 奉平合元山三 | 符袁 | 非合 3 | 方矩 | 群平合仙山重三 | 巨員 |
| 17976 | 14 正 | | 413 | 蹯* | 甫 | 權 | 匪 | 陽平 | 撮 | 五六涓 | | | 奉平合元山三 | 符袁 | 非合 3 | 方矩 | 群平合仙山重三 | 巨員 |
| 17977 | 14 正 | | 414 | 羳 | 甫 | 權 | 匪 | 陽平 | 撮 | 五六涓 | | | 奉平合元山三 | 附袁 | 非合 3 | 方矩 | 群平合仙山重三 | 巨員 |
| 17978 | 14 正 | | 415 | 獂 | 甫 | 權 | 匪 | 陽平 | 撮 | 五六涓 | | | 奉平合元山三 | 附袁 | 非合 3 | 方矩 | 群平合仙山重三 | 巨員 |
| 17980 | 14 正 | | 416 | 鼲 | 甫 | 權 | 匪 | 陽平 | 撮 | 五六涓 | | | 奉平合元山三 | 附袁 | 非合 3 | 方矩 | 群平合仙山重三 | 巨員 |
| 17981 | 14 正 | | 417 | 蟠 | 甫 | 權 | 匪 | 陽平 | 撮 | 五六涓 | | | 奉平合元山三 | 附袁 | 非合 3 | 方矩 | 群平合仙山重三 | 巨員 |
| 17983 | 14 正 | | 418 | 袢 | 甫 | 權 | 匪 | 陽平 | 撮 | 五六涓 | 平去兩讀注在彼 | | 奉平合元山三 | 附袁 | 非合 3 | 方矩 | 群平合仙山重三 | 巨員 |
| 17985 | 14 正 | 80 | 419 | **盰** | 改 | 坦 | 見 | 上 | 開 | 四九盰 | | 總目作四九盰 | 見去開寒山一 | 古案 | 見開 1 | 古亥 | 透上開寒山一 | 他但 |
| 17986 | 14 正 | | 420 | 奸 | 改 | 坦 | 見 | 上 | 開 | 四九盰 | | | 見上開寒山一 | 古旱 | 見開 1 | 古亥 | 透上開寒山一 | 他但 |
| 17988 | 14 正 | | 421 | 衦 | 改 | 坦 | 見 | 上 | 開 | 四九盰 | | | 見上開寒山一 | 古旱 | 見開 1 | 古亥 | 透上開寒山一 | 他但 |
| 17990 | 14 正 | | 422 | 稈 | 改 | 坦 | 見 | 上 | 開 | 四九盰 | | | 見上開寒山一 | 古旱 | 見開 1 | 古亥 | 透上開寒山一 | 他但 |
| 17991 | 14 正 | 81 | 423 | 侃 | 口 | 坦 | 起 | 上 | 開 | 四九盰 | | | 溪上開寒山一 | 空旱 | 溪開 1 | 苦后 | 透上開寒山一 | 他但 |

| 韻字編號 | 部序 | 組數 | 字數 | 韻字及何氏反切 | | | 韻字何氏音 | | | | 何萱注釋 | 備注 | 韻字中古音 | | 上字中古音 | | 下字中古音 | |
|---|---|---|---|---|---|---|---|---|---|---|---|---|---|---|---|---|---|---|
| | | | | 韻字 | 上字 | 下字 | 聲 | 調 | 呼 | 韻部 | | | 聲調呼韻攝等 | 反切 | 聲呼等 | 反切 | 聲調呼韻攝等 | 反切 |
| 17993 | 14正 | | 424 | 衎 | 口 | 坦 | 起 | 上 | 開 | 四九旰 | | | 溪上開寒山一 | 空旱 | 溪開1 | 苦后 | 透上開寒山一 | 他但 |
| 17995 | 14正 | 82 | 425 | 厂 | 海 | 坦 | 曉 | 上 | 開 | 四九旰 | | | 曉上開寒山一 | 呼旱 | 曉開1 | 呼改 | 透上開寒山一 | 他但 |
| 17997 | 14正 | | 426 | 罕 | 海 | 坦 | 曉 | 上 | 開 | 四九旰 | | | 曉上開寒山一 | 呼旱 | 曉開1 | 呼改 | 透上開寒山一 | 他但 |
| 17999 | 14正 | 83 | 427 | 亶 | 帶 | 坦 | 短 | 上 | 開 | 四九旰 | | | 端上開寒山一 | 多旱 | 端開1 | 當蓋 | 透上開寒山一 | 他但 |
| 18001 | 14正 | 84 | 428 | 但 | 代 | 罕 | 透 | 上 | 開 | 四九旰 | | | 定上開寒山一 | 徒旱 | 定開1 | 徒耐 | 曉上開寒山一 | 呼旱 |
| 18003 | 14正 | | 429 | 坦 | 代 | 罕 | 透 | 上 | 開 | 四九旰 | | | 透上開寒山一 | 他但 | 定開1 | 徒耐 | 曉上開寒山一 | 呼旱 |
| 18005 | 14正 | | 430 | 䱇 | 代 | 罕 | 透 | 上 | 開 | 四九旰 | | | 定上開寒山一 | 徒旱 | 定開1 | 徒耐 | 曉上開寒山一 | 呼旱 |
| 18007 | 14正 | | 431 | 膻 | 代 | 罕 | 透 | 上 | 開 | 四九旰 | | | 定上開寒山一 | 徒旱 | 定開1 | 徒耐 | 曉上開寒山一 | 呼旱 |
| 18009 | 14正 | | 432 | 撣 | 代 | 罕 | 透 | 上 | 開 | 四九旰 | | | 定去開寒山一 | 徒案 | 定開1 | 徒耐 | 曉上開寒山一 | 呼旱 |
| 18010 | 14正 | | 433 | 誕 | 代 | 罕 | 透 | 上 | 開 | 四九旰 | | | 定上開寒山一 | 徒旱 | 定開1 | 徒耐 | 曉上開寒山一 | 呼旱 |
| 18011 | 14正 | 85 | 434 | 嬾 | 朗 | 坦 | 賚 | 上 | 開 | 四九旰 | 又十五部注在彼 | 玉篇力旦切。集韻只有一讀 | 來上開寒山一 | 落旱 | 來開1 | 盧黨 | 透上開寒山一 | 他但 |
| 18012 | 14正 | | 435 | 讕 | 朗 | 坦 | 賚 | 上 | 開 | 四九旰 | | 原書只有陽平，缺上去二音，依何氏注，上聲加在朗坦小韻 | 來上開寒山一 | 落旱 | 來開1 | 盧黨 | 透上開寒山一 | 他但 |
| 18013 | 14正 | 86 | 436 | 饊 | 燥 | 坦 | 信 | 上 | 開 | 四九旰 | | | 心上開寒山一 | 蘇旱 | 心開1 | 蘇老 | 透上開寒山一 | 他但 |
| 18014 | 14正 | 87 | 437 | 管 | 古 | 版 | 見 | 上 | 合 | 五十管 | | | 見上合桓山一 | 古滿 | 見合1 | 公戶 | 幫上開刪山二 | 布綰 |
| 18015 | 14正 | | 438 | 輨 | 古 | 版 | 見 | 上 | 合 | 五十管 | | | 見上合桓山一 | 古滿 | 見合1 | 公戶 | 幫上開刪山二 | 布綰 |
| 18016 | 14正 | | 439 | 錧 | 古 | 版 | 見 | 上 | 合 | 五十管 | | | 見上合桓山一 | 古滿 | 見合1 | 公戶 | 幫上開刪山二 | 布綰 |
| 18017 | 14正 | | 440 | 斡 | 古 | 版 | 見 | 上 | 合 | 五十管 | | | 影入合末山一 | 烏括 | 見合1 | 公戶 | 幫上開刪山二 | 布綰 |
| 18018 | 14正 | | 441 | 筦 | 古 | 版 | 見 | 上 | 合 | 五十管 | | | 見上合桓山一 | 古滿 | 見合1 | 公戶 | 幫上開刪山二 | 布綰 |
| 18019 | 14正 | | 442 | 脘 | 古 | 版 | 見 | 上 | 合 | 五十管 | 平上兩讀注在彼 | | 見上合桓山一 | 古滿 | 見合1 | 公戶 | 幫上開刪山二 | 布綰 |
| 18022 | 14正 | | 443 | 衮 | 古 | 版 | 見 | 上 | 合 | 五十管 | | | 見上合魂臻一 | 古本 | 見合1 | 公戶 | 幫上開刪山二 | 布綰 |
| 18023 | 14正 | | 444 | 卵 | 古 | 版 | 見 | 上 | 合 | 五十管 | 丱古文，上聲兩讀注在彼又平聲 | 萱認為，有人誤將丱作丱，這里是丱的讀音。取自集韻 | 見去合刪山二 | 古患 | 見合1 | 公戶 | 幫上開刪山二 | 布綰 |

| 韻字編號 | 部序 | 組數 | 字數 | 韻字及何氏反切 | | | 韻字何氏音 | | | | 何萱注釋 | 備注 | 韻字中古音 | | 上字中古音 | | 下字中古音 | |
|---|---|---|---|---|---|---|---|---|---|---|---|---|---|---|---|---|---|---|
| | | | | 韻字 | 上字 | 下字 | 聲 | 調 | 呼 | 韻部 | | | 聲調呼韻攝等 | 反切 | 聲呼等 | 反切 | 聲調呼韻攝等 | 反切 |
| 18025 | 14 正 | 88 | 445 | **款***| 苦 | 版 | 起 | 上 | 合 | 五十管 | 欵或款隸作款 | | 溪上合桓山一 | 苦緩 | 溪合 1 | 康杜 | 幫上開刪山二 | 布綰 |
| 18026 | 14 正 | 89 | 446 | **綰** | 甕 | 版 | 影 | 上 | 合 | 五十管 | | 副編上字作饔 | 影上合刪山二 | 烏板 | 影合 1 | 烏貢 | 幫上開刪山二 | 布綰 |
| 18028 | 14 正 | | 447 | 豋* | 甕 | 版 | 影 | 上 | 合 | 五十管 | | 副編上字作饔；說文豆也一曰豆博雅作豌。14 部上去二音 | 影平合桓山一 | 烏丸 | 影合 1 | 烏貢 | 幫上開刪山二 | 布綰 |
| 18031 | 14 正 | | 448 | 盌 | 甕 | 版 | 影 | 上 | 合 | 五十管 | | 副編上字作饔 | 影上合桓山一 | 烏管 | 影合 1 | 烏貢 | 幫上開刪山二 | 布綰 |
| 18032 | 14 正 | 90 | 449 | **綬*** | 戶 | 版 | 曉 | 上 | 合 | 五十管 | | | 匣上合桓山一 | 戶管 | 匣合 1 | 侯古 | 幫上開刪山二 | 布綰 |
| 18033 | 14 正 | | 450 | 睅 | 戶 | 版 | 曉 | 上 | 合 | 五十管 | | | 匣上合刪山二 | 戶板 | 匣合 1 | 侯古 | 幫上開刪山二 | 布綰 |
| 18034 | 14 正 | | 451 | 梡 | 戶 | 版 | 曉 | 上 | 合 | 五十管 | | | 匣上合桓山一 | 胡管 | 匣合 1 | 侯古 | 幫上開刪山二 | 布綰 |
| 18036 | 14 正 | | 452 | 鯇 | 戶 | 版 | 曉 | 上 | 合 | 五十管 | | | 匣上合刪山二 | 戶板 | 匣合 1 | 侯古 | 幫上開刪山二 | 布綰 |
| 18037 | 14 正 | | 453 | 皸 | 戶 | 版 | 曉 | 上 | 合 | 五十管 | | | 見去開寒山一 | 古案 | 匣合 1 | 侯古 | 幫上開刪山二 | 布綰 |
| 18038 | 14 正 | | 454 | 澣 | 戶 | 版 | 曉 | 上 | 合 | 五十管 | 瀚俗有澣 | | 匣上合桓山一 | 胡管 | 匣合 1 | 侯古 | 幫上開刪山二 | 布綰 |
| 18040 | 14 正 | | 455 | 瀚* | 戶 | 版 | 曉 | 上 | 合 | 五十管 | | | 匣去合桓山一 | 胡玩 | 匣合 1 | 侯古 | 幫上開刪山二 | 布綰 |
| 18041 | 14 正 | 91 | 456 | **短** | 睹 | 版 | 短 | 上 | 合 | 五十管 | | | 端上合桓山一 | 都管 | 端合 1 | 當古 | 幫上開刪山二 | 布綰 |
| 18042 | 14 正 | | 457 | 椯 | 睹 | 版 | 短 | 上 | 合 | 五十管 | 十四部十七部兩讀 | 可能是讀耑了，但不知為何讀上不讀平 | 禪平合仙山三 | 市緣 | 端合 1 | 當古 | 幫上開刪山二 | 布綰 |
| 18044 | 14 正 | 92 | 458 | 斷 | 杜 | 版 | 透 | 上 | 合 | 五十管 | 斷斷。上去兩讀 | | 定上合桓山一 | 徒管 | 定合 1 | 徒古 | 幫上開刪山二 | 布綰 |
| 18046 | 14 正 | | 459 | **躖*** | 杜 | 版 | 透 | 上 | 合 | 五十管 | | | 定上合桓山一 | 杜管 | 定合 1 | 徒古 | 幫上開刪山二 | 布綰 |
| 18047 | 14 正 | | 460 | 疃 | 杜 | 版 | 透 | 上 | 合 | 五十管 | 又見九部 | | 透上合桓山一 | 吐緩 | 定合 1 | 徒古 | 幫上開刪山二 | 布綰 |
| 18048 | 14 正 | 93 | 461 | **煗** | 怒 | 版 | 乃 | 上 | 合 | 五十管 | | | 泥上合桓山一 | 乃管 | 泥合 1 | 乃故 | 幫上開刪山二 | 布綰 |
| 18049 | 14 正 | | 462 | 渜 | 怒 | 版 | 乃 | 上 | 合 | 五十管 | 平上兩讀 | | 泥上合桓山一 | 乃管 | 泥合 1 | 乃故 | 幫上開刪山二 | 布綰 |
| 18053 | 14 正 | 94 | 463 | **卵** | 路 | 版 | 賚 | 上 | 合 | 五十管 | 上聲兩讀又平聲，廾古文 | 萱在此條下注明，魚子義讀如關 | 來上合桓山一 | 盧管 | 來合 1 | 洛故 | 幫上開刪山二 | 布綰 |
| 18055 | 14 正 | 95 | 464 | 纂 | 祖 | 版 | 井 | 上 | 合 | 五十管 | | | 精上合桓山一 | 作管 | 精合 1 | 則古 | 幫上開刪山二 | 布綰 |
| 18056 | 14 正 | | 465 | **纘** | 祖 | 版 | 井 | 上 | 合 | 五十管 | | | 精上合桓山一 | 作管 | 精合 1 | 則古 | 幫上開刪山二 | 布綰 |
| 18057 | 14 正 | | 466 | 儧 | 祖 | 版 | 井 | 上 | 合 | 五十管 | | | 精上合桓山一 | 作管 | 精合 1 | 則古 | 幫上開刪山二 | 布綰 |

| 韻字編號 | 部序 | 組數 | 字數 | 韻字及何氏反切 | | | 韻字何氏音 | | | | 何萱注釋 | 備注 | 韻字中古音 | | 上字中古音 | | 下字中古音 | |
|---|---|---|---|---|---|---|---|---|---|---|---|---|---|---|---|---|---|---|
| | | | | 韻字 | 上字 | 下字 | 聲 | 調 | 呼 | 韻部 | | | 聲調呼韻攝等 | 反切 | 聲呼等 | 反切 | 聲調呼韻攝等 | 反切 |
| 18058 | 14 正 | | 467 | 籫 | 祖 | 版 | 井 | 上 | 合 | 五十管 | | | 精上合桓山一 | 作管 | 精合 1 | 則古 | 幫上開刪山二 | 布綰 |
| 18060 | 14 正 | | 468 | 酇 | 祖 | 版 | 井 | 上 | 合 | 五十管 | 又見十七部平聲酇下 | 異讀需具體分析 | 精上合桓山一 | 作管 | 精合 1 | 則古 | 幫上開刪山二 | 布綰 |
| 18063 | 14 正 | 96 | 469 | 算 | 送 | 版 | 信 | 上 | 合 | 五十管 | | | 心上合桓山一 | 蘇管 | 心合 1 | 蘇弄 | 幫上開刪山二 | 布綰 |
| 18064 | 14 正 | | 470 | 匴 | 送 | 版 | 信 | 上 | 合 | 五十管 | | | 心上合桓山一 | 蘇管 | 心合 1 | 蘇弄 | 幫上開刪山二 | 布綰 |
| 18066 | 14 正 | 97 | 471 | 昄 | 布 | 綰 | 謗 | 上 | 合 | 五十管 | | | 幫上開刪山二 | 布綰 | 幫合 1 | 博故 | 影上合刪山二 | 烏板 |
| 18068 | 14 正 | | 472 | 版 | 布 | 綰 | 謗 | 上 | 合 | 五十管 | | | 幫上開刪山二 | 布綰 | 幫合 1 | 博故 | 影上合刪山二 | 烏板 |
| 18070 | 14 正 | | 473 | 瓪 | 布 | 綰 | 謗 | 上 | 合 | 五十管 | | | 幫上開刪山二 | 布綰 | 幫合 1 | 博故 | 影上合刪山二 | 烏板 |
| 18071 | 14 正 | | 474 | 畚 | 布 | 綰 | 謗 | 上 | 合 | 五十管 | 畚俗有畚 | | 幫上合魂臻一 | 布忖 | 幫合 1 | 博故 | 影上合刪山二 | 烏板 |
| 18072 | 14 正 | 98 | 475 | 伴 | 普 | 版 | 並 | 上 | 合 | 五十管 | | | 並上合桓山一 | 蒲旱 | 滂合 1 | 滂古 | 幫上開刪山二 | 布綰 |
| 18073 | 14 正 | | 476 | 扶 | 普 | 版 | 並 | 上 | 合 | 五十管 | | | 並上合桓山一 | 蒲旱 | 滂合 1 | 滂古 | 幫上開刪山二 | 布綰 |
| 18074 | 14 正 | 99 | 477 | 滿 | 昧 | 版 | 命 | 上 | 合 | 五十管 | | | 明上合桓山一 | 莫旱 | 明合 1 | 莫佩 | 幫上開刪山二 | 布綰 |
| 18076 | 14 正 | | 478 | 濷 | 昧 | 版 | 命 | 上 | 合 | 五十管 | | | 明上合桓山一 | 莫旱 | 明合 1 | 莫佩 | 幫上開刪山二 | 布綰 |
| 18078 | 14 正 | | 479 | 矕 | 昧 | 版 | 命 | 上 | 合 | 五十管 | | | 明上開刪山二 | 武板 | 明合 1 | 莫佩 | 幫上開刪山二 | 布綰 |
| 18079 | 14 正 | 100 | 480 | 柬 | 几 | 産 | 見 | 上 | 齊 | 五一柬 | | | 見上開山山二 | 古限 | 見開重 3 | 居履 | 生上開山山二 | 所簡 |
| 18080 | 14 正 | | 481 | 簡 | 几 | 産 | 見 | 上 | 齊 | 五一柬 | | | 見上開山山二 | 古限 | 見開重 3 | 居履 | 生上開山山二 | 所簡 |
| 18081 | 14 正 | | 482 | 簡* | 几 | 産 | 見 | 上 | 齊 | 五一柬 | 作蕑者偽 | | 見上開山山二 | 賈限 | 見開重 3 | 居履 | 生上開山山二 | 所簡 |
| 18082 | 14 正 | | 483 | 瀾 | 几 | 産 | 見 | 上 | 齊 | 五一柬 | | | 見上開山山二 | 古限 | 見開重 3 | 居履 | 生上開山山二 | 所簡 |
| 18083 | 14 正 | | 484 | 橌 | 几 | 産 | 見 | 上 | 齊 | 五一柬 | | | 匣上開刪山二 | 下赧 | 見開重 3 | 居履 | 生上開山山二 | 所簡 |
| 18084 | 14 正 | 101 | 485 | 僩 | 向 | 柬 | 曉 | 上 | 齊 | 五一柬 | | | 匣上開刪山二 | 下赧 | 曉開 3 | 許亮 | 見上開山山二 | 古限 |
| 18086 | 14 正 | 102 | 486 | 戁 | 裹 | 産 | 乃 | 上 | 齊 | 五一柬 | | 副編上字作紐 | 娘上開刪山二 | 奴板 | 泥開 4 | 奴鳥 | 生上開山山二 | 所簡 |
| 18088 | 14 正 | | 487 | 赧 | 裹 | 産 | 乃 | 上 | 齊 | 五一柬 | 上去兩讀 | 副編上字作紐 | 泥上開刪山二 | 奴板 | 泥開 4 | 奴鳥 | 生上開山山二 | 所簡 |
| 18089 | 14 正 | | 488 | 暴 | 裹 | 産 | 乃 | 上 | 齊 | 五一柬 | | 副編上字作紐 | 娘上開刪山二 | 奴板 | 泥開 4 | 奴鳥 | 生上開山山二 | 所簡 |
| 18090 | 14 正 | 103 | 489 | 醆 | 掌 | 産 | 照 | 上 | 齊 | 五一柬 | | | 莊上開山山二 | 阻限 | 章開 3 | 諸兩 | 生上開山山二 | 所簡 |
| 18092 | 14 正 | 104 | 490 | 棧 | 寵 | 柬 | 助 | 上 | 齊 | 五一柬 | | | 崇上開山山二 | 士限 | 徹合 3 | 丑隴 | 見上開山山二 | 古限 |
| 18095 | 14 正 | | 491 | 㟞 | 寵 | 柬 | 助 | 上 | 齊 | 五一柬 | | | 崇上開山山二 | 士限 | 徹合 3 | 丑隴 | 見上開山山二 | 古限 |
| 18096 | 14 正 | | 492 | 㹽 | 寵 | 柬 | 助 | 上 | 齊 | 五一柬 | | | 初上開刪山二 | 初板 | 徹合 3 | 丑隴 | 見上開山山二 | 古限 |
| 18097 | 14 正 | | 493 | 羼 | 寵 | 柬 | 助 | 上 | 齊 | 五一柬 | | | 初上開山山二 | 初限 | 徹合 3 | 丑隴 | 見上開山山二 | 古限 |

| 韻字編號 | 部序 | 組數 | 字數 | 韻字及何氏反切 | | | 韻字何氏音 | | | | 何萱注釋 | 備　注 | 韻字中古音 | | 上字中古音 | | 下字中古音 | |
|---|---|---|---|---|---|---|---|---|---|---|---|---|---|---|---|---|---|---|
| | | | | 韻字 | 上字 | 下字 | 聲 | 調 | 呼 | 韻部 | | | 聲調呼韻攝等 | 反切 | 聲呼等 | 反切 | 聲調呼韻攝等 | 反切 |
| 18098 | 14 正 | | 494 | 鏟 | 寵 | 柬 | 助 | 上 | 齊 | 五一柬 | | | 初上開山山二 | 初限 | 徹合 3 | 丑隴 | 見上開山山二 | 古限 |
| 18101 | 14 正 | | 495 | 剗 | 寵 | 柬 | 助 | 上 | 齊 | 五一柬 | | | 初去合元山三 | 叉万 | 徹合 3 | 丑隴 | 見上開山山二 | 古限 |
| 18102 | 14 正 | 105 | 496 | **產** | 始 | 柬 | 審 | 上 | 齊 | 五一柬 | | | 生上開山山二 | 所簡 | 書開 3 | 詩止 | 見上開山山二 | 古限 |
| 18103 | 14 正 | | 497 | 犍 | 始 | 柬 | 審 | 上 | 齊 | 五一柬 | | | 生上開山山二 | 所簡 | 書開 3 | 詩止 | 見上開山山二 | 古限 |
| 18104 | 14 正 | | 498 | 滻 | 始 | 柬 | 審 | 上 | 齊 | 五一柬 | | | 生上開山山二 | 所簡 | 書開 3 | 詩止 | 見上開山山二 | 古限 |
| 18105 | 14 正 | 106 | 499 | **齴** | 我 | 柬 | 我 | 上 | 齊 | 五一柬 | | | 疑上開刪山二 | 五板 | 疑開 1 | 五可 | 見上開山山二 | 古限 |
| 18106 | 14 正 | 107 | 500 | 搴 | 几 | 淺 | 見 | 上 | 齊二 | 五二蹇 | 平上兩讀。攓或作攐 | | 見上開仙山重三 | 九輦 | 見開重 3 | 居履 | 清上開仙山三 | 七演 |
| 18109 | 14 正 | | 501 | 蹇g* | 几 | 淺 | 見 | 上 | 齊二 | 五二蹇 | 平上兩讀 | | 見上開仙山重三 | 九件 | 見開重 3 | 居履 | 清上開仙山三 | 七演 |
| 18111 | 14 正 | | 502 | **蹇** | 几 | 淺 | 見 | 上 | 齊二 | 五二蹇 | | | 見上開仙山重三 | 九輦 | 見開重 3 | 居履 | 清上開仙山三 | 七演 |
| 18112 | 14 正 | | 503 | 褰 | 几 | 淺 | 見 | 上 | 齊二 | 五二蹇 | | | 溪平開仙山重三 | 去乾 | 見開重 3 | 居履 | 清上開仙山三 | 七演 |
| 18113 | 14 正 | 108 | 504 | 瞖 | 舊 | 顯 | 起 | 上 | 齊二 | 五二蹇 | | | 溪上開仙山重四 | 去演 | 群開 3 | 巨救 | 曉上開先山四 | 呼典 |
| 18114 | 14 正 | | 505 | **遣** | 舊 | 顯 | 起 | 上 | 齊二 | 五二蹇 | | | 溪上開仙山重四 | 去演 | 群開 3 | 巨救 | 曉上開先山四 | 呼典 |
| 18116 | 14 正 | | 506 | 鍵 | 舊 | 顯 | 起 | 上 | 齊二 | 五二蹇 | | | 群上開元山三 | 其偃 | 群開 3 | 巨救 | 曉上開先山四 | 呼典 |
| 18118 | 14 正 | 109 | 507 | **衍** | 漾 | 淺 | 影 | 上 | 齊二 | 五二蹇 | | | 以上開仙山三 | 以淺 | 以開 3 | 餘亮 | 清上開仙山三 | 七演 |
| 18120 | 14 正 | | 508 | 㫃 | 漾 | 淺 | 影 | 上 | 齊二 | 五二蹇 | | | 影上開元山三 | 於幰 | 以開 3 | 餘亮 | 清上開仙山三 | 七演 |
| 18122 | 14 正 | | 509 | 匽 | 漾 | 淺 | 影 | 上 | 齊二 | 五二蹇 | | | 影上開元山三 | 於幰 | 以開 3 | 餘亮 | 清上開仙山三 | 七演 |
| 18123 | 14 正 | | 510 | 偃 | 漾 | 淺 | 影 | 上 | 齊二 | 五二蹇 | | | 影上開元山三 | 於幰 | 以開 3 | 餘亮 | 清上開仙山三 | 七演 |
| 18124 | 14 正 | | 511 | 褗 | 漾 | 淺 | 影 | 上 | 齊二 | 五二蹇 | | | 影上開元山三 | 於幰 | 以開 3 | 餘亮 | 清上開仙山三 | 七演 |
| 18126 | 14 正 | | 512 | 鶠 | 漾 | 淺 | 影 | 上 | 齊二 | 五二蹇 | | | 影上開元山三 | 於幰 | 以開 3 | 餘亮 | 清上開仙山三 | 七演 |
| 18127 | 14 正 | | 513 | 鰋 | 漾 | 淺 | 影 | 上 | 齊二 | 五二蹇 | 鰻或鰋 | | 影上開元山三 | 於幰 | 以開 3 | 餘亮 | 清上開仙山三 | 七演 |
| 18128 | 14 正 | | 514 | 蝘 | 漾 | 淺 | 影 | 上 | 齊二 | 五二蹇 | | | 影上開元山三 | 於幰 | 以開 3 | 餘亮 | 清上開仙山三 | 七演 |
| 18130 | 14 正 | | 515 | 暥g* | 漾 | 淺 | 影 | 上 | 齊二 | 五二蹇 | | | 影上開先山四 | 於殄 | 以開 3 | 餘亮 | 清上開仙山三 | 七演 |
| 18131 | 14 正 | 110 | 516 | 晛 | 向 | 淺 | 曉 | 上 | 齊二 | 五二蹇 | | | 匣上開先山四 | 胡典 | 曉開 3 | 許亮 | 清上開仙山三 | 七演 |
| 18132 | 14 正 | | 517 | 哯 | 向 | 淺 | 曉 | 上 | 齊二 | 五二蹇 | | | 匣上開先山四 | 胡典 | 曉開 3 | 許亮 | 清上開仙山三 | 七演 |
| 18134 | 14 正 | | 518 | 垷 | 向 | 淺 | 曉 | 上 | 齊二 | 五二蹇 | | | 匣上開先山四 | 胡典 | 曉開 3 | 許亮 | 清上開仙山三 | 七演 |
| 18135 | 14 正 | | 519 | 蜆 | 向 | 淺 | 曉 | 上 | 齊二 | 五二蹇 | | | 匣上開先山四 | 胡典 | 曉開 3 | 許亮 | 清上開仙山三 | 七演 |

| 韻字編號 | 部序 | 組數 | 字數 | 韻字及何氏反切 | | | 韻字何氏音 | | | | 何萱注釋 | 備注 | 韻字中古音 | | 上字中古音 | | 下字中古音 | |
|---|---|---|---|---|---|---|---|---|---|---|---|---|---|---|---|---|---|---|
| | | | | 韻字 | 上字 | 下字 | 聲 | 調 | 呼 | 韻部 | | | 聲調呼韻攝等 | 反切 | 聲呼等 | 反切 | 聲調呼韻攝等 | 反切 |
| 18137 | 14 正 | | 520 | 㬎g* | 向 | 淺 | 曉 | 上 | 齊二 | 五二蹇 | 又七部義別 | 與 7 部㬎異讀。七部中注說 14 部有兩見，但只有這一見 | 曉上開先山四 | 呼典 | 曉開 3 | 許亮 | 清上開仙山三 | 七演 |
| 18139 | 14 正 | | 521 | **顯** | 向 | 淺 | 曉 | 上 | 齊二 | 五二蹇 | | | 曉上開先山四 | 呼典 | 曉開 3 | 許亮 | 清上開仙山三 | 七演 |
| 18140 | 14 正 | | 522 | 韅* | 向 | 淺 | 曉 | 上 | 齊二 | 五二蹇 | 韅或作韗 | | 曉上開先山四 | 呼典 | 曉開 3 | 許亮 | 清上開仙山三 | 七演 |
| 18141 | 14 正 | 111 | 523 | **蕇** | 邸 | 淺 | 短 | 上 | 齊二 | 五二蹇 | | | 端上開先山四 | 多殄 | 端開 4 | 都禮 | 清上開仙山三 | 七演 |
| 18142 | 14 正 | 112 | 524 | **覥** | 眺 | 淺 | 透 | 上 | 齊二 | 五二蹇 | | | 透上開先山四 | 他典 | 透開 4 | 他弔 | 清上開仙山三 | 七演 |
| 18143 | 14 正 | 113 | 525 | 輾 | 紐 | 淺 | 乃 | 上 | 齊二 | 五二蹇 | | | 娘上開仙山三 | 尼展 | 娘開 3 | 女久 | 清上開仙山三 | 七演 |
| 18144 | 14 正 | | 526 | **撚** | 紐 | 淺 | 乃 | 上 | 齊二 | 五二蹇 | | | 泥上開先山四 | 乃殄 | 娘開 3 | 女久 | 清上開仙山三 | 七演 |
| 18145 | 14 正 | 114 | 527 | **槤 g*** | 亮 | 淺 | 賚 | 上 | 齊二 | 五二蹇 | | 廣韻只有平聲一讀，且釋義不合 | 來平開仙山三 | 力展 | 來開 3 | 力讓 | 清上開仙山三 | 七演 |
| 18147 | 14 正 | | 528 | 連 g* | 亮 | 淺 | 賚 | 上 | 齊二 | 五二蹇 | 平上兩讀 | | 來上開仙山三 | 力展 | 來開 3 | 力讓 | 清上開仙山三 | 七演 |
| 18148 | 14 正 | | 529 | 輦 | 亮 | 淺 | 賚 | 上 | 齊二 | 五二蹇 | | | 來上開仙山三 | 力展 | 來開 3 | 力讓 | 清上開仙山三 | 七演 |
| 18149 | 14 正 | | 530 | 鄻 | 亮 | 淺 | 賚 | 上 | 齊二 | 五二蹇 | | | 來上開仙山三 | 力展 | 來開 3 | 力讓 | 清上開仙山三 | 七演 |
| 18150 | 14 正 | 115 | 531 | 珽 | 掌 | 淺 | 照 | 上 | 齊二 | 五二蹇 | | | 知上開仙山三 | 知演 | 章開 3 | 諸兩 | 清上開仙山三 | 七演 |
| 18152 | 14 正 | | 532 | **展** | 掌 | 淺 | 照 | 上 | 齊二 | 五二蹇 | | | 知上開仙山三 | 知演 | 章開 3 | 諸兩 | 清上開仙山三 | 七演 |
| 18153 | 14 正 | | 533 | 蠥* | 掌 | 淺 | 照 | 上 | 齊二 | 五二蹇 | | | 知上開仙山三 | 知輦 | 章開 3 | 諸兩 | 清上開仙山三 | 七演 |
| 18154 | 14 正 | | 534 | 嫸 | 掌 | 淺 | 照 | 上 | 齊二 | 五二蹇 | | | 章上開仙山三 | 旨善 | 章開 3 | 諸兩 | 清上開仙山三 | 七演 |
| 18155 | 14 正 | | 535 | 顫 | 掌 | 淺 | 照 | 上 | 齊二 | 五二蹇 | | | 章上開仙山三 | 旨善 | 章開 3 | 諸兩 | 清上開仙山三 | 七演 |
| 18156 | 14 正 | | 536 | 膻 | 掌 | 淺 | 照 | 上 | 齊二 | 五二蹇 | | | 章上開仙山三 | 旨善 | 章開 3 | 諸兩 | 清上開仙山三 | 七演 |
| 18157 | 14 正 | | 537 | 鱣 | 掌 | 淺 | 照 | 上 | 齊二 | 五二蹇 | | | 章上開仙山三 | 旨善 | 章開 3 | 諸兩 | 清上開仙山三 | 七演 |
| 18158 | 14 正 | | 538 | 樿 | 掌 | 淺 | 照 | 上 | 齊二 | 五二蹇 | | | 章上開仙山三 | 旨善 | 章開 3 | 諸兩 | 清上開仙山三 | 七演 |
| 18159 | 14 正 | 116 | 539 | **闡** | 寵 | 顯 | 助 | 上 | 齊二 | 五二蹇 | | | 昌上開仙山三 | 昌善 | 徹合 3 | 丑隴 | 曉上開先山四 | 呼典 |
| 18161 | 14 正 | | 540 | 燀 | 寵 | 顯 | 助 | 上 | 齊二 | 五二蹇 | | | 昌上開仙山三 | 昌善 | 徹合 3 | 丑隴 | 曉上開先山四 | 呼典 |
| 18162 | 14 正 | | 541 | 幝 | 寵 | 顯 | 助 | 上 | 齊二 | 五二蹇 | | | 昌上開仙山三 | 昌善 | 徹合 3 | 丑隴 | 曉上開先山四 | 呼典 |
| 18164 | 14 正 | | 542 | 繟 | 寵 | 顯 | 助 | 上 | 齊二 | 五二蹇 | | | 昌上開仙山三 | 昌善 | 徹合 3 | 丑隴 | 曉上開先山四 | 呼典 |
| 18165 | 14 正 | | 543 | 縒 | 寵 | 顯 | 助 | 上 | 齊二 | 五二蹇 | | | 昌上開仙山三 | 昌善 | 徹合 3 | 丑隴 | 曉上開先山四 | 呼典 |

| 韻字編號 | 部序 | 組數 | 字數 | 韻字及何氏反切 | | | 韻字何氏音 | | | | 何萱注釋 | 備　注 | 韻字中古音 | | 上字中古音 | | 下字中古音 | |
|---|---|---|---|---|---|---|---|---|---|---|---|---|---|---|---|---|---|---|
| | | | | 韻字 | 上字 | 下字 | 聲 | 調 | 呼 | 韻部 | | | 聲調呼韻攝等 | 反切 | 聲呼等 | 反切 | 聲調呼韻攝等 | 反切 |
| 18168 | 14 正 | | 544 | 於 | 寵 | 顯 | 助 | 上 | 齊二 | 五二蹇 | | | 徹上開仙山三 | 丑善 | 徹合 3 | 丑隴 | 曉上開先山四 | 呼典 |
| 18170 | 14 正 | 117 | 545 | 反 | 攘 | 淺 | 耳 | 上 | 齊二 | 五二蹇 | | 原上字作苦，據副編改 | 日上合仙山三 | 而兖 | 日開 3 | 人漾 | 清上開仙山三 | 七演 |
| 18171 | 14 正 | | 546 | 僘 | 攘 | 淺 | 耳 | 上 | 齊二 | 五二蹇 | | 原上字作苦，據副編改 | 日上開仙山三 | 人善 | 日開 3 | 人漾 | 清上開仙山三 | 七演 |
| 18174 | 14 正 | | 547 | 橪 | 攘 | 淺 | 耳 | 上 | 齊二 | 五二蹇 | | 原上字作苦，據副編改 | 日上開仙山三 | 人善 | 日開 3 | 人漾 | 清上開仙山三 | 七演 |
| 18176 | 14 正 | | 548 | 熯 | 攘 | 淺 | 耳 | 上 | 齊二 | 五二蹇 | | 原上字作苦，據副編改 | 日上開仙山三 | 人善 | 日開 3 | 人漾 | 清上開仙山三 | 七演 |
| 18178 | 14 正 | 118 | 549 | **善** | 始 | 淺 | 審 | 上 | 齊二 | 五二蹇 | | | 禪上開仙山三 | 常演 | 書開 3 | 詩止 | 清上開仙山三 | 七演 |
| 18179 | 14 正 | | 550 | 僐 | 始 | 淺 | 審 | 上 | 齊二 | 五二蹇 | | | 禪上開仙山三 | 常演 | 書開 3 | 詩止 | 清上開仙山三 | 七演 |
| 18181 | 14 正 | | 551 | 膳 | 始 | 淺 | 審 | 上 | 齊二 | 五二蹇 | | | 禪去開仙山三 | 時戰 | 書開 3 | 詩止 | 清上開仙山三 | 七演 |
| 18182 | 14 正 | | 552 | 墠 | 始 | 淺 | 審 | 上 | 齊二 | 五二蹇 | | | 禪上開仙山三 | 常演 | 書開 3 | 詩止 | 清上開仙山三 | 七演 |
| 18183 | 14 正 | | 553 | 鱓 | 始 | 淺 | 審 | 上 | 齊二 | 五二蹇 | | | 禪上開仙山三 | 常演 | 書開 3 | 詩止 | 清上開仙山三 | 七演 |
| 18184 | 14 正 | | 554 | 蟺 | 始 | 淺 | 審 | 上 | 齊二 | 五二蹇 | | | 禪上開仙山三 | 常演 | 書開 3 | 詩止 | 清上開仙山三 | 七演 |
| 18185 | 14 正 | | 555 | 單 | 始 | 淺 | 審 | 上 | 齊二 | 五二蹇 | | 原文本缺該字，據何注增 | 禪上開仙山三 | 常演 | 書開 3 | 詩止 | 清上開仙山三 | 七演 |
| 18186 | 14 正 | 119 | 556 | **錢** | 紫 | 顯 | 井 | 上 | 齊二 | 五二蹇 | 平上兩讀義異 | | 精上開仙山三 | 即淺 | 精開 3 | 將此 | 曉上開先山四 | 呼典 |
| 18187 | 14 正 | | 557 | 帴 | 紫 | 顯 | 井 | 上 | 齊二 | 五二蹇 | 又十五部入聲義異 | | 精上開仙山三 | 即淺 | 精開 3 | 將此 | 曉上開先山四 | 呼典 |
| 18189 | 14 正 | 120 | 558 | 俴 | 此 | 顯 | 淨 | 上 | 齊二 | 五二蹇 | | | 從上開仙山三 | 慈演 | 清開 3 | 雌氏 | 曉上開先山四 | 呼典 |
| 18191 | 14 正 | | 559 | 後 | 此 | 顯 | 淨 | 上 | 齊二 | 五二蹇 | | | 從上開仙山三 | 慈演 | 清開 3 | 雌氏 | 曉上開先山四 | 呼典 |
| 18192 | 14 正 | | 560 | 踐 | 此 | 顯 | 淨 | 上 | 齊二 | 五二蹇 | | | 從上開仙山三 | 慈演 | 清開 3 | 雌氏 | 曉上開先山四 | 呼典 |
| 18194 | 14 正 | | 561 | **淺** | 此 | 顯 | 淨 | 上 | 齊二 | 五二蹇 | | | 清上開仙山三 | 七演 | 清開 3 | 雌氏 | 曉上開先山四 | 呼典 |
| 18195 | 14 正 | | 562 | 諓 | 此 | 顯 | 淨 | 上 | 齊二 | 五二蹇 | | | 從上開仙山三 | 慈演 | 清開 3 | 雌氏 | 曉上開先山四 | 呼典 |
| 18197 | 14 正 | | 563 | 餞* | 此 | 顯 | 淨 | 上 | 齊二 | 五二蹇 | | | 從上開仙山三 | 在演 | 清開 3 | 雌氏 | 曉上開先山四 | 呼典 |
| 18199 | 14 正 | 121 | 564 | **甗** | 仰 | 顯 | 我 | 上 | 齊二 | 五二蹇 | | | 疑上開仙山重三 | 魚蹇 | 疑開 3 | 魚兩 | 曉上開先山四 | 呼典 |
| 18201 | 14 正 | 122 | 565 | **尟** | 想 | 淺 | 信 | 上 | 齊二 | 五二蹇 | | | 心上開仙山三 | 息淺 | 心開 3 | 息兩 | 清上開仙山三 | 七演 |

| 韻字編號 | 部序 | 組數 | 字數 | 韻字及何氏反切 | | | 韻字何氏音 | | | | 何萱注釋 | 備注 | 韻字中古音 | | 上字中古音 | | 下字中古音 | |
|---|---|---|---|---|---|---|---|---|---|---|---|---|---|---|---|---|---|---|
| | | | | 韻字 | 上字 | 下字 | 聲 | 調 | 呼 | 韻部 | | | 聲調呼韻攝等 | 反切 | 聲呼等 | 反切 | 聲調呼韻攝等 | 反切 |
| 18202 | 14 正 | | 566 | 癬 | 想 | 淺 | 信 | 上 | 齊二 | 五二蹇 | | | 心上開仙山三 | 息淺 | 心開 3 | 息兩 | 清上開仙山三 | 七演 |
| 18203 | 14 正 | 123 | 567 | 愐 | 美 | 淺 | 命 | 上 | 齊二 | 五二蹇 | | | 明上開仙山重四 | 彌兖 | 明開重 3 | 無鄙 | 清上開仙山三 | 七演 |
| 18204 | 14 正 | | 568 | **緬** | 美 | 淺 | 命 | 上 | 齊二 | 五二蹇 | | | 明上開仙山重四 | 彌兖 | 明開重 3 | 無鄙 | 清上開仙山三 | 七演 |
| 18205 | 14 正 | | 569 | 輀 | 美 | 淺 | 命 | 上 | 齊二 | 五二蹇 | | | 明上開仙山重四 | 彌兖 | 明開重 3 | 無鄙 | 清上開仙山三 | 七演 |
| 18206 | 14 正 | | 570 | 湎 | 美 | 淺 | 命 | 上 | 齊二 | 五二蹇 | | | 明上開仙山重四 | 彌兖 | 明開重 3 | 無鄙 | 清上開仙山三 | 七演 |
| 18208 | 14 正 | 124 | 571 | 卷 | 舉 | 返 | 見 | 上 | 撮 | 五三畎 | 平上兩讀義分 | | 見上合仙山重三 | 居轉 | 見合 3 | 居許 | 非上合元山三 | 府遠 |
| 18211 | 14 正 | | 572 | 捲 | 舉 | 返 | 見 | 上 | 撮 | 五三畎 | 平上兩讀義別。萱按前義讀平聲后義在此而多借用卷字 | | 見上合仙山重三 | 居轉 | 見合 3 | 居許 | 非上合元山三 | 府遠 |
| 18212 | 14 正 | | 573 | 陮 | 舉 | 返 | 見 | 上 | 撮 | 五三畎 | | | 見上合仙山重三 | 居轉 | 見合 3 | 居許 | 非上合元山三 | 府遠 |
| 18213 | 14 正 | | 574 | **畎** | 舉 | 返 | 見 | 上 | 撮 | 五三畎 | | | 見上合先山四 | 姑泫 | 見合 3 | 居許 | 非上合元山三 | 府遠 |
| 18215 | 14 正 | | 575 | 埍 | 舉 | 返 | 見 | 上 | 撮 | 五三畎 | | | 見上合先山四 | 姑泫 | 見合 3 | 居許 | 非上合元山三 | 府遠 |
| 18216 | 14 正 | | 576 | 羂 | 舉 | 返 | 見 | 上 | 撮 | 五三畎 | 羂俗有羂 | | 見上合先山四 | 姑泫 | 見合 3 | 居許 | 非上合元山三 | 府遠 |
| 18217 | 14 正 | 125 | 577 | 圈 | 去 | 返 | 起 | 上 | 撮 | 五三畎 | | | 群上合元山三 | 求晚 | 溪合 3 | 丘倨 | 非上合元山三 | 府遠 |
| 18219 | 14 正 | | 578 | 綣 | 去 | 返 | 起 | 上 | 撮 | 五三畎 | | | 溪上合元山三 | 去阮 | 溪合 3 | 丘倨 | 非上合元山三 | 府遠 |
| 18220 | 14 正 | | 579 | 鞙 | 去 | 返 | 起 | 上 | 撮 | 五三畎 | | | 匣上合先山四 | 胡畎 | 溪合 3 | 丘倨 | 非上合元山三 | 府遠 |
| 18224 | 14 正 | | 580 | 蜎 | 去 | 返 | 起 | 上 | 撮 | 五三畎 | | | 群上合仙山重四 | 狂兖 | 溪合 3 | 丘倨 | 非上合元山三 | 府遠 |
| 18225 | 14 正 | | 581 | **犬** | 去 | 返 | 起 | 上 | 撮 | 五三畎 | | | 溪上合先山四 | 苦泫 | 溪合 3 | 丘倨 | 非上合元山三 | 府遠 |
| 18226 | 14 正 | 126 | 582 | **遠** | 羽 | 返 | 影 | 上 | 撮 | 五三畎 | | | 云上合元山三 | 雲阮 | 云合 3 | 王矩 | 非上合元山三 | 府遠 |
| 18227 | 14 正 | | 583 | 夗 | 羽 | 返 | 影 | 上 | 撮 | 五三畎 | | | 影上合元山三 | 於阮 | 云合 3 | 王矩 | 非上合元山三 | 府遠 |
| 18228 | 14 正 | | 584 | 婜* | 羽 | 返 | 影 | 上 | 撮 | 五三畎 | | | 影上合元山三 | 委遠 | 云合 3 | 王矩 | 非上合元山三 | 府遠 |
| 18231 | 14 正 | | 585 | 苑 | 羽 | 返 | 影 | 上 | 撮 | 五三畎 | | | 影上合元山三 | 於阮 | 云合 3 | 王矩 | 非上合元山三 | 府遠 |
| 18234 | 14 正 | | 586 | 菀 | 羽 | 返 | 影 | 上 | 撮 | 五三畎 | | | 影上合元山三 | 於阮 | 云合 3 | 王矩 | 非上合元山三 | 府遠 |
| 18236 | 14 正 | | 587 | 婉 | 羽 | 返 | 影 | 上 | 撮 | 五三畎 | | | 影上合元山三 | 於阮 | 云合 3 | 王矩 | 非上合元山三 | 府遠 |
| 18237 | 14 正 | | 588 | 琬 | 羽 | 返 | 影 | 上 | 撮 | 五三畎 | | | 影上合元山三 | 於阮 | 云合 3 | 王矩 | 非上合元山三 | 府遠 |
| 18239 | 14 正 | | 589 | 畹 | 羽 | 返 | 影 | 上 | 撮 | 五三畎 | | | 影上合元山三 | 於阮 | 云合 3 | 王矩 | 非上合元山三 | 府遠 |

| 韻字編號 | 部序 | 組數 | 字數 | 韻字及何氏反切 | | | 韻字何氏音 | | | | 何萱注釋 | 備　注 | 韻字中古音 | | 上字中古音 | | 下字中古音 | |
|---|---|---|---|---|---|---|---|---|---|---|---|---|---|---|---|---|---|---|
| | | | | 韻字 | 上字 | 下字 | 聲 | 調 | 呼 | 韻部 | | | 聲調呼韻攝等 | 反切 | 聲呼等 | 反切 | 聲調呼韻攝等 | 反切 |
| 18240 | 14 正 | | 590 | 沇 | 羽 | 返 | 影 | 上 | 撮 | 五三畎 | 沇古文台，台兩見 | 與台異讀 | 以上合仙山三 | 以轉 | 云合 3 | 王矩 | 非上合元山三 | 府遠 |
| 18241 | 14 正 | | 591 | 台 | 羽 | 返 | 影 | 上 | 撮 | 五三畎 | 兩見 | 與沇異讀 | 以上合仙山三 | 以轉 | 云合 3 | 王矩 | 非上合元山三 | 府遠 |
| 18242 | 14 正 | | 592 | 顚 | 羽 | 返 | 影 | 上 | 撮 | 五三畎 | | | 云上合元山三 | 雲阮 | 云合 3 | 王矩 | 非上合元山三 | 府遠 |
| 18245 | 14 正 | 127 | 593 | 瞲 | 許 | 返 | 曉 | 上 | 撮 | 五三畎 | 平上兩讀 | | 匣上合先山四 | 胡畎 | 曉合 3 | 虛呂 | 非上合元山三 | 府遠 |
| 18247 | 14 正 | | 594 | **暖** | 許 | 返 | 曉 | 上 | 撮 | 五三畎 | | | 曉上合元山三 | 況晚 | 曉合 3 | 虛呂 | 非上合元山三 | 府遠 |
| 18248 | 14 正 | | 595 | 覵 | 許 | 返 | 曉 | 上 | 撮 | 五三畎 | | | 曉上合元山三 | 況晚 | 曉合 3 | 虛呂 | 非上合元山三 | 府遠 |
| 18251 | 14 正 | | 596 | 夐 | 許 | 返 | 曉 | 上 | 撮 | 五三畎 | | | 群去合仙山重三 | 渠卷 | 曉合 3 | 虛呂 | 非上合元山三 | 府遠 |
| 18253 | 14 正 | | 597 | 愃 | 許 | 返 | 曉 | 上 | 撮 | 五三畎 | 平上兩讀 | | 曉上合元山三 | 況晚 | 曉合 3 | 虛呂 | 非上合元山三 | 府遠 |
| 18254 | 14 正 | | 598 | 咺 | 許 | 返 | 曉 | 上 | 撮 | 五三畎 | | | 曉上合元山三 | 況晚 | 曉合 3 | 虛呂 | 非上合元山三 | 府遠 |
| 18255 | 14 正 | | 599 | 贙 | 許 | 返 | 曉 | 上 | 撮 | 五三畎 | 又十五部注在彼 | 表中　檢索不到 | 匣上合先山四 | 胡畎 | 曉合 3 | 虛呂 | 非上合元山三 | 府遠 |
| 18259 | 14 正 | 128 | 600 | **孌** | 呂 | 返 | 賚 | 上 | 撮 | 五三畎 | 孌籒孌，孌又見去聲 | 不作異讀處理 | 來上合仙山三 | 力兖 | 來合 3 | 力舉 | 非上合元山三 | 府遠 |
| 18261 | 14 正 | | 601 | 臠 | 呂 | 返 | 賚 | 上 | 撮 | 五三畎 | 平上兩讀注在彼 | | 來上合仙山三 | 力兖 | 來合 3 | 力舉 | 非上合元山三 | 府遠 |
| 18262 | 14 正 | 129 | 602 | **轉** | 翥 | 返 | 照 | 上 | 撮 | 五三畎 | | | 知上合仙山三 | 陟兖 | 章合 3 | 章恕 | 非上合元山三 | 府遠 |
| 18265 | 14 正 | | 603 | 竱 | 翥 | 返 | 照 | 上 | 撮 | 五三畎 | | | 章上合仙山三 | 旨兖 | 章合 3 | 章恕 | 非上合元山三 | 府遠 |
| 18267 | 14 正 | | 604 | 鱄 | 翥 | 返 | 照 | 上 | 撮 | 五三畎 | | | 章上合仙山三 | 旨兖 | 章合 3 | 章恕 | 非上合元山三 | 府遠 |
| 18270 | 14 正 | | 605 | 譬g* | 翥 | 返 | 照 | 上 | 撮 | 五三畎 | 平上兩讀 | | 章上合仙山三 | 主兖 | 章合 3 | 章恕 | 非上合元山三 | 府遠 |
| 18272 | 14 正 | | 606 | 剬 | 翥 | 返 | 照 | 上 | 撮 | 五三畎 | | | 章上合仙山三 | 旨兖 | 章合 3 | 章恕 | 非上合元山三 | 府遠 |
| 18274 | 14 正 | | 607 | 腨 | 翥 | 返 | 照 | 上 | 撮 | 五三畎 | | | 章上合仙山三 | 旨兖 | 章合 3 | 章恕 | 非上合元山三 | 府遠 |
| 18275 | 14 正 | | 608 | 孨 | 翥 | 返 | 照 | 上 | 撮 | 五三畎 | | | 章上合仙山三 | 旨兖 | 章合 3 | 章恕 | 非上合元山三 | 府遠 |
| 18276 | 14 正 | | 609 | 僎 | 翥 | 返 | 助 | 上 | 撮 | 五三畎 | | | 崇上合仙山三 | 士免 | 章合 3 | 章恕 | 非上合元山三 | 府遠 |
| 18278 | 14 正 | | 610 | 縳* | 翥 | 返 | 助 | 上 | 撮 | 五三畎 | | | 澄上合仙山三 | 柱兖 | 章合 3 | 章恕 | 非上合元山三 | 府遠 |
| 18283 | 14 正 | 130 | 611 | **篆** | 處 | 返 | 助 | 上 | 撮 | 五三畎 | | | 澄上合仙山三 | 持兖 | 昌合 3 | 昌與 | 非上合元山三 | 府遠 |
| 18284 | 14 正 | | 612 | 隊 | 處 | 返 | 助 | 上 | 撮 | 五三畎 | | | 澄上合仙山三 | 持兖 | 昌合 3 | 昌與 | 非上合元山三 | 府遠 |
| 18285 | 14 正 | | 613 | 喘 | 處 | 返 | 助 | 上 | 撮 | 五三畎 | | | 昌上合仙山三 | 昌兖 | 昌合 3 | 昌與 | 非上合元山三 | 府遠 |
| 18286 | 14 正 | 131 | 614 | **耎** | 汝 | 返 | 耳 | 上 | 撮 | 五三畎 | | | 日上合仙山三 | 而兖 | 日合 3 | 人渚 | 非上合元山三 | 府遠 |

| 韻字編號 | 部序 | 組數 | 字數 | 韻字及何氏反切 | | | 韻字何氏音 | | | | 何萱注釋 | 備注 | 韻字中古音 | | 上字中古音 | | 下字中古音 | |
|---|---|---|---|---|---|---|---|---|---|---|---|---|---|---|---|---|---|---|
| | | | | 韻字 | 上字 | 下字 | 聲 | 調 | 呼 | 韻部 | | | 聲調呼韻攝等 | 反切 | 聲呼等 | 反切 | 聲調呼韻攝等 | 反切 |
| 18287 | 14 正 | | 615 | 偄 | 汝 | 返 | 耳 | 上 | 撮 | 五三畎 | | | 日上合仙山三 | 而兖 | 日合 3 | 人渚 | 非上合元山三 | 府遠 |
| 18289 | 14 正 | | 616 | 嫨 | 汝 | 返 | 耳 | 上 | 撮 | 五三畎 | | | 泥去合魂臻一 | 奴困 | 日合 3 | 人渚 | 非上合元山三 | 府遠 |
| 18291 | 14 正 | | 617 | 蝡 | 汝 | 返 | 耳 | 上 | 撮 | 五三畎 | | | 日上合仙山三 | 而兖 | 日合 3 | 人渚 | 非上合元山三 | 府遠 |
| 18292 | 14 正 | | 618 | 萮 | 汝 | 返 | 耳 | 上 | 撮 | 五三畎 | | | 日上合仙山三 | 而兖 | 日合 3 | 人渚 | 非上合元山三 | 府遠 |
| 18293 | 14 正 | | 619 | 緛 | 汝 | 返 | 耳 | 上 | 撮 | 五三畎 | | | 日上合仙山三 | 而兖 | 日合 3 | 人渚 | 非上合元山三 | 府遠 |
| 18294 | 14 正 | | 620 | 碝 | 汝 | 返 | 耳 | 上 | 撮 | 五三畎 | | | 日上合仙山三 | 而兖 | 日合 3 | 人渚 | 非上合元山三 | 府遠 |
| 18295 | 14 正 | | 621 | 甆 | 汝 | 返 | 耳 | 上 | 撮 | 五三畎 | | | 日上合仙山三 | 而兖 | 日合 3 | 人渚 | 非上合元山三 | 府遠 |
| 18297 | 14 正 | 132 | 622 | **腨** | 恕 | 返 | 審 | 上 | 撮 | 五三畎 | | | 禪上合仙山三 | 市兖 | 書合 3 | 商署 | 非上合元山三 | 府遠 |
| 18298 | 14 正 | | 623 | 膞 | 恕 | 返 | 審 | 上 | 撮 | 五三畎 | | | 禪上合仙山三 | 市兖 | 書合 3 | 商署 | 非上合元山三 | 府遠 |
| 18300 | 14 正 | | 624 | 䵐 | 恕 | 返 | 審 | 上 | 撮 | 五三畎 | | | 禪上合仙山三 | 市兖 | 書合 3 | 商署 | 非上合元山三 | 府遠 |
| 18302 | 14 正 | 133 | 625 | **阮** | 馭 | 返 | 我 | 上 | 撮 | 五三畎 | | | 疑上合元山三 | 虞遠 | 疑合 3 | 牛倨 | 非上合元山三 | 府遠 |
| 18303 | 14 正 | | 626 | 邧 | 馭 | 返 | 我 | 上 | 撮 | 五三畎 | | | 疑上合元山三 | 虞遠 | 疑合 3 | 牛倨 | 非上合元山三 | 府遠 |
| 18304 | 14 正 | | 627 | 羐** | 馭 | 返 | 我 | 上 | 撮 | 五三畎 | | | 疑上合元山三 | 魚遠 | 疑合 3 | 牛倨 | 非上合元山三 | 府遠 |
| 18306 | 14 正 | 134 | 628 | **選** | 敘 | 返 | 信 | 上 | 撮 | 五三畎 | | | 心上合仙山三 | 思兖 | 邪合 3 | 徐呂 | 非上合元山三 | 府遠 |
| 18308 | 14 正 | | 629 | 巽 | 敘 | 返 | 信 | 上 | 撮 | 五三畎 | | | 心上合仙山三 | 思兖 | 邪合 3 | 徐呂 | 非上合元山三 | 府遠 |
| 18311 | 14 正 | | 630 | 蝙* | 敘 | 返 | 信 | 上 | 撮 | 五三畎 | 蠉俗有蝙，蠉蝙動蟲一曰無足蟲 | | 昌上合仙山三 | 尺兖 | 邪合 3 | 徐呂 | 非上合元山三 | 府遠 |
| 18313 | 14 正 | | 631 | 趲 | 敘 | 返 | 信 | 上 | 撮 | 五三畎 | 又十五部入聲注在彼 | | 曉上合仙山重三 | 香兖 | 邪合 3 | 徐呂 | 非上合元山三 | 府遠 |
| 18317 | 14 正 | 135 | 632 | **䁈** | 褊 | 返 | 謗 | 上 | 撮 | 五三畎 | | | 幫上開仙山重三 | 方免 | 幫開重 4 | 方緬 | 非上合元山三 | 府遠 |
| 18318 | 14 正 | 136 | 633 | 反 | 甫 | 選 | 匪 | 上 | 撮 | 五三畎 | | | 非上合元山三 | 府遠 | 非合 3 | 方矩 | 心上合仙山三 | 思兖 |
| 18319 | 14 正 | | 634 | **返** | 甫 | 選 | 匪 | 上 | 撮 | 五三畎 | | | 非上合元山三 | 府遠 | 非合 3 | 方矩 | 心上合仙山三 | 思兖 |
| 18320 | 14 正 | | 635 | 飯 | 甫 | 選 | 匪 | 上 | 撮 | 五三畎 | | | 奉上合元山三 | 扶晚 | 非合 3 | 方矩 | 心上合仙山三 | 思兖 |
| 18321 | 14 正 | | 636 | 阪 | 甫 | 選 | 匪 | 上 | 撮 | 五三畎 | | | 非上合元山三 | 府遠 | 非合 3 | 方矩 | 心上合仙山三 | 思兖 |
| 18322 | 14 正 | | 637 | 䡊 | 甫 | 選 | 匪 | 上 | 撮 | 五三畎 | | | 非上合元山三 | 府遠 | 非合 3 | 方矩 | 心上合仙山三 | 思兖 |
| 18323 | 14 正 | 137 | 638 | 骭 | 改 | 旦 | 見 | 去 | 開 | 五一骭 | | | 見去開寒山一 | 古案 | 見開 1 | 古亥 | 端去開寒山一 | 得按 |
| 18325 | 14 正 | | 639 | 旰 | 改 | 旦 | 見 | 去 | 開 | 五一骭 | | | 見去開寒山一 | 古案 | 見開 1 | 古亥 | 端去開寒山一 | 得按 |
| 18326 | 14 正 | | 640 | 䖗 | 改 | 旦 | 見 | 去 | 開 | 五一骭 | | | 見去開寒山一 | 古案 | 見開 1 | 古亥 | 端去開寒山一 | 得按 |

| 韻字編號 | 部序 | 組數 | 字數 | 韻字及何氏反切 | | | 韻字何氏音 | | | | 何萱注釋 | 備注 | 韻字中古音 | | 上字中古音 | | 下字中古音 | |
|---|---|---|---|---|---|---|---|---|---|---|---|---|---|---|---|---|---|---|
| | | | | 韻字 | 上字 | 下字 | 聲 | 調 | 呼 | 韻部 | | | 聲調呼韻攝等 | 反切 | 聲呼等 | 反切 | 聲調呼韻攝等 | 反切 |
| 18327 | 14 正 | | 641 | 榦 | 改 | 旦 | 見 | 去 | 開 | 五一靬 | | | 見去開寒山一 | 古案 | 見開 1 | 古亥 | 端去開寒山一 | 得按 |
| 18329 | 14 正 | | 642 | 蘇* | 改 | 旦 | 見 | 去 | 開 | 五一靬 | | | 見去開寒山一 | 居案 | 見開 1 | 古亥 | 端去開寒山一 | 得按 |
| 18332 | 14 正 | 138 | 643 | 靬 | 口 | 旦 | 起 | 去 | 開 | 五一靬 | 萱按諸家音亦可平聲 | | 溪去開寒山一 | 苦旰 | 溪開 1 | 苦后 | 端去開寒山一 | 得按 |
| 18333 | 14 正 | 139 | 644 | 按 | 遏 | 旦 | 影 | 去 | 開 | 五一靬 | | | 影去開寒山一 | 烏旰 | 影開 1 | 烏葛 | 端去開寒山一 | 得按 |
| 18334 | 14 正 | | 645 | 案 | 遏 | 旦 | 影 | 去 | 開 | 五一靬 | | | 影去開寒山一 | 烏旰 | 影開 1 | 烏葛 | 端去開寒山一 | 得按 |
| 18335 | 14 正 | | 646 | 桉 | 遏 | 旦 | 影 | 去 | 開 | 五一靬 | | | 影去開寒山一 | 烏旰 | 影開 1 | 烏葛 | 端去開寒山一 | 得按 |
| 18336 | 14 正 | | 647 | 荌 | 遏 | 旦 | 影 | 去 | 開 | 五一靬 | | | 影去開寒山一 | 烏旰 | 影開 1 | 烏葛 | 端去開寒山一 | 得按 |
| 18337 | 14 正 | | 648 | 洝 | 遏 | 旦 | 影 | 去 | 開 | 五一靬 | | | 影去開寒山一 | 烏旰 | 影開 1 | 烏葛 | 端去開寒山一 | 得按 |
| 18338 | 14 正 | 140 | 649 | 汗 | 海 | 旦 | 曉 | 去 | 開 | 五一靬 | | | 匣去開寒山一 | 侯旰 | 曉開 1 | 呼改 | 端去開寒山一 | 得按 |
| 18339 | 14 正 | | 650 | 釬 | 海 | 旦 | 曉 | 去 | 開 | 五一靬 | | | 匣去開寒山一 | 侯旰 | 曉開 1 | 呼改 | 端去開寒山一 | 得按 |
| 18340 | 14 正 | | 651 | 閈 | 海 | 旦 | 曉 | 去 | 開 | 五一靬 | | | 匣去開寒山一 | 侯旰 | 曉開 1 | 呼改 | 端去開寒山一 | 得按 |
| 18341 | 14 正 | | 652 | 扞 | 海 | 旦 | 曉 | 去 | 開 | 五一靬 | | | 匣去開寒山一 | 侯旰 | 曉開 1 | 呼改 | 端去開寒山一 | 得按 |
| 18342 | 14 正 | | 653 | 旱 | 海 | 旦 | 曉 | 去 | 開 | 五一靬 | | | 匣去開寒山一 | 胡笴 | 曉開 1 | 呼改 | 端去開寒山一 | 得按 |
| 18343 | 14 正 | | 654 | 敦** | 海 | 旦 | 曉 | 去 | 開 | 五一靬 | | | 匣上合桓山一 | 何滿 | 曉開 1 | 呼改 | 端去開寒山一 | 得按 |
| 18344 | 14 正 | | 655 | 悍 | 海 | 旦 | 曉 | 去 | 開 | 五一靬 | | | 匣去開寒山一 | 侯旰 | 曉開 1 | 呼改 | 端去開寒山一 | 得按 |
| 18345 | 14 正 | | 656 | 駻 | 海 | 旦 | 曉 | 去 | 開 | 五一靬 | | | 匣去開寒山一 | 侯旰 | 曉開 1 | 呼改 | 端去開寒山一 | 得按 |
| 18346 | 14 正 | | 657 | 漢 | 海 | 旦 | 曉 | 去 | 開 | 五一靬 | | | 曉去開寒山一 | 呼旰 | 曉開 1 | 呼改 | 端去開寒山一 | 得按 |
| 18348 | 14 正 | | 658 | 暵 | 海 | 旦 | 曉 | 去 | 開 | 五一靬 | | | 曉去開寒山一 | 呼旰 | 曉開 1 | 呼改 | 端去開寒山一 | 得按 |
| 18351 | 14 正 | | 659 | 熯 | 海 | 旦 | 曉 | 去 | 開 | 五一靬 | 上去兩讀注在彼 | | 曉去開寒山一 | 呼旰 | 曉開 1 | 呼改 | 端去開寒山一 | 得按 |
| 18354 | 14 正 | | 660 | 蘬* | 海 | 旦 | 曉 | 去 | 開 | 五一靬 | | | 曉去開寒山一 | 虛旰 | 曉開 1 | 呼改 | 端去開寒山一 | 得按 |
| 18355 | 14 正 | | 661 | 肒 | 海 | 旦 | 曉 | 去 | 開 | 五一靬 | | | 匣去合桓山一 | 胡玩 | 曉開 1 | 呼改 | 端去開寒山一 | 得按 |
| 18357 | 14 正 | | 662 | 翰 | 海 | 旦 | 曉 | 去 | 開 | 五一靬 | | | 匣去開寒山一 | 侯旰 | 曉開 1 | 呼改 | 端去開寒山一 | 得按 |
| 18358 | 14 正 | | 663 | 鶾 | 海 | 旦 | 曉 | 去 | 開 | 五一靬 | | | 匣平開寒山一 | 胡安 | 曉開 1 | 呼改 | 端去開寒山一 | 得按 |
| 18359 | 14 正 | | 664 | 韓 | 海 | 旦 | 曉 | 去 | 開 | 五一靬 | | | 匣去開寒山一 | 侯旰 | 曉開 1 | 呼改 | 端去開寒山一 | 得按 |
| 18360 | 14 正 | | 665 | 鶾 | 海 | 旦 | 曉 | 去 | 開 | 五一靬 | | | 匣去開寒山一 | 侯旰 | 曉開 1 | 呼改 | 端去開寒山一 | 得按 |
| 18361 | 14 正 | | 666 | 皔 | 海 | 旦 | 曉 | 去 | 開 | 五一靬 | | | 匣去開寒山一 | 侯旰 | 曉開 1 | 呼改 | 端去開寒山一 | 得按 |
| 18362 | 14 正 | 141 | 667 | 旦 | 帶 | 炭 | 短 | 去 | 開 | 五一靬 | | | 端去開寒山一 | 得按 | 端開 1 | 當蓋 | 透去開寒山一 | 他旦 |

| 韻字編號 | 部序 | 組數 | 字數 | 韻字及何氏反切 | | | 韻字何氏音 | | | | 何萱注釋 | 備注 | 韻字中古音 | | 上字中古音 | | 下字中古音 | |
|---|---|---|---|---|---|---|---|---|---|---|---|---|---|---|---|---|---|---|
| | | | | 韻字 | 上字 | 下字 | 聲 | 調 | 呼 | 韻部 | | | 聲調呼韻攝等 | 反切 | 聲呼等 | 反切 | 聲調呼韻攝等 | 反切 |
| 18363 | 14 正 | | 668 | 鴠 | 帶 | 炭 | 短 | 去 | 開 | 五一旰 | | | 端去開寒山一 | 得按 | 端開 1 | 當蓋 | 透去開寒山一 | 他旦 |
| 18364 | 14 正 | | 669 | 怛 g* | 帶 | 炭 | 短 | 去 | 開 | 五一旰 | 怛或恳，恳又十五部入聲注在彼 | | 端去開寒山一 | 得案 | 端開 1 | 當蓋 | 透去開寒山一 | 他旦 |
| 18365 | 14 正 | | 670 | 炟 | 帶 | 炭 | 短 | 去 | 開 | 五一旰 | 又十五部入聲注在彼 | 玉篇丁達切。此處可能是讀旦了。取旦廣韻音 | 端去開寒山一 | 得按 | 端開 1 | 當蓋 | 透去開寒山一 | 他旦 |
| 18366 | 14 正 | | 671 | 黚 | 帶 | 炭 | 短 | 去 | 開 | 五一旰 | 又十五部入聲注在彼 | 何氏依諧聲讀旦，是存古，不做時音分析。也有可能是何氏入聲尾脫落，時音。此處取旦廣韻音 | 端去開寒山一 | 得按 | 端開 1 | 當蓋 | 透去開寒山一 | 他旦 |
| 18368 | 14 正 | | 672 | 笪 | 帶 | 炭 | 短 | 去 | 開 | 五一旰 | 又十五部入聲注在彼 | | 端去開寒山一 | 得按 | 端開 1 | 當蓋 | 透去開寒山一 | 他旦 |
| 18370 | 14 正 | | 673 | 疸 | 帶 | 炭 | 短 | 去 | 開 | 五一旰 | | | 端去開寒山一 | 得按 | 端開 1 | 當蓋 | 透去開寒山一 | 他旦 |
| 18372 | 14 正 | | 674 | 癉 g* | 帶 | 炭 | 短 | 去 | 開 | 五一旰 | 又十七部 | 玉篇丁佐切，勞病也；又徒丹切，風在手也；又丁寒切，火～小兒病也。缺 17 部讀音。見筆者增 | 端去開寒山一 | 得案 | 端開 1 | 當蓋 | 透去開寒山一 | 他旦 |
| 18373 | 14 正 | 142 | 675 | 歎 | 代 | 旦 | 透 | 去 | 開 | 五一旰 | | | 透去開寒山一 | 他旦 | 定開 1 | 徒耐 | 端去開寒山一 | 得按 |
| 18375 | 14 正 | | 676 | 嘆 | 代 | 旦 | 透 | 去 | 開 | 五一旰 | | | 透去開寒山一 | 他旦 | 定開 1 | 徒耐 | 端去開寒山一 | 得按 |
| 18377 | 14 正 | | 677 | 僤 | 代 | 旦 | 透 | 去 | 開 | 五一旰 | | | 定去開寒山一 | 徒案 | 定開 1 | 徒耐 | 端去開寒山一 | 得按 |
| 18378 | 14 正 | | 678 | 憚 | 代 | 旦 | 透 | 去 | 開 | 五一旰 | | | 定去開寒山一 | 徒案 | 定開 1 | 徒耐 | 端去開寒山一 | 得按 |
| 18379 | 14 正 | | 679 | 彈 | 代 | 旦 | 透 | 去 | 開 | 五一旰 | 平去兩讀 | | 定去開寒山一 | 徒案 | 定開 1 | 徒耐 | 端去開寒山一 | 得按 |

| 韻字編號 | 部序 | 組數 | 字數 | 韻字及何氏反切 | | | 韻字何氏音 | | | | 何萱注釋 | 備　注 | 韻字中古音 | | 上字中古音 | | 下字中古音 | |
|---|---|---|---|---|---|---|---|---|---|---|---|---|---|---|---|---|---|---|
| | | | | 韻字 | 上字 | 下字 | 聲 | 調 | 呼 | 韻部 | | | 聲調呼韻攝等 | 反切 | 聲呼等 | 反切 | 聲調呼韻攝等 | 反切 |
| 18381 | 14 正 | | 680 | 炭 | 代 | 旦 | 透 | 去 | 開 | 五一罕 | | | 透去開寒山一 | 他旦 | 定開 1 | 徒耐 | 端去開寒山一 | 得按 |
| 18382 | 14 正 | 143 | 681 | **𩆸** | 柰 | 旦 | 乃 | 去 | 開 | 五一罕 | | | 泥去開寒山一 | 奴案 | 泥開 1 | 奴帶 | 端去開寒山一 | 得按 |
| 18384 | 14 正 | | 682 | 難 | 柰 | 旦 | 乃 | 去 | 開 | 五一罕 | 平去兩讀義分 | | 泥去開寒山一 | 奴案 | 泥開 1 | 奴帶 | 端去開寒山一 | 得按 |
| 18385 | 14 正 | 144 | 683 | 爤 | 朗 | 旦 | 賚 | 去 | 開 | 五一罕 | | | 來去開寒山一 | 郎旰 | 來開 1 | 盧黨 | 端去開寒山一 | 得按 |
| 18386 | 14 正 | | 684 | **爛** | 朗 | 旦 | 賚 | 去 | 開 | 五一罕 | | | 來去開寒山一 | 郎旰 | 來開 1 | 盧黨 | 端去開寒山一 | 得按 |
| 18387 | 14 正 | | 685 | 灡* | 朗 | 旦 | 賚 | 去 | 開 | 五一罕 | | | 來去開寒山一 | 郎旰 | 來開 1 | 盧黨 | 端去開寒山一 | 得按 |
| 18388 | 14 正 | | 686 | 讕 | 朗 | 旦 | 賚 | 去 | 開 | 五一罕 | | 原書只有陽平，缺上去二音，依何氏注，去聲加在朗旦小韻 | 來去開寒山一 | 郎旰 | 來開 1 | 盧黨 | 端去開寒山一 | 得按 |
| 18389 | 14 正 | 145 | 687 | **贊** | 宰 | 旦 | 井 | 去 | 開 | 五一罕 | | | 精去開寒山一 | 則旰 | 精開 1 | 作亥 | 端去開寒山一 | 得按 |
| 18390 | 14 正 | | 688 | 穳 | 宰 | 旦 | 井 | 去 | 開 | 五一罕 | | | 精去開寒山一 | 則旰 | 精開 1 | 作亥 | 端去開寒山一 | 得按 |
| 18392 | 14 正 | | 689 | 饡 | 宰 | 旦 | 井 | 去 | 開 | 五一罕 | | | 精去開寒山一 | 則旰 | 精開 1 | 作亥 | 端去開寒山一 | 得按 |
| 18393 | 14 正 | | 690 | 灒 | 宰 | 旦 | 井 | 去 | 開 | 五一罕 | | | 精去開寒山一 | 則旰 | 精開 1 | 作亥 | 端去開寒山一 | 得按 |
| 18394 | 14 正 | | 691 | 瓚* | 宰 | 旦 | 井 | 去 | 開 | 五一罕 | | | 精去開寒山一 | 則旰 | 精開 1 | 作亥 | 端去開寒山一 | 得按 |
| 18396 | 14 正 | 146 | 692 | 攴* | 采 | 旦 | 淨 | 去 | 開 | 五一罕 | | | 清去開寒山一 | 蒼案 | 清開 1 | 倉宰 | 端去開寒山一 | 得按 |
| 18397 | 14 正 | | 693 | **粲** | 采 | 旦 | 淨 | 去 | 開 | 五一罕 | | | 清去開寒山一 | 蒼案 | 清開 1 | 倉宰 | 端去開寒山一 | 得按 |
| 18398 | 14 正 | 147 | 694 | 屵 | 傲 | 旦 | 我 | 去 | 開 | 五一罕 | 又十五部入聲 | 此字實三見 | 疑上開元山三 | 語偃 | 疑開 1 | 五到 | 端去開寒山一 | 得按 |
| 18400 | 14 正 | | 695 | **岸** | 傲 | 旦 | 我 | 去 | 開 | 五一罕 | | | 疑去開寒山一 | 五旰 | 疑開 1 | 五到 | 端去開寒山一 | 得按 |
| 18401 | 14 正 | | 696 | 豻 | 傲 | 旦 | 我 | 去 | 開 | 五一罕 | | | 疑去開寒山一 | 五旰 | 疑開 1 | 五到 | 端去開寒山一 | 得按 |
| 18405 | 14 正 | | 697 | 豻 | 傲 | 旦 | 我 | 去 | 開 | 五一罕 | | | 疑去開寒山一 | 五旰 | 疑開 1 | 五到 | 端去開寒山一 | 得按 |
| 18406 | 14 正 | 148 | 698 | 椒 | 燥 | 旦 | 信 | 去 | 開 | 五一罕 | | | 心上開寒山一 | 蘇旱 | 心開 1 | 蘇老 | 端去開寒山一 | 得按 |
| 18408 | 14 正 | | 699 | 散 | 燥 | 旦 | 信 | 去 | 開 | 五一罕 | | | 心去開寒山一 | 蘇旰 | 心開 1 | 蘇老 | 端去開寒山一 | 得按 |
| 18409 | 14 正 | | 700 | **散** | 燥 | 旦 | 信 | 去 | 開 | 五一罕 | | | 心去開寒山一 | 蘇旰 | 心開 1 | 蘇老 | 端去開寒山一 | 得按 |
| 18410 | 14 正 | | 701 | 黴* | 燥 | 旦 | 信 | 去 | 開 | 五一罕 | | | 心去開寒山一 | 先旰 | 心開 1 | 蘇老 | 端去開寒山一 | 得按 |
| 18412 | 14 正 | | 702 | 繖 | 燥 | 旦 | 信 | 去 | 開 | 五一罕 | | | 心去開寒山一 | 蘇旰 | 心開 1 | 蘇老 | 端去開寒山一 | 得按 |
| 18414 | 14 正 | 149 | 703 | 毌 | 古 | 宦 | 見 | 去 | 合 | 五二貫 | 平去兩讀注在彼 | | 見去合桓山一 | 古玩 | 見合 1 | 公戶 | 匣去合刪山二 | 胡慣 |

| 韻字編號 | 部序 | 組數 | 字數 | 韻字及何氏反切 | | | 韻字何氏音 | | | | 何萱注釋 | 備注 | 韻字中古音 | | 上字中古音 | | 下字中古音 | |
|---|---|---|---|---|---|---|---|---|---|---|---|---|---|---|---|---|---|---|
| | | | | 韻字 | 上字 | 下字 | 聲 | 調 | 呼 | 韻部 | | | 聲調呼韻攝等 | 反切 | 聲呼等 | 反切 | 聲調呼韻攝等 | 反切 |
| 18416 | 14 正 | | 704 | 貫 | 古 | 宦 | 見 | 去 | 合 | 五二貫 | | | 見去合桓山一 | 古玩 | 見合 1 | 公戶 | 匣去合刪山二 | 胡慣 |
| 18417 | 14 正 | | 705 | 摜 | 古 | 宦 | 見 | 去 | 合 | 五二貫 | | | 見去合刪山二 | 古患 | 見合 1 | 公戶 | 匣去合刪山二 | 胡慣 |
| 18418 | 14 正 | | 706 | 遦 | 古 | 宦 | 見 | 去 | 合 | 五二貫 | | | 見去合桓山一 | 古玩 | 見合 1 | 公戶 | 匣去合刪山二 | 胡慣 |
| 18420 | 14 正 | | 707 | 倌 | 古 | 宦 | 見 | 去 | 合 | 五二貫 | | | 見去合刪山二 | 古患 | 見合 1 | 公戶 | 匣去合刪山二 | 胡慣 |
| 18423 | 14 正 | | 708 | 悹 | 古 | 宦 | 見 | 去 | 合 | 五二貫 | | | 見去合桓山一 | 古玩 | 見合 1 | 公戶 | 匣去合刪山二 | 胡慣 |
| 18424 | 14 正 | | 709 | 館 | 古 | 宦 | 見 | 去 | 合 | 五二貫 | | | 見去合桓山一 | 古玩 | 見合 1 | 公戶 | 匣去合刪山二 | 胡慣 |
| 18425 | 14 正 | | 710 | 雚 | 古 | 宦 | 見 | 去 | 合 | 五二貫 | | | 見去合桓山一 | 古玩 | 見合 1 | 公戶 | 匣去合刪山二 | 胡慣 |
| 18426 | 14 正 | | 711 | 矔 | 古 | 宦 | 見 | 去 | 合 | 五二貫 | | | 見去合桓山一 | 古玩 | 見合 1 | 公戶 | 匣去合刪山二 | 胡慣 |
| 18429 | 14 正 | | 712 | 懽 | 古 | 宦 | 見 | 去 | 合 | 五二貫 | 平去兩讀 | | 見去合桓山一 | 古玩 | 見合 1 | 公戶 | 匣去合刪山二 | 胡慣 |
| 18430 | 14 正 | | 713 | 瓘 | 古 | 宦 | 見 | 去 | 合 | 五二貫 | | | 見去合桓山一 | 古玩 | 見合 1 | 公戶 | 匣去合刪山二 | 胡慣 |
| 18431 | 14 正 | | 714 | 爟 | 古 | 宦 | 見 | 去 | 合 | 五二貫 | 平去兩讀 | | 見去合桓山一 | 古玩 | 見合 1 | 公戶 | 匣去合刪山二 | 胡慣 |
| 18433 | 14 正 | | 715 | 灌 | 古 | 宦 | 見 | 去 | 合 | 五二貫 | | | 見去合桓山一 | 古玩 | 見合 1 | 公戶 | 匣去合刪山二 | 胡慣 |
| 18434 | 14 正 | | 716 | 盥 | 古 | 宦 | 見 | 去 | 合 | 五二貫 | | | 見去合桓山一 | 古玩 | 見合 1 | 公戶 | 匣去合刪山二 | 胡慣 |
| 18436 | 14 正 | | 717 | 冠 | 古 | 宦 | 見 | 去 | 合 | 五二貫 | 平去兩讀義分 | | 見去合桓山一 | 古玩 | 見合 1 | 公戶 | 匣去合刪山二 | 胡慣 |
| 18437 | 14 正 | 150 | 718 | 掔 | 甕 | 宦 | 影 | 去 | 合 | 五二貫 | | | 影去合桓山一 | 烏貫 | 影合 1 | 烏貢 | 匣去合刪山二 | 胡慣 |
| 18438 | 14 正 | | 719 | 取* | 甕 | 宦 | 影 | 去 | 合 | 五二貫 | 掔或書作取 | 這個字形有問題，存疑 | 莊平開尤流三 | 甾尤 | 影合 1 | 烏貢 | 匣去合刪山二 | 胡慣 |
| 18440 | 14 正 | | 720 | 掮 g* | 甕 | 宦 | 影 | 去 | 合 | 五二貫 | 又十五部入聲注在彼。十四十五部同入。亦平聲見副編 | 平聲是與剜異讀 | 影上開刪山二 | 鄔版 | 影合 1 | 烏貢 | 匣去合刪山二 | 胡慣 |
| 18442 | 14 正 | | 721 | 搱 | 甕 | 宦 | 影 | 去 | 合 | 五二貫 | 又十五部入聲 | 大詞典注亦作榩 2，查榩 1 集韻音為影元，於建切，取此音 | 影去開元山三 | 於建 | 影合 1 | 烏貢 | 匣去合刪山二 | 胡慣 |
| 18443 | 14 正 | 151 | 722 | 奐 | 戶 | 慢 | 曉 | 去 | 合 | 五二貫 | | | 曉去合桓山一 | 火貫 | 匣合 1 | 侯古 | 明去開刪山二 | 謨晏 |
| 18445 | 14 正 | | 723 | 渙 | 戶 | 慢 | 曉 | 去 | 合 | 五二貫 | | | 曉去合桓山一 | 火貫 | 匣合 1 | 侯古 | 明去開刪山二 | 謨晏 |
| 18446 | 14 正 | | 724 | 換 | 戶 | 慢 | 曉 | 去 | 合 | 五二貫 | | | 匣去合桓山一 | 胡玩 | 匣合 1 | 侯古 | 明去開刪山二 | 謨晏 |
| 18448 | 14 正 | | 725 | 蹥 | 戶 | 慢 | 曉 | 去 | 合 | 五二貫 | | | 曉去合桓山一 | 火貫 | 匣合 1 | 侯古 | 明去開刪山二 | 謨晏 |

| 韻字編號 | 部序 | 組數 | 字數 | 韻字及何氏反切 | | | 韻字何氏音 | | | | 何萱注釋 | 備　注 | 韻字中古音 | | 上字中古音 | | 下字中古音 | |
|---|---|---|---|---|---|---|---|---|---|---|---|---|---|---|---|---|---|---|
| | | | | 韻字 | 上字 | 下字 | 聲 | 調 | 呼 | 韻部 | | | 聲調呼韻攝等 | 反切 | 聲呼等 | 反切 | 聲調呼韻攝等 | 反切 |
| 18449 | 14 正 | | 726 | 宦 | 戶 | 慢 | 曉 | 去 | 合 | 五二贯 | | | 匣去合刪山二 | 胡慣 | 匣合 1 | 侯古 | 明去開刪山二 | 謨晏 |
| 18450 | 14 正 | | 727 | 幻 | 戶 | 慢 | 曉 | 去 | 合 | 五二贯 | | | 匣去合山山二 | 胡辨 | 匣合 1 | 侯古 | 明去開刪山二 | 謨晏 |
| 18451 | 14 正 | | 728 | 逭 | 戶 | 慢 | 曉 | 去 | 合 | 五二贯 | | | 匣去合桓山一 | 胡玩 | 匣合 1 | 侯古 | 明去開刪山二 | 謨晏 |
| 18452 | 14 正 | | 729 | 患 | 戶 | 慢 | 曉 | 去 | 合 | 五二贯 | �古文。平去兩讀 | | 匣去合刪山二 | 胡慣 | 匣合 1 | 侯古 | 明去開刪山二 | 謨晏 |
| 18453 | 14 正 | | 730 | 擐 | 戶 | 慢 | 曉 | 去 | 合 | 五二贯 | | 擐 | 匣去合刪山二 | 胡慣 | 匣合 1 | 侯古 | 明去開刪山二 | 謨晏 |
| 18454 | 14 正 | | 731 | 轘 | 戶 | 慢 | 曉 | 去 | 合 | 五二贯 | | 轘 | 匣去合刪山二 | 胡慣 | 匣合 1 | 侯古 | 明去開刪山二 | 謨晏 |
| 18456 | 14 正 | | 732 | 垸 | 戶 | 慢 | 曉 | 去 | 合 | 五二贯 | | | 匣去合桓山一 | 胡玩 | 匣合 1 | 侯古 | 明去開刪山二 | 謨晏 |
| 18457 | 14 正 | | 733 | 豢 | 戶 | 慢 | 曉 | 去 | 合 | 五二贯 | | | 匣去合刪山二 | 胡慣 | 匣合 1 | 侯古 | 明去開刪山二 | 謨晏 |
| 18458 | 14 正 | 152 | 734 | 段 | 賭 | 宧 | 短 | 去 | 合 | 五二贯 | | 韻目及副編作睹 | 定去合桓山一 | 徒玩 | 端合 1 | 當古 | 匣去合刪山二 | 胡慣 |
| 18459 | 14 正 | | 735 | 鍛 | 賭 | 宧 | 短 | 去 | 合 | 五二贯 | | 韻目及副編作睹 | 端去合桓山一 | 丁贯 | 端合 1 | 當古 | 匣去合刪山二 | 胡慣 |
| 18460 | 14 正 | | 736 | 碫 | 賭 | 宧 | 短 | 去 | 合 | 五二贯 | | 韻目及副編作睹 | 端去合桓山一 | 丁贯 | 端合 1 | 當古 | 匣去合刪山二 | 胡慣 |
| 18461 | 14 正 | | 737 | 緞 | 賭 | 宧 | 短 | 去 | 合 | 五二贯 | | 韻目及副編作睹 | 定去合桓山一 | 徒玩 | 端合 1 | 當古 | 匣去合刪山二 | 胡慣 |
| 18464 | 14 正 | | 738 | 斷 | 賭 | 宧 | 短 | 去 | 合 | 五二贯 | 上去兩讀彼本義此引申之義 | 韻目及副編作睹；斷斷 | 端去合桓山一 | 丁贯 | 端合 1 | 當古 | 匣去合刪山二 | 胡慣 |
| 18465 | 14 正 | 153 | 739 | 彖 | 杜 | 宧 | 透 | 去 | 合 | 五二贯 | | | 透去合桓山一 | 通慣 | 定合 1 | 徒古 | 匣去合刪山二 | 胡慣 |
| 18466 | 14 正 | | 740 | 毈 | 杜 | 宧 | 透 | 去 | 合 | 五二贯 | | | 定上合桓山一 | 徒管 | 定合 1 | 徒古 | 匣去合刪山二 | 胡慣 |
| 18468 | 14 正 | 154 | 741 | 稬 | 怒 | 宧 | 乃 | 去 | 合 | 五二贯 | | | 泥去合桓山一 | 奴亂 | 泥合 1 | 乃故 | 匣去合刪山二 | 胡慣 |
| 18469 | 14 正 | | 742 | 䙇 | 怒 | 宧 | 乃 | 去 | 合 | 五二贯 | | | 泥去合桓山一 | 奴亂 | 泥合 1 | 乃故 | 匣去合刪山二 | 胡慣 |
| 18471 | 14 正 | 155 | 743 | 亂 | 路 | 宧 | 賚 | 去 | 合 | 五二贯 | | | 來去合桓山一 | 郎段 | 來合 1 | 洛故 | 匣去合刪山二 | 胡慣 |
| 18473 | 14 正 | | 744 | 孿* | 路 | 宧 | 賚 | 去 | 合 | 五二贯 | | | 生去合刪山二 | 數患 | 來合 1 | 洛故 | 匣去合刪山二 | 胡慣 |
| 18474 | 14 正 | 156 | 745 | 惴 | 壯 | 宧 | 照 | 去 | 合 | 五二贯 | | 韻目歸入路宧切，誤。表中作照母字頭。新加壯宧切 | 章去合支止三 | 之睡 | 莊開 3 | 側亮 | 匣去合刪山二 | 胡慣 |
| 18475 | 14 正 | 157 | 746 | 篹 | 狀 | 宧 | 助 | 去 | 合 | 五二贯 | | | 初去合刪山二 | 初患 | 崇開 3 | 鋤亮 | 匣去合刪山二 | 胡慣 |
| 18476 | 14 正 | | 747 | 纂 | 狀 | 宧 | 助 | 去 | 合 | 五二贯 | 又十五部入聲 | 此處可能讀篹了。取篹廣韻音 | 初去合刪山二 | 初患 | 崇開 3 | 鋤亮 | 匣去合刪山二 | 胡慣 |

| 韻字編號 | 部序 | 組數 | 字數 | 韻字及何氏反切 | | | 韻字何氏音 | | | | 何萱注釋 | 備注 | 韻字中古音 | | 上字中古音 | | 下字中古音 | |
|---|---|---|---|---|---|---|---|---|---|---|---|---|---|---|---|---|---|---|
| | | | | 韻字 | 上字 | 下字 | 聲 | 調 | 呼 | 韻部 | | | 聲調呼韻攝等 | 反切 | 聲呼等 | 反切 | 聲調呼韻攝等 | 反切 |
| 18479 | 14 正 | 158 | 748 | **瀶** | 社 | 宦 | 審 | 去 | 合 | 五二贯 | | | 心去合仙山三 | 息絹 | 禪開 3 | 常者 | 匣去合刪山二 | 胡慣 |
| 18480 | 14 正 | 159 | 749 | 爨 | 措 | 宦 | 淨 | 去 | 合 | 五二贯 | | | 清去合桓山一 | 七亂 | 清合 1 | 倉故 | 匣去合刪山二 | 胡慣 |
| 18481 | 14 正 | | 750 | **竄** | 措 | 宦 | 淨 | 去 | 合 | 五二贯 | | | 清去合桓山一 | 七亂 | 清合 1 | 倉故 | 匣去合刪山二 | 胡慣 |
| 18483 | 14 正 | | 751 | 鏦 | 措 | 宦 | 淨 | 去 | 合 | 五二贯 | 此詳九部。萱按從聲不得在十四部，尤彖聲不得在九部也。今姑兩部並錄焉 | 不做異讀處理。實際的字頭為鏃 | 初平開江江二 | 楚江 | 清合 1 | 倉故 | 匣去合刪山二 | 胡慣 |
| 18484 | 14 正 | 160 | 752 | **翫** | 臥 | 宦 | 我 | 去 | 合 | 五二贯 | | | 疑去合桓山一 | 五換 | 疑合 1 | 吾貨 | 匣去合刪山二 | 胡慣 |
| 18486 | 14 正 | | 753 | 忨 | 臥 | 宦 | 我 | 去 | 合 | 五二贯 | | | 疑去合桓山一 | 五換 | 疑合 1 | 吾貨 | 匣去合刪山二 | 胡慣 |
| 18487 | 14 正 | | 754 | 玩 | 臥 | 宦 | 我 | 去 | 合 | 五二贯 | | | 疑去合桓山一 | 五換 | 疑合 1 | 吾貨 | 匣去合刪山二 | 胡慣 |
| 18488 | 14 正 | | 755 | 薍 | 臥 | 宦 | 我 | 去 | 合 | 五二贯 | | | 疑去合刪山二 | 五患 | 疑合 1 | 吾貨 | 匣去合刪山二 | 胡慣 |
| 18489 | 14 正 | 161 | 756 | **筭** | 送 | 宦 | 信 | 去 | 合 | 五二贯 | | 韻目歸入臥宦切，表中做信母字頭，據副編作送宦切 | 心去合桓山一 | 蘇貫 | 心合 1 | 蘇弄 | 匣去合刪山二 | 胡慣 |
| 18490 | 14 正 | | 757 | 祘 | 送 | 宦 | 信 | 去 | 合 | 五二贯 | | 韻目歸入臥宦切，據副編作送宦切 | 心去合桓山一 | 蘇貫 | 心合 1 | 蘇弄 | 匣去合刪山二 | 胡慣 |
| 18491 | 14 正 | | 758 | 蒜 | 送 | 宦 | 信 | 去 | 合 | 五二贯 | | 韻目歸入臥宦切，據副編作送宦切 | 心去合桓山一 | 蘇貫 | 心合 1 | 蘇弄 | 匣去合刪山二 | 胡慣 |
| 18492 | 14 正 | | 759 | 巽 | 送 | 宦 | 信 | 去 | 合 | 五二贯 | | 韻目歸入臥宦切，據副編作送宦切 | 心去合魂臻一 | 蘇困 | 心合 1 | 蘇弄 | 匣去合刪山二 | 胡慣 |
| 18493 | 14 正 | | 760 | 顨 | 送 | 宦 | 信 | 去 | 合 | 五二贯 | | 韻目歸入臥宦切，據副編作送宦切 | 心去合魂臻一 | 蘇困 | 心合 1 | 蘇弄 | 匣去合刪山二 | 胡慣 |
| 18494 | 14 正 | 162 | 761 | **半** | 布 | 宦 | 謗 | 去 | 合 | 五二贯 | | | 幫去合桓山一 | 博漫 | 幫合 1 | 博故 | 匣去合刪山二 | 胡慣 |
| 18495 | 14 正 | | 762 | 料 | 布 | 宦 | 謗 | 去 | 合 | 五二贯 | | | 幫去合桓山一 | 博漫 | 幫合 1 | 博故 | 匣去合刪山二 | 胡慣 |
| 18496 | 14 正 | | 763 | 姅 | 布 | 宦 | 謗 | 去 | 合 | 五二贯 | | | 幫去合桓山一 | 博漫 | 幫合 1 | 博故 | 匣去合刪山二 | 胡慣 |
| 18499 | 14 正 | | 764 | 袢 g* | 布 | 宦 | 謗 | 去 | 合 | 五二贯 | 平去兩讀 | | 滂去合桓山一 | 普半 | 幫合 1 | 博故 | 匣去合刪山二 | 胡慣 |
| 18500 | 14 正 | | 765 | 絆 | 布 | 宦 | 謗 | 去 | 合 | 五二贯 | | | 幫去合桓山一 | 博漫 | 幫合 1 | 博故 | 匣去合刪山二 | 胡慣 |
| 18501 | 14 正 | | 766 | 播 | 布 | 宦 | 謗 | 去 | 合 | 五二贯 | 又十七部注在彼 | | 幫去合戈果一 | 補過 | 幫合 1 | 博故 | 匣去合刪山二 | 胡慣 |

| 韻字編號 | 部序 | 組數 | 字數 | 韻字及何氏反切 | | | 韻字何氏音 | | | | 何萱注釋 | 備　注 | 韻字中古音 | | 上字中古音 | | 下字中古音 | |
|---|---|---|---|---|---|---|---|---|---|---|---|---|---|---|---|---|---|---|
| | | | | 韻字 | 上字 | 下字 | 聲 | 調 | 呼 | 韻部 | | | 聲調呼韻攝等 | 反切 | 聲呼等 | 反切 | 聲調呼韻攝等 | 反切 |
| 18505 | 14 正 | 163 | 767 | **泮** | 普 | 宦 | 並 | 去 | 合 | 五二贯 | | | 滂去合桓山一 | 普半 | 滂合 1 | 滂古 | 匣去合刪山二 | 胡慣 |
| 18506 | 14 正 | | 768 | 畔 | 普 | 宦 | 並 | 去 | 合 | 五二贯 | | | 並去合桓山一 | 簿半 | 滂合 1 | 滂古 | 匣去合刪山二 | 胡慣 |
| 18507 | 14 正 | | 769 | 判 | 普 | 宦 | 並 | 去 | 合 | 五二贯 | | | 滂去合桓山一 | 普半 | 滂合 1 | 滂古 | 匣去合刪山二 | 胡慣 |
| 18508 | 14 正 | | 770 | 胖 | 普 | 宦 | 並 | 去 | 合 | 五二贯 | | | 滂去合桓山一 | 普半 | 滂合 1 | 滂古 | 匣去合刪山二 | 胡慣 |
| 18509 | 14 正 | | 771 | 叛 | 普 | 宦 | 並 | 去 | 合 | 五二贯 | | | 並去合桓山一 | 簿半 | 滂合 1 | 滂古 | 匣去合刪山二 | 胡慣 |
| 18510 | 14 正 | 164 | 772 | 嫚 | 昧 | 宦 | 命 | 去 | 合 | 五二贯 | | | 明去開刪山二 | 謨晏 | 明合 1 | 莫佩 | 匣去合刪山二 | 胡慣 |
| 18511 | 14 正 | | 773 | **慢** | 昧 | 宦 | 命 | 去 | 合 | 五二贯 | | | 明去開刪山二 | 謨晏 | 明合 1 | 莫佩 | 匣去合刪山二 | 胡慣 |
| 18512 | 14 正 | | 774 | 謾 g* | 昧 | 宦 | 命 | 去 | 合 | 五二贯 | 平去兩讀 | | 明去開刪山二 | 莫晏 | 明合 1 | 莫佩 | 匣去合刪山二 | 胡慣 |
| 18515 | 14 正 | | 775 | 縵 | 昧 | 宦 | 命 | 去 | 合 | 五二贯 | | | 明去合桓山一 | 莫半 | 明合 1 | 莫佩 | 匣去合刪山二 | 胡慣 |
| 18516 | 14 正 | | 776 | 幔 | 昧 | 宦 | 命 | 去 | 合 | 五二贯 | | | 明去合桓山一 | 莫半 | 明合 1 | 莫佩 | 匣去合刪山二 | 胡慣 |
| 18517 | 14 正 | | 777 | 輓 | 昧 | 宦 | 命 | 去 | 合 | 五二贯 | | 反切疑有誤 | 微去合元山三 | 無販 | 明合 1 | 莫佩 | 匣去合刪山二 | 胡慣 |
| 18518 | 14 正 | | 778 | 漫 | 昧 | 宦 | 命 | 去 | 合 | 五二贯 | | 原文缺該字。據何氏注和漫字廣韻音，加入到昧宦小韻中 | 明去合桓山一 | 莫半 | 明合 1 | 莫佩 | 匣去合刪山二 | 胡慣 |
| 18519 | 14 正 | | 779 | 邁 | 昧 | 宦 | 命 | 去 | 合 | 五二贯 | 又十五部注在彼 | 何氏在勱字下說邁亦訓勉，二字音義皆同。據此，此處取勉廣韻音 | 明上開仙山重三 | 亡辨 | 明合 1 | 莫佩 | 匣去合刪山二 | 胡慣 |
| 18520 | 14 正 | | 780 | 勱 | 昧 | 宦 | 命 | 去 | 合 | 五二贯 | 又十五部注在彼 | 此處取勉廣韻音 | 明上開仙山重三 | 亡辨 | 明合 1 | 莫佩 | 匣去合刪山二 | 胡慣 |
| 18522 | 14 正 | | 781 | 譪 | 昧 | 宦 | 命 | 去 | 合 | 五二贯 | 又十五部注在彼 | 此處可能是存古，依諧聲讀萬。引處取萬廣韻音 | 明去合元山三 | 無販 | 明合 1 | 莫佩 | 匣去合刪山二 | 胡慣 |
| 18525 | 14 正 | 165 | 782 | **諫** | 几 | 晏 | 見 | 去 | 齊 | 五三諫 | | | 見去開刪山二 | 古晏 | 見開重 3 | 居履 | 影去開刪山二 | 烏澗 |
| 18526 | 14 正 | | 783 | 覞 | 几 | 晏 | 見 | 去 | 齊 | 五三諫 | | 廣韻音可能有錯誤 | 以去開宵效三 | 弋照 | 見開重 3 | 居履 | 影去開刪山二 | 烏澗 |
| 18527 | 14 正 | | 784 | 閒 | 几 | 晏 | 見 | 去 | 齊 | 五三諫 | 又平聲兩見凡三讀 | | 見去開刪山二 | 古晏 | 見開重 3 | 居履 | 影去開刪山二 | 烏澗 |

| 韻字編號 | 部序 | 組數 | 字數 | 韻字及何氏反切 | | | 韻字何氏音 | | | | 何萱注釋 | 備注 | 韻字中古音 | | 上字中古音 | | 下字中古音 | |
|---|---|---|---|---|---|---|---|---|---|---|---|---|---|---|---|---|---|---|
| | | | | 韻字 | 上字 | 下字 | 聲 | 調 | 呼 | 韻部 | | | 聲調呼韻攝等 | 反切 | 聲呼等 | 反切 | 聲調呼韻攝等 | 反切 |
| 18531 | 14 正 | | 785 | 澗 | 几 | 晏 | 見 | 去 | 齊 | 五三諫 | | | 見去開刪山二 | 古晏 | 見開重 3 | 居履 | 影去開刪山二 | 烏澗 |
| 18532 | 14 正 | | 786 | 鐗 | 几 | 晏 | 見 | 去 | 齊 | 五三諫 | | | 見去開刪山二 | 古晏 | 見開重 3 | 居履 | 影去開刪山二 | 烏澗 |
| 18534 | 14 正 | 166 | 787 | 晏* | 漾 | 諫 | 影 | 去 | 齊 | 五三諫 | | | 影去開刪山二 | 於諫 | 以開 3 | 餘亮 | 見去開刪山二 | 古晏 |
| 18537 | 14 正 | | 788 | 晏 | 漾 | 諫 | 影 | 去 | 齊 | 五三諫 | | | 影去開刪山二 | 烏澗 | 以開 3 | 餘亮 | 見去開刪山二 | 古晏 |
| 18538 | 14 正 | | 789 | 鴳 | 漾 | 諫 | 影 | 去 | 齊 | 五三諫 | | | 影去開刪山二 | 烏澗 | 以開 3 | 餘亮 | 見去開刪山二 | 古晏 |
| 18539 | 14 正 | | 790 | 轅* | 漾 | 諫 | 影 | 去 | 齊 | 五三諫 | | | 以去開真臻三 | 羊進 | 以開 3 | 餘亮 | 見去開刪山二 | 古晏 |
| 18540 | 14 正 | 167 | 791 | 莧 | 向 | 諫 | 曉 | 去 | 齊 | 五三諫 | | | 匣去開山山二 | 侯襉 | 曉開 3 | 許亮 | 見去開刪山二 | 古晏 |
| 18541 | 14 正 | 168 | 792 | 袒 | 寵 | 諫 | 助 | 去 | 齊 | 五三諫 | | | 澄去開山山二 | 丈莧 | 徹合 3 | 丑隴 | 見去開刪山二 | 古晏 |
| 18542 | 14 正 | | 793 | 組 | 寵 | 諫 | 助 | 去 | 齊 | 五三諫 | | | 澄去開山山二 | 丈莧 | 徹合 3 | 丑隴 | 見去開刪山二 | 古晏 |
| 18544 | 14 正 | 169 | 794 | 疝 | 始 | 諫 | 審 | 去 | 齊 | 五三諫 | | | 生去開刪山二 | 所晏 | 書開 3 | 詩止 | 見去開刪山二 | 古晏 |
| 18546 | 14 正 | | 795 | 汕 | 始 | 諫 | 審 | 去 | 齊 | 五三諫 | | | 生去開刪山二 | 所晏 | 書開 3 | 詩止 | 見去開刪山二 | 古晏 |
| 18548 | 14 正 | | 796 | 訕 | 始 | 諫 | 審 | 去 | 齊 | 五三諫 | | | 生去開刪山二 | 所晏 | 書開 3 | 詩止 | 見去開刪山二 | 古晏 |
| 18549 | 14 正 | | 797 | 姍 | 始 | 諫 | 審 | 去 | 齊 | 五三諫 | | | 心平開寒山一 | 蘇干 | 書開 3 | 詩止 | 見去開刪山二 | 古晏 |
| 18551 | 14 正 | | 798 | 狦 | 始 | 諫 | 審 | 去 | 齊 | 五三諫 | | | 生去開刪山二 | 所晏 | 書開 3 | 詩止 | 見去開刪山二 | 古晏 |
| 18552 | 14 正 | 170 | 799 | 鴈 | 仰 | 諫 | 我 | 去 | 齊 | 五三諫 | | | 疑去開刪山二 | 五晏 | 疑開 3 | 魚兩 | 見去開刪山二 | 古晏 |
| 18553 | 14 正 | | 800 | 雁 | 仰 | 諫 | 我 | 去 | 齊 | 五三諫 | | | 疑去開刪山二 | 五晏 | 疑開 3 | 魚兩 | 見去開刪山二 | 古晏 |
| 18554 | 14 正 | | 801 | 贋 | 仰 | 諫 | 我 | 去 | 齊 | 五三諫 | | | 疑去開寒山一 | 五旰 | 疑開 3 | 魚兩 | 見去開刪山二 | 古晏 |
| 18555 | 14 正 | 171 | 802 | 釆 | 避 | 諫 | 並 | 去 | 齊 | 五三諫 | 古文丂 | 正文字頭作米 | 並去開山山二 | 蒲莧 | 並開重 4 | 毗義 | 見去開刪山二 | 古晏 |
| 18556 | 14 正 | 172 | 803 | 見 | 几 | 片 | 見 | 去 | 齊二 | 五四見 | | | 見去開先山四 | 古電 | 見開重 3 | 居履 | 滂去開先山四 | 普麵 |
| 18559 | 14 正 | 173 | 804 | 俔 | 舊 | 片 | 起 | 去 | 齊二 | 五四見 | | | 溪去開先山四 | 苦甸 | 群開 3 | 巨救 | 滂去開先山四 | 普麵 |
| 18560 | 14 正 | | 805 | 譴 | 舊 | 片 | 起 | 去 | 齊二 | 五四見 | | | 溪去開仙山重四 | 去戰 | 群開 3 | 巨救 | 滂去開先山四 | 普麵 |
| 18561 | 14 正 | 174 | 806 | 豜 | 漾 | 片 | 影 | 去 | 齊二 | 五四見 | 遃或書作豜 | | 以平開仙山三 | 以然 | 以開 3 | 餘亮 | 滂去開先山四 | 普麵 |
| 18563 | 14 正 | | 807 | 遾 | 漾 | 片 | 影 | 去 | 齊二 | 五四見 | | | 以去開仙山三 | 予線 | 以開 3 | 餘亮 | 滂去開先山四 | 普麵 |
| 18565 | 14 正 | | 808 | 宴 | 漾 | 片 | 影 | 去 | 齊二 | 五四見 | | | 影去開先山四 | 於甸 | 以開 3 | 餘亮 | 滂去開先山四 | 普麵 |
| 18566 | 14 正 | | 809 | 燕 | 漾 | 片 | 影 | 去 | 齊二 | 五四見 | | | 影去開先山四 | 於甸 | 以開 3 | 餘亮 | 滂去開先山四 | 普麵 |
| 18568 | 14 正 | | 810 | 嬿 | 漾 | 片 | 影 | 去 | 齊二 | 五四見 | | | 影去開先山四 | 於甸 | 以開 3 | 餘亮 | 滂去開先山四 | 普麵 |
| 18569 | 14 正 | | 811 | 醼 | 漾 | 片 | 影 | 去 | 齊二 | 五四見 | | | 影去開先山四 | 於甸 | 以開 3 | 餘亮 | 滂去開先山四 | 普麵 |

| 韻字編號 | 部序 | 組數 | 字數 | 韻字及何氏反切 | | | 韻字何氏音 | | | | 何萱注釋 | 備　注 | 韻字中古音 | | 上字中古音 | | 下字中古音 | |
|---|---|---|---|---|---|---|---|---|---|---|---|---|---|---|---|---|---|---|
| | | | | 韻字 | 上字 | 下字 | 聲 | 調 | 呼 | 韻部 | | | 聲調呼韻攝等 | 反切 | 聲呼等 | 反切 | 聲調呼韻攝等 | 反切 |
| 18571 | 14 正 | | 812 | 驠 | 漾 | 片 | 影 | 去 | 齊二 | 五四見 | | | 影去開先山四 | 於甸 | 以開 3 | 餘亮 | 滂去開先山四 | 普麵 |
| 18572 | 14 正 | 175 | 813 | **晛** | 向 | 片 | 曉 | 去 | 齊二 | 五四見 | | | 匣上開先山四 | 胡典 | 曉開 3 | 許亮 | 滂去開先山四 | 普麵 |
| 18574 | 14 正 | | 814 | 靦 | 向 | 片 | 曉 | 去 | 齊二 | 五四見 | | | 曉入開屑山四 | 虎結 | 曉開 3 | 許亮 | 滂去開先山四 | 普麵 |
| 18576 | 14 正 | 176 | 815 | **撚** | 褭 | 片 | 乃 | 去 | 齊二 | 五四見 | | | 泥去開先山四 | 奴甸 | 泥開 4 | 奴鳥 | 滂去開先山四 | 普麵 |
| 18577 | 14 正 | 177 | 816 | **練** | 亮 | 片 | 賚 | 去 | 齊二 | 五四見 | | | 來去開先山四 | 郎甸 | 來開 3 | 力讓 | 滂去開先山四 | 普麵 |
| 18578 | 14 正 | | 817 | 鍊 | 亮 | 片 | 賚 | 去 | 齊二 | 五四見 | | | 來去開先山四 | 郎甸 | 來開 3 | 力讓 | 滂去開先山四 | 普麵 |
| 18580 | 14 正 | | 818 | 煉* | 亮 | 片 | 賚 | 去 | 齊二 | 五四見 | | | 來去開先山四 | 郎甸 | 來開 3 | 力讓 | 滂去開先山四 | 普麵 |
| 18581 | 14 正 | | 819 | 湅 | 亮 | 片 | 賚 | 去 | 齊二 | 五四見 | | | 來去開先山四 | 郎甸 | 來開 3 | 力讓 | 滂去開先山四 | 普麵 |
| 18582 | 14 正 | | 820 | 潄 | 亮 | 片 | 賚 | 去 | 齊二 | 五四見 | | | 來去開先山四 | 郎甸 | 來開 3 | 力讓 | 滂去開先山四 | 普麵 |
| 18584 | 14 正 | | 821 | 欄 g* | 亮 | 片 | 賚 | 去 | 齊二 | 五四見 | 平去兩讀 | | 來去開先山四 | 郎甸 | 來開 3 | 力讓 | 滂去開先山四 | 普麵 |
| 18586 | 14 正 | | 822 | 瓶 | 亮 | 片 | 賚 | 去 | 齊二 | 五四見 | 又十五部入聲 | | 來入開帖咸四 | 盧協 | 來開 3 | 力讓 | 滂去開先山四 | 普麵 |
| 18587 | 14 正 | 178 | 823 | **戰** | 掌 | 片 | 照 | 去 | 齊二 | 五四見 | | | 章去開仙山三 | 之膳 | 章開 3 | 諸兩 | 滂去開先山四 | 普麵 |
| 18588 | 14 正 | | 824 | 顫 | 掌 | 片 | 照 | 去 | 齊二 | 五四見 | | | 章去開仙山三 | 之膳 | 章開 3 | 諸兩 | 滂去開先山四 | 普麵 |
| 18589 | 14 正 | | 825 | 袞 | 掌 | 片 | 照 | 去 | 齊二 | 五四見 | | | 知去開仙山三 | 陟扇 | 章開 3 | 諸兩 | 滂去開先山四 | 普麵 |
| 18590 | 14 正 | | 826 | 驏 | 掌 | 片 | 照 | 去 | 齊二 | 五四見 | | | 知去開仙山三 | 陟扇 | 章開 3 | 諸兩 | 滂去開先山四 | 普麵 |
| 18592 | 14 正 | 179 | 827 | **硟** | 寵 | 片 | 助 | 去 | 齊二 | 五四見 | 碰俗有硟 | | 昌去開仙山三 | 昌战 | 徹合 3 | 丑隴 | 滂去開先山四 | 普麵 |
| 18593 | 14 正 | 180 | 828 | **赧** | 攘 | 片 | 耳 | 去 | 齊二 | 五四見 | 上去兩讀注在彼 | 大詞典通戁，戁廣韻有人善切，此處用此音 | 日上開仙山三 | 人善 | 日開 3 | 人漾 | 滂去開先山四 | 普麵 |
| 18594 | 14 正 | 181 | 829 | 繕 | 始 | 片 | 審 | 去 | 齊二 | 五四見 | | | 禪去開仙山三 | 時戰 | 書開 3 | 詩止 | 滂去開先山四 | 普麵 |
| 18595 | 14 正 | | 830 | 鄯 | 始 | 片 | 審 | 去 | 齊二 | 五四見 | | | 禪去開仙山三 | 時戰 | 書開 3 | 詩止 | 滂去開先山四 | 普麵 |
| 18596 | 14 正 | | 831 | 擅 | 始 | 片 | 審 | 去 | 齊二 | 五四見 | | | 禪去開仙山三 | 時戰 | 書開 3 | 詩止 | 滂去開先山四 | 普麵 |
| 18598 | 14 正 | | 832 | 嬗 | 始 | 片 | 審 | 去 | 齊二 | 五四見 | 別有嬋，嬋平去兩讀 | | 禪去開仙山三 | 時戰 | 書開 3 | 詩止 | 滂去開先山四 | 普麵 |
| 18599 | 14 正 | | 833 | 禪 | 始 | 片 | 審 | 去 | 齊二 | 五四見 | | | 禪去開仙山三 | 時戰 | 書開 3 | 詩止 | 滂去開先山四 | 普麵 |
| 18600 | 14 正 | | 834 | **扇** | 始 | 片 | 審 | 去 | 齊二 | 五四見 | | | 書去開仙山三 | 式戰 | 書開 3 | 詩止 | 滂去開先山四 | 普麵 |
| 18601 | 14 正 | | 835 | 傓 | 始 | 片 | 審 | 去 | 齊二 | 五四見 | | | 書去開仙山三 | 式戰 | 書開 3 | 詩止 | 滂去開先山四 | 普麵 |

| 韻字編號 | 部序 | 組數 | 字數 | 韻字及何氏反切 | | | 韻字何氏音 | | | | 何萱注釋 | 備注 | 韻字中古音 | | 上字中古音 | | 下字中古音 | |
|---|---|---|---|---|---|---|---|---|---|---|---|---|---|---|---|---|---|---|
| | | | | 韻字 | 上字 | 下字 | 聲 | 調 | 呼 | 韻部 | | | 聲調呼韻攝等 | 反切 | 聲呼等 | 反切 | 聲調呼韻攝等 | 反切 |
| 18602 | 14 正 | | 836 | 蝙 | 始 | 片 | 審 | 去 | 齊二 | 五四見 | | | 書去開仙山三 | 式戰 | 書開 3 | 詩止 | 滂去開先山四 | 普麵 |
| 18603 | 14 正 | | 837 | 鼉 g* | 始 | 片 | 審 | 去 | 齊二 | 五四見 | | 原書無，據何注和該字廣韻音加入到齒片小韻中 | 禪去開仙山三 | 時戰 | 書開 3 | 詩止 | 滂去開先山四 | 普麵 |
| 18604 | 14 正 | 182 | 838 | 衡 | 此 | 線 | 淨 | 去 | 齊二 | 五四見 | | | 從上開仙山三 | 慈演 | 清開 3 | 雌氏 | 心去開仙山三 | 私箭 |
| 18605 | 14 正 | | 839 | 餞 | 此 | 線 | 淨 | 去 | 齊二 | 五四見 | | | 從去開仙山三 | 才線 | 清開 3 | 雌氏 | 心去開仙山三 | 私箭 |
| 18606 | 14 正 | | 840 | **賤** | 此 | 線 | 淨 | 去 | 齊二 | 五四見 | | | 從去開仙山三 | 才線 | 清開 3 | 雌氏 | 心去開仙山三 | 私箭 |
| 18607 | 14 正 | 183 | 841 | **彥** | 仰 | 線 | 我 | 去 | 齊二 | 五四見 | | | 疑去開仙山重三 | 魚變 | 疑開 3 | 魚兩 | 心去開仙山三 | 私箭 |
| 18608 | 14 正 | | 842 | 諺 | 仰 | 線 | 我 | 去 | 齊二 | 五四見 | | | 疑去開仙山重三 | 魚變 | 疑開 3 | 魚兩 | 心去開仙山三 | 私箭 |
| 18609 | 14 正 | | 843 | 唁 | 仰 | 線 | 我 | 去 | 齊二 | 五四見 | | | 疑去開仙山重三 | 魚變 | 疑開 3 | 魚兩 | 心去開仙山三 | 私箭 |
| 18610 | 14 正 | | 844 | 硯 | 仰 | 線 | 我 | 去 | 齊二 | 五四見 | | | 疑去開先山四 | 吾甸 | 疑開 3 | 魚兩 | 心去開仙山三 | 私箭 |
| 18611 | 14 正 | 184 | 845 | 霰 | 小 | 片 | 信 | 去 | 齊二 | 五四見 | | | 心去開先山四 | 蘇佃 | 心開 3 | 私兆 | 滂去開先山四 | 普麵 |
| 18612 | 14 正 | | 846 | **綫** | 小 | 片 | 信 | 去 | 齊二 | 五四見 | | | 心去開仙山三 | 私箭 | 心開 3 | 私兆 | 滂去開先山四 | 普麵 |
| 18613 | 14 正 | | 847 | 羨 | 小 | 片 | 信 | 去 | 齊二 | 五四見 | | | 邪去開仙山三 | 似面 | 心開 3 | 私兆 | 滂去開先山四 | 普麵 |
| 18615 | 14 正 | 185 | 848 | **片** | 避 | 線 | 並 | 去 | 齊二 | 五四見 | | | 滂去開先山四 | 普麵 | 並開重 4 | 毗義 | 心去開仙山三 | 私箭 |
| 18616 | 14 正 | 186 | 849 | **面** | 美 | 線 | 命 | 去 | 齊二 | 五四見 | | | 明去開仙山重四 | 彌箭 | 明開重 3 | 無鄙 | 心去開仙山三 | 私箭 |
| 18617 | 14 正 | | 850 | 偭 | 美 | 線 | 命 | 去 | 齊二 | 五四見 | | | 明去開仙山重四 | 彌箭 | 明開重 3 | 無鄙 | 心去開仙山三 | 私箭 |
| 18618 | 14 正 | 187 | 851 | 懁 | 舉 | 萬 | 見 | 去 | 撮 | 五五絹 | | | 見去合先山四 | 古縣 | 見合 3 | 居許 | 微去合元山三 | 無販 |
| 18619 | 14 正 | | 852 | 獧 | 舉 | 萬 | 見 | 去 | 撮 | 五五絹 | | | 見去合先山四 | 古縣 | 見合 3 | 居許 | 微去合元山三 | 無販 |
| 18621 | 14 正 | | 853 | 睊 | 舉 | 萬 | 見 | 去 | 撮 | 五五絹 | | | 見去合先山四 | 古縣 | 見合 3 | 居許 | 微去合元山三 | 無販 |
| 18622 | 14 正 | | 854 | **絹** | 舉 | 萬 | 見 | 去 | 撮 | 五五絹 | | | 見去合仙山重四 | 吉掾 | 見合 3 | 居許 | 微去合元山三 | 無販 |
| 18623 | 14 正 | | 855 | 孿 | 舉 | 萬 | 見 | 去 | 撮 | 五五絹 | | | 見去合元山三 | 居願 | 見合 3 | 居許 | 微去合元山三 | 無販 |
| 18624 | 14 正 | | 856 | 衕 | 舉 | 萬 | 見 | 去 | 撮 | 五五絹 | | | 見去合先山四 | 古縣 | 見合 3 | 居許 | 微去合元山三 | 無販 |
| 18625 | 14 正 | | 857 | 罒* | 舉 | 萬 | 見 | 去 | 撮 | 五五絹 | | | 見去合仙山重三 | 古倦 | 見合 3 | 居許 | 微去合元山三 | 無販 |
| 18626 | 14 正 | | 858 | 弮* | 舉 | 萬 | 見 | 去 | 撮 | 五五絹 | | | 見去合仙山重三 | 古倦 | 見合 3 | 居許 | 微去合元山三 | 無販 |
| 18628 | 14 正 | | 859 | 眷 | 舉 | 萬 | 見 | 去 | 撮 | 五五絹 | | | 見去合仙山重三 | 居倦 | 見合 3 | 居許 | 微去合元山三 | 無販 |
| 18629 | 14 正 | | 860 | 桊 | 舉 | 萬 | 見 | 去 | 撮 | 五五絹 | | | 見去合仙山重三 | 居倦 | 見合 3 | 居許 | 微去合元山三 | 無販 |
| 18632 | 14 正 | | 861 | 帣 | 舉 | 萬 | 見 | 去 | 撮 | 五五絹 | | | 見去合仙山重三 | 居倦 | 見合 3 | 居許 | 微去合元山三 | 無販 |
| 18635 | 14 正 | | 862 | 豢 | 舉 | 萬 | 見 | 去 | 撮 | 五五絹 | | | 見去合元山三 | 居願 | 見合 3 | 居許 | 微去合元山三 | 無販 |

| 韻字編號 | 部序 | 組數 | 字數 | 韻字及何氏反切 | | | 韻字何氏音 | | | | 何萱注釋 | 備　注 | 韻字中古音 | | 上字中古音 | | 下字中古音 | |
|---|---|---|---|---|---|---|---|---|---|---|---|---|---|---|---|---|---|---|
| | | | | 韻字 | 上字 | 下字 | 聲 | 調 | 呼 | 韻部 | | | 聲調呼韻攝等 | 反切 | 聲呼等 | 反切 | 聲調呼韻攝等 | 反切 |
| 18637 | 14 正 | | 863 | 誊 | 舉 | 萬 | 見 | 去 | 撮 | 五五絹 | | | 見去合仙山重三 | 居倦 | 見合 3 | 居許 | 微去合元山三 | 無販 |
| 18638 | 14 正 | | 864 | 桊 | 舉 | 萬 | 見 | 去 | 撮 | 五五絹 | | | 見去合仙山重三 | 居倦 | 見合 3 | 居許 | 微去合元山三 | 無販 |
| 18639 | 14 正 | | 865 | 建 | 舉 | 萬 | 見 | 去 | 撮 | 五五絹 | | | 見去開元山三 | 居万 | 見合 3 | 居許 | 微去合元山三 | 無販 |
| 18640 | 14 正 | 188 | 866 | 券 | 去 | 萬 | 起 | 去 | 撮 | 五五絹 | | | 溪去合元山三 | 去願 | 溪合 3 | 丘倨 | 微去合元山三 | 無販 |
| 18641 | 14 正 | | 867 | 券* | 去 | 萬 | 起 | 去 | 撮 | 五五絹 | | | 溪去合元山三 | 區願 | 溪合 3 | 丘倨 | 微去合元山三 | 無販 |
| 18642 | 14 正 | | 868 | 倦 | 去 | 萬 | 起 | 去 | 撮 | 五五絹 | | | 群去合仙山重三 | 渠卷 | 溪合 3 | 丘倨 | 微去合元山三 | 無販 |
| 18644 | 14 正 | | 869 | 笏* | 去 | 萬 | 起 | 去 | 撮 | 五五絹 | | | 群去開元山三 | 渠建 | 溪合 3 | 丘倨 | 微去合元山三 | 無販 |
| 18645 | 14 正 | | 870 | 健 | 去 | 萬 | 起 | 去 | 撮 | 五五絹 | | | 群去開元山三 | 渠建 | 溪合 3 | 丘倨 | 微去合元山三 | 無販 |
| 18646 | 14 正 | | 871 | 楗 | 去 | 萬 | 起 | 去 | 撮 | 五五絹 | | | 群上開元山三 | 其偃 | 溪合 3 | 丘倨 | 微去合元山三 | 無販 |
| 18647 | 14 正 | | 872 | 勸 | 去 | 萬 | 起 | 去 | 撮 | 五五絹 | | | 溪去合元山三 | 去願 | 溪合 3 | 丘倨 | 微去合元山三 | 無販 |
| 18648 | 14 正 | 189 | 873 | 媛 | 羽 | 萬 | 影 | 去 | 撮 | 五五絹 | | | 云去合仙山三 | 王眷 | 云合 3 | 王矩 | 微去合元山三 | 無販 |
| 18649 | 14 正 | | 874 | 瑗 | 羽 | 萬 | 影 | 去 | 撮 | 五五絹 | | | 云去合元山三 | 于願 | 云合 3 | 王矩 | 微去合元山三 | 無販 |
| 18651 | 14 正 | | 875 | 婉 | 羽 | 萬 | 影 | 去 | 撮 | 五五絹 | | | 影平合元山三 | 於袁 | 云合 3 | 王矩 | 微去合元山三 | 無販 |
| 18654 | 14 正 | | 876 | 甗* | 羽 | 萬 | 影 | 去 | 撮 | 五五絹 | 又十五部入聲 | | 影入合月山三 | 於月 | 云合 3 | 王矩 | 微去合元山三 | 無販 |
| 18656 | 14 正 | | 877 | 訦 | 羽 | 萬 | 影 | 去 | 撮 | 五五絹 | | | 影去合元山三 | 於願 | 云合 3 | 王矩 | 微去合元山三 | 無販 |
| 18657 | 14 正 | | 878 | 怨 | 羽 | 萬 | 影 | 去 | 撮 | 五五絹 | | | 影去合元山三 | 於願 | 云合 3 | 王矩 | 微去合元山三 | 無販 |
| 18659 | 14 正 | | 879 | 豋* | 羽 | 萬 | 影 | 去 | 撮 | 五五絹 | 又十五部入聲 | 14 部上去二音 | 影入合迄臻三 | 紆勿 | 云合 3 | 王矩 | 微去合元山三 | 無販 |
| 18661 | 14 正 | | 880 | 焆 | 羽 | 萬 | 影 | 去 | 撮 | 五五絹 | | | 見平合先山四 | 古玄 | 云合 3 | 王矩 | 微去合元山三 | 無販 |
| 18662 | 14 正 | | 881 | 餇 | 羽 | 萬 | 影 | 去 | 撮 | 五五絹 | | | 影去合先山四 | 烏縣 | 云合 3 | 王矩 | 微去合元山三 | 無販 |
| 18663 | 14 正 | | 882 | 掾 | 羽 | 萬 | 影 | 去 | 撮 | 五五絹 | | | 以去合仙山三 | 以絹 | 云合 3 | 王矩 | 微去合元山三 | 無販 |
| 18664 | 14 正 | | 883 | 緣 | 羽 | 萬 | 影 | 去 | 撮 | 五五絹 | 平去兩讀義分 | | 以去合仙山三 | 以絹 | 云合 3 | 王矩 | 微去合元山三 | 無販 |
| 18669 | 14 正 | | 884 | 嫣 | 羽 | 萬 | 影 | 去 | 撮 | 五五絹 | 平去兩讀 | | 影去開元山三 | 於建 | 云合 3 | 王矩 | 微去合元山三 | 無販 |
| 18670 | 14 正 | | 885 | 傿 | 羽 | 萬 | 影 | 去 | 撮 | 五五絹 | | | 影去開元山三 | 於建 | 云合 3 | 王矩 | 微去合元山三 | 無販 |
| 18674 | 14 正 | | 886 | 鄢 | 羽 | 萬 | 影 | 去 | 撮 | 五五絹 | 平去兩讀注在彼 | | 影去開元山三 | 於建 | 云合 3 | 王矩 | 微去合元山三 | 無販 |
| 18676 | 14 正 | | 887 | 鄾 | 羽 | 萬 | 影 | 去 | 撮 | 五五絹 | | | 影去開元山三 | 於建 | 云合 3 | 王矩 | 微去合元山三 | 無販 |
| 18678 | 14 正 | | 888 | 院 | 羽 | 萬 | 影 | 去 | 撮 | 五五絹 | 又為平聲 | 與寏異讀 | 云去合仙山三 | 王眷 | 云合 3 | 王矩 | 微去合元山三 | 無販 |
| 18680 | 14 正 | | 889 | 尯 g* | 羽 | 萬 | 影 | 去 | 撮 | 五五絹 | | 廣韻作敻合元三，芳萬切 | 云去合元山三 | 于願 | 云合 3 | 王矩 | 微去合元山三 | 無販 |

| 韻字編號 | 部序 | 組數 | 字數 | 韻字及何氏反切 | | | 韻字何氏音 | | | | 何萱注釋 | 備注 | 韻字中古音 | | 上字中古音 | | 下字中古音 | |
|---|---|---|---|---|---|---|---|---|---|---|---|---|---|---|---|---|---|---|
| | | | | 韻字 | 上字 | 下字 | 聲 | 調 | 呼 | 韻部 | | | 聲調呼韻攝等 | 反切 | 聲呼等 | 反切 | 聲調呼韻攝等 | 反切 |
| 18681 | 14 正 | 190 | 890 | 衏 | 許 | 萬 | 曉 | 去 | 撮 | 五五絹 | | | 匣去合先山四 | 黃練 | 曉合 3 | 虛呂 | 微去合元山三 | 無販 |
| 18682 | 14 正 | | 891 | 𥈽** | 許 | 萬 | 曉 | 去 | 撮 | 五五絹 | | 玉篇：詡政霍見二切 | 曉去開先山四 | 霍見 | 曉合 3 | 虛呂 | 微去合元山三 | 無販 |
| 18685 | 14 正 | | 892 | 獻 | 許 | 萬 | 曉 | 去 | 撮 | 五五絹 | | | 曉去開元山三 | 許建 | 曉合 3 | 虛呂 | 微去合元山三 | 無販 |
| 18686 | 14 正 | | 893 | 憲 | 許 | 萬 | 曉 | 去 | 撮 | 五五絹 | | | 曉去開元山三 | 許建 | 曉合 3 | 虛呂 | 微去合元山三 | 無販 |
| 18687 | 14 正 | | 894 | 攇 | 許 | 萬 | 曉 | 去 | 撮 | 五五絹 | | | 曉去開元山三 | 許建 | 曉合 3 | 虛呂 | 微去合元山三 | 無販 |
| 18689 | 14 正 | | 895 | 縣 | 許 | 萬 | 曉 | 去 | 撮 | 五五絹 | 平去兩讀義分 | | 匣去合先山四 | 黃練 | 曉合 3 | 虛呂 | 微去合元山三 | 無販 |
| 18690 | 14 正 | | 896 | 楥 | 許 | 萬 | 曉 | 去 | 撮 | 五五絹 | | | 曉去合元山三 | 虛願 | 曉合 3 | 虛呂 | 微去合元山三 | 無販 |
| 18692 | 14 正 | | 897 | 駽 | 許 | 萬 | 曉 | 去 | 撮 | 五五絹 | | | 曉去合先山四 | 許縣 | 曉合 3 | 虛呂 | 微去合元山三 | 無販 |
| 18694 | 14 正 | 191 | 898 | **孌** | 呂 | 萬 | 賚 | 去 | 撮 | 五五絹 | 又為孀之籀文見上聲。孌，俗有戀 | 不作異讀處理 | 來去合仙山三 | 力卷 | 來合 3 | 力舉 | 微去合元山三 | 無販 |
| 18697 | 14 正 | 192 | 899 | **傳** | 翥 | 萬 | 照 | 去 | 撮 | 五五絹 | 又平聲又處萬切 | | 知去合仙山三 | 知戀 | 章合 3 | 章恕 | 微去合元山三 | 無販 |
| 18699 | 14 正 | 193 | 900 | **傳** | 處 | 萬 | 助 | 去 | 撮 | 五五絹 | 平去凡三見 | | 澄去合仙山三 | 直戀 | 昌合 3 | 昌與 | 微去合元山三 | 無販 |
| 18703 | 14 正 | | 901 | 諯 | 處 | 萬 | 助 | 去 | 撮 | 五五絹 | | | 昌去合仙山三 | 尺絹 | 昌合 3 | 昌與 | 微去合元山三 | 無販 |
| 18706 | 14 正 | | 902 | 僎 | 處 | 萬 | 助 | 去 | 撮 | 五五絹 | | | 崇去合仙山三 | 士戀 | 昌合 3 | 昌與 | 微去合元山三 | 無販 |
| 18707 | 14 正 | | 903 | 頙 | 處 | 萬 | 助 | 去 | 撮 | 五五絹 | | | 崇上合仙山三 | 士免 | 昌合 3 | 昌與 | 微去合元山三 | 無販 |
| 18708 | 14 正 | | 904 | 刪* | 處 | 萬 | 助 | 去 | 撮 | 五五絹 | | | 崇去合仙山三 | 鶵戀 | 昌合 3 | 昌與 | 微去合元山三 | 無販 |
| 18709 | 14 正 | | 905 | 籑 | 處 | 萬 | 助 | 去 | 撮 | 五五絹 | | | 崇去合仙山三 | 士戀 | 昌合 3 | 昌與 | 微去合元山三 | 無販 |
| 18710 | 14 正 | | 906 | 瑑 | 處 | 萬 | 助 | 去 | 撮 | 五五絹 | | | 澄上合仙山三 | 持兖 | 昌合 3 | 昌與 | 微去合元山三 | 無販 |
| 18713 | 14 正 | | 907 | 鶨 | 處 | 萬 | 助 | 去 | 撮 | 五五絹 | | | 徹去合仙山三 | 丑戀 | 昌合 3 | 昌與 | 微去合元山三 | 無販 |
| 18715 | 14 正 | 194 | 908 | **篹** | 恕 | 萬 | 審 | 去 | 撮 | 五五絹 | | | 生去合仙山三 | 所眷 | 書合 3 | 商署 | 微去合元山三 | 無販 |
| 18716 | 14 正 | | 909 | 揣 g* | 恕 | 萬 | 審 | 去 | 撮 | 五五絹 | 又十五部上聲 | | 船去合仙山三 | 船釧 | 書合 3 | 商署 | 微去合元山三 | 無販 |
| 18719 | 14 正 | 195 | 910 | **捘** | 醉 | 萬 | 井 | 去 | 撮 | 五五絹 | | | 精去合灰蟹一 | 子對 | 精合 3 | 將遂 | 微去合元山三 | 無販 |
| 18720 | 14 正 | | 911 | 俊 | 醉 | 萬 | 井 | 去 | 撮 | 五五絹 | | | 精去合諄臻三 | 子峻 | 精合 3 | 將遂 | 微去合元山三 | 無販 |
| 18721 | 14 正 | | 912 | 畯 | 醉 | 萬 | 井 | 去 | 撮 | 五五絹 | | | 精去合諄臻三 | 子峻 | 精合 3 | 將遂 | 微去合元山三 | 無販 |
| 18723 | 14 正 | | 913 | 駿 | 醉 | 萬 | 井 | 去 | 撮 | 五五絹 | | | 精去合諄臻三 | 子峻 | 精合 3 | 將遂 | 微去合元山三 | 無販 |
| 18724 | 14 正 | | 914 | 焌 | 醉 | 萬 | 井 | 去 | 撮 | 五五絹 | 又十五部入聲 | | 精去合諄臻三 | 子峻 | 精合 3 | 將遂 | 微去合元山三 | 無販 |
| 18728 | 14 正 | 196 | 915 | **縓** | 翠 | 萬 | 淨 | 去 | 撮 | 五五絹 | | | 清去合仙山三 | 七絹 | 清合 3 | 七醉 | 微去合元山三 | 無販 |
| 18729 | 14 正 | 197 | 916 | 謜 | 馭 | 萬 | 我 | 去 | 撮 | 五五絹 | | | 疑平合元山三 | 愚袁 | 疑合 3 | 牛倨 | 微去合元山三 | 無販 |

| 韻字編號 | 部序 | 組數 | 字數 | 韻字及何氏反切 | | | 韻字何氏音 | | | | 何萱注釋 | 備　注 | 韻字中古音 | | 上字中古音 | | 下字中古音 | |
|---|---|---|---|---|---|---|---|---|---|---|---|---|---|---|---|---|---|---|
| | | | | 韻字 | 上字 | 下字 | 聲 | 調 | 呼 | 韻部 | | | 聲調呼韻攝等 | 反切 | 聲呼等 | 反切 | 聲調呼韻攝等 | 反切 |
| 18730 | 14 正 | | 917 | 愿 | 馭 | 萬 | 我 | 去 | 撮 | 五五絹 | | | 疑去合元山三 | 魚怨 | 疑合 3 | 牛倨 | 微去合元山三 | 無販 |
| 18731 | 14 正 | | 918 | 傆 | 馭 | 萬 | 我 | 去 | 撮 | 五五絹 | | | 疑去合元山三 | 魚怨 | 疑合 3 | 牛倨 | 微去合元山三 | 無販 |
| 18732 | 14 正 | | 919 | **顅** | 馭 | 萬 | 我 | 去 | 撮 | 五五絹 | | | 疑去合元山三 | 魚怨 | 疑合 3 | 牛倨 | 微去合元山三 | 無販 |
| 18734 | 14 正 | | 920 | 鬳 | 馭 | 萬 | 我 | 去 | 撮 | 五五絹 | | | 疑去開元山三 | 語堰 | 疑合 3 | 牛倨 | 微去合元山三 | 無販 |
| 18735 | 14 正 | | 921 | 軏* | 馭 | 萬 | 我 | 去 | 撮 | 五五絹 | 又十五部入聲，俗有軏 | 此處可能是存古，也可能是時音。讀成元了。此處取元廣韻音 | 疑平合元山三 | 愚袁 | 疑合 3 | 牛倨 | 微去合元山三 | 無販 |
| 18737 | 14 正 | 198 | 922 | 淀 | 敘 | 萬 | 信 | 去 | 撮 | 五五絹 | 平去兩讀注在彼 | | 邪去合仙山三 | 辝戀 | 邪合 3 | 徐呂 | 微去合元山三 | 無販 |
| 18739 | 14 正 | | 923 | **鏇** | 敘 | 萬 | 信 | 去 | 撮 | 五五絹 | | | 邪去合仙山三 | 辝戀 | 邪合 3 | 徐呂 | 微去合元山三 | 無販 |
| 18740 | 14 正 | | 924 | 縼 | 敘 | 萬 | 信 | 去 | 撮 | 五五絹 | | | 邪去合仙山三 | 辝戀 | 邪合 3 | 徐呂 | 微去合元山三 | 無販 |
| 18741 | 14 正 | | 925 | 浚 | 敘 | 萬 | 信 | 去 | 撮 | 五五絹 | | | 心去合諄臻三 | 私閏 | 邪合 3 | 徐呂 | 微去合元山三 | 無販 |
| 18742 | 14 正 | | 926 | 陖 | 敘 | 萬 | 信 | 去 | 撮 | 五五絹 | | | 心去合諄臻三 | 私閏 | 邪合 3 | 徐呂 | 微去合元山三 | 無販 |
| 18743 | 14 正 | | 927 | 峻 | 敘 | 萬 | 信 | 去 | 撮 | 五五絹 | | | 心去合諄臻三 | 私閏 | 邪合 3 | 徐呂 | 微去合元山三 | 無販 |
| 18744 | 14 正 | 199 | 928 | **變** | 褊 | 萬 | 謗 | 去 | 撮 | 五五絹 | 變俗有變 | | 幫去開仙山重三 | 彼眷 | 幫開重 4 | 方緬 | 微去合元山三 | 無販 |
| 18745 | 14 正 | 200 | 929 | 弁 | 縹 | 萬 | 並 | 去 | 撮 | 五五絹 | 平去兩讀。弁或，俗有卞。畁輪 | | 並去開仙山重三 | 皮變 | 滂開重 4 | 敷沼 | 微去合元山三 | 無販 |
| 18746 | 14 正 | | 930 | 昪 | 縹 | 萬 | 並 | 去 | 撮 | 五五絹 | | | 並去開仙山重三 | 皮變 | 滂開重 4 | 敷沼 | 微去合元山三 | 無販 |
| 18748 | 14 正 | | 931 | **拚** | 縹 | 萬 | 並 | 去 | 撮 | 五五絹 | | | 並去開仙山重三 | 皮變 | 滂開重 4 | 敷沼 | 微去合元山三 | 無販 |
| 18749 | 14 正 | | 932 | 閞 | 縹 | 萬 | 並 | 去 | 撮 | 五五絹 | | | 奉去合元山三 | 符万 | 滂開重 4 | 敷沼 | 微去合元山三 | 無販 |
| 18751 | 14 正 | | 933 | 汳 | 縹 | 萬 | 並 | 去 | 撮 | 五五絹 | | | 敷去合元山三 | 芳万 | 滂開重 4 | 敷沼 | 微去合元山三 | 無販 |
| 18752 | 14 正 | 201 | 934 | 畚 | 甫 | 萬 | 匪 | 去 | 撮 | 五五絹 | | | 敷去合元山三 | 芳万 | 非合 3 | 方矩 | 微去合元山三 | 無販 |
| 18753 | 14 正 | | 935 | 坌 | 甫 | 萬 | 匪 | 去 | 撮 | 五五絹 | | | 非去合文臻三 | 方問 | 非合 3 | 方矩 | 微去合元山三 | 無販 |
| 18754 | 14 正 | | 936 | **販** | 甫 | 萬 | 匪 | 去 | 撮 | 五五絹 | | | 非去合元山三 | 方願 | 非合 3 | 方矩 | 微去合元山三 | 無販 |
| 18755 | 14 正 | 202 | 937 | **萬** | 武 | 眷 | 未 | 去 | 撮 | 五五絹 | | | 微去合元山三 | 無販 | 微合 3 | 文甫 | 見去合仙山重三 | 居倦 |
| 18756 | 14 正 | | 938 | 贎 | 武 | 眷 | 未 | 去 | 撮 | 五五絹 | | | 微去合元山三 | 無販 | 微合 3 | 文甫 | 見去合仙山重三 | 居倦 |
| 18757 | 14 正 | | 939 | 曼 | 武 | 眷 | 未 | 去 | 撮 | 五五絹 | 平去兩讀 | | 微去合元山三 | 無販 | 微合 3 | 文甫 | 見去合仙山重三 | 居倦 |
| 18760 | 14 正 | | 940 | 獌 | 武 | 眷 | 未 | 去 | 撮 | 五五絹 | | | 微去合元山三 | 無販 | 微合 3 | 文甫 | 見去合仙山重三 | 居倦 |
| 18763 | 14 正 | | 941 | 蔓 | 武 | 眷 | 未 | 去 | 撮 | 五五絹 | | | 微去合元山三 | 無販 | 微合 3 | 文甫 | 見去合仙山重三 | 居倦 |
| 18764 | 14 正 | | 942 | 鄤 | 武 | 眷 | 未 | 去 | 撮 | 五五絹 | | | 微去合元山三 | 無販 | 微合 3 | 文甫 | 見去合仙山重三 | 居倦 |

## 第十四部副編

| 韻字編號 | 部序 | 組數 | 字數 | 韻字及何氏反切 | | | 韻字何氏音 | | | | 何萱注釋 | 備注 | 韻字中古音 | | 上字中古音 | | 下字中古音 | |
|---|---|---|---|---|---|---|---|---|---|---|---|---|---|---|---|---|---|---|
| | | | | 韻字 | 上字 | 下字 | 聲 | 調 | 呼 | 韻部 | | | 聲調呼韻攝等 | 反切 | 聲呼等 | 反切 | 聲調呼韻攝等 | 反切 |
| 18765 | 14副 | 1 | 1 | 盂 | 改 | 丹 | 見 | 陰平 | 開 | 五二干 | | | 見平開寒山一 | 古寒 | 見開1 | 古亥 | 端平開寒山一 | 都寒 |
| 18766 | 14副 | | 2 | 玫* | 改 | 丹 | 見 | 陰平 | 開 | 五二干 | | | 見平開寒山一 | 居寒 | 見開1 | 古亥 | 端平開寒山一 | 都寒 |
| 18768 | 14副 | | 3 | 鳱 | 改 | 丹 | 見 | 陰平 | 開 | 五二干 | | | 見平開寒山一 | 古寒 | 見開1 | 古亥 | 端平開寒山一 | 都寒 |
| 18769 | 14副 | 2 | 4 | 盌 | 挨 | 丹 | 影 | 陰平 | 開 | 五二干 | | | 影平開寒山一 | 烏寒 | 影開1 | 於改 | 端平開寒山一 | 都寒 |
| 18770 | 14副 | | 5 | 郊 | 挨 | 丹 | 影 | 陰平 | 開 | 五二干 | | | 影平開寒山一 | 烏寒 | 影開1 | 於改 | 端平開寒山一 | 都寒 |
| 18772 | 14副 | 3 | 6 | 頇 | 海 | 丹 | 曉 | 陰平 | 開 | 五二干 | | | 曉平開寒山一 | 許干 | 曉開1 | 呼改 | 端平開寒山一 | 都寒 |
| 18773 | 14副 | 4 | 7 | 膻 | 帶 | 餐 | 短 | 陰平 | 開 | 五二干 | | 玉篇丁安切 | 端平開寒山一 | 都寒 | 端開1 | 當蓋 | 清平開寒山一 | 七安 |
| 18774 | 14副 | | 8 | 嶫 | 帶 | 餐 | 短 | 陰平 | 開 | 五二干 | | | 端平開寒山一 | 都寒 | 端開1 | 當蓋 | 清平開寒山一 | 七安 |
| 18775 | 14副 | | 9 | 苪* | 帶 | 餐 | 短 | 陰平 | 開 | 五二干 | | | 端平開寒山一 | 多寒 | 端開1 | 當蓋 | 清平開寒山一 | 七安 |
| 18777 | 14副 | 5 | 10 | 譠 | 代 | 丹 | 透 | 陰平 | 開 | 五二干 | | | 透平開寒山一 | 他干 | 定開1 | 徒耐 | 端平開寒山一 | 都寒 |
| 18779 | 14副 | | 11 | 磾 | 代 | 丹 | 透 | 陰平 | 開 | 五二干 | | | 透平開寒山一 | 他干 | 定開1 | 徒耐 | 端平開寒山一 | 都寒 |
| 18780 | 14副 | | 12 | 攤 | 代 | 丹 | 透 | 陰平 | 開 | 五二干 | | | 透平開寒山一 | 他干 | 定開1 | 徒耐 | 端平開寒山一 | 都寒 |
| 18783 | 14副 | | 13 | 撰 | 代 | 丹 | 透 | 陰平 | 開 | 五二干 | | | 透平開寒山一 | 他干 | 定開1 | 徒耐 | 端平開寒山一 | 都寒 |
| 18784 | 14副 | 6 | 14 | 籛 | 采 | 丹 | 淨 | 陰平 | 開 | 五二干 | | | 清平開寒山一 | 七安 | 清開1 | 倉宰 | 端平開寒山一 | 都寒 |
| 18786 | 14副 | 7 | 15 | 跚 | 燥 | 丹 | 信 | 陰平 | 開 | 五二干 | | | 心平開寒山一 | 蘇干 | 心開1 | 蘇老 | 端平開寒山一 | 都寒 |
| 18787 | 14副 | | 16 | 跚 | 燥 | 丹 | 信 | 陰平 | 開 | 五二干 | | 跚跚 | 心平開寒山一 | 相干 | 心開1 | 蘇老 | 端平開寒山一 | 都寒 |
| 18788 | 14副 | 8 | 17 | 虷 | 海 | 闌 | 曉 | 陽平 | 開 | 五二干 | | | 匣平開寒山一 | 胡安 | 曉開1 | 呼改 | 來平開寒山一 | 落干 |
| 18789 | 14副 | | 18 | 騿* | 海 | 闌 | 曉 | 陽平 | 開 | 五二干 | | | 匣平開寒山一 | 河幹 | 曉開1 | 呼改 | 來平開寒山一 | 落干 |
| 18790 | 14副 | | 19 | 蕃 | 海 | 闌 | 曉 | 陽平 | 開 | 五二干 | | | 匣平開寒山一 | 胡安 | 曉開1 | 呼改 | 來平開寒山一 | 落干 |
| 18791 | 14副 | | 20 | 韓 | 海 | 闌 | 曉 | 陽平 | 開 | 五二干 | | | 匣平開寒山一 | 胡安 | 曉開1 | 呼改 | 來平開寒山一 | 落干 |
| 18793 | 14副 | 9 | 21 | 鸘 | 代 | 闌 | 透 | 陽平 | 開 | 五二干 | | | 定平開寒山一 | 徒干 | 定開1 | 徒耐 | 來平開寒山一 | 落干 |
| 18794 | 14副 | | 22 | 胆 | 代 | 闌 | 透 | 陽平 | 開 | 五二干 | | | 定平開寒山一 | 徒干 | 定開1 | 徒耐 | 來平開寒山一 | 落干 |
| 18795 | 14副 | | 23 | 薑* | 代 | 闌 | 透 | 陽平 | 開 | 五二干 | | | 定平開寒山一 | 唐干 | 定開1 | 徒耐 | 來平開寒山一 | 落干 |
| 18796 | 14副 | | 24 | 驒** | 代 | 闌 | 透 | 陽平 | 開 | 五二干 | | 玉篇：音難 | 泥平開寒山一 | 那干 | 定開1 | 徒耐 | 來平開寒山一 | 落干 |
| 18797 | 14副 | 10 | 25 | 幱 | 朗 | 殘 | 賚 | 陽平 | 開 | 五二干 | | | 來平開寒山一 | 落干 | 來開1 | 盧黨 | 從平開寒山一 | 昨干 |

| 韻字編號 | 部序 | 組數 | 字數 | 韻字及何氏反切 | | | 韻字何氏音 | | | | 何萱注釋 | 備　注 | 韻字中古音 | | 上字中古音 | | 下字中古音 | |
|---|---|---|---|---|---|---|---|---|---|---|---|---|---|---|---|---|---|---|
| | | | | 韻字 | 上字 | 下字 | 聲 | 調 | 呼 | 韻部 | | | 聲調呼韻攝等 | 反切 | 聲呼等 | 反切 | 聲調呼韻攝等 | 反切 |
| 18798 | 14副 | | 26 | 攔 | 朗 | 殘 | 賚 | 陽平 | 開 | 五二干 | | | 來平開寒山一 | 落干 | 來開1 | 盧黨 | 從平開寒山一 | 昨干 |
| 18799 | 14副 | | 27 | 躝 | 朗 | 殘 | 賚 | 陽平 | 開 | 五二干 | | | 來平開寒山一 | 落干 | 來開1 | 盧黨 | 從平開寒山一 | 昨干 |
| 18800 | 14副 | | 28 | 讕 | 朗 | 殘 | 賚 | 陽平 | 開 | 五二干 | | | 來平開寒山一 | 落干 | 來開1 | 盧黨 | 從平開寒山一 | 昨干 |
| 18801 | 14副 | | 29 | 韊** | 朗 | 殘 | 賚 | 陽平 | 開 | 五二干 | | | 來平開寒山一 | 呂干 | 來開1 | 盧黨 | 從平開寒山一 | 昨干 |
| 18802 | 14副 | 11 | 30 | 殘 | 采 | 闌 | 淨 | 陽平 | 開 | 五二干 | | | 從平開寒山一 | 昨干 | 清開1 | 倉宰 | 來平開寒山一 | 落干 |
| 18804 | 14副 | 12 | 31 | 𧫷 | 傲 | 闌 | 我 | 陽平 | 開 | 五二干 | | | 疑平開寒山一 | 俄寒 | 疑開1 | 五到 | 來平開寒山一 | 落干 |
| 18805 | 14副 | 13 | 32 | 啳 | 古 | 彎 | 見 | 陰平 | 合 | 五三關 | | | 見平合刪山二 | 古還 | 見合1 | 公戶 | 影平合刪山二 | 烏關 |
| 18806 | 14副 | | 33 | 痯** | 古 | 彎 | 見 | 陰平 | 合 | 五三關 | | | 見平合桓山一 | 古丸 | 見合1 | 公戶 | 影平合刪山二 | 烏關 |
| 18807 | 14副 | | 34 | 瘝 | 古 | 彎 | 見 | 陰平 | 合 | 五三關 | | | 見平合刪山二 | 古還 | 見合1 | 公戶 | 影平合刪山二 | 烏關 |
| 18808 | 14副 | | 35 | 鰥** | 古 | 彎 | 見 | 陰平 | 合 | 五三關 | | 玉篇：音鰥 | 見平合山山二 | 古頑 | 見合1 | 公戶 | 影平合刪山二 | 烏關 |
| 18810 | 14副 | | 36 | 莞* | 古 | 彎 | 見 | 陰平 | 合 | 五三關 | | | 見平合桓山一 | 古丸 | 見合1 | 公戶 | 影平合刪山二 | 烏關 |
| 18811 | 14副 | 14 | 37 | 蠻 | 甕 | 關 | 影 | 陰平 | 合 | 五三關 | | 正編上字作甕 | 影平合刪山二 | 烏關 | 影合1 | 烏貢 | 見平合刪山二 | 古還 |
| 18812 | 14副 | | 38 | 灣 | 甕 | 關 | 影 | 陰平 | 合 | 五三關 | | 正編上字作甕 | 影平合刪山二 | 烏關 | 影合1 | 烏貢 | 見平合刪山二 | 古還 |
| 18813 | 14副 | | 39 | 潫 | 甕 | 關 | 影 | 陰平 | 合 | 五三關 | | 正編上字作甕 | 影平合刪山二 | 烏關 | 影合1 | 烏貢 | 見平合刪山二 | 古還 |
| 18816 | 14副 | | 40 | 彎 | 甕 | 關 | 影 | 陰平 | 合 | 五三關 | | 正編上字作甕 | 影平合刪山二 | 烏關 | 影合1 | 烏貢 | 見平合刪山二 | 古還 |
| 18817 | 14副 | 15 | 41 | 奞 | 戶 | 關 | 曉 | 陰平 | 合 | 五三關 | | | 曉平合桓山一 | 呼官 | 匣合1 | 侯古 | 見平合刪山二 | 古還 |
| 18818 | 14副 | | 42 | 貛** | 戶 | 關 | 曉 | 陰平 | 合 | 五三關 | | | 曉平合桓山一 | 呼官 | 匣合1 | 侯古 | 見平合刪山二 | 古還 |
| 18819 | 14副 | | 43 | 獾 | 戶 | 關 | 曉 | 陰平 | 合 | 五三關 | | | 曉平合桓山一 | 呼官 | 匣合1 | 侯古 | 見平合刪山二 | 古還 |
| 18820 | 14副 | | 44 | 鱹** | 戶 | 關 | 曉 | 陰平 | 合 | 五三關 | | | 曉平合桓山一 | 呼官 | 匣合1 | 侯古 | 見平合刪山二 | 古還 |
| 18821 | 14副 | | 45 | 鴅 | 戶 | 關 | 曉 | 陰平 | 合 | 五三關 | | | 曉平合桓山一 | 呼官 | 匣合1 | 侯古 | 見平合刪山二 | 古還 |
| 18822 | 14副 | | 46 | 腸 | 戶 | 關 | 曉 | 陰平 | 合 | 五三關 | | | 曉平合桓山一 | 呼官 | 匣合1 | 侯古 | 見平合刪山二 | 古還 |
| 18823 | 14副 | 16 | 47 | 鍴 | 睹 | 關 | 短 | 陰平 | 合 | 五三關 | | | 端平合桓山一 | 多官 | 端合1 | 當古 | 見平合刪山二 | 古還 |
| 18824 | 14副 | | 48 | 篅 | 睹 | 關 | 短 | 陰平 | 合 | 五三關 | | | 端平合桓山一 | 多官 | 端合1 | 當古 | 見平合刪山二 | 古還 |
| 18825 | 14副 | | 49 | 蓴 | 睹 | 關 | 短 | 陰平 | 合 | 五三關 | | | 端平合桓山一 | 多官 | 端合1 | 當古 | 見平合刪山二 | 古還 |
| 18827 | 14副 | 17 | 50 | 偳 | 杜 | 關 | 透 | 陰平 | 合 | 五三關 | | | 透平合桓山一 | 他端 | 定合1 | 徒古 | 見平合刪山二 | 古還 |
| 18828 | 14副 | | 51 | 貒* | 杜 | 關 | 透 | 陰平 | 合 | 五三關 | | | 透平合桓山一 | 他官 | 定合1 | 徒古 | 見平合刪山二 | 古還 |
| 18829 | 14副 | | 52 | 貒 | 杜 | 關 | 透 | 陰平 | 合 | 五三關 | | 玉篇：音湍 | 透平合桓山一 | 他端 | 定合1 | 徒古 | 見平合刪山二 | 古還 |

| 韻字編號 | 部序 | 組數 | 字數 | 韻字及何氏反切 | | | 韻字何氏音 | | | | 何萱注釋 | 備　注 | 韻字中古音 | | 上字中古音 | | 下字中古音 | |
|---|---|---|---|---|---|---|---|---|---|---|---|---|---|---|---|---|---|---|
| | | | | 韻字 | 上字 | 下字 | 聲 | 調 | 呼 | 韻部 | | | 聲調呼韻攝等 | 反切 | 聲呼等 | 反切 | 聲調呼韻攝等 | 反切 |
| 18830 | 14 副 | | 53 | 膹* | 杜 | 關 | 透 | 陰平 | 合 | 五三關 | 鷒或作膹 | | 透平合桓山一 | 他官 | 定合 1 | 徒古 | 見平合刪山二 | 古還 |
| 18831 | 14 副 | | 54 | 煓 | 杜 | 關 | 透 | 陰平 | 合 | 五三關 | | | 透平合桓山一 | 他端 | 定合 1 | 徒古 | 見平合刪山二 | 古還 |
| 18833 | 14 副 | 18 | 55 | 劗 | 祖 | 關 | 井 | 陰平 | 合 | 五三關 | | | 精平合桓山一 | 借官 | 精合 1 | 則古 | 見平合刪山二 | 古還 |
| 18834 | 14 副 | | 56 | 攢 | 祖 | 關 | 井 | 陰平 | 合 | 五三關 | | | 從去合桓山一 | 在玩 | 精合 1 | 則古 | 見平合刪山二 | 古還 |
| 18835 | 14 副 | | 57 | 欑* | 祖 | 關 | 井 | 陰平 | 合 | 五三關 | | | 精平合桓山一 | 祖官 | 精合 1 | 則古 | 見平合刪山二 | 古還 |
| 18836 | 14 副 | 19 | 58 | 痠 | 送 | 關 | 信 | 陰平 | 合 | 五三關 | | | 心平合桓山一 | 素官 | 心合 1 | 蘇弄 | 見平合刪山二 | 古還 |
| 18837 | 14 副 | 20 | 59 | 簸 | 布 | 關 | 幫 | 陰平 | 合 | 五三關 | | 原作送關切，信母，誤。據正編加布關切，幫母 | 幫平合桓山一 | 北潘 | 幫合 1 | 博故 | 見平合刪山二 | 古還 |
| 18838 | 14 副 | | 60 | 黏 | 布 | 關 | 幫 | 陰平 | 合 | 五三關 | | 原作送關切，信母，誤。據正編加布關切，幫母 | 幫平合桓山一 | 北潘 | 幫合 1 | 博故 | 見平合刪山二 | 古還 |
| 18839 | 14 副 | 21 | 61 | 甂 | 普 | 關 | 並 | 陰平 | 合 | 五三關 | | | 滂平合桓山一 | 普官 | 滂合 1 | 滂古 | 見平合刪山二 | 古還 |
| 18840 | 14 副 | | 62 | 磻 | 普 | 關 | 並 | 陰平 | 合 | 五三關 | | | 滂平合桓山一 | 普官 | 滂合 1 | 滂古 | 見平合刪山二 | 古還 |
| 18841 | 14 副 | | 63 | 瘢 | 普 | 關 | 並 | 陰平 | 合 | 五三關 | | | 滂平合桓山一 | 普官 | 滂合 1 | 滂古 | 見平合刪山二 | 古還 |
| 18842 | 14 副 | | 64 | 拌 | 普 | 關 | 並 | 陰平 | 合 | 五三關 | | | 滂平合桓山一 | 普官 | 滂合 1 | 滂古 | 見平合刪山二 | 古還 |
| 18844 | 14 副 | 22 | 65 | 攈 | 曠 | 鑾 | 起 | 陽平 | 合 | 五三關 | | | 群平合山山二 | 跪頑 | 溪合 1 | 苦謗 | 明平合刪山二 | 莫還 |
| 18845 | 14 副 | 23 | 66 | 惋 | 甕 | 環 | 影 | 陽平 | 合 | 五三關 | | 正編上字作壅 | 影平合桓山一 | 一丸 | 影合 1 | 烏貢 | 匣平合刪山二 | 戶關 |
| 18846 | 14 副 | | 67 | 剜 | 甕 | 環 | 影 | 陽平 | 合 | 五三關 | 又見去聲揎下又見十五部入聲揎下 | 正編上字作壅；與揎異讀 | 影平合桓山一 | 一丸 | 影合 1 | 烏貢 | 匣平合刪山二 | 戶關 |
| 18848 | 14 副 | | 68 | 蜿 | 甕 | 環 | 影 | 陽平 | 合 | 五三關 | | 正編上字作壅 | 影平合桓山一 | 一丸 | 影合 1 | 烏貢 | 匣平合刪山二 | 戶關 |
| 18850 | 14 副 | | 69 | 豌 | 甕 | 環 | 影 | 陽平 | 合 | 五三關 | | 正編上字作壅 | 影平合桓山一 | 一丸 | 影合 1 | 烏貢 | 匣平合刪山二 | 戶關 |
| 18851 | 14 副 | 24 | 70 | 芄 | 戶 | 鑾 | 曉 | 陽平 | 合 | 五三關 | | | 匣平合桓山一 | 胡官 | 匣合 1 | 侯古 | 明平合刪山二 | 莫還 |
| 18852 | 14 副 | | 71 | 頏** | 戶 | 鑾 | 曉 | 陽平 | 合 | 五三關 | | | 匣平合桓山一 | 胡官 | 匣合 1 | 侯古 | 明平合刪山二 | 莫還 |
| 18853 | 14 副 | | 72 | 汍 | 戶 | 鑾 | 曉 | 陽平 | 合 | 五三關 | | | 匣平合桓山一 | 胡官 | 匣合 1 | 侯古 | 明平合刪山二 | 莫還 |
| 18854 | 14 副 | | 73 | 麆 | 戶 | 鑾 | 曉 | 陽平 | 合 | 五三關 | | | 匣平合桓山一 | 胡官 | 匣合 1 | 侯古 | 明平合刪山二 | 莫還 |

| 韻字編號 | 部序 | 組數 | 字數 | 韻字及何氏反切 | | | 韻字何氏音 | | | | 何萱注釋 | 備注 | 韻字中古音 | | 上字中古音 | | 下字中古音 | |
|---|---|---|---|---|---|---|---|---|---|---|---|---|---|---|---|---|---|---|
| | | | | 韻字 | 上字 | 下字 | 聲 | 調 | 呼 | 韻部 | | | 聲調呼韻攝等 | 反切 | 聲呼等 | 反切 | 聲調呼韻攝等 | 反切 |
| 18855 | 14副 | | 74 | � | 戶 | 鑾 | 曉 | 陽平 | 合 | 五三闗 | | | 匣平合桓山一 | 胡官 | 匣合1 | 侯古 | 明平合刪山二 | 莫還 |
| 18856 | 14副 | | 75 | 峘 | 戶 | 鑾 | 曉 | 陽平 | 合 | 五三闗 | | | 匣平合桓山一 | 胡官 | 匣合1 | 侯古 | 明平合刪山二 | 莫還 |
| 18858 | 14副 | | 76 | 粈* | 戶 | 鑾 | 曉 | 陽平 | 合 | 五三闗 | | | 曉平合桓山一 | 呼官 | 匣合1 | 侯古 | 明平合刪山二 | 莫還 |
| 18859 | 14副 | | 77 | 萓 | 戶 | 鑾 | 曉 | 陽平 | 合 | 五三闗 | | | 匣平合桓山一 | 胡官 | 匣合1 | 侯古 | 明平合刪山二 | 莫還 |
| 18860 | 14副 | | 78 | 麠** | 戶 | 鑾 | 曉 | 陽平 | 合 | 五三闗 | | | 匣平合桓山一 | 胡官 | 匣合1 | 侯古 | 明平合刪山二 | 莫還 |
| 18861 | 14副 | | 79 | 綄 | 戶 | 鑾 | 曉 | 陽平 | 合 | 五三闗 | | | 匣平合桓山一 | 胡官 | 匣合1 | 侯古 | 明平合刪山二 | 莫還 |
| 18862 | 14副 | | 80 | 捖 | 戶 | 鑾 | 曉 | 陽平 | 合 | 五三闗 | | | 匣平合桓山一 | 胡官 | 匣合1 | 侯古 | 明平合刪山二 | 莫還 |
| 18863 | 14副 | | 81 | 闇** | 戶 | 鑾 | 曉 | 陽平 | 合 | 五三闗 | | | 匣平合桓山一 | 胡官 | 匣合1 | 侯古 | 明平合刪山二 | 莫還 |
| 18864 | 14副 | | 82 | 寰 | 戶 | 鑾 | 曉 | 陽平 | 合 | 五三闗 | | | 匣平合刪山二 | 戶關 | 匣合1 | 侯古 | 明平合刪山二 | 莫還 |
| 18865 | 14副 | | 83 | 闤 | 戶 | 鑾 | 曉 | 陽平 | 合 | 五三闗 | | | 匣平合刪山二 | 戶關 | 匣合1 | 侯古 | 明平合刪山二 | 莫還 |
| 18867 | 14副 | | 84 | 鬟 | 戶 | 鑾 | 曉 | 陽平 | 合 | 五三闗 | | | 匣平合刪山二 | 戶關 | 匣合1 | 侯古 | 明平合刪山二 | 莫還 |
| 18868 | 14副 | | 85 | 鐶 | 戶 | 鑾 | 曉 | 陽平 | 合 | 五三闗 | | | 匣平合刪山二 | 戶關 | 匣合1 | 侯古 | 明平合刪山二 | 莫還 |
| 18869 | 14副 | | 86 | 糫 | 戶 | 鑾 | 曉 | 陽平 | 合 | 五三闗 | | | 匣平合刪山二 | 戶關 | 匣合1 | 侯古 | 明平合刪山二 | 莫還 |
| 18870 | 14副 | | 87 | 翾 | 戶 | 鑾 | 曉 | 陽平 | 合 | 五三闗 | | | 匣上合刪山二 | 戶板 | 匣合1 | 侯古 | 明平合刪山二 | 莫還 |
| 18871 | 14副 | | 88 | 澴 | 戶 | 鑾 | 曉 | 陽平 | 合 | 五三闗 | | | 匣平合刪山二 | 戶關 | 匣合1 | 侯古 | 明平合刪山二 | 莫還 |
| 18872 | 14副 | | 89 | 豲 | 戶 | 鑾 | 曉 | 陽平 | 合 | 五三闗 | | | 匣平合刪山二 | 戶關 | 匣合1 | 侯古 | 明平合刪山二 | 莫還 |
| 18873 | 14副 | | 90 | 劚 | 戶 | 鑾 | 曉 | 陽平 | 合 | 五三闗 | | | 匣平合刪山二 | 戶關 | 匣合1 | 侯古 | 明平合刪山二 | 莫還 |
| 18874 | 14副 | | 91 | 搃 | 戶 | 鑾 | 曉 | 陽平 | 合 | 五三闗 | | | 匣平合刪山二 | 戶關 | 匣合1 | 侯古 | 明平合刪山二 | 莫還 |
| 18876 | 14副 | 25 | 92 | 慱 | 杜 | 環 | 透 | 陽平 | 合 | 五三闗 | | | 定平合桓山一 | 度官 | 定合1 | 徒古 | 匣平合刪山二 | 戶關 |
| 18877 | 14副 | | 93 | 溥 | 杜 | 環 | 透 | 陽平 | 合 | 五三闗 | | | 定平合桓山一 | 度官 | 定合1 | 徒古 | 匣平合刪山二 | 戶關 |
| 18878 | 14副 | | 94 | 鷒 | 杜 | 環 | 透 | 陽平 | 合 | 五三闗 | | | 定平合桓山一 | 度官 | 定合1 | 徒古 | 匣平合刪山二 | 戶關 |
| 18880 | 14副 | | 95 | 蟳 | 杜 | 環 | 透 | 陽平 | 合 | 五三闗 | | | 定平合桓山一 | 度官 | 定合1 | 徒古 | 匣平合刪山二 | 戶關 |
| 18881 | 14副 | | 96 | 糰* | 杜 | 環 | 透 | 陽平 | 合 | 五三闗 | | | 定平合桓山一 | 徒官 | 定合1 | 徒古 | 匣平合刪山二 | 戶關 |
| 18882 | 14副 | 26 | 97 | 圝 | 路 | 環 | 賚 | 陽平 | 合 | 五三闗 | | | 來平合桓山一 | 落官 | 來合1 | 洛故 | 匣平合刪山二 | 戶關 |
| 18883 | 14副 | | 98 | 癵* | 路 | 環 | 賚 | 陽平 | 合 | 五三闗 | | | 來平合仙山三 | 閭員 | 來合1 | 洛故 | 匣平合刪山二 | 戶關 |
| 18884 | 14副 | | 99 | 羉 | 路 | 環 | 賚 | 陽平 | 合 | 五三闗 | | | 來平合桓山一 | 落官 | 來合1 | 洛故 | 匣平合刪山二 | 戶關 |
| 18886 | 14副 | 27 | 100 | 巑 | 措 | 環 | 淨 | 陽平 | 合 | 五三闗 | | | 從平合桓山一 | 在丸 | 清合1 | 倉故 | 匣平合刪山二 | 戶關 |
| 18887 | 14副 | | 101 | 穳 | 措 | 環 | 淨 | 陽平 | 合 | 五三闗 | | | 從平合桓山一 | 在丸 | 清合1 | 倉故 | 匣平合刪山二 | 戶關 |

| 韻字編號 | 部序 | 組數 | 字數 | 韻字及何氏反切 | | | 韻字何氏音 | | | | 何萱注釋 | 備注 | 韻字中古音 | | 上字中古音 | | 下字中古音 | |
|---|---|---|---|---|---|---|---|---|---|---|---|---|---|---|---|---|---|---|
| | | | | 韻字 | 上字 | 下字 | 聲 | 調 | 呼 | 韻部 | | | 聲調呼韻攝等 | 反切 | 聲呼等 | 反切 | 聲調呼韻攝等 | 反切 |
| 18888 | 14 副 | | 102 | 儹 | 措 | 環 | 淨 | 陽平 | 合 | 五三關 | | 正字作儹，玉篇作昨丸切，取此音 | 從平合桓山一 | 昨丸 | 清合 1 | 倉故 | 匣平合刪山二 | 戶關 |
| 18889 | 14 副 | | 103 | 穳 | 措 | 環 | 淨 | 陽平 | 合 | 五三關 | | | 從平合桓山一 | 在丸 | 清合 1 | 倉故 | 匣平合刪山二 | 戶關 |
| 18890 | 14 副 | | 104 | 菆 | 措 | 環 | 淨 | 陽平 | 合 | 五三關 | | | 從平合桓山一 | 在丸 | 清合 1 | 倉故 | 匣平合刪山二 | 戶關 |
| 18893 | 14 副 | 28 | 105 | 抏 | 臥 | 彎 | 我 | 陽平 | 合 | 五三關 | | | 疑平合桓山一 | 五丸 | 疑合 1 | 吾貨 | 明平合刪山二 | 莫還 |
| 18894 | 14 副 | | 106 | 刓** | 臥 | 彎 | 我 | 陽平 | 合 | 五三關 | | | 疑平合桓山一 | 五丸 | 疑合 1 | 吾貨 | 明平合刪山二 | 莫還 |
| 18895 | 14 副 | | 107 | 魭 | 臥 | 彎 | 我 | 陽平 | 合 | 五三關 | | | 疑平合桓山一 | 五丸 | 疑合 1 | 吾貨 | 明平合刪山二 | 莫還 |
| 18896 | 14 副 | | 108 | 䲌 | 臥 | 彎 | 我 | 陽平 | 合 | 五三關 | | | 疑平合桓山一 | 五丸 | 疑合 1 | 吾貨 | 明平合刪山二 | 莫還 |
| 18897 | 14 副 | | 109 | 岏 | 臥 | 彎 | 我 | 陽平 | 合 | 五三關 | | | 疑平合桓山一 | 五丸 | 疑合 1 | 吾貨 | 明平合刪山二 | 莫還 |
| 18898 | 14 副 | | 110 | 癏* | 臥 | 彎 | 我 | 陽平 | 合 | 五三關 | | | 疑平合山山二 | 五鰥 | 疑合 1 | 吾貨 | 明平合刪山二 | 莫還 |
| 18899 | 14 副 | 29 | 111 | 磐 | 普 | 環 | 並 | 陽平 | 合 | 五三關 | | 正文作盤 | 並平合桓山一 | 薄官 | 滂合 1 | 滂古 | 匣平合刪山二 | 戶關 |
| 18900 | 14 副 | | 112 | 鵌 | 普 | 環 | 並 | 陽平 | 合 | 五三關 | | | 並平合桓山一 | 薄官 | 滂合 1 | 滂古 | 匣平合刪山二 | 戶關 |
| 18901 | 14 副 | | 113 | 瘢 | 普 | 環 | 並 | 陽平 | 合 | 五三關 | | | 並平合桓山一 | 薄官 | 滂合 1 | 滂古 | 匣平合刪山二 | 戶關 |
| 18902 | 14 副 | 30 | 114 | 蹣 | 昧 | 環 | 命 | 陽平 | 合 | 五三關 | | | 並平合桓山一 | 薄官 | 明合 1 | 莫佩 | 匣平合刪山二 | 戶關 |
| 18903 | 14 副 | | 115 | 砞* | 昧 | 環 | 命 | 陽平 | 合 | 五三關 | | | 並平合桓山一 | 蒲官 | 明合 1 | 莫佩 | 匣平合刪山二 | 戶關 |
| 18904 | 14 副 | | 116 | 鸎 | 昧 | 環 | 命 | 陽平 | 合 | 五三關 | | | 明平合魂臻一 | 莫奔 | 明合 1 | 莫佩 | 匣平合刪山二 | 戶關 |
| 18905 | 14 副 | | 117 | 蠻 | 昧 | 環 | 命 | 陽平 | 合 | 五三關 | | | 明平開刪山二 | 莫還 | 明合 1 | 莫佩 | 匣平合刪山二 | 戶關 |
| 18906 | 14 副 | | 118 | 槾 | 昧 | 環 | 命 | 陽平 | 合 | 五三關 | | | 明平合桓山一 | 母官 | 明合 1 | 莫佩 | 匣平合刪山二 | 戶關 |
| 18907 | 14 副 | | 119 | 槾 | 昧 | 環 | 命 | 陽平 | 合 | 五三關 | | | 明平開刪山二 | 莫還 | 明合 1 | 莫佩 | 匣平合刪山二 | 戶關 |
| 18908 | 14 副 | | 120 | 糧 | 昧 | 環 | 命 | 陽平 | 合 | 五三關 | | | 明平合桓山一 | 母官 | 明合 1 | 莫佩 | 匣平合刪山二 | 戶關 |
| 18909 | 14 副 | | 121 | 鏝 | 昧 | 環 | 命 | 陽平 | 合 | 五三關 | | | 明平合桓山一 | 母官 | 明合 1 | 莫佩 | 匣平合刪山二 | 戶關 |
| 18911 | 14 副 | | 122 | 漫 g* | 昧 | 環 | 命 | 陽平 | 合 | 五三關 | 平去兩讀 | 缺去聲，增 | 明平合桓山一 | 謨官 | 明合 1 | 莫佩 | 匣平合刪山二 | 戶關 |
| 18913 | 14 副 | | 123 | 樠 | 昧 | 環 | 命 | 陽平 | 合 | 五三關 | | | 明平合魂臻一 | 莫奔 | 明合 1 | 莫佩 | 匣平合刪山二 | 戶關 |
| 18914 | 14 副 | | 124 | 醢 | 昧 | 環 | 命 | 陽平 | 合 | 五三關 | | | 明平開齊蟹四 | 莫兮 | 明合 1 | 莫佩 | 匣平合刪山二 | 戶關 |
| 18915 | 14 副 | | 125 | 顢 | 昧 | 環 | 命 | 陽平 | 合 | 五三關 | | | 明平合桓山一 | 母官 | 明合 1 | 莫佩 | 匣平合刪山二 | 戶關 |
| 18916 | 14 副 | 31 | 126 | 艱 | 几 | 山 | 見 | 陰平 | 齊 | 五四菅 | | 艱 | 見平開山山二 | 古閑 | 見開重 3 | 居履 | 生平開山山二 | 所閒 |
| 18917 | 14 副 | | 127 | 蕑 | 几 | 山 | 見 | 陰平 | 齊 | 五四菅 | | | 見平開山山二 | 古閑 | 見開重 3 | 居履 | 生平開山山二 | 所閒 |
| 18918 | 14 副 | 32 | 128 | 饘 | 掌 | 山 | 照 | 陰平 | 齊 | 五四菅 | | | 知平開山山二 | 陟山 | 章開 3 | 諸兩 | 生平開山山二 | 所閒 |

| 韻字編號 | 部序 | 組數 | 字數 | 韻字及何氏反切 | | | 韻字何氏音 | | | | 何萱注釋 | 備　注 | 韻字中古音 | | 上字中古音 | | 下字中古音 | |
|---|---|---|---|---|---|---|---|---|---|---|---|---|---|---|---|---|---|---|
| | | | | 韻字 | 上字 | 下字 | 聲 | 調 | 呼 | 韻部 | | | 聲調呼韻攝等 | 反切 | 聲呼等 | 反切 | 聲調呼韻攝等 | 反切 |
| 18919 | 14副 | 33 | 129 | 獮 | 寵 | 山 | 助 | 陰平 | 齊 | 五四菅 | | | 昌平開山山二 | 充山 | 徹合3 | 丑隴 | 生平開山山二 | 所閒 |
| 18920 | 14副 | 34 | 130 | 姍 | 始 | 菅 | 審 | 陰平 | 齊 | 五四菅 | | 正編切下字作菅 | 生平開刪山二 | 所姦 | 書開3 | 詩止 | 見平開山山二 | 古閑 |
| 18921 | 14副 | | 131 | 猵* | 始 | 菅 | 審 | 陰平 | 齊 | 五四菅 | 豕也，玉篇 | | 心平開寒山一 | 相干 | 書開3 | 詩止 | 見平開山山二 | 古閑 |
| 18922 | 14副 | | 132 | 鄁* | 始 | 菅 | 審 | 陰平 | 齊 | 五四菅 | | | 生平開刪山二 | 師姦 | 書開3 | 詩止 | 見平開山山二 | 古閑 |
| 18924 | 14副 | 35 | 133 | 斕 | 亮 | 顏 | 賚 | 陽平 | 齊 | 五四菅 | | | 來平開山山二 | 力閑 | 來開3 | 力讓 | 疑平開刪山二 | 五姦 |
| 18925 | 14副 | | 134 | 瞯* | 亮 | 顏 | 賚 | 陽平 | 齊 | 五四菅 | | | 來平開山山二 | 離閑 | 來開3 | 力讓 | 疑平開刪山二 | 五姦 |
| 18926 | 14副 | | 135 | 㦨 | 亮 | 顏 | 賚 | 陽平 | 齊 | 五四菅 | | | 來平開山山二 | 力閑 | 來開3 | 力讓 | 疑平開刪山二 | 五姦 |
| 18927 | 14副 | 36 | 136 | 潺 | 寵 | 顏 | 助 | 陽平 | 齊 | 五四菅 | | | 崇平開山山二 | 士山 | 徹合3 | 丑隴 | 疑平開刪山二 | 五姦 |
| 18929 | 14副 | | 137 | 鏟 | 寵 | 顏 | 助 | 陽平 | 齊 | 五四菅 | | | 崇平開山山二 | 士山 | 徹合3 | 丑隴 | 疑平開刪山二 | 五姦 |
| 18932 | 14副 | | 138 | 轏 | 寵 | 顏 | 助 | 陽平 | 齊 | 五四菅 | | | 崇平開山山二 | 士山 | 徹合3 | 丑隴 | 疑平開刪山二 | 五姦 |
| 18933 | 14副 | | 139 | 獑g* | 寵 | 顏 | 助 | 陽平 | 齊 | 五四菅 | | | 澄平開山山二 | 文山 | 徹合3 | 丑隴 | 疑平開刪山二 | 五姦 |
| 18939 | 14副 | | 140 | 梐 | 寵 | 顏 | 助 | 陽平 | 齊 | 五四菅 | | 正文作榁 | 從平合戈果一 | 昨禾 | 徹合3 | 丑隴 | 疑平開刪山二 | 五姦 |
| 18940 | 14副 | 37 | 141 | 櫋 | 仰 | 閑 | 我 | 陽平 | 齊 | 五四菅 | | | 疑平開刪山二 | 五姦 | 疑開3 | 魚兩 | 匣平開山山二 | 戶閒 |
| 18941 | 14副 | | 142 | 嘕 | 仰 | 閑 | 我 | 陽平 | 齊 | 五四菅 | | | 疑平開山山二 | 五閑 | 疑開3 | 魚兩 | 匣平開山山二 | 戶閒 |
| 18942 | 14副 | 38 | 143 | 鳱 | 几 | 遷 | 見 | 陰平 | 齊二 | 五五肩 | | | 見平開先山四 | 古賢 | 見開重3 | 居履 | 清平開仙山三 | 七然 |
| 18943 | 14副 | | 144 | 菺 | 几 | 遷 | 見 | 陰平 | 齊二 | 五五肩 | | | 見平開先山四 | 古賢 | 見開重3 | 居履 | 清平開仙山三 | 七然 |
| 18944 | 14副 | | 145 | 睷* | 几 | 遷 | 見 | 陰平 | 齊二 | 五五肩 | | | 見平開元山三 | 居言 | 見開重3 | 居履 | 清平開仙山三 | 七然 |
| 18945 | 14副 | | 146 | 騝 | 几 | 遷 | 見 | 陰平 | 齊二 | 五五肩 | | | 見平開元山三 | 居言 | 見開重3 | 居履 | 清平開仙山三 | 七然 |
| 18947 | 14副 | | 147 | 犍 | 几 | 遷 | 見 | 陰平 | 齊二 | 五五肩 | | | 見平開元山三 | 居言 | 見開重3 | 居履 | 清平開仙山三 | 七然 |
| 18949 | 14副 | | 148 | 劇 | 几 | 遷 | 見 | 陰平 | 齊二 | 五五肩 | | | 見平開元山三 | 居言 | 見開重3 | 居履 | 清平開仙山三 | 七然 |
| 18950 | 14副 | | 149 | 搴 | 几 | 遷 | 見 | 陰平 | 齊二 | 五五肩 | | | 見平開元山三 | 居言 | 見開重3 | 居履 | 清平開仙山三 | 七然 |
| 18951 | 14副 | 39 | 150 | 攐* | 舊 | 箋 | 起 | 陰平 | 齊二 | 五五肩 | | | 溪平開元山三 | 丘言 | 群開3 | 巨救 | 精平開先山四 | 則前 |
| 18952 | 14副 | 40 | 151 | 蔫 | 漾 | 遷 | 影 | 陰平 | 齊二 | 五五肩 | | | 影平開先山四 | 烏前 | 以開3 | 餘亮 | 清平開仙山三 | 七然 |
| 18953 | 14副 | | 152 | 樢 | 漾 | 遷 | 影 | 陰平 | 齊二 | 五五肩 | 十三部十四部兩見注在彼。焉聲當在此部故重見 | 玉篇作戶恩切。此處可能是存古，依諧聲讀焉了。此處取焉廣韻音。不做時音分析 | 影平開仙山重三 | 於乾 | 以開3 | 餘亮 | 清平開仙山三 | 七然 |

| 韻字編號 | 部序 | 組數 | 字數 | 韻字及何氏反切 | | | 韻字何氏音 | | | | 何萱注釋 | 備注 | 韻字中古音 | | 上字中古音 | | 下字中古音 | |
|---|---|---|---|---|---|---|---|---|---|---|---|---|---|---|---|---|---|---|
| | | | | 韻字 | 上字 | 下字 | 聲 | 調 | 呼 | 韻部 | | | 聲調呼韻攝等 | 反切 | 聲呼等 | 反切 | 聲調呼韻攝等 | 反切 |
| 18954 | 14副 | | 153 | 嫣 | 漾 | 遷 | 影 | 陰平 | 齊二 | 五五肩 | | | 云平開仙山三 | 有乾 | 以開3 | 餘亮 | 清平開仙山三 | 七然 |
| 18955 | 14副 | | 154 | 騙** | 漾 | 遷 | 影 | 陰平 | 齊二 | 五五肩 | 十三部十四部兩見 | 玉篇：音燕 | 影平開先山四 | 烏前 | 以開3 | 餘亮 | 清平開仙山三 | 七然 |
| 18956 | 14副 | 41 | 155 | 翻 | 向 | 遷 | 曉 | 陰平 | 齊二 | 五五肩 | | | 曉平開仙山重三 | 許延 | 曉開3 | 許亮 | 清平開仙山三 | 七然 |
| 18957 | 14副 | | 156 | 軒 | 向 | 遷 | 曉 | 陰平 | 齊二 | 五五肩 | | | 曉平開元山三 | 虛言 | 曉開3 | 許亮 | 清平開仙山三 | 七然 |
| 18958 | 14副 | 42 | 157 | 䶵* | 邸 | 遷 | 短 | 陰平 | 齊二 | 五五肩 | | | 端平開先山四 | 多年 | 端開4 | 都禮 | 清平開仙山三 | 七然 |
| 18959 | 14副 | 43 | 158 | 𨒏 | 眺 | 箋 | 透 | 陰平 | 齊二 | 五五肩 | | | 透平開先山四 | 他前 | 透開4 | 他弔 | 精平開先山四 | 則前 |
| 18960 | 14副 | 44 | 159 | 旃 | 掌 | 遷 | 照 | 陰平 | 齊二 | 五五肩 | | | 章平開仙山三 | 諸延 | 章開3 | 諸兩 | 清平開仙山三 | 七然 |
| 18961 | 14副 | | 160 | 栴* | 掌 | 遷 | 照 | 陰平 | 齊二 | 五五肩 | | | 章平開仙山三 | 諸延 | 章開3 | 諸兩 | 清平開仙山三 | 七然 |
| 18962 | 14副 | 45 | 161 | 烻* | 始 | 箋 | 審 | 陰平 | 齊二 | 五五肩 | | | 書平開仙山三 | 尸連 | 書開3 | 詩止 | 精平開先山四 | 則前 |
| 18965 | 14副 | | 162 | 蜒* | 始 | 箋 | 審 | 陰平 | 齊二 | 五五肩 | | | 書平開仙山三 | 尸連 | 書開3 | 詩止 | 精平開先山四 | 則前 |
| 18966 | 14副 | | 163 | 鋋 | 始 | 箋 | 審 | 陰平 | 齊二 | 五五肩 | | | 書平開仙山三 | 式連 | 書開3 | 詩止 | 精平開先山四 | 則前 |
| 18967 | 14副 | 46 | 164 | 棧 | 紫 | 遷 | 井 | 陰平 | 齊二 | 五五肩 | | | 精平開先山四 | 則前 | 精開3 | 將此 | 清平開仙山三 | 七然 |
| 18968 | 14副 | | 165 | 櫼 | 紫 | 遷 | 井 | 陰平 | 齊二 | 五五肩 | | | 精平開先山四 | 則前 | 精開3 | 將此 | 清平開仙山三 | 七然 |
| 18969 | 14副 | | 166 | 籛 | 紫 | 遷 | 井 | 陰平 | 齊二 | 五五肩 | | | 精平開先山四 | 則前 | 精開3 | 將此 | 清平開仙山三 | 七然 |
| 18970 | 14副 | | 167 | 濺 | 紫 | 遷 | 井 | 陰平 | 齊二 | 五五肩 | | | 精平開先山四 | 則前 | 精開3 | 將此 | 清平開仙山三 | 七然 |
| 18973 | 14副 | | 168 | 韉 | 紫 | 遷 | 井 | 陰平 | 齊二 | 五五肩 | | | 精平開先山四 | 則前 | 精開3 | 將此 | 清平開仙山三 | 七然 |
| 18974 | 14副 | 47 | 169 | 櫏 | 此 | 箋 | 淨 | 陰平 | 齊二 | 五五肩 | | | 清平開仙山三 | 七然 | 清開3 | 雌氏 | 精平開先山四 | 則前 |
| 18975 | 14副 | | 170 | 遷 | 此 | 箋 | 淨 | 陰平 | 齊二 | 五五肩 | | | 清平開仙山三 | 七然 | 清開3 | 雌氏 | 精平開先山四 | 則前 |
| 18976 | 14副 | | 171 | 韆 | 此 | 箋 | 淨 | 陰平 | 齊二 | 五五肩 | | | 清平開仙山三 | 七然 | 清開3 | 雌氏 | 精平開先山四 | 則前 |
| 18977 | 14副 | | 172 | 攑* | 此 | 箋 | 淨 | 陰平 | 齊二 | 五五肩 | | | 清平開仙山三 | 親然 | 清開3 | 雌氏 | 精平開先山四 | 則前 |
| 18978 | 14副 | 48 | 173 | 躚 | 想 | 遷 | 信 | 陰平 | 齊二 | 五五肩 | | | 心平開先山四 | 蘇前 | 心開3 | 息兩 | 清平開仙山三 | 七然 |
| 18979 | 14副 | | 174 | 褼* | 想 | 遷 | 信 | 陰平 | 齊二 | 五五肩 | | | 心平開仙山三 | 相然 | 心開3 | 息兩 | 清平開仙山三 | 七然 |
| 18980 | 14副 | | 175 | 蘚* | 想 | 遷 | 信 | 陰平 | 齊二 | 五五肩 | | | 心平開仙山三 | 相然 | 心開3 | 息兩 | 清平開仙山三 | 七然 |
| 18981 | 14副 | | 176 | 䉒** | 想 | 遷 | 信 | 陰平 | 齊二 | 五五肩 | | | 清平開仙山三 | 七然 | 心開3 | 息兩 | 清平開仙山三 | 七然 |
| 18983 | 14副 | | 177 | 㢟 | 想 | 遷 | 信 | 陰平 | 齊二 | 五五肩 | | | 心平開仙山三 | 相然 | 心開3 | 息兩 | 清平開仙山三 | 七然 |
| 18984 | 14副 | | 178 | 鮮* | 想 | 遷 | 信 | 陰平 | 齊二 | 五五肩 | | | 心平開支止三 | 相支 | 心開3 | 息兩 | 清平開仙山三 | 七然 |

| 韻字編號 | 部序 | 組數 | 字數 | 韻字及何氏反切 | | | 韻字何氏音 | | | | 何萱注釋 | 備　注 | 韻字中古音 | | 上字中古音 | | 下字中古音 | |
|---|---|---|---|---|---|---|---|---|---|---|---|---|---|---|---|---|---|---|
| | | | | 韻字 | 上字 | 下字 | 聲 | 調 | 呼 | 韻部 | | | 聲調呼韻攝等 | 反切 | 聲呼等 | 反切 | 聲調呼韻攝等 | 反切 |
| 18985 | 14副 | | 179 | 鮮 | 想 | 遷 | 信 | 陰平 | 齊二 | 五五肩 | | | 心平開仙山三 | 相然 | 心開3 | 息兩 | 清平開仙山三 | 七然 |
| 18987 | 14副 | | 180 | 秈 | 想 | 遷 | 信 | 陰平 | 齊二 | 五五肩 | | | 心平開仙山三 | 相然 | 心開3 | 息兩 | 清平開仙山三 | 七然 |
| 18988 | 14副 | | 181 | 莶 | 想 | 遷 | 信 | 陰平 | 齊二 | 五五肩 | | | 心平開仙山三 | 相然 | 心開3 | 息兩 | 清平開仙山三 | 七然 |
| 18989 | 14副 | | 182 | 箲* | 想 | 遷 | 信 | 陰平 | 齊二 | 五五肩 | | | 心平開仙山三 | 相然 | 心開3 | 息兩 | 清平開仙山三 | 七然 |
| 18990 | 14副 | 49 | 183 | 破* | 舊 | 連 | 起 | 陽平 | 齊二 | 五五肩 | | | 群平開仙山重三 | 渠焉 | 群開3 | 巨救 | 來平開仙山三 | 力延 |
| 18991 | 14副 | | 184 | 鰬 | 舊 | 連 | 起 | 陽平 | 齊二 | 五五肩 | | | 群平開仙山重三 | 渠焉 | 群開3 | 巨救 | 來平開仙山三 | 力延 |
| 18993 | 14副 | | 185 | 鏈* | 舊 | 連 | 起 | 陽平 | 齊二 | 五五肩 | | | 群平開仙山重三 | 渠焉 | 群開3 | 巨救 | 來平開仙山三 | 力延 |
| 18995 | 14副 | | 186 | 騝 | 舊 | 連 | 起 | 陽平 | 齊二 | 五五肩 | | | 群平開仙山重三 | 渠焉 | 群開3 | 巨救 | 來平開仙山三 | 力延 |
| 18996 | 14副 | 50 | 187 | 綖 | 漾 | 連 | 影 | 陽平 | 齊二 | 五五肩 | | | 以平開仙山三 | 以然 | 以開3 | 餘亮 | 來平開仙山三 | 力延 |
| 18997 | 14副 | | 188 | 狿 | 漾 | 連 | 影 | 陽平 | 齊二 | 五五肩 | | | 以平開仙山三 | 以然 | 以開3 | 餘亮 | 來平開仙山三 | 力延 |
| 18999 | 14副 | | 189 | 蜒 | 漾 | 連 | 影 | 陽平 | 齊二 | 五五肩 | | | 以平開仙山三 | 以然 | 以開3 | 餘亮 | 來平開仙山三 | 力延 |
| 19000 | 14副 | | 190 | 莚 | 漾 | 連 | 影 | 陽平 | 齊二 | 五五肩 | | | 以平開仙山三 | 以然 | 以開3 | 餘亮 | 來平開仙山三 | 力延 |
| 19002 | 14副 | 51 | 191 | 漣 | 亮 | 延 | 賚 | 陽平 | 齊二 | 五五肩 | | 韻目下字作近，誤，據正編改 | 來平開仙山三 | 力延 | 來開3 | 力讓 | 以平開仙山三 | 以然 |
| 19003 | 14副 | | 192 | 璘 | 亮 | 延 | 賚 | 陽平 | 齊二 | 五五肩 | | 韻目下字作近，誤，據正編改 | 來平開真臻三 | 力珍 | 來開3 | 力讓 | 以平開仙山三 | 以然 |
| 19004 | 14副 | | 193 | 嗹* | 亮 | 延 | 賚 | 陽平 | 齊二 | 五五肩 | | 韻目下字作近，誤，據正編改 | 來平開仙山三 | 陵延 | 來開3 | 力讓 | 以平開仙山三 | 以然 |
| 19005 | 14副 | | 194 | 鏈* | 亮 | 延 | 賚 | 陽平 | 齊二 | 五五肩 | | 韻目下字作近，誤，據正編改 | 來平開仙山三 | 陵延 | 來開3 | 力讓 | 以平開仙山三 | 以然 |
| 19006 | 14副 | | 195 | 縺 | 亮 | 延 | 賚 | 陽平 | 齊二 | 五五肩 | | 韻目下字作近，誤，據正編改 | 來平開先山四 | 落賢 | 來開3 | 力讓 | 以平開仙山三 | 以然 |
| 19007 | 14副 | | 196 | 攋 | 亮 | 延 | 賚 | 陽平 | 齊二 | 五五肩 | | 韻目下字作近，誤，據正編改 | 來平開仙山三 | 力延 | 來開3 | 力讓 | 以平開仙山三 | 以然 |
| 19008 | 14副 | | 197 | 蓮* | 亮 | 延 | 賚 | 陽平 | 齊二 | 五五肩 | | 韻目下字作近，誤，據正編改 | 來平開仙山三 | 陵延 | 來開3 | 力讓 | 以平開仙山三 | 以然 |

| 韻字編號 | 部序 | 組數 | 字數 | 韻字及何氏反切 | | | 韻字何氏音 | | | | 何萱注釋 | 備注 | 韻字中古音 | | 上字中古音 | | 下字中古音 | |
|---|---|---|---|---|---|---|---|---|---|---|---|---|---|---|---|---|---|---|
| | | | | 韻字 | 上字 | 下字 | 聲 | 調 | 呼 | 韻部 | | | 聲調呼韻攝等 | 反切 | 聲呼等 | 反切 | 聲調呼韻攝等 | 反切 |
| 19010 | 14 副 | | 198 | 贏 | 亮 | 延 | 賚 | 陽平 | 齊二 | 五五肩 | | 韻目下字作近，誤，據正編改 | 來平開先山四 | 落賢 | 來開 3 | 力讓 | 以平開仙山三 | 以然 |
| 19011 | 14 副 | 52 | 199 | 廛** | 寵 | 連 | 助 | 陽平 | 齊二 | 五五肩 | | | 澄平開仙山三 | 直連 | 徹合 3 | 丑隴 | 來平開仙山三 | 力延 |
| 19012 | 14 副 | | 200 | 躔** | 寵 | 連 | 助 | 陽平 | 齊二 | 五五肩 | | | 澄平開仙山三 | 直連 | 徹合 3 | 丑隴 | 來平開仙山三 | 力延 |
| 19013 | 14 副 | | 201 | 瀍 | 寵 | 連 | 助 | 陽平 | 齊二 | 五五肩 | | | 澄平開仙山三 | 直連 | 徹合 3 | 丑隴 | 來平開仙山三 | 力延 |
| 19014 | 14 副 | | 202 | 蟺 | 寵 | 連 | 助 | 陽平 | 齊二 | 五五肩 | | | 澄平開仙山三 | 直連 | 徹合 3 | 丑隴 | 來平開仙山三 | 力延 |
| 19015 | 14 副 | 53 | 203 | 繎 | 攘 | 連 | 耳 | 陽平 | 齊二 | 五五肩 | | 表中作乃母字頭。韻目中無乃母字 | 日平開仙山三 | 如延 | 日開 3 | 人漾 | 來平開仙山三 | 力延 |
| 19016 | 14 副 | | 204 | 蕤* | 攘 | 連 | 耳 | 陽平 | 齊二 | 五五肩 | | | 日平開仙山三 | 如延 | 日開 3 | 人漾 | 來平開仙山三 | 力延 |
| 19017 | 14 副 | | 205 | 鷰* | 攘 | 連 | 耳 | 陽平 | 齊二 | 五五肩 | | | 日平開仙山三 | 如延 | 日開 3 | 人漾 | 來平開仙山三 | 力延 |
| 19018 | 14 副 | | 206 | 然 | 攘 | 連 | 耳 | 陽平 | 齊二 | 五五肩 | | | 日平開仙山三 | 如延 | 日開 3 | 人漾 | 來平開仙山三 | 力延 |
| 19021 | 14 副 | 54 | 207 | 戔* | 此 | 連 | 淨 | 陽平 | 齊二 | 五五肩 | | | 從平開仙山三 | 財仙 | 清開 3 | 雌氏 | 來平開仙山三 | 力延 |
| 19022 | 14 副 | | 208 | 鏒 | 此 | 連 | 淨 | 陽平 | 齊二 | 五五肩 | | | 從平開仙山三 | 昨仙 | 清開 3 | 雌氏 | 來平開仙山三 | 力延 |
| 19023 | 14 副 | | 209 | 掬* | 此 | 連 | 淨 | 陽平 | 齊二 | 五五肩 | | | 清平開仙山三 | 親然 | 清開 3 | 雌氏 | 來平開仙山三 | 力延 |
| 19024 | 14 副 | 55 | 210 | 篙 | 仰 | 連 | 我 | 陽平 | 齊二 | 五五肩 | | | 疑平開元山三 | 語軒 | 疑開 3 | 魚兩 | 來平開仙山三 | 力延 |
| 19025 | 14 副 | | 211 | 菅 | 仰 | 連 | 我 | 陽平 | 齊二 | 五五肩 | | | 疑平開元山三 | 語軒 | 疑開 3 | 魚兩 | 來平開仙山三 | 力延 |
| 19026 | 14 副 | | 212 | 頵** | 仰 | 連 | 我 | 陽平 | 齊二 | 五五肩 | | | 疑平開真臻重三 | 宜巾 | 疑開 3 | 魚兩 | 來平開仙山三 | 力延 |
| 19027 | 14 副 | | 213 | 麠 | 仰 | 連 | 我 | 陽平 | 齊二 | 五五肩 | | | 疑平開真臻重三 | 語巾 | 疑開 3 | 魚兩 | 來平開仙山三 | 力延 |
| 19029 | 14 副 | 56 | 214 | 僊** | 想 | 連 | 信 | 陽平 | 齊二 | 五五肩 | | | 心平開仙山三 | 相然 | 心開 3 | 息兩 | 來平開仙山三 | 力延 |
| 19030 | 14 副 | 57 | 215 | 鼲* | 避 | 連 | 並 | 陽平 | 齊二 | 五五肩 | | 表中此位無字 | 定平開齊蟹四 | 田黎 | 並開重 4 | 毗義 | 來平開仙山三 | 力延 |
| 19031 | 14 副 | 58 | 216 | 矈 | 美 | 連 | 命 | 陽平 | 齊二 | 五五肩 | | | 明平開仙山重四 | 武延 | 明開重 3 | 無鄙 | 來平開仙山三 | 力延 |
| 19032 | 14 副 | | 217 | 緜* | 美 | 連 | 命 | 陽平 | 齊二 | 五五肩 | | | 明平開仙山重四 | 彌延 | 明開重 3 | 無鄙 | 來平開仙山三 | 力延 |
| 19033 | 14 副 | | 218 | 嬵* | 美 | 連 | 命 | 陽平 | 齊二 | 五五肩 | | | 明平開仙山重四 | 彌延 | 明開重 3 | 無鄙 | 來平開仙山三 | 力延 |
| 19034 | 14 副 | | 219 | 櫋** | 美 | 連 | 命 | 陽平 | 齊二 | 五五肩 | | | 明平開仙山三 | 彌連 | 明開重 3 | 無鄙 | 來平開仙山三 | 力延 |
| 19035 | 14 副 | | 220 | 棉 | 美 | 連 | 命 | 陽平 | 齊二 | 五五肩 | | | 明平開仙山重四 | 武延 | 明開重 3 | 無鄙 | 來平開仙山三 | 力延 |

| 韻字編號 | 部序 | 組數 | 字數 | 韻字及何氏反切 | | | 韻字何氏音 | | | | 何萱注釋 | 備　注 | 韻字中古音 | | 上字中古音 | | 下字中古音 | |
|---|---|---|---|---|---|---|---|---|---|---|---|---|---|---|---|---|---|---|
| | | | | 韻字 | 上字 | 下字 | 聲 | 調 | 呼 | 韻部 | | | 聲調呼韻攝等 | 反切 | 聲呼等 | 反切 | 聲調呼韻攝等 | 反切 |
| 19036 | 14 副 | | 221 | 謫* | 美 | 連 | 命 | 陽平 | 齊二 | 五五肩 | | | 明平開仙山重四 | 彌延 | 明開重 3 | 無鄙 | 來平開仙山三 | 力延 |
| 19037 | 14 副 | | 222 | 櫋 | 美 | 連 | 命 | 陽平 | 齊二 | 五五肩 | | | 明平開仙山重四 | 武延 | 明開重 3 | 無鄙 | 來平開仙山三 | 力延 |
| 19038 | 14 副 | | 223 | 媔* | 美 | 連 | 命 | 陽平 | 齊二 | 五五肩 | | | 明平開仙山重四 | 彌延 | 明開重 3 | 無鄙 | 來平開仙山三 | 力延 |
| 19039 | 14 副 | 59 | 224 | 覞 | 舉 | 幡 | 見 | 陰平 | 撮 | 五六涓 | | 玉篇吉緣切，視皃。集韻還有平聲一讀，放在另一見里了 | 見去合仙山重四 | 吉掾 | 見合 3 | 居許 | 敷平合元山三 | 孚袁 |
| 19040 | 14 副 | | 225 | 勬 | 舉 | 幡 | 見 | 陰平 | 撮 | 五六涓 | | | 見平合仙山重三 | 居員 | 見合 3 | 居許 | 敷平合元山三 | 孚袁 |
| 19042 | 14 副 | | 226 | 裐** | 舉 | 幡 | 見 | 陰平 | 撮 | 五六涓 | | | 見平合仙山三 | 居緣 | 見合 3 | 居許 | 敷平合元山三 | 孚袁 |
| 19043 | 14 副 | | 227 | 鵑 | 舉 | 幡 | 見 | 陰平 | 撮 | 五六涓 | | | 見平合先山四 | 古玄 | 見合 3 | 居許 | 敷平合元山三 | 孚袁 |
| 19044 | 14 副 | | 228 | 萒 | 舉 | 幡 | 見 | 陰平 | 撮 | 五六涓 | | | 見平合先山四 | 古玄 | 見合 3 | 居許 | 敷平合元山三 | 孚袁 |
| 19045 | 14 副 | 60 | 229 | 弮 | 去 | 幡 | 起 | 陰平 | 撮 | 五六涓 | | 表中此位無字；釋義不合 | 溪平合仙山重三 | 丘圓 | 溪合 3 | 丘倨 | 敷平合元山三 | 孚袁 |
| 19048 | 14 副 | | 230 | 繾* | 去 | 幡 | 起 | 陰平 | 撮 | 五六涓 | | | 溪平合仙山重三 | 驅圓 | 溪合 3 | 丘倨 | 敷平合元山三 | 孚袁 |
| 19050 | 14 副 | | 231 | 虇 g* | 去 | 幡 | 起 | 陰平 | 撮 | 五六涓 | | | 溪平合仙山重三 | 驅圓 | 溪合 3 | 丘倨 | 敷平合元山三 | 孚袁 |
| 19051 | 14 副 | 61 | 232 | 娟 | 羽 | 幡 | 影 | 陰平 | 撮 | 五六涓 | | | 影平合仙山重四 | 於緣 | 云合 3 | 王矩 | 敷平合元山三 | 孚袁 |
| 19052 | 14 副 | | 233 | 峭 | 羽 | 幡 | 影 | 陰平 | 撮 | 五六涓 | | | 影平合仙山重四 | 於緣 | 云合 3 | 王矩 | 敷平合元山三 | 孚袁 |
| 19054 | 14 副 | | 234 | 餵 | 羽 | 幡 | 影 | 陰平 | 撮 | 五六涓 | | | 影平合元山三 | 於袁 | 云合 3 | 王矩 | 敷平合元山三 | 孚袁 |
| 19055 | 14 副 | | 235 | 鵷 | 羽 | 幡 | 影 | 陰平 | 撮 | 五六涓 | | | 影平合元山三 | 於袁 | 云合 3 | 王矩 | 敷平合元山三 | 孚袁 |
| 19056 | 14 副 | | 236 | 涴 | 羽 | 幡 | 影 | 陰平 | 撮 | 五六涓 | | | 影平合元山三 | 於袁 | 云合 3 | 王矩 | 敷平合元山三 | 孚袁 |
| 19058 | 14 副 | | 237 | 葾 | 羽 | 幡 | 影 | 陰平 | 撮 | 五六涓 | | | 影平合元山三 | 於袁 | 云合 3 | 王矩 | 敷平合元山三 | 孚袁 |
| 19059 | 14 副 | | 238 | 裷 | 羽 | 幡 | 影 | 陰平 | 撮 | 五六涓 | | | 影平合元山三 | 於袁 | 云合 3 | 王矩 | 敷平合元山三 | 孚袁 |
| 19060 | 14 副 | 62 | 239 | 愋 | 許 | 幡 | 曉 | 陰平 | 撮 | 五六涓 | | | 曉平合元山三 | 況袁 | 曉合 3 | 虛呂 | 敷平合元山三 | 孚袁 |
| 19061 | 14 副 | | 240 | 喛 | 許 | 幡 | 曉 | 陰平 | 撮 | 五六涓 | | | 曉平合元山三 | 況袁 | 曉合 3 | 虛呂 | 敷平合元山三 | 孚袁 |
| 19063 | 14 副 | | 241 | 剈** | 許 | 幡 | 曉 | 陰平 | 撮 | 五六涓 | | 玉篇：音喧 | 曉平合元山三 | 況袁 | 曉合 3 | 虛呂 | 敷平合元山三 | 孚袁 |
| 19064 | 14 副 | | 242 | 䭣** | 許 | 幡 | 曉 | 陰平 | 撮 | 五六涓 | | 玉篇：音喧 | 曉平合元山三 | 況袁 | 曉合 3 | 虛呂 | 敷平合元山三 | 孚袁 |
| 19065 | 14 副 | | 243 | 翧 | 許 | 幡 | 曉 | 陰平 | 撮 | 五六涓 | | | 曉平合元山三 | 況袁 | 曉合 3 | 虛呂 | 敷平合元山三 | 孚袁 |

| 韻字編號 | 部序 | 組數 | 字數 | 韻字及何氏反切 | | | 韻字何氏音 | | | | 何萱注釋 | 備　注 | 韻字中古音 | | 上字中古音 | | 下字中古音 | |
|---|---|---|---|---|---|---|---|---|---|---|---|---|---|---|---|---|---|---|
| | | | | 韻字 | 上字 | 下字 | 聲 | 調 | 呼 | 韻部 | | | 聲調呼韻攝等 | 反切 | 聲呼等 | 反切 | 聲調呼韻攝等 | 反切 |
| 19066 | 14 副 | | 244 | 鴅 | 許 | 幡 | 曉 | 陰平 | 撮 | 五六涓 | | | 曉平合元山三 | 況袁 | 曉合 3 | 虛呂 | 敷平合元山三 | 孚袁 |
| 19068 | 14 副 | | 245 | 蝖 | 許 | 幡 | 曉 | 陰平 | 撮 | 五六涓 | | | 曉平合元山三 | 況袁 | 曉合 3 | 虛呂 | 敷平合元山三 | 孚袁 |
| 19069 | 14 副 | | 246 | 箮* | 許 | 幡 | 曉 | 陰平 | 撮 | 五六涓 | | | 曉平合元山三 | 許元 | 曉合 3 | 虛呂 | 敷平合元山三 | 孚袁 |
| 19070 | 14 副 | | 247 | 蠉 | 許 | 幡 | 曉 | 陰平 | 撮 | 五六涓 | | | 曉平合仙山重四 | 許緣 | 曉合 3 | 虛呂 | 敷平合元山三 | 孚袁 |
| 19072 | 14 副 | | 248 | 梋 | 許 | 幡 | 曉 | 陰平 | 撮 | 五六涓 | | | 曉平合先山四 | 火玄 | 曉合 3 | 虛呂 | 敷平合元山三 | 孚袁 |
| 19073 | 14 副 | | 249 | 𠩮* | 許 | 幡 | 曉 | 陰平 | 撮 | 五六涓 | | | 見平合先山四 | 圭玄 | 曉合 3 | 虛呂 | 敷平合元山三 | 孚袁 |
| 19074 | 14 副 | | 250 | 矎 | 許 | 幡 | 曉 | 陰平 | 撮 | 五六涓 | | | 曉平合先山四 | 火玄 | 曉合 3 | 虛呂 | 敷平合元山三 | 孚袁 |
| 19077 | 14 副 | 63 | 251 | 𥇑 | 翥 | 幡 | 照 | 陰平 | 撮 | 五六涓 | | | 莊平合仙山三 | 莊緣 | 章合 3 | 章恕 | 敷平合元山三 | 孚袁 |
| 19080 | 14 副 | | 252 | 鄟 | 翥 | 幡 | 照 | 陰平 | 撮 | 五六涓 | | | 章平合仙山三 | 職緣 | 章合 3 | 章恕 | 敷平合元山三 | 孚袁 |
| 19083 | 14 副 | 64 | 253 | 剶 | 處 | 幡 | 助 | 陰平 | 撮 | 五六涓 | | | 徹平合仙山三 | 丑緣 | 昌合 3 | 昌與 | 敷平合元山三 | 孚袁 |
| 19084 | 14 副 | | 254 | 猭 | 處 | 幡 | 助 | 陰平 | 撮 | 五六涓 | | | 徹平合仙山三 | 丑緣 | 昌合 3 | 昌與 | 敷平合元山三 | 孚袁 |
| 19086 | 14 副 | 65 | 255 | 朘 | 醉 | 幡 | 井 | 陰平 | 撮 | 五六涓 | | | 精平合仙山三 | 子泉 | 精合 3 | 將遂 | 敷平合元山三 | 孚袁 |
| 19087 | 14 副 | 66 | 256 | 痊 | 翠 | 幡 | 淨 | 陰平 | 撮 | 五六涓 | | | 清平合仙山三 | 此緣 | 清合 3 | 七醉 | 敷平合元山三 | 孚袁 |
| 19088 | 14 副 | | 257 | 拴 | 翠 | 幡 | 淨 | 陰平 | 撮 | 五六涓 | | | 清平合仙山三 | 此緣 | 清合 3 | 七醉 | 敷平合元山三 | 孚袁 |
| 19089 | 14 副 | | 258 | 栓 | 翠 | 幡 | 淨 | 陰平 | 撮 | 五六涓 | | | 生平合仙山三 | 山員 | 清合 3 | 七醉 | 敷平合元山三 | 孚袁 |
| 19090 | 14 副 | | 259 | 筌 | 翠 | 幡 | 淨 | 陰平 | 撮 | 五六涓 | | | 清平合仙山三 | 此緣 | 清合 3 | 七醉 | 敷平合元山三 | 孚袁 |
| 19091 | 14 副 | | 260 | 峑 | 翠 | 幡 | 淨 | 陰平 | 撮 | 五六涓 | | | 清平合仙山三 | 此緣 | 清合 3 | 七醉 | 敷平合元山三 | 孚袁 |
| 19092 | 14 副 | | 261 | 駩 | 翠 | 幡 | 淨 | 陰平 | 撮 | 五六涓 | | | 清平合仙山三 | 此緣 | 清合 3 | 七醉 | 敷平合元山三 | 孚袁 |
| 19093 | 14 副 | | 262 | 踆 | 翠 | 幡 | 淨 | 陰平 | 撮 | 五六涓 | | | 清平合諄臻三 | 七倫 | 清合 3 | 七醉 | 敷平合元山三 | 孚袁 |
| 19094 | 14 副 | | 263 | 皴 | 翠 | 幡 | 淨 | 陰平 | 撮 | 五六涓 | | | 清平合諄臻三 | 七倫 | 清合 3 | 七醉 | 敷平合元山三 | 孚袁 |
| 19095 | 14 副 | | 264 | 㕙 | 翠 | 幡 | 淨 | 陰平 | 撮 | 五六涓 | | | 清平合諄臻三 | 七倫 | 清合 3 | 七醉 | 敷平合元山三 | 孚袁 |
| 19096 | 14 副 | 67 | 265 | 孯* | 敘 | 幡 | 信 | 陰平 | 撮 | 五六涓 | | | 心平合仙山三 | 荀緣 | 邪合 3 | 徐呂 | 敷平合元山三 | 孚袁 |
| 19098 | 14 副 | | 266 | 顨 | 敘 | 幡 | 信 | 陰平 | 撮 | 五六涓 | | | 心平合仙山三 | 須緣 | 邪合 3 | 徐呂 | 敷平合元山三 | 孚袁 |
| 19099 | 14 副 | | 267 | 揎 | 敘 | 幡 | 信 | 陰平 | 撮 | 五六涓 | | | 心平合仙山三 | 須緣 | 邪合 3 | 徐呂 | 敷平合元山三 | 孚袁 |
| 19100 | 14 副 | | 268 | 𪆫 | 敘 | 幡 | 信 | 陰平 | 撮 | 五六涓 | | | 心平合仙山三 | 須緣 | 邪合 3 | 徐呂 | 敷平合元山三 | 孚袁 |
| 19101 | 14 副 | | 269 | 𦋌* | 敘 | 幡 | 信 | 陰平 | 撮 | 五六涓 | | | 心上合仙山三 | 須兗 | 邪合 3 | 徐呂 | 敷平合元山三 | 孚袁 |
| 19102 | 14 副 | 68 | 270 | 襎 | 甫 | 跧 | 匪 | 陰平 | 撮 | 五六涓 | | | 奉平合元山三 | 附袁 | 非合 3 | 方矩 | 莊平合仙山三 | 莊緣 |

| 韻字編號 | 部序 | 組數 | 字數 | 韻字及何氏反切 | | | 韻字何氏音 | | | | 何萱注釋 | 備　注 | 韻字中古音 | | 上字中古音 | | 下字中古音 | |
|---|---|---|---|---|---|---|---|---|---|---|---|---|---|---|---|---|---|---|
| | | | | 韻字 | 上字 | 下字 | 聲 | 調 | 呼 | 韻部 | | | 聲調呼韻攝等 | 反切 | 聲呼等 | 反切 | 聲調呼韻攝等 | 反切 |
| 19103 | 14副 | | 271 | 翻 | 甫 | 跧 | 匪 | 陰平 | 撮 | 五六涓 | | | 敷平合元山三 | 孚袁 | 非合3 | 方矩 | 莊平合仙山三 | 莊緣 |
| 19105 | 14副 | | 272 | 鐇 | 甫 | 跧 | 匪 | 陰平 | 撮 | 五六涓 | | | 非平合元山三 | 甫煩 | 非合3 | 方矩 | 莊平合仙山三 | 莊緣 |
| 19106 | 14副 | | 273 | 鱕 | 甫 | 跧 | 匪 | 陰平 | 撮 | 五六涓 | | | 非平合元山三 | 甫煩 | 非合3 | 方矩 | 莊平合仙山三 | 莊緣 |
| 19107 | 14副 | 69 | 274 | 顴 | 去 | 煩 | 起 | 陽平 | 撮 | 五六涓 | | | 群平合仙山重三 | 巨員 | 溪合3 | 丘倨 | 奉平合元山三 | 附袁 |
| 19108 | 14副 | | 275 | 臛 | 去 | 煩 | 起 | 陽平 | 撮 | 五六涓 | | | 群平合仙山重三 | 巨員 | 溪合3 | 丘倨 | 奉平合元山三 | 附袁 |
| 19110 | 14副 | | 276 | 繼* | 去 | 煩 | 起 | 陽平 | 撮 | 五六涓 | | | 群平合仙山重三 | 運員 | 溪合3 | 丘倨 | 奉平合元山三 | 附袁 |
| 19112 | 14副 | | 277 | 權** | 去 | 煩 | 起 | 陽平 | 撮 | 五六涓 | | | 群平合元山三 | 渠元 | 溪合3 | 丘倨 | 奉平合元山三 | 附袁 |
| 19113 | 14副 | | 278 | 鸛 | 去 | 煩 | 起 | 陽平 | 撮 | 五六涓 | | | 群平合仙山重三 | 巨員 | 溪合3 | 丘倨 | 奉平合元山三 | 附袁 |
| 19114 | 14副 | | 279 | 瘔 | 去 | 煩 | 起 | 陽平 | 撮 | 五六涓 | | | 群平合仙山重三 | 巨員 | 溪合3 | 丘倨 | 奉平合元山三 | 附袁 |
| 19115 | 14副 | | 280 | 踡 | 去 | 煩 | 起 | 陽平 | 撮 | 五六涓 | | | 群平合仙山重三 | 巨員 | 溪合3 | 丘倨 | 奉平合元山三 | 附袁 |
| 19116 | 14副 | | 281 | 蜷 | 去 | 煩 | 起 | 陽平 | 撮 | 五六涓 | | | 群平合仙山重三 | 巨員 | 溪合3 | 丘倨 | 奉平合元山三 | 附袁 |
| 19117 | 14副 | | 282 | 惓* | 去 | 煩 | 起 | 陽平 | 撮 | 五六涓 | | | 群平合仙山重三 | 連負 | 溪合3 | 丘倨 | 奉平合元山三 | 附袁 |
| 19120 | 14副 | | 283 | 犈 | 去 | 煩 | 起 | 陽平 | 撮 | 五六涓 | | | 群平合仙山重三 | 巨員 | 溪合3 | 丘倨 | 奉平合元山三 | 附袁 |
| 19122 | 14副 | | 284 | 埢 | 去 | 煩 | 起 | 陽平 | 撮 | 五六涓 | | | 見上合仙山重三 | 居轉 | 溪合3 | 丘倨 | 奉平合元山三 | 附袁 |
| 19123 | 14副 | | 285 | 搼 | 去 | 煩 | 起 | 陽平 | 撮 | 五六涓 | | | 群平合仙山重三 | 巨員 | 溪合3 | 丘倨 | 奉平合元山三 | 附袁 |
| 19124 | 14副 | 70 | 286 | 榬 | 羽 | 煩 | 影 | 陽平 | 撮 | 五六涓 | | | 云平合元山三 | 雨元 | 云合3 | 王矩 | 奉平合元山三 | 附袁 |
| 19125 | 14副 | | 287 | 溒 | 羽 | 煩 | 影 | 陽平 | 撮 | 五六涓 | | | 云平合元山三 | 雨元 | 云合3 | 王矩 | 奉平合元山三 | 附袁 |
| 19127 | 14副 | | 288 | 湲 | 羽 | 煩 | 影 | 陽平 | 撮 | 五六涓 | | | 云平合仙山三 | 王權 | 云合3 | 王矩 | 奉平合元山三 | 附袁 |
| 19128 | 14副 | | 289 | 鶢 | 羽 | 煩 | 影 | 陽平 | 撮 | 五六涓 | | | 云平合元山三 | 雨元 | 云合3 | 王矩 | 奉平合元山三 | 附袁 |
| 19129 | 14副 | | 290 | 緣 | 羽 | 煩 | 影 | 陽平 | 撮 | 五六涓 | | | 以平合仙山三 | 與専 | 云合3 | 王矩 | 奉平合元山三 | 附袁 |
| 19130 | 14副 | | 291 | 櫞 | 羽 | 煩 | 影 | 陽平 | 撮 | 五六涓 | | | 以平合仙山三 | 與専 | 云合3 | 王矩 | 奉平合元山三 | 附袁 |
| 19131 | 14副 | | 292 | 捐* | 羽 | 煩 | 影 | 陽平 | 撮 | 五六涓 | | | 以平合仙山三 | 余専 | 云合3 | 王矩 | 奉平合元山三 | 附袁 |
| 19132 | 14副 | | 293 | 昖** | 羽 | 煩 | 影 | 陽平 | 撮 | 五六涓 | | | 以平合仙山三 | 以専 | 云合3 | 王矩 | 奉平合元山三 | 附袁 |
| 19133 | 14副 | | 294 | 陷** | 羽 | 煩 | 影 | 陽平 | 撮 | 五六涓 | | 玉篇：音沿 | 以平合仙山三 | 與専 | 云合3 | 王矩 | 奉平合元山三 | 附袁 |
| 19136 | 14副 | | 295 | 璇* | 羽 | 煩 | 影 | 陽平 | 撮 | 五六涓 | | | 邪平合仙山三 | 旬宣 | 云合3 | 王矩 | 奉平合元山三 | 附袁 |
| 19137 | 14副 | 71 | 296 | 蠼** | 許 | 煩 | 曉 | 陽平 | 撮 | 五六涓 | | | 匣平合先山四 | 戶涓 | 曉合3 | 虛呂 | 奉平合元山三 | 附袁 |
| 19138 | 14副 | 72 | 297 | 癵* | 呂 | 煩 | 賚 | 陽平 | 撮 | 五六涓 | | 玉篇作：力負切 | 來平合仙山三 | 閭負 | 來合3 | 力舉 | 奉平合元山三 | 附袁 |

| 韻字編號 | 部序 | 組數 | 字數 | 韻字及何氏反切 | | | 韻字何氏音 | | | | 何萱注釋 | 備注 | 韻字中古音 | | 上字中古音 | | 下字中古音 | |
|---|---|---|---|---|---|---|---|---|---|---|---|---|---|---|---|---|---|---|
| | | | | 韻字 | 上字 | 下字 | 聲 | 調 | 呼 | 韻部 | | | 聲調呼韻攝等 | 反切 | 聲呼等 | 反切 | 聲調呼韻攝等 | 反切 |
| 19139 | 14副 | | 298 | 孿* | 呂 | 煩 | 賚 | 陽平 | 撮 | 五六涓 | | | 來平合仙山三 | 閭員 | 來合3 | 力舉 | 奉平合元山三 | 附袁 |
| 19140 | 14副 | 73 | 299 | 䡵* | 處 | 煩 | 助 | 陽平 | 撮 | 五六涓 | | | 船平合仙山三 | 食川 | 昌合3 | 昌與 | 奉平合元山三 | 附袁 |
| 19141 | 14副 | 74 | 300 | 褑 | 汝 | 煩 | 耳 | 陽平 | 撮 | 五六涓 | | | 日平合仙山三 | 而緣 | 日合3 | 人渚 | 奉平合元山三 | 附袁 |
| 19142 | 14副 | | 301 | 瞑** | 汝 | 煩 | 耳 | 陽平 | 撮 | 五六涓 | | | 日平合仙山三 | 而緣 | 日合3 | 人渚 | 奉平合元山三 | 附袁 |
| 19143 | 14副 | 75 | 302 | 鋑 | 翠 | 煩 | 淨 | 陽平 | 撮 | 五六涓 | | | 精平合仙山三 | 子泉 | 清合3 | 七醉 | 奉平合元山三 | 附袁 |
| 19144 | 14副 | | 303 | 匴 | 翠 | 煩 | 淨 | 陽平 | 撮 | 五六涓 | | | 邪平合仙山三 | 似宣 | 清合3 | 七醉 | 奉平合元山三 | 附袁 |
| 19145 | 14副 | | 304 | 蜋 | 翠 | 煩 | 淨 | 陽平 | 撮 | 五六涓 | | | 從平合仙山三 | 疾緣 | 清合3 | 七醉 | 奉平合元山三 | 附袁 |
| 19146 | 14副 | | 305 | 瑔** | 翠 | 煩 | 淨 | 陽平 | 撮 | 五六涓 | | | 從平合仙山三 | 絕緣 | 清合3 | 七醉 | 奉平合元山三 | 附袁 |
| 19147 | 14副 | | 306 | 葲 | 翠 | 煩 | 淨 | 陽平 | 撮 | 五六涓 | | | 從平合仙山三 | 疾緣 | 清合3 | 七醉 | 奉平合元山三 | 附袁 |
| 19148 | 14副 | 76 | 307 | 魭 | 馭 | 煩 | 我 | 陽平 | 撮 | 五六涓 | | | 疑平合元山三 | 愚袁 | 疑合3 | 牛倨 | 奉平合元山三 | 附袁 |
| 19150 | 14副 | | 308 | 杬 | 馭 | 煩 | 我 | 陽平 | 撮 | 五六涓 | | | 疑平合元山三 | 愚袁 | 疑合3 | 牛倨 | 奉平合元山三 | 附袁 |
| 19151 | 14副 | | 309 | 笎* | 馭 | 煩 | 我 | 陽平 | 撮 | 五六涓 | | | 疑平合元山三 | 愚袁 | 疑合3 | 牛倨 | 奉平合元山三 | 附袁 |
| 19152 | 14副 | | 310 | 榞 | 馭 | 煩 | 我 | 陽平 | 撮 | 五六涓 | | | 疑平合元山三 | 愚袁 | 疑合3 | 牛倨 | 奉平合元山三 | 附袁 |
| 19153 | 14副 | | 311 | 蠠 | 馭 | 煩 | 我 | 陽平 | 撮 | 五六涓 | | | 疑平合元山三 | 愚袁 | 疑合3 | 牛倨 | 奉平合元山三 | 附袁 |
| 19154 | 14副 | | 312 | 騵 | 馭 | 煩 | 我 | 陽平 | 撮 | 五六涓 | | | 疑平合元山三 | 愚袁 | 疑合3 | 牛倨 | 奉平合元山三 | 附袁 |
| 19155 | 14副 | | 313 | 獂 | 馭 | 煩 | 我 | 陽平 | 撮 | 五六涓 | | | 疑平合元山三 | 愚袁 | 疑合3 | 牛倨 | 奉平合元山三 | 附袁 |
| 19156 | 14副 | | 314 | 鶢** | 馭 | 煩 | 我 | 陽平 | 撮 | 五六涓 | | 玉篇：音元 | 疑平合元山三 | 愚袁 | 疑合3 | 牛倨 | 奉平合元山三 | 附袁 |
| 19157 | 14副 | 77 | 315 | 鏇 | 敘 | 煩 | 信 | 陽平 | 撮 | 五六涓 | | | 邪平合仙山三 | 似宣 | 邪合3 | 徐呂 | 奉平合元山三 | 附袁 |
| 19158 | 14副 | | 316 | 蜁 | 敘 | 煩 | 信 | 陽平 | 撮 | 五六涓 | | | 邪平合仙山三 | 似宣 | 邪合3 | 徐呂 | 奉平合元山三 | 附袁 |
| 19159 | 14副 | | 317 | 颴* | 敘 | 煩 | 信 | 陽平 | 撮 | 五六涓 | | | 邪平合仙山三 | 旬宣 | 邪合3 | 徐呂 | 奉平合元山三 | 附袁 |
| 19161 | 14副 | 78 | 318 | 笲 | 甫 | 權 | 匪 | 陽平 | 撮 | 五六涓 | 平去兩讀 | | 奉平合元山三 | 附袁 | 非合3 | 方矩 | 群平合仙山重三 | 巨員 |
| 19164 | 14副 | | 319 | 驠* | 甫 | 權 | 匪 | 陽平 | 撮 | 五六涓 | | | 奉平合元山三 | 符袁 | 非合3 | 方矩 | 群平合仙山重三 | 巨員 |
| 19165 | 14副 | | 320 | 礬 | 甫 | 權 | 匪 | 陽平 | 撮 | 五六涓 | | | 奉平合元山三 | 附袁 | 非合3 | 方矩 | 群平合仙山重三 | 巨員 |
| 19166 | 14副 | | 321 | 㯄 | 甫 | 權 | 匪 | 陽平 | 撮 | 五六涓 | | | 奉平合元山三 | 附袁 | 非合3 | 方矩 | 群平合仙山重三 | 巨員 |
| 19168 | 14副 | | 322 | 轓 | 甫 | 權 | 匪 | 陽平 | 撮 | 五六涓 | | | 非平合元山三 | 甫煩 | 非合3 | 方矩 | 群平合仙山重三 | 巨員 |
| 19169 | 14副 | | 323 | 鐇* | 甫 | 權 | 匪 | 陽平 | 撮 | 五六涓 | | | 敷平合元山三 | 孚袁 | 非合3 | 方矩 | 群平合仙山重三 | 巨員 |
| 19171 | 14副 | | 324 | 旛* | 甫 | 權 | 匪 | 陽平 | 撮 | 五六涓 | | | 敷平合元山三 | 孚袁 | 非合3 | 方矩 | 群平合仙山重三 | 巨員 |

| 韻字編號 | 部序 | 組數 | 字數 | 韻字及何氏反切 | | | 韻字何氏音 | | | | 何萱注釋 | 備　注 | 韻字中古音 | | 上字中古音 | | 下字中古音 | |
|---|---|---|---|---|---|---|---|---|---|---|---|---|---|---|---|---|---|---|
| | | | | 韻字 | 上字 | 下字 | 聲 | 調 | 呼 | 韻部 | | | 聲調呼韻攝等 | 反切 | 聲呼等 | 反切 | 聲調呼韻攝等 | 反切 |
| 19172 | 14副 | | 325 | 橎 | 甫 | 權 | 匪 | 陽平 | 撮 | 五六涓 | | | 奉平合元山三 | 附袁 | 非合3 | 方矩 | 群平合仙山重三 | 巨員 |
| 19173 | 14副 | | 326 | 墦 | 甫 | 權 | 匪 | 陽平 | 撮 | 五六涓 | | | 奉平合元山三 | 附袁 | 非合3 | 方矩 | 群平合仙山重三 | 巨員 |
| 19174 | 14副 | | 327 | 鷭 | 甫 | 權 | 匪 | 陽平 | 撮 | 五六涓 | | | 奉平合元山三 | 附袁 | 非合3 | 方矩 | 群平合仙山重三 | 巨員 |
| 19175 | 14副 | | 328 | 蟠 | 甫 | 權 | 匪 | 陽平 | 撮 | 五六涓 | 𦆼或作蟠騷 | | 奉平合元山三 | 符袁 | 非合3 | 方矩 | 群平合仙山重三 | 巨員 |
| 19176 | 14副 | | 329 | 緐** | 甫 | 權 | 匪 | 陽平 | 撮 | 五六涓 | | | 奉平合元山三 | 扶袁 | 非合3 | 方矩 | 群平合仙山重三 | 巨員 |
| 19177 | 14副 | | 330 | 擊* | 甫 | 權 | 匪 | 陽平 | 撮 | 五六涓 | 十四部十七部兩見 | 此處可能依諧聲讀繁了，不作時音分析 | 並平合戈果一 | 蒲波 | 非合3 | 方矩 | 群平合仙山重三 | 巨員 |
| 19178 | 14副 | 79 | 331 | 仠 | 改 | 坦 | 見 | 上 | 開 | 四九肝 | | | 見上開寒山一 | 古旱 | 見開1 | 古亥 | 透上開寒山一 | 他但 |
| 19179 | 14副 | | 332 | 衦 | 改 | 坦 | 見 | 上 | 開 | 四九肝 | | | 見上開寒山一 | 古旱 | 見開1 | 古亥 | 透上開寒山一 | 他但 |
| 19181 | 14副 | | 333 | 芊* | 改 | 坦 | 見 | 上 | 開 | 四九肝 | | | 見上開寒山一 | 古旱 | 見開1 | 古亥 | 透上開寒山一 | 他但 |
| 19182 | 14副 | | 334 | 桿 | 改 | 坦 | 見 | 上 | 開 | 四九肝 | | | 見上開寒山一 | 古旱 | 見開1 | 古亥 | 透上開寒山一 | 他但 |
| 19183 | 14副 | | 335 | 簳 | 改 | 坦 | 見 | 上 | 開 | 四九肝 | | | 見上開寒山一 | 古旱 | 見開1 | 古亥 | 透上開寒山一 | 他但 |
| 19184 | 14副 | 80 | 336 | 諿 | 海 | 坦 | 曉 | 上 | 開 | 四九肝 | | | 匣上開寒山一 | 胡笴 | 曉開1 | 呼改 | 透上開寒山一 | 他但 |
| 19185 | 14副 | | 337 | 皔 | 海 | 坦 | 曉 | 上 | 開 | 四九肝 | | | 匣上開寒山一 | 胡笴 | 曉開1 | 呼改 | 透上開寒山一 | 他但 |
| 19186 | 14副 | | 338 | 莫 | 海 | 坦 | 曉 | 上 | 開 | 四九肝 | | | 匣上開寒山一 | 胡笴 | 曉開1 | 呼改 | 透上開寒山一 | 他但 |
| 19187 | 14副 | | 339 | 熯 | 海 | 坦 | 曉 | 上 | 開 | 四九肝 | | | 曉上開寒山一 | 呼旱 | 曉開1 | 呼改 | 透上開寒山一 | 他但 |
| 19188 | 14副 | | 340 | 浫* | 海 | 坦 | 曉 | 上 | 開 | 四九肝 | | | 曉上開寒山一 | 許旱 | 曉開1 | 呼改 | 透上開寒山一 | 他但 |
| 19189 | 14副 | | 341 | 暵** | 海 | 坦 | 曉 | 上 | 開 | 四九肝 | | 反切疑有誤 | 明平開宵效三 | 無昭 | 曉開1 | 呼改 | 透上開寒山一 | 他但 |
| 19190 | 14副 | 81 | 342 | 狚 | 帶 | 坦 | 短 | 上 | 開 | 四九肝 | | | 端上開寒山一 | 多旱 | 端開1 | 當蓋 | 透上開寒山一 | 他但 |
| 19193 | 14副 | | 343 | 亶* | 帶 | 坦 | 短 | 上 | 開 | 四九肝 | | | 端上開寒山一 | 黨旱 | 端開1 | 當蓋 | 透上開寒山一 | 他但 |
| 19194 | 14副 | 82 | 344 | 亶 | 代 | 罕 | 透 | 上 | 開 | 四九肝 | | 正編下字為罕 | 透上開寒山一 | 他但 | 定開1 | 徒耐 | 曉上開寒山一 | 呼旱 |
| 19195 | 14副 | | 345 | 頭* | 代 | 罕 | 透 | 上 | 開 | 四九肝 | | 正編下字為罕 | 見平開尤流三 | 居尤 | 定開1 | 徒耐 | 曉上開寒山一 | 呼旱 |
| 19196 | 14副 | | 346 | 嬗* | 代 | 罕 | 透 | 上 | 開 | 四九肝 | | 正編下字為罕 | 定上開寒山一 | 蕩旱 | 定開1 | 徒耐 | 曉上開寒山一 | 呼旱 |
| 19197 | 14副 | | 347 | 靼 | 代 | 罕 | 透 | 上 | 開 | 四九肝 | | 正編下字為罕 | 定上開寒山一 | 徒旱 | 定開1 | 徒耐 | 曉上開寒山一 | 呼旱 |
| 19198 | 14副 | | 348 | 啞 g* | 代 | 罕 | 透 | 上 | 開 | 四九肝 | | 正編下字為罕 | 定上開寒山一 | 蕩旱 | 定開1 | 徒耐 | 曉上開寒山一 | 呼旱 |
| 19199 | 14副 | | 349 | 蜑 | 代 | 罕 | 透 | 上 | 開 | 四九肝 | | 正編下字為罕 | 定上開寒山一 | 徒旱 | 定開1 | 徒耐 | 曉上開寒山一 | 呼旱 |

| 韻字編號 | 部序 | 組數 | 字數 | 韻字及何氏反切 | | | 韻字何氏音 | | | | 何萱注釋 | 備注 | 韻字中古音 | | 上字中古音 | | 下字中古音 | |
|---|---|---|---|---|---|---|---|---|---|---|---|---|---|---|---|---|---|---|
| | | | | 韻字 | 上字 | 下字 | 聲 | 調 | 呼 | 韻部 | | | 聲調呼韻攝等 | 反切 | 聲呼等 | 反切 | 聲調呼韻攝等 | 反切 |
| 19200 | 14 副 | | 350 | 潬 | 代 | 罕 | 透 | 上 | 開 | 四九旰 | | 正編下字為罕 | 定上開寒山一 | 徒旱 | 定開 1 | 徒耐 | 曉上開寒山一 | 呼旱 |
| 19201 | 14 副 | 83 | 351 | 爤 | 朗 | 坦 | 賚 | 上 | 開 | 四九旰 | | | 來上開寒山一 | 落旱 | 來開 1 | 盧黨 | 透上開寒山一 | 他但 |
| 19202 | 14 副 | | 352 | 攋 g* | 朗 | 坦 | 賚 | 上 | 開 | 四九旰 | | | 來上開寒山一 | 魯旱 | 來開 1 | 盧黨 | 透上開寒山一 | 他但 |
| 19203 | 14 副 | 84 | 353 | 鬢 | 宰 | 坦 | 井 | 上 | 開 | 四九旰 | | | 精上開寒山一 | 作旱 | 精開 1 | 作亥 | 透上開寒山一 | 他但 |
| 19205 | 14 副 | 85 | 354 | 趲 | 采 | 坦 | 淨 | 上 | 開 | 四九旰 | | | 從上開寒山一 | 藏旱 | 清開 1 | 倉宰 | 透上開寒山一 | 他但 |
| 19207 | 14 副 | | 355 | 襸 | 采 | 坦 | 淨 | 上 | 開 | 四九旰 | | | 從上開寒山一 | 藏旱 | 清開 1 | 倉宰 | 透上開寒山一 | 他但 |
| 19208 | 14 副 | 86 | 356 | 鏾 | 燥 | 坦 | 信 | 上 | 開 | 四九旰 | | | 心上開寒山一 | 蘇旱 | 心開 1 | 蘇老 | 透上開寒山一 | 他但 |
| 19209 | 14 副 | | 357 | 繖 | 燥 | 坦 | 信 | 上 | 開 | 四九旰 | | | 心上開寒山一 | 蘇旱 | 心開 1 | 蘇老 | 透上開寒山一 | 他但 |
| 19210 | 14 副 | | 358 | 籔 | 燥 | 坦 | 信 | 上 | 開 | 四九旰 | | | 心上開寒山一 | 蘇旱 | 心開 1 | 蘇老 | 透上開寒山一 | 他但 |
| 19212 | 14 副 | | 359 | 蔱* | 燥 | 坦 | 信 | 上 | 開 | 四九旰 | | | 心上開寒山一 | 顙旱 | 心開 1 | 蘇老 | 透上開寒山一 | 他但 |
| 19213 | 14 副 | 87 | 360 | 痯 | 古 | 版 | 見 | 上 | 合 | 五十管 | | | 見上合桓山一 | 古滿 | 見合 1 | 公戶 | 幫上開刪山二 | 布綰 |
| 19215 | 14 副 | | 361 | 脘* | 古 | 版 | 見 | 上 | 合 | 五十管 | | | 見上合桓山一 | 古緩 | 見合 1 | 公戶 | 幫上開刪山二 | 布綰 |
| 19216 | 14 副 | | 362 | 褔 | 古 | 版 | 見 | 上 | 合 | 五十管 | | | 見上合桓山一 | 古滿 | 見合 1 | 公戶 | 幫上開刪山二 | 布綰 |
| 19217 | 14 副 | | 363 | 錧 | 古 | 版 | 見 | 上 | 合 | 五十管 | | | 見上合桓山一 | 古滿 | 見合 1 | 公戶 | 幫上開刪山二 | 布綰 |
| 19219 | 14 副 | | 364 | 蜫 | 古 | 版 | 見 | 上 | 合 | 五十管 | | | 見上合桓山一 | 古滿 | 見合 1 | 公戶 | 幫上開刪山二 | 布綰 |
| 19220 | 14 副 | 88 | 365 | 窾 | 苦 | 版 | 起 | 上 | 合 | 五十管 | | | 溪上合桓山一 | 苦管 | 溪合 1 | 康杜 | 幫上開刪山二 | 布綰 |
| 19221 | 14 副 | | 366 | 鏉 | 苦 | 版 | 起 | 上 | 合 | 五十管 | | | 溪上合桓山一 | 苦管 | 溪合 1 | 康杜 | 幫上開刪山二 | 布綰 |
| 19223 | 14 副 | | 367 | 澣* | 苦 | 版 | 起 | 上 | 合 | 五十管 | | | 溪上合桓山一 | 苦緩 | 溪合 1 | 康杜 | 幫上開刪山二 | 布綰 |
| 19224 | 14 副 | | 368 | 撳* | 苦 | 版 | 起 | 上 | 合 | 五十管 | | | 溪上合桓山一 | 苦緩 | 溪合 1 | 康杜 | 幫上開刪山二 | 布綰 |
| 19225 | 14 副 | | 369 | 徽* | 苦 | 版 | 起 | 上 | 合 | 五十管 | | | 溪上合桓山一 | 苦緩 | 溪合 1 | 康杜 | 幫上開刪山二 | 布綰 |
| 19226 | 14 副 | | 370 | 鰥 | 苦 | 版 | 起 | 上 | 合 | 五十管 | | | 溪上合桓山一 | 苦管 | 溪合 1 | 康杜 | 幫上開刪山二 | 布綰 |
| 19227 | 14 副 | | 371 | 欌* | 苦 | 版 | 起 | 上 | 合 | 五十管 | | | 溪上合桓山一 | 苦緩 | 溪合 1 | 康杜 | 幫上開刪山二 | 布綰 |
| 19229 | 14 副 | | 372 | 蔌* | 苦 | 版 | 起 | 上 | 合 | 五十管 | | | 溪上合桓山一 | 苦緩 | 溪合 1 | 康杜 | 幫上開刪山二 | 布綰 |
| 19230 | 14 副 | | 373 | 稖* | 苦 | 版 | 起 | 上 | 合 | 五十管 | | | 溪上合桓山一 | 苦緩 | 溪合 1 | 康杜 | 幫上開刪山二 | 布綰 |
| 19231 | 14 副 | 89 | 374 | 畹 | 饔 | 版 | 影 | 上 | 合 | 五十管 | | | 影上合桓山一 | 烏管 | 影合 1 | 烏貢 | 幫上開刪山二 | 布綰 |
| 19232 | 14 副 | 90 | 375 | 晏 | 戶 | 版 | 曉 | 上 | 合 | 五十管 | | | 匣上合桓山一 | 胡管 | 匣合 1 | 侯古 | 幫上開刪山二 | 布綰 |
| 19233 | 14 副 | | 376 | 篹 | 戶 | 版 | 曉 | 上 | 合 | 五十管 | | | 匣上合桓山一 | 胡管 | 匣合 1 | 侯古 | 幫上開刪山二 | 布綰 |

| 韻字編號 | 部序 | 組數 | 字數 | 韻字及何氏反切 | | | 韻字何氏音 | | | | 何萱注釋 | 備注 | 韻字中古音 | | 上字中古音 | | 下字中古音 | |
|---|---|---|---|---|---|---|---|---|---|---|---|---|---|---|---|---|---|---|
| | | | | 韻字 | 上字 | 下字 | 聲 | 調 | 呼 | 韻部 | | | 聲調呼韻攝等 | 反切 | 聲呼等 | 反切 | 聲調呼韻攝等 | 反切 |
| 19235 | 14副 | | 377 | 僈* | 戶 | 版 | 曉 | 上 | 合 | 五十管 | | | 匣上合桓山一 | 戶管 | 匣合1 | 侯古 | 幫上開刪山二 | 布綰 |
| 19236 | 14副 | | 378 | 蘐* | 戶 | 版 | 曉 | 上 | 合 | 五十管 | | | 滂上開咍蟹一 | 普亥 | 匣合1 | 侯古 | 幫上開刪山二 | 布綰 |
| 19237 | 14副 | | 379 | 峘 | 戶 | 版 | 曉 | 上 | 合 | 五十管 | | | 匣上合桓山一 | 胡管 | 匣合1 | 侯古 | 幫上開刪山二 | 布綰 |
| 19238 | 14副 | | 380 | 澱* | 戶 | 版 | 曉 | 上 | 合 | 五十管 | | | 曉上合桓山一 | 火管 | 匣合1 | 侯古 | 幫上開刪山二 | 布綰 |
| 19241 | 14副 | | 381 | 崪* | 戶 | 版 | 曉 | 上 | 合 | 五十管 | | | 匣上開刪山二 | 戶版 | 匣合1 | 侯古 | 幫上開刪山二 | 布綰 |
| 19242 | 14副 | | 382 | 晥 | 戶 | 版 | 曉 | 上 | 合 | 五十管 | | | 匣上合桓山一 | 胡管 | 匣合1 | 侯古 | 幫上開刪山二 | 布綰 |
| 19243 | 14副 | | 383 | 皖 | 戶 | 版 | 曉 | 上 | 合 | 五十管 | | | 匣上合刪山二 | 戶板 | 匣合1 | 侯古 | 幫上開刪山二 | 布綰 |
| 19244 | 14副 | | 384 | 喛* | 戶 | 版 | 曉 | 上 | 合 | 五十管 | | | 匣上開刪山二 | 戶版 | 匣合1 | 侯古 | 幫上開刪山二 | 布綰 |
| 19247 | 14副 | | 385 | 輐* | 戶 | 版 | 曉 | 上 | 合 | 五十管 | | | 匣上合桓山一 | 胡満 | 匣合1 | 侯古 | 幫上開刪山二 | 布綰 |
| 19250 | 14副 | | 386 | 鯇 | 戶 | 版 | 曉 | 上 | 合 | 五十管 | | | 匣上合刪山二 | 戶板 | 匣合1 | 侯古 | 幫上開刪山二 | 布綰 |
| 19251 | 14副 | | 387 | 腨 | 戶 | 版 | 曉 | 上 | 合 | 五十管 | | | 匣上合桓山一 | 胡管 | 匣合1 | 侯古 | 幫上開刪山二 | 布綰 |
| 19252 | 14副 | | 388 | 澣 | 戶 | 版 | 曉 | 上 | 合 | 五十管 | | | 匣去合桓山一 | 胡玩 | 匣合1 | 侯古 | 幫上開刪山二 | 布綰 |
| 19253 | 14副 | 91 | 389 | 攤 | 睹 | 版 | 短 | 上 | 合 | 五十管 | | | 端上合桓山一 | 都管 | 端合1 | 當古 | 幫上開刪山二 | 布綰 |
| 19254 | 14副 | 92 | 390 | 瘓 | 杜 | 版 | 透 | 上 | 合 | 五十管 | | | 透上合桓山一 | 吐緩 | 定合1 | 徒古 | 幫上開刪山二 | 布綰 |
| 19255 | 14副 | 93 | 391 | 餪 | 怒 | 版 | 乃 | 上 | 合 | 五十管 | | | 泥上合桓山一 | 乃管 | 泥合1 | 乃故 | 幫上開刪山二 | 布綰 |
| 19256 | 14副 | 94 | 392 | 悹* | 路 | 版 | 賚 | 上 | 合 | 五十管 | | | 來上合桓山一 | 魯管 | 來合1 | 洛故 | 幫上開刪山二 | 布綰 |
| 19257 | 14副 | 95 | 393 | 玕** | 臥 | 綰 | 我 | 上 | 合 | 五十管 | | 表中此位無字 | 疑上開刪山二 | 五板 | 疑合1 | 吾貨 | 影上合刪山二 | 烏板 |
| 19258 | 14副 | 96 | 394 | 簨** | 送 | 版 | 信 | 上 | 合 | 五十管 | | | 心上合桓山一 | 先管 | 心合1 | 蘇弄 | 幫上開刪山二 | 布綰 |
| 19259 | 14副 | | 395 | 霽* | 送 | 版 | 信 | 上 | 合 | 五十管 | | | 生上開刪山二 | 數版 | 心合1 | 蘇弄 | 幫上開刪山二 | 布綰 |
| 19260 | 14副 | 97 | 396 | 粄 | 布 | 綰 | 謗 | 上 | 合 | 五十管 | | | 幫上合桓山一 | 博管 | 幫合1 | 博故 | 影上合刪山二 | 烏板 |
| 19261 | 14副 | | 397 | 鈑 | 布 | 綰 | 謗 | 上 | 合 | 五十管 | | | 幫上開刪山二 | 布綰 | 幫合1 | 博故 | 影上合刪山二 | 烏板 |
| 19262 | 14副 | | 398 | 蝂 | 布 | 綰 | 謗 | 上 | 合 | 五十管 | | | 幫上開刪山二 | 布綰 | 幫合1 | 博故 | 影上合刪山二 | 烏板 |
| 19263 | 14副 | 98 | 399 | 赿 | 普 | 版 | 並 | 上 | 合 | 五十管 | | | 滂上合桓山一 | 普伴 | 滂合1 | 滂古 | 幫上開刪山二 | 布綰 |
| 19264 | 14副 | | 400 | 坢 | 普 | 版 | 並 | 上 | 合 | 五十管 | | | 滂上合桓山一 | 普伴 | 滂合1 | 滂古 | 幫上開刪山二 | 布綰 |
| 19265 | 14副 | 99 | 401 | 鏋 | 昧 | 版 | 命 | 上 | 合 | 五十管 | | | 明上合桓山一 | 莫旱 | 明合1 | 莫佩 | 幫上開刪山二 | 布綰 |
| 19266 | 14副 | | 402 | 啉** | 昧 | 版 | 命 | 上 | 合 | 五十管 | | | 明上合魂臻一 | 莫本 | 明合1 | 莫佩 | 幫上開刪山二 | 布綰 |

| 韻字編號 | 部序 | 組數 | 字數 | 韻字及何氏反切 | | | 韻字何氏音 | | | | 何萱注釋 | 備注 | 韻字中古音 | | 上字中古音 | | 下字中古音 | |
|---|---|---|---|---|---|---|---|---|---|---|---|---|---|---|---|---|---|---|
| | | | | 韻字 | 上字 | 下字 | 聲 | 調 | 呼 | 韻部 | | | 聲調呼韻攝等 | 反切 | 聲呼等 | 反切 | 聲調呼韻攝等 | 反切 |
| 19267 | 14 副 | | 403 | 滿* | 昧 | 版 | 命 | 上 | 合 | 五十管 | | | 明上合桓山一 | 母伴 | 明合 1 | 莫佩 | 幫上開刪山二 | 布綰 |
| 19268 | 14 副 | | 404 | 蠻* | 昧 | 版 | 命 | 上 | 合 | 五十管 | | 應為䆅 | 明上開刪山二 | 母版 | 明合 1 | 莫佩 | 幫上開刪山二 | 布綰 |
| 19270 | 14 副 | | 405 | 皫* | 昧 | 版 | 命 | 上 | 合 | 五十管 | | 塗面也 | 明上合桓山一 | 母伴 | 明合 1 | 莫佩 | 幫上開刪山二 | 布綰 |
| 19271 | 14 副 | 100 | 406 | 鈑 | 奉 | 綰 | 匪 | 上 | 合 | 五十管 | | 反切可能有問題。只是可能 | 並上開刪山二 | 扶板 | 奉合 3 | 扶隴 | 影上合刪山二 | 烏板 |
| 19272 | 14 副 | | 407 | 餅 | 奉 | 綰 | 匪 | 上 | 合 | 五十管 | | | 幫上合桓山一 | 博管 | 奉合 3 | 扶隴 | 影上合刪山二 | 烏板 |
| 19273 | 14 副 | 101 | 408 | 暕 | 几 | 産 | 見 | 上 | 齊 | 五一柬 | | | 見上開山山二 | 古限 | 見開重 3 | 居履 | 生上開山山二 | 所簡 |
| 19274 | 14 副 | | 409 | 襇 | 几 | 産 | 見 | 上 | 齊 | 五一柬 | | | 見上開山山二 | 古限 | 見開重 3 | 居履 | 生上開山山二 | 所簡 |
| 19275 | 14 副 | | 410 | 䤐 | 几 | 産 | 見 | 上 | 齊 | 五一柬 | | 玉篇：音簡 | 見上開山山二 | 古限 | 見開重 3 | 居履 | 生上開山山二 | 所簡 |
| 19276 | 14 副 | | 411 | 覸 | 几 | 産 | 見 | 上 | 齊 | 五一柬 | | | 疑平開山山二 | 五閑 | 見開重 3 | 居履 | 生上開山山二 | 所簡 |
| 19277 | 14 副 | 102 | 412 | 姲* | 漾 | 柬 | 影 | 上 | 齊 | 五一柬 | | | 影去開刪山二 | 於諫 | 以開 3 | 餘亮 | 見上開山山二 | 古限 |
| 19278 | 14 副 | 103 | 413 | 䤶** | 紐 | 産 | 乃 | 上 | 齊 | 五一柬 | | | 娘上開刪山二 | 女板 | 娘開 3 | 女久 | 生上開山山二 | 所簡 |
| 19279 | 14 副 | 104 | 414 | 酢 | 掌 | 産 | 照 | 上 | 齊 | 五一柬 | | | 莊上開刪山二 | 側板 | 章開 3 | 諸兩 | 生上開山山二 | 所簡 |
| 19280 | 14 副 | | 415 | 拃 | 掌 | 産 | 照 | 上 | 齊 | 五一柬 | | | 莊上開刪山二 | 側板 | 章開 3 | 諸兩 | 生上開山山二 | 所簡 |
| 19281 | 14 副 | | 416 | 戮 | 掌 | 産 | 照 | 上 | 齊 | 五一柬 | | | 莊上開刪山二 | 側板 | 章開 3 | 諸兩 | 生上開山山二 | 所簡 |
| 19283 | 14 副 | 105 | 417 | 虥 | 寵 | 柬 | 助 | 上 | 齊 | 五一柬 | | | 崇上開刪山二 | 士板 | 徹合 3 | 丑隴 | 見上開山山二 | 古限 |
| 19284 | 14 副 | | 418 | 棧 | 寵 | 柬 | 助 | 上 | 齊 | 五一柬 | | | 崇上開刪山二 | 士板 | 徹合 3 | 丑隴 | 見上開山山二 | 古限 |
| 19287 | 14 副 | | 419 | 㦃 | 寵 | 柬 | 助 | 上 | 齊 | 五一柬 | | | 初上開山山二 | 初限 | 徹合 3 | 丑隴 | 見上開山山二 | 古限 |
| 19289 | 14 副 | | 420 | 膧 | 寵 | 柬 | 助 | 上 | 齊 | 五一柬 | | | 初上開山山二 | 初限 | 徹合 3 | 丑隴 | 見上開山山二 | 古限 |
| 19290 | 14 副 | | 421 | 躔* | 寵 | 柬 | 助 | 上 | 齊 | 五一柬 | | | 初上開山山二 | 楚限 | 徹合 3 | 丑隴 | 見上開山山二 | 古限 |
| 19291 | 14 副 | | 422 | 鱸** | 寵 | 柬 | 助 | 上 | 齊 | 五一柬 | | | 初上開山山二 | 初産 | 徹合 3 | 丑隴 | 見上開山山二 | 古限 |
| 19292 | 14 副 | | 423 | 弗 | 寵 | 柬 | 助 | 上 | 齊 | 五一柬 | | | 初上開山山二 | 初限 | 徹合 3 | 丑隴 | 見上開山山二 | 古限 |
| 19293 | 14 副 | | 424 | 剷g* | 寵 | 柬 | 助 | 上 | 齊 | 五一柬 | | | 崇上開山山二 | 仕限 | 徹合 3 | 丑隴 | 見上開山山二 | 古限 |
| 19294 | 14 副 | 106 | 425 | 揰 | 始 | 柬 | 審 | 上 | 齊 | 五一柬 | | | 生上開山山二 | 所簡 | 書開 3 | 詩止 | 見上開山山二 | 古限 |
| 19295 | 14 副 | | 426 | 箽 | 始 | 柬 | 審 | 上 | 齊 | 五一柬 | | | 生上開山山二 | 所簡 | 書開 3 | 詩止 | 見上開山山二 | 古限 |
| 19296 | 14 副 | | 427 | 嵯 | 始 | 柬 | 審 | 上 | 齊 | 五一柬 | | | 生上開山山二 | 所簡 | 書開 3 | 詩止 | 見上開山山二 | 古限 |
| 19297 | 14 副 | | 428 | 驛 | 始 | 柬 | 審 | 上 | 齊 | 五一柬 | | | 生上開山山二 | 所簡 | 書開 3 | 詩止 | 見上開山山二 | 古限 |
| 19298 | 14 副 | | 429 | 樿* | 始 | 柬 | 審 | 上 | 齊 | 五一柬 | | | 生上開山山二 | 所簡 | 書開 3 | 詩止 | 見上開山山二 | 古限 |

| 韻字編號 | 部序 | 組數 | 字數 | 韻字及何氏反切 | | | 韻字何氏音 | | | | 何萱注釋 | 備注 | 韻字中古音 | | 上字中古音 | | 下字中古音 | |
|---|---|---|---|---|---|---|---|---|---|---|---|---|---|---|---|---|---|---|
| | | | | 韻字 | 上字 | 下字 | 聲 | 調 | 呼 | 韻部 | | | 聲調呼韻攝等 | 反切 | 聲呼等 | 反切 | 聲調呼韻攝等 | 反切 |
| 19300 | 14副 | 107 | 430 | 僊 | 几 | 淺 | 見 | 上 | 齊二 | 五二蹇 | 僆或作僊 | | 見上開仙山重三 | 九輦 | 見開重3 | 居履 | 清上開仙山三 | 七演 |
| 19301 | 14副 | | 431 | 搴 | 几 | 淺 | 見 | 上 | 齊二 | 五二蹇 | | | 見上開仙山重三 | 九輦 | 見開重3 | 居履 | 清上開仙山三 | 七演 |
| 19302 | 14副 | | 432 | 巘 | 几 | 淺 | 見 | 上 | 齊二 | 五二蹇 | | | 見上開仙山重三 | 九輦 | 見開重3 | 居履 | 清上開仙山三 | 七演 |
| 19304 | 14副 | | 433 | 鑳 | 几 | 淺 | 見 | 上 | 齊二 | 五二蹇 | | | 見上開仙山重三 | 九輦 | 見開重3 | 居履 | 清上開仙山三 | 七演 |
| 19307 | 14副 | | 434 | 浘 g* | 几 | 淺 | 見 | 上 | 齊二 | 五二蹇 | | | 見上開先山四 | 吉典 | 見開重3 | 居履 | 清上開仙山三 | 七演 |
| 19308 | 14副 | | 435 | 筧 | 几 | 淺 | 見 | 上 | 齊二 | 五二蹇 | | | 見上開先山四 | 古典 | 見開重3 | 居履 | 清上開仙山三 | 七演 |
| 19309 | 14副 | | 436 | 綅 | 几 | 淺 | 見 | 上 | 齊二 | 五二蹇 | | | 見上開仙山重三 | 九輦 | 見開重3 | 居履 | 清上開仙山三 | 七演 |
| 19310 | 14副 | | 437 | 搢 | 几 | 淺 | 見 | 上 | 齊二 | 五二蹇 | | | 見上開仙山重三 | 九輦 | 見開重3 | 居履 | 清上開仙山三 | 七演 |
| 19311 | 14副 | | 438 | 槎 | 几 | 淺 | 見 | 上 | 齊二 | 五二蹇 | 檣或作槎 | | 章上開仙山三 | 旨善 | 見開重3 | 居履 | 清上開仙山三 | 七演 |
| 19312 | 14副 | | 439 | 籧* | 几 | 淺 | 見 | 上 | 齊二 | 五二蹇 | 竹名，集韻 | | 見上開元山三 | 紀偃 | 見開重3 | 居履 | 清上開仙山三 | 七演 |
| 19314 | 14副 | | 440 | 礎 | 几 | 淺 | 見 | 上 | 齊二 | 五二蹇 | | | 見上開元山三 | 居偃 | 見開重3 | 居履 | 清上開仙山三 | 七演 |
| 19315 | 14副 | | 441 | 湕 | 几 | 淺 | 見 | 上 | 齊二 | 五二蹇 | | | 見上開元山三 | 居偃 | 見開重3 | 居履 | 清上開仙山三 | 七演 |
| 19316 | 14副 | | 442 | 攑* | 几 | 淺 | 見 | 上 | 齊二 | 五二蹇 | | | 見上開元山三 | 紀偃 | 見開重3 | 居履 | 清上開仙山三 | 七演 |
| 19317 | 14副 | 108 | 443 | 繾 | 舊 | 顯 | 起 | 上 | 齊二 | 五二蹇 | | | 溪上開仙山重四 | 去演 | 群開3 | 巨救 | 曉上開先山四 | 呼典 |
| 19319 | 14副 | | 444 | 鑓 | 舊 | 顯 | 起 | 上 | 齊二 | 五二蹇 | | | 溪上開仙山重四 | 去演 | 群開3 | 巨救 | 曉上開先山四 | 呼典 |
| 19320 | 14副 | | 445 | 墘* | 舊 | 顯 | 起 | 上 | 齊二 | 五二蹇 | | | 溪上開仙山重四 | 去演 | 群開3 | 巨救 | 曉上開先山四 | 呼典 |
| 19321 | 14副 | | 446 | 譴* | 舊 | 顯 | 起 | 上 | 齊二 | 五二蹇 | | | 溪上開仙山重四 | 去演 | 群開3 | 巨救 | 曉上開先山四 | 呼典 |
| 19322 | 14副 | | 447 | 傿* | 舊 | 顯 | 起 | 上 | 齊二 | 五二蹇 | | | 溪上開元山三 | 去偃 | 群開3 | 巨救 | 曉上開先山四 | 呼典 |
| 19324 | 14副 | | 448 | 嗘 | 舊 | 顯 | 起 | 上 | 齊二 | 五二蹇 | | | 溪平開仙山重四 | 去乾 | 群開3 | 巨救 | 曉上開先山四 | 呼典 |
| 19325 | 14副 | | 449 | 言 g* | 舊 | 顯 | 起 | 上 | 齊二 | 五二蹇 | | | 疑去開元山三 | 牛堰 | 群開3 | 巨救 | 曉上開先山四 | 呼典 |
| 19326 | 14副 | | 450 | 件 | 舊 | 顯 | 起 | 上 | 齊二 | 五二蹇 | | | 群上開仙山重三 | 其輦 | 群開3 | 巨救 | 曉上開先山四 | 呼典 |
| 19327 | 14副 | | 451 | 籣 | 舊 | 顯 | 起 | 上 | 齊二 | 五二蹇 | | | 溪上開仙山重四 | 去演 | 群開3 | 巨救 | 曉上開先山四 | 呼典 |
| 19328 | 14副 | 109 | 452 | 軀 | 漾 | 淺 | 影 | 上 | 齊二 | 五二蹇 | | | 影上開先山四 | 於殄 | 以開3 | 餘亮 | 清上開仙山三 | 七演 |
| 19330 | 14副 | | 453 | 愝* | 漾 | 淺 | 影 | 上 | 齊二 | 五二蹇 | | | 影上開元山三 | 隱憾 | 以開3 | 餘亮 | 清上開仙山三 | 七演 |
| 19331 | 14副 | | 454 | 郾 | 漾 | 淺 | 影 | 上 | 齊二 | 五二蹇 | | | 影上開元山三 | 於幰 | 以開3 | 餘亮 | 清上開仙山三 | 七演 |
| 19332 | 14副 | | 455 | 堰 | 漾 | 淺 | 影 | 上 | 齊二 | 五二蹇 | | | 影上開元山三 | 於幰 | 以開3 | 餘亮 | 清上開仙山三 | 七演 |
| 19334 | 14副 | | 456 | 隁* | 漾 | 淺 | 影 | 上 | 齊二 | 五二蹇 | 堰或作隁 | 正文增 | 影上開元山三 | 隱憾 | 以開3 | 餘亮 | 清上開仙山三 | 七演 |

| 韻字編號 | 部序 | 組數 | 字數 | 韻字及何氏反切 | | | 韻字何氏音 | | | | 何萱注釋 | 備注 | 韻字中古音 | | 上字中古音 | | 下字中古音 | |
|---|---|---|---|---|---|---|---|---|---|---|---|---|---|---|---|---|---|---|
| | | | | 韻字 | 上字 | 下字 | 聲 | 調 | 呼 | 韻部 | | | 聲調呼韻攝等 | 反切 | 聲呼等 | 反切 | 聲調呼韻攝等 | 反切 |
| 19336 | 14 副 | | 457 | 鰋* | 漾 | 淺 | 影 | 上 | 齊二 | 五二蹇 | | | 影上開元山三 | 隱憾 | 以開 3 | 餘亮 | 清上開仙山三 | 七演 |
| 19337 | 14 副 | | 458 | 鼴 | 漾 | 淺 | 影 | 上 | 齊二 | 五二蹇 | | | 影上開元山三 | 於幰 | 以開 3 | 餘亮 | 清上開仙山三 | 七演 |
| 19338 | 14 副 | | 459 | 蝭 | 漾 | 淺 | 影 | 上 | 齊二 | 五二蹇 | | | 以上開仙山三 | 以淺 | 以開 3 | 餘亮 | 清上開仙山三 | 七演 |
| 19340 | 14 副 | 110 | 460 | 峴 | 向 | 淺 | 曉 | 上 | 齊二 | 五二蹇 | | | 匣上開先山四 | 胡典 | 曉開 3 | 許亮 | 清上開仙山三 | 七演 |
| 19341 | 14 副 | | 461 | 俔* | 向 | 淺 | 曉 | 上 | 齊二 | 五二蹇 | | | 溪去開先山四 | 輕甸 | 曉開 3 | 許亮 | 清上開仙山三 | 七演 |
| 19342 | 14 副 | | 462 | 誢* | 向 | 淺 | 曉 | 上 | 齊二 | 五二蹇 | | | 匣上開先山四 | 胡典 | 曉開 3 | 許亮 | 清上開仙山三 | 七演 |
| 19343 | 14 副 | | 463 | 晛** | 向 | 淺 | 曉 | 上 | 齊二 | 五二蹇 | | | 匣上開先山四 | 戶繭 | 曉開 3 | 許亮 | 清上開仙山三 | 七演 |
| 19344 | 14 副 | | 464 | 哯* | 向 | 淺 | 曉 | 上 | 齊二 | 五二蹇 | | | 匣上開先山四 | 胡典 | 曉開 3 | 許亮 | 清上開仙山三 | 七演 |
| 19345 | 14 副 | | 465 | 憪 | 向 | 淺 | 曉 | 上 | 齊二 | 五二蹇 | | | 匣上開先山四 | 胡典 | 曉開 3 | 許亮 | 清上開仙山三 | 七演 |
| 19346 | 14 副 | | 466 | 蠠* | 向 | 淺 | 曉 | 上 | 齊二 | 五二蹇 | | | 曉上開先山四 | 呼典 | 曉開 3 | 許亮 | 清上開仙山三 | 七演 |
| 19347 | 14 副 | | 467 | 攇* | 向 | 淺 | 曉 | 上 | 齊二 | 五二蹇 | | | 曉上開先山四 | 呼典 | 曉開 3 | 許亮 | 清上開仙山三 | 七演 |
| 19348 | 14 副 | | 468 | 攇 | 向 | 淺 | 曉 | 上 | 齊二 | 五二蹇 | | | 曉上開元山三 | 虛偃 | 曉開 3 | 許亮 | 清上開仙山三 | 七演 |
| 19349 | 14 副 | | 469 | 讞 | 向 | 淺 | 曉 | 上 | 齊二 | 五二蹇 | | | 曉上開元山三 | 虛偃 | 曉開 3 | 許亮 | 清上開仙山三 | 七演 |
| 19350 | 14 副 | | 470 | 瘧* | 向 | 淺 | 曉 | 上 | 齊二 | 五二蹇 | | | 曉上開元山三 | 許偃 | 曉開 3 | 許亮 | 清上開仙山三 | 七演 |
| 19351 | 14 副 | | 471 | 幰 | 向 | 淺 | 曉 | 上 | 齊二 | 五二蹇 | | | 曉上開元山三 | 虛偃 | 曉開 3 | 許亮 | 清上開仙山三 | 七演 |
| 19353 | 14 副 | | 472 | 蠦 | 向 | 淺 | 曉 | 上 | 齊二 | 五二蹇 | | | 曉上開元山三 | 虛偃 | 曉開 3 | 許亮 | 清上開仙山三 | 七演 |
| 19354 | 14 副 | 111 | 473 | 顛 | 邸 | 淺 | 短 | 上 | 齊二 | 五二蹇 | | | 端上開先山四 | 多殄 | 端開 4 | 都禮 | 清上開仙山三 | 七演 |
| 19355 | 14 副 | 112 | 474 | 蹎 | 眺 | 淺 | 透 | 上 | 齊二 | 五二蹇 | | | 透上開先山四 | 他典 | 透開 4 | 他弔 | 清上開仙山三 | 七演 |
| 19356 | 14 副 | 113 | 475 | 醮* | 紐 | 淺 | 乃 | 上 | 齊二 | 五二蹇 | | | 泥上開先山四 | 乃殄 | 娘開 3 | 女久 | 清上開仙山三 | 七演 |
| 19357 | 14 副 | | 476 | 蹨 | 紐 | 淺 | 乃 | 上 | 齊二 | 五二蹇 | | | 泥上開先山四 | 乃殄 | 娘開 3 | 女久 | 清上開仙山三 | 七演 |
| 19359 | 14 副 | | 477 | 蹍* | 紐 | 淺 | 乃 | 上 | 齊二 | 五二蹇 | | | 娘上開仙山三 | 尼展 | 娘開 3 | 女久 | 清上開仙山三 | 七演 |
| 19361 | 14 副 | | 478 | 赧* | 紐 | 淺 | 乃 | 上 | 齊二 | 五二蹇 | | | 娘上開仙山三 | 尼展 | 娘開 3 | 女久 | 清上開仙山三 | 七演 |
| 19362 | 14 副 | 114 | 479 | 爁 | 亮 | 淺 | 賚 | 上 | 齊二 | 五二蹇 | | | 來上開仙山三 | 力展 | 來開 3 | 力讓 | 清上開仙山三 | 七演 |
| 19363 | 14 副 | | 480 | 摙 | 亮 | 淺 | 賚 | 上 | 齊二 | 五二蹇 | | | 來上開仙山三 | 力展 | 來開 3 | 力讓 | 清上開仙山三 | 七演 |
| 19364 | 14 副 | | 481 | 鏈 | 亮 | 淺 | 賚 | 上 | 齊二 | 五二蹇 | | | 來上開仙山三 | 力展 | 來開 3 | 力讓 | 清上開仙山三 | 七演 |
| 19365 | 14 副 | | 482 | 鏈* | 亮 | 淺 | 賚 | 上 | 齊二 | 五二蹇 | | | 來上開仙山三 | 力展 | 來開 3 | 力讓 | 清上開仙山三 | 七演 |
| 19367 | 14 副 | | 483 | 僆 | 亮 | 淺 | 賚 | 上 | 齊二 | 五二蹇 | | | 來上開仙山三 | 力展 | 來開 3 | 力讓 | 清上開仙山三 | 七演 |

| 韻字編號 | 部序 | 組數 | 字數 | 韻字及何氏反切 | | | 韻字何氏音 | | | | 何萱注釋 | 備　注 | 韻字中古音 | | 上字中古音 | | 下字中古音 | |
|---|---|---|---|---|---|---|---|---|---|---|---|---|---|---|---|---|---|---|
| | | | | 韻字 | 上字 | 下字 | 聲 | 調 | 呼 | 韻部 | | | 聲調呼韻攝等 | 反切 | 聲呼等 | 反切 | 聲調呼韻攝等 | 反切 |
| 19368 | 14副 | | 484 | ⿰氵輦* | 亮 | 淺 | 賚 | 上 | 齊二 | 五二蹇 | | | 來上開仙山三 | 力展 | 來開3 | 力讓 | 清上開仙山三 | 七演 |
| 19369 | 14副 | 115 | 485 | 搌 | 掌 | 淺 | 照 | 上 | 齊二 | 五二蹇 | | | 知上開仙山三 | 知演 | 章開3 | 諸兩 | 清上開仙山三 | 七演 |
| 19371 | 14副 | | 486 | ⿰女展 | 掌 | 淺 | 照 | 上 | 齊二 | 五二蹇 | | | 知上開仙山三 | 知演 | 章開3 | 諸兩 | 清上開仙山三 | 七演 |
| 19372 | 14副 | | 487 | ⿰酉善** | 掌 | 淺 | 照 | 上 | 齊二 | 五二蹇 | | | 章上開仙山三 | 旨善 | 章開3 | 諸兩 | 清上開仙山三 | 七演 |
| 19373 | 14副 | | 488 | ⿰目善 | 掌 | 淺 | 照 | 上 | 齊二 | 五二蹇 | | | 章上開仙山三 | 旨善 | 章開3 | 諸兩 | 清上開仙山三 | 七演 |
| 19374 | 14副 | | 489 | ⿰屖刂 | 掌 | 淺 | 照 | 上 | 齊二 | 五二蹇 | | | 章上開仙山三 | 旨善 | 章開3 | 諸兩 | 清上開仙山三 | 七演 |
| 19375 | 14副 | | 490 | ⿰亶刂 | 掌 | 淺 | 照 | 上 | 齊二 | 五二蹇 | | | 章上開仙山三 | 旨善 | 章開3 | 諸兩 | 清上開仙山三 | 七演 |
| 19376 | 14副 | | 491 | ⿰禾亶 | 掌 | 淺 | 照 | 上 | 齊二 | 五二蹇 | | | 章上開仙山三 | 旨善 | 章開3 | 諸兩 | 清上開仙山三 | 七演 |
| 19377 | 14副 | | 492 | ⿰酉亶* | 掌 | 淺 | 照 | 上 | 齊二 | 五二蹇 | | | 章上開仙山三 | 旨善 | 章開3 | 諸兩 | 清上開仙山三 | 七演 |
| 19379 | 14副 | | 493 | 皽 | 掌 | 淺 | 照 | 上 | 齊二 | 五二蹇 | | | 章上開仙山三 | 旨善 | 章開3 | 諸兩 | 清上開仙山三 | 七演 |
| 19381 | 14副 | | 494 | ⿰犭戔 | 掌 | 淺 | 照 | 上 | 齊二 | 五二蹇 | | | 章上開仙山三 | 旨善 | 章開3 | 諸兩 | 清上開仙山三 | 七演 |
| 19382 | 14副 | 116 | 495 | 蕆 | 寵 | 顯 | 助 | 上 | 齊二 | 五二蹇 | | | 徹上開仙山三 | 丑善 | 徹合3 | 丑隴 | 曉上開先山四 | 呼典 |
| 19383 | 14副 | | 496 | ⿰木展* | 寵 | 顯 | 助 | 上 | 齊二 | 五二蹇 | | | 徹上開仙山三 | 丑展 | 徹合3 | 丑隴 | 曉上開先山四 | 呼典 |
| 19384 | 14副 | | 497 | 灛 | 寵 | 顯 | 助 | 上 | 齊二 | 五二蹇 | | | 昌上開仙山三 | 昌善 | 徹合3 | 丑隴 | 曉上開先山四 | 呼典 |
| 19385 | 14副 | | 498 | ⿰阝單 | 寵 | 顯 | 助 | 上 | 齊二 | 五二蹇 | | | 昌上開仙山三 | 昌善 | 徹合3 | 丑隴 | 曉上開先山四 | 呼典 |
| 19386 | 14副 | | 499 | ⿰革單 | 寵 | 顯 | 助 | 上 | 齊二 | 五二蹇 | | | 昌上開仙山三 | 昌善 | 徹合3 | 丑隴 | 曉上開先山四 | 呼典 |
| 19387 | 14副 | 117 | 500 | ⿱臤田** | 攘 | 淺 | 耳 | 上 | 齊二 | 五二蹇 | 高也，玉篇 | 玉篇二典切 | 日上開先山四 | 二典 | 日開3 | 人漾 | 清上開仙山三 | 七演 |
| 19388 | 14副 | 118 | 501 | ⿰麥善 | 始 | 淺 | 審 | 上 | 齊二 | 五二蹇 | | | 禪上開仙山三 | 常演 | 書開3 | 詩止 | 清上開仙山三 | 七演 |
| 19389 | 14副 | | 502 | 墡 | 始 | 淺 | 審 | 上 | 齊二 | 五二蹇 | | | 禪上開仙山三 | 常演 | 書開3 | 詩止 | 清上開仙山三 | 七演 |
| 19390 | 14副 | | 503 | ⿰善攴* | 始 | 淺 | 審 | 上 | 齊二 | 五二蹇 | | | 禪去開仙山三 | 時戰 | 書開3 | 詩止 | 清上開仙山三 | 七演 |
| 19391 | 14副 | 119 | 504 | ⿸疒戔 | 此 | 顯 | 淨 | 上 | 齊二 | 五二蹇 | | | 從上開仙山三 | 慈演 | 清開3 | 雌氏 | 曉上開先山四 | 呼典 |
| 19392 | 14副 | 120 | 505 | 齴 | 仰 | 顯 | 我 | 上 | 齊二 | 五二蹇 | | | 疑上開仙山重三 | 魚蹇 | 疑開3 | 魚兩 | 曉上開先山四 | 呼典 |
| 19393 | 14副 | | 506 | ⿺辶彥 | 仰 | 顯 | 我 | 上 | 齊二 | 五二蹇 | | | 疑上開仙山重三 | 魚蹇 | 疑開3 | 魚兩 | 曉上開先山四 | 呼典 |
| 19394 | 14副 | | 507 | ⿰山彥 | 仰 | 顯 | 我 | 上 | 齊二 | 五二蹇 | | | 疑上開仙山重三 | 魚蹇 | 疑開3 | 魚兩 | 曉上開先山四 | 呼典 |
| 19395 | 14副 | | 508 | 甗 | 仰 | 顯 | 我 | 上 | 齊二 | 五二蹇 | | | 疑上開元山三 | 語堰 | 疑開3 | 魚兩 | 曉上開先山四 | 呼典 |
| 19396 | 14副 | | 509 | 讞 | 仰 | 顯 | 我 | 上 | 齊二 | 五二蹇 | | | 疑上開仙山重三 | 魚蹇 | 疑開3 | 魚兩 | 曉上開先山四 | 呼典 |
| 19397 | 14副 | | 510 | 言 | 仰 | 顯 | 我 | 上 | 齊二 | 五二蹇 | | | 疑上開元山三 | 語堰 | 疑開3 | 魚兩 | 曉上開先山四 | 呼典 |

| 韻字編號 | 部序 | 組數 | 字數 | 韻字及何氏反切 | | | 韻字何氏音 | | | | 何萱注釋 | 備注 | 韻字中古音 | | 上字中古音 | | 下字中古音 | |
|---|---|---|---|---|---|---|---|---|---|---|---|---|---|---|---|---|---|---|
| | | | | 韻字 | 上字 | 下字 | 聲 | 調 | 呼 | 韻部 | | | 聲調呼韻攝等 | 反切 | 聲呼等 | 反切 | 聲調呼韻攝等 | 反切 |
| 19398 | 14副 | 121 | 511 | 㦎* | 想 | 淺 | 信 | 上 | 齊二 | 五二蹇 | | | 心上開仙山三 | 息淺 | 心開3 | 息兩 | 清上開仙山三 | 七演 |
| 19399 | 14副 | | 512 | 蘚 | 想 | 淺 | 信 | 上 | 齊二 | 五二蹇 | | | 心上開仙山三 | 息淺 | 心開3 | 息兩 | 清上開仙山三 | 七演 |
| 19400 | 14副 | | 513 | 㯀* | 想 | 淺 | 信 | 上 | 齊二 | 五二蹇 | | | 心上開仙山三 | 息淺 | 心開3 | 息兩 | 清上開仙山三 | 七演 |
| 19401 | 14副 | | 514 | 䉳 | 想 | 淺 | 信 | 上 | 齊二 | 五二蹇 | | | 心上開仙山三 | 息淺 | 心開3 | 息兩 | 清上開仙山三 | 七演 |
| 19402 | 14副 | | 515 | 灦* | 想 | 淺 | 信 | 上 | 齊二 | 五二蹇 | | | 心上開仙山三 | 息淺 | 心開3 | 息兩 | 清上開仙山三 | 七演 |
| 19403 | 14副 | | 516 | 蟹 | 想 | 淺 | 信 | 上 | 齊二 | 五二蹇 | | | 心上開仙山三 | 息淺 | 心開3 | 息兩 | 清上開仙山三 | 七演 |
| 19404 | 14副 | | 517 | 䁔* | 想 | 淺 | 信 | 上 | 齊二 | 五二蹇 | | | 心上合仙山三 | 須兖 | 心開3 | 息兩 | 清上開仙山三 | 七演 |
| 19405 | 14副 | 122 | 518 | 覑* | 避 | 淺 | 並 | 上 | 齊二 | 五二蹇 | | 表中此位無字 | 滂上開先山四 | 匹典 | 並開重4 | 毗義 | 清上開仙山三 | 七演 |
| 19406 | 14副 | 123 | 519 | 㴐 | 美 | 淺 | 命 | 上 | 齊二 | 五二蹇 | | | 明上開仙山重四 | 彌兖 | 明開重3 | 無鄙 | 清上開仙山三 | 七演 |
| 19407 | 14副 | | 520 | 㴐** | 美 | 淺 | 命 | 上 | 齊二 | 五二蹇 | | | 明上開仙山三 | 彌演 | 明開重3 | 無鄙 | 清上開仙山三 | 七演 |
| 19408 | 14副 | 124 | 521 | 菤 | 舉 | 返 | 見 | 上 | 撮 | 五三畎 | | | 見上合仙山重三 | 居轉 | 見合3 | 居許 | 非上合元山三 | 府遠 |
| 19410 | 14副 | | 522 | 桊 | 舉 | 返 | 見 | 上 | 撮 | 五三畎 | 平去兩見注在彼 | | 見去合仙山重三 | 居倦 | 見合3 | 居許 | 非上合元山三 | 府遠 |
| 19411 | 14副 | | 523 | 韏 | 舉 | 返 | 見 | 上 | 撮 | 五三畎 | | | 見平合元山三 | 居援 | 見合3 | 居許 | 非上合元山三 | 府遠 |
| 19412 | 14副 | | 524 | 汱 | 舉 | 返 | 見 | 上 | 撮 | 五三畎 | | | 見上合先山四 | 姑泫 | 見合3 | 居許 | 非上合元山三 | 府遠 |
| 19413 | 14副 | 125 | 525 | 绻* | 去 | 返 | 起 | 上 | 撮 | 五三畎 | | | 溪上合元山三 | 苦遠 | 溪合3 | 丘倨 | 非上合元山三 | 府遠 |
| 19414 | 14副 | | 526 | 綣 | 去 | 返 | 起 | 上 | 撮 | 五三畎 | | | 溪上合元山三 | 去阮 | 溪合3 | 丘倨 | 非上合元山三 | 府遠 |
| 19416 | 14副 | | 527 | 䊎 | 去 | 返 | 起 | 上 | 撮 | 五三畎 | | | 溪去合廢蟹三 | 丘吠 | 溪合3 | 丘倨 | 非上合元山三 | 府遠 |
| 19417 | 14副 | | 528 | 錈* | 去 | 返 | 起 | 上 | 撮 | 五三畎 | 屈金也，集韻。 | 正字原作饍，據釋義改為錈，正文和韻目均誤 | 群上合元山三 | 窘遠 | 溪合3 | 丘倨 | 非上合元山三 | 府遠 |
| 19418 | 14副 | | 529 | 稚 | 去 | 返 | 起 | 上 | 撮 | 五三畎 | | | 溪上合元山三 | 去阮 | 溪合3 | 丘倨 | 非上合元山三 | 府遠 |
| 19419 | 14副 | | 530 | 菌 | 去 | 返 | 起 | 上 | 撮 | 五三畎 | | | 群上合仙山重三 | 渠篆 | 溪合3 | 丘倨 | 非上合元山三 | 府遠 |
| 19420 | 14副 | | 531 | 箘* | 去 | 返 | 起 | 上 | 撮 | 五三畎 | | 竹名 | 群上合元山三 | 窘遠 | 溪合3 | 丘倨 | 非上合元山三 | 府遠 |
| 19422 | 14副 | 126 | 532 | 倇 | 羽 | 返 | 影 | 上 | 撮 | 五三畎 | | | 影上合元山三 | 於阮 | 云合3 | 王矩 | 非上合元山三 | 府遠 |
| 19423 | 14副 | | 533 | 踠g* | 羽 | 返 | 影 | 上 | 撮 | 五三畎 | | | 影上合魂臻一 | 鄔本 | 云合3 | 王矩 | 非上合元山三 | 府遠 |
| 19424 | 14副 | | 534 | 晼 | 羽 | 返 | 影 | 上 | 撮 | 五三畎 | | | 影上合元山三 | 於阮 | 云合3 | 王矩 | 非上合元山三 | 府遠 |
| 19425 | 14副 | | 535 | 晼 | 羽 | 返 | 影 | 上 | 撮 | 五三畎 | | | 影上合元山三 | 於阮 | 云合3 | 王矩 | 非上合元山三 | 府遠 |

| 韻字編號 | 部序 | 組數 | 字數 | 韻字及何氏反切 | | | 韻字何氏音 | | | | 何萱注釋 | 備　注 | 韻字中古音 | | 上字中古音 | | 下字中古音 | |
|---|---|---|---|---|---|---|---|---|---|---|---|---|---|---|---|---|---|---|
| | | | | 韻字 | 上字 | 下字 | 聲 | 調 | 呼 | 韻部 | | | 聲調呼韻攝等 | 反切 | 聲呼等 | 反切 | 聲調呼韻攝等 | 反切 |
| 19426 | 14副 | | 536 | 鋺* | 羽 | 返 | 影 | 上 | 撮 | 五三畎 | | | 影平合元山三 | 於袁 | 云合3 | 王矩 | 非上合元山三 | 府遠 |
| 19427 | 14副 | | 537 | 踠 | 羽 | 返 | 影 | 上 | 撮 | 五三畎 | | | 影上合元山三 | 於阮 | 云合3 | 王矩 | 非上合元山三 | 府遠 |
| 19429 | 14副 | | 538 | 裷 | 羽 | 返 | 影 | 上 | 撮 | 五三畎 | | | 影上合元山三 | 於阮 | 云合3 | 王矩 | 非上合元山三 | 府遠 |
| 19430 | 14副 | | 539 | 綩* | 羽 | 返 | 影 | 上 | 撮 | 五三畎 | 綩或作絻 | | 影上合魂臻一 | 鄔本 | 云合3 | 王矩 | 非上合元山三 | 府遠 |
| 19431 | 14副 | | 540 | 腕* | 羽 | 返 | 影 | 上 | 撮 | 五三畎 | 腕或作脫 | | 影上合魂臻一 | 鄔本 | 云合3 | 王矩 | 非上合元山三 | 府遠 |
| 19432 | 14副 | | 541 | 腕 | 羽 | 返 | 影 | 上 | 撮 | 五三畎 | | | 影上合元山三 | 於阮 | 云合3 | 王矩 | 非上合元山三 | 府遠 |
| 19433 | 14副 | | 542 | 甗** | 羽 | 返 | 影 | 上 | 撮 | 五三畎 | | 玉篇：音宛 | 影上合元山三 | 於阮 | 云合3 | 王矩 | 非上合元山三 | 府遠 |
| 19434 | 14副 | | 543 | 靸* | 羽 | 返 | 影 | 上 | 撮 | 五三畎 | 靸或作鞔 | | 影上合魂臻一 | 鄔本 | 云合3 | 王矩 | 非上合元山三 | 府遠 |
| 19435 | 14副 | | 544 | 鼂* | 羽 | 返 | 影 | 上 | 撮 | 五三畎 | | | 影上合魂臻一 | 鄔本 | 云合3 | 王矩 | 非上合元山三 | 府遠 |
| 19436 | 14副 | | 545 | 捥** | 羽 | 返 | 影 | 上 | 撮 | 五三畎 | 捥或作抏 | 玉篇弋選弋贅二切 | 以上合仙山三 | 弋選 | 云合3 | 王矩 | 非上合元山三 | 府遠 |
| 19437 | 14副 | | 546 | 緣 | 羽 | 返 | 影 | 上 | 撮 | 五三畎 | | | 以上合仙山三 | 以轉 | 云合3 | 王矩 | 非上合元山三 | 府遠 |
| 19439 | 14副 | | 547 | 蒬 | 羽 | 返 | 影 | 上 | 撮 | 五三畎 | | | 以上合仙山三 | 以轉 | 云合3 | 王矩 | 非上合元山三 | 府遠 |
| 19441 | 14副 | | 548 | 詒* | 羽 | 返 | 影 | 上 | 撮 | 五三畎 | | | 以上合仙山三 | 以轉 | 云合3 | 王矩 | 非上合元山三 | 府遠 |
| 19442 | 14副 | 127 | 549 | 琄 | 許 | 返 | 曉 | 上 | 撮 | 五三畎 | | | 匣上合先山四 | 胡畎 | 曉合3 | 虛呂 | 非上合元山三 | 府遠 |
| 19443 | 14副 | | 550 | 肩** | 許 | 返 | 曉 | 上 | 撮 | 五三畎 | | | 曉上合先山四 | 火犬 | 曉合3 | 虛呂 | 非上合元山三 | 府遠 |
| 19444 | 14副 | | 551 | 陗 | 許 | 返 | 曉 | 上 | 撮 | 五三畎 | | | 匣上合先山四 | 胡畎 | 曉合3 | 虛呂 | 非上合元山三 | 府遠 |
| 19445 | 14副 | | 552 | 輯* | 許 | 返 | 曉 | 上 | 撮 | 五三畎 | 輯或作軿 | | 匣上合先山四 | 胡犬 | 曉合3 | 虛呂 | 非上合元山三 | 府遠 |
| 19446 | 14副 | | 553 | 掇** | 許 | 返 | 曉 | 上 | 撮 | 五三畎 | | 玉篇：火卵切火亂切 | 曉上合桓山一 | 火卵 | 曉合3 | 虛呂 | 非上合元山三 | 府遠 |
| 19447 | 14副 | 128 | 554 | 嫥* | 翥 | 返 | 照 | 上 | 撮 | 五三畎 | | | 知上合仙山三 | 陟兖 | 章合3 | 章恕 | 非上合元山三 | 府遠 |
| 19449 | 14副 | | 555 | 熏* | 翥 | 返 | 照 | 上 | 撮 | 五三畎 | | | 知上合仙山三 | 陟兖 | 章合3 | 章恕 | 非上合元山三 | 府遠 |
| 19450 | 14副 | | 556 | 弃** | 翥 | 返 | 照 | 上 | 撮 | 五三畎 | | | 章去合仙山重三 | 主倦 | 章合3 | 章恕 | 非上合元山三 | 府遠 |
| 19451 | 14副 | | 557 | 圌 | 翥 | 返 | 照 | 上 | 撮 | 五三畎 | | | 章上合仙山三 | 旨兖 | 章合3 | 章恕 | 非上合元山三 | 府遠 |
| 19455 | 14副 | 129 | 558 | 滕* | 處 | 返 | 助 | 上 | 撮 | 五三畎 | | | 徹上合仙山三 | 敕轉 | 昌合3 | 昌與 | 非上合元山三 | 府遠 |
| 19457 | 14副 | | 559 | 家* | 處 | 返 | 助 | 上 | 撮 | 五三畎 | | | 見平開麻假二 | 居牙 | 昌合3 | 昌與 | 非上合元山三 | 府遠 |
| 19458 | 14副 | | 560 | 塚 | 處 | 返 | 助 | 上 | 撮 | 五三畎 | | | 澄上合仙山三 | 持兖 | 昌合3 | 昌與 | 非上合元山三 | 府遠 |

| 韻字編號 | 部序 | 組數 | 字數 | 韻字及何氏反切 | | | 韻字何氏音 | | | | 何萱注釋 | 備注 | 韻字中古音 | | 上字中古音 | | 下字中古音 | |
|---|---|---|---|---|---|---|---|---|---|---|---|---|---|---|---|---|---|---|
| | | | | 韻字 | 上字 | 下字 | 聲 | 調 | 呼 | 韻部 | | | 聲調呼韻攝等 | 反切 | 聲呼等 | 反切 | 聲調呼韻攝等 | 反切 |
| 19460 | 14副 | | 561 | 饌 | 處 | 返 | 助 | 上 | 撮 | 五三畎 | | | 崇上合仙山三 | 士免 | 昌合3 | 昌與 | 非上合元山三 | 府遠 |
| 19462 | 14副 | | 562 | 蘷* | 處 | 返 | 助 | 上 | 撮 | 五三畎 | | | 崇上合仙山三 | 鶵免 | 昌合3 | 昌與 | 非上合元山三 | 府遠 |
| 19463 | 14副 | 130 | 563 | 腝 | 汝 | 返 | 耳 | 上 | 撮 | 五三畎 | | | 日上合仙山三 | 而兗 | 日合3 | 人渚 | 非上合元山三 | 府遠 |
| 19464 | 14副 | | 564 | 噢* | 汝 | 返 | 耳 | 上 | 撮 | 五三畎 | | | 日上合諄臻三 | 乳尹 | 日合3 | 人渚 | 非上合元山三 | 府遠 |
| 19465 | 14副 | | 565 | 腴 | 汝 | 返 | 耳 | 上 | 撮 | 五三畎 | | | 日上合仙山三 | 而兗 | 日合3 | 人渚 | 非上合元山三 | 府遠 |
| 19466 | 14副 | | 566 | 剩* | 汝 | 返 | 耳 | 上 | 撮 | 五三畎 | | | 日上合仙山三 | 乳兗 | 日合3 | 人渚 | 非上合元山三 | 府遠 |
| 19467 | 14副 | | 567 | 篻* | 汝 | 返 | 耳 | 上 | 撮 | 五三畎 | | | 日上合仙山三 | 乳兗 | 日合3 | 人渚 | 非上合元山三 | 府遠 |
| 19468 | 14副 | | 568 | 薁* | 汝 | 返 | 耳 | 上 | 撮 | 五三畎 | | | 日上合仙山三 | 乳兗 | 日合3 | 人渚 | 非上合元山三 | 府遠 |
| 19469 | 14副 | 131 | 569 | 踹 | 恕 | 返 | 審 | 上 | 撮 | 五三畎 | | | 禪上合仙山三 | 市兗 | 書合3 | 商署 | 非上合元山三 | 府遠 |
| 19471 | 14副 | | 570 | 陣* | 恕 | 返 | 審 | 上 | 撮 | 五三畎 | | | 禪上合仙山三 | 豎兗 | 書合3 | 商署 | 非上合元山三 | 府遠 |
| 19472 | 14副 | | 571 | 萱 | 恕 | 返 | 審 | 上 | 撮 | 五三畎 | | | 禪上合仙山三 | 市兗 | 書合3 | 商署 | 非上合元山三 | 府遠 |
| 19473 | 14副 | 132 | 572 | 熼 | 醉 | 返 | 井 | 上 | 撮 | 五三畎 | | 表中此位無字 | 精平合支止三 | 遵爲 | 精合3 | 將遂 | 非上合元山三 | 府遠 |
| 19474 | 14副 | 133 | 573 | 朊* | 馭 | 返 | 我 | 上 | 撮 | 五三畎 | | | 疑上合元山三 | 五遠 | 疑合3 | 牛倨 | 非上合元山三 | 府遠 |
| 19476 | 14副 | | 574 | 輐* | 馭 | 返 | 我 | 上 | 撮 | 五三畎 | | | 疑上合桓山一 | 五管 | 疑合3 | 牛倨 | 非上合元山三 | 府遠 |
| 19481 | 14副 | 134 | 575 | 撰 | 敘 | 返 | 信 | 上 | 撮 | 五三畎 | | | 邪去合仙山三 | 辝戀 | 邪合3 | 徐呂 | 非上合元山三 | 府遠 |
| 19483 | 14副 | | 576 | 籑 | 敘 | 返 | 信 | 上 | 撮 | 五三畎 | | | 心上合仙山三 | 思兗 | 邪合3 | 徐呂 | 非上合元山三 | 府遠 |
| 19484 | 14副 | | 577 | 烇** | 敘 | 返 | 信 | 上 | 撮 | 五三畎 | | | 清上合仙山三 | 七選 | 邪合3 | 徐呂 | 非上合元山三 | 府遠 |
| 19485 | 14副 | 135 | 578 | 鴘 | 褊 | 返 | 謗 | 上 | 撮 | 五三畎 | | | 幫上開仙山重三 | 方免 | 幫開重4 | 方緬 | 非上合元山三 | 府遠 |
| 19487 | 14副 | 136 | 579 | 頠 | 甫 | 選 | 匪 | 上 | 撮 | 五三畎 | | | 奉上合元山三 | 扶晚 | 非合3 | 方矩 | 心上合仙山三 | 思兗 |
| 19488 | 14副 | | 580 | 畚 | 甫 | 選 | 匪 | 上 | 撮 | 五三畎 | | | 奉上合元山三 | 扶晚 | 非合3 | 方矩 | 心上合仙山三 | 思兗 |
| 19489 | 14副 | 137 | 581 | 幔 | 武 | 返 | 未 | 上 | 撮 | 五三畎 | | 表中此位無字 | 微上合元山三 | 無遠 | 微合3 | 文甫 | 非上合元山三 | 府遠 |
| 19491 | 14副 | 138 | 582 | 澗 | 改 | 旦 | 見 | 去 | 開 | 五一豻 | | | 見去開寒山一 | 古案 | 見開1 | 古亥 | 端去開寒山一 | 得按 |
| 19493 | 14副 | | 583 | 澗* | 改 | 旦 | 見 | 去 | 開 | 五一豻 | | | 見去開寒山一 | 居案 | 見開1 | 古亥 | 端去開寒山一 | 得按 |
| 19494 | 14副 | | 584 | 旰** | 改 | 旦 | 見 | 去 | 開 | 五一豻 | | | 見去開寒山一 | 各汗 | 見開1 | 古亥 | 端去開寒山一 | 得按 |
| 19495 | 14副 | | 585 | 杆 | 改 | 旦 | 見 | 去 | 開 | 五一豻 | | | 見去開寒山一 | 古案 | 見開1 | 古亥 | 端去開寒山一 | 得按 |
| 19497 | 14副 | 139 | 586 | 鴅 | 口 | 旦 | 起 | 去 | 開 | 五一豻 | | | 溪去開寒山一 | 苦旰 | 溪開1 | 苦后 | 端去開寒山一 | 得按 |

| 韻字編號 | 部序 | 組數 | 字數 | 韻字及何氏反切 | | | 韻字何氏音 | | | | 何萱注釋 | 備　注 | 韻字中古音 | | 上字中古音 | | 下字中古音 | |
|---|---|---|---|---|---|---|---|---|---|---|---|---|---|---|---|---|---|---|
| | | | | 韻字 | 上字 | 下字 | 聲 | 調 | 呼 | 韻部 | | | 聲調呼韻攝等 | 反切 | 聲呼等 | 反切 | 聲調呼韻攝等 | 反切 |
| 19499 | 14 副 | 140 | 587 | 晐 g* | 挨 | 旦 | 影 | 去 | 開 | 五一幵 | | 上字韻目無，正編作遏，正文作挨 | 影去開寒山一 | 於旰 | 影開 1 | 於改 | 端去開寒山一 | 得按 |
| 19502 | 14 副 | | 588 | 峖* | 挨 | 旦 | 影 | 去 | 開 | 五一幵 | | 上字韻目無，正編作遏，正文作挨 | 影去開寒山一 | 於旰 | 影開 1 | 於改 | 端去開寒山一 | 得按 |
| 19503 | 14 副 | | 589 | 晻** | 挨 | 旦 | 影 | 去 | 開 | 五一幵 | | 上字韻目無，正編作遏，正文作挨 | 影去開夬蟹二 | 烏邁 | 影開 1 | 於改 | 端去開寒山一 | 得按 |
| 19504 | 14 副 | | 590 | 鮟* | 挨 | 旦 | 影 | 去 | 開 | 五一幵 | | 上字韻目無，正編作遏，正文作挨 | 影去開寒山一 | 於旰 | 影開 1 | 於改 | 端去開寒山一 | 得按 |
| 19505 | 14 副 | 141 | 591 | 犴 | 海 | 旦 | 曉 | 去 | 開 | 五一幵 | | | 匣去開寒山一 | 侯旰 | 曉開 1 | 呼改 | 端去開寒山一 | 得按 |
| 19506 | 14 副 | | 592 | 阡* | 海 | 旦 | 曉 | 去 | 開 | 五一幵 | | | 匣去開寒山一 | 侯旰 | 曉開 1 | 呼改 | 端去開寒山一 | 得按 |
| 19507 | 14 副 | | 593 | 仠 g* | 海 | 旦 | 曉 | 去 | 開 | 五一幵 | | | 匣去開寒山一 | 侯旰 | 曉開 1 | 呼改 | 端去開寒山一 | 得按 |
| 19508 | 14 副 | | 594 | 赶* | 海 | 旦 | 曉 | 去 | 開 | 五一幵 | | | 群平開元山三 | 渠言 | 曉開 1 | 呼改 | 端去開寒山一 | 得按 |
| 19509 | 14 副 | | 595 | 鄠* | 海 | 旦 | 曉 | 去 | 開 | 五一幵 | | | 匣去開寒山一 | 侯旰 | 曉開 1 | 呼改 | 端去開寒山一 | 得按 |
| 19510 | 14 副 | | 596 | 峼 | 海 | 旦 | 曉 | 去 | 開 | 五一幵 | | | 匣上開寒山一 | 胡笴 | 曉開 1 | 呼改 | 端去開寒山一 | 得按 |
| 19511 | 14 副 | | 597 | 垾 | 海 | 旦 | 曉 | 去 | 開 | 五一幵 | | | 匣去開寒山一 | 侯旰 | 曉開 1 | 呼改 | 端去開寒山一 | 得按 |
| 19512 | 14 副 | | 598 | 皯 | 海 | 旦 | 曉 | 去 | 開 | 五一幵 | | | 匣去開寒山一 | 侯旰 | 曉開 1 | 呼改 | 端去開寒山一 | 得按 |
| 19513 | 14 副 | | 599 | 腣 | 海 | 旦 | 曉 | 去 | 開 | 五一幵 | | | 匣去開寒山一 | 侯旰 | 曉開 1 | 呼改 | 端去開寒山一 | 得按 |
| 19514 | 14 副 | | 600 | 僕* | 海 | 旦 | 曉 | 去 | 開 | 五一幵 | | | 曉去開寒山一 | 虛旰 | 曉開 1 | 呼改 | 端去開寒山一 | 得按 |
| 19515 | 14 副 | | 601 | 獏** | 海 | 旦 | 曉 | 去 | 開 | 五一幵 | | | 曉去開寒山一 | 呼爛 | 曉開 1 | 呼改 | 端去開寒山一 | 得按 |
| 19516 | 14 副 | | 602 | 稧 | 海 | 旦 | 曉 | 去 | 開 | 五一幵 | | | 曉去開寒山一 | 呼旰 | 曉開 1 | 呼改 | 端去開寒山一 | 得按 |
| 19517 | 14 副 | | 603 | 輪 | 海 | 旦 | 曉 | 去 | 開 | 五一幵 | | | 匣去開寒山一 | 侯旰 | 曉開 1 | 呼改 | 端去開寒山一 | 得按 |
| 19518 | 14 副 | | 604 | 釻** | 海 | 旦 | 曉 | 去 | 開 | 五一幵 | | | 見去開寒山一 | 各汗 | 曉開 1 | 呼改 | 端去開寒山一 | 得按 |
| 19519 | 14 副 | | 605 | 翰 | 海 | 旦 | 曉 | 去 | 開 | 五一幵 | | | 匣去開寒山一 | 侯旰 | 曉開 1 | 呼改 | 端去開寒山一 | 得按 |
| 19520 | 14 副 | | 606 | 瀚 | 海 | 旦 | 曉 | 去 | 開 | 五一幵 | | | 匣去開寒山一 | 侯旰 | 曉開 1 | 呼改 | 端去開寒山一 | 得按 |
| 19521 | 14 副 | 142 | 607 | 亶 | 帶 | 炭 | 短 | 去 | 開 | 五一幵 | | | 端去開寒山一 | 得按 | 端開 1 | 當蓋 | 透去開寒山一 | 他旦 |
| 19522 | 14 副 | | 608 | 妲 g* | 帶 | 炭 | 短 | 去 | 開 | 五一幵 | 又十五部入聲 | | 端去開寒山一 | 得案 | 端開 1 | 當蓋 | 透去開寒山一 | 他旦 |

| 韻字編號 | 部序 | 組數 | 字數 | 韻字及何氏反切 | | | 韻字何氏音 | | | | 何萱注釋 | 備　注 | 韻字中古音 | | 上字中古音 | | 下字中古音 | |
|---|---|---|---|---|---|---|---|---|---|---|---|---|---|---|---|---|---|---|
| | | | | 韻字 | 上字 | 下字 | 聲 | 調 | 呼 | 韻部 | | | 聲調呼韻攝等 | 反切 | 聲呼等 | 反切 | 聲調呼韻攝等 | 反切 |
| 19524 | 14 副 | | 609 | 呾 | 帶 | 炭 | 短 | 去 | 開 | 五一骭 | 又十五部入 | 玉篇沒查到。此處可能是讀旦了。取旦廣韻音 | 端去開寒山一 | 得按 | 端開 1 | 當蓋 | 透去開寒山一 | 他旦 |
| 19527 | 14 副 | | 610 | 担 | 帶 | 炭 | 短 | 去 | 開 | 五一骭 | | | 端上開寒山一 | 多旱 | 端開 1 | 當蓋 | 透去開寒山一 | 他旦 |
| 19529 | 14 副 | | 611 | 亶g* | 帶 | 炭 | 短 | 去 | 開 | 五一骭 | 又十五部入 | | 定去開寒山一 | 徒案 | 端開 1 | 當蓋 | 透去開寒山一 | 他旦 |
| 19531 | 14 副 | | 612 | 刐** | 帶 | 炭 | 短 | 去 | 開 | 五一骭 | | | 端上開寒山一 | 得旱 | 端開 1 | 當蓋 | 透去開寒山一 | 他旦 |
| 19532 | 14 副 | 143 | 613 | 嬗 | 代 | 旦 | 透 | 去 | 開 | 五一骭 | | | 透去開寒山一 | 他旦 | 定開 1 | 徒耐 | 端去開寒山一 | 得按 |
| 19534 | 14 副 | | 614 | 歎* | 代 | 旦 | 透 | 去 | 開 | 五一骭 | | | 透去開寒山一 | 他案 | 定開 1 | 徒耐 | 端去開寒山一 | 得按 |
| 19535 | 14 副 | | 615 | 湠 | 代 | 旦 | 透 | 去 | 開 | 五一骭 | | | 透去開寒山一 | 他旦 | 定開 1 | 徒耐 | 端去開寒山一 | 得按 |
| 19537 | 14 副 | | 616 | 咀* | 代 | 旦 | 透 | 去 | 開 | 五一骭 | | | 定去開寒山一 | 徒案 | 定開 1 | 徒耐 | 端去開寒山一 | 得按 |
| 19538 | 14 副 | 144 | 617 | 彰 | 朗 | 旦 | 賚 | 去 | 開 | 五一骭 | | | 來去開寒山一 | 郎旰 | 來開 1 | 盧黨 | 端去開寒山一 | 得按 |
| 19539 | 14 副 | | 618 | 殦* | 朗 | 旦 | 賚 | 去 | 開 | 五一骭 | | | 來去開寒山一 | 郎旰 | 來開 1 | 盧黨 | 端去開寒山一 | 得按 |
| 19540 | 14 副 | | 619 | 鑭 | 朗 | 旦 | 賚 | 去 | 開 | 五一骭 | | | 來去開寒山一 | 郎旰 | 來開 1 | 盧黨 | 端去開寒山一 | 得按 |
| 19541 | 14 副 | 145 | 620 | 讚 | 宰 | 旦 | 井 | 去 | 開 | 五一骭 | | | 精去開寒山一 | 則旰 | 精開 1 | 作亥 | 端去開寒山一 | 得按 |
| 19542 | 14 副 | 146 | 621 | 囋 | 采 | 旦 | 淨 | 去 | 開 | 五一骭 | | | 從去開寒山一 | 徂贊 | 清開 1 | 倉宰 | 端去開寒山一 | 得按 |
| 19543 | 14 副 | | 622 | 粲* | 采 | 旦 | 淨 | 去 | 開 | 五一骭 | | | 清去開寒山一 | 蒼案 | 清開 1 | 倉宰 | 端去開寒山一 | 得按 |
| 19544 | 14 副 | | 623 | 璨 | 采 | 旦 | 淨 | 去 | 開 | 五一骭 | | | 清去開寒山一 | 蒼案 | 清開 1 | 倉宰 | 端去開寒山一 | 得按 |
| 19545 | 14 副 | | 624 | 鬖* | 采 | 旦 | 淨 | 去 | 開 | 五一骭 | | | 清去開寒山一 | 蒼案 | 清開 1 | 倉宰 | 端去開寒山一 | 得按 |
| 19547 | 14 副 | | 625 | 鷄 | 采 | 旦 | 淨 | 去 | 開 | 五一骭 | | | 清去開寒山一 | 蒼案 | 清開 1 | 倉宰 | 端去開寒山一 | 得按 |
| 19548 | 14 副 | | 626 | 蔡 | 采 | 旦 | 淨 | 去 | 開 | 五一骭 | | | 清去開寒山一 | 蒼案 | 清開 1 | 倉宰 | 端去開寒山一 | 得按 |
| 19549 | 14 副 | | 627 | 潔* | 采 | 旦 | 淨 | 去 | 開 | 五一骭 | | | 清去開寒山一 | 蒼案 | 清開 1 | 倉宰 | 端去開寒山一 | 得按 |
| 19550 | 14 副 | | 628 | 洇** | 采 | 旦 | 淨 | 去 | 開 | 五一骭 | | 玉篇：音粲 | 清去開寒山一 | 蒼案 | 清開 1 | 倉宰 | 端去開寒山一 | 得按 |
| 19551 | 14 副 | 147 | 629 | 鏟* | 稍 | 旦 | 審 | 去 | 開 | 五一骭 | | 表中此位無字 | 初入開麥梗二 | 測革 | 生開 2 | 所教 | 端去開寒山一 | 得按 |
| 19552 | 14 副 | 148 | 630 | 喭 | 傲 | 旦 | 我 | 去 | 開 | 五一骭 | | | 疑去開寒山一 | 五旰 | 疑開 1 | 五到 | 端去開寒山一 | 得按 |
| 19557 | 14 副 | | 631 | 婩* | 傲 | 旦 | 我 | 去 | 開 | 五一骭 | | | 疑去開寒山一 | 魚旰 | 疑開 1 | 五到 | 端去開寒山一 | 得按 |
| 19559 | 14 副 | | 632 | 豻 | 傲 | 旦 | 我 | 去 | 開 | 五一骭 | | | 疑去開寒山一 | 五旰 | 疑開 1 | 五到 | 端去開寒山一 | 得按 |

| 韻字編號 | 部序 | 組數 | 字數 | 韻字及何氏反切 | | | 韻字何氏音 | | | | 何萱注釋 | 備　注 | 韻字中古音 | | 上字中古音 | | 下字中古音 | |
|---|---|---|---|---|---|---|---|---|---|---|---|---|---|---|---|---|---|---|
| | | | | 韻字 | 上字 | 下字 | 聲 | 調 | 呼 | 韻部 | | | 聲調呼韻攝等 | 反切 | 聲呼等 | 反切 | 聲調呼韻攝等 | 反切 |
| 19560 | 14副 | | 633 | 㵎* | 傲 | 旦 | 我 | 去 | 開 | 五一䏘 | | | 疑去開寒山一 | 魚旰 | 疑開1 | 五到 | 端去開寒山一 | 得按 |
| 19562 | 14副 | 149 | 634 | 婠 | 古 | 宦 | 見 | 去 | 合 | 五二贯 | | | 見去合桓山一 | 古玩 | 見合1 | 公戶 | 匣去合刪山二 | 胡慣 |
| 19564 | 14副 | | 635 | 罐 | 古 | 宦 | 見 | 去 | 合 | 五二贯 | | | 見去合桓山一 | 古玩 | 見合1 | 公戶 | 匣去合刪山二 | 胡慣 |
| 19566 | 14副 | | 636 | 嚾* | 古 | 宦 | 見 | 去 | 合 | 五二贯 | | | 見去合桓山一 | 古玩 | 見合1 | 公戶 | 匣去合刪山二 | 胡慣 |
| 19567 | 14副 | | 637 | 殨* | 古 | 宦 | 見 | 去 | 合 | 五二贯 | | | 見去合刪山二 | 古患 | 見合1 | 公戶 | 匣去合刪山二 | 胡慣 |
| 19568 | 14副 | | 638 | 讂 | 古 | 宦 | 見 | 去 | 合 | 五二贯 | | | 見去合魂臻一 | 古困 | 見合1 | 公戶 | 匣去合刪山二 | 胡慣 |
| 19569 | 14副 | | 639 | 鏆 | 古 | 宦 | 見 | 去 | 合 | 五二贯 | | | 見去合桓山一 | 古玩 | 見合1 | 公戶 | 匣去合刪山二 | 胡慣 |
| 19570 | 14副 | | 640 | 樌 | 古 | 宦 | 見 | 去 | 合 | 五二贯 | | | 見去合桓山一 | 古玩 | 見合1 | 公戶 | 匣去合刪山二 | 胡慣 |
| 19571 | 14副 | | 641 | 鄪* | 古 | 宦 | 見 | 去 | 合 | 五二贯 | | | 見去合桓山一 | 古玩 | 見合1 | 公戶 | 匣去合刪山二 | 胡慣 |
| 19572 | 14副 | | 642 | 蟦* | 古 | 宦 | 見 | 去 | 合 | 五二贯 | | | 見去合桓山一 | 古玩 | 見合1 | 公戶 | 匣去合刪山二 | 胡慣 |
| 19573 | 14副 | | 643 | 串 | 古 | 宦 | 見 | 去 | 合 | 五二贯 | | | 見去合刪山二 | 古患 | 見合1 | 公戶 | 匣去合刪山二 | 胡慣 |
| 19574 | 14副 | 150 | 644 | 鑹 | 曠 | 慢 | 起 | 去 | 合 | 五二贯 | | | 溪去合桓山一 | 口喚 | 溪合1 | 苦謗 | 明去開刪山二 | 謨晏 |
| 19575 | 14副 | 151 | 645 | 惋 | 甕 | 宦 | 影 | 去 | 合 | 五二贯 | | 正編上字作甕 | 影去合桓山一 | 烏貫 | 影合1 | 烏貢 | 匣去合刪山二 | 胡慣 |
| 19576 | 14副 | | 646 | 錧 | 甕 | 宦 | 影 | 去 | 合 | 五二贯 | | 正編上字作甕 | 影去合刪山二 | 烏患 | 影合1 | 烏貢 | 匣去合刪山二 | 胡慣 |
| 19577 | 14副 | | 647 | 睕 | 甕 | 宦 | 影 | 去 | 合 | 五二贯 | | 正編上字作甕 | 影去合刪山二 | 烏患 | 影合1 | 烏貢 | 匣去合刪山二 | 胡慣 |
| 19578 | 14副 | 152 | 648 | 䑱 | 戶 | 慢 | 曉 | 去 | 合 | 五二贯 | | | 匣去合桓山一 | 胡玩 | 匣合1 | 侯古 | 明去開刪山二 | 謨晏 |
| 19579 | 14副 | | 649 | 睌 | 戶 | 慢 | 曉 | 去 | 合 | 五二贯 | | | 曉去合桓山一 | 火貫 | 匣合1 | 侯古 | 明去開刪山二 | 謨晏 |
| 19580 | 14副 | | 650 | 腕* | 戶 | 慢 | 曉 | 去 | 合 | 五二贯 | | | 匣去合桓山一 | 胡玩 | 匣合1 | 侯古 | 明去開刪山二 | 謨晏 |
| 19581 | 14副 | | 651 | 穖* | 戶 | 慢 | 曉 | 去 | 合 | 五二贯 | | | 曉去合桓山一 | 呼玩 | 匣合1 | 侯古 | 明去開刪山二 | 謨晏 |
| 19582 | 14副 | | 652 | 偓* | 戶 | 慢 | 曉 | 去 | 合 | 五二贯 | | | 曉去合桓山一 | 呼玩 | 匣合1 | 侯古 | 明去開刪山二 | 謨晏 |
| 19584 | 14副 | | 653 | 槵 | 戶 | 慢 | 曉 | 去 | 合 | 五二贯 | | | 匣去合刪山二 | 胡慣 | 匣合1 | 侯古 | 明去開刪山二 | 謨晏 |
| 19585 | 14副 | | 654 | 苭* | 戶 | 慢 | 曉 | 去 | 合 | 五二贯 | | | 匣去合山山二 | 胡辦 | 匣合1 | 侯古 | 明去開刪山二 | 謨晏 |
| 19586 | 14副 | | 655 | 猭 | 戶 | 慢 | 曉 | 去 | 合 | 五二贯 | | | 曉去合廢蟹三 | 呼吠 | 匣合1 | 侯古 | 明去開刪山二 | 謨晏 |
| 19587 | 14副 | | 656 | 蠸 g* | 戶 | 慢 | 曉 | 去 | 合 | 五二贯 | | | 曉去合桓山一 | 呼玩 | 匣合1 | 侯古 | 明去開刪山二 | 謨晏 |
| 19588 | 14副 | 153 | 657 | 腶 | 睹 | 宦 | 短 | 去 | 合 | 五二贯 | | | 端去合桓山一 | 丁貫 | 端合1 | 當古 | 匣去合刪山二 | 胡慣 |
| 19589 | 14副 | | 658 | 掇* | 睹 | 宦 | 短 | 去 | 合 | 五二贯 | | | 端去合桓山一 | 都玩 | 端合1 | 當古 | 匣去合刪山二 | 胡慣 |

| 韻字編號 | 部序 | 組數 | 字數 | 韻字及何氏反切 | | | 韻字何氏音 | | | | 何萱注釋 | 備注 | 韻字中古音 | | 上字中古音 | | 下字中古音 | |
|---|---|---|---|---|---|---|---|---|---|---|---|---|---|---|---|---|---|---|
| | | | | 韻字 | 上字 | 下字 | 聲 | 調 | 呼 | 韻部 | | | 聲調呼韻攝等 | 反切 | 聲呼等 | 反切 | 聲調呼韻攝等 | 反切 |
| 19590 | 14副 | | 659 | 椴 | 睹 | 宦 | 短 | 去 | 合 | 五二贯 | | | 定去合桓山一 | 徒玩 | 端合1 | 當古 | 匣去合刪山二 | 胡慣 |
| 19591 | 14副 | 154 | 660 | 騣* | 杜 | 宦 | 透 | 去 | 合 | 五二贯 | | | 定去合桓山一 | 徒玩 | 定合1 | 徒古 | 匣去合刪山二 | 胡慣 |
| 19592 | 14副 | | 661 | 褖 | 杜 | 宦 | 透 | 去 | 合 | 五二贯 | | | 透去合桓山一 | 通貫 | 定合1 | 徒古 | 匣去合刪山二 | 胡慣 |
| 19593 | 14副 | | 662 | 頹 | 杜 | 宦 | 透 | 去 | 合 | 五二贯 | | | 定去合魂臻一 | 徒困 | 定合1 | 徒古 | 匣去合刪山二 | 胡慣 |
| 19594 | 14副 | 155 | 663 | 攛* | 狀 | 宦 | 助 | 去 | 合 | 五二贯 | | | 初去合刪山二 | 初患 | 崇開3 | 鋤亮 | 匣去合刪山二 | 胡慣 |
| 19595 | 14副 | | 664 | 簈 | 狀 | 宦 | 助 | 去 | 合 | 五二贯 | | | 初入合鎋山二 | 初刮 | 崇開3 | 鋤亮 | 匣去合刪山二 | 胡慣 |
| 19596 | 14副 | 156 | 665 | 灢* | 祖 | 宦 | 井 | 去 | 合 | 五二贯 | 洗馬也，集韻 | 表中此位無字查正文為灢。集韻中當洗馬講的時候，字形為灢，此處取灢集韻音 | 生去合刪山二 | 數患 | 精合1 | 則古 | 匣去合刪山二 | 胡慣 |
| 19598 | 14副 | 157 | 666 | 攛* | 措 | 宦 | 淨 | 去 | 合 | 五二贯 | | 擲也 | 清去合桓山一 | 取亂 | 清合1 | 倉故 | 匣去合刪山二 | 胡慣 |
| 19599 | 14副 | | 667 | 穇 | 措 | 宦 | 淨 | 去 | 合 | 五二贯 | | | 清去合桓山一 | 七亂 | 清合1 | 倉故 | 匣去合刪山二 | 胡慣 |
| 19600 | 14副 | 158 | 668 | 妧 | 臥 | 宦 | 我 | 去 | 合 | 五二贯 | | | 疑去合桓山一 | 五換 | 疑合1 | 吾貨 | 匣去合刪山二 | 胡慣 |
| 19601 | 14副 | 159 | 669 | 邍* | 送 | 宦 | 信 | 去 | 合 | 五二贯 | | | 心去合桓山一 | 蘇貫 | 心合1 | 蘇弄 | 匣去合刪山二 | 胡慣 |
| 19602 | 14副 | 160 | 670 | 吸 | 布 | 宦 | 謗 | 去 | 合 | 五二贯 | | | 幫去合桓山一 | 博漫 | 幫合1 | 博故 | 匣去合刪山二 | 胡慣 |
| 19605 | 14副 | | 671 | 詖* | 布 | 宦 | 謗 | 去 | 合 | 五二贯 | | | 幫去合桓山一 | 博漫 | 幫合1 | 博故 | 匣去合刪山二 | 胡慣 |
| 19606 | 14副 | | 672 | 騂 | 布 | 宦 | 謗 | 去 | 合 | 五二贯 | | | 幫去合桓山一 | 博漫 | 幫合1 | 博故 | 匣去合刪山二 | 胡慣 |
| 19607 | 14副 | 161 | 673 | 迸* | 普 | 宦 | 並 | 去 | 合 | 五二贯 | | | 並去合桓山一 | 薄半 | 滂合1 | 滂古 | 匣去合刪山二 | 胡慣 |
| 19608 | 14副 | | 674 | 詳* | 普 | 宦 | 並 | 去 | 合 | 五二贯 | | | 滂去合桓山一 | 普半 | 滂合1 | 滂古 | 匣去合刪山二 | 胡慣 |
| 19609 | 14副 | | 675 | 怑* | 普 | 宦 | 並 | 去 | 合 | 五二贯 | | | 並去合桓山一 | 薄半 | 滂合1 | 滂古 | 匣去合刪山二 | 胡慣 |
| 19610 | 14副 | | 676 | 炍* | 普 | 宦 | 並 | 去 | 合 | 五二贯 | | | 滂去合桓山一 | 普半 | 滂合1 | 滂古 | 匣去合刪山二 | 胡慣 |
| 19611 | 14副 | | 677 | 販* | 普 | 宦 | 並 | 去 | 合 | 五二贯 | | | 並去合桓山一 | 薄半 | 滂合1 | 滂古 | 匣去合刪山二 | 胡慣 |
| 19612 | 14副 | | 678 | 婺 | 普 | 宦 | 並 | 去 | 合 | 五二贯 | | | 並去合桓山一 | 薄半 | 滂合1 | 滂古 | 匣去合刪山二 | 胡慣 |
| 19613 | 14副 | 162 | 679 | 數* | 昧 | 宦 | 命 | 去 | 合 | 五二贯 | | | 明去合桓山一 | 莫半 | 明合1 | 莫佩 | 匣去合刪山二 | 胡慣 |
| 19614 | 14副 | | 680 | 濅* | 昧 | 宦 | 命 | 去 | 合 | 五二贯 | | | 明去合桓山一 | 莫半 | 明合1 | 莫佩 | 匣去合刪山二 | 胡慣 |
| 19615 | 14副 | | 681 | 灖* | 昧 | 宦 | 命 | 去 | 合 | 五二贯 | | | 明去合桓山一 | 莫半 | 明合1 | 莫佩 | 匣去合刪山二 | 胡慣 |

| 韻字編號 | 部序 | 組數 | 字數 | 韻字及何氏反切 | | | 韻字何氏音 | | | | 何萱注釋 | 備　注 | 韻字中古音 | | 上字中古音 | | 下字中古音 | |
|---|---|---|---|---|---|---|---|---|---|---|---|---|---|---|---|---|---|---|
| | | | | 韻字 | 上字 | 下字 | 聲 | 調 | 呼 | 韻部 | | | 聲調呼韻攝等 | 反切 | 聲呼等 | 反切 | 聲調呼韻攝等 | 反切 |
| 19616 | 14 副 | 163 | 682 | 髍 | 几 | 晏 | 見 | 去 | 齊 | 五三諫 | | | 見去開山山二 | 古莧 | 見開重 3 | 居履 | 影去開刪山二 | 烏澗 |
| 19617 | 14 副 | | 683 | 繝* | 几 | 晏 | 見 | 去 | 齊 | 五三諫 | | | 見去開山山二 | 居莧 | 見開重 3 | 居履 | 影去開刪山二 | 烏澗 |
| 19618 | 14 副 | | 684 | 䦨 | 几 | 晏 | 見 | 去 | 齊 | 五三諫 | | 此字廣韻注音有誤，集韻正合 | 云入合藥宕三 | 王縛 | 見開重 3 | 居履 | 影去開刪山二 | 烏澗 |
| 19619 | 14 副 | 164 | 685 | 晏 | 漾 | 諫 | 影 | 去 | 齊 | 五三諫 | | | 影去開刪山二 | 烏澗 | 以開 3 | 餘亮 | 見去開刪山二 | 古晏 |
| 19620 | 14 副 | | 686 | 躽** | 漾 | 諫 | 影 | 去 | 齊 | 五三諫 | | | 影去開刪山二 | 烏鴈 | 以開 3 | 餘亮 | 見去開刪山二 | 古晏 |
| 19621 | 14 副 | | 687 | 騴 | 漾 | 諫 | 影 | 去 | 齊 | 五三諫 | | | 影去開刪山二 | 烏澗 | 以開 3 | 餘亮 | 見去開刪山二 | 古晏 |
| 19622 | 14 副 | 165 | 688 | 娨 | 向 | 諫 | 曉 | 去 | 齊 | 五三諫 | | | 匣去開刪山二 | 下晏 | 曉開 3 | 許亮 | 見去開刪山二 | 古晏 |
| 19623 | 14 副 | | 689 | 粯 | 向 | 諫 | 曉 | 去 | 齊 | 五三諫 | | | 匣去開山山二 | 侯襇 | 曉開 3 | 許亮 | 見去開刪山二 | 古晏 |
| 19624 | 14 副 | | 690 | 覢* | 向 | 諫 | 曉 | 去 | 齊 | 五三諫 | | | 匣去開山山二 | 侯襇 | 曉開 3 | 許亮 | 見去開刪山二 | 古晏 |
| 19625 | 14 副 | 166 | 691 | 攦* | 寵 | 諫 | 助 | 去 | 齊 | 五三諫 | | | 初去開山山二 | 初莧 | 徹合 3 | 丑隴 | 見去開刪山二 | 古晏 |
| 19626 | 14 副 | | 692 | 孨* | 寵 | 諫 | 助 | 去 | 齊 | 五三諫 | | | 崇去開刪山二 | 仕諫 | 徹合 3 | 丑隴 | 見去開刪山二 | 古晏 |
| 19627 | 14 副 | | 693 | 孱 | 寵 | 諫 | 助 | 去 | 齊 | 五三諫 | | | 徹去開刪山二 | 丑晏 | 徹合 3 | 丑隴 | 見去開刪山二 | 古晏 |
| 19628 | 14 副 | | 694 | 虥* | 寵 | 諫 | 助 | 去 | 齊 | 五三諫 | | | 崇去開刪山二 | 仕諫 | 徹合 3 | 丑隴 | 見去開刪山二 | 古晏 |
| 19629 | 14 副 | | 695 | 棧 | 寵 | 諫 | 助 | 去 | 齊 | 五三諫 | | | 崇去開刪山二 | 士諫 | 徹合 3 | 丑隴 | 見去開刪山二 | 古晏 |
| 19630 | 14 副 | | 696 | 鏟 | 寵 | 諫 | 助 | 去 | 齊 | 五三諫 | | | 初去開刪山二 | 初鴈 | 徹合 3 | 丑隴 | 見去開刪山二 | 古晏 |
| 19631 | 14 副 | | 697 | 菚* | 寵 | 諫 | 助 | 去 | 齊 | 五三諫 | | | 崇去開刪山二 | 仕諫 | 徹合 3 | 丑隴 | 見去開刪山二 | 古晏 |
| 19632 | 14 副 | 167 | 698 | 麨 | 始 | 諫 | 審 | 去 | 齊 | 五三諫 | | | 生去開刪山二 | 所晏 | 書開 3 | 詩止 | 見去開刪山二 | 古晏 |
| 19633 | 14 副 | | 699 | 柵 | 始 | 諫 | 審 | 去 | 齊 | 五三諫 | | 柵栅 | 生去開刪山二 | 所晏 | 書開 3 | 詩止 | 見去開刪山二 | 古晏 |
| 19636 | 14 副 | 168 | 700 | 韀 | 舊 | 片 | 起 | 去 | 齊二 | 五四見 | | | 溪去開仙山重四 | 去戰 | 群開 3 | 巨救 | 滂去開先山四 | 普麵 |
| 19637 | 14 副 | | 701 | 健** | 舊 | 片 | 起 | 去 | 齊二 | 五四見 | | | 溪去開仙山重四 | 去戰 | 群開 3 | 巨救 | 滂去開先山四 | 普麵 |
| 19638 | 14 副 | 169 | 702 | 𨗨 | 漾 | 片 | 影 | 去 | 齊二 | 五四見 | | | 以去開仙山三 | 延面 | 以開 3 | 餘亮 | 滂去開先山四 | 普麵 |
| 19640 | 14 副 | | 703 | 淺* | 漾 | 片 | 影 | 去 | 齊二 | 五四見 | | | 以去開仙山三 | 延面 | 以開 3 | 餘亮 | 滂去開先山四 | 普麵 |
| 19641 | 14 副 | | 704 | 瞖 | 漾 | 片 | 影 | 去 | 齊二 | 五四見 | | | 影去開先山四 | 於甸 | 以開 3 | 餘亮 | 滂去開先山四 | 普麵 |
| 19642 | 14 副 | | 705 | 嚥 | 漾 | 片 | 影 | 去 | 齊二 | 五四見 | | | 影去開先山四 | 於甸 | 以開 3 | 餘亮 | 滂去開先山四 | 普麵 |
| 19644 | 14 副 | | 706 | 傿* | 漾 | 片 | 影 | 去 | 齊二 | 五四見 | | | 影去開欣臻三 | 於靳 | 以開 3 | 餘亮 | 滂去開先山四 | 普麵 |
| 19645 | 14 副 | 170 | 707 | 現 | 向 | 片 | 曉 | 去 | 齊二 | 五四見 | | | 匣去開先山四 | 胡甸 | 曉開 3 | 許亮 | 滂去開先山四 | 普麵 |

| 韻字編號 | 部序 | 組數 | 字數 | 韻字及何氏反切 | | | 韻字何氏音 | | | | 何萱注釋 | 備　注 | 韻字中古音 | | 上字中古音 | | 下字中古音 | |
|---|---|---|---|---|---|---|---|---|---|---|---|---|---|---|---|---|---|---|
| | | | | 韻字 | 上字 | 下字 | 聲 | 調 | 呼 | 韻部 | | | 聲調呼韻攝等 | 反切 | 聲呼等 | 反切 | 聲調呼韻攝等 | 反切 |
| 19648 | 14 副 | | 708 | 涀 | 向 | 片 | 曉 | 去 | 齊二 | 五四見 | | | 匣去開先山四 | 胡甸 | 曉開 3 | 許亮 | 滂去開先山四 | 普麪 |
| 19650 | 14 副 | | 709 | 灦* | 向 | 片 | 曉 | 去 | 齊二 | 五四見 | | | 曉去開先山四 | 馨甸 | 曉開 3 | 許亮 | 滂去開先山四 | 普麪 |
| 19651 | 14 副 | 171 | 710 | 忝* | 邸 | 片 | 短 | 去 | 齊二 | 五四見 | | 表中此位無字 | 透去開先山四 | 他甸 | 端開 4 | 都禮 | 滂去開先山四 | 普麪 |
| 19652 | 14 副 | 172 | 711 | 堜 | 亮 | 片 | 賚 | 去 | 齊二 | 五四見 | | | 來去開先山四 | 郎甸 | 來開 3 | 力讓 | 滂去開先山四 | 普麪 |
| 19653 | 14 副 | | 712 | 陳 | 亮 | 片 | 賚 | 去 | 齊二 | 五四見 | | | 來去開先山四 | 郎甸 | 來開 3 | 力讓 | 滂去開先山四 | 普麪 |
| 19654 | 14 副 | | 713 | 軙 | 亮 | 片 | 賚 | 去 | 齊二 | 五四見 | | | 來去開先山四 | 郎甸 | 來開 3 | 力讓 | 滂去開先山四 | 普麪 |
| 19655 | 14 副 | | 714 | 煉* | 亮 | 片 | 賚 | 去 | 齊二 | 五四見 | | | 來去開先山四 | 郎甸 | 來開 3 | 力讓 | 滂去開先山四 | 普麪 |
| 19656 | 14 副 | | 715 | 瑓* | 亮 | 片 | 賚 | 去 | 齊二 | 五四見 | | | 來去開先山四 | 郎甸 | 來開 3 | 力讓 | 滂去開先山四 | 普麪 |
| 19657 | 14 副 | | 716 | 鰊 | 亮 | 片 | 賚 | 去 | 齊二 | 五四見 | | | 來去開先山四 | 郎甸 | 來開 3 | 力讓 | 滂去開先山四 | 普麪 |
| 19658 | 14 副 | | 717 | 蘇 | 亮 | 片 | 賚 | 去 | 齊二 | 五四見 | | | 來去開先山四 | 郎甸 | 來開 3 | 力讓 | 滂去開先山四 | 普麪 |
| 19659 | 14 副 | | 718 | 瓤 | 亮 | 片 | 賚 | 去 | 齊二 | 五四見 | | | 來去開先山四 | 郎甸 | 來開 3 | 力讓 | 滂去開先山四 | 普麪 |
| 19660 | 14 副 | | 719 | 蕑 | 亮 | 片 | 賚 | 去 | 齊二 | 五四見 | | | 來去開先山四 | 郎甸 | 來開 3 | 力讓 | 滂去開先山四 | 普麪 |
| 19661 | 14 副 | | 720 | 𤺌 | 亮 | 片 | 賚 | 去 | 齊二 | 五四見 | | | 來去開仙山三 | 連彥 | 來開 3 | 力讓 | 滂去開先山四 | 普麪 |
| 19663 | 14 副 | 173 | 721 | 搧* | 始 | 片 | 審 | 去 | 齊二 | 五四見 | | | 書去開仙山三 | 式戰 | 書開 3 | 詩止 | 滂去開先山四 | 普麪 |
| 19664 | 14 副 | | 722 | 謆* | 始 | 片 | 審 | 去 | 齊二 | 五四見 | | | 書去開仙山三 | 式戰 | 書開 3 | 詩止 | 滂去開先山四 | 普麪 |
| 19665 | 14 副 | | 723 | 碥 | 始 | 片 | 審 | 去 | 齊二 | 五四見 | | | 書去開仙山三 | 式戰 | 書開 3 | 詩止 | 滂去開先山四 | 普麪 |
| 19666 | 14 副 | | 724 | 蕩 | 始 | 片 | 審 | 去 | 齊二 | 五四見 | | | 書去開仙山三 | 式戰 | 書開 3 | 詩止 | 滂去開先山四 | 普麪 |
| 19667 | 14 副 | | 725 | 篇 | 始 | 片 | 審 | 去 | 齊二 | 五四見 | | | 書去開仙山三 | 式戰 | 書開 3 | 詩止 | 滂去開先山四 | 普麪 |
| 19668 | 14 副 | | 726 | 甎 | 始 | 片 | 審 | 去 | 齊二 | 五四見 | | | 禪去開仙山三 | 時戰 | 書開 3 | 詩止 | 滂去開先山四 | 普麪 |
| 19669 | 14 副 | 174 | 727 | 䡅* | 掌 | 片 | 照 | 去 | 齊二 | 五四見 | | 反切有問題，位置不對 | 章去開仙山三 | 之膳 | 章開 3 | 諸兩 | 滂去開先山四 | 普麪 |
| 19670 | 14 副 | 175 | 728 | 䆁 | 此 | 線 | 淨 | 去 | 齊二 | 五四見 | | | 清去開先山四 | 倉甸 | 清開 3 | 雌氏 | 心去開仙山三 | 私箭 |
| 19671 | 14 副 | | 729 | 諓 | 此 | 線 | 淨 | 去 | 齊二 | 五四見 | | | 清去開先山四 | 倉甸 | 清開 3 | 雌氏 | 心去開仙山三 | 私箭 |
| 19672 | 14 副 | | 730 | 刋** | 此 | 線 | 淨 | 去 | 齊二 | 五四見 | 切也，玉篇 | 玉篇：七見切 | 清去開先山四 | 七見 | 清開 3 | 雌氏 | 心去開仙山三 | 私箭 |
| 19673 | 14 副 | 176 | 731 | 睍 | 仰 | 線 | 我 | 去 | 齊二 | 五四見 | | | 疑去開先山四 | 吾甸 | 疑開 3 | 魚兩 | 心去開仙山三 | 私箭 |

| 韻字編號 | 部序 | 組數 | 字數 | 韻字及何氏反切 | | | 韻字何氏音 | | | | 何萱注釋 | 備　注 | 韻字中古音 | | 上字中古音 | | 下字中古音 | |
|---|---|---|---|---|---|---|---|---|---|---|---|---|---|---|---|---|---|---|
| | | | | 韻字 | 上字 | 下字 | 聲 | 調 | 呼 | 韻部 | | | 聲調呼韻攝等 | 反切 | 聲呼等 | 反切 | 聲調呼韻攝等 | 反切 |
| 19674 | 14 副 | | 732 | 覞* | 仰 | 線 | 我 | 去 | 齊二 | 五四見 | | | 疑去開先山四 | 倪甸 | 疑開 3 | 魚兩 | 心去開仙山三 | 私箭 |
| 19675 | 14 副 | 177 | 733 | 擜* | 想 | 片 | 信 | 去 | 齊二 | 五四見 | | 正編上字作小 | 心去開先山四 | 先見 | 心開 3 | 息兩 | 滂去開先山四 | 普麵 |
| 19676 | 14 副 | | 734 | 俔* | 想 | 片 | 信 | 去 | 齊二 | 五四見 | | 正編上字作小 | 心去開仙山三 | 私箭 | 心開 3 | 息兩 | 滂去開先山四 | 普麵 |
| 19677 | 14 副 | 178 | 735 | 胼 | 避 | 線 | 並 | 去 | 齊二 | 五四見 | | | 滂去開先山四 | 普麵 | 並開重 4 | 毗義 | 心去開仙山三 | 私箭 |
| 19678 | 14 副 | 179 | 736 | 麪 | 美 | 線 | 命 | 去 | 齊二 | 五四見 | | | 明去開先山四 | 莫甸 | 明開重 3 | 無鄙 | 心去開仙山三 | 私箭 |
| 19679 | 14 副 | 180 | 737 | 弮 | 舉 | 萬 | 見 | 去 | 撮 | 五五絹 | | | 見去合仙山重三 | 居倦 | 見合 3 | 居許 | 微去合元山三 | 無販 |
| 19680 | 14 副 | | 738 | 桊 | 舉 | 萬 | 見 | 去 | 撮 | 五五絹 | | | 見去合仙山重三 | 居倦 | 見合 3 | 居許 | 微去合元山三 | 無販 |
| 19681 | 14 副 | | 739 | 饎* | 舉 | 萬 | 見 | 去 | 撮 | 五五絹 | 餽也，集韻 | 玉篇作呂戀切，餽也 | 見去合仙山重三 | 古倦 | 見合 3 | 居許 | 微去合元山三 | 無販 |
| 19683 | 14 副 | | 740 | 瓹 | 舉 | 萬 | 見 | 去 | 撮 | 五五絹 | | | 見去合先山四 | 古縣 | 見合 3 | 居許 | 微去合元山三 | 無販 |
| 19684 | 14 副 | | 741 | 梋 | 舉 | 萬 | 見 | 去 | 撮 | 五五絹 | | | 見去合仙山重四 | 吉掾 | 見合 3 | 居許 | 微去合元山三 | 無販 |
| 19685 | 14 副 | 181 | 742 | 錈 | 去 | 萬 | 起 | 去 | 撮 | 五五絹 | | | 群去合仙山重三 | 渠卷 | 溪合 3 | 丘倨 | 微去合元山三 | 無販 |
| 19686 | 14 副 | | 743 | 涻 | 去 | 萬 | 起 | 去 | 撮 | 五五絹 | | | 群去合仙山重三 | 渠卷 | 溪合 3 | 丘倨 | 微去合元山三 | 無販 |
| 19688 | 14 副 | | 744 | 箞* | 去 | 萬 | 起 | 去 | 撮 | 五五絹 | | | 溪去合仙山重三 | 苦倦 | 溪合 3 | 丘倨 | 微去合元山三 | 無販 |
| 19689 | 14 副 | | 745 | 桊* | 去 | 萬 | 起 | 去 | 撮 | 五五絹 | | | 溪去合元山三 | 區願 | 溪合 3 | 丘倨 | 微去合元山三 | 無販 |
| 19690 | 14 副 | | 746 | 踺* | 去 | 萬 | 起 | 去 | 撮 | 五五絹 | | | 群去開元山三 | 渠建 | 溪合 3 | 丘倨 | 微去合元山三 | 無販 |
| 19692 | 14 副 | 182 | 747 | 褑 | 羽 | 萬 | 影 | 去 | 撮 | 五五絹 | | | 云去合仙山三 | 王眷 | 云合 3 | 王矩 | 微去合元山三 | 無販 |
| 19693 | 14 副 | | 748 | 籆g* | 羽 | 萬 | 影 | 去 | 撮 | 五五絹 | | | 云去合仙山三 | 于眷 | 云合 3 | 王矩 | 微去合元山三 | 無販 |
| 19694 | 14 副 | | 749 | 篔* | 羽 | 萬 | 影 | 去 | 撮 | 五五絹 | | | 影去合仙山重四 | 縈絹 | 云合 3 | 王矩 | 微去合元山三 | 無販 |
| 19695 | 14 副 | | 750 | 彖 | 羽 | 萬 | 影 | 去 | 撮 | 五五絹 | | | 以去合仙山三 | 以絹 | 云合 3 | 王矩 | 微去合元山三 | 無販 |
| 19696 | 14 副 | | 751 | 歐 | 羽 | 萬 | 影 | 去 | 撮 | 五五絹 | | | 影去開元山三 | 於建 | 云合 3 | 王矩 | 微去合元山三 | 無販 |
| 19697 | 14 副 | | 752 | 颴* | 羽 | 萬 | 影 | 去 | 撮 | 五五絹 | | | 以去合仙山三 | 俞絹 | 云合 3 | 王矩 | 微去合元山三 | 無販 |
| 19698 | 14 副 | 183 | 753 | 澴 g* | 許 | 萬 | 曉 | 去 | 撮 | 五五絹 | | | 曉去合先山四 | 翾縣 | 曉合 3 | 虛呂 | 微去合元山三 | 無販 |
| 19699 | 14 副 | | 754 | 憲 | 許 | 萬 | 曉 | 去 | 撮 | 五五絹 | | | 曉去開元山三 | 許建 | 曉合 3 | 虛呂 | 微去合元山三 | 無販 |
| 19702 | 14 副 | | 755 | 瞍 | 許 | 萬 | 曉 | 去 | 撮 | 五五絹 | | | 曉去合清梗三 | 休正 | 曉合 3 | 虛呂 | 微去合元山三 | 無販 |

| 韻字編號 | 部序 | 組數 | 字數 | 韻字及何氏反切 | | | 韻字何氏音 | | | | 何萱注釋 | 備注 | 韻字中古音 | | 上字中古音 | | 下字中古音 | |
|---|---|---|---|---|---|---|---|---|---|---|---|---|---|---|---|---|---|---|
| | | | | 韻字 | 上字 | 下字 | 聲 | 調 | 呼 | 韻部 | | | 聲調呼韻攝等 | 反切 | 聲呼等 | 反切 | 聲調呼韻攝等 | 反切 |
| 19703 | 14 副 | | 756 | 韗 | 許 | 萬 | 曉 | 去 | 撮 | 五五絹 | | | 曉去合元山三 | 虛願 | 曉合 3 | 虛呂 | 微去合元山三 | 無販 |
| 19704 | 14 副 | | 757 | 韗* | 許 | 萬 | 曉 | 去 | 撮 | 五五絹 | | | 曉去合元山三 | 呼願 | 曉合 3 | 虛呂 | 微去合元山三 | 無販 |
| 19705 | 14 副 | 184 | 758 | 戀* | 呂 | 萬 | 賚 | 去 | 撮 | 五五絹 | | | 來去合仙山三 | 龍眷 | 來合 3 | 力舉 | 微去合元山三 | 無販 |
| 19706 | 14 副 | | 759 | 孌* | 呂 | 萬 | 賚 | 去 | 撮 | 五五絹 | | | 來去合仙山三 | 龍眷 | 來合 3 | 力舉 | 微去合元山三 | 無販 |
| 19707 | 14 副 | 185 | 760 | 囀 | 翥 | 萬 | 照 | 去 | 撮 | 五五絹 | | | 知去合仙山三 | 知戀 | 章合 3 | 章恕 | 微去合元山三 | 無販 |
| 19708 | 14 副 | 186 | 761 | 撰 | 處 | 萬 | 助 | 去 | 撮 | 五五絹 | | | 禪去合仙山三 | 時釧 | 昌合 3 | 昌與 | 微去合元山三 | 無販 |
| 19709 | 14 副 | | 762 | 譔 | 處 | 萬 | 助 | 去 | 撮 | 五五絹 | | | 崇去合仙山三 | 士恋 | 昌合 3 | 昌與 | 微去合元山三 | 無販 |
| 19710 | 14 副 | | 763 | 孾* | 處 | 萬 | 助 | 去 | 撮 | 五五絹 | | | 崇去合仙山三 | 雛戀 | 昌合 3 | 昌與 | 微去合元山三 | 無販 |
| 19711 | 14 副 | | 764 | 鑙* | 處 | 萬 | 助 | 去 | 撮 | 五五絹 | | | 徹去合仙山三 | 寵戀 | 昌合 3 | 昌與 | 微去合元山三 | 無販 |
| 19712 | 14 副 | | 765 | 篡* | 處 | 萬 | 助 | 去 | 撮 | 五五絹 | | | 初去合元山三 | 芻萬 | 昌合 3 | 昌與 | 微去合元山三 | 無販 |
| 19713 | 14 副 | 187 | 766 | **𩀌** | 汝 | 萬 | 耳 | 去 | 撮 | 五五絹 | | | 日平合諄臻三 | 如勻 | 日合 3 | 人渚 | 微去合元山三 | 無販 |
| 19714 | 14 副 | 188 | 767 | 栓 g* | 恕 | 萬 | 審 | 去 | 撮 | 五五絹 | | | 生去合仙山三 | 數眷 | 書合 3 | 商署 | 微去合元山三 | 無販 |
| 19716 | 14 副 | 189 | 768 | 晙 | 醉 | 萬 | 井 | 去 | 撮 | 五五絹 | | | 精去合諄臻三 | 子峻 | 精合 3 | 將遂 | 微去合元山三 | 無販 |
| 19717 | 14 副 | | 769 | 晙* | 醉 | 萬 | 井 | 去 | 撮 | 五五絹 | | | 精去合諄臻三 | 祖峻 | 精合 3 | 將遂 | 微去合元山三 | 無販 |
| 19718 | 14 副 | | 770 | 餕 | 醉 | 萬 | 井 | 去 | 撮 | 五五絹 | | | 精去合諄臻三 | 子峻 | 精合 3 | 將遂 | 微去合元山三 | 無販 |
| 19719 | 14 副 | | 771 | 雋 | 醉 | 萬 | 井 | 去 | 撮 | 五五絹 | | | 精去合諄臻三 | 子峻 | 精合 3 | 將遂 | 微去合元山三 | 無販 |
| 19720 | 14 副 | 190 | 772 | 顮g* | 馭 | 萬 | 我 | 去 | 撮 | 五五絹 | | | 疑去合元山三 | 虞怨 | 疑合 3 | 牛倨 | 微去合元山三 | 無販 |
| 19721 | 14 副 | | 773 | 朊* | 馭 | 萬 | 我 | 去 | 撮 | 五五絹 | | | 見上合桓山一 | 古緩 | 疑合 3 | 牛倨 | 微去合元山三 | 無販 |
| 19722 | 14 副 | | 774 | 牪** | 馭 | 萬 | 我 | 去 | 撮 | 五五絹 | | 玉篇：牛眷切牛件切 | 疑去合仙山重三 | 牛眷 | 疑合 3 | 牛倨 | 微去合元山三 | 無販 |
| 19723 | 14 副 | 191 | 775 | 嫙 | 敘 | 萬 | 信 | 去 | 撮 | 五五絹 | | | 邪去合仙山三 | 辝戀 | 邪合 3 | 徐呂 | 微去合元山三 | 無販 |
| 19724 | 14 副 | | 776 | 旋 | 敘 | 萬 | 信 | 去 | 撮 | 五五絹 | | | 邪去合仙山三 | 辝戀 | 邪合 3 | 徐呂 | 微去合元山三 | 無販 |
| 19725 | 14 副 | | 777 | 檈* | 敘 | 萬 | 信 | 去 | 撮 | 五五絹 | | | 邪去合仙山三 | 隨戀 | 邪合 3 | 徐呂 | 微去合元山三 | 無販 |
| 19727 | 14 副 | | 778 | 趨 | 敘 | 萬 | 信 | 去 | 撮 | 五五絹 | | | 邪去合仙山三 | 辝戀 | 邪合 3 | 徐呂 | 微去合元山三 | 無販 |
| 19729 | 14 副 | | 779 | 纀 | 敘 | 萬 | 信 | 去 | 撮 | 五五絹 | | | 心去合仙山三 | 息絹 | 邪合 3 | 徐呂 | 微去合元山三 | 無販 |

| 韻字編號 | 部序 | 組數 | 字數 | 韻字及何氏反切 | | | 韻字何氏音 | | | | 何萱注釋 | 備　注 | 韻字中古音 | | 上字中古音 | | 下字中古音 | |
|---|---|---|---|---|---|---|---|---|---|---|---|---|---|---|---|---|---|---|
| | | | | 韻字 | 上字 | 下字 | 聲 | 調 | 呼 | 韻部 | | | 聲調呼韻攝等 | 反切 | 聲呼等 | 反切 | 聲調呼韻攝等 | 反切 |
| 19730 | 14 副 | | 780 | 潠 | 敘 | 萬 | 信 | 去 | 撮 | 五五絹 | | | 心去合魂臻一 | 蘇困 | 邪合 3 | 徐呂 | 微去合元山三 | 無販 |
| 19731 | 14 副 | | 781 | 渲 | 敘 | 萬 | 信 | 去 | 撮 | 五五絹 | | | 心去合仙山三 | 息絹 | 邪合 3 | 徐呂 | 微去合元山三 | 無販 |
| 19732 | 14 副 | | 782 | 䠣** | 敘 | 萬 | 信 | 去 | 撮 | 五五絹 | | 玉篇：思兖切又祖緣切 | 心上合仙山三 | 思兖 | 邪合 3 | 徐呂 | 微去合元山三 | 無販 |
| 19733 | 14 副 | | 783 | 䜿 | 敘 | 萬 | 信 | 去 | 撮 | 五五絹 | | | 心去合諄臻三 | 私閏 | 邪合 3 | 徐呂 | 微去合元山三 | 無販 |
| 19734 | 14 副 | | 784 | 鞍** | 敘 | 萬 | 信 | 去 | 撮 | 五五絹 | | | 心去合諄臻三 | 私潤 | 邪合 3 | 徐呂 | 微去合元山三 | 無販 |
| 19735 | 14 副 | | 785 | 稄 | 敘 | 萬 | 信 | 去 | 撮 | 五五絹 | | | 莊入開職曾三 | 阻力 | 邪合 3 | 徐呂 | 微去合元山三 | 無販 |
| 19736 | 14 副 | | 786 | 毰** | 敘 | 萬 | 信 | 去 | 撮 | 五五絹 | | | 心去合諄臻三 | 息俊 | 邪合 3 | 徐呂 | 微去合元山三 | 無販 |
| 19737 | 14 副 | 192 | 787 | 玣 | 縹 | 萬 | 並 | 去 | 撮 | 五五絹 | | | 並去開仙山重三 | 皮變 | 滂開重 4 | 敷沼 | 微去合元山三 | 無販 |
| 19738 | 14 副 | | 788 | 匥 | 縹 | 萬 | 並 | 去 | 撮 | 五五絹 | | | 並去開仙山重三 | 皮變 | 滂開重 4 | 敷沼 | 微去合元山三 | 無販 |
| 19739 | 14 副 | | 789 | 郝* | 縹 | 萬 | 並 | 去 | 撮 | 五五絹 | | | 並去開仙山重三 | 皮變 | 滂開重 4 | 敷沼 | 微去合元山三 | 無販 |
| 19742 | 14 副 | | 790 | 笄 | 縹 | 萬 | 並 | 去 | 撮 | 五五絹 | 平去兩讀注在彼 | | 並去開仙山重三 | 皮變 | 滂開重 4 | 敷沼 | 微去合元山三 | 無販 |
| 19743 | 14 副 | | 791 | 犿* | 縹 | 萬 | 並 | 去 | 撮 | 五五絹 | | | 並去開仙山重三 | 皮變 | 滂開重 4 | 敷沼 | 微去合元山三 | 無販 |
| 19744 | 14 副 | | 792 | 芐 | 縹 | 萬 | 並 | 去 | 撮 | 五五絹 | | | 並去開仙山重三 | 皮變 | 滂開重 4 | 敷沼 | 微去合元山三 | 無販 |
| 19745 | 14 副 | | 793 | 辮** | 縹 | 萬 | 並 | 去 | 撮 | 五五絹 | | | 並去合仙山三 | 皮戀 | 滂開重 4 | 敷沼 | 微去合元山三 | 無販 |
| 19746 | 14 副 | | 794 | 襻 | 縹 | 萬 | 並 | 去 | 撮 | 五五絹 | | | 滂去開刪山二 | 普患 | 滂開重 4 | 敷沼 | 微去合元山三 | 無販 |
| 19747 | 14 副 | 193 | 795 | 饭 | 甫 | 萬 | 匪 | 去 | 撮 | 五五絹 | | | 敷去合元山三 | 芳万 | 非合 3 | 方矩 | 微去合元山三 | 無販 |
| 19748 | 14 副 | | 796 | 疲 | 甫 | 萬 | 匪 | 去 | 撮 | 五五絹 | | 韻目作疲 | 敷去合元山三 | 芳万 | 非合 3 | 方矩 | 微去合元山三 | 無販 |
| 19749 | 14 副 | | 797 | 畈 | 甫 | 萬 | 匪 | 去 | 撮 | 五五絹 | | | 非去合元山三 | 方願 | 非合 3 | 方矩 | 微去合元山三 | 無販 |
| 19750 | 14 副 | | 798 | 篹* | 甫 | 萬 | 匪 | 去 | 撮 | 五五絹 | | | 奉去合元山三 | 扶萬 | 非合 3 | 方矩 | 微去合元山三 | 無販 |
| 19751 | 14 副 | | 799 | 粭 | 甫 | 萬 | 匪 | 去 | 撮 | 五五絹 | | | 奉去合元山三 | 符万 | 非合 3 | 方矩 | 微去合元山三 | 無販 |
| 19752 | 14 副 | | 800 | 蚧 | 甫 | 萬 | 匪 | 去 | 撮 | 五五絹 | | | 奉去合元山三 | 符万 | 非合 3 | 方矩 | 微去合元山三 | 無販 |
| 19756 | 14 副 | | 801 | 娩 g* | 甫 | 萬 | 匪 | 去 | 撮 | 五五絹 | | | 敷去合元山三 | 孚万 | 非合 3 | 方矩 | 微去合元山三 | 無販 |
| 19757 | 14 副 | 194 | 802 | 蟃 | 武 | 眷 | 未 | 去 | 撮 | 五五絹 | | | 微去合元山三 | 無販 | 微合 3 | 文甫 | 見去合仙山重三 | 居倦 |

## 第十五部正編

| 韻字編號 | 部序 | 組數 | 字數 | 韻字及何氏反切 | | | 韻字何氏音 | | | | 何萱注釋 | 備注 | 韻字中古音 | | 上字中古音 | | 下字中古音 | |
|---|---|---|---|---|---|---|---|---|---|---|---|---|---|---|---|---|---|---|
| | | | | 韻字 | 上字 | 下字 | 聲 | 調 | 呼 | 韻部 | | | 聲調呼韻攝等 | 反切 | 聲呼等 | 反切 | 聲調呼韻攝等 | 反切 |
| 19758 | 15 正 | 1 | 1 | 幾 | 竟 | 稀 | 見 | 陰平 | 齊 | 五七幾 | 平上兩讀義分 | | 見平開微止三 | 居依 | 見開 3 | 居慶 | 曉平開微止三 | 香衣 |
| 19762 | 15 正 | | 2 | 機 | 竟 | 稀 | 見 | 陰平 | 齊 | 五七幾 | | | 見平開微止三 | 居依 | 見開 3 | 居慶 | 曉平開微止三 | 香衣 |
| 19763 | 15 正 | | 3 | 禨 | 竟 | 稀 | 見 | 陰平 | 齊 | 五七幾 | | | 見上開微止三 | 居狶 | 見開 3 | 居慶 | 曉平開微止三 | 香衣 |
| 19764 | 15 正 | | 4 | 璣 | 竟 | 稀 | 見 | 陰平 | 齊 | 五七幾 | | | 見平開微止三 | 居依 | 見開 3 | 居慶 | 曉平開微止三 | 香衣 |
| 19765 | 15 正 | | 5 | 僟 | 竟 | 稀 | 見 | 陰平 | 齊 | 五七幾 | | | 見平開微止三 | 居依 | 見開 3 | 居慶 | 曉平開微止三 | 香衣 |
| 19766 | 15 正 | | 6 | 膭 | 竟 | 稀 | 見 | 陰平 | 齊 | 五七幾 | | | 見平開微止三 | 居依 | 見開 3 | 居慶 | 曉平開微止三 | 香衣 |
| 19767 | 15 正 | | 7 | 趭 | 竟 | 稀 | 見 | 陰平 | 齊 | 五七幾 | | | 見平開微止三 | 居依 | 見開 3 | 居慶 | 曉平開微止三 | 香衣 |
| 19768 | 15 正 | | 8 | 譏 | 竟 | 稀 | 見 | 陰平 | 齊 | 五七幾 | | | 見平開微止三 | 居依 | 見開 3 | 居慶 | 曉平開微止三 | 香衣 |
| 19769 | 15 正 | | 9 | 嘰 | 竟 | 稀 | 見 | 陰平 | 齊 | 五七幾 | | | 見平開微止三 | 居依 | 見開 3 | 居慶 | 曉平開微止三 | 香衣 |
| 19770 | 15 正 | | 10 | 饑 | 竟 | 稀 | 見 | 陰平 | 齊 | 五七幾 | | | 見平開微止三 | 居依 | 見開 3 | 居慶 | 曉平開微止三 | 香衣 |
| 19771 | 15 正 | | 11 | 飢 | 竟 | 稀 | 見 | 陰平 | 齊 | 五七幾 | | | 見平開脂止重三 | 居夷 | 見開 3 | 居慶 | 曉平開微止三 | 香衣 |
| 19772 | 15 正 | | 12 | 肌 | 竟 | 稀 | 見 | 陰平 | 齊 | 五七幾 | | | 見平開脂止重三 | 居夷 | 見開 3 | 居慶 | 曉平開微止三 | 香衣 |
| 19773 | 15 正 | | 13 | 气 | 竟 | 稀 | 見 | 陰平 | 齊 | 五七幾 | 平去兩讀義分 | | 見平開微止三 | 居依 | 見開 3 | 居慶 | 曉平開微止三 | 香衣 |
| 19777 | 15 正 | | 14 | 禾 | 竟 | 稀 | 見 | 陰平 | 齊 | 五七幾 | | | 見平開齊蟹四 | 古奚 | 見開 3 | 居慶 | 曉平開微止三 | 香衣 |
| 19778 | 15 正 | | 15 | 稽 | 竟 | 稀 | 見 | 陰平 | 齊 | 五七幾 | | | 見平開齊蟹四 | 古奚 | 見開 3 | 居慶 | 曉平開微止三 | 香衣 |
| 19779 | 15 正 | | 16 | 枅 | 竟 | 稀 | 見 | 陰平 | 齊 | 五七幾 | | | 見平開齊蟹四 | 古奚 | 見開 3 | 居慶 | 曉平開微止三 | 香衣 |
| 19780 | 15 正 | 2 | 17 | 机 | 儉 | 稀 | 起 | 陰平 | 齊 | 五七幾 | 平上兩讀注在彼 | | 見平開脂止重三 | 居夷 | 群開重 3 | 巨險 | 曉平開微止三 | 香衣 |
| 19782 | 15 正 | 3 | 18 | 伊 | 隱 | 稀 | 影 | 陰平 | 齊 | 五七幾 | | | 影平開脂止重四 | 於脂 | 影開 3 | 於謹 | 曉平開微止三 | 香衣 |
| 19783 | 15 正 | | 19 | 蛜* | 隱 | 稀 | 影 | 陰平 | 齊 | 五七幾 | | | 影平開脂止重四 | 於脂 | 影開 3 | 於謹 | 曉平開微止三 | 香衣 |
| 19784 | 15 正 | | 20 | 㕛 | 隱 | 稀 | 影 | 陰平 | 齊 | 五七幾 | | | 影平開微止三 | 於希 | 影開 3 | 於謹 | 曉平開微止三 | 香衣 |
| 19785 | 15 正 | | 21 | 衣 | 隱 | 稀 | 影 | 陰平 | 齊 | 五七幾 | 平去兩讀義分 | | 影平開微止三 | 於希 | 影開 3 | 於謹 | 曉平開微止三 | 香衣 |
| 19787 | 15 正 | | 22 | 依 | 隱 | 稀 | 影 | 陰平 | 齊 | 五七幾 | | | 影平開微止三 | 於希 | 影開 3 | 於謹 | 曉平開微止三 | 香衣 |
| 19788 | 15 正 | | 23 | 㫊 | 隱 | 稀 | 影 | 陰平 | 齊 | 五七幾 | | | 影平開微止三 | 於希 | 影開 3 | 於謹 | 曉平開微止三 | 香衣 |
| 19789 | 15 正 | | 24 | 陈 | 隱 | 稀 | 影 | 陰平 | 齊 | 五七幾 | | | 影平開微止三 | 於希 | 影開 3 | 於謹 | 曉平開微止三 | 香衣 |
| 19790 | 15 正 | | 25 | 嫛 | 隱 | 稀 | 影 | 陰平 | 齊 | 五七幾 | | | 影平開齊蟹四 | 烏奚 | 影開 3 | 於謹 | 曉平開微止三 | 香衣 |

| 韻字編號 | 部序 | 組數 | 字數 | 韻字及何氏反切 | | | 韻字何氏音 | | | | 何萱注釋 | 備注 | 韻字中古音 | | 上字中古音 | | 下字中古音 | |
|---|---|---|---|---|---|---|---|---|---|---|---|---|---|---|---|---|---|---|
| | | | | 韻字 | 上字 | 下字 | 聲 | 調 | 呼 | 韻部 | | | 聲調呼韻攝等 | 反切 | 聲呼等 | 反切 | 聲調呼韻攝等 | 反切 |
| 19791 | 15 正 | | 26 | 醫 | 隱 | 稀 | 影 | 陰平 | 齊 | 五七幾 | | | 影平開之止三 | 于其 | 影開 3 | 於謹 | 曉平開微止三 | 香衣 |
| 19792 | 15 正 | | 27 | 鷖 | 隱 | 稀 | 影 | 陰平 | 齊 | 五七幾 | | | 影平開齊蟹四 | 烏奚 | 影開 3 | 於謹 | 曉平開微止三 | 香衣 |
| 19793 | 15 正 | | 28 | 堅 | 隱 | 稀 | 影 | 陰平 | 齊 | 五七幾 | | | 影平開齊蟹四 | 烏奚 | 影開 3 | 於謹 | 曉平開微止三 | 香衣 |
| 19795 | 15 正 | | 29 | 繄 | 隱 | 稀 | 影 | 陰平 | 齊 | 五七幾 | | | 影平開齊蟹四 | 烏奚 | 影開 3 | 於謹 | 曉平開微止三 | 香衣 |
| 19797 | 15 正 | | 30 | 鷖 | 隱 | 稀 | 影 | 陰平 | 齊 | 五七幾 | | | 影平開齊蟹四 | 烏奚 | 影開 3 | 於謹 | 曉平開微止三 | 香衣 |
| 19798 | 15 正 | 4 | 31 | **稀** | 向 | 衣 | 曉 | 陰平 | 齊 | 五七幾 | | | 曉平開微止三 | 香衣 | 曉開 3 | 許亮 | 影平開微止三 | 於希 |
| 19799 | 15 正 | | 32 | 莃 | 向 | 衣 | 曉 | 陰平 | 齊 | 五七幾 | | | 曉平開微止三 | 香衣 | 曉開 3 | 許亮 | 影平開微止三 | 於希 |
| 19800 | 15 正 | | 33 | 晞 | 向 | 衣 | 曉 | 陰平 | 齊 | 五七幾 | | | 曉平開微止三 | 香衣 | 曉開 3 | 許亮 | 影平開微止三 | 於希 |
| 19801 | 15 正 | | 34 | 睎 | 向 | 衣 | 曉 | 陰平 | 齊 | 五七幾 | | | 曉平開微止三 | 香衣 | 曉開 3 | 許亮 | 影平開微止三 | 於希 |
| 19802 | 15 正 | | 35 | 欷 | 向 | 衣 | 曉 | 陰平 | 齊 | 五七幾 | | | 曉平開微止三 | 香衣 | 曉開 3 | 許亮 | 影平開微止三 | 於希 |
| 19804 | 15 正 | | 36 | 呬* | 向 | 衣 | 曉 | 陰平 | 齊 | 五七幾 | | | 曉去開脂止重四 | 許四 | 曉開 3 | 許亮 | 影平開微止三 | 於希 |
| 19806 | 15 正 | 5 | 37 | **氐** | 典 | 稀 | 短 | 陰平 | 齊 | 五七幾 | | | 端平開齊蟹四 | 都奚 | 端開 4 | 多殄 | 曉平開微止三 | 香衣 |
| 19807 | 15 正 | | 38 | 衪 | 典 | 稀 | 短 | 陰平 | 齊 | 五七幾 | | | 端平開齊蟹四 | 都奚 | 端開 4 | 多殄 | 曉平開微止三 | 香衣 |
| 19808 | 15 正 | | 39 | 袛 | 典 | 稀 | 短 | 陰平 | 齊 | 五七幾 | | | 端平開齊蟹四 | 都奚 | 端開 4 | 多殄 | 曉平開微止三 | 香衣 |
| 19809 | 15 正 | | 40 | 紙 | 典 | 稀 | 短 | 陰平 | 齊 | 五七幾 | | | 端平開齊蟹四 | 都奚 | 端開 4 | 多殄 | 曉平開微止三 | 香衣 |
| 19810 | 15 正 | | 41 | 羝 | 典 | 稀 | 短 | 陰平 | 齊 | 五七幾 | | | 端平開齊蟹四 | 都奚 | 端開 4 | 多殄 | 曉平開微止三 | 香衣 |
| 19811 | 15 正 | 6 | 42 | **梯** | 眺 | 稀 | 透 | 陰平 | 齊 | 五七幾 | | | 透平開齊蟹四 | 土雞 | 透開 4 | 他弔 | 曉平開微止三 | 香衣 |
| 19812 | 15 正 | 7 | 43 | **祗** | 掌 | 稀 | 照 | 陰平 | 齊 | 五七幾 | | | 章平開脂止三 | 旨夷 | 章開 3 | 諸兩 | 曉平開微止三 | 香衣 |
| 19813 | 15 正 | | 44 | 胝 | 掌 | 稀 | 照 | 陰平 | 齊 | 五七幾 | | | 知平開脂止三 | 丁尼 | 章開 3 | 諸兩 | 曉平開微止三 | 香衣 |
| 19814 | 15 正 | | 45 | 脂 | 掌 | 稀 | 照 | 陰平 | 齊 | 五七幾 | | | 章平開脂止三 | 旨夷 | 章開 3 | 諸兩 | 曉平開微止三 | 香衣 |
| 19815 | 15 正 | | 46 | 鴲 | 掌 | 稀 | 照 | 陰平 | 齊 | 五七幾 | | | 章平開脂止三 | 旨夷 | 章開 3 | 諸兩 | 曉平開微止三 | 香衣 |
| 19816 | 15 正 | | 47 | 鮨 | 掌 | 稀 | 照 | 陰平 | 齊 | 五七幾 | | | 群平開脂止重三 | 渠脂 | 章開 3 | 諸兩 | 曉平開微止三 | 香衣 |
| 19817 | 15 正 | | 48 | 榰 | 掌 | 稀 | 照 | 陰平 | 齊 | 五七幾 | | | 章平開支止三 | 章移 | 章開 3 | 諸兩 | 曉平開微止三 | 香衣 |
| 19818 | 15 正 | 8 | 49 | **絺** | 寵 | 稀 | 助 | 陰平 | 齊 | 五七幾 | | | 徹平開脂止三 | 丑飢 | 徹合 3 | 丑隴 | 曉平開微止三 | 香衣 |
| 19819 | 15 正 | | 50 | 郗 | 寵 | 稀 | 助 | 陰平 | 齊 | 五七幾 | | | 徹平開脂止三 | 丑飢 | 徹合 3 | 丑隴 | 曉平開微止三 | 香衣 |
| 19820 | 15 正 | | 51 | 雖 | 寵 | 稀 | 助 | 陰平 | 齊 | 五七幾 | | | 昌平開脂止三 | 外脂 | 徹合 3 | 丑隴 | 曉平開微止三 | 香衣 |
| 19821 | 15 正 | 9 | 52 | **師** | 哂 | 衣 | 審 | 陰平 | 齊 | 五七幾 | | | 生平開脂止三 | 疏夷 | 書開 3 | 式忍 | 影平開微止三 | 於希 |

| 韻字編號 | 部序 | 組數 | 字數 | 韻字及何氏反切 | | | 韻字何氏音 | | | | 何萱注釋 | 備　注 | 韻字中古音 | | 上字中古音 | | 下字中古音 | |
|---|---|---|---|---|---|---|---|---|---|---|---|---|---|---|---|---|---|---|
| | | | | 韻字 | 上字 | 下字 | 聲 | 調 | 呼 | 韻部 | | | 聲調呼韻攝等 | 反切 | 聲呼等 | 反切 | 聲調呼韻攝等 | 反切 |
| 19822 | 15 正 | | 53 | 尸 | 哂 | 衣 | 審 | 陰平 | 齊 | 五七幾 | | | 書平開脂止三 | 式脂 | 書開 3 | 式忍 | 影平開微止三 | 於希 |
| 19823 | 15 正 | | 54 | 屍 | 哂 | 衣 | 審 | 陰平 | 齊 | 五七幾 | | | 書平開脂止三 | 式脂 | 書開 3 | 式忍 | 影平開微止三 | 於希 |
| 19824 | 15 正 | | 55 | 蓍 | 哂 | 衣 | 審 | 陰平 | 齊 | 五七幾 | | | 書平開脂止三 | 式脂 | 書開 3 | 式忍 | 影平開微止三 | 於希 |
| 19825 | 15 正 | | 56 | 鼉 | 哂 | 衣 | 審 | 陰平 | 齊 | 五七幾 | | | 書平開支止三 | 式支 | 書開 3 | 式忍 | 影平開微止三 | 於希 |
| 19826 | 15 正 | 10 | 57 | **咨** | 甑 | 衣 | 井 | 陰平 | 齊 | 五七幾 | | | 精平開脂止三 | 即夷 | 精開 3 | 子孕 | 影平開微止三 | 於希 |
| 19827 | 15 正 | | 58 | 姿 | 甑 | 衣 | 井 | 陰平 | 齊 | 五七幾 | | | 精平開脂止三 | 即夷 | 精開 3 | 子孕 | 影平開微止三 | 於希 |
| 19828 | 15 正 | | 59 | 資 | 甑 | 衣 | 井 | 陰平 | 齊 | 五七幾 | | | 精平開脂止三 | 即夷 | 精開 3 | 子孕 | 影平開微止三 | 於希 |
| 19829 | 15 正 | | 60 | 稽 | 甑 | 衣 | 井 | 陰平 | 齊 | 五七幾 | | | 從平開脂止三 | 疾資 | 精開 3 | 子孕 | 影平開微止三 | 於希 |
| 19830 | 15 正 | | 61 | 齏 | 甑 | 衣 | 井 | 陰平 | 齊 | 五七幾 | 韲或齏 | | 精平開齊蟹四 | 祖稽 | 精開 3 | 子孕 | 影平開微止三 | 於希 |
| 19831 | 15 正 | | 62 | 齍 | 甑 | 衣 | 井 | 陰平 | 齊 | 五七幾 | | | 精平開脂止三 | 即夷 | 精開 3 | 子孕 | 影平開微止三 | 於希 |
| 19832 | 15 正 | | 63 | 盗 | 甑 | 衣 | 井 | 陰平 | 齊 | 五七幾 | | | 精平開脂止三 | 即夷 | 精開 3 | 子孕 | 影平開微止三 | 於希 |
| 19834 | 15 正 | | 64 | 齎 | 甑 | 衣 | 井 | 陰平 | 齊 | 五七幾 | | | 精平開齊蟹四 | 祖稽 | 精開 3 | 子孕 | 影平開微止三 | 於希 |
| 19835 | 15 正 | | 65 | 齌 | 甑 | 衣 | 井 | 陰平 | 齊 | 五七幾 | | | 精平開脂止三 | 即夷 | 精開 3 | 子孕 | 影平開微止三 | 於希 |
| 19836 | 15 正 | | 66 | 躋 | 甑 | 衣 | 井 | 陰平 | 齊 | 五七幾 | | | 精平開齊蟹四 | 祖稽 | 精開 3 | 子孕 | 影平開微止三 | 於希 |
| 19838 | 15 正 | | 67 | 櫅 | 甑 | 衣 | 井 | 陰平 | 齊 | 五七幾 | | | 精平開齊蟹四 | 祖稽 | 精開 3 | 子孕 | 影平開微止三 | 於希 |
| 19839 | 15 正 | | 68 | 賷 | 甑 | 衣 | 井 | 陰平 | 齊 | 五七幾 | | | 精平開脂止三 | 即夷 | 精開 3 | 子孕 | 影平開微止三 | 於希 |
| 19840 | 15 正 | | 69 | 髭* | 甑 | 衣 | 井 | 陰平 | 齊 | 五七幾 | 頾或作髭 | | 精平開支止三 | 將支 | 精開 3 | 子孕 | 影平開微止三 | 於希 |
| 19842 | 15 正 | | 70 | 訾 | 甑 | 衣 | 井 | 陰平 | 齊 | 五七幾 | 俗有些些又見十七部副編去聲 | 與些的去聲異讀。些在 17 部出現兩次，一平一去 | 精平開支止三 | 即移 | 精開 3 | 子孕 | 影平開微止三 | 於希 |
| 19844 | 15 正 | | 71 | 貲 | 甑 | 衣 | 井 | 陰平 | 齊 | 五七幾 | | | 精平開支止三 | 即移 | 精開 3 | 子孕 | 影平開微止三 | 於希 |
| 19845 | 15 正 | | 72 | 鉴 | 甑 | 衣 | 井 | 陰平 | 齊 | 五七幾 | | | 精平開支止三 | 即移 | 精開 3 | 子孕 | 影平開微止三 | 於希 |
| 19847 | 15 正 | | 73 | 鼒 | 甑 | 衣 | 井 | 陰平 | 齊 | 五七幾 | | | 精平開支止三 | 即移 | 精開 3 | 子孕 | 影平開微止三 | 於希 |
| 19849 | 15 正 | | 74 | 鴜 | 甑 | 衣 | 井 | 陰平 | 齊 | 五七幾 | | | 精平開支止三 | 即移 | 精開 3 | 子孕 | 影平開微止三 | 於希 |
| 19850 | 15 正 | | 75 | 卯 | 甑 | 衣 | 井 | 陰平 | 齊 | 五七幾 | 平上兩讀 | 此處取的子兮切。實三見 | 精平開齊蟹四 | 子兮 | 精開 3 | 子孕 | 影平開微止三 | 於希 |
| 19851 | 15 正 | 11 | 76 | **妻** | 淺 | 稀 | 淨 | 陰平 | 齊 | 五七幾 | 平去兩讀義分 | | 清平開齊蟹四 | 七稽 | 清開 3 | 七演 | 曉平開微止三 | 香衣 |

| 韻字編號 | 部序 | 組數 | 字數 | 韻字及何氏反切 | | | 韻字何氏音 | | | | 何萱注釋 | 備注 | 韻字中古音 | | 上字中古音 | | 下字中古音 | |
|---|---|---|---|---|---|---|---|---|---|---|---|---|---|---|---|---|---|---|
| | | | | 韻字 | 上字 | 下字 | 聲 | 調 | 呼 | 韻部 | | | 聲調呼韻攝等 | 反切 | 聲呼等 | 反切 | 聲調呼韻攝等 | 反切 |
| 19853 | 15 正 | | 77 | 悽 | 淺 | 稀 | 淨 | 陰平 | 齊 | 五七幾 | | | 清平開齊蟹四 | 七稽 | 清開 3 | 七演 | 曉平開微止三 | 香衣 |
| 19855 | 15 正 | | 78 | 郪 | 淺 | 稀 | 淨 | 陰平 | 齊 | 五七幾 | | | 清平開齊蟹四 | 七稽 | 清開 3 | 七演 | 曉平開微止三 | 香衣 |
| 19856 | 15 正 | | 79 | 緀 | 淺 | 稀 | 淨 | 陰平 | 齊 | 五七幾 | | | 清平開齊蟹四 | 七稽 | 清開 3 | 七演 | 曉平開微止三 | 香衣 |
| 19858 | 15 正 | | 80 | 淒 | 淺 | 稀 | 淨 | 陰平 | 齊 | 五七幾 | | | 清平開齊蟹四 | 七稽 | 清開 3 | 七演 | 曉平開微止三 | 香衣 |
| 19860 | 15 正 | | 81 | 霋 | 淺 | 稀 | 淨 | 陰平 | 齊 | 五七幾 | | | 清平開齊蟹四 | 七稽 | 清開 3 | 七演 | 曉平開微止三 | 香衣 |
| 19861 | 15 正 | | 82 | 萋 | 淺 | 稀 | 淨 | 陰平 | 齊 | 五七幾 | | | 清平開齊蟹四 | 七稽 | 清開 3 | 七演 | 曉平開微止三 | 香衣 |
| 19862 | 15 正 | | 83 | 趑 | 淺 | 稀 | 淨 | 陰平 | 齊 | 五七幾 | | | 清平開脂止三 | 取私 | 清開 3 | 七演 | 曉平開微止三 | 香衣 |
| 19863 | 15 正 | | 84 | 趀 | 淺 | 稀 | 淨 | 陰平 | 齊 | 五七幾 | | | 清平開脂止三 | 取私 | 清開 3 | 七演 | 曉平開微止三 | 香衣 |
| 19864 | 15 正 | | 85 | 雌 | 淺 | 稀 | 淨 | 陰平 | 齊 | 五七幾 | | | 清平開支止三 | 此移 | 清開 3 | 七演 | 曉平開微止三 | 香衣 |
| 19865 | 15 正 | | 86 | 茈 | 淺 | 稀 | 淨 | 陰平 | 齊 | 五七幾 | | | 清平開支止三 | 此移 | 清開 3 | 七演 | 曉平開微止三 | 香衣 |
| 19866 | 15 正 | 12 | 87 | 厶 | 想 | 稀 | 信 | 陰平 | 齊 | 五七幾 | | | 心平開脂止三 | 息夷 | 心開 3 | 息兩 | 曉平開微止三 | 香衣 |
| 19867 | 15 正 | | 88 | 厷 | 想 | 稀 | 信 | 陰平 | 齊 | 五七幾 | | | 心平開脂止三 | 息夷 | 心開 3 | 息兩 | 曉平開微止三 | 香衣 |
| 19868 | 15 正 | | 89 | 私 | 想 | 稀 | 信 | 陰平 | 齊 | 五七幾 | | | 心平開脂止三 | 息夷 | 心開 3 | 息兩 | 曉平開微止三 | 香衣 |
| 19869 | 15 正 | | 90 | 耘 | 想 | 稀 | 信 | 陰平 | 齊 | 五七幾 | | | 心平開脂止三 | 息夷 | 心開 3 | 息兩 | 曉平開微止三 | 香衣 |
| 19870 | 15 正 | | 91 | 屖 | 想 | 稀 | 信 | 陰平 | 齊 | 五七幾 | | | 心平開齊蟹四 | 先稽 | 心開 3 | 息兩 | 曉平開微止三 | 香衣 |
| 19871 | 15 正 | | 92 | **犀** | 想 | 稀 | 信 | 陰平 | 齊 | 五七幾 | | | 心平開齊蟹四 | 先稽 | 心開 3 | 息兩 | 曉平開微止三 | 香衣 |
| 19873 | 15 正 | 13 | 93 | 陛 | 丙 | 衣 | 謗 | 陰平 | 齊 | 五七幾 | | | 幫平開齊蟹四 | 邊兮 | 幫開 3 | 兵永 | 影平開微止三 | 於希 |
| 19874 | 15 正 | | 94 | **梐** | 丙 | 衣 | 謗 | 陰平 | 齊 | 五七幾 | | | 幫平開齊蟹四 | 邊兮 | 幫開 3 | 兵永 | 影平開微止三 | 於希 |
| 19876 | 15 正 | | 95 | 螕 | 丙 | 衣 | 謗 | 陰平 | 齊 | 五七幾 | | | 幫平開齊蟹四 | 邊兮 | 幫開 3 | 兵永 | 影平開微止三 | 於希 |
| 19877 | 15 正 | 14 | 96 | **搥** | 品 | 衣 | 並 | 陰平 | 齊 | 五七幾 | | | 並入開屑山四 | 蒲結 | 滂開重 3 | 丕飲 | 影平開微止三 | 於希 |
| 19879 | 15 正 | | 97 | 紕 | 品 | 衣 | 並 | 陰平 | 齊 | 五七幾 | 平上兩讀義別 | | 滂平開支止重四 | 匹夷 | 滂開重 3 | 丕飲 | 影平開微止三 | 於希 |
| 19881 | 15 正 | 15 | 98 | 耆 | 儉 | 黎 | 起 | 陽平 | 齊 | 五七幾 | | | 群平開脂止重三 | 渠脂 | 群開重 3 | 巨險 | 來平開齊蟹四 | 郎奚 |
| 19882 | 15 正 | | 99 | **祁** | 儉 | 黎 | 起 | 陽平 | 齊 | 五七幾 | | | 群平開脂止重三 | 渠脂 | 群開重 3 | 巨險 | 來平開齊蟹四 | 郎奚 |
| 19883 | 15 正 | | 100 | 讖 | 儉 | 黎 | 起 | 陽平 | 齊 | 五七幾 | | | 群平開微止三 | 渠希 | 群開重 3 | 巨險 | 來平開齊蟹四 | 郎奚 |
| 19885 | 15 正 | | 101 | 幾 | 儉 | 黎 | 起 | 陽平 | 齊 | 五七幾 | | | 群平開微止三 | 渠希 | 群開重 3 | 巨險 | 來平開齊蟹四 | 郎奚 |
| 19886 | 15 正 | | 102 | 鐖 | 儉 | 黎 | 起 | 陽平 | 齊 | 五七幾 | | | 群平開微止三 | 渠希 | 群開重 3 | 巨險 | 來平開齊蟹四 | 郎奚 |
| 19887 | 15 正 | | 103 | 鐖 | 儉 | 黎 | 起 | 陽平 | 齊 | 五七幾 | | | 見平開微止三 | 居依 | 群開重 3 | 巨險 | 來平開齊蟹四 | 郎奚 |

| 韻字編號 | 部序 | 組數 | 字數 | 韻字及何氏反切 | | | 韻字何氏音 | | | | 何萱注釋 | 備注 | 韻字中古音 | | 上字中古音 | | 下字中古音 | |
|---|---|---|---|---|---|---|---|---|---|---|---|---|---|---|---|---|---|---|
| | | | | 韻字 | 上字 | 下字 | 聲 | 調 | 呼 | 韻部 | | | 聲調呼韻攝等 | 反切 | 聲呼等 | 反切 | 聲調呼韻攝等 | 反切 |
| 19888 | 15 正 | 16 | 104 | 彝 | 隱 | 黎 | 影 | 陽平 | 齊 | 五七幾 | | | 以平開脂止三 | 以脂 | 影開 3 | 於謹 | 來平開齊蟹四 | 郎奚 |
| 19889 | 15 正 | | 105 | 櫟 | 隱 | 黎 | 影 | 陽平 | 齊 | 五七幾 | | | 以平開脂止三 | 以脂 | 影開 3 | 於謹 | 來平開齊蟹四 | 郎奚 |
| 19890 | 15 正 | | 106 | **夷** | 隱 | 黎 | 影 | 陽平 | 齊 | 五七幾 | | | 以平開脂止三 | 以脂 | 影開 3 | 於謹 | 來平開齊蟹四 | 郎奚 |
| 19891 | 15 正 | | 107 | 侇 | 隱 | 黎 | 影 | 陽平 | 齊 | 五七幾 | | | 以平開脂止三 | 以脂 | 影開 3 | 於謹 | 來平開齊蟹四 | 郎奚 |
| 19892 | 15 正 | | 108 | 姨 | 隱 | 黎 | 影 | 陽平 | 齊 | 五七幾 | | | 以平開脂止三 | 以脂 | 影開 3 | 於謹 | 來平開齊蟹四 | 郎奚 |
| 19893 | 15 正 | | 109 | 痍 | 隱 | 黎 | 影 | 陽平 | 齊 | 五七幾 | | | 以平開脂止三 | 以脂 | 影開 3 | 於謹 | 來平開齊蟹四 | 郎奚 |
| 19894 | 15 正 | | 110 | 咦 | 隱 | 黎 | 影 | 陽平 | 齊 | 五七幾 | | | 曉平開脂止重三 | 喜夷 | 影開 3 | 於謹 | 來平開齊蟹四 | 郎奚 |
| 19895 | 15 正 | | 111 | 桋 | 隱 | 黎 | 影 | 陽平 | 齊 | 五七幾 | | | 以平開脂止三 | 以脂 | 影開 3 | 於謹 | 來平開齊蟹四 | 郎奚 |
| 19896 | 15 正 | | 112 | 洟 | 隱 | 黎 | 影 | 陽平 | 齊 | 五七幾 | 平去兩讀注在彼 | | 以平開脂止三 | 以脂 | 影開 3 | 於謹 | 來平開齊蟹四 | 郎奚 |
| 19898 | 15 正 | 17 | 113 | **郋** | 向 | 祁 | 曉 | 陽平 | 齊 | 五七幾 | | | 匣平開齊蟹四 | 胡雞 | 曉開 3 | 許亮 | 群平開脂止重三 | 渠脂 |
| 19900 | 15 正 | 18 | 114 | 鮧 | 眺 | 祁 | 透 | 陽平 | 齊 | 五七幾 | | | 定平開齊蟹四 | 杜奚 | 透開 4 | 他弔 | 群平開脂止重三 | 渠脂 |
| 19902 | 15 正 | | 115 | 鵜 | 眺 | 祁 | 透 | 陽平 | 齊 | 五七幾 | | | 定平開齊蟹四 | 杜奚 | 透開 4 | 他弔 | 群平開脂止重三 | 渠脂 |
| 19903 | 15 正 | | 116 | 苐 | 眺 | 祁 | 透 | 陽平 | 齊 | 五七幾 | | | 定平開齊蟹四 | 杜奚 | 透開 4 | 他弔 | 群平開脂止重三 | 渠脂 |
| 19904 | 15 正 | | 117 | 稊 | 眺 | 祁 | 透 | 陽平 | 齊 | 五七幾 | 稊俗有䅠稊 | | 定平開齊蟹四 | 杜奚 | 透開 4 | 他弔 | 群平開脂止重三 | 渠脂 |
| 19905 | 15 正 | | 118 | **綈** | 眺 | 祁 | 透 | 陽平 | 齊 | 五七幾 | | | 定平開齊蟹四 | 杜奚 | 透開 4 | 他弔 | 群平開脂止重三 | 渠脂 |
| 19906 | 15 正 | | 119 | 銻 | 眺 | 祁 | 透 | 陽平 | 齊 | 五七幾 | | | 定平開齊蟹四 | 杜奚 | 透開 4 | 他弔 | 群平開脂止重三 | 渠脂 |
| 19907 | 15 正 | | 120 | 厗 | 眺 | 祁 | 透 | 陽平 | 齊 | 五七幾 | | | 定平開齊蟹四 | 杜奚 | 透開 4 | 他弔 | 群平開脂止重三 | 渠脂 |
| 19908 | 15 正 | 19 | 121 | **尼** | 念 | 祁 | 乃 | 陽平 | 齊 | 五七幾 | 平入兩讀 | | 娘平開脂止三 | 女夷 | 泥開 4 | 奴店 | 群平開脂止重三 | 渠脂 |
| 19910 | 15 正 | | 122 | 屔 | 念 | 祁 | 乃 | 陽平 | 齊 | 五七幾 | | | 泥平開齊蟹四 | 奴低 | 泥開 4 | 奴店 | 群平開脂止重三 | 渠脂 |
| 19911 | 15 正 | | 123 | 泥 | 念 | 祁 | 乃 | 陽平 | 齊 | 五七幾 | 平上去三讀義各異 | | 泥平開齊蟹四 | 奴低 | 泥開 4 | 奴店 | 群平開脂止重三 | 渠脂 |
| 19914 | 15 正 | 20 | 124 | 鬔 | 亮 | 祁 | 賚 | 陽平 | 齊 | 五七幾 | | | 來平開齊蟹四 | 郎奚 | 來開 3 | 力讓 | 群平開脂止重三 | 渠脂 |
| 19915 | 15 正 | | 125 | 梨 | 亮 | 祁 | 賚 | 陽平 | 齊 | 五七幾 | | | 來平開脂止三 | 力脂 | 來開 3 | 力讓 | 群平開脂止重三 | 渠脂 |
| 19916 | 15 正 | | 126 | **黎** | 亮 | 祁 | 賚 | 陽平 | 齊 | 五七幾 | | | 來平開齊蟹四 | 郎奚 | 來開 3 | 力讓 | 群平開脂止重三 | 渠脂 |
| 19917 | 15 正 | | 127 | 邌 | 亮 | 祁 | 賚 | 陽平 | 齊 | 五七幾 | | | 來平開齊蟹四 | 郎奚 | 來開 3 | 力讓 | 群平開脂止重三 | 渠脂 |
| 19919 | 15 正 | | 128 | 鏫 | 亮 | 祁 | 賚 | 陽平 | 齊 | 五七幾 | | | 來平開脂止三 | 力脂 | 來開 3 | 力讓 | 群平開脂止重三 | 渠脂 |
| 19920 | 15 正 | | 129 | 䊍 | 亮 | 祁 | 賚 | 陽平 | 齊 | 五七幾 | | | 來平開齊蟹四 | 郎奚 | 來開 3 | 力讓 | 群平開脂止重三 | 渠脂 |
| 19921 | 15 正 | | 130 | 稬 | 亮 | 祁 | 賚 | 陽平 | 齊 | 五七幾 | 䆹或作稬 | | 來平開齊蟹四 | 郎奚 | 來開 3 | 力讓 | 群平開脂止重三 | 渠脂 |
| 19922 | 15 正 | | 131 | 藜 | 亮 | 祁 | 賚 | 陽平 | 齊 | 五七幾 | | | 來平開齊蟹四 | 郎奚 | 來開 3 | 力讓 | 群平開脂止重三 | 渠脂 |

| 韻字編號 | 部序 | 組數 | 字數 | 韻字及何氏反切 | | | 韻字何氏音 | | | | 何萱注釋 | 備注 | 韻字中古音 | | 上字中古音 | | 下字中古音 | |
|---|---|---|---|---|---|---|---|---|---|---|---|---|---|---|---|---|---|---|
| | | | | 韻字 | 上字 | 下字 | 聲 | 調 | 呼 | 韻部 | | | 聲調呼韻攝等 | 反切 | 聲呼等 | 反切 | 聲調呼韻攝等 | 反切 |
| 19923 | 15 正 | | 132 | 秜 | 亮 | 祁 | 賚 | 陽平 | 齊 | 五七幾 | | | 來平開脂止三 | 力脂 | 來開 3 | 力讓 | 群平開脂止重三 | 渠脂 |
| 19924 | 15 正 | 21 | 133 | **遲** | 寵 | 祁 | 助 | 陽平 | 齊 | 五七幾 | 平去兩讀 | | 澄平開脂止三 | 直尼 | 徹合 3 | 丑隴 | 群平開脂止重三 | 渠脂 |
| 19927 | 15 正 | | 134 | 謘 | 寵 | 祁 | 助 | 陽平 | 齊 | 五七幾 | | | 澄平開脂止三 | 直尼 | 徹合 3 | 丑隴 | 群平開脂止重三 | 渠脂 |
| 19929 | 15 正 | | 135 | 徲 | 寵 | 祁 | 助 | 陽平 | 齊 | 五七幾 | | | 澄平開脂止三 | 直尼 | 徹合 3 | 丑隴 | 群平開脂止重三 | 渠脂 |
| 19930 | 15 正 | | 136 | 墀 | 寵 | 祁 | 助 | 陽平 | 齊 | 五七幾 | | | 澄平開脂止三 | 直尼 | 徹合 3 | 丑隴 | 群平開脂止重三 | 渠脂 |
| 19931 | 15 正 | | 137 | 坻 | 寵 | 祁 | 助 | 陽平 | 齊 | 五七幾 | | | 澄平開脂止三 | 直尼 | 徹合 3 | 丑隴 | 群平開脂止重三 | 渠脂 |
| 19935 | 15 正 | | 138 | 泜 | 寵 | 祁 | 助 | 陽平 | 齊 | 五七幾 | | | 澄平開脂止三 | 直尼 | 徹合 3 | 丑隴 | 群平開脂止重三 | 渠脂 |
| 19936 | 15 正 | | 139 | 莖 | 寵 | 祁 | 助 | 陽平 | 齊 | 五七幾 | | | 章平開脂止三 | 旨夷 | 徹合 3 | 丑隴 | 群平開脂止重三 | 渠脂 |
| 19937 | 15 正 | | 140 | 蚳 | 寵 | 祁 | 助 | 陽平 | 齊 | 五七幾 | | | 澄平開脂止三 | 直尼 | 徹合 3 | 丑隴 | 群平開脂止重三 | 渠脂 |
| 19938 | 15 正 | 22 | 141 | **纚** | 哂 | 黎 | 審 | 陽平 | 齊 | 五七幾 | 十五部十六部兩見 | 缺 16 部 | 書平開支止三 | 式支 | 書開 3 | 式忍 | 來平開齊蟹四 | 郎奚 |
| 19941 | 15 正 | 23 | 142 | **齊** | 淺 | 黎 | 淨 | 陽平 | 齊 | 五七幾 | 𠫨隸作齊。平去兩讀義分 | 缺去聲，增 | 從平開齊蟹四 | 徂奚 | 清開 3 | 七演 | 來平開齊蟹四 | 郎奚 |
| 19943 | 15 正 | | 143 | 齏 | 淺 | 黎 | 淨 | 陽平 | 齊 | 五七幾 | | | 從平開齊蟹四 | 徂奚 | 清開 3 | 七演 | 來平開齊蟹四 | 郎奚 |
| 19944 | 15 正 | | 144 | 臍 | 淺 | 黎 | 淨 | 陽平 | 齊 | 五七幾 | 齎或書作臍 | | 從平開齊蟹四 | 徂奚 | 清開 3 | 七演 | 來平開齊蟹四 | 郎奚 |
| 19945 | 15 正 | | 145 | 齎 | 淺 | 黎 | 淨 | 陽平 | 齊 | 五七幾 | | | 從平開脂止三 | 疾資 | 清開 3 | 七演 | 來平開齊蟹四 | 郎奚 |
| 19946 | 15 正 | | 146 | 薺 | 淺 | 黎 | 淨 | 陽平 | 齊 | 五七幾 | 平上兩讀 | | 從平開脂止三 | 疾資 | 清開 3 | 七演 | 來平開齊蟹四 | 郎奚 |
| 19948 | 15 正 | | 147 | 餈 | 淺 | 黎 | 淨 | 陽平 | 齊 | 五七幾 | | | 從平開脂止三 | 疾資 | 清開 3 | 七演 | 來平開齊蟹四 | 郎奚 |
| 19949 | 15 正 | | 148 | 茨 | 淺 | 黎 | 淨 | 陽平 | 齊 | 五七幾 | | | 從平開脂止三 | 疾資 | 清開 3 | 七演 | 來平開齊蟹四 | 郎奚 |
| 19950 | 15 正 | | 149 | 薋 | 淺 | 黎 | 淨 | 陽平 | 齊 | 五七幾 | | | 從平開脂止三 | 疾資 | 清開 3 | 七演 | 來平開齊蟹四 | 郎奚 |
| 19952 | 15 正 | | 150 | 濨 | 淺 | 黎 | 淨 | 陽平 | 齊 | 五七幾 | | | 從平開脂止三 | 疾資 | 清開 3 | 七演 | 來平開齊蟹四 | 郎奚 |
| 19953 | 15 正 | | 151 | 鉼 | 淺 | 黎 | 淨 | 陽平 | 齊 | 五七幾 | | | 從平開齊蟹四 | 徂奚 | 清開 3 | 七演 | 來平開齊蟹四 | 郎奚 |
| 19955 | 15 正 | | 152 | 疵 | 淺 | 黎 | 淨 | 陽平 | 齊 | 五七幾 | | | 從平開支止三 | 疾移 | 清開 3 | 七演 | 來平開齊蟹四 | 郎奚 |
| 19956 | 15 正 | 24 | 153 | **觬*** | 仰 | 黎 | 我 | 陽平 | 齊 | 五七幾 | 平入兩讀。定也，說文。萓按……疑傳雲定也，此假疑為觬也。觬疑異部而同音也。疑之訓戾訓止，皆觬之義 | 集韻有觬讀平聲。這里有一個異部同音問題。何氏所謂異部同音，大概是指上古音不同部，今音已同音。取觬集韻音 | 疑平開之止三 | 魚其 | 疑開 3 | 魚兩 | 來平開齊蟹四 | 郎奚 |

| 韻字編號 | 部序 | 組數 | 字數 | 韻字及何氏反切 | | | 韻字何氏音 | | | | 何萱注釋 | 備　注 | 韻字中古音 | | 上字中古音 | | 下字中古音 | |
|---|---|---|---|---|---|---|---|---|---|---|---|---|---|---|---|---|---|---|
| | | | | 韻字 | 上字 | 下字 | 聲 | 調 | 呼 | 韻部 | | | 聲調呼韻攝等 | 反切 | 聲呼等 | 反切 | 聲調呼韻攝等 | 反切 |
| 19957 | 15 正 | | 154 | 狋 | 仰 | 黎 | 我 | 陽平 | 齊 | 五七幾 | | | 疑平開脂止重三 | 牛肌 | 疑開 3 | 魚兩 | 來平開齊蟹四 | 郎奚 |
| 19959 | 15 正 | 25 | 155 | 仳 | 品 | 黎 | 並 | 陽平 | 齊 | 五七幾 | 平上兩讀注在彼 | | 並平開脂止重四 | 房脂 | 滂開重 3 | 丕飲 | 來平開齊蟹四 | 郎奚 |
| 19962 | 15 正 | | 156 | **枇** | 品 | 黎 | 並 | 陽平 | 齊 | 五七幾 | | | 並平開脂止重四 | 房脂 | 滂開重 3 | 丕飲 | 來平開齊蟹四 | 郎奚 |
| 19963 | 15 正 | | 157 | 芘 | 品 | 黎 | 並 | 陽平 | 齊 | 五七幾 | | | 並平開脂止重四 | 房脂 | 滂開重 3 | 丕飲 | 來平開齊蟹四 | 郎奚 |
| 19965 | 15 正 | | 158 | 魮 | 品 | 黎 | 並 | 陽平 | 齊 | 五七幾 | | | 並平開脂止重四 | 房脂 | 滂開重 3 | 丕飲 | 來平開齊蟹四 | 郎奚 |
| 19967 | 15 正 | | 159 | 膍 | 品 | 黎 | 並 | 陽平 | 齊 | 五七幾 | | | 並平開齊蟹四 | 部迷 | 滂開重 3 | 丕飲 | 來平開齊蟹四 | 郎奚 |
| 19968 | 15 正 | | 160 | 貔 | 品 | 黎 | 並 | 陽平 | 齊 | 五七幾 | | | 並平開脂止重四 | 房脂 | 滂開重 3 | 丕飲 | 來平開齊蟹四 | 郎奚 |
| 19969 | 15 正 | | 161 | 蚍 | 品 | 黎 | 並 | 陽平 | 齊 | 五七幾 | 蠶或蚍 | | 並平開脂止重四 | 房脂 | 滂開重 3 | 丕飲 | 來平開齊蟹四 | 郎奚 |
| 19970 | 15 正 | | 162 | 梍 | 品 | 黎 | 並 | 陽平 | 齊 | 五七幾 | | | 並平開脂止重四 | 房脂 | 滂開重 3 | 丕飲 | 來平開齊蟹四 | 郎奚 |
| 19972 | 15 正 | | 163 | 蚝 | 品 | 黎 | 並 | 陽平 | 齊 | 五七幾 | | | 並平開脂止重四 | 房脂 | 滂開重 3 | 丕飲 | 來平開齊蟹四 | 郎奚 |
| 19973 | 15 正 | 26 | 164 | **迷** | 面 | 黎 | 命 | 陽平 | 齊 | 五七幾 | | | 明平開齊蟹四 | 莫兮 | 明開重 4 | 彌箭 | 來平開齊蟹四 | 郎奚 |
| 19974 | 15 正 | | 165 | 麛g* | 面 | 黎 | 命 | 陽平 | 齊 | 五七幾 | | | 明平開支止重三 | 忙皮 | 明開重 4 | 彌箭 | 來平開齊蟹四 | 郎奚 |
| 19975 | 15 正 | | 166 | 罙 | 面 | 黎 | 命 | 陽平 | 齊 | 五七幾 | | | 明平開支止重四 | 武移 | 明開重 4 | 彌箭 | 來平開齊蟹四 | 郎奚 |
| 19976 | 15 正 | | 167 | 瓕 | 面 | 黎 | 命 | 陽平 | 齊 | 五七幾 | 十五部十六部兩讀 | 缺 16 部。廣集只有一讀。玉篇沒查到。所以另一讀仿纚 | 明平開支止重四 | 武移 | 明開重 4 | 彌箭 | 來平開齊蟹四 | 郎奚 |
| 19977 | 15 正 | 27 | 168 | **皆** | 竟 | 齋 | 見 | 陰平 | 齊二 | 五八皆 | | | 見平開皆蟹二 | 古諧 | 見開 3 | 居慶 | 莊平開皆蟹二 | 側皆 |
| 19978 | 15 正 | | 169 | 偕 | 竟 | 齋 | 見 | 陰平 | 齊二 | 五八皆 | | | 見平開皆蟹二 | 古諧 | 見開 3 | 居慶 | 莊平開皆蟹二 | 側皆 |
| 19979 | 15 正 | | 170 | 腊 | 竟 | 齋 | 見 | 陰平 | 齊二 | 五八皆 | | | 見平開皆蟹二 | 古諧 | 見開 3 | 居慶 | 莊平開皆蟹二 | 側皆 |
| 19981 | 15 正 | | 171 | 喈 | 竟 | 齋 | 見 | 陰平 | 齊二 | 五八皆 | | | 見平開皆蟹二 | 古諧 | 見開 3 | 居慶 | 莊平開皆蟹二 | 側皆 |
| 19982 | 15 正 | | 172 | 湝 | 竟 | 齋 | 見 | 陰平 | 齊二 | 五八皆 | | | 見平開皆蟹二 | 古諧 | 見開 3 | 居慶 | 莊平開皆蟹二 | 側皆 |
| 19984 | 15 正 | | 173 | 階 | 竟 | 齋 | 見 | 陰平 | 齊二 | 五八皆 | | | 見平開皆蟹二 | 古諧 | 見開 3 | 居慶 | 莊平開皆蟹二 | 側皆 |
| 19985 | 15 正 | 28 | 174 | **緒** | 儉 | 皆 | 起 | 陰平 | 齊二 | 五八皆 | | | 溪平開皆蟹二 | 口皆 | 群開重 3 | 巨險 | 見平開皆蟹二 | 古諧 |
| 19986 | 15 正 | 29 | 175 | **俙 g*** | 向 | 皆 | 曉 | 陰平 | 齊二 | 五八皆 | | | 曉平開皆蟹二 | 休皆 | 曉開 3 | 許亮 | 見平開皆蟹二 | 古諧 |
| 19988 | 15 正 | 30 | 176 | **齋** | 掌 | 皆 | 照 | 陰平 | 齊二 | 五八皆 | | | 莊平開皆蟹二 | 側皆 | 章開 3 | 諸兩 | 見平開皆蟹二 | 古諧 |
| 19989 | 15 正 | 31 | 177 | **諧** | 向 | 儕 | 曉 | 陽平 | 齊二 | 五八皆 | | | 匣平開皆蟹二 | 戶皆 | 曉開 3 | 許亮 | 崇平開皆蟹二 | 士皆 |

| 韻字編號 | 部序 | 組數 | 字數 | 韻字及何氏反切 | | | 韻字何氏音 | | | | 何萱注釋 | 備　注 | 韻字中古音 | | 上字中古音 | | 下字中古音 | |
|---|---|---|---|---|---|---|---|---|---|---|---|---|---|---|---|---|---|---|
| | | | | 韻字 | 上字 | 下字 | 聲 | 調 | 呼 | 韻部 | | | 聲調呼韻攝等 | 反切 | 聲呼等 | 反切 | 聲調呼韻攝等 | 反切 |
| 19990 | 15 正 | | 178 | 鍇 | 向 | 儕 | 曉 | 陽平 | 齊二 | 五八皆 | | | 匣平開皆蟹二 | 戶皆 | 曉開 3 | 許亮 | 崇平開皆蟹二 | 士皆 |
| 19991 | 15 正 | | 179 | 謻 | 向 | 儕 | 曉 | 陽平 | 齊二 | 五八皆 | | | 匣平開皆蟹二 | 戶皆 | 曉開 3 | 許亮 | 崇平開皆蟹二 | 士皆 |
| 19992 | 15 正 | | 180 | 瑎 | 向 | 儕 | 曉 | 陽平 | 齊二 | 五八皆 | | | 匣平開皆蟹二 | 戶皆 | 曉開 3 | 許亮 | 崇平開皆蟹二 | 士皆 |
| 19993 | 15 正 | 32 | 181 | **儕** | 寵 | 諧 | 助 | 陽平 | 齊二 | 五八皆 | | | 崇平開皆蟹二 | 士皆 | 徹合 3 | 丑隴 | 匣平開皆蟹二 | 戶皆 |
| 19994 | 15 正 | 33 | 182 | **排** | 品 | 諧 | 並 | 陽平 | 齊二 | 五八皆 | | | 並平開皆蟹二 | 步皆 | 滂開重 3 | 丕飲 | 匣平開皆蟹二 | 戶皆 |
| 19995 | 15 正 | | 183 | 俳 | 品 | 諧 | 並 | 陽平 | 齊二 | 五八皆 | | | 並平開皆蟹二 | 步皆 | 滂開重 3 | 丕飲 | 匣平開皆蟹二 | 戶皆 |
| 19998 | 15 正 | 34 | 184 | **睢** | 許 | 雖 | 曉 | 陰平 | 撮 | 五九睢 | 平去兩讀 | | 曉平合脂止重四 | 許維 | 曉合 3 | 虛呂 | 心平合脂止三 | 息遺 |
| 20000 | 15 正 | | 185 | 婎 | 許 | 雖 | 曉 | 陰平 | 撮 | 五九睢 | | | 曉平合脂止重四 | 許維 | 曉合 3 | 虛呂 | 心平合脂止三 | 息遺 |
| 20002 | 15 正 | | 186 | 倠 | 許 | 雖 | 曉 | 陰平 | 撮 | 五九睢 | | | 曉平合脂止重四 | 許維 | 曉合 3 | 虛呂 | 心平合脂止三 | 息遺 |
| 20003 | 15 正 | 35 | 187 | **雖** | 選 | 睢 | 信 | 陰平 | 撮 | 五九睢 | | | 心平合脂止三 | 息遺 | 心合 3 | 蘇管 | 曉平合脂止重四 | 許維 |
| 20004 | 15 正 | | 188 | 奞 | 選 | 睢 | 信 | 陰平 | 撮 | 五九睢 | 十二部去十五部平兩讀 | | 心平合脂止三 | 息遺 | 心合 3 | 蘇管 | 曉平合脂止重四 | 許維 |
| 20009 | 15 正 | | 189 | 夊 | 選 | 睢 | 信 | 陰平 | 撮 | 五九睢 | | | 心平合脂止三 | 息遺 | 心合 3 | 蘇管 | 曉平合脂止重四 | 許維 |
| 20010 | 15 正 | | 190 | 鮻* | 選 | 睢 | 信 | 陰平 | 撮 | 五九睢 | | | 心去合諄臻三 | 須閏 | 心合 3 | 蘇管 | 曉平合脂止重四 | 許維 |
| 20011 | 15 正 | | 191 | 葰 | 選 | 睢 | 信 | 陰平 | 撮 | 五九睢 | | | 心平合脂止三 | 息遺 | 心合 3 | 蘇管 | 曉平合脂止重四 | 許維 |
| 20013 | 15 正 | 36 | 192 | **睽** | 去 | 維 | 起 | 陽平 | 撮 | 五九睢 | | | 溪平合齊蟹四 | 苦圭 | 溪合 3 | 丘倨 | 以平合脂止三 | 以追 |
| 20015 | 15 正 | | 193 | 侯 | 去 | 維 | 起 | 陽平 | 撮 | 五九睢 | 平去兩讀 | | 群平合脂止重三 | 渠追 | 溪合 3 | 丘倨 | 以平合脂止三 | 以追 |
| 20016 | 15 正 | | 194 | 郯 | 去 | 維 | 起 | 陽平 | 撮 | 五九睢 | | | 群平合脂止重四 | 渠隹 | 溪合 3 | 丘倨 | 以平合脂止三 | 以追 |
| 20017 | 15 正 | | 195 | 葵 | 去 | 維 | 起 | 陽平 | 撮 | 五九睢 | | | 群平合脂止重四 | 渠隹 | 溪合 3 | 丘倨 | 以平合脂止三 | 以追 |
| 20018 | 15 正 | 37 | 196 | **惟** | 羽 | 葵 | 曉 | 陽平 | 撮 | 五九睢 | | | 以平合脂止三 | 以追 | 云合 3 | 王矩 | 群平合脂止重四 | 渠隹 |
| 20019 | 15 正 | | 197 | 維 | 羽 | 葵 | 曉 | 陽平 | 撮 | 五九睢 | | | 以平合脂止三 | 以追 | 云合 3 | 王矩 | 群平合脂止重四 | 渠隹 |
| 20020 | 15 正 | | 198 | 琟 | 羽 | 葵 | 曉 | 陽平 | 撮 | 五九睢 | | | 以平合脂止三 | 以追 | 云合 3 | 王矩 | 群平合脂止重四 | 渠隹 |
| 20021 | 15 正 | | 199 | 潍 | 羽 | 葵 | 曉 | 陽平 | 撮 | 五九睢 | | | 以平合脂止三 | 以追 | 云合 3 | 王矩 | 群平合脂止重四 | 渠隹 |
| 20022 | 15 正 | | 200 | 遺 | 羽 | 葵 | 曉 | 陽平 | 撮 | 五九睢 | 平去兩讀 | | 以平合脂止三 | 以追 | 云合 3 | 王矩 | 群平合脂止重四 | 渠隹 |
| 20024 | 15 正 | 38 | 201 | **開** | 侃 | 哀 | 起 | 陰平 | 開 | 六十開 | | 。地位按開 | 溪平開咍蟹一 | 苦哀 | 溪開 1 | 空旱 | 影平開咍蟹一 | 烏開 |
| 20025 | 15 正 | 39 | 202 | **哀** | 案 | 開 | 影 | 陰平 | 開 | 六十開 | | | 影平開咍蟹一 | 烏開 | 影開 1 | 烏旰 | 溪平開咍蟹一 | 苦哀 |
| 20026 | 15 正 | 40 | 203 | 齜 | 秩 | 皚 | 助 | 陽平 | 開 | 六十開 | | | 莊平開支止三 | 側宜 | 澄開 3 | 直一 | 疑平開咍蟹一 | 五來 |

| 韻字編號 | 部序 | 組數 | 字數 | 韻字及何氏反切 | | | 韻字何氏音 | | | | 何萱注釋 | 備　注 | 韻字中古音 | | 上字中古音 | | 下字中古音 | |
|---|---|---|---|---|---|---|---|---|---|---|---|---|---|---|---|---|---|---|
| | | | | 韻字 | 上字 | 下字 | 聲 | 調 | 呼 | 韻部 | | | 聲調呼韻攝等 | 反切 | 聲呼等 | 反切 | 聲調呼韻攝等 | 反切 |
| 20027 | 15 正 | | 204 | 祡 | 秩 | 皚 | 助 | 陽平 | 開 | 六十開 | | | 崇平開佳蟹二 | 士佳 | 澄開 3 | 直一 | 疑平開咍蟹一 | 五來 |
| 20028 | 15 正 | | 205 | **柴** | 秩 | 皚 | 助 | 陽平 | 開 | 六十開 | | | 崇平開佳蟹二 | 士佳 | 澄開 3 | 直一 | 疑平開咍蟹一 | 五來 |
| 20029 | 15 正 | 41 | 206 | 䶣 | 傲 | 柴 | 我 | 陽平 | 開 | 六十開 | | 此位正編無字副編有字 | 見平開咍蟹一 | 古哀 | 疑開 1 | 五到 | 崇平開佳蟹二 | 士佳 |
| 20030 | 15 正 | | 207 | 皚 | 傲 | 柴 | 我 | 陽平 | 開 | 六十開 | | 此位正編無字副編有字 | 疑平開咍蟹一 | 五來 | 疑開 1 | 五到 | 崇平開佳蟹二 | 士佳 |
| 20031 | 15 正 | | 208 | 殨 | 傲 | 柴 | 我 | 陽平 | 開 | 六十開 | | 此位正編無字副編有字 | 疑平開咍蟹一 | 五來 | 疑開 1 | 五到 | 崇平開佳蟹二 | 士佳 |
| 20033 | 15 正 | | 209 | 剴 | 傲 | 柴 | 我 | 陽平 | 開 | 六十開 | | 此位正編無字副編有字 | 疑平開咍蟹一 | 五來 | 疑開 1 | 五到 | 崇平開佳蟹二 | 士佳 |
| 20036 | 15 正 | 42 | 210 | 褢 | 戶 | 腫 | 曉 | 陽平 | 合 | 六一褢 | | | 匣平合皆蟹二 | 戶乖 | 匣合 1 | 侯古 | 崇平合皆蟹二 | 仕懷 |
| 20037 | 15 正 | | 211 | 裦 | 戶 | 腫 | 曉 | 陽平 | 合 | 六一褢 | | | 匣平合皆蟹二 | 戶乖 | 匣合 1 | 侯古 | 崇平合皆蟹二 | 仕懷 |
| 20038 | 15 正 | | 212 | **懷** | 戶 | 腫 | 曉 | 陽平 | 合 | 六一褢 | | | 匣平合皆蟹二 | 戶乖 | 匣合 1 | 侯古 | 崇平合皆蟹二 | 仕懷 |
| 20039 | 15 正 | | 213 | 瀤 | 戶 | 腫 | 曉 | 陽平 | 合 | 六一褢 | | | 匣平合皆蟹二 | 戶乖 | 匣合 1 | 侯古 | 崇平合皆蟹二 | 仕懷 |
| 20040 | 15 正 | | 214 | 淮 | 戶 | 腫 | 曉 | 陽平 | 合 | 六一褢 | | | 匣平合皆蟹二 | 戶乖 | 匣合 1 | 侯古 | 崇平合皆蟹二 | 仕懷 |
| 20041 | 15 正 | 43 | 215 | **歸** | 古 | 徽 | 見 | 陰平 | 合二 | 六二歸 | | | 見平合微止三 | 舉韋 | 見合 1 | 公戶 | 曉平合微止三 | 許歸 |
| 20042 | 15 正 | | 216 | 皈 | 古 | 徽 | 見 | 陰平 | 合二 | 六二歸 | | | 見平合微止三 | 舉韋 | 見合 1 | 公戶 | 曉平合微止三 | 許歸 |
| 20043 | 15 正 | | 217 | 傀 | 古 | 徽 | 見 | 陰平 | 合二 | 六二歸 | | | 見平合灰蟹一 | 公回 | 見合 1 | 公戶 | 曉平合微止三 | 許歸 |
| 20045 | 15 正 | | 218 | 瑰 | 古 | 徽 | 見 | 陰平 | 合二 | 六二歸 | 本韻兩見義分 | | 見平合灰蟹一 | 公回 | 見合 1 | 公戶 | 曉平合微止三 | 許歸 |
| 20046 | 15 正 | 44 | 219 | 恢 | 苦 | 歸 | 起 | 陰平 | 合二 | 六二歸 | | | 溪平合灰蟹一 | 苦回 | 溪合 1 | 康杜 | 見平合微止三 | 舉韋 |
| 20047 | 15 正 | | 220 | 顝 | 苦 | 歸 | 起 | 陰平 | 合二 | 六二歸 | 平入兩讀 | | 溪平合灰蟹一 | 苦回 | 溪合 1 | 康杜 | 見平合微止三 | 舉韋 |
| 20050 | 15 正 | | 221 | **魁** | 苦 | 歸 | 起 | 陰平 | 合二 | 六二歸 | | | 溪平合灰蟹一 | 苦回 | 溪合 1 | 康杜 | 見平合微止三 | 舉韋 |
| 20051 | 15 正 | | 222 | 蘬 | 苦 | 歸 | 起 | 陰平 | 合二 | 六二歸 | | | 溪平合脂止重三 | 丘追 | 溪合 1 | 康杜 | 見平合微止三 | 舉韋 |
| 20053 | 15 正 | 45 | 223 | **威** | 甕 | 歸 | 影 | 陰平 | 合二 | 六二歸 | | | 影平合微止三 | 於非 | 影合 1 | 烏貢 | 見平合微止三 | 舉韋 |
| 20054 | 15 正 | | 224 | 楲 | 甕 | 歸 | 影 | 陰平 | 合二 | 六二歸 | | | 影平合微止三 | 於非 | 影合 1 | 烏貢 | 見平合微止三 | 舉韋 |
| 20055 | 15 正 | | 225 | 韡 | 甕 | 歸 | 影 | 陰平 | 合二 | 六二歸 | 韡俗有韡 | | 云平合微止三 | 雨非 | 影合 1 | 烏貢 | 見平合微止三 | 舉韋 |
| 20056 | 15 正 | | 226 | 椳 | 甕 | 歸 | 影 | 陰平 | 合二 | 六二歸 | | | 影平合灰蟹一 | 烏恢 | 影合 1 | 烏貢 | 見平合微止三 | 舉韋 |

| 韻字編號 | 部序 | 組數 | 字數 | 韻字及何氏反切 | | | 韻字何氏音 | | | | 何萱注釋 | 備注 | 韻字中古音 | | 上字中古音 | | 下字中古音 | |
|---|---|---|---|---|---|---|---|---|---|---|---|---|---|---|---|---|---|---|
| | | | | 韻字 | 上字 | 下字 | 聲 | 調 | 呼 | 韻部 | | | 聲調呼韻攝等 | 反切 | 聲呼等 | 反切 | 聲調呼韻攝等 | 反切 |
| 20057 | 15 正 | | 227 | 隈 | 甕 | 歸 | 影 | 陰平 | 合二 | 六二歸 | | | 影平合灰蟹一 | 烏恢 | 影合 1 | 烏貢 | 見平合微止三 | 舉韋 |
| 20058 | 15 正 | | 228 | 煨 | 甕 | 歸 | 影 | 陰平 | 合二 | 六二歸 | | | 影平合灰蟹一 | 烏恢 | 影合 1 | 烏貢 | 見平合微止三 | 舉韋 |
| 20059 | 15 正 | | 229 | 渨 | 甕 | 歸 | 影 | 陰平 | 合二 | 六二歸 | | | 影平合灰蟹一 | 烏恢 | 影合 1 | 烏貢 | 見平合微止三 | 舉韋 |
| 20060 | 15 正 | | 230 | 莙 | 甕 | 歸 | 影 | 陰平 | 合二 | 六二歸 | 或作緭。……讀若威音隱，坞瑰反 | | 見平合諄臻重三 | 居筠 | 影合 1 | 烏貢 | 見平合微止三 | 舉韋 |
| 20062 | 15 正 | 46 | 231 | **徽** | 戶 | 歸 | 曉 | 陰平 | 合二 | 六二歸 | | | 曉平合微止三 | 許歸 | 匣合 1 | 侯古 | 見平合微止三 | 舉韋 |
| 20063 | 15 正 | | 232 | 微 | 戶 | 歸 | 曉 | 陰平 | 合二 | 六二歸 | | | 曉平合微止三 | 許歸 | 匣合 1 | 侯古 | 見平合微止三 | 舉韋 |
| 20064 | 15 正 | | 233 | 禕 | 戶 | 歸 | 曉 | 陰平 | 合二 | 六二歸 | | | 曉平合微止三 | 許歸 | 匣合 1 | 侯古 | 見平合微止三 | 舉韋 |
| 20065 | 15 正 | | 234 | 幃 | 戶 | 歸 | 曉 | 陰平 | 合二 | 六二歸 | | | 曉平合微止三 | 許歸 | 匣合 1 | 侯古 | 見平合微止三 | 舉韋 |
| 20068 | 15 正 | | 235 | 揮 | 戶 | 歸 | 曉 | 陰平 | 合二 | 六二歸 | 十三部十五部兩讀 | | 曉平合微止三 | 許歸 | 匣合 1 | 侯古 | 見平合微止三 | 舉韋 |
| 20071 | 15 正 | | 236 | 煇 | 戶 | 歸 | 曉 | 陰平 | 合二 | 六二歸 | 十三部十五部兩讀注在彼 | | 曉平合微止三 | 許歸 | 匣合 1 | 侯古 | 見平合微止三 | 舉韋 |
| 20074 | 15 正 | | 237 | 翬 | 戶 | 歸 | 曉 | 陰平 | 合二 | 六二歸 | 十三部十五部兩讀注在彼 | | 曉平合微止三 | 許歸 | 匣合 1 | 侯古 | 見平合微止三 | 舉韋 |
| 20075 | 15 正 | 47 | 238 | **自** | 董 | 歸 | 短 | 陰平 | 合二 | 六二歸 | | | 端平合灰蟹一 | 都回 | 端合 1 | 多動 | 見平合微止三 | 舉韋 |
| 20076 | 15 正 | | 239 | 崔 | 董 | 歸 | 短 | 陰平 | 合二 | 六二歸 | | | 端平合灰蟹一 | 都回 | 端合 1 | 多動 | 見平合微止三 | 舉韋 |
| 20077 | 15 正 | | 240 | 痽 | 董 | 歸 | 短 | 陰平 | 合二 | 六二歸 | | | 定平合灰蟹一 | 杜回 | 端合 1 | 多動 | 見平合微止三 | 舉韋 |
| 20079 | 15 正 | 48 | 241 | 推 | 洞 | 歸 | 透 | 陰平 | 合二 | 六二歸 | | | 透平合灰蟹一 | 他回 | 定合 1 | 徒弄 | 見平合微止三 | 舉韋 |
| 20081 | 15 正 | | 242 | **蓷** | 洞 | 歸 | 透 | 陰平 | 合二 | 六二歸 | | | 透平合灰蟹一 | 他回 | 定合 1 | 徒弄 | 見平合微止三 | 舉韋 |
| 20082 | 15 正 | 49 | 243 | **追** | 壯 | 歸 | 照 | 陰平 | 合二 | 六二歸 | | | 知平合脂止三 | 陟隹 | 莊開 3 | 側亮 | 見平合微止三 | 舉韋 |
| 20083 | 15 正 | | 244 | 隹 | 壯 | 歸 | 照 | 陰平 | 合二 | 六二歸 | | | 章平合脂止三 | 職追 | 莊開 3 | 側亮 | 見平合微止三 | 舉韋 |
| 20084 | 15 正 | | 245 | 雖 | 壯 | 歸 | 照 | 陰平 | 合二 | 六二歸 | 十三部上十五部平兩讀 | | 章平合脂止三 | 職追 | 莊開 3 | 側亮 | 見平合微止三 | 舉韋 |
| 20086 | 15 正 | | 246 | 騅 | 壯 | 歸 | 照 | 陰平 | 合二 | 六二歸 | | | 章平合脂止三 | 職追 | 莊開 3 | 側亮 | 見平合微止三 | 舉韋 |
| 20087 | 15 正 | | 247 | 錐 | 壯 | 歸 | 照 | 陰平 | 合二 | 六二歸 | | | 章平合脂止三 | 職追 | 莊開 3 | 側亮 | 見平合微止三 | 舉韋 |
| 20088 | 15 正 | | 248 | 萑 | 壯 | 歸 | 照 | 陰平 | 合二 | 六二歸 | | | 章平合脂止三 | 職追 | 莊開 3 | 側亮 | 見平合微止三 | 舉韋 |

| 韻字編號 | 部序 | 組數 | 字數 | 韻字及何氏反切 | | | 韻字何氏音 | | | | 何萱注釋 | 備　注 | 韻字中古音 | | 上字中古音 | | 下字中古音 | |
|---|---|---|---|---|---|---|---|---|---|---|---|---|---|---|---|---|---|---|
| | | | | 韻字 | 上字 | 下字 | 聲 | 調 | 呼 | 韻部 | | | 聲調呼韻攝等 | 反切 | 聲呼等 | 反切 | 聲調呼韻攝等 | 反切 |
| 20090 | 15 正 | 50 | 249 | **觜** | 纂 | 歸 | 井 | 陰平 | 合二 | 六二歸 | 平上兩讀 | | 精平合支止三 | 姊規 | 精合 1 | 作管 | 見平合微止三 | 舉韋 |
| 20092 | 15 正 | 51 | 250 | **崔** | 措 | 歸 | 淨 | 陰平 | 合二 | 六二歸 | | | 從平合灰蟹一 | 昨回 | 清合 1 | 倉故 | 見平合微止三 | 舉韋 |
| 20093 | 15 正 | | 251 | 催 | 措 | 歸 | 淨 | 陰平 | 合二 | 六二歸 | | | 清平合灰蟹一 | 倉回 | 清合 1 | 倉故 | 見平合微止三 | 舉韋 |
| 20094 | 15 正 | 52 | 252 | **悲** | 布 | 歸 | 謗 | 陰平 | 合二 | 六二歸 | | | 幫平開脂止重三 | 府眉 | 幫合 1 | 博故 | 見平合微止三 | 舉韋 |
| 20095 | 15 正 | 53 | 253 | 飛 | 奉 | 歸 | 匪 | 陰平 | 合二 | 六二歸 | | | 非平合微止三 | 甫微 | 奉合 3 | 扶隴 | 見平合微止三 | 舉韋 |
| 20096 | 15 正 | | 254 | 騛 | 奉 | 歸 | 匪 | 陰平 | 合二 | 六二歸 | | | 非平合微止三 | 甫微 | 奉合 3 | 扶隴 | 見平合微止三 | 舉韋 |
| 20097 | 15 正 | | 255 | **非** | 奉 | 歸 | 匪 | 陰平 | 合二 | 六二歸 | | | 非平合微止三 | 甫微 | 奉合 3 | 扶隴 | 見平合微止三 | 舉韋 |
| 20098 | 15 正 | | 256 | 騑 | 奉 | 歸 | 匪 | 陰平 | 合二 | 六二歸 | | | 非平合微止三 | 甫微 | 奉合 3 | 扶隴 | 見平合微止三 | 舉韋 |
| 20099 | 15 正 | | 257 | 飝 | 奉 | 歸 | 匪 | 陰平 | 合二 | 六二歸 | | | 敷平合微止三 | 芳非 | 奉合 3 | 扶隴 | 見平合微止三 | 舉韋 |
| 20100 | 15 正 | | 258 | 扉 | 奉 | 歸 | 匪 | 陰平 | 合二 | 六二歸 | | | 非平合微止三 | 甫微 | 奉合 3 | 扶隴 | 見平合微止三 | 舉韋 |
| 20101 | 15 正 | | 259 | 晝 | 奉 | 歸 | 匪 | 陰平 | 合二 | 六二歸 | | | 敷平合微止三 | 芳非 | 奉合 3 | 扶隴 | 見平合微止三 | 舉韋 |
| 20103 | 15 正 | | 260 | 斐 | 奉 | 歸 | 匪 | 陰平 | 合二 | 六二歸 | | | 敷平合微止三 | 芳非 | 奉合 3 | 扶隴 | 見平合微止三 | 舉韋 |
| 20104 | 15 正 | | 261 | 妃 | 奉 | 歸 | 匪 | 陰平 | 合二 | 六二歸 | 平去兩讀 | | 敷平合微止三 | 芳非 | 奉合 3 | 扶隴 | 見平合微止三 | 舉韋 |
| 20106 | 15 正 | 54 | 262 | **夔** | 苦 | 回 | 起 | 陽平 | 合二 | 六二歸 | | | 群平合脂止重三 | 渠追 | 溪合 1 | 康杜 | 匣平合灰蟹一 | 戶恢 |
| 20107 | 15 正 | | 263 | 躨 | 苦 | 回 | 起 | 陽平 | 合二 | 六二歸 | | | 群平合脂止重三 | 渠追 | 溪合 1 | 康杜 | 匣平合灰蟹一 | 戶恢 |
| 20109 | 15 正 | | 264 | 戣 | 苦 | 回 | 起 | 陽平 | 合二 | 六二歸 | | | 群平合脂止重三 | 渠追 | 溪合 1 | 康杜 | 匣平合灰蟹一 | 戶恢 |
| 20110 | 15 正 | | 265 | 騤 | 苦 | 回 | 起 | 陽平 | 合二 | 六二歸 | | | 群平合脂止重三 | 渠追 | 溪合 1 | 康杜 | 匣平合灰蟹一 | 戶恢 |
| 20111 | 15 正 | 55 | 266 | 口 | 甕 | 回 | 影 | 陽平 | 合二 | 六二歸 | | | 云平合微止三 | 雨非 | 影合 1 | 烏貢 | 匣平合灰蟹一 | 戶恢 |
| 20112 | 15 正 | | 267 | **韋** | 甕 | 回 | 影 | 陽平 | 合二 | 六二歸 | | | 云平合微止三 | 雨非 | 影合 1 | 烏貢 | 匣平合灰蟹一 | 戶恢 |
| 20113 | 15 正 | | 268 | 湋 | 甕 | 回 | 影 | 陽平 | 合二 | 六二歸 | | | 云平合微止三 | 雨非 | 影合 1 | 烏貢 | 匣平合灰蟹一 | 戶恢 |
| 20114 | 15 正 | | 269 | 違 | 甕 | 回 | 影 | 陽平 | 合二 | 六二歸 | | | 云平合微止三 | 雨非 | 影合 1 | 烏貢 | 匣平合灰蟹一 | 戶恢 |
| 20115 | 15 正 | | 270 | [illegible]* | 甕 | 回 | 影 | 陽平 | 合二 | 六二歸 | | | 云平合微止三 | 于非 | 影合 1 | 烏貢 | 匣平合灰蟹一 | 戶恢 |
| 20117 | 15 正 | | 271 | [illegible]* | 甕 | 回 | 影 | 陽平 | 合二 | 六二歸 | | | 云平合微止三 | 于非 | 影合 1 | 烏貢 | 匣平合灰蟹一 | 戶恢 |
| 20118 | 15 正 | | 272 | 媁 | 甕 | 回 | 影 | 陽平 | 合二 | 六二歸 | | | 影平合微止三 | 於非 | 影合 1 | 烏貢 | 匣平合灰蟹一 | 戶恢 |
| 20119 | 15 正 | | 273 | 闈 | 甕 | 回 | 影 | 陽平 | 合二 | 六二歸 | | | 云平合微止三 | 雨非 | 影合 1 | 烏貢 | 匣平合灰蟹一 | 戶恢 |
| 20120 | 15 正 | | 274 | 圍 | 甕 | 回 | 影 | 陽平 | 合二 | 六二歸 | | | 云平合微止三 | 雨非 | 影合 1 | 烏貢 | 匣平合灰蟹一 | 戶恢 |
| 20122 | 15 正 | | 275 | 潿 | 甕 | 回 | 影 | 陽平 | 合二 | 六二歸 | | | 云平合微止三 | 雨非 | 影合 1 | 烏貢 | 匣平合灰蟹一 | 戶恢 |

| 韻字編號 | 部序 | 組數 | 字數 | 韻字及何氏反切 | | | 韻字何氏音 | | | | 何萱注釋 | 備　注 | 韻字中古音 | | 上字中古音 | | 下字中古音 | |
|---|---|---|---|---|---|---|---|---|---|---|---|---|---|---|---|---|---|---|
| | | | | 韻字 | 上字 | 下字 | 聲 | 調 | 呼 | 韻部 | | | 聲調呼韻攝等 | 反切 | 聲呼等 | 反切 | 聲調呼韻攝等 | 反切 |
| 20123 | 15 正 | | 276 | 禮 | 甕 | 回 | 影 | 陽平 | 合二 | 六二歸 | | | 云平合微止三 | 雨非 | 影合 1 | 烏貢 | 匣平合灰蟹一 | 戶恢 |
| 20124 | 15 正 | | 277 | 帷 | 甕 | 回 | 影 | 陽平 | 合二 | 六二歸 | | | 云平合脂止三 | 洧悲 | 影合 1 | 烏貢 | 匣平合灰蟹一 | 戶恢 |
| 20125 | 15 正 | 56 | 278 | 回 | 戶 | 雷 | 曉 | 陽平 | 合二 | 六二歸 | | | 匣平合灰蟹一 | 戶恢 | 匣合 1 | 侯古 | 來平合灰蟹一 | 魯回 |
| 20126 | 15 正 | | 279 | 洄 | 戶 | 雷 | 曉 | 陽平 | 合二 | 六二歸 | | | 匣平合灰蟹一 | 戶恢 | 匣合 1 | 侯古 | 來平合灰蟹一 | 魯回 |
| 20128 | 15 正 | | 280 | 槐 | 戶 | 雷 | 曉 | 陽平 | 合二 | 六二歸 | | | 匣平合灰蟹一 | 戶恢 | 匣合 1 | 侯古 | 來平合灰蟹一 | 魯回 |
| 20129 | 15 正 | | 281 | 瑰 | 戶 | 雷 | 曉 | 陽平 | 合二 | 六二歸 | 兩見義分 | | 匣平合灰蟹一 | 戶恢 | 匣合 1 | 侯古 | 來平合灰蟹一 | 魯回 |
| 20131 | 15 正 | 57 | 282 | 隤 | 洞 | 雷 | 透 | 陽平 | 合二 | 六二歸 | | 表中此處圈掉了 | 定平合灰蟹一 | 杜回 | 定合 1 | 徒弄 | 來平合灰蟹一 | 魯回 |
| 20132 | 15 正 | | 283 | 穨 | 洞 | 雷 | 透 | 陽平 | 合二 | 六二歸 | | 表中此處圈掉了 | 定平合灰蟹一 | 杜回 | 定合 1 | 徒弄 | 來平合灰蟹一 | 魯回 |
| 20133 | 15 正 | | 284 | 魋 | 洞 | 雷 | 透 | 陽平 | 合二 | 六二歸 | | 表中此處圈掉了 | 定平合灰蟹一 | 杜回 | 定合 1 | 徒弄 | 來平合灰蟹一 | 魯回 |
| 20134 | 15 正 | | 285 | 譢 | 洞 | 雷 | 透 | 陽平 | 合二 | 六二歸 | | 表中此處圈掉了 | 定平合灰蟹一 | 杜回 | 定合 1 | 徒弄 | 來平合灰蟹一 | 魯回 |
| 20135 | 15 正 | 58 | 286 | 靁 | 路 | 回 | 賚 | 陽平 | 合二 | 六二歸 | | | 來平合灰蟹一 | 魯回 | 來合 1 | 洛故 | 匣平合灰蟹一 | 戶恢 |
| 20136 | 15 正 | | 287 | 櫑 | 路 | 回 | 賚 | 陽平 | 合二 | 六二歸 | | | 來平合灰蟹一 | 魯回 | 來合 1 | 洛故 | 匣平合灰蟹一 | 戶恢 |
| 20138 | 15 正 | | 288 | 瓃 | 路 | 回 | 賚 | 陽平 | 合二 | 六二歸 | | | 來平合灰蟹一 | 魯回 | 來合 1 | 洛故 | 匣平合灰蟹一 | 戶恢 |
| 20140 | 15 正 | | 289 | 儡 | 路 | 回 | 賚 | 陽平 | 合二 | 六二歸 | 平上兩讀 | | 來平合灰蟹一 | 魯回 | 來合 1 | 洛故 | 匣平合灰蟹一 | 戶恢 |
| 20142 | 15 正 | | 290 | 纍 | 路 | 回 | 賚 | 陽平 | 合二 | 六二歸 | | | 來平合脂止三 | 力追 | 來合 1 | 洛故 | 匣平合灰蟹一 | 戶恢 |
| 20144 | 15 正 | | 291 | 櫐 | 路 | 回 | 賚 | 陽平 | 合二 | 六二歸 | | | 來平合脂止三 | 力追 | 來合 1 | 洛故 | 匣平合灰蟹一 | 戶恢 |
| 20145 | 15 正 | | 292 | 瀿 | 路 | 回 | 賚 | 陽平 | 合二 | 六二歸 | | | 來平合脂止三 | 力追 | 來合 1 | 洛故 | 匣平合灰蟹一 | 戶恢 |
| 20147 | 15 正 | 59 | 293 | 顀 | 狀 | 回 | 助 | 陽平 | 合二 | 六二歸 | | | 澄平合脂止三 | 直追 | 崇開 3 | 鋤亮 | 匣平合灰蟹一 | 戶恢 |
| 20148 | 15 正 | | 294 | 椎 | 狀 | 回 | 助 | 陽平 | 合二 | 六二歸 | | | 澄平合脂止三 | 直追 | 崇開 3 | 鋤亮 | 匣平合灰蟹一 | 戶恢 |
| 20149 | 15 正 | 60 | 295 | 誰 | 爽 | 回 | 審 | 陽平 | 合二 | 六二歸 | | | 禪平合脂止三 | 視隹 | 生開 3 | 疎兩 | 匣平合灰蟹一 | 戶恢 |
| 20150 | 15 正 | | 296 | 脽 | 爽 | 回 | 審 | 陽平 | 合二 | 六二歸 | | | 禪平合脂止三 | 視隹 | 生開 3 | 疎兩 | 匣平合灰蟹一 | 戶恢 |
| 20151 | 15 正 | 61 | 297 | 摧 | 措 | 回 | 淨 | 陽平 | 合二 | 六二歸 | | | 從平合灰蟹一 | 昨回 | 清合 1 | 倉故 | 匣平合灰蟹一 | 戶恢 |
| 20152 | 15 正 | 62 | 298 | 嵬 | 臥 | 回 | 我 | 陽平 | 合二 | 六二歸 | | | 疑平合灰蟹一 | 五灰 | 疑合 1 | 吾貨 | 匣平合灰蟹一 | 戶恢 |
| 20153 | 15 正 | 63 | 299 | 蓜 | 普 | 回 | 並 | 陽平 | 合二 | 六二歸 | | | 並平合灰蟹一 | 薄回 | 滂合 1 | 滂古 | 匣平合灰蟹一 | 戶恢 |
| 20154 | 15 正 | | 300 | 裴 | 普 | 回 | 並 | 陽平 | 合二 | 六二歸 | | | 並平合灰蟹一 | 薄回 | 滂合 1 | 滂古 | 匣平合灰蟹一 | 戶恢 |
| 20155 | 15 正 | 64 | 301 | 眉 | 慢 | 回 | 命 | 陽平 | 合二 | 六二歸 | | | 明平開脂止重三 | 武悲 | 明開 2 | 謨晏 | 匣平合灰蟹一 | 戶恢 |
| 20156 | 15 正 | | 302 | 眉 | 慢 | 回 | 命 | 陽平 | 合二 | 六二歸 | | | 明平開脂止重三 | 武悲 | 明開 2 | 謨晏 | 匣平合灰蟹一 | 戶恢 |

| 韻字編號 | 部序 | 組數 | 字數 | 韻字及何氏反切 | | | 韻字何氏音 | | | | 何萱注釋 | 備注 | 韻字中古音 | | 上字中古音 | | 下字中古音 | |
|---|---|---|---|---|---|---|---|---|---|---|---|---|---|---|---|---|---|---|
| | | | | 韻字 | 上字 | 下字 | 聲 | 調 | 呼 | 韻部 | | | 聲調呼韻攝等 | 反切 | 聲呼等 | 反切 | 聲調呼韻攝等 | 反切 |
| 20157 | 15 正 | | 303 | 楣 | 慢 | 回 | 命 | 陽平 | 合二 | 六二歸 | | | 明平開脂止重三 | 武悲 | 明開 2 | 謨晏 | 匣平合灰蟹一 | 戶恢 |
| 20158 | 15 正 | | 304 | 湄 | 慢 | 回 | 命 | 陽平 | 合二 | 六二歸 | | | 明平開脂止重三 | 武悲 | 明開 2 | 謨晏 | 匣平合灰蟹一 | 戶恢 |
| 20159 | 15 正 | | 305 | 郿 | 慢 | 回 | 命 | 陽平 | 合二 | 六二歸 | | | 明平開脂止重三 | 武悲 | 明開 2 | 謨晏 | 匣平合灰蟹一 | 戶恢 |
| 20160 | 15 正 | | 306 | 瑂 | 慢 | 回 | 命 | 陽平 | 合二 | 六二歸 | | | 明平開脂止重三 | 武悲 | 明開 2 | 謨晏 | 匣平合灰蟹一 | 戶恢 |
| 20161 | 15 正 | | 307 | 玟 | 慢 | 回 | 命 | 陽平 | 合二 | 六二歸 | 十二部十五部兩見 | 實為三見，13 部也有 | 明平合灰蟹一 | 莫杯 | 明開 2 | 謨晏 | 匣平合灰蟹一 | 戶恢 |
| 20164 | 15 正 | | 308 | 枚 | 慢 | 回 | 命 | 陽平 | 合二 | 六二歸 | | | 明平合灰蟹一 | 莫杯 | 明開 2 | 謨晏 | 匣平合灰蟹一 | 戶恢 |
| 20165 | 15 正 | | 309 | 黴 | 慢 | 回 | 命 | 陽平 | 合二 | 六二歸 | | | 明平開脂止重三 | 武悲 | 明開 2 | 謨晏 | 匣平合灰蟹一 | 戶恢 |
| 20166 | 15 正 | | 310 | 麋 | 慢 | 回 | 命 | 陽平 | 合二 | 六二歸 | | | 明平開脂止重三 | 武悲 | 明開 2 | 謨晏 | 匣平合灰蟹一 | 戶恢 |
| 20167 | 15 正 | | 311 | 蘪 | 慢 | 回 | 命 | 陽平 | 合二 | 六二歸 | | | 明平開脂止重三 | 武悲 | 明開 2 | 謨晏 | 匣平合灰蟹一 | 戶恢 |
| 20168 | 15 正 | 65 | 312 | **肥** | 奉 | 回 | 匪 | 陽平 | 合二 | 六二歸 | | | 奉平合微止三 | 符非 | 奉合 3 | 扶隴 | 匣平合灰蟹一 | 戶恢 |
| 20169 | 15 正 | | 313 | 蜰 | 奉 | 回 | 匪 | 陽平 | 合二 | 六二歸 | | | 奉平合微止三 | 符非 | 奉合 3 | 扶隴 | 匣平合灰蟹一 | 戶恢 |
| 20171 | 15 正 | | 314 | 腓 | 奉 | 回 | 匪 | 陽平 | 合二 | 六二歸 | | | 奉平合微止三 | 符非 | 奉合 3 | 扶隴 | 匣平合灰蟹一 | 戶恢 |
| 20173 | 15 正 | | 315 | 痱 | 奉 | 回 | 匪 | 陽平 | 合二 | 六二歸 | | | 奉平合微止三 | 符非 | 奉合 3 | 扶隴 | 匣平合灰蟹一 | 戶恢 |
| 20175 | 15 正 | | 316 | 厞* | 奉 | 回 | 匪 | 陽平 | 合二 | 六二歸 | | 正文增，隱也 | 奉平合微止三 | 符非 | 奉合 3 | 扶隴 | 匣平合灰蟹一 | 戶恢 |
| 20177 | 15 正 | | 317 | 賁 | 奉 | 回 | 匪 | 陽平 | 合二 | 六二歸 | 平去兩讀又十三部平聲凡三見義皆別 | | 奉平合微止三 | 符非 | 奉合 3 | 扶隴 | 匣平合灰蟹一 | 戶恢 |
| 20181 | 15 正 | 66 | 318 | 散 | 晚 | 回 | 未 | 陽平 | 合二 | 六二歸 | | | 微平合微止三 | 無非 | 微合 3 | 無遠 | 匣平合灰蟹一 | 戶恢 |
| 20182 | 15 正 | | 319 | **微** | 晚 | 回 | 未 | 陽平 | 合二 | 六二歸 | | | 微平合微止三 | 無非 | 微合 3 | 無遠 | 匣平合灰蟹一 | 戶恢 |
| 20183 | 15 正 | | 320 | 溦* | 晚 | 回 | 未 | 陽平 | 合二 | 六二歸 | | | 微平合微止三 | 無非 | 微合 3 | 無遠 | 匣平合灰蟹一 | 戶恢 |
| 20185 | 15 正 | | 321 | 矘 | 晚 | 回 | 未 | 陽平 | 合二 | 六二歸 | | | 明平開脂止重三 | 武悲 | 微合 3 | 無遠 | 匣平合灰蟹一 | 戶恢 |
| 20187 | 15 正 | | 322 | 薇 | 晚 | 回 | 未 | 陽平 | 合二 | 六二歸 | | | 微平合微止三 | 無非 | 微合 3 | 無遠 | 匣平合灰蟹一 | 戶恢 |
| 20189 | 15 正 | | 323 | 籞 | 晚 | 回 | 未 | 陽平 | 合二 | 六二歸 | | | 微平合微止三 | 無非 | 微合 3 | 無遠 | 匣平合灰蟹一 | 戶恢 |
| 20190 | 15 正 | 67 | 324 | **几** | 竟 | 禮 | 見 | 上 | 齊 | 五四几 | | | 見上開脂止重三 | 居履 | 見開 3 | 居慶 | 來上開齊蟹四 | 盧啓 |
| 20192 | 15 正 | | 325 | 机 | 竟 | 禮 | 見 | 上 | 齊 | 五四几 | 平上兩讀 | | 見上開脂止重三 | 居履 | 見開 3 | 居慶 | 來上開齊蟹四 | 盧啓 |
| 20193 | 15 正 | | 326 | 屼 | 竟 | 禮 | 見 | 上 | 齊 | 五四几 | | | 見上開脂止重三 | 居履 | 見開 3 | 居慶 | 來上開齊蟹四 | 盧啓 |

| 韻字編號 | 部序 | 組數 | 字數 | 韻字及何氏反切 |  |  | 韻字何氏音 |  |  |  | 何萱注釋 | 備　注 | 韻字中古音 |  | 上字中古音 |  | 下字中古音 |  |
|---|---|---|---|---|---|---|---|---|---|---|---|---|---|---|---|---|---|---|
|  |  |  |  | 韻字 | 上字 | 下字 | 聲 | 調 | 呼 | 韻部 |  |  | 聲調呼韻攝等 | 反切 | 聲呼等 | 反切 | 聲調呼韻攝等 | 反切 |
| 20194 | 15 正 |  | 327 | 邜 | 竟 | 禮 | 見 | 上 | 齊 | 五四几 |  |  | 見上開脂止重三 | 居履 | 見開 3 | 居慶 | 來上開齊蟹四 | 盧啓 |
| 20195 | 15 正 |  | 328 | 麐 | 竟 | 禮 | 見 | 上 | 齊 | 五四几 |  |  | 見上開脂止重三 | 居履 | 見開 3 | 居慶 | 來上開齊蟹四 | 盧啓 |
| 20197 | 15 正 |  | 329 | 幾 | 竟 | 禮 | 見 | 上 | 齊 | 五四几 | 平上兩讀義分 |  | 見上開微止三 | 居狶 | 見開 3 | 居慶 | 來上開齊蟹四 | 盧啓 |
| 20199 | 15 正 |  | 330 | 蟣 | 竟 | 禮 | 見 | 上 | 齊 | 五四几 |  |  | 見上開微止三 | 居狶 | 見開 3 | 居慶 | 來上開齊蟹四 | 盧啓 |
| 20201 | 15 正 | 68 | 331 | 启 | 儉 | 禮 | 起 | 上 | 齊 | 五四几 |  |  | 溪上開齊蟹四 | 康禮 | 群開重 3 | 巨險 | 來上開齊蟹四 | 盧啓 |
| 20202 | 15 正 |  | 332 | **啟** | 儉 | 禮 | 起 | 上 | 齊 | 五四几 |  |  | 溪上開齊蟹四 | 康禮 | 群開重 3 | 巨險 | 來上開齊蟹四 | 盧啓 |
| 20203 | 15 正 |  | 333 | 啓 | 儉 | 禮 | 起 | 上 | 齊 | 五四几 |  |  | 溪上開齊蟹四 | 康禮 | 群開重 3 | 巨險 | 來上開齊蟹四 | 盧啓 |
| 20205 | 15 正 |  | 334 | 棨 | 儉 | 禮 | 起 | 上 | 齊 | 五四几 |  |  | 溪上開齊蟹四 | 康禮 | 群開重 3 | 巨險 | 來上開齊蟹四 | 盧啓 |
| 20206 | 15 正 |  | 335 | 綮 | 儉 | 禮 | 起 | 上 | 齊 | 五四几 |  |  | 溪上開齊蟹四 | 康禮 | 群開重 3 | 巨險 | 來上開齊蟹四 | 盧啓 |
| 20207 | 15 正 |  | 336 | 頁 | 儉 | 禮 | 起 | 上 | 齊 | 五四几 | 䭫古文頁 |  | 匣入開屑山四 | 胡結 | 群開重 3 | 巨險 | 來上開齊蟹四 | 盧啓 |
| 20208 | 15 正 |  | 337 | 豈 | 儉 | 禮 | 起 | 上 | 齊 | 五四几 |  |  | 溪上開微止三 | 袪狶 | 群開重 3 | 巨險 | 來上開齊蟹四 | 盧啓 |
| 20209 | 15 正 |  | 338 | 豈 | 儉 | 禮 | 起 | 上 | 齊 | 五四几 |  |  | 溪上開微止三 | 袪狶 | 群開重 3 | 巨險 | 來上開齊蟹四 | 盧啓 |
| 20211 | 15 正 | 69 | 339 | **扆** | 隱 | 禮 | 影 | 上 | 齊 | 五四几 |  |  | 影上開微止三 | 於豈 | 影開 3 | 於謹 | 來上開齊蟹四 | 盧啓 |
| 20213 | 15 正 |  | 340 | 偯 | 隱 | 禮 | 影 | 上 | 齊 | 五四几 |  |  | 影上開微止三 | 於豈 | 影開 3 | 於謹 | 來上開齊蟹四 | 盧啓 |
| 20216 | 15 正 |  | 341 | 婎 g* | 隱 | 禮 | 影 | 上 | 齊 | 五四几 | 兩見義分 |  | 以上開支止三 | 演爾 | 影開 3 | 於謹 | 來上開齊蟹四 | 盧啓 |
| 20219 | 15 正 | 70 | 342 | **唏** | 向 | 禮 | 曉 | 上 | 齊 | 五四几 |  |  | 曉上開微止三 | 虛豈 | 曉開 3 | 許亮 | 來上開齊蟹四 | 盧啓 |
| 20221 | 15 正 |  | 343 | 豨 | 向 | 禮 | 曉 | 上 | 齊 | 五四几 |  |  | 曉上開微止三 | 虛豈 | 曉開 3 | 許亮 | 來上開齊蟹四 | 盧啓 |
| 20222 | 15 正 | 71 | 344 | 詆 | 典 | 禮 | 短 | 上 | 齊 | 五四几 |  |  | 端上開齊蟹四 | 都禮 | 端開 4 | 多殄 | 來上開齊蟹四 | 盧啓 |
| 20223 | 15 正 |  | 345 | 呧* | 典 | 禮 | 短 | 上 | 齊 | 五四几 |  |  | 端上開齊蟹四 | 典禮 | 端開 4 | 多殄 | 來上開齊蟹四 | 盧啓 |
| 20226 | 15 正 |  | 346 | 逓* | 典 | 禮 | 短 | 上 | 齊 | 五四几 |  |  | 端上開齊蟹四 | 典禮 | 端開 4 | 多殄 | 來上開齊蟹四 | 盧啓 |
| 20229 | 15 正 |  | 347 | 趆 | 典 | 禮 | 短 | 上 | 齊 | 五四几 |  |  | 端去開齊蟹四 | 都計 | 端開 4 | 多殄 | 來上開齊蟹四 | 盧啓 |
| 20230 | 15 正 |  | 348 | 抵 | 典 | 禮 | 短 | 上 | 齊 | 五四几 |  |  | 端上開齊蟹四 | 都禮 | 端開 4 | 多殄 | 來上開齊蟹四 | 盧啓 |
| 20233 | 15 正 |  | 349 | 柢 | 典 | 禮 | 短 | 上 | 齊 | 五四几 |  |  | 端上開齊蟹四 | 都禮 | 端開 4 | 多殄 | 來上開齊蟹四 | 盧啓 |
| 20234 | 15 正 |  | 350 | 牴 | 典 | 禮 | 短 | 上 | 齊 | 五四几 |  |  | 端上開齊蟹四 | 都禮 | 端開 4 | 多殄 | 來上開齊蟹四 | 盧啓 |
| 20235 | 15 正 |  | 351 | 軧 | 典 | 禮 | 短 | 上 | 齊 | 五四几 |  |  | 端上開齊蟹四 | 都禮 | 端開 4 | 多殄 | 來上開齊蟹四 | 盧啓 |
| 20236 | 15 正 |  | 352 | **底** | 典 | 禮 | 短 | 上 | 齊 | 五四几 |  |  | 端上開齊蟹四 | 都禮 | 端開 4 | 多殄 | 來上開齊蟹四 | 盧啓 |
| 20237 | 15 正 |  | 353 | 阺 | 典 | 禮 | 短 | 上 | 齊 | 五四几 |  |  | 澄平開脂止三 | 直尼 | 端開 4 | 多殄 | 來上開齊蟹四 | 盧啓 |

| 韻字編號 | 部序 | 組數 | 字數 | 韻字及何氏反切 | | | 韻字何氏音 | | | | 何萱注釋 | 備　注 | 韻字中古音 | | 上字中古音 | | 下字中古音 | |
|---|---|---|---|---|---|---|---|---|---|---|---|---|---|---|---|---|---|---|
| | | | | 韻字 | 上字 | 下字 | 聲 | 調 | 呼 | 韻部 | | | 聲調呼韻攝等 | 反切 | 聲呼等 | 反切 | 聲調呼韻攝等 | 反切 |
| 20238 | 15 正 | | 354 | 邸 | 典 | 禮 | 短 | 上 | 齊 | 五四几 | | | 端上開齊蟹四 | 都禮 | 端開 4 | 多殄 | 來上開齊蟹四 | 盧啓 |
| 20239 | 15 正 | 72 | 355 | 體 | 眺 | 禮 | 透 | 上 | 齊 | 五四几 | | | 透上開齊蟹四 | 他禮 | 透開 4 | 他弔 | 來上開齊蟹四 | 盧啓 |
| 20240 | 15 正 | | 356 | 娣 | 眺 | 禮 | 透 | 上 | 齊 | 五四几 | | | 定上開齊蟹四 | 徒禮 | 透開 4 | 他弔 | 來上開齊蟹四 | 盧啓 |
| 20242 | 15 正 | | 357 | 涕 | 眺 | 禮 | 透 | 上 | 齊 | 五四几 | | | 透上開齊蟹四 | 他禮 | 透開 4 | 他弔 | 來上開齊蟹四 | 盧啓 |
| 20243 | 15 正 | 73 | 358 | 髵 | 念 | 啟 | 乃 | 上 | 齊 | 五四几 | 十五部十六部兩讀注在彼 | 缺 16 部。廣集只一讀，玉篇奴禮切。另一讀仿檷字 | 泥上開齊蟹四 | 奴禮 | 泥開 4 | 奴店 | 溪上開齊蟹四 | 康禮 |
| 20244 | 15 正 | | 359 | 闟 | 念 | 啟 | 乃 | 上 | 齊 | 五四几 | 十五部上聲一見十六部去聲入聲兩見凡三讀 | 原字頭作闟，廣只有一讀，集無。改為闟。缺 16 部兩音。16 部入聲沒增入 | 泥上開齊蟹四 | 奴禮 | 泥開 4 | 奴店 | 溪上開齊蟹四 | 康禮 |
| 20247 | 15 正 | | 360 | 濔 g* | 念 | 啟 | 乃 | 上 | 齊 | 五四几 | 十五部十六部兩讀 | 缺 16 部 | 泥上開齊蟹四 | 乃禮 | 泥開 4 | 奴店 | 溪上開齊蟹四 | 康禮 |
| 20248 | 15 正 | | 361 | 檷 | 念 | 啟 | 乃 | 上 | 齊 | 五四几 | 十五部十六部兩讀 | 缺 16 部 | 泥上開齊蟹四 | 奴禮 | 泥開 4 | 奴店 | 溪上開齊蟹四 | 康禮 |
| 20253 | 15 正 | | 362 | 𡰥 | 念 | 啟 | 乃 | 上 | 齊 | 五四几 | 柅，或。萱按說文柅字兩見疑此處非許所本有也。昔人多假柅為檷。緣檷𡰥物異而事同，或遂羼入𡰥下 | | 徹去開脂止重四 | 丑利 | 泥開 4 | 奴店 | 溪上開齊蟹四 | 康禮 |
| 20256 | 15 正 | | 363 | 柅 | 念 | 啟 | 乃 | 上 | 齊 | 五四几 | 兩讀義異。俗有抳 | 據𡰥下注，此處不作異讀處理 | 娘上開脂止三 | 女履 | 泥開 4 | 奴店 | 溪上開齊蟹四 | 康禮 |
| 20259 | 15 正 | | 364 | 泥 g* | 念 | 啟 | 乃 | 上 | 齊 | 五四几 | 平上去三讀義各異 | | 泥上開齊蟹四 | 乃禮 | 泥開 4 | 奴店 | 溪上開齊蟹四 | 康禮 |
| 20261 | 15 正 | 74 | 365 | 叕 | 亮 | 啟 | 賚 | 上 | 齊 | 五四几 | 十五部十六部兩見注在彼 | 玉篇力爾切，又力計切 | 來去開齊蟹四 | 郎計 | 來開 3 | 力讓 | 溪上開齊蟹四 | 康禮 |

| 韻字編號 | 部序 | 組數 | 字數 | 韻字及何氏反切 | | | 韻字何氏音 | | | | 何萱注釋 | 備注 | 韻字中古音 | | 上字中古音 | | 下字中古音 | |
|---|---|---|---|---|---|---|---|---|---|---|---|---|---|---|---|---|---|---|
| | | | | 韻字 | 上字 | 下字 | 聲 | 調 | 呼 | 韻部 | | | 聲調呼韻攝等 | 反切 | 聲呼等 | 反切 | 聲調呼韻攝等 | 反切 |
| 20262 | 15 正 | | 366 | 履* | 亮 | 啟 | 賚 | 上 | 齊 | 五四几 | | | 來上開脂止三 | 兩几 | 來開 3 | 力讓 | 溪上開齊蟹四 | 康禮 |
| 20263 | 15 正 | | 367 | 豊 | 亮 | 啟 | 賚 | 上 | 齊 | 五四几 | | | 來上開齊蟹四 | 盧啓 | 來開 3 | 力讓 | 溪上開齊蟹四 | 康禮 |
| 20264 | 15 正 | | 368 | 禮 | 亮 | 啟 | 賚 | 上 | 齊 | 五四几 | | | 來上開齊蟹四 | 盧啓 | 來開 3 | 力讓 | 溪上開齊蟹四 | 康禮 |
| 20265 | 15 正 | | 369 | 醴 | 亮 | 啟 | 賚 | 上 | 齊 | 五四几 | | | 來上開齊蟹四 | 盧啓 | 來開 3 | 力讓 | 溪上開齊蟹四 | 康禮 |
| 20266 | 15 正 | | 370 | 澧 | 亮 | 啟 | 賚 | 上 | 齊 | 五四几 | | | 來上開齊蟹四 | 盧啓 | 來開 3 | 力讓 | 溪上開齊蟹四 | 康禮 |
| 20267 | 15 正 | | 371 | 鱧 | 亮 | 啟 | 賚 | 上 | 齊 | 五四几 | | | 來上開齊蟹四 | 盧啓 | 來開 3 | 力讓 | 溪上開齊蟹四 | 康禮 |
| 20268 | 15 正 | 75 | 372 | 旨 | 掌 | 啟 | 照 | 上 | 齊 | 五四几 | | | 章上開脂止三 | 職雉 | 章開 3 | 諸兩 | 溪上開齊蟹四 | 康禮 |
| 20269 | 15 正 | | 373 | 恉 | 掌 | 啟 | 照 | 上 | 齊 | 五四几 | | | 章上開脂止三 | 職雉 | 章開 3 | 諸兩 | 溪上開齊蟹四 | 康禮 |
| 20270 | 15 正 | | 374 | 指 | 掌 | 啟 | 照 | 上 | 齊 | 五四几 | | | 章上開脂止三 | 職雉 | 章開 3 | 諸兩 | 溪上開齊蟹四 | 康禮 |
| 20271 | 15 正 | | 375 | 扺 | 掌 | 啟 | 照 | 上 | 齊 | 五四几 | 十五部十六部兩見注在彼 | 缺 16 部。此處注「注在彼」，查全書只有這一見 | 莊上開支止三 | 側氏 | 章開 3 | 諸兩 | 溪上開齊蟹四 | 康禮 |
| 20275 | 15 正 | | 376 | 夊 | 掌 | 啟 | 照 | 上 | 齊 | 五四几 | | | 知上開脂止三 | 豬几 | 章開 3 | 諸兩 | 溪上開齊蟹四 | 康禮 |
| 20276 | 15 正 | | 377 | 詣 | 掌 | 啟 | 照 | 上 | 齊 | 五四几 | | | 章上開脂止三 | 職雉 | 章開 3 | 諸兩 | 溪上開齊蟹四 | 康禮 |
| 20277 | 15 正 | | 378 | 厎 | 掌 | 啟 | 照 | 上 | 齊 | 五四几 | | | 章上開脂止三 | 職雉 | 章開 3 | 諸兩 | 溪上開齊蟹四 | 康禮 |
| 20279 | 15 正 | | 379 | 黹 | 掌 | 啟 | 照 | 上 | 齊 | 五四几 | | | 知上開脂止三 | 豬几 | 章開 3 | 諸兩 | 溪上開齊蟹四 | 康禮 |
| 20280 | 15 正 | | 380 | 襧* | 掌 | 啟 | 照 | 上 | 齊 | 五四几 | | | 知上開脂止三 | 展几 | 章開 3 | 諸兩 | 溪上開齊蟹四 | 康禮 |
| 20281 | 15 正 | | 381 | 痔* | 掌 | 啟 | 照 | 上 | 齊 | 五四几 | | | 莊上開之止三 | 壯仕 | 章開 3 | 諸兩 | 溪上開齊蟹四 | 康禮 |
| 20282 | 15 正 | | 382 | 笫 | 掌 | 啟 | 照 | 上 | 齊 | 五四几 | | | 莊上開脂止三 | 側几 | 章開 3 | 諸兩 | 溪上開齊蟹四 | 康禮 |
| 20284 | 15 正 | 76 | 383 | 雉 | 寵 | 啟 | 助 | 上 | 齊 | 五四几 | 兩讀義分 | 16 副還有一讀。實際有三讀 | 澄上開脂止三 | 直几 | 徹合 3 | 丑隴 | 溪上開齊蟹四 | 康禮 |
| 20287 | 15 正 | | 384 | 柹 | 寵 | 啟 | 助 | 上 | 齊 | 五四几 | | | 崇上開之止三 | 鉏里 | 徹合 3 | 丑隴 | 溪上開齊蟹四 | 康禮 |
| 20288 | 15 正 | 77 | 385 | 尒 | 攘 | 啟 | 耳 | 上 | 齊 | 五四几 | 十五部十六部兩讀 | 缺 16 部。廣集只有這一讀。玉篇而紙切。參考爾字。但尒字只能查到一讀 | 日上開支止三 | 兒氏 | 日開 3 | 人漾 | 溪上開齊蟹四 | 康禮 |

| 韻字編號 | 部序 | 組數 | 字數 | 韻字及何氏反切 | | | 韻字何氏音 | | | | 何萱注釋 | 備　注 | 韻字中古音 | | 上字中古音 | | 下字中古音 | |
|---|---|---|---|---|---|---|---|---|---|---|---|---|---|---|---|---|---|---|
| | | | | 韻字 | 上字 | 下字 | 聲 | 調 | 呼 | 韻部 | | | 聲調呼韻攝等 | 反切 | 聲呼等 | 反切 | 聲調呼韻攝等 | 反切 |
| 20289 | 15 正 | | 386 | 爾 | 攘 | 啟 | 耳 | 上 | 齊 | 五四几 | 十五部十六部兩讀。宣按：凡爾聲字蓋可兼入此二部。麗爾，猶靡麗也。說文段注，麗爾古語，靡麗漢人語。以今語釋古語，故雲。猶毛傳雲糾糾猶繚繚也……後人以其與汝雙聲，假為爾汝字又凡訓如此訓此者皆當作尒乃皆用爾。爾行而尒廢矣。周時在十五部，漢時在十六部 | 原文缺 16 部。何氏的意思是爾字在周漢時讀音不同，但同為古音。十五部為周時音，十六部為漢時音 | 日上開支止三 | 兒氏 | 日開 3 | 人漾 | 溪上開齊蟹四 | 康禮 |
| 20291 | 15 正 | | 387 | 邇 | 攘 | 啟 | 耳 | 上 | 齊 | 五四几 | 十五部十六部兩讀 | 缺 16 部。廣集只有一讀，玉篇而紙切。另一讀仿爾 | 日上開支止三 | 兒氏 | 日開 3 | 人漾 | 溪上開齊蟹四 | 康禮 |
| 20292 | 15 正 | | 388 | 薾 g* | 攘 | 啟 | 耳 | 上 | 齊 | 五四几 | 十五部十六部兩讀 | 缺 16 部 | 日上開支止三 | 忍氏 | 日開 3 | 人漾 | 溪上開齊蟹四 | 康禮 |
| 20294 | 15 正 | 78 | 389 | 矢 | 哂 | 禮 | 審 | 上 | 齊 | 五四几 | | | 書上開脂止三 | 式視 | 書開 3 | 式忍 | 來上開齊蟹四 | 盧啓 |
| 20295 | 15 正 | | 390 | 矦 | 哂 | 禮 | 審 | 上 | 齊 | 五四几 | | | 邪上開脂止三 | 徐姊 | 書開 3 | 式忍 | 來上開齊蟹四 | 盧啓 |
| 20296 | 15 正 | | 391 | 菌 | 哂 | 禮 | 審 | 上 | 齊 | 五四几 | | | 書上開脂止三 | 式視 | 書開 3 | 式忍 | 來上開齊蟹四 | 盧啓 |
| 20297 | 15 正 | | 392 | 豕 | 哂 | 禮 | 審 | 上 | 齊 | 五四几 | | | 書上開支止三 | 施是 | 書開 3 | 式忍 | 來上開齊蟹四 | 盧啓 |
| 20298 | 15 正 | 79 | 393 | 疖 | 甑 | 禮 | 井 | 上 | 齊 | 五四几 | | | 莊上開之止三 | 阻史 | 精開 3 | 子孕 | 來上開齊蟹四 | 盧啓 |
| 20299 | 15 正 | | 394 | 姊 | 甑 | 禮 | 井 | 上 | 齊 | 五四几 | | | 精上開脂止三 | 將几 | 精開 3 | 子孕 | 來上開齊蟹四 | 盧啓 |
| 20302 | 15 正 | | 395 | 濟 | 甑 | 禮 | 井 | 上 | 齊 | 五四几 | 上去兩讀義異 | | 精上開齊蟹四 | 子禮 | 精開 3 | 子孕 | 來上開齊蟹四 | 盧啓 |

| 韻字編號 | 部序 | 組數 | 字數 | 韻字及何氏反切 | | | 韻字何氏音 | | | | 何萱注釋 | 備注 | 韻字中古音 | | 上字中古音 | | 下字中古音 | |
|---|---|---|---|---|---|---|---|---|---|---|---|---|---|---|---|---|---|---|
| | | | | 韻字 | 上字 | 下字 | 聲 | 調 | 呼 | 韻部 | | | 聲調呼韻攝等 | 反切 | 聲呼等 | 反切 | 聲調呼韻攝等 | 反切 |
| 20305 | 15 正 | | 396 | 訾 | 甑 | 禮 | 井 | 上 | 齊 | 五四几 | | | 精上開支止三 | 將此 | 精開 3 | 子孕 | 來上開齊蟹四 | 盧啓 |
| 20306 | 15 正 | | 397 | 呰 | 甑 | 禮 | 井 | 上 | 齊 | 五四几 | | | 精上開支止三 | 將此 | 精開 3 | 子孕 | 來上開齊蟹四 | 盧啓 |
| 20308 | 15 正 | | 398 | 啙 | 甑 | 禮 | 井 | 上 | 齊 | 五四几 | | | 精上開支止三 | 將此 | 精開 3 | 子孕 | 來上開齊蟹四 | 盧啓 |
| 20310 | 15 正 | | 399 | 紫 | 甑 | 禮 | 井 | 上 | 齊 | 五四几 | | | 精上開支止三 | 將此 | 精開 3 | 子孕 | 來上開齊蟹四 | 盧啓 |
| 20311 | 15 正 | | 400 | 茈 | 甑 | 禮 | 井 | 上 | 齊 | 五四几 | | | 精上開支止三 | 將此 | 精開 3 | 子孕 | 來上開齊蟹四 | 盧啓 |
| 20312 | 15 正 | | 401 | 卩 | 甑 | 禮 | 井 | 上 | 齊 | 五四几 | 平上兩讀注在彼。玉篇子兮切取卩字平聲讀之，廣韻子禮切取卩上聲讀之 | 此處取的子禮切。實三見 | 精上開齊蟹四 | 子禮 | 精開 3 | 子孕 | 來上開齊蟹四 | 盧啓 |
| 20314 | 15 正 | 80 | 402 | **此** | 淺 | 禮 | 淨 | 上 | 齊 | 五四几 | 十五部十六部兩讀。萱按，凡此聲字蓋皆可兼兩讀 | 缺 16 部讀音。玉篇七爾切 | 清上開支止三 | 雌氏 | 清開 3 | 七演 | 來上開齊蟹四 | 盧啓 |
| 20315 | 15 正 | | 403 | 趾 | 淺 | 禮 | 淨 | 上 | 齊 | 五四几 | | | 清上開支止三 | 雌氏 | 清開 3 | 七演 | 來上開齊蟹四 | 盧啓 |
| 20316 | 15 正 | | 404 | 玼 | 淺 | 禮 | 淨 | 上 | 齊 | 五四几 | | | 清上開支止三 | 雌氏 | 清開 3 | 七演 | 來上開齊蟹四 | 盧啓 |
| 20318 | 15 正 | | 405 | 泚 | 淺 | 禮 | 淨 | 上 | 齊 | 五四几 | | | 清上開齊蟹四 | 千禮 | 清開 3 | 七演 | 來上開齊蟹四 | 盧啓 |
| 20319 | 15 正 | | 406 | 嵎 | 淺 | 禮 | 淨 | 上 | 齊 | 五四几 | | | 清上開支止三 | 雌氏 | 清開 3 | 七演 | 來上開齊蟹四 | 盧啓 |
| 20320 | 15 正 | | 407 | 觜 | 淺 | 禮 | 淨 | 上 | 齊 | 五四几 | | | 精平開支止三 | 即移 | 清開 3 | 七演 | 來上開齊蟹四 | 盧啓 |
| 20322 | 15 正 | | 408 | 薺 | 淺 | 禮 | 淨 | 上 | 齊 | 五四几 | 平上兩讀注在彼 | | 從上開齊蟹四 | 徂禮 | 清開 3 | 七演 | 來上開齊蟹四 | 盧啓 |
| 20323 | 15 正 | 81 | 409 | **顗** | 仰 | 啟 | 我 | 上 | 齊 | 五四几 | | | 疑上開微止三 | 魚豈 | 疑開 3 | 魚兩 | 溪上開齊蟹四 | 康禮 |
| 20324 | 15 正 | | 410 | 螘 | 仰 | 啟 | 我 | 上 | 齊 | 五四几 | | | 疑上開支止重三 | 魚倚 | 疑開 3 | 魚兩 | 溪上開齊蟹四 | 康禮 |
| 20326 | 15 正 | 82 | 411 | **死** | 想 | 禮 | 信 | 上 | 齊 | 五四几 | | | 心上開脂止三 | 息姊 | 心開 3 | 息兩 | 來上開齊蟹四 | 盧啓 |
| 20327 | 15 正 | | 412 | 袤 | 想 | 禮 | 信 | 上 | 齊 | 五四几 | | | 邪上開脂止三 | 徐姊 | 心開 3 | 息兩 | 來上開齊蟹四 | 盧啓 |
| 20328 | 15 正 | | 413 | 璽 | 想 | 禮 | 信 | 上 | 齊 | 五四几 | 十五部十六部兩讀 | 缺 16 部。此字廣集均只有一讀。玉篇昔紫切。另一讀仿爾 | 心上開支止三 | 斯氏 | 心開 3 | 息兩 | 來上開齊蟹四 | 盧啓 |

| 韻字編號 | 部序 | 組數 | 字數 | 韻字及何氏反切 | | | 韻字何氏音 | | | | 何萱注釋 | 備注 | 韻字中古音 | | 上字中古音 | | 下字中古音 | |
|---|---|---|---|---|---|---|---|---|---|---|---|---|---|---|---|---|---|---|
| | | | | 韻字 | 上字 | 下字 | 聲 | 調 | 呼 | 韻部 | | | 聲調呼韻攝等 | 反切 | 聲呼等 | 反切 | 聲調呼韻攝等 | 反切 |
| 20329 | 15 正 | | 414 | 璽 g* | 想 | 禮 | 信 | 上 | 齊 | 五四几 | | 廣韻只有明開支重四，武移切一讀 | 心上開仙山三 | 息淺 | 心開 3 | 息兩 | 來上開齊蟹四 | 盧啓 |
| 20330 | 15 正 | | 415 | 袮 | 想 | 禮 | 信 | 上 | 齊 | 五四几 | 獮或袮或作獮 | | 心上開仙山三 | 息淺 | 心開 3 | 息兩 | 來上開齊蟹四 | 盧啓 |
| 20331 | 15 正 | | 416 | 羠 | 想 | 禮 | 信 | 上 | 齊 | 五四几 | | | 邪上開脂止三 | 徐姊 | 心開 3 | 息兩 | 來上開齊蟹四 | 盧啓 |
| 20332 | 15 正 | 83 | 417 | 匕 | 丙 | 禮 | 謗 | 上 | 齊 | 五四几 | | | 幫上開脂止重四 | 卑履 | 幫開 3 | 兵永 | 來上開齊蟹四 | 盧啓 |
| 20334 | 15 正 | | 418 | 疕 | 丙 | 禮 | 謗 | 上 | 齊 | 五四几 | | 表中字頭作庀，韻目中無此字 | 幫上開脂止重四 | 卑履 | 幫開 3 | 兵永 | 來上開齊蟹四 | 盧啓 |
| 20338 | 15 正 | | 419 | 吡* | 丙 | 禮 | 謗 | 上 | 齊 | 五四几 | | | 幫上開脂止重四 | 補履 | 幫開 3 | 兵永 | 來上開齊蟹四 | 盧啓 |
| 20340 | 15 正 | | 420 | 比 | 丙 | 禮 | 謗 | 上 | 齊 | 五四几 | 上去兩讀注在彼 | | 幫上開脂止重四 | 卑履 | 幫開 3 | 兵永 | 來上開齊蟹四 | 盧啓 |
| 20344 | 15 正 | | 421 | 妣 | 丙 | 禮 | 謗 | 上 | 齊 | 五四几 | | | 幫上開脂止重四 | 卑履 | 幫開 3 | 兵永 | 來上開齊蟹四 | 盧啓 |
| 20345 | 15 正 | | 422 | 祉 | 丙 | 禮 | 謗 | 上 | 齊 | 五四几 | | | 幫上開脂止重四 | 卑履 | 幫開 3 | 兵永 | 來上開齊蟹四 | 盧啓 |
| 20348 | 15 正 | | 423 | 秕 | 丙 | 禮 | 謗 | 上 | 齊 | 五四几 | 別讀入聲 | | 幫上開脂止重四 | 卑履 | 幫開 3 | 兵永 | 來上開齊蟹四 | 盧啓 |
| 20352 | 15 正 | | 424 | 紕 | 丙 | 禮 | 謗 | 上 | 齊 | 五四几 | 平上兩讀義別 | | 昌上開之止三 | 昌里 | 幫開 3 | 兵永 | 來上開齊蟹四 | 盧啓 |
| 20355 | 15 正 | 84 | 425 | 牝 | 品 | 禮 | 並 | 上 | 齊 | 五四几 | | | 並上開脂止重四 | 扶履 | 滂開重 3 | 丕飲 | 來上開齊蟹四 | 盧啓 |
| 20358 | 15 正 | | 426 | 仳 | 品 | 禮 | 並 | 上 | 齊 | 五四几 | 平上兩讀 | | 滂上開支止重四 | 匹婢 | 滂開重 3 | 丕飲 | 來上開齊蟹四 | 盧啓 |
| 20360 | 15 正 | | 427 | 陛 | 品 | 禮 | 並 | 上 | 齊 | 五四几 | | | 並上開齊蟹四 | 傍禮 | 滂開重 3 | 丕飲 | 來上開齊蟹四 | 盧啓 |
| 20361 | 15 正 | | 428 | 庀 | 品 | 禮 | 並 | 上 | 齊 | 五四几 | | | 滂上開脂止重三 | 匹鄙 | 滂開重 3 | 丕飲 | 來上開齊蟹四 | 盧啓 |
| 20362 | 15 正 | 85 | 429 | 米 | 面 | 禮 | 命 | 上 | 齊 | 五四几 | | | 明上開齊蟹四 | 莫禮 | 明開重 4 | 彌箭 | 來上開齊蟹四 | 盧啓 |
| 20363 | 15 正 | | 430 | 絲 | 面 | 禮 | 命 | 上 | 齊 | 五四几 | | | 明上開齊蟹四 | 莫禮 | 明開重 4 | 彌箭 | 來上開齊蟹四 | 盧啓 |
| 20364 | 15 正 | | 431 | 眯 | 面 | 禮 | 命 | 上 | 齊 | 五四几 | | | 明上開齊蟹四 | 莫禮 | 明開重 4 | 彌箭 | 來上開齊蟹四 | 盧啓 |
| 20366 | 15 正 | | 432 | 瀰 | 面 | 禮 | 命 | 上 | 齊 | 五四几 | | | 明上開齊蟹四 | 莫禮 | 明開重 4 | 彌箭 | 來上開齊蟹四 | 盧啓 |
| 20367 | 15 正 | | 433 | 敉 | 面 | 禮 | 命 | 上 | 齊 | 五四几 | | | 明上開支止重四 | 綿婢 | 明開重 4 | 彌箭 | 來上開齊蟹四 | 盧啓 |
| 20368 | 15 正 | | 434 | 美 | 面 | 禮 | 命 | 上 | 齊 | 五四几 | | | 明上開脂止重三 | 無鄙 | 明開重 4 | 彌箭 | 來上開齊蟹四 | 盧啓 |
| 20369 | 15 正 | | 435 | 媄 | 面 | 禮 | 命 | 上 | 齊 | 五四几 | | | 明上開脂止重三 | 無鄙 | 明開重 4 | 彌箭 | 來上開齊蟹四 | 盧啓 |
| 20370 | 15 正 | 86 | 436 | 癸 | 舉 | 唯 | 見 | 上 | 撮 | 五五癸 | | | 見上合脂止重四 | 居誄 | 見合 3 | 居許 | 以上合脂止三 | 以水 |
| 20371 | 15 正 | 87 | 437 | 揆 | 去 | 唯 | 起 | 上 | 撮 | 五五癸 | | | 群上合脂止重四 | 求癸 | 溪合 3 | 丘倨 | 以上合脂止三 | 以水 |

| 韻字編號 | 部序 | 組數 | 字數 | 韻字及何氏反切 | | | 韻字何氏音 | | | | 何萱注釋 | 備　注 | 韻字中古音 | | 上字中古音 | | 下字中古音 | |
|---|---|---|---|---|---|---|---|---|---|---|---|---|---|---|---|---|---|---|
| | | | | 韻字 | 上字 | 下字 | 聲 | 調 | 呼 | 韻部 | | | 聲調呼韻攝等 | 反切 | 聲呼等 | 反切 | 聲調呼韻攝等 | 反切 |
| 20373 | 15 正 | | 438 | 楑 | 去 | 唯 | 起 | 上 | 撮 | 五五癸 | | | 群上合脂止重四 | 求癸 | 溪合 3 | 丘倨 | 以上合脂止三 | 以水 |
| 20375 | 15 正 | | 439 | 湀 | 去 | 唯 | 起 | 上 | 撮 | 五五癸 | | | 群上合脂止重四 | 求癸 | 溪合 3 | 丘倨 | 以上合脂止三 | 以水 |
| 20378 | 15 正 | 88 | 440 | 唯 | 羽 | 揆 | 影 | 上 | 撮 | 五五癸 | | | 以上合脂止三 | 以水 | 云合 3 | 王矩 | 群上合脂止重四 | 求癸 |
| 20379 | 15 正 | | 441 | 鷕 | 羽 | 揆 | 影 | 上 | 撮 | 五五癸 | | | 以上合脂止三 | 以水 | 云合 3 | 王矩 | 群上合脂止重四 | 求癸 |
| 20382 | 15 正 | | 442 | 蓶 | 羽 | 揆 | 影 | 上 | 撮 | 五五癸 | | | 以上合脂止三 | 以水 | 云合 3 | 王矩 | 群上合脂止重四 | 求癸 |
| 20383 | 15 正 | 89 | 443 | 贙 | 許 | 揆 | 曉 | 上 | 撮 | 五五癸 | | 玉篇作平犬切 | 匣去合先山四 | 黃練 | 曉合 3 | 虛呂 | 群上合脂止重四 | 求癸 |
| 20387 | 15 正 | 90 | 444 | 觜 | 俊 | 揆 | 井 | 上 | 撮 | 五五癸 | 平上兩讀注在彼 | | 精上合支止三 | 即委 | 精合 3 | 子峻 | 群上合脂止重四 | 求癸 |
| 20388 | 15 正 | 91 | 445 | 愷 | 侃 | 嬾 | 見 | 上 | 開 | 五六愷 | | | 溪上開咍蟹一 | 苦亥 | 溪開 1 | 空旱 | 來上開寒山一 | 落旱 |
| 20389 | 15 正 | | 446 | 闓 | 侃 | 嬾 | 見 | 上 | 開 | 五六愷 | | | 溪上開咍蟹一 | 苦亥 | 溪開 1 | 空旱 | 來上開寒山一 | 落旱 |
| 20391 | 15 正 | | 447 | 塏 | 侃 | 嬾 | 見 | 上 | 開 | 五六愷 | | | 溪上開咍蟹一 | 苦亥 | 溪開 1 | 空旱 | 來上開寒山一 | 落旱 |
| 20392 | 15 正 | | 448 | 鎧 | 侃 | 嬾 | 見 | 上 | 開 | 五六愷 | | | 溪上開咍蟹一 | 苦亥 | 溪開 1 | 空旱 | 來上開寒山一 | 落旱 |
| 20395 | 15 正 | | 449 | 鍇 | 侃 | 嬾 | 見 | 上 | 開 | 五六愷 | | | 溪上開皆蟹二 | 苦駭 | 溪開 1 | 空旱 | 來上開寒山一 | 落旱 |
| 20397 | 15 正 | | 450 | 楷 | 侃 | 嬾 | 見 | 上 | 開 | 五六愷 | | | 溪上開皆蟹二 | 苦駭 | 溪開 1 | 空旱 | 來上開寒山一 | 落旱 |
| 20398 | 15 正 | 92 | 451 | 嬾 | 老 | 愷 | 賚 | 上 | 開 | 五六愷 | | 此處讀成了諧聲偏旁，賴，取賴廣韻音 | 來上開寒山一 | 落旱 | 來開 1 | 盧晧 | 溪上開咍蟹一 | 苦亥 |
| 20399 | 15 正 | 93 | 452 | 朏 | 抱 | 愷 | 謗 | 上 | 開 | 五六愷 | 本韻兩見注在彼 | 實有三讀 | 滂上開咍蟹一 | 普乃 | 並開 1 | 薄浩 | 溪上開咍蟹一 | 苦亥 |
| 20402 | 15 正 | 94 | 453 | 鬼 | 古 | 卉 | 見 | 上 | 合 | 五七鬼 | | | 見上合微止三 | 居偉 | 見合 1 | 公戶 | 曉上合微止三 | 許偉 |
| 20404 | 15 正 | 95 | 454 | 頠 | 苦 | 卉 | 起 | 上 | 合 | 五七鬼 | | | 溪上合灰蟹一 | 口猥 | 溪合 1 | 康杜 | 曉上合微止三 | 許偉 |
| 20406 | 15 正 | 96 | 455 | 偉 | 甕 | 卉 | 影 | 上 | 合 | 五七鬼 | | | 云上合微止三 | 于鬼 | 影合 1 | 烏貢 | 曉上合微止三 | 許偉 |
| 20407 | 15 正 | | 456 | 韙 | 甕 | 卉 | 影 | 上 | 合 | 五七鬼 | | | 云上合微止三 | 于鬼 | 影合 1 | 烏貢 | 曉上合微止三 | 許偉 |
| 20408 | 15 正 | | 457 | 韡 | 甕 | 卉 | 影 | 上 | 合 | 五七鬼 | | | 云上合微止三 | 于鬼 | 影合 1 | 烏貢 | 曉上合微止三 | 許偉 |
| 20409 | 15 正 | | 458 | 煒 | 甕 | 卉 | 影 | 上 | 合 | 五七鬼 | | | 云上合微止三 | 于鬼 | 影合 1 | 烏貢 | 曉上合微止三 | 許偉 |
| 20410 | 15 正 | | 459 | 椲 | 甕 | 卉 | 影 | 上 | 合 | 五七鬼 | | | 云上合微止三 | 于鬼 | 影合 1 | 烏貢 | 曉上合微止三 | 許偉 |
| 20411 | 15 正 | | 460 | 葦 | 甕 | 卉 | 影 | 上 | 合 | 五七鬼 | | | 云上合微止三 | 于鬼 | 影合 1 | 烏貢 | 曉上合微止三 | 許偉 |
| 20412 | 15 正 | | 461 | 鍡 | 甕 | 卉 | 影 | 上 | 合 | 五七鬼 | | | 影上合灰蟹一 | 烏賄 | 影合 1 | 烏貢 | 曉上合微止三 | 許偉 |
| 20413 | 15 正 | | 462 | 鰃 | 甕 | 卉 | 影 | 上 | 合 | 五七鬼 | | | 影平合灰蟹一 | 烏恢 | 影合 1 | 烏貢 | 曉上合微止三 | 許偉 |

| 韻字編號 | 部序 | 組數 | 字數 | 韻字及何氏反切 | | | 韻字何氏音 | | | | 何萱注釋 | 備　注 | 韻字中古音 | | 上字中古音 | | 下字中古音 | |
|---|---|---|---|---|---|---|---|---|---|---|---|---|---|---|---|---|---|---|
| | | | | 韻字 | 上字 | 下字 | 聲 | 調 | 呼 | 韻部 | | | 聲調呼韻攝等 | 反切 | 聲呼等 | 反切 | 聲調呼韻攝等 | 反切 |
| 20414 | 15 正 | | 463 | 猥 | 甕 | 卉 | 影 | 上 | 合 | 五七鬼 | | | 影上合灰蟹一 | 烏賄 | 影合 1 | 烏貢 | 曉上合微止三 | 許偉 |
| 20415 | 15 正 | 97 | 464 | 卉 | 戶 | 偉 | 曉 | 上 | 合 | 五七鬼 | | | 曉上合微止三 | 許偉 | 匣合 1 | 侯古 | 云上合微止三 | 于鬼 |
| 20417 | 15 正 | | 465 | 匯 | 戶 | 偉 | 曉 | 上 | 合 | 五七鬼 | | | 匣上合灰蟹一 | 胡罪 | 匣合 1 | 侯古 | 云上合微止三 | 于鬼 |
| 20418 | 15 正 | | 466 | 火 | 戶 | 偉 | 曉 | 上 | 合 | 五七鬼 | | | 曉上合戈果一 | 呼果 | 匣合 1 | 侯古 | 云上合微止三 | 于鬼 |
| 20419 | 15 正 | | 467 | 焜 | 戶 | 偉 | 曉 | 上 | 合 | 五七鬼 | | | 曉上合微止三 | 許偉 | 匣合 1 | 侯古 | 云上合微止三 | 于鬼 |
| 20420 | 15 正 | | 468 | 虫 | 戶 | 偉 | 曉 | 上 | 合 | 五七鬼 | | | 曉上合微止三 | 許偉 | 匣合 1 | 侯古 | 云上合微止三 | 于鬼 |
| 20423 | 15 正 | | 469 | 虺 | 戶 | 偉 | 曉 | 上 | 合 | 五七鬼 | | | 曉上合微止三 | 許偉 | 匣合 1 | 侯古 | 云上合微止三 | 于鬼 |
| 20425 | 15 正 | | 470 | � | 戶 | 偉 | 曉 | 上 | 合 | 五七鬼 | | | 匣去合灰蟹一 | 胡對 | 匣合 1 | 侯古 | 云上合微止三 | 于鬼 |
| 20426 | 15 正 | | 471 | 瘣 | 戶 | 偉 | 曉 | 上 | 合 | 五七鬼 | | | 匣上合灰蟹一 | 胡罪 | 匣合 1 | 侯古 | 云上合微止三 | 于鬼 |
| 20427 | 15 正 | 98 | 472 | 隓 | 董 | 偉 | 短 | 上 | 合 | 五七鬼 | | | 定上合灰蟹一 | 徒猥 | 端合 1 | 多動 | 云上合微止三 | 于鬼 |
| 20428 | 15 正 | | 473 | 啍 | 董 | 偉 | 短 | 上 | 合 | 五七鬼 | | | 端上合灰蟹一 | 都罪 | 端合 1 | 多動 | 云上合微止三 | 于鬼 |
| 20429 | 15 正 | 99 | 474 | 僓 | 洞 | 偉 | 透 | 上 | 合 | 五七鬼 | | | 透上合灰蟹一 | 吐猥 | 定合 1 | 徒弄 | 云上合微止三 | 于鬼 |
| 20431 | 15 正 | 100 | 475 | 誄 | 路 | 偉 | 賚 | 上 | 合 | 五七鬼 | | | 來上合脂止三 | 力軌 | 來合 1 | 洛故 | 云上合微止三 | 于鬼 |
| 20432 | 15 正 | | 476 | 讄 | 路 | 偉 | 賚 | 上 | 合 | 五七鬼 | | | 來上合脂止三 | 力軌 | 來合 1 | 洛故 | 云上合微止三 | 于鬼 |
| 20434 | 15 正 | | 477 | 儡 | 路 | 偉 | 賚 | 上 | 合 | 五七鬼 | 平上兩讀注在彼 | | 來上合灰蟹一 | 落猥 | 來合 1 | 洛故 | 云上合微止三 | 于鬼 |
| 20435 | 15 正 | | 478 | 鸓* | 路 | 偉 | 賚 | 上 | 合 | 五七鬼 | | | 來上合脂止三 | 魯水 | 來合 1 | 洛故 | 云上合微止三 | 于鬼 |
| 20436 | 15 正 | | 479 | 藟 | 路 | 偉 | 賚 | 上 | 合 | 五七鬼 | | | 來上合脂止三 | 力軌 | 來合 1 | 洛故 | 云上合微止三 | 于鬼 |
| 20437 | 15 正 | | 480 | 蘽 | 路 | 偉 | 賚 | 上 | 合 | 五七鬼 | | | 來上合脂止三 | 力軌 | 來合 1 | 洛故 | 云上合微止三 | 于鬼 |
| 20438 | 15 正 | | 481 | 壘 | 路 | 偉 | 賚 | 上 | 合 | 五七鬼 | | | 來上合脂止三 | 力軌 | 來合 1 | 洛故 | 云上合微止三 | 于鬼 |
| 20439 | 15 正 | | 482 | 鑸* | 路 | 偉 | 賚 | 上 | 合 | 五七鬼 | | | 來上合灰蟹一 | 魯猥 | 來合 1 | 洛故 | 云上合微止三 | 于鬼 |
| 20441 | 15 正 | | 483 | 灅 | 路 | 偉 | 賚 | 上 | 合 | 五七鬼 | | | 來上合脂止三 | 魯水 | 來合 1 | 洛故 | 云上合微止三 | 于鬼 |
| 20442 | 15 正 | | 484 | 蜼 | 路 | 偉 | 賚 | 上 | 合 | 五七鬼 | | 與狖異讀。蜼在15 正副編兩見 | 來上合脂止三 | 力軌 | 來合 1 | 洛故 | 云上合微止三 | 于鬼 |
| 20443 | 15 正 | 101 | 485 | 沝 | 壯 | 偉 | 照 | 上 | 合 | 五七鬼 | | | 章上合支止三 | 之累 | 莊開 3 | 側亮 | 云上合微止三 | 于鬼 |
| 20444 | 15 正 | | 486 | 準 | 壯 | 偉 | 照 | 上 | 合 | 五七鬼 | | 集韻有書上脂合三，數軌切 | 章入合薛山三 | 職悅 | 莊開 3 | 側亮 | 云上合微止三 | 于鬼 |

| 韻字編號 | 部序 | 組數 | 字數 | 韻字及何氏反切 | | | 韻字何氏音 | | | | 何萱注釋 | 備注 | 韻字中古音 | | 上字中古音 | | 下字中古音 | |
|---|---|---|---|---|---|---|---|---|---|---|---|---|---|---|---|---|---|---|
| | | | | 韻字 | 上字 | 下字 | 聲 | 調 | 呼 | 韻部 | | | 聲調呼韻攝等 | 反切 | 聲呼等 | 反切 | 聲調呼韻攝等 | 反切 |
| 20446 | 15 正 | | 487 | **揣** | 狀 | 偉 | 助 | 上 | 合 | 五七鬼 | 十四部去十五部上兩讀 | | 初上合支止三 | 初委 | 崇開 3 | 鋤亮 | 云上合微止三 | 于鬼 |
| 20451 | 15 正 | 102 | 488 | **毴g*** | 閏 | 卉 | 耳 | 上 | 合 | 五七鬼 | 或作毹十三部十五部兩讀 | | 日上合鍾通三 | 乳勇 | 日合 3 | 如順 | 曉上合微止三 | 許偉 |
| 20453 | 15 正 | 103 | 489 | **水** | 爽 | 偉 | 審 | 上 | 合 | 五七鬼 | | | 書上合脂止三 | 式軌 | 生開 3 | 疎兩 | 云上合微止三 | 于鬼 |
| 20454 | 15 正 | 104 | 490 | **罪** | 措 | 偉 | 淨 | 上 | 合 | 五七鬼 | | | 從上合灰蟹一 | 徂賄 | 清合 1 | 倉故 | 云上合微止三 | 于鬼 |
| 20455 | 15 正 | | 491 | 辠 | 措 | 偉 | 淨 | 上 | 合 | 五七鬼 | | | 從上合灰蟹一 | 徂賄 | 清合 1 | 倉故 | 云上合微止三 | 于鬼 |
| 20456 | 15 正 | | 492 | 辠* | 措 | 偉 | 淨 | 上 | 合 | 五七鬼 | | | 從上合灰蟹一 | 徂賄 | 清合 1 | 倉故 | 云上合微止三 | 于鬼 |
| 20457 | 15 正 | | 493 | 滜 | 措 | 偉 | 淨 | 上 | 合 | 五七鬼 | | | 清上合灰蟹一 | 七罪 | 清合 1 | 倉故 | 云上合微止三 | 于鬼 |
| 20458 | 15 正 | | 494 | 漼 | 措 | 偉 | 淨 | 上 | 合 | 五七鬼 | | | 清上合灰蟹一 | 七罪 | 清合 1 | 倉故 | 云上合微止三 | 于鬼 |
| 20459 | 15 正 | | 495 | 趡 | 措 | 偉 | 淨 | 上 | 合 | 五七鬼 | | | 清上合脂止三 | 千水 | 清合 1 | 倉故 | 云上合微止三 | 于鬼 |
| 20460 | 15 正 | 105 | 496 | **隗** | 臥 | 偉 | 我 | 上 | 合 | 五七鬼 | | | 疑上合灰蟹一 | 五罪 | 疑合 1 | 吾貨 | 云上合微止三 | 于鬼 |
| 20461 | 15 正 | 106 | 497 | **斐** | 奉 | 偉 | 匪 | 上 | 合 | 五七鬼 | | | 敷上合微止三 | 敷尾 | 奉合 3 | 扶隴 | 云上合微止三 | 于鬼 |
| 20462 | 15 正 | | 498 | 䨽 | 奉 | 偉 | 匪 | 上 | 合 | 五七鬼 | | | 敷上合微止三 | 敷尾 | 奉合 3 | 扶隴 | 云上合微止三 | 于鬼 |
| 20465 | 15 正 | | 499 | 誹 | 奉 | 偉 | 匪 | 上 | 合 | 五七鬼 | | | 非去合微止三 | 方味 | 奉合 3 | 扶隴 | 云上合微止三 | 于鬼 |
| 20466 | 15 正 | | 500 | 餥 | 奉 | 偉 | 匪 | 上 | 合 | 五七鬼 | | | 非上合微止三 | 府尾 | 奉合 3 | 扶隴 | 云上合微止三 | 于鬼 |
| 20467 | 15 正 | | 501 | 棐 | 奉 | 偉 | 匪 | 上 | 合 | 五七鬼 | | | 非上合微止三 | 府尾 | 奉合 3 | 扶隴 | 云上合微止三 | 于鬼 |
| 20468 | 15 正 | | 502 | 𤛗 | 奉 | 偉 | 匪 | 上 | 合 | 五七鬼 | | | 非去合微止三 | 方味 | 奉合 3 | 扶隴 | 云上合微止三 | 于鬼 |
| 20469 | 15 正 | | 503 | 菲 | 奉 | 偉 | 匪 | 上 | 合 | 五七鬼 | | | 敷上合微止三 | 敷尾 | 奉合 3 | 扶隴 | 云上合微止三 | 于鬼 |
| 20471 | 15 正 | | 504 | 匪 | 奉 | 偉 | 匪 | 上 | 合 | 五七鬼 | | | 非上合微止三 | 府尾 | 奉合 3 | 扶隴 | 云上合微止三 | 于鬼 |
| 20472 | 15 正 | | 505 | 篚 | 奉 | 偉 | 匪 | 上 | 合 | 五七鬼 | | | 非上合微止三 | 府尾 | 奉合 3 | 扶隴 | 云上合微止三 | 于鬼 |
| 20473 | 15 正 | | 506 | 朏 | 奉 | 偉 | 匪 | 上 | 合 | 五七鬼 | 本韻兩見 | 實有三讀 | 敷上合微止三 | 敷尾 | 奉合 3 | 扶隴 | 云上合微止三 | 于鬼 |
| 20475 | 15 正 | 107 | 507 | **尾** | 晚 | 卉 | 未 | 上 | 合 | 五七鬼 | | | 微上合微止三 | 無匪 | 微合 3 | 無遠 | 曉上合微止三 | 許偉 |
| 20477 | 15 正 | | 508 | 娓 | 晚 | 卉 | 未 | 上 | 合 | 五七鬼 | | | 微上合微止三 | 無匪 | 微合 3 | 無遠 | 曉上合微止三 | 許偉 |
| 20478 | 15 正 | 108 | 509 | **既** | 竟 | 器 | 見 | 去 | 齊 | 五六既 | | | 見去開微止三 | 居豙 | 見開 3 | 居慶 | 溪去開脂止重三 | 去冀 |
| 20479 | 15 正 | | 510 | 蔇 | 竟 | 器 | 見 | 去 | 齊 | 五六既 | | | 見去開微止三 | 居豙 | 見開 3 | 居慶 | 溪去開脂止重三 | 去冀 |
| 20480 | 15 正 | | 511 | 穊 | 竟 | 器 | 見 | 去 | 齊 | 五六既 | | | 見去開脂止重三 | 几利 | 見開 3 | 居慶 | 溪去開脂止重三 | 去冀 |

| 韻字編號 | 部序 | 組數 | 字數 | 韻字及何氏反切 | | | 韻字何氏音 | | | | 何萱注釋 | 備注 | 韻字中古音 | | 上字中古音 | | 下字中古音 | |
|---|---|---|---|---|---|---|---|---|---|---|---|---|---|---|---|---|---|---|
| | | | | 韻字 | 上字 | 下字 | 聲 | 調 | 呼 | 韻部 | | | 聲調呼韻攝等 | 反切 | 聲呼等 | 反切 | 聲調呼韻攝等 | 反切 |
| 20481 | 15 正 | | 512 | 訖* | 竟 | 器 | 見 | 去 | 齊 | 五六既 | | | 見入開迄臻重三 | 居乙 | 見開 3 | 居慶 | 溪去開脂止重三 | 去冀 |
| 20484 | 15 正 | | 513 | 欯 | 竟 | 器 | 見 | 去 | 齊 | 五六既 | | | 見去開微止三 | 居豙 | 見開 3 | 居慶 | 溪去開脂止重三 | 去冀 |
| 20485 | 15 正 | | 514 | 覬 | 竟 | 器 | 見 | 去 | 齊 | 五六既 | | | 見去開脂止重三 | 几利 | 見開 3 | 居慶 | 溪去開脂止重三 | 去冀 |
| 20486 | 15 正 | | 515 | 計 | 竟 | 器 | 見 | 去 | 齊 | 五六既 | | | 見去開齊蟹四 | 古詣 | 見開 3 | 居慶 | 溪去開脂止重三 | 去冀 |
| 20487 | 15 正 | | 516 | 罽 | 竟 | 器 | 見 | 去 | 齊 | 五六既 | | | 見去開祭蟹重三 | 居例 | 見開 3 | 居慶 | 溪去開脂止重三 | 去冀 |
| 20488 | 15 正 | | 517 | 瀱 | 竟 | 器 | 見 | 去 | 齊 | 五六既 | | | 見去開祭蟹重三 | 居例 | 見開 3 | 居慶 | 溪去開脂止重三 | 去冀 |
| 20489 | 15 正 | | 518 | 瀱 | 竟 | 器 | 見 | 去 | 齊 | 五六既 | | | 見去開祭蟹重三 | 居例 | 見開 3 | 居慶 | 溪去開脂止重三 | 去冀 |
| 20490 | 15 正 | | 519 | 繼 | 竟 | 器 | 見 | 去 | 齊 | 五六既 | 繼俗有繼 | | 見去開齊蟹四 | 古詣 | 見開 3 | 居慶 | 溪去開脂止重三 | 去冀 |
| 20491 | 15 正 | | 520 | 檵 | 竟 | 器 | 見 | 去 | 齊 | 五六既 | | | 見去開齊蟹四 | 古詣 | 見開 3 | 居慶 | 溪去開脂止重三 | 去冀 |
| 20492 | 15 正 | | 521 | 垍 | 竟 | 器 | 見 | 去 | 齊 | 五六既 | | | 群去開脂止重三 | 具冀 | 見開 3 | 居慶 | 溪去開脂止重三 | 去冀 |
| 20493 | 15 正 | | 522 | 薊 | 竟 | 器 | 見 | 去 | 齊 | 五六既 | | | 見去開齊蟹四 | 古詣 | 見開 3 | 居慶 | 溪去開脂止重三 | 去冀 |
| 20494 | 15 正 | | 523 | 鄿 | 竟 | 器 | 見 | 去 | 齊 | 五六既 | | | 見去開齊蟹四 | 古詣 | 見開 3 | 居慶 | 溪去開脂止重三 | 去冀 |
| 20495 | 15 正 | | 524 | 彑* | 竟 | 器 | 見 | 去 | 齊 | 五六既 | | | 見去開祭蟹重三 | 居例 | 見開 3 | 居慶 | 溪去開脂止重三 | 去冀 |
| 20496 | 15 正 | 109 | 525 | **器** | 儉 | 利 | 起 | 去 | 齊 | 五六既 | | | 溪去開脂止重三 | 去冀 | 群開重 3 | 巨險 | 來去開脂止三 | 力至 |
| 20497 | 15 正 | | 526 | 暨 | 儉 | 利 | 起 | 去 | 齊 | 五六既 | | | 群去開脂止重三 | 具冀 | 群開重 3 | 巨險 | 來去開脂止三 | 力至 |
| 20498 | 15 正 | | 527 | 塈 | 儉 | 利 | 起 | 去 | 齊 | 五六既 | | | 群去開脂止重三 | 具冀 | 群開重 3 | 巨險 | 來去開脂止三 | 力至 |
| 20500 | 15 正 | | 528 | 臮 | 儉 | 利 | 起 | 去 | 齊 | 五六既 | | | 群去開脂止重三 | 具冀 | 群開重 3 | 巨險 | 來去開脂止三 | 力至 |
| 20501 | 15 正 | | 529 | 洎 | 儉 | 利 | 起 | 去 | 齊 | 五六既 | | | 群去開脂止重三 | 具冀 | 群開重 3 | 巨險 | 來去開脂止三 | 力至 |
| 20503 | 15 正 | | 530 | 洎 | 儉 | 利 | 起 | 去 | 齊 | 五六既 | | | 群去開脂止重三 | 具冀 | 群開重 3 | 巨險 | 來去開脂止三 | 力至 |
| 20504 | 15 正 | | 531 | 气 | 儉 | 利 | 起 | 去 | 齊 | 五六既 | 去入兩讀 | | 溪去開微止三 | 去既 | 群開重 3 | 巨險 | 來去開脂止三 | 力至 |
| 20506 | 15 正 | | 532 | 愒 | 儉 | 利 | 起 | 去 | 齊 | 五六既 | | | 溪去開祭蟹重三 | 去例 | 群開重 3 | 巨險 | 來去開脂止三 | 力至 |
| 20509 | 15 正 | | 533 | 揭 | 儉 | 利 | 起 | 去 | 齊 | 五六既 | 去入兩讀 | | 溪去開祭蟹重三 | 去例 | 群開重 3 | 巨險 | 來去開脂止三 | 力至 |
| 20513 | 15 正 | | 534 | 契 | 儉 | 利 | 起 | 去 | 齊 | 五六既 | | | 溪去開齊蟹四 | 苦計 | 群開重 3 | 巨險 | 來去開脂止三 | 力至 |
| 20515 | 15 正 | | 535 | 栔 | 儉 | 利 | 起 | 去 | 齊 | 五六既 | 去入兩讀 | | 溪去開齊蟹四 | 苦計 | 群開重 3 | 巨險 | 來去開脂止三 | 力至 |
| 20517 | 15 正 | | 536 | 晵 | 儉 | 利 | 起 | 去 | 齊 | 五六既 | | | 溪去開齊蟹四 | 苦計 | 群開重 3 | 巨險 | 來去開脂止三 | 力至 |
| 20518 | 15 正 | | 537 | 眉 | 儉 | 利 | 起 | 去 | 齊 | 五六既 | | | 溪去開脂止重四 | 詰利 | 群開重 3 | 巨險 | 來去開脂止三 | 力至 |
| 20519 | 15 正 | | 538 | 棄 | 儉 | 利 | 起 | 去 | 齊 | 五六既 | | | 溪去開脂止重四 | 詰利 | 群開重 3 | 巨險 | 來去開脂止三 | 力至 |

| 韻字編號 | 部序 | 組數 | 字數 | 韻字及何氏反切 | | | 韻字何氏音 | | | | 何萱注釋 | 備　注 | 韻字中古音 | | 上字中古音 | | 下字中古音 | |
|---|---|---|---|---|---|---|---|---|---|---|---|---|---|---|---|---|---|---|
| | | | | 韻字 | 上字 | 下字 | 聲 | 調 | 呼 | 韻部 | | | 聲調呼韻攝等 | 反切 | 聲呼等 | 反切 | 聲調呼韻攝等 | 反切 |
| 20520 | 15 正 | 110 | 539 | 瘱 | 隱 | 契 | 影 | 去 | 齊 | 五六既 | | 正文下字作器。集韻也只有一讀 | 影去開齊蟹四 | 於計 | 影開 3 | 於謹 | 溪去開齊蟹四 | 苦計 |
| 20521 | 15 正 | | 540 | 瘞 | 隱 | 契 | 影 | 去 | 齊 | 五六既 | | 正文下字作器 | 影去開祭蟹重三 | 於罽 | 影開 3 | 於謹 | 溪去開齊蟹四 | 苦計 |
| 20522 | 15 正 | | 541 | 医 | 隱 | 契 | 影 | 去 | 齊 | 五六既 | | 正文下字作器 | 影去開齊蟹四 | 於計 | 影開 3 | 於謹 | 溪去開齊蟹四 | 苦計 |
| 20523 | 15 正 | | 542 | 殹 | 隱 | 契 | 影 | 去 | 齊 | 五六既 | | 正文下字作器 | 影去開齊蟹四 | 於計 | 影開 3 | 於謹 | 溪去開齊蟹四 | 苦計 |
| 20525 | 15 正 | | 543 | 翳 | 隱 | 契 | 影 | 去 | 齊 | 五六既 | | 正文下字作器 | 影去開齊蟹四 | 於計 | 影開 3 | 於謹 | 溪去開齊蟹四 | 苦計 |
| 20527 | 15 正 | | 544 | 勩 | 隱 | 契 | 影 | 去 | 齊 | 五六既 | | 正文下字作器 | 以去開祭蟹三 | 餘制 | 影開 3 | 於謹 | 溪去開齊蟹四 | 苦計 |
| 20528 | 15 正 | | 545 | 泄 | 隱 | 契 | 影 | 去 | 齊 | 五六既 | | 正文下字作器 | 以去開祭蟹三 | 餘制 | 影開 3 | 於謹 | 溪去開齊蟹四 | 苦計 |
| 20529 | 15 正 | | 546 | 詍 | 隱 | 契 | 影 | 去 | 齊 | 五六既 | | 正文下字作器 | 以去開祭蟹三 | 餘制 | 影開 3 | 於謹 | 溪去開齊蟹四 | 苦計 |
| 20530 | 15 正 | | 547 | 呭 | 隱 | 契 | 影 | 去 | 齊 | 五六既 | | 正文下字作器 | 以去開祭蟹三 | 餘制 | 影開 3 | 於謹 | 溪去開齊蟹四 | 苦計 |
| 20531 | 15 正 | | 548 | 枻 | 隱 | 契 | 影 | 去 | 齊 | 五六既 | | 正文下字作器 | 以去開祭蟹三 | 餘制 | 影開 3 | 於謹 | 溪去開齊蟹四 | 苦計 |
| 20532 | 15 正 | | 549 | 曳 | 隱 | 契 | 影 | 去 | 齊 | 五六既 | | 正文下字作器 | 以去開祭蟹三 | 餘制 | 影開 3 | 於謹 | 溪去開齊蟹四 | 苦計 |
| 20533 | 15 正 | | 550 | 玴 | 隱 | 契 | 影 | 去 | 齊 | 五六既 | | 正文下字作器 | 以去開祭蟹三 | 餘制 | 影開 3 | 於謹 | 溪去開齊蟹四 | 苦計 |
| 20535 | 15 正 | | 551 | 希 | 隱 | 契 | 影 | 去 | 齊 | 五六既 | | 正文下字作器 | 以去開脂止三 | 羊至 | 影開 3 | 於謹 | 溪去開齊蟹四 | 苦計 |
| 20536 | 15 正 | | 552 | **肆** | 隱 | 契 | 影 | 去 | 齊 | 五六既 | 肆隸作肆 | 正文下字作器 | 以去開脂止三 | 羊至 | 影開 3 | 於謹 | 溪去開齊蟹四 | 苦計 |
| 20537 | 15 正 | | 553 | 殔 | 隱 | 契 | 影 | 去 | 齊 | 五六既 | | 正文下字作器 | 以去開脂止三 | 羊至 | 影開 3 | 於謹 | 溪去開齊蟹四 | 苦計 |
| 20538 | 15 正 | | 554 | 緆* | 隱 | 契 | 影 | 去 | 齊 | 五六既 | | 正文下字作器 | 影去開祭蟹重三 | 於例 | 影開 3 | 於謹 | 溪去開齊蟹四 | 苦計 |
| 20539 | 15 正 | | 555 | 瘈 | 隱 | 契 | 影 | 去 | 齊 | 五六既 | | 正文下字作器 | 影去開齊蟹四 | 於計 | 影開 3 | 於謹 | 溪去開齊蟹四 | 苦計 |
| 20541 | 15 正 | | 556 | 衣 | 隱 | 契 | 影 | 去 | 齊 | 五六既 | 平去兩讀義分 | 正文下字作器 | 影去開微止三 | 於既 | 影開 3 | 於謹 | 溪去開齊蟹四 | 苦計 |
| 20543 | 15 正 | | 557 | 裔 | 隱 | 契 | 影 | 去 | 齊 | 五六既 | | 正文下字作器 | 以去開祭蟹三 | 餘制 | 影開 3 | 於謹 | 溪去開齊蟹四 | 苦計 |
| 20544 | 15 正 | 111 | 558 | 氣 | 向 | 器 | 曉 | 去 | 齊 | 五六既 | | | 曉去開微止三 | 許既 | 曉開 3 | 許亮 | 溪去開脂止重三 | 去冀 |
| 20545 | 15 正 | | 559 | **鎎** | 向 | 器 | 曉 | 去 | 齊 | 五六既 | | | 曉去開微止三 | 許既 | 曉開 3 | 許亮 | 溪去開脂止重三 | 去冀 |
| 20546 | 15 正 | | 560 | 愾 | 向 | 器 | 曉 | 去 | 齊 | 五六既 | | | 曉去開微止三 | 許既 | 曉開 3 | 許亮 | 溪去開脂止重三 | 去冀 |
| 20548 | 15 正 | | 561 | 忥 | 向 | 器 | 曉 | 去 | 齊 | 五六既 | | | 曉去開微止三 | 許既 | 曉開 3 | 許亮 | 溪去開脂止重三 | 去冀 |
| 20549 | 15 正 | | 562 | 類 | 向 | 器 | 曉 | 去 | 齊 | 五六既 | | | 溪去開齊蟹四 | 苦計 | 曉開 3 | 許亮 | 溪去開脂止重三 | 去冀 |
| 20550 | 15 正 | | 563 | 呬 | 向 | 器 | 曉 | 去 | 齊 | 五六既 | | | 曉去開脂止重三 | 虛器 | 曉開 3 | 許亮 | 溪去開脂止重三 | 去冀 |
| 20551 | 15 正 | | 564 | 屓 | 向 | 器 | 曉 | 去 | 齊 | 五六既 | | | 曉去開皆蟹二 | 許介 | 曉開 3 | 許亮 | 溪去開脂止重三 | 去冀 |

| 韻字編號 | 部序 | 組數 | 字數 | 韻字及何氏反切 | | | 韻字何氏音 | | | | 何萱注釋 | 備注 | 韻字中古音 | | 上字中古音 | | 下字中古音 | |
|---|---|---|---|---|---|---|---|---|---|---|---|---|---|---|---|---|---|---|
| | | | | 韻字 | 上字 | 下字 | 聲 | 調 | 呼 | 韻部 | | | 聲調呼韻攝等 | 反切 | 聲呼等 | 反切 | 聲調呼韻攝等 | 反切 |
| 20552 | 15 正 | | 565 | 䦹 | 向 | 器 | 曉 | 去 | 齊 | 五六既 | 兩見 | | 曉去開脂止重三 | 虛器 | 曉開 3 | 許亮 | 溪去開脂止重三 | 去冀 |
| 20555 | 15 正 | | 566 | 靝 | 向 | 器 | 曉 | 去 | 齊 | 五六既 | | | 曉去開脂止重三 | 虛器 | 曉開 3 | 許亮 | 溪去開脂止重三 | 去冀 |
| 20556 | 15 正 | | 567 | 槥 | 向 | 器 | 曉 | 去 | 齊 | 五六既 | | | 匣去合齊蟹四 | 胡桂 | 曉開 3 | 許亮 | 溪去開脂止重三 | 去冀 |
| 20557 | 15 正 | | 568 | 轊 | 向 | 器 | 曉 | 去 | 齊 | 五六既 | | | 清去合祭蟹三 | 此芮 | 曉開 3 | 許亮 | 溪去開脂止重三 | 去冀 |
| 20558 | 15 正 | | 569 | 潓 | 向 | 器 | 曉 | 去 | 齊 | 五六既 | | | 匣去合齊蟹四 | 胡桂 | 曉開 3 | 許亮 | 溪去開脂止重三 | 去冀 |
| 20560 | 15 正 | 112 | 570 | 摕 | 典 | 器 | 短 | 去 | 齊 | 五六既 | | | 端去開齊蟹四 | 都計 | 端開 4 | 多殄 | 溪去開脂止重三 | 去冀 |
| 20561 | 15 正 | | 571 | **蔕** | 典 | 器 | 短 | 去 | 齊 | 五六既 | | | 端去開齊蟹四 | 都計 | 端開 4 | 多殄 | 溪去開脂止重三 | 去冀 |
| 20562 | 15 正 | | 572 | 螮 | 典 | 器 | 短 | 去 | 齊 | 五六既 | | | 端去開齊蟹四 | 都計 | 端開 4 | 多殄 | 溪去開脂止重三 | 去冀 |
| 20564 | 15 正 | 113 | 573 | 弟 | 眺 | 器 | 透 | 去 | 齊 | 五六既 | | | 定去開齊蟹四 | 特計 | 透開 4 | 他弔 | 溪去開脂止重三 | 去冀 |
| 20565 | 15 正 | | 574 | 第 | 眺 | 器 | 透 | 去 | 齊 | 五六既 | | | 定去開齊蟹四 | 特計 | 透開 4 | 他弔 | 溪去開脂止重三 | 去冀 |
| 20567 | 15 正 | | 575 | 睇 | 眺 | 器 | 透 | 去 | 齊 | 五六既 | | | 定去開齊蟹四 | 特計 | 透開 4 | 他弔 | 溪去開脂止重三 | 去冀 |
| 20569 | 15 正 | | 576 | 鬀 | 眺 | 器 | 透 | 去 | 齊 | 五六既 | | | 透去開齊蟹四 | 他計 | 透開 4 | 他弔 | 溪去開脂止重三 | 去冀 |
| 20571 | 15 正 | | 577 | 洟 | 眺 | 器 | 透 | 去 | 齊 | 五六既 | 平去兩讀 | | 透去開齊蟹四 | 他計 | 透開 4 | 他弔 | 溪去開脂止重三 | 去冀 |
| 20572 | 15 正 | | 578 | 禘 | 眺 | 器 | 透 | 去 | 齊 | 五六既 | | | 定去開齊蟹四 | 特計 | 透開 4 | 他弔 | 溪去開脂止重三 | 去冀 |
| 20575 | 15 正 | | 579 | 遰 | 眺 | 器 | 透 | 去 | 齊 | 五六既 | | | 定去開齊蟹四 | 特計 | 透開 4 | 他弔 | 溪去開脂止重三 | 去冀 |
| 20577 | 15 正 | | 580 | 釱 | 眺 | 器 | 透 | 去 | 齊 | 五六既 | | | 定去開齊蟹四 | 特計 | 透開 4 | 他弔 | 溪去開脂止重三 | 去冀 |
| 20579 | 15 正 | | 581 | 軑 | 眺 | 器 | 透 | 去 | 齊 | 五六既 | | | 定去開齊蟹四 | 特計 | 透開 4 | 他弔 | 溪去開脂止重三 | 去冀 |
| 20581 | 15 正 | | 582 | 杕 | 眺 | 器 | 透 | 去 | 齊 | 五六既 | 俗有柁柂舵 | | 定去開齊蟹四 | 特計 | 透開 4 | 他弔 | 溪去開脂止重三 | 去冀 |
| 20582 | 15 正 | | 583 | **棣** | 眺 | 器 | 透 | 去 | 齊 | 五六既 | | | 定去開齊蟹四 | 特計 | 透開 4 | 他弔 | 溪去開脂止重三 | 去冀 |
| 20585 | 15 正 | | 584 | 薙 | 眺 | 器 | 透 | 去 | 齊 | 五六既 | | | 透去開齊蟹四 | 他計 | 透開 4 | 他弔 | 溪去開脂止重三 | 去冀 |
| 20586 | 15 正 | 114 | 585 | **膩** | 念 | 利 | 乃 | 去 | 齊 | 五六既 | | | 娘去開脂止三 | 女利 | 泥開 4 | 奴店 | 來去開脂止三 | 力至 |
| 20587 | 15 正 | | 586 | 泥 | 念 | 利 | 乃 | 去 | 齊 | 五六既 | 平上去三讀義各異 | | 泥去開齊蟹四 | 奴計 | 泥開 4 | 奴店 | 來去開脂止三 | 力至 |
| 20590 | 15 正 | 115 | 587 | 利 | 亮 | 器 | 賚 | 去 | 齊 | 五六既 | | | 來去開脂止三 | 力至 | 來開 3 | 力讓 | 溪去開脂止重三 | 去冀 |
| 20591 | 15 正 | | 588 | **例** | 亮 | 器 | 賚 | 去 | 齊 | 五六既 | | | 來去開祭蟹三 | 力制 | 來開 3 | 力讓 | 溪去開脂止重三 | 去冀 |
| 20592 | 15 正 | | 589 | 鴷 | 亮 | 器 | 賚 | 去 | 齊 | 五六既 | | | 來入開薛山三 | 良薛 | 來開 3 | 力讓 | 溪去開脂止重三 | 去冀 |
| 20593 | 15 正 | | 590 | 厲 | 亮 | 器 | 賚 | 去 | 齊 | 五六既 | 礪俗有厲 | | 來去開祭蟹三 | 力制 | 來開 3 | 力讓 | 溪去開脂止重三 | 去冀 |

| 韻字編號 | 部序 | 組數 | 字數 | 韻字及何氏反切 | | | 韻字何氏音 | | | | 何萱注釋 | 備　注 | 韻字中古音 | | 上字中古音 | | 下字中古音 | |
|---|---|---|---|---|---|---|---|---|---|---|---|---|---|---|---|---|---|---|
| | | | | 韻字 | 上字 | 下字 | 聲 | 調 | 呼 | 韻部 | | | 聲調呼韻攝等 | 反切 | 聲呼等 | 反切 | 聲調呼韻攝等 | 反切 |
| 20594 | 15 正 | | 591 | 巁 | 亮 | 器 | 賚 | 去 | 齊 | 五六既 | [illegible]俗有巁 | | 來去開祭蟹三 | 力制 | 來開 3 | 力讓 | 溪去開脂止重三 | 去冀 |
| 20596 | 15 正 | | 592 | 砅 | 亮 | 器 | 賚 | 去 | 齊 | 五六既 | | | 來去開祭蟹三 | 力制 | 來開 3 | 力讓 | 溪去開脂止重三 | 去冀 |
| 20597 | 15 正 | | 593 | 蠇 | 亮 | 器 | 賚 | 去 | 齊 | 五六既 | | | 來去開祭蟹三 | 力制 | 來開 3 | 力讓 | 溪去開脂止重三 | 去冀 |
| 20599 | 15 正 | | 594 | [illegible] | 亮 | 器 | 賚 | 去 | 齊 | 五六既 | | | 來去開脂止三 | 力至 | 來開 3 | 力讓 | 溪去開脂止重三 | 去冀 |
| 20601 | 15 正 | | 595 | 隸 | 亮 | 器 | 賚 | 去 | 齊 | 五六既 | 綠古隸 | | 來去開齊蟹四 | 郎計 | 來開 3 | 力讓 | 溪去開脂止重三 | 去冀 |
| 20602 | 15 正 | | 596 | [illegible] | 亮 | 器 | 賚 | 去 | 齊 | 五六既 | | | 來去開齊蟹四 | 郎計 | 來開 3 | 力讓 | 溪去開脂止重三 | 去冀 |
| 20603 | 15 正 | | 597 | 劦 | 亮 | 器 | 賚 | 去 | 齊 | 五六既 | | | 匣入開帖咸四 | 胡頰 | 來開 3 | 力讓 | 溪去開脂止重三 | 去冀 |
| 20605 | 15 正 | | 598 | 珕 | 亮 | 器 | 賚 | 去 | 齊 | 五六既 | | | 來去開齊蟹四 | 郎計 | 來開 3 | 力讓 | 溪去開脂止重三 | 去冀 |
| 20606 | 15 正 | | 599 | 荔 | 亮 | 器 | 賚 | 去 | 齊 | 五六既 | | | 來去開齊蟹四 | 郎計 | 來開 3 | 力讓 | 溪去開脂止重三 | 去冀 |
| 20607 | 15 正 | | 600 | 盭 | 亮 | 器 | 賚 | 去 | 齊 | 五六既 | 盭俗有盭 | | 來去開齊蟹四 | 郎計 | 來開 3 | 力讓 | 溪去開脂止重三 | 去冀 |
| 20608 | 15 正 | | 601 | 戾 | 亮 | 器 | 賚 | 去 | 齊 | 五六既 | | | 來去開齊蟹四 | 郎計 | 來開 3 | 力讓 | 溪去開脂止重三 | 去冀 |
| 20610 | 15 正 | | 602 | [illegible] | 亮 | 器 | 賚 | 去 | 齊 | 五六既 | | | 來去開齊蟹四 | 郎計 | 來開 3 | 力讓 | 溪去開脂止重三 | 去冀 |
| 20611 | 15 正 | | 603 | 綟 | 亮 | 器 | 賚 | 去 | 齊 | 五六既 | | | 來去開齊蟹四 | 郎計 | 來開 3 | 力讓 | 溪去開脂止重三 | 去冀 |
| 20612 | 15 正 | | 604 | 蜦 | 亮 | 器 | 賚 | 去 | 齊 | 五六既 | 十五部去聲十三部平聲兩見 | | 來去開齊蟹四 | 郎計 | 來開 3 | 力讓 | 溪去開脂止重三 | 去冀 |
| 20613 | 15 正 | 116 | 605 | [illegible] | 掌 | 器 | 照 | 去 | 齊 | 五六既 | | | 章去開祭蟹三 | 征例 | 章開 3 | 諸兩 | 溪去開脂止重三 | 去冀 |
| 20614 | 15 正 | | 606 | **制** | 掌 | 器 | 照 | 去 | 齊 | 五六既 | | | 章去開祭蟹三 | 征例 | 章開 3 | 諸兩 | 溪去開脂止重三 | 去冀 |
| 20615 | 15 正 | | 607 | 製 | 掌 | 器 | 照 | 去 | 齊 | 五六既 | | | 章去開祭蟹三 | 征例 | 章開 3 | 諸兩 | 溪去開脂止重三 | 去冀 |
| 20616 | 15 正 | | 608 | [illegible] | 掌 | 器 | 照 | 去 | 齊 | 五六既 | | | 章去開脂止三 | 脂利 | 章開 3 | 諸兩 | 溪去開脂止重三 | 去冀 |
| 20617 | 15 正 | | 609 | 迣 | 掌 | 器 | 照 | 去 | 齊 | 五六既 | | | 章去開祭蟹三 | 征例 | 章開 3 | 諸兩 | 溪去開脂止重三 | 去冀 |
| 20619 | 15 正 | | 610 | [illegible] | 掌 | 器 | 照 | 去 | 齊 | 五六既 | | | 並去開齊蟹四 | 蒲計 | 章開 3 | 諸兩 | 溪去開脂止重三 | 去冀 |
| 20621 | 15 正 | | 611 | 鷙 | 掌 | 器 | 照 | 去 | 齊 | 五六既 | | | 知去開脂止三 | 陟利 | 章開 3 | 諸兩 | 溪去開脂止重三 | 去冀 |
| 20622 | 15 正 | | 612 | [illegible] | 掌 | 器 | 照 | 去 | 齊 | 五六既 | | | 知去開脂止三 | 陟利 | 章開 3 | 諸兩 | 溪去開脂止重三 | 去冀 |
| 20623 | 15 正 | | 613 | 摯 | 掌 | 器 | 照 | 去 | 齊 | 五六既 | | | 章去開脂止三 | 脂利 | 章開 3 | 諸兩 | 溪去開脂止重三 | 去冀 |
| 20624 | 15 正 | | 614 | [illegible] | 掌 | 器 | 照 | 去 | 齊 | 五六既 | | | 章去開脂止三 | 脂利 | 章開 3 | 諸兩 | 溪去開脂止重三 | 去冀 |
| 20625 | 15 正 | | 615 | 狾 | 掌 | 器 | 照 | 去 | 齊 | 五六既 | | | 章去開祭蟹三 | 征例 | 章開 3 | 諸兩 | 溪去開脂止重三 | 去冀 |
| 20626 | 15 正 | | 616 | [illegible] | 掌 | 器 | 照 | 去 | 齊 | 五六既 | | 玉篇做丑利切 | 徹去開脂止三 | 丑利 | 章開 3 | 諸兩 | 溪去開脂止重三 | 去冀 |

| 韻字編號 | 部序 | 組數 | 字數 | 韻字及何氏反切 | | | 韻字何氏音 | | | | 何萱注釋 | 備注 | 韻字中古音 | | 上字中古音 | | 下字中古音 | |
|---|---|---|---|---|---|---|---|---|---|---|---|---|---|---|---|---|---|---|
| | | | | 韻字 | 上字 | 下字 | 聲 | 調 | 呼 | 韻部 | | | 聲調呼韻攝等 | 反切 | 聲呼等 | 反切 | 聲調呼韻攝等 | 反切 |
| 20627 | 15 正 | | 617 | 致 | 掌 | 器 | 照 | 去 | 齊 | 五六既 | | | 知去開脂止三 | 陟利 | 章開 3 | 諸兩 | 溪去開脂止重三 | 去冀 |
| 20628 | 15 正 | | 618 | 摰 | 掌 | 器 | 照 | 去 | 齊 | 五六既 | | | 知去開脂止三 | 陟利 | 章開 3 | 諸兩 | 溪去開脂止重三 | 去冀 |
| 20629 | 15 正 | 117 | 619 | 稺 | 寵 | 器 | 助 | 去 | 齊 | 五六既 | | | 澄去開脂止三 | 直利 | 徹合 3 | 丑隴 | 溪去開脂止重三 | 去冀 |
| 20630 | 15 正 | | 620 | 遲 g* | 寵 | 器 | 助 | 去 | 齊 | 五六既 | | | 澄去開脂止三 | 直利 | 徹合 3 | 丑隴 | 溪去開脂止重三 | 去冀 |
| 20631 | 15 正 | | 621 | 擿 | 寵 | 器 | 助 | 去 | 齊 | 五六既 | | | 澄去開脂止三 | 直利 | 徹合 3 | 丑隴 | 溪去開脂止重三 | 去冀 |
| 20632 | 15 正 | | 622 | 示 | 寵 | 器 | 助 | 去 | 齊 | 五六既 | | | 船去開脂止三 | 神至 | 徹合 3 | 丑隴 | 溪去開脂止重三 | 去冀 |
| 20634 | 15 正 | | 623 | 跇 | 寵 | 器 | 助 | 去 | 齊 | 五六既 | | | 徹去開祭蟹三 | 丑例 | 徹合 3 | 丑隴 | 溪去開脂止重三 | 去冀 |
| 20635 | 15 正 | | 624 | 趩 | 寵 | 器 | 助 | 去 | 齊 | 五六既 | | | 徹去開祭蟹三 | 丑例 | 徹合 3 | 丑隴 | 溪去開脂止重三 | 去冀 |
| 20636 | 15 正 | | 625 | 瘳 | 寵 | 器 | 助 | 去 | 齊 | 五六既 | | | 昌去開祭蟹三 | 尺制 | 徹合 3 | 丑隴 | 溪去開脂止重三 | 去冀 |
| 20638 | 15 正 | | 626 | 瘛 | 寵 | 器 | 助 | 去 | 齊 | 五六既 | | | 昌去開祭蟹三 | 尺制 | 徹合 3 | 丑隴 | 溪去開脂止重三 | 去冀 |
| 20640 | 15 正 | | 627 | 掣 | 寵 | 器 | 助 | 去 | 齊 | 五六既 | | | 禪去開祭蟹三 | 時制 | 徹合 3 | 丑隴 | 溪去開脂止重三 | 去冀 |
| 20641 | 15 正 | | 628 | 茵 | 寵 | 器 | 助 | 去 | 齊 | 五六既 | | | 澄去開祭蟹三 | 直例 | 徹合 3 | 丑隴 | 溪去開脂止重三 | 去冀 |
| 20642 | 15 正 | | 629 | 滯 | 寵 | 器 | 助 | 去 | 齊 | 五六既 | | | 澄去開祭蟹三 | 直例 | 徹合 3 | 丑隴 | 溪去開脂止重三 | 去冀 |
| 20643 | 15 正 | | 630 | 彘 | 寵 | 器 | 助 | 去 | 齊 | 五六既 | | | 澄去開祭蟹三 | 直例 | 徹合 3 | 丑隴 | 溪去開脂止重三 | 去冀 |
| 20645 | 15 正 | | 631 | 璏 | 寵 | 器 | 助 | 去 | 齊 | 五六既 | | | 澄去開祭蟹三 | 直例 | 徹合 3 | 丑隴 | 溪去開脂止重三 | 去冀 |
| 20646 | 15 正 | 118 | 632 | 二 | 攘 | 器 | 耳 | 去 | 齊 | 五六既 | | | 日去開脂止三 | 而至 | 日開 3 | 人漾 | 溪去開脂止重三 | 去冀 |
| 20647 | 15 正 | | 633 | 弍 | 攘 | 器 | 耳 | 去 | 齊 | 五六既 | | | 日去開脂止三 | 而至 | 日開 3 | 人漾 | 溪去開脂止重三 | 去冀 |
| 20648 | 15 正 | | 634 | 貳 | 攘 | 器 | 耳 | 去 | 齊 | 五六既 | | | 日去開脂止三 | 而至 | 日開 3 | 人漾 | 溪去開脂止重三 | 去冀 |
| 20649 | 15 正 | | 635 | 樲 | 攘 | 器 | 耳 | 去 | 齊 | 五六既 | | | 日去開脂止三 | 而至 | 日開 3 | 人漾 | 溪去開脂止重三 | 去冀 |
| 20650 | 15 正 | 119 | 636 | 世 | 哂 | 利 | 審 | 去 | 齊 | 五六既 | | | 書去開祭蟹三 | 舒制 | 書開 3 | 式忍 | 來去開脂止三 | 力至 |
| 20651 | 15 正 | | 637 | 貰 | 哂 | 利 | 審 | 去 | 齊 | 五六既 | | | 書去開祭蟹三 | 舒制 | 書開 3 | 式忍 | 來去開脂止三 | 力至 |
| 20653 | 15 正 | | 638 | 嗜 | 哂 | 利 | 審 | 去 | 齊 | 五六既 | | | 禪去開脂止三 | 常利 | 書開 3 | 式忍 | 來去開脂止三 | 力至 |
| 20655 | 15 正 | | 639 | 視 | 哂 | 利 | 審 | 去 | 齊 | 五六既 | | | 禪去開脂止三 | 常利 | 書開 3 | 式忍 | 來去開脂止三 | 力至 |
| 20658 | 15 正 | | 640 | 忕* | 哂 | 利 | 審 | 去 | 齊 | 五六既 | | | 禪去開祭蟹三 | 時制 | 書開 3 | 式忍 | 來去開脂止三 | 力至 |
| 20659 | 15 正 | | 641 | 幓 | 哂 | 利 | 審 | 去 | 齊 | 五六既 | | | 生去開祭蟹三 | 所例 | 書開 3 | 式忍 | 來去開脂止三 | 力至 |
| 20662 | 15 正 | | 642 | 誓 | 哂 | 利 | 審 | 去 | 齊 | 五六既 | | | 禪去開祭蟹三 | 時制 | 書開 3 | 式忍 | 來去開脂止三 | 力至 |
| 20663 | 15 正 | | 643 | 逝 | 哂 | 利 | 審 | 去 | 齊 | 五六既 | | | 禪去開祭蟹三 | 時制 | 書開 3 | 式忍 | 來去開脂止三 | 力至 |

| 韻字編號 | 部序 | 組數 | 字數 | 韻字及何氏反切 | | | 韻字何氏音 | | | | 何萱注釋 | 備　注 | 韻字中古音 | | 上字中古音 | | 下字中古音 | |
|---|---|---|---|---|---|---|---|---|---|---|---|---|---|---|---|---|---|---|
| | | | | 韻字 | 上字 | 下字 | 聲 | 調 | 呼 | 韻部 | | | 聲調呼韻攝等 | 反切 | 聲呼等 | 反切 | 聲調呼韻攝等 | 反切 |
| 20665 | 15 正 | | 644 | 遾 | 哂 | 利 | 審 | 去 | 齊 | 五六既 | | | 禪去開祭蟹三 | 時制 | 書開 3 | 式忍 | 來去開脂止三 | 力至 |
| 20666 | 15 正 | | 645 | 筮 | 哂 | 利 | 審 | 去 | 齊 | 五六既 | | | 禪去開祭蟹三 | 時制 | 書開 3 | 式忍 | 來去開脂止三 | 力至 |
| 20667 | 15 正 | | 646 | 簭 | 哂 | 利 | 審 | 去 | 齊 | 五六既 | | | 禪去開祭蟹三 | 時制 | 書開 3 | 式忍 | 來去開脂止三 | 力至 |
| 20668 | 15 正 | | 647 | 澨 | 哂 | 利 | 審 | 去 | 齊 | 五六既 | | | 禪去開祭蟹三 | 時制 | 書開 3 | 式忍 | 來去開脂止三 | 力至 |
| 20669 | 15 正 | 120 | 648 | 祭 | 甑 | 器 | 井 | 去 | 齊 | 五六既 | | | 精去開祭蟹三 | 子例 | 精開 3 | 子孕 | 溪去開脂止重三 | 去冀 |
| 20670 | 15 正 | | 649 | **際** | 甑 | 器 | 井 | 去 | 齊 | 五六既 | | | 精去開祭蟹三 | 子例 | 精開 3 | 子孕 | 溪去開脂止重三 | 去冀 |
| 20671 | 15 正 | | 650 | 穄 | 甑 | 器 | 井 | 去 | 齊 | 五六既 | | | 精去開祭蟹三 | 子例 | 精開 3 | 子孕 | 溪去開脂止重三 | 去冀 |
| 20673 | 15 正 | | 651 | 擠 | 甑 | 器 | 井 | 去 | 齊 | 五六既 | | | 精去開齊蟹四 | 子計 | 精開 3 | 子孕 | 溪去開脂止重三 | 去冀 |
| 20675 | 15 正 | | 652 | 濟 | 甑 | 器 | 井 | 去 | 齊 | 五六既 | 上去兩讀義異 | | 精去開齊蟹四 | 子計 | 精開 3 | 子孕 | 溪去開脂止重三 | 去冀 |
| 20676 | 15 正 | | 653 | 霽 | 甑 | 器 | 井 | 去 | 齊 | 五六既 | | | 精去開齊蟹四 | 子計 | 精開 3 | 子孕 | 溪去開脂止重三 | 去冀 |
| 20677 | 15 正 | | 654 | 恣 | 甑 | 器 | 井 | 去 | 齊 | 五六既 | | | 精去開脂止三 | 資四 | 精開 3 | 子孕 | 溪去開脂止重三 | 去冀 |
| 20678 | 15 正 | | 655 | 欶 | 甑 | 器 | 井 | 去 | 齊 | 五六既 | | | 精去開脂止三 | 資四 | 精開 3 | 子孕 | 溪去開脂止重三 | 去冀 |
| 20680 | 15 正 | 121 | 656 | 自 | 淺 | 利 | 淨 | 去 | 齊 | 五六既 | | | 從去開脂止三 | 疾二 | 清開 3 | 七演 | 來去開脂止三 | 力至 |
| 20681 | 15 正 | | 657 | 睬 | 淺 | 利 | 淨 | 去 | 齊 | 五六既 | | | 清去開齊蟹四 | 七計 | 清開 3 | 七演 | 來去開脂止三 | 力至 |
| 20685 | 15 正 | | 658 | 覩* | 淺 | 利 | 淨 | 去 | 齊 | 五六既 | | | 清去開支止三 | 七賜 | 清開 3 | 七演 | 來去開脂止三 | 力至 |
| 20686 | 15 正 | | 659 | 妻 | 淺 | 利 | 淨 | 去 | 齊 | 五六既 | 平去兩讀義分 | | 清去開齊蟹四 | 七計 | 清開 3 | 七演 | 來去開脂止三 | 力至 |
| 20688 | 15 正 | | 660 | **次** | 淺 | 利 | 淨 | 去 | 齊 | 五六既 | | | 清去開脂止三 | 七四 | 清開 3 | 七演 | 來去開脂止三 | 力至 |
| 20689 | 15 正 | | 661 | 髮 | 淺 | 利 | 淨 | 去 | 齊 | 五六既 | | | 清去開脂止三 | 七四 | 清開 3 | 七演 | 來去開脂止三 | 力至 |
| 20690 | 15 正 | | 662 | 佽 | 淺 | 利 | 淨 | 去 | 齊 | 五六既 | | | 清去開脂止三 | 七四 | 清開 3 | 七演 | 來去開脂止三 | 力至 |
| 20691 | 15 正 | | 663 | 欼 | 淺 | 利 | 淨 | 去 | 齊 | 五六既 | | | 清去開脂止三 | 七四 | 清開 3 | 七演 | 來去開脂止三 | 力至 |
| 20692 | 15 正 | | 664 | 劑 | 淺 | 利 | 淨 | 去 | 齊 | 五六既 | | | 從去開齊蟹四 | 在詣 | 清開 3 | 七演 | 來去開脂止三 | 力至 |
| 20693 | 15 正 | | 665 | 嚌 | 淺 | 利 | 淨 | 去 | 齊 | 五六既 | | | 從去開齊蟹四 | 在詣 | 清開 3 | 七演 | 來去開脂止三 | 力至 |
| 20696 | 15 正 | | 666 | 齌 | 淺 | 利 | 淨 | 去 | 齊 | 五六既 | | | 從去開齊蟹四 | 在詣 | 清開 3 | 七演 | 來去開脂止三 | 力至 |
| 20697 | 15 正 | | 667 | 穧 | 淺 | 利 | 淨 | 去 | 齊 | 五六既 | | | 從去開齊蟹四 | 在詣 | 清開 3 | 七演 | 來去開脂止三 | 力至 |
| 20698 | 15 正 | | 668 | **齊** | 淺 | 利 | 淨 | 去 | 齊 | 五六既 | | 原文本無字，依何注，據廣韻音，增至淺利小韻中 | 從去開齊蟹四 | 在詣 | 清開 3 | 七演 | 來去開脂止三 | 力至 |

| 韻字編號 | 部序 | 組數 | 字數 | 韻字及何氏反切 | | | 韻字何氏音 | | | | 何萱注釋 | 備注 | 韻字中古音 | | 上字中古音 | | 下字中古音 | |
|---|---|---|---|---|---|---|---|---|---|---|---|---|---|---|---|---|---|---|
| | | | | 韻字 | 上字 | 下字 | 聲 | 調 | 呼 | 韻部 | | | 聲調呼韻攝等 | 反切 | 聲呼等 | 反切 | 聲調呼韻攝等 | 反切 |
| 20700 | 15 正 | | 669 | 眥g* | 淺 | 利 | 淨 | 去 | 齊 | 五六既 | 十五部十六部兩見 | 缺 16 部 | 從去開支止三 | 疾智 | 清開 3 | 七演 | 來去開脂止三 | 力至 |
| 20704 | 15 正 | | 670 | 髊 | 淺 | 利 | 淨 | 去 | 齊 | 五六既 | 十五部十六部兩見 | 缺 16 部 | 從去開支止三 | 疾智 | 清開 3 | 七演 | 來去開脂止三 | 力至 |
| 20707 | 15 正 | | 671 | 呰 | 淺 | 利 | 淨 | 去 | 齊 | 五六既 | 十五部十六部兩見 | 缺 16 部。也許此處為齊蟹四 | 從去開支止三 | 疾智 | 清開 3 | 七演 | 來去開脂止三 | 力至 |
| 20709 | 15 正 | 122 | 672 | 詣 | 仰 | 器 | 我 | 去 | 齊 | 五六既 | | | 疑去開齊蟹四 | 五計 | 疑開 3 | 魚兩 | 溪去開脂止重三 | 去冀 |
| 20710 | 15 正 | | 673 | 忍 | 仰 | 器 | 我 | 去 | 齊 | 五六既 | | 忍 | 疑去開微止三 | 魚既 | 疑開 3 | 魚兩 | 溪去開脂止重三 | 去冀 |
| 20712 | 15 正 | | 674 | 豙 | 仰 | 器 | 我 | 去 | 齊 | 五六既 | | | 疑去開微止三 | 魚既 | 疑開 3 | 魚兩 | 溪去開脂止重三 | 去冀 |
| 20713 | 15 正 | | 675 | 毅 | 仰 | 器 | 我 | 去 | 齊 | 五六既 | | | 疑去開微止三 | 魚既 | 疑開 3 | 魚兩 | 溪去開脂止重三 | 去冀 |
| 20714 | 15 正 | | 676 | 藙 | 仰 | 器 | 我 | 去 | 齊 | 五六既 | | | 疑去開微止三 | 魚既 | 疑開 3 | 魚兩 | 溪去開脂止重三 | 去冀 |
| 20715 | 15 正 | | 677 | 埶 | 仰 | 器 | 我 | 去 | 齊 | 五六既 | | | 疑去開祭蟹重四 | 魚祭 | 疑開 3 | 魚兩 | 溪去開脂止重三 | 去冀 |
| 20716 | 15 正 | | 678 | 槸 | 仰 | 器 | 我 | 去 | 齊 | 五六既 | | | 疑去開祭蟹重四 | 魚祭 | 疑開 3 | 魚兩 | 溪去開脂止重三 | 去冀 |
| 20718 | 15 正 | | 679 | 寱* | 仰 | 器 | 我 | 去 | 齊 | 五六既 | | | 疑去開齊蟹四 | 研計 | 疑開 3 | 魚兩 | 溪去開脂止重三 | 去冀 |
| 20720 | 15 正 | | 680 | 臬刂 | 仰 | 器 | 我 | 去 | 齊 | 五六既 | | | 疑去開祭蟹三 | 牛例 | 疑開 3 | 魚兩 | 溪去開脂止重三 | 去冀 |
| 20721 | 15 正 | | 681 | 茾 | 仰 | 器 | 我 | 去 | 齊 | 五六既 | | | 疑去開齊蟹四 | 五計 | 疑開 3 | 魚兩 | 溪去開脂止重三 | 去冀 |
| 20722 | 15 正 | | 682 | 羿 | 仰 | 器 | 我 | 去 | 齊 | 五六既 | | | 疑去開齊蟹四 | 五計 | 疑開 3 | 魚兩 | 溪去開脂止重三 | 去冀 |
| 20723 | 15 正 | | 683 | 乂 | 仰 | 器 | 我 | 去 | 齊 | 五六既 | | | 疑去開廢蟹三 | 魚肺 | 疑開 3 | 魚兩 | 溪去開脂止重三 | 去冀 |
| 20724 | 15 正 | | 684 | 壁 | 仰 | 器 | 我 | 去 | 齊 | 五六既 | | | 疑去開廢蟹三 | 魚肺 | 疑開 3 | 魚兩 | 溪去開脂止重三 | 去冀 |
| 20725 | 15 正 | | 685 | 忞 | 仰 | 器 | 我 | 去 | 齊 | 五六既 | | | 疑去開廢蟹三 | 魚肺 | 疑開 3 | 魚兩 | 溪去開脂止重三 | 去冀 |
| 20726 | 15 正 | | 686 | 婋 | 仰 | 器 | 我 | 去 | 齊 | 五六既 | | | 疑去開廢蟹三 | 魚肺 | 疑開 3 | 魚兩 | 溪去開脂止重三 | 去冀 |
| 20727 | 15 正 | 123 | 687 | 四 | 想 | 器 | 信 | 去 | 齊 | 五六既 | | | 心去開脂止三 | 息利 | 心開 3 | 息兩 | 溪去開脂止重三 | 去冀 |
| 20728 | 15 正 | | 688 | 柶 | 想 | 器 | 信 | 去 | 齊 | 五六既 | | | 心去開脂止三 | 息利 | 心開 3 | 息兩 | 溪去開脂止重三 | 去冀 |
| 20729 | 15 正 | | 689 | 泗 | 想 | 器 | 信 | 去 | 齊 | 五六既 | | | 心去開脂止三 | 息利 | 心開 3 | 息兩 | 溪去開脂止重三 | 去冀 |
| 20730 | 15 正 | | 690 | 駟 | 想 | 器 | 信 | 去 | 齊 | 五六既 | | | 心去開脂止三 | 息利 | 心開 3 | 息兩 | 溪去開脂止重三 | 去冀 |
| 20731 | 15 正 | | 691 | 牭 | 想 | 器 | 信 | 去 | 齊 | 五六既 | | | 心去開脂止三 | 息利 | 心開 3 | 息兩 | 溪去開脂止重三 | 去冀 |
| 20732 | 15 正 | | 692 | 肆* | 想 | 器 | 信 | 去 | 齊 | 五六既 | | | 心去開脂止三 | 息利 | 心開 3 | 息兩 | 溪去開脂止重三 | 去冀 |

| 韻字編號 | 部序 | 組數 | 字數 | 韻字及何氏反切 | | | 韻字何氏音 | | | | 何萱注釋 | 備注 | 韻字中古音 | | 上字中古音 | | 下字中古音 | |
|---|---|---|---|---|---|---|---|---|---|---|---|---|---|---|---|---|---|---|
| | | | | 韻字 | 上字 | 下字 | 聲 | 調 | 呼 | 韻部 | | | 聲調呼韻攝等 | 反切 | 聲呼等 | 反切 | 聲調呼韻攝等 | 反切 |
| 20733 | 15 正 | | 693 | 肆 | 想 | 器 | 信 | 去 | 齊 | 五六既 | | | 心去開脂止三 | 息利 | 心開 3 | 息兩 | 溪去開脂止重三 | 去冀 |
| 20734 | 15 正 | | 694 | 緆 | 想 | 器 | 信 | 去 | 齊 | 五六既 | 古文綴 | | 心去開脂止三 | 息利 | 心開 3 | 息兩 | 溪去開脂止重三 | 去冀 |
| 20735 | 15 正 | | 695 | 緆 | 想 | 器 | 信 | 去 | 齊 | 五六既 | | | 心去開齊蟹四 | 蘇計 | 心開 3 | 息兩 | 溪去開脂止重三 | 去冀 |
| 20736 | 15 正 | | 696 | **細** | 想 | 器 | 信 | 去 | 齊 | 五六既 | | | 心去開齊蟹四 | 蘇計 | 心開 3 | 息兩 | 溪去開脂止重三 | 去冀 |
| 20737 | 15 正 | 124 | 697 | **閉** | 丙 | 利 | 謗 | 去 | 齊 | 五六既 | | | 幫去開齊蟹四 | 博計 | 幫開 3 | 兵永 | 來去開脂止三 | 力至 |
| 20738 | 15 正 | | 698 | 蔽 | 丙 | 利 | 謗 | 去 | 齊 | 五六既 | | | 幫去開祭蟹重四 | 必袂 | 幫開 3 | 兵永 | 來去開脂止三 | 力至 |
| 20739 | 15 正 | | 699 | 瞥 | 丙 | 利 | 謗 | 去 | 齊 | 五六既 | | | 幫去開祭蟹重四 | 必袂 | 幫開 3 | 兵永 | 來去開脂止三 | 力至 |
| 20740 | 15 正 | | 700 | 畀 | 丙 | 利 | 謗 | 去 | 齊 | 五六既 | | | 幫去開脂止重四 | 必至 | 幫開 3 | 兵永 | 來去開脂止三 | 力至 |
| 20741 | 15 正 | | 701 | 痹 | 丙 | 利 | 謗 | 去 | 齊 | 五六既 | | | 幫去開脂止重四 | 必至 | 幫開 3 | 兵永 | 來去開脂止三 | 力至 |
| 20742 | 15 正 | | 702 | 箅 | 丙 | 利 | 謗 | 去 | 齊 | 五六既 | | | 幫去開脂止重四 | 必至 | 幫開 3 | 兵永 | 來去開脂止三 | 力至 |
| 20744 | 15 正 | | 703 | 庇 | 丙 | 利 | 謗 | 去 | 齊 | 五六既 | | | 幫去開脂止重四 | 必至 | 幫開 3 | 兵永 | 來去開脂止三 | 力至 |
| 20745 | 15 正 | | 704 | 柒 | 丙 | 利 | 謗 | 去 | 齊 | 五六既 | | | 幫去開脂止重三 | 兵媚 | 幫開 3 | 兵永 | 來去開脂止三 | 力至 |
| 20746 | 15 正 | | 705 | 賁 | 丙 | 利 | 謗 | 去 | 齊 | 五六既 | 十五部平去兩讀又十三部平聲凡三見義皆別 | | 幫去開支止重三 | 彼義 | 幫開 3 | 兵永 | 來去開脂止三 | 力至 |
| 20750 | 15 正 | | 706 | 轡 | 丙 | 利 | 謗 | 去 | 齊 | 五六既 | 繼或作轡 | | 幫去開脂止重三 | 兵媚 | 幫開 3 | 兵永 | 來去開脂止三 | 力至 |
| 20751 | 15 正 | 125 | 707 | 㡀 | 品 | 利 | 並 | 去 | 齊 | 五六既 | | | 並去開祭蟹重四 | 毗祭 | 滂開重 3 | 丕飲 | 來去開脂止三 | 力至 |
| 20753 | 15 正 | | 708 | **敝** | 品 | 利 | 並 | 去 | 齊 | 五六既 | | | 並去開祭蟹重四 | 毗祭 | 滂開重 3 | 丕飲 | 來去開脂止三 | 力至 |
| 20754 | 15 正 | | 709 | 獘 | 品 | 利 | 並 | 去 | 齊 | 五六既 | | | 並去開祭蟹重四 | 毗祭 | 滂開重 3 | 丕飲 | 來去開脂止三 | 力至 |
| 20755 | 15 正 | | 710 | 幣 | 品 | 利 | 並 | 去 | 齊 | 五六既 | | | 並去開祭蟹重四 | 毗祭 | 滂開重 3 | 丕飲 | 來去開脂止三 | 力至 |
| 20756 | 15 正 | | 711 | 潎 | 品 | 利 | 並 | 去 | 齊 | 五六既 | | | 滂去開祭蟹重四 | 匹蔽 | 滂開重 3 | 丕飲 | 來去開脂止三 | 力至 |
| 20758 | 15 正 | | 712 | 鼻 | 品 | 利 | 並 | 去 | 齊 | 五六既 | | | 並去開脂止重四 | 毗至 | 滂開重 3 | 丕飲 | 來去開脂止三 | 力至 |
| 20759 | 15 正 | | 713 | 濞 | 品 | 利 | 並 | 去 | 齊 | 五六既 | | | 滂去開脂止重三 | 匹備 | 滂開重 3 | 丕飲 | 來去開脂止三 | 力至 |
| 20761 | 15 正 | | 714 | 淠 | 品 | 利 | 並 | 去 | 齊 | 五六既 | | | 滂去開脂止重三 | 匹備 | 滂開重 3 | 丕飲 | 來去開脂止三 | 力至 |
| 20765 | 15 正 | | 715 | 比 | 品 | 利 | 並 | 去 | 齊 | 五六既 | 上去兩讀 | | 並去開脂止重四 | 毗至 | 滂開重 3 | 丕飲 | 來去開脂止三 | 力至 |
| 20768 | 15 正 | | 716 | 坒 | 品 | 利 | 並 | 去 | 齊 | 五六既 | | | 並去開脂止重四 | 毗至 | 滂開重 3 | 丕飲 | 來去開脂止三 | 力至 |

| 韻字編號 | 部序 | 組數 | 字數 | 韻字及何氏反切 | | | 韻字何氏音 | | | | 何萱注釋 | 備注 | 韻字中古音 | | 上字中古音 | | 下字中古音 | |
|---|---|---|---|---|---|---|---|---|---|---|---|---|---|---|---|---|---|---|
| | | | | 韻字 | 上字 | 下字 | 聲 | 調 | 呼 | 韻部 | | | 聲調呼韻攝等 | 反切 | 聲呼等 | 反切 | 聲調呼韻攝等 | 反切 |
| 20769 | 15 正 | | 717 | 媲 | 品 | 利 | 並 | 去 | 齊 | 五六既 | | | 滂去開齊蟹四 | 匹詣 | 滂開重 3 | 丕飲 | 來去開脂止三 | 力至 |
| 20770 | 15 正 | 126 | 718 | 袂 | 面 | 器 | 命 | 去 | 齊 | 五六既 | | | 明去開祭蟹重四 | 彌弊 | 明開重 4 | 彌箭 | 溪去開脂止重三 | 去冀 |
| 20771 | 15 正 | | 719 | 媚 | 面 | 器 | 命 | 去 | 齊 | 五六既 | | | 明去開脂止重三 | 明祕 | 明開重 4 | 彌箭 | 溪去開脂止重三 | 去冀 |
| 20772 | 15 正 | | 720 | 寐 | 面 | 器 | 命 | 去 | 齊 | 五六既 | | | 明去開脂止重四 | 彌二 | 明開重 4 | 彌箭 | 溪去開脂止重三 | 去冀 |
| 20773 | 15 正 | | 721 | 魅 | 面 | 器 | 命 | 去 | 齊 | 五六既 | | | 明去開脂止重三 | 明祕 | 明開重 4 | 彌箭 | 溪去開脂止重三 | 去冀 |
| 20774 | 15 正 | 127 | 722 | 介 | 竟 | 齸 | 見 | 去 | 齊二 | 五七介 | | | 見去開皆蟹二 | 古拜 | 見開 3 | 居慶 | 匣去開皆蟹二 | 胡介 |
| 20775 | 15 正 | | 723 | 界 | 竟 | 齸 | 見 | 去 | 齊二 | 五七介 | | | 見去開皆蟹二 | 古拜 | 見開 3 | 居慶 | 匣去開皆蟹二 | 胡介 |
| 20776 | 15 正 | | 724 | 价 | 竟 | 齸 | 見 | 去 | 齊二 | 五七介 | | | 見去開皆蟹二 | 古拜 | 見開 3 | 居慶 | 匣去開皆蟹二 | 胡介 |
| 20777 | 15 正 | | 725 | 夰* | 竟 | 齸 | 見 | 去 | 齊二 | 五七介 | | | 見去開皆蟹二 | 居拜 | 見開 3 | 居慶 | 匣去開皆蟹二 | 胡介 |
| 20778 | 15 正 | | 726 | 髤 | 竟 | 齸 | 見 | 去 | 齊二 | 五七介 | | | 見去開皆蟹二 | 古拜 | 見開 3 | 居慶 | 匣去開皆蟹二 | 胡介 |
| 20779 | 15 正 | | 727 | 疥 | 竟 | 齸 | 見 | 去 | 齊二 | 五七介 | | | 見去開皆蟹二 | 古拜 | 見開 3 | 居慶 | 匣去開皆蟹二 | 胡介 |
| 20780 | 15 正 | | 728 | 尬* | 竟 | 齸 | 見 | 去 | 齊二 | 五七介 | | | 見去開皆蟹二 | 居拜 | 見開 3 | 居慶 | 匣去開皆蟹二 | 胡介 |
| 20784 | 15 正 | | 729 | 玠 | 竟 | 齸 | 見 | 去 | 齊二 | 五七介 | | | 見去開皆蟹二 | 古拜 | 見開 3 | 居慶 | 匣去開皆蟹二 | 胡介 |
| 20785 | 15 正 | | 730 | 馻 | 竟 | 齸 | 見 | 去 | 齊二 | 五七介 | | | 見去開皆蟹二 | 古拜 | 見開 3 | 居慶 | 匣去開皆蟹二 | 胡介 |
| 20786 | 15 正 | | 731 | 鴧 | 竟 | 齸 | 見 | 去 | 齊二 | 五七介 | | | 見去開皆蟹二 | 古拜 | 見開 3 | 居慶 | 匣去開皆蟹二 | 胡介 |
| 20787 | 15 正 | | 732 | 芥 | 竟 | 齸 | 見 | 去 | 齊二 | 五七介 | | | 見去開皆蟹二 | 古拜 | 見開 3 | 居慶 | 匣去開皆蟹二 | 胡介 |
| 20788 | 15 正 | | 733 | 丯 | 竟 | 齸 | 見 | 去 | 齊二 | 五七介 | | | 見去開皆蟹二 | 古拜 | 見開 3 | 居慶 | 匣去開皆蟹二 | 胡介 |
| 20789 | 15 正 | | 734 | 犗 | 竟 | 齸 | 見 | 去 | 齊二 | 五七介 | | | 見去開夬蟹二 | 古喝 | 見開 3 | 居慶 | 匣去開皆蟹二 | 胡介 |
| 20790 | 15 正 | | 735 | 届 | 竟 | 齸 | 見 | 去 | 齊二 | 五七介 | | | 見去開皆蟹二 | 古拜 | 見開 3 | 居慶 | 匣去開皆蟹二 | 胡介 |
| 20791 | 15 正 | 128 | 736 | 瘷 | 隱 | 介 | 影 | 去 | 齊二 | 五七介 | | | 影去開佳蟹二 | 烏懈 | 影開 3 | 於謹 | 見去開皆蟹二 | 古拜 |
| 20793 | 15 正 | | 737 | 餲 | 隱 | 介 | 影 | 去 | 齊二 | 五七介 | | | 影去開夬蟹二 | 於犗 | 影開 3 | 於謹 | 見去開皆蟹二 | 古拜 |
| 20795 | 15 正 | | 738 | 喝 | 隱 | 介 | 影 | 去 | 齊二 | 五七介 | | | 影去開夬蟹二 | 於犗 | 影開 3 | 於謹 | 見去開皆蟹二 | 古拜 |
| 20798 | 15 正 | 129 | 739 | 閉 | 向 | 介 | 曉 | 去 | 齊二 | 五七介 | | | 匣去開皆蟹二 | 胡介 | 曉開 3 | 許亮 | 見去開皆蟹二 | 古拜 |
| 20799 | 15 正 | | 740 | 忦 | 向 | 介 | 曉 | 去 | 齊二 | 五七介 | | | 曉去開皆蟹二 | 許介 | 曉開 3 | 許亮 | 見去開皆蟹二 | 古拜 |
| 20800 | 15 正 | | 741 | 衸 | 向 | 介 | 曉 | 去 | 齊二 | 五七介 | | | 匣去開皆蟹二 | 胡介 | 曉開 3 | 許亮 | 見去開皆蟹二 | 古拜 |
| 20801 | 15 正 | | 742 | 齘 | 向 | 介 | 曉 | 去 | 齊二 | 五七介 | | | 匣去開皆蟹二 | 胡介 | 曉開 3 | 許亮 | 見去開皆蟹二 | 古拜 |

| 韻字編號 | 部序 | 組數 | 字數 | 韻字及何氏反切 | | | 韻字何氏音 | | | | 何萱注釋 | 備注 | 韻字中古音 | | 上字中古音 | | 下字中古音 | |
|---|---|---|---|---|---|---|---|---|---|---|---|---|---|---|---|---|---|---|
| | | | | 韻字 | 上字 | 下字 | 聲 | 調 | 呼 | 韻部 | | | 聲調呼韻攝等 | 反切 | 聲呼等 | 反切 | 聲調呼韻攝等 | 反切 |
| 20802 | 15 正 | | 743 | 犞 | 向 | 介 | 曉 | 去 | 齊二 | 五七介 | 十五部十六部兩見。俗有欸 | 缺 16 部。犞只集韻一見，曉去皆，許介切。欸廣韻有兩見，且釋義相符。此處到欸廣韻音 | 曉去開皆蟹二 | 許介 | 曉開 3 | 許亮 | 見去開皆蟹二 | 古拜 |
| 20803 | 15 正 | | 744 | 噧 | 向 | 介 | 曉 | 去 | 齊二 | 五七介 | 噧或作噧 | | 曉去開皆蟹二 | 許介 | 曉開 3 | 許亮 | 見去開皆蟹二 | 古拜 |
| 20806 | 15 正 | | 745 | 齂 | 向 | 介 | 曉 | 去 | 齊二 | 五七介 | 重見注在前 | | 曉去開皆蟹二 | 許介 | 曉開 3 | 許亮 | 見去開皆蟹二 | 古拜 |
| 20808 | 15 正 | | 746 | 䶣 | 向 | 介 | 曉 | 去 | 齊二 | 五七介 | | | 匣去開皆蟹二 | 胡介 | 曉開 3 | 許亮 | 見去開皆蟹二 | 古拜 |
| 20809 | 15 正 | 130 | 747 | 鄒 | 掌 | 介 | 照 | 去 | 齊二 | 五七介 | | 韻目字頭作郯 | 莊去開皆蟹二 | 側界 | 章開 3 | 諸兩 | 見去開皆蟹二 | 古拜 |
| 20810 | 15 正 | | 748 | 瘵 | 掌 | 介 | 照 | 去 | 齊二 | 五七介 | | | 莊去開皆蟹二 | 側界 | 章開 3 | 諸兩 | 見去開皆蟹二 | 古拜 |
| 20811 | 15 正 | 131 | 749 | 蠆 | 寵 | 介 | 助 | 去 | 齊二 | 五七介 | 蠆俗有蠆 | | 徹去開夬蟹二 | 丑犗 | 徹合 3 | 丑隴 | 見去開皆蟹二 | 古拜 |
| 20812 | 15 正 | 132 | 750 | 殺 | 哂 | 介 | 審 | 去 | 齊二 | 五七介 | 去入兩讀義分 | 表中此位無字 | 生去開皆蟹二 | 所拜 | 書開 3 | 式忍 | 見去開皆蟹二 | 古拜 |
| 20815 | 15 正 | | 751 | 鎩 | 哂 | 介 | 審 | 去 | 齊二 | 五七介 | 去入兩讀 | 表中此位無字 | 生去開皆蟹二 | 所拜 | 書開 3 | 式忍 | 見去開皆蟹二 | 古拜 |
| 20817 | 15 正 | 133 | 752 | 忦 | 仰 | 介 | 我 | 去 | 齊二 | 五七介 | | | 見入開黠山二 | 古黠 | 疑開 3 | 魚兩 | 見去開皆蟹二 | 古拜 |
| 20818 | 15 正 | 134 | 753 | 季 | 舉 | 萃 | 見 | 去 | 撮 | 五八季 | | | 見去合脂止重四 | 居悸 | 見合 3 | 居許 | 從去合脂止三 | 秦醉 |
| 20819 | 15 正 | 135 | 754 | 悸 | 去 | 遂 | 起 | 去 | 撮 | 五八季 | | | 群去合脂止重四 | 其季 | 溪合 3 | 丘倨 | 邪去合脂止三 | 徐醉 |
| 20820 | 15 正 | | 755 | 痵 | 去 | 遂 | 起 | 去 | 撮 | 五八季 | | | 群去合脂止重四 | 其季 | 溪合 3 | 丘倨 | 邪去合脂止三 | 徐醉 |
| 20821 | 15 正 | | 756 | 寱 | 去 | 遂 | 起 | 去 | 撮 | 五八季 | | | 群去合脂止重四 | 其季 | 溪合 3 | 丘倨 | 邪去合脂止三 | 徐醉 |
| 20823 | 15 正 | | 757 | 侫 | 去 | 遂 | 起 | 去 | 撮 | 五八季 | | | 群去合脂止重四 | 其季 | 溪合 3 | 丘倨 | 邪去合脂止三 | 徐醉 |
| 20824 | 15 正 | 136 | 758 | 叡 | 羽 | 遂 | 影 | 去 | 撮 | 五八季 | 睿古文 | | 以去合祭蟹三 | 以芮 | 云合 3 | 王矩 | 邪去合脂止三 | 徐醉 |
| 20826 | 15 正 | | 759 | 銳 | 羽 | 遂 | 影 | 去 | 撮 | 五八季 | 本韻兩讀義分 | | 以去合祭蟹三 | 以芮 | 云合 3 | 王矩 | 邪去合脂止三 | 徐醉 |
| 20829 | 15 正 | | 760 | 遺 | 羽 | 遂 | 影 | 去 | 撮 | 五八季 | 平去兩讀注在彼 | | 以去合脂止三 | 以醉 | 云合 3 | 王矩 | 邪去合脂止三 | 徐醉 |
| 20830 | 15 正 | 137 | 761 | 惠 | 許 | 萃 | 曉 | 去 | 撮 | 五八季 | | | 匣去合齊蟹四 | 胡桂 | 曉合 3 | 虛呂 | 從去合脂止三 | 秦醉 |
| 20831 | 15 正 | | 762 | 慧 | 許 | 萃 | 曉 | 去 | 撮 | 五八季 | | | 匣去合齊蟹四 | 胡桂 | 曉合 3 | 虛呂 | 從去合脂止三 | 秦醉 |
| 20832 | 15 正 | | 763 | 嘒 | 許 | 萃 | 曉 | 去 | 撮 | 五八季 | | | 曉去合齊蟹四 | 呼惠 | 曉合 3 | 虛呂 | 從去合脂止三 | 秦醉 |
| 20836 | 15 正 | | 764 | 睢 | 許 | 萃 | 曉 | 去 | 撮 | 五八季 | 平去兩讀注在彼 | | 曉去合脂止重四 | 香季 | 曉合 3 | 虛呂 | 從去合脂止三 | 秦醉 |

| 韻字編號 | 部序 | 組數 | 字數 | 韻字及何氏反切 | | | 韻字何氏音 | | | | 何萱注釋 | 備注 | 韻字中古音 | | 上字中古音 | | 下字中古音 | |
|---|---|---|---|---|---|---|---|---|---|---|---|---|---|---|---|---|---|---|
| | | | | 韻字 | 上字 | 下字 | 聲 | 調 | 呼 | 韻部 | | | 聲調呼韻攝等 | 反切 | 聲呼等 | 反切 | 聲調呼韻攝等 | 反切 |
| 20837 | 15 正 | 138 | 765 | **醉** | 俊 | 遂 | 井 | 去 | 撮 | 五八季 | | | 精去合脂止三 | 將遂 | 精合 3 | 子峻 | 邪去合脂止三 | 徐醉 |
| 20840 | 15 正 | | 766 | 檇 | 俊 | 遂 | 井 | 去 | 撮 | 五八季 | 十三部十五部兩讀。檇本音在十三部，故假雋為檇；音轉入十五部，故假醉矣 | 此處取醉廣韻音，不作時音討論 | 精去合脂止三 | 將遂 | 精合 3 | 子峻 | 邪去合脂止三 | 徐醉 |
| 20841 | 15 正 | 139 | 767 | 毳* | 縓 | 遂 | 淨 | 去 | 撮 | 五八季 | | | 清去合祭蟹三 | 此芮 | 清合 3 | 七絹 | 邪去合脂止三 | 徐醉 |
| 20844 | 15 正 | | 768 | 悴 | 縓 | 遂 | 淨 | 去 | 撮 | 五八季 | | | 從去合脂止三 | 秦醉 | 清合 3 | 七絹 | 邪去合脂止三 | 徐醉 |
| 20845 | 15 正 | | 769 | 顇 | 縓 | 遂 | 淨 | 去 | 撮 | 五八季 | | | 從去合脂止三 | 秦醉 | 清合 3 | 七絹 | 邪去合脂止三 | 徐醉 |
| 20846 | 15 正 | | 770 | **萃** | 縓 | 遂 | 淨 | 去 | 撮 | 五八季 | | | 從去合脂止三 | 秦醉 | 清合 3 | 七絹 | 邪去合脂止三 | 徐醉 |
| 20847 | 15 正 | | 771 | 翠 | 縓 | 遂 | 淨 | 去 | 撮 | 五八季 | | | 清去合脂止三 | 七醉 | 清合 3 | 七絹 | 邪去合脂止三 | 徐醉 |
| 20848 | 15 正 | | 772 | 濢 | 縓 | 遂 | 淨 | 去 | 撮 | 五八季 | | | 清去合脂止三 | 七醉 | 清合 3 | 七絹 | 邪去合脂止三 | 徐醉 |
| 20849 | 15 正 | | 773 | 毳 | 縓 | 遂 | 淨 | 去 | 撮 | 五八季 | | | 清去合祭蟹三 | 此芮 | 清合 3 | 七絹 | 邪去合脂止三 | 徐醉 |
| 20851 | 15 正 | | 774 | 橇* | 縓 | 遂 | 淨 | 去 | 撮 | 五八季 | | | 清去合祭蟹三 | 此芮 | 清合 3 | 七絹 | 邪去合脂止三 | 徐醉 |
| 20855 | 15 正 | | 775 | 竁 | 縓 | 遂 | 淨 | 去 | 撮 | 五八季 | | | 清去合祭蟹三 | 此芮 | 清合 3 | 七絹 | 邪去合脂止三 | 徐醉 |
| 20858 | 15 正 | | 776 | 膬 | 縓 | 遂 | 淨 | 去 | 撮 | 五八季 | | | 清去合祭蟹三 | 此芮 | 清合 3 | 七絹 | 邪去合脂止三 | 徐醉 |
| 20860 | 15 正 | | 777 | 脃 | 縓 | 遂 | 淨 | 去 | 撮 | 五八季 | | | 清去合祭蟹三 | 此芮 | 清合 3 | 七絹 | 邪去合脂止三 | 徐醉 |
| 20861 | 15 正 | 140 | 778 | 歲 | 選 | 萃 | 信 | 去 | 撮 | 五八季 | | 表中字頭作釆 | 心去合祭蟹三 | 相銳 | 心合 3 | 蘇管 | 從去合脂止三 | 秦醉 |
| 20862 | 15 正 | | 779 | 采 | 選 | 萃 | 信 | 去 | 撮 | 五八季 | | | 邪去合脂止三 | 徐醉 | 心合 3 | 蘇管 | 從去合脂止三 | 秦醉 |
| 20863 | 15 正 | | 780 | 繐 | 選 | 萃 | 信 | 去 | 撮 | 五八季 | | | 心去合祭蟹三 | 相銳 | 心合 3 | 蘇管 | 從去合脂止三 | 秦醉 |
| 20864 | 15 正 | | 781 | 繀 | 選 | 萃 | 信 | 去 | 撮 | 五八季 | | | 心去合灰蟹一 | 蘇內 | 心合 3 | 蘇管 | 從去合脂止三 | 秦醉 |
| 20865 | 15 正 | | 782 | 彗 | 選 | 萃 | 信 | 去 | 撮 | 五八季 | | | 邪去合脂止三 | 徐醉 | 心合 3 | 蘇管 | 從去合脂止三 | 秦醉 |
| 20869 | 15 正 | | 783 | 繐 | 選 | 萃 | 信 | 去 | 撮 | 五八季 | | | 心去合祭蟹三 | 相銳 | 心合 3 | 蘇管 | 從去合脂止三 | 秦醉 |
| 20871 | 15 正 | | 784 | 槥 | 選 | 萃 | 信 | 去 | 撮 | 五八季 | | | 邪去合祭蟹三 | 祥歲 | 心合 3 | 蘇管 | 從去合脂止三 | 秦醉 |
| 20872 | 15 正 | | 785 | 祟 | 選 | 萃 | 信 | 去 | 撮 | 五八季 | | | 心去合脂止三 | 雖遂 | 心合 3 | 蘇管 | 從去合脂止三 | 秦醉 |
| 20873 | 15 正 | | 786 | 豥 | 選 | 萃 | 信 | 去 | 撮 | 五八季 | | | 邪去合脂止三 | 徐醉 | 心合 3 | 蘇管 | 從去合脂止三 | 秦醉 |
| 20874 | 15 正 | | 787 | 㒸* | 選 | 萃 | 信 | 去 | 撮 | 五八季 | | | 心去合脂止三 | 雖遂 | 心合 3 | 蘇管 | 從去合脂止三 | 秦醉 |
| 20875 | 15 正 | | 788 | 椓 | 選 | 萃 | 信 | 去 | 撮 | 五八季 | | | 邪去合脂止三 | 徐醉 | 心合 3 | 蘇管 | 從去合脂止三 | 秦醉 |

| 韻字編號 | 部序 | 組數 | 字數 | 韻字及何氏反切 | | | 韻字何氏音 | | | | 何萱注釋 | 備　注 | 韻字中古音 | | 上字中古音 | | 下字中古音 | |
|---|---|---|---|---|---|---|---|---|---|---|---|---|---|---|---|---|---|---|
| | | | | 韻字 | 上字 | 下字 | 聲 | 調 | 呼 | 韻部 | | | 聲調呼韻攝等 | 反切 | 聲呼等 | 反切 | 聲調呼韻攝等 | 反切 |
| 20876 | 15 正 | | 789 | 遂 | 選 | 萃 | 信 | 去 | 撮 | 五八季 | | | 邪去合脂止三 | 徐醉 | 心合 3 | 蘇管 | 從去合脂止三 | 秦醉 |
| 20877 | 15 正 | | 790 | 邃 | 選 | 萃 | 信 | 去 | 撮 | 五八季 | | | 心去合脂止三 | 雖遂 | 心合 3 | 蘇管 | 從去合脂止三 | 秦醉 |
| 20878 | 15 正 | | 791 | 旞 | 選 | 萃 | 信 | 去 | 撮 | 五八季 | | | 邪去合脂止三 | 徐醉 | 心合 3 | 蘇管 | 從去合脂止三 | 秦醉 |
| 20879 | 15 正 | | 792 | 襚 | 選 | 萃 | 信 | 去 | 撮 | 五八季 | | | 邪去合脂止三 | 徐醉 | 心合 3 | 蘇管 | 從去合脂止三 | 秦醉 |
| 20880 | 15 正 | | 793 | 穟 | 選 | 萃 | 信 | 去 | 撮 | 五八季 | | | 邪去合脂止三 | 徐醉 | 心合 3 | 蘇管 | 從去合脂止三 | 秦醉 |
| 20881 | 15 正 | | 794 | 鐩 | 選 | 萃 | 信 | 去 | 撮 | 五八季 | 鐆或作鐩 | | 邪去合脂止三 | 徐醉 | 心合 3 | 蘇管 | 從去合脂止三 | 秦醉 |
| 20882 | 15 正 | | 795 | 隧 | 選 | 萃 | 信 | 去 | 撮 | 五八季 | | | 邪去合脂止三 | 徐醉 | 心合 3 | 蘇管 | 從去合脂止三 | 秦醉 |
| 20883 | 15 正 | | 796 | 鼬 | 選 | 萃 | 信 | 去 | 撮 | 五八季 | 說文段注按此字不得其音。大徐依隧讀也，廣韻玉篇扶救切又依皀音讀也 | 此處取隧廣韻音 | 邪去合脂止三 | 徐醉 | 心合 3 | 蘇管 | 從去合脂止三 | 秦醉 |
| 20884 | 15 正 | | 797 | 粹 | 選 | 萃 | 信 | 去 | 撮 | 五八季 | | | 心去合脂止三 | 雖遂 | 心合 3 | 蘇管 | 從去合脂止三 | 秦醉 |
| 20885 | 15 正 | | 798 | 誶 | 選 | 萃 | 信 | 去 | 撮 | 五八季 | | | 心去合脂止三 | 雖遂 | 心合 3 | 蘇管 | 從去合脂止三 | 秦醉 |
| 20889 | 15 正 | 141 | 799 | 溉 | 艮 | 泰 | 見 | 去 | 開 | 五九溉 | | | 見去開咍蟹一 | 古代 | 見開 1 | 古恨 | 透去開泰蟹一 | 他蓋 |
| 20890 | 15 正 | | 800 | 摡 | 艮 | 泰 | 見 | 去 | 開 | 五九溉 | | | 見去開咍蟹一 | 古代 | 見開 1 | 古恨 | 透去開泰蟹一 | 他蓋 |
| 20893 | 15 正 | | 801 | 槩* | 艮 | 泰 | 見 | 去 | 開 | 五九溉 | | | 見去開咍蟹一 | 居代 | 見開 1 | 古恨 | 透去開泰蟹一 | 他蓋 |
| 20898 | 15 正 | | 802 | 杚* | 艮 | 泰 | 見 | 去 | 開 | 五九溉 | 平去兩讀 | 正文作去入兩讀，何氏分了去入兩讀 | 見去開咍蟹一 | 居代 | 見開 1 | 古恨 | 透去開泰蟹一 | 他蓋 |
| 20899 | 15 正 | | 803 | 匃 | 艮 | 泰 | 見 | 去 | 開 | 五九溉 | 平去兩讀 | | 見去合灰蟹一 | 古對 | 見開 1 | 古恨 | 透去開泰蟹一 | 他蓋 |
| 20903 | 15 正 | | 804 | 剴 g* | 艮 | 泰 | 見 | 去 | 開 | 五九溉 | 平去兩讀注在彼 | | 疑去開咍蟹一 | 牛代 | 見開 1 | 古恨 | 透去開泰蟹一 | 他蓋 |
| 20905 | 15 正 | | 805 | 亃 | 艮 | 泰 | 見 | 去 | 開 | 五九溉 | | | 見去開咍蟹一 | 古代 | 見開 1 | 古恨 | 透去開泰蟹一 | 他蓋 |
| 20906 | 15 正 | | 806 | **葢** | 艮 | 泰 | 見 | 去 | 開 | 五九溉 | | | 見去開泰蟹一 | 古太 | 見開 1 | 古恨 | 透去開泰蟹一 | 他蓋 |
| 20908 | 15 正 | | 807 | 丐 | 艮 | 泰 | 見 | 去 | 開 | 五九溉 | 匄俗有丐。去入兩讀 | 正體和俗體互為異讀 | 見去開泰蟹一 | 古太 | 見開 1 | 古恨 | 透去開泰蟹一 | 他蓋 |
| 20909 | 15 正 | | 808 | 匄* | 艮 | 泰 | 見 | 去 | 開 | 五九溉 | 去入兩讀 | | 見入合末山一 | 古活 | 見開 1 | 古恨 | 透去開泰蟹一 | 他蓋 |
| 20910 | 15 正 | 142 | 809 | **慨** | 侃 | 泰 | 起 | 去 | 開 | 五九溉 | | | 溪去開咍蟹一 | 苦愛 | 溪開 1 | 空旱 | 透去開泰蟹一 | 他蓋 |
| 20911 | 15 正 | | 810 | 嘅 | 侃 | 泰 | 起 | 去 | 開 | 五九溉 | | | 溪去開咍蟹一 | 苦愛 | 溪開 1 | 空旱 | 透去開泰蟹一 | 他蓋 |

| 韻字編號 | 部序 | 組數 | 字數 | 韻字及何氏反切 | | | 韻字何氏音 | | | | 何萱注釋 | 備注 | 韻字中古音 | | 上字中古音 | | 下字中古音 | |
|---|---|---|---|---|---|---|---|---|---|---|---|---|---|---|---|---|---|---|
| | | | | 韻字 | 上字 | 下字 | 聲 | 調 | 呼 | 韻部 | | | 聲調呼韻攝等 | 反切 | 聲呼等 | 反切 | 聲調呼韻攝等 | 反切 |
| 20912 | 15 正 | | 811 | 磕 | 侃 | 泰 | 起 | 去 | 開 | 五九溉 | 磕或作磕 | | 溪去開咍蟹一 | 苦蓋 | 溪開 1 | 空旱 | 透去開泰蟹一 | 他蓋 |
| 20915 | 15 正 | | 812 | 稓 | 侃 | 泰 | 起 | 去 | 開 | 五九溉 | | | 溪去開咍蟹一 | 苦蓋 | 溪開 1 | 空旱 | 透去開泰蟹一 | 他蓋 |
| 20916 | 15 正 | 143 | 813 | 恣 | 案 | 帶 | 影 | 去 | 開 | 五九溉 | | 原作案 | 影去開咍蟹一 | 烏代 | 影開 1 | 烏旰 | 端去開泰蟹一 | 當蓋 |
| 20917 | 15 正 | | 814 | 爱 | 案 | 帶 | 影 | 去 | 開 | 五九溉 | 薆俗有愛爱 | | 影去開咍蟹一 | 烏代 | 影開 1 | 烏旰 | 端去開泰蟹一 | 當蓋 |
| 20919 | 15 正 | | 815 | 僾 | 案 | 帶 | 影 | 去 | 開 | 五九溉 | | 僾僾 | 影去開咍蟹一 | 烏代 | 影開 1 | 烏旰 | 端去開泰蟹一 | 當蓋 |
| 20920 | 15 正 | | 816 | 薆 | 案 | 帶 | 影 | 去 | 開 | 五九溉 | 薆俗有薆 | | 影去開咍蟹一 | 烏代 | 影開 1 | 烏旰 | 端去開泰蟹一 | 當蓋 |
| 20921 | 15 正 | | 817 | 藹 | 案 | 帶 | 影 | 去 | 開 | 五九溉 | | 原作藹 | 影去開泰蟹一 | 於蓋 | 影開 1 | 烏旰 | 端去開泰蟹一 | 當蓋 |
| 20923 | 15 正 | | 818 | 濭 | 案 | 帶 | 影 | 去 | 開 | 五九溉 | | | 影去開泰蟹一 | 於蓋 | 影開 1 | 烏旰 | 端去開泰蟹一 | 當蓋 |
| 20924 | 15 正 | 144 | 819 | 害 | 漢 | 帶 | 曉 | 去 | 開 | 五九溉 | | | 匣去開泰蟹一 | 胡蓋 | 曉開 1 | 呼旰 | 端去開泰蟹一 | 當蓋 |
| 20925 | 15 正 | | 820 | 夆 | 漢 | 帶 | 曉 | 去 | 開 | 五九溉 | | | 匣去開泰蟹一 | 胡蓋 | 曉開 1 | 呼旰 | 端去開泰蟹一 | 當蓋 |
| 20926 | 15 正 | | 821 | 䢘 | 漢 | 帶 | 曉 | 去 | 開 | 五九溉 | | | 匣去合泰蟹一 | 黃外 | 曉開 1 | 呼旰 | 端去開泰蟹一 | 當蓋 |
| 20928 | 15 正 | | 822 | 妎 | 漢 | 帶 | 曉 | 去 | 開 | 五九溉 | | | 匣去開泰蟹一 | 胡蓋 | 曉開 1 | 呼旰 | 端去開泰蟹一 | 當蓋 |
| 20929 | 15 正 | | 823 | 餀 | 漢 | 帶 | 曉 | 去 | 開 | 五九溉 | | | 曉去開泰蟹一 | 呼艾 | 曉開 1 | 呼旰 | 端去開泰蟹一 | 當蓋 |
| 20930 | 15 正 | 145 | 824 | 帶 | 到 | 泰 | 短 | 去 | 開 | 五九溉 | | | 端去開泰蟹一 | 當蓋 | 端開 1 | 都導 | 透去開泰蟹一 | 他蓋 |
| 20932 | 15 正 | | 825 | 蹛 | 到 | 泰 | 短 | 去 | 開 | 五九溉 | | | 端去開泰蟹一 | 當蓋 | 端開 1 | 都導 | 透去開泰蟹一 | 他蓋 |
| 20934 | 15 正 | 146 | 826 | 隸 | 坦 | 帶 | 透 | 去 | 開 | 五九溉 | | | 定去開咍蟹一 | 徒耐 | 透開 1 | 他但 | 端去開泰蟹一 | 當蓋 |
| 20936 | 15 正 | | 827 | 逮 | 坦 | 帶 | 透 | 去 | 開 | 五九溉 | | | 定去開咍蟹一 | 徒耐 | 透開 1 | 他但 | 端去開泰蟹一 | 當蓋 |
| 20937 | 15 正 | | 828 | 泰 | 坦 | 帶 | 透 | 去 | 開 | 五九溉 | 㤼或作泰 | 玉篇託賴切。集韻也只有一讀 | 透去開泰蟹一 | 他蓋 | 透開 1 | 他但 | 端去開泰蟹一 | 當蓋 |
| 20938 | 15 正 | | 829 | 大 | 坦 | 帶 | 透 | 去 | 開 | 五九溉 | 去入兩讀 | | 定去開泰蟹一 | 徒蓋 | 透開 1 | 他但 | 端去開泰蟹一 | 當蓋 |
| 20941 | 15 正 | | 830 | 汏 | 坦 | 帶 | 透 | 去 | 開 | 五九溉 | | | 定去開泰蟹一 | 徒蓋 | 透開 1 | 他但 | 端去開泰蟹一 | 當蓋 |
| 20943 | 15 正 | | 831 | 戾 | 坦 | 帶 | 透 | 去 | 開 | 五九溉 | | | 透去開齊蟹四 | 他計 | 透開 1 | 他但 | 端去開泰蟹一 | 當蓋 |
| 20944 | 15 正 | 147 | 832 | 柰 | 曩 | 帶 | 乃 | 去 | 開 | 五九溉 | 俗有奈 | | 泥去開泰蟹一 | 奴帶 | 泥開 1 | 奴朗 | 端去開泰蟹一 | 當蓋 |
| 20945 | 15 正 | | 833 | 渿 | 曩 | 帶 | 乃 | 去 | 開 | 五九溉 | | | 泥去開泰蟹一 | 奴帶 | 泥開 1 | 奴朗 | 端去開泰蟹一 | 當蓋 |
| 20946 | 15 正 | 148 | 834 | 賴 | 老 | 帶 | 賚 | 去 | 開 | 五九溉 | | | 來去開泰蟹一 | 落蓋 | 來開 1 | 盧晧 | 端去開泰蟹一 | 當蓋 |
| 20947 | 15 正 | | 835 | 籟 | 老 | 帶 | 賚 | 去 | 開 | 五九溉 | | | 來去開泰蟹一 | 落蓋 | 來開 1 | 盧晧 | 端去開泰蟹一 | 當蓋 |
| 20948 | 15 正 | | 836 | 瀨 | 老 | 帶 | 賚 | 去 | 開 | 五九溉 | | | 來去開泰蟹一 | 落蓋 | 來開 1 | 盧晧 | 端去開泰蟹一 | 當蓋 |

| 韻字編號 | 部序 | 組數 | 字數 | 韻字及何氏反切 | | | 韻字何氏音 | | | | 何萱注釋 | 備注 | 韻字中古音 | | 上字中古音 | | 下字中古音 | |
|---|---|---|---|---|---|---|---|---|---|---|---|---|---|---|---|---|---|---|
| | | | | 韻字 | 上字 | 下字 | 聲 | 調 | 呼 | 韻部 | | | 聲調呼韻攝等 | 反切 | 聲呼等 | 反切 | 聲調呼韻攝等 | 反切 |
| 20949 | 15 正 | | 837 | [魚賴] | 老 | 帶 | 賚 | 去 | 開 | 五九泧 | | | 來去開泰蟹一 | 落蓋 | 來開 1 | 盧晧 | 端去開泰蟹一 | 當蓋 |
| 20951 | 15 正 | | 838 | 癩 | 老 | 帶 | 賚 | 去 | 開 | 五九泧 | 癘俗有癩 | | 來去開泰蟹一 | 落蓋 | 來開 1 | 盧晧 | 端去開泰蟹一 | 當蓋 |
| 20952 | 15 正 | | 839 | 糲* | 老 | 帶 | 賚 | 去 | 開 | 五九泧 | | | 來去開泰蟹一 | 落蓋 | 來開 1 | 盧晧 | 端去開泰蟹一 | 當蓋 |
| 20955 | 15 正 | | 840 | 犡 | 老 | 帶 | 賚 | 去 | 開 | 五九泧 | | | 來去開泰蟹一 | 落蓋 | 來開 1 | 盧晧 | 端去開泰蟹一 | 當蓋 |
| 20956 | 15 正 | 149 | 841 | **蔡** | 粲 | 帶 | 淨 | 去 | 開 | 五九泧 | | | 清去開泰蟹一 | 倉大 | 清開 1 | 蒼案 | 端去開泰蟹一 | 當蓋 |
| 20957 | 15 正 | 150 | 842 | **艾** | 傲 | 帶 | 我 | 去 | 開 | 五九泧 | | | 疑去開泰蟹一 | 五蓋 | 疑開 1 | 五到 | 端去開泰蟹一 | 當蓋 |
| 20959 | 15 正 | 151 | 843 | 貝 | 博 | 帶 | 謗 | 去 | 開 | 五九泧 | | | 幫去開泰蟹一 | 博蓋 | 幫開 1 | 補各 | 端去開泰蟹一 | 當蓋 |
| 20960 | 15 正 | | 844 | **䟺** | 博 | 帶 | 謗 | 去 | 開 | 五九泧 | | | 幫去開泰蟹一 | 博蓋 | 幫開 1 | 補各 | 端去開泰蟹一 | 當蓋 |
| 20962 | 15 正 | | 845 | 犻 | 博 | 帶 | 謗 | 去 | 開 | 五九泧 | | | 幫去開泰蟹一 | 博蓋 | 幫開 1 | 補各 | 端去開泰蟹一 | 當蓋 |
| 20963 | 15 正 | | 846 | 魳 | 博 | 帶 | 謗 | 去 | 開 | 五九泧 | | | 幫去開泰蟹一 | 博蓋 | 幫開 1 | 補各 | 端去開泰蟹一 | 當蓋 |
| 20964 | 15 正 | | 847 | [巿阝] | 博 | 帶 | 謗 | 去 | 開 | 五九泧 | | | 幫去開泰蟹一 | 博蓋 | 幫開 1 | 補各 | 端去開泰蟹一 | 當蓋 |
| 20965 | 15 正 | 152 | 848 | 沛 | 抱 | 帶 | 並 | 去 | 開 | 五九泧 | | | 滂去開泰蟹一 | 普蓋 | 並開 1 | 薄浩 | 端去開泰蟹一 | 當蓋 |
| 20966 | 15 正 | | 849 | **旆** | 抱 | 帶 | 並 | 去 | 開 | 五九泧 | | | 並去開泰蟹一 | 蒲蓋 | 並開 1 | 薄浩 | 端去開泰蟹一 | 當蓋 |
| 20968 | 15 正 | 153 | 850 | 禬 | 古 | 快 | 見 | 去 | 合 | 六十禬 | | | 見去合泰蟹一 | 古外 | 見合 1 | 公戶 | 溪去合夬蟹二 | 苦夬 |
| 20969 | 15 正 | | 851 | 襘 | 古 | 快 | 見 | 去 | 合 | 六十禬 | | | 見去合泰蟹一 | 古外 | 見合 1 | 公戶 | 溪去合夬蟹二 | 苦夬 |
| 20970 | 15 正 | | 852 | [骨會] | 古 | 快 | 見 | 去 | 合 | 六十禬 | | | 見去合泰蟹一 | 古外 | 見合 1 | 公戶 | 溪去合夬蟹二 | 苦夬 |
| 20971 | 15 正 | | 853 | 旝 | 古 | 快 | 見 | 去 | 合 | 六十禬 | | | 見去合泰蟹一 | 古外 | 見合 1 | 公戶 | 溪去合夬蟹二 | 苦夬 |
| 20972 | 15 正 | | 854 | 嬒 | 古 | 快 | 見 | 去 | 合 | 六十禬 | | | 影去合泰蟹一 | 烏外 | 見合 1 | 公戶 | 溪去合夬蟹二 | 苦夬 |
| 20974 | 15 正 | | 855 | 劊 | 古 | 快 | 見 | 去 | 合 | 六十禬 | | | 見去合泰蟹一 | 古外 | 見合 1 | 公戶 | 溪去合夬蟹二 | 苦夬 |
| 20977 | 15 正 | | 856 | 獪 | 古 | 快 | 見 | 去 | 合 | 六十禬 | | | 見去合夬蟹二 | 古邁 | 見合 1 | 公戶 | 溪去合夬蟹二 | 苦夬 |
| 20978 | 15 正 | | 857 | 膾 | 古 | 快 | 見 | 去 | 合 | 六十禬 | | | 見去合泰蟹一 | 古外 | 見合 1 | 公戶 | 溪去合夬蟹二 | 苦夬 |
| 20979 | 15 正 | | 858 | 廥 | 古 | 快 | 見 | 去 | 合 | 六十禬 | | | 見去合泰蟹一 | 古外 | 見合 1 | 公戶 | 溪去合夬蟹二 | 苦夬 |
| 20980 | 15 正 | | 859 | 鄶 | 古 | 快 | 見 | 去 | 合 | 六十禬 | | | 見去合泰蟹一 | 古外 | 見合 1 | 公戶 | 溪去合夬蟹二 | 苦夬 |
| 20981 | 15 正 | | 860 | 檜 | 古 | 快 | 見 | 去 | 合 | 六十禬 | | | 見去合泰蟹一 | 古外 | 見合 1 | 公戶 | 溪去合夬蟹二 | 苦夬 |
| 20984 | 15 正 | | 861 | 會 | 古 | 快 | 見 | 去 | 合 | 六十禬 | 會[犭合]古文俗有[山巿][山亏]。本韻兩見注詳彼 | | 見去合泰蟹一 | 古外 | 見合 1 | 公戶 | 溪去合夬蟹二 | 苦夬 |
| 20985 | 15 正 | | 862 | 澮 | 古 | 快 | 見 | 去 | 合 | 六十禬 | | | 見去合泰蟹一 | 古外 | 見合 1 | 公戶 | 溪去合夬蟹二 | 苦夬 |

| 韻字編號 | 部序 | 組數 | 字數 | 韻字及何氏反切：韻字 | 上字 | 下字 | 韻字何氏音：聲 | 調 | 呼 | 韻部 | 何萱注釋 | 備注 | 韻字中古音：聲調呼韻攝等 | 反切 | 上字中古音：聲呼等 | 反切 | 下字中古音：聲調呼韻攝等 | 反切 |
|---|---|---|---|---|---|---|---|---|---|---|---|---|---|---|---|---|---|---|
| 20986 | 15 正 | | 863 | 巜 | 古 | 快 | 見 | 去 | 合 | 六十禬 | | | 見去合泰蟹一 | 古外 | 見合 1 | 公戶 | 溪去合夬蟹二 | 苦夬 |
| 20987 | 15 正 | | 864 | 夬 | 古 | 快 | 見 | 去 | 合 | 六十禬 | | | 見去合夬蟹二 | 古邁 | 見合 1 | 公戶 | 溪去合夬蟹二 | 苦夬 |
| 20988 | 15 正 | 154 | 865 | 快 | 苦 | 邁 | 起 | 去 | 合 | 六十禬 | | 韻目上字作若，誤 | 溪去合夬蟹二 | 苦夬 | 溪合 1 | 康杜 | 明去開夬蟹二 | 莫話 |
| 20989 | 15 正 | | 866 | 噲 | 苦 | 邁 | 起 | 去 | 合 | 六十禬 | | 韻目上字作若，誤 | 溪去合夬蟹二 | 苦夬 | 溪合 1 | 康杜 | 明去開夬蟹二 | 莫話 |
| 20991 | 15 正 | | 867 | 檜 | 苦 | 邁 | 起 | 去 | 合 | 六十禬 | | 韻目上字作若，誤 | 溪去合夬蟹二 | 苦夬 | 溪合 1 | 康杜 | 明去開夬蟹二 | 莫話 |
| 20992 | 15 正 | | 868 | � | 苦 | 邁 | 起 | 去 | 合 | 六十禬 | | 韻目上字作若，誤 | 溪去合佳蟹二 | 苦賣 | 溪合 1 | 康杜 | 明去開夬蟹二 | 莫話 |
| 20993 | 15 正 | | 869 | 蕨 | 苦 | 邁 | 起 | 去 | 合 | 六十禬 | | 韻目上字作若，誤 | 見去合皆蟹二 | 古壞 | 溪合 1 | 康杜 | 明去開夬蟹二 | 莫話 |
| 20995 | 15 正 | 155 | 870 | 黵 | 甕 | 快 | 影 | 去 | 合 | 六十禬 | | | 影去合夬蟹二 | 烏快 | 影合 1 | 烏貢 | 溪去合夬蟹二 | 苦夬 |
| 20996 | 15 正 | | 871 | 薈 | 甕 | 快 | 影 | 去 | 合 | 六十禬 | | | 影去合泰蟹一 | 烏外 | 影合 1 | 烏貢 | 溪去合夬蟹二 | 苦夬 |
| 20997 | 15 正 | 156 | 872 | 會 | 戶 | 快 | 曉 | 去 | 合 | 六十禬 | 會古文㣛俗有峕旹。本韵兩見 | | 匣去合泰蟹一 | 黃外 | 匣合 1 | 侯古 | 溪去合夬蟹二 | 苦夬 |
| 20999 | 15 正 | | 873 | 噕 | 戶 | 快 | 曉 | 去 | 合 | 六十禬 | | | 匣去合泰蟹一 | 黃外 | 匣合 1 | 侯古 | 溪去合夬蟹二 | 苦夬 |
| 21000 | 15 正 | | 874 | 繪 | 戶 | 快 | 曉 | 去 | 合 | 六十禬 | | | 匣去合泰蟹一 | 黃外 | 匣合 1 | 侯古 | 溪去合夬蟹二 | 苦夬 |
| 21001 | 15 正 | | 875 | 譮 g* | 戶 | 快 | 曉 | 去 | 合 | 六十禬 | 話籀譮 | | 匣去合夬蟹二 | 戶快 | 匣合 1 | 侯古 | 溪去合夬蟹二 | 苦夬 |
| 21002 | 15 正 | | 876 | 話* | 戶 | 快 | 曉 | 去 | 合 | 六十禬 | | | 匣去合夬蟹二 | 戶快 | 匣合 1 | 侯古 | 溪去合夬蟹二 | 苦夬 |
| 21003 | 15 正 | | 877 | 敷 | 戶 | 快 | 曉 | 去 | 合 | 六十禬 | 瓌籀敷 | 表中是瓌 | 見平合灰蟹一 | 公回 | 匣合 1 | 侯古 | 溪去合夬蟹二 | 苦夬 |
| 21004 | 15 正 | | 878 | 瓌* | 戶 | 快 | 曉 | 去 | 合 | 六十禬 | | | 書平合灰蟹一 | 始回 | 匣合 1 | 侯古 | 溪去合夬蟹二 | 苦夬 |
| 21005 | 15 正 | | 879 | 譺 | 戶 | 快 | 曉 | 去 | 合 | 六十禬 | | | 曉去合泰蟹一 | 呼會 | 匣合 1 | 侯古 | 溪去合夬蟹二 | 苦夬 |
| 21006 | 15 正 | | 880 | 翽 | 戶 | 快 | 曉 | 去 | 合 | 六十禬 | | | 曉去合泰蟹一 | 呼會 | 匣合 1 | 侯古 | 溪去合夬蟹二 | 苦夬 |
| 21007 | 15 正 | | 881 | 鐬 | 戶 | 快 | 曉 | 去 | 合 | 六十禬 | 鐬 | 正字原作鉞，作但廣集音義均不符，改用鐬 | 曉去合泰蟹一 | 呼會 | 匣合 1 | 侯古 | 溪去合夬蟹二 | 苦夬 |
| 21008 | 15 正 | 157 | 882 | 祋 | 董 | 快 | 短 | 去 | 合 | 六十禬 | | | 端去合泰蟹一 | 丁外 | 端合 1 | 多動 | 溪去合夬蟹二 | 苦夬 |
| 21010 | 15 正 | 158 | 883 | 兌 | 洞 | 快 | 透 | 去 | 合 | 六十禬 | | | 定去合泰蟹一 | 杜外 | 定合 1 | 徒弄 | 溪去合夬蟹二 | 苦夬 |

| 韻字編號 | 部序 | 組數 | 字數 | 韻字及何氏反切 | | | 韻字何氏音 | | | | 何萱注釋 | 備注 | 韻字中古音 | | 上字中古音 | | 下字中古音 | |
|---|---|---|---|---|---|---|---|---|---|---|---|---|---|---|---|---|---|---|
| | | | | 韻字 | 上字 | 下字 | 聲 | 調 | 呼 | 韻部 | | | 聲調呼韻攝等 | 反切 | 聲呼等 | 反切 | 聲調呼韻攝等 | 反切 |
| 21011 | 15 正 | | 884 | 娧 | 洞 | 快 | 透 | 去 | 合 | 六十襘 | | | 透去合泰蟹一 | 他外 | 定合 1 | 徒弄 | 溪去合夬蟹二 | 苦夬 |
| 21013 | 15 正 | | 885 | 駾 | 洞 | 快 | 透 | 去 | 合 | 六十襘 | | | 透去合泰蟹一 | 他外 | 定合 1 | 徒弄 | 溪去合夬蟹二 | 苦夬 |
| 21014 | 15 正 | | 886 | 銳 | 洞 | 快 | 透 | 去 | 合 | 六十襘 | 本韻兩見義分 | | 定去合泰蟹一 | 杜外 | 定合 1 | 徒弄 | 溪去合夬蟹二 | 苦夬 |
| 21016 | 15 正 | 159 | 887 | **酹** | 路 | 快 | 賚 | 去 | 合 | 六十襘 | | | 來去合泰蟹一 | 郎外 | 來合 1 | 洛故 | 溪去合夬蟹二 | 苦夬 |
| 21018 | 15 正 | 160 | 888 | **最** | 纂 | 快 | 井 | 去 | 合 | 六十襘 | | 表中做照字頭，誤 | 精去合泰蟹一 | 祖外 | 精合 1 | 作管 | 溪去合夬蟹二 | 苦夬 |
| 21019 | 15 正 | 161 | 889 | **啐** | 措 | 快 | 淨 | 去 | 合 | 六十襘 | | 表中做助字頭，誤 | 清去合夬蟹二 | 倉夬 | 清合 1 | 倉故 | 溪去合夬蟹二 | 苦夬 |
| 21023 | 15 正 | | 890 | 竄 g* | 措 | 快 | 淨 | 去 | 合 | 六十襘 | | 表中做助字頭，誤 | 清去合泰蟹一 | 取外 | 清合 1 | 倉故 | 溪去合夬蟹二 | 苦夬 |
| 21024 | 15 正 | | 891 | 竅** | 措 | 快 | 淨 | 去 | 合 | 六十襘 | | 表中做助字頭，誤 | 清去合泰蟹一 | 千外 | 清合 1 | 倉故 | 溪去合夬蟹二 | 苦夬 |
| 21025 | 15 正 | | 892 | 蕺 | 措 | 快 | 淨 | 去 | 合 | 六十襘 | | 表中做助字頭，誤 | 初入開職曾三 | 初力 | 清合 1 | 倉故 | 溪去合夬蟹二 | 苦夬 |
| 21026 | 15 正 | 162 | 893 | **外** | 臥 | 快 | 我 | 去 | 合 | 六十襘 | | | 疑去合泰蟹一 | 五會 | 疑合 1 | 吾貨 | 溪去合夬蟹二 | 苦夬 |
| 21027 | 15 正 | | 894 | 頢 | 臥 | 快 | 我 | 去 | 合 | 六十襘 | | | 疑去合皆蟹二 | 五怪 | 疑合 1 | 吾貨 | 溪去合夬蟹二 | 苦夬 |
| 21029 | 15 正 | | 895 | 顡 | 臥 | 快 | 我 | 去 | 合 | 六十襘 | | | 疑去開微止三 | 魚既 | 疑合 1 | 吾貨 | 溪去合夬蟹二 | 苦夬 |
| 21031 | 15 正 | | 896 | 聵 | 臥 | 快 | 我 | 去 | 合 | 六十襘 | | | 疑去合皆蟹二 | 五怪 | 疑合 1 | 吾貨 | 溪去合夬蟹二 | 苦夬 |
| 21032 | 15 正 | 163 | 897 | **拜** | 布 | 快 | 謗 | 去 | 合 | 六十襘 | 拜拜 | 拜廣集玉無，此處取拜廣韻音 | 幫去開皆蟹二 | 博怪 | 幫合 1 | 博故 | 溪去合夬蟹二 | 苦夬 |
| 21034 | 15 正 | 164 | 898 | 湃 | 普 | 快 | 並 | 去 | 合 | 六十襘 | | | 滂去開皆蟹二 | 普拜 | 滂合 1 | 滂古 | 溪去合夬蟹二 | 苦夬 |
| 21035 | 15 正 | | 899 | **敗** | 普 | 快 | 並 | 去 | 合 | 六十襘 | | | 並去開夬蟹二 | 薄邁 | 滂合 1 | 滂古 | 溪去合夬蟹二 | 苦夬 |
| 21037 | 15 正 | | 900 | 退 | 普 | 快 | 並 | 去 | 合 | 六十襘 | | | 並去開夬蟹二 | 薄邁 | 滂合 1 | 滂古 | 溪去合夬蟹二 | 苦夬 |
| 21038 | 15 正 | 165 | 901 | **邁** | 慢 | 快 | 命 | 去 | 合 | 六十襘 | | | 明去開夬蟹二 | 莫話 | 明開 2 | 謨晏 | 溪去合夬蟹二 | 苦夬 |
| 21039 | 15 正 | | 902 | 勱 | 慢 | 快 | 命 | 去 | 合 | 六十襘 | 邁亦訓勉，二字音義皆同 | 何氏說邁亦訓勉，二字音義皆同，一個「亦」字說明勱也可以讀成勉。另一讀取勉廣韻音 | 明去開夬蟹二 | 莫話 | 明開 2 | 謨晏 | 溪去合夬蟹二 | 苦夬 |

| 韻字編號 | 部序 | 組數 | 字數 | 韻字及何氏反切 | | | 韻字何氏音 | | | | 何萱注釋 | 備　注 | 韻字中古音 | | 上字中古音 | | 下字中古音 | |
|---|---|---|---|---|---|---|---|---|---|---|---|---|---|---|---|---|---|---|
| | | | | 韻字 | 上字 | 下字 | 聲 | 調 | 呼 | 韻部 | | | 聲調呼韻攝等 | 反切 | 聲呼等 | 反切 | 聲調呼韻攝等 | 反切 |
| 21041 | 15 正 | | 903 | 譪 | 慢 | 快 | 命 | 去 | 合 | 六十禬 | 譀也。說文。萱按譀，誕也 | 玉篇作火界切，又音邁 | 明去開夬蟹二 | 莫話 | 明開 2 | 謨晏 | 溪去合夬蟹二 | 苦夬 |
| 21043 | 15 正 | 166 | 904 | **瞶*** | 古 | 對 | 見 | 去 | 合二 | 六一瞶 | | | 見去合微止三 | 歸謂 | 見合 1 | 公戶 | 端去合灰蟹一 | 都隊 |
| 21044 | 15 正 | | 905 | 媿 | 古 | 對 | 見 | 去 | 合二 | 六一瞶 | | | 見去合脂止重三 | 俱位 | 見合 1 | 公戶 | 端去合灰蟹一 | 都隊 |
| 21046 | 15 正 | | 906 | 騩 | 古 | 對 | 見 | 去 | 合二 | 六一瞶 | | | 見去合脂止重三 | 俱位 | 見合 1 | 公戶 | 端去合灰蟹一 | 都隊 |
| 21047 | 15 正 | | 907 | 鱖 | 古 | 對 | 見 | 去 | 合二 | 六一瞶 | | | 見去合祭蟹重三 | 居衛 | 見合 1 | 公戶 | 端去合灰蟹一 | 都隊 |
| 21049 | 15 正 | | 908 | 劌 | 古 | 對 | 見 | 去 | 合二 | 六一瞶 | | | 見去合祭蟹重三 | 居衛 | 見合 1 | 公戶 | 端去合灰蟹一 | 都隊 |
| 21050 | 15 正 | 167 | 909 | 喟 | 苦 | 對 | 起 | 去 | 合二 | 六一瞶 | | | 溪去合脂止重三 | 丘愧 | 溪合 1 | 康杜 | 端去合灰蟹一 | 都隊 |
| 21052 | 15 正 | | 910 | 凷 | 苦 | 對 | 起 | 去 | 合二 | 六一瞶 | | | 溪去合灰蟹一 | 苦對 | 溪合 1 | 康杜 | 端去合灰蟹一 | 都隊 |
| 21053 | 15 正 | | 911 | 餽 | 苦 | 對 | 起 | 去 | 合二 | 六一瞶 | | | 群去合脂止重三 | 求位 | 溪合 1 | 康杜 | 端去合灰蟹一 | 都隊 |
| 21054 | 15 正 | | 912 | 饋 | 苦 | 對 | 起 | 去 | 合二 | 六一瞶 | | | 群去合脂止重三 | 求位 | 溪合 1 | 康杜 | 端去合灰蟹一 | 都隊 |
| 21055 | 15 正 | | 913 | 髖 | 苦 | 對 | 起 | 去 | 合二 | 六一瞶 | | | 溪去合脂止重三 | 丘愧 | 溪合 1 | 康杜 | 端去合灰蟹一 | 都隊 |
| 21057 | 15 正 | | 914 | 鞼 | 苦 | 對 | 起 | 去 | 合二 | 六一瞶 | | | 群去合脂止重三 | 求位 | 溪合 1 | 康杜 | 端去合灰蟹一 | 都隊 |
| 21059 | 15 正 | | 915 | 樻 | 苦 | 對 | 起 | 去 | 合二 | 六一瞶 | | | 溪去合脂止重三 | 丘愧 | 溪合 1 | 康杜 | 端去合灰蟹一 | 都隊 |
| 21060 | 15 正 | | 916 | 蕢 | 苦 | 對 | 起 | 去 | 合二 | 六一瞶 | | | 群去合脂止重三 | 求位 | 溪合 1 | 康杜 | 端去合灰蟹一 | 都隊 |
| 21061 | 15 正 | | 917 | **匱** | 苦 | 對 | 起 | 去 | 合二 | 六一瞶 | | | 群去合脂止重三 | 求位 | 溪合 1 | 康杜 | 端去合灰蟹一 | 都隊 |
| 21062 | 15 正 | 168 | 918 | **畏** | 罋 | 貴 | 影 | 去 | 合二 | 六一瞶 | | | 影去合微止三 | 於胃 | 影合 1 | 烏貢 | 見去合微止三 | 居胃 |
| 21063 | 15 正 | | 919 | 旡 | 罋 | 貴 | 影 | 去 | 合二 | 六一瞶 | 兂古文隸作旡 | | 見去開微止三 | 居豙 | 影合 1 | 烏貢 | 見去合微止三 | 居胃 |
| 21064 | 15 正 | | 920 | 尉 | 罋 | 貴 | 影 | 去 | 合二 | 六一瞶 | 㷉隸作尉，俗有熨 | | 影去合微止三 | 於胃 | 影合 1 | 烏貢 | 見去合微止三 | 居胃 |
| 21065 | 15 正 | | 921 | 慰 | 罋 | 貴 | 影 | 去 | 合二 | 六一瞶 | | | 影去合微止三 | 於胃 | 影合 1 | 烏貢 | 見去合微止三 | 居胃 |
| 21066 | 15 正 | | 922 | 褽 | 罋 | 貴 | 影 | 去 | 合二 | 六一瞶 | | | 影去合微止三 | 於胃 | 影合 1 | 烏貢 | 見去合微止三 | 居胃 |
| 21067 | 15 正 | | 923 | 鬱* | 罋 | 貴 | 影 | 去 | 合二 | 六一瞶 | | | 影去合微止三 | 紆胃 | 影合 1 | 烏貢 | 見去合微止三 | 居胃 |
| 21068 | 15 正 | | 924 | 罻 | 罋 | 貴 | 影 | 去 | 合二 | 六一瞶 | | | 影去合微止三 | 於胃 | 影合 1 | 烏貢 | 見去合微止三 | 居胃 |
| 21069 | 15 正 | | 925 | 蔚 | 罋 | 貴 | 影 | 去 | 合二 | 六一瞶 | | | 影去合微止三 | 於胃 | 影合 1 | 烏貢 | 見去合微止三 | 居胃 |
| 21071 | 15 正 | | 926 | 胃 | 罋 | 貴 | 影 | 去 | 合二 | 六一瞶 | | | 云去合微止三 | 于貴 | 影合 1 | 烏貢 | 見去合微止三 | 居胃 |
| 21072 | 15 正 | | 927 | 謂 | 罋 | 貴 | 影 | 去 | 合二 | 六一瞶 | | | 云去合微止三 | 于貴 | 影合 1 | 烏貢 | 見去合微止三 | 居胃 |
| 21073 | 15 正 | | 928 | 緭 | 罋 | 貴 | 影 | 去 | 合二 | 六一瞶 | | | 云去合微止三 | 于貴 | 影合 1 | 烏貢 | 見去合微止三 | 居胃 |

| 韻字編號 | 部序 | 組數 | 字數 | 韻字及何氏反切 | | | 韻字何氏音 | | | | 何萱注釋 | 備　注 | 韻字中古音 | | 上字中古音 | | 下字中古音 | |
|---|---|---|---|---|---|---|---|---|---|---|---|---|---|---|---|---|---|---|
| | | | | 韻字 | 上字 | 下字 | 聲 | 調 | 呼 | 韻部 | | | 聲調呼韻攝等 | 反切 | 聲呼等 | 反切 | 聲調呼韻攝等 | 反切 |
| 21074 | 15 正 | | 929 | 渭 | 寠 | 貴 | 影 | 去 | 合二 | 六一蕢 | | | 云去合微止三 | 于貴 | 影合 1 | 烏貢 | 見去合微止三 | 居胃 |
| 21075 | 15 正 | | 930 | 媦 | 寠 | 貴 | 影 | 去 | 合二 | 六一蕢 | | | 云去合微止三 | 于貴 | 影合 1 | 烏貢 | 見去合微止三 | 居胃 |
| 21076 | 15 正 | | 931 | 𡡾* | 寠 | 貴 | 影 | 去 | 合二 | 六一蕢 | | | 云去合微止三 | 于貴 | 影合 1 | 烏貢 | 見去合微止三 | 居胃 |
| 21077 | 15 正 | | 932 | 彙 | 寠 | 貴 | 影 | 去 | 合二 | 六一蕢 | | | 云去合微止三 | 于貴 | 影合 1 | 烏貢 | 見去合微止三 | 居胃 |
| 21078 | 15 正 | | 933 | 緯 | 寠 | 貴 | 影 | 去 | 合二 | 六一蕢 | | | 云去合微止三 | 于貴 | 影合 1 | 烏貢 | 見去合微止三 | 居胃 |
| 21079 | 15 正 | | 934 | 位 | 寠 | 貴 | 影 | 去 | 合二 | 六一蕢 | | | 云去合脂止三 | 于愧 | 影合 1 | 烏貢 | 見去合微止三 | 居胃 |
| 21080 | 15 正 | | 935 | 衛 | 寠 | 貴 | 影 | 去 | 合二 | 六一蕢 | | | 云去合祭蟹三 | 于歲 | 影合 1 | 烏貢 | 見去合微止三 | 居胃 |
| 21082 | 15 正 | | 936 | 讆 | 寠 | 貴 | 影 | 去 | 合二 | 六一蕢 | | | 云去合祭蟹三 | 于歲 | 影合 1 | 烏貢 | 見去合微止三 | 居胃 |
| 21084 | 15 正 | | 937 | 躛 | 寠 | 貴 | 影 | 去 | 合二 | 六一蕢 | | | 曉去合皆蟹二 | 火怪 | 影合 1 | 烏貢 | 見去合微止三 | 居胃 |
| 21085 | 15 正 | | 938 | 䙆 | 寠 | 貴 | 影 | 去 | 合二 | 六一蕢 | | | 云去合祭蟹三 | 于歲 | 影合 1 | 烏貢 | 見去合微止三 | 居胃 |
| 21087 | 15 正 | | 939 | 䡺 | 寠 | 貴 | 影 | 去 | 合二 | 六一蕢 | | | 云去合祭蟹三 | 于歲 | 影合 1 | 烏貢 | 見去合微止三 | 居胃 |
| 21088 | 15 正 | | 940 | 饖 | 寠 | 貴 | 影 | 去 | 合二 | 六一蕢 | | | 影去合廢蟹三 | 於廢 | 影合 1 | 烏貢 | 見去合微止三 | 居胃 |
| 21089 | 15 正 | | 941 | 薉 | 寠 | 貴 | 影 | 去 | 合二 | 六一蕢 | | | 影去合廢蟹三 | 於廢 | 影合 1 | 烏貢 | 見去合微止三 | 居胃 |
| 21090 | 15 正 | | 942 | 𡧝 | 寠 | 貴 | 影 | 去 | 合二 | 六一蕢 | | | 云去合祭蟹三 | 于歲 | 影合 1 | 烏貢 | 見去合微止三 | 居胃 |
| 21092 | 15 正 | | 943 | 鏏 | 寠 | 貴 | 影 | 去 | 合二 | 六一蕢 | | | 邪去合祭蟹三 | 祥歲 | 影合 1 | 烏貢 | 見去合微止三 | 居胃 |
| 21093 | 15 正 | | 944 | 彗 | 寠 | 貴 | 影 | 去 | 合二 | 六一蕢 | | | 云去合祭蟹三 | 于歲 | 影合 1 | 烏貢 | 見去合微止三 | 居胃 |
| 21096 | 15 正 | | 945 | 矮 | 寠 | 貴 | 影 | 去 | 合二 | 六一蕢 | 十五部十七部兩讀。說文段注……矮矯疊韻字 | 15、16 部兩讀，17 未見 | 影去合支止重三 | 於僞 | 影合 1 | 烏貢 | 見去合微止三 | 居胃 |
| 21097 | 15 正 | 169 | 946 | **繢** | 戶 | 對 | 曉 | 去 | 合二 | 六一蕢 | | | 匣去合灰蟹一 | 胡對 | 匣合 1 | 侯古 | 端去合灰蟹一 | 都隊 |
| 21098 | 15 正 | | 947 | 潰 | 戶 | 對 | 曉 | 去 | 合二 | 六一蕢 | | | 匣去合灰蟹一 | 胡對 | 匣合 1 | 侯古 | 端去合灰蟹一 | 都隊 |
| 21099 | 15 正 | | 948 | 殨 | 戶 | 對 | 曉 | 去 | 合二 | 六一蕢 | | | 匣去合灰蟹一 | 胡對 | 匣合 1 | 侯古 | 端去合灰蟹一 | 都隊 |
| 21100 | 15 正 | | 949 | 憒 | 戶 | 對 | 曉 | 去 | 合二 | 六一蕢 | | | 見去合灰蟹一 | 古對 | 匣合 1 | 侯古 | 端去合灰蟹一 | 都隊 |
| 21101 | 15 正 | | 950 | 闠 | 戶 | 對 | 曉 | 去 | 合二 | 六一蕢 | | | 匣去合灰蟹一 | 胡對 | 匣合 1 | 侯古 | 端去合灰蟹一 | 都隊 |
| 21103 | 15 正 | | 951 | 譮 | 戶 | 對 | 曉 | 去 | 合二 | 六一蕢 | | | 匣去合灰蟹一 | 胡對 | 匣合 1 | 侯古 | 端去合灰蟹一 | 都隊 |
| 21105 | 15 正 | | 952 | 詯 | 戶 | 對 | 曉 | 去 | 合二 | 六一蕢 | | | 匣去合灰蟹一 | 胡對 | 匣合 1 | 侯古 | 端去合灰蟹一 | 都隊 |
| 21106 | 15 正 | | 953 | 諱 | 戶 | 對 | 曉 | 去 | 合二 | 六一蕢 | | | 曉去合微止三 | 許貴 | 匣合 1 | 侯古 | 端去合灰蟹一 | 都隊 |
| 21107 | 15 正 | | 954 | 喙 | 戶 | 對 | 曉 | 去 | 合二 | 六一蕢 | | | 曉去合廢蟹三 | 許穢 | 匣合 1 | 侯古 | 端去合灰蟹一 | 都隊 |

| 韻字編號 | 部序 | 組數 | 字數 | 韻字及何氏反切 | | | 韻字何氏音 | | | | 何萱注釋 | 備注 | 韻字中古音 | | 上字中古音 | | 下字中古音 | |
|---|---|---|---|---|---|---|---|---|---|---|---|---|---|---|---|---|---|---|
| | | | | 韻字 | 上字 | 下字 | 聲 | 調 | 呼 | 韻部 | | | 聲調呼韻攝等 | 反切 | 聲呼等 | 反切 | 聲調呼韻攝等 | 反切 |
| 21108 | 15 正 | | 955 | 沬 g* | 戶 | 對 | 曉 | 去 | 合二 | 六一賢 | | | 曉去合灰蟹一 | 呼內 | 匣合 1 | 侯古 | 端去合灰蟹一 | 都隊 |
| 21109 | 15 正 | | 956 | 湏 | 戶 | 對 | 曉 | 去 | 合二 | 六一賢 | | | 曉去合灰蟹一 | 荒內 | 匣合 1 | 侯古 | 端去合灰蟹一 | 都隊 |
| 21110 | 15 正 | 170 | 957 | 對 | 董 | 貴 | 短 | 去 | 合二 | 六一賢 | | | 端去合灰蟹一 | 都隊 | 端合 1 | 多動 | 見去合微止三 | 居胃 |
| 21111 | 15 正 | | 958 | **對** | 董 | 貴 | 短 | 去 | 合二 | 六一賢 | | | 端去合灰蟹一 | 都隊 | 端合 1 | 多動 | 見去合微止三 | 居胃 |
| 21112 | 15 正 | | 959 | 對 | 董 | 貴 | 短 | 去 | 合二 | 六一賢 | | | 端去合灰蟹一 | 都隊 | 端合 1 | 多動 | 見去合微止三 | 居胃 |
| 21113 | 15 正 | | 960 | 碓 | 董 | 貴 | 短 | 去 | 合二 | 六一賢 | | | 端去合灰蟹一 | 都隊 | 端合 1 | 多動 | 見去合微止三 | 居胃 |
| 21114 | 15 正 | 171 | 961 | 復 | 洞 | 對 | 透 | 去 | 合二 | 六一賢 | | | 透去合灰蟹一 | 他內 | 定合 1 | 徒弄 | 端去合灰蟹一 | 都隊 |
| 21115 | 15 正 | | 962 | **退** | 洞 | 對 | 透 | 去 | 合二 | 六一賢 | | | 透去合灰蟹一 | 他內 | 定合 1 | 徒弄 | 端去合灰蟹一 | 都隊 |
| 21116 | 15 正 | | 963 | 丿 | 洞 | 對 | 透 | 去 | 合二 | 六一賢 | 十三十五兩讀 | 正文缺。表注十三十五兩讀。此處可能是誤把丨當成丿了，衍字 | 以去開祭蟹三 | 餘制 | 定合 1 | 徒弄 | 端去合灰蟹一 | 都隊 |
| 21117 | 15 正 | | 964 | 磓 | 洞 | 對 | 透 | 去 | 合二 | 六一賢 | | | 定去合灰蟹一 | 徒對 | 定合 1 | 徒弄 | 端去合灰蟹一 | 都隊 |
| 21118 | 15 正 | | 965 | 鐓 | 洞 | 對 | 透 | 去 | 合二 | 六一賢 | | | 定去合灰蟹一 | 徒對 | 定合 1 | 徒弄 | 端去合灰蟹一 | 都隊 |
| 21119 | 15 正 | | 966 | 懟 | 洞 | 對 | 透 | 去 | 合二 | 六一賢 | | | 澄去合脂止三 | 直類 | 定合 1 | 徒弄 | 端去合灰蟹一 | 都隊 |
| 21120 | 15 正 | | 967 | **丨 g*** | 洞 | 對 | 透 | 去 | 合二 | 六一賢 | | 原文缺 15 部，據何氏注，增入洞對小韻中。讀音取逿集韻音 | 透去合灰蟹一 | 吐內 | 定合 1 | 徒弄 | 端去合灰蟹一 | 都隊 |
| 21121 | 15 正 | 172 | 968 | **內** | 煗 | 對 | 乃 | 去 | 合二 | 六一賢 | | | 泥去合灰蟹一 | 奴對 | 泥合 1 | 乃管 | 端去合灰蟹一 | 都隊 |
| 21122 | 15 正 | 173 | 969 | 耒 | 路 | 對 | 賚 | 去 | 合二 | 六一賢 | | | 來去合灰蟹一 | 盧對 | 來合 1 | 洛故 | 端去合灰蟹一 | 都隊 |
| 21123 | 15 正 | | 970 | 莱 | 路 | 對 | 賚 | 去 | 合二 | 六一賢 | | | 來去合灰蟹一 | 盧對 | 來合 1 | 洛故 | 端去合灰蟹一 | 都隊 |
| 21125 | 15 正 | | 971 | 郲 | 路 | 對 | 賚 | 去 | 合二 | 六一賢 | | | 來去合灰蟹一 | 盧對 | 來合 1 | 洛故 | 端去合灰蟹一 | 都隊 |
| 21127 | 15 正 | | 972 | 頛 g* | 路 | 對 | 賚 | 去 | 合二 | 六一賢 | 去入兩讀 | | 來去合灰蟹一 | 盧對 | 來合 1 | 洛故 | 端去合灰蟹一 | 都隊 |
| 21128 | 15 正 | | 973 | 粸 | 路 | 對 | 賚 | 去 | 合二 | 六一賢 | | | 來去合泰蟹一 | 郎外 | 來合 1 | 洛故 | 端去合灰蟹一 | 都隊 |
| 21129 | 15 正 | | 974 | 纇 | 路 | 對 | 賚 | 去 | 合二 | 六一賢 | | | 來去合灰蟹一 | 盧對 | 來合 1 | 洛故 | 端去合灰蟹一 | 都隊 |
| 21130 | 15 正 | | 975 | 類 | 路 | 對 | 賚 | 去 | 合二 | 六一賢 | | | 來去合脂止三 | 力遂 | 來合 1 | 洛故 | 端去合灰蟹一 | 都隊 |
| 21131 | 15 正 | | 976 | 禷 | 路 | 對 | 賚 | 去 | 合二 | 六一賢 | | | 來去合脂止三 | 力遂 | 來合 1 | 洛故 | 端去合灰蟹一 | 都隊 |

| 韻字編號 | 部序 | 組數 | 字數 | 韻字及何氏反切 | | | 韻字何氏音 | | | | 何萱注釋 | 備　注 | 韻字中古音 | | 上字中古音 | | 下字中古音 | |
|---|---|---|---|---|---|---|---|---|---|---|---|---|---|---|---|---|---|---|
| | | | | 韻字 | 上字 | 下字 | 聲 | 調 | 呼 | 韻部 | | | 聲調呼韻攝等 | 反切 | 聲呼等 | 反切 | 聲調呼韻攝等 | 反切 |
| 21132 | 15 正 | | 977 | 勵 | 路 | 對 | 賚 | 去 | 合二 | 六一賢 | | | 來去合灰蟹一 | 盧對 | 來合 1 | 洛故 | 端去合灰蟹一 | 都隊 |
| 21133 | 15 正 | 174 | 978 | **贅** | 壯 | 貴 | 照 | 去 | 合二 | 六一賢 | | | 章去合祭蟹三 | 之芮 | 莊開 3 | 側亮 | 見去合微止三 | 居胃 |
| 21134 | 15 正 | | 979 | 綴 | 壯 | 貴 | 照 | 去 | 合二 | 六一賢 | | | 知去合祭蟹三 | 陟衛 | 莊開 3 | 側亮 | 見去合微止三 | 居胃 |
| 21136 | 15 正 | | 980 | 餟 | 壯 | 貴 | 照 | 去 | 合二 | 六一賢 | | | 知去合祭蟹三 | 陟衛 | 莊開 3 | 側亮 | 見去合微止三 | 居胃 |
| 21138 | 15 正 | | 981 | 轛 | 壯 | 貴 | 照 | 去 | 合二 | 六一賢 | | | 知去合脂止重四 | 追萃 | 莊開 3 | 側亮 | 見去合微止三 | 居胃 |
| 21140 | 15 正 | | 982 | 叡 | 壯 | 貴 | 照 | 去 | 合二 | 六一賢 | | | 章去合祭蟹三 | 之芮 | 莊開 3 | 側亮 | 見去合微止三 | 居胃 |
| 21141 | 15 正 | | 983 | 笍 | 壯 | 貴 | 照 | 去 | 合二 | 六一賢 | | | 知去合祭蟹三 | 陟衛 | 莊開 3 | 側亮 | 見去合微止三 | 居胃 |
| 21142 | 15 正 | | 984 | 輟 | 壯 | 貴 | 照 | 去 | 合二 | 六一賢 | 兩讀義異 | 此字在翥髮切中出現了兩次，誤，將其中一次轉入去聲，實際成為去入兩讀字 | 知去合祭蟹三 | 陟衛 | 莊開 3 | 側亮 | 見去合微止三 | 居胃 |
| 21143 | 15 正 | 175 | 985 | 槌 | 狀 | 對 | 助 | 去 | 合二 | 六一賢 | | | 澄去合支止三 | 馳僞 | 崇開 3 | 鋤亮 | 端去合灰蟹一 | 都隊 |
| 21144 | 15 正 | | 986 | **縋** | 狀 | 對 | 助 | 去 | 合二 | 六一賢 | | | 澄去合支止三 | 馳僞 | 崇開 3 | 鋤亮 | 端去合灰蟹一 | 都隊 |
| 21145 | 15 正 | | 987 | 墜 | 狀 | 對 | 助 | 去 | 合二 | 六一賢 | | | 澄去合脂止三 | 直類 | 崇開 3 | 鋤亮 | 端去合灰蟹一 | 都隊 |
| 21147 | 15 正 | | 988 | 齔 | 狀 | 對 | 助 | 去 | 合二 | 六一賢 | | 玉篇叉謹初靳二切 | 初去開臻臻三 | 初覲 | 崇開 3 | 鋤亮 | 端去合灰蟹一 | 都隊 |
| 21148 | 15 正 | 176 | 989 | 汭 | 閏 | 對 | 耳 | 去 | 合二 | 六一賢 | | | 日去合祭蟹三 | 而銳 | 日合 3 | 如順 | 端去合灰蟹一 | 都隊 |
| 21149 | 15 正 | | 990 | **芮** | 閏 | 對 | 耳 | 去 | 合二 | 六一賢 | | | 日去合祭蟹三 | 而銳 | 日合 3 | 如順 | 端去合灰蟹一 | 都隊 |
| 21150 | 15 正 | | 991 | 蜹 | 閏 | 對 | 耳 | 去 | 合二 | 六一賢 | | | 日去合祭蟹三 | 而銳 | 日合 3 | 如順 | 端去合灰蟹一 | 都隊 |
| 21154 | 15 正 | | 992 | 蘮* | 閏 | 對 | 耳 | 去 | 合二 | 六一賢 | | | 日去合祭蟹三 | 儒稅 | 日合 3 | 如順 | 端去合灰蟹一 | 都隊 |
| 21155 | 15 正 | 177 | 993 | **瑞** | 爽 | 對 | 審 | 去 | 合二 | 六一賢 | | | 禪去合支止三 | 是僞 | 生開 3 | 疎兩 | 端去合灰蟹一 | 都隊 |
| 21156 | 15 正 | | 994 | 軩 | 爽 | 對 | 審 | 去 | 合二 | 六一賢 | | | 書去合祭蟹三 | 舒芮 | 生開 3 | 疎兩 | 端去合灰蟹一 | 都隊 |
| 21157 | 15 正 | | 995 | 裞 | 爽 | 對 | 審 | 去 | 合二 | 六一賢 | | 正文增 | 書去合祭蟹三 | 舒芮 | 生開 3 | 疎兩 | 端去合灰蟹一 | 都隊 |
| 21160 | 15 正 | | 996 | 稅 | 爽 | 對 | 審 | 去 | 合二 | 六一賢 | | | 書去合祭蟹三 | 舒芮 | 生開 3 | 疎兩 | 端去合灰蟹一 | 都隊 |
| 21161 | 15 正 | | 997 | 涚 | 爽 | 對 | 審 | 去 | 合二 | 六一賢 | | | 書去合祭蟹三 | 舒芮 | 生開 3 | 疎兩 | 端去合灰蟹一 | 都隊 |
| 21163 | 15 正 | | 998 | 涗 | 爽 | 對 | 審 | 去 | 合二 | 六一賢 | | | 書去合祭蟹三 | 舒芮 | 生開 3 | 疎兩 | 端去合灰蟹一 | 都隊 |

| 韻字編號 | 部序 | 組數 | 字數 | 韻字及何氏反切 | | | 韻字何氏音 | | | | 何萱注釋 | 備　注 | 韻字中古音 | | 上字中古音 | | 下字中古音 | |
|---|---|---|---|---|---|---|---|---|---|---|---|---|---|---|---|---|---|---|
| | | | | 韻字 | 上字 | 下字 | 聲 | 調 | 呼 | 韻部 | | | 聲調呼韻攝等 | 反切 | 聲呼等 | 反切 | 聲調呼韻攝等 | 反切 |
| 21164 | 15 正 | | 999 | 蛻 | 爽 | 對 | 審 | 去 | 合二 | 六一賢 | | | 書去合祭蟹三 | 舒芮 | 生開 3 | 踈兩 | 端去合灰蟹一 | 都隊 |
| 21168 | 15 正 | 178 | 1000 | 辭 | 纂 | 對 | 井 | 去 | 合二 | 六一賢 | | | 精去合灰蟹一 | 子對 | 精合 1 | 作管 | 端去合灰蟹一 | 都隊 |
| 21169 | 15 正 | 179 | 1001 | 淬 | 措 | 對 | 淨 | 去 | 合二 | 六一賢 | | | 清去合灰蟹一 | 七內 | 清合 1 | 倉故 | 端去合灰蟹一 | 都隊 |
| 21170 | 15 正 | | 1002 | 焠 | 措 | 對 | 淨 | 去 | 合二 | 六一賢 | | | 清去合灰蟹一 | 七內 | 清合 1 | 倉故 | 端去合灰蟹一 | 都隊 |
| 21172 | 15 正 | 180 | 1003 | 磑 | 臥 | 對 | 我 | 去 | 合二 | 六一賢 | | | 疑去合灰蟹一 | 五對 | 疑合 1 | 吾貨 | 端去合灰蟹一 | 都隊 |
| 21173 | 15 正 | 181 | 1004 | 碎 | 巽 | 對 | 信 | 去 | 合二 | 六一賢 | | | 心去合灰蟹一 | 蘇內 | 心合 1 | 蘇困 | 端去合灰蟹一 | 都隊 |
| 21174 | 15 正 | | 1005 | 瓶 | 巽 | 對 | 信 | 去 | 合二 | 六一賢 | | | 心去合灰蟹一 | 蘇內 | 心合 1 | 蘇困 | 端去合灰蟹一 | 都隊 |
| 21175 | 15 正 | 182 | 1006 | 輩 | 布 | 對 | 謗 | 去 | 合二 | 六一賢 | | | 幫去合灰蟹一 | 補妹 | 幫合 1 | 博故 | 端去合灰蟹一 | 都隊 |
| 21176 | 15 正 | 183 | 1007 | 妃 g* | 普 | 對 | 並 | 去 | 合二 | 六一賢 | 平去兩讀注在彼 | | 滂去合灰蟹一 | 滂配 | 滂合 1 | 滂古 | 端去合灰蟹一 | 都隊 |
| 21178 | 15 正 | | 1008 | 配 | 普 | 對 | 並 | 去 | 合二 | 六一賢 | | | 滂去合灰蟹一 | 滂佩 | 滂合 1 | 滂古 | 端去合灰蟹一 | 都隊 |
| 21179 | 15 正 | | 1009 | 崀 | 普 | 對 | 並 | 去 | 合二 | 六一賢 | | | 滂去合灰蟹一 | 滂佩 | 滂合 1 | 滂古 | 端去合灰蟹一 | 都隊 |
| 21181 | 15 正 | | 1010 | 孛 | 普 | 對 | 並 | 去 | 合二 | 六一賢 | | | 並去合灰蟹一 | 蒲昧 | 滂合 1 | 滂古 | 端去合灰蟹一 | 都隊 |
| 21183 | 15 正 | | 1011 | 費 | 普 | 對 | 並 | 去 | 合二 | 六一賢 | | | 奉去合微止三 | 扶沸 | 滂合 1 | 滂古 | 端去合灰蟹一 | 都隊 |
| 21185 | 15 正 | | 1012 | 怖 | 普 | 對 | 並 | 去 | 合二 | 六一賢 | 悑隸作怖 | | 滂去合模遇一 | 普故 | 滂合 1 | 滂古 | 端去合灰蟹一 | 都隊 |
| 21187 | 15 正 | | 1013 | 狎* | 普 | 對 | 並 | 去 | 合二 | 六一賢 | | | 並去合灰蟹一 | 蒲昧 | 滂合 1 | 滂古 | 端去合灰蟹一 | 都隊 |
| 21189 | 15 正 | 184 | 1014 | 妹 | 慢 | 對 | 命 | 去 | 合二 | 六一賢 | | | 明去合灰蟹一 | 莫佩 | 明開 2 | 謨晏 | 端去合灰蟹一 | 都隊 |
| 21191 | 15 正 | | 1015 | 眛 | 慢 | 對 | 命 | 去 | 合二 | 六一賢 | | | 明去合灰蟹一 | 莫佩 | 明開 2 | 謨晏 | 端去合灰蟹一 | 都隊 |
| 21192 | 15 正 | | 1016 | 味 | 慢 | 對 | 命 | 去 | 合二 | 六一賢 | | | 明去合灰蟹一 | 莫佩 | 明開 2 | 謨晏 | 端去合灰蟹一 | 都隊 |
| 21193 | 15 正 | | 1017 | 韎 | 慢 | 對 | 命 | 去 | 合二 | 六一賢 | | | 明去開皆蟹二 | 莫拜 | 明開 2 | 謨晏 | 端去合灰蟹一 | 都隊 |
| 21194 | 15 正 | | 1018 | 昒 | 慢 | 對 | 命 | 去 | 合二 | 六一賢 | 曶或書作昒，去入兩讀注在彼 | 反切疑有誤 | 微入合物臻三 | 文弗 | 明開 2 | 謨晏 | 端去合灰蟹一 | 都隊 |
| 21196 | 15 正 | | 1019 | 昒 | 慢 | 對 | 命 | 去 | 合二 | 六一賢 | | | 明去開皆蟹二 | 莫拜 | 明開 2 | 謨晏 | 端去合灰蟹一 | 都隊 |
| 21198 | 15 正 | | 1020 | 顯* | 慢 | 對 | 命 | 去 | 合二 | 六一賢 | | 説文昧前也 | 明去合灰蟹一 | 莫佩 | 明開 2 | 謨晏 | 端去合灰蟹一 | 都隊 |
| 21200 | 15 正 | 185 | 1021 | 肺 | 奉 | 對 | 匪 | 去 | 合二 | 六一賢 | 胇隸作肺 | | 敷去合廢蟹三 | 芳廢 | 奉合 3 | 扶隴 | 端去合灰蟹一 | 都隊 |
| 21201 | 15 正 | | 1022 | 柿 | 奉 | 對 | 匪 | 去 | 合二 | 六一賢 | 柹隸作柿 | | 敷去合廢蟹三 | 芳廢 | 奉合 3 | 扶隴 | 端去合灰蟹一 | 都隊 |
| 21202 | 15 正 | | 1023 | 葩 | 奉 | 對 | 匪 | 去 | 合二 | 六一賢 | 黂十三部十五部兩見，或書作䕦 | 與黂異讀 | 奉去合微止三 | 扶沸 | 奉合 3 | 扶隴 | 端去合灰蟹一 | 都隊 |

| 韻字編號 | 部序 | 組數 | 字數 | 韻字及何氏反切 | | | 韻字何氏音 | | | | 何萱注釋 | 備注 | 韻字中古音 | | 上字中古音 | | 下字中古音 | |
|---|---|---|---|---|---|---|---|---|---|---|---|---|---|---|---|---|---|---|
| | | | | 韻字 | 上字 | 下字 | 聲 | 調 | 呼 | 韻部 | | | 聲調呼韻攝等 | 反切 | 聲呼等 | 反切 | 聲調呼韻攝等 | 反切 |
| 21206 | 15 正 | | 1024 | 穳 | 奉 | 對 | 匪 | 去 | 合二 | 六一賫 | 十三部平聲十五部去聲兩見 | | 奉去合微止三 | 扶沸 | 奉合 3 | 扶隴 | 端去合灰蟹一 | 都隊 |
| 21209 | 15 正 | | 1025 | **費** | 奉 | 對 | 匪 | 去 | 合二 | 六一賫 | | | 奉去合微止三 | 扶沸 | 奉合 3 | 扶隴 | 端去合灰蟹一 | 都隊 |
| 21210 | 15 正 | | 1026 | 樻 | 奉 | 對 | 匪 | 去 | 合二 | 六一賫 | | | 敷去合微止三 | 芳未 | 奉合 3 | 扶隴 | 端去合灰蟹一 | 都隊 |
| 21211 | 15 正 | | 1027 | 濻 | 奉 | 對 | 匪 | 去 | 合二 | 六一賫 | | | 非去合微止三 | 方味 | 奉合 3 | 扶隴 | 端去合灰蟹一 | 都隊 |
| 21212 | 15 正 | | 1028 | 韭 | 奉 | 對 | 匪 | 去 | 合二 | 六一賫 | | 正文增 | 奉去合微止三 | 扶沸 | 奉合 3 | 扶隴 | 端去合灰蟹一 | 都隊 |
| 21213 | 15 正 | | 1029 | 跳 | 奉 | 對 | 匪 | 去 | 合二 | 六一賫 | | | 奉去合微止三 | 扶沸 | 奉合 3 | 扶隴 | 端去合灰蟹一 | 都隊 |
| 21214 | 15 正 | | 1030 | 扉 | 奉 | 對 | 匪 | 去 | 合二 | 六一賫 | | | 奉去合微止三 | 扶沸 | 奉合 3 | 扶隴 | 端去合灰蟹一 | 都隊 |
| 21215 | 15 正 | | 1031 | 翡 | 奉 | 對 | 匪 | 去 | 合二 | 六一賫 | | | 奉去合微止三 | 扶沸 | 奉合 3 | 扶隴 | 端去合灰蟹一 | 都隊 |
| 21216 | 15 正 | | 1032 | 蠹 | 奉 | 對 | 匪 | 去 | 合二 | 六一賫 | | | 奉去合微止三 | 扶沸 | 奉合 3 | 扶隴 | 端去合灰蟹一 | 都隊 |
| 21217 | 15 正 | | 1033 | 廢 | 奉 | 對 | 匪 | 去 | 合二 | 六一賫 | | | 非去合廢蟹三 | 方肺 | 奉合 3 | 扶隴 | 端去合灰蟹一 | 都隊 |
| 21218 | 15 正 | | 1034 | 癈 | 奉 | 對 | 匪 | 去 | 合二 | 六一賫 | | | 非去合廢蟹三 | 方肺 | 奉合 3 | 扶隴 | 端去合灰蟹一 | 都隊 |
| 21219 | 15 正 | | 1035 | 䑔 | 奉 | 對 | 匪 | 去 | 合二 | 六一賫 | | | 非去合廢蟹三 | 方肺 | 奉合 3 | 扶隴 | 端去合灰蟹一 | 都隊 |
| 21220 | 15 正 | | 1036 | 吠 | 奉 | 對 | 匪 | 去 | 合二 | 六一賫 | | | 奉去合廢蟹三 | 符廢 | 奉合 3 | 扶隴 | 端去合灰蟹一 | 都隊 |
| 21221 | 15 正 | | 1037 | 䦗* | 奉 | 對 | 匪 | 去 | 合二 | 六一賫 | | | 奉去合微止三 | 父沸 | 奉合 3 | 扶隴 | 端去合灰蟹一 | 都隊 |
| 21222 | 15 正 | 186 | 1038 | 未 | 晚 | 對 | 未 | 去 | 合二 | 六一賫 | | | 微去合微止三 | 無沸 | 微合 3 | 無遠 | 端去合灰蟹一 | 都隊 |
| 21223 | 15 正 | | 1039 | **味** | 晚 | 對 | 未 | 去 | 合二 | 六一賫 | | | 微去合微止三 | 無沸 | 微合 3 | 無遠 | 端去合灰蟹一 | 都隊 |
| 21224 | 15 正 | | 1040 | 菋 | 晚 | 對 | 未 | 去 | 合二 | 六一賫 | | | 微去合微止三 | 無沸 | 微合 3 | 無遠 | 端去合灰蟹一 | 都隊 |
| 21225 | 15 正 | | 1041 | 鬠 | 晚 | 對 | 未 | 去 | 合二 | 六一賫 | | | 溪去合脂止重三 | 丘愧 | 微合 3 | 無遠 | 端去合灰蟹一 | 都隊 |
| 21226 | 15 正 | 187 | 1042 | **訖** | 竟 | 弼 | 見 | 入 | 齊 | 五七訖 | | | 見入開迄臻三 | 居乞 | 見開 3 | 居慶 | 並入開質臻重三 | 房密 |
| 21227 | 15 正 | | 1043 | 吃 | 竟 | 弼 | 見 | 入 | 齊 | 五七訖 | | | 見入開迄臻三 | 居乞 | 見開 3 | 居慶 | 並入開質臻重三 | 房密 |
| 21228 | 15 正 | 188 | 1044 | 气 g* | 儉 | 弼 | 起 | 入 | 齊 | 五七訖 | 去入兩讀 | | 溪入開迄臻三 | 欺訖 | 群開重 3 | 巨險 | 並入開質臻重三 | 房密 |
| 21229 | 15 正 | | 1045 | **乞** | 儉 | 弼 | 起 | 入 | 齊 | 五七訖 | | | 溪入開迄臻三 | 去訖 | 群開重 3 | 巨險 | 並入開質臻重三 | 房密 |
| 21230 | 15 正 | 189 | 1046 | **汔** | 向 | 弼 | 曉 | 入 | 齊 | 五七訖 | | | 曉入開迄臻三 | 許訖 | 曉開 3 | 許亮 | 並入開質臻重三 | 房密 |
| 21231 | 15 正 | | 1047 | 釳 | 向 | 弼 | 曉 | 入 | 齊 | 五七訖 | | | 曉入開迄臻三 | 許訖 | 曉開 3 | 許亮 | 並入開質臻重三 | 房密 |
| 21234 | 15 正 | 190 | 1048 | **尼 g*** | 念 | 汔 | 乃 | 入 | 齊 | 五七訖 | 平入兩讀 | | 娘入開質臻三 | 尼質 | 泥開 4 | 奴店 | 曉入開迄臻三 | 許訖 |

| 韻字編號 | 部序 | 組數 | 字數 | 韻字及何氏反切 | | | 韻字何氏音 | | | | 何萱注釋 | 備　注 | 韻字中古音 | | 上字中古音 | | 下字中古音 | |
|---|---|---|---|---|---|---|---|---|---|---|---|---|---|---|---|---|---|---|
| | | | | 韻字 | 上字 | 下字 | 聲 | 調 | 呼 | 韻部 | | | 聲調呼韻攝等 | 反切 | 聲呼等 | 反切 | 聲調呼韻攝等 | 反切 |
| 21236 | 15 正 | 191 | 1049 | 颲 | 亮 | 汔 | 賚 | 入 | 齊 | 五七訖 | | | 來入開質臻三 | 力質 | 來開 3 | 力讓 | 曉入開迄臻三 | 許訖 |
| 21237 | 15 正 | 192 | 1050 | 鴩 | 寵 | 汔 | 助 | 入 | 齊 | 五七訖 | | | 澄入開質臻三 | 直一 | 徹合 3 | 丑隴 | 曉入開迄臻三 | 許訖 |
| 21239 | 15 正 | 193 | 1051 | 仡 | 仰 | 汔 | 我 | 入 | 齊 | 五七訖 | | | 疑入開迄臻三 | 魚迄 | 疑開 3 | 魚兩 | 曉入開迄臻三 | 許訖 |
| 21240 | 15 正 | | 1052 | 趷 | 仰 | 汔 | 我 | 入 | 齊 | 五七訖 | | | 群入開迄臻三 | 其訖 | 疑開 3 | 魚兩 | 曉入開迄臻三 | 許訖 |
| 21242 | 15 正 | | 1053 | 圪 | 仰 | 汔 | 我 | 入 | 齊 | 五七訖 | | | 疑入開迄臻三 | 魚迄 | 疑開 3 | 魚兩 | 曉入開迄臻三 | 許訖 |
| 21243 | 15 正 | | 1054 | 虠* | 仰 | 汔 | 我 | 入 | 齊 | 五七訖 | | | 疑入開質臻重三 | 魚乙 | 疑開 3 | 魚兩 | 曉入開迄臻三 | 許訖 |
| 21244 | 15 正 | | 1055 | 肄 | 仰 | 汔 | 我 | 入 | 齊 | 五七訖 | 平入兩讀。未定也，說文段注。按：未衍字也。……按已上疑自即說文之肄字，非說文訓惑之疑也。疑肄字相似，學者識疑不識肄，於是經典無肄。於許書定也之上增之未字矣。肄從矢聲，疑字在古音十五部，故桑柔以與資維階為韻，鄭注禮讀如仡。若疑字古音在一部，其字從子從止從肄省，會意，非矢聲也 | 韻史矢在 15 部，疑在 1 部。何氏想說明，疑在 1 部，而肄從矢得聲，矢在 15 部，所以肄也在 15 部。此處應讀如仡，取仡廣韻音 | 疑入開迄臻三 | 魚迄 | 疑開 3 | 魚兩 | 曉入開迄臻三 | 許訖 |
| 21245 | 15 正 | 194 | 1056 | 筆 | 丙 | 汔 | 謗 | 入 | 齊 | 五七訖 | | | 幫入開質臻重三 | 鄙密 | 幫開 3 | 兵永 | 曉入開迄臻三 | 許訖 |
| 21246 | 15 正 | | 1057 | 鸏* | 丙 | 汔 | 謗 | 入 | 齊 | 五七訖 | | | 云入合物臻三 | 王勿 | 幫開 3 | 兵永 | 曉入開迄臻三 | 許訖 |
| 21247 | 15 正 | 195 | 1058 | 邲* | 品 | 汔 | 並 | 入 | 齊 | 五七訖 | | | 並入開質臻重四 | 薄必 | 滂開重 3 | 丕飲 | 曉入開迄臻三 | 許訖 |
| 21248 | 15 正 | | 1059 | 䎬 | 品 | 汔 | 並 | 入 | 齊 | 五七訖 | | | 並入開質臻重三 | 房密 | 滂開重 3 | 丕飲 | 曉入開迄臻三 | 許訖 |

| 韻字編號 | 部序 | 組數 | 字數 | 韻字及何氏反切 | | | 韻字何氏音 | | | | 何萱注釋 | 備注 | 韻字中古音 | | 上字中古音 | | 下字中古音 | |
|---|---|---|---|---|---|---|---|---|---|---|---|---|---|---|---|---|---|---|
| | | | | 韻字 | 上字 | 下字 | 聲 | 調 | 呼 | 韻部 | | | 聲調呼韻攝等 | 反切 | 聲呼等 | 反切 | 聲調呼韻攝等 | 反切 |
| 21249 | 15 正 | | 1060 | 犇* | 品 | 汔 | 並 | 入 | 齊 | 五七訖 | | | 並入開質臻重三 | 薄宓 | 滂開重 3 | 丕飲 | 曉入開迄臻三 | 許訖 |
| 21250 | 15 正 | 196 | 1061 | 訐 | 竟 | 設 | 見 | 入 | 齊二 | 五八訐 | | | 見入開月山三 | 居竭 | 見開 3 | 居慶 | 書入開薛山三 | 識列 |
| 21253 | 15 正 | | 1062 | 揭 | 竟 | 設 | 見 | 入 | 齊二 | 五八訐 | 去入兩讀注在彼 | | 見入開月山三 | 居竭 | 見開 3 | 居慶 | 書入開薛山三 | 識列 |
| 21258 | 15 正 | | 1063 | � | 竟 | 設 | 見 | 入 | 齊二 | 五八訐 | | | 見入開月山三 | 居竭 | 見開 3 | 居慶 | 書入開薛山三 | 識列 |
| 21260 | 15 正 | | 1064 | 楬 | 竟 | 設 | 見 | 入 | 齊二 | 五八訐 | | | 見入開薛山重四 | 居列 | 見開 3 | 居慶 | 書入開薛山三 | 識列 |
| 21261 | 15 正 | | 1065 | 羯 | 竟 | 設 | 見 | 入 | 齊二 | 五八訐 | | | 見入開月山三 | 居竭 | 見開 3 | 居慶 | 書入開薛山三 | 識列 |
| 21262 | 15 正 | | 1066 | 孑 | 竟 | 設 | 見 | 入 | 齊二 | 五八訐 | | | 見入開薛山重四 | 居列 | 見開 3 | 居慶 | 書入開薛山三 | 識列 |
| 21263 | 15 正 | | 1067 | 剚 | 竟 | 設 | 見 | 入 | 齊二 | 五八訐 | | | 見入開屑山四 | 古屑 | 見開 3 | 居慶 | 書入開薛山三 | 識列 |
| 21264 | 15 正 | | 1068 | 蘙 | 竟 | 設 | 見 | 入 | 齊二 | 五八訐 | | | 見入開屑山四 | 古屑 | 見開 3 | 居慶 | 書入開薛山三 | 識列 |
| 21265 | 15 正 | | 1069 | 絜 | 竟 | 設 | 見 | 入 | 齊二 | 五八訐 | | | 見入開屑山四 | 古屑 | 見開 3 | 居慶 | 書入開薛山三 | 識列 |
| 21267 | 15 正 | | 1070 | 鶪 | 竟 | 設 | 見 | 入 | 齊二 | 五八訐 | | | 見入開屑山四 | 古屑 | 見開 3 | 居慶 | 書入開薛山三 | 識列 |
| 21269 | 15 正 | 1967 | 1071 | 竭 | 儉 | 列 | 起 | 入 | 齊二 | 五八訐 | | | 群入開薛山重三 | 渠列 | 群開重 3 | 巨險 | 來入開薛山三 | 良薛 |
| 21270 | 15 正 | | 1072 | 渴 | 儉 | 列 | 起 | 入 | 齊二 | 五八訐 | | | 群入開薛山重三 | 渠列 | 群開重 3 | 巨險 | 來入開薛山三 | 良薛 |
| 21272 | 15 正 | | 1073 | 揭 | 儉 | 列 | 起 | 入 | 齊二 | 五八訐 | | | 溪入開薛山重三 | 丘竭 | 群開重 3 | 巨險 | 來入開薛山三 | 良薛 |
| 21274 | 15 正 | | 1074 | 碣 | 儉 | 列 | 起 | 入 | 齊二 | 五八訐 | | | 群入開薛山重三 | 渠列 | 群開重 3 | 巨險 | 來入開薛山三 | 良薛 |
| 21276 | 15 正 | | 1075 | 楬 | 儉 | 列 | 起 | 入 | 齊二 | 五八訐 | | | 群入開薛山重三 | 渠列 | 群開重 3 | 巨險 | 來入開薛山三 | 良薛 |
| 21277 | 15 正 | | 1076 | 藒 | 儉 | 列 | 起 | 入 | 齊二 | 五八訐 | | | 溪入開薛山重三 | 丘竭 | 群開重 3 | 巨險 | 來入開薛山三 | 良薛 |
| 21280 | 15 正 | | 1077 | 気* | 儉 | 列 | 起 | 入 | 齊二 | 五八訐 | | | 溪入開迄臻三 | 欺訖 | 群開重 3 | 巨險 | 來入開薛山三 | 良薛 |
| 21282 | 15 正 | | 1078 | 挈 | 儉 | 列 | 起 | 入 | 齊二 | 五八訐 | | | 溪入開屑山四 | 苦結 | 群開重 3 | 巨險 | 來入開薛山三 | 良薛 |
| 21284 | 15 正 | | 1079 | 栔 | 儉 | 列 | 起 | 入 | 齊二 | 五八訐 | 去入兩讀注在彼 | | 溪入開屑山四 | 苦結 | 群開重 3 | 巨險 | 來入開薛山三 | 良薛 |
| 21286 | 15 正 | | 1080 | 鍥 | 儉 | 列 | 起 | 入 | 齊二 | 五八訐 | | | 溪入開屑山四 | 苦結 | 群開重 3 | 巨險 | 來入開薛山三 | 良薛 |
| 21287 | 15 正 | | 1081 | 桀 | 儉 | 列 | 起 | 入 | 齊二 | 五八訐 | | | 群入開薛山重三 | 渠列 | 群開重 3 | 巨險 | 來入開薛山三 | 良薛 |
| 21288 | 15 正 | | 1082 | 傑 | 儉 | 列 | 起 | 入 | 齊二 | 五八訐 | | | 群入開薛山重三 | 渠列 | 群開重 3 | 巨險 | 來入開薛山三 | 良薛 |
| 21289 | 15 正 | 198 | 1083 | 謁 | 隱 | 列 | 影 | 入 | 齊二 | 五八訐 | | | 影入開月山三 | 於歇 | 影開 3 | 於謹 | 來入開薛山三 | 良薛 |
| 21290 | 15 正 | | 1084 | 堨 | 隱 | 列 | 影 | 入 | 齊二 | 五八訐 | | | 影入開曷山一 | 烏葛 | 影開 3 | 於謹 | 來入開薛山三 | 良薛 |
| 21291 | 15 正 | | 1085 | 暍 | 隱 | 列 | 影 | 入 | 齊二 | 五八訐 | | | 影入開月山三 | 於歇 | 影開 3 | 於謹 | 來入開薛山三 | 良薛 |
| 21293 | 15 正 | | 1086 | 蔼 | 隱 | 列 | 影 | 入 | 齊二 | 五八訐 | | | 影入開月山三 | 於歇 | 影開 3 | 於謹 | 來入開薛山三 | 良薛 |

| 韻字編號 | 部序 | 組數 | 字數 | 韻字及何氏反切 | | | 韻字何氏音 | | | | 何萱注釋 | 備注 | 韻字中古音 | | 上字中古音 | | 下字中古音 | |
|---|---|---|---|---|---|---|---|---|---|---|---|---|---|---|---|---|---|---|
| | | | | 韻字 | 上字 | 下字 | 聲 | 調 | 呼 | 韻部 | | | 聲調呼韻攝等 | 反切 | 聲呼等 | 反切 | 聲調呼韻攝等 | 反切 |
| 21295 | 15 正 | | 1087 | 饁 | 隱 | 列 | 影 | 入 | 齊二 | 五八訐 | | 饁廣集無。鍏集韻有見盍開，谷盍切一讀。鍏玉篇于劫切。取此音 | 云入開業咸三 | 于劫 | 影開 3 | 於謹 | 來入開薛山三 | 良薛 |
| 21297 | 15 正 | 199 | 1088 | 娎 | 向 | 列 | 曉 | 入 | 齊二 | 五八訐 | | | 曉入開薛山重三 | 許列 | 曉開 3 | 許亮 | 來入開薛山三 | 良薛 |
| 21298 | 15 正 | | 1089 | **歇** | 向 | 列 | 曉 | 入 | 齊二 | 五八訐 | | | 曉入開月山三 | 許竭 | 曉開 3 | 許亮 | 來入開薛山三 | 良薛 |
| 21299 | 15 正 | | 1090 | 猲 | 向 | 列 | 曉 | 入 | 齊二 | 五八訐 | | | 曉入開月山三 | 許竭 | 曉開 3 | 許亮 | 來入開薛山三 | 良薛 |
| 21300 | 15 正 | 200 | 1091 | **籋** | 念 | 設 | 乃 | 入 | 齊二 | 五八訐 | 十五部十六部兩見注在彼 | 原文缺 16 部 | 娘入開葉咸三 | 尼輒 | 泥開 4 | 奴店 | 書入開薛山三 | 識列 |
| 21303 | 15 正 | 201 | 1092 | 劣 | 亮 | 設 | 賚 | 入 | 齊二 | 五八訐 | 㓫隸作劣 | | 來入開薛山三 | 良薛 | 來開 3 | 力讓 | 書入開薛山三 | 識列 |
| 21304 | 15 正 | | 1093 | **列** | 亮 | 設 | 賚 | 入 | 齊二 | 五八訐 | | | 來入開薛山三 | 良薛 | 來開 3 | 力讓 | 書入開薛山三 | 識列 |
| 21305 | 15 正 | | 1094 | 迾 | 亮 | 設 | 賚 | 入 | 齊二 | 五八訐 | | | 來入開薛山三 | 良薛 | 來開 3 | 力讓 | 書入開薛山三 | 識列 |
| 21306 | 15 正 | | 1095 | 裂 | 亮 | 設 | 賚 | 入 | 齊二 | 五八訐 | | | 來入開薛山三 | 良薛 | 來開 3 | 力讓 | 書入開薛山三 | 識列 |
| 21307 | 15 正 | | 1096 | 烈 | 亮 | 設 | 賚 | 入 | 齊二 | 五八訐 | | | 來入開薛山三 | 良薛 | 來開 3 | 力讓 | 書入開薛山三 | 識列 |
| 21309 | 15 正 | | 1097 | 洌 | 亮 | 設 | 賚 | 入 | 齊二 | 五八訐 | | | 來入開薛山三 | 良薛 | 來開 3 | 力讓 | 書入開薛山三 | 識列 |
| 21310 | 15 正 | | 1098 | 冽 | 亮 | 設 | 賚 | 入 | 齊二 | 五八訐 | | | 來入開薛山三 | 良薛 | 來開 3 | 力讓 | 書入開薛山三 | 識列 |
| 21311 | 15 正 | | 1099 | 颲 | 亮 | 設 | 賚 | 入 | 齊二 | 五八訐 | | | 來入開薛山三 | 良薛 | 來開 3 | 力讓 | 書入開薛山三 | 識列 |
| 21313 | 15 正 | | 1100 | 栵 | 亮 | 設 | 賚 | 入 | 齊二 | 五八訐 | | | 來入開薛山三 | 良薛 | 來開 3 | 力讓 | 書入開薛山三 | 識列 |
| 21315 | 15 正 | | 1101 | 栵 | 亮 | 設 | 賚 | 入 | 齊二 | 五八訐 | 梨或書作栵 | | 來入開薛山三 | 良薛 | 來開 3 | 力讓 | 書入開薛山三 | 識列 |
| 21316 | 15 正 | | 1102 | 茢 | 亮 | 設 | 賚 | 入 | 齊二 | 五八訐 | | | 來入開薛山三 | 良薛 | 來開 3 | 力讓 | 書入開薛山三 | 識列 |
| 21317 | 15 正 | | 1103 | 蛚 | 亮 | 設 | 賚 | 入 | 齊二 | 五八訐 | | | 來入開薛山三 | 良薛 | 來開 3 | 力讓 | 書入開薛山三 | 識列 |
| 21318 | 15 正 | | 1104 | 甄 | 亮 | 設 | 賚 | 入 | 齊二 | 五八訐 | 十四部去聲十五部入聲兩讀注在彼 | | 來入開葉咸三 | 良涉 | 來開 3 | 力讓 | 書入開薛山三 | 識列 |
| 21320 | 15 正 | 202 | 1105 | 㪿* | 掌 | 設 | 照 | 入 | 齊二 | 五八訐 | 㪿隸作折 | | 船入開薛山三 | 食列 | 章開 3 | 諸兩 | 書入開薛山三 | 識列 |
| 21321 | 15 正 | | 1106 | 浙 | 掌 | 設 | 照 | 入 | 齊二 | 五八訐 | | | 章入開薛山三 | 旨熱 | 章開 3 | 諸兩 | 書入開薛山三 | 識列 |
| 21322 | 15 正 | | 1107 | 悊 | 掌 | 設 | 照 | 入 | 齊二 | 五八訐 | | | 知入開薛山三 | 陟列 | 章開 3 | 諸兩 | 書入開薛山三 | 識列 |

| 韻字編號 | 部序 | 組數 | 字數 | 韻字及何氏反切 | | | 韻字何氏音 | | | | 何萱注釋 | 備注 | 韻字中古音 | | 上字中古音 | | 下字中古音 | |
|---|---|---|---|---|---|---|---|---|---|---|---|---|---|---|---|---|---|---|
| | | | | 韻字 | 上字 | 下字 | 聲 | 調 | 呼 | 韻部 | | | 聲調呼韻攝等 | 反切 | 聲呼等 | 反切 | 聲調呼韻攝等 | 反切 |
| 21323 | 15 正 | | 1108 | **哲** | 掌 | 設 | 照 | 入 | 齊二 | 五八訐 | | | 知入開薛山三 | 陟列 | 章開 3 | 諸兩 | 書入開薛山三 | 識列 |
| 21325 | 15 正 | | 1109 | 晢 | 掌 | 設 | 照 | 入 | 齊二 | 五八訐 | | | 章入開薛山三 | 旨熱 | 章開 3 | 諸兩 | 書入開薛山三 | 識列 |
| 21327 | 15 正 | | 1110 | 靼 | 掌 | 設 | 照 | 入 | 齊二 | 五八訐 | | | 章入開薛山三 | 旨熱 | 章開 3 | 諸兩 | 書入開薛山三 | 識列 |
| 21329 | 15 正 | 203 | 1111 | **徹** | 寵 | 設 | 助 | 入 | 齊二 | 五八訐 | | | 徹入開薛山三 | 丑列 | 徹合 3 | 丑隴 | 書入開薛山三 | 識列 |
| 21331 | 15 正 | | 1112 | 徶* | 寵 | 設 | 助 | 入 | 齊二 | 五八訐 | 徶俗有撤 | | 徹入開薛山三 | 敕列 | 徹合 3 | 丑隴 | 書入開薛山三 | 識列 |
| 21333 | 15 正 | | 1113 | 联 | 寵 | 設 | 助 | 入 | 齊二 | 五八訐 | | | 徹入開薛山三 | 丑列 | 徹合 3 | 丑隴 | 書入開薛山三 | 識列 |
| 21334 | 15 正 | | 1114 | 屮 | 寵 | 設 | 助 | 入 | 齊二 | 五八訐 | | 正文增 | 徹入開薛山三 | 丑列 | 徹合 3 | 丑隴 | 書入開薛山三 | 識列 |
| 21336 | 15 正 | | 1115 | 舌 | 寵 | 設 | 助 | 入 | 齊二 | 五八訐 | | | 船入開薛山三 | 食列 | 徹合 3 | 丑隴 | 書入開薛山三 | 識列 |
| 21337 | 15 正 | 204 | 1116 | **熱** | 攘 | 列 | 耳 | 入 | 齊二 | 五八訐 | | 爇熱 | 日入開薛山三 | 如列 | 日開 3 | 人漾 | 來入開薛山三 | 良薛 |
| 21338 | 15 正 | 205 | 1117 | **設** | 哂 | 列 | 審 | 入 | 齊二 | 五八訐 | | 下字原為例，疑誤，改為列 | 書入開薛山三 | 識列 | 書開 3 | 式忍 | 來入開薛山三 | 良薛 |
| 21339 | 15 正 | | 1118 | 蔎 | 哂 | 列 | 審 | 入 | 齊二 | 五八訐 | | 下字原為例，疑誤，改為列 | 書入開薛山三 | 識列 | 書開 3 | 式忍 | 來入開薛山三 | 良薛 |
| 21340 | 15 正 | | 1119 | 揲 | 哂 | 列 | 審 | 入 | 齊二 | 五八訐 | | 下字原為例，疑誤，改為列，玉篇丈甲切又時列切 | 船入開薛山三 | 食列 | 書開 3 | 式忍 | 來入開薛山三 | 良薛 |
| 21343 | 15 正 | 206 | 1120 | 楶* | 甑 | 列 | 井 | 入 | 齊二 | 五八訐 | | | 精入開屑山四 | 子結 | 精開 3 | 子孕 | 來入開薛山三 | 良薛 |
| 21344 | 15 正 | | 1121 | **尐** | 甑 | 列 | 井 | 入 | 齊二 | 五八訐 | | | 精入開薛山三 | 姊列 | 精開 3 | 子孕 | 來入開薛山三 | 良薛 |
| 21346 | 15 正 | | 1122 | 鬛 | 甑 | 列 | 井 | 入 | 齊二 | 五八訐 | | | 精入開薛山三 | 姊列 | 精開 3 | 子孕 | 來入開薛山三 | 良薛 |
| 21347 | 15 正 | | 1123 | 鷩 | 甑 | 列 | 井 | 入 | 齊二 | 五八訐 | | 字頭作鸖，查廣集，玉沒查到。但廣集均有鸖字，釋義與韻史同。此處取鸖廣韻音 | 精入開薛山三 | 姊列 | 精開 3 | 子孕 | 來入開薛山三 | 良薛 |
| 21348 | 15 正 | | 1124 | 鬣 | 甑 | 列 | 井 | 入 | 齊二 | 五八訐 | | | 精入開薛山三 | 姊列 | 精開 3 | 子孕 | 來入開薛山三 | 良薛 |
| 21349 | 15 正 | | 1125 | 蠽 g* | 甑 | 列 | 井 | 入 | 齊二 | 五八訐 | | | 從入開屑山四 | 昨結 | 精開 3 | 子孕 | 來入開薛山三 | 良薛 |

| 韻字編號 | 部序 | 組數 | 字數 | 韻字及何氏反切 | | | 韻字何氏音 | | | | 何萱注釋 | 備注 | 韻字中古音 | | 上字中古音 | | 下字中古音 | |
|---|---|---|---|---|---|---|---|---|---|---|---|---|---|---|---|---|---|---|
| | | | | 韻字 | 上字 | 下字 | 聲 | 調 | 呼 | 韻部 | | | 聲調呼韻攝等 | 反切 | 聲呼等 | 反切 | 聲調呼韻攝等 | 反切 |
| 21350 | 15 正 | 207 | 1126 | 截 | 淺 | 設 | 淨 | 入 | 齊二 | 五八計 | | | 從入開屑山四 | 昨結 | 清開 3 | 七演 | 書入開薛山三 | 識列 |
| 21351 | 15 正 | | 1127 | 竊 | 淺 | 設 | 淨 | 入 | 齊二 | 五八計 | | | 清入開屑山四 | 千結 | 清開 3 | 七演 | 書入開薛山三 | 識列 |
| 21352 | 15 正 | 208 | 1128 | 臬 | 仰 | 列 | 我 | 入 | 齊二 | 五八計 | | | 疑入開屑山四 | 五結 | 疑開 3 | 魚兩 | 來入開薛山三 | 良薛 |
| 21354 | 15 正 | | 1129 | 闑 | 仰 | 列 | 我 | 入 | 齊二 | 五八計 | | | 疑入開薛山重三 | 魚列 | 疑開 3 | 魚兩 | 來入開薛山三 | 良薛 |
| 21355 | 15 正 | | 1130 | 甈 g* | 仰 | 列 | 我 | 入 | 齊二 | 五八計 | | | 疑入開薛山重三 | 魚列 | 疑開 3 | 魚兩 | 來入開薛山三 | 良薛 |
| 21357 | 15 正 | | 1131 | 嵲 | 仰 | 列 | 我 | 入 | 齊二 | 五八計 | 嵲或作嵲 | | 疑入開屑山四 | 五結 | 疑開 3 | 魚兩 | 來入開薛山三 | 良薛 |
| 21358 | 15 正 | | 1132 | 孼 | 仰 | 列 | 我 | 入 | 齊二 | 五八計 | | | 疑入開薛山重三 | 魚列 | 疑開 3 | 魚兩 | 來入開薛山三 | 良薛 |
| 21359 | 15 正 | | 1133 | 糱 | 仰 | 列 | 我 | 入 | 齊二 | 五八計 | | | 疑入開薛山重三 | 魚列 | 疑開 3 | 魚兩 | 來入開薛山三 | 良薛 |
| 21360 | 15 正 | | 1134 | 鸑* | 仰 | 列 | 我 | 入 | 齊二 | 五八計 | 鸑或書作鸑 | | 疑入開鎋山二 | 牛轄 | 疑開 3 | 魚兩 | 來入開薛山三 | 良薛 |
| 21361 | 15 正 | | 1135 | 蠥 | 仰 | 列 | 我 | 入 | 齊二 | 五八計 | | | 疑入開薛山重三 | 魚列 | 疑開 3 | 魚兩 | 來入開薛山三 | 良薛 |
| 21362 | 15 正 | | 1136 | 齧 | 仰 | 列 | 我 | 入 | 齊二 | 五八計 | | | 疑入開屑山四 | 五結 | 疑開 3 | 魚兩 | 來入開薛山三 | 良薛 |
| 21363 | 15 正 | | 1137 | 讞 | 仰 | 列 | 我 | 入 | 齊二 | 五八計 | | | 疑入開薛山重三 | 魚列 | 疑開 3 | 魚兩 | 來入開薛山三 | 良薛 |
| 21364 | 15 正 | | 1138 | 隉 | 仰 | 列 | 我 | 入 | 齊二 | 五八計 | | | 疑入開屑山四 | 五結 | 疑開 3 | 魚兩 | 來入開薛山三 | 良薛 |
| 21365 | 15 正 | | 1139 | 頪 | 仰 | 列 | 我 | 入 | 齊二 | 五八計 | 去入兩讀注在彼 | 玉篇力外切 | 來上合灰蟹一 | 落猥 | 疑開 3 | 魚兩 | 來入開薛山三 | 良薛 |
| 21368 | 15 正 | 209 | 1140 | 辥* | 想 | 列 | 信 | 入 | 齊二 | 五八計 | 辠也。說文段注此字古書內罕見 | 字頭原作薛，據釋義來看是集韻中的辥字。但辥在韻史他處另見。很可能集韻中的字形有誤。我們不做異讀處理 | 心入開薛山三 | 私列 | 心開 3 | 息兩 | 來入開薛山三 | 良薛 |
| 21369 | 15 正 | | 1141 | 薛 | 想 | 列 | 信 | 入 | 齊二 | 五八計 | | | 心入開薛山三 | 私列 | 心開 3 | 息兩 | 來入開薛山三 | 良薛 |
| 21371 | 15 正 | | 1142 | 躠 | 想 | 列 | 信 | 入 | 齊二 | 五八計 | | | 心入開薛山三 | 私列 | 心開 3 | 息兩 | 來入開薛山三 | 良薛 |
| 21372 | 15 正 | | 1143 | 朁 | 想 | 列 | 信 | 入 | 齊二 | 五八計 | | | 心入開薛山三 | 私列 | 心開 3 | 息兩 | 來入開薛山三 | 良薛 |
| 21373 | 15 正 | | 1144 | 褻 | 想 | 列 | 信 | 入 | 齊二 | 五八計 | | | 心入開薛山三 | 私列 | 心開 3 | 息兩 | 來入開薛山三 | 良薛 |
| 21374 | 15 正 | | 1145 | 紲 | 想 | 列 | 信 | 入 | 齊二 | 五八計 | | | 心入開薛山三 | 私列 | 心開 3 | 息兩 | 來入開薛山三 | 良薛 |
| 21375 | 15 正 | | 1146 | 媟 | 想 | 列 | 信 | 入 | 齊二 | 五八計 | | | 心入開薛山三 | 私列 | 心開 3 | 息兩 | 來入開薛山三 | 良薛 |
| 21376 | 15 正 | | 1147 | 渫 | 想 | 列 | 信 | 入 | 齊二 | 五八計 | | | 心入開薛山三 | 私列 | 心開 3 | 息兩 | 來入開薛山三 | 良薛 |

| 韻字編號 | 部序 | 組數 | 字數 | 韻字及何氏反切 | | | 韻字何氏音 | | | | 何萱注釋 | 備　注 | 韻字中古音 | | 上字中古音 | | 下字中古音 | |
|---|---|---|---|---|---|---|---|---|---|---|---|---|---|---|---|---|---|---|
| | | | | 韻字 | 上字 | 下字 | 聲 | 調 | 呼 | 韻部 | | | 聲調呼韻攝等 | 反切 | 聲呼等 | 反切 | 聲調呼韻攝等 | 反切 |
| 21378 | 15 正 | | 1148 | 絏* | 想 | 列 | 信 | 入 | 齊二 | 五八訐 | | | 心入開薛山三 | 私列 | 心開 3 | 息兩 | 來入開薛山三 | 良薛 |
| 21380 | 15 正 | | 1149 | 齛* | 想 | 列 | 信 | 入 | 齊二 | 五八訐 | | | 心入開薛山三 | 私列 | 心開 3 | 息兩 | 來入開薛山三 | 良薛 |
| 21381 | 15 正 | | 1150 | 卨 | 想 | 列 | 信 | 入 | 齊二 | 五八訐 | | | 心入開薛山三 | 私列 | 心開 3 | 息兩 | 來入開薛山三 | 良薛 |
| 21382 | 15 正 | | 1151 | 偰 | 想 | 列 | 信 | 入 | 齊二 | 五八訐 | | | 心入開屑山四 | 先結 | 心開 3 | 息兩 | 來入開薛山三 | 良薛 |
| 21383 | 15 正 | | 1152 | 楔 | 想 | 列 | 信 | 入 | 齊二 | 五八訐 | | | 心入開屑山四 | 先結 | 心開 3 | 息兩 | 來入開薛山三 | 良薛 |
| 21385 | 15 正 | 210 | 1153 | 別 | 丙 | 設 | 謗 | 入 | 齊二 | 五八訐 | 冎隸作別 | | 幫入開薛山重三 | 方別 | 幫開 3 | 兵永 | 書入開薛山三 | 識列 |
| 21386 | 15 正 | | 1154 | 冎* | 丙 | 設 | 謗 | 入 | 齊二 | 五八訐 | 冎隸作別 | | 見上合麻假二 | 古瓦 | 幫開 3 | 兵永 | 書入開薛山三 | 識列 |
| 21387 | 15 正 | | 1155 | 粦 | 丙 | 設 | 謗 | 入 | 齊二 | 五八訐 | | | 幫入開屑山四 | 方結 | 幫開 3 | 兵永 | 書入開薛山三 | 識列 |
| 21390 | 15 正 | | 1156 | 鷩 | 丙 | 設 | 謗 | 入 | 齊二 | 五八訐 | | | 幫入開薛山重四 | 并列 | 幫開 3 | 兵永 | 書入開薛山三 | 識列 |
| 21391 | 15 正 | | 1157 | 鱉 | 丙 | 設 | 謗 | 入 | 齊二 | 五八訐 | 鼈俗有鱉 | | 幫入開薛山重四 | 并列 | 幫開 3 | 兵永 | 書入開薛山三 | 識列 |
| 21392 | 15 正 | 211 | 1158 | 丿 | 品 | 列 | 並 | 入 | 齊二 | 五八訐 | | | 滂入開屑山四 | 普蔑 | 滂開重 3 | 丕飲 | 來入開薛山三 | 良薛 |
| 21393 | 15 正 | | 1159 | 撆 | 品 | 列 | 並 | 入 | 齊二 | 五八訐 | | | 滂入開屑山四 | 普蔑 | 滂開重 3 | 丕飲 | 來入開薛山三 | 良薛 |
| 21395 | 15 正 | | 1160 | 瞥 | 品 | 列 | 並 | 入 | 齊二 | 五八訐 | | | 滂入開薛山重四 | 芳滅 | 滂開重 3 | 丕飲 | 來入開薛山三 | 良薛 |
| 21396 | 15 正 | | 1161 | 嫳 | 品 | 列 | 並 | 入 | 齊二 | 五八訐 | | | 滂入開屑山四 | 普蔑 | 滂開重 3 | 丕飲 | 來入開薛山三 | 良薛 |
| 21397 | 15 正 | | 1162 | 蹩 | 品 | 列 | 並 | 入 | 齊二 | 五八訐 | | | 並入開屑山四 | 蒲結 | 滂開重 3 | 丕飲 | 來入開薛山三 | 良薛 |
| 21398 | 15 正 | | 1163 | 彆 | 品 | 列 | 並 | 入 | 齊二 | 五八訐 | | | 幫去開祭蟹重四 | 必袂 | 滂開重 3 | 丕飲 | 來入開薛山三 | 良薛 |
| 21399 | 15 正 | | 1164 | 鐅 | 品 | 列 | 並 | 入 | 齊二 | 五八訐 | | | 滂入開屑山四 | 普蔑 | 滂開重 3 | 丕飲 | 來入開薛山三 | 良薛 |
| 21403 | 15 正 | 212 | 1165 | 苜 g* | 面 | 設 | 命 | 入 | 齊二 | 五八訐 | | | 明入開屑山四 | 莫結 | 明開重 4 | 彌箭 | 書入開薛山三 | 識列 |
| 21405 | 15 正 | | 1166 | 蔑 | 面 | 設 | 命 | 入 | 齊二 | 五八訐 | | | 明入開屑山四 | 莫結 | 明開重 4 | 彌箭 | 書入開薛山三 | 識列 |
| 21406 | 15 正 | | 1167 | 瞜* | 面 | 設 | 命 | 入 | 齊二 | 五八訐 | 蔑或作瞜瞢 | | 明入開屑山四 | 莫結 | 明開重 4 | 彌箭 | 書入開薛山三 | 識列 |
| 21407 | 15 正 | | 1168 | 懱 | 面 | 設 | 命 | 入 | 齊二 | 五八訐 | | | 明入開屑山四 | 莫結 | 明開重 4 | 彌箭 | 書入開薛山三 | 識列 |
| 21408 | 15 正 | | 1169 | 巆 | 面 | 設 | 命 | 入 | 齊二 | 五八訐 | | | 明入開屑山四 | 莫結 | 明開重 4 | 彌箭 | 書入開薛山三 | 識列 |
| 21409 | 15 正 | | 1170 | 幭 | 面 | 設 | 命 | 入 | 齊二 | 五八訐 | | | 明入開屑山四 | 莫結 | 明開重 4 | 彌箭 | 書入開薛山三 | 識列 |
| 21410 | 15 正 | | 1171 | 穖 | 面 | 設 | 命 | 入 | 齊二 | 五八訐 | | | 明入開屑山四 | 莫結 | 明開重 4 | 彌箭 | 書入開薛山三 | 識列 |
| 21411 | 15 正 | | 1172 | 韈 | 面 | 設 | 命 | 入 | 齊二 | 五八訐 | 𦇧絉或 | | 明入開屑山四 | 莫結 | 明開重 4 | 彌箭 | 書入開薛山三 | 識列 |
| 21412 | 15 正 | | 1173 | 滅 | 面 | 設 | 命 | 入 | 齊二 | 五八訐 | | | 明入開薛山重四 | 亡列 | 明開重 4 | 彌箭 | 書入開薛山三 | 識列 |
| 21413 | 15 正 | | 1174 | 搣 | 面 | 設 | 命 | 入 | 齊二 | 五八訐 | | | 明入開薛山重四 | 亡列 | 明開重 4 | 彌箭 | 書入開薛山三 | 識列 |

| 韻字編號 | 部序 | 組數 | 字數 | 韻字及何氏反切 | | | 韻字何氏音 | | | | 何萱注釋 | 備　注 | 韻字中古音 | | 上字中古音 | | 下字中古音 | |
|---|---|---|---|---|---|---|---|---|---|---|---|---|---|---|---|---|---|---|
| | | | | 韻字 | 上字 | 下字 | 聲 | 調 | 呼 | 韻部 | | | 聲調呼韻攝等 | 反切 | 聲呼等 | 反切 | 聲調呼韻攝等 | 反切 |
| 21414 | 15 正 | 213 | 1175 | 戛 | 竟 | 察 | 見 | 入 | 齊三 | 五九戛 | | | 見入開黠山二 | 古黠 | 見開 3 | 居慶 | 初入開黠山二 | 初八 |
| 21415 | 15 正 | | 1176 | 扴 | 竟 | 察 | 見 | 入 | 齊三 | 五九戛 | | | 見入開黠山二 | 古黠 | 見開 3 | 居慶 | 初入開黠山二 | 初八 |
| 21416 | 15 正 | | 1177 | 契 | 竟 | 察 | 見 | 入 | 齊三 | 五九戛 | | | 見入開黠山二 | 古黠 | 見開 3 | 居慶 | 初入開黠山二 | 初八 |
| 21417 | 15 正 | | 1178 | 秸 | 竟 | 察 | 見 | 入 | 齊三 | 五九戛 | | | 見入開黠山二 | 古黠 | 見開 3 | 居慶 | 初入開黠山二 | 初八 |
| 21418 | 15 正 | 214 | 1179 | 扨* | 儉 | 戛 | 起 | 入 | 齊三 | 五九戛 | | | 溪入開黠山二 | 丘八 | 群開重 3 | 巨險 | 見入開黠山二 | 吉黠 |
| 21419 | 15 正 | | 1180 | 擖 | 儉 | 戛 | 起 | 入 | 齊三 | 五九戛 | | | 溪入開黠山二 | 恪八 | 群開重 3 | 巨險 | 見入開黠山二 | 吉黠 |
| 21421 | 15 正 | 215 | 1181 | 乙* | 隱 | 察 | 影 | 入 | 齊三 | 五九戛 | | | 影入開黠山二 | 乙黠 | 影開 3 | 於謹 | 初入開黠山二 | 初八 |
| 21422 | 15 正 | | 1182 | 閪 | 隱 | 察 | 影 | 入 | 齊三 | 五九戛 | | | 影入開鎋山二 | 乙鎋 | 影開 3 | 於謹 | 初入開黠山二 | 初八 |
| 21424 | 15 正 | 216 | 1183 | 䶎* | 向 | 戛 | 曉 | 入 | 齊三 | 五九戛 | | | 匣入開黠山二 | 戶八 | 曉開 3 | 許亮 | 見入開黠山二 | 吉黠 |
| 21426 | 15 正 | 217 | 1184 | 齺* | 掌 | 戛 | 照 | 入 | 齊三 | 五九戛 | | | 莊入開黠山二 | 側八 | 章開 3 | 諸兩 | 見入開黠山二 | 吉黠 |
| 21427 | 15 正 | 218 | 1185 | 詧 | 寵 | 戛 | 助 | 入 | 齊三 | 五九戛 | | | 初入開黠山二 | 初八 | 徹合 3 | 丑隴 | 見入開黠山二 | 吉黠 |
| 21429 | 15 正 | | 1186 | 察 | 寵 | 戛 | 助 | 入 | 齊三 | 五九戛 | | | 初入開黠山二 | 初八 | 徹合 3 | 丑隴 | 見入開黠山二 | 吉黠 |
| 21431 | 15 正 | 219 | 1187 | 殺 | 哂 | 戛 | 審 | 入 | 齊三 | 五九戛 | 去入兩讀義分 | | 生入開黠山二 | 所八 | 書開 3 | 式忍 | 見入開黠山二 | 吉黠 |
| 21434 | 15 正 | | 1188 | 鎩 | 哂 | 戛 | 審 | 入 | 齊三 | 五九戛 | 去入兩讀注在彼 | | 生入開黠山二 | 所八 | 書開 3 | 式忍 | 見入開黠山二 | 吉黠 |
| 21435 | 15 正 | | 1189 | 榝 | 哂 | 戛 | 審 | 入 | 齊三 | 五九戛 | | | 生入開黠山二 | 所八 | 書開 3 | 式忍 | 見入開黠山二 | 吉黠 |
| 21439 | 15 正 | | 1190 | 泧 | 哂 | 戛 | 審 | 入 | 齊三 | 五九戛 | | 泧泧泧戉 | 曉入合末山一 | 呼括 | 書開 3 | 式忍 | 見入開黠山二 | 吉黠 |
| 21443 | 15 正 | | 1191 | 帴 | 哂 | 戛 | 審 | 入 | 齊三 | 五九戛 | 十四部上聲十五部入聲兩見 | | 生入開黠山二 | 所八 | 書開 3 | 式忍 | 見入開黠山二 | 吉黠 |
| 21446 | 15 正 | 220 | 1192 | 剧 | 舉 | 物 | 見 | 入 | 撮 | 六十剧 | | | 見入合物臻三 | 九物 | 見合 3 | 居許 | 微入合物臻三 | 文弗 |
| 21447 | 15 正 | | 1193 | 鷗 | 舉 | 物 | 見 | 入 | 撮 | 六十剧 | | | 見入合物臻三 | 九物 | 見合 3 | 居許 | 微入合物臻三 | 文弗 |
| 21448 | 15 正 | 221 | 1194 | 屈 | 去 | 物 | 起 | 入 | 撮 | 六十剧 | | | 群入合物臻三 | 衢物 | 溪合 3 | 丘倨 | 微入合物臻三 | 文弗 |
| 21449 | 15 正 | | 1195 | 詘 | 去 | 物 | 起 | 入 | 撮 | 六十剧 | | | 溪入合物臻三 | 區勿 | 溪合 3 | 丘倨 | 微入合物臻三 | 文弗 |
| 21450 | 15 正 | | 1196 | 崛 | 去 | 物 | 起 | 入 | 撮 | 六十剧 | | | 群入合物臻三 | 衢物 | 溪合 3 | 丘倨 | 微入合物臻三 | 文弗 |
| 21451 | 15 正 | | 1197 | 掘 | 去 | 物 | 起 | 入 | 撮 | 六十剧 | | | 群入合物臻三 | 衢物 | 溪合 3 | 丘倨 | 微入合物臻三 | 文弗 |
| 21453 | 15 正 | | 1198 | 菧 | 去 | 物 | 起 | 入 | 撮 | 六十剧 | | | 見入合沒臻一 | 古忽 | 溪合 3 | 丘倨 | 微入合物臻三 | 文弗 |
| 21454 | 15 正 | | 1199 | 趉 | 去 | 物 | 起 | 入 | 撮 | 六十剧 | | | 見入合物臻三 | 九物 | 溪合 3 | 丘倨 | 微入合物臻三 | 文弗 |
| 21455 | 15 正 | | 1200 | 蚍 | 去 | 物 | 起 | 入 | 撮 | 六十剧 | | | 章入合薛山三 | 職悅 | 溪合 3 | 丘倨 | 微入合物臻三 | 文弗 |

| 韻字編號 | 部序 | 組數 | 字數 | 韻字及何氏反切 | | | 韻字何氏音 | | | | 何萱注釋 | 備　注 | 韻字中古音 | | 上字中古音 | | 下字中古音 | |
|---|---|---|---|---|---|---|---|---|---|---|---|---|---|---|---|---|---|---|
| | | | | 韻字 | 上字 | 下字 | 聲 | 調 | 呼 | 韻部 | | | 聲調呼韻攝等 | 反切 | 聲呼等 | 反切 | 聲調呼韻攝等 | 反切 |
| 21456 | 15 正 | 222 | 1201 | 鬱 | 羽 | 物 | 影 | 入 | 撮 | 六十副 | | | 影入合物臻三 | 紆物 | 云合 3 | 王矩 | 微入合物臻三 | 文弗 |
| 21457 | 15 正 | | 1202 | **鬱** | 羽 | 物 | 影 | 入 | 撮 | 六十副 | | | 影入合物臻三 | 紆物 | 云合 3 | 王矩 | 微入合物臻三 | 文弗 |
| 21458 | 15 正 | 223 | 1203 | **弗** | 甫 | 物 | 匪 | 入 | 撮 | 六十副 | | | 非入合物臻三 | 分勿 | 非合 3 | 方矩 | 微入合物臻三 | 文弗 |
| 21459 | 15 正 | | 1204 | 拂 | 甫 | 物 | 匪 | 入 | 撮 | 六十副 | | | 敷入合物臻三 | 敷勿 | 非合 3 | 方矩 | 微入合物臻三 | 文弗 |
| 21460 | 15 正 | | 1205 | 刜 | 甫 | 物 | 匪 | 入 | 撮 | 六十副 | | | 奉入合物臻三 | 符弗 | 非合 3 | 方矩 | 微入合物臻三 | 文弗 |
| 21462 | 15 正 | | 1206 | 怫 | 甫 | 物 | 匪 | 入 | 撮 | 六十副 | | | 奉入合物臻三 | 符弗 | 非合 3 | 方矩 | 微入合物臻三 | 文弗 |
| 21464 | 15 正 | | 1207 | 髴 | 甫 | 物 | 匪 | 入 | 撮 | 六十副 | | | 非入合物臻三 | 分勿 | 非合 3 | 方矩 | 微入合物臻三 | 文弗 |
| 21466 | 15 正 | | 1208 | 佛 | 甫 | 物 | 匪 | 入 | 撮 | 六十副 | | | 奉入合物臻三 | 符弗 | 非合 3 | 方矩 | 微入合物臻三 | 文弗 |
| 21467 | 15 正 | | 1209 | 咈 | 甫 | 物 | 匪 | 入 | 撮 | 六十副 | | | 奉入合物臻三 | 符弗 | 非合 3 | 方矩 | 微入合物臻三 | 文弗 |
| 21468 | 15 正 | | 1210 | 跸 | 甫 | 物 | 匪 | 入 | 撮 | 六十副 | | | 敷入合物臻三 | 敷勿 | 非合 3 | 方矩 | 微入合物臻三 | 文弗 |
| 21470 | 15 正 | | 1211 | 趫* | 甫 | 物 | 匪 | 入 | 撮 | 六十副 | | | 敷入合物臻三 | 敷勿 | 非合 3 | 方矩 | 微入合物臻三 | 文弗 |
| 21473 | 15 正 | | 1212 | 茀 | 甫 | 物 | 匪 | 入 | 撮 | 六十副 | | | 奉入合物臻三 | 弗物 | 非合 3 | 方矩 | 微入合物臻三 | 文弗 |
| 21474 | 15 正 | | 1213 | 綍 | 甫 | 物 | 匪 | 入 | 撮 | 六十副 | | | 非入合物臻三 | 分勿 | 非合 3 | 方矩 | 微入合物臻三 | 文弗 |
| 21475 | 15 正 | | 1214 | 茀 | 甫 | 物 | 匪 | 入 | 撮 | 六十副 | | | 敷入合物臻三 | 敷勿 | 非合 3 | 方矩 | 微入合物臻三 | 文弗 |
| 21476 | 15 正 | | 1215 | 栜 | 甫 | 物 | 匪 | 入 | 撮 | 六十副 | | | 非入合物臻三 | 分勿 | 非合 3 | 方矩 | 微入合物臻三 | 文弗 |
| 21477 | 15 正 | | 1216 | 沸 | 甫 | 物 | 匪 | 入 | 撮 | 六十副 | | | 非去合微止三 | 方味 | 非合 3 | 方矩 | 微入合物臻三 | 文弗 |
| 21478 | 15 正 | | 1217 | 炥 | 甫 | 物 | 匪 | 入 | 撮 | 六十副 | | | 奉入合物臻三 | 符弗 | 非合 3 | 方矩 | 微入合物臻三 | 文弗 |
| 21479 | 15 正 | | 1218 | 鬚* | 甫 | 物 | 匪 | 入 | 撮 | 六十副 | | | 非入合物臻三 | 分物 | 非合 3 | 方矩 | 微入合物臻三 | 文弗 |
| 21481 | 15 正 | | 1219 | ㇏ | 甫 | 物 | 匪 | 入 | 撮 | 六十副 | | | 敷入合物臻三 | 敷勿 | 非合 3 | 方矩 | 微入合物臻三 | 文弗 |
| 21483 | 15 正 | | 1220 | 韍 | 甫 | 物 | 匪 | 入 | 撮 | 六十副 | | | 非入合物臻三 | 分勿 | 非合 3 | 方矩 | 微入合物臻三 | 文弗 |
| 21484 | 15 正 | | 1221 | 黻 | 甫 | 物 | 匪 | 入 | 撮 | 六十副 | | | 非入合物臻三 | 分勿 | 非合 3 | 方矩 | 微入合物臻三 | 文弗 |
| 21485 | 15 正 | | 1222 | 翇 | 甫 | 物 | 匪 | 入 | 撮 | 六十副 | | | 非入合物臻三 | 分勿 | 非合 3 | 方矩 | 微入合物臻三 | 文弗 |
| 21486 | 15 正 | | 1223 | 泼 | 甫 | 物 | 匪 | 入 | 撮 | 六十副 | | | 非入合物臻三 | 分勿 | 非合 3 | 方矩 | 微入合物臻三 | 文弗 |
| 21489 | 15 正 | | 1224 | 祓 | 甫 | 物 | 匪 | 入 | 撮 | 六十副 | | | 敷入合物臻三 | 敷勿 | 非合 3 | 方矩 | 微入合物臻三 | 文弗 |
| 21490 | 15 正 | 224 | 1225 | 勿 | 問 | 弗 | 未 | 入 | 撮 | 六十副 | | | 微入合物臻三 | 文弗 | 微合 3 | 亡運 | 非入合物臻三 | 分勿 |
| 21491 | 15 正 | | 1226 | **物** | 問 | 弗 | 未 | 入 | 撮 | 六十副 | | | 微入合物臻三 | 文弗 | 微合 3 | 亡運 | 非入合物臻三 | 分勿 |
| 21492 | 15 正 | | 1227 | 芴 | 問 | 弗 | 未 | 入 | 撮 | 六十副 | | | 微入合物臻三 | 文弗 | 微合 3 | 亡運 | 非入合物臻三 | 分勿 |

| 韻字編號 | 部序 | 組數 | 字數 | 韻字及何氏反切 | | | 韻字何氏音 | | | | 何萱注釋 | 備　注 | 韻字中古音 | | 上字中古音 | | 下字中古音 | |
|---|---|---|---|---|---|---|---|---|---|---|---|---|---|---|---|---|---|---|
| | | | | 韻字 | 上字 | 下字 | 聲 | 調 | 呼 | 韻部 | | | 聲調呼韻攝等 | 反切 | 聲呼等 | 反切 | 聲調呼韻攝等 | 反切 |
| 21493 | 15 正 | 225 | 1228 | **橘** | 舉 | 律 | 見 | 入 | 撮二 | 六一橘 | | | 見入合術臻重四 | 居聿 | 見合 3 | 居許 | 來入合術臻三 | 呂邮 |
| 21494 | 15 正 | | 1229 | 醑 | 舉 | 律 | 見 | 入 | 撮二 | 六一橘 | | | 見入合術臻重四 | 居聿 | 見合 3 | 居許 | 來入合術臻三 | 呂邮 |
| 21495 | 15 正 | | 1230 | 憰 | 舉 | 律 | 見 | 入 | 撮二 | 六一橘 | | | 見入合屑山四 | 古穴 | 見合 3 | 居許 | 來入合術臻三 | 呂邮 |
| 21496 | 15 正 | | 1231 | 譎 | 舉 | 律 | 見 | 入 | 撮二 | 六一橘 | | | 見入合屑山四 | 古穴 | 見合 3 | 居許 | 來入合術臻三 | 呂邮 |
| 21498 | 15 正 | | 1232 | 潏 | 舉 | 律 | 見 | 入 | 撮二 | 六一橘 | | | 見入合屑山四 | 古穴 | 見合 3 | 居許 | 來入合術臻三 | 呂邮 |
| 21499 | 15 正 | | 1233 | 鱊 | 舉 | 律 | 見 | 入 | 撮二 | 六一橘 | | | 見入合屑山四 | 古穴 | 見合 3 | 居許 | 來入合術臻三 | 呂邮 |
| 21500 | 15 正 | | 1234 | 趫 | 舉 | 律 | 見 | 入 | 撮二 | 六一橘 | 十四走部去聲十五部入聲兩讀 | | 見入合術臻重四 | 居聿 | 見合 3 | 居許 | 來入合術臻三 | 呂邮 |
| 21503 | 15 正 | 226 | 1235 | 矞 | 羽 | 橘 | 影 | 入 | 撮二 | 六一橘 | | | 以入合術臻三 | 餘律 | 云合 3 | 王矩 | 見入合術臻重四 | 居聿 |
| 21505 | 15 正 | | 1236 | 繘 | 羽 | 橘 | 影 | 入 | 撮二 | 六一橘 | | | 以入合術臻三 | 餘律 | 云合 3 | 王矩 | 見入合術臻重四 | 居聿 |
| 21506 | 15 正 | | 1237 | 鷸 | 羽 | 橘 | 影 | 入 | 撮二 | 六一橘 | | | 以入合術臻三 | 餘律 | 云合 3 | 王矩 | 見入合術臻重四 | 居聿 |
| 21508 | 15 正 | | 1238 | 蟠 | 羽 | 橘 | 影 | 入 | 撮二 | 六一橘 | | | 以入合術臻三 | 餘律 | 云合 3 | 王矩 | 見入合術臻重四 | 居聿 |
| 21510 | 15 正 | | 1239 | 噊 | 羽 | 橘 | 影 | 入 | 撮二 | 六一橘 | | | 以入合術臻三 | 餘律 | 云合 3 | 王矩 | 見入合術臻重四 | 居聿 |
| 21511 | 15 正 | | 1240 | 趫 | 羽 | 橘 | 影 | 入 | 撮二 | 六一橘 | | | 見入合術臻重四 | 居聿 | 云合 3 | 王矩 | 見入合術臻重四 | 居聿 |
| 21512 | 15 正 | | 1241 | 遹 | 羽 | 橘 | 影 | 入 | 撮二 | 六一橘 | | | 以入合術臻三 | 餘律 | 云合 3 | 王矩 | 見入合術臻重四 | 居聿 |
| 21513 | 15 正 | | 1242 | 聿 | 羽 | 橘 | 影 | 入 | 撮二 | 六一橘 | | | 以入合術臻三 | 餘律 | 云合 3 | 王矩 | 見入合術臻重四 | 居聿 |
| 21515 | 15 正 | | 1243 | **吹** | 羽 | 橘 | 影 | 入 | 撮二 | 六一橘 | | | 以入合術臻三 | 餘律 | 云合 3 | 王矩 | 見入合術臻重四 | 居聿 |
| 21516 | 15 正 | | 1244 | 肙 | 羽 | 橘 | 影 | 入 | 撮二 | 六一橘 | 昮或書作肙 | | 云入合術臻三 | 于筆 | 云合 3 | 王矩 | 見入合術臻重四 | 居聿 |
| 21517 | 15 正 | | 1245 | 昮* | 羽 | 橘 | 影 | 入 | 撮二 | 六一橘 | 昮或書作肙 | | 匣上合先山四 | 胡犬 | 云合 3 | 王矩 | 見入合術臻重四 | 居聿 |
| 21518 | 15 正 | | 1246 | 汩 | 羽 | 橘 | 影 | 入 | 撮二 | 六一橘 | | | 云入合術臻三 | 于筆 | 云合 3 | 王矩 | 見入合術臻重四 | 居聿 |
| 21520 | 15 正 | 227 | 1247 | **颭** | 許 | 橘 | 曉 | 入 | 撮二 | 六一橘 | | | 曉上合薛山重四 | 許劣 | 曉合 3 | 虛呂 | 見入合術臻重四 | 居聿 |
| 21521 | 15 正 | | 1248 | 窩 | 許 | 橘 | 曉 | 入 | 撮二 | 六一橘 | | | 曉入合屑山四 | 呼決 | 曉合 3 | 虛呂 | 見入合術臻重四 | 居聿 |
| 21522 | 15 正 | 228 | 1249 | **律** | 呂 | 橘 | 賚 | 入 | 撮二 | 六一橘 | | | 來入合術臻三 | 呂邮 | 來合 3 | 力舉 | 見入合術臻重四 | 居聿 |
| 21523 | 15 正 | | 1250 | 葎 | 呂 | 橘 | 賚 | 入 | 撮二 | 六一橘 | | | 來入合術臻三 | 呂邮 | 來合 3 | 力舉 | 見入合術臻重四 | 居聿 |
| 21524 | 15 正 | | 1251 | 寽 | 呂 | 橘 | 賚 | 入 | 撮二 | 六一橘 | | | 來入合術臻三 | 呂邮 | 來合 3 | 力舉 | 見入合術臻重四 | 居聿 |
| 21525 | 15 正 | | 1252 | 膂 | 呂 | 橘 | 賚 | 入 | 撮二 | 六一橘 | | | 來去合脂止三 | 力遂 | 來合 3 | 力舉 | 見入合術臻重四 | 居聿 |
| 21526 | 15 正 | 229 | 1253 | **顓** | 翥 | 橘 | 照 | 入 | 撮二 | 六一橘 | | | 章入合薛山三 | 職悅 | 章合 3 | 章恕 | 見入合術臻重四 | 居聿 |

| 韻字編號 | 部序 | 組數 | 字數 | 韻字及何氏反切 | | | 韻字何氏音 | | | | 何萱注釋 | 備　注 | 韻字中古音 | | 上字中古音 | | 下字中古音 | |
|---|---|---|---|---|---|---|---|---|---|---|---|---|---|---|---|---|---|---|
| | | | | 韻字 | 上字 | 下字 | 聲 | 調 | 呼 | 韻部 | | | 聲調呼韻攝等 | 反切 | 聲呼等 | 反切 | 聲調呼韻攝等 | 反切 |
| 21527 | 15 正 | | 1254 | 泏 | 翥 | 橘 | 照 | 入 | 撮二 | 六一橘 | | | 知入合術臻三 | 竹律 | 章合 3 | 章恕 | 見入合術臻重四 | 居聿 |
| 21529 | 15 正 | 230 | 1255 | 出 | 仲 | 橘 | 助 | 入 | 撮二 | 六一橘 | | | 昌入合術臻三 | 赤律 | 澄合 3 | 直衆 | 見入合術臻重四 | 居聿 |
| 21530 | 15 正 | | 1256 | 黜 | 仲 | 橘 | 助 | 入 | 撮二 | 六一橘 | | | 徹入合術臻三 | 丑律 | 澄合 3 | 直衆 | 見入合術臻重四 | 居聿 |
| 21531 | 15 正 | | 1257 | 絀 | 仲 | 橘 | 助 | 入 | 撮二 | 六一橘 | | | 知入合術臻三 | 竹律 | 澄合 3 | 直衆 | 見入合術臻重四 | 居聿 |
| 21532 | 15 正 | | 1258 | 齜 | 仲 | 橘 | 助 | 入 | 撮二 | 六一橘 | | | 崇入開質臻三 | 仕叱 | 澄合 3 | 直衆 | 見入合術臻重四 | 居聿 |
| 21535 | 15 正 | | 1259 | 欪 | 仲 | 橘 | 助 | 入 | 撮二 | 六一橘 | | | 徹入合術臻三 | 丑律 | 澄合 3 | 直衆 | 見入合術臻重四 | 居聿 |
| 21536 | 15 正 | | 1260 | 秫 | 仲 | 橘 | 助 | 入 | 撮二 | 六一橘 | | | 船入合術臻三 | 食聿 | 澄合 3 | 直衆 | 見入合術臻重四 | 居聿 |
| 21537 | 15 正 | | 1261 | 茁 | 仲 | 橘 | 助 | 入 | 撮二 | 六一橘 | | | 澄入合術臻三 | 直律 | 澄合 3 | 直衆 | 見入合術臻重四 | 居聿 |
| 21538 | 15 正 | | 1262 | 鉥* | 仲 | 橘 | 助 | 入 | 撮二 | 六一橘 | | | 船入合術臻三 | 食律 | 澄合 3 | 直衆 | 見入合術臻重四 | 居聿 |
| 21540 | 15 正 | | 1263 | 沭 | 仲 | 橘 | 助 | 入 | 撮二 | 六一橘 | | | 船入合術臻三 | 食聿 | 澄合 3 | 直衆 | 見入合術臻重四 | 居聿 |
| 21541 | 15 正 | | 1264 | 疣 | 仲 | 橘 | 助 | 入 | 撮二 | 六一橘 | | | 曉入合物臻三 | 許勿 | 澄合 3 | 直衆 | 見入合術臻重四 | 居聿 |
| 21543 | 15 正 | | 1265 | 怵 | 仲 | 橘 | 助 | 入 | 撮二 | 六一橘 | | | 徹入合術臻三 | 丑律 | 澄合 3 | 直衆 | 見入合術臻重四 | 居聿 |
| 21544 | 15 正 | | 1266 | 術 | 仲 | 橘 | 助 | 入 | 撮二 | 六一橘 | | | 船入合術臻三 | 食聿 | 澄合 3 | 直衆 | 見入合術臻重四 | 居聿 |
| 21545 | 15 正 | | 1267 | 述 | 仲 | 橘 | 助 | 入 | 撮二 | 六一橘 | | | 船入合術臻三 | 食聿 | 澄合 3 | 直衆 | 見入合術臻重四 | 居聿 |
| 21546 | 15 正 | | 1268 | 莯 | 仲 | 橘 | 助 | 入 | 撮二 | 六一橘 | | | 云入合術臻三 | 于筆 | 澄合 3 | 直衆 | 見入合術臻重四 | 居聿 |
| 21547 | 15 正 | | 1269 | 驈 | 仲 | 橘 | 助 | 入 | 撮二 | 六一橘 | | | 船入合術臻三 | 食聿 | 澄合 3 | 直衆 | 見入合術臻重四 | 居聿 |
| 21550 | 15 正 | 231 | 1270 | 率 | 恕 | 橘 | 審 | 入 | 撮二 | 六一橘 | | | 生入合術臻三 | 所律 | 書合 3 | 商署 | 見入合術臻重四 | 居聿 |
| 21551 | 15 正 | | 1271 | 繂* | 恕 | 橘 | 審 | 入 | 撮二 | 六一橘 | | | 生入合術臻三 | 朔律 | 書合 3 | 商署 | 見入合術臻重四 | 居聿 |
| 21552 | 15 正 | | 1272 | 逹 | 恕 | 橘 | 審 | 入 | 撮二 | 六一橘 | | | 生入合術臻三 | 所律 | 書合 3 | 商署 | 見入合術臻重四 | 居聿 |
| 21553 | 15 正 | | 1273 | 衛 | 恕 | 橘 | 審 | 入 | 撮二 | 六一橘 | | | 生入合術臻三 | 所律 | 書合 3 | 商署 | 見入合術臻重四 | 居聿 |
| 21554 | 15 正 | | 1274 | 帥 | 恕 | 橘 | 審 | 入 | 撮二 | 六一橘 | | | 生入合術臻三 | 所律 | 書合 3 | 商署 | 見入合術臻重四 | 居聿 |
| 21555 | 15 正 | | 1275 | 蟀 | 恕 | 橘 | 審 | 入 | 撮二 | 六一橘 | | | 生入合術臻三 | 所律 | 書合 3 | 商署 | 見入合術臻重四 | 居聿 |
| 21556 | 15 正 | 232 | 1276 | 殚 | 俊 | 律 | 井 | 入 | 撮二 | 六一橘 | | | 精入合術臻三 | 子聿 | 精合 3 | 子峻 | 來入合術臻三 | 呂卹 |
| 21558 | 15 正 | 233 | 1277 | 崒 | 縓 | 橘 | 淨 | 入 | 撮二 | 六一橘 | | | 從入合術臻三 | 慈卹 | 清合 3 | 七絹 | 見入合術臻重四 | 居聿 |
| 21561 | 15 正 | | 1278 | 焌 | 縓 | 橘 | 淨 | 入 | 撮二 | 六一橘 | 十四部去聲十五部入聲兩見注在彼 | | 清入合術臻三 | 倉聿 | 清合 3 | 七絹 | 見入合術臻重四 | 居聿 |
| 21562 | 15 正 | 234 | 1279 | 戌 | 選 | 橘 | 信 | 入 | 撮二 | 六一橘 | | | 心入合術臻三 | 辛聿 | 心合 3 | 蘇管 | 見入合術臻重四 | 居聿 |

| 韻字編號 | 部序 | 組數 | 字數 | 韻字及何氏反切 | | | 韻字何氏音 | | | | 何萱注釋 | 備注 | 韻字中古音 | | 上字中古音 | | 下字中古音 | |
|---|---|---|---|---|---|---|---|---|---|---|---|---|---|---|---|---|---|---|
| | | | | 韻字 | 上字 | 下字 | 聲 | 調 | 呼 | 韻部 | | | 聲調呼韻攝等 | 反切 | 聲呼等 | 反切 | 聲調呼韻攝等 | 反切 |
| 21563 | 15 正 | | 1280 | 訹 | 選 | 橘 | 信 | 入 | 撮二 | 六一橘 | | | 心入合術臻三 | 辛聿 | 心合 3 | 蘇管 | 見入合術臻重四 | 居聿 |
| 21564 | 15 正 | | 1281 | 鷸 | 選 | 橘 | 信 | 入 | 撮二 | 六一橘 | | | 心入合術臻三 | 辛聿 | 心合 3 | 蘇管 | 見入合術臻重四 | 居聿 |
| 21565 | 15 正 | 235 | 1282 | **決** | 舉 | 缺 | 見 | 入 | 撮三 | 六二決 | | | 見入合屑山四 | 古穴 | 見合 3 | 居許 | 溪入合屑山四 | 苦穴 |
| 21566 | 15 正 | | 1283 | 玦 | 舉 | 缺 | 見 | 入 | 撮三 | 六二決 | | | 見入合屑山四 | 古穴 | 見合 3 | 居許 | 溪入合屑山四 | 苦穴 |
| 21567 | 15 正 | | 1284 | 眏 | 舉 | 缺 | 見 | 入 | 撮三 | 六二決 | | | 見入合屑山四 | 古穴 | 見合 3 | 居許 | 溪入合屑山四 | 苦穴 |
| 21568 | 15 正 | | 1285 | 肤 | 舉 | 缺 | 見 | 入 | 撮三 | 六二決 | | | 見入合屑山四 | 古穴 | 見合 3 | 居許 | 溪入合屑山四 | 苦穴 |
| 21569 | 15 正 | | 1286 | 疦 | 舉 | 缺 | 見 | 入 | 撮三 | 六二決 | | | 見入合屑山四 | 古穴 | 見合 3 | 居許 | 溪入合屑山四 | 苦穴 |
| 21570 | 15 正 | | 1287 | 赽 | 舉 | 缺 | 見 | 入 | 撮三 | 六二決 | | | 見入合屑山四 | 古穴 | 見合 3 | 居許 | 溪入合屑山四 | 苦穴 |
| 21571 | 15 正 | | 1288 | 趹 | 舉 | 缺 | 見 | 入 | 撮三 | 六二決 | | | 見入合屑山四 | 古穴 | 見合 3 | 居許 | 溪入合屑山四 | 苦穴 |
| 21573 | 15 正 | | 1289 | 駃 | 舉 | 缺 | 見 | 入 | 撮三 | 六二決 | | | 見入合屑山四 | 古穴 | 見合 3 | 居許 | 溪入合屑山四 | 苦穴 |
| 21574 | 15 正 | | 1290 | 臭 | 舉 | 缺 | 見 | 入 | 撮三 | 六二決 | | | 見入合屑山四 | 古穴 | 見合 3 | 居許 | 溪入合屑山四 | 苦穴 |
| 21575 | 15 正 | | 1291 | 鴂 | 舉 | 缺 | 見 | 入 | 撮三 | 六二決 | | | 見入合屑山四 | 古穴 | 見合 3 | 居許 | 溪入合屑山四 | 苦穴 |
| 21576 | 15 正 | 236 | 1292 | 闋 | 去 | 決 | 起 | 入 | 撮三 | 六二決 | | | 溪入合屑山四 | 苦穴 | 溪合 3 | 丘倨 | 見入合屑山四 | 古穴 |
| 21578 | 15 正 | | 1293 | **缺** | 去 | 決 | 起 | 入 | 撮三 | 六二決 | | | 溪入合屑山四 | 苦穴 | 溪合 3 | 丘倨 | 見入合屑山四 | 古穴 |
| 21580 | 15 正 | 237 | 1294 | **閱** | 羽 | 缺 | 影 | 入 | 撮三 | 六二決 | | | 以入合薛山三 | 弋雪 | 云合 3 | 王矩 | 溪入合屑山四 | 苦穴 |
| 21581 | 15 正 | | 1295 | 說 | 羽 | 缺 | 影 | 入 | 撮三 | 六二決 | 兩讀義分 | | 以入合薛山三 | 弋雪 | 云合 3 | 王矩 | 溪入合屑山四 | 苦穴 |
| 21583 | 15 正 | | 1296 | 鴥* | 羽 | 缺 | 影 | 入 | 撮三 | 六二決 | | | 以入合薛山三 | 欲雪 | 云合 3 | 王矩 | 溪入合屑山四 | 苦穴 |
| 21584 | 15 正 | | 1297 | 瞲 | 羽 | 缺 | 影 | 入 | 撮三 | 六二決 | | | 影入合屑山四 | 於決 | 云合 3 | 王矩 | 溪入合屑山四 | 苦穴 |
| 21585 | 15 正 | | 1298 | 妜 | 羽 | 缺 | 影 | 入 | 撮三 | 六二決 | | | 影入合屑山四 | 於決 | 云合 3 | 王矩 | 溪入合屑山四 | 苦穴 |
| 21588 | 15 正 | | 1299 | 鈌 | 羽 | 缺 | 影 | 入 | 撮三 | 六二決 | | | 影入合屑山四 | 於決 | 云合 3 | 王矩 | 溪入合屑山四 | 苦穴 |
| 21590 | 15 正 | | 1300 | 抉 | 羽 | 缺 | 影 | 入 | 撮三 | 六二決 | | | 影入合屑山四 | 於決 | 云合 3 | 王矩 | 溪入合屑山四 | 苦穴 |
| 21591 | 15 正 | | 1301 | 窢 | 羽 | 缺 | 影 | 入 | 撮三 | 六二決 | | | 影入合屑山四 | 於決 | 云合 3 | 王矩 | 溪入合屑山四 | 苦穴 |
| 21592 | 15 正 | | 1302 | 穾 | 羽 | 缺 | 影 | 入 | 撮三 | 六二決 | | | 影入合屑山四 | 於決 | 云合 3 | 王矩 | 溪入合屑山四 | 苦穴 |
| 21595 | 15 正 | | 1303 | 鷸* | 羽 | 缺 | 影 | 入 | 撮三 | 六二決 | | | 影入合屑山四 | 一決 | 云合 3 | 王矩 | 溪入合屑山四 | 苦穴 |
| 21596 | 15 正 | | 1304 | 蚗 | 羽 | 缺 | 影 | 入 | 撮三 | 六二決 | | | 見入合屑山四 | 古穴 | 云合 3 | 王矩 | 溪入合屑山四 | 苦穴 |
| 21598 | 15 正 | 238 | 1305 | **蕝** | 俊 | 缺 | 井 | 入 | 撮三 | 六二決 | | | 精入合薛山三 | 子悅 | 精合 3 | 子峻 | 溪入合屑山四 | 苦穴 |
| 21599 | 15 正 | 239 | 1306 | **絶** | 繚 | 決 | 淨 | 入 | 撮三 | 六二決 | | | 從入合薛山三 | 情雪 | 清合 3 | 七絹 | 見入合屑山四 | 古穴 |

| 韻字編號 | 部序 | 組數 | 字數 | 韻字及何氏反切 | | | 韻字何氏音 | | | | 何萱注釋 | 備　注 | 韻字中古音 | | 上字中古音 | | 下字中古音 | |
|---|---|---|---|---|---|---|---|---|---|---|---|---|---|---|---|---|---|---|
| | | | | 韻字 | 上字 | 下字 | 聲 | 調 | 呼 | 韻部 | | | 聲調呼韻攝等 | 反切 | 聲呼等 | 反切 | 聲調呼韻攝等 | 反切 |
| 21600 | 15 正 | 240 | 1307 | **雪** | 選 | 缺 | 信 | 入 | 撮三 | 六二決 | | | 心入合薛山三 | 相絕 | 心合 3 | 蘇管 | 溪入合屑山四 | 苦穴 |
| 21601 | 15 正 | 241 | 1308 | 瘚 | 舉 | 髮 | 見 | 入 | 撮四 | 六三厥 | | | 見入合月山三 | 居月 | 見合 3 | 居許 | 非入合月山三 | 方伐 |
| 21602 | 15 正 | | 1309 | **厥** | 舉 | 髮 | 見 | 入 | 撮四 | 六三厥 | | | 見入合月山三 | 居月 | 見合 3 | 居許 | 非入合月山三 | 方伐 |
| 21603 | 15 正 | | 1310 | 撅 | 舉 | 髮 | 見 | 入 | 撮四 | 六三厥 | | | 見入合月山三 | 居月 | 見合 3 | 居許 | 非入合月山三 | 方伐 |
| 21605 | 15 正 | | 1311 | 蹷 | 舉 | 髮 | 見 | 入 | 撮四 | 六三厥 | | | 群入合月山三 | 其月 | 見合 3 | 居許 | 非入合月山三 | 方伐 |
| 21606 | 15 正 | | 1312 | 趰 | 舉 | 髮 | 見 | 入 | 撮四 | 六三厥 | | | 見入合月山三 | 居月 | 見合 3 | 居許 | 非入合月山三 | 方伐 |
| 21607 | 15 正 | | 1313 | 鱖 | 舉 | 髮 | 見 | 入 | 撮四 | 六三厥 | | | 群入合月山三 | 其月 | 見合 3 | 居許 | 非入合月山三 | 方伐 |
| 21608 | 15 正 | | 1314 | 鱖* | 舉 | 髮 | 見 | 入 | 撮四 | 六三厥 | | | 見入合月山三 | 居月 | 見合 3 | 居許 | 非入合月山三 | 方伐 |
| 21609 | 15 正 | | 1315 | 鷢 | 舉 | 髮 | 見 | 入 | 撮四 | 六三厥 | | | 群入合月山三 | 其月 | 見合 3 | 居許 | 非入合月山三 | 方伐 |
| 21610 | 15 正 | | 1316 | 蟨 | 舉 | 髮 | 見 | 入 | 撮四 | 六三厥 | | | 見入合月山三 | 居月 | 見合 3 | 居許 | 非入合月山三 | 方伐 |
| 21611 | 15 正 | | 1317 | 蕨 | 舉 | 髮 | 見 | 入 | 撮四 | 六三厥 | | | 見入合月山三 | 居月 | 見合 3 | 居許 | 非入合月山三 | 方伐 |
| 21612 | 15 正 | | 1318 | 孓 | 舉 | 髮 | 見 | 入 | 撮四 | 六三厥 | | | 見入合月山三 | 居月 | 見合 3 | 居許 | 非入合月山三 | 方伐 |
| 21613 | 15 正 | | 1319 | 氒 | 舉 | 髮 | 見 | 入 | 撮四 | 六三厥 | | | 見入合月山三 | 居月 | 見合 3 | 居許 | 非入合月山三 | 方伐 |
| 21614 | 15 正 | | 1320 | 乚 | 舉 | 髮 | 見 | 入 | 撮四 | 六三厥 | | | 見入合月山三 | 居月 | 見合 3 | 居許 | 非入合月山三 | 方伐 |
| 21615 | 15 正 | 242 | 1321 | 亅 | 去 | 髮 | 起 | 入 | 撮四 | 六三厥 | | | 群入合月山三 | 其月 | 溪合 3 | 丘倨 | 非入合月山三 | 方伐 |
| 21617 | 15 正 | | 1322 | 橜 | 去 | 髮 | 起 | 入 | 撮四 | 六三厥 | | | 群入合月山三 | 其月 | 溪合 3 | 丘倨 | 非入合月山三 | 方伐 |
| 21618 | 15 正 | | 1323 | **闕** | 去 | 髮 | 起 | 入 | 撮四 | 六三厥 | | | 溪入合月山三 | 去月 | 溪合 3 | 丘倨 | 非入合月山三 | 方伐 |
| 21619 | 15 正 | | 1324 | 劈 | 去 | 髮 | 起 | 入 | 撮四 | 六三厥 | | | 見入合月山三 | 居月 | 溪合 3 | 丘倨 | 非入合月山三 | 方伐 |
| 21620 | 15 正 | 243 | 1325 | 戉 | 羽 | 髮 | 影 | 入 | 撮四 | 六三厥 | | | 云入合月山三 | 王伐 | 云合 3 | 王矩 | 非入合月山三 | 方伐 |
| 21621 | 15 正 | | 1326 | 絨 | 羽 | 髮 | 影 | 入 | 撮四 | 六三厥 | | | 云入合月山三 | 王伐 | 云合 3 | 王矩 | 非入合月山三 | 方伐 |
| 21622 | 15 正 | | 1327 | 娍 | 羽 | 髮 | 影 | 入 | 撮四 | 六三厥 | | | 云入合月山三 | 王伐 | 云合 3 | 王矩 | 非入合月山三 | 方伐 |
| 21623 | 15 正 | | 1328 | 戉 | 羽 | 髮 | 影 | 入 | 撮四 | 六三厥 | | | 曉入合月山三 | 許月 | 云合 3 | 王矩 | 非入合月山三 | 方伐 |
| 21624 | 15 正 | | 1329 | 越 | 羽 | 髮 | 影 | 入 | 撮四 | 六三厥 | | | 云入合月山三 | 王伐 | 云合 3 | 王矩 | 非入合月山三 | 方伐 |
| 21625 | 15 正 | | 1330 | **越** | 羽 | 髮 | 影 | 入 | 撮四 | 六三厥 | | | 云入合月山三 | 王伐 | 云合 3 | 王矩 | 非入合月山三 | 方伐 |
| 21626 | 15 正 | | 1331 | 粵 | 羽 | 髮 | 影 | 入 | 撮四 | 六三厥 | | | 云入合月山三 | 王伐 | 云合 3 | 王矩 | 非入合月山三 | 方伐 |
| 21627 | 15 正 | | 1332 | 曰 | 羽 | 髮 | 影 | 入 | 撮四 | 六三厥 | | | 云入合月山三 | 王伐 | 云合 3 | 王矩 | 非入合月山三 | 方伐 |
| 21628 | 15 正 | | 1333 | 噦 | 羽 | 髮 | 影 | 入 | 撮四 | 六三厥 | | | 影入合月山三 | 於月 | 云合 3 | 王矩 | 非入合月山三 | 方伐 |

| 韻字編號 | 部序 | 組數 | 字數 | 韻字及何氏反切 | | | 韻字何氏音 | | | | 何萱注釋 | 備　注 | 韻字中古音 | | 上字中古音 | | 下字中古音 | |
|---|---|---|---|---|---|---|---|---|---|---|---|---|---|---|---|---|---|---|
| | | | | 韻字 | 上字 | 下字 | 聲 | 調 | 呼 | 韻部 | | | 聲調呼韻攝等 | 反切 | 聲呼等 | 反切 | 聲調呼韻攝等 | 反切 |
| 21630 | 15 正 | | 1334 | 黦* | 羽 | 髮 | 影 | 入 | 撮四 | 六三厥 | 十四部十五部入聲兩讀 | | 影入合月山三 | 於月 | 云合 3 | 王矩 | 非入合月山三 | 方伐 |
| 21633 | 15 正 | | 1335 | 豋* | 羽 | 髮 | 影 | 入 | 撮四 | 六三厥 | 十四部去聲十五部入聲兩見注在彼 | 14 部上去二音 | 影入合月山三 | 於月 | 云合 3 | 王矩 | 非入合月山三 | 方伐 |
| 21635 | 15 正 | 244 | 1336 | **旻g*** | 許 | 髮 | 曉 | 入 | 撮四 | 六三厥 | | | 曉入合月山三 | 許月 | 曉合 3 | 虛呂 | 非入合月山三 | 方伐 |
| 21636 | 15 正 | | 1337 | 吷 | 許 | 髮 | 曉 | 入 | 撮四 | 六三厥 | | 與歡異讀 | 曉入合薛山重四 | 許劣 | 曉合 3 | 虛呂 | 非入合月山三 | 方伐 |
| 21637 | 15 正 | | 1338 | 威 | 許 | 髮 | 曉 | 入 | 撮四 | 六三厥 | | | 曉入合薛山重四 | 許劣 | 曉合 3 | 虛呂 | 非入合月山三 | 方伐 |
| 21638 | 15 正 | | 1339 | 豽g* | 許 | 髮 | 曉 | 入 | 撮四 | 六三厥 | | 玉篇禹八切 | 曉入合黠山二 | 呼八 | 曉合 3 | 虛呂 | 非入合月山三 | 方伐 |
| 21639 | 15 正 | 245 | 1340 | **劣** | 呂 | 髮 | 賚 | 入 | 撮四 | 六三厥 | | | 來入合薛山三 | 力輟 | 來合 3 | 力舉 | 非入合月山三 | 方伐 |
| 21640 | 15 正 | | 1341 | 脟 | 呂 | 髮 | 賚 | 入 | 撮四 | 六三厥 | | | 來入合薛山三 | 力輟 | 來合 3 | 力舉 | 非入合月山三 | 方伐 |
| 21641 | 15 正 | | 1342 | 鋝 | 呂 | 髮 | 賚 | 入 | 撮四 | 六三厥 | | | 來入合薛山三 | 力輟 | 來合 3 | 力舉 | 非入合月山三 | 方伐 |
| 21643 | 15 正 | | 1343 | 埒 | 呂 | 髮 | 賚 | 入 | 撮四 | 六三厥 | | | 來入合薛山三 | 力輟 | 來合 3 | 力舉 | 非入合月山三 | 方伐 |
| 21645 | 15 正 | | 1344 | 栘 | 呂 | 髮 | 賚 | 入 | 撮四 | 六三厥 | | | 來入合薛山三 | 力輟 | 來合 3 | 力舉 | 非入合月山三 | 方伐 |
| 21646 | 15 正 | | 1345 | 犉 | 呂 | 髮 | 賚 | 入 | 撮四 | 六三厥 | | | 來入合薛山三 | 力輟 | 來合 3 | 力舉 | 非入合月山三 | 方伐 |
| 21648 | 15 正 | | 1346 | 蛶 | 呂 | 髮 | 賚 | 入 | 撮四 | 六三厥 | | | 來入合薛山三 | 力輟 | 來合 3 | 力舉 | 非入合月山三 | 方伐 |
| 21649 | 15 正 | 246 | 1347 | 叕 | 翥 | 髮 | 照 | 入 | 撮四 | 六三厥 | | | 知入合薛山三 | 陟劣 | 章合 3 | 章恕 | 非入合月山三 | 方伐 |
| 21652 | 15 正 | | 1348 | 惙 | 翥 | 髮 | 照 | 入 | 撮四 | 六三厥 | | | 知入合薛山三 | 陟劣 | 章合 3 | 章恕 | 非入合月山三 | 方伐 |
| 21654 | 15 正 | | 1349 | 腏 | 翥 | 髮 | 照 | 入 | 撮四 | 六三厥 | | | 知入合薛山三 | 陟劣 | 章合 3 | 章恕 | 非入合月山三 | 方伐 |
| 21656 | 15 正 | | 1350 | 剟 | 翥 | 髮 | 照 | 入 | 撮四 | 六三厥 | | | 知入合薛山三 | 陟劣 | 章合 3 | 章恕 | 非入合月山三 | 方伐 |
| 21658 | 15 正 | | 1351 | 啜 | 翥 | 髮 | 照 | 入 | 撮四 | 六三厥 | | | 知入合薛山三 | 陟劣 | 章合 3 | 章恕 | 非入合月山三 | 方伐 |
| 21659 | 15 正 | | 1352 | 輟 | 翥 | 髮 | 照 | 入 | 撮四 | 六三厥 | | | 知入合薛山三 | 陟劣 | 章合 3 | 章恕 | 非入合月山三 | 方伐 |
| 21660 | 15 正 | | 1353 | 罬 | 翥 | 髮 | 照 | 入 | 撮四 | 六三厥 | | | 知入合薛山三 | 陟劣 | 章合 3 | 章恕 | 非入合月山三 | 方伐 |
| 21662 | 15 正 | | 1354 | 輟 | 翥 | 髮 | 照 | 入 | 撮四 | 六三厥 | 輟兩見義異 | 此字在該小韻中出現了兩次，據輟在廣韻中的讀音轉入壯貴切 | 知入合薛山三 | 陟劣 | 章合 3 | 章恕 | 非入合月山三 | 方伐 |
| 21663 | 15 正 | | 1355 | 棳* | 翥 | 髮 | 照 | 入 | 撮四 | 六三厥 | | | 章入合薛山三 | 朱劣 | 章合 3 | 章恕 | 非入合月山三 | 方伐 |

| 韻字編號 | 部序 | 組數 | 字數 | 韻字及何氏反切 | | | 韻字何氏音 | | | | 何萱注釋 | 備　注 | 韻字中古音 | | 上字中古音 | | 下字中古音 | |
|---|---|---|---|---|---|---|---|---|---|---|---|---|---|---|---|---|---|---|
| | | | | 韻字 | 上字 | 下字 | 聲 | 調 | 呼 | 韻部 | | | 聲調呼韻攝等 | 反切 | 聲呼等 | 反切 | 聲調呼韻攝等 | 反切 |
| 21664 | 15 正 | | 1356 | **拙** | 翥 | 髮 | 照 | 入 | 撮四 | 六三厥 | | | 章入合薛山三 | 職悅 | 章合 3 | 章恕 | 非入合月山三 | 方伐 |
| 21666 | 15 正 | | 1357 | 炪 | 翥 | 髮 | 照 | 入 | 撮四 | 六三厥 | | | 章入合薛山三 | 職悅 | 章合 3 | 章恕 | 非入合月山三 | 方伐 |
| 21670 | 15 正 | | 1358 | 茁 | 翥 | 髮 | 照 | 入 | 撮四 | 六三厥 | | | 莊入合薛山三 | 側劣 | 章合 3 | 章恕 | 非入合月山三 | 方伐 |
| 21671 | 15 正 | 247 | 1359 | 歠 | 仲 | 髮 | 助 | 入 | 撮四 | 六三厥 | 歠吷，吷兩讀異義 | 與吷異讀 | 昌入合薛山三 | 昌悅 | 澄合 3 | 直衆 | 非入合月山三 | 方伐 |
| 21674 | 15 正 | | 1360 | **啜** | 仲 | 髮 | 助 | 入 | 撮四 | 六三厥 | | | 昌入合薛山三 | 昌悅 | 澄合 3 | 直衆 | 非入合月山三 | 方伐 |
| 21677 | 15 正 | | 1361 | 荃 g* | 仲 | 髮 | 助 | 入 | 撮四 | 六三厥 | 十四部平聲十五部入聲兩見異義 | | 昌入合薛山三 | 姝悅 | 澄合 3 | 直衆 | 非入合月山三 | 方伐 |
| 21680 | 15 正 | 248 | 1362 | **爇** | 汝 | 髮 | 耳 | 入 | 撮四 | 六三厥 | | | 日入合薛山三 | 如劣 | 日合 3 | 人渚 | 非入合月山三 | 方伐 |
| 21681 | 15 正 | 249 | 1363 | 啟 | 恕 | 髮 | 審 | 入 | 撮四 | 六三厥 | | | 生入合薛山三 | 所劣 | 書合 3 | 商署 | 非入合月山三 | 方伐 |
| 21683 | 15 正 | | 1364 | **刷** | 恕 | 髮 | 審 | 入 | 撮四 | 六三厥 | | | 生入合薛山三 | 所劣 | 書合 3 | 商署 | 非入合月山三 | 方伐 |
| 21684 | 15 正 | | 1365 | 說 | 恕 | 髮 | 審 | 入 | 撮四 | 六三厥 | 兩見義分 | | 書入合薛山三 | 失爇 | 書合 3 | 商署 | 非入合月山三 | 方伐 |
| 21688 | 15 正 | | 1366 | 唰 | 恕 | 髮 | 審 | 入 | 撮四 | 六三厥 | | | 生入合薛山三 | 所劣 | 書合 3 | 商署 | 非入合月山三 | 方伐 |
| 21689 | 15 正 | 250 | 1367 | 月 | 馭 | 髮 | 我 | 入 | 撮四 | 六三厥 | | | 疑入合月山三 | 魚厥 | 疑合 3 | 牛倨 | 非入合月山三 | 方伐 |
| 21690 | 15 正 | | 1368 | 抈 | 馭 | 髮 | 我 | 入 | 撮四 | 六三厥 | | | 疑入合月山三 | 魚厥 | 疑合 3 | 牛倨 | 非入合月山三 | 方伐 |
| 21691 | 15 正 | | 1369 | 刖 | 馭 | 髮 | 我 | 入 | 撮四 | 六三厥 | | | 疑入合鎋山二 | 五刮 | 疑合 3 | 牛倨 | 非入合月山三 | 方伐 |
| 21692 | 15 正 | | 1370 | 跀 | 馭 | 髮 | 我 | 入 | 撮四 | 六三厥 | | | 疑入合月山三 | 魚厥 | 疑合 3 | 牛倨 | 非入合月山三 | 方伐 |
| 21693 | 15 正 | | 1371 | **刖** | 馭 | 髮 | 我 | 入 | 撮四 | 六三厥 | | | 疑入合月山三 | 魚厥 | 疑合 3 | 牛倨 | 非入合月山三 | 方伐 |
| 21694 | 15 正 | | 1372 | 軏* | 馭 | 髮 | 我 | 入 | 撮四 | 六三厥 | 十四部去聲十五部入聲兩見 | 玉篇魚厥切 | 疑入合月山三 | 魚厥 | 疑合 3 | 牛倨 | 非入合月山三 | 方伐 |
| 21695 | 15 正 | 251 | 1373 | **髮** | 甫 | 韤 | 匪 | 入 | 撮四 | 六三厥 | | | 非入合月山三 | 方伐 | 非合 3 | 方矩 | 微入合月山三 | 望發 |
| 21696 | 15 正 | | 1374 | 颰 | 甫 | 韤 | 匪 | 入 | 撮四 | 六三厥 | | | 奉入合月山三 | 房越 | 非合 3 | 方矩 | 微入合月山三 | 望發 |
| 21697 | 15 正 | | 1375 | 伐 | 甫 | 韤 | 匪 | 入 | 撮四 | 六三厥 | | | 奉入合月山三 | 房越 | 非合 3 | 方矩 | 微入合月山三 | 望發 |
| 21700 | 15 正 | | 1376 | 茷 | 甫 | 韤 | 匪 | 入 | 撮四 | 六三厥 | | | 奉入合月山三 | 房越 | 非合 3 | 方矩 | 微入合月山三 | 望發 |
| 21701 | 15 正 | | 1377 | 罰 | 甫 | 韤 | 匪 | 入 | 撮四 | 六三厥 | | | 奉入合月山三 | 房越 | 非合 3 | 方矩 | 微入合月山三 | 望發 |
| 21702 | 15 正 | | 1378 | 發 | 甫 | 韤 | 匪 | 入 | 撮四 | 六三厥 | | | 非入合月山三 | 方伐 | 非合 3 | 方矩 | 微入合月山三 | 望發 |
| 21703 | 15 正 | | 1379 | 橃 | 甫 | 韤 | 匪 | 入 | 撮四 | 六三厥 | | | 奉入合月山三 | 房越 | 非合 3 | 方矩 | 微入合月山三 | 望發 |

| 韻字編號 | 部序 | 組數 | 字數 | 韻字及何氏反切 | | | 韻字何氏音 | | | | 何萱注釋 | 備　注 | 韻字中古音 | | 上字中古音 | | 下字中古音 | |
|---|---|---|---|---|---|---|---|---|---|---|---|---|---|---|---|---|---|---|
| | | | | 韻字 | 上字 | 下字 | 聲 | 調 | 呼 | 韻部 | | | 聲調呼韻攝等 | 反切 | 聲呼等 | 反切 | 聲調呼韻攝等 | 反切 |
| 21704 | 15 正 | 252 | 1380 | 轕 | 問 | 髮 | 未 | 入 | 撮四 | 六三厥 | | | 微入合月山三 | 望發 | 微合 3 | 亡運 | 非入合月山三 | 方伐 |
| 21705 | 15 正 | 253 | 1381 | 葛 | 艮 | 達 | 見 | 入 | 開 | 六四葛 | | | 見入開曷山一 | 古達 | 見開 1 | 古恨 | 透入開曷山一 | 他達 |
| 21706 | 15 正 | | 1382 | 鄒 | 艮 | 達 | 見 | 入 | 開 | 六四葛 | | | 見入開曷山一 | 古達 | 見開 1 | 古恨 | 透入開曷山一 | 他達 |
| 21707 | 15 正 | | 1383 | 駒 | 艮 | 達 | 見 | 入 | 開 | 六四葛 | | | 見入開曷山一 | 古達 | 見開 1 | 古恨 | 透入開曷山一 | 他達 |
| 21708 | 15 正 | | 1384 | 割 | 艮 | 達 | 見 | 入 | 開 | 六四葛 | | | 見入開曷山一 | 古達 | 見開 1 | 古恨 | 透入開曷山一 | 他達 |
| 21709 | 15 正 | 254 | 1385 | 渴 | 侃 | 達 | 起 | 入 | 開 | 六四葛 | | | 溪入開曷山一 | 苦曷 | 溪開 1 | 空旱 | 透入開曷山一 | 他達 |
| 21710 | 15 正 | 255 | 1386 | 頞 | 案 | 達 | 影 | 入 | 開 | 六四葛 | | | 影入開曷山一 | 烏葛 | 影開 1 | 烏旰 | 透入開曷山一 | 他達 |
| 21711 | 15 正 | | 1387 | 遏 | 案 | 達 | 影 | 入 | 開 | 六四葛 | | | 影入開曷山一 | 烏葛 | 影開 1 | 烏旰 | 透入開曷山一 | 他達 |
| 21712 | 15 正 | | 1388 | 閼 | 案 | 達 | 影 | 入 | 開 | 六四葛 | 十四部平聲十五部入聲兩見 | 缺 14 部，增 | 影入開曷山一 | 烏葛 | 影開 1 | 烏旰 | 透入開曷山一 | 他達 |
| 21715 | 15 正 | 256 | 1389 | 曷 | 漢 | 達 | 曉 | 入 | 開 | 六四葛 | | | 匣入開曷山一 | 胡葛 | 曉開 1 | 呼旰 | 透入開曷山一 | 他達 |
| 21716 | 15 正 | | 1390 | 褐 | 漢 | 達 | 曉 | 入 | 開 | 六四葛 | | | 匣入開曷山一 | 胡葛 | 曉開 1 | 呼旰 | 透入開曷山一 | 他達 |
| 21717 | 15 正 | | 1391 | 鶡 | 漢 | 達 | 曉 | 入 | 開 | 六四葛 | | | 匣入開曷山一 | 胡葛 | 曉開 1 | 呼旰 | 透入開曷山一 | 他達 |
| 21718 | 15 正 | | 1392 | 蝎 | 漢 | 達 | 曉 | 入 | 開 | 六四葛 | | | 匣入開曷山一 | 胡葛 | 曉開 1 | 呼旰 | 透入開曷山一 | 他達 |
| 21719 | 15 正 | | 1393 | 盇 g* | 漢 | 達 | 曉 | 入 | 開 | 六四葛 | 盇隸作盍 | 盇只集韻有一讀 | 溪入開曷山一 | 丘葛 | 曉開 1 | 呼旰 | 透入開曷山一 | 他達 |
| 21720 | 15 正 | | 1394 | 搳* | 漢 | 達 | 曉 | 入 | 開 | 六四葛 | | | 匣入開鎋山二 | 下瞎 | 曉開 1 | 呼旰 | 透入開曷山一 | 他達 |
| 21723 | 15 正 | | 1395 | 轄 | 漢 | 達 | 曉 | 入 | 開 | 六四葛 | | | 匣入開鎋山二 | 胡瞎 | 曉開 1 | 呼旰 | 透入開曷山一 | 他達 |
| 21724 | 15 正 | | 1396 | 舝 | 漢 | 達 | 曉 | 入 | 開 | 六四葛 | | | 匣入開鎋山二 | 胡瞎 | 曉開 1 | 呼旰 | 透入開曷山一 | 他達 |
| 21725 | 15 正 | | 1397 | 瑎 | 漢 | 達 | 曉 | 入 | 開 | 六四葛 | | | 匣入開鎋山二 | 胡瞎 | 曉開 1 | 呼旰 | 透入開曷山一 | 他達 |
| 21726 | 15 正 | | 1398 | 鎋 | 漢 | 達 | 曉 | 入 | 開 | 六四葛 | | | 匣入開鎋山二 | 胡瞎 | 曉開 1 | 呼旰 | 透入開曷山一 | 他達 |
| 21727 | 15 正 | | 1399 | 頢 | 漢 | 達 | 曉 | 入 | 開 | 六四葛 | | | 匣入開鎋山二 | 胡瞎 | 曉開 1 | 呼旰 | 透入開曷山一 | 他達 |
| 21728 | 15 正 | 257 | 1400 | 怛 | 到 | 達 | 短 | 入 | 開 | 六四葛 | 十四部去聲十五部入聲兩見 | | 端入開曷山一 | 當割 | 端開 1 | 都導 | 透入開曷山一 | 他達 |
| 21730 | 15 正 | | 1401 | 炟 | 到 | 達 | 短 | 入 | 開 | 六四葛 | | | 端入開曷山一 | 當割 | 端開 1 | 都導 | 透入開曷山一 | 他達 |
| 21731 | 15 正 | | 1402 | 黚 | 到 | 達 | 短 | 入 | 開 | 六四葛 | | 此處沒有注「14去 15 入兩讀」玉篇多達切 | 端入開曷山一 | 當割 | 端開 1 | 都導 | 透入開曷山一 | 他達 |
| 21734 | 15 正 | | 1403 | 笪 | 到 | 達 | 短 | 入 | 開 | 六四葛 | 十四部去聲十五部入聲兩讀 | | 端入開曷山一 | 當割 | 端開 1 | 都導 | 透入開曷山一 | 他達 |

| 韻字編號 | 部序 | 組數 | 字數 | 韻字及何氏反切 | | | 韻字何氏音 | | | | 何萱注釋 | 備　注 | 韻字中古音 | | 上字中古音 | | 下字中古音 | |
|---|---|---|---|---|---|---|---|---|---|---|---|---|---|---|---|---|---|---|
| | | | | 韻字 | 上字 | 下字 | 聲 | 調 | 呼 | 韻部 | | | 聲調呼韻攝等 | 反切 | 聲呼等 | 反切 | 聲調呼韻攝等 | 反切 |
| 21736 | 15 正 | 258 | 1404 | 獺 | 坦 | 鏬 | 透 | 入 | 開 | 六四曷 | | | 透入開曷山一 | 他達 | 透開 1 | 他但 | 心入開曷山一 | 桑割 |
| 21738 | 15 正 | | 1405 | 㚘 | 坦 | 鏬 | 透 | 入 | 開 | 六四曷 | | | 透入開曷山一 | 他達 | 透開 1 | 他但 | 心入開曷山一 | 桑割 |
| 21739 | 15 正 | | 1406 | 達 | 坦 | 鏬 | 透 | 入 | 開 | 六四曷 | | | 透入開曷山一 | 他達 | 透開 1 | 他但 | 心入開曷山一 | 桑割 |
| 21741 | 15 正 | | 1407 | 撻 | 坦 | 鏬 | 透 | 入 | 開 | 六四曷 | | | 透入開曷山一 | 他達 | 透開 1 | 他但 | 心入開曷山一 | 桑割 |
| 21742 | 15 正 | | 1408 | 泰 | 坦 | 鏬 | 透 | 入 | 開 | 六四曷 | 泰隸作泰。去入兩讀注在彼 | | 透去開泰蟹一 | 他蓋 | 透開 1 | 他但 | 心入開曷山一 | 桑割 |
| 21743 | 15 正 | | 1409 | 大 g* | 坦 | 鏬 | 透 | 入 | 開 | 六四曷 | 去入兩讀注在彼 | | 透入開曷山一 | 他達 | 透開 1 | 他但 | 心入開曷山一 | 桑割 |
| 21746 | 15 正 | 259 | 1410 | 納 | 曩 | 達 | 乃 | 入 | 開 | 六四曷 | | | 泥入開合咸一 | 奴答 | 泥開 1 | 奴朗 | 透入開曷山一 | 他達 |
| 21747 | 15 正 | 260 | 1411 | 剌 | 老 | 達 | 賚 | 入 | 開 | 六四曷 | | | 來入開曷山一 | 盧達 | 來開 1 | 盧晧 | 透入開曷山一 | 他達 |
| 21748 | 15 正 | | 1412 | 瘌 | 老 | 達 | 賚 | 入 | 開 | 六四曷 | | | 來入開曷山一 | 盧達 | 來開 1 | 盧晧 | 透入開曷山一 | 他達 |
| 21749 | 15 正 | | 1413 | 㓛 | 老 | 達 | 賚 | 入 | 開 | 六四曷 | | | 來入開曷山一 | 盧達 | 來開 1 | 盧晧 | 透入開曷山一 | 他達 |
| 21750 | 15 正 | | 1414 | 瑓 | 老 | 達 | 賚 | 入 | 開 | 六四曷 | | | 來入開曷山一 | 盧達 | 來開 1 | 盧晧 | 透入開曷山一 | 他達 |
| 21751 | 15 正 | | 1415 | 楋 | 老 | 達 | 賚 | 入 | 開 | 六四曷 | | | 來入開曷山一 | 盧達 | 來開 1 | 盧晧 | 透入開曷山一 | 他達 |
| 21752 | 15 正 | | 1416 | 翻 | 老 | 達 | 賚 | 入 | 開 | 六四曷 | 翻或書作翻 | | 來入開曷山一 | 盧達 | 來開 1 | 盧晧 | 透入開曷山一 | 他達 |
| 21753 | 15 正 | 261 | 1417 | 巀 | 粲 | 達 | 淨 | 入 | 開 | 六四曷 | | 表中此位無字 | 從入開曷山一 | 才割 | 清開 1 | 蒼案 | 透入開曷山一 | 他達 |
| 21755 | 15 正 | 262 | 1418 | 辥 | 傲 | 達 | 我 | 入 | 開 | 六四曷 | 辥俗有辥 | 表中此位無字 | 疑入開曷山一 | 五割 | 疑開 1 | 五到 | 透入開曷山一 | 他達 |
| 21757 | 15 正 | | 1419 | 齾 | 傲 | 達 | 我 | 入 | 開 | 六四曷 | | 表中此位無字 | 疑入開曷山一 | 五割 | 疑開 1 | 五到 | 透入開曷山一 | 他達 |
| 21759 | 15 正 | | 1420 | 櫱 | 傲 | 達 | 我 | 入 | 開 | 六四曷 | | 表中此位無字 | 疑入開曷山一 | 五割 | 疑開 1 | 五到 | 透入開曷山一 | 他達 |
| 21760 | 15 正 | | 1421 | 轍 | 傲 | 達 | 我 | 入 | 開 | 六四曷 | | 表中此位無字 | 疑入開曷山一 | 五割 | 疑開 1 | 五到 | 透入開曷山一 | 他達 |
| 21762 | 15 正 | | 1422 | 屵 | 傲 | 達 | 我 | 入 | 開 | 六四曷 | 十四部十五部兩見 | 表中此位無字；此字實三見 | 疑入開曷山一 | 五割 | 疑開 1 | 五到 | 透入開曷山一 | 他達 |
| 21763 | 15 正 | | 1423 | 歺 | 傲 | 達 | 我 | 入 | 開 | 六四曷 | | 表中此位無字 | 疑入開曷山一 | 五割 | 疑開 1 | 五到 | 透入開曷山一 | 他達 |
| 21764 | 15 正 | | 1424 | 啐 | 傲 | 達 | 我 | 入 | 開 | 六四曷 | | 表中此位無字 | 疑入開曷山一 | 五割 | 疑開 1 | 五到 | 透入開曷山一 | 他達 |
| 21765 | 15 正 | 263 | 1425 | 鏬 | 散 | 達 | 信 | 入 | 開 | 六四曷 | | 表中此位無字 | 心入開曷山一 | 桑割 | 心開 1 | 蘇旱 | 透入開曷山一 | 他達 |
| 21767 | 15 正 | 264 | 1426 | 沫 | 莫 | 達 | 命 | 入 | 開 | 六四曷 | | | 明入合末山一 | 莫撥 | 明開 1 | 慕各 | 透入開曷山一 | 他達 |
| 21768 | 15 正 | | 1427 | 濊 | 莫 | 達 | 命 | 入 | 開 | 六四曷 | | | 明入合末山一 | 莫撥 | 明開 1 | 慕各 | 透入開曷山一 | 他達 |
| 21770 | 15 正 | 265 | 1428 | 昏* | 古 | 拔 | 見 | 入 | 合 | 六五括 | | | 見入合末山一 | 古活 | 見合 1 | 公戶 | 並入合末山一 | 蒲撥 |
| 21771 | 15 正 | | 1429 | 佸* | 古 | 拔 | 見 | 入 | 合 | 六五括 | | | 見入合末山一 | 古活 | 見合 1 | 公戶 | 並入合末山一 | 蒲撥 |

| 韻字編號 | 部序 | 組數 | 字數 | 韻字及何氏反切 | | | 韻字何氏音 | | | | 何萱注釋 | 備注 | 韻字中古音 | | 上字中古音 | | 下字中古音 | |
|---|---|---|---|---|---|---|---|---|---|---|---|---|---|---|---|---|---|---|
| | | | | 韻字 | 上字 | 下字 | 聲 | 調 | 呼 | 韻部 | | | 聲調呼韻攝等 | 反切 | 聲呼等 | 反切 | 聲調呼韻攝等 | 反切 |
| 21772 | 15 正 | | 1430 | 捪* | 古 | 拔 | 見 | 入 | 合 | 六五捪 | | | 見入合末山一 | 古活 | 見合 1 | 公戶 | 並入合末山一 | 蒲撥 |
| 21773 | 15 正 | | 1431 | 髺 | 古 | 拔 | 見 | 入 | 合 | 六五捪 | 髺或作髺鬠撸 | | 見入合末山一 | 古活 | 見合 1 | 公戶 | 並入合末山一 | 蒲撥 |
| 21774 | 15 正 | | 1432 | 适* | 古 | 拔 | 見 | 入 | 合 | 六五捪 | | | 見入合末山一 | 古活 | 見合 1 | 公戶 | 並入合末山一 | 蒲撥 |
| 21775 | 15 正 | | 1433 | 聒 | 古 | 拔 | 見 | 入 | 合 | 六五捪 | 聒隸作聒 | | 見入合末山一 | 古活 | 見合 1 | 公戶 | 並入合末山一 | 蒲撥 |
| 21776 | 15 正 | | 1434 | 髺* | 古 | 拔 | 見 | 入 | 合 | 六五捪 | | | 見入合末山一 | 古活 | 見合 1 | 公戶 | 並入合末山一 | 蒲撥 |
| 21777 | 15 正 | | 1435 | 舑* | 古 | 拔 | 見 | 入 | 合 | 六五捪 | 舑隸作舑 | | 見入合末山一 | 古活 | 見合 1 | 公戶 | 並入合末山一 | 蒲撥 |
| 21779 | 15 正 | | 1436 | 姡 | 古 | 拔 | 見 | 入 | 合 | 六五捪 | 婚隸作姡 | | 匣入合末山一 | 戶括 | 見合 1 | 公戶 | 並入合末山一 | 蒲撥 |
| 21781 | 15 正 | | 1437 | 秳* | 古 | 拔 | 見 | 入 | 合 | 六五捪 | | | 匣入合鎋山二 | 乎刮 | 見合 1 | 公戶 | 並入合末山一 | 蒲撥 |
| 21782 | 15 正 | | 1438 | 鴰 | 古 | 拔 | 見 | 入 | 合 | 六五捪 | 鴰隸作鴰 | | 見入合末山一 | 古活 | 見合 1 | 公戶 | 並入合末山一 | 蒲撥 |
| 21784 | 15 正 | | 1439 | 栝 | 古 | 拔 | 見 | 入 | 合 | 六五捪 | | | 見入合末山一 | 古活 | 見合 1 | 公戶 | 並入合末山一 | 蒲撥 |
| 21785 | 15 正 | | 1440 | 萿 | 古 | 拔 | 見 | 入 | 合 | 六五捪 | 萿或作萿 | | 見入合末山一 | 古活 | 見合 1 | 公戶 | 並入合末山一 | 蒲撥 |
| 21786 | 15 正 | | 1441 | 秳* | 古 | 拔 | 見 | 入 | 合 | 六五捪 | | | 匣入合鎋山二 | 乎刮 | 見合 1 | 公戶 | 並入合末山一 | 蒲撥 |
| 21787 | 15 正 | | 1442 | 銛* | 古 | 拔 | 見 | 入 | 合 | 六五捪 | | | 見入合鎋山二 | 古刹 | 見合 1 | 公戶 | 並入合末山一 | 蒲撥 |
| 21788 | 15 正 | | 1443 | 䯏* | 古 | 拔 | 見 | 入 | 合 | 六五捪 | | | 見入合末山一 | 古活 | 見合 1 | 公戶 | 並入合末山一 | 蒲撥 |
| 21789 | 15 正 | | 1444 | 刮 | 古 | 拔 | 見 | 入 | 合 | 六五捪 | 刮隸作刮 | | 見入合鎋山二 | 古頒 | 見合 1 | 公戶 | 並入合末山一 | 蒲撥 |
| 21790 | 15 正 | | 1445 | 劀 | 古 | 拔 | 見 | 入 | 合 | 六五捪 | | | 見入合黠山二 | 古滑 | 見合 1 | 公戶 | 並入合末山一 | 蒲撥 |
| 21792 | 15 正 | 266 | 1446 | **闊** | 苦 | 拔 | 起 | 入 | 合 | 六五捪 | 闊或作闊 | | 溪入合末山一 | 苦括 | 溪合 1 | 康杜 | 並入合末山一 | 蒲撥 |
| 21793 | 15 正 | 267 | 1447 | 眍 | 甕 | 拔 | 影 | 入 | 合 | 六五捪 | | | 影入合末山一 | 烏括 | 影合 1 | 烏貢 | 並入合末山一 | 蒲撥 |
| 21796 | 15 正 | | 1448 | 歒 | 甕 | 拔 | 影 | 入 | 合 | 六五捪 | | | 影入合黠山二 | 烏八 | 影合 1 | 烏貢 | 並入合末山一 | 蒲撥 |
| 21797 | 15 正 | | 1449 | 捾 | 甕 | 拔 | 影 | 入 | 合 | 六五捪 | 十四部去聲十五部入聲兩見 | 還有一平聲，與剜異讀 | 影入合末山一 | 烏括 | 影合 1 | 烏貢 | 並入合末山一 | 蒲撥 |
| 21798 | 15 正 | | 1450 | **揠** | 甕 | 拔 | 影 | 入 | 合 | 六五捪 | 十四部去聲十五部入聲兩見 | | 影入開黠山二 | 烏黠 | 影合 1 | 烏貢 | 並入合末山一 | 蒲撥 |
| 21799 | 15 正 | | 1451 | 空 | 甕 | 拔 | 影 | 入 | 合 | 六五捪 | | | 影入合黠山二 | 烏八 | 影合 1 | 烏貢 | 並入合末山一 | 蒲撥 |
| 21800 | 15 正 | 268 | 1452 | 舘 | 戶 | 拔 | 曉 | 入 | 合 | 六五捪 | | | 曉入合末山一 | 呼括 | 匣合 1 | 侯古 | 並入合末山一 | 蒲撥 |
| 21801 | 15 正 | | 1453 | **豁** | 戶 | 拔 | 曉 | 入 | 合 | 六五捪 | | | 曉入合末山一 | 呼括 | 匣合 1 | 侯古 | 並入合末山一 | 蒲撥 |
| 21802 | 15 正 | | 1454 | 眓 | 戶 | 拔 | 曉 | 入 | 合 | 六五捪 | | | 曉入合末山一 | 呼括 | 匣合 1 | 侯古 | 並入合末山一 | 蒲撥 |

| 韻字編號 | 部序 | 組數 | 字數 | 韻字及何氏反切 | | | 韻字何氏音 | | | | 何萱注釋 | 備注 | 韻字中古音 | | 上字中古音 | | 下字中古音 | |
|---|---|---|---|---|---|---|---|---|---|---|---|---|---|---|---|---|---|---|
| | | | | 韻字 | 上字 | 下字 | 聲 | 調 | 呼 | 韻部 | | | 聲調呼韻攝等 | 反切 | 聲呼等 | 反切 | 聲調呼韻攝等 | 反切 |
| 21803 | 15 正 | | 1455 | 轰 | 戶 | 拔 | 曉 | 入 | 合 | 六五揺 | | | 曉入合末山一 | 呼括 | 匣合 1 | 侯古 | 並入合末山一 | 蒲撥 |
| 21804 | 15 正 | | 1456 | 濊 | 戶 | 拔 | 曉 | 入 | 合 | 六五揺 | | 釋義不合 | 曉入合末山一 | 呼括 | 匣合 1 | 侯古 | 並入合末山一 | 蒲撥 |
| 21806 | 15 正 | | 1457 | 湣* | 戶 | 拔 | 曉 | 入 | 合 | 六五揺 | 湣隸作活 | | 匣入合末山一 | 戶括 | 匣合 1 | 侯古 | 並入合末山一 | 蒲撥 |
| 21807 | 15 正 | | 1458 | 滑 | 戶 | 拔 | 曉 | 入 | 合 | 六五揺 | | | 匣入合黠山二 | 戶八 | 匣合 1 | 侯古 | 並入合末山一 | 蒲撥 |
| 21808 | 15 正 | 269 | 1459 | 掇 | 董 | 拔 | 短 | 入 | 合 | 六五揺 | | | 端入合末山一 | 丁括 | 端合 1 | 多動 | 並入合末山一 | 蒲撥 |
| 21810 | 15 正 | 270 | 1460 | 奪 | 洞 | 拔 | 透 | 入 | 合 | 六五揺 | | | 定入合末山一 | 徒活 | 定合 1 | 徒弄 | 並入合末山一 | 蒲撥 |
| 21811 | 15 正 | | 1461 | 敓 | 洞 | 拔 | 透 | 入 | 合 | 六五揺 | | | 定入合末山一 | 徒活 | 定合 1 | 徒弄 | 並入合末山一 | 蒲撥 |
| 21812 | 15 正 | | 1462 | 挩 | 洞 | 拔 | 透 | 入 | 合 | 六五揺 | | | 定入合末山一 | 徒活 | 定合 1 | 徒弄 | 並入合末山一 | 蒲撥 |
| 21814 | 15 正 | | 1463 | 脫 | 洞 | 拔 | 透 | 入 | 合 | 六五揺 | | | 定入合末山一 | 徒活 | 定合 1 | 徒弄 | 並入合末山一 | 蒲撥 |
| 21816 | 15 正 | | 1464 | 痥 | 洞 | 拔 | 透 | 入 | 合 | 六五揺 | | | 定入合末山一 | 徒活 | 定合 1 | 徒弄 | 並入合末山一 | 蒲撥 |
| 21818 | 15 正 | | 1465 | 梲 | 洞 | 拔 | 透 | 入 | 合 | 六五揺 | | | 透入合末山一 | 他括 | 定合 1 | 徒弄 | 並入合末山一 | 蒲撥 |
| 21821 | 15 正 | 271 | 1466 | 㕯 | 煗 | 拔 | 乃 | 入 | 合 | 六五揺 | | | 娘入合黠山二 | 女滑 | 泥合 1 | 乃管 | 並入合末山一 | 蒲撥 |
| 21822 | 15 正 | | 1467 | 吶 | 煗 | 拔 | 乃 | 入 | 合 | 六五揺 | | | 娘入合薛山三 | 女劣 | 泥合 1 | 乃管 | 並入合末山一 | 蒲撥 |
| 21823 | 15 正 | | 1468 | 貀 | 煗 | 拔 | 乃 | 入 | 合 | 六五揺 | | | 娘入合黠山二 | 女滑 | 泥合 1 | 乃管 | 並入合末山一 | 蒲撥 |
| 21824 | 15 正 | 272 | 1469 | 捋 | 路 | 拔 | 賚 | 入 | 合 | 六五揺 | | | 來入合末山一 | 郎括 | 來合 1 | 洛故 | 並入合末山一 | 蒲撥 |
| 21825 | 15 正 | 273 | 1470 | 窋 | 壯 | 拔 | 照 | 入 | 合 | 六五揺 | | | 知入合術臻三 | 竹律 | 莊開 3 | 側亮 | 並入合末山一 | 蒲撥 |
| 21826 | 15 正 | | 1471 | 窡 | 壯 | 拔 | 照 | 入 | 合 | 六五揺 | | | 知入合黠山二 | 丁滑 | 莊開 3 | 側亮 | 並入合末山一 | 蒲撥 |
| 21827 | 15 正 | | 1472 | 窖 | 壯 | 拔 | 照 | 入 | 合 | 六五揺 | | | 知入合黠山二 | 丁滑 | 莊開 3 | 側亮 | 並入合末山一 | 蒲撥 |
| 21829 | 15 正 | | 1473 | 竅* | 壯 | 拔 | 照 | 入 | 合 | 六五揺 | | | 知入合黠山二 | 張滑 | 莊開 3 | 側亮 | 並入合末山一 | 蒲撥 |
| 21833 | 15 正 | | 1474 | 娺 | 壯 | 拔 | 照 | 入 | 合 | 六五揺 | | | 知入合黠山二 | 丁滑 | 莊開 3 | 側亮 | 並入合末山一 | 蒲撥 |
| 21834 | 15 正 | | 1475 | 鵽 | 壯 | 拔 | 照 | 入 | 合 | 六五揺 | | | 知入合鎋山二 | 丁刮 | 莊開 3 | 側亮 | 並入合末山一 | 蒲撥 |
| 21836 | 15 正 | | 1476 | 纂 | 壯 | 拔 | 助 | 入 | 合 | 六五揺 | 十四部去聲十五部入聲兩見 | 玉篇叉刮切 | 莊入合薛山三 | 側劣 | 莊開 3 | 側亮 | 並入合末山一 | 蒲撥 |
| 21837 | 15 正 | 274 | 1477 | 撮 | 措 | 拔 | 淨 | 入 | 合 | 六五揺 | | | 清入合末山一 | 倉括 | 清合 1 | 倉故 | 並入合末山一 | 蒲撥 |
| 21840 | 15 正 | 275 | 1478 | 頢* | 臥 | 拔 | 我 | 入 | 合 | 六五揺 | 頢隸作頢 | | 疑入合末山一 | 五活 | 疑合 1 | 吾貨 | 並入合末山一 | 蒲撥 |
| 21842 | 15 正 | | 1479 | 聉 | 臥 | 拔 | 我 | 入 | 合 | 六五揺 | | | 疑入合黠山二 | 五滑 | 疑合 1 | 吾貨 | 並入合末山一 | 蒲撥 |
| 21843 | 15 正 | | 1480 | 䯌 | 臥 | 拔 | 我 | 入 | 合 | 六五揺 | | | 疑入合黠山二 | 五滑 | 疑合 1 | 吾貨 | 並入合末山一 | 蒲撥 |

| 韻字編號 | 部序 | 組數 | 字數 | 韻字及何氏反切 | | | 韻字何氏音 | | | | 何萱注釋 | 備注 | 韻字中古音 | | 上字中古音 | | 下字中古音 | |
|---|---|---|---|---|---|---|---|---|---|---|---|---|---|---|---|---|---|---|
| | | | | 韻字 | 上字 | 下字 | 聲 | 調 | 呼 | 韻部 | | | 聲調呼韻攝等 | 反切 | 聲呼等 | 反切 | 聲調呼韻攝等 | 反切 |
| 21844 | 15 正 | 276 | 1481 | 迊 | 布 | 拔 | 謗 | 入 | 合 | 六五掊 | | | 幫入合末山一 | 北末 | 幫合 1 | 博故 | 並入合末山一 | 蒲撥 |
| 21845 | 15 正 | | 1482 | 癶 | 布 | 拔 | 謗 | 入 | 合 | 六五掊 | 址隸作癶 | | 幫入合末山一 | 北末 | 幫合 1 | 博故 | 並入合末山一 | 蒲撥 |
| 21846 | 15 正 | | 1483 | 撥 | 布 | 拔 | 謗 | 入 | 合 | 六五掊 | | | 幫入合末山一 | 北末 | 幫合 1 | 博故 | 並入合末山一 | 蒲撥 |
| 21849 | 15 正 | | 1484 | 柭* | 布 | 拔 | 謗 | 入 | 合 | 六五掊 | | | 幫入合末山一 | 北末 | 幫合 1 | 博故 | 並入合末山一 | 蒲撥 |
| 21852 | 15 正 | | 1485 | 袚 | 布 | 拔 | 謗 | 入 | 合 | 六五掊 | | | 幫入合末山一 | 北末 | 幫合 1 | 博故 | 並入合末山一 | 蒲撥 |
| 21853 | 15 正 | | 1486 | 跋 | 布 | 拔 | 謗 | 入 | 合 | 六五掊 | | | 並入合末山一 | 蒲撥 | 幫合 1 | 博故 | 並入合末山一 | 蒲撥 |
| 21854 | 15 正 | | 1487 | 鮁* | 布 | 拔 | 謗 | 入 | 合 | 六五掊 | | | 幫入合末山一 | 北末 | 幫合 1 | 博故 | 並入合末山一 | 蒲撥 |
| 21857 | 15 正 | 277 | 1488 | 犮 | 普 | 括 | 並 | 入 | 合 | 六五掊 | | | 並入合末山一 | 蒲撥 | 滂合 1 | 滂古 | 見入合末山一 | 古活 |
| 21859 | 15 正 | | 1489 | 茇 | 普 | 括 | 並 | 入 | 合 | 六五掊 | | | 並入合末山一 | 蒲撥 | 滂合 1 | 滂古 | 見入合末山一 | 古活 |
| 21860 | 15 正 | | 1490 | 废 | 普 | 括 | 並 | 入 | 合 | 六五掊 | | | 並入合末山一 | 蒲撥 | 滂合 1 | 滂古 | 見入合末山一 | 古活 |
| 21861 | 15 正 | | 1491 | 坺 | 普 | 括 | 並 | 入 | 合 | 六五掊 | | | 並入合末山一 | 蒲撥 | 滂合 1 | 滂古 | 見入合末山一 | 古活 |
| 21863 | 15 正 | | 1492 | 軷 | 普 | 括 | 並 | 入 | 合 | 六五掊 | | | 並入合末山一 | 蒲撥 | 滂合 1 | 滂古 | 見入合末山一 | 古活 |
| 21865 | 15 正 | | 1493 | **拔** | 普 | 括 | 並 | 入 | 合 | 六五掊 | | | 並入合末山一 | 蒲撥 | 滂合 1 | 滂古 | 見入合末山一 | 古活 |
| 21867 | 15 正 | | 1494 | 炦 | 普 | 括 | 並 | 入 | 合 | 六五掊 | | | 並入合末山一 | 蒲撥 | 滂合 1 | 滂古 | 見入合末山一 | 古活 |
| 21868 | 15 正 | | 1495 | 妭 | 普 | 括 | 並 | 入 | 合 | 六五掊 | | | 並入合末山一 | 蒲撥 | 滂合 1 | 滂古 | 見入合末山一 | 古活 |
| 21869 | 15 正 | | 1496 | 魃 | 普 | 括 | 並 | 入 | 合 | 六五掊 | | | 並入合末山一 | 蒲撥 | 滂合 1 | 滂古 | 見入合末山一 | 古活 |
| 21871 | 15 正 | | 1497 | 鮁* | 普 | 括 | 並 | 入 | 合 | 六五掊 | | | 並入合末山一 | 蒲撥 | 滂合 1 | 滂古 | 見入合末山一 | 古活 |
| 21872 | 15 正 | | 1498 | 朩 | 普 | 括 | 並 | 入 | 合 | 六五掊 | 偏旁作市 | 淠假借為～。玉篇作匹刃切。該字廣韻還有滂真平，匹刃一讀，但釋義不對。據何氏木字下注，此字當讀如輩 | 滂去開佳蟹二 | 匹卦 | 滂合 1 | 滂古 | 見入合末山一 | 古活 |
| 21874 | 15 正 | | 1499 | 䟣 | 普 | 括 | 並 | 入 | 合 | 六五掊 | | | 滂入合末山一 | 普活 | 滂合 1 | 滂古 | 見入合末山一 | 古活 |
| 21875 | 15 正 | | 1500 | 抪 | 普 | 括 | 並 | 入 | 合 | 六五掊 | | | 滂入合末山一 | 普活 | 滂合 1 | 滂古 | 見入合末山一 | 古活 |
| 21876 | 15 正 | | 1501 | 癹 | 普 | 括 | 並 | 入 | 合 | 六五掊 | | | 並入合末山一 | 蒲撥 | 滂合 1 | 滂古 | 見入合末山一 | 古活 |

| 韻字編號 | 部序 | 組數 | 字數 | 韻字及何氏反切 | | | 韻字何氏音 | | | | 何萱注釋 | 備　注 | 韻字中古音 | | 上字中古音 | | 下字中古音 | |
|---|---|---|---|---|---|---|---|---|---|---|---|---|---|---|---|---|---|---|
| | | | | 韻字 | 上字 | 下字 | 聲 | 調 | 呼 | 韻部 | | | 聲調呼韻攝等 | 反切 | 聲呼等 | 反切 | 聲調呼韻攝等 | 反切 |
| 21877 | 15 正 | | 1502 | 鏺 | 普 | 括 | 並 | 入 | 合 | 六五撂 | | | 滂入合末山一 | 普活 | 滂合 1 | 滂古 | 見入合末山一 | 古活 |
| 21878 | 15 正 | 278 | 1503 | 末 | 慢 | 拔 | 命 | 入 | 合 | 六五撂 | | | 明入合末山一 | 莫撥 | 明開 2 | 謨晏 | 並入合末山一 | 蒲撥 |
| 21881 | 15 正 | | 1504 | 眛 | 慢 | 拔 | 命 | 入 | 合 | 六五撂 | | | 明入合末山一 | 莫撥 | 明開 2 | 謨晏 | 並入合末山一 | 蒲撥 |
| 21882 | 15 正 | | 1505 | 餘 | 慢 | 拔 | 命 | 入 | 合 | 六五撂 | | | 明入合末山一 | 莫撥 | 明開 2 | 謨晏 | 並入合末山一 | 蒲撥 |
| 21883 | 15 正 | | 1506 | 穢 | 慢 | 拔 | 命 | 入 | 合 | 六五撂 | | | 明入合末山一 | 莫撥 | 明開 2 | 謨晏 | 並入合末山一 | 蒲撥 |
| 21884 | 15 正 | 279 | 1507 | 骨 | 古 | 忽 | 見 | 入 | 合二 | 六六骨 | | | 見入合沒臻一 | 古忽 | 見合 1 | 公戶 | 曉入合沒臻一 | 呼骨 |
| 21885 | 15 正 | | 1508 | 縎 | 古 | 忽 | 見 | 入 | 合二 | 六六骨 | | | 見入合沒臻一 | 古忽 | 見合 1 | 公戶 | 曉入合沒臻一 | 呼骨 |
| 21886 | 15 正 | | 1509 | 鶻 | 古 | 忽 | 見 | 入 | 合二 | 六六骨 | | | 見入合沒臻一 | 古忽 | 見合 1 | 公戶 | 曉入合沒臻一 | 呼骨 |
| 21889 | 15 正 | | 1510 | 淈 | 古 | 忽 | 見 | 入 | 合二 | 六六骨 | | | 見入合沒臻一 | 古忽 | 見合 1 | 公戶 | 曉入合沒臻一 | 呼骨 |
| 21893 | 15 正 | | 1511 | 杚 | 古 | 忽 | 見 | 入 | 合二 | 六六骨 | 平去兩讀注在彼 | 何氏分了去入兩讀。此外取扢廣韵音。注意，何氏方言中入聲有讀平聲的跡象 | 見入合沒臻一 | 古忽 | 見合 1 | 公戶 | 曉入合沒臻一 | 呼骨 |
| 21897 | 15 正 | 280 | 1512 | 顝 | 苦 | 骨 | 起 | 入 | 合二 | 六六骨 | 平入兩讀注在彼 | | 溪入合沒臻一 | 苦骨 | 溪合 1 | 康杜 | 見入合沒臻一 | 古忽 |
| 21899 | 15 正 | | 1513 | 頊 | 苦 | 骨 | 起 | 入 | 合二 | 六六骨 | | | 溪入合沒臻一 | 苦骨 | 溪合 1 | 康杜 | 見入合沒臻一 | 古忽 |
| 21901 | 15 正 | | 1514 | 堀 | 苦 | 骨 | 起 | 入 | 合二 | 六六骨 | | | 溪入合沒臻一 | 苦骨 | 溪合 1 | 康杜 | 見入合沒臻一 | 古忽 |
| 21903 | 15 正 | 281 | 1515 | 頞 | 甕 | 骨 | 影 | 入 | 合二 | 六六骨 | | | 影入合沒臻一 | 烏沒 | 影合 1 | 烏貢 | 見入合沒臻一 | 古忽 |
| 21904 | 15 正 | | 1516 | 嗢 | 甕 | 骨 | 影 | 入 | 合二 | 六六骨 | | | 影入合沒臻一 | 烏沒 | 影合 1 | 烏貢 | 見入合沒臻一 | 古忽 |
| 21907 | 15 正 | | 1517 | 颶 | 甕 | 骨 | 影 | 入 | 合二 | 六六骨 | | | 云入合物臻三 | 王勿 | 影合 1 | 烏貢 | 見入合沒臻一 | 古忽 |
| 21908 | 15 正 | 282 | 1518 | 忽 | 戶 | 骨 | 曉 | 入 | 合二 | 六六骨 | | | 曉入合沒臻一 | 呼骨 | 匣合 1 | 侯古 | 見入合沒臻一 | 古忽 |
| 21910 | 15 正 | | 1519 | 颮 | 戶 | 骨 | 曉 | 入 | 合二 | 六六骨 | | | 曉入合沒臻一 | 呼骨 | 匣合 1 | 侯古 | 見入合沒臻一 | 古忽 |
| 21912 | 15 正 | | 1520 | 昒 | 戶 | 骨 | 曉 | 入 | 合二 | 六六骨 | 曶或書作昒。去入兩讀 | | 曉入合沒臻一 | 呼骨 | 匣合 1 | 侯古 | 見入合沒臻一 | 古忽 |
| 21915 | 15 正 | | 1521 | 笏 | 戶 | 骨 | 曉 | 入 | 合二 | 六六骨 | [illegible]籀俗有曶笏 | | 曉入合沒臻一 | 呼骨 | 匣合 1 | 侯古 | 見入合沒臻一 | 古忽 |
| 21916 | 15 正 | | 1522 | 榾 | 戶 | 骨 | 曉 | 入 | 合二 | 六六骨 | | | 曉入合沒臻一 | 呼骨 | 匣合 1 | 侯古 | 見入合沒臻一 | 古忽 |

| 韻字編號 | 部序 | 組數 | 字數 | 韻字及何氏反切 | | | 韻字何氏音 | | | | 何萱注釋 | 備注 | 韻字中古音 | | 上字中古音 | | 下字中古音 | |
|---|---|---|---|---|---|---|---|---|---|---|---|---|---|---|---|---|---|---|
| | | | | 韻字 | 上字 | 下字 | 聲 | 調 | 呼 | 韻部 | | | 聲調呼韻攝等 | 反切 | 聲呼等 | 反切 | 聲調呼韻攝等 | 反切 |
| 21917 | 15 正 | | 1523 | 圎 | 戶 | 骨 | 曉 | 入 | 合二 | 六六骨 | | | 曉入合沒臻一 | 呼骨 | 匣合 1 | 侯古 | 見入合沒臻一 | 古忽 |
| 21918 | 15 正 | | 1524 | 㣲* | 戶 | 骨 | 曉 | 入 | 合二 | 六六骨 | 𥨍俗有㣲㣲 | | 曉入合沒臻一 | 呼骨 | 匣合 1 | 侯古 | 見入合沒臻一 | 古忽 |
| 21921 | 15 正 | | 1525 | 𡙇* | 戶 | 骨 | 曉 | 入 | 合二 | 六六骨 | | | 曉入合物臻三 | 許勿 | 匣合 1 | 侯古 | 見入合沒臻一 | 古忽 |
| 21922 | 15 正 | | 1526 | 欻 | 戶 | 骨 | 曉 | 入 | 合二 | 六六骨 | 歘俗有欻 | | 曉入合物臻三 | 許勿 | 匣合 1 | 侯古 | 見入合沒臻一 | 古忽 |
| 21924 | 15 正 | | 1527 | 餶* | 戶 | 骨 | 曉 | 入 | 合二 | 六六骨 | | | 匣入合沒臻一 | 胡骨 | 匣合 1 | 侯古 | 見入合沒臻一 | 古忽 |
| 21926 | 15 正 | | 1528 | 搰 | 戶 | 骨 | 曉 | 入 | 合二 | 六六骨 | | | 匣入合沒臻一 | 戶骨 | 匣合 1 | 侯古 | 見入合沒臻一 | 古忽 |
| 21927 | 15 正 | | 1529 | 搰 | 戶 | 骨 | 曉 | 入 | 合二 | 六六骨 | | | 匣入合沒臻一 | 戶骨 | 匣合 1 | 侯古 | 見入合沒臻一 | 古忽 |
| 21928 | 15 正 | | 1530 | 紇 | 戶 | 骨 | 曉 | 入 | 合二 | 六六骨 | | 廣韻下沒切，又胡結節 | 匣入合沒臻一 | 下沒 | 匣合 1 | 侯古 | 見入合沒臻一 | 古忽 |
| 21930 | 15 正 | | 1531 | 麧 | 戶 | 骨 | 曉 | 入 | 合二 | 六六骨 | | | 匣入合沒臻一 | 下沒 | 匣合 1 | 侯古 | 見入合沒臻一 | 古忽 |
| 21932 | 15 正 | | 1532 | 齕 | 戶 | 骨 | 曉 | 入 | 合二 | 六六骨 | | 廣韻下沒切，又胡結節 | 匣入合沒臻一 | 下沒 | 匣合 1 | 侯古 | 見入合沒臻一 | 古忽 |
| 21933 | 15 正 | | 1533 | 𢘸 | 戶 | 骨 | 曉 | 入 | 合二 | 六六骨 | | | 曉入合沒臻一 | 呼骨 | 匣合 1 | 侯古 | 見入合沒臻一 | 古忽 |
| 21934 | 15 正 | | 1534 | 窟 | 戶 | 骨 | 曉 | 入 | 合二 | 六六骨 | | | 曉入合沒臻一 | 呼骨 | 匣合 1 | 侯古 | 見入合沒臻一 | 古忽 |
| 21935 | 15 正 | 283 | 1535 | 咄 | 董 | 忽 | 短 | 入 | 合二 | 六六骨 | | | 端入合沒臻一 | 當沒 | 端合 1 | 多動 | 曉入合沒臻一 | 呼骨 |
| 21938 | 15 正 | 284 | 1536 | 悚 | 洞 | 骨 | 透 | 入 | 合二 | 六六骨 | | | 透入合沒臻一 | 他骨 | 定合 1 | 徒弄 | 見入合沒臻一 | 古忽 |
| 21939 | 15 正 | | 1537 | 㐬* | 洞 | 骨 | 透 | 入 | 合二 | 六六骨 | 𠫓或㐬 | | 來平開尤流三 | 力求 | 定合 1 | 徒弄 | 見入合沒臻一 | 古忽 |
| 21941 | 15 正 | | 1538 | 突 | 洞 | 骨 | 透 | 入 | 合二 | 六六骨 | | | 定入合沒臻一 | 陀骨 | 定合 1 | 徒弄 | 見入合沒臻一 | 古忽 |
| 21942 | 15 正 | | 1539 | 腯 | 洞 | 骨 | 透 | 入 | 合二 | 六六骨 | | | 定入合沒臻一 | 陀骨 | 定合 1 | 徒弄 | 見入合沒臻一 | 古忽 |
| 21943 | 15 正 | 285 | 1540 | 訥 | 煗 | 骨 | 乃 | 入 | 合二 | 六六骨 | | | 泥入合沒臻一 | 內骨 | 泥合 1 | 乃管 | 見入合沒臻一 | 古忽 |
| 21946 | 15 正 | 286 | 1541 | 卒 | 纂 | 忽 | 井 | 入 | 合二 | 六六骨 | | | 精入合沒臻一 | 臧沒 | 精合 1 | 作管 | 曉入合沒臻一 | 呼骨 |
| 21947 | 15 正 | 287 | 1542 | 猝 | 措 | 忽 | 淨 | 入 | 合二 | 六六骨 | | | 清入合沒臻一 | 倉沒 | 清合 1 | 倉故 | 曉入合沒臻一 | 呼骨 |
| 21948 | 15 正 | | 1543 | 踤 | 措 | 忽 | 淨 | 入 | 合二 | 六六骨 | | | 從入合術臻三 | 慈卹 | 清合 1 | 倉故 | 曉入合沒臻一 | 呼骨 |
| 21950 | 15 正 | | 1544 | 捽 | 措 | 忽 | 淨 | 入 | 合二 | 六六骨 | | | 從入合沒臻一 | 昨沒 | 清合 1 | 倉故 | 曉入合沒臻一 | 呼骨 |
| 21952 | 15 正 | | 1545 | 䥘 | 措 | 忽 | 淨 | 入 | 合二 | 六六骨 | | | 從入合沒臻一 | 昨沒 | 清合 1 | 倉故 | 曉入合沒臻一 | 呼骨 |

| 韻字編號 | 部序 | 組數 | 字數 | 韻字及何氏反切 | | | 韻字何氏音 | | | | 何萱注釋 | 備　注 | 韻字中古音 | | 上字中古音 | | 下字中古音 | |
|---|---|---|---|---|---|---|---|---|---|---|---|---|---|---|---|---|---|---|
| | | | | 韻字 | 上字 | 下字 | 聲 | 調 | 呼 | 韻部 | | | 聲調呼韻攝等 | 反切 | 聲呼等 | 反切 | 聲調呼韻攝等 | 反切 |
| 21953 | 15 正 | 288 | 1546 | 兀** | 臥 | 骨 | 我 | 入 | 合二 | 六六骨 | | 韻目歸入措忽切，據副編加臥骨切 | 疑入合沒臻一 | 五忽 | 疑合 1 | 吾貨 | 見入合沒臻一 | 古忽 |
| 21954 | 15 正 | | 1547 | 阢* | 臥 | 骨 | 我 | 入 | 合二 | 六六骨 | | 韻目歸入措忽切，據副編加臥骨切 | 疑入合沒臻一 | 五忽 | 疑合 1 | 吾貨 | 見入合沒臻一 | 古忽 |
| 21958 | 15 正 | | 1548 | 扤 | 臥 | 骨 | 我 | 入 | 合二 | 六六骨 | | 韻目歸入措忽切，表中作我母字頭，據副編加臥骨切 | 疑入合沒臻一 | 五忽 | 疑合 1 | 吾貨 | 見入合沒臻一 | 古忽 |
| 21959 | 15 正 | | 1549 | 刖 | 臥 | 骨 | 我 | 入 | 合二 | 六六骨 | | 韻目歸入措忽切，據副編加臥骨切 | 疑入合沒臻一 | 五忽 | 疑合 1 | 吾貨 | 見入合沒臻一 | 古忽 |
| 21960 | 15 正 | | 1550 | 䶇 | 臥 | 骨 | 我 | 入 | 合二 | 六六骨 | | 韻目歸入措忽切，據副編加臥骨切 | 疑入合黠山二 | 五滑 | 疑合 1 | 吾貨 | 見入合沒臻一 | 古忽 |
| 21961 | 15 正 | | 1551 | 杌 g* | 臥 | 骨 | 我 | 入 | 合二 | 六六骨 | | 韻目歸入措忽切，據副編加臥骨切 | 疑入合沒臻一 | 五忽 | 疑合 1 | 吾貨 | 見入合沒臻一 | 古忽 |
| 21963 | 15 正 | | 1552 | 疷 | 臥 | 骨 | 我 | 入 | 合二 | 六六骨 | | 韻目歸入措忽切，據副編加臥骨切 | 疑入合沒臻一 | 五忽 | 疑合 1 | 吾貨 | 見入合沒臻一 | 古忽 |
| 21964 | 15 正 | 289 | 1553 | 窣 | 巽 | 骨 | 信 | 入 | 合二 | 六六骨 | | | 心入合沒臻一 | 蘇骨 | 心合 1 | 蘇困 | 見入合沒臻一 | 古忽 |
| 21965 | 15 正 | 290 | 1554 | 勃 | 普 | 忽 | 並 | 入 | 合二 | 六六骨 | | | 並入合沒臻一 | 蒲沒 | 滂合 1 | 滂古 | 曉入合沒臻一 | 呼骨 |
| 21966 | 15 正 | | 1555 | 郣 | 普 | 忽 | 並 | 入 | 合二 | 六六骨 | | | 並入合沒臻一 | 蒲沒 | 滂合 1 | 滂古 | 曉入合沒臻一 | 呼骨 |
| 21969 | 15 正 | | 1556 | 誖 | 普 | 忽 | 並 | 入 | 合二 | 六六骨 | | | 並入合沒臻一 | 蒲沒 | 滂合 1 | 滂古 | 曉入合沒臻一 | 呼骨 |
| 21970 | 15 正 | | 1557 | 鬻 | 普 | 忽 | 並 | 入 | 合二 | 六六骨 | | | 並入合沒臻一 | 蒲沒 | 滂合 1 | 滂古 | 曉入合沒臻一 | 呼骨 |
| 21971 | 15 正 | | 1558 | 艴 | 普 | 忽 | 並 | 入 | 合二 | 六六骨 | | | 並入合沒臻一 | 蒲沒 | 滂合 1 | 滂古 | 曉入合沒臻一 | 呼骨 |
| 21972 | 15 正 | 291 | 1559 | 叟 | 慢 | 忽 | 命 | 入 | 合二 | 六六骨 | | | 透入合沒臻一 | 土骨 | 明開 2 | 謨晏 | 曉入合沒臻一 | 呼骨 |
| 21973 | 15 正 | | 1560 | 沒 | 慢 | 忽 | 命 | 入 | 合二 | 六六骨 | | | 明入合沒臻一 | 莫勃 | 明開 2 | 謨晏 | 曉入合沒臻一 | 呼骨 |
| 21974 | 15 正 | | 1561 | 殁 | 慢 | 忽 | 命 | 入 | 合二 | 六六骨 | | | 明入合沒臻一 | 莫勃 | 明開 2 | 謨晏 | 曉入合沒臻一 | 呼骨 |
| 21975 | 15 正 | | 1562 | 玵* | 慢 | 忽 | 命 | 入 | 合二 | 六六骨 | | | 明入合沒臻一 | 莫勃 | 明開 2 | 謨晏 | 曉入合沒臻一 | 呼骨 |

## 第十五部副編

| 韻字編號 | 部序 | 組數 | 字數 | 韻字及何氏反切 | | | 韻字何氏音 | | | | 何萱注釋 | 備注 | 韻字中古音 | | 上字中古音 | | 下字中古音 | |
|---|---|---|---|---|---|---|---|---|---|---|---|---|---|---|---|---|---|---|
| | | | | 韻字 | 上字 | 下字 | 聲 | 調 | 呼 | 韻部 | | | 聲調呼韻攝等 | 反切 | 聲呼等 | 反切 | 聲調呼韻攝等 | 反切 |
| 21976 | 15副 | 1 | 1 | 磯 | 竟 | 稀 | 見 | 陰平 | 齊 | 五七幾 | | | 見平開微止三 | 居依 | 見開3 | 居慶 | 曉平開微止三 | 香衣 |
| 21977 | 15副 | | 2 | 蘄 | 竟 | 稀 | 見 | 陰平 | 齊 | 五七幾 | | | 見平開微止三 | 居依 | 見開3 | 居慶 | 曉平開微止三 | 香衣 |
| 21978 | 15副 | | 3 | 蕺 | 竟 | 稀 | 見 | 陰平 | 齊 | 五七幾 | | | 見平開微止三 | 居依 | 見開3 | 居慶 | 曉平開微止三 | 香衣 |
| 21979 | 15副 | | 4 | 虮 | 竟 | 稀 | 見 | 陰平 | 齊 | 五七幾 | | | 見平開脂止重三 | 居夷 | 見開3 | 居慶 | 曉平開微止三 | 香衣 |
| 21980 | 15副 | | 5 | 鍇* | 竟 | 稀 | 見 | 陰平 | 齊 | 五七幾 | | | 見平開齊蟹四 | 坚奚 | 見開3 | 居慶 | 曉平開微止三 | 香衣 |
| 21981 | 15副 | | 6 | 榰 | 竟 | 稀 | 見 | 陰平 | 齊 | 五七幾 | | | 見平開齊蟹四 | 古奚 | 見開3 | 居慶 | 曉平開微止三 | 香衣 |
| 21982 | 15副 | 2 | 7 | 鷖 | 隱 | 稀 | 影 | 陰平 | 齊 | 五七幾 | | | 影平開齊蟹四 | 烏奚 | 影開3 | 於謹 | 曉平開微止三 | 香衣 |
| 21983 | 15副 | | 8 | 鹥* | 隱 | 稀 | 影 | 陰平 | 齊 | 五七幾 | | | 影平開齊蟹四 | 煙奚 | 影開3 | 於謹 | 曉平開微止三 | 香衣 |
| 21984 | 15副 | | 9 | 禕 | 隱 | 稀 | 影 | 陰平 | 齊 | 五七幾 | | | 影平開支止重三 | 於離 | 影開3 | 於謹 | 曉平開微止三 | 香衣 |
| 21985 | 15副 | | 10 | 郼 | 隱 | 稀 | 影 | 陰平 | 齊 | 五七幾 | | | 影平開微止三 | 於希 | 影開3 | 於謹 | 曉平開微止三 | 香衣 |
| 21986 | 15副 | 3 | 11 | 希 | 向 | 衣 | 曉 | 陰平 | 齊 | 五七幾 | 斋隸作希 | | 曉平開微止三 | 香衣 | 曉開3 | 許亮 | 影平開微止三 | 於希 |
| 21987 | 15副 | | 12 | 悕 | 向 | 衣 | 曉 | 陰平 | 齊 | 五七幾 | | | 曉平開微止三 | 香衣 | 曉開3 | 許亮 | 影平開微止三 | 於希 |
| 21988 | 15副 | | 13 | 俙 | 向 | 衣 | 曉 | 陰平 | 齊 | 五七幾 | | | 曉平開微止三 | 香衣 | 曉開3 | 許亮 | 影平開微止三 | 於希 |
| 21989 | 15副 | | 14 | 趘 | 向 | 衣 | 曉 | 陰平 | 齊 | 五七幾 | | | 曉平開微止三 | 香衣 | 曉開3 | 許亮 | 影平開微止三 | 於希 |
| 21990 | 15副 | | 15 | 烯* | 向 | 衣 | 曉 | 陰平 | 齊 | 五七幾 | | | 曉平開微止三 | 香依 | 曉開3 | 許亮 | 影平開微止三 | 於希 |
| 21991 | 15副 | | 16 | 桸 | 向 | 衣 | 曉 | 陰平 | 齊 | 五七幾 | | | 曉平開微止三 | 香衣 | 曉開3 | 許亮 | 影平開微止三 | 於希 |
| 21992 | 15副 | | 17 | 鵗 | 向 | 衣 | 曉 | 陰平 | 齊 | 五七幾 | | | 曉平開微止三 | 香衣 | 曉開3 | 許亮 | 影平開微止三 | 於希 |
| 21993 | 15副 | 4 | 18 | 䍕 | 典 | 稀 | 短 | 陰平 | 齊 | 五七幾 | | | 端平開齊蟹四 | 都奚 | 端開4 | 多殄 | 曉平開微止三 | 香衣 |
| 21995 | 15副 | | 19 | 眡 | 典 | 稀 | 短 | 陰平 | 齊 | 五七幾 | | | 端平開齊蟹四 | 都奚 | 端開4 | 多殄 | 曉平開微止三 | 香衣 |
| 21997 | 15副 | | 20 | 低 | 典 | 稀 | 短 | 陰平 | 齊 | 五七幾 | | | 端平開齊蟹四 | 都奚 | 端開4 | 多殄 | 曉平開微止三 | 香衣 |
| 21999 | 15副 | | 21 | 岻 | 典 | 稀 | 短 | 陰平 | 齊 | 五七幾 | | | 端平開齊蟹四 | 都奚 | 端開4 | 多殄 | 曉平開微止三 | 香衣 |
| 22000 | 15副 | 5 | 22 | 踶 | 眺 | 稀 | 透 | 陰平 | 齊 | 五七幾 | | | 透平開齊蟹四 | 土雞 | 透開4 | 他弔 | 曉平開微止三 | 香衣 |
| 22001 | 15副 | 6 | 23 | 澔 | 掌 | 稀 | 照 | 陰平 | 齊 | 五七幾 | | | 章平開脂止三 | 旨夷 | 章開3 | 諸兩 | 曉平開微止三 | 香衣 |
| 22002 | 15副 | | 24 | 秪 | 掌 | 稀 | 照 | 陰平 | 齊 | 五七幾 | | | 知平開脂止三 | 丁尼 | 章開3 | 諸兩 | 曉平開微止三 | 香衣 |
| 22003 | 15副 | 7 | 25 | 瓻 | 寵 | 稀 | 助 | 陰平 | 齊 | 五七幾 | | | 徹平開脂止三 | 丑飢 | 徹合3 | 丑隴 | 曉平開微止三 | 香衣 |

| 韻字編號 | 部序 | 組數 | 字數 | 韻字及何氏反切 | | | 韻字何氏音 | | | | 何萱注釋 | 備注 | 韻字中古音 | | 上字中古音 | | 下字中古音 | |
|---|---|---|---|---|---|---|---|---|---|---|---|---|---|---|---|---|---|---|
| | | | | 韻字 | 上字 | 下字 | 聲 | 調 | 呼 | 韻部 | | | 聲調呼韻攝等 | 反切 | 聲呼等 | 反切 | 聲調呼韻攝等 | 反切 |
| 22004 | 15 副 | | 26 | 箒 | 寵 | 稀 | 助 | 陰平 | 齊 | 五七幾 | | | 徹平開脂止三 | 丑飢 | 徹合 3 | 丑隴 | 曉平開微止三 | 香衣 |
| 22005 | 15 副 | | 27 | 脪 | 寵 | 稀 | 助 | 陰平 | 齊 | 五七幾 | | | 徹平開脂止三 | 丑飢 | 徹合 3 | 丑隴 | 曉平開微止三 | 香衣 |
| 22006 | 15 副 | | 28 | 舐 | 寵 | 稀 | 助 | 陰平 | 齊 | 五七幾 | | | 昌平開脂止三 | 處脂 | 徹合 3 | 丑隴 | 曉平開微止三 | 香衣 |
| 22007 | 15 副 | 8 | 29 | 瑡* | 哂 | 衣 | 審 | 陰平 | 齊 | 五七幾 | | | 生平開脂止三 | 霜夷 | 書開 3 | 式忍 | 影平開微止三 | 於希 |
| 22008 | 15 副 | | 30 | 篩 | 哂 | 衣 | 審 | 陰平 | 齊 | 五七幾 | | | 生平開脂止三 | 疏夷 | 書開 3 | 式忍 | 影平開微止三 | 於希 |
| 22009 | 15 副 | | 31 | 蒒 | 哂 | 衣 | 審 | 陰平 | 齊 | 五七幾 | | | 生平開脂止三 | 疏夷 | 書開 3 | 式忍 | 影平開微止三 | 於希 |
| 22010 | 15 副 | | 32 | 獅 | 哂 | 衣 | 審 | 陰平 | 齊 | 五七幾 | | | 生平開脂止三 | 疏夷 | 書開 3 | 式忍 | 影平開微止三 | 於希 |
| 22011 | 15 副 | | 33 | 鰤 | 哂 | 衣 | 審 | 陰平 | 齊 | 五七幾 | | | 生平開脂止三 | 疏夷 | 書開 3 | 式忍 | 影平開微止三 | 於希 |
| 22012 | 15 副 | | 34 | 螄 | 哂 | 衣 | 審 | 陰平 | 齊 | 五七幾 | | | 生平開脂止三 | 疏夷 | 書開 3 | 式忍 | 影平開微止三 | 於希 |
| 22013 | 15 副 | | 35 | 鳲 | 哂 | 衣 | 審 | 陰平 | 齊 | 五七幾 | | | 書平開脂止三 | 式脂 | 書開 3 | 式忍 | 影平開微止三 | 於希 |
| 22014 | 15 副 | 9 | 36 | 齎 | 甑 | 衣 | 井 | 陰平 | 齊 | 五七幾 | | | 精平開齊蟹四 | 祖稽 | 精開 3 | 子孕 | 影平開微止三 | 於希 |
| 22017 | 15 副 | | 37 | 玼 | 甑 | 衣 | 井 | 陰平 | 齊 | 五七幾 | | | 精平開齊蟹四 | 祖稽 | 精開 3 | 子孕 | 影平開微止三 | 於希 |
| 22019 | 15 副 | | 38 | 啙 | 甑 | 衣 | 井 | 陰平 | 齊 | 五七幾 | | | 精平開支止三 | 即移 | 精開 3 | 子孕 | 影平開微止三 | 於希 |
| 22020 | 15 副 | | 39 | 邺 | 甑 | 衣 | 井 | 陰平 | 齊 | 五七幾 | | | 精平開支止三 | 即移 | 精開 3 | 子孕 | 影平開微止三 | 於希 |
| 22021 | 15 副 | | 40 | 蛍 | 甑 | 衣 | 井 | 陰平 | 齊 | 五七幾 | | | 精平開支止三 | 即移 | 精開 3 | 子孕 | 影平開微止三 | 於希 |
| 22022 | 15 副 | | 41 | 蓸 | 甑 | 衣 | 井 | 陰平 | 齊 | 五七幾 | | | 精平開支止三 | 即移 | 精開 3 | 子孕 | 影平開微止三 | 於希 |
| 22023 | 15 副 | 10 | 42 | 枇 | 淺 | 稀 | 淨 | 陰平 | 齊 | 五七幾 | | | 從平開支止三 | 疾移 | 清開 3 | 七演 | 曉平開微止三 | 香衣 |
| 22024 | 15 副 | | 43 | 觜 | 淺 | 稀 | 淨 | 陰平 | 齊 | 五七幾 | | | 從平開支止三 | 疾移 | 清開 3 | 七演 | 曉平開微止三 | 香衣 |
| 22025 | 15 副 | | 44 | 覗 | 淺 | 稀 | 淨 | 陰平 | 齊 | 五七幾 | | | 清平開脂止三 | 取私 | 清開 3 | 七演 | 曉平開微止三 | 香衣 |
| 22026 | 15 副 | | 45 | 屎 | 淺 | 稀 | 淨 | 陰平 | 齊 | 五七幾 | | 字頭作屛 | 清平開脂止三 | 取私 | 清開 3 | 七演 | 曉平開微止三 | 香衣 |
| 22027 | 15 副 | | 46 | 蠀 | 淺 | 稀 | 淨 | 陰平 | 齊 | 五七幾 | | | 清平開脂止三 | 取私 | 清開 3 | 七演 | 曉平開微止三 | 香衣 |
| 22028 | 15 副 | | 47 | 凄 | 淺 | 稀 | 淨 | 陰平 | 齊 | 五七幾 | | | 清平開齊蟹四 | 七稽 | 清開 3 | 七演 | 曉平開微止三 | 香衣 |
| 22030 | 15 副 | | 48 | 鶈 | 淺 | 稀 | 淨 | 陰平 | 齊 | 五七幾 | | | 清平開齊蟹四 | 七稽 | 清開 3 | 七演 | 曉平開微止三 | 香衣 |
| 22031 | 15 副 | 11 | 49 | 剘 | 想 | 稀 | 信 | 陰平 | 齊 | 五七幾 | | | 心平開齊蟹四 | 先稽 | 心開 3 | 息兩 | 曉平開微止三 | 香衣 |
| 22032 | 15 副 | 12 | 50 | 誰 | 丙 | 衣 | 謗 | 陰平 | 齊 | 五七幾 | | | 滂平開脂止重四 | 匹夷 | 幫開 3 | 兵永 | 影平開微止三 | 於希 |
| 22033 | 15 副 | | 51 | 幒 | 丙 | 衣 | 謗 | 陰平 | 齊 | 五七幾 | | | 幫平開齊蟹四 | 邊兮 | 幫開 3 | 兵永 | 影平開微止三 | 於希 |
| 22034 | 15 副 | | 52 | 篦 | 丙 | 衣 | 謗 | 陰平 | 齊 | 五七幾 | | | 幫平開齊蟹四 | 邊兮 | 幫開 3 | 兵永 | 影平開微止三 | 於希 |

| 韻字編號 | 部序 | 組數 | 字數 | 韻字及何氏反切 | | | 韻字何氏音 | | | | 何萱注釋 | 備注 | 韻字中古音 | | 上字中古音 | | 下字中古音 | |
|---|---|---|---|---|---|---|---|---|---|---|---|---|---|---|---|---|---|---|
| | | | | 韻字 | 上字 | 下字 | 聲 | 調 | 呼 | 韻部 | | | 聲調呼韻攝等 | 反切 | 聲呼等 | 反切 | 聲調呼韻攝等 | 反切 |
| 22035 | 15 副 | | 53 | 鎞 | 丙 | 衣 | 謗 | 陰平 | 齊 | 五七幾 | | | 幫平開齊蟹四 | 邊兮 | 幫開 3 | 兵永 | 影平開微止三 | 於希 |
| 22036 | 15 副 | 13 | 54 | 鈚 | 品 | 衣 | 並 | 陰平 | 齊 | 五七幾 | | 這裏只有陰平陽平的區別。疑 | 滂平開齊蟹四 | 匹迷 | 滂開重 3 | 丕飲 | 影平開微止三 | 於希 |
| 22037 | 15 副 | | 55 | 箆 | 品 | 衣 | 並 | 陰平 | 齊 | 五七幾 | | | 並平開齊蟹四 | 部迷 | 滂開重 3 | 丕飲 | 影平開微止三 | 於希 |
| 22038 | 15 副 | | 56 | 悂 | 品 | 衣 | 並 | 陰平 | 齊 | 五七幾 | | | 滂平開脂止重四 | 匹夷 | 滂開重 3 | 丕飲 | 影平開微止三 | 於希 |
| 22039 | 15 副 | | 57 | 踎 | 品 | 衣 | 並 | 陰平 | 齊 | 五七幾 | | | 滂去開齊蟹四 | 匹詣 | 滂開重 3 | 丕飲 | 影平開微止三 | 於希 |
| 22040 | 15 副 | | 58 | 磇 | 品 | 衣 | 並 | 陰平 | 齊 | 五七幾 | | | 滂平開齊蟹四 | 匹迷 | 滂開重 3 | 丕飲 | 影平開微止三 | 於希 |
| 22041 | 15 副 | | 59 | 鷎 | 品 | 衣 | 並 | 陰平 | 齊 | 五七幾 | | | 滂平開齊蟹四 | 匹迷 | 滂開重 3 | 丕飲 | 影平開微止三 | 於希 |
| 22042 | 15 副 | 14 | 60 | 愭 | 儉 | 黎 | 起 | 陽平 | 齊 | 五七幾 | | | 群平開脂止重三 | 渠脂 | 群開重 3 | 巨險 | 來平開齊蟹四 | 郎奚 |
| 22043 | 15 副 | | 61 | 諸 | 儉 | 黎 | 起 | 陽平 | 齊 | 五七幾 | | | 昌平開脂止三 | 處脂 | 群開重 3 | 巨險 | 來平開齊蟹四 | 郎奚 |
| 22044 | 15 副 | | 62 | 覩 | 儉 | 黎 | 起 | 陽平 | 齊 | 五七幾 | | | 群平開脂止重三 | 渠脂 | 群開重 3 | 巨險 | 來平開齊蟹四 | 郎奚 |
| 22045 | 15 副 | | 63 | 鬐 | 儉 | 黎 | 起 | 陽平 | 齊 | 五七幾 | | | 群平開脂止重三 | 渠脂 | 群開重 3 | 巨險 | 來平開齊蟹四 | 郎奚 |
| 22046 | 15 副 | | 64 | 鰭 | 儉 | 黎 | 起 | 陽平 | 齊 | 五七幾 | | | 群平開脂止重三 | 渠脂 | 群開重 3 | 巨險 | 來平開齊蟹四 | 郎奚 |
| 22047 | 15 副 | | 65 | 稭 | 儉 | 黎 | 起 | 陽平 | 齊 | 五七幾 | | | 群平開脂止重三 | 渠脂 | 群開重 3 | 巨險 | 來平開齊蟹四 | 郎奚 |
| 22048 | 15 副 | | 66 | 鍺 | 儉 | 黎 | 起 | 陽平 | 齊 | 五七幾 | | | 群平開脂止重三 | 渠脂 | 群開重 3 | 巨險 | 來平開齊蟹四 | 郎奚 |
| 22049 | 15 副 | | 67 | 鱌 | 儉 | 黎 | 起 | 陽平 | 齊 | 五七幾 | | | 群平開微止三 | 渠希 | 群開重 3 | 巨險 | 來平開齊蟹四 | 郎奚 |
| 22050 | 15 副 | | 68 | 穖* | 儉 | 黎 | 起 | 陽平 | 齊 | 五七幾 | | | 群平開微止三 | 渠希 | 群開重 3 | 巨險 | 來平開齊蟹四 | 郎奚 |
| 22051 | 15 副 | | 69 | 驥** | 儉 | 黎 | 起 | 陽平 | 齊 | 五七幾 | | | 群平開微止三 | 巨希 | 群開重 3 | 巨險 | 來平開齊蟹四 | 郎奚 |
| 22052 | 15 副 | 15 | 70 | 恞 | 隱 | 黎 | 影 | 陽平 | 齊 | 五七幾 | | | 以平開脂止三 | 以脂 | 影開 3 | 於謹 | 來平開齊蟹四 | 郎奚 |
| 22053 | 15 副 | | 71 | 侇* | 隱 | 黎 | 影 | 陽平 | 齊 | 五七幾 | | | 以平開脂止三 | 延知 | 影開 3 | 於謹 | 來平開齊蟹四 | 郎奚 |
| 22054 | 15 副 | | 72 | 屖 | 隱 | 黎 | 影 | 陽平 | 齊 | 五七幾 | | | 以平開脂止三 | 以脂 | 影開 3 | 於謹 | 來平開齊蟹四 | 郎奚 |
| 22055 | 15 副 | | 73 | 胰 | 隱 | 黎 | 影 | 陽平 | 齊 | 五七幾 | | | 以平開脂止三 | 以脂 | 影開 3 | 於謹 | 來平開齊蟹四 | 郎奚 |
| 22056 | 15 副 | | 74 | 陝 | 隱 | 黎 | 影 | 陽平 | 齊 | 五七幾 | | | 以平開脂止三 | 以脂 | 影開 3 | 於謹 | 來平開齊蟹四 | 郎奚 |
| 22057 | 15 副 | | 75 | 峓 | 隱 | 黎 | 影 | 陽平 | 齊 | 五七幾 | | | 以平開脂止三 | 以脂 | 影開 3 | 於謹 | 來平開齊蟹四 | 郎奚 |
| 22058 | 15 副 | | 76 | 羠 | 隱 | 黎 | 影 | 陽平 | 齊 | 五七幾 | | | 以平開脂止三 | 以脂 | 影開 3 | 於謹 | 來平開齊蟹四 | 郎奚 |
| 22060 | 15 副 | | 77 | 蛦 | 隱 | 黎 | 影 | 陽平 | 齊 | 五七幾 | | | 以平開脂止三 | 以脂 | 影開 3 | 於謹 | 來平開齊蟹四 | 郎奚 |
| 22061 | 15 副 | | 78 | 荑 | 隱 | 黎 | 影 | 陽平 | 齊 | 五七幾 | | | 以平開脂止三 | 以脂 | 影開 3 | 於謹 | 來平開齊蟹四 | 郎奚 |

| 韻字編號 | 部序 | 組數 | 字數 | 韻字及何氏反切 | | | 韻字何氏音 | | | | 何萱注釋 | 備注 | 韻字中古音 | | 上字中古音 | | 下字中古音 | |
|---|---|---|---|---|---|---|---|---|---|---|---|---|---|---|---|---|---|---|
| | | | | 韻字 | 上字 | 下字 | 聲 | 調 | 呼 | 韻部 | | | 聲調呼韻攝等 | 反切 | 聲呼等 | 反切 | 聲調呼韻攝等 | 反切 |
| 22062 | 15 副 | 16 | 79 | 嵇 | 向 | 祁 | 曉 | 陽平 | 齊 | 五七幾 | | | 匣平開齊蟹四 | 胡雞 | 曉開 3 | 許亮 | 群平開脂止重三 | 渠脂 |
| 22063 | 15 副 | 17 | 80 | 霴 | 眺 | 祁 | 透 | 陽平 | 齊 | 五七幾 | | | 定平開齊蟹四 | 杜奚 | 透開 4 | 他弔 | 群平開脂止重三 | 渠脂 |
| 22064 | 15 副 | | 81 | 鍗 | 眺 | 祁 | 透 | 陽平 | 齊 | 五七幾 | | | 定平開齊蟹四 | 杜奚 | 透開 4 | 他弔 | 群平開脂止重三 | 渠脂 |
| 22065 | 15 副 | | 82 | 罤 | 眺 | 祁 | 透 | 陽平 | 齊 | 五七幾 | | | 定平開齊蟹四 | 杜奚 | 透開 4 | 他弔 | 群平開脂止重三 | 渠脂 |
| 22066 | 15 副 | | 83 | 桋 | 眺 | 祁 | 透 | 陽平 | 齊 | 五七幾 | | | 定平開齊蟹四 | 杜奚 | 透開 4 | 他弔 | 群平開脂止重三 | 渠脂 |
| 22067 | 15 副 | 18 | 84 | 怩 | 念 | 祁 | 乃 | 陽平 | 齊 | 五七幾 | | | 娘平開脂止三 | 女夷 | 泥開 4 | 奴店 | 群平開脂止重三 | 渠脂 |
| 22068 | 15 副 | | 85 | 呢 | 念 | 祁 | 乃 | 陽平 | 齊 | 五七幾 | | | 娘平開脂止三 | 女夷 | 泥開 4 | 奴店 | 群平開脂止重三 | 渠脂 |
| 22069 | 15 副 | | 86 | 泥* | 念 | 祁 | 乃 | 陽平 | 齊 | 五七幾 | | | 泥平開齊蟹四 | 年題 | 泥開 4 | 奴店 | 群平開脂止重三 | 渠脂 |
| 22070 | 15 副 | | 87 | 鈮 | 念 | 祁 | 乃 | 陽平 | 齊 | 五七幾 | | | 娘平開脂止三 | 女夷 | 泥開 4 | 奴店 | 群平開脂止重三 | 渠脂 |
| 22071 | 15 副 | | 88 | 妮* | 念 | 祁 | 乃 | 陽平 | 齊 | 五七幾 | | | 娘平開脂止三 | 女夷 | 泥開 4 | 奴店 | 群平開脂止重三 | 渠脂 |
| 22074 | 15 副 | | 89 | 抳* | 念 | 祁 | 乃 | 陽平 | 齊 | 五七幾 | | | 娘平開脂止三 | 女夷 | 泥開 4 | 奴店 | 群平開脂止重三 | 渠脂 |
| 22077 | 15 副 | | 90 | 跜 | 念 | 祁 | 乃 | 陽平 | 齊 | 五七幾 | | | 娘平開脂止三 | 女夷 | 泥開 4 | 奴店 | 群平開脂止重三 | 渠脂 |
| 22078 | 15 副 | | 91 | 貎 | 念 | 祁 | 乃 | 陽平 | 齊 | 五七幾 | | | 娘平開脂止三 | 女夷 | 泥開 4 | 奴店 | 群平開脂止重三 | 渠脂 |
| 22079 | 15 副 | | 92 | 蚭 | 念 | 祁 | 乃 | 陽平 | 齊 | 五七幾 | | | 娘平開脂止三 | 女夷 | 泥開 4 | 奴店 | 群平開脂止重三 | 渠脂 |
| 22080 | 15 副 | | 93 | 狔 | 念 | 祁 | 乃 | 陽平 | 齊 | 五七幾 | | | 娘上開支止三 | 女氏 | 泥開 4 | 奴店 | 群平開脂止重三 | 渠脂 |
| 22081 | 15 副 | | 94 | 旎 | 念 | 祁 | 乃 | 陽平 | 齊 | 五七幾 | | | 娘上開支止三 | 女氏 | 泥開 4 | 奴店 | 群平開脂止重三 | 渠脂 |
| 22082 | 15 副 | 19 | 95 | 黧 | 亮 | 祁 | 賚 | 陽平 | 齊 | 五七幾 | | | 來平開齊蟹四 | 郎奚 | 來開 3 | 力讓 | 群平開脂止重三 | 渠脂 |
| 22083 | 15 副 | | 96 | 鵹 | 亮 | 祁 | 賚 | 陽平 | 齊 | 五七幾 | | | 來平開脂止三 | 力脂 | 來開 3 | 力讓 | 群平開脂止重三 | 渠脂 |
| 22085 | 15 副 | | 97 | 鑗 | 亮 | 祁 | 賚 | 陽平 | 齊 | 五七幾 | | | 來平開脂止三 | 力脂 | 來開 3 | 力讓 | 群平開脂止重三 | 渠脂 |
| 22086 | 15 副 | | 98 | 蔾 | 亮 | 祁 | 賚 | 陽平 | 齊 | 五七幾 | | | 來平開脂止三 | 力脂 | 來開 3 | 力讓 | 群平開脂止重三 | 渠脂 |
| 22087 | 15 副 | | 99 | 蟍g* | 亮 | 祁 | 賚 | 陽平 | 齊 | 五七幾 | | | 來平開脂止三 | 良脂 | 來開 3 | 力讓 | 群平開脂止重三 | 渠脂 |
| 22089 | 15 副 | | 100 | 瞜 | 亮 | 祁 | 賚 | 陽平 | 齊 | 五七幾 | | | 來平開齊蟹四 | 郎奚 | 來開 3 | 力讓 | 群平開脂止重三 | 渠脂 |
| 22090 | 15 副 | | 101 | 剓 | 亮 | 祁 | 賚 | 陽平 | 齊 | 五七幾 | | | 來平開脂止三 | 力脂 | 來開 3 | 力讓 | 群平開脂止重三 | 渠脂 |
| 22091 | 15 副 | | 102 | 㴝 | 亮 | 祁 | 賚 | 陽平 | 齊 | 五七幾 | | | 來平開脂止三 | 力脂 | 來開 3 | 力讓 | 群平開脂止重三 | 渠脂 |
| 22092 | 15 副 | | 103 | 瓈 | 亮 | 祁 | 賚 | 陽平 | 齊 | 五七幾 | | | 來平開齊蟹四 | 郎奚 | 來開 3 | 力讓 | 群平開脂止重三 | 渠脂 |
| 22093 | 15 副 | | 104 | 驟 | 亮 | 祁 | 賚 | 陽平 | 齊 | 五七幾 | | | 來平開齊蟹四 | 郎奚 | 來開 3 | 力讓 | 群平開脂止重三 | 渠脂 |
| 22094 | 15 副 | | 105 | 蜊 | 亮 | 祁 | 賚 | 陽平 | 齊 | 五七幾 | | | 來平開脂止三 | 力脂 | 來開 3 | 力讓 | 群平開脂止重三 | 渠脂 |

| 韻字編號 | 部序 | 組數 | 字數 | 韻字及何氏反切 | | | 韻字何氏音 | | | | 何萱注釋 | 備注 | 韻字中古音 | | 上字中古音 | | 下字中古音 | |
|---|---|---|---|---|---|---|---|---|---|---|---|---|---|---|---|---|---|---|
| | | | | 韻字 | 上字 | 下字 | 聲 | 調 | 呼 | 韻部 | | | 聲調呼韻攝等 | 反切 | 聲呼等 | 反切 | 聲調呼韻攝等 | 反切 |
| 22096 | 15 副 | | 106 | 筣 | 亮 | 祁 | 賚 | 陽平 | 齊 | 五七幾 | | | 來平開齊蟹四 | 郎奚 | 來開 3 | 力讓 | 群平開脂止重三 | 渠脂 |
| 22097 | 15 副 | | 107 | 莉 | 亮 | 祁 | 賚 | 陽平 | 齊 | 五七幾 | | | 來平開齊蟹四 | 郎奚 | 來開 3 | 力讓 | 群平開脂止重三 | 渠脂 |
| 22098 | 15 副 | | 108 | 悡 | 亮 | 祁 | 賚 | 陽平 | 齊 | 五七幾 | | | 來平開齊蟹四 | 郎奚 | 來開 3 | 力讓 | 群平開脂止重三 | 渠脂 |
| 22099 | 15 副 | | 109 | 劦 | 亮 | 祁 | 賚 | 陽平 | 齊 | 五七幾 | | | 來平開脂止三 | 力脂 | 來開 3 | 力讓 | 群平開脂止重三 | 渠脂 |
| 22100 | 15 副 | 20 | 110 | 胝 | 寵 | 祁 | 助 | 陽平 | 齊 | 五七幾 | | | 澄平開脂止三 | 直尼 | 徹合 3 | 丑隴 | 群平開脂止重三 | 渠脂 |
| 22101 | 15 副 | | 111 | 瓷 | 寵 | 祁 | 助 | 陽平 | 齊 | 五七幾 | | | 從平開脂止三 | 疾資 | 徹合 3 | 丑隴 | 群平開脂止重三 | 渠脂 |
| 22102 | 15 副 | 21 | 112 | 溰 | 仰 | 黎 | 我 | 陽平 | 齊 | 五七幾 | | | 疑平開微止三 | 魚衣 | 疑開 3 | 魚兩 | 來平開齊蟹四 | 郎奚 |
| 22103 | 15 副 | 22 | 113 | 魮 | 品 | 黎 | 並 | 陽平 | 齊 | 五七幾 | | | 並平開脂止重四 | 房脂 | 滂開重 3 | 丕飲 | 來平開齊蟹四 | 郎奚 |
| 22104 | 15 副 | | 114 | 阰 | 品 | 黎 | 並 | 陽平 | 齊 | 五七幾 | | | 並平開脂止重四 | 房脂 | 滂開重 3 | 丕飲 | 來平開齊蟹四 | 郎奚 |
| 22105 | 15 副 | | 115 | 鈚 | 品 | 黎 | 並 | 陽平 | 齊 | 五七幾 | | | 並平開脂止重四 | 房脂 | 滂開重 3 | 丕飲 | 來平開齊蟹四 | 郎奚 |
| 22106 | 15 副 | | 116 | 魮 | 品 | 黎 | 並 | 陽平 | 齊 | 五七幾 | | | 並平開脂止重四 | 房脂 | 滂開重 3 | 丕飲 | 來平開齊蟹四 | 郎奚 |
| 22107 | 15 副 | | 117 | 琵 | 品 | 黎 | 並 | 陽平 | 齊 | 五七幾 | | | 並平開脂止重四 | 房脂 | 滂開重 3 | 丕飲 | 來平開齊蟹四 | 郎奚 |
| 22108 | 15 副 | | 118 | 蜌 | 品 | 黎 | 並 | 陽平 | 齊 | 五七幾 | | | 並平開脂止重四 | 房脂 | 滂開重 3 | 丕飲 | 來平開齊蟹四 | 郎奚 |
| 22109 | 15 副 | 23 | 119 | 醚** | 面 | 黎 | 命 | 陽平 | 齊 | 五七幾 | | 玉篇：音彌 | 明平開支止重四 | 武移 | 明開重 4 | 彌箭 | 來平開齊蟹四 | 郎奚 |
| 22110 | 15 副 | 24 | 120 | 䶐 | 竟 | 齊 | 見 | 陰平 | 齊二 | 五八皆 | | | 見平開皆蟹二 | 古諧 | 見開 3 | 居慶 | 從平開齊蟹四 | 徂奚 |
| 22111 | 15 副 | | 121 | 瓶 | 竟 | 齊 | 見 | 陰平 | 齊二 | 五八皆 | | | 見平開皆蟹二 | 古諧 | 見開 3 | 居慶 | 從平開齊蟹四 | 徂奚 |
| 22112 | 15 副 | | 122 | 鶛 | 竟 | 齊 | 見 | 陰平 | 齊二 | 五八皆 | | | 見平開皆蟹二 | 古諧 | 見開 3 | 居慶 | 從平開齊蟹四 | 徂奚 |
| 22113 | 15 副 | | 123 | 蝔 | 竟 | 齊 | 見 | 陰平 | 齊二 | 五八皆 | | | 見平開皆蟹二 | 古諧 | 見開 3 | 居慶 | 從平開齊蟹四 | 徂奚 |
| 22115 | 15 副 | 25 | 124 | 揩 | 儉 | 皆 | 起 | 陰平 | 齊二 | 五八皆 | | | 溪平開皆蟹二 | 口皆 | 群開重 3 | 巨險 | 見平開皆蟹二 | 古諧 |
| 22116 | 15 副 | | 125 | 偕 | 儉 | 皆 | 起 | 陰平 | 齊二 | 五八皆 | | | 溪平開皆蟹二 | 口皆 | 群開重 3 | 巨險 | 見平開皆蟹二 | 古諧 |
| 22117 | 15 副 | | 126 | 楷 | 儉 | 皆 | 起 | 陰平 | 齊二 | 五八皆 | | | 溪平開皆蟹二 | 口皆 | 群開重 3 | 巨險 | 見平開皆蟹二 | 古諧 |
| 22118 | 15 副 | 26 | 127 | 摨 | 念 | 儕 | 乃 | 陽平 | 齊二 | 五八皆 | | | 娘平開皆蟹二 | 諾皆 | 泥開 4 | 奴店 | 崇平開皆蟹二 | 士皆 |
| 22119 | 15 副 | | 128 | 娓* | 念 | 儕 | 乃 | 陽平 | 齊二 | 五八皆 | | | 澄平開皆蟹二 | 直皆 | 泥開 4 | 奴店 | 崇平開皆蟹二 | 士皆 |
| 22120 | 15 副 | 27 | 129 | 䁤** | 舉 | 雖 | 見 | 陰平 | 撮 | 五九睢 | | | 見平合微止三 | 居韋 | 見合 3 | 居許 | 心平合脂止三 | 息遺 |
| 22121 | 15 副 | 28 | 130 | 睽 | 去 | 雖 | 起 | 陰平 | 撮 | 五九睢 | | 原字頭作睽，玉篇苦圭切，字形作睽 | 溪平合齊蟹四 | 苦圭 | 溪合 3 | 丘倨 | 心平合脂止三 | 息遺 |

| 韻字編號 | 部序 | 組數 | 字數 | 韻字及何氏反切 | | | 韻字何氏音 | | | | 何萱注釋 | 備　注 | 韻字中古音 | | 上字中古音 | | 下字中古音 | |
|---|---|---|---|---|---|---|---|---|---|---|---|---|---|---|---|---|---|---|
| | | | | 韻字 | 上字 | 下字 | 聲 | 調 | 呼 | 韻部 | | | 聲調呼韻攝等 | 反切 | 聲呼等 | 反切 | 聲調呼韻攝等 | 反切 |
| 22122 | 15副 | 29 | 131 | 廋 | 許 | 雖 | 曉 | 陰平 | 撮 | 五九睢 | | | 曉平合脂止三 | 許維 | 曉合3 | 虛呂 | 心平合脂止三 | 息遺 |
| 22124 | 15副 | 30 | 132 | **嗺** | 俊 | 雖 | 井 | 陰平 | 撮 | 五九睢 | | | 精平合灰蟹一 | 臧回 | 精合3 | 子峻 | 心平合脂止三 | 息遺 |
| 22125 | 15副 | 31 | 133 | ⿰癸鳥 | 去 | 維 | 起 | 陽平 | 撮 | 五九睢 | | | 群平合脂止重四 | 渠隹 | 溪合3 | 丘倨 | 以平合脂止三 | 以追 |
| 22126 | 15副 | | 134 | ⿰魚癸 | 去 | 維 | 起 | 陽平 | 撮 | 五九睢 | | | 群平合脂止重四 | 渠隹 | 溪合3 | 丘倨 | 以平合脂止三 | 以追 |
| 22127 | 15副 | | 135 | ⿰虫癸 | 去 | 維 | 起 | 陽平 | 撮 | 五九睢 | | | 群平合脂止重四 | 渠隹 | 溪合3 | 丘倨 | 以平合脂止三 | 以追 |
| 22129 | 15副 | | 136 | ⿰癸瓜* | 去 | 維 | 起 | 陽平 | 撮 | 五九睢 | | | 溪平合齊蟹四 | 傾畦 | 溪合3 | 丘倨 | 以平合脂止三 | 以追 |
| 22130 | 15副 | 32 | 137 | ⿰目遺 | 羽 | 葵 | 曉 | 陽平 | 撮 | 五九睢 | | | 以平合脂止三 | 以追 | 云合3 | 王矩 | 群平合脂止重四 | 渠隹 |
| 22131 | 15副 | | 138 | 讉* | 羽 | 葵 | 曉 | 陽平 | 撮 | 五九睢 | | | 透平合灰蟹一 | 通回 | 云合3 | 王矩 | 群平合脂止重四 | 渠隹 |
| 22132 | 15副 | | 139 | ⿰虫遺 | 羽 | 葵 | 曉 | 陽平 | 撮 | 五九睢 | | | 以平合脂止三 | 以追 | 云合3 | 王矩 | 群平合脂止重四 | 渠隹 |
| 22134 | 15副 | 33 | 140 | **暋** | 漢 | 哀 | 曉 | 陰平 | 開 | 六十開 | | | 曉平開佳蟹二 | 火佳 | 曉開1 | 呼旰 | 影平開咍蟹一 | 烏開 |
| 22135 | 15副 | 34 | 141 | **⿰甚瓦** | 秩 | 哀 | 助 | 陰平 | 開 | 六十開 | | | 初平開佳蟹二 | 楚佳 | 澄開3 | 直一 | 影平開咍蟹一 | 烏開 |
| 22137 | 15副 | 35 | 142 | **㨃** | 漢 | 皚 | 曉 | 陽平 | 開 | 六十開 | | | 匣平開咍蟹一 | 戶來 | 曉開1 | 呼旰 | 疑平開咍蟹一 | 五來 |
| 22138 | 15副 | | 143 | ⿰身豈 | 漢 | 皚 | 曉 | 陽平 | 開 | 六十開 | | | 匣平開咍蟹一 | 戶來 | 曉開1 | 呼旰 | 疑平開咍蟹一 | 五來 |
| 22139 | 15副 | | 144 | ⿰魚豈 | 漢 | 皚 | 曉 | 陽平 | 開 | 六十開 | | | 匣平開咍蟹一 | 戶來 | 曉開1 | 呼旰 | 疑平開咍蟹一 | 五來 |
| 22140 | 15副 | 36 | 145 | **隑** | 傲 | 柴 | 我 | 陽平 | 開 | 六十開 | | | 疑平開咍蟹一 | 五來 | 疑開1 | 五到 | 崇平開佳蟹二 | 士佳 |
| 22141 | 15副 | | 146 | 嵦 | 傲 | 柴 | 我 | 陽平 | 開 | 六十開 | | | 疑平開咍蟹一 | 五來 | 疑開1 | 五到 | 崇平開佳蟹二 | 士佳 |
| 22142 | 15副 | | 147 | ⿰豈犬 | 傲 | 柴 | 我 | 陽平 | 開 | 六十開 | | | 疑平開咍蟹一 | 五來 | 疑開1 | 五到 | 崇平開佳蟹二 | 士佳 |
| 22143 | 15副 | 37 | 148 | **⿰扌⿸厂隹*** | 苦 | 葳 | 起 | 陰平 | 合 | 六一裹 | | | 溪平合皆蟹二 | 枯懷 | 溪合1 | 康杜 | 影平合微止三 | 於非 |
| 22144 | 15副 | 38 | 149 | **崴** | 甕 | ⿰扌⿸厂隹* | 影 | 陰平 | 合 | 六一裹 | | | 影平合皆蟹二 | 乙乖 | 影合1 | 烏貢 | 溪平合皆蟹二 | 枯懷 |
| 22145 | 15副 | | 150 | 磈 | 甕 | ⿰扌⿸厂隹* | 影 | 陰平 | 合 | 六一裹 | | | 影平合皆蟹二 | 乙乖 | 影合1 | 烏貢 | 溪平合皆蟹二 | 枯懷 |
| 22146 | 15副 | | 151 | 溾 | 甕 | ⿰扌⿸厂隹* | 影 | 陰平 | 合 | 六一裹 | | | 影平合皆蟹二 | 乙乖 | 影合1 | 烏貢 | 溪平合皆蟹二 | 枯懷 |
| 22148 | 15副 | 39 | 152 | ⿰女褱 | 戶 | 膗 | 曉 | 陽平 | 合 | 六一裹 | | | 匣平合皆蟹二 | 戶乖 | 匣合1 | 侯古 | 崇平合皆蟹二 | 仕懷 |
| 22149 | 15副 | | 153 | 櫰 | 戶 | 膗 | 曉 | 陽平 | 合 | 六一裹 | | | 匣平合皆蟹二 | 戶乖 | 匣合1 | 侯古 | 崇平合皆蟹二 | 仕懷 |
| 22150 | 15副 | | 154 | 懷 | 戶 | 膗 | 曉 | 陽平 | 合 | 六一裹 | | | 匣平合皆蟹二 | 戶乖 | 匣合1 | 侯古 | 崇平合皆蟹二 | 仕懷 |
| 22151 | 15副 | | 155 | ⿰鹵褱 | 戶 | 膗 | 曉 | 陽平 | 合 | 六一裹 | | | 匣平合皆蟹二 | 戶乖 | 匣合1 | 侯古 | 崇平合皆蟹二 | 仕懷 |
| 22152 | 15副 | | 156 | 褢 | 戶 | 膗 | 曉 | 陽平 | 合 | 六一裹 | | | 匣平合皆蟹二 | 戶乖 | 匣合1 | 侯古 | 崇平合皆蟹二 | 仕懷 |
| 22153 | 15副 | 40 | 157 | 頹 | 杜 | 懷 | 透 | 陽平 | 合 | 六一裹 | | 表中此位無字 | 定平合皆蟹二 | 杜懷 | 定合1 | 徒古 | 匣平合皆蟹二 | 戶乖 |
| 22154 | 15副 | 41 | 158 | ⿰月累 | 路 | 懷 | 賚 | 陽平 | 合 | 六一裹 | | 表中此位無字 | 來平合皆蟹二 | 力懷 | 來合1 | 洛故 | 匣平合皆蟹二 | 戶乖 |

| 韻字編號 | 部序 | 組數 | 字數 | 韻字及何氏反切 | | | 韻字何氏音 | | | | 何萱注釋 | 備　注 | 韻字中古音 | | 上字中古音 | | 下字中古音 | |
|---|---|---|---|---|---|---|---|---|---|---|---|---|---|---|---|---|---|---|
| | | | | 韻字 | 上字 | 下字 | 聲 | 調 | 呼 | 韻部 | | | 聲調呼韻攝等 | 反切 | 聲呼等 | 反切 | 聲調呼韻攝等 | 反切 |
| 22155 | 15 副 | 42 | 159 | 膗 | 狀 | 懐 | 助 | 陽平 | 合 | 六一褢 | | 表中此位無字 | 崇平合皆蟹二 | 仕懐 | 崇開 3 | 鋤亮 | 匣平合皆蟹二 | 戶乖 |
| 22156 | 15 副 | | 160 | 揌 | 狀 | 懐 | 助 | 陽平 | 合 | 六一褢 | | 表中此位無字 | 崇平合皆蟹二 | 仕懐 | 崇開 3 | 鋤亮 | 匣平合皆蟹二 | 戶乖 |
| 22158 | 15 副 | 43 | 161 | 璝 | 古 | 徽 | 見 | 陰平 | 合二 | 六二歸 | | | 見平合灰蟹一 | 公回 | 見合 1 | 公戶 | 曉平合微止三 | 許歸 |
| 22159 | 15 副 | 44 | 162 | 詼 | 苦 | 歸 | 起 | 陰平 | 合二 | 六二歸 | | | 溪平合灰蟹一 | 苦回 | 溪合 1 | 康杜 | 見平合微止三 | 舉韋 |
| 22160 | 15 副 | | 163 | 筷g* | 苦 | 歸 | 起 | 陰平 | 合二 | 六二歸 | | | 溪平合灰蟹一 | 枯回 | 溪合 1 | 康杜 | 見平合微止三 | 舉韋 |
| 22161 | 15 副 | | 164 | 盔 | 苦 | 歸 | 起 | 陰平 | 合二 | 六二歸 | | | 溪平合灰蟹一 | 苦回 | 溪合 1 | 康杜 | 見平合微止三 | 舉韋 |
| 22162 | 15 副 | 45 | 165 | 葳 | 甕 | 歸 | 影 | 陰平 | 合二 | 六二歸 | | 下字原作歸 | 影平合微止三 | 於非 | 影合 1 | 烏貢 | 見平合微止三 | 舉韋 |
| 22163 | 15 副 | | 166 | 隇 | 甕 | 歸 | 影 | 陰平 | 合二 | 六二歸 | | | 影平合微止三 | 於非 | 影合 1 | 烏貢 | 見平合微止三 | 舉韋 |
| 22164 | 15 副 | | 167 | 墄** | 甕 | 歸 | 影 | 陰平 | 合二 | 六二歸 | | | 影平合微止三 | 於歸 | 影合 1 | 烏貢 | 見平合微止三 | 舉韋 |
| 22165 | 15 副 | | 168 | 鰄 | 甕 | 歸 | 影 | 陰平 | 合二 | 六二歸 | | | 影平合微止三 | 於非 | 影合 1 | 烏貢 | 見平合微止三 | 舉韋 |
| 22166 | 15 副 | | 169 | 蝛 | 甕 | 歸 | 影 | 陰平 | 合二 | 六二歸 | | | 影平合微止三 | 於非 | 影合 1 | 烏貢 | 見平合微止三 | 舉韋 |
| 22167 | 15 副 | | 170 | 偎 | 甕 | 歸 | 影 | 陰平 | 合二 | 六二歸 | | | 影平合灰蟹一 | 烏恢 | 影合 1 | 烏貢 | 見平合微止三 | 舉韋 |
| 22168 | 15 副 | | 171 | 揋 | 甕 | 歸 | 影 | 陰平 | 合二 | 六二歸 | | | 影平合灰蟹一 | 烏恢 | 影合 1 | 烏貢 | 見平合微止三 | 舉韋 |
| 22170 | 15 副 | | 172 | 喂* | 甕 | 歸 | 影 | 陰平 | 合二 | 六二歸 | | | 影去合支止重三 | 於僞 | 影合 1 | 烏貢 | 見平合微止三 | 舉韋 |
| 22171 | 15 副 | | 173 | 鰃 | 甕 | 歸 | 影 | 陰平 | 合二 | 六二歸 | | | 影平合灰蟹一 | 烏恢 | 影合 1 | 烏貢 | 見平合微止三 | 舉韋 |
| 22172 | 15 副 | | 174 | 蒠 | 甕 | 歸 | 影 | 陰平 | 合二 | 六二歸 | | | 影平合灰蟹一 | 烏恢 | 影合 1 | 烏貢 | 見平合微止三 | 舉韋 |
| 22173 | 15 副 | 46 | 175 | 灰 | 戶 | 歸 | 曉 | 陰平 | 合二 | 六二歸 | | | 曉平合灰蟹一 | 呼恢 | 匣合 1 | 侯古 | 見平合微止三 | 舉韋 |
| 22174 | 15 副 | | 176 | 蛕 | 戶 | 歸 | 曉 | 陰平 | 合二 | 六二歸 | | | 曉平合灰蟹一 | 呼恢 | 匣合 1 | 侯古 | 見平合微止三 | 舉韋 |
| 22175 | 15 副 | | 177 | 徽 | 戶 | 歸 | 曉 | 陰平 | 合二 | 六二歸 | | | 曉平合微止三 | 許歸 | 匣合 1 | 侯古 | 見平合微止三 | 舉韋 |
| 22176 | 15 副 | | 178 | 㡓* | 戶 | 歸 | 曉 | 陰平 | 合二 | 六二歸 | | 玉篇音暉。原作十四部十五部兩見，但全書只在13 部出現一次，據㡓字的讀音，有時何氏會讀諧聲偏旁，疑應為十三十五部兩見十三部取軍廣韻音，此處為筆者增 | 曉平合微止三 | 籲韋 | 匣合 1 | 侯古 | 見平合微止三 | 舉韋 |

| 韻字編號 | 部序 | 組數 | 字數 | 韻字及何氏反切 | | | 韻字何氏音 | | | | 何萱注釋 | 備　注 | 韻字中古音 | | 上字中古音 | | 下字中古音 | |
|---|---|---|---|---|---|---|---|---|---|---|---|---|---|---|---|---|---|---|
| | | | | 韻字 | 上字 | 下字 | 聲 | 調 | 呼 | 韻部 | | | 聲調呼韻攝等 | 反切 | 聲呼等 | 反切 | 聲調呼韻攝等 | 反切 |
| 22177 | 15 副 | 47 | 179 | 䭭 | 董 | 歸 | 短 | 陰平 | 合二 | 六二歸 | | | 端平合灰蟹一 | 都回 | 端合 1 | 多動 | 見平合微止三 | 舉韋 |
| 22178 | 15 副 | | 180 | 䣀 | 董 | 歸 | 短 | 陰平 | 合二 | 六二歸 | | | 端平合灰蟹一 | 都回 | 端合 1 | 多動 | 見平合微止三 | 舉韋 |
| 22179 | 15 副 | | 181 | 頧 | 董 | 歸 | 短 | 陰平 | 合二 | 六二歸 | | | 端平合灰蟹一 | 都回 | 端合 1 | 多動 | 見平合微止三 | 舉韋 |
| 22180 | 15 副 | | 182 | 鴭 | 董 | 歸 | 短 | 陰平 | 合二 | 六二歸 | | | 端平合灰蟹一 | 都回 | 端合 1 | 多動 | 見平合微止三 | 舉韋 |
| 22181 | 15 副 | | 183 | 㾼* | 董 | 歸 | 短 | 陰平 | 合二 | 六二歸 | | | 端平合灰蟹一 | 都回 | 端合 1 | 多動 | 見平合微止三 | 舉韋 |
| 22182 | 15 副 | | 184 | 鎚 | 董 | 歸 | 短 | 陰平 | 合二 | 六二歸 | | | 端平合灰蟹一 | 都回 | 端合 1 | 多動 | 見平合微止三 | 舉韋 |
| 22183 | 15 副 | | 185 | 搥 | 董 | 歸 | 短 | 陰平 | 合二 | 六二歸 | | | 端平合灰蟹一 | 都回 | 端合 1 | 多動 | 見平合微止三 | 舉韋 |
| 22184 | 15 副 | | 186 | 磓 | 董 | 歸 | 短 | 陰平 | 合二 | 六二歸 | | | 端平合灰蟹一 | 都回 | 端合 1 | 多動 | 見平合微止三 | 舉韋 |
| 22185 | 15 副 | | 187 | 塠 | 董 | 歸 | 短 | 陰平 | 合二 | 六二歸 | | | 端平合灰蟹一 | 都回 | 端合 1 | 多動 | 見平合微止三 | 舉韋 |
| 22186 | 15 副 | | 188 | 䭔* | 董 | 歸 | 短 | 陰平 | 合二 | 六二歸 | 䭔或作䭔䭔 | | 端平合灰蟹一 | 都回 | 端合 1 | 多動 | 見平合微止三 | 舉韋 |
| 22187 | 15 副 | 48 | 189 | 㞂 | 洞 | 歸 | 透 | 陰平 | 合二 | 六二歸 | | | 透平合灰蟹一 | 他回 | 定合 1 | 徒弄 | 見平合微止三 | 舉韋 |
| 22188 | 15 副 | | 190 | 蓷 | 洞 | 歸 | 透 | 陰平 | 合二 | 六二歸 | | | 透平合灰蟹一 | 他回 | 定合 1 | 徒弄 | 見平合微止三 | 舉韋 |
| 22189 | 15 副 | | 191 | 焞 | 洞 | 歸 | 透 | 陰平 | 合二 | 六二歸 | | | 透平合灰蟹一 | 他回 | 定合 1 | 徒弄 | 見平合微止三 | 舉韋 |
| 22190 | 15 副 | | 192 | 蘈 | 洞 | 歸 | 透 | 陰平 | 合二 | 六二歸 | | | 透平合灰蟹一 | 他回 | 定合 1 | 徒弄 | 見平合微止三 | 舉韋 |
| 22191 | 15 副 | 49 | 193 | 䨨 | 壯 | 歸 | 照 | 陰平 | 合二 | 六二歸 | | | 知平合脂止三 | 陟隹 | 莊開 3 | 側亮 | 見平合微止三 | 舉韋 |
| 22192 | 15 副 | | 194 | 䨑 | 壯 | 歸 | 照 | 陰平 | 合二 | 六二歸 | | | 章平合脂止三 | 職追 | 莊開 3 | 側亮 | 見平合微止三 | 舉韋 |
| 22193 | 15 副 | | 195 | 䳡 | 壯 | 歸 | 照 | 陰平 | 合二 | 六二歸 | | | 章平合脂止三 | 職追 | 莊開 3 | 側亮 | 見平合微止三 | 舉韋 |
| 22194 | 15 副 | | 196 | 隹 | 壯 | 歸 | 照 | 陰平 | 合二 | 六二歸 | | | 章平合脂止三 | 職追 | 莊開 3 | 側亮 | 見平合微止三 | 舉韋 |
| 22195 | 15 副 | 50 | 197 | 趡 | 狀 | 歸 | 助 | 陰平 | 合二 | 六二歸 | | 表中此位無字 | 清平合灰蟹一 | 倉回 | 崇開 3 | 鋤亮 | 見平合微止三 | 舉韋 |
| 22196 | 15 副 | | 198 | 催 | 狀 | 歸 | 助 | 陰平 | 合二 | 六二歸 | | 表中此位無字 | 清平合灰蟹一 | 倉回 | 崇開 3 | 鋤亮 | 見平合微止三 | 舉韋 |
| 22197 | 15 副 | | 199 | 㑴 | 狀 | 歸 | 助 | 陰平 | 合二 | 六二歸 | | 表中此位無字 | 清平合灰蟹一 | 倉回 | 崇開 3 | 鋤亮 | 見平合微止三 | 舉韋 |
| 22198 | 15 副 | 51 | 200 | 䍴 | 巽 | 歸 | 信 | 陰平 | 合二 | 六二歸 | | 表中此位無字 | 心平合灰蟹一 | 素回 | 心合 1 | 蘇困 | 見平合微止三 | 舉韋 |
| 22200 | 15 副 | | 201 | 嗺 | 巽 | 歸 | 信 | 陰平 | 合二 | 六二歸 | | 表中此位無字；釋義不合 | 心平合灰蟹一 | 素回 | 心合 1 | 蘇困 | 見平合微止三 | 舉韋 |
| 22202 | 15 副 | 52 | 202 | 緋 | 奉 | 歸 | 匪 | 陰平 | 合二 | 六二歸 | | | 非平合微止三 | 甫微 | 奉合 3 | 扶隴 | 見平合微止三 | 舉韋 |
| 22203 | 15 副 | | 203 | 䬠 | 奉 | 歸 | 匪 | 陰平 | 合二 | 六二歸 | | | 非平合微止三 | 甫微 | 奉合 3 | 扶隴 | 見平合微止三 | 舉韋 |
| 22204 | 15 副 | | 204 | 霏 | 奉 | 歸 | 匪 | 陰平 | 合二 | 六二歸 | | | 敷平合微止三 | 芳非 | 奉合 3 | 扶隴 | 見平合微止三 | 舉韋 |

| 韻字編號 | 部序 | 組數 | 字數 | 韻字及何氏反切 | | | 韻字何氏音 | | | | 何萱注釋 | 備注 | 韻字中古音 | | 上字中古音 | | 下字中古音 | |
|---|---|---|---|---|---|---|---|---|---|---|---|---|---|---|---|---|---|---|
| | | | | 韻字 | 上字 | 下字 | 聲 | 調 | 呼 | 韻部 | | | 聲調呼韻攝等 | 反切 | 聲呼等 | 反切 | 聲調呼韻攝等 | 反切 |
| 22205 | 15副 | | 205 | 𤛘 | 奉 | 歸 | 匪 | 陰平 | 合二 | 六二歸 | | | 非平合微止三 | 甫微 | 奉合3 | 扶隴 | 見平合微止三 | 舉韋 |
| 22206 | 15副 | | 206 | 䲋 | 奉 | 歸 | 匪 | 陰平 | 合二 | 六二歸 | | | 非平合微止三 | 甫微 | 奉合3 | 扶隴 | 見平合微止三 | 舉韋 |
| 22207 | 15副 | 53 | 207 | 躨 | 苦 | 歸 | 起 | 陽平 | 合二 | 六二歸 | | 正編下字作回 | 群平合脂止重三 | 渠追 | 溪合1 | 康杜 | 見平合微止三 | 舉韋 |
| 22208 | 15副 | | 208 | 犪 | 苦 | 歸 | 起 | 陽平 | 合二 | 六二歸 | | 正編下字作回 | 群平合脂止重三 | 渠追 | 溪合1 | 康杜 | 見平合微止三 | 舉韋 |
| 22209 | 15副 | | 209 | 𠑃 | 苦 | 歸 | 起 | 陽平 | 合二 | 六二歸 | | 正編下字作回 | 群平合脂止重三 | 渠追 | 溪合1 | 康杜 | 見平合微止三 | 舉韋 |
| 22212 | 15副 | | 210 | 䐐 | 苦 | 歸 | 起 | 陽平 | 合二 | 六二歸 | | 正編下字作回 | 群平合脂止重三 | 渠追 | 溪合1 | 康杜 | 見平合微止三 | 舉韋 |
| 22213 | 15副 | | 211 | 𨾉 | 苦 | 歸 | 起 | 陽平 | 合二 | 六二歸 | | 正編下字作回 | 群平合脂止重三 | 渠追 | 溪合1 | 康杜 | 見平合微止三 | 舉韋 |
| 22214 | 15副 | 54 | 212 | 駉 | 戶 | 雷 | 曉 | 陽平 | 合二 | 六二歸 | | | 匣平合灰蟹一 | 戶恢 | 匣合1 | 侯古 | 來平合灰蟹一 | 魯回 |
| 22215 | 15副 | | 213 | 茴 | 戶 | 雷 | 曉 | 陽平 | 合二 | 六二歸 | | | 匣平合灰蟹一 | 戶恢 | 匣合1 | 侯古 | 來平合灰蟹一 | 魯回 |
| 22216 | 15副 | | 214 | 𨛍* | 戶 | 雷 | 曉 | 陽平 | 合二 | 六二歸 | | | 匣平合灰蟹一 | 胡隈 | 匣合1 | 侯古 | 來平合灰蟹一 | 魯回 |
| 22217 | 15副 | 55 | 215 | 蹪 | 洞 | 雷 | 透 | 陽平 | 合二 | 六二歸 | | | 定平合灰蟹一 | 杜回 | 定合1 | 徒弄 | 來平合灰蟹一 | 魯回 |
| 22218 | 15副 | | 216 | 膭 | 洞 | 雷 | 透 | 陽平 | 合二 | 六二歸 | | | 定平合灰蟹一 | 杜回 | 定合1 | 徒弄 | 來平合灰蟹一 | 魯回 |
| 22219 | 15副 | | 217 | 𤼈 | 洞 | 雷 | 透 | 陽平 | 合二 | 六二歸 | | | 定平合灰蟹一 | 杜回 | 定合1 | 徒弄 | 來平合灰蟹一 | 魯回 |
| 22221 | 15副 | | 218 | 穨 | 洞 | 雷 | 透 | 陽平 | 合二 | 六二歸 | 遺或作穨 | | 定平合灰蟹一 | 杜回 | 定合1 | 徒弄 | 來平合灰蟹一 | 魯回 |
| 22222 | 15副 | 56 | 219 | 偠* | 煗 | 回 | 乃 | 陽平 | 合二 | 六二歸 | | 表中此位無字 | 泥平合灰蟹一 | 奴回 | 泥合1 | 乃管 | 匣平合灰蟹一 | 戶恢 |
| 22223 | 15副 | | 220 | 䤈 | 煗 | 回 | 乃 | 陽平 | 合二 | 六二歸 | | 表中此位無字 | 泥平合灰蟹一 | 乃回 | 泥合1 | 乃管 | 匣平合灰蟹一 | 戶恢 |
| 22224 | 15副 | 57 | 221 | 畾 | 路 | 回 | 賚 | 陽平 | 合二 | 六二歸 | | | 來平合灰蟹一 | 魯回 | 來合1 | 洛故 | 匣平合灰蟹一 | 戶恢 |
| 22225 | 15副 | | 222 | 𨟻* | 路 | 回 | 賚 | 陽平 | 合二 | 六二歸 | | | 來平合灰蟹一 | 盧回 | 來合1 | 洛故 | 匣平合灰蟹一 | 戶恢 |
| 22226 | 15副 | | 223 | 𦋺 | 路 | 回 | 賚 | 陽平 | 合二 | 六二歸 | | | 來平合灰蟹一 | 魯回 | 來合1 | 洛故 | 匣平合灰蟹一 | 戶恢 |
| 22227 | 15副 | | 224 | 轠 | 路 | 回 | 賚 | 陽平 | 合二 | 六二歸 | | | 來平合灰蟹一 | 魯回 | 來合1 | 洛故 | 匣平合灰蟹一 | 戶恢 |
| 22229 | 15副 | | 225 | 嫘 | 路 | 回 | 賚 | 陽平 | 合二 | 六二歸 | | | 來平合脂止三 | 力追 | 來合1 | 洛故 | 匣平合灰蟹一 | 戶恢 |
| 22230 | 15副 | | 226 | 𡽫 | 路 | 回 | 賚 | 陽平 | 合二 | 六二歸 | | | 來平合脂止三 | 力追 | 來合1 | 洛故 | 匣平合灰蟹一 | 戶恢 |
| 22232 | 15副 | | 227 | 𤛕 | 路 | 回 | 賚 | 陽平 | 合二 | 六二歸 | | | 來平合脂止三 | 力追 | 來合1 | 洛故 | 匣平合灰蟹一 | 戶恢 |
| 22233 | 15副 | | 228 | 𤮚* | 路 | 回 | 賚 | 陽平 | 合二 | 六二歸 | | | 來平合灰蟹一 | 盧回 | 來合1 | 洛故 | 匣平合灰蟹一 | 戶恢 |
| 22234 | 15副 | | 229 | 鐳 | 路 | 回 | 賚 | 陽平 | 合二 | 六二歸 | | | 來平合灰蟹一 | 魯回 | 來合1 | 洛故 | 匣平合灰蟹一 | 戶恢 |
| 22236 | 15副 | 58 | 230 | 𧬄 | 爽 | 回 | 審 | 陽平 | 合二 | 六二歸 | | | 禪平合脂止三 | 視隹 | 生開3 | 疎兩 | 匣平合灰蟹一 | 戶恢 |
| 22238 | 15副 | | 231 | 𩟏* | 爽 | 回 | 審 | 陽平 | 合二 | 六二歸 | | | 心平合灰蟹一 | 穌回 | 生開3 | 疎兩 | 匣平合灰蟹一 | 戶恢 |

| 韻字編號 | 部序 | 組數 | 字數 | 韻字及何氏反切 | | | 韻字何氏音 | | | | 何萱注釋 | 備　注 | 韻字中古音 | | 上字中古音 | | 下字中古音 | |
|---|---|---|---|---|---|---|---|---|---|---|---|---|---|---|---|---|---|---|
| | | | | 韻字 | 上字 | 下字 | 聲 | 調 | 呼 | 韻部 | | | 聲調呼韻攝等 | 反切 | 聲呼等 | 反切 | 聲調呼韻攝等 | 反切 |
| 22239 | 15 副 | 59 | 232 | 慛 | 措 | 回 | 淨 | 陽平 | 合二 | 六二歸 | | | 從平合灰蟹一 | 昨回 | 清合 1 | 倉故 | 匣平合灰蟹一 | 戶恢 |
| 22240 | 15 副 | | 233 | 樶 | 措 | 回 | 淨 | 陽平 | 合二 | 六二歸 | | | 從平合灰蟹一 | 昨回 | 清合 1 | 倉故 | 匣平合灰蟹一 | 戶恢 |
| 22241 | 15 副 | | 234 | 漼* | 措 | 回 | 淨 | 陽平 | 合二 | 六二歸 | | | 從平合灰蟹一 | 昨回 | 清合 1 | 倉故 | 匣平合灰蟹一 | 戶恢 |
| 22242 | 15 副 | 60 | 235 | 啡 g* | 普 | 回 | 並 | 陽平 | 合二 | 六二歸 | | | 滂平合灰蟹一 | 鋪枚 | 滂合 1 | 滂古 | 匣平合灰蟹一 | 戶恢 |
| 22243 | 15 副 | | 236 | 徘 | 普 | 回 | 並 | 陽平 | 合二 | 六二歸 | | | 並平合灰蟹一 | 薄回 | 滂合 1 | 滂古 | 匣平合灰蟹一 | 戶恢 |
| 22245 | 15 副 | | 237 | 輫 | 普 | 回 | 並 | 陽平 | 合二 | 六二歸 | | | 並平合灰蟹一 | 薄回 | 滂合 1 | 滂古 | 匣平合灰蟹一 | 戶恢 |
| 22246 | 15 副 | 61 | 238 | 堳* | 慢 | 回 | 命 | 陽平 | 合二 | 六二歸 | | | 明平開脂止重三 | 旻悲 | 明開 2 | 謨晏 | 匣平合灰蟹一 | 戶恢 |
| 22247 | 15 副 | | 239 | 嵋 | 慢 | 回 | 命 | 陽平 | 合二 | 六二歸 | | | 明平開脂止重三 | 武悲 | 明開 2 | 謨晏 | 匣平合灰蟹一 | 戶恢 |
| 22248 | 15 副 | | 240 | 鶥 | 慢 | 回 | 命 | 陽平 | 合二 | 六二歸 | | | 明平開脂止重三 | 武悲 | 明開 2 | 謨晏 | 匣平合灰蟹一 | 戶恢 |
| 22249 | 15 副 | | 241 | 蔅 | 慢 | 回 | 命 | 陽平 | 合二 | 六二歸 | | | 明平開脂止重三 | 武悲 | 明開 2 | 謨晏 | 匣平合灰蟹一 | 戶恢 |
| 22250 | 15 副 | | 242 | 攗 | 慢 | 回 | 命 | 陽平 | 合二 | 六二歸 | | | 明平開脂止重三 | 目悲 | 明開 2 | 謨晏 | 匣平合灰蟹一 | 戶恢 |
| 22252 | 15 副 | 62 | 243 | 篚 | 奉 | 回 | 匪 | 陽平 | 合二 | 六二歸 | | | 奉平合微止三 | 符非 | 奉合 3 | 扶隴 | 匣平合灰蟹一 | 戶恢 |
| 22253 | 15 副 | | 244 | 淝 | 奉 | 回 | 匪 | 陽平 | 合二 | 六二歸 | | | 奉平合微止三 | 符非 | 奉合 3 | 扶隴 | 匣平合灰蟹一 | 戶恢 |
| 22254 | 15 副 | 63 | 245 | 癓 | 晚 | 回 | 未 | 陽平 | 合二 | 六二歸 | | | 微平合微止三 | 無非 | 微合 3 | 無遠 | 匣平合灰蟹一 | 戶恢 |
| 22255 | 15 副 | | 246 | 钀 | 晚 | 回 | 未 | 陽平 | 合二 | 六二歸 | | | 微平合微止三 | 無非 | 微合 3 | 無遠 | 匣平合灰蟹一 | 戶恢 |
| 22256 | 15 副 | 64 | 247 | 屠 | 竟 | 禮 | 見 | 上 | 齊 | 五四几 | | | 見上開脂止重三 | 居履 | 見開 3 | 居慶 | 來上開齊蟹四 | 盧啓 |
| 22258 | 15 副 | | 248 | 犽* | 竟 | 禮 | 見 | 上 | 齊 | 五四几 | | | 見上開脂止重三 | 舉履 | 見開 3 | 居慶 | 來上開齊蟹四 | 盧啓 |
| 22259 | 15 副 | 65 | 249 | 棨 | 儉 | 禮 | 起 | 上 | 齊 | 五四几 | | | 溪上開齊蟹四 | 康禮 | 群開重 3 | 巨險 | 來上開齊蟹四 | 盧啓 |
| 22261 | 15 副 | | 250 | 闙 | 儉 | 禮 | 起 | 上 | 齊 | 五四几 | | | 溪上開齊蟹四 | 康禮 | 群開重 3 | 巨險 | 來上開齊蟹四 | 盧啓 |
| 22262 | 15 副 | 66 | 251 | 扆 | 隱 | 禮 | 影 | 上 | 齊 | 五四几 | | | 影上開微止三 | 於豈 | 影開 3 | 於謹 | 來上開齊蟹四 | 盧啓 |
| 22263 | 15 副 | | 252 | 腎 | 隱 | 禮 | 影 | 上 | 齊 | 五四几 | 臆也，玉篇 | 玉篇乙罽切 | 影去開祭蟹重三 | 於罽 | 影開 3 | 於謹 | 來上開齊蟹四 | 盧啓 |
| 22264 | 15 副 | | 253 | 狧* | 隱 | 禮 | 影 | 上 | 齊 | 五四几 | | | 以上開之止三 | 養里 | 影開 3 | 於謹 | 來上開齊蟹四 | 盧啓 |
| 22265 | 15 副 | 67 | 254 | 逓** | 向 | 禮 | 曉 | 上 | 齊 | 五四几 | | | 曉上開真臻三 | 許忍 | 曉開 3 | 許亮 | 來上開齊蟹四 | 盧啓 |
| 22266 | 15 副 | | 255 | 豨 | 向 | 禮 | 曉 | 上 | 齊 | 五四几 | | 廣韻另有微止三，虛豈切 | 曉上開脂止重三 | 虛几 | 曉開 3 | 許亮 | 來上開齊蟹四 | 盧啓 |
| 22268 | 15 副 | | 256 | 豨 | 向 | 禮 | 曉 | 上 | 齊 | 五四几 | | | 曉上開微止三 | 虛豈 | 曉開 3 | 許亮 | 來上開齊蟹四 | 盧啓 |
| 22270 | 15 副 | 68 | 257 | 邸 | 典 | 禮 | 短 | 上 | 齊 | 五四几 | | | 端上開齊蟹四 | 都禮 | 端開 4 | 多殄 | 來上開齊蟹四 | 盧啓 |
| 22271 | 15 副 | | 258 | 弤 | 典 | 禮 | 短 | 上 | 齊 | 五四几 | | | 端上開齊蟹四 | 都禮 | 端開 4 | 多殄 | 來上開齊蟹四 | 盧啓 |

| 韻字編號 | 部序 | 組數 | 字數 | 韻字及何氏反切 | | | 韻字何氏音 | | | | 何萱注釋 | 備注 | 韻字中古音 | | 上字中古音 | | 下字中古音 | |
|---|---|---|---|---|---|---|---|---|---|---|---|---|---|---|---|---|---|---|
| | | | | 韻字 | 上字 | 下字 | 聲 | 調 | 呼 | 韻部 | | | 聲調呼韻攝等 | 反切 | 聲呼等 | 反切 | 聲調呼韻攝等 | 反切 |
| 22272 | 15 副 | | 259 | 羝* | 典 | 禮 | 短 | 上 | 齊 | 五四儿 | | | 端上開齊蟹四 | 典禮 | 端開 4 | 多殄 | 來上開齊蟹四 | 盧啓 |
| 22274 | 15 副 | | 260 | 抵* | 典 | 禮 | 短 | 上 | 齊 | 五四儿 | | | 端上開齊蟹四 | 典禮 | 端開 4 | 多殄 | 來上開齊蟹四 | 盧啓 |
| 22276 | 15 副 | 69 | 261 | 挮 | 眺 | 禮 | 透 | 上 | 齊 | 五四儿 | | | 透上開齊蟹四 | 他禮 | 透開 4 | 他弔 | 來上開齊蟹四 | 盧啓 |
| 22277 | 15 副 | | 262 | 綈 | 眺 | 禮 | 透 | 上 | 齊 | 五四儿 | | | 定上開齊蟹四 | 徒禮 | 透開 4 | 他弔 | 來上開齊蟹四 | 盧啓 |
| 22278 | 15 副 | | 263 | 繿** | 眺 | 禮 | 透 | 上 | 齊 | 五四儿 | | 玉篇：音體 | 透上開齊蟹四 | 他禮 | 透開 4 | 他弔 | 來上開齊蟹四 | 盧啓 |
| 22279 | 15 副 | | 264 | 軆 | 眺 | 禮 | 透 | 上 | 齊 | 五四儿 | | | 透上開齊蟹四 | 他禮 | 透開 4 | 他弔 | 來上開齊蟹四 | 盧啓 |
| 22280 | 15 副 | 70 | 265 | 䋖* | 念 | 啟 | 乃 | 上 | 齊 | 五四儿 | | | 泥上開齊蟹四 | 乃禮 | 泥開 4 | 奴店 | 溪上開齊蟹四 | 康禮 |
| 22281 | 15 副 | | 266 | 䘌* | 念 | 啟 | 乃 | 上 | 齊 | 五四儿 | | | 泥上開齊蟹四 | 乃禮 | 泥開 4 | 奴店 | 溪上開齊蟹四 | 康禮 |
| 22282 | 15 副 | | 267 | 苨 | 念 | 啟 | 乃 | 上 | 齊 | 五四儿 | | | 泥上開齊蟹四 | 奴禮 | 泥開 4 | 奴店 | 溪上開齊蟹四 | 康禮 |
| 22283 | 15 副 | | 268 | 𢘥* | 念 | 啟 | 乃 | 上 | 齊 | 五四儿 | | | 娘去開脂止三 | 女利 | 泥開 4 | 奴店 | 溪上開齊蟹四 | 康禮 |
| 22284 | 15 副 | | 269 | 䥐 | 念 | 啟 | 乃 | 上 | 齊 | 五四儿 | | | 泥上開齊蟹四 | 奴禮 | 泥開 4 | 奴店 | 溪上開齊蟹四 | 康禮 |
| 22285 | 15 副 | | 270 | 禰 | 念 | 啟 | 乃 | 上 | 齊 | 五四儿 | | | 泥上開齊蟹四 | 奴禮 | 泥開 4 | 奴店 | 溪上開齊蟹四 | 康禮 |
| 22286 | 15 副 | | 271 | 伱 | 念 | 啟 | 乃 | 上 | 齊 | 五四儿 | | | 娘上開之止三 | 乃里 | 泥開 4 | 奴店 | 溪上開齊蟹四 | 康禮 |
| 22287 | 15 副 | 71 | 272 | 豊** | 亮 | 啟 | 賚 | 上 | 齊 | 五四儿 | | | 來上開齊蟹四 | 盧啓 | 來開 3 | 力讓 | 溪上開齊蟹四 | 康禮 |
| 22288 | 15 副 | | 273 | 簠 | 亮 | 啟 | 賚 | 上 | 齊 | 五四儿 | | | 來上開齊蟹四 | 盧啓 | 來開 3 | 力讓 | 溪上開齊蟹四 | 康禮 |
| 22289 | 15 副 | | 274 | 剓 | 亮 | 啟 | 賚 | 上 | 齊 | 五四儿 | | | 來上開支止三 | 力紙 | 來開 3 | 力讓 | 溪上開齊蟹四 | 康禮 |
| 22290 | 15 副 | 72 | 275 | 茋 | 掌 | 啟 | 照 | 上 | 齊 | 五四儿 | 蒁或作茋 | | 章上開脂止三 | 職雉 | 章開 3 | 諸兩 | 溪上開齊蟹四 | 康禮 |
| 22291 | 15 副 | | 276 | 蒁* | 掌 | 啟 | 照 | 上 | 齊 | 五四儿 | | | 端上開齊蟹四 | 典禮 | 章開 3 | 諸兩 | 溪上開齊蟹四 | 康禮 |
| 22293 | 15 副 | | 277 | 跡 | 掌 | 啟 | 照 | 上 | 齊 | 五四儿 | | | 章上開脂止三 | 止姊 | 章開 3 | 諸兩 | 溪上開齊蟹四 | 康禮 |
| 22294 | 15 副 | 73 | 278 | 驝 | 寵 | 啟 | 助 | 上 | 齊 | 五四儿 | | | 徹上開脂止三 | 楮几 | 徹合 3 | 丑隴 | 溪上開齊蟹四 | 康禮 |
| 22296 | 15 副 | | 279 | 鉃* | 寵 | 啟 | 助 | 上 | 齊 | 五四儿 | | | 禪上開脂止三 | 善旨 | 徹合 3 | 丑隴 | 溪上開齊蟹四 | 康禮 |
| 22298 | 15 副 | | 280 | 薙 | 寵 | 啟 | 助 | 上 | 齊 | 五四儿 | | | 澄上開脂止三 | 直几 | 徹合 3 | 丑隴 | 溪上開齊蟹四 | 康禮 |
| 22299 | 15 副 | 74 | 281 | 唥 | 攘 | 啟 | 耳 | 上 | 齊 | 五四儿 | | | 日上開麻假三 | 人者 | 日開 3 | 人漾 | 溪上開齊蟹四 | 康禮 |
| 22300 | 15 副 | 75 | 282 | 闧** | 哂 | 禮 | 審 | 上 | 齊 | 五四儿 | | | 明上開脂止三 | 武旨 | 書開 3 | 式忍 | 來上開齊蟹四 | 盧啓 |
| 22301 | 15 副 | | 283 | 㲼 | 哂 | 禮 | 審 | 上 | 齊 | 五四儿 | 黑也，廣韻 | 玉篇作踈士於己二切，取踈士切。廣韻有曉去微，許既切 | 生上開之止三 | 踈士 | 書開 3 | 式忍 | 來上開齊蟹四 | 盧啓 |

| 韻字編號 | 部序 | 組數 | 字數 | 韻字及何氏反切 | | | 韻字何氏音 | | | | 何萱注釋 | 備　注 | 韻字中古音 | | 上字中古音 | | 下字中古音 | |
|---|---|---|---|---|---|---|---|---|---|---|---|---|---|---|---|---|---|---|
| | | | | 韻字 | 上字 | 下字 | 聲 | 調 | 呼 | 韻部 | | | 聲調呼韻攝等 | 反切 | 聲呼等 | 反切 | 聲調呼韻攝等 | 反切 |
| 22302 | 15 副 | 76 | 284 | 齌 | 甑 | 禮 | 井 | 上 | 齊 | 五四几 | ～酯齍也，玉篇 | 玉篇殂詣切。此處當取一切經音義的讀音，查大詞典 | 從去開齊蟹四 | 在詣 | 精開 3 | 子孕 | 來上開齊蟹四 | 盧啓 |
| 22303 | 15 副 | | 285 | 趥** | 甑 | 禮 | 井 | 上 | 齊 | 五四几 | | | 精上開齊蟹四 | 子禮 | 精開 3 | 子孕 | 來上開齊蟹四 | 盧啓 |
| 22306 | 15 副 | | 286 | 癠 | 甑 | 禮 | 井 | 上 | 齊 | 五四几 | | | 精上開齊蟹四 | 子禮 | 精開 3 | 子孕 | 來上開齊蟹四 | 盧啓 |
| 22308 | 15 副 | | 287 | 罤 | 甑 | 禮 | 井 | 上 | 齊 | 五四几 | | | 精上開齊蟹四 | 子禮 | 精開 3 | 子孕 | 來上開齊蟹四 | 盧啓 |
| 22309 | 15 副 | | 288 | 蹟* | 甑 | 禮 | 井 | 上 | 齊 | 五四几 | | | 精上開齊蟹四 | 子禮 | 精開 3 | 子孕 | 來上開齊蟹四 | 盧啓 |
| 22311 | 15 副 | | 289 | 跐 | 甑 | 禮 | 井 | 上 | 齊 | 五四几 | | | 精上開支止三 | 將此 | 精開 3 | 子孕 | 來上開齊蟹四 | 盧啓 |
| 22315 | 15 副 | 77 | 290 | 玼 | 淺 | 禮 | 淨 | 上 | 齊 | 五四几 | | | 清上開齊蟹四 | 千禮 | 清開 3 | 七演 | 來上開齊蟹四 | 盧啓 |
| 22317 | 15 副 | | 291 | 鴜* | 淺 | 禮 | 淨 | 上 | 齊 | 五四几 | | | 清上開支止三 | 淺氏 | 清開 3 | 七演 | 來上開齊蟹四 | 盧啓 |
| 22318 | 15 副 | 78 | 292 | 齯* | 仰 | 啟 | 我 | 上 | 齊 | 五四几 | | | 疑去開齊蟹四 | 研計 | 疑開 3 | 魚兩 | 溪上開齊蟹四 | 康禮 |
| 22319 | 15 副 | 79 | 293 | 毗 | 丙 | 禮 | 謗 | 上 | 齊 | 五四几 | | | 幫上開齊蟹四 | 補米 | 幫開 3 | 兵永 | 來上開齊蟹四 | 盧啓 |
| 22320 | 15 副 | | 294 | 沘 | 丙 | 禮 | 謗 | 上 | 齊 | 五四几 | | | 幫上開脂止重四 | 卑履 | 幫開 3 | 兵永 | 來上開齊蟹四 | 盧啓 |
| 22321 | 15 副 | | 295 | 匭* | 丙 | 禮 | 謗 | 上 | 齊 | 五四几 | | | 幫上開支止重四 | 補弭 | 幫開 3 | 兵永 | 來上開齊蟹四 | 盧啓 |
| 22324 | 15 副 | 80 | 296 | 攺 | 品 | 禮 | 並 | 上 | 齊 | 五四几 | | | 滂上開脂止重三 | 匹鄙 | 滂開重 3 | 丕飲 | 來上開齊蟹四 | 盧啓 |
| 22325 | 15 副 | | 297 | 倠 | 品 | 禮 | 並 | 上 | 齊 | 五四几 | | | 並上開齊蟹四 | 傍禮 | 滂開重 3 | 丕飲 | 來上開齊蟹四 | 盧啓 |
| 22326 | 15 副 | | 298 | 牲 | 品 | 禮 | 並 | 上 | 齊 | 五四几 | | | 並上開齊蟹四 | 傍禮 | 滂開重 3 | 丕飲 | 來上開齊蟹四 | 盧啓 |
| 22327 | 15 副 | | 299 | 螕* | 品 | 禮 | 並 | 上 | 齊 | 五四几 | | | 並上開齊蟹四 | 部禮 | 滂開重 3 | 丕飲 | 來上開齊蟹四 | 盧啓 |
| 22331 | 15 副 | 81 | 300 | 瞇* | 面 | 禮 | 命 | 上 | 齊 | 五四几 | | | 明上開支止重四 | 母婢 | 明開重 4 | 彌箭 | 來上開齊蟹四 | 盧啓 |
| 22332 | 15 副 | | 301 | 蘇 | 面 | 禮 | 命 | 上 | 齊 | 五四几 | | | 明上開齊蟹四 | 莫禮 | 明開重 4 | 彌箭 | 來上開齊蟹四 | 盧啓 |
| 22333 | 15 副 | | 302 | 鮢 | 面 | 禮 | 命 | 上 | 齊 | 五四几 | | | 明上開齊蟹四 | 莫禮 | 明開重 4 | 彌箭 | 來上開齊蟹四 | 盧啓 |
| 22334 | 15 副 | | 303 | 洣 | 面 | 禮 | 命 | 上 | 齊 | 五四几 | | | 明上開齊蟹四 | 莫禮 | 明開重 4 | 彌箭 | 來上開齊蟹四 | 盧啓 |
| 22335 | 15 副 | | 304 | 渼 | 面 | 禮 | 命 | 上 | 齊 | 五四几 | | | 明上開脂止重三 | 無鄙 | 明開重 4 | 彌箭 | 來上開齊蟹四 | 盧啓 |
| 22336 | 15 副 | | 305 | 嵄** | 面 | 禮 | 命 | 上 | 齊 | 五四几 | | | 明上開脂止重三 | 眉否 | 明開重 4 | 彌箭 | 來上開齊蟹四 | 盧啓 |
| 22338 | 15 副 | 82 | 306 | 憿 | 舉 | 唯 | 見 | 上 | 撮 | 五五癸 | | | 群上合脂止重四 | 求癸 | 見合 3 | 居許 | 以上合脂止三 | 以水 |
| 22339 | 15 副 | 83 | 307 | 醆 | 去 | 唯 | 起 | 上 | 撮 | 五五癸 | | 玉篇：音揆 | 群上合脂止重四 | 求癸 | 溪合 3 | 丘倨 | 以上合脂止三 | 以水 |

| 韻字編號 | 部序 | 組數 | 字數 | 韻字及何氏反切 | | | 韻字何氏音 | | | | 何萱注釋 | 備注 | 韻字中古音 | | 上字中古音 | | 下字中古音 | |
|---|---|---|---|---|---|---|---|---|---|---|---|---|---|---|---|---|---|---|
| | | | | 韻字 | 上字 | 下字 | 聲 | 調 | 呼 | 韻部 | | | 聲調呼韻攝等 | 反切 | 聲呼等 | 反切 | 聲調呼韻攝等 | 反切 |
| 22340 | 15 副 | 84 | 308 | 攂* | 羽 | 揆 | 影 | 上 | 撮 | 五五癸 | | | 以上合脂止三 | 愈水 | 云合 3 | 王矩 | 群上合脂止重四 | 求癸 |
| 22342 | 15 副 | | 309 | 壝 | 羽 | 揆 | 影 | 上 | 撮 | 五五癸 | | | 以上合脂止三 | 以水 | 云合 3 | 王矩 | 群上合脂止重四 | 求癸 |
| 22343 | 15 副 | | 310 | 澧 | 羽 | 揆 | 影 | 上 | 撮 | 五五癸 | | | 以上合脂止三 | 以水 | 云合 3 | 王矩 | 群上合脂止重四 | 求癸 |
| 22344 | 15 副 | | 311 | 鱝 | 羽 | 揆 | 影 | 上 | 撮 | 五五癸 | | 玉篇：音唯 | 以上合脂止三 | 以水 | 云合 3 | 王矩 | 群上合脂止重四 | 求癸 |
| 22345 | 15 副 | | 312 | 鰖* | 羽 | 揆 | 影 | 上 | 撮 | 五五癸 | | 釋義不合 | 定上合戈果一 | 杜果 | 云合 3 | 王矩 | 群上合脂止重四 | 求癸 |
| 22346 | 15 副 | | 313 | 臡* | 羽 | 揆 | 影 | 上 | 撮 | 五五癸 | | | 精平合支止三 | 津垂 | 云合 3 | 王矩 | 群上合脂止重四 | 求癸 |
| 22349 | 15 副 | 85 | 314 | 樶* | 汝 | 揆 | 助 | 上 | 撮 | 五五癸 | | | 日上合支止三 | 乳捶 | 日合 3 | 人渚 | 群上合脂止重四 | 求癸 |
| 22350 | 15 副 | 86 | 315 | 谿g* | 繲 | 唯 | 淨 | 上 | 撮 | 五五癸 | 雌狢也，玉篇 | 玉篇作才癸切 | 從上合支止三 | 聚䜌 | 清合 3 | 七絹 | 以上合脂止三 | 以水 |
| 22351 | 15 副 | 87 | 316 | 瞪** | 侃 | 嬾 | 見 | 上 | 開 | 五六愷 | | | 溪上開咍蟹一 | 苦改 | 溪開 1 | 空旱 | 來上開寒山一 | 落旱 |
| 22352 | 15 副 | | 317 | 啀 | 侃 | 嬾 | 見 | 上 | 開 | 五六愷 | | | 溪上開咍蟹一 | 苦亥 | 溪開 1 | 空旱 | 來上開寒山一 | 落旱 |
| 22354 | 15 副 | 88 | 318 | 嬭 | 曩 | 愷 | 乃 | 上 | 開 | 五六愷 | | 表中此位無字 | 娘上開佳蟹二 | 奴蟹 | 泥開 1 | 奴朗 | 溪上開咍蟹一 | 苦亥 |
| 22355 | 15 副 | 89 | 319 | 譺* | 傲 | 愷 | 我 | 上 | 開 | 五六愷 | | 表中此位無字 | 疑平開咍蟹一 | 魚開 | 疑開 1 | 五到 | 溪上開咍蟹一 | 苦亥 |
| 22356 | 15 副 | 90 | 320 | 啡 | 抱 | 愷 | 謗 | 上 | 開 | 五六愷 | | | 滂上開咍蟹一 | 匹愷 | 並開 1 | 薄浩 | 溪上開咍蟹一 | 苦亥 |
| 22358 | 15 副 | 91 | 321 | 磈 | 苦 | 卉 | 起 | 上 | 合 | 五七鬼 | | | 溪上合灰蟹一 | 口猥 | 溪合 1 | 康杜 | 曉上合微止三 | 許偉 |
| 22359 | 15 副 | | 322 | 蕢 | 苦 | 卉 | 起 | 上 | 合 | 五七鬼 | | | 溪上合灰蟹一 | 口猥 | 溪合 1 | 康杜 | 曉上合微止三 | 許偉 |
| 22360 | 15 副 | | 323 | 巋 | 苦 | 卉 | 起 | 上 | 合 | 五七鬼 | | | 溪上合脂止重三 | 丘軌 | 溪合 1 | 康杜 | 曉上合微止三 | 許偉 |
| 22361 | 15 副 | 92 | 324 | 瀢** | 甕 | 卉 | 影 | 上 | 合 | 五七鬼 | | | 以上合脂止三 | 羊水 | 影合 1 | 烏貢 | 曉上合微止三 | 許偉 |
| 22362 | 15 副 | | 325 | 掉 | 甕 | 卉 | 影 | 上 | 合 | 五七鬼 | | | 云上合微止三 | 于鬼 | 影合 1 | 烏貢 | 曉上合微止三 | 許偉 |
| 22364 | 15 副 | | 326 | 鍏 | 甕 | 卉 | 影 | 上 | 合 | 五七鬼 | | | 云上合微止三 | 于鬼 | 影合 1 | 烏貢 | 曉上合微止三 | 許偉 |
| 22365 | 15 副 | | 327 | 颹** | 甕 | 卉 | 影 | 上 | 合 | 五七鬼 | | 玉篇：於歸切又于委切 | 影上合支止重三 | 於委 | 影合 1 | 烏貢 | 曉上合微止三 | 許偉 |
| 22367 | 15 副 | | 328 | 薳** | 甕 | 卉 | 影 | 上 | 合 | 五七鬼 | | | 云上合支止重三 | 為委 | 影合 1 | 烏貢 | 曉上合微止三 | 許偉 |
| 22368 | 15 副 | | 329 | 隗* | 甕 | 卉 | 影 | 上 | 合 | 五七鬼 | | | 云上合微止三 | 羽鬼 | 影合 1 | 烏貢 | 曉上合微止三 | 許偉 |
| 22370 | 15 副 | | 330 | 犩* | 甕 | 卉 | 影 | 上 | 合 | 五七鬼 | | | 云上合微止三 | 羽鬼 | 影合 1 | 烏貢 | 曉上合微止三 | 許偉 |
| 22372 | 15 副 | | 331 | 鮠** | 甕 | 卉 | 影 | 上 | 合 | 五七鬼 | | | 影上合微止三 | 於鬼 | 影合 1 | 烏貢 | 曉上合微止三 | 許偉 |
| 22373 | 15 副 | | 332 | 鄓 | 甕 | 卉 | 影 | 上 | 合 | 五七鬼 | | | 影上合灰蟹一 | 烏賄 | 影合 1 | 烏貢 | 曉上合微止三 | 許偉 |
| 22375 | 15 副 | | 333 | 腲 | 甕 | 卉 | 影 | 上 | 合 | 五七鬼 | | | 影上合灰蟹一 | 烏賄 | 影合 1 | 烏貢 | 曉上合微止三 | 許偉 |

| 韻字編號 | 部序 | 組數 | 字數 | 韻字及何氏反切 | | | 韻字何氏音 | | | | 何萱注釋 | 備　注 | 韻字中古音 | | 上字中古音 | | 下字中古音 | |
|---|---|---|---|---|---|---|---|---|---|---|---|---|---|---|---|---|---|---|
| | | | | 韻字 | 上字 | 下字 | 聲 | 調 | 呼 | 韻部 | | | 聲調呼韻攝等 | 反切 | 聲呼等 | 反切 | 聲調呼韻攝等 | 反切 |
| 22376 | 15 副 | | 334 | 猥 | 甕 | 卉 | 影 | 上 | 合 | 五七鬼 | | | 影上合灰蟹一 | 烏賄 | 影合 1 | 烏貢 | 曉上合微止三 | 許偉 |
| 22377 | 15 副 | | 335 | 猥 | 甕 | 卉 | 影 | 上 | 合 | 五七鬼 | | | 影上合灰蟹一 | 烏賄 | 影合 1 | 烏貢 | 曉上合微止三 | 許偉 |
| 22378 | 15 副 | | 336 | 椳 | 甕 | 卉 | 影 | 上 | 合 | 五七鬼 | | | 影上合灰蟹一 | 烏賄 | 影合 1 | 烏貢 | 曉上合微止三 | 許偉 |
| 22379 | 15 副 | | 337 | 褢 | 甕 | 卉 | 影 | 上 | 合 | 五七鬼 | | | 影上合微止三 | 於鬼 | 影合 1 | 烏貢 | 曉上合微止三 | 許偉 |
| 22382 | 15 副 | 93 | 338 | 滙* | 戶 | 偉 | 曉 | 上 | 合 | 五七鬼 | | 滙只有上聲，洊集韻有上去二聲 | 曉上合微止三 | 詡鬼 | 匣合 1 | 侯古 | 云上合微止三 | 于鬼 |
| 22383 | 15 副 | | 339 | 瘣 | 戶 | 偉 | 曉 | 上 | 合 | 五七鬼 | | | 匣上合灰蟹一 | 胡罪 | 匣合 1 | 侯古 | 云上合微止三 | 于鬼 |
| 22384 | 15 副 | | 340 | 蘬 | 戶 | 偉 | 曉 | 上 | 合 | 五七鬼 | | | 匣上合灰蟹一 | 胡罪 | 匣合 1 | 侯古 | 云上合微止三 | 于鬼 |
| 22386 | 15 副 | | 341 | 簄* | 戶 | 偉 | 曉 | 上 | 合 | 五七鬼 | | | 匣上合灰蟹一 | 戶賄 | 匣合 1 | 侯古 | 云上合微止三 | 于鬼 |
| 22387 | 15 副 | | 342 | 輠* | 戶 | 偉 | 曉 | 上 | 合 | 五七鬼 | | | 匣上合灰蟹一 | 戶賄 | 匣合 1 | 侯古 | 云上合微止三 | 于鬼 |
| 22388 | 15 副 | | 343 | 輠 | 戶 | 偉 | 曉 | 上 | 合 | 五七鬼 | 萓按廣韻混合輠腲為一字 | | 匣上合灰蟹一 | 胡罪 | 匣合 1 | 侯古 | 云上合微止三 | 于鬼 |
| 22392 | 15 副 | 94 | 344 | 腲 | 董 | 偉 | 短 | 上 | 合 | 五七鬼 | | | 端上合灰蟹一 | 都罪 | 端合 1 | 多動 | 云上合微止三 | 于鬼 |
| 22393 | 15 副 | | 345 | 脂 | 董 | 偉 | 短 | 上 | 合 | 五七鬼 | | | 曉上合灰蟹一 | 呼罪 | 端合 1 | 多動 | 云上合微止三 | 于鬼 |
| 22394 | 15 副 | | 346 | 郶 | 董 | 偉 | 短 | 上 | 合 | 五七鬼 | | | 端上合灰蟹一 | 都罪 | 端合 1 | 多動 | 云上合微止三 | 于鬼 |
| 22395 | 15 副 | 95 | 347 | 蠹** | 洞 | 偉 | 透 | 上 | 合 | 五七鬼 | | | 定上合灰蟹一 | 徒罪 | 定合 1 | 徒弄 | 云上合微止三 | 于鬼 |
| 22396 | 15 副 | | 348 | 腿 | 洞 | 偉 | 透 | 上 | 合 | 五七鬼 | | | 透上合灰蟹一 | 吐猥 | 定合 1 | 徒弄 | 云上合微止三 | 于鬼 |
| 22397 | 15 副 | | 349 | 瀢* | 洞 | 偉 | 透 | 上 | 合 | 五七鬼 | | | 定上合灰蟹一 | 杜罪 | 定合 1 | 徒弄 | 云上合微止三 | 于鬼 |
| 22398 | 15 副 | | 350 | 蓷 | 洞 | 偉 | 透 | 上 | 合 | 五七鬼 | | | 定上合灰蟹一 | 徒猥 | 定合 1 | 徒弄 | 云上合微止三 | 于鬼 |
| 22399 | 15 副 | 96 | 351 | 瓠 | 煖 | 卉 | 乃 | 上 | 合 | 五七鬼 | 傷熟瓜也，玉篇 | 表中此位無字。玉篇作乃罪切 | 泥上合灰蟹一 | 奴罪 | 泥合 1 | 乃管 | 曉上合微止三 | 許偉 |
| 22400 | 15 副 | 97 | 352 | 瘟 | 路 | 偉 | 賚 | 上 | 合 | 五七鬼 | | | 來上合灰蟹一 | 落猥 | 來合 1 | 洛故 | 云上合微止三 | 于鬼 |
| 22402 | 15 副 | | 353 | 邌* | 路 | 偉 | 賚 | 上 | 合 | 五七鬼 | | | 定入開錫梗四 | 亭歷 | 來合 1 | 洛故 | 云上合微止三 | 于鬼 |
| 22403 | 15 副 | | 354 | 蕾 | 路 | 偉 | 賚 | 上 | 合 | 五七鬼 | | | 來上合灰蟹一 | 落猥 | 來合 1 | 洛故 | 云上合微止三 | 于鬼 |
| 22404 | 15 副 | | 355 | 讄 | 路 | 偉 | 賚 | 上 | 合 | 五七鬼 | | | 來上合灰蟹一 | 落猥 | 來合 1 | 洛故 | 云上合微止三 | 于鬼 |
| 22405 | 15 副 | | 356 | 瓃* | 路 | 偉 | 賚 | 上 | 合 | 五七鬼 | | | 來上合灰蟹一 | 魯猥 | 來合 1 | 洛故 | 云上合微止三 | 于鬼 |
| 22406 | 15 副 | | 357 | 郲 | 路 | 偉 | 賚 | 上 | 合 | 五七鬼 | | | 來上合灰蟹一 | 落猥 | 來合 1 | 洛故 | 云上合微止三 | 于鬼 |

| 韻字編號 | 部序 | 組數 | 字數 | 韻字及何氏反切 | | | 韻字何氏音 | | | | 何萱注釋 | 備　注 | 韻字中古音 | | 上字中古音 | | 下字中古音 | |
|---|---|---|---|---|---|---|---|---|---|---|---|---|---|---|---|---|---|---|
| | | | | 韻字 | 上字 | 下字 | 聲 | 調 | 呼 | 韻部 | | | 聲調呼韻攝等 | 反切 | 聲呼等 | 反切 | 聲調呼韻攝等 | 反切 |
| 22408 | 15 副 | 98 | 358 | 嘐 | 壯 | 偉 | 照 | 上 | 合 | 五七鬼 | | | 精上合脂止三 | 遵誄 | 莊開 3 | 側亮 | 云上合微止三 | 于鬼 |
| 22409 | 15 副 | | 359 | 臎 | 壯 | 偉 | 照 | 上 | 合 | 五七鬼 | | | 精上合脂止三 | 遵誄 | 莊開 3 | 側亮 | 云上合微止三 | 于鬼 |
| 22412 | 15 副 | | 360 | 踓 | 壯 | 偉 | 照 | 上 | 合 | 五七鬼 | | | 清上合脂止三 | 千水 | 莊開 3 | 側亮 | 云上合微止三 | 于鬼 |
| 22414 | 15 副 | | 361 | 雘 | 壯 | 偉 | 照 | 上 | 合 | 五七鬼 | | | 清上合脂止三 | 千水 | 莊開 3 | 側亮 | 云上合微止三 | 于鬼 |
| 22415 | 15 副 | 99 | 362 | 皠 | 狀 | 偉 | 助 | 上 | 合 | 五七鬼 | | | 清上合灰蟹一 | 七罪 | 崇開 3 | 鋤亮 | 云上合微止三 | 于鬼 |
| 22416 | 15 副 | | 363 | 璀 | 狀 | 偉 | 助 | 上 | 合 | 五七鬼 | | | 清上合灰蟹一 | 七罪 | 崇開 3 | 鋤亮 | 云上合微止三 | 于鬼 |
| 22417 | 15 副 | | 364 | 鏙 | 狀 | 偉 | 助 | 上 | 合 | 五七鬼 | | | 清上合灰蟹一 | 七罪 | 崇開 3 | 鋤亮 | 云上合微止三 | 于鬼 |
| 22418 | 15 副 | | 365 | 犨* | 狀 | 偉 | 助 | 上 | 合 | 五七鬼 | | | 昌平合脂止三 | 川隹 | 崇開 3 | 鋤亮 | 云上合微止三 | 于鬼 |
| 22419 | 15 副 | | 366 | 惢** | 狀 | 偉 | 助 | 上 | 合 | 五七鬼 | | | 初上合支止重三 | 初委 | 崇開 3 | 鋤亮 | 云上合微止三 | 于鬼 |
| 22420 | 15 副 | | 367 | 夎** | 狀 | 偉 | 助 | 上 | 合 | 五七鬼 | | | 徹上合支止三 | 丑水 | 崇開 3 | 鋤亮 | 云上合微止三 | 于鬼 |
| 22421 | 15 副 | 100 | 368 | 摧 | 纂 | 偉 | 井 | 上 | 合 | 五七鬼 | | 表中此位無字 | 精上合灰蟹一 | 子罪 | 精合 1 | 作管 | 云上合微止三 | 于鬼 |
| 22423 | 15 副 | | 369 | 嶉 | 纂 | 偉 | 井 | 上 | 合 | 五七鬼 | | 表中此位無字 | 精上合脂止三 | 遵誄 | 精合 1 | 作管 | 云上合微止三 | 于鬼 |
| 22424 | 15 副 | 101 | 370 | 皠 | 措 | 唯 | 淨 | 上 | 合 | 五七鬼 | | | 清上合灰蟹一 | 七罪 | 清合 1 | 倉故 | 以上合脂止三 | 以水 |
| 22425 | 15 副 | 102 | 371 | 磈 | 臥 | 偉 | 我 | 上 | 合 | 五七鬼 | | | 疑上合灰蟹一 | 五罪 | 疑合 1 | 吾貨 | 云上合微止三 | 于鬼 |
| 22426 | 15 副 | | 372 | 鎴** | 臥 | 偉 | 我 | 上 | 合 | 五七鬼 | | | 疑上合灰蟹一 | 五罪 | 疑合 1 | 吾貨 | 云上合微止三 | 于鬼 |
| 22427 | 15 副 | 103 | 373 | 㢈 | 普 | 偉 | 並 | 上 | 合 | 五七鬼 | | 表中此位無字 | 並上合灰蟹一 | 蒲罪 | 滂合 1 | 滂古 | 云上合微止三 | 于鬼 |
| 22428 | 15 副 | | 374 | 琲** | 普 | 偉 | 並 | 上 | 合 | 五七鬼 | | 表中此位無字 | 並上合灰蟹一 | 蒲罪 | 滂合 1 | 滂古 | 云上合微止三 | 于鬼 |
| 22429 | 15 副 | | 375 | 琲 | 普 | 偉 | 並 | 上 | 合 | 五七鬼 | | 表中此位無字 | 並上合灰蟹一 | 蒲罪 | 滂合 1 | 滂古 | 云上合微止三 | 于鬼 |
| 22430 | 15 副 | 104 | 376 | 浘 | 慢 | 偉 | 命 | 上 | 合 | 五七鬼 | | 表中此位無字 | 明上合灰蟹一 | 武罪 | 明開 2 | 謨晏 | 云上合微止三 | 于鬼 |
| 22431 | 15 副 | 105 | 377 | 悱 | 奉 | 偉 | 匪 | 上 | 合 | 五七鬼 | | | 敷上合微止三 | 敷尾 | 奉合 3 | 扶隴 | 云上合微止三 | 于鬼 |
| 22432 | 15 副 | | 378 | 斐 | 奉 | 偉 | 匪 | 上 | 合 | 五七鬼 | | | 敷上合微止三 | 敷尾 | 奉合 3 | 扶隴 | 云上合微止三 | 于鬼 |
| 22433 | 15 副 | | 379 | 蕜* | 奉 | 偉 | 匪 | 上 | 合 | 五七鬼 | | | 敷上合微止三 | 妃尾 | 奉合 3 | 扶隴 | 云上合微止三 | 于鬼 |
| 22435 | 15 副 | | 380 | 蕜 | 奉 | 偉 | 匪 | 上 | 合 | 五七鬼 | | | 非上合微止三 | 府尾 | 奉合 3 | 扶隴 | 云上合微止三 | 于鬼 |
| 22436 | 15 副 | | 381 | 榧 | 奉 | 偉 | 匪 | 上 | 合 | 五七鬼 | | | 非上合微止三 | 府尾 | 奉合 3 | 扶隴 | 云上合微止三 | 于鬼 |
| 22437 | 15 副 | | 382 | 霏** | 奉 | 偉 | 匪 | 上 | 合 | 五七鬼 | | | 非上合微止三 | 非尾 | 奉合 3 | 扶隴 | 云上合微止三 | 于鬼 |
| 22439 | 15 副 | | 383 | 僶* | 奉 | 偉 | 匪 | 上 | 合 | 五七鬼 | | | 奉上合微止三 | 父尾 | 奉合 3 | 扶隴 | 云上合微止三 | 于鬼 |
| 22441 | 15 副 | | 384 | 膹 | 奉 | 偉 | 匪 | 上 | 合 | 五七鬼 | | | 奉上合微止三 | 浮鬼 | 奉合 3 | 扶隴 | 云上合微止三 | 于鬼 |

| 韻字編號 | 部序 | 組數 | 字數 | 韻字及何氏反切 | | | 韻字何氏音 | | | | 何萱注釋 | 備　注 | 韻字中古音 | | 上字中古音 | | 下字中古音 | |
|---|---|---|---|---|---|---|---|---|---|---|---|---|---|---|---|---|---|---|
| | | | | 韻字 | 上字 | 下字 | 聲 | 調 | 呼 | 韻部 | | | 聲調呼韻攝等 | 反切 | 聲呼等 | 反切 | 聲調呼韻攝等 | 反切 |
| 22443 | 15 副 | | 385 | 蟦 | 奉 | 偉 | 匪 | 上 | 合 | 五七鬼 | | | 奉上合微止三 | 浮鬼 | 奉合 3 | 扶隴 | 云上合微止三 | 于鬼 |
| 22445 | 15 副 | | 386 | 樻 | 奉 | 偉 | 匪 | 上 | 合 | 五七鬼 | | | 奉上合微止三 | 浮鬼 | 奉合 3 | 扶隴 | 云上合微止三 | 于鬼 |
| 22446 | 15 副 | 106 | 387 | 娓* | 晚 | 卉 | 未 | 上 | 合 | 五七鬼 | | | 微上合微止三 | 武斐 | 微合 3 | 無遠 | 曉上合微止三 | 許偉 |
| 22447 | 15 副 | | 388 | 浘 | 晚 | 卉 | 未 | 上 | 合 | 五七鬼 | | | 微上合微止三 | 無匪 | 微合 3 | 無遠 | 曉上合微止三 | 許偉 |
| 22448 | 15 副 | | 389 | 梶 | 晚 | 卉 | 未 | 上 | 合 | 五七鬼 | | | 微上合微止三 | 無匪 | 微合 3 | 無遠 | 曉上合微止三 | 許偉 |
| 22449 | 15 副 | | 390 | 餛 | 晚 | 卉 | 未 | 上 | 合 | 五七鬼 | | | 微上合微止三 | 無匪 | 微合 3 | 無遠 | 曉上合微止三 | 許偉 |
| 22450 | 15 副 | | 391 | 梶 | 晚 | 卉 | 未 | 上 | 合 | 五七鬼 | | | 微去合微止三 | 無沸 | 微合 3 | 無遠 | 曉上合微止三 | 許偉 |
| 22451 | 15 副 | | 392 | 篃* | 晚 | 卉 | 未 | 上 | 合 | 五七鬼 | | | 微上合微止三 | 武斐 | 微合 3 | 無遠 | 曉上合微止三 | 許偉 |
| 22452 | 15 副 | | 393 | 蓶* | 晚 | 卉 | 未 | 上 | 合 | 五七鬼 | | | 微上合微止三 | 武斐 | 微合 3 | 無遠 | 曉上合微止三 | 許偉 |
| 22454 | 15 副 | | 394 | 秠* | 晚 | 卉 | 未 | 上 | 合 | 五七鬼 | | | 敷上合微止三 | 妃尾 | 微合 3 | 無遠 | 曉上合微止三 | 許偉 |
| 22456 | 15 副 | | 395 | 亹 | 晚 | 卉 | 未 | 上 | 合 | 五七鬼 | 十三部平聲十五部上聲兩見義別彼注詳之 | 缺 13 部。見筆者增 | 微上合微止三 | 無匪 | 微合 3 | 無遠 | 曉上合微止三 | 許偉 |
| 22457 | 15 副 | 107 | 396 | 槩 | 儉 | 利 | 起 | 去 | 齊 | 五六既 | | | 溪去開齊蟹四 | 苦計 | 群開重 3 | 巨險 | 來去開脂止三 | 力至 |
| 22458 | 15 副 | | 397 | 醆 | 儉 | 利 | 起 | 去 | 齊 | 五六既 | | | 群去開微止三 | 其既 | 群開重 3 | 巨險 | 來去開脂止三 | 力至 |
| 22460 | 15 副 | | 398 | 鑒 | 儉 | 利 | 起 | 去 | 齊 | 五六既 | | | 溪去開微止三 | 去既 | 群開重 3 | 巨險 | 來去開脂止三 | 力至 |
| 22462 | 15 副 | | 399 | 鬃 | 儉 | 利 | 起 | 去 | 齊 | 五六既 | | | 群去開脂止重三 | 具冀 | 群開重 3 | 巨險 | 來去開脂止三 | 力至 |
| 22464 | 15 副 | | 400 | 嘳* | 儉 | 利 | 起 | 去 | 齊 | 五六既 | | | 溪去開微止三 | 丘既 | 群開重 3 | 巨險 | 來去開脂止三 | 力至 |
| 22465 | 15 副 | 108 | 401 | 瞖 | 隱 | 器 | 影 | 去 | 齊 | 五六既 | | 正編下字作契 | 影去開齊蟹四 | 於計 | 影開 3 | 於謹 | 溪去開脂止重三 | 去冀 |
| 22466 | 15 副 | | 402 | 蘙 | 隱 | 器 | 影 | 去 | 齊 | 五六既 | | 正編下字作契 | 影去開齊蟹四 | 於計 | 影開 3 | 於謹 | 溪去開脂止重三 | 去冀 |
| 22467 | 15 副 | | 403 | 褹* | 隱 | 器 | 影 | 去 | 齊 | 五六既 | | 正編下字作契 | 以去開祭蟹三 | 以制 | 影開 3 | 於謹 | 溪去開脂止重三 | 去冀 |
| 22468 | 15 副 | | 404 | 褹 | 隱 | 器 | 影 | 去 | 齊 | 五六既 | | 正編下字作契 | 以去開祭蟹三 | 餘制 | 影開 3 | 於謹 | 溪去開脂止重三 | 去冀 |
| 22469 | 15 副 | | 405 | 靾 | 隱 | 器 | 影 | 去 | 齊 | 五六既 | | 正編下字作契 | 以去開祭蟹三 | 餘制 | 影開 3 | 於謹 | 溪去開脂止重三 | 去冀 |
| 22471 | 15 副 | | 406 | 韈* | 隱 | 器 | 影 | 去 | 齊 | 五六既 | | 正編下字作契 | 以去開祭蟹三 | 以制 | 影開 3 | 於謹 | 溪去開脂止重三 | 去冀 |
| 22473 | 15 副 | | 407 | 轊** | 隱 | 器 | 影 | 去 | 齊 | 五六既 | | 正編下字作契 | 以去開祭蟹三 | 余制 | 影開 3 | 於謹 | 溪去開脂止重三 | 去冀 |
| 22474 | 15 副 | | 408 | 庽 | 隱 | 器 | 影 | 去 | 齊 | 五六既 | | 正編下字作契 | 以去開脂止三 | 羊至 | 影開 3 | 於謹 | 溪去開脂止重三 | 去冀 |
| 22475 | 15 副 | | 409 | 瘱 | 隱 | 器 | 影 | 去 | 齊 | 五六既 | | 正編下字作契 | 以去開祭蟹三 | 餘制 | 影開 3 | 於謹 | 溪去開脂止重三 | 去冀 |

| 韻字編號 | 部序 | 組數 | 字數 | 韻字及何氏反切 | | | 韻字何氏音 | | | | 何萱注釋 | 備　注 | 韻字中古音 | | 上字中古音 | | 下字中古音 | |
|---|---|---|---|---|---|---|---|---|---|---|---|---|---|---|---|---|---|---|
| | | | | 韻字 | 上字 | 下字 | 聲 | 調 | 呼 | 韻部 | | | 聲調呼韻攝等 | 反切 | 聲呼等 | 反切 | 聲調呼韻攝等 | 反切 |
| 22476 | 15 副 | | 410 | 猰 | 隱 | 器 | 影 | 去 | 齊 | 五六既 | | 正編下字作契 | 以去開祭蟹三 | 餘制 | 影開 3 | 於謹 | 溪去開脂止重三 | 去冀 |
| 22477 | 15 副 | | 411 | 鴳 | 隱 | 器 | 影 | 去 | 齊 | 五六既 | | 正編下字作契 | 以去開祭蟹三 | 餘制 | 影開 3 | 於謹 | 溪去開脂止重三 | 去冀 |
| 22478 | 15 副 | | 412 | 秷 | 隱 | 器 | 影 | 去 | 齊 | 五六既 | | 正編下字作契 | 以去開祭蟹三 | 餘制 | 影開 3 | 於謹 | 溪去開脂止重三 | 去冀 |
| 22479 | 15 副 | | 413 | 篗 | 隱 | 器 | 影 | 去 | 齊 | 五六既 | | 正編下字作契 | 以去開祭蟹三 | 餘制 | 影開 3 | 於謹 | 溪去開脂止重三 | 去冀 |
| 22480 | 15 副 | | 414 | 㑥 | 隱 | 器 | 影 | 去 | 齊 | 五六既 | | 正編下字作契 | 以去開祭蟹三 | 餘制 | 影開 3 | 於謹 | 溪去開脂止重三 | 去冀 |
| 22481 | 15 副 | | 415 | 㡣 | 隱 | 器 | 影 | 去 | 齊 | 五六既 | | 正編下字作契 | 以去開祭蟹三 | 餘制 | 影開 3 | 於謹 | 溪去開脂止重三 | 去冀 |
| 22482 | 15 副 | | 416 | 黖 | 隱 | 器 | 影 | 去 | 齊 | 五六既 | | 正編下字作契 | 影平開山山二 | 於閑 | 影開 3 | 於謹 | 溪去開脂止重三 | 去冀 |
| 22483 | 15 副 | | 417 | 潱 | 隱 | 器 | 影 | 去 | 齊 | 五六既 | | 正編下字作契 | 以去開祭蟹三 | 餘制 | 影開 3 | 於謹 | 溪去開脂止重三 | 去冀 |
| 22484 | 15 副 | | 418 | 蓺 | 隱 | 器 | 影 | 去 | 齊 | 五六既 | | 正編下字作契 | 以去開祭蟹三 | 餘制 | 影開 3 | 於謹 | 溪去開脂止重三 | 去冀 |
| 22485 | 15 副 | | 419 | 㵝 | 隱 | 器 | 影 | 去 | 齊 | 五六既 | | 正編下字作契 | 以去開祭蟹三 | 餘制 | 影開 3 | 於謹 | 溪去開脂止重三 | 去冀 |
| 22486 | 15 副 | 109 | 420 | 熂 | 向 | 器 | 曉 | 去 | 齊 | 五六既 | | 正文入隱器切，誤。據正編加入向器切 | 曉去開微止三 | 許既 | 曉開 3 | 許亮 | 溪去開脂止重三 | 去冀 |
| 22487 | 15 副 | | 421 | 滊* | 向 | 器 | 曉 | 去 | 齊 | 五六既 | | 正文入隱器切，誤。據正編加入向器切 | 曉去開微止三 | 許既 | 曉開 3 | 許亮 | 溪去開脂止重三 | 去冀 |
| 22490 | 15 副 | | 422 | 餼 | 向 | 器 | 曉 | 去 | 齊 | 五六既 | | 正文入隱器切，誤。據正編加入向器切 | 曉去開微止三 | 許既 | 曉開 3 | 許亮 | 溪去開脂止重三 | 去冀 |
| 22491 | 15 副 | | 423 | 㑶* | 向 | 器 | 曉 | 去 | 齊 | 五六既 | | 正文入隱器切，誤。據正編加入向器切 | 曉去開微止三 | 許既 | 曉開 3 | 許亮 | 溪去開脂止重三 | 去冀 |
| 22492 | 15 副 | | 424 | 愾 | 向 | 器 | 曉 | 去 | 齊 | 五六既 | | 正文入隱器切，誤。據正編加入向器切 | 曉去開微止三 | 許既 | 曉開 3 | 許亮 | 溪去開脂止重三 | 去冀 |
| 22493 | 15 副 | | 425 | 豙 | 向 | 器 | 曉 | 去 | 齊 | 五六既 | | 正文入隱器切，誤。據正編加入向器切 | 曉去開微止三 | 許既 | 曉開 3 | 許亮 | 溪去開脂止重三 | 去冀 |

| 韻字編號 | 部序 | 組數 | 字數 | 韻字及何氏反切 | | | 韻字何氏音 | | | | 何萱注釋 | 備注 | 韻字中古音 | | 上字中古音 | | 下字中古音 | |
|---|---|---|---|---|---|---|---|---|---|---|---|---|---|---|---|---|---|---|
| | | | | 韻字 | 上字 | 下字 | 聲 | 調 | 呼 | 韻部 | | | 聲調呼韻攝等 | 反切 | 聲呼等 | 反切 | 聲調呼韻攝等 | 反切 |
| 22494 | 15 副 | | 426 | 豨 | 向 | 器 | 曉 | 去 | 齊 | 五六既 | | 正文入隱器切，誤。據正編加入向器切 | 曉去開微止三 | 許既 | 曉開 3 | 許亮 | 溪去開脂止重三 | 去冀 |
| 22495 | 15 副 | | 427 | 歖 | 向 | 器 | 曉 | 去 | 齊 | 五六既 | 不明，玉篇 | 正文入隱器切，誤。據正編加入向器切。玉篇作踈士於己二切。取於已切 | 影上開之止三 | 於己 | 曉開 3 | 許亮 | 溪去開脂止重三 | 去冀 |
| 22496 | 15 副 | | 428 | 稧 | 向 | 器 | 曉 | 去 | 齊 | 五六既 | | 正文入隱器切，誤。據正編加入向器切 | 匣去開齊蟹四 | 胡計 | 曉開 3 | 許亮 | 溪去開脂止重三 | 去冀 |
| 22497 | 15 副 | | 429 | 褉 | 向 | 器 | 曉 | 去 | 齊 | 五六既 | | 正文入隱器切，誤。據正編加入向器切 | 匣去開齊蟹四 | 胡計 | 曉開 3 | 許亮 | 溪去開脂止重三 | 去冀 |
| 22498 | 15 副 | | 430 | 沓** | 向 | 器 | 曉 | 去 | 齊 | 五六既 | | 正文入隱器切，誤。據正編加入向器切 | 曉去開齊蟹四 | 火計 | 曉開 3 | 許亮 | 溪去開脂止重三 | 去冀 |
| 22499 | 15 副 | | 431 | 欪 | 向 | 器 | 曉 | 去 | 齊 | 五六既 | | 正文入隱器切，誤。據正編加入向器切 | 曉去開齊蟹四 | 呼計 | 曉開 3 | 許亮 | 溪去開脂止重三 | 去冀 |
| 22500 | 15 副 | 110 | 432 | 僀 | 典 | 器 | 短 | 去 | 齊 | 五六既 | 或作僀 | | 端去開齊蟹四 | 都計 | 端開 4 | 多殄 | 溪去開脂止重三 | 去冀 |
| 22501 | 15 副 | | 433 | 骶 | 典 | 器 | 短 | 去 | 齊 | 五六既 | | | 端去開齊蟹四 | 都計 | 端開 4 | 多殄 | 溪去開脂止重三 | 去冀 |
| 22502 | 15 副 | | 434 | 既 | 典 | 器 | 短 | 去 | 齊 | 五六既 | | | 端去開齊蟹四 | 都計 | 端開 4 | 多殄 | 溪去開脂止重三 | 去冀 |
| 22503 | 15 副 | | 435 | 軧 | 典 | 器 | 短 | 去 | 齊 | 五六既 | | | 端去開齊蟹四 | 都計 | 端開 4 | 多殄 | 溪去開脂止重三 | 去冀 |
| 22504 | 15 副 | | 436 | 觝 | 典 | 器 | 短 | 去 | 齊 | 五六既 | | | 端去開齊蟹四 | 都計 | 端開 4 | 多殄 | 溪去開脂止重三 | 去冀 |
| 22505 | 15 副 | | 437 | 瓺 | 典 | 器 | 短 | 去 | 齊 | 五六既 | | | 端去開齊蟹四 | 都計 | 端開 4 | 多殄 | 溪去開脂止重三 | 去冀 |
| 22506 | 15 副 | 111 | 438 | 謕 | 眺 | 器 | 透 | 去 | 齊 | 五六既 | | | 定去開齊蟹四 | 特計 | 透開 4 | 他弔 | 溪去開脂止重三 | 去冀 |
| 22507 | 15 副 | | 439 | 墆 | 眺 | 器 | 透 | 去 | 齊 | 五六既 | | | 定去開齊蟹四 | 特計 | 透開 4 | 他弔 | 溪去開脂止重三 | 去冀 |

| 韻字編號 | 部序 | 組數 | 字數 | 韻字及何氏反切 | | | 韻字何氏音 | | | | 何萱注釋 | 備注 | 韻字中古音 | | 上字中古音 | | 下字中古音 | |
|---|---|---|---|---|---|---|---|---|---|---|---|---|---|---|---|---|---|---|
| | | | | 韻字 | 上字 | 下字 | 聲 | 調 | 呼 | 韻部 | | | 聲調呼韻攝等 | 反切 | 聲呼等 | 反切 | 聲調呼韻攝等 | 反切 |
| 22510 | 15 副 | | 440 | 娣* | 眺 | 器 | 透 | 去 | 齊 | 五六既 | | | 定去開齊蟹四 | 大計 | 透開 4 | 他弔 | 溪去開脂止重三 | 去冀 |
| 22511 | 15 副 | | 441 | 笑 | 眺 | 器 | 透 | 去 | 齊 | 五六既 | | | 透去開齊蟹四 | 他計 | 透開 4 | 他弔 | 溪去開脂止重三 | 去冀 |
| 22512 | 15 副 | | 442 | 悿 | 眺 | 器 | 透 | 去 | 齊 | 五六既 | | | 透去開齊蟹四 | 他計 | 透開 4 | 他弔 | 溪去開脂止重三 | 去冀 |
| 22513 | 15 副 | | 443 | 裑 | 眺 | 器 | 透 | 去 | 齊 | 五六既 | | | 透去開齊蟹四 | 他計 | 透開 4 | 他弔 | 溪去開脂止重三 | 去冀 |
| 22514 | 15 副 | | 444 | 屜 | 眺 | 器 | 透 | 去 | 齊 | 五六既 | | | 透去開齊蟹四 | 他計 | 透開 4 | 他弔 | 溪去開脂止重三 | 去冀 |
| 22516 | 15 副 | 112 | 445 | 唎* | 亮 | 器 | 賚 | 去 | 齊 | 五六既 | | | 來去開脂止三 | 力至 | 來開 3 | 力讓 | 溪去開脂止重三 | 去冀 |
| 22517 | 15 副 | | 446 | 痢 | 亮 | 器 | 賚 | 去 | 齊 | 五六既 | | | 來去開脂止三 | 力至 | 來開 3 | 力讓 | 溪去開脂止重三 | 去冀 |
| 22518 | 15 副 | | 447 | 浰 | 亮 | 器 | 賚 | 去 | 齊 | 五六既 | | | 來去開先山四 | 郎甸 | 來開 3 | 力讓 | 溪去開脂止重三 | 去冀 |
| 22519 | 15 副 | | 448 | 悷 | 亮 | 器 | 賚 | 去 | 齊 | 五六既 | | | 來去開齊蟹四 | 郎計 | 來開 3 | 力讓 | 溪去開脂止重三 | 去冀 |
| 22520 | 15 副 | | 449 | 唳 | 亮 | 器 | 賚 | 去 | 齊 | 五六既 | | | 來去開齊蟹四 | 郎計 | 來開 3 | 力讓 | 溪去開脂止重三 | 去冀 |
| 22522 | 15 副 | | 450 | 棙* | 亮 | 器 | 賚 | 去 | 齊 | 五六既 | | | 來去開齊蟹四 | 郎計 | 來開 3 | 力讓 | 溪去開脂止重三 | 去冀 |
| 22524 | 15 副 | | 451 | 杨 | 亮 | 器 | 賚 | 去 | 齊 | 五六既 | | | 來去開齊蟹四 | 郎計 | 來開 3 | 力讓 | 溪去開脂止重三 | 去冀 |
| 22525 | 15 副 | | 452 | 飀* | 亮 | 器 | 賚 | 去 | 齊 | 五六既 | | | 來去開齊蟹四 | 郎計 | 來開 3 | 力讓 | 溪去開脂止重三 | 去冀 |
| 22529 | 15 副 | | 453 | 潱 | 亮 | 器 | 賚 | 去 | 齊 | 五六既 | | | 來去開齊蟹四 | 郎計 | 來開 3 | 力讓 | 溪去開脂止重三 | 去冀 |
| 22530 | 15 副 | | 454 | 潱** | 亮 | 器 | 賚 | 去 | 齊 | 五六既 | | | 來去開齊蟹四 | 盧帝 | 來開 3 | 力讓 | 溪去開脂止重三 | 去冀 |
| 22531 | 15 副 | | 455 | 籭 | 亮 | 器 | 賚 | 去 | 齊 | 五六既 | | | 來去開齊蟹四 | 郎計 | 來開 3 | 力讓 | 溪去開脂止重三 | 去冀 |
| 22532 | 15 副 | | 456 | 豯 | 亮 | 器 | 賚 | 去 | 齊 | 五六既 | | | 來去開齊蟹四 | 郎計 | 來開 3 | 力讓 | 溪去開脂止重三 | 去冀 |
| 22533 | 15 副 | | 457 | 殐* | 亮 | 器 | 賚 | 去 | 齊 | 五六既 | | | 來去開祭蟹三 | 力制 | 來開 3 | 力讓 | 溪去開脂止重三 | 去冀 |
| 22534 | 15 副 | | 458 | 㑪 | 亮 | 器 | 賚 | 去 | 齊 | 五六既 | | | 來去開祭蟹三 | 力制 | 來開 3 | 力讓 | 溪去開脂止重三 | 去冀 |
| 22535 | 15 副 | | 459 | 鬁 g* | 亮 | 器 | 賚 | 去 | 齊 | 五六既 | | | 來去開祭蟹三 | 力制 | 來開 3 | 力讓 | 溪去開脂止重三 | 去冀 |
| 22537 | 15 副 | | 460 | 翊 | 亮 | 器 | 賚 | 去 | 齊 | 五六既 | | 玉篇：音例 | 來去開祭蟹三 | 力制 | 來開 3 | 力讓 | 溪去開脂止重三 | 去冀 |
| 22538 | 15 副 | | 461 | 㒧 | 亮 | 器 | 賚 | 去 | 齊 | 五六既 | | | 來去開祭蟹三 | 力制 | 來開 3 | 力讓 | 溪去開脂止重三 | 去冀 |
| 22539 | 15 副 | | 462 | 矚 | 亮 | 器 | 賚 | 去 | 齊 | 五六既 | | | 來去開祭蟹三 | 力制 | 來開 3 | 力讓 | 溪去開脂止重三 | 去冀 |
| 22540 | 15 副 | | 463 | 贎 | 亮 | 器 | 賚 | 去 | 齊 | 五六既 | | | 來去開祭蟹三 | 力制 | 來開 3 | 力讓 | 溪去開脂止重三 | 去冀 |
| 22541 | 15 副 | | 464 | 襹 | 亮 | 器 | 賚 | 去 | 齊 | 五六既 | | | 來去開祭蟹三 | 力制 | 來開 3 | 力讓 | 溪去開脂止重三 | 去冀 |

| 韻字編號 | 部序 | 組數 | 字數 | 韻字及何氏反切 | | | 韻字何氏音 | | | | 何萱注釋 | 備注 | 韻字中古音 | | 上字中古音 | | 下字中古音 | |
|---|---|---|---|---|---|---|---|---|---|---|---|---|---|---|---|---|---|---|
| | | | | 韻字 | 上字 | 下字 | 聲 | 調 | 呼 | 韻部 | | | 聲調呼韻攝等 | 反切 | 聲呼等 | 反切 | 聲調呼韻攝等 | 反切 |
| 22542 | 15 副 | | 465 | 檷 | 亮 | 器 | 賚 | 去 | 齊 | 五六既 | | | 來去開祭蟹三 | 力制 | 來開 3 | 力讓 | 溪去開脂止重三 | 去冀 |
| 22543 | 15 副 | | 466 | 䴡* | 亮 | 器 | 賚 | 去 | 齊 | 五六既 | | | 來去開祭蟹三 | 力制 | 來開 3 | 力讓 | 溪去開脂止重三 | 去冀 |
| 22544 | 15 副 | 113 | 467 | 晣* | 掌 | 器 | 照 | 去 | 齊 | 五六既 | | 原作亮器切，誤。據正編改為掌器切 | 章去開祭蟹三 | 征例 | 章開 3 | 諸兩 | 溪去開脂止重三 | 去冀 |
| 22545 | 15 副 | | 468 | 晢 | 掌 | 器 | 照 | 去 | 齊 | 五六既 | | 原作亮器切，誤。據正編改為掌器切 | 章去開祭蟹三 | 征例 | 章開 3 | 諸兩 | 溪去開脂止重三 | 去冀 |
| 22546 | 15 副 | | 469 | 淛 | 掌 | 器 | 照 | 去 | 齊 | 五六既 | | 原作亮器切，誤。據正編改為掌器切 | 章去開祭蟹三 | 征例 | 章開 3 | 諸兩 | 溪去開脂止重三 | 去冀 |
| 22547 | 15 副 | | 470 | 㝿 | 掌 | 器 | 照 | 去 | 齊 | 五六既 | | 原作亮器切，誤。據正編改為掌器切 | 章去開祭蟹三 | 征例 | 章開 3 | 諸兩 | 溪去開脂止重三 | 去冀 |
| 22548 | 15 副 | | 471 | 䫏* | 掌 | 器 | 照 | 去 | 齊 | 五六既 | 䣿或作䫏 | 原作亮器切，誤。據正編改為掌器切 | 章去開祭蟹三 | 征例 | 章開 3 | 諸兩 | 溪去開脂止重三 | 去冀 |
| 22549 | 15 副 | | 472 | 䱥 | 掌 | 器 | 照 | 去 | 齊 | 五六既 | | 原作亮器切，誤。據正編改為掌器切 | 章去開祭蟹三 | 征例 | 章開 3 | 諸兩 | 溪去開脂止重三 | 去冀 |
| 22551 | 15 副 | | 473 | 㞕 | 掌 | 器 | 照 | 去 | 齊 | 五六既 | | 原作亮器切，誤。據正編改為掌器切 | 莊去合支止重三 | 爭義 | 章開 3 | 諸兩 | 溪去開脂止重三 | 去冀 |
| 22552 | 15 副 | | 474 | 㲜 | 掌 | 器 | 照 | 去 | 齊 | 五六既 | | 原作亮器切，誤。據正編改為掌器切 | 莊去合支止重三 | 爭義 | 章開 3 | 諸兩 | 溪去開脂止重三 | 去冀 |
| 22553 | 15 副 | | 475 | 罬** | 掌 | 器 | 照 | 去 | 齊 | 五六既 | | 原作亮器切，誤。據正編改為掌器切 | 知去開祭蟹三 | 豬例 | 章開 3 | 諸兩 | 溪去開脂止重三 | 去冀 |
| 22554 | 15 副 | | 476 | 䟴 | 掌 | 器 | 照 | 去 | 齊 | 五六既 | | 原作亮器切，誤。據正編改為掌器切 | 知去開脂止三 | 陟利 | 章開 3 | 諸兩 | 溪去開脂止重三 | 去冀 |
| 22556 | 15 副 | | 477 | 晢 | 掌 | 器 | 照 | 去 | 齊 | 五六既 | 或作晣。瞀也，玉篇；晢目光也，廣韻 | 解釋基本相同。玉篇沒查到。原作亮器切，誤。據正編改為掌器切 | 徹去開祭蟹三 | 丑例 | 章開 3 | 諸兩 | 溪去開脂止重三 | 去冀 |
| 22557 | 15 副 | | 478 | 䩢 | 掌 | 器 | 照 | 去 | 齊 | 五六既 | | 原作亮器切，誤。據正編改為掌器切 | 章去開祭蟹三 | 征例 | 章開 3 | 諸兩 | 溪去開脂止重三 | 去冀 |

| 韻字編號 | 部序 | 組數 | 字數 | 韻字及何氏反切 | | | 韻字何氏音 | | | | 何萱注釋 | 備　注 | 韻字中古音 | | 上字中古音 | | 下字中古音 | |
|---|---|---|---|---|---|---|---|---|---|---|---|---|---|---|---|---|---|---|
| | | | | 韻字 | 上字 | 下字 | 聲 | 調 | 呼 | 韻部 | | | 聲調呼韻攝等 | 反切 | 聲呼等 | 反切 | 聲調呼韻攝等 | 反切 |
| 22558 | 15 副 | | 479 | 𥝩 | 掌 | 器 | 照 | 去 | 齊 | 五六既 | | 原作亮器切，誤。據正編改為掌器切 | 章去開祭蟹三 | 征例 | 章開 3 | 諸兩 | 溪去開脂止重三 | 去冀 |
| 22559 | 15 副 | | 480 | 𥫔 | 掌 | 器 | 照 | 去 | 齊 | 五六既 | | 原作亮器切，誤。據正編改為掌器切 | 章去開祭蟹三 | 征例 | 章開 3 | 諸兩 | 溪去開脂止重三 | 去冀 |
| 22560 | 15 副 | | 481 | 折 | 掌 | 器 | 照 | 去 | 齊 | 五六既 | | 原作亮器切，誤。據正編改為掌器切 | 章去開祭蟹三 | 征例 | 章開 3 | 諸兩 | 溪去開脂止重三 | 去冀 |
| 22561 | 15 副 | | 482 | 餐 | 掌 | 器 | 照 | 去 | 齊 | 五六既 | | 原作亮器切，誤。據正編改為掌器切 | 章去開祭蟹三 | 征例 | 章開 3 | 諸兩 | 溪去開脂止重三 | 去冀 |
| 22562 | 15 副 | | 483 | 𤺌 | 掌 | 器 | 照 | 去 | 齊 | 五六既 | | 玉篇竹世切，又音帶。原作亮器切，誤。據正編改為掌器切 | 知去開祭蟹三 | 竹例 | 章開 3 | 諸兩 | 溪去開脂止重三 | 去冀 |
| 22564 | 15 副 | 114 | 484 | 𠐻 | 寵 | 器 | 助 | 去 | 齊 | 五六既 | | | 澄去開脂止三 | 直利 | 徹合 3 | 丑隴 | 溪去開脂止重三 | 去冀 |
| 22565 | 15 副 | | 485 | 𧩼 | 寵 | 器 | 助 | 去 | 齊 | 五六既 | | | 徹去開脂止三 | 丑利 | 徹合 3 | 丑隴 | 溪去開脂止重三 | 去冀 |
| 22566 | 15 副 | | 486 | 𩋄 | 寵 | 器 | 助 | 去 | 齊 | 五六既 | | | 澄去開脂止三 | 直利 | 徹合 3 | 丑隴 | 溪去開脂止重三 | 去冀 |
| 22567 | 15 副 | | 487 | 䱥 | 寵 | 器 | 助 | 去 | 齊 | 五六既 | | | 澄去開脂止三 | 直利 | 徹合 3 | 丑隴 | 溪去開脂止重三 | 去冀 |
| 22568 | 15 副 | | 488 | 鱁 | 寵 | 器 | 助 | 去 | 齊 | 五六既 | | | 澄去開祭蟹三 | 直例 | 徹合 3 | 丑隴 | 溪去開脂止重三 | 去冀 |
| 22569 | 15 副 | | 489 | 緻 | 寵 | 器 | 助 | 去 | 齊 | 五六既 | | | 澄去開脂止三 | 直利 | 徹合 3 | 丑隴 | 溪去開脂止重三 | 去冀 |
| 22571 | 15 副 | | 490 | 訵 | 寵 | 器 | 助 | 去 | 齊 | 五六既 | | | 徹去開脂止三 | 丑利 | 徹合 3 | 丑隴 | 溪去開脂止重三 | 去冀 |
| 22573 | 15 副 | | 491 | 踥 | 寵 | 器 | 助 | 去 | 齊 | 五六既 | | | 徹去開祭蟹三 | 丑例 | 徹合 3 | 丑隴 | 溪去開脂止重三 | 去冀 |
| 22574 | 15 副 | | 492 | 傺 | 寵 | 器 | 助 | 去 | 齊 | 五六既 | | | 徹去開祭蟹三 | 丑例 | 徹合 3 | 丑隴 | 溪去開脂止重三 | 去冀 |
| 22575 | 15 副 | 115 | 493 | 二刂** | 攘 | 器 | 耳 | 去 | 齊 | 五六既 | | | 日去開脂止三 | 而利 | 日開 3 | 人漾 | 溪去開脂止重三 | 去冀 |
| 22577 | 15 副 | 116 | 494 | 掣 | 哂 | 利 | 審 | 去 | 齊 | 五六既 | | | 禪去開祭蟹三 | 時制 | 書開 3 | 式忍 | 來去開脂止三 | 力至 |
| 22578 | 15 副 | 117 | 495 | 㡺 | 甑 | 器 | 井 | 去 | 齊 | 五六既 | | | 精去開齊蟹四 | 子計 | 精開 3 | 子孕 | 溪去開脂止重三 | 去冀 |
| 22580 | 15 副 | | 496 | 漈* | 甑 | 器 | 井 | 去 | 齊 | 五六既 | | | 精去開祭蟹三 | 子例 | 精開 3 | 子孕 | 溪去開脂止重三 | 去冀 |
| 22581 | 15 副 | | 497 | 鰶 | 甑 | 器 | 井 | 去 | 齊 | 五六既 | | | 精去開祭蟹三 | 子例 | 精開 3 | 子孕 | 溪去開脂止重三 | 去冀 |
| 22583 | 15 副 | 118 | 498 | 懠 | 淺 | 利 | 淨 | 去 | 齊 | 五六既 | | | 從去開齊蟹四 | 在詣 | 清開 3 | 七演 | 來去開脂止三 | 力至 |
| 22584 | 15 副 | | 499 | 齏 | 淺 | 利 | 淨 | 去 | 齊 | 五六既 | | 玉篇殂詣切 | 從去開齊蟹四 | 在詣 | 清開 3 | 七演 | 來去開脂止三 | 力至 |

| 韻字編號 | 部序 | 組數 | 字數 | 韻字及何氏反切 | | | 韻字何氏音 | | | | 何萱注釋 | 備　注 | 韻字中古音 | | 上字中古音 | | 下字中古音 | |
|---|---|---|---|---|---|---|---|---|---|---|---|---|---|---|---|---|---|---|
| | | | | 韻字 | 上字 | 下字 | 聲 | 調 | 呼 | 韻部 | | | 聲調呼韻攝等 | 反切 | 聲呼等 | 反切 | 聲調呼韻攝等 | 反切 |
| 22585 | 15 副 | | 500 | 䤚 | 淺 | 利 | 淨 | 去 | 齊 | 五六既 | | | 從去開齊蟹四 | 在詣 | 清開 3 | 七演 | 來去開脂止三 | 力至 |
| 22586 | 15 副 | | 501 | 姰* | 淺 | 利 | 淨 | 去 | 齊 | 五六既 | | | 從去開脂止三 | 疾二 | 清開 3 | 七演 | 來去開脂止三 | 力至 |
| 22587 | 15 副 | | 502 | 甈** | 淺 | 利 | 淨 | 去 | 齊 | 五六既 | | 玉篇七計切，此處用此音 | 清去開齊蟹四 | 七計 | 清開 3 | 七演 | 來去開脂止三 | 力至 |
| 22588 | 15 副 | | 503 | 訾* | 淺 | 利 | 淨 | 去 | 齊 | 五六既 | | | 精上開支止三 | 蔣氏 | 清開 3 | 七演 | 來去開脂止三 | 力至 |
| 22590 | 15 副 | | 504 | 骴 | 淺 | 利 | 淨 | 去 | 齊 | 五六既 | | | 從去開支止三 | 疾智 | 清開 3 | 七演 | 來去開脂止三 | 力至 |
| 22591 | 15 副 | | 505 | 庛 | 淺 | 利 | 淨 | 去 | 齊 | 五六既 | | | 清去開支止三 | 七賜 | 清開 3 | 七演 | 來去開脂止三 | 力至 |
| 22592 | 15 副 | | 506 | 䏁 | 淺 | 利 | 淨 | 去 | 齊 | 五六既 | | | 清去開齊蟹四 | 七計 | 清開 3 | 七演 | 來去開脂止三 | 力至 |
| 22594 | 15 副 | | 507 | 䕓* | 淺 | 利 | 淨 | 去 | 齊 | 五六既 | | | 清去開齊蟹四 | 七計 | 清開 3 | 七演 | 來去開脂止三 | 力至 |
| 22595 | 15 副 | | 508 | 鶿 | 淺 | 利 | 淨 | 去 | 齊 | 五六既 | | | 清去開脂止三 | 七四 | 清開 3 | 七演 | 來去開脂止三 | 力至 |
| 22596 | 15 副 | | 509 | 㳄 | 淺 | 利 | 淨 | 去 | 齊 | 五六既 | | | 清去開脂止三 | 七四 | 清開 3 | 七演 | 來去開脂止三 | 力至 |
| 22597 | 15 副 | 119 | 510 | 齸* | 仰 | 器 | 我 | 去 | 齊 | 五六既 | | 玉篇作五計切 | 疑去開齊蟹四 | 研計 | 疑開 3 | 魚兩 | 溪去開脂止重三 | 去冀 |
| 22598 | 15 副 | | 511 | 棿 | 仰 | 器 | 我 | 去 | 齊 | 五六既 | | | 疑去開齊蟹四 | 五計 | 疑開 3 | 魚兩 | 溪去開脂止重三 | 去冀 |
| 22599 | 15 副 | | 512 | 毅 | 仰 | 器 | 我 | 去 | 齊 | 五六既 | | | 疑去開微止三 | 魚既 | 疑開 3 | 魚兩 | 溪去開脂止重三 | 去冀 |
| 22600 | 15 副 | | 513 | 㲨 | 仰 | 器 | 我 | 去 | 齊 | 五六既 | | | 疑去開廢蟹三 | 魚肺 | 疑開 3 | 魚兩 | 溪去開脂止重三 | 去冀 |
| 22601 | 15 副 | | 514 | 疚* | 仰 | 器 | 我 | 去 | 齊 | 五六既 | | | 疑去開廢蟹三 | 魚刈 | 疑開 3 | 魚兩 | 溪去開脂止重三 | 去冀 |
| 22602 | 15 副 | | 515 | 褹 | 仰 | 器 | 我 | 去 | 齊 | 五六既 | | | 疑去開祭蟹重四 | 魚祭 | 疑開 3 | 魚兩 | 溪去開脂止重三 | 去冀 |
| 22603 | 15 副 | 120 | 516 | 鄪 | 丙 | 利 | 謗 | 去 | 齊 | 五六既 | | | 幫去開脂止重三 | 兵媚 | 幫開 3 | 兵永 | 來去開脂止三 | 力至 |
| 22604 | 15 副 | | 517 | 娎 | 丙 | 利 | 謗 | 去 | 齊 | 五六既 | | | 幫去開脂止重三 | 兵媚 | 幫開 3 | 兵永 | 來去開脂止三 | 力至 |
| 22605 | 15 副 | | 518 | 椖 | 丙 | 利 | 謗 | 去 | 齊 | 五六既 | | | 並去開齊蟹四 | 蒲計 | 幫開 3 | 兵永 | 來去開脂止三 | 力至 |
| 22606 | 15 副 | 121 | 519 | 膞 | 品 | 利 | 並 | 去 | 齊 | 五六既 | | | 滂去開脂止重三 | 匹備 | 滂開重 3 | 丕飲 | 來去開脂止三 | 力至 |
| 22609 | 15 副 | | 520 | 嚊 | 品 | 利 | 並 | 去 | 齊 | 五六既 | | | 滂去開脂止重三 | 匹備 | 滂開重 3 | 丕飲 | 來去開脂止三 | 力至 |
| 22610 | 15 副 | | 521 | 禣 | 品 | 利 | 並 | 去 | 齊 | 五六既 | | | 並去開脂止重四 | 毗至 | 滂開重 3 | 丕飲 | 來去開脂止三 | 力至 |
| 22611 | 15 副 | | 522 | 濞 | 品 | 利 | 並 | 去 | 齊 | 五六既 | | | 滂去開脂止重三 | 匹備 | 滂開重 3 | 丕飲 | 來去開脂止三 | 力至 |
| 22613 | 15 副 | | 523 | 洎** | 品 | 利 | 並 | 去 | 齊 | 五六既 | | 玉篇：音鼻 | 並去開脂止重四 | 毗至 | 滂開重 3 | 丕飲 | 來去開脂止三 | 力至 |
| 22614 | 15 副 | | 524 | 淠 | 品 | 利 | 並 | 去 | 齊 | 五六既 | | | 滂去開齊蟹四 | 匹詣 | 滂開重 3 | 丕飲 | 來去開脂止三 | 力至 |
| 22615 | 15 副 | | 525 | 劓 | 品 | 利 | 並 | 去 | 齊 | 五六既 | | | 滂去開齊蟹四 | 匹詣 | 滂開重 3 | 丕飲 | 來去開脂止三 | 力至 |

| 韻字編號 | 部序 | 組數 | 字數 | 韻字及何氏反切 | | | 韻字何氏音 | | | | 何萱注釋 | 備注 | 韻字中古音 | | 上字中古音 | | 下字中古音 | |
|---|---|---|---|---|---|---|---|---|---|---|---|---|---|---|---|---|---|---|
| | | | | 韻字 | 上字 | 下字 | 聲 | 調 | 呼 | 韻部 | | | 聲調呼韻攝等 | 反切 | 聲呼等 | 反切 | 聲調呼韻攝等 | 反切 |
| 22617 | 15 副 | | 526 | 狓* | 品 | 利 | 並 | 去 | 齊 | 五六既 | | | 並上開脂止重四 | 並履 | 滂開重 3 | 丕飲 | 來去開脂止三 | 力至 |
| 22618 | 15 副 | | 527 | 糟 | 品 | 利 | 並 | 去 | 齊 | 五六既 | | | 滂去開脂止重四 | 匹寐 | 滂開重 3 | 丕飲 | 來去開脂止三 | 力至 |
| 22620 | 15 副 | 122 | 528 | 媢 | 面 | 器 | 命 | 去 | 齊 | 五六既 | | | 明去開脂止重三 | 明祕 | 明開重 4 | 彌箭 | 溪去開脂止重三 | 去冀 |
| 22621 | 15 副 | | 529 | 蝞 | 面 | 器 | 命 | 去 | 齊 | 五六既 | | | 明去開脂止重三 | 明祕 | 明開重 4 | 彌箭 | 溪去開脂止重三 | 去冀 |
| 22622 | 15 副 | | 530 | 篃 | 面 | 器 | 命 | 去 | 齊 | 五六既 | | | 明去開脂止重三 | 明祕 | 明開重 4 | 彌箭 | 溪去開脂止重三 | 去冀 |
| 22623 | 15 副 | | 531 | 鏥 | 面 | 器 | 命 | 去 | 齊 | 五六既 | | | 明去開脂止重三 | 明祕 | 明開重 4 | 彌箭 | 溪去開脂止重三 | 去冀 |
| 22624 | 15 副 | | 532 | 謎 | 面 | 器 | 命 | 去 | 齊 | 五六既 | | | 明去開齊蟹四 | 莫計 | 明開重 4 | 彌箭 | 溪去開脂止重三 | 去冀 |
| 22625 | 15 副 | 123 | 533 | 帎 | 竟 | 齘 | 見 | 去 | 齊二 | 五七介 | | | 見去開皆蟹二 | 古拜 | 見開 3 | 居慶 | 匣去開皆蟹二 | 胡介 |
| 22626 | 15 副 | | 534 | 夰 | 竟 | 齘 | 見 | 去 | 齊二 | 五七介 | | | 見去開皆蟹二 | 古拜 | 見開 3 | 居慶 | 匣去開皆蟹二 | 胡介 |
| 22627 | 15 副 | | 535 | 岎* | 竟 | 齘 | 見 | 去 | 齊二 | 五七介 | | | 見去開皆蟹二 | 居拜 | 見開 3 | 居慶 | 匣去開皆蟹二 | 胡介 |
| 22628 | 15 副 | | 536 | 疥 | 竟 | 齘 | 見 | 去 | 齊二 | 五七介 | | | 見去開皆蟹二 | 古拜 | 見開 3 | 居慶 | 匣去開皆蟹二 | 胡介 |
| 22629 | 15 副 | | 537 | 庎* | 竟 | 齘 | 見 | 去 | 齊二 | 五七介 | | | 見去開皆蟹二 | 居拜 | 見開 3 | 居慶 | 匣去開皆蟹二 | 胡介 |
| 22630 | 15 副 | | 538 | 魪 | 竟 | 齘 | 見 | 去 | 齊二 | 五七介 | | | 見去開皆蟹二 | 古拜 | 見開 3 | 居慶 | 匣去開皆蟹二 | 胡介 |
| 22631 | 15 副 | | 539 | 褡 | 竟 | 齘 | 見 | 去 | 齊二 | 五七介 | | | 見去開夬蟹二 | 古喝 | 見開 3 | 居慶 | 匣去開皆蟹二 | 胡介 |
| 22632 | 15 副 | 124 | 540 | 炌* | 儉 | 介 | 起 | 去 | 齊二 | 五七介 | | 表中此位無字 | 溪去開皆蟹二 | 口戒 | 群開重 3 | 巨險 | 見去開皆蟹二 | 古拜 |
| 22633 | 15 副 | 125 | 541 | 儰 | 向 | 介 | 曉 | 去 | 齊二 | 五七介 | | | 匣去開皆蟹二 | 胡介 | 曉開 3 | 許亮 | 見去開皆蟹二 | 古拜 |
| 22634 | 15 副 | | 542 | 慦* | 向 | 介 | 曉 | 去 | 齊二 | 五七介 | | | 匣去開皆蟹二 | 下介 | 曉開 3 | 許亮 | 見去開皆蟹二 | 古拜 |
| 22635 | 15 副 | | 543 | 髍* | 向 | 介 | 曉 | 去 | 齊二 | 五七介 | | | 匣去開泰蟹一 | 下蓋 | 曉開 3 | 許亮 | 見去開皆蟹二 | 古拜 |
| 22636 | 15 副 | | 544 | 餲 | 向 | 介 | 曉 | 去 | 齊二 | 五七介 | | | 曉去開夬蟹二 | 火犗 | 曉開 3 | 許亮 | 見去開皆蟹二 | 古拜 |
| 22637 | 15 副 | 126 | 545 | 鰊 | 寵 | 介 | 助 | 去 | 齊二 | 五七介 | | | 澄去開夬蟹二 | 除邁 | 徹合 3 | 丑隴 | 見去開皆蟹二 | 古拜 |
| 22639 | 15 副 | | 546 | 蠆 | 寵 | 介 | 助 | 去 | 齊二 | 五七介 | | | 徹去開夬蟹二 | 丑犗 | 徹合 3 | 丑隴 | 見去開皆蟹二 | 古拜 |
| 22640 | 15 副 | 127 | 547 | 褷 | 哂 | 介 | 審 | 去 | 齊二 | 五七介 | | | 生去開皆蟹二 | 所拜 | 書開 3 | 式忍 | 見去開皆蟹二 | 古拜 |
| 22641 | 15 副 | 128 | 548 | 㦗 | 仰 | 介 | 我 | 去 | 齊二 | 五七介 | | | 疑去開皆蟹二 | 五介 | 疑開 3 | 魚兩 | 見去開皆蟹二 | 古拜 |
| 22642 | 15 副 | | 549 | 蟟 | 仰 | 介 | 我 | 去 | 齊二 | 五七介 | | | 疑去開皆蟹二 | 五介 | 疑開 3 | 魚兩 | 見去開皆蟹二 | 古拜 |
| 22643 | 15 副 | 129 | 550 | 犕 | 品 | 介 | 並 | 去 | 齊二 | 五七介 | | 表中此位無字 | 並去開皆蟹二 | 蒲拜 | 滂開重 3 | 丕飲 | 見去開皆蟹二 | 古拜 |
| 22644 | 15 副 | | 551 | 棑 | 品 | 介 | 並 | 去 | 齊二 | 五七介 | | 表中此位無字 | 並去開皆蟹二 | 蒲拜 | 滂開重 3 | 丕飲 | 見去開皆蟹二 | 古拜 |
| 22646 | 15 副 | 130 | 552 | 貀 | 面 | 介 | 命 | 去 | 齊二 | 五七介 | | 表中此位無字 | 明去開皆蟹二 | 莫拜 | 明開重 4 | 彌箭 | 見去開皆蟹二 | 古拜 |

| 韻字編號 | 部序 | 組數 | 字數 | 韻字及何氏反切 | | | 韻字何氏音 | | | | 何萱注釋 | 備　注 | 韻字中古音 | | 上字中古音 | | 下字中古音 | |
|---|---|---|---|---|---|---|---|---|---|---|---|---|---|---|---|---|---|---|
| | | | | 韻字 | 上字 | 下字 | 聲 | 調 | 呼 | 韻部 | | | 聲調呼韻攝等 | 反切 | 聲呼等 | 反切 | 聲調呼韻攝等 | 反切 |
| 22647 | 15 副 | 131 | 553 | 瑅 | 舉 | 萃 | 見 | 去 | 撮 | 五八季 | | | 見去合脂止重四 | 居悸 | 見合 3 | 居許 | 從去合脂止三 | 秦醉 |
| 22649 | 15 副 | | 554 | 殃 | 舉 | 萃 | 見 | 去 | 撮 | 五八季 | | | 見去合齊蟹四 | 古惠 | 見合 3 | 居許 | 從去合脂止三 | 秦醉 |
| 22651 | 15 副 | 132 | 555 | 睍 g* | 去 | 遂 | 起 | 去 | 撮 | 五八季 | | | 群去合脂止重四 | 其季 | 溪合 3 | 丘倨 | 邪去合脂止三 | 徐醉 |
| 22653 | 15 副 | | 556 | 踩* | 去 | 遂 | 起 | 去 | 撮 | 五八季 | | | 群去合脂止重四 | 其季 | 溪合 3 | 丘倨 | 邪去合脂止三 | 徐醉 |
| 22654 | 15 副 | | 557 | 幨** | 去 | 遂 | 起 | 去 | 撮 | 五八季 | | 玉篇：音揆 | 群上合脂止重四 | 求癸 | 溪合 3 | 丘倨 | 邪去合脂止三 | 徐醉 |
| 22655 | 15 副 | | 558 | 猤 | 去 | 遂 | 起 | 去 | 撮 | 五八季 | | | 群去合脂止重四 | 其季 | 溪合 3 | 丘倨 | 邪去合脂止三 | 徐醉 |
| 22656 | 15 副 | 133 | 559 | 繐 | 羽 | 遂 | 影 | 去 | 撮 | 五八季 | | 原為去遂切，誤。據正編改為羽遂切 | 以去合脂止三 | 以醉 | 云合 3 | 王矩 | 邪去合脂止三 | 徐醉 |
| 22657 | 15 副 | | 560 | 鏏 | 羽 | 遂 | 影 | 去 | 撮 | 五八季 | | | 以去合脂止三 | 以醉 | 云合 3 | 王矩 | 邪去合脂止三 | 徐醉 |
| 22659 | 15 副 | | 561 | 蜼 | 羽 | 遂 | 影 | 去 | 撮 | 五八季 | 三部十五部兩見詳在三部正編去聲貁下 | 與貁異讀。蜼在 15 正副編兩見 | 以去合脂止三 | 以醉 | 云合 3 | 王矩 | 邪去合脂止三 | 徐醉 |
| 22661 | 15 副 | 134 | 562 | 憓 | 許 | 萃 | 曉 | 去 | 撮 | 五八季 | | | 匣去合齊蟹四 | 胡桂 | 曉合 3 | 虛呂 | 從去合脂止三 | 秦醉 |
| 22662 | 15 副 | | 563 | 嘒* | 許 | 萃 | 曉 | 去 | 撮 | 五八季 | | | 曉去合齊蟹四 | 呼惠 | 曉合 3 | 虛呂 | 從去合脂止三 | 秦醉 |
| 22663 | 15 副 | | 564 | 鏸 | 許 | 萃 | 曉 | 去 | 撮 | 五八季 | | | 匣去合齊蟹四 | 胡桂 | 曉合 3 | 虛呂 | 從去合脂止三 | 秦醉 |
| 22664 | 15 副 | | 565 | 䎚 | 許 | 萃 | 曉 | 去 | 撮 | 五八季 | 䎚䎚 | | 匣去合齊蟹四 | 胡桂 | 曉合 3 | 虛呂 | 從去合脂止三 | 秦醉 |
| 22666 | 15 副 | | 566 | 螅 | 許 | 萃 | 曉 | 去 | 撮 | 五八季 | | | 匣去合齊蟹四 | 胡桂 | 曉合 3 | 虛呂 | 從去合脂止三 | 秦醉 |
| 22667 | 15 副 | | 567 | 蕙 | 許 | 萃 | 曉 | 去 | 撮 | 五八季 | | | 匣去合齊蟹四 | 胡桂 | 曉合 3 | 虛呂 | 從去合脂止三 | 秦醉 |
| 22668 | 15 副 | | 568 | 譓* | 許 | 萃 | 曉 | 去 | 撮 | 五八季 | | | 匣去合齊蟹四 | 胡桂 | 曉合 3 | 虛呂 | 從去合脂止三 | 秦醉 |
| 22669 | 15 副 | | 569 | 嘒* | 許 | 萃 | 曉 | 去 | 撮 | 五八季 | | | 曉去合齊蟹四 | 呼惠 | 曉合 3 | 虛呂 | 從去合脂止三 | 秦醉 |
| 22670 | 15 副 | 135 | 570 | 揖 | 俊 | 遂 | 井 | 去 | 撮 | 五八季 | | | 精去合祭蟹三 | 子芮 | 精合 3 | 子峻 | 邪去合脂止三 | 徐醉 |
| 22671 | 15 副 | | 571 | 橇 g* | 俊 | 遂 | 井 | 去 | 撮 | 五八季 | | 玉篇丘喬切又子絕切。據何氏注和集韻音增 | 精去合祭蟹三 | 相芮 | 精合 3 | 子峻 | 邪去合脂止三 | 徐醉 |
| 22672 | 15 副 | 136 | 572 | 啐 | 縓 | 遂 | 淨 | 去 | 撮 | 五八季 | | | 從去合脂止三 | 秦醉 | 清合 3 | 七絹 | 邪去合脂止三 | 徐醉 |
| 22673 | 15 副 | | 573 | 膵 | 縓 | 遂 | 淨 | 去 | 撮 | 五八季 | | | 清去合脂止三 | 七醉 | 清合 3 | 七絹 | 邪去合脂止三 | 徐醉 |
| 22674 | 15 副 | | 574 | 韢 | 縓 | 遂 | 淨 | 去 | 撮 | 五八季 | | | 邪去合祭蟹三 | 祥歲 | 清合 3 | 七絹 | 邪去合脂止三 | 徐醉 |

| 韻字編號 | 部序 | 組數 | 字數 | 韻字及何氏反切 | | | 韻字何氏音 | | | | 何萱注釋 | 備　注 | 韻字中古音 | | 上字中古音 | | 下字中古音 | |
|---|---|---|---|---|---|---|---|---|---|---|---|---|---|---|---|---|---|---|
| | | | | 韻字 | 上字 | 下字 | 聲 | 調 | 呼 | 韻部 | | | 聲調呼韻攝等 | 反切 | 聲呼等 | 反切 | 聲調呼韻攝等 | 反切 |
| 22675 | 15 副 | | 575 | 嶲* | 縓 | 遂 | 淨 | 去 | 撮 | 五八季 | | | 邪去合祭蟹三 | 旋芮 | 清合 3 | 七絹 | 邪去合脂止三 | 徐醉 |
| 22676 | 15 副 | | 576 | 橤 | 縓 | 遂 | 淨 | 去 | 撮 | 五八季 | | | 清去合祭蟹三 | 此芮 | 清合 3 | 七絹 | 邪去合脂止三 | 徐醉 |
| 22678 | 15 副 | | 577 | 竆 | 縓 | 遂 | 淨 | 去 | 撮 | 五八季 | | | 清去合祭蟹三 | 此芮 | 清合 3 | 七絹 | 邪去合脂止三 | 徐醉 |
| 22680 | 15 副 | 137 | 578 | 禭** | 選 | 萃 | 信 | 去 | 撮 | 五八季 | | | 邪去合脂止三 | 詞類 | 心合 3 | 蘇管 | 從去合脂止三 | 秦醉 |
| 22681 | 15 副 | | 579 | 繸* | 選 | 萃 | 信 | 去 | 撮 | 五八季 | | | 邪去合脂止三 | 徐醉 | 心合 3 | 蘇管 | 從去合脂止三 | 秦醉 |
| 22682 | 15 副 | | 580 | 璲 | 選 | 萃 | 信 | 去 | 撮 | 五八季 | | | 邪去合脂止三 | 徐醉 | 心合 3 | 蘇管 | 從去合脂止三 | 秦醉 |
| 22683 | 15 副 | | 581 | 鐩 | 選 | 萃 | 信 | 去 | 撮 | 五八季 | | | 邪去合脂止三 | 徐醉 | 心合 3 | 蘇管 | 從去合脂止三 | 秦醉 |
| 22684 | 15 副 | | 582 | 澻 | 選 | 萃 | 信 | 去 | 撮 | 五八季 | | | 邪去合脂止三 | 徐醉 | 心合 3 | 蘇管 | 從去合脂止三 | 秦醉 |
| 22685 | 15 副 | | 583 | 隧 | 選 | 萃 | 信 | 去 | 撮 | 五八季 | | | 邪去合脂止三 | 徐醉 | 心合 3 | 蘇管 | 從去合脂止三 | 秦醉 |
| 22686 | 15 副 | | 584 | 篴 | 選 | 萃 | 信 | 去 | 撮 | 五八季 | | | 邪去合脂止三 | 徐醉 | 心合 3 | 蘇管 | 從去合脂止三 | 秦醉 |
| 22687 | 15 副 | | 585 | 瓗 | 選 | 萃 | 信 | 去 | 撮 | 五八季 | | 此字疑有誤 | 以去合支止三 | 以睡 | 心合 3 | 蘇管 | 從去合脂止三 | 秦醉 |
| 22688 | 15 副 | | 586 | 轊 | 選 | 萃 | 信 | 去 | 撮 | 五八季 | | | 邪去合脂止三 | 徐醉 | 心合 3 | 蘇管 | 從去合脂止三 | 秦醉 |
| 22689 | 15 副 | | 587 | 彗 | 選 | 萃 | 信 | 去 | 撮 | 五八季 | | | 邪去合脂止三 | 徐醉 | 心合 3 | 蘇管 | 從去合脂止三 | 秦醉 |
| 22690 | 15 副 | | 588 | 睟 | 選 | 萃 | 信 | 去 | 撮 | 五八季 | | | 心去合脂止三 | 雖遂 | 心合 3 | 蘇管 | 從去合脂止三 | 秦醉 |
| 22691 | 15 副 | | 589 | 晬 | 選 | 萃 | 信 | 去 | 撮 | 五八季 | | | 心去合脂止三 | 雖遂 | 心合 3 | 蘇管 | 從去合脂止三 | 秦醉 |
| 22692 | 15 副 | | 590 | 倅** | 選 | 萃 | 信 | 去 | 撮 | 五八季 | | | 心去合脂止三 | 綏醉 | 心合 3 | 蘇管 | 從去合脂止三 | 秦醉 |
| 22693 | 15 副 | 138 | 591 | 僟 | 艮 | 泰 | 見 | 去 | 開 | 五九溉 | | | 見去開咍蟹一 | 古代 | 見開 1 | 古恨 | 透去開泰蟹一 | 他蓋 |
| 22694 | 15 副 | | 592 | 鄐* | 艮 | 泰 | 見 | 去 | 開 | 五九溉 | | | 見去開泰蟹一 | 居太 | 見開 1 | 古恨 | 透去開泰蟹一 | 他蓋 |
| 22696 | 15 副 | | 593 | 熆* | 艮 | 泰 | 見 | 去 | 開 | 五九溉 | | | 溪去開泰蟹一 | 丘盍 | 見開 1 | 古恨 | 透去開泰蟹一 | 他蓋 |
| 22697 | 15 副 | | 594 | 鼓 | 艮 | 泰 | 見 | 去 | 開 | 五九溉 | | | 溪去開咍蟹一 | 苦蓋 | 見開 1 | 古恨 | 透去開泰蟹一 | 他蓋 |
| 22698 | 15 副 | 139 | 595 | 隑 g* | 侃 | 泰 | 起 | 去 | 開 | 五九溉 | | 原放在馌字後，誤 | 溪去開咍蟹一 | 口溉 | 溪開 1 | 空旱 | 透去開泰蟹一 | 他蓋 |
| 22699 | 15 副 | 140 | 596 | 馌 | 案 | 帶 | 影 | 去 | 開 | 五九溉 | | 反切疑有誤。原在隑字前，誤 | 影去開泰蟹一 | 於蓋 | 影開 1 | 烏旰 | 端去開泰蟹一 | 當蓋 |
| 22700 | 15 副 | | 597 | 噧 | 案 | 帶 | 影 | 去 | 開 | 五九溉 | | 十四部只有一見。原為侃泰切，誤。據正編改為案帶切。接在馌字之後。 | 影去開泰蟹一 | 於蓋 | 影開 1 | 烏旰 | 端去開泰蟹一 | 當蓋 |

| 韻字編號 | 部序 | 組數 | 字數 | 韻字及何氏反切 | | | 韻字何氏音 | | | | 何萱注釋 | 備注 | 韻字中古音 | | 上字中古音 | | 下字中古音 | |
|---|---|---|---|---|---|---|---|---|---|---|---|---|---|---|---|---|---|---|
| | | | | 韻字 | 上字 | 下字 | 聲 | 調 | 呼 | 韻部 | | | 聲調呼韻攝等 | 反切 | 聲呼等 | 反切 | 聲調呼韻攝等 | 反切 |
| 22701 | 15副 | | 598 | 壒 | 案 | 帶 | 影 | 去 | 開 | 五九溉 | | 壒壒。原為侃泰切，誤。據正編改為案帶切 | 影去開泰蟹一 | 於蓋 | 影開1 | 烏旰 | 端去開泰蟹一 | 當蓋 |
| 22702 | 15副 | | 599 | 薆 | 案 | 帶 | 影 | 去 | 開 | 五九溉 | | 原為侃泰切，誤。據正編改為案帶切 | 影去開泰蟹一 | 於蓋 | 影開1 | 烏旰 | 端去開泰蟹一 | 當蓋 |
| 22703 | 15副 | | 600 | 馤 | 案 | 帶 | 影 | 去 | 開 | 五九溉 | | 原為侃泰切，誤。據正編改為案帶切 | 影去開泰蟹一 | 於蓋 | 影開1 | 烏旰 | 端去開泰蟹一 | 當蓋 |
| 22704 | 15副 | | 601 | 餲 | 案 | 帶 | 影 | 去 | 開 | 五九溉 | | 原為侃泰切，誤。據正編改為案帶切 | 影去開泰蟹一 | 於蓋 | 影開1 | 烏旰 | 端去開泰蟹一 | 當蓋 |
| 22705 | 15副 | | 602 | 噯* | 案 | 帶 | 影 | 去 | 開 | 五九溉 | | 原為侃泰切，誤。據正編改為案帶切 | 影去開泰蟹一 | 於蓋 | 影開1 | 烏旰 | 端去開泰蟹一 | 當蓋 |
| 22706 | 15副 | | 603 | 暧 | 案 | 帶 | 影 | 去 | 開 | 五九溉 | | 原為侃泰切，誤。據正編改為案帶切 | 影去開泰蟹一 | 於蓋 | 影開1 | 烏旰 | 端去開泰蟹一 | 當蓋 |
| 22708 | 15副 | | 604 | 皧* | 案 | 帶 | 影 | 去 | 開 | 五九溉 | | 原為侃泰切，誤。據正編改為案帶切 | 影去開咍蟹一 | 於代 | 影開1 | 烏旰 | 端去開泰蟹一 | 當蓋 |
| 22709 | 15副 | | 605 | 靉 | 案 | 帶 | 影 | 去 | 開 | 五九溉 | | 原為侃泰切，誤。據正編改為案帶切 | 影去開咍蟹一 | 烏代 | 影開1 | 烏旰 | 端去開泰蟹一 | 當蓋 |
| 22710 | 15副 | | 606 | 璦 | 案 | 帶 | 影 | 去 | 開 | 五九溉 | | 原為侃泰切，誤。據正編改為案帶切 | 影去開咍蟹一 | 烏代 | 影開1 | 烏旰 | 端去開泰蟹一 | 當蓋 |
| 22711 | 15副 | 141 | 607 | 瀣 | 漢 | 帶 | 曉 | 去 | 開 | 五九溉 | | | 匣去開皆蟹二 | 胡介 | 曉開1 | 呼旰 | 端去開泰蟹一 | 當蓋 |
| 22713 | 15副 | | 608 | 疫 | 漢 | 帶 | 曉 | 去 | 開 | 五九溉 | | | 曉去開泰蟹一 | 呼艾 | 曉開1 | 呼旰 | 端去開泰蟹一 | 當蓋 |

| 韻字編號 | 部序 | 組數 | 字數 | 韻字及何氏反切 | | | 韻字何氏音 | | | | 何萱注釋 | 備　注 | 韻字中古音 | | 上字中古音 | | 下字中古音 | |
|---|---|---|---|---|---|---|---|---|---|---|---|---|---|---|---|---|---|---|
| | | | | 韻字 | 上字 | 下字 | 聲 | 調 | 呼 | 韻部 | | | 聲調呼韻攝等 | 反切 | 聲呼等 | 反切 | 聲調呼韻攝等 | 反切 |
| 22714 | 15 副 | | 609 | 㤖 | 漢 | 帶 | 曉 | 去 | 開 | 五九溉 | | | 匣去開泰蟹一 | 胡蓋 | 曉開 1 | 呼旰 | 端去開泰蟹一 | 當蓋 |
| 22715 | 15 副 | | 610 | 蓋** | 漢 | 帶 | 曉 | 去 | 開 | 五九溉 | | 玉篇作胡利切 | 匣去開脂止三 | 胡利 | 曉開 1 | 呼旰 | 端去開泰蟹一 | 當蓋 |
| 22716 | 15 副 | | 611 | 餲 | 漢 | 帶 | 曉 | 去 | 開 | 五九溉 | | | 曉去開泰蟹一 | 呼艾 | 曉開 1 | 呼旰 | 端去開泰蟹一 | 當蓋 |
| 22717 | 15 副 | 142 | 612 | 㿃* | 到 | 泰 | 短 | 去 | 開 | 五九溉 | | | 端去開泰蟹一 | 當蓋 | 端開 1 | 都導 | 透去開泰蟹一 | 他蓋 |
| 22718 | 15 副 | | 613 | 艜 | 到 | 泰 | 短 | 去 | 開 | 五九溉 | | | 端去開泰蟹一 | 當蓋 | 端開 1 | 都導 | 透去開泰蟹一 | 他蓋 |
| 22719 | 15 副 | | 614 | 㨹 | 到 | 泰 | 短 | 去 | 開 | 五九溉 | | | 端去開泰蟹一 | 當蓋 | 端開 1 | 都導 | 透去開泰蟹一 | 他蓋 |
| 22720 | 15 副 | 143 | 615 | 默 | 坦 | 帶 | 透 | 去 | 開 | 五九溉 | | | 定去開泰蟹一 | 徒蓋 | 透開 1 | 他但 | 端去開泰蟹一 | 當蓋 |
| 22721 | 15 副 | | 616 | 吠* | 坦 | 帶 | 透 | 去 | 開 | 五九溉 | | | 定去開泰蟹一 | 徒蓋 | 透開 1 | 他但 | 端去開泰蟹一 | 當蓋 |
| 22722 | 15 副 | | 617 | 伏 | 坦 | 帶 | 透 | 去 | 開 | 五九溉 | | | 定去開泰蟹一 | 徒蓋 | 透開 1 | 他但 | 端去開泰蟹一 | 當蓋 |
| 22723 | 15 副 | | 618 | 舦** | 坦 | 帶 | 透 | 去 | 開 | 五九溉 | | 玉篇：音大 | 定去開泰蟹一 | 徒蓋 | 透開 1 | 他但 | 端去開泰蟹一 | 當蓋 |
| 22724 | 15 副 | | 619 | 馱 | 坦 | 帶 | 透 | 去 | 開 | 五九溉 | | | 定去開泰蟹一 | 徒蓋 | 透開 1 | 他但 | 端去開泰蟹一 | 當蓋 |
| 22725 | 15 副 | | 620 | 逮 | 坦 | 帶 | 透 | 去 | 開 | 五九溉 | | | 定去開咍蟹一 | 徒耐 | 透開 1 | 他但 | 端去開泰蟹一 | 當蓋 |
| 22726 | 15 副 | | 621 | 靆 | 坦 | 帶 | 透 | 去 | 開 | 五九溉 | | | 定去開咍蟹一 | 徒耐 | 透開 1 | 他但 | 端去開泰蟹一 | 當蓋 |
| 22728 | 15 副 | | 622 | 䨺* | 坦 | 帶 | 透 | 去 | 開 | 五九溉 | | | 定去開咍蟹一 | 待戴 | 透開 1 | 他但 | 端去開泰蟹一 | 當蓋 |
| 22729 | 15 副 | | 623 | 瑇 | 坦 | 帶 | 透 | 去 | 開 | 五九溉 | | | 定去開咍蟹一 | 徒耐 | 透開 1 | 他但 | 端去開泰蟹一 | 當蓋 |
| 22731 | 15 副 | 144 | 624 | 耗 | 曩 | 帶 | 乃 | 去 | 開 | 五九溉 | | | 泥去開泰蟹一 | 奴帶 | 泥開 1 | 奴朗 | 端去開泰蟹一 | 當蓋 |
| 22732 | 15 副 | | 625 | 鯨 | 曩 | 帶 | 乃 | 去 | 開 | 五九溉 | | | 泥去開泰蟹一 | 奴帶 | 泥開 1 | 奴朗 | 端去開泰蟹一 | 當蓋 |
| 22733 | 15 副 | 145 | 626 | 攋 g* | 老 | 帶 | 賚 | 去 | 開 | 五九溉 | | | 來上開皆蟹二 | 洛駭 | 來開 1 | 盧晧 | 端去開泰蟹一 | 當蓋 |
| 22734 | 15 副 | | 627 | 襰 | 老 | 帶 | 賚 | 去 | 開 | 五九溉 | | | 來去開泰蟹一 | 落蓋 | 來開 1 | 盧晧 | 端去開泰蟹一 | 當蓋 |
| 22735 | 15 副 | | 628 | 癩 | 老 | 帶 | 賚 | 去 | 開 | 五九溉 | | | 來去開泰蟹一 | 落蓋 | 來開 1 | 盧晧 | 端去開泰蟹一 | 當蓋 |
| 22736 | 15 副 | | 629 | 藾 | 老 | 帶 | 賚 | 去 | 開 | 五九溉 | | | 來去開泰蟹一 | 落蓋 | 來開 1 | 盧晧 | 端去開泰蟹一 | 當蓋 |
| 22737 | 15 副 | | 630 | 鵣 | 老 | 帶 | 賚 | 去 | 開 | 五九溉 | 鸝或作鵣 | | 來去開泰蟹一 | 落蓋 | 來開 1 | 盧晧 | 端去開泰蟹一 | 當蓋 |
| 22738 | 15 副 | | 631 | 囇 | 老 | 帶 | 賚 | 去 | 開 | 五九溉 | | | 來去開泰蟹一 | 落蓋 | 來開 1 | 盧晧 | 端去開泰蟹一 | 當蓋 |
| 22739 | 15 副 | | 632 | 躎 | 老 | 帶 | 賚 | 去 | 開 | 五九溉 | | | 來去開泰蟹一 | 落蓋 | 來開 1 | 盧晧 | 端去開泰蟹一 | 當蓋 |
| 22740 | 15 副 | | 633 | 㺚* | 老 | 帶 | 賚 | 去 | 開 | 五九溉 | | | 昌去開祭蟹三 | 尺制 | 來開 1 | 盧晧 | 端去開泰蟹一 | 當蓋 |
| 22742 | 15 副 | 146 | 634 | 瘵 | 秩 | 帶 | 助 | 去 | 開 | 五九溉 | | 表中此位無字 | 崇去開佳蟹二 | 士懈 | 澄開 3 | 直一 | 端去開泰蟹一 | 當蓋 |
| 22743 | 15 副 | 147 | 635 | 縩 | 粲 | 帶 | 淨 | 去 | 開 | 五九溉 | | | 清去開泰蟹一 | 七曷 | 清開 1 | 蒼案 | 端去開泰蟹一 | 當蓋 |

| 韻字編號 | 部序 | 組數 | 字數 | 韻字及何氏反切 |  |  | 韻字何氏音 |  |  |  | 何萱注釋 | 備注 | 韻字中古音 |  | 上字中古音 |  | 下字中古音 |  |
|---|---|---|---|---|---|---|---|---|---|---|---|---|---|---|---|---|---|---|
|  |  |  |  | 韻字 | 上字 | 下字 | 聲 | 調 | 呼 | 韻部 |  |  | 聲調呼韻攝等 | 反切 | 聲呼等 | 反切 | 聲調呼韻攝等 | 反切 |
| 22744 | 15 副 |  | 636 | 蟟** | 粲 | 帶 | 淨 | 去 | 開 | 五九溉 |  | 玉篇：音蔡 | 清去開泰蟹一 | 倉大 | 清開 1 | 蒼案 | 端去開泰蟹一 | 當蓋 |
| 22745 | 15 副 |  | 637 | 鵗 | 粲 | 帶 | 淨 | 去 | 開 | 五九溉 |  |  | 清去開泰蟹一 | 倉大 | 清開 1 | 蒼案 | 端去開泰蟹一 | 當蓋 |
| 22746 | 15 副 | 148 | 638 | 豿 | 傲 | 帶 | 我 | 去 | 開 | 五九溉 |  |  | 疑去開泰蟹一 | 五蓋 | 疑開 1 | 五到 | 端去開泰蟹一 | 當蓋 |
| 22747 | 15 副 |  | 639 | 鳵 | 傲 | 帶 | 我 | 去 | 開 | 五九溉 |  |  | 疑去開泰蟹一 | 五蓋 | 疑開 1 | 五到 | 端去開泰蟹一 | 當蓋 |
| 22748 | 15 副 | 149 | 640 | 鋇 | 博 | 帶 | 謗 | 去 | 開 | 五九溉 |  |  | 幫去開泰蟹一 | 博蓋 | 幫開 1 | 補各 | 端去開泰蟹一 | 當蓋 |
| 22749 | 15 副 |  | 641 | 狽 | 博 | 帶 | 謗 | 去 | 開 | 五九溉 |  |  | 幫去開泰蟹一 | 博蓋 | 幫開 1 | 補各 | 端去開泰蟹一 | 當蓋 |
| 22750 | 15 副 |  | 642 | 芾 | 博 | 帶 | 謗 | 去 | 開 | 五九溉 |  |  | 幫去開泰蟹一 | 博蓋 | 幫開 1 | 補各 | 端去開泰蟹一 | 當蓋 |
| 22751 | 15 副 |  | 643 | 伂 | 博 | 帶 | 謗 | 去 | 開 | 五九溉 |  |  | 幫去開泰蟹一 | 博蓋 | 幫開 1 | 補各 | 端去開泰蟹一 | 當蓋 |
| 22752 | 15 副 |  | 644 | 昁 | 博 | 帶 | 謗 | 去 | 開 | 五九溉 |  |  | 幫去開泰蟹一 | 博蓋 | 幫開 1 | 補各 | 端去開泰蟹一 | 當蓋 |
| 22754 | 15 副 |  | 645 | 毦 | 博 | 帶 | 謗 | 去 | 開 | 五九溉 |  |  | 幫去開泰蟹一 | 博蓋 | 幫開 1 | 補各 | 端去開泰蟹一 | 當蓋 |
| 22755 | 15 副 | 150 | 646 | 霈 | 袍 | 帶 | 並 | 去 | 開 | 五九溉 |  | 正編作抱帶切 | 滂去開泰蟹一 | 普蓋 | 並開 1 | 薄褒 | 端去開泰蟹一 | 當蓋 |
| 22756 | 15 副 | 151 | 647 | 儈 | 古 | 快 | 見 | 去 | 合 | 六十禬 |  |  | 見去合泰蟹一 | 古外 | 見合 1 | 公戶 | 溪去合夬蟹二 | 苦夬 |
| 22757 | 15 副 |  | 648 | 撿 | 古 | 快 | 見 | 去 | 合 | 六十禬 |  |  | 見去合泰蟹一 | 古外 | 見合 1 | 公戶 | 溪去合夬蟹二 | 苦夬 |
| 22758 | 15 副 |  | 649 | 癐* | 古 | 快 | 見 | 去 | 合 | 六十禬 |  |  | 見去合泰蟹一 | 古外 | 見合 1 | 公戶 | 溪去合夬蟹二 | 苦夬 |
| 22759 | 15 副 |  | 650 | 擓* | 古 | 快 | 見 | 去 | 合 | 六十禬 |  |  | 見去合皆蟹二 | 古壞 | 見合 1 | 公戶 | 溪去合夬蟹二 | 苦夬 |
| 22760 | 15 副 | 152 | 651 | 敽 | 苦 | 邁 | 起 | 去 | 合 | 六十禬 |  |  | 溪去合皆蟹二 | 苦怪 | 溪合 1 | 康杜 | 明去開夬蟹二 | 莫話 |
| 22761 | 15 副 |  | 652 | 劊** | 苦 | 邁 | 起 | 去 | 合 | 六十禬 |  |  | 溪去合皆蟹二 | 口怪 | 溪合 1 | 康杜 | 明去開夬蟹二 | 莫話 |
| 22763 | 15 副 |  | 653 | 駃 | 苦 | 邁 | 起 | 去 | 合 | 六十禬 |  |  | 溪去合夬蟹二 | 苦夬 | 溪合 1 | 康杜 | 明去開夬蟹二 | 莫話 |
| 22766 | 15 副 | 153 | 654 | 懀 | 甕 | 快 | 影 | 去 | 合 | 六十禬 |  |  | 影去合夬蟹二 | 烏快 | 影合 1 | 烏貢 | 溪去合夬蟹二 | 苦夬 |
| 22767 | 15 副 |  | 655 | 瞺 | 甕 | 快 | 影 | 去 | 合 | 六十禬 |  |  | 影去合泰蟹一 | 烏外 | 影合 1 | 烏貢 | 溪去合夬蟹二 | 苦夬 |
| 22769 | 15 副 |  | 656 | 鱠 | 甕 | 快 | 影 | 去 | 合 | 六十禬 |  |  | 影去合夬蟹二 | 烏快 | 影合 1 | 烏貢 | 溪去合夬蟹二 | 苦夬 |
| 22770 | 15 副 |  | 657 | 賧** | 甕 | 快 | 影 | 去 | 合 | 六十禬 |  |  | 影去開夬蟹二 | 烏邁 | 影合 1 | 烏貢 | 溪去合夬蟹二 | 苦夬 |
| 22771 | 15 副 | 154 | 658 | 濊 | 戶 | 快 | 曉 | 去 | 合 | 六十禬 |  |  | 曉去合皆蟹二 | 火怪 | 匣合 1 | 侯古 | 溪去合夬蟹二 | 苦夬 |
| 22772 | 15 副 |  | 659 | 醟* | 戶 | 快 | 曉 | 去 | 合 | 六十禬 |  |  | 匣去合泰蟹一 | 黃外 | 匣合 1 | 侯古 | 溪去合夬蟹二 | 苦夬 |
| 22774 | 15 副 |  | 660 | 璯 | 戶 | 快 | 曉 | 去 | 合 | 六十禬 |  |  | 溪去合夬蟹二 | 苦夬 | 匣合 1 | 侯古 | 溪去合夬蟹二 | 苦夬 |
| 22776 | 15 副 |  | 661 | 咶 | 戶 | 快 | 曉 | 去 | 合 | 六十禬 | 唔隸作咶 |  | 曉去合夬蟹二 | 火夬 | 匣合 1 | 侯古 | 溪去合夬蟹二 | 苦夬 |
| 22778 | 15 副 |  | 662 | 唔* | 戶 | 快 | 曉 | 去 | 合 | 六十禬 |  |  | 匣入合鎋山二 | 乎刮 | 匣合 1 | 侯古 | 溪去合夬蟹二 | 苦夬 |

| 韻字編號 | 部序 | 組數 | 字數 | 韻字及何氏反切 | | | 韻字何氏音 | | | | 何萱注釋 | 備　注 | 韻字中古音 | | 上字中古音 | | 下字中古音 | |
|---|---|---|---|---|---|---|---|---|---|---|---|---|---|---|---|---|---|---|
| | | | | 韻字 | 上字 | 下字 | 聲 | 調 | 呼 | 韻部 | | | 聲調呼韻攝等 | 反切 | 聲呼等 | 反切 | 聲調呼韻攝等 | 反切 |
| 22779 | 15 副 | | 663 | 繣 | 戶 | 快 | 曉 | 去 | 合 | 六十禬 | 繣隸作繣 | | 曉去合皆蟹二 | 火怪 | 匣合 1 | 侯古 | 溪去合夬蟹二 | 苦夬 |
| 22780 | 15 副 | | 664 | 瓌 | 戶 | 快 | 曉 | 去 | 合 | 六十禬 | | | 匣去合皆蟹二 | 胡怪 | 匣合 1 | 侯古 | 溪去合夬蟹二 | 苦夬 |
| 22781 | 15 副 | | 665 | 褱 | 戶 | 快 | 曉 | 去 | 合 | 六十禬 | | | 曉去合皆蟹二 | 火怪 | 匣合 1 | 侯古 | 溪去合夬蟹二 | 苦夬 |
| 22782 | 15 副 | 155 | 666 | 綐 | 洞 | 快 | 透 | 去 | 合 | 六十禬 | | | 定去合泰蟹一 | 杜外 | 定合 1 | 徒弄 | 溪去合夬蟹二 | 苦夬 |
| 22783 | 15 副 | | 667 | 鞔 | 洞 | 快 | 透 | 去 | 合 | 六十禬 | | | 定去合泰蟹一 | 杜外 | 定合 1 | 徒弄 | 溪去合夬蟹二 | 苦夬 |
| 22784 | 15 副 | | 668 | 峣 | 洞 | 快 | 透 | 去 | 合 | 六十禬 | | | 定去合泰蟹一 | 杜外 | 定合 1 | 徒弄 | 溪去合夬蟹二 | 苦夬 |
| 22785 | 15 副 | | 669 | 颰* | 洞 | 快 | 透 | 去 | 合 | 六十禬 | | | 定去合泰蟹一 | 徒外 | 定合 1 | 徒弄 | 溪去合夬蟹二 | 苦夬 |
| 22787 | 15 副 | 156 | 670 | 砦 | 狀 | 邁 | 助 | 去 | 合 | 六十禬 | | 表中正編有個啐字，應為淨母字頭，副編無字 | 崇去開夬蟹二 | 犲夬 | 崇開 3 | 鋤亮 | 明去開夬蟹二 | 莫話 |
| 22791 | 15 副 | 157 | 671 | 鬏 | 纂 | 快 | 井 | 去 | 合 | 六十禬 | | | 精去合泰蟹一 | 祖外 | 精合 1 | 作管 | 溪去合夬蟹二 | 苦夬 |
| 22792 | 15 副 | 158 | 672 | 嚵 | 措 | 快 | 淨 | 去 | 合 | 六十禬 | | | 初去合夬蟹二 | 楚夬 | 清合 1 | 倉故 | 溪去合夬蟹二 | 苦夬 |
| 22793 | 15 副 | | 673 | 嘬 | 措 | 快 | 淨 | 去 | 合 | 六十禬 | | | 初去合夬蟹二 | 楚夬 | 清合 1 | 倉故 | 溪去合夬蟹二 | 苦夬 |
| 22794 | 15 副 | | 674 | 蕞 | 措 | 快 | 淨 | 去 | 合 | 六十禬 | | | 清去合泰蟹一 | 麤最 | 清合 1 | 倉故 | 溪去合夬蟹二 | 苦夬 |
| 22795 | 15 副 | | 675 | 襊 | 措 | 快 | 淨 | 去 | 合 | 六十禬 | | | 清去合泰蟹一 | 麤最 | 清合 1 | 倉故 | 溪去合夬蟹二 | 苦夬 |
| 22796 | 15 副 | | 676 | 齰 | 措 | 快 | 淨 | 去 | 合 | 六十禬 | | | 初去合夬蟹二 | 楚夬 | 清合 1 | 倉故 | 溪去合夬蟹二 | 苦夬 |
| 22797 | 15 副 | | 677 | 饖 | 措 | 快 | 淨 | 去 | 合 | 六十禬 | | | 清去合泰蟹一 | 七外 | 清合 1 | 倉故 | 溪去合夬蟹二 | 苦夬 |
| 22798 | 15 副 | | 678 | 簒 | 措 | 快 | 淨 | 去 | 合 | 六十禬 | | | 從去合泰蟹一 | 才外 | 清合 1 | 倉故 | 溪去合夬蟹二 | 苦夬 |
| 22799 | 15 副 | | 679 | 厠** | 措 | 快 | 淨 | 去 | 合 | 六十禬 | | | 清去合祭蟹三 | 此芮 | 清合 1 | 倉故 | 溪去合夬蟹二 | 苦夬 |
| 22800 | 15 副 | 159 | 680 | 髖** | 臥 | 快 | 我 | 去 | 合 | 六十禬 | | | 疑去開皆蟹二 | 五拜 | 疑合 1 | 吾貨 | 溪去合夬蟹二 | 苦夬 |
| 22801 | 15 副 | 160 | 681 | 曬 | 巽 | 快 | 信 | 去 | 合 | 六十禬 | | 表中此位無字 | 心去合泰蟹一 | 先外 | 心合 1 | 蘇困 | 溪去合夬蟹二 | 苦夬 |
| 22802 | 15 副 | | 682 | 殲 | 巽 | 快 | 信 | 去 | 合 | 六十禬 | | 表中此位無字 | 心去合泰蟹一 | 先外 | 心合 1 | 蘇困 | 溪去合夬蟹二 | 苦夬 |
| 22803 | 15 副 | | 683 | 礹 | 巽 | 快 | 信 | 去 | 合 | 六十禬 | | 表中此位無字 | 心去合泰蟹一 | 先外 | 心合 1 | 蘇困 | 溪去合夬蟹二 | 苦夬 |
| 22804 | 15 副 | 161 | 684 | 湃 | 普 | 快 | 並 | 去 | 合 | 六十禬 | | | 滂去開皆蟹二 | 普拜 | 滂合 1 | 滂古 | 溪去合夬蟹二 | 苦夬 |
| 22805 | 15 副 | | 685 | 擻* | 普 | 快 | 並 | 去 | 合 | 六十禬 | | | 並去開夬蟹二 | 簿邁 | 滂合 1 | 滂古 | 溪去合夬蟹二 | 苦夬 |
| 22807 | 15 副 | 162 | 686 | 瞶 | 古 | 對 | 見 | 去 | 合二 | 六一貿 | | | 見去合微止三 | 居胃 | 見合 1 | 公戶 | 端去合灰蟹一 | 都隊 |
| 22808 | 15 副 | | 687 | 覣* | 古 | 對 | 見 | 去 | 合二 | 六一貿 | | | 群去合脂止重四 | 其季 | 見合 1 | 公戶 | 端去合灰蟹一 | 都隊 |

| 韻字編號 | 部序 | 組數 | 字數 | 韻字及何氏反切 | | | 韻字何氏音 | | | | 何萱注釋 | 備　注 | 韻字中古音 | | 上字中古音 | | 下字中古音 | |
|---|---|---|---|---|---|---|---|---|---|---|---|---|---|---|---|---|---|---|
| | | | | 韻字 | 上字 | 下字 | 聲 | 調 | 呼 | 韻部 | | | 聲調呼韻攝等 | 反切 | 聲呼等 | 反切 | 聲調呼韻攝等 | 反切 |
| 22810 | 15 副 | | 688 | 蹫 | 古 | 對 | 見 | 去 | 合二 | 六一賫 | | | 見去合祭蟹重三 | 居衛 | 見合 1 | 公戶 | 端去合灰蟹一 | 都隊 |
| 22812 | 15 副 | 163 | 689 | 襩 | 苦 | 對 | 起 | 去 | 合二 | 六一賫 | | | 溪去合微止三 | 丘畏 | 溪合 1 | 康杜 | 端去合灰蟹一 | 都隊 |
| 22813 | 15 副 | | 690 | 纗 | 苦 | 對 | 起 | 去 | 合二 | 六一賫 | | | 群去合脂止重三 | 求位 | 溪合 1 | 康杜 | 端去合灰蟹一 | 都隊 |
| 22814 | 15 副 | | 691 | 鞼 | 苦 | 對 | 起 | 去 | 合二 | 六一賫 | | | 群去合脂止重三 | 求位 | 溪合 1 | 康杜 | 端去合灰蟹一 | 都隊 |
| 22815 | 15 副 | 164 | 692 | 惘 | 蘊 | 貴 | 影 | 去 | 合二 | 六一賫 | | | 云去合微止三 | 于貴 | 影合 1 | 烏貢 | 見去合微止三 | 居胃 |
| 22816 | 15 副 | | 693 | 焆 | 蘊 | 貴 | 影 | 去 | 合二 | 六一賫 | | | 云去合微止三 | 于貴 | 影合 1 | 烏貢 | 見去合微止三 | 居胃 |
| 22817 | 15 副 | | 694 | 颶 | 蘊 | 貴 | 影 | 去 | 合二 | 六一賫 | | | 云去合微止三 | 于貴 | 影合 1 | 烏貢 | 見去合微止三 | 居胃 |
| 22818 | 15 副 | | 695 | 艒 | 蘊 | 貴 | 影 | 去 | 合二 | 六一賫 | | | 云去合微止三 | 于貴 | 影合 1 | 烏貢 | 見去合微止三 | 居胃 |
| 22820 | 15 副 | | 696 | 鮹 | 蘊 | 貴 | 影 | 去 | 合二 | 六一賫 | | | 云去合微止三 | 于貴 | 影合 1 | 烏貢 | 見去合微止三 | 居胃 |
| 22821 | 15 副 | | 697 | 霨* | 蘊 | 貴 | 影 | 去 | 合二 | 六一賫 | | | 影去合微止三 | 紆胃 | 影合 1 | 烏貢 | 見去合微止三 | 居胃 |
| 22822 | 15 副 | | 698 | 犚 | 蘊 | 貴 | 影 | 去 | 合二 | 六一賫 | | | 影去合微止三 | 於胃 | 影合 1 | 烏貢 | 見去合微止三 | 居胃 |
| 22823 | 15 副 | | 699 | 鰃 | 蘊 | 貴 | 影 | 去 | 合二 | 六一賫 | | | 影去合微止三 | 於胃 | 影合 1 | 烏貢 | 見去合微止三 | 居胃 |
| 22824 | 15 副 | | 700 | 膟* | 蘊 | 貴 | 影 | 去 | 合二 | 六一賫 | | | 云去合微止三 | 于貴 | 影合 1 | 烏貢 | 見去合微止三 | 居胃 |
| 22825 | 15 副 | | 701 | 衛 | 蘊 | 貴 | 影 | 去 | 合二 | 六一賫 | | | 云去合祭蟹三 | 于歲 | 影合 1 | 烏貢 | 見去合微止三 | 居胃 |
| 22826 | 15 副 | | 702 | 驖 | 蘊 | 貴 | 影 | 去 | 合二 | 六一賫 | | | 影去合廢蟹三 | 於廢 | 影合 1 | 烏貢 | 見去合微止三 | 居胃 |
| 22827 | 15 副 | | 703 | 聿 | 蘊 | 貴 | 影 | 去 | 合二 | 六一賫 | | 存疑 | 以入合術臻三 | 餘律 | 影合 1 | 烏貢 | 見去合微止三 | 居胃 |
| 22829 | 15 副 | 165 | 704 | 嬇 | 戶 | 對 | 曉 | 去 | 合二 | 六一賫 | | | 匣去合灰蟹一 | 胡對 | 匣合 1 | 侯古 | 端去合灰蟹一 | 都隊 |
| 22831 | 15 副 | | 705 | 膭 | 戶 | 對 | 曉 | 去 | 合二 | 六一賫 | | | 匣去合灰蟹一 | 胡對 | 匣合 1 | 侯古 | 端去合灰蟹一 | 都隊 |
| 22834 | 15 副 | | 706 | 靧 | 戶 | 對 | 曉 | 去 | 合二 | 六一賫 | | | 曉去合灰蟹一 | 荒内 | 匣合 1 | 侯古 | 端去合灰蟹一 | 都隊 |
| 22835 | 15 副 | | 707 | 顪 | 戶 | 對 | 曉 | 去 | 合二 | 六一賫 | | | 曉去合廢蟹三 | 許穢 | 匣合 1 | 侯古 | 端去合灰蟹一 | 都隊 |
| 22836 | 15 副 | | 708 | 錭** | 戶 | 對 | 曉 | 去 | 合二 | 六一賫 | | | 曉去合灰蟹一 | 呼内 | 匣合 1 | 侯古 | 端去合灰蟹一 | 都隊 |
| 22837 | 15 副 | | 709 | 餯 | 戶 | 對 | 曉 | 去 | 合二 | 六一賫 | | | 曉去合廢蟹三 | 許穢 | 匣合 1 | 侯古 | 端去合灰蟹一 | 都隊 |
| 22839 | 15 副 | | 710 | 滙* | 戶 | 對 | 曉 | 去 | 合二 | 六一賫 | | 沒有釋義。玉篇作許鬼切。此處用洊集韻去聲一讀 | 曉去合微止三 | 訏貴 | 匣合 1 | 侯古 | 端去合灰蟹一 | 都隊 |
| 22840 | 15 副 | 166 | 711 | 霌 | 洞 | 對 | 透 | 去 | 合二 | 六一賫 | | | 定去合灰蟹一 | 徒對 | 定合 1 | 徒弄 | 端去合灰蟹一 | 都隊 |

| 韻字編號 | 部序 | 組數 | 字數 | 韻字及何氏反切 | | | 韻字何氏音 | | | | 何萱注釋 | 備注 | 韻字中古音 | | 上字中古音 | | 下字中古音 | |
|---|---|---|---|---|---|---|---|---|---|---|---|---|---|---|---|---|---|---|
| | | | | 韻字 | 上字 | 下字 | 聲 | 調 | 呼 | 韻部 | | | 聲調呼韻攝等 | 反切 | 聲呼等 | 反切 | 聲調呼韻攝等 | 反切 |
| 22841 | 15 副 | | 712 | 濧 | 洞 | 對 | 透 | 去 | 合二 | 六一賢 | | | 定去合灰蟹一 | 徒對 | 定合 1 | 徒弄 | 端去合灰蟹一 | 都隊 |
| 22843 | 15 副 | | 713 | 嘢* | 洞 | 對 | 透 | 去 | 合二 | 六一賢 | | | 定去合灰蟹一 | 徒對 | 定合 1 | 徒弄 | 端去合灰蟹一 | 都隊 |
| 22844 | 15 副 | | 714 | 薱 | 洞 | 對 | 透 | 去 | 合二 | 六一賢 | | | 定去合灰蟹一 | 徒對 | 定合 1 | 徒弄 | 端去合灰蟹一 | 都隊 |
| 22845 | 15 副 | | 715 | 懟 | 洞 | 對 | 透 | 去 | 合二 | 六一賢 | | | 定去合灰蟹一 | 徒對 | 定合 1 | 徒弄 | 端去合灰蟹一 | 都隊 |
| 22846 | 15 副 | | 716 | 䫴 | 洞 | 對 | 透 | 去 | 合二 | 六一賢 | | 玉篇：他最切又五刮切 | 透去合灰蟹一 | 他最 | 定合 1 | 徒弄 | 端去合灰蟹一 | 都隊 |
| 22847 | 15 副 | | 717 | 髃 | 洞 | 對 | 透 | 去 | 合二 | 六一賢 | | | 定去合灰蟹一 | 徒對 | 定合 1 | 徒弄 | 端去合灰蟹一 | 都隊 |
| 22848 | 15 副 | | 718 | 黖* | 洞 | 對 | 透 | 去 | 合二 | 六一賢 | | | 定去合灰蟹一 | 徒對 | 定合 1 | 徒弄 | 端去合灰蟹一 | 都隊 |
| 22849 | 15 副 | 167 | 719 | 炳 | 煗 | 對 | 乃 | 去 | 合二 | 六一賢 | 十三部十五部兩見注在彼 | 玉篇乃困切，熱也。此處可能讀諧聲偏旁了，取內廣韻音 | 泥去合灰蟹一 | 奴對 | 泥合 1 | 乃管 | 端去合灰蟹一 | 都隊 |
| 22852 | 15 副 | 168 | 720 | 蘱 | 路 | 對 | 賚 | 去 | 合二 | 六一賢 | | | 來去合灰蟹一 | 盧對 | 來合 1 | 洛故 | 端去合灰蟹一 | 都隊 |
| 22854 | 15 副 | | 721 | 韡* | 路 | 對 | 賚 | 去 | 合二 | 六一賢 | | | 來去合脂止三 | 力遂 | 來合 1 | 洛故 | 端去合灰蟹一 | 都隊 |
| 22855 | 15 副 | | 722 | 俫* | 路 | 對 | 賚 | 去 | 合二 | 六一賢 | | | 來去合灰蟹一 | 盧對 | 來合 1 | 洛故 | 端去合灰蟹一 | 都隊 |
| 22856 | 15 副 | | 723 | 銇 | 路 | 對 | 賚 | 去 | 合二 | 六一賢 | | | 來去合灰蟹一 | 盧對 | 來合 1 | 洛故 | 端去合灰蟹一 | 都隊 |
| 22858 | 15 副 | | 724 | 淚 | 路 | 對 | 賚 | 去 | 合二 | 六一賢 | | | 來去合脂止三 | 力遂 | 來合 1 | 洛故 | 端去合灰蟹一 | 都隊 |
| 22859 | 15 副 | | 725 | 攂 | 路 | 對 | 賚 | 去 | 合二 | 六一賢 | | | 來去合灰蟹一 | 盧對 | 來合 1 | 洛故 | 端去合灰蟹一 | 都隊 |
| 22860 | 15 副 | | 726 | 檑 | 路 | 對 | 賚 | 去 | 合二 | 六一賢 | | | 來去合灰蟹一 | 盧對 | 來合 1 | 洛故 | 端去合灰蟹一 | 都隊 |
| 22862 | 15 副 | | 727 | 礌 | 路 | 對 | 賚 | 去 | 合二 | 六一賢 | | | 來去合灰蟹一 | 盧對 | 來合 1 | 洛故 | 端去合灰蟹一 | 都隊 |
| 22863 | 15 副 | 169 | 728 | 裰 | 壯 | 貴 | 照 | 去 | 合二 | 六一賢 | | | 知去合祭蟹三 | 陟衛 | 莊開 3 | 側亮 | 見去合微止三 | 居胃 |
| 22864 | 15 副 | 170 | 729 | 膇 | 狀 | 對 | 助 | 去 | 合二 | 六一賢 | | | 澄去合支止三 | 馳僞 | 崇開 3 | 鋤亮 | 端去合灰蟹一 | 都隊 |
| 22865 | 15 副 | 171 | 730 | 鋭* | 閏 | 對 | 耳 | 去 | 合二 | 六一賢 | | | 日去合祭蟹三 | 儒稅 | 日合 3 | 如順 | 端去合灰蟹一 | 都隊 |
| 22867 | 15 副 | | 731 | 捼 | 閏 | 對 | 耳 | 去 | 合二 | 六一賢 | | | 娘去合支止三 | 女恚 | 日合 3 | 如順 | 端去合灰蟹一 | 都隊 |
| 22868 | 15 副 | | 732 | 枘 | 閏 | 對 | 耳 | 去 | 合二 | 六一賢 | | | 日去合祭蟹三 | 而銳 | 日合 3 | 如順 | 端去合灰蟹一 | 都隊 |
| 22869 | 15 副 | | 733 | 汭 | 閏 | 對 | 耳 | 去 | 合二 | 六一賢 | | | 日去開支止重四 | 而瑞 | 日合 3 | 如順 | 端去合灰蟹一 | 都隊 |
| 22870 | 15 副 | 172 | 734 | 涙 | 爽 | 對 | 審 | 去 | 合二 | 六一賢 | | | 書去合脂止三 | 釋類 | 生開 3 | 疎兩 | 端去合灰蟹一 | 都隊 |

| 韻字編號 | 部序 | 組數 | 字數 | 韻字及何氏反切 | | | 韻字何氏音 | | | | 何萱注釋 | 備注 | 韻字中古音 | | 上字中古音 | | 下字中古音 | |
|---|---|---|---|---|---|---|---|---|---|---|---|---|---|---|---|---|---|---|
| | | | | 韻字 | 上字 | 下字 | 聲 | 調 | 呼 | 韻部 | | | 聲調呼韻攝等 | 反切 | 聲呼等 | 反切 | 聲調呼韻攝等 | 反切 |
| 22871 | 15 副 | | 735 | 床 | 爽 | 對 | 審 | 去 | 合二 | 六一賫 | | | 書去合脂止三 | 式類 | 生開 3 | 疎兩 | 端去合灰蟹一 | 都隊 |
| 22872 | 15 副 | | 736 | 痳 | 爽 | 對 | 審 | 去 | 合二 | 六一賫 | | | 書去合脂止三 | 釋類 | 生開 3 | 疎兩 | 端去合灰蟹一 | 都隊 |
| 22874 | 15 副 | | 737 | 涚* | 爽 | 對 | 審 | 去 | 合二 | 六一賫 | | | 書去合支止三 | 式瑞 | 生開 3 | 疎兩 | 端去合灰蟹一 | 都隊 |
| 22876 | 15 副 | 173 | 738 | 鋅 | 纂 | 對 | 井 | 去 | 合二 | 六一賫 | | | 精入合沃通一 | 將毒 | 精合 1 | 作管 | 端去合灰蟹一 | 都隊 |
| 22877 | 15 副 | | 739 | 裈 | 纂 | 對 | 井 | 去 | 合二 | 六一賫 | | | 精去合灰蟹一 | 子對 | 精合 1 | 作管 | 端去合灰蟹一 | 都隊 |
| 22879 | 15 副 | | 740 | 晬 | 纂 | 對 | 井 | 去 | 合二 | 六一賫 | | | 精去合灰蟹一 | 子對 | 精合 1 | 作管 | 端去合灰蟹一 | 都隊 |
| 22880 | 15 副 | 174 | 741 | 倅 | 措 | 對 | 淨 | 去 | 合二 | 六一賫 | | | 清去合灰蟹一 | 七內 | 清合 1 | 倉故 | 端去合灰蟹一 | 都隊 |
| 22881 | 15 副 | | 742 | 碎 | 措 | 對 | 淨 | 去 | 合二 | 六一賫 | | | 清去合灰蟹一 | 七內 | 清合 1 | 倉故 | 端去合灰蟹一 | 都隊 |
| 22883 | 15 副 | 175 | 743 | 哱* | 普 | 對 | 並 | 去 | 合二 | 六一賫 | | | 並去合灰蟹一 | 蒲昧 | 滂合 1 | 滂古 | 端去合灰蟹一 | 都隊 |
| 22884 | 15 副 | 176 | 744 | 休 | 慢 | 對 | 命 | 去 | 合二 | 六一賫 | 保或作休 | | 明去開夬蟹二 | 莫話 | 明開 2 | 謨晏 | 端去合灰蟹一 | 都隊 |
| 22885 | 15 副 | 177 | 745 | 勑 | 奉 | 對 | 匪 | 去 | 合二 | 六一賫 | | | 奉去合微止三 | 扶沸 | 奉合 3 | 扶隴 | 端去合灰蟹一 | 都隊 |
| 22886 | 15 副 | | 746 | 誁 | 奉 | 對 | 匪 | 去 | 合二 | 六一賫 | | | 非去合微止三 | 方味 | 奉合 3 | 扶隴 | 端去合灰蟹一 | 都隊 |
| 22887 | 15 副 | | 747 | 砩 | 奉 | 對 | 匪 | 去 | 合二 | 六一賫 | | | 非去合廢蟹三 | 方肺 | 奉合 3 | 扶隴 | 端去合灰蟹一 | 都隊 |
| 22888 | 15 副 | | 748 | 疿 | 奉 | 對 | 匪 | 去 | 合二 | 六一賫 | | | 非去合微止三 | 方味 | 奉合 3 | 扶隴 | 端去合灰蟹一 | 都隊 |
| 22889 | 15 副 | | 749 | 昁 | 奉 | 對 | 匪 | 去 | 合二 | 六一賫 | | | 敷去合微止三 | 芳未 | 奉合 3 | 扶隴 | 端去合灰蟹一 | 都隊 |
| 22890 | 15 副 | | 750 | 嘳* | 奉 | 對 | 匪 | 去 | 合二 | 六一賫 | | | 敷平合微止三 | 芳微 | 奉合 3 | 扶隴 | 端去合灰蟹一 | 都隊 |
| 22891 | 15 副 | | 751 | 蕢 | 奉 | 對 | 匪 | 去 | 合二 | 六一賫 | | | 敷去合微止三 | 芳未 | 奉合 3 | 扶隴 | 端去合灰蟹一 | 都隊 |
| 22893 | 15 副 | | 752 | 鬢* | 奉 | 對 | 匪 | 去 | 合二 | 六一賫 | | | 奉去合微止三 | 父沸 | 奉合 3 | 扶隴 | 端去合灰蟹一 | 都隊 |
| 22895 | 15 副 | | 753 | 攢* | 奉 | 對 | 匪 | 去 | 合二 | 六一賫 | | | 奉去合微止三 | 父沸 | 奉合 3 | 扶隴 | 端去合灰蟹一 | 都隊 |
| 22897 | 15 副 | | 754 | 祓 | 奉 | 對 | 匪 | 去 | 合二 | 六一賫 | | | 非去合廢蟹三 | 方肺 | 奉合 3 | 扶隴 | 端去合灰蟹一 | 都隊 |
| 22899 | 15 副 | | 755 | 癹 | 奉 | 對 | 匪 | 去 | 合二 | 六一賫 | 發或作癹 | | 非去合廢蟹三 | 方肺 | 奉合 3 | 扶隴 | 端去合灰蟹一 | 都隊 |
| 22900 | 15 副 | | 756 | 廢 | 奉 | 對 | 匪 | 去 | 合二 | 六一賫 | | | 非去合廢蟹三 | 方肺 | 奉合 3 | 扶隴 | 端去合灰蟹一 | 都隊 |
| 22901 | 15 副 | | 757 | 䟇 | 奉 | 對 | 匪 | 去 | 合二 | 六一賫 | | | 奉去合廢蟹三 | 符廢 | 奉合 3 | 扶隴 | 端去合灰蟹一 | 都隊 |
| 22902 | 15 副 | | 758 | 鈦 | 奉 | 對 | 匪 | 去 | 合二 | 六一賫 | | | 奉去合廢蟹三 | 符廢 | 奉合 3 | 扶隴 | 端去合灰蟹一 | 都隊 |
| 22903 | 15 副 | | 759 | 鯡 | 奉 | 對 | 匪 | 去 | 合二 | 六一賫 | | | 非去合微止三 | 方味 | 奉合 3 | 扶隴 | 端去合灰蟹一 | 都隊 |
| 22904 | 15 副 | 178 | 760 | 鮇 | 晚 | 對 | 未 | 去 | 合二 | 六一賫 | | | 微去合微止三 | 無沸 | 微合 3 | 無遠 | 端去合灰蟹一 | 都隊 |
| 22905 | 15 副 | | 761 | 梶** | 晚 | 對 | 未 | 去 | 合二 | 六一賫 | | | 微去合微止三 | 無沸 | 微合 3 | 無遠 | 端去合灰蟹一 | 都隊 |

| 韻字編號 | 部序 | 組數 | 字數 | 韻字及何氏反切 | | | 韻字何氏音 | | | | 何萱注釋 | 備注 | 韻字中古音 | | 上字中古音 | | 下字中古音 | |
|---|---|---|---|---|---|---|---|---|---|---|---|---|---|---|---|---|---|---|
| | | | | 韻字 | 上字 | 下字 | 聲 | 調 | 呼 | 韻部 | | | 聲調呼韻攝等 | 反切 | 聲呼等 | 反切 | 聲調呼韻攝等 | 反切 |
| 22906 | 15 副 | | 762 | 郝* | 晚 | 對 | 未 | 去 | 合二 | 六一貿 | | | 微去合微止三 | 無沸 | 微合 3 | 無遠 | 端去合灰蟹一 | 都隊 |
| 22907 | 15 副 | | 763 | 味 | 晚 | 對 | 未 | 去 | 合二 | 六一貿 | | | 微去合微止三 | 無沸 | 微合 3 | 無遠 | 端去合灰蟹一 | 都隊 |
| 22908 | 15 副 | | 764 | 沬 | 晚 | 對 | 未 | 去 | 合二 | 六一貿 | | | 微去合微止三 | 無沸 | 微合 3 | 無遠 | 端去合灰蟹一 | 都隊 |
| 22909 | 15 副 | 179 | 765 | 鮀 | 竟 | 弼 | 見 | 入 | 齊 | 五七訖 | | | 見入開迄臻三 | 居乞 | 見開 3 | 居慶 | 並入開質臻重三 | 房密 |
| 22910 | 15 副 | 180 | 766 | 齕 | 儉 | 弼 | 起 | 入 | 齊 | 五七訖 | | | 群入開迄臻三 | 其迄 | 群開重 3 | 巨險 | 並入開質臻重三 | 房密 |
| 22911 | 15 副 | 181 | 767 | 迄 | 向 | 弼 | 曉 | 入 | 齊 | 五七訖 | | | 曉入開迄臻三 | 許訖 | 曉開 3 | 許亮 | 並入開質臻重三 | 房密 |
| 22912 | 15 副 | | 768 | 謡 | 向 | 弼 | 曉 | 入 | 齊 | 五七訖 | | | 曉入開迄臻三 | 許訖 | 曉開 3 | 許亮 | 並入開質臻重三 | 房密 |
| 22913 | 15 副 | 182 | 769 | 屹 | 仰 | 汔 | 我 | 入 | 齊 | 五七訖 | | | 疑入開迄臻三 | 魚迄 | 疑開 3 | 魚兩 | 曉入開迄臻三 | 許訖 |
| 22914 | 15 副 | | 770 | 舵** | 仰 | 汔 | 我 | 入 | 齊 | 五七訖 | | 玉篇：音仡 | 疑入開迄臻三 | 魚迄 | 疑開 3 | 魚兩 | 曉入開迄臻三 | 許訖 |
| 22915 | 15 副 | 183 | 771 | 蹕 | 丙 | 汔 | 謗 | 入 | 齊 | 五七訖 | | | 幫入開質臻重三 | 鄙密 | 幫開 3 | 兵永 | 曉入開迄臻三 | 許訖 |
| 22916 | 15 副 | | 772 | 滭 | 丙 | 汔 | 謗 | 入 | 齊 | 五七訖 | | | 幫入開質臻重三 | 鄙密 | 幫開 3 | 兵永 | 曉入開迄臻三 | 許訖 |
| 22917 | 15 副 | | 773 | 瑾 | 丙 | 汔 | 謗 | 入 | 齊 | 五七訖 | | | 幫入開質臻重三 | 鄙密 | 幫開 3 | 兵永 | 曉入開迄臻三 | 許訖 |
| 22918 | 15 副 | 184 | 774 | 頋** | 品 | 汔 | 並 | 入 | 齊 | 五七訖 | | | 並入開職曾三 | 扶力 | 滂開重 3 | 丕飲 | 曉入開迄臻三 | 許訖 |
| 22919 | 15 副 | 185 | 775 | 楔 | 竟 | 設 | 見 | 入 | 齊二 | 五八訐 | | | 見入開屑山四 | 古屑 | 見開 3 | 居慶 | 書入開薛山三 | 識列 |
| 22920 | 15 副 | | 776 | 鍻 | 竟 | 設 | 見 | 入 | 齊二 | 五八訐 | | | 見入開月山三 | 居竭 | 見開 3 | 居慶 | 書入開薛山三 | 識列 |
| 22921 | 15 副 | 186 | 777 | 揲 | 儉 | 列 | 起 | 入 | 齊二 | 五八訐 | | | 群入開薛山重三 | 渠列 | 群開重 3 | 巨險 | 來入開薛山三 | 良薛 |
| 22922 | 15 副 | | 778 | 嵥 | 儉 | 列 | 起 | 入 | 齊二 | 五八訐 | | | 群入開薛山重三 | 渠列 | 群開重 3 | 巨險 | 來入開薛山三 | 良薛 |
| 22923 | 15 副 | | 779 | 滐 | 儉 | 列 | 起 | 入 | 齊二 | 五八訐 | | | 群入開薛山重三 | 渠列 | 群開重 3 | 巨險 | 來入開薛山三 | 良薛 |
| 22924 | 15 副 | | 780 | 櫭 | 儉 | 列 | 起 | 入 | 齊二 | 五八訐 | | | 群入開薛山重三 | 渠列 | 群開重 3 | 巨險 | 來入開薛山三 | 良薛 |
| 22927 | 15 副 | | 781 | 偈 | 儉 | 列 | 起 | 入 | 齊二 | 五八訐 | | | 群入開薛山重三 | 渠列 | 群開重 3 | 巨險 | 來入開薛山三 | 良薛 |
| 22928 | 15 副 | | 782 | 壏 | 儉 | 列 | 起 | 入 | 齊二 | 五八訐 | | | 溪入開薛山重三 | 丘竭 | 群開重 3 | 巨險 | 來入開薛山三 | 良薛 |
| 22929 | 15 副 | | 783 | 瀕 | 儉 | 列 | 起 | 入 | 齊二 | 五八訐 | | | 溪入開屑山四 | 苦結 | 群開重 3 | 巨險 | 來入開薛山三 | 良薛 |
| 22930 | 15 副 | | 784 | 挈 | 儉 | 列 | 起 | 入 | 齊二 | 五八訐 | | | 溪入開屑山四 | 苦結 | 群開重 3 | 巨險 | 來入開薛山三 | 良薛 |
| 22931 | 15 副 | | 785 | 挈 | 儉 | 列 | 起 | 入 | 齊二 | 五八訐 | | | 溪入開屑山四 | 苦結 | 群開重 3 | 巨險 | 來入開薛山三 | 良薛 |
| 22932 | 15 副 | 187 | 786 | 蠮 | 隱 | 列 | 影 | 入 | 齊二 | 五八訐 | | | 影入開屑山四 | 烏結 | 影開 3 | 於謹 | 來入開薛山三 | 良薛 |
| 22934 | 15 副 | 188 | 787 | 暩 | 向 | 列 | 曉 | 入 | 齊二 | 五八訐 | | | 匣入開屑山四 | 胡結 | 曉開 3 | 許亮 | 來入開薛山三 | 良薛 |
| 22935 | 15 副 | | 788 | 臊 | 向 | 列 | 曉 | 入 | 齊二 | 五八訐 | | | 匣入開屑山四 | 胡結 | 曉開 3 | 許亮 | 來入開薛山三 | 良薛 |

| 韻字編號 | 部序 | 組數 | 字數 | 韻字及何氏反切 | | | 韻字何氏音 | | | | 何萱注釋 | 備注 | 韻字中古音 | | 上字中古音 | | 下字中古音 | |
|---|---|---|---|---|---|---|---|---|---|---|---|---|---|---|---|---|---|---|
| | | | | 韻字 | 上字 | 下字 | 聲 | 調 | 呼 | 韻部 | | | 聲調呼韻攝等 | 反切 | 聲呼等 | 反切 | 聲調呼韻攝等 | 反切 |
| 22937 | 15 副 | | 789 | 擛 | 向 | 列 | 曉 | 入 | 齊二 | 五八訐 | | | 曉入開屑山四 | 虎結 | 曉開 3 | 許亮 | 來入開薛山三 | 良薛 |
| 22938 | 15 副 | | 790 | 襭 | 向 | 列 | 曉 | 入 | 齊二 | 五八訐 | | | 曉入開屑山四 | 虎結 | 曉開 3 | 許亮 | 來入開薛山三 | 良薛 |
| 22939 | 15 副 | | 791 | 腸g* | 向 | 列 | 曉 | 入 | 齊二 | 五八訐 | | | 曉平合桓山一 | 呼官 | 曉開 3 | 許亮 | 來入開薛山三 | 良薛 |
| 22940 | 15 副 | | 792 | 獥 | 向 | 列 | 曉 | 入 | 齊二 | 五八訐 | | | 曉入開月山三 | 許竭 | 曉開 3 | 許亮 | 來入開薛山三 | 良薛 |
| 22941 | 15 副 | | 793 | 蠍 | 向 | 列 | 曉 | 入 | 齊二 | 五八訐 | | | 曉入開月山三 | 許竭 | 曉開 3 | 許亮 | 來入開薛山三 | 良薛 |
| 22942 | 15 副 | | 794 | 覔 | 向 | 列 | 曉 | 入 | 齊二 | 五八訐 | 見也，廣韻；鞊急擊也，玉篇 | 此處取廣韻音 | 曉入開屑山四 | 虎結 | 曉開 3 | 許亮 | 來入開薛山三 | 良薛 |
| 22944 | 15 副 | 189 | 795 | 嵽 | 眺 | 列 | 透 | 入 | 齊二 | 五八訐 | | | 定入開屑山四 | 徒結 | 透開 4 | 他弔 | 來入開薛山三 | 良薛 |
| 22945 | 15 副 | 190 | 796 | 烈 | 亮 | 設 | 賚 | 入 | 齊二 | 五八訐 | | | 來入開薛山三 | 良薛 | 來開 3 | 力讓 | 書入開薛山三 | 識列 |
| 22946 | 15 副 | | 797 | 裂 | 亮 | 設 | 賚 | 入 | 齊二 | 五八訐 | | | 來入開薛山三 | 良薛 | 來開 3 | 力讓 | 書入開薛山三 | 識列 |
| 22947 | 15 副 | | 798 | 挒 | 亮 | 設 | 賚 | 入 | 齊二 | 五八訐 | | | 來入開薛山三 | 良薛 | 來開 3 | 力讓 | 書入開薛山三 | 識列 |
| 22948 | 15 副 | | 799 | 埒 | 亮 | 設 | 賚 | 入 | 齊二 | 五八訐 | | | 來入開薛山三 | 良薛 | 來開 3 | 力讓 | 書入開薛山三 | 識列 |
| 22949 | 15 副 | | 800 | 鴷 | 亮 | 設 | 賚 | 入 | 齊二 | 五八訐 | | | 來入開薛山三 | 良薛 | 來開 3 | 力讓 | 書入開薛山三 | 識列 |
| 22950 | 15 副 | | 801 | 颲 | 亮 | 設 | 賚 | 入 | 齊二 | 五八訐 | | | 來入開薛山三 | 良薛 | 來開 3 | 力讓 | 書入開薛山三 | 識列 |
| 22951 | 15 副 | | 802 | 捩 | 亮 | 設 | 賚 | 入 | 齊二 | 五八訐 | | | 來入開屑山四 | 練結 | 來開 3 | 力讓 | 書入開薛山三 | 識列 |
| 22952 | 15 副 | 191 | 803 | 晢 | 掌 | 設 | 照 | 入 | 齊二 | 五八訐 | 或作晣。瞥也，玉篇；晢目明也晣目光也，並廣韻 | 解釋基本相同。玉篇沒查到。原作亮器切，誤。據正編改為掌器切 | 章去開祭蟹三 | 征例 | 章開 3 | 諸兩 | 書入開薛山三 | 識列 |
| 22954 | 15 副 | | 804 | 晣 | 掌 | 設 | 照 | 入 | 齊二 | 五八訐 | | | 章入開薛山三 | 旨熱 | 章開 3 | 諸兩 | 書入開薛山三 | 識列 |
| 22955 | 15 副 | | 805 | 蜇 | 掌 | 設 | 照 | 入 | 齊二 | 五八訐 | | | 知入開薛山三 | 陟列 | 章開 3 | 諸兩 | 書入開薛山三 | 識列 |
| 22956 | 15 副 | 192 | 806 | 澈 | 寵 | 設 | 助 | 入 | 齊二 | 五八訐 | | | 澄入開薛山三 | 直列 | 徹合 3 | 丑隴 | 書入開薛山三 | 識列 |
| 22957 | 15 副 | | 807 | 轍 | 寵 | 設 | 助 | 入 | 齊二 | 五八訐 | | | 澄入開薛山三 | 直列 | 徹合 3 | 丑隴 | 書入開薛山三 | 識列 |
| 22958 | 15 副 | | 808 | 瞮 | 寵 | 設 | 助 | 入 | 齊二 | 五八訐 | | | 徹入開薛山三 | 丑列 | 徹合 3 | 丑隴 | 書入開薛山三 | 識列 |
| 22959 | 15 副 | | 809 | 檄 | 寵 | 設 | 助 | 入 | 齊二 | 五八訐 | | | 澄入開薛山三 | 直列 | 徹合 3 | 丑隴 | 書入開薛山三 | 識列 |
| 22960 | 15 副 | | 810 | 鞨 | 寵 | 設 | 助 | 入 | 齊二 | 五八訐 | | | 船入開薛山三 | 食列 | 徹合 3 | 丑隴 | 書入開薛山三 | 識列 |

| 韻字編號 | 部序 | 組數 | 字數 | 韻字及何氏反切 | | | 韻字何氏音 | | | | 何萱注釋 | 備注 | 韻字中古音 | | 上字中古音 | | 下字中古音 | |
|---|---|---|---|---|---|---|---|---|---|---|---|---|---|---|---|---|---|---|
| | | | | 韻字 | 上字 | 下字 | 聲 | 調 | 呼 | 韻部 | | | 聲調呼韻攝等 | 反切 | 聲呼等 | 反切 | 聲調呼韻攝等 | 反切 |
| 22962 | 15 副 | | 811 | 䲹 | 寵 | 設 | 助 | 入 | 齊二 | 五八訐 | ～謂之魰，集韻引廣雅 | | 徹入開薛山三 | 丑列 | 徹合 3 | 丑隴 | 書入開薛山三 | 識列 |
| 22963 | 15 副 | | 812 | 闑 | 寵 | 設 | 助 | 入 | 齊二 | 五八訐 | | | 崇入開薛山三 | 士列 | 徹合 3 | 丑隴 | 書入開薛山三 | 識列 |
| 22964 | 15 副 | 193 | 813 | 𤺺* | 甑 | 列 | 井 | 入 | 齊二 | 五八訐 | | | 精入開薛山三 | 子列 | 精開 3 | 子孕 | 來入開薛山三 | 良薛 |
| 22966 | 15 副 | | 814 | 瀓 | 甑 | 列 | 井 | 入 | 齊二 | 五八訐 | | | 精入開屑山四 | 子結 | 精開 3 | 子孕 | 來入開薛山三 | 良薛 |
| 22967 | 15 副 | | 815 | 吣 | 甑 | 列 | 井 | 入 | 齊二 | 五八訐 | | | 精入開薛山三 | 姊列 | 精開 3 | 子孕 | 來入開薛山三 | 良薛 |
| 22968 | 15 副 | | 816 | 抸 | 甑 | 列 | 井 | 入 | 齊二 | 五八訐 | | | 精入開質臻三 | 資悉 | 精開 3 | 子孕 | 來入開薛山三 | 良薛 |
| 22969 | 15 副 | | 817 | 蚻 | 甑 | 列 | 井 | 入 | 齊二 | 五八訐 | | | 精入開質臻三 | 資悉 | 精開 3 | 子孕 | 來入開薛山三 | 良薛 |
| 22970 | 15 副 | 194 | 818 | 饖 | 淺 | 設 | 淨 | 入 | 齊二 | 五八訐 | | | 從入開屑山四 | 昨結 | 清開 3 | 七演 | 書入開薛山三 | 識列 |
| 22971 | 15 副 | | 819 | 趨 | 淺 | 設 | 淨 | 入 | 齊二 | 五八訐 | | | 從入開屑山四 | 昨結 | 清開 3 | 七演 | 書入開薛山三 | 識列 |
| 22972 | 15 副 | | 820 | 蕺 | 淺 | 設 | 淨 | 入 | 齊二 | 五八訐 | | | 從入開屑山四 | 昨結 | 清開 3 | 七演 | 書入開薛山三 | 識列 |
| 22973 | 15 副 | | 821 | 嗏 | 淺 | 設 | 淨 | 入 | 齊二 | 五八訐 | | | 清入開屑山四 | 七結 | 清開 3 | 七演 | 書入開薛山三 | 識列 |
| 22975 | 15 副 | 195 | 822 | 钀 | 仰 | 列 | 我 | 入 | 齊二 | 五八訐 | | | 疑入開薛山重三 | 魚列 | 疑開 3 | 魚兩 | 來入開薛山三 | 良薛 |
| 22977 | 15 副 | | 823 | 䪥 | 仰 | 列 | 我 | 入 | 齊二 | 五八訐 | | | 疑入開薛山重三 | 魚列 | 疑開 3 | 魚兩 | 來入開薛山三 | 良薛 |
| 22979 | 15 副 | 196 | 824 | 揳 | 想 | 列 | 信 | 入 | 齊二 | 五八訐 | | | 心入開屑山四 | 先結 | 心開 3 | 息兩 | 來入開薛山三 | 良薛 |
| 22980 | 15 副 | | 825 | 躃* | 想 | 列 | 信 | 入 | 齊二 | 五八訐 | | | 心入開薛山三 | 私列 | 心開 3 | 息兩 | 來入開薛山三 | 良薛 |
| 22981 | 15 副 | | 826 | 瀵 | 想 | 列 | 信 | 入 | 齊二 | 五八訐 | | | 心入開薛山三 | 私列 | 心開 3 | 息兩 | 來入開薛山三 | 良薛 |
| 22982 | 15 副 | 197 | 827 | 訠 | 丙 | 設 | 謗 | 入 | 齊二 | 五八訐 | | | 幫入開薛山重三 | 方別 | 幫開 3 | 兵永 | 書入開薛山三 | 識列 |
| 22983 | 15 副 | | 828 | 㖩 | 丙 | 設 | 謗 | 入 | 齊二 | 五八訐 | | | 並入開薛山重四 | 皮列 | 幫開 3 | 兵永 | 書入開薛山三 | 識列 |
| 22984 | 15 副 | | 829 | 莂 | 丙 | 設 | 謗 | 入 | 齊二 | 五八訐 | | | 幫入開薛山重三 | 方別 | 幫開 3 | 兵永 | 書入開薛山三 | 識列 |
| 22985 | 15 副 | | 830 | 箣 | 丙 | 設 | 謗 | 入 | 齊二 | 五八訐 | | | 幫入開薛山重三 | 方別 | 幫開 3 | 兵永 | 書入開薛山三 | 識列 |
| 22986 | 15 副 | | 831 | 椕 | 丙 | 設 | 謗 | 入 | 齊二 | 五八訐 | | | 幫入開屑山四 | 方結 | 幫開 3 | 兵永 | 書入開薛山三 | 識列 |
| 22987 | 15 副 | | 832 | 奟 | 丙 | 設 | 謗 | 入 | 齊二 | 五八訐 | | | 幫入開屑山四 | 方結 | 幫開 3 | 兵永 | 書入開薛山三 | 識列 |
| 22988 | 15 副 | | 833 | 補 | 丙 | 設 | 謗 | 入 | 齊二 | 五八訐 | | | 幫入開屑山四 | 方結 | 幫開 3 | 兵永 | 書入開薛山三 | 識列 |
| 22989 | 15 副 | | 834 | 鞴 | 丙 | 設 | 謗 | 入 | 齊二 | 五八訐 | | | 幫入開屑山四 | 方結 | 幫開 3 | 兵永 | 書入開薛山三 | 識列 |
| 22990 | 15 副 | | 835 | 鵧 | 丙 | 設 | 謗 | 入 | 齊二 | 五八訐 | | | 幫入開薛山重四 | 并列 | 幫開 3 | 兵永 | 書入開薛山三 | 識列 |
| 22991 | 15 副 | | 836 | 憋 | 丙 | 設 | 謗 | 入 | 齊二 | 五八訐 | | | 幫入開薛山重四 | 并列 | 幫開 3 | 兵永 | 書入開薛山三 | 識列 |

| 韻字編號 | 部序 | 組數 | 字數 | 韻字及何氏反切 | | | 韻字何氏音 | | | | 何萱注釋 | 備　注 | 韻字中古音 | | 上字中古音 | | 下字中古音 | |
|---|---|---|---|---|---|---|---|---|---|---|---|---|---|---|---|---|---|---|
| | | | | 韻字 | 上字 | 下字 | 聲 | 調 | 呼 | 韻部 | | | 聲調呼韻攝等 | 反切 | 聲呼等 | 反切 | 聲調呼韻攝等 | 反切 |
| 22992 | 15 副 | | 837 | 鷩 | 丙 | 設 | 謗 | 入 | 齊二 | 五八訐 | | | 幫入開薛山重四 | 并列 | 幫開 3 | 兵永 | 書入開薛山三 | 識列 |
| 22993 | 15 副 | | 838 | 蟞 | 丙 | 設 | 謗 | 入 | 齊二 | 五八訐 | | | 幫入開薛山重四 | 并列 | 幫開 3 | 兵永 | 書入開薛山三 | 識列 |
| 22994 | 15 副 | | 839 | 瘪 | 丙 | 設 | 謗 | 入 | 齊二 | 五八訐 | | 廣集無。玉篇作步結切 | 並入開屑山四 | 蒲結 | 幫開 3 | 兵永 | 書入開薛山三 | 識列 |
| 22996 | 15 副 | 198 | 840 | 黹 | 品 | 列 | 並 | 入 | 齊二 | 五八訐 | | | 滂入開屑山四 | 普蔑 | 滂開重 3 | 丕飲 | 來入開薛山三 | 良薛 |
| 22998 | 15 副 | | 841 | 頫 | 品 | 列 | 並 | 入 | 齊二 | 五八訐 | | | 並入開屑山四 | 蒲結 | 滂開重 3 | 丕飲 | 來入開薛山三 | 良薛 |
| 22999 | 15 副 | | 842 | 襒 | 品 | 列 | 並 | 入 | 齊二 | 五八訐 | | | 並入開屑山四 | 蒲結 | 滂開重 3 | 丕飲 | 來入開薛山三 | 良薛 |
| 23000 | 15 副 | | 843 | 瞥 | 品 | 列 | 並 | 入 | 齊二 | 五八訐 | | | 滂入開屑山四 | 普蔑 | 滂開重 3 | 丕飲 | 來入開薛山三 | 良薛 |
| 23001 | 15 副 | | 844 | 蛂 | 品 | 列 | 並 | 入 | 齊二 | 五八訐 | | | 並入開屑山四 | 蒲結 | 滂開重 3 | 丕飲 | 來入開薛山三 | 良薛 |
| 23003 | 15 副 | 199 | 845 | 搣 | 面 | 設 | 命 | 入 | 齊二 | 五八訐 | | | 明入開屑山四 | 莫結 | 明開重 4 | 彌箭 | 書入開薛山三 | 識列 |
| 23004 | 15 副 | | 846 | 醆 | 面 | 設 | 命 | 入 | 齊二 | 五八訐 | | | 明入開屑山四 | 莫結 | 明開重 4 | 彌箭 | 書入開薛山三 | 識列 |
| 23005 | 15 副 | | 847 | 僟 | 面 | 設 | 命 | 入 | 齊二 | 五八訐 | | | 明入開屑山四 | 莫結 | 明開重 4 | 彌箭 | 書入開薛山三 | 識列 |
| 23007 | 15 副 | | 848 | 鑖* | 面 | 設 | 命 | 入 | 齊二 | 五八訐 | | | 明入開屑山四 | 莫結 | 明開重 4 | 彌箭 | 書入開薛山三 | 識列 |
| 23008 | 15 副 | | 849 | 鷬 | 面 | 設 | 命 | 入 | 齊二 | 五八訐 | | | 明入開屑山四 | 莫結 | 明開重 4 | 彌箭 | 書入開薛山三 | 識列 |
| 23009 | 15 副 | | 850 | 鱴 | 面 | 設 | 命 | 入 | 齊二 | 五八訐 | | | 明入開屑山四 | 莫結 | 明開重 4 | 彌箭 | 書入開薛山三 | 識列 |
| 23010 | 15 副 | | 851 | 蠛 | 面 | 設 | 命 | 入 | 齊二 | 五八訐 | | | 明入開屑山四 | 莫結 | 明開重 4 | 彌箭 | 書入開薛山三 | 識列 |
| 23011 | 15 副 | | 852 | 篾 | 面 | 設 | 命 | 入 | 齊二 | 五八訐 | | | 明入開屑山四 | 莫結 | 明開重 4 | 彌箭 | 書入開薛山三 | 識列 |
| 23012 | 15 副 | | 853 | 瞡 | 面 | 設 | 命 | 入 | 齊二 | 五八訐 | | | 明入開屑山四 | 莫結 | 明開重 4 | 彌箭 | 書入開薛山三 | 識列 |
| 23013 | 15 副 | 200 | 854 | 纗** | 務 | 設 | 未 | 入 | 齊二 | 五八訐 | | 表中此位無字。反切疑有誤 | 明入開屑山四 | 亡結 | 微合 3 | 亡遇 | 書入開薛山三 | 識列 |
| 23014 | 15 副 | 201 | 855 | 嘎 | 竟 | 察 | 見 | 入 | 齊三 | 五九戛 | | | 見入開黠山二 | 古黠 | 見開 3 | 居慶 | 初入開黠山二 | 初八 |
| 23016 | 15 副 | | 856 | 骱 | 竟 | 察 | 見 | 入 | 齊三 | 五九戛 | | | 見入開黠山二 | 古黠 | 見開 3 | 居慶 | 初入開黠山二 | 初八 |
| 23017 | 15 副 | | 857 | 圿 | 竟 | 察 | 見 | 入 | 齊三 | 五九戛 | | | 見入開黠山二 | 古黠 | 見開 3 | 居慶 | 初入開黠山二 | 初八 |
| 23019 | 15 副 | | 858 | 砎 | 竟 | 察 | 見 | 入 | 齊三 | 五九戛 | | | 見入開黠山二 | 古黠 | 見開 3 | 居慶 | 初入開黠山二 | 初八 |
| 23021 | 15 副 | | 859 | 硈 | 竟 | 察 | 見 | 入 | 齊三 | 五九戛 | | | 見入開黠山二 | 古黠 | 見開 3 | 居慶 | 初入開黠山二 | 初八 |
| 23022 | 15 副 | | 860 | 鶷 | 竟 | 察 | 見 | 入 | 齊三 | 五九戛 | | | 見入開黠山二 | 古黠 | 見開 3 | 居慶 | 初入開黠山二 | 初八 |
| 23024 | 15 副 | | 861 | 楉 | 竟 | 察 | 見 | 入 | 齊三 | 五九戛 | | 玉篇公八切 | 見入開黠山二 | 古黠 | 見開 3 | 居慶 | 初入開黠山二 | 初八 |

| 韻字編號 | 部序 | 組數 | 字數 | 韻字及何氏反切 | | | 韻字何氏音 | | | | 何萱注釋 | 備注 | 韻字中古音 | | 上字中古音 | | 下字中古音 | |
|---|---|---|---|---|---|---|---|---|---|---|---|---|---|---|---|---|---|---|
| | | | | 韻字 | 上字 | 下字 | 聲 | 調 | 呼 | 韻部 | | | 聲調呼韻攝等 | 反切 | 聲呼等 | 反切 | 聲調呼韻攝等 | 反切 |
| 23027 | 15 副 | 202 | 862 | 鬝 | 儉 | 戛 | 起 | 入 | 齊三 | 五九戛 | | | 溪入開黠山二 | 恪八 | 群開重 3 | 巨險 | 見入開黠山二 | 吉黠 |
| 23028 | 15 副 | | 863 | 鵗** | 儉 | 戛 | 起 | 入 | 齊三 | 五九戛 | | | 群入合屋通三 | 巨六 | 群開重 3 | 巨險 | 見入開黠山二 | 吉黠 |
| 23029 | 15 副 | 203 | 864 | 眻 | 隱 | 察 | 影 | 入 | 齊三 | 五九戛 | | | 影入開黠山二 | 烏黠 | 影開 3 | 於謹 | 初入開黠山二 | 初八 |
| 23030 | 15 副 | | 865 | 嫼 | 隱 | 察 | 影 | 入 | 齊三 | 五九戛 | | | 影入開黠山二 | 烏黠 | 影開 3 | 於謹 | 初入開黠山二 | 初八 |
| 23031 | 15 副 | | 866 | 猰 | 隱 | 察 | 影 | 入 | 齊三 | 五九戛 | | | 影入開黠山二 | 烏黠 | 影開 3 | 於謹 | 初入開黠山二 | 初八 |
| 23032 | 15 副 | | 867 | 窫 | 隱 | 察 | 影 | 入 | 齊三 | 五九戛 | | | 影入開黠山二 | 烏黠 | 影開 3 | 於謹 | 初入開黠山二 | 初八 |
| 23033 | 15 副 | 204 | 868 | 瞎 | 向 | 戛 | 曉 | 入 | 齊三 | 五九戛 | | | 曉入開鎋山二 | 許鎋 | 曉開 3 | 許亮 | 見入開黠山二 | 吉黠 |
| 23034 | 15 副 | | 869 | 鬠 | 向 | 戛 | 曉 | 入 | 齊三 | 五九戛 | | | 疑入開鎋山二 | 五鎋 | 曉開 3 | 許亮 | 見入開黠山二 | 吉黠 |
| 23035 | 15 副 | | 870 | 觔 | 向 | 戛 | 曉 | 入 | 齊三 | 五九戛 | | | 曉入開鎋山二 | 許鎋 | 曉開 3 | 許亮 | 見入開黠山二 | 吉黠 |
| 23036 | 15 副 | 205 | 871 | 濕* | 念 | 戛 | 乃 | 入 | 齊三 | 五九戛 | | 表中此位無字 | 娘入開洽咸二 | 昵洽 | 泥開 4 | 奴店 | 見入開黠山二 | 吉黠 |
| 23037 | 15 副 | | 872 | 疕 | 念 | 戛 | 乃 | 入 | 齊三 | 五九戛 | | 表中此位無字 | 娘入開黠山二 | 女黠 | 泥開 4 | 奴店 | 見入開黠山二 | 吉黠 |
| 23038 | 15 副 | | 873 | 褹 | 念 | 戛 | 乃 | 入 | 齊三 | 五九戛 | | 表中此位無字 | 娘入開黠山二 | 女黠 | 泥開 4 | 奴店 | 見入開黠山二 | 吉黠 |
| 23039 | 15 副 | 206 | 874 | 殺 | 掌 | 戛 | 照 | 入 | 齊三 | 五九戛 | | | 莊入開黠山二 | 側八 | 章開 3 | 諸兩 | 見入開黠山二 | 吉黠 |
| 23041 | 15 副 | | 875 | 斲 | 掌 | 戛 | 照 | 入 | 齊三 | 五九戛 | | | 知入開鎋山二 | 陟鎋 | 章開 3 | 諸兩 | 見入開黠山二 | 吉黠 |
| 23042 | 15 副 | | 876 | 哳 | 掌 | 戛 | 照 | 入 | 齊三 | 五九戛 | | | 知入開鎋山二 | 陟鎋 | 章開 3 | 諸兩 | 見入開黠山二 | 吉黠 |
| 23046 | 15 副 | 207 | 877 | 瞭 | 寵 | 戛 | 助 | 入 | 齊三 | 五九戛 | | | 初入開黠山二 | 初八 | 徹合 3 | 丑隴 | 見入開黠山二 | 吉黠 |
| 23047 | 15 副 | | 878 | 檫 | 寵 | 戛 | 助 | 入 | 齊三 | 五九戛 | | | 初入開黠山二 | 初八 | 徹合 3 | 丑隴 | 見入開黠山二 | 吉黠 |
| 23048 | 15 副 | | 879 | 蔡 | 寵 | 戛 | 助 | 入 | 齊三 | 五九戛 | | | 初入開黠山二 | 初八 | 徹合 3 | 丑隴 | 見入開黠山二 | 吉黠 |
| 23049 | 15 副 | | 880 | 鬕 | 寵 | 戛 | 助 | 入 | 齊三 | 五九戛 | | | 初入開黠山二 | 初八 | 徹合 3 | 丑隴 | 見入開黠山二 | 吉黠 |
| 23050 | 15 副 | | 881 | 鏩 | 寵 | 戛 | 助 | 入 | 齊三 | 五九戛 | | | 崇入開鎋山二 | 查鎋 | 徹合 3 | 丑隴 | 見入開黠山二 | 吉黠 |
| 23051 | 15 副 | 208 | 882 | 溦 | 哂 | 戛 | 審 | 入 | 齊三 | 五九戛 | | | 生入開黠山二 | 所八 | 書開 3 | 式忍 | 見入開黠山二 | 吉黠 |
| 23052 | 15 副 | | 883 | 鶖* | 哂 | 戛 | 審 | 入 | 齊三 | 五九戛 | | | 生入開黠山二 | 山戛 | 書開 3 | 式忍 | 見入開黠山二 | 吉黠 |
| 23053 | 15 副 | 209 | 884 | 玐 | 丙 | 戛 | 謗 | 入 | 齊三 | 五九戛 | | 表中此位無字 | 幫入開黠山二 | 博拔 | 幫開 3 | 兵永 | 見入開黠山二 | 吉黠 |
| 23054 | 15 副 | 210 | 885 | 礣 | 面 | 戛 | 命 | 入 | 齊三 | 五九戛 | | 表中此位無字 | 明入開黠山二 | 莫八 | 明開重 4 | 彌箭 | 見入開黠山二 | 吉黠 |
| 23055 | 15 副 | | 886 | 髖 | 面 | 戛 | 命 | 入 | 齊三 | 五九戛 | | 表中此位無字 | 明入開黠山二 | 莫八 | 明開重 4 | 彌箭 | 見入開黠山二 | 吉黠 |
| 23056 | 15 副 | | 887 | 黷 | 面 | 戛 | 命 | 入 | 齊三 | 五九戛 | | 表中此位無字 | 明入開黠山二 | 莫八 | 明開重 4 | 彌箭 | 見入開黠山二 | 吉黠 |
| 23057 | 15 副 | 211 | 888 | 緪 | 舉 | 物 | 見 | 入 | 撮 | 六十劚 | | | 見入合物臻三 | 九物 | 見合 3 | 居許 | 微入合物臻三 | 文弗 |

| 韻字編號 | 部序 | 組數 | 字數 | 韻字及何氏反切 | | | 韻字何氏音 | | | | 何萱注釋 | 備注 | 韻字中古音 | | 上字中古音 | | 下字中古音 | |
|---|---|---|---|---|---|---|---|---|---|---|---|---|---|---|---|---|---|---|
| | | | | 韻字 | 上字 | 下字 | 聲 | 調 | 呼 | 韻部 | | | 聲調呼韻攝等 | 反切 | 聲呼等 | 反切 | 聲調呼韻攝等 | 反切 |
| 23059 | 15 副 | | 889 | 𤜼 | 舉 | 物 | 見 | 入 | 撮 | 六十副 | | | 見入合物臻三 | 九物 | 見合 3 | 居許 | 微入合物臻三 | 文弗 |
| 23062 | 15 副 | 212 | 890 | 裾 | 去 | 物 | 起 | 入 | 撮 | 六十副 | | | 群入合物臻三 | 衢物 | 溪合 3 | 丘倨 | 微入合物臻三 | 文弗 |
| 23063 | 15 副 | | 891 | 䠐** | 去 | 物 | 起 | 入 | 撮 | 六十副 | | | 溪入合物臻三 | 區物 | 溪合 3 | 丘倨 | 微入合物臻三 | 文弗 |
| 23064 | 15 副 | 213 | 892 | 鬱* | 羽 | 物 | 影 | 入 | 撮 | 六十副 | | | 影入合物臻三 | 紆勿 | 云合 3 | 王矩 | 微入合物臻三 | 文弗 |
| 23065 | 15 副 | | 893 | 爩 | 羽 | 物 | 影 | 入 | 撮 | 六十副 | | | 影入合物臻三 | 紆物 | 云合 3 | 王矩 | 微入合物臻三 | 文弗 |
| 23066 | 15 副 | | 894 | 灪 | 羽 | 物 | 影 | 入 | 撮 | 六十副 | | | 影入合物臻三 | 紆物 | 云合 3 | 王矩 | 微入合物臻三 | 文弗 |
| 23067 | 15 副 | | 895 | 𥗼 | 羽 | 物 | 影 | 入 | 撮 | 六十副 | | | 影入合物臻三 | 紆物 | 云合 3 | 王矩 | 微入合物臻三 | 文弗 |
| 23068 | 15 副 | | 896 | 睸 | 羽 | 物 | 影 | 入 | 撮 | 六十副 | | | 云入合物臻三 | 王勿 | 云合 3 | 王矩 | 微入合物臻三 | 文弗 |
| 23069 | 15 副 | | 897 | 揋 | 羽 | 物 | 影 | 入 | 撮 | 六十副 | | | 云入合物臻三 | 王勿 | 云合 3 | 王矩 | 微入合物臻三 | 文弗 |
| 23070 | 15 副 | | 898 | 徣 | 羽 | 物 | 影 | 入 | 撮 | 六十副 | | | 云入合物臻三 | 王勿 | 云合 3 | 王矩 | 微入合物臻三 | 文弗 |
| 23071 | 15 副 | | 899 | 䬏* | 羽 | 物 | 影 | 入 | 撮 | 六十副 | | | 影入合物臻三 | 紆勿 | 云合 3 | 王矩 | 微入合物臻三 | 文弗 |
| 23073 | 15 副 | 214 | 900 | 噉 | 許 | 勿 | 曉 | 入 | 撮 | 六十副 | 俗有噉 | | 曉入合物臻三 | 許勿 | 曉合 3 | 虛呂 | 微入合物臻三 | 文弗 |
| 23074 | 15 副 | | 901 | 烼 | 許 | 勿 | 曉 | 入 | 撮 | 六十副 | | | 曉入合物臻三 | 許勿 | 曉合 3 | 虛呂 | 微入合物臻三 | 文弗 |
| 23075 | 15 副 | 215 | 902 | 祓* | 甫 | 物 | 匪 | 入 | 撮 | 六十副 | | | 敷入合物臻三 | 敷勿 | 非合 3 | 方矩 | 微入合物臻三 | 文弗 |
| 23076 | 15 副 | | 903 | 颰 | 甫 | 物 | 匪 | 入 | 撮 | 六十副 | | | 非入合物臻三 | 分勿 | 非合 3 | 方矩 | 微入合物臻三 | 文弗 |
| 23077 | 15 副 | | 904 | 怫 | 甫 | 物 | 匪 | 入 | 撮 | 六十副 | | | 敷入合物臻三 | 敷勿 | 非合 3 | 方矩 | 微入合物臻三 | 文弗 |
| 23078 | 15 副 | | 905 | 鉘** | 甫 | 物 | 匪 | 入 | 撮 | 六十副 | | 玉篇浮勿切。應該是鉘字。作銻誤，二字形近似 | 奉入合物臻三 | 浮勿 | 非合 3 | 方矩 | 微入合物臻三 | 文弗 |
| 23079 | 15 副 | | 906 | 坲 | 甫 | 物 | 匪 | 入 | 撮 | 六十副 | | | 奉入合物臻三 | 符弗 | 非合 3 | 方矩 | 微入合物臻三 | 文弗 |
| 23080 | 15 副 | | 907 | 砩 g* | 甫 | 物 | 匪 | 入 | 撮 | 六十副 | | | 奉入合物臻三 | 符勿 | 非合 3 | 方矩 | 微入合物臻三 | 文弗 |
| 23081 | 15 副 | | 908 | 郙 | 甫 | 物 | 匪 | 入 | 撮 | 六十副 | | | 非入合物臻三 | 分勿 | 非合 3 | 方矩 | 微入合物臻三 | 文弗 |
| 23082 | 15 副 | | 909 | 艴* | 甫 | 物 | 匪 | 入 | 撮 | 六十副 | | | 奉入合物臻三 | 符勿 | 非合 3 | 方矩 | 微入合物臻三 | 文弗 |
| 23083 | 15 副 | | 910 | 笰 | 甫 | 物 | 匪 | 入 | 撮 | 六十副 | | | 非入合物臻三 | 分勿 | 非合 3 | 方矩 | 微入合物臻三 | 文弗 |
| 23084 | 15 副 | | 911 | 鮄** | 甫 | 物 | 匪 | 入 | 撮 | 六十副 | | 玉篇：音佛 | 奉入合物臻三 | 符弗 | 非合 3 | 方矩 | 微入合物臻三 | 文弗 |
| 23085 | 15 副 | | 912 | 韍** | 甫 | 物 | 匪 | 入 | 撮 | 六十副 | | 玉篇：音弗 | 非入合物臻三 | 分勿 | 非合 3 | 方矩 | 微入合物臻三 | 文弗 |
| 23088 | 15 副 | | 913 | 芾 | 甫 | 物 | 匪 | 入 | 撮 | 六十副 | | | 非入合物臻三 | 分勿 | 非合 3 | 方矩 | 微入合物臻三 | 文弗 |

| 韻字編號 | 部序 | 組數 | 字數 | 韻字及何氏反切 | | | 韻字何氏音 | | | | 何萱注釋 | 備注 | 韻字中古音 | | 上字中古音 | | 下字中古音 | |
|---|---|---|---|---|---|---|---|---|---|---|---|---|---|---|---|---|---|---|
| | | | | 韻字 | 上字 | 下字 | 聲 | 調 | 呼 | 韻部 | | | 聲調呼韻攝等 | 反切 | 聲呼等 | 反切 | 聲調呼韻攝等 | 反切 |
| 23090 | 15 副 | | 914 | 髾 | 甫 | 物 | 匪 | 入 | 撮 | 六十剧 | | | 敷入合物臻三 | 敷勿 | 非合 3 | 方矩 | 微入合物臻三 | 文弗 |
| 23092 | 15 副 | 216 | 915 | 伆 | 問 | 勿 | 未 | 入 | 撮 | 六十剧 | | 正編下字作弗 | 微入合物臻三 | 文弗 | 微合 3 | 亡運 | 微入合物臻三 | 文弗 |
| 23093 | 15 副 | | 916 | 岉 | 問 | 勿 | 未 | 入 | 撮 | 六十剧 | | 正編下字作弗 | 微入合物臻三 | 文弗 | 微合 3 | 亡運 | 微入合物臻三 | 文弗 |
| 23095 | 15 副 | | 917 | 沕 | 問 | 勿 | 未 | 入 | 撮 | 六十剧 | | 正編下字作弗 | 微入合物臻三 | 文弗 | 微合 3 | 亡運 | 微入合物臻三 | 文弗 |
| 23096 | 15 副 | 217 | 918 | 潏 | 舉 | 律 | 見 | 入 | 撮二 | 六一橘 | | | 見入合屑山四 | 古穴 | 見合 3 | 居許 | 來入合術臻三 | 呂卹 |
| 23097 | 15 副 | | 919 | 潏* | 舉 | 律 | 見 | 入 | 撮二 | 六一橘 | | | 見入合屑山四 | 古穴 | 見合 3 | 居許 | 來入合術臻三 | 呂卹 |
| 23098 | 15 副 | | 920 | 膰 | 舉 | 律 | 見 | 入 | 撮二 | 六一橘 | | | 見入合術臻重四 | 居聿 | 見合 3 | 居許 | 來入合術臻三 | 呂卹 |
| 23100 | 15 副 | | 921 | 蕎 | 舉 | 律 | 見 | 入 | 撮二 | 六一橘 | | | 見入合術臻重四 | 居聿 | 見合 3 | 居許 | 來入合術臻三 | 呂卹 |
| 23103 | 15 副 | 218 | 922 | **僪*** | 去 | 橘 | 起 | 入 | 撮二 | 六一橘 | | | 群入合術臻重四 | 其律 | 溪合 3 | 丘倨 | 見入合術臻重四 | 居聿 |
| 23105 | 15 副 | | 923 | 驈** | 去 | 橘 | 起 | 入 | 撮二 | 六一橘 | | | 群入合術臻三 | 巨律 | 溪合 3 | 丘倨 | 見入合術臻重四 | 居聿 |
| 23106 | 15 副 | | 924 | 屈* | 去 | 橘 | 起 | 入 | 撮二 | 六一橘 | | | 溪入合物臻三 | 曲勿 | 溪合 3 | 丘倨 | 見入合術臻重四 | 居聿 |
| 23107 | 15 副 | | 925 | 䰻** | 去 | 橘 | 起 | 入 | 撮二 | 六一橘 | | | 群入合術臻三 | 巨聿 | 溪合 3 | 丘倨 | 見入合術臻重四 | 居聿 |
| 23108 | 15 副 | 219 | 926 | 鷸 | 羽 | 橘 | 影 | 入 | 撮二 | 六一橘 | | | 以入合術臻三 | 餘律 | 云合 3 | 王矩 | 見入合術臻重四 | 居聿 |
| 23109 | 15 副 | | 927 | 燏 | 羽 | 橘 | 影 | 入 | 撮二 | 六一橘 | | | 以入合術臻三 | 餘律 | 云合 3 | 王矩 | 見入合術臻重四 | 居聿 |
| 23110 | 15 副 | | 928 | 颵* | 羽 | 橘 | 影 | 入 | 撮二 | 六一橘 | | | 以入合術臻三 | 允律 | 云合 3 | 王矩 | 見入合術臻重四 | 居聿 |
| 23111 | 15 副 | | 929 | 獝 | 羽 | 橘 | 影 | 入 | 撮二 | 六一橘 | 翻或作獝 | | 以入合術臻三 | 餘律 | 云合 3 | 王矩 | 見入合術臻重四 | 居聿 |
| 23113 | 15 副 | | 930 | 鱊 | 羽 | 橘 | 影 | 入 | 撮二 | 六一橘 | | | 以入合術臻三 | 餘律 | 云合 3 | 王矩 | 見入合術臻重四 | 居聿 |
| 23115 | 15 副 | | 931 | 遹 | 羽 | 橘 | 影 | 入 | 撮二 | 六一橘 | | | 以入合術臻三 | 餘律 | 云合 3 | 王矩 | 見入合術臻重四 | 居聿 |
| 23116 | 15 副 | | 932 | 繘 | 羽 | 橘 | 影 | 入 | 撮二 | 六一橘 | | | 以入合術臻三 | 餘律 | 云合 3 | 王矩 | 見入合術臻重四 | 居聿 |
| 23117 | 15 副 | | 933 | 鍏 | 羽 | 橘 | 影 | 入 | 撮二 | 六一橘 | | | 以入合術臻三 | 餘律 | 云合 3 | 王矩 | 見入合術臻重四 | 居聿 |
| 23118 | 15 副 | | 934 | 葎* | 羽 | 橘 | 影 | 入 | 撮二 | 六一橘 | | | 以入合術臻三 | 允律 | 云合 3 | 王矩 | 見入合術臻重四 | 居聿 |
| 23119 | 15 副 | | 935 | 芛 | 羽 | 橘 | 影 | 入 | 撮二 | 六一橘 | | | 以入合術臻三 | 餘律 | 云合 3 | 王矩 | 見入合術臻重四 | 居聿 |
| 23120 | 15 副 | 220 | 936 | 瞲 | 許 | 橘 | 曉 | 入 | 撮二 | 六一橘 | | | 曉入合屑山四 | 呼決 | 曉合 3 | 虛呂 | 見入合術臻重四 | 居聿 |
| 23121 | 15 副 | | 937 | 眓 | 許 | 橘 | 曉 | 入 | 撮二 | 六一橘 | | | 曉入合術臻重三 | 許聿 | 曉合 3 | 虛呂 | 見入合術臻重四 | 居聿 |
| 23122 | 15 副 | | 938 | 狘 | 許 | 橘 | 曉 | 入 | 撮二 | 六一橘 | | | 曉入合術臻重三 | 許聿 | 曉合 3 | 虛呂 | 見入合術臻重四 | 居聿 |
| 23123 | 15 副 | | 939 | 颬 | 許 | 橘 | 曉 | 入 | 撮二 | 六一橘 | | | 曉入合術臻重三 | 許聿 | 曉合 3 | 虛呂 | 見入合術臻重四 | 居聿 |
| 23125 | 15 副 | 221 | 940 | 啈 | 呂 | 橘 | 賚 | 入 | 撮二 | 六一橘 | | | 來入合術臻三 | 呂卹 | 來合 3 | 力舉 | 見入合術臻重四 | 居聿 |

| 韻字編號 | 部序 | 組數 | 字數 | 韻字及何氏反切 | | | 韻字何氏音 | | | | 何萱注釋 | 備　注 | 韻字中古音 | | 上字中古音 | | 下字中古音 | |
|---|---|---|---|---|---|---|---|---|---|---|---|---|---|---|---|---|---|---|
| | | | | 韻字 | 上字 | 下字 | 聲 | 調 | 呼 | 韻部 | | | 聲調呼韻攝等 | 反切 | 聲呼等 | 反切 | 聲調呼韻攝等 | 反切 |
| 23126 | 15 副 | | 941 | 箻 | 呂 | 橘 | 賚 | 入 | 撮二 | 六一橘 | | | 來入合術臻三 | 呂卹 | 來合 3 | 力舉 | 見入合術臻重四 | 居聿 |
| 23127 | 15 副 | | 942 | 萶 | 呂 | 橘 | 賚 | 入 | 撮二 | 六一橘 | | | 來入合術臻三 | 呂卹 | 來合 3 | 力舉 | 見入合術臻重四 | 居聿 |
| 23129 | 15 副 | 222 | 943 | 怞 | 翥 | 橘 | 照 | 入 | 撮二 | 六一橘 | | | 知入合術臻三 | 竹律 | 章合 3 | 章恕 | 見入合術臻重四 | 居聿 |
| 23130 | 15 副 | | 944 | 䟣 | 翥 | 橘 | 照 | 入 | 撮二 | 六一橘 | | | 莊入合術臻三 | 側律 | 章合 3 | 章恕 | 見入合術臻重四 | 居聿 |
| 23132 | 15 副 | | 945 | 毁 | 翥 | 橘 | 照 | 入 | 撮二 | 六一橘 | | | 知入合術臻三 | 竹律 | 章合 3 | 章恕 | 見入合術臻重四 | 居聿 |
| 23133 | 15 副 | | 946 | 遂 | 翥 | 橘 | 照 | 入 | 撮二 | 六一橘 | | | 知入合術臻三 | 竹律 | 章合 3 | 章恕 | 見入合術臻重四 | 居聿 |
| 23134 | 15 副 | | 947 | 豁 | 翥 | 橘 | 照 | 入 | 撮二 | 六一橘 | | | 莊入合術臻三 | 側律 | 章合 3 | 章恕 | 見入合術臻重四 | 居聿 |
| 23135 | 15 副 | 223 | 948 | 絉** | 仲 | 橘 | 助 | 入 | 撮二 | 六一橘 | | 玉篇：音術 | 船入合術臻三 | 食聿 | 澄合 3 | 直衆 | 見入合術臻重四 | 居聿 |
| 23136 | 15 副 | | 949 | 炢 | 仲 | 橘 | 助 | 入 | 撮二 | 六一橘 | | | 澄入合術臻三 | 直律 | 澄合 3 | 直衆 | 見入合術臻重四 | 居聿 |
| 23137 | 15 副 | | 950 | 趉 | 仲 | 橘 | 助 | 入 | 撮二 | 六一橘 | | | 徹入合術臻三 | 丑律 | 澄合 3 | 直衆 | 見入合術臻重四 | 居聿 |
| 23138 | 15 副 | | 951 | 踋 | 仲 | 橘 | 助 | 入 | 撮二 | 六一橘 | | | 徹入合術臻三 | 丑律 | 澄合 3 | 直衆 | 見入合術臻重四 | 居聿 |
| 23139 | 15 副 | | 952 | 鉥** | 仲 | 橘 | 助 | 入 | 撮二 | 六一橘 | | | 澄入合術臻三 | 直律 | 澄合 3 | 直衆 | 見入合術臻重四 | 居聿 |
| 23140 | 15 副 | | 953 | 潏* | 仲 | 橘 | 助 | 入 | 撮二 | 六一橘 | | | 船入合術臻三 | 食聿 | 澄合 3 | 直衆 | 見入合術臻重四 | 居聿 |
| 23141 | 15 副 | 224 | 954 | 倅 | 恕 | 橘 | 審 | 入 | 撮二 | 六一橘 | | | 生入合術臻三 | 所律 | 書合 3 | 商署 | 見入合術臻重四 | 居聿 |
| 23142 | 15 副 | | 955 | 裈 | 恕 | 橘 | 審 | 入 | 撮二 | 六一橘 | | | 生入合術臻三 | 所律 | 書合 3 | 商署 | 見入合術臻重四 | 居聿 |
| 23143 | 15 副 | | 956 | 剶 | 恕 | 橘 | 審 | 入 | 撮二 | 六一橘 | | | 生入合術臻三 | 所律 | 書合 3 | 商署 | 見入合術臻重四 | 居聿 |
| 23144 | 15 副 | 225 | 957 | 鮮 | 俊 | 律 | 井 | 入 | 撮二 | 六一橘 | | 正文入恕橘切，誤，據正編加俊律切 | 精入合術臻三 | 子聿 | 精合 3 | 子峻 | 來入合術臻三 | 呂卹 |
| 23145 | 15 副 | 226 | 958 | 呲 | 選 | 橘 | 信 | 入 | 撮二 | 六一橘 | | | 心入合術臻三 | 辛聿 | 心合 3 | 蘇管 | 見入合術臻重四 | 居聿 |
| 23146 | 15 副 | | 959 | 蛂 | 選 | 橘 | 信 | 入 | 撮二 | 六一橘 | | | 心入合術臻三 | 辛聿 | 心合 3 | 蘇管 | 見入合術臻重四 | 居聿 |
| 23147 | 15 副 | | 960 | 鉞 | 選 | 橘 | 信 | 入 | 撮二 | 六一橘 | | | 心入合術臻三 | 辛聿 | 心合 3 | 蘇管 | 見入合術臻重四 | 居聿 |
| 23148 | 15 副 | | 961 | 琡 | 選 | 橘 | 信 | 入 | 撮二 | 六一橘 | | | 心入合術臻三 | 辛聿 | 心合 3 | 蘇管 | 見入合術臻重四 | 居聿 |
| 23149 | 15 副 | | 962 | 琺* | 選 | 橘 | 信 | 入 | 撮二 | 六一橘 | | | 心入合術臻三 | 雪律 | 心合 3 | 蘇管 | 見入合術臻重四 | 居聿 |
| 23150 | 15 副 | | 963 | 沭 | 選 | 橘 | 信 | 入 | 撮二 | 六一橘 | | | 心入合術臻三 | 辛聿 | 心合 3 | 蘇管 | 見入合術臻重四 | 居聿 |
| 23151 | 15 副 | | 964 | 鄩 | 選 | 橘 | 信 | 入 | 撮二 | 六一橘 | | | 心入合術臻三 | 辛聿 | 心合 3 | 蘇管 | 見入合術臻重四 | 居聿 |
| 23152 | 15 副 | | 965 | 瓡 | 選 | 橘 | 信 | 入 | 撮二 | 六一橘 | | | 心入合術臻三 | 辛聿 | 心合 3 | 蘇管 | 見入合術臻重四 | 居聿 |

| 韻字編號 | 部序 | 組數 | 字數 | 韻字及何氏反切 | | | 韻字何氏音 | | | | 何萱注釋 | 備注 | 韻字中古音 | | 上字中古音 | | 下字中古音 | |
|---|---|---|---|---|---|---|---|---|---|---|---|---|---|---|---|---|---|---|
| | | | | 韻字 | 上字 | 下字 | 聲 | 調 | 呼 | 韻部 | | | 聲調呼韻攝等 | 反切 | 聲呼等 | 反切 | 聲調呼韻攝等 | 反切 |
| 23153 | 15副 | 227 | 966 | 訣 | 舉 | 缺 | 見 | 入 | 撮三 | 六二決 | | | 見入合屑山四 | 古穴 | 見合3 | 居許 | 溪入合屑山四 | 苦穴 |
| 23154 | 15副 | | 967 | 映** | 舉 | 缺 | 見 | 入 | 撮三 | 六二決 | | | 見入合屑山四 | 古穴 | 見合3 | 居許 | 溪入合屑山四 | 苦穴 |
| 23155 | 15副 | | 968 | 帙** | 舉 | 缺 | 見 | 入 | 撮三 | 六二決 | | 玉篇：音決 | 見入合屑山四 | 古穴 | 見合3 | 居許 | 溪入合屑山四 | 苦穴 |
| 23157 | 15副 | | 969 | 觖 | 舉 | 缺 | 見 | 入 | 撮三 | 六二決 | | | 見入合屑山四 | 古穴 | 見合3 | 居許 | 溪入合屑山四 | 苦穴 |
| 23158 | 15副 | | 970 | 砄* | 舉 | 缺 | 見 | 入 | 撮三 | 六二決 | | | 見入合屑山四 | 古穴 | 見合3 | 居許 | 溪入合屑山四 | 苦穴 |
| 23160 | 15副 | | 971 | 狭* | 舉 | 缺 | 見 | 入 | 撮三 | 六二決 | | | 見入合屑山四 | 古穴 | 見合3 | 居許 | 溪入合屑山四 | 苦穴 |
| 23161 | 15副 | | 972 | 抉 | 舉 | 缺 | 見 | 入 | 撮三 | 六二決 | | | 見入合屑山四 | 古穴 | 見合3 | 居許 | 溪入合屑山四 | 苦穴 |
| 23162 | 15副 | | 973 | 茓 | 舉 | 缺 | 見 | 入 | 撮三 | 六二決 | | | 見入合屑山四 | 古穴 | 見合3 | 居許 | 溪入合屑山四 | 苦穴 |
| 23163 | 15副 | 228 | 974 | 蒛 | 去 | 決 | 起 | 入 | 撮三 | 六二決 | | | 溪入合薛山重四 | 傾雪 | 溪合3 | 丘倨 | 見入合屑山四 | 古穴 |
| 23164 | 15副 | | 975 | 闕 | 去 | 決 | 起 | 入 | 撮三 | 六二決 | | | 溪入合屑山四 | 苦穴 | 溪合3 | 丘倨 | 見入合屑山四 | 古穴 |
| 23165 | 15副 | 229 | 976 | 莌 | 羽 | 缺 | 影 | 入 | 撮三 | 六二決 | | | 以入合薛山三 | 弋雪 | 云合3 | 王矩 | 溪入合屑山四 | 苦穴 |
| 23167 | 15副 | 230 | 977 | 闃 | 許 | 缺 | 曉 | 入 | 撮三 | 六二決 | | | 曉入合屑山四 | 呼決 | 曉合3 | 虛呂 | 溪入合屑山四 | 苦穴 |
| 23169 | 15副 | | 978 | 颰* | 許 | 缺 | 曉 | 入 | 撮三 | 六二決 | | | 曉入合屑山四 | 呼決 | 曉合3 | 虛呂 | 溪入合屑山四 | 苦穴 |
| 23170 | 15副 | 231 | 979 | 皴 | 統 | 決 | 透 | 入 | 撮三 | 六二決 | | 表中此位無字。透徹關系很緊密 | 徹入合薛山三 | 丑悅 | 透合1 | 他綜 | 見入合屑山四 | 古穴 |
| 23171 | 15副 | 232 | 980 | 蹳 | 俊 | 決 | 井 | 入 | 撮三 | 六二決 | | 正編下字作缺 | 精入合薛山三 | 子悅 | 精合3 | 子峻 | 見入合屑山四 | 古穴 |
| 23172 | 15副 | 233 | 981 | 䃗 | 縓 | 決 | 淨 | 入 | 撮三 | 六二決 | | | 清入合薛山三 | 七絕 | 清合3 | 七絹 | 見入合屑山四 | 古穴 |
| 23173 | 15副 | | 982 | 蹵** | 縓 | 決 | 淨 | 入 | 撮三 | 六二決 | | | 清入合薛山三 | 七絕 | 清合3 | 七絹 | 見入合屑山四 | 古穴 |
| 23175 | 15副 | 234 | 983 | 蕨* | 舉 | 髮 | 見 | 入 | 撮四 | 六三厥 | | | 見入合月山三 | 居月 | 見合3 | 居許 | 非入合月山三 | 方伐 |
| 23176 | 15副 | | 984 | 礮 | 舉 | 髮 | 見 | 入 | 撮四 | 六三厥 | | | 見入合月山三 | 居月 | 見合3 | 居許 | 非入合月山三 | 方伐 |
| 23177 | 15副 | | 985 | 獗* | 舉 | 髮 | 見 | 入 | 撮四 | 六三厥 | | | 見入合月山三 | 居月 | 見合3 | 居許 | 非入合月山三 | 方伐 |
| 23179 | 15副 | | 986 | 鱖 | 舉 | 髮 | 見 | 入 | 撮四 | 六三厥 | | | 見入合月山三 | 居月 | 見合3 | 居許 | 非入合月山三 | 方伐 |
| 23181 | 15副 | | 987 | 餟 | 舉 | 髮 | 見 | 入 | 撮四 | 六三厥 | | | 見入合薛山重三 | 紀劣 | 見合3 | 居許 | 非入合月山三 | 方伐 |
| 23182 | 15副 | | 988 | 趐** | 舉 | 髮 | 見 | 入 | 撮四 | 六三厥 | | | 曉入合薛山三 | 許劣 | 見合3 | 居許 | 非入合月山三 | 方伐 |
| 23183 | 15副 | 235 | 989 | 蟨 | 去 | 髮 | 起 | 入 | 撮四 | 六三厥 | 蟩或作蟨 | | 群入合月山三 | 其月 | 溪合3 | 丘倨 | 非入合月山三 | 方伐 |
| 23184 | 15副 | | 990 | 瀱 | 去 | 髮 | 起 | 入 | 撮四 | 六三厥 | | | 溪入合月山三 | 去月 | 溪合3 | 丘倨 | 非入合月山三 | 方伐 |
| 23185 | 15副 | | 991 | 㰐** | 去 | 髮 | 起 | 入 | 撮四 | 六三厥 | | 玉篇：音橛 | 見去合祭蟹三 | 姑衛 | 溪合3 | 丘倨 | 非入合月山三 | 方伐 |

| 韻字編號 | 部序 | 組數 | 字數 | 韻字及何氏反切 | | | 韻字何氏音 | | | | 何萱注釋 | 備注 | 韻字中古音 | | 上字中古音 | | 下字中古音 | |
|---|---|---|---|---|---|---|---|---|---|---|---|---|---|---|---|---|---|---|
| | | | | 韻字 | 上字 | 下字 | 聲 | 調 | 呼 | 韻部 | | | 聲調呼韻攝等 | 反切 | 聲呼等 | 反切 | 聲調呼韻攝等 | 反切 |
| 23187 | 15 副 | | 992 | 赽 | 去 | 髮 | 起 | 入 | 撮四 | 六三厥 | | | 溪入合月山三 | 去月 | 溪合 3 | 丘倨 | 非入合月山三 | 方伐 |
| 23188 | 15 副 | 236 | 993 | 越 | 羽 | 髮 | 影 | 入 | 撮四 | 六三厥 | | | 云入合月山三 | 王伐 | 云合 3 | 王矩 | 非入合月山三 | 方伐 |
| 23189 | 15 副 | | 994 | 䟕* | 羽 | 髮 | 影 | 入 | 撮四 | 六三厥 | | | 云入合月山三 | 王伐 | 云合 3 | 王矩 | 非入合月山三 | 方伐 |
| 23190 | 15 副 | | 995 | 鉞* | 羽 | 髮 | 影 | 入 | 撮四 | 六三厥 | | | 云入合月山三 | 王伐 | 云合 3 | 王矩 | 非入合月山三 | 方伐 |
| 23192 | 15 副 | | 996 | 樾 | 羽 | 髮 | 影 | 入 | 撮四 | 六三厥 | | | 云入合月山三 | 王伐 | 云合 3 | 王矩 | 非入合月山三 | 方伐 |
| 23193 | 15 副 | | 997 | 樾 | 羽 | 髮 | 影 | 入 | 撮四 | 六三厥 | | | 云入合月山三 | 王伐 | 云合 3 | 王矩 | 非入合月山三 | 方伐 |
| 23194 | 15 副 | | 998 | 蟙* | 羽 | 髮 | 影 | 入 | 撮四 | 六三厥 | 蚎或作蟙 | 正文增 | 云入合月山三 | 王伐 | 云合 3 | 王矩 | 非入合月山三 | 方伐 |
| 23195 | 15 副 | 237 | 999 | 殈 | 許 | 髮 | 曉 | 入 | 撮四 | 六三厥 | 殈或作殈 | | 曉入合薛山重四 | 許劣 | 曉合 3 | 虛呂 | 非入合月山三 | 方伐 |
| 23196 | 15 副 | | 1000 | 喊 | 許 | 髮 | 曉 | 入 | 撮四 | 六三厥 | | | 曉入合月山三 | 許月 | 曉合 3 | 虛呂 | 非入合月山三 | 方伐 |
| 23197 | 15 副 | | 1001 | 狘 | 許 | 髮 | 曉 | 入 | 撮四 | 六三厥 | | | 曉入合月山三 | 許月 | 曉合 3 | 虛呂 | 非入合月山三 | 方伐 |
| 23199 | 15 副 | | 1002 | 瓞 | 許 | 髮 | 曉 | 入 | 撮四 | 六三厥 | | | 曉入合月山三 | 許月 | 曉合 3 | 虛呂 | 非入合月山三 | 方伐 |
| 23200 | 15 副 | | 1003 | 翃 | 許 | 髮 | 曉 | 入 | 撮四 | 六三厥 | | | 曉入合薛山重四 | 許劣 | 曉合 3 | 虛呂 | 非入合月山三 | 方伐 |
| 23201 | 15 副 | 238 | 1004 | 兟 | 呂 | 髮 | 賚 | 入 | 撮四 | 六三厥 | | | 來入合薛山三 | 力輟 | 來合 3 | 力舉 | 非入合月山三 | 方伐 |
| 23202 | 15 副 | | 1005 | 踤 | 呂 | 髮 | 賚 | 入 | 撮四 | 六三厥 | | | 來入合薛山三 | 力輟 | 來合 3 | 力舉 | 非入合月山三 | 方伐 |
| 23203 | 15 副 | | 1006 | 呼 | 呂 | 髮 | 賚 | 入 | 撮四 | 六三厥 | | | 來入合薛山三 | 力輟 | 來合 3 | 力舉 | 非入合月山三 | 方伐 |
| 23204 | 15 副 | 239 | 1007 | 蹬 | 翥 | 髮 | 照 | 入 | 撮四 | 六三厥 | | | 知入合薛山三 | 陟劣 | 章合 3 | 章恕 | 非入合月山三 | 方伐 |
| 23205 | 15 副 | | 1008 | 溼* | 翥 | 髮 | 照 | 入 | 撮四 | 六三厥 | | | 知入合薛山三 | 株劣 | 章合 3 | 章恕 | 非入合月山三 | 方伐 |
| 23206 | 15 副 | | 1009 | 騣* | 翥 | 髮 | 照 | 入 | 撮四 | 六三厥 | | | 知入合薛山三 | 株劣 | 章合 3 | 章恕 | 非入合月山三 | 方伐 |
| 23208 | 15 副 | | 1010 | 翴* | 翥 | 髮 | 照 | 入 | 撮四 | 六三厥 | | | 知入合薛山三 | 株劣 | 章合 3 | 章恕 | 非入合月山三 | 方伐 |
| 23212 | 15 副 | | 1011 | 蝃 | 翥 | 髮 | 照 | 入 | 撮四 | 六三厥 | | | 章入合薛山三 | 職悅 | 章合 3 | 章恕 | 非入合月山三 | 方伐 |
| 23213 | 15 副 | 240 | 1012 | 爞* | 仲 | 髮 | 助 | 入 | 撮四 | 六三厥 | | | 徹入開月山三 | 丑伐 | 澄合 3 | 直衆 | 非入合月山三 | 方伐 |
| 23216 | 15 副 | 241 | 1013 | 嘬 | 恕 | 髮 | 審 | 入 | 撮四 | 六三厥 | | | 生入合薛山三 | 所劣 | 書合 3 | 商署 | 非入合月山三 | 方伐 |
| 23217 | 15 副 | 242 | 1014 | 軏* | 馭 | 髮 | 我 | 入 | 撮四 | 六三厥 | | | 疑入合月山三 | 魚厥 | 疑合 3 | 牛倨 | 非入合月山三 | 方伐 |
| 23218 | 15 副 | | 1015 | 鈅 | 馭 | 髮 | 我 | 入 | 撮四 | 六三厥 | | | 疑入合月山三 | 魚厥 | 疑合 3 | 牛倨 | 非入合月山三 | 方伐 |
| 23219 | 15 副 | | 1016 | 玥 | 馭 | 髮 | 我 | 入 | 撮四 | 六三厥 | | | 疑入合月山三 | 魚厥 | 疑合 3 | 牛倨 | 非入合月山三 | 方伐 |
| 23220 | 15 副 | | 1017 | 岄* | 馭 | 髮 | 我 | 入 | 撮四 | 六三厥 | | | 疑入合月山三 | 魚厥 | 疑合 3 | 牛倨 | 非入合月山三 | 方伐 |
| 23221 | 15 副 | 243 | 1018 | 閥 | 甫 | 韈 | 匪 | 入 | 撮四 | 六三厥 | | 正編下字作韈 | 奉入合月山三 | 房越 | 非合 3 | 方矩 | 微入合月山三 | 望發 |

| 韻字編號 | 部序 | 組數 | 字數 | 韻字及何氏反切 | | | 韻字何氏音 | | | | 何萱注釋 | 備注 | 韻字中古音 | | 上字中古音 | | 下字中古音 | |
|---|---|---|---|---|---|---|---|---|---|---|---|---|---|---|---|---|---|---|
| | | | | 韻字 | 上字 | 下字 | 聲 | 調 | 呼 | 韻部 | | | 聲調呼韻攝等 | 反切 | 聲呼等 | 反切 | 聲調呼韻攝等 | 反切 |
| 23222 | 15 副 | | 1019 | 䣹 | 甫 | 韈 | 匪 | 入 | 撮四 | 六三厥 | | 正編下字作韈 | 奉入合月山三 | 房越 | 非合 3 | 方矩 | 微入合月山三 | 望發 |
| 23223 | 15 副 | | 1020 | 筏 | 甫 | 韈 | 匪 | 入 | 撮四 | 六三厥 | | 正編下字作韈 | 奉入合月山三 | 房越 | 非合 3 | 方矩 | 微入合月山三 | 望發 |
| 23225 | 15 副 | | 1021 | 垡 | 甫 | 韈 | 匪 | 入 | 撮四 | 六三厥 | | 正編下字作韈 | 奉入合月山三 | 房越 | 非合 3 | 方矩 | 微入合月山三 | 望發 |
| 23226 | 15 副 | | 1022 | 沷 | 甫 | 韈 | 匪 | 入 | 撮四 | 六三厥 | | 正編下字作韈。玉篇：府伐切，又音弗 | 非入合月山三 | 府伐 | 非合 3 | 方矩 | 微入合月山三 | 望發 |
| 23228 | 15 副 | | 1023 | 師 | 甫 | 韈 | 匪 | 入 | 撮四 | 六三厥 | | 正編下字作韈 | 奉入合月山三 | 房越 | 非合 3 | 方矩 | 微入合月山三 | 望發 |
| 23229 | 15 副 | | 1024 | 藅 | 甫 | 韈 | 匪 | 入 | 撮四 | 六三厥 | | 正編下字作韈 | 奉入合月山三 | 房越 | 非合 3 | 方矩 | 微入合月山三 | 望發 |
| 23230 | 15 副 | 244 | 1025 | 濭 | 艮 | 達 | 見 | 入 | 開 | 六四葛 | | | 見入開曷山一 | 古達 | 見開 1 | 古恨 | 透入開曷山一 | 他達 |
| 23231 | 15 副 | | 1026 | 輵 | 艮 | 達 | 見 | 入 | 開 | 六四葛 | | | 見入開曷山一 | 古達 | 見開 1 | 古恨 | 透入開曷山一 | 他達 |
| 23232 | 15 副 | | 1027 | 騔* | 艮 | 達 | 見 | 入 | 開 | 六四葛 | | | 見入開曷山一 | 居曷 | 見開 1 | 古恨 | 透入開曷山一 | 他達 |
| 23233 | 15 副 | | 1028 | 獦 | 艮 | 達 | 見 | 入 | 開 | 六四葛 | | | 見入開曷山一 | 古達 | 見開 1 | 古恨 | 透入開曷山一 | 他達 |
| 23234 | 15 副 | | 1029 | 篕 | 艮 | 達 | 見 | 入 | 開 | 六四葛 | | | 見入開曷山一 | 古達 | 見開 1 | 古恨 | 透入開曷山一 | 他達 |
| 23235 | 15 副 | 245 | 1030 | 㪉 | 侃 | 達 | 起 | 入 | 開 | 六四葛 | | | 溪入開曷山一 | 苦曷 | 溪開 1 | 空旱 | 透入開曷山一 | 他達 |
| 23237 | 15 副 | | 1031 | 㿹 | 侃 | 達 | 起 | 入 | 開 | 六四葛 | | | 溪入開曷山一 | 苦曷 | 溪開 1 | 空旱 | 透入開曷山一 | 他達 |
| 23238 | 15 副 | | 1032 | 嵑 | 侃 | 達 | 起 | 入 | 開 | 六四葛 | | | 溪入開曷山一 | 苦曷 | 溪開 1 | 空旱 | 透入開曷山一 | 他達 |
| 23239 | 15 副 | | 1033 | 𥣻 | 侃 | 達 | 起 | 入 | 開 | 六四葛 | | 廣韻枯鎋切 | 溪入開鎋山二 | 枯鎋 | 溪開 1 | 空旱 | 透入開曷山一 | 他達 |
| 23240 | 15 副 | 246 | 1034 | 咹 | 案 | 達 | 影 | 入 | 開 | 六四葛 | | | 影入開曷山一 | 烏葛 | 影開 1 | 烏旰 | 透入開曷山一 | 他達 |
| 23241 | 15 副 | | 1035 | 㰥 | 案 | 達 | 影 | 入 | 開 | 六四葛 | | | 影入開曷山一 | 烏葛 | 影開 1 | 烏旰 | 透入開曷山一 | 他達 |
| 23242 | 15 副 | | 1036 | 鷃 | 案 | 達 | 影 | 入 | 開 | 六四葛 | | | 影入開鎋山二 | 乙鎋 | 影開 1 | 烏旰 | 透入開曷山一 | 他達 |
| 23243 | 15 副 | | 1037 | 濶* | 案 | 達 | 影 | 入 | 開 | 六四葛 | | | 影入開曷山一 | 阿葛 | 影開 1 | 烏旰 | 透入開曷山一 | 他達 |
| 23245 | 15 副 | 247 | 1038 | 頢 | 漢 | 達 | 曉 | 入 | 開 | 六四葛 | | | 曉入開曷山一 | 許葛 | 曉開 1 | 呼旰 | 透入開曷山一 | 他達 |
| 23246 | 15 副 | | 1039 | 𩩲 | 漢 | 達 | 曉 | 入 | 開 | 六四葛 | | | 匣入開曷山一 | 胡葛 | 曉開 1 | 呼旰 | 透入開曷山一 | 他達 |
| 23247 | 15 副 | | 1040 | 暍 | 漢 | 達 | 曉 | 入 | 開 | 六四葛 | | | 曉入開曷山一 | 許葛 | 曉開 1 | 呼旰 | 透入開曷山一 | 他達 |
| 23248 | 15 副 | | 1041 | 毼 | 漢 | 達 | 曉 | 入 | 開 | 六四葛 | | | 匣入開曷山一 | 胡葛 | 曉開 1 | 呼旰 | 透入開曷山一 | 他達 |
| 23249 | 15 副 | | 1042 | 鞨 | 漢 | 達 | 曉 | 入 | 開 | 六四葛 | | | 匣入開曷山一 | 胡葛 | 曉開 1 | 呼旰 | 透入開曷山一 | 他達 |
| 23251 | 15 副 | | 1043 | 鶡 | 漢 | 達 | 曉 | 入 | 開 | 六四葛 | | | 曉入開曷山一 | 許葛 | 曉開 1 | 呼旰 | 透入開曷山一 | 他達 |

| 韻字編號 | 部序 | 組數 | 字數 | 韻字及何氏反切 | | | 韻字何氏音 | | | | 何萱注釋 | 備　注 | 韻字中古音 | | 上字中古音 | | 下字中古音 | |
|---|---|---|---|---|---|---|---|---|---|---|---|---|---|---|---|---|---|---|
| | | | | 韻字 | 上字 | 下字 | 聲 | 調 | 呼 | 韻部 | | | 聲調呼韻攝等 | 反切 | 聲呼等 | 反切 | 聲調呼韻攝等 | 反切 |
| 23252 | 15 副 | | 1044 | 勂 | 漢 | 達 | 曉 | 入 | 開 | 六四葛 | | | 匣入開鎋山二 | 胡瞎 | 曉開 1 | 呼旰 | 透入開曷山一 | 他達 |
| 23253 | 15 副 | | 1045 | 緒 | 漢 | 達 | 曉 | 入 | 開 | 六四葛 | | | 匣入開鎋山二 | 胡瞎 | 曉開 1 | 呼旰 | 透入開曷山一 | 他達 |
| 23254 | 15 副 | | 1046 | 餢 | 漢 | 達 | 曉 | 入 | 開 | 六四葛 | | | 匣入開鎋山二 | 胡瞎 | 曉開 1 | 呼旰 | 透入開曷山一 | 他達 |
| 23256 | 15 副 | | 1047 | 醏 | 漢 | 達 | 曉 | 入 | 開 | 六四葛 | | | 曉入開曷山一 | 許葛 | 曉開 1 | 呼旰 | 透入開曷山一 | 他達 |
| 23257 | 15 副 | | 1048 | 鶷 | 漢 | 達 | 曉 | 入 | 開 | 六四葛 | | | 匣入開鎋山二 | 胡瞎 | 曉開 1 | 呼旰 | 透入開曷山一 | 他達 |
| 23258 | 15 副 | | 1049 | 蝫* | 漢 | 達 | 曉 | 入 | 開 | 六四葛 | | | 匣入開曷山一 | 何葛 | 曉開 1 | 呼旰 | 透入開曷山一 | 他達 |
| 23260 | 15 副 | | 1050 | 楮 | 漢 | 達 | 曉 | 入 | 開 | 六四葛 | | | 匣入開曷山一 | 胡葛 | 曉開 1 | 呼旰 | 透入開曷山一 | 他達 |
| 23261 | 15 副 | | 1051 | 萻 | 漢 | 達 | 曉 | 入 | 開 | 六四葛 | | | 匣入開鎋山二 | 胡瞎 | 曉開 1 | 呼旰 | 透入開曷山一 | 他達 |
| 23262 | 15 副 | | 1052 | 箸 | 漢 | 達 | 曉 | 入 | 開 | 六四葛 | | | 匣入開鎋山二 | 胡瞎 | 曉開 1 | 呼旰 | 透入開曷山一 | 他達 |
| 23263 | 15 副 | 248 | 1053 | 呾 | 到 | 達 | 短 | 入 | 開 | 六四葛 | | | 端入開曷山一 | 當割 | 端開 1 | 都導 | 透入開曷山一 | 他達 |
| 23265 | 15 副 | | 1054 | 妲 | 到 | 達 | 短 | 入 | 開 | 六四葛 | | | 端入開曷山一 | 當割 | 端開 1 | 都導 | 透入開曷山一 | 他達 |
| 23268 | 15 副 | | 1055 | 狚 | 到 | 達 | 短 | 入 | 開 | 六四葛 | | | 端入開曷山一 | 當割 | 端開 1 | 都導 | 透入開曷山一 | 他達 |
| 23269 | 15 副 | | 1056 | 苴 | 到 | 達 | 短 | 入 | 開 | 六四葛 | | | 端入開曷山一 | 當割 | 端開 1 | 都導 | 透入開曷山一 | 他達 |
| 23270 | 15 副 | 249 | 1057 | 闥 | 坦 | 鏧 | 透 | 入 | 開 | 六四葛 | | | 透入開曷山一 | 他達 | 透開 1 | 他但 | 心入開曷山一 | 桑割 |
| 23271 | 15 副 | | 1058 | 僌 | 坦 | 鏧 | 透 | 入 | 開 | 六四葛 | | | 透入開曷山一 | 他達 | 透開 1 | 他但 | 心入開曷山一 | 桑割 |
| 23272 | 15 副 | | 1059 | 躂 | 坦 | 鏧 | 透 | 入 | 開 | 六四葛 | | | 透入開曷山一 | 他達 | 透開 1 | 他但 | 心入開曷山一 | 桑割 |
| 23273 | 15 副 | | 1060 | 澾 | 坦 | 鏧 | 透 | 入 | 開 | 六四葛 | | | 透入開曷山一 | 他達 | 透開 1 | 他但 | 心入開曷山一 | 桑割 |
| 23274 | 15 副 | | 1061 | 蟽** | 坦 | 鏧 | 透 | 入 | 開 | 六四葛 | | 玉篇：音達 | 透入開曷山一 | 他達 | 透開 1 | 他但 | 心入開曷山一 | 桑割 |
| 23275 | 15 副 | | 1062 | 蓬 | 坦 | 鏧 | 透 | 入 | 開 | 六四葛 | | | 定入開曷山一 | 唐割 | 透開 1 | 他但 | 心入開曷山一 | 桑割 |
| 23276 | 15 副 | 250 | 1063 | 捺 | 曩 | 達 | 乃 | 入 | 開 | 六四葛 | | | 泥入開曷山一 | 奴曷 | 泥開 1 | 奴朗 | 透入開曷山一 | 他達 |
| 23277 | 15 副 | | 1064 | 蛆 | 曩 | 達 | 乃 | 入 | 開 | 六四葛 | 瘵或作蛆 | | 泥入開曷山一 | 奴曷 | 泥開 1 | 奴朗 | 透入開曷山一 | 他達 |
| 23278 | 15 副 | 251 | 1065 | 軰 | 老 | 達 | 賚 | 入 | 開 | 六四葛 | | | 來入開曷山一 | 盧達 | 來開 1 | 盧晧 | 透入開曷山一 | 他達 |
| 23279 | 15 副 | | 1066 | 庩* | 老 | 達 | 賚 | 入 | 開 | 六四葛 | | | 來入開曷山一 | 郎達 | 來開 1 | 盧晧 | 透入開曷山一 | 他達 |
| 23280 | 15 副 | | 1067 | 瓈 | 老 | 達 | 賚 | 入 | 開 | 六四葛 | | | 來入開曷山一 | 盧達 | 來開 1 | 盧晧 | 透入開曷山一 | 他達 |
| 23281 | 15 副 | | 1068 | 喇* | 老 | 達 | 賚 | 入 | 開 | 六四葛 | | | 來入開曷山一 | 郎達 | 來開 1 | 盧晧 | 透入開曷山一 | 他達 |
| 23282 | 15 副 | | 1069 | 瞓 | 老 | 達 | 賚 | 入 | 開 | 六四葛 | | | 來入開曷山一 | 盧達 | 來開 1 | 盧晧 | 透入開曷山一 | 他達 |
| 23283 | 15 副 | | 1070 | 颲* | 老 | 達 | 賚 | 入 | 開 | 六四葛 | | | 來入開曷山一 | 郎達 | 來開 1 | 盧晧 | 透入開曷山一 | 他達 |

| 韻字編號 | 部序 | 組數 | 字數 | 韻字及何氏反切 | | | 韻字何氏音 | | | | 何萱注釋 | 備注 | 韻字中古音 | | 上字中古音 | | 下字中古音 | |
|---|---|---|---|---|---|---|---|---|---|---|---|---|---|---|---|---|---|---|
| | | | | 韻字 | 上字 | 下字 | 聲 | 調 | 呼 | 韻部 | | | 聲調呼韻攝等 | 反切 | 聲呼等 | 反切 | 聲調呼韻攝等 | 反切 |
| 23284 | 15副 | | 1071 | 莿 | 老 | 達 | 賚 | 入 | 開 | 六四葛 | | | 來入開曷山一 | 盧達 | 來開1 | 盧晧 | 透入開曷山一 | 他達 |
| 23285 | 15副 | | 1072 | 蝲 | 老 | 達 | 賚 | 入 | 開 | 六四葛 | | | 來入開曷山一 | 盧達 | 來開1 | 盧晧 | 透入開曷山一 | 他達 |
| 23286 | 15副 | | 1073 | 攋 | 老 | 達 | 賚 | 入 | 開 | 六四葛 | | | 來入開曷山一 | 盧達 | 來開1 | 盧晧 | 透入開曷山一 | 他達 |
| 23287 | 15副 | | 1074 | 瀨g* | 老 | 達 | 賚 | 入 | 開 | 六四葛 | | | 來入開曷山一 | 即達 | 來開1 | 盧晧 | 透入開曷山一 | 他達 |
| 23288 | 15副 | 252 | 1075 | 剎 | 秩 | 達 | 照 | 入 | 開 | 六四葛 | | | 初入開鎋山二 | 初鎋 | 澄開3 | 直一 | 透入開曷山一 | 他達 |
| 23289 | 15副 | | 1076 | 莿 | 秩 | 達 | 照 | 入 | 開 | 六四葛 | | | 初入開鎋山二 | 初鎋 | 澄開3 | 直一 | 透入開曷山一 | 他達 |
| 23290 | 15副 | 253 | 1077 | 髻 | 弱 | 達 | 助 | 入 | 開 | 六四葛 | | | 日入開鎋山二 | 而轄 | 日開3 | 而灼 | 透入開曷山一 | 他達 |
| 23291 | 15副 | 254 | 1078 | 鬢g* | 贊 | 達 | 井 | 入 | 開 | 六四葛 | | 表中此位無字 | 精入開曷山一 | 子末 | 精開1 | 則旰 | 透入開曷山一 | 他達 |
| 23293 | 15副 | | 1079 | 蹳* | 贊 | 達 | 井 | 入 | 開 | 六四葛 | | 表中此位無字 | 精入開曷山一 | 子末 | 精開1 | 則旰 | 透入開曷山一 | 他達 |
| 23294 | 15副 | | 1080 | 摻* | 贊 | 達 | 井 | 入 | 開 | 六四葛 | | 表中此位無字 | 精入開曷山一 | 子末 | 精開1 | 則旰 | 透入開曷山一 | 他達 |
| 23296 | 15副 | | 1081 | 潰g* | 贊 | 達 | 井 | 入 | 開 | 六四葛 | | 表中此位無字 | 精入開曷山一 | 子末 | 精開1 | 則旰 | 透入開曷山一 | 他達 |
| 23297 | 15副 | | 1082 | 剟 | 贊 | 達 | 井 | 入 | 開 | 六四葛 | | 表中此位無字 | 來入開薛山三 | 良薛 | 精開1 | 則旰 | 透入開曷山一 | 他達 |
| 23298 | 15副 | 255 | 1083 | 縩 | 粲 | 達 | 淨 | 入 | 開 | 六四葛 | | | 清入開曷山一 | 七曷 | 清開1 | 蒼案 | 透入開曷山一 | 他達 |
| 23299 | 15副 | | 1084 | 搽 | 粲 | 達 | 淨 | 入 | 開 | 六四葛 | | | 清入開曷山一 | 七曷 | 清開1 | 蒼案 | 透入開曷山一 | 他達 |
| 23300 | 15副 | | 1085 | 礤 | 粲 | 達 | 淨 | 入 | 開 | 六四葛 | | | 清入開曷山一 | 七曷 | 清開1 | 蒼案 | 透入開曷山一 | 他達 |
| 23301 | 15副 | | 1086 | 巀 | 粲 | 達 | 淨 | 入 | 開 | 六四葛 | | | 從入開曷山一 | 才割 | 清開1 | 蒼案 | 透入開曷山一 | 他達 |
| 23304 | 15副 | | 1087 | 囋 | 粲 | 達 | 淨 | 入 | 開 | 六四葛 | | | 從入開曷山一 | 才割 | 清開1 | 蒼案 | 透入開曷山一 | 他達 |
| 23305 | 15副 | 256 | 1088 | 吘 | 傲 | 達 | 我 | 入 | 開 | 六四葛 | | | 疑入開曷山一 | 五割 | 疑開1 | 五到 | 透入開曷山一 | 他達 |
| 23306 | 15副 | | 1089 | 皃* | 傲 | 達 | 我 | 入 | 開 | 六四葛 | | | 疑入開薛山重三 | 魚列 | 疑開1 | 五到 | 透入開曷山一 | 他達 |
| 23309 | 15副 | | 1090 | 頊 | 傲 | 達 | 我 | 入 | 開 | 六四葛 | | | 疑入開曷山一 | 五割 | 疑開1 | 五到 | 透入開曷山一 | 他達 |
| 23310 | 15副 | 257 | 1091 | 辥 | 散 | 達 | 信 | 入 | 開 | 六四葛 | | | 心入開曷山一 | 桑割 | 心開1 | 蘇旱 | 透入開曷山一 | 他達 |
| 23312 | 15副 | | 1092 | 嘸 | 散 | 達 | 信 | 入 | 開 | 六四葛 | | | 心入開曷山一 | 桑割 | 心開1 | 蘇旱 | 透入開曷山一 | 他達 |
| 23313 | 15副 | | 1093 | 陸 | 散 | 達 | 信 | 入 | 開 | 六四葛 | | | 心入開曷山一 | 桑割 | 心開1 | 蘇旱 | 透入開曷山一 | 他達 |
| 23314 | 15副 | | 1094 | 薩 | 散 | 達 | 信 | 入 | 開 | 六四葛 | | | 心入開曷山一 | 桑割 | 心開1 | 蘇旱 | 透入開曷山一 | 他達 |
| 23316 | 15副 | | 1095 | 籔 | 散 | 達 | 信 | 入 | 開 | 六四葛 | | | 心入開曷山一 | 桑割 | 心開1 | 蘇旱 | 透入開曷山一 | 他達 |
| 23318 | 15副 | 258 | 1096 | 侏 | 莫 | 達 | 命 | 入 | 開 | 六四葛 | | | 明入合末山一 | 莫拔 | 明開1 | 慕各 | 透入開曷山一 | 他達 |

| 韻字編號 | 部序 | 組數 | 字數 | 韻字及何氏反切 | | | 韻字何氏音 | | | | 何萱注釋 | 備注 | 韻字中古音 | | 上字中古音 | | 下字中古音 | |
|---|---|---|---|---|---|---|---|---|---|---|---|---|---|---|---|---|---|---|
| | | | | 韻字 | 上字 | 下字 | 聲 | 調 | 呼 | 韻部 | | | 聲調呼韻攝等 | 反切 | 聲呼等 | 反切 | 聲調呼韻攝等 | 反切 |
| 23319 | 15 副 | | 1097 | 妺** | 莫 | 達 | 命 | 入 | 開 | 六四葛 | 玉篇 | 玉篇作莫葛切，取此音。此處可說明，同一字，在廣韻和玉篇中不同音 | 明入開曷山一 | 莫葛 | 明開 1 | 慕各 | 透入開曷山一 | 他達 |
| 23320 | 15 副 | | 1098 | 眛* | 莫 | 達 | 命 | 入 | 開 | 六四葛 | | | 明入合末山一 | 莫葛 | 明開 1 | 慕各 | 透入開曷山一 | 他達 |
| 23322 | 15 副 | 259 | 1099 | 趏 | 古 | 拔 | 見 | 入 | 合 | 六五捪 | | | 見入合鎋山二 | 古頒 | 見合 1 | 公戶 | 並入合末山一 | 蒲撥 |
| 23323 | 15 副 | | 1100 | 頢 | 古 | 拔 | 見 | 入 | 合 | 六五捪 | | | 見入合末山一 | 古活 | 見合 1 | 公戶 | 並入合末山一 | 蒲撥 |
| 23324 | 15 副 | | 1101 | 萿 | 古 | 拔 | 見 | 入 | 合 | 六五捪 | | | 見入合末山一 | 古活 | 見合 1 | 公戶 | 並入合末山一 | 蒲撥 |
| 23325 | 15 副 | | 1102 | 菇 | 古 | 拔 | 見 | 入 | 合 | 六五捪 | | | 見入合末山一 | 古活 | 見合 1 | 公戶 | 並入合末山一 | 蒲撥 |
| 23326 | 15 副 | 260 | 1103 | 跍 | 苦 | 拔 | 起 | 入 | 合 | 六五捪 | | | 溪入合末山一 | 苦括 | 溪合 1 | 康杜 | 並入合末山一 | 蒲撥 |
| 23327 | 15 副 | | 1104 | 蛞 | 苦 | 拔 | 起 | 入 | 合 | 六五捪 | | | 溪入合末山一 | 苦括 | 溪合 1 | 康杜 | 並入合末山一 | 蒲撥 |
| 23328 | 15 副 | | 1105 | 瓠* | 苦 | 拔 | 起 | 入 | 合 | 六五捪 | 颳或作瓠 | | 溪入合末山一 | 苦活 | 溪合 1 | 康杜 | 並入合末山一 | 蒲撥 |
| 23330 | 15 副 | 261 | 1106 | 斡 | 甕 | 拔 | 影 | 入 | 合 | 六五捪 | | | 影入合末山一 | 烏括 | 影合 1 | 烏貢 | 並入合末山一 | 蒲撥 |
| 23332 | 15 副 | | 1107 | 畹 | 甕 | 拔 | 影 | 入 | 合 | 六五捪 | | | 影入合末山一 | 烏括 | 影合 1 | 烏貢 | 並入合末山一 | 蒲撥 |
| 23334 | 15 副 | | 1108 | 晼 | 甕 | 拔 | 影 | 入 | 合 | 六五捪 | | | 影入合末山一 | 烏括 | 影合 1 | 烏貢 | 並入合末山一 | 蒲撥 |
| 23335 | 15 副 | | 1109 | 焥 | 甕 | 拔 | 影 | 入 | 合 | 六五捪 | | | 影入合末山一 | 烏括 | 影合 1 | 烏貢 | 並入合末山一 | 蒲撥 |
| 23338 | 15 副 | | 1110 | 婠 | 甕 | 拔 | 影 | 入 | 合 | 六五捪 | | | 影入合黠山二 | 烏八 | 影合 1 | 烏貢 | 並入合末山一 | 蒲撥 |
| 23339 | 15 副 | | 1111 | 嗗 | 甕 | 拔 | 影 | 入 | 合 | 六五捪 | | | 影入合黠山二 | 烏八 | 影合 1 | 烏貢 | 並入合末山一 | 蒲撥 |
| 23340 | 15 副 | | 1112 | 濣* | 甕 | 拔 | 影 | 入 | 合 | 六五捪 | | | 影入合末山一 | 烏括 | 影合 1 | 烏貢 | 並入合末山一 | 蒲撥 |
| 23341 | 15 副 | 262 | 1113 | 聒 | 戶 | 拔 | 曉 | 入 | 合 | 六五捪 | | | 曉入合黠山二 | 呼八 | 匣合 1 | 侯古 | 並入合末山一 | 蒲撥 |
| 23342 | 15 副 | | 1114 | 敌 | 戶 | 拔 | 曉 | 入 | 合 | 六五捪 | | | 匣入合鎋山二 | 下括 | 匣合 1 | 侯古 | 並入合末山一 | 蒲撥 |
| 23343 | 15 副 | | 1115 | 餂* | 戶 | 拔 | 曉 | 入 | 合 | 六五捪 | | | 匣入合末山一 | 尸栝 | 匣合 1 | 侯古 | 並入合末山一 | 蒲撥 |
| 23344 | 15 副 | | 1116 | 蛞 g* | 戶 | 拔 | 曉 | 入 | 合 | 六五捪 | | | 匣入合末山一 | 戶栝 | 匣合 1 | 侯古 | 並入合末山一 | 蒲撥 |
| 23345 | 15 副 | | 1117 | 漍 | 戶 | 拔 | 曉 | 入 | 合 | 六五捪 | | | 匣入合鎋山二 | 下括 | 匣合 1 | 侯古 | 並入合末山一 | 蒲撥 |
| 23346 | 15 副 | | 1118 | 偣 g* | 戶 | 拔 | 曉 | 入 | 合 | 六五捪 | | | 曉入合鎋山二 | 荒爪 | 匣合 1 | 侯古 | 並入合末山一 | 蒲撥 |
| 23348 | 15 副 | | 1119 | � | 戶 | 拔 | 曉 | 入 | 合 | 六五捪 | | | 匣入合黠山二 | 戶八 | 匣合 1 | 侯古 | 並入合末山一 | 蒲撥 |

| 韻字編號 | 部序 | 組數 | 字數 | 韻字及何氏反切 | | | 韻字何氏音 | | | | 何萱注釋 | 備注 | 韻字中古音 | | 上字中古音 | | 下字中古音 | |
|---|---|---|---|---|---|---|---|---|---|---|---|---|---|---|---|---|---|---|
| | | | | 韻字 | 上字 | 下字 | 聲 | 調 | 呼 | 韻部 | | | 聲調呼韻攝等 | 反切 | 聲呼等 | 反切 | 聲調呼韻攝等 | 反切 |
| 23349 | 15 副 | | 1120 | 猾 | 戶 | 拔 | 曉 | 入 | 合 | 六五捪 | | | 匣入合黠山二 | 戶八 | 匣合 1 | 侯古 | 並入合末山一 | 蒲撥 |
| 23350 | 15 副 | | 1121 | 鰐 | 戶 | 拔 | 曉 | 入 | 合 | 六五捪 | | | 匣入合黠山二 | 戶八 | 匣合 1 | 侯古 | 並入合末山一 | 蒲撥 |
| 23351 | 15 副 | | 1122 | 蝟 | 戶 | 拔 | 曉 | 入 | 合 | 六五捪 | | | 匣入合黠山二 | 戶八 | 匣合 1 | 侯古 | 並入合末山一 | 蒲撥 |
| 23352 | 15 副 | | 1123 | 磆 | 戶 | 拔 | 曉 | 入 | 合 | 六五捪 | | | 匣入合黠山二 | 戶八 | 匣合 1 | 侯古 | 並入合末山一 | 蒲撥 |
| 23353 | 15 副 | 263 | 1124 | 敠 | 董 | 拔 | 短 | 入 | 合 | 六五捪 | | | 端入合末山一 | 丁括 | 端合 1 | 多動 | 並入合末山一 | 蒲撥 |
| 23354 | 15 副 | | 1125 | 裰 | 董 | 拔 | 短 | 入 | 合 | 六五捪 | | | 端入合末山一 | 丁括 | 端合 1 | 多動 | 並入合末山一 | 蒲撥 |
| 23355 | 15 副 | 264 | 1126 | 侻 | 洞 | 拔 | 透 | 入 | 合 | 六五捪 | | | 透入合末山一 | 他括 | 定合 1 | 徒弄 | 並入合末山一 | 蒲撥 |
| 23356 | 15 副 | | 1127 | 皴g* | 洞 | 拔 | 透 | 入 | 合 | 六五捪 | | | 定入合末山一 | 徒活 | 定合 1 | 徒弄 | 並入合末山一 | 蒲撥 |
| 23357 | 15 副 | | 1128 | 鮵 | 洞 | 拔 | 透 | 入 | 合 | 六五捪 | | | 定入合末山一 | 徒活 | 定合 1 | 徒弄 | 並入合末山一 | 蒲撥 |
| 23359 | 15 副 | | 1129 | 莌 | 洞 | 拔 | 透 | 入 | 合 | 六五捪 | | | 透入合末山一 | 他括 | 定合 1 | 徒弄 | 並入合末山一 | 蒲撥 |
| 23361 | 15 副 | 265 | 1130 | 肭 | 煗 | 拔 | 乃 | 入 | 合 | 六五捪 | | | 娘入合黠山二 | 女滑 | 泥合 1 | 乃管 | 並入合末山一 | 蒲撥 |
| 23362 | 15 副 | | 1131 | 袦 | 煗 | 拔 | 乃 | 入 | 合 | 六五捪 | | | 娘入合鎋山二 | 女刮 | 泥合 1 | 乃管 | 並入合末山一 | 蒲撥 |
| 23363 | 15 副 | | 1132 | 瓬 | 煗 | 拔 | 乃 | 入 | 合 | 六五捪 | | | 娘入合鎋山二 | 女刮 | 泥合 1 | 乃管 | 並入合末山一 | 蒲撥 |
| 23365 | 15 副 | | 1133 | 豽* | 煗 | 拔 | 乃 | 入 | 合 | 六五捪 | | | 娘入合黠山二 | 女滑 | 泥合 1 | 乃管 | 並入合末山一 | 蒲撥 |
| 23366 | 15 副 | 266 | 1134 | 罫* | 路 | 拔 | 賚 | 入 | 合 | 六五捪 | | | 來入合末山一 | 盧活 | 來合 1 | 洛故 | 並入合末山一 | 蒲撥 |
| 23367 | 15 副 | | 1135 | 刢 | 路 | 拔 | 賚 | 入 | 合 | 六五捪 | | | 來入合末山一 | 郎括 | 來合 1 | 洛故 | 並入合末山一 | 蒲撥 |
| 23368 | 15 副 | | 1136 | 硎** | 路 | 拔 | 賚 | 入 | 合 | 六五捪 | | | 來入開盍咸一 | 盧盍 | 來合 1 | 洛故 | 並入合末山一 | 蒲撥 |
| 23369 | 15 副 | 267 | 1137 | 頌 | 狀 | 拔 | 助 | 入 | 合 | 六五捪 | | | 徹入合鎋山二 | 丑刮 | 崇開 3 | 鋤亮 | 並入合末山一 | 蒲撥 |
| 23371 | 15 副 | 268 | 1138 | 黖** | 狀 | 拔 | 助 | 入 | 合 | 六五捪 | | | 初入開黠山二 | 初八 | 崇開 3 | 鋤亮 | 並入合末山一 | 蒲撥 |
| 23372 | 15 副 | 269 | 1139 | 繓 | 纂 | 拔 | 井 | 入 | 合 | 六五捪 | | 表中此位無字 | 精入合末山一 | 子括 | 精合 1 | 作管 | 並入合末山一 | 蒲撥 |
| 23374 | 15 副 | | 1140 | 攥 | 纂 | 拔 | 井 | 入 | 合 | 六五捪 | | 表中此位無字 | 精入合末山一 | 子括 | 精合 1 | 作管 | 並入合末山一 | 蒲撥 |
| 23375 | 15 副 | | 1141 | 欑* | 纂 | 拔 | 井 | 入 | 合 | 六五捪 | | 表中此位無字 | 精入合末山一 | 宗括 | 精合 1 | 作管 | 並入合末山一 | 蒲撥 |
| 23376 | 15 副 | 270 | 1142 | 誷 | 臥 | 拔 | 我 | 入 | 合 | 六五捪 | | | 疑入合鎋山二 | 五刮 | 疑合 1 | 吾貨 | 並入合末山一 | 蒲撥 |
| 23377 | 15 副 | | 1143 | 佣** | 臥 | 拔 | 我 | 入 | 合 | 六五捪 | | | 疑入合末山一 | 五活 | 疑合 1 | 吾貨 | 並入合末山一 | 蒲撥 |
| 23378 | 15 副 | | 1144 | 刖 | 臥 | 拔 | 我 | 入 | 合 | 六五捪 | | | 疑入合鎋山二 | 五刮 | 疑合 1 | 吾貨 | 並入合末山一 | 蒲撥 |
| 23379 | 15 副 | | 1145 | 枂 | 臥 | 拔 | 我 | 入 | 合 | 六五捪 | | | 疑入合末山一 | 五活 | 疑合 1 | 吾貨 | 並入合末山一 | 蒲撥 |
| 23380 | 15 副 | 271 | 1146 | 髮 | 布 | 拔 | 謗 | 入 | 合 | 六五捪 | | | 幫入合末山一 | 北末 | 幫合 1 | 博故 | 並入合末山一 | 蒲撥 |

| 韻字編號 | 部序 | 組數 | 字數 | 韻字及何氏反切 | | | 韻字何氏音 | | | | 何萱注釋 | 備注 | 韻字中古音 | | 上字中古音 | | 下字中古音 | |
|---|---|---|---|---|---|---|---|---|---|---|---|---|---|---|---|---|---|---|
| | | | | 韻字 | 上字 | 下字 | 聲 | 調 | 呼 | 韻部 | | | 聲調呼韻攝等 | 反切 | 聲呼等 | 反切 | 聲調呼韻攝等 | 反切 |
| 23381 | 15 副 | | 1147 | 襏 | 布 | 拔 | 謗 | 入 | 合 | 六五捪 | | | 幫入合末山一 | 北末 | 幫合 1 | 博故 | 並入合末山一 | 蒲撥 |
| 23382 | 15 副 | | 1148 | 驋 | 布 | 拔 | 謗 | 入 | 合 | 六五捪 | | | 幫入合末山一 | 北末 | 幫合 1 | 博故 | 並入合末山一 | 蒲撥 |
| 23383 | 15 副 | | 1149 | 盋 | 布 | 拔 | 謗 | 入 | 合 | 六五捪 | | | 幫入合末山一 | 北末 | 幫合 1 | 博故 | 並入合末山一 | 蒲撥 |
| 23384 | 15 副 | | 1150 | 犮** | 布 | 拔 | 謗 | 入 | 合 | 六五捪 | | | 幫入合末山一 | 博末 | 幫合 1 | 博故 | 並入合末山一 | 蒲撥 |
| 23385 | 15 副 | 272 | 1151 | 廢 | 普 | 括 | 並 | 入 | 合 | 六五捪 | | | 滂入合末山一 | 普活 | 滂合 1 | 滂古 | 見入合末山一 | 古活 |
| 23386 | 15 副 | | 1152 | 啵 | 普 | 括 | 並 | 入 | 合 | 六五捪 | | | 滂入合末山一 | 普活 | 滂合 1 | 滂古 | 見入合末山一 | 古活 |
| 23387 | 15 副 | | 1153 | 醱 | 普 | 括 | 並 | 入 | 合 | 六五捪 | | | 滂入合末山一 | 普活 | 滂合 1 | 滂古 | 見入合末山一 | 古活 |
| 23388 | 15 副 | | 1154 | 潑 | 普 | 括 | 並 | 入 | 合 | 六五捪 | | | 滂入合末山一 | 普活 | 滂合 1 | 滂古 | 見入合末山一 | 古活 |
| 23389 | 15 副 | | 1155 | 袚 | 普 | 括 | 並 | 入 | 合 | 六五捪 | | | 滂入合末山一 | 普活 | 滂合 1 | 滂古 | 見入合末山一 | 古活 |
| 23390 | 15 副 | | 1156 | 犻 | 普 | 括 | 並 | 入 | 合 | 六五捪 | | | 滂入合末山一 | 普活 | 滂合 1 | 滂古 | 見入合末山一 | 古活 |
| 23391 | 15 副 | | 1157 | 胈 | 普 | 括 | 並 | 入 | 合 | 六五捪 | | | 並入合末山一 | 蒲撥 | 滂合 1 | 滂古 | 見入合末山一 | 古活 |
| 23392 | 15 副 | | 1158 | 躰** | 普 | 括 | 並 | 入 | 合 | 六五捪 | | | 並入合末山一 | 蒲末 | 滂合 1 | 滂古 | 見入合末山一 | 古活 |
| 23393 | 15 副 | | 1159 | 戭 | 普 | 括 | 並 | 入 | 合 | 六五捪 | | | 並入合末山一 | 蒲撥 | 滂合 1 | 滂古 | 見入合末山一 | 古活 |
| 23395 | 15 副 | | 1160 | 颰 | 普 | 括 | 並 | 入 | 合 | 六五捪 | | | 並入合末山一 | 蒲撥 | 滂合 1 | 滂古 | 見入合末山一 | 古活 |
| 23396 | 15 副 | | 1161 | 鈸 | 普 | 括 | 並 | 入 | 合 | 六五捪 | | | 並入合末山一 | 蒲撥 | 滂合 1 | 滂古 | 見入合末山一 | 古活 |
| 23397 | 15 副 | | 1162 | 馛 | 普 | 括 | 並 | 入 | 合 | 六五捪 | | | 並入合末山一 | 蒲撥 | 滂合 1 | 滂古 | 見入合末山一 | 古活 |
| 23398 | 15 副 | | 1163 | 駊 | 普 | 括 | 並 | 入 | 合 | 六五捪 | | | 並入合末山一 | 蒲撥 | 滂合 1 | 滂古 | 見入合末山一 | 古活 |
| 23399 | 15 副 | | 1164 | 菝 | 普 | 括 | 並 | 入 | 合 | 六五捪 | | | 並入合末山一 | 蒲撥 | 滂合 1 | 滂古 | 見入合末山一 | 古活 |
| 23400 | 15 副 | 273 | 1165 | 秣 | 慢 | 拔 | 命 | 入 | 合 | 六五捪 | | | 明入合末山一 | 莫撥 | 明開 2 | 謨晏 | 並入合末山一 | 蒲撥 |
| 23401 | 15 副 | | 1166 | 怽 | 慢 | 拔 | 命 | 入 | 合 | 六五捪 | | | 明入合末山一 | 莫撥 | 明開 2 | 謨晏 | 並入合末山一 | 蒲撥 |
| 23402 | 15 副 | | 1167 | 眜 | 慢 | 拔 | 命 | 入 | 合 | 六五捪 | | | 明入合末山一 | 莫撥 | 明開 2 | 謨晏 | 並入合末山一 | 蒲撥 |
| 23403 | 15 副 | | 1168 | 袜 | 慢 | 拔 | 命 | 入 | 合 | 六五捪 | | | 明入合末山一 | 莫撥 | 明開 2 | 謨晏 | 並入合末山一 | 蒲撥 |
| 23404 | 15 副 | | 1169 | 帓 | 慢 | 拔 | 命 | 入 | 合 | 六五捪 | | | 明入開鎋山二 | 莫鎋 | 明開 2 | 謨晏 | 並入合末山一 | 蒲撥 |
| 23405 | 15 副 | | 1170 | 袹 | 慢 | 拔 | 命 | 入 | 合 | 六五捪 | | | 明入合末山一 | 莫撥 | 明開 2 | 謨晏 | 並入合末山一 | 蒲撥 |
| 23406 | 15 副 | | 1171 | 砞* | 慢 | 拔 | 命 | 入 | 合 | 六五捪 | | | 明入合末山一 | 莫葛 | 明開 2 | 謨晏 | 並入合末山一 | 蒲撥 |
| 23407 | 15 副 | | 1172 | 韎 | 慢 | 拔 | 命 | 入 | 合 | 六五捪 | | | 明入合末山一 | 莫撥 | 明開 2 | 謨晏 | 並入合末山一 | 蒲撥 |

| 韻字編號 | 部序 | 組數 | 字數 | 韻字及何氏反切 | | | 韻字何氏音 | | | | 何萱注釋 | 備注 | 韻字中古音 | | 上字中古音 | | 下字中古音 | |
|---|---|---|---|---|---|---|---|---|---|---|---|---|---|---|---|---|---|---|
| | | | | 韻字 | 上字 | 下字 | 聲 | 調 | 呼 | 韻部 | | | 聲調呼韻攝等 | 反切 | 聲呼等 | 反切 | 聲調呼韻攝等 | 反切 |
| 23408 | 15 副 | | 1173 | 妺 | 慢 | 拔 | 命 | 入 | 合 | 六五捂 | 廣韻集韻 | 此處可說明，同一字，在廣韻和玉篇中不同音 | 明入合末山一 | 莫撥 | 明開 2 | 謨晏 | 並入合末山一 | 蒲撥 |
| 23409 | 15 副 | | 1174 | 𡊯 | 慢 | 拔 | 命 | 入 | 合 | 六五捂 | | | 明入合末山一 | 莫撥 | 明開 2 | 謨晏 | 並入合末山一 | 蒲撥 |
| 23410 | 15 副 | | 1175 | 䳮 | 慢 | 拔 | 命 | 入 | 合 | 六五捂 | | | 明入合末山一 | 莫撥 | 明開 2 | 謨晏 | 並入合末山一 | 蒲撥 |
| 23411 | 15 副 | | 1176 | 鮇 | 慢 | 拔 | 命 | 入 | 合 | 六五捂 | | | 明入合末山一 | 莫撥 | 明開 2 | 謨晏 | 並入合末山一 | 蒲撥 |
| 23412 | 15 副 | | 1177 | 筞 | 慢 | 拔 | 命 | 入 | 合 | 六五捂 | | | 明入合末山一 | 莫撥 | 明開 2 | 謨晏 | 並入合末山一 | 蒲撥 |
| 23413 | 15 副 | | 1178 | 醱 | 慢 | 拔 | 命 | 入 | 合 | 六五捂 | | | 明入合末山一 | 莫撥 | 明開 2 | 謨晏 | 並入合末山一 | 蒲撥 |
| 23414 | 15 副 | 274 | 1179 | 愲 | 古 | 忽 | 見 | 入 | 合二 | 六六骨 | | | 見入合沒臻一 | 古忽 | 見合 1 | 公戶 | 曉入合沒臻一 | 呼骨 |
| 23415 | 15 副 | | 1180 | 鶻 | 古 | 忽 | 見 | 入 | 合二 | 六六骨 | | | 見入合沒臻一 | 古忽 | 見合 1 | 公戶 | 曉入合沒臻一 | 呼骨 |
| 23416 | 15 副 | | 1181 | 猾* | 古 | 忽 | 見 | 入 | 合二 | 六六骨 | | | 見入合沒臻一 | 吉忽 | 見合 1 | 公戶 | 曉入合沒臻一 | 呼骨 |
| 23417 | 15 副 | | 1182 | 榾 | 古 | 忽 | 見 | 入 | 合二 | 六六骨 | | | 見入合沒臻一 | 古忽 | 見合 1 | 公戶 | 曉入合沒臻一 | 呼骨 |
| 23418 | 15 副 | | 1183 | 蓇 | 古 | 忽 | 見 | 入 | 合二 | 六六骨 | | | 見入合沒臻一 | 古忽 | 見合 1 | 公戶 | 曉入合沒臻一 | 呼骨 |
| 23419 | 15 副 | | 1184 | 啒 | 古 | 忽 | 見 | 入 | 合二 | 六六骨 | | | 見入合沒臻一 | 古忽 | 見合 1 | 公戶 | 曉入合沒臻一 | 呼骨 |
| 23421 | 15 副 | | 1185 | 岔 | 古 | 忽 | 見 | 入 | 合二 | 六六骨 | | | 見入合沒臻一 | 古忽 | 見合 1 | 公戶 | 曉入合沒臻一 | 呼骨 |
| 23422 | 15 副 | 275 | 1186 | 勪 | 苦 | 骨 | 起 | 入 | 合二 | 六六骨 | | 玉篇沒查到 | 溪入合沒臻一 | 苦骨 | 溪合 1 | 康杜 | 見入合沒臻一 | 古忽 |
| 23424 | 15 副 | | 1187 | 矻 | 苦 | 骨 | 起 | 入 | 合二 | 六六骨 | | | 溪入合沒臻一 | 苦骨 | 溪合 1 | 康杜 | 見入合沒臻一 | 古忽 |
| 23425 | 15 副 | | 1188 | 㪙 | 苦 | 骨 | 起 | 入 | 合二 | 六六骨 | | | 溪入合沒臻一 | 苦骨 | 溪合 1 | 康杜 | 見入合沒臻一 | 古忽 |
| 23426 | 15 副 | | 1189 | 揔 | 苦 | 骨 | 起 | 入 | 合二 | 六六骨 | | | 溪入合沒臻一 | 苦骨 | 溪合 1 | 康杜 | 見入合沒臻一 | 古忽 |
| 23427 | 15 副 | | 1190 | 顝 | 苦 | 骨 | 起 | 入 | 合二 | 六六骨 | | | 溪入合沒臻一 | 苦骨 | 溪合 1 | 康杜 | 見入合沒臻一 | 古忽 |
| 23428 | 15 副 | | 1191 | 朏 | 苦 | 骨 | 起 | 入 | 合二 | 六六骨 | | 實有三讀 | 溪入合沒臻一 | 苦骨 | 溪合 1 | 康杜 | 見入合沒臻一 | 古忽 |
| 23429 | 15 副 | | 1192 | 齵 | 苦 | 骨 | 起 | 入 | 合二 | 六六骨 | | | 端入合沒臻一 | 當沒 | 溪合 1 | 康杜 | 見入合沒臻一 | 古忽 |
| 23430 | 15 副 | | 1193 | 瀌* | 苦 | 骨 | 起 | 入 | 合二 | 六六骨 | | | 溪入合沒臻一 | 苦骨 | 溪合 1 | 康杜 | 見入合沒臻一 | 古忽 |
| 23431 | 15 副 | | 1194 | 壜 | 苦 | 骨 | 起 | 入 | 合二 | 六六骨 | | | 溪入合沒臻一 | 苦骨 | 溪合 1 | 康杜 | 見入合沒臻一 | 古忽 |

| 韻字編號 | 部序 | 組數 | 字數 | 韻字及何氏反切 | | | 韻字何氏音 | | | | 何萱注釋 | 備　注 | 韻字中古音 | | 上字中古音 | | 下字中古音 | |
|---|---|---|---|---|---|---|---|---|---|---|---|---|---|---|---|---|---|---|
| | | | | 韻字 | 上字 | 下字 | 聲 | 調 | 呼 | 韻部 | | | 聲調呼韻攝等 | 反切 | 聲呼等 | 反切 | 聲調呼韻攝等 | 反切 |
| 23432 | 15 副 | | 1195 | 嵁 | 苦 | 骨 | 起 | 入 | 合二 | 六六骨 | | | 溪入合沒臻一 | 苦骨 | 溪合 1 | 康杜 | 見入合沒臻一 | 古忽 |
| 23433 | 15 副 | 276 | 1196 | 搵 | 甕 | 骨 | 影 | 入 | 合二 | 六六骨 | | | 影入合沒臻一 | 烏沒 | 影合 1 | 烏貢 | 見入合沒臻一 | 古忽 |
| 23434 | 15 副 | | 1197 | 腽 | 甕 | 骨 | 影 | 入 | 合二 | 六六骨 | | | 影入合沒臻一 | 烏沒 | 影合 1 | 烏貢 | 見入合沒臻一 | 古忽 |
| 23435 | 15 副 | | 1198 | 膃 | 甕 | 骨 | 影 | 入 | 合二 | 六六骨 | | | 影入合沒臻一 | 烏沒 | 影合 1 | 烏貢 | 見入合沒臻一 | 古忽 |
| 23436 | 15 副 | | 1199 | 榅 | 甕 | 骨 | 影 | 入 | 合二 | 六六骨 | | | 影入合沒臻一 | 烏沒 | 影合 1 | 烏貢 | 見入合沒臻一 | 古忽 |
| 23437 | 15 副 | | 1200 | 溳 | 甕 | 骨 | 影 | 入 | 合二 | 六六骨 | | | 影入合沒臻一 | 烏沒 | 影合 1 | 烏貢 | 見入合沒臻一 | 古忽 |
| 23438 | 15 副 | | 1201 | 蜶** | 甕 | 骨 | 影 | 入 | 合二 | 六六骨 | | | 生入合沒臻一 | 索沒 | 影合 1 | 烏貢 | 見入合沒臻一 | 古忽 |
| 23440 | 15 副 | 277 | 1202 | 㧾 | 戶 | 骨 | 曉 | 入 | 合二 | 六六骨 | | | 曉入合沒臻一 | 呼骨 | 匣合 1 | 侯古 | 見入合沒臻一 | 古忽 |
| 23441 | 15 副 | | 1203 | 緫 | 戶 | 骨 | 曉 | 入 | 合二 | 六六骨 | | | 曉入合沒臻一 | 呼骨 | 匣合 1 | 侯古 | 見入合沒臻一 | 古忽 |
| 23442 | 15 副 | | 1204 | 噝* | 戶 | 骨 | 曉 | 入 | 合二 | 六六骨 | | | 曉入合沒臻一 | 呼骨 | 匣合 1 | 侯古 | 見入合沒臻一 | 古忽 |
| 23443 | 15 副 | | 1205 | 霐** | 戶 | 骨 | 曉 | 入 | 合二 | 六六骨 | | | 曉入合沒臻一 | 呼骨 | 匣合 1 | 侯古 | 見入合沒臻一 | 古忽 |
| 23444 | 15 副 | | 1206 | 矲* | 戶 | 骨 | 曉 | 入 | 合二 | 六六骨 | | | 匣入合沒臻一 | 胡骨 | 匣合 1 | 侯古 | 見入合沒臻一 | 古忽 |
| 23446 | 15 副 | | 1207 | 瞟 | 戶 | 骨 | 曉 | 入 | 合二 | 六六骨 | | 玉篇作胡骨切 | 匣入合沒臻一 | 戶骨 | 匣合 1 | 侯古 | 見入合沒臻一 | 古忽 |
| 23447 | 15 副 | | 1208 | 睊 | 戶 | 骨 | 曉 | 入 | 合二 | 六六骨 | | | 匣入合沒臻一 | 戶骨 | 匣合 1 | 侯古 | 見入合沒臻一 | 古忽 |
| 23448 | 15 副 | | 1209 | 棚 | 戶 | 骨 | 曉 | 入 | 合二 | 六六骨 | | | 匣入合沒臻一 | 戶骨 | 匣合 1 | 侯古 | 見入合沒臻一 | 古忽 |
| 23449 | 15 副 | | 1210 | 扫 | 戶 | 骨 | 曉 | 入 | 合二 | 六六骨 | | | 匣入合沒臻一 | 戶骨 | 匣合 1 | 侯古 | 見入合沒臻一 | 古忽 |
| 23450 | 15 副 | | 1211 | 乾 | 戶 | 骨 | 曉 | 入 | 合二 | 六六骨 | | | 曉入合沒臻一 | 呼骨 | 匣合 1 | 侯古 | 見入合沒臻一 | 古忽 |
| 23451 | 15 副 | 278 | 1212 | 騏 | 董 | 忽 | 短 | 入 | 合二 | 六六骨 | | | 端入合沒臻一 | 當沒 | 端合 1 | 多動 | 曉入合沒臻一 | 呼骨 |
| 23452 | 15 副 | | 1213 | 翐* | 董 | 忽 | 短 | 入 | 合二 | 六六骨 | | | 端入合沒臻一 | 當沒 | 端合 1 | 多動 | 曉入合沒臻一 | 呼骨 |
| 23453 | 15 副 | 279 | 1214 | 踈 | 洞 | 骨 | 透 | 入 | 合二 | 六六骨 | | | 透入合沒臻一 | 他骨 | 定合 1 | 徒弄 | 見入合沒臻一 | 古忽 |
| 23454 | 15 副 | | 1215 | 琛* | 洞 | 骨 | 透 | 入 | 合二 | 六六骨 | | | 定入合沒臻一 | 陁沒 | 定合 1 | 徒弄 | 見入合沒臻一 | 古忽 |
| 23455 | 15 副 | | 1216 | 褣* | 洞 | 骨 | 透 | 入 | 合二 | 六六骨 | | | 定入合沒臻一 | 陁沒 | 定合 1 | 徒弄 | 見入合沒臻一 | 古忽 |
| 23456 | 15 副 | | 1217 | 稡 | 洞 | 骨 | 透 | 入 | 合二 | 六六骨 | | | 定入合沒臻一 | 陀骨 | 定合 1 | 徒弄 | 見入合沒臻一 | 古忽 |
| 23457 | 15 副 | | 1218 | 艓 | 洞 | 骨 | 透 | 入 | 合二 | 六六骨 | | | 定入合沒臻一 | 陀骨 | 定合 1 | 徒弄 | 見入合沒臻一 | 古忽 |

| 韻字編號 | 部序 | 組數 | 字數 | 韻字及何氏反切 | | | 韻字何氏音 | | | | 何萱注釋 | 備注 | 韻字中古音 | | 上字中古音 | | 下字中古音 | |
|---|---|---|---|---|---|---|---|---|---|---|---|---|---|---|---|---|---|---|
| | | | | 韻字 | 上字 | 下字 | 聲 | 調 | 呼 | 韻部 | | | 聲調呼韻攝等 | 反切 | 聲呼等 | 反切 | 聲調呼韻攝等 | 反切 |
| 23458 | 15 副 | | 1219 | 突 | 洞 | 骨 | 透 | 入 | 合二 | 六六骨 | | | 定入合沒臻一 | 陀骨 | 定合 1 | 徒弄 | 見入合沒臻一 | 古忽 |
| 23459 | 15 副 | | 1220 | 鵽 | 洞 | 骨 | 透 | 入 | 合二 | 六六骨 | | | 定入合沒臻一 | 陀骨 | 定合 1 | 徒弄 | 見入合沒臻一 | 古忽 |
| 23461 | 15 副 | | 1221 | 鍎 | 洞 | 骨 | 透 | 入 | 合二 | 六六骨 | | | 定入合沒臻一 | 陀骨 | 定合 1 | 徒弄 | 見入合沒臻一 | 古忽 |
| 23462 | 15 副 | | 1222 | 鈯 | 洞 | 骨 | 透 | 入 | 合二 | 六六骨 | | | 定入合沒臻一 | 陀骨 | 定合 1 | 徒弄 | 見入合沒臻一 | 古忽 |
| 23463 | 15 副 | | 1223 | 凸 | 洞 | 骨 | 透 | 入 | 合二 | 六六骨 | | | 定入合沒臻一 | 陀骨 | 定合 1 | 徒弄 | 見入合沒臻一 | 古忽 |
| 23467 | 15 副 | 280 | 1224 | 抐 | 煖 | 骨 | 乃 | 入 | 合二 | 六六骨 | | | 泥入合沒臻一 | 內骨 | 泥合 1 | 乃管 | 見入合沒臻一 | 古忽 |
| 23468 | 15 副 | | 1225 | 殁 | 煖 | 骨 | 乃 | 入 | 合二 | 六六骨 | | | 泥入合沒臻一 | 內骨 | 泥合 1 | 乃管 | 見入合沒臻一 | 古忽 |
| 23469 | 15 副 | | 1226 | 吶** | 煖 | 骨 | 乃 | 入 | 合二 | 六六骨 | | | 泥入合沒臻一 | 奴骨 | 泥合 1 | 乃管 | 見入合沒臻一 | 古忽 |
| 23470 | 15 副 | | 1227 | 眲* | 煖 | 骨 | 乃 | 入 | 合二 | 六六骨 | 視也，玉 | 只寫了一個「玉」字 | 娘入合屋通三 | 女六 | 泥合 1 | 乃管 | 見入合沒臻一 | 古忽 |
| 23471 | 15 副 | 281 | 1228 | 踛 | 路 | 骨 | 賚 | 入 | 合二 | 六六骨 | | | 來入合沒臻一 | 勒沒 | 來合 1 | 洛故 | 見入合沒臻一 | 古忽 |
| 23472 | 15 副 | | 1229 | 敓 | 路 | 骨 | 賚 | 入 | 合二 | 六六骨 | | | 來入合沒臻一 | 勒沒 | 來合 1 | 洛故 | 見入合沒臻一 | 古忽 |
| 23473 | 15 副 | | 1230 | 硉 | 路 | 骨 | 賚 | 入 | 合二 | 六六骨 | | | 來入合沒臻一 | 勒沒 | 來合 1 | 洛故 | 見入合沒臻一 | 古忽 |
| 23474 | 15 副 | | 1231 | 揬* | 路 | 骨 | 賚 | 入 | 合二 | 六六骨 | | | 來入合沒臻一 | 勒沒 | 來合 1 | 洛故 | 見入合沒臻一 | 古忽 |
| 23475 | 15 副 | | 1232 | 菽 | 路 | 骨 | 賚 | 入 | 合二 | 六六骨 | | | 來入合沒臻一 | 勒沒 | 來合 1 | 洛故 | 見入合沒臻一 | 古忽 |
| 23477 | 15 副 | 282 | 1233 | 椊 | 爽 | 忽 | 審 | 入 | 合二 | 六六骨 | | 表中此位無字 | 精入合沒臻一 | 臧沒 | 生開 3 | 疎兩 | 曉入合沒臻一 | 呼骨 |
| 23478 | 15 副 | 283 | 1234 | 觪 | 措 | 忽 | 淨 | 入 | 合二 | 六六骨 | | | 從入合沒臻一 | 昨沒 | 清合 1 | 倉故 | 曉入合沒臻一 | 呼骨 |
| 23479 | 15 副 | | 1235 | 髯 | 措 | 忽 | 淨 | 入 | 合二 | 六六骨 | | | 從入合沒臻一 | 昨沒 | 清合 1 | 倉故 | 曉入合沒臻一 | 呼骨 |
| 23482 | 15 副 | | 1236 | 髮* | 措 | 忽 | 淨 | 入 | 合二 | 六六骨 | | | 從入合沒臻一 | 昨沒 | 清合 1 | 倉故 | 曉入合沒臻一 | 呼骨 |
| 23485 | 15 副 | | 1237 | 桲 | 措 | 忽 | 淨 | 入 | 合二 | 六六骨 | | | 從入合沒臻一 | 昨沒 | 清合 1 | 倉故 | 曉入合沒臻一 | 呼骨 |
| 23486 | 15 副 | 284 | 1238 | 矹 | 臥 | 骨 | 我 | 入 | 合二 | 六六骨 | | | 疑入合沒臻一 | 五忽 | 疑合 1 | 吾貨 | 見入合沒臻一 | 古忽 |
| 23487 | 15 副 | | 1239 | 屼 | 臥 | 骨 | 我 | 入 | 合二 | 六六骨 | | | 疑入合沒臻一 | 五忽 | 疑合 1 | 吾貨 | 見入合沒臻一 | 古忽 |
| 23488 | 15 副 | | 1240 | 舡 | 臥 | 骨 | 我 | 入 | 合二 | 六六骨 | | | 疑入合沒臻一 | 五忽 | 疑合 1 | 吾貨 | 見入合沒臻一 | 古忽 |
| 23489 | 15 副 | | 1241 | 䰀 | 臥 | 骨 | 我 | 入 | 合二 | 六六骨 | | | 疑入合沒臻一 | 五忽 | 疑合 1 | 吾貨 | 見入合沒臻一 | 古忽 |

| 韻字編號 | 部序 | 組數 | 字數 | 韻字及何氏反切 | | | 韻字何氏音 | | | | 何萱注釋 | 備　注 | 韻字中古音 | | 上字中古音 | | 下字中古音 | |
|---|---|---|---|---|---|---|---|---|---|---|---|---|---|---|---|---|---|---|
| | | | | 韻字 | 上字 | 下字 | 聲 | 調 | 呼 | 韻部 | | | 聲調呼韻攝等 | 反切 | 聲呼等 | 反切 | 聲調呼韻攝等 | 反切 |
| 23490 | 15 副 | | 1242 | 虳 | 臥 | 骨 | 我 | 入 | 合二 | 六六骨 | | | 疑入合沒臻一 | 五忽 | 疑合 1 | 吾貨 | 見入合沒臻一 | 古忽 |
| 23491 | 15 副 | | 1243 | 芃 | 臥 | 骨 | 我 | 入 | 合二 | 六六骨 | | | 疑入合沒臻一 | 五忽 | 疑合 1 | 吾貨 | 見入合沒臻一 | 古忽 |
| 23492 | 15 副 | | 1244 | 閚 | 臥 | 骨 | 我 | 入 | 合二 | 六六骨 | | | 疑入合沒臻一 | 五忽 | 疑合 1 | 吾貨 | 見入合沒臻一 | 古忽 |
| 23493 | 15 副 | 285 | 1245 | 鱉 | 巽 | 骨 | 信 | 入 | 合二 | 六六骨 | | | 心入合沒臻一 | 蘇骨 | 心合 1 | 蘇困 | 見入合沒臻一 | 古忽 |
| 23494 | 15 副 | | 1246 | 鶔 | 巽 | 骨 | 信 | 入 | 合二 | 六六骨 | | | 心入合沒臻一 | 蘇骨 | 心合 1 | 蘇困 | 見入合沒臻一 | 古忽 |
| 23495 | 15 副 | | 1247 | 毤 | 巽 | 骨 | 信 | 入 | 合二 | 六六骨 | | | 心入合沒臻一 | 蘇骨 | 心合 1 | 蘇困 | 見入合沒臻一 | 古忽 |
| 23496 | 15 副 | 286 | 1248 | 浡 | 普 | 忽 | 並 | 入 | 合二 | 六六骨 | | | 並入合沒臻一 | 蒲沒 | 滂合 1 | 滂古 | 曉入合沒臻一 | 呼骨 |
| 23497 | 15 副 | | 1249 | 挬 | 普 | 忽 | 並 | 入 | 合二 | 六六骨 | | | 並入合沒臻一 | 蒲沒 | 滂合 1 | 滂古 | 曉入合沒臻一 | 呼骨 |
| 23498 | 15 副 | | 1250 | 桲 | 普 | 忽 | 並 | 入 | 合二 | 六六骨 | | | 並入合沒臻一 | 蒲沒 | 滂合 1 | 滂古 | 曉入合沒臻一 | 呼骨 |
| 23499 | 15 副 | | 1251 | 馞 | 普 | 忽 | 並 | 入 | 合二 | 六六骨 | | | 並入合沒臻一 | 蒲沒 | 滂合 1 | 滂古 | 曉入合沒臻一 | 呼骨 |
| 23500 | 15 副 | | 1252 | 餑 | 普 | 忽 | 並 | 入 | 合二 | 六六骨 | | | 並入合沒臻一 | 蒲沒 | 滂合 1 | 滂古 | 曉入合沒臻一 | 呼骨 |
| 23501 | 15 副 | | 1253 | 侼* | 普 | 忽 | 並 | 入 | 合二 | 六六骨 | | | 並入合沒臻一 | 薄孛 | 滂合 1 | 滂古 | 曉入合沒臻一 | 呼骨 |
| 23502 | 15 副 | | 1254 | 脖 | 普 | 忽 | 並 | 入 | 合二 | 六六骨 | | | 並入合沒臻一 | 蒲沒 | 滂合 1 | 滂古 | 曉入合沒臻一 | 呼骨 |
| 23503 | 15 副 | | 1255 | 誖 | 普 | 忽 | 並 | 入 | 合二 | 六六骨 | | | 滂入合沒臻一 | 普沒 | 滂合 1 | 滂古 | 曉入合沒臻一 | 呼骨 |
| 23504 | 15 副 | | 1256 | 婞 | 普 | 忽 | 並 | 入 | 合二 | 六六骨 | | | 滂入合沒臻一 | 普沒 | 滂合 1 | 滂古 | 曉入合沒臻一 | 呼骨 |
| 23505 | 15 副 | | 1257 | 垺 | 普 | 忽 | 並 | 入 | 合二 | 六六骨 | | | 並入合沒臻一 | 蒲沒 | 滂合 1 | 滂古 | 曉入合沒臻一 | 呼骨 |
| 23506 | 15 副 | | 1258 | 颰* | 普 | 忽 | 並 | 入 | 合二 | 六六骨 | | | 清入合屋通三 | 七六 | 滂合 1 | 滂古 | 曉入合沒臻一 | 呼骨 |
| 23508 | 15 副 | | 1259 | 馞 | 普 | 忽 | 並 | 入 | 合二 | 六六骨 | | | 並入合沒臻一 | 蒲沒 | 滂合 1 | 滂古 | 曉入合沒臻一 | 呼骨 |
| 23509 | 15 副 | | 1260 | 秡 | 普 | 忽 | 並 | 入 | 合二 | 六六骨 | | | 並入合沒臻一 | 蒲沒 | 滂合 1 | 滂古 | 曉入合沒臻一 | 呼骨 |
| 23510 | 15 副 | | 1261 | 鵓 | 普 | 忽 | 並 | 入 | 合二 | 六六骨 | | | 並入合沒臻一 | 蒲沒 | 滂合 1 | 滂古 | 曉入合沒臻一 | 呼骨 |
| 23511 | 15 副 | | 1262 | 葧* | 普 | 忽 | 並 | 入 | 合二 | 六六骨 | | | 清入合屋通三 | 七六 | 滂合 1 | 滂古 | 曉入合沒臻一 | 呼骨 |
| 23513 | 15 副 | | 1263 | 郣 | 普 | 忽 | 並 | 入 | 合二 | 六六骨 | | | 並入合沒臻一 | 蒲沒 | 滂合 1 | 滂古 | 曉入合沒臻一 | 呼骨 |
| 23514 | 15 副 | | 1264 | 咄 | 普 | 忽 | 並 | 入 | 合二 | 六六骨 | | | 並入合沒臻一 | 蒲沒 | 滂合 1 | 滂古 | 曉入合沒臻一 | 呼骨 |
| 23515 | 15 副 | 287 | 1265 | 蕿 | 慢 | 忽 | 命 | 入 | 合二 | 六六骨 | | | 明入合沒臻一 | 莫勃 | 明開 2 | 謨晏 | 曉入合沒臻一 | 呼骨 |

## 第十六部正編

| 韻字編號 | 部序 | 組數 | 字數 | 韻字及何氏反切 | | | 韻字何氏音 | | | | 何萱注釋 | 備　注 | 韻字中古音 | | 上字中古音 | | 下字中古音 | |
|---|---|---|---|---|---|---|---|---|---|---|---|---|---|---|---|---|---|---|
| | | | | 韻字 | 上字 | 下字 | 聲 | 調 | 呼 | 韻部 | | | 聲調呼韻攝等 | 反切 | 聲呼等 | 反切 | 聲調呼韻攝等 | 反切 |
| 23516 | 16 正 | 1 | 1 | 街 | 艮 | 叉 | 見 | 陰平 | 開 | 六三街 | | | 見平開佳蟹二 | 古膎 | 見開 1 | 古恨 | 初平開佳蟹二 | 楚佳 |
| 23518 | 16 正 | | 2 | 佳 | 艮 | 叉 | 見 | 陰平 | 開 | 六三街 | | | 見平開佳蟹二 | 古膎 | 見開 1 | 古恨 | 初平開佳蟹二 | 楚佳 |
| 23519 | 16 正 | 2 | 3 | 娃 | 案 | 街 | 影 | 陰平 | 開 | 六三街 | | | 影平開佳蟹二 | 於佳 | 影開 1 | 烏旰 | 見平開佳蟹二 | 古膎 |
| 23520 | 16 正 | | 4 | 哇 | 案 | 街 | 影 | 陰平 | 開 | 六三街 | | | 影平開佳蟹二 | 於佳 | 影開 1 | 烏旰 | 見平開佳蟹二 | 古膎 |
| 23522 | 16 正 | | 5 | 洼 | 案 | 街 | 影 | 陰平 | 開 | 六三街 | | | 影平開佳蟹二 | 於佳 | 影開 1 | 烏旰 | 見平開佳蟹二 | 古膎 |
| 23524 | 16 正 | | 6 | 窪 | 案 | 街 | 影 | 陰平 | 開 | 六三街 | | | 影平合麻假二 | 烏瓜 | 影開 1 | 烏旰 | 見平開佳蟹二 | 古膎 |
| 23525 | 16 正 | 3 | 7 | 叉 | 秩 | 街 | 助 | 陰平 | 開 | 六三街 | | | 初平開佳蟹二 | 楚佳 | 澄開 3 | 直一 | 見平開佳蟹二 | 古膎 |
| 23527 | 16 正 | | 8 | 杈 | 秩 | 街 | 助 | 陰平 | 開 | 六三街 | | | 初平開麻假二 | 初牙 | 澄開 3 | 直一 | 見平開佳蟹二 | 古膎 |
| 23529 | 16 正 | 4 | 9 | 傒 | 漢 | 厓 | 曉 | 陽平 | 開 | 六三街 | | | 匣平開佳蟹二 | 戶佳 | 曉開 1 | 呼旰 | 疑平開佳蟹二 | 五佳 |
| 23530 | 16 正 | | 10 | 鞵 | 漢 | 厓 | 曉 | 陽平 | 開 | 六三街 | | | 匣平開佳蟹二 | 戶佳 | 曉開 1 | 呼旰 | 疑平開佳蟹二 | 五佳 |
| 23531 | 16 正 | | 11 | 膎 | 漢 | 厓 | 曉 | 陽平 | 開 | 六三街 | | | 匣平開佳蟹二 | 戶佳 | 曉開 1 | 呼旰 | 疑平開佳蟹二 | 五佳 |
| 23532 | 16 正 | 5 | 12 | 嬭 | 曩 | 厓 | 乃 | 陽平 | 開 | 六三街 | | | 娘平開佳蟹二 | 妳佳 | 泥開 1 | 奴朗 | 疑平開佳蟹二 | 五佳 |
| 23534 | 16 正 | 6 | 13 | 崖 | 傲 | 鞵 | 我 | 陽平 | 開 | 六三街 | | | 疑平開佳蟹二 | 五佳 | 疑開 1 | 五到 | 匣平開佳蟹二 | 戶佳 |
| 23535 | 16 正 | | 14 | 厓 | 傲 | 鞵 | 我 | 陽平 | 開 | 六三街 | | | 疑平開佳蟹二 | 五佳 | 疑開 1 | 五到 | 匣平開佳蟹二 | 戶佳 |
| 23536 | 16 正 | 7 | 15 | 䁹 | 莫 | 鞵 | 命 | 陽平 | 開 | 六三街 | | | 明平開佳蟹二 | 莫佳 | 明開 1 | 慕各 | 匣平開佳蟹二 | 戶佳 |
| 23537 | 16 正 | 8 | 16 | 乖 | 廣 | 鼃 | 見 | 陰平 | 合 | 六四乖 | | | 見平合皆蟹二 | 古懷 | 見合 1 | 古晃 | 影平合佳蟹二 | 烏媧 |
| 23538 | 16 正 | | 17 | 菲 | 廣 | 鼃 | 見 | 陰平 | 合 | 六四乖 | | | 見平合皆蟹二 | 古懷 | 見合 1 | 古晃 | 影平合佳蟹二 | 烏媧 |
| 23539 | 16 正 | 9 | 18 | 鼃 | 甕 | 碑 | 影 | 陰平 | 合 | 六四乖 | | 韻目歸入廣鼃切，表中作影母字頭 | 影平合佳蟹二 | 烏媧 | 影合 1 | 烏貢 | 幫平開支止重三 | 彼爲 |
| 23541 | 16 正 | | 19 | 圭 | 甕 | 碑 | 影 | 陰平 | 合 | 六四乖 | | 韻目歸入廣鼃切，表中作影母字頭 | 溪平合齊蟹四 | 苦圭 | 影合 1 | 烏貢 | 幫平開支止重三 | 彼爲 |
| 23542 | 16 正 | | 20 | 覣 | 甕 | 碑 | 影 | 陰平 | 合二 | 六五覣 | | | 影平合支止重三 | 於爲 | 影合 1 | 烏貢 | 幫平開支止重三 | 彼爲 |
| 23543 | 16 正 | | 21 | 倭 | 甕 | 碑 | 影 | 陰平 | 合二 | 六五覣 | 十六部十七部兩讀 | | 影平合支止重三 | 於爲 | 影合 1 | 烏貢 | 幫平開支止重三 | 彼爲 |
| 23545 | 16 正 | | 22 | 逶 | 甕 | 碑 | 影 | 陰平 | 合二 | 六五覣 | | | 影平合支止重三 | 於爲 | 影合 1 | 烏貢 | 幫平開支止重三 | 彼爲 |

| 韻字編號 | 部序 | 組數 | 字數 | 韻字及何氏反切 | | | 韻字何氏音 | | | | 何萱注釋 | 備　注 | 韻字中古音 | | 上字中古音 | | 下字中古音 | |
|---|---|---|---|---|---|---|---|---|---|---|---|---|---|---|---|---|---|---|
| | | | | 韻字 | 上字 | 下字 | 聲 | 調 | 呼 | 韻部 | | | 聲調呼韻攝等 | 反切 | 聲呼等 | 反切 | 聲調呼韻攝等 | 反切 |
| 23546 | 16 正 | | 23 | 踒 | 饔 | 碑 | 影 | 陰平 | 合二 | 六五規 | | | 影平合戈果一 | 烏禾 | 影合 1 | 烏貢 | 幫平開支止重三 | 彼爲 |
| 23547 | 16 正 | | 24 | 痿 | 饔 | 碑 | 影 | 陰平 | 合二 | 六五規 | | | 影平合支止重三 | 於爲 | 影合 1 | 烏貢 | 幫平開支止重三 | 彼爲 |
| 23550 | 16 正 | | 25 | 犚 g* | 饔 | 碑 | 影 | 陰平 | 合二 | 六五規 | 十四部十六部兩讀 | | 影平合支止重三 | 邕危 | 影合 1 | 烏貢 | 幫平開支止重三 | 彼爲 |
| 23551 | 16 正 | 10 | 26 | 碑 | 布 | 規 | 謗 | 陰平 | 合二 | 六五規 | | 韻目歸入饔碑切，誤 | 幫平開支止重三 | 彼爲 | 幫合 1 | 博故 | 影平合支止重三 | 於爲 |
| 23552 | 16 正 | | 27 | 䡊 | 布 | 規 | 謗 | 陰平 | 合二 | 六五規 | | 韻目歸入饔碑切，誤 | 並平開真臻重四 | 符真 | 幫合 1 | 博故 | 影平合支止重三 | 於爲 |
| 23554 | 16 正 | 11 | 28 | 危 | 臥 | 餧 | 我 | 陽平 | 合二 | 六五規 | | | 疑平合支止重三 | 魚爲 | 疑合 1 | 吾貨 | 泥平合灰蟹一 | 乃回 |
| 23555 | 16 正 | | 29 | 巍 | 臥 | 餧 | 我 | 陽平 | 合二 | 六五規 | | | 疑平合微止三 | 語韋 | 疑合 1 | 吾貨 | 泥平合灰蟹一 | 乃回 |
| 23556 | 16 正 | 12 | 30 | 羈 | 竟 | 谿 | 見 | 陰平 | 齊 | 六六羈 | 羇羈或 | 韻目無反切，據副編加竟谿切 | 見平開支止重三 | 居宜 | 見開 3 | 居慶 | 溪平開齊蟹四 | 苦奚 |
| 23557 | 16 正 | | 31 | 吪 | 竟 | 谿 | 見 | 陰平 | 齊 | 六六羈 | | 韻目無反切，據副編加竟谿切 | 見平開齊蟹四 | 古奚 | 見開 3 | 居慶 | 溪平開齊蟹四 | 苦奚 |
| 23559 | 16 正 | | 32 | 雞 | 竟 | 谿 | 見 | 陰平 | 齊 | 六六羈 | | 韻目無反切，據副編加竟谿切 | 見平開齊蟹四 | 古奚 | 見開 3 | 居慶 | 溪平開齊蟹四 | 苦奚 |
| 23560 | 16 正 | 13 | 33 | 敧 | 儉 | 雞 | 起 | 陰平 | 齊 | 六六羈 | | | 溪平開支止重三 | 去奇 | 群開重 3 | 巨險 | 見平開齊蟹四 | 古奚 |
| 23561 | 16 正 | | 34 | 谿 | 儉 | 雞 | 起 | 陰平 | 齊 | 六六羈 | | | 溪平開齊蟹四 | 苦奚 | 群開重 3 | 巨險 | 見平開齊蟹四 | 古奚 |
| 23562 | 16 正 | | 35 | 繫 | 儉 | 雞 | 起 | 陰平 | 齊 | 六六羈 | | | 溪平開齊蟹四 | 苦奚 | 群開重 3 | 巨險 | 見平開齊蟹四 | 古奚 |
| 23563 | 16 正 | 14 | 36 | 扅 | 隱 | 雞 | 影 | 陰平 | 齊 | 六六羈 | | | 以平開支止三 | 弋支 | 影開 3 | 於謹 | 見平開齊蟹四 | 古奚 |
| 23564 | 16 正 | | 37 | 㰻 | 隱 | 雞 | 影 | 陰平 | 齊 | 六六羈 | | | 以平開支止三 | 弋支 | 影開 3 | 於謹 | 見平開齊蟹四 | 古奚 |
| 23565 | 16 正 | 15 | 38 | 䖷 | 向 | 雞 | 曉 | 陰平 | 齊 | 六六羈 | | | 曉平開支止重三 | 許羈 | 曉開 3 | 許亮 | 見平開齊蟹四 | 古奚 |
| 23566 | 16 正 | | 39 | 醯** | 向 | 雞 | 曉 | 陰平 | 齊 | 六六羈 | | | 曉平開齊蟹四 | 呼啼 | 曉開 3 | 許亮 | 見平開齊蟹四 | 古奚 |
| 23567 | 16 正 | 16 | 40 | 鞮 | 典 | 谿 | 短 | 陰平 | 齊 | 六六羈 | | | 端平開齊蟹四 | 都奚 | 端開 4 | 多殄 | 溪平開齊蟹四 | 苦奚 |
| 23568 | 16 正 | | 41 | 趧 | 典 | 谿 | 短 | 陰平 | 齊 | 六六羈 | | | 定平開齊蟹四 | 杜奚 | 端開 4 | 多殄 | 溪平開齊蟹四 | 苦奚 |
| 23569 | 16 正 | | 42 | 㔸 | 典 | 谿 | 短 | 陰平 | 齊 | 六六羈 | | | 端平開齊蟹四 | 都奚 | 端開 4 | 多殄 | 溪平開齊蟹四 | 苦奚 |
| 23571 | 16 正 | | 43 | 隄 | 典 | 谿 | 短 | 陰平 | 齊 | 六六羈 | | | 端平開齊蟹四 | 都奚 | 端開 4 | 多殄 | 溪平開齊蟹四 | 苦奚 |
| 23573 | 16 正 | 17 | 44 | 驫 | 眺 | 谿 | 透 | 陰平 | 齊 | 六六羈 | | | 透平開齊蟹四 | 土雞 | 透開 4 | 他弔 | 溪平開齊蟹四 | 苦奚 |

| 韻字編號 | 部序 | 組數 | 字數 | 韻字及何氏反切 | | | 韻字何氏音 | | | | 何萱注釋 | 備注 | 韻字中古音 | | 上字中古音 | | 下字中古音 | |
|---|---|---|---|---|---|---|---|---|---|---|---|---|---|---|---|---|---|---|
| | | | | 韻字 | 上字 | 下字 | 聲 | 調 | 呼 | 韻部 | | | 聲調呼韻攝等 | 反切 | 聲呼等 | 反切 | 聲調呼韻攝等 | 反切 |
| 23574 | 16 正 | 18 | 45 | 知 | 軫 | 雞 | 照 | 陰平 | 齊 | 六六羈 | | | 知平開支止三 | 陟離 | 章開 3 | 章忍 | 見平開齊蟹四 | 古奚 |
| 23575 | 16 正 | | 46 | 智 | 軫 | 雞 | 照 | 陰平 | 齊 | 六六羈 | 鬶俗有智 | | 知平開支止三 | 陟離 | 章開 3 | 章忍 | 見平開齊蟹四 | 古奚 |
| 23576 | 16 正 | | 47 | 鼅 | 軫 | 雞 | 照 | 陰平 | 齊 | 六六羈 | | | 知平開支止三 | 陟離 | 章開 3 | 章忍 | 見平開齊蟹四 | 古奚 |
| 23577 | 16 正 | | 48 | 祇 g* | 軫 | 雞 | 照 | 陰平 | 齊 | 六六羈 | 平上兩讀義異 | | 章平開脂止三 | 蒸夷 | 章開 3 | 章忍 | 見平開齊蟹四 | 古奚 |
| 23580 | 16 正 | | 49 | **支** | 軫 | 雞 | 照 | 陰平 | 齊 | 六六羈 | | | 章平開支止三 | 章移 | 章開 3 | 章忍 | 見平開齊蟹四 | 古奚 |
| 23581 | 16 正 | | 50 | 枝 | 軫 | 雞 | 照 | 陰平 | 齊 | 六六羈 | | | 章平開支止三 | 章移 | 章開 3 | 章忍 | 見平開齊蟹四 | 古奚 |
| 23583 | 16 正 | | 51 | 穦g* | 軫 | 雞 | 照 | 陰平 | 齊 | 六六羈 | 平上兩讀 | 缺上聲，見筆者增 | 章平開支止三 | 章移 | 章開 3 | 章忍 | 見平開齊蟹四 | 古奚 |
| 23584 | 16 正 | | 52 | 胑 | 軫 | 雞 | 照 | 陰平 | 齊 | 六六羈 | | | 章平開支止三 | 章移 | 章開 3 | 章忍 | 見平開齊蟹四 | 古奚 |
| 23585 | 16 正 | | 53 | 汥 | 軫 | 雞 | 照 | 陰平 | 齊 | 六六羈 | | | 章平開支止三 | 章移 | 章開 3 | 章忍 | 見平開齊蟹四 | 古奚 |
| 23587 | 16 正 | | 54 | 馶 | 軫 | 雞 | 照 | 陰平 | 齊 | 六六羈 | | | 章平開支止三 | 章移 | 章開 3 | 章忍 | 見平開齊蟹四 | 古奚 |
| 23591 | 16 正 | | 55 | 雉 | 軫 | 雞 | 照 | 陰平 | 齊 | 六六羈 | | | 章平開支止三 | 章移 | 章開 3 | 章忍 | 見平開齊蟹四 | 古奚 |
| 23593 | 16 正 | | 56 | 巵 | 軫 | 雞 | 照 | 陰平 | 齊 | 六六羈 | | | 章平開支止三 | 章移 | 章開 3 | 章忍 | 見平開齊蟹四 | 古奚 |
| 23594 | 16 正 | | 57 | 梔 | 軫 | 雞 | 照 | 陰平 | 齊 | 六六羈 | | | 章平開支止三 | 章移 | 章開 3 | 章忍 | 見平開齊蟹四 | 古奚 |
| 23595 | 16 正 | 19 | 58 | **籭** | 哂 | 雞 | 審 | 陰平 | 齊 | 六六羈 | | | 生平開支止三 | 所宜 | 書開 3 | 式忍 | 見平開齊蟹四 | 古奚 |
| 23597 | 16 正 | 20 | 59 | **斯** | 想 | 谿 | 信 | 陰平 | 齊 | 六六羈 | | | 心平開支止三 | 息移 | 心開 3 | 息兩 | 溪平開齊蟹四 | 苦奚 |
| 23598 | 16 正 | | 60 | 誓 | 想 | 谿 | 信 | 陰平 | 齊 | 六六羈 | | | 心平開齊蟹四 | 先稽 | 心開 3 | 息兩 | 溪平開齊蟹四 | 苦奚 |
| 23599 | 16 正 | | 61 | 撕 | 想 | 谿 | 信 | 陰平 | 齊 | 六六羈 | | | 心平開齊蟹四 | 先稽 | 心開 3 | 息兩 | 溪平開齊蟹四 | 苦奚 |
| 23600 | 16 正 | | 62 | 檕 | 想 | 谿 | 信 | 陰平 | 齊 | 六六羈 | 平入兩讀注在彼 | 玉篇作先奚切 | 心平開齊蟹四 | 先稽 | 心開 3 | 息兩 | 溪平開齊蟹四 | 苦奚 |
| 23601 | 16 正 | | 63 | 凘 | 想 | 谿 | 信 | 陰平 | 齊 | 六六羈 | | | 心平開支止三 | 息移 | 心開 3 | 息兩 | 溪平開齊蟹四 | 苦奚 |
| 23602 | 16 正 | | 64 | 澌 | 想 | 谿 | 信 | 陰平 | 齊 | 六六羈 | | | 心去開支止三 | 斯義 | 心開 3 | 息兩 | 溪平開齊蟹四 | 苦奚 |
| 23603 | 16 正 | | 65 | 蟴 | 想 | 谿 | 信 | 陰平 | 齊 | 六六羈 | | | 心平開支止三 | 息移 | 心開 3 | 息兩 | 溪平開齊蟹四 | 苦奚 |
| 23604 | 16 正 | | 66 | 虒 | 想 | 谿 | 信 | 陰平 | 齊 | 六六羈 | | | 心平開支止三 | 息移 | 心開 3 | 息兩 | 溪平開齊蟹四 | 苦奚 |
| 23605 | 16 正 | | 67 | 褫 | 想 | 谿 | 信 | 陰平 | 齊 | 六六羈 | | | 心平開支止三 | 息移 | 心開 3 | 息兩 | 溪平開齊蟹四 | 苦奚 |
| 23606 | 16 正 | | 68 | 榹 | 想 | 谿 | 信 | 陰平 | 齊 | 六六羈 | | | 心平開支止三 | 息移 | 心開 3 | 息兩 | 溪平開齊蟹四 | 苦奚 |
| 23607 | 16 正 | | 69 | 滮 | 想 | 谿 | 信 | 陰平 | 齊 | 六六羈 | | | 心平開支止三 | 息移 | 心開 3 | 息兩 | 溪平開齊蟹四 | 苦奚 |
| 23608 | 16 正 | | 70 | 鼶 | 想 | 谿 | 信 | 陰平 | 齊 | 六六羈 | | | 心平開支止三 | 息移 | 心開 3 | 息兩 | 溪平開齊蟹四 | 苦奚 |

| 韻字編號 | 部序 | 組數 | 字數 | 韻字及何氏反切 | | | 韻字何氏音 | | | | 何萱注釋 | 備　注 | 韻字中古音 | | 上字中古音 | | 下字中古音 | |
|---|---|---|---|---|---|---|---|---|---|---|---|---|---|---|---|---|---|---|
| | | | | 韻字 | 上字 | 下字 | 聲 | 調 | 呼 | 韻部 | | | 聲調呼韻攝等 | 反切 | 聲呼等 | 反切 | 聲調呼韻攝等 | 反切 |
| 23610 | 16 正 | 21 | 71 | **卑** | 丙 | 谿 | 謗 | 陰平 | 齊 | 六六羈 | | | 幫平開支止重四 | 府移 | 幫開 3 | 兵永 | 溪平開齊蟹四 | 苦奚 |
| 23611 | 16 正 | | 72 | 牌 | 丙 | 谿 | 謗 | 陰平 | 齊 | 六六羈 | 髀隸作牌 | | 幫上開支止重三 | 甫委 | 幫開 3 | 兵永 | 溪平開齊蟹四 | 苦奚 |
| 23612 | 16 正 | | 73 | 錍 | 丙 | 谿 | 謗 | 陰平 | 齊 | 六六羈 | | | 幫平開支止重四 | 府移 | 幫開 3 | 兵永 | 溪平開齊蟹四 | 苦奚 |
| 23614 | 16 正 | 22 | 74 | 衹 | 儉 | 奚 | 起 | 陽平 | 齊 | 六六羈 | | 與緹異讀 | 群平開支止重四 | 巨支 | 群開重 3 | 巨險 | 匣平開齊蟹四 | 胡雞 |
| 23615 | 16 正 | | 75 | 忯 | 儉 | 奚 | 起 | 陽平 | 齊 | 六六羈 | | | 群平開支止重四 | 巨支 | 群開重 3 | 巨險 | 匣平開齊蟹四 | 胡雞 |
| 23617 | 16 正 | | 76 | 疷 | 儉 | 奚 | 起 | 陽平 | 齊 | 六六羈 | | | 群平開支止重四 | 巨支 | 群開重 3 | 巨險 | 匣平開齊蟹四 | 胡雞 |
| 23618 | 16 正 | | 77 | 軝 | 儉 | 奚 | 起 | 陽平 | 齊 | 六六羈 | | | 群平開支止重四 | 巨支 | 群開重 3 | 巨險 | 匣平開齊蟹四 | 胡雞 |
| 23619 | 16 正 | | 78 | 蚔 | 儉 | 奚 | 起 | 陽平 | 齊 | 六六羈 | | | 群平開支止重四 | 巨支 | 群開重 3 | 巨險 | 匣平開齊蟹四 | 胡雞 |
| 23620 | 16 正 | | 79 | 郊 | 儉 | 奚 | 起 | 陽平 | 齊 | 六六羈 | | | 群平開支止重四 | 巨支 | 群開重 3 | 巨險 | 匣平開齊蟹四 | 胡雞 |
| 23621 | 16 正 | | 80 | **岐** | 儉 | 奚 | 起 | 陽平 | 齊 | 六六羈 | | | 群平開支止重四 | 巨支 | 群開重 3 | 巨險 | 匣平開齊蟹四 | 胡雞 |
| 23622 | 16 正 | | 81 | 跂 | 儉 | 奚 | 起 | 陽平 | 齊 | 六六羈 | 平去兩讀注在彼 | | 群平開支止重四 | 巨支 | 群開重 3 | 巨險 | 匣平開齊蟹四 | 胡雞 |
| 23624 | 16 正 | | 82 | 跂 | 儉 | 奚 | 起 | 陽平 | 齊 | 六六羈 | 平去兩讀 | | 群平開支止重四 | 巨支 | 群開重 3 | 巨險 | 匣平開齊蟹四 | 胡雞 |
| 23627 | 16 正 | | 83 | 蚑 | 儉 | 奚 | 起 | 陽平 | 齊 | 六六羈 | 平去兩讀 | | 群平開支止重四 | 巨支 | 群開重 3 | 巨險 | 匣平開齊蟹四 | 胡雞 |
| 23628 | 16 正 | 23 | 84 | 㴱 | 隱 | 奚 | 影 | 陽平 | 齊 | 六六羈 | 平上兩讀注在彼 | | 以平開支止三 | 弋支 | 影開 3 | 於謹 | 匣平開齊蟹四 | 胡雞 |
| 23629 | 16 正 | | 85 | 酏 | 隱 | 奚 | 影 | 陽平 | 齊 | 六六羈 | | 缺 16 部，增 | 以平開支止三 | 弋支 | 影開 3 | 於謹 | 匣平開齊蟹四 | 胡雞 |
| 23630 | 16 正 | | 86 | 池 | 隱 | 奚 | 影 | 陽平 | 齊 | 六六羈 | | 缺 16 部，增 | 以平開支止三 | 弋支 | 影開 3 | 於謹 | 匣平開齊蟹四 | 胡雞 |
| 23632 | 16 正 | 24 | 87 | **奚** | 向 | 提 | 曉 | 陽平 | 齊 | 六六羈 | | 韻目歸入隱奚切，表中作曉母字頭，據副編加向提切 | 匣平開齊蟹四 | 胡雞 | 曉開 3 | 許亮 | 定平開齊蟹四 | 杜奚 |
| 23633 | 16 正 | | 88 | 嫨 | 向 | 提 | 曉 | 陽平 | 齊 | 六六羈 | | 韻目歸入隱奚切，據副編加向提切 | 匣平開齊蟹四 | 胡雞 | 曉開 3 | 許亮 | 定平開齊蟹四 | 杜奚 |
| 23634 | 16 正 | | 89 | 豯 | 向 | 提 | 曉 | 陽平 | 齊 | 六六羈 | | 韻目歸入隱奚切，據副編加向提切 | 匣平開齊蟹四 | 胡雞 | 曉開 3 | 許亮 | 定平開齊蟹四 | 杜奚 |
| 23635 | 16 正 | | 90 | 騱 | 向 | 提 | 曉 | 陽平 | 齊 | 六六羈 | | 韻目歸入隱奚切，據副編加向提切 | 匣平開齊蟹四 | 胡雞 | 曉開 3 | 許亮 | 定平開齊蟹四 | 杜奚 |
| 23636 | 16 正 | | 91 | 鼷 | 向 | 提 | 曉 | 陽平 | 齊 | 六六羈 | | 韻目歸入隱奚切，據副編加向提切 | 匣平開齊蟹四 | 胡雞 | 曉開 3 | 許亮 | 定平開齊蟹四 | 杜奚 |
| 23637 | 16 正 | | 92 | 䳀 | 向 | 提 | 曉 | 陽平 | 齊 | 六六羈 | | 韻目歸入隱奚切，據副編加向提切 | 匣平開齊蟹四 | 胡雞 | 曉開 3 | 許亮 | 定平開齊蟹四 | 杜奚 |

| 韻字編號 | 部序 | 組數 | 字數 | 韻字及何氏反切 | | | 韻字何氏音 | | | | 何萱注釋 | 備注 | 韻字中古音 | | 上字中古音 | | 下字中古音 | |
|---|---|---|---|---|---|---|---|---|---|---|---|---|---|---|---|---|---|---|
| | | | | 韻字 | 上字 | 下字 | 聲 | 調 | 呼 | 韻部 | | | 聲調呼韻攝等 | 反切 | 聲呼等 | 反切 | 聲調呼韻攝等 | 反切 |
| 23639 | 16 正 | | 93 | 螇 | 向 | 提 | 曉 | 陽平 | 齊 | 六六羼 | | 韻目歸入隱奚切，據副編加向提切 | 匣平開齊蟹四 | 胡雞 | 曉開 3 | 許亮 | 定平開齊蟹四 | 杜奚 |
| 23640 | 16 正 | | 94 | 兮 | 向 | 提 | 曉 | 陽平 | 齊 | 六六羼 | | 韻目歸入隱奚切，據副編加向提切 | 匣平開齊蟹四 | 胡雞 | 曉開 3 | 許亮 | 定平開齊蟹四 | 杜奚 |
| 23641 | 16 正 | 25 | 95 | 題 | 眺 | 奚 | 透 | 陽平 | 齊 | 六六羼 | | | 定平開齊蟹四 | 杜奚 | 透開 4 | 他弔 | 匣平開齊蟹四 | 胡雞 |
| 23643 | 16 正 | | 96 | 緹 | 眺 | 奚 | 透 | 陽平 | 齊 | 六六羼 | | | 定平開齊蟹四 | 杜奚 | 透開 4 | 他弔 | 匣平開齊蟹四 | 胡雞 |
| 23645 | 16 正 | | 97 | 媞 | 眺 | 奚 | 透 | 陽平 | 齊 | 六六羼 | 平去兩讀 | | 定平開齊蟹四 | 杜奚 | 透開 4 | 他弔 | 匣平開齊蟹四 | 胡雞 |
| 23651 | 16 正 | | 98 | 提 | 眺 | 奚 | 透 | 陽平 | 齊 | 六六羼 | | | 定平開齊蟹四 | 杜奚 | 透開 4 | 他弔 | 匣平開齊蟹四 | 胡雞 |
| 23652 | 16 正 | | 99 | 禔 | 眺 | 奚 | 透 | 陽平 | 齊 | 六六羼 | | | 定平開齊蟹四 | 杜奚 | 透開 4 | 他弔 | 匣平開齊蟹四 | 胡雞 |
| 23655 | 16 正 | | 100 | 騠 | 眺 | 奚 | 透 | 陽平 | 齊 | 六六羼 | | | 定平開齊蟹四 | 杜奚 | 透開 4 | 他弔 | 匣平開齊蟹四 | 胡雞 |
| 23656 | 16 正 | | 101 | 嗁 | 眺 | 奚 | 透 | 陽平 | 齊 | 六六羼 | | | 定平開齊蟹四 | 杜奚 | 透開 4 | 他弔 | 匣平開齊蟹四 | 胡雞 |
| 23657 | 16 正 | | 102 | 蹏 | 眺 | 奚 | 透 | 陽平 | 齊 | 六六羼 | | | 定平開齊蟹四 | 杜奚 | 透開 4 | 他弔 | 匣平開齊蟹四 | 胡雞 |
| 23658 | 16 正 | | 103 | 鷈 | 眺 | 奚 | 透 | 陽平 | 齊 | 六六羼 | | | 定平開齊蟹四 | 杜奚 | 透開 4 | 他弔 | 匣平開齊蟹四 | 胡雞 |
| 23660 | 16 正 | 26 | 104 | 儷 g* | 亮 | 奚 | 賚 | 陽平 | 齊 | 六六羼 | 平去兩讀 | 韻目歸入眺奚切，據副編加亮奚切 | 來平開支止三 | 鄰知 | 來開 3 | 力讓 | 匣平開齊蟹四 | 胡雞 |
| 23661 | 16 正 | | 105 | 矖 | 亮 | 奚 | 賚 | 陽平 | 齊 | 六六羼 | 平上兩讀注在彼 | 韻目歸入眺奚切，據副編加亮奚切 | 來平開支止三 | 呂支 | 來開 3 | 力讓 | 匣平開齊蟹四 | 胡雞 |
| 23664 | 16 正 | | 106 | 驪 | 亮 | 奚 | 賚 | 陽平 | 齊 | 六六羼 | | 韻目歸入眺奚切，表中作賚母字頭，據副編加亮奚切 | 來平開齊蟹四 | 郎奚 | 來開 3 | 力讓 | 匣平開齊蟹四 | 胡雞 |
| 23665 | 16 正 | | 107 | 鱺 | 亮 | 奚 | 賚 | 陽平 | 齊 | 六六羼 | | 韻目歸入眺奚切，據副編加亮奚切 | 來上開齊蟹四 | 盧啓 | 來開 3 | 力讓 | 匣平開齊蟹四 | 胡雞 |
| 23666 | 16 正 | | 108 | 蘺 | 亮 | 奚 | 賚 | 陽平 | 齊 | 六六羼 | 平去兩讀注在彼 | 韻目歸入眺奚切，據副編加亮奚切 | 來平開支止三 | 呂支 | 來開 3 | 力讓 | 匣平開齊蟹四 | 胡雞 |
| 23667 | 16 正 | | 109 | 縭 | 亮 | 奚 | 賚 | 陽平 | 齊 | 六六羼 | | 韻目歸入眺奚切，據副編加亮奚切 | 來平開齊蟹四 | 郎奚 | 來開 3 | 力讓 | 匣平開齊蟹四 | 胡雞 |
| 23668 | 16 正 | 27 | 110 | 鷈 | 寵 | 提 | 助 | 陽平 | 齊 | 六六羼 | | | 澄平開支止三 | 直離 | 徹合 3 | 丑隴 | 定平開齊蟹四 | 杜奚 |
| 23669 | 16 正 | | 111 | 篪 | 寵 | 提 | 助 | 陽平 | 齊 | 六六羼 | | | 澄平開支止三 | 直離 | 徹合 3 | 丑隴 | 定平開齊蟹四 | 杜奚 |

| 韻字編號 | 部序 | 組數 | 字數 | 韻字及何氏反切 | | | 韻字何氏音 | | | | 何萱注釋 | 備　注 | 韻字中古音 | | 上字中古音 | | 下字中古音 | |
|---|---|---|---|---|---|---|---|---|---|---|---|---|---|---|---|---|---|---|
| | | | | 韻字 | 上字 | 下字 | 聲 | 調 | 呼 | 韻部 | | | 聲調呼韻攝等 | 反切 | 聲呼等 | 反切 | 聲調呼韻攝等 | 反切 |
| 23670 | 16 正 | | 112 | 趧 | 寵 | 提 | 助 | 陽平 | 齊 | 六六羈 | | | 澄平開支止三 | 直離 | 徹合 3 | 丑隴 | 定平開齊蟹四 | 杜奚 |
| 23671 | 16 正 | | 113 | 褫 | 寵 | 提 | 助 | 陽平 | 齊 | 六六羈 | | | 澄平開支止三 | 直離 | 徹合 3 | 丑隴 | 定平開齊蟹四 | 杜奚 |
| 23672 | 16 正 | | 114 | 纚 | 寵 | 提 | 助 | 陽平 | 齊 | 六六羈 | | 缺 16 部，增 | 昌平開支止三 | 叱支 | 徹合 3 | 丑隴 | 定平開齊蟹四 | 杜奚 |
| 23673 | 16 正 | | 115 | 彲 | 寵 | 提 | 助 | 陽平 | 齊 | 六六羈 | | 缺 16 部，增。只有一音，此處仿纚，實際上沒有這個廣韻音 | 昌平開支止三 | 叱支 | 徹合 3 | 丑隴 | 定平開齊蟹四 | 杜奚 |
| 23674 | 16 正 | 28 | 116 | 兒 | 攘 | 奚 | 耳 | 陽平 | 齊 | 六六羈 | | | 日平開支止三 | 汝移 | 日開 3 | 人漾 | 匣平開齊蟹四 | 胡雞 |
| 23676 | 16 正 | 29 | 117 | 禔 | 哂 | 奚 | 審 | 陽平 | 齊 | 六六羈 | | | 禪平開支止三 | 是支 | 書開 3 | 式忍 | 匣平開齊蟹四 | 胡雞 |
| 23678 | 16 正 | | 118 | 徥 | 哂 | 奚 | 審 | 陽平 | 齊 | 六六羈 | | | 禪上開支止三 | 承紙 | 書開 3 | 式忍 | 匣平開齊蟹四 | 胡雞 |
| 23680 | 16 正 | | 119 | 匙 | 哂 | 奚 | 審 | 陽平 | 齊 | 六六羈 | | | 禪平開支止三 | 是支 | 書開 3 | 式忍 | 匣平開齊蟹四 | 胡雞 |
| 23681 | 16 正 | | 120 | 篹 | 哂 | 奚 | 審 | 陽平 | 齊 | 六六羈 | | | 禪平開支止三 | 是支 | 書開 3 | 式忍 | 匣平開齊蟹四 | 胡雞 |
| 23682 | 16 正 | | 121 | 堤 | 哂 | 奚 | 審 | 陽平 | 齊 | 六六羈 | | | 禪平開支止三 | 是支 | 書開 3 | 式忍 | 匣平開齊蟹四 | 胡雞 |
| 23683 | 16 正 | | 122 | 芪 | 哂 | 奚 | 審 | 陽平 | 齊 | 六六羈 | | | 群平開支止重四 | 巨支 | 書開 3 | 式忍 | 匣平開齊蟹四 | 胡雞 |
| 23685 | 16 正 | | 123 | 眡 | 哂 | 奚 | 審 | 陽平 | 齊 | 六六羈 | 眡或書作眂。平上兩讀。按眂眡一字也，與眂別。眡古文視，氏聲，在十五部。眡氏聲在十六部 | 沒找到另一讀。增 | 禪平開支止三 | 是支 | 書開 3 | 式忍 | 匣平開齊蟹四 | 胡雞 |
| 23687 | 16 正 | 30 | 124 | 婗 | 仰 | 奚 | 我 | 陽平 | 齊 | 六六羈 | | 韻目歸入哂奚切，據副編加仰奚切 | 疑平開齊蟹四 | 五稽 | 疑開 3 | 魚兩 | 匣平開齊蟹四 | 胡雞 |
| 23688 | 16 正 | | 125 | 倪 | 仰 | 奚 | 我 | 陽平 | 齊 | 六六羈 | | 韻目歸入哂奚切，據副編加仰奚切 | 疑平開齊蟹四 | 五稽 | 疑開 3 | 魚兩 | 匣平開齊蟹四 | 胡雞 |
| 23689 | 16 正 | | 126 | 齯 | 仰 | 奚 | 我 | 陽平 | 齊 | 六六羈 | | 韻目歸入哂奚切，據副編加仰奚切 | 疑平開齊蟹四 | 五稽 | 疑開 3 | 魚兩 | 匣平開齊蟹四 | 胡雞 |

| 韻字編號 | 部序 | 組數 | 字數 | 韻字及何氏反切 | | | 韻字何氏音 | | | | 何萱注釋 | 備注 | 韻字中古音 | | 上字中古音 | | 下字中古音 | |
|---|---|---|---|---|---|---|---|---|---|---|---|---|---|---|---|---|---|---|
| | | | | 韻字 | 上字 | 下字 | 聲 | 調 | 呼 | 韻部 | | | 聲調呼韻攝等 | 反切 | 聲呼等 | 反切 | 聲調呼韻攝等 | 反切 |
| 23690 | 16 正 | | 127 | **輗** | 仰 | 奚 | 我 | 陽平 | 齊 | 六六羈 | | 韻目歸入哂奚切，表中作我母字頭，據副編加仰奚切 | 疑平開齊蟹四 | 五稽 | 疑開 3 | 魚兩 | 匣平開齊蟹四 | 胡雞 |
| 23691 | 16 正 | | 128 | 郳 | 仰 | 奚 | 我 | 陽平 | 齊 | 六六羈 | | 韻目歸入哂奚切，據副編加仰奚切 | 疑平開齊蟹四 | 五稽 | 疑開 3 | 魚兩 | 匣平開齊蟹四 | 胡雞 |
| 23692 | 16 正 | | 129 | 霓 | 仰 | 奚 | 我 | 陽平 | 齊 | 六六羈 | 平入兩讀 | 韻目歸入哂奚切，據副編加仰奚切 | 疑平開齊蟹四 | 五稽 | 疑開 3 | 魚兩 | 匣平開齊蟹四 | 胡雞 |
| 23695 | 16 正 | | 130 | 麑 | 仰 | 奚 | 我 | 陽平 | 齊 | 六六羈 | | 韻目歸入哂奚切，據副編加仰奚切 | 疑平開齊蟹四 | 五稽 | 疑開 3 | 魚兩 | 匣平開齊蟹四 | 胡雞 |
| 23696 | 16 正 | | 131 | 鯢 | 仰 | 奚 | 我 | 陽平 | 齊 | 六六羈 | | 韻目歸入哂奚切，據副編加仰奚切 | 疑平開齊蟹四 | 五稽 | 疑開 3 | 魚兩 | 匣平開齊蟹四 | 胡雞 |
| 23697 | 16 正 | | 132 | 蜺 | 仰 | 奚 | 我 | 陽平 | 齊 | 六六羈 | | 韻目歸入哂奚切，據副編加仰奚切 | 疑平開齊蟹四 | 五稽 | 疑開 3 | 魚兩 | 匣平開齊蟹四 | 胡雞 |
| 23699 | 16 正 | 31 | 133 | **脾** | 品 | 奚 | 並 | 陽平 | 齊 | 六六羈 | | | 並平開支止重四 | 符支 | 滂開重 3 | 丕飲 | 匣平開齊蟹四 | 胡雞 |
| 23700 | 16 正 | | 134 | 鵧* | 品 | 奚 | 並 | 陽平 | 齊 | 六六羈 | | | 並平開支止重四 | 頻彌 | 滂開重 3 | 丕飲 | 匣平開齊蟹四 | 胡雞 |
| 23702 | 16 正 | | 135 | 埤 | 品 | 奚 | 並 | 陽平 | 齊 | 六六羈 | | | 並平開支止重四 | 符支 | 滂開重 3 | 丕飲 | 匣平開齊蟹四 | 胡雞 |
| 23703 | 16 正 | | 136 | 陴 | 品 | 奚 | 並 | 陽平 | 齊 | 六六羈 | | | 並平開支止重四 | 符支 | 滂開重 3 | 丕飲 | 匣平開齊蟹四 | 胡雞 |
| 23704 | 16 正 | | 137 | 郫 | 品 | 奚 | 並 | 陽平 | 齊 | 六六羈 | | 廣韻另有支，重三一讀 | 並平開支止重四 | 符支 | 滂開重 3 | 丕飲 | 匣平開齊蟹四 | 胡雞 |
| 23706 | 16 正 | | 138 | 甂 | 品 | 奚 | 並 | 陽平 | 齊 | 六六羈 | | | 並平開齊蟹四 | 部迷 | 滂開重 3 | 丕飲 | 匣平開齊蟹四 | 胡雞 |
| 23708 | 16 正 | | 139 | 椑 | 品 | 奚 | 並 | 陽平 | 齊 | 六六羈 | | | 並平開齊蟹四 | 部迷 | 滂開重 3 | 丕飲 | 匣平開齊蟹四 | 胡雞 |
| 23710 | 16 正 | | 140 | 鼙 | 品 | 奚 | 並 | 陽平 | 齊 | 六六羈 | | | 並平開齊蟹四 | 部迷 | 滂開重 3 | 丕飲 | 匣平開齊蟹四 | 胡雞 |
| 23711 | 16 正 | | 141 | 蠯 | 品 | 奚 | 並 | 陽平 | 齊 | 六六羈 | | | 並平開支止重四 | 符支 | 滂開重 3 | 丕飲 | 匣平開齊蟹四 | 胡雞 |
| 23712 | 16 正 | 32 | 142 | **麛** | 面 | 提 | 命 | 陽平 | 齊 | 六六羈 | | | 明平開齊蟹四 | 莫兮 | 明開重 4 | 彌箭 | 定平開齊蟹四 | 杜奚 |
| 23713 | 16 正 | | 143 | **籋 g*** | 面 | 提 | 命 | 陽平 | 齊 | 六六羈 | | 原文缺 16 部。增 | 明平開齊蟹四 | 緜批 | 明開重 4 | 彌箭 | 定平開齊蟹四 | 杜奚 |
| 23714 | 16 正 | | 144 | 覭* | 面 | 提 | 命 | 陽平 | 齊 | 六六羈 | | | 明平開齊蟹四 | 緜批 | 明開重 4 | 彌箭 | 定平開齊蟹四 | 杜奚 |
| 23715 | 16 正 | 33 | 145 | **規** | 舉 | 奎 | 見 | 陰平 | 撮 | 六七規 | | | 見平合支止重四 | 居隋 | 見合 3 | 居許 | 溪平合齊蟹四 | 苦圭 |
| 23716 | 16 正 | | 146 | 鬹 | 舉 | 奎 | 見 | 陰平 | 撮 | 六七規 | | | 見平合支止重四 | 居隋 | 見合 3 | 居許 | 溪平合齊蟹四 | 苦圭 |

| 韻字編號 | 部序 | 組數 | 字數 | 韻字及何氏反切 | | | 韻字何氏音 | | | | 何萱注釋 | 備注 | 韻字中古音 | | 上字中古音 | | 下字中古音 | |
|---|---|---|---|---|---|---|---|---|---|---|---|---|---|---|---|---|---|---|
| | | | | 韻字 | 上字 | 下字 | 聲 | 調 | 呼 | 韻部 | | | 聲調呼韻攝等 | 反切 | 聲呼等 | 反切 | 聲調呼韻攝等 | 反切 |
| 23717 | 16 正 | | 147 | 嫢 g* | 舉 | 奎 | 見 | 陰平 | 撮 | 六七規 | | | 見平合支止重四 | 均窺 | 見合 3 | 居許 | 溪平合齊蟹四 | 苦圭 |
| 23721 | 16 正 | | 148 | 蘔 | 舉 | 奎 | 見 | 陰平 | 撮 | 六七規 | | | 見平合支止重四 | 居隋 | 見合 3 | 居許 | 溪平合齊蟹四 | 苦圭 |
| 23722 | 16 正 | | 149 | 圭 | 舉 | 奎 | 見 | 陰平 | 撮 | 六七規 | | | 見平合齊蟹四 | 古攜 | 見合 3 | 居許 | 溪平合齊蟹四 | 苦圭 |
| 23723 | 16 正 | | 150 | 閨 | 舉 | 奎 | 見 | 陰平 | 撮 | 六七規 | | | 見平合齊蟹四 | 古攜 | 見合 3 | 居許 | 溪平合齊蟹四 | 苦圭 |
| 23724 | 16 正 | | 151 | 窐 | 舉 | 奎 | 見 | 陰平 | 撮 | 六七規 | | | 見平合齊蟹四 | 古攜 | 見合 3 | 居許 | 溪平合齊蟹四 | 苦圭 |
| 23726 | 16 正 | | 152 | 袿 | 舉 | 奎 | 見 | 陰平 | 撮 | 六七規 | | | 見平合齊蟹四 | 古攜 | 見合 3 | 居許 | 溪平合齊蟹四 | 苦圭 |
| 23727 | 16 正 | | 153 | 邽 | 舉 | 奎 | 見 | 陰平 | 撮 | 六七規 | | | 見平合齊蟹四 | 古攜 | 見合 3 | 居許 | 溪平合齊蟹四 | 苦圭 |
| 23728 | 16 正 | | 154 | 廛 | 舉 | 奎 | 見 | 陰平 | 撮 | 六七規 | | | 見平合齊蟹四 | 古攜 | 見合 3 | 居許 | 溪平合齊蟹四 | 苦圭 |
| 23729 | 16 正 | | 155 | 蠲 g* | 舉 | 奎 | 見 | 陰平 | 撮 | 六七規 | 平去兩讀 | | 見平合齊蟹四 | 涓畦 | 見合 3 | 居許 | 溪平合齊蟹四 | 苦圭 |
| 23731 | 16 正 | 34 | 156 | 闚 | 郡 | 規 | 起 | 陰平 | 撮 | 六七規 | | | 溪平合支止重四 | 去隨 | 群合 3 | 渠運 | 見平合支止重四 | 居隋 |
| 23732 | 16 正 | | 157 | 窺 | 郡 | 規 | 起 | 陰平 | 撮 | 六七規 | | | 溪平合支止重四 | 去隨 | 群合 3 | 渠運 | 見平合支止重四 | 居隋 |
| 23733 | 16 正 | | 158 | 奎 | 郡 | 規 | 起 | 陰平 | 撮 | 六七規 | | | 溪平合齊蟹四 | 苦圭 | 群合 3 | 渠運 | 見平合支止重四 | 居隋 |
| 23734 | 16 正 | | 159 | 刲 | 郡 | 規 | 起 | 陰平 | 撮 | 六七規 | | | 溪平合齊蟹四 | 苦圭 | 群合 3 | 渠運 | 見平合支止重四 | 居隋 |
| 23735 | 16 正 | | 160 | 鮭 | 郡 | 規 | 起 | 陰平 | 撮 | 六七規 | | | 溪平合齊蟹四 | 苦圭 | 群合 3 | 渠運 | 見平合支止重四 | 居隋 |
| 23739 | 16 正 | | 161 | 茥 | 郡 | 規 | 起 | 陰平 | 撮 | 六七規 | | | 溪平合齊蟹四 | 苦圭 | 群合 3 | 渠運 | 見平合支止重四 | 居隋 |
| 23740 | 16 正 | 35 | 162 | 韄 | 許 | 規 | 曉 | 陰平 | 撮 | 六七規 | | | 匣平合齊蟹四 | 戶圭 | 曉合 3 | 虛呂 | 見平合支止重四 | 居隋 |
| 23743 | 16 正 | | 163 | 蘳 | 許 | 規 | 曉 | 陰平 | 撮 | 六七規 | | | 曉平合支止重四 | 許規 | 曉合 3 | 虛呂 | 見平合支止重四 | 居隋 |
| 23746 | 16 正 | 36 | 164 | 孈 | 恕 | 規 | 審 | 陰平 | 撮 | 六七規 | | 集韻有曉母平聲 | 曉去合支止重四 | 呼恚 | 書合 3 | 商署 | 見平合支止重四 | 居隋 |
| 23749 | 16 正 | | 165 | 韉 | 恕 | 規 | 審 | 陰平 | 撮 | 六七規 | | | 生平合支止三 | 山垂 | 書合 3 | 商署 | 見平合支止重四 | 居隋 |
| 23751 | 16 正 | 37 | 166 | 巂 | 許 | 蕤 | 曉 | 陽平 | 撮 | 六七規 | 平上兩讀異義 | 原入恕規切，誤。據副編改為許蕤切 | 匣平合齊蟹四 | 戶圭 | 曉合 3 | 虛呂 | 日平合脂止三 | 儒隹 |
| 23754 | 16 正 | | 167 | 攜 | 許 | 蕤 | 曉 | 陽平 | 撮 | 六七規 | | 原入恕規切，誤。據副編改為許蕤切 | 匣平合齊蟹四 | 戶圭 | 曉合 3 | 虛呂 | 日平合脂止三 | 儒隹 |
| 23755 | 16 正 | | 168 | 憰 | 許 | 蕤 | 曉 | 陽平 | 撮 | 六七規 | | 原入恕規切，誤。據副編改為許蕤切 | 匣平合齊蟹四 | 戶圭 | 曉合 3 | 虛呂 | 日平合脂止三 | 儒隹 |
| 23756 | 16 正 | | 169 | 釃* | 許 | 蕤 | 曉 | 陽平 | 撮 | 六七規 | | 原入恕規切，誤。據副編改為許蕤切 | 匣平合齊蟹四 | 玄圭 | 曉合 3 | 虛呂 | 日平合脂止三 | 儒隹 |

| 韻字編號 | 部序 | 組數 | 字數 | 韻字及何氏反切 | | | 韻字何氏音 | | | | 何萱注釋 | 備注 | 韻字中古音 | | 上字中古音 | | 下字中古音 | |
|---|---|---|---|---|---|---|---|---|---|---|---|---|---|---|---|---|---|---|
| | | | | 韻字 | 上字 | 下字 | 聲 | 調 | 呼 | 韻部 | | | 聲調呼韻攝等 | 反切 | 聲呼等 | 反切 | 聲調呼韻攝等 | 反切 |
| 23757 | 16 正 | | 170 | 纗 | 許 | 蕤 | 曉 | 陽平 | 撮 | 六七規 | 平去兩讀 | 原入恕規切，誤。據副編改為許蕤切 | 匣平合齊蟹四 | 戶圭 | 曉合 3 | 虛呂 | 日平合脂止三 | 儒隹 |
| 23761 | 16 正 | | 171 | 觿 | 許 | 蕤 | 曉 | 陽平 | 撮 | 六七規 | | 原入恕規切，誤。據副編改為許蕤切 | 曉平合支止重四 | 許規 | 曉合 3 | 虛呂 | 日平合脂止三 | 儒隹 |
| 23763 | 16 正 | | 172 | 鑴 | 許 | 蕤 | 曉 | 陽平 | 撮 | 六七規 | | 原入恕規切，誤。據副編改為許蕤切 | 曉平合支止重四 | 許規 | 曉合 3 | 虛呂 | 日平合脂止三 | 儒隹 |
| 23765 | 16 正 | | 173 | 酅 | 許 | 蕤 | 曉 | 陽平 | 撮 | 六七規 | | 原入恕規切，誤。據副編改為許蕤切 | 匣平合齊蟹四 | 戶圭 | 曉合 3 | 虛呂 | 日平合脂止三 | 儒隹 |
| 23767 | 16 正 | | 174 | 蠵 | 許 | 蕤 | 曉 | 陽平 | 撮 | 六七規 | | 原入恕規切，誤。據副編改為許蕤切 | 匣平合齊蟹四 | 戶圭 | 曉合 3 | 虛呂 | 日平合脂止三 | 儒隹 |
| 23768 | 16 正 | | 175 | 畦 | 許 | 蕤 | 曉 | 陽平 | 撮 | 六七規 | | 原入恕規切，誤。據副編改為許蕤切 | 匣平合齊蟹四 | 戶圭 | 曉合 3 | 虛呂 | 日平合脂止三 | 儒隹 |
| 23769 | 16 正 | | 176 | 罣 | 許 | 蕤 | 曉 | 陽平 | 撮 | 六七規 | | 原入恕規切，誤據副編改為許蕤切 | 匣平合齊蟹四 | 戶圭 | 曉合 3 | 虛呂 | 日平合脂止三 | 儒隹 |
| 23771 | 16 正 | 38 | 177 | 痿 | 汝 | 攜 | 耳 | 陽平 | 撮 | 六七規 | | | 日平合支止三 | 人垂 | 日合 3 | 人渚 | 匣平合齊蟹四 | 戶圭 |
| 23772 | 16 正 | | 178 | 綏 | 汝 | 攜 | 耳 | 陽平 | 撮 | 六七規 | | | 日平合脂止三 | 儒隹 | 日合 3 | 人渚 | 匣平合齊蟹四 | 戶圭 |
| 23773 | 16 正 | | 179 | 甤 | 汝 | 攜 | 耳 | 陽平 | 撮 | 六七規 | | | 日平合脂止三 | 儒隹 | 日合 3 | 人渚 | 匣平合齊蟹四 | 戶圭 |
| 23776 | 16 正 | | 180 | **蕤** | 汝 | 攜 | 耳 | 陽平 | 撮 | 六七規 | | | 日平合脂止三 | 儒隹 | 日合 3 | 人渚 | 匣平合齊蟹四 | 戶圭 |
| 23777 | 16 正 | 39 | 181 | **惢** | 縓 | 攜 | 淨 | 陽平 | 撮 | 六七規 | 平上兩讀 | | 精平合支止三 | 姊規 | 清合 3 | 七絹 | 匣平合齊蟹四 | 戶圭 |
| 23781 | 16 正 | 40 | 182 | **解** | 艮 | 蠏* | 見 | 上 | 開 | 五八解 | 上去兩讀 | | 見上開佳蟹二 | 佳買 | 見開 1 | 古恨 | 匣上開佳蟹二 | 下買 |
| 23783 | 16 正 | 41 | 183 | **澥** | 漢 | 買 | 曉 | 上 | 開 | 五八解 | | | 匣上開佳蟹二 | 胡買 | 曉開 1 | 呼旰 | 明上開佳蟹二 | 莫蟹 |
| 23784 | 16 正 | | 184 | 嶰 | 漢 | 買 | 曉 | 上 | 開 | 五八解 | | | 匣上開佳蟹二 | 胡買 | 曉開 1 | 呼旰 | 明上開佳蟹二 | 莫蟹 |
| 23785 | 16 正 | | 185 | 蠏* | 漢 | 買 | 曉 | 上 | 開 | 五八解 | | | 匣上開佳蟹二 | 下買 | 曉開 1 | 呼旰 | 明上開佳蟹二 | 莫蟹 |
| 23787 | 16 正 | | 186 | 薢 | 漢 | 買 | 曉 | 上 | 開 | 五八解 | | | 見上開佳蟹二 | 佳買 | 曉開 1 | 呼旰 | 明上開佳蟹二 | 莫蟹 |
| 23790 | 16 正 | 42 | 187 | 豸 | 秩 | 蠏* | 助 | 上 | 開 | 五八解 | | | 澄上開佳蟹二 | 宅買 | 澄開 3 | 直一 | 匣上開佳蟹二 | 下買 |
| 23792 | 16 正 | | 188 | **廌** | 秩 | 蠏* | 助 | 上 | 開 | 五八解 | | | 澄上開佳蟹二 | 宅買 | 澄開 3 | 直一 | 匣上開佳蟹二 | 下買 |
| 23794 | 16 正 | 43 | 189 | **灑** | 稍 | 蠏* | 審 | 上 | 開 | 五八解 | | | 生上開佳蟹二 | 所蟹 | 生開 2 | 所教 | 匣上開佳蟹二 | 下買 |
| 23797 | 16 正 | 44 | 190 | **捭** | 保 | 買 | 謗 | 上 | 開 | 五八解 | | | 幫上開佳蟹二 | 北買 | 幫開 1 | 博抱 | 明上開佳蟹二 | 莫蟹 |

| 韻字編號 | 部序 | 組數 | 字數 | 韻字及何氏反切 |  |  | 韻字何氏音 |  |  |  | 何萱注釋 | 備注 | 韻字中古音 |  | 上字中古音 |  | 下字中古音 |  |
|---|---|---|---|---|---|---|---|---|---|---|---|---|---|---|---|---|---|---|
|  |  |  |  | 韻字 | 上字 | 下字 | 聲 | 調 | 呼 | 韻部 |  |  | 聲調呼韻攝等 | 反切 | 聲呼等 | 反切 | 聲調呼韻攝等 | 反切 |
| 23798 | 16 正 | 45 | 191 | 啤 | 抱 | 買 | 並 | 上 | 開 | 五八解 |  |  | 並上開麻假二 | 傍下 | 並開 1 | 薄浩 | 明上開佳蟹二 | 莫蟹 |
| 23800 | 16 正 |  | 192 | 猈 | 抱 | 買 | 並 | 上 | 開 | 五八解 |  |  | 並上開佳蟹二 | 薄蟹 | 並開 1 | 薄浩 | 明上開佳蟹二 | 莫蟹 |
| 23801 | 16 正 | 46 | 193 | 買 | 莫 | 蠏* | 命 | 上 | 開 | 五八解 |  |  | 明上開佳蟹二 | 莫蟹 | 明開 1 | 慕各 | 匣上開佳蟹二 | 下買 |
| 23802 | 16 正 |  | 194 | 澴 | 莫 | 蠏* | 命 | 上 | 開 | 五八解 | 上入兩讀與汨雙聲同字注在彼 |  | 明上開佳蟹二 | 莫蟹 | 明開 1 | 慕各 | 匣上開佳蟹二 | 下買 |
| 23804 | 16 正 | 47 | 195 | 丫 | 廣 | 觟 | 見 | 上 | 合 | 五九丫 | 十六部十七部兩讀注在彼 |  | 見上合佳蟹二 | 乖買 | 見合 1 | 古晃 | 匣上合麻假二 | 胡瓦 |
| 23806 | 16 正 | 48 | 196 | 觟 | 戶 | 丫 | 曉 | 上 | 合 | 五九丫 |  |  | 匣上合麻假二 | 胡瓦 | 匣合 1 | 侯古 | 見上合佳蟹二 | 乖買 |
| 23807 | 16 正 | 49 | 197 | 詭 | 廣 | 磊 | 見 | 上 | 合二 | 六十詭 |  |  | 見上合支止重三 | 過委 | 見合 1 | 古晃 | 來上合灰蟹一 | 落猥 |
| 23808 | 16 正 |  | 198 | 恑 | 廣 | 磊 | 見 | 上 | 合二 | 六十詭 |  |  | 見上合支止重三 | 過委 | 見合 1 | 古晃 | 來上合灰蟹一 | 落猥 |
| 23809 | 16 正 |  | 199 | 姽 | 廣 | 磊 | 見 | 上 | 合二 | 六十詭 |  |  | 見上合支止重三 | 過委 | 見合 1 | 古晃 | 來上合灰蟹一 | 落猥 |
| 23811 | 16 正 |  | 200 | 祪 | 廣 | 磊 | 見 | 上 | 合二 | 六十詭 |  |  | 見上合支止重三 | 過委 | 見合 1 | 古晃 | 來上合灰蟹一 | 落猥 |
| 23812 | 16 正 |  | 201 | 鬼危 | 廣 | 磊 | 見 | 上 | 合二 | 六十詭 |  |  | 見上合支止重三 | 過委 | 見合 1 | 古晃 | 來上合灰蟹一 | 落猥 |
| 23813 | 16 正 |  | 202 | 垝 | 廣 | 磊 | 見 | 上 | 合二 | 六十詭 |  |  | 見上合支止重三 | 過委 | 見合 1 | 古晃 | 來上合灰蟹一 | 落猥 |
| 23815 | 16 正 |  | 203 | 洈 | 廣 | 磊 | 見 | 上 | 合二 | 六十詭 |  |  | 見上合支止重三 | 過委 | 見合 1 | 古晃 | 來上合灰蟹一 | 落猥 |
| 23816 | 16 正 |  | 204 | 觤 | 廣 | 磊 | 見 | 上 | 合二 | 六十詭 |  |  | 見上合支止重三 | 過委 | 見合 1 | 古晃 | 來上合灰蟹一 | 落猥 |
| 23817 | 16 正 |  | 205 | 蛫 | 廣 | 磊 | 見 | 上 | 合二 | 六十詭 |  |  | 見上合支止重三 | 過委 | 見合 1 | 古晃 | 來上合灰蟹一 | 落猥 |
| 23818 | 16 正 | 50 | 206 | 跪 | 苦 | 磊 | 起 | 上 | 合二 | 六十詭 |  |  | 溪上合支止重三 | 去委 | 溪合 1 | 康杜 | 來上合灰蟹一 | 落猥 |
| 23819 | 16 正 | 51 | 207 | 委 | 甕 | 磊 | 影 | 上 | 合二 | 六十詭 |  |  | 影上合支止重三 | 於詭 | 影合 1 | 烏貢 | 來上合灰蟹一 | 落猥 |
| 23820 | 16 正 |  | 208 | 骫 | 甕 | 磊 | 影 | 上 | 合二 | 六十詭 |  |  | 影上合支止重三 | 於詭 | 影合 1 | 烏貢 | 來上合灰蟹一 | 落猥 |
| 23822 | 16 正 |  | 209 | 媉 | 甕 | 磊 | 影 | 上 | 合二 | 六十詭 |  |  | 影上合支止重三 | 於詭 | 影合 1 | 烏貢 | 來上合灰蟹一 | 落猥 |
| 23823 | 16 正 | 52 | 210 | 毇 | 戶 | 磊 | 曉 | 上 | 合二 | 六十詭 |  |  | 曉上合支止重三 | 許委 | 匣合 1 | 侯古 | 來上合灰蟹一 | 落猥 |
| 23824 | 16 正 |  | 211 | 毀 | 戶 | 磊 | 曉 | 上 | 合二 | 六十詭 |  |  | 曉上合支止重三 | 許委 | 匣合 1 | 侯古 | 來上合灰蟹一 | 落猥 |
| 23825 | 16 正 |  | 212 | 嫛 | 戶 | 磊 | 曉 | 上 | 合二 | 六十詭 |  |  | 曉上合支止重三 | 許委 | 匣合 1 | 侯古 | 來上合灰蟹一 | 落猥 |
| 23826 | 16 正 |  | 213 | 擊 | 戶 | 磊 | 曉 | 上 | 合二 | 六十詭 |  |  | 曉上合支止重三 | 許委 | 匣合 1 | 侯古 | 來上合灰蟹一 | 落猥 |
| 23827 | 16 正 | 53 | 214 | 磊 | 路 | 詭 | 賚 | 上 | 合二 | 六十詭 |  |  | 來上合灰蟹一 | 落猥 | 來合 1 | 洛故 | 見上合支止重三 | 過委 |
| 23828 | 16 正 |  | 215 | 厽 | 路 | 詭 | 賚 | 上 | 合二 | 六十詭 |  |  | 來上合支止三 | 力委 | 來合 1 | 洛故 | 見上合支止重三 | 過委 |
| 23829 | 16 正 |  | 216 | 垒 | 路 | 詭 | 賚 | 上 | 合二 | 六十詭 |  |  | 來上合支止三 | 力委 | 來合 1 | 洛故 | 見上合支止重三 | 過委 |

| 韻字編號 | 部序 | 組數 | 字數 | 韻字及何氏反切 | | | 韻字何氏音 | | | | 何萱注釋 | 備　注 | 韻字中古音 | | 上字中古音 | | 下字中古音 | |
|---|---|---|---|---|---|---|---|---|---|---|---|---|---|---|---|---|---|---|
| | | | | 韻字 | 上字 | 下字 | 聲 | 調 | 呼 | 韻部 | | | 聲調呼韻攝等 | 反切 | 聲呼等 | 反切 | 聲調呼韻攝等 | 反切 |
| 23830 | 16 正 | | 217 | 絫 | 路 | 詭 | 賚 | 上 | 合二 | 六十詭 | | | 來上合支止三 | 力委 | 來合 1 | 洛故 | 見上合支止重三 | 過委 |
| 23831 | 16 正 | | 218 | 寨 | 路 | 詭 | 賚 | 上 | 合二 | 六十詭 | | | 來上合灰蟹一 | 落猥 | 來合 1 | 洛故 | 見上合支止重三 | 過委 |
| 23832 | 16 正 | | 219 | 樏 | 路 | 詭 | 賚 | 上 | 合二 | 六十詭 | 樣俗有樏 | | 來上合支止三 | 力委 | 來合 1 | 洛故 | 見上合支止重三 | 過委 |
| 23833 | 16 正 | | 220 | 樣* | 路 | 詭 | 賚 | 上 | 合二 | 六十詭 | | | 來平合脂止三 | 倫追 | 來合 1 | 洛故 | 見上合支止重三 | 過委 |
| 23835 | 16 正 | 54 | 221 | 頠 | 臥 | 磊 | 我 | 上 | 合二 | 六十詭 | | | 疑上合灰蟹一 | 五罪 | 疑合 1 | 吾貨 | 來上合灰蟹一 | 落猥 |
| 23836 | 16 正 | | 222 | 广 g* | 臥 | 磊 | 我 | 上 | 合二 | 六十詭 | | | 疑上合支止重三 | 五委 | 疑合 1 | 吾貨 | 來上合灰蟹一 | 落猥 |
| 23837 | 16 正 | 55 | 223 | 頍 | 儉 | 徙 | 起 | 上 | 齊 | 六一頍 | | | 溪上合支止重四 | 丘弭 | 群開重 3 | 巨險 | 心上開支止三 | 斯氏 |
| 23838 | 16 正 | | 224 | 技 | 儉 | 徙 | 起 | 上 | 齊 | 六一頍 | | | 群上開支止重三 | 渠綺 | 群開重 3 | 巨險 | 心上開支止三 | 斯氏 |
| 23840 | 16 正 | | 225 | 伎 | 儉 | 徙 | 起 | 上 | 齊 | 六一頍 | | | 群上開支止重三 | 渠綺 | 群開重 3 | 巨險 | 心上開支止三 | 斯氏 |
| 23841 | 16 正 | | 226 | 妓 | 儉 | 徙 | 起 | 上 | 齊 | 六一頍 | | | 群上開支止重三 | 渠綺 | 群開重 3 | 巨險 | 心上開支止三 | 斯氏 |
| 23842 | 16 正 | 56 | 227 | 傂 | 隱 | 弭 | 影 | 上 | 齊 | 六一頍 | 平上兩讀 | | 以上開支止三 | 移爾 | 影開 3 | 於謹 | 明上開支止重四 | 綿婢 |
| 23843 | 16 正 | | 228 | 也 g* | 隱 | 弭 | 影 | 上 | 齊 | 六一頍 | 十六部十七部兩讀注在彼。萱按凡從也聲之字皆可兼入兩部與也同 | 玉篇余爾切又余者切 | 以上開支止三 | 演爾 | 影開 3 | 於謹 | 明上開支止重四 | 綿婢 |
| 23844 | 16 正 | | 229 | 匜 | 隱 | 弭 | 影 | 上 | 齊 | 六一頍 | | 據該字的廣韻讀音，加在此。不過，依照何注的常例，這個字應是不同部而同聲調才對。也有可能是戈果。參考也字 | 以上開支止三 | 移爾 | 影開 3 | 於謹 | 明上開支止重四 | 綿婢 |
| 23845 | 16 正 | | 230 | 暆 | 隱 | 弭 | 影 | 上 | 齊 | 六一頍 | | 原文缺 16 部，查廣集玉均無另一讀。這里仿也字，取也字上聲音。實際上暆沒有這一讀 | 以上開支止三 | 演爾 | 影開 3 | 於謹 | 明上開支止重四 | 綿婢 |
| 23846 | 16 正 | 57 | 231 | 匸 | 向 | 弭 | 曉 | 上 | 齊 | 六一頍 | | | 匣上開齊蟹四 | 胡禮 | 曉開 3 | 許亮 | 明上開支止重四 | 綿婢 |

| 韻字編號 | 部序 | 組數 | 字數 | 韻字及何氏反切 | | | 韻字何氏音 | | | | 何萱注釋 | 備　注 | 韻字中古音 | | 上字中古音 | | 下字中古音 | |
|---|---|---|---|---|---|---|---|---|---|---|---|---|---|---|---|---|---|---|
| | | | | 韻字 | 上字 | 下字 | 聲 | 調 | 呼 | 韻部 | | | 聲調呼韻攝等 | 反切 | 聲呼等 | 反切 | 聲調呼韻攝等 | 反切 |
| 23847 | 16 正 | | 232 | 謑 | 向 | 弭 | 曉 | 上 | 齊 | 六一頍 | | | 匣上開齊蟹四 | 胡禮 | 曉開 3 | 許亮 | 明上開支止重四 | 綿婢 |
| 23848 | 16 正 | | 233 | 徯 | 向 | 弭 | 曉 | 上 | 齊 | 六一頍 | | | 匣上開齊蟹四 | 胡禮 | 曉開 3 | 許亮 | 明上開支止重四 | 綿婢 |
| 23849 | 16 正 | | 234 | 謑 | 向 | 弭 | 曉 | 上 | 齊 | 六一頍 | | | 匣上開齊蟹四 | 胡禮 | 曉開 3 | 許亮 | 明上開支止重四 | 綿婢 |
| 23850 | 16 正 | 58 | 235 | 緹 | 眺 | 弭 | 透 | 上 | 齊 | 六一頍 | 或祇，平上兩讀異義 | 與祇異讀 | 透上開齊蟹四 | 他禮 | 透開 4 | 他弔 | 明上開支止重四 | 綿婢 |
| 23851 | 16 正 | | 236 | 媞 | 眺 | 弭 | 透 | 上 | 齊 | 六一頍 | 平上兩讀注在彼 | | 定上開齊蟹四 | 徒禮 | 透開 4 | 他弔 | 明上開支止重四 | 綿婢 |
| 23852 | 16 正 | 59 | 237 | 爾 g* | 念 | 徙 | 乃 | 上 | 齊 | 六一頍 | | 原文缺 16 部。增。此處存疑，16 部的正副編乃母位置均無字。在此增加念徙切，待考 | 泥上開齊蟹四 | 乃禮 | 泥開 4 | 奴店 | 心上開支止三 | 斯氏 |
| 23853 | 16 正 | | 238 | 尒 | 念 | 徙 | 乃 | 上 | 齊 | 六一頍 | | 原文缺 16 部，增。這個字和爾可能是一對古今字。原書只一見，此處據爾的做法增。只是沒有這個廣韻音 | 泥上開齊蟹四 | 乃禮 | 泥開 4 | 奴店 | 心上開支止三 | 斯氏 |
| 23854 | 16 正 | | 239 | 薾 | 念 | 徙 | 乃 | 上 | 齊 | 六一頍 | | 原文缺 16 部。增。此處存疑，16 部的正副編乃母位置均無字。在此增加念徙切，待考 | 泥上開齊蟹四 | 奴禮 | 泥開 4 | 奴店 | 心上開支止三 | 斯氏 |
| 23855 | 16 正 | | 240 | 邇 | 念 | 徙 | 乃 | 上 | 齊 | 六一頍 | | 原文缺 16 部，增。此處存疑，16 部的正副編乃母位置均無字。在此增加念徙切，待考。廣集只有一讀，玉篇而紙切。此處仿爾，實際上沒有這個廣韻音 | 泥上開齊蟹四 | 乃禮 | 泥開 4 | 奴店 | 心上開支止三 | 斯氏 |

| 韻字編號 | 部序 | 組數 | 字數 | 韻字及何氏反切 | | | 韻字何氏音 | | | | 何萱注釋 | 備　注 | 韻字中古音 | | 上字中古音 | | 下字中古音 | |
|---|---|---|---|---|---|---|---|---|---|---|---|---|---|---|---|---|---|---|
| | | | | 韻字 | 上字 | 下字 | 聲 | 調 | 呼 | 韻部 | | | 聲調呼韻攝等 | 反切 | 聲呼等 | 反切 | 聲調呼韻攝等 | 反切 |
| 23856 | 16 正 | | 241 | 壐 | 念 | 徙 | 乃 | 上 | 齊 | 六一頍 | | 缺 16 部。增。此處仿爾，實際上沒有這個廣韻音 | 泥上開齊蟹四 | 乃禮 | 泥開 4 | 奴店 | 心上開支止三 | 斯氏 |
| 23857 | 16 正 | 60 | 242 | 邐 | 亮 | 徙 | 賚 | 上 | 齊 | 六一頍 | | | 來上開支止三 | 力紙 | 來開 3 | 力讓 | 心上開支止三 | 斯氏 |
| 23858 | 16 正 | | 243 | ⿰麗攴 | 亮 | 徙 | 賚 | 上 | 齊 | 六一頍 | 平上兩讀 | | 來上開齊蟹四 | 盧啓 | 來開 3 | 力讓 | 心上開支止三 | 斯氏 |
| 23859 | 16 正 | | 244 | 㸚 | 亮 | 徙 | 賚 | 上 | 齊 | 六一頍 | | | 來上開支止三 | 力紙 | 來開 3 | 力讓 | 心上開支止三 | 斯氏 |
| 23860 | 16 正 | | 245 | 蠡 | 亮 | 徙 | 賚 | 上 | 齊 | 六一頍 | | | 來上開齊蟹四 | 盧啓 | 來開 3 | 力讓 | 心上開支止三 | 斯氏 |
| 23861 | 16 正 | | 246 | ⿰魚蠡 | 亮 | 徙 | 賚 | 上 | 齊 | 六一頍 | | | 來上開齊蟹四 | 盧啓 | 來開 3 | 力讓 | 心上開支止三 | 斯氏 |
| 23862 | 16 正 | | 247 | 欚 | 亮 | 徙 | 賚 | 上 | 齊 | 六一頍 | | | 來上開齊蟹四 | 盧啓 | 來開 3 | 力讓 | 心上開支止三 | 斯氏 |
| 23864 | 16 正 | 61 | 248 | 只 | 軫 | 徙 | 照 | 上 | 齊 | 六一頍 | | | 章上開支止三 | 諸氏 | 章開 3 | 章忍 | 心上開支止三 | 斯氏 |
| 23865 | 16 正 | | 249 | 咫 | 軫 | 徙 | 照 | 上 | 齊 | 六一頍 | | | 章上開支止三 | 諸氏 | 章開 3 | 章忍 | 心上開支止三 | 斯氏 |
| 23866 | 16 正 | | 250 | 疻 | 軫 | 徙 | 照 | 上 | 齊 | 六一頍 | | | 章平開支止三 | 章移 | 章開 3 | 章忍 | 心上開支止三 | 斯氏 |
| 23867 | 16 正 | | 251 | 軹 | 軫 | 徙 | 照 | 上 | 齊 | 六一頍 | | | 章上開支止三 | 諸氏 | 章開 3 | 章忍 | 心上開支止三 | 斯氏 |
| 23868 | 16 正 | | 252 | 枳 | 軫 | 徙 | 照 | 上 | 齊 | 六一頍 | | | 章上開支止三 | 諸氏 | 章開 3 | 章忍 | 心上開支止三 | 斯氏 |
| 23869 | 16 正 | | 253 | 抧 | 軫 | 徙 | 照 | 上 | 齊 | 六一頍 | | | 章上開支止三 | 諸氏 | 章開 3 | 章忍 | 心上開支止三 | 斯氏 |
| 23870 | 16 正 | | 254 | 積 | 軫 | 徙 | 照 | 上 | 齊 | 六一頍 | | 原文只一讀，據該字廣韻音，增 | 章上開支止三 | 諸氏 | 章開 3 | 章忍 | 心上開支止三 | 斯氏 |
| 23871 | 16 正 | | 255 | 抵 | 軫 | 徙 | 照 | 上 | 齊 | 六一頍 | | | 章上開支止三 | 諸氏 | 章開 3 | 章忍 | 心上開支止三 | 斯氏 |
| 23872 | 16 正 | | 256 | 坻 | 軫 | 徙 | 照 | 上 | 齊 | 六一頍 | | | 章上開支止三 | 諸氏 | 章開 3 | 章忍 | 心上開支止三 | 斯氏 |
| 23873 | 16 正 | | 257 | 泜 | 軫 | 徙 | 照 | 上 | 齊 | 六一頍 | | | 章上開支止三 | 諸氏 | 章開 3 | 章忍 | 心上開支止三 | 斯氏 |
| 23874 | 16 正 | | 258 | 紙 | 軫 | 徙 | 照 | 上 | 齊 | 六一頍 | | | 章上開支止三 | 諸氏 | 章開 3 | 章忍 | 心上開支止三 | 斯氏 |
| 23875 | 16 正 | | 259 | 批 | 軫 | 徙 | 照 | 上 | 齊 | 六一頍 | | 缺 16 部，增。玉篇作：子爾子米二切，說文捽也，又仄氏切。查韻史正副編都沒有精母小韻，此處歸入到照母中 | 精上開支止三 | 將此 | 章開 3 | 章忍 | 心上開支止三 | 斯氏 |

| 韻字編號 | 部序 | 組數 | 字數 | 韻字及何氏反切 | | | 韻字何氏音 | | | | 何萱注釋 | 備　注 | 韻字中古音 | | 上字中古音 | | 下字中古音 | |
|---|---|---|---|---|---|---|---|---|---|---|---|---|---|---|---|---|---|---|
| | | | | 韻字 | 上字 | 下字 | 聲 | 調 | 呼 | 韻部 | | | 聲調呼韻攝等 | 反切 | 聲呼等 | 反切 | 聲調呼韻攝等 | 反切 |
| 23876 | 16 正 | | 260 | 趀 | 軫 | 徙 | 照 | 上 | 齊 | 六一頍 | | 缺 16 部，見筆者增。趀只集韻一見，曉去皆，許介切。柴廣韻有兩見，且釋義相符。此處取柴廣韻音。韻史 16 正副編均無淨母小韻，加入到照母中 | 清上開支止三 | 雌氏 | 章開 3 | 章忍 | 心上開支止三 | 斯氏 |
| 23877 | 16 正 | | 261 | **此** | 軫 | 徙 | 照 | 上 | 齊 | 六一頍 | | 原文缺，增。此玉篇作七爾切，此處參考爾系列中爾的讀音。16 部中的正副編都沒有淨母，此處歸入照母小韻中 | 清上開齊蟹四 | 乃禮 | 章開 3 | 章忍 | 心上開支止三 | 斯氏 |
| 23878 | 16 正 | 62 | 262 | 舓 | 寵 | 弭 | 助 | 上 | 齊 | 六一頍 | | | 船上開支止三 | 神帋 | 徹合 3 | 丑隴 | 明上開支止重四 | 綿婢 |
| 23879 | 16 正 | | 263 | **篪** | 寵 | 弭 | 助 | 上 | 齊 | 六一頍 | | | 澄上開支止三 | 池爾 | 徹合 3 | 丑隴 | 明上開支止重四 | 綿婢 |
| 23880 | 16 正 | | 264 | 豙 g* | 寵 | 弭 | 助 | 上 | 齊 | 六一頍 | | | 書上開支止三 | 賞是 | 徹合 3 | 丑隴 | 明上開支止重四 | 綿婢 |
| 23881 | 16 正 | 63 | 265 | **是** | 哂 | 弭 | 審 | 上 | 齊 | 六一頍 | | | 禪上開支止三 | 承紙 | 書開 3 | 式忍 | 明上開支止重四 | 綿婢 |
| 23882 | 16 正 | | 266 | 諟 | 哂 | 弭 | 審 | 上 | 齊 | 六一頍 | | | 禪上開支止三 | 承紙 | 書開 3 | 式忍 | 明上開支止重四 | 綿婢 |
| 23883 | 16 正 | | 267 | 氏 | 哂 | 弭 | 審 | 上 | 齊 | 六一頍 | 十一部平十六部上兩見義別 | | 禪上開支止三 | 承紙 | 書開 3 | 式忍 | 明上開支止重四 | 綿婢 |
| 23884 | 16 正 | | 268 | 跃 | 哂 | 弭 | 審 | 上 | 齊 | 六一頍 | 尌也，說文段注與峙偫雙聲義略同。跃尌也謂立也積聚也，廣韻 | | 禪上開支止三 | 承紙 | 書開 3 | 式忍 | 明上開支止重四 | 綿婢 |
| 23886 | 16 正 | | 269 | 釃 | 哂 | 弭 | 審 | 上 | 齊 | 六一頍 | | | 生上開支止三 | 所綺 | 書開 3 | 式忍 | 明上開支止重四 | 綿婢 |
| 23887 | 16 正 | | 270 | 纚 | 哂 | 弭 | 審 | 上 | 齊 | 六一頍 | | | 生上開支止三 | 所綺 | 書開 3 | 式忍 | 明上開支止重四 | 綿婢 |
| 23888 | 16 正 | | 271 | 躧 | 哂 | 弭 | 審 | 上 | 齊 | 六一頍 | | | 生上開支止三 | 所綺 | 書開 3 | 式忍 | 明上開支止重四 | 綿婢 |

| 韻字編號 | 部序 | 組數 | 字數 | 韻字及何氏反切 | | | 韻字何氏音 | | | | 何萱注釋 | 備注 | 韻字中古音 | | 上字中古音 | | 下字中古音 | |
|---|---|---|---|---|---|---|---|---|---|---|---|---|---|---|---|---|---|---|
| | | | | 韻字 | 上字 | 下字 | 聲 | 調 | 呼 | 韻部 | | | 聲調呼韻攝等 | 反切 | 聲呼等 | 反切 | 聲調呼韻攝等 | 反切 |
| 23889 | 16 正 | | 272 | 韃 | 哂 | 弭 | 審 | 上 | 齊 | 六一頍 | | | 生上開支止三 | 所綺 | 書開 3 | 式忍 | 明上開支止重四 | 綿婢 |
| 23892 | 16 正 | | 273 | 簁 | 哂 | 弭 | 審 | 上 | 齊 | 六一頍 | | | 生上開支止三 | 所綺 | 書開 3 | 式忍 | 明上開支止重四 | 綿婢 |
| 23893 | 16 正 | | 274 | 弛 | 哂 | 弭 | 審 | 上 | 齊 | 六一頍 | | | 書上開支止三 | 施是 | 書開 3 | 式忍 | 明上開支止重四 | 綿婢 |
| 23894 | 16 正 | | 275 | 眂 | 哂 | 弭 | 審 | 上 | 齊 | 六一頍 | | 原文只一見，增。廣集眂的釋義正是何所說的眂的釋義，不能用來取音。此處應為諧聲偏旁，取氏廣韻音 | 禪上開支止三 | 承紙 | 書開 3 | 式忍 | 明上開支止重四 | 綿婢 |
| 23895 | 16 正 | 64 | 276 | 𥈖 | 仰 | 徙 | 我 | 上 | 齊 | 六一頍 | | | 疑上開齊蟹四 | 研啓 | 疑開 3 | 魚兩 | 心上開支止三 | 斯氏 |
| 23896 | 16 正 | | 277 | 齯 | 仰 | 徙 | 我 | 上 | 齊 | 六一頍 | | | 疑上開齊蟹四 | 研啓 | 疑開 3 | 魚兩 | 心上開支止三 | 斯氏 |
| 23897 | 16 正 | | 278 | 齞 | 仰 | 徙 | 我 | 上 | 齊 | 六一頍 | | | 疑上開先山四 | 研峴 | 疑開 3 | 魚兩 | 心上開支止三 | 斯氏 |
| 23898 | 16 正 | | 279 | 敼 | 仰 | 徙 | 我 | 上 | 齊 | 六一頍 | | | 疑上開支止重三 | 魚倚 | 疑開 3 | 魚兩 | 心上開支止三 | 斯氏 |
| 23899 | 16 正 | 65 | 280 | 徙 | 想 | 弭 | 信 | 上 | 齊 | 六一頍 | | | 心上開支止三 | 斯氏 | 心開 3 | 息兩 | 明上開支止重四 | 綿婢 |
| 23901 | 16 正 | | 281 | 囟 | 想 | 弭 | 信 | 上 | 齊 | 六一頍 | | | 心上開支止三 | 斯氏 | 心開 3 | 息兩 | 明上開支止重四 | 綿婢 |
| 23902 | 16 正 | 66 | 282 | 俾 | 丙 | 弭 | 謗 | 上 | 齊 | 六一頍 | | 韻目上字為內，誤 | 幫上開支止重四 | 并弭 | 幫開 3 | 兵永 | 明上開支止重四 | 綿婢 |
| 23903 | 16 正 | | 283 | 髀 | 丙 | 弭 | 謗 | 上 | 齊 | 六一頍 | | 韻目上字為內，誤 | 幫上開支止重四 | 并弭 | 幫開 3 | 兵永 | 明上開支止重四 | 綿婢 |
| 23906 | 16 正 | | 284 | 鞞 | 丙 | 弭 | 謗 | 上 | 齊 | 六一頍 | | 韻目上字為內，誤 | 幫上開支止重四 | 并弭 | 幫開 3 | 兵永 | 明上開支止重四 | 綿婢 |
| 23908 | 16 正 | | 285 | 鵯 | 丙 | 弭 | 謗 | 上 | 齊 | 六一頍 | | 韻目上字為內，誤 | 幫上開支止重四 | 并弭 | 幫開 3 | 兵永 | 明上開支止重四 | 綿婢 |
| 23910 | 16 正 | | 286 | 箄 | 丙 | 弭 | 謗 | 上 | 齊 | 六一頍 | | 韻目上字為內，誤 | 幫平開支止重四 | 府移 | 幫開 3 | 兵永 | 明上開支止重四 | 綿婢 |
| 23913 | 16 正 | 67 | 287 | 顊 | 品 | 徙 | 並 | 上 | 齊 | 六一頍 | | | 滂上開齊蟹四 | 匹米 | 滂開重 3 | 丕飲 | 心上開支止三 | 斯氏 |
| 23914 | 16 正 | | 288 | 鞞 | 品 | 徙 | 並 | 上 | 齊 | 六一頍 | | | 幫上開齊蟹四 | 補米 | 滂開重 3 | 丕飲 | 心上開支止三 | 斯氏 |
| 23915 | 16 正 | | 289 | 婢 | 品 | 徙 | 並 | 上 | 齊 | 六一頍 | | | 並上開支止重四 | 便俾 | 滂開重 3 | 丕飲 | 心上開支止三 | 斯氏 |
| 23916 | 16 正 | | 290 | 庳 | 品 | 徙 | 並 | 上 | 齊 | 六一頍 | | | 並上開支止重四 | 便俾 | 滂開重 3 | 丕飲 | 心上開支止三 | 斯氏 |
| 23917 | 16 正 | 68 | 291 | 弭 | 面 | 徙 | 命 | 上 | 齊 | 六一頍 | | | 明上開支止重四 | 綿俾 | 明開重 4 | 彌箭 | 心上開支止三 | 斯氏 |

| 韻字編號 | 部序 | 組數 | 字數 | 韻字及何氏反切 | | | 韻字何氏音 | | | | 何萱注釋 | 備　注 | 韻字中古音 | | 上字中古音 | | 下字中古音 | |
|---|---|---|---|---|---|---|---|---|---|---|---|---|---|---|---|---|---|---|
| | | | | 韻字 | 上字 | 下字 | 聲 | 調 | 呼 | 韻部 | | | 聲調呼韻攝等 | 反切 | 聲呼等 | 反切 | 聲調呼韻攝等 | 反切 |
| 23918 | 16 正 | | 292 | 弭* | 面 | 徙 | 命 | 上 | 齊 | 六一頍 | | | 明上開支止重四 | 母婢 | 明開重 4 | 彌箭 | 心上開支止三 | 斯氏 |
| 23919 | 16 正 | | 293 | 愵 | 面 | 徙 | 命 | 上 | 齊 | 六一頍 | 十二部十六部兩讀 | 缺 12 部，見筆者增 | 明上開支止重四 | 綿俾 | 明開重 4 | 彌箭 | 心上開支止三 | 斯氏 |
| 23920 | 16 正 | | 294 | 渳 | 面 | 徙 | 命 | 上 | 齊 | 六一頍 | | | 明上開支止重四 | 綿俾 | 明開重 4 | 彌箭 | 心上開支止三 | 斯氏 |
| 23921 | 16 正 | | 295 | 靡 | 面 | 徙 | 命 | 上 | 齊 | 六一頍 | 十六部上十七部平兩讀 | | 明上開支止重三 | 文彼 | 明開重 4 | 彌箭 | 心上開支止三 | 斯氏 |
| 23922 | 16 正 | | 296 | 哶* | 面 | 徙 | 命 | 上 | 齊 | 六一頍 | 芈俗有哶 | | 明上開支止重四 | 母婢 | 明開重 4 | 彌箭 | 心上開支止三 | 斯氏 |
| 23923 | 16 正 | | 297 | 檷 g* | 面 | 徙 | 命 | 上 | 齊 | 六一頍 | | 缺 16 部，增 | 明上開支止重四 | 母婢 | 明開重 4 | 彌箭 | 心上開支止三 | 斯氏 |
| 23924 | 16 正 | | 298 | 瀰 | 面 | 徙 | 命 | 上 | 齊 | 六一頍 | | 缺 16 部，增 | 明上開支止重四 | 綿婢 | 明開重 4 | 彌箭 | 心上開支止三 | 斯氏 |
| 23925 | 16 正 | | 299 | 髩 | 面 | 徙 | 命 | 上 | 齊 | 六一頍 | | 原文缺，增。廣集只一讀，玉篇奴禮切。此處仿檷字，實際上沒有這個廣韻音 | 明上開支止重四 | 母婢 | 明開重 4 | 彌箭 | 心上開支止三 | 斯氏 |
| 23926 | 16 正 | | 300 | 闢g* | 面 | 徙 | 命 | 上 | 齊 | 六一頍 | | 原文缺。增。入聲不知當讀哪個音，所以沒增。玉篇沒查到 | 明上開支止重四 | 母婢 | 明開重 4 | 彌箭 | 心上開支止三 | 斯氏 |
| 23927 | 16 正 | 69 | 301 | 烓 | 舉 | 縈 | 見 | 上 | 撮 | 六二烓 | | 玉篇口迴烏圭二切 | 影平合齊蟹四 | 烏攜 | 見合 3 | 居許 | 日上合支止三 | 如累 |
| 23928 | 16 正 | 70 | 302 | 跬 | 郡 | 縈 | 起 | 上 | 撮 | 六二烓 | | 韻目歸入舉縈切，表中作起母字頭，據副編加郡縈切 | 溪上合支止重四 | 丘弭 | 群合 3 | 渠運 | 日上合支止三 | 如累 |
| 23929 | 16 正 | 71 | 303 | 㿉 | 永 | 縈 | 影 | 上 | 撮 | 六二烓 | | | 以上合支止三 | 羊捶 | 云合 3 | 于憬 | 日上合支止三 | 如累 |
| 23930 | 16 正 | | 304 | 靃 | 永 | 縈 | 影 | 上 | 撮 | 六二烓 | 五部入聲十六部上聲兩讀義別 | | 心上合支止三 | 息委 | 云合 3 | 于憬 | 日上合支止三 | 如累 |
| 23932 | 16 正 | 72 | 305 | 嶲 g* | 許 | 縈 | 曉 | 上 | 撮 | 六二烓 | 平上兩讀異義 | 韻目歸入永縈切，表中作曉母字頭，據副編加許縈切；正文增 | 心上合支止三 | 選委 | 曉合 3 | 虛呂 | 日上合支止三 | 如累 |

| 韻字編號 | 部序 | 組數 | 字數 | 韻字及何氏反切 | | | 韻字何氏音 | | | | 何萱注釋 | 備注 | 韻字中古音 | | 上字中古音 | | 下字中古音 | |
|---|---|---|---|---|---|---|---|---|---|---|---|---|---|---|---|---|---|---|
| | | | | 韻字 | 上字 | 下字 | 聲 | 調 | 呼 | 韻部 | | | 聲調呼韻攝等 | 反切 | 聲呼等 | 反切 | 聲調呼韻攝等 | 反切 |
| 23935 | 16 正 | 73 | 306 | **檾** | 汝 | 瘺 | 耳 | 上 | 撮 | 六二烓 | | | 日上合支止三 | 如累 | 日合 3 | 人渚 | 以上合支止三 | 羊捶 |
| 23938 | 16 正 | 74 | 307 | 嶲 | 俊 | 檾 | 井 | 上 | 撮 | 六二烓 | | 表中此位無字 | 精上合支止三 | 即委 | 精合 3 | 子峻 | 日上合支止三 | 如累 |
| 23940 | 16 正 | 75 | 308 | **惢** | 縓 | 瘺 | 淨 | 上 | 撮 | 六二烓 | 平上兩讀注在彼 | | 從上合支止三 | 才捶 | 清合 3 | 七絹 | 以上合支止三 | 羊捶 |
| 23942 | 16 正 | 76 | 309 | **懈** | 艮 | 曬 | 見 | 去 | 開 | 六二懈 | | | 見去開佳蟹二 | 古隘 | 見開 1 | 古恨 | 生去開佳蟹二 | 所賣 |
| 23944 | 16 正 | 77 | 310 | **毄** | 口 | 曬 | 起 | 去 | 開 | 六二懈 | | | 溪去開齊蟹四 | 苦計 | 溪開 1 | 苦后 | 生去開佳蟹二 | 所賣 |
| 23946 | 16 正 | 78 | 311 | **隘** | 案 | 曬 | 影 | 去 | 開 | 六二懈 | | | 影去開佳蟹二 | 烏懈 | 影開 1 | 烏旰 | 生去開佳蟹二 | 所賣 |
| 23950 | 16 正 | 79 | 312 | **解** | 漢 | 懈 | 曉 | 去 | 開 | 六二懈 | 上去兩讀注在彼 | | 匣去開佳蟹二 | 胡懈 | 曉開 1 | 呼旰 | 見去開佳蟹二 | 古隘 |
| 23953 | 16 正 | 80 | 313 | **曬** | 稍 | 懈 | 審 | 去 | 開 | 六二懈 | | | 生去開佳蟹二 | 所賣 | 生開 2 | 所教 | 見去開佳蟹二 | 古隘 |
| 23954 | 16 正 | 81 | 314 | **賣** | 莫 | 懈 | 命 | 去 | 開 | 六二懈 | | | 明去開佳蟹二 | 莫懈 | 明開 1 | 慕各 | 見去開佳蟹二 | 古隘 |
| 23955 | 16 正 | 82 | 315 | **卦** | 廣 | 派 | 見 | 去 | 合 | 六三卦 | | 正編下字作派，誤 | 見去合夬蟹二 | 古賣 | 見合 1 | 古晃 | 滂去開佳蟹二 | 匹卦 |
| 23956 | 16 正 | | 316 | 挂 | 廣 | 派 | 見 | 去 | 合 | 六三卦 | | 正編下字作派，誤 | 見去合夬蟹二 | 古賣 | 見合 1 | 古晃 | 滂去開佳蟹二 | 匹卦 |
| 23957 | 16 正 | | 317 | 詿 | 廣 | 派 | 見 | 去 | 合 | 六三卦 | | 正編下字作派，誤 | 見去合夬蟹二 | 古賣 | 見合 1 | 古晃 | 滂去開佳蟹二 | 匹卦 |
| 23958 | 16 正 | 83 | 318 | **絓** | 戶 | 派 | 曉 | 去 | 合 | 六三卦 | | 正編下字作派，誤 | 匣去合佳蟹二 | 胡卦 | 匣合 1 | 侯古 | 滂去開佳蟹二 | 匹卦 |
| 23959 | 16 正 | 84 | 319 | 朩 | 普 | 卦 | 並 | 去 | 合 | 六三卦 | | | 滂去開佳蟹二 | 匹卦 | 滂合 1 | 滂古 | 見去合夬蟹二 | 古賣 |
| 23960 | 16 正 | | 320 | 𠂢 | 普 | 卦 | 並 | 去 | 合 | 六三卦 | | | 滂去開佳蟹二 | 匹卦 | 滂合 1 | 滂古 | 見去合夬蟹二 | 古賣 |
| 23961 | 16 正 | | 321 | **派** | 普 | 卦 | 並 | 去 | 合 | 六三卦 | | | 滂去開佳蟹二 | 匹卦 | 滂合 1 | 滂古 | 見去合夬蟹二 | 古賣 |
| 23962 | 16 正 | | 322 | 紌 | 普 | 卦 | 並 | 去 | 合 | 六三卦 | | | 滂去開佳蟹二 | 匹卦 | 滂合 1 | 滂古 | 見去合夬蟹二 | 古賣 |
| 23963 | 16 正 | | 323 | 粺 | 普 | 卦 | 並 | 去 | 合 | 六三卦 | | | 並去開佳蟹二 | 傍卦 | 滂合 1 | 滂古 | 見去合夬蟹二 | 古賣 |
| 23964 | 16 正 | | 324 | 稗 | 普 | 卦 | 並 | 去 | 合 | 六三卦 | | | 並去開佳蟹二 | 傍卦 | 滂合 1 | 滂古 | 見去合夬蟹二 | 古賣 |
| 23965 | 16 正 | | 325 | 潷 | 普 | 卦 | 並 | 去 | 合 | 六三卦 | | | 滂去開佳蟹二 | 匹卦 | 滂合 1 | 滂古 | 見去合夬蟹二 | 古賣 |
| 23966 | 16 正 | 85 | 326 | 矮 | 甕 | 傫 | 影 | 去 | 合二 | 六四矮 | | | 影上合支止重三 | 於詭 | 影合 1 | 烏貢 | 來上合灰蟹一 | 魯猥 |
| 23968 | 16 正 | | 327 | **萎** | 甕 | 傫 | 影 | 去 | 合二 | 六四矮 | | | 影去合支止重三 | 於僞 | 影合 1 | 烏貢 | 來上合灰蟹一 | 魯猥 |
| 23969 | 16 正 | 86 | 328 | **諉** | 煗 | 傫 | 乃 | 去 | 合二 | 六四矮 | | | 娘去合支止三 | 女恚 | 泥合 1 | 乃管 | 來上合灰蟹一 | 魯猥 |

| 韻字編號 | 部序 | 組數 | 字數 | 韻字及何氏反切 | | | 韻字何氏音 | | | | 何萱注釋 | 備注 | 韻字中古音 | | 上字中古音 | | 下字中古音 | |
|---|---|---|---|---|---|---|---|---|---|---|---|---|---|---|---|---|---|---|
| | | | | 韻字 | 上字 | 下字 | 聲 | 調 | 呼 | 韻部 | | | 聲調呼韻攝等 | 反切 | 聲呼等 | 反切 | 聲調呼韻攝等 | 反切 |
| 23970 | 16 正 | | 329 | 諉* | 煗 | 儽 | 乃 | 去 | 合二 | 六四矮 | | | 娘去合支止三 | 女恚 | 泥合 1 | 乃管 | 來上合灰蟹一 | 魯猥 |
| 23974 | 16 正 | 87 | 330 | 儽* | 路 | 萎 | 賚 | 去 | 合二 | 六四矮 | | | 來上合灰蟹一 | 魯猥 | 來合 1 | 洛故 | 影去合支止重三 | 於偽 |
| 23976 | 16 正 | 88 | 331 | � | 竟 | 係 | 見 | 去 | 齊 | 六五躩 | | | 見去開支止重四 | 居企 | 見開 3 | 居慶 | 見去開齊蟹四 | 古詣 |
| 23977 | 16 正 | | 332 | 槃 | 竟 | 係 | 見 | 去 | 齊 | 六五躩 | | | 見去開齊蟹四 | 古詣 | 見開 3 | 居慶 | 見去開齊蟹四 | 古詣 |
| 23978 | 16 正 | | 333 | 蘻 | 竟 | 係 | 見 | 去 | 齊 | 六五躩 | | | 見去開齊蟹四 | 古詣 | 見開 3 | 居慶 | 見去開齊蟹四 | 古詣 |
| 23980 | 16 正 | 89 | 334 | 迟* | 儉 | 係 | 起 | 去 | 齊 | 六五躩 | | | 溪入開陌梗三 | 乞逆 | 群開重 3 | 巨險 | 見去開齊蟹四 | 古詣 |
| 23982 | 16 正 | | 335 | 企 | 儉 | 係 | 起 | 去 | 齊 | 六五躩 | | | 溪去開支止重四 | 去智 | 群開重 3 | 巨險 | 見去開齊蟹四 | 古詣 |
| 23984 | 16 正 | | 336 | 跂 | 儉 | 係 | 起 | 去 | 齊 | 六五躩 | 平去兩讀 | | 溪去開支止重四 | 去智 | 群開重 3 | 巨險 | 見去開齊蟹四 | 古詣 |
| 23986 | 16 正 | | 337 | 忮 | 儉 | 係 | 起 | 去 | 齊 | 六五躩 | | | 溪去開支止重四 | 去智 | 群開重 3 | 巨險 | 見去開齊蟹四 | 古詣 |
| 23988 | 16 正 | | 338 | 跂 | 儉 | 係 | 起 | 去 | 齊 | 六五躩 | 平去兩讀注在彼 | | 溪去開支止重三 | 墟彼 | 群開重 3 | 巨險 | 見去開齊蟹四 | 古詣 |
| 23990 | 16 正 | | 339 | 蚑 | 儉 | 係 | 起 | 去 | 齊 | 六五躩 | 平去兩讀注在彼 | | 溪去開支止重四 | 去智 | 群開重 3 | 巨險 | 見去開齊蟹四 | 古詣 |
| 23992 | 16 正 | | 340 | 魃 | 儉 | 係 | 起 | 去 | 齊 | 六五躩 | | | 群去開支止重三 | 奇寄 | 群開重 3 | 巨險 | 見去開齊蟹四 | 古詣 |
| 23993 | 16 正 | | 341 | 芰 | 儉 | 係 | 起 | 去 | 齊 | 六五躩 | | | 群去開支止重三 | 奇寄 | 群開重 3 | 巨險 | 見去開齊蟹四 | 古詣 |
| 23994 | 16 正 | | 342 | 慹 | 儉 | 係 | 起 | 去 | 齊 | 六五躩 | | | 溪去開齊蟹四 | 苦計 | 群開重 3 | 巨險 | 見去開齊蟹四 | 古詣 |
| 23995 | 16 正 | | 343 | 磬 | 儉 | 係 | 起 | 去 | 齊 | 六五躩 | | | 溪去開齊蟹四 | 苦計 | 群開重 3 | 巨險 | 見去開齊蟹四 | 古詣 |
| 23996 | 16 正 | | 344 | 跬 | 儉 | 係 | 起 | 去 | 齊 | 六五躩 | | 原缺 16 部，增 | 群去開支止重三 | 奇寄 | 群開重 3 | 巨險 | 見去開齊蟹四 | 古詣 |
| 23998 | 16 正 | 90 | 345 | 厂 | 隱 | 係 | 影 | 去 | 齊 | 六五躩 | | | 以去開祭蟹三 | 餘制 | 影開 3 | 於謹 | 見去開齊蟹四 | 古詣 |
| 23999 | 16 正 | | 346 | 易 | 隱 | 係 | 影 | 去 | 齊 | 六五躩 | 去入兩讀義分 | | 以去開支止三 | 以豉 | 影開 3 | 於謹 | 見去開齊蟹四 | 古詣 |
| 24001 | 16 正 | | 347 | 敡 | 隱 | 係 | 影 | 去 | 齊 | 六五躩 | | | 以去開支止三 | 以豉 | 影開 3 | 於謹 | 見去開齊蟹四 | 古詣 |
| 24002 | 16 正 | | 348 | 傷 | 隱 | 係 | 影 | 去 | 齊 | 六五躩 | | | 以去開支止三 | 以豉 | 影開 3 | 於謹 | 見去開齊蟹四 | 古詣 |
| 24004 | 16 正 | | 349 | 伿 | 隱 | 係 | 影 | 去 | 齊 | 六五躩 | | | 以去開支止三 | 以豉 | 影開 3 | 於謹 | 見去開齊蟹四 | 古詣 |
| 24006 | 16 正 | | 350 | 縊 | 隱 | 係 | 影 | 去 | 齊 | 六五躩 | | | 影去開齊蟹四 | 於計 | 影開 3 | 於謹 | 見去開齊蟹四 | 古詣 |
| 24007 | 16 正 | 91 | 351 | 系 | 向 | 企 | 曉 | 去 | 齊 | 六五躩 | | | 匣去開齊蟹四 | 胡計 | 曉開 3 | 許亮 | 溪去開支止重四 | 去智 |
| 24008 | 16 正 | | 352 | 係 | 向 | 企 | 曉 | 去 | 齊 | 六五躩 | | | 見去開齊蟹四 | 古詣 | 曉開 3 | 許亮 | 溪去開支止重四 | 去智 |
| 24010 | 16 正 | | 353 | 盻 | 向 | 企 | 曉 | 去 | 齊 | 六五躩 | | | 匣去開齊蟹四 | 胡計 | 曉開 3 | 許亮 | 溪去開支止重四 | 去智 |
| 24011 | 16 正 | 92 | 354 | 帝 | 典 | 係 | 短 | 去 | 齊 | 六五躩 | | | 端去開齊蟹四 | 都計 | 端開 4 | 多殄 | 見去開齊蟹四 | 古詣 |
| 24012 | 16 正 | | 355 | 諦 | 典 | 係 | 短 | 去 | 齊 | 六五躩 | | | 端去開齊蟹四 | 都計 | 端開 4 | 多殄 | 見去開齊蟹四 | 古詣 |

| 韻字編號 | 部序 | 組數 | 字數 | 韻字及何氏反切 | | | 韻字何氏音 | | | | 何萱注釋 | 備注 | 韻字中古音 | | 上字中古音 | | 下字中古音 | |
|---|---|---|---|---|---|---|---|---|---|---|---|---|---|---|---|---|---|---|
| | | | | 韻字 | 上字 | 下字 | 聲 | 調 | 呼 | 韻部 | | | 聲調呼韻攝等 | 反切 | 聲呼等 | 反切 | 聲調呼韻攝等 | 反切 |
| 24014 | 16 正 | | 356 | 滴 | 典 | 係 | 短 | 去 | 齊 | 六五還 | 滴或作渧。去入兩讀注在彼 | 與滴異讀。此處取渧廣韻音 | 端去開齊蟹四 | 都計 | 端開 4 | 多殄 | 見去開齊蟹四 | 古詣 |
| 24015 | 16 正 | 93 | 357 | 禘 | 眺 | 係 | 透 | 去 | 齊 | 六五還 | | | 定去開齊蟹四 | 特計 | 透開 4 | 他弔 | 見去開齊蟹四 | 古詣 |
| 24017 | 16 正 | | 358 | 締 | 眺 | 係 | 透 | 去 | 齊 | 六五還 | | | 定去開齊蟹四 | 特計 | 透開 4 | 他弔 | 見去開齊蟹四 | 古詣 |
| 24018 | 16 正 | | 359 | 禘* | 眺 | 係 | 透 | 去 | 齊 | 六五還 | | | 透去開齊蟹四 | 他計 | 透開 4 | 他弔 | 見去開齊蟹四 | 古詣 |
| 24019 | 16 正 | | 360 | 緹 | 眺 | 係 | 透 | 去 | 齊 | 六五還 | | | 定平開齊蟹四 | 杜奚 | 透開 4 | 他弔 | 見去開齊蟹四 | 古詣 |
| 24022 | 16 正 | | 361 | 踶 | 眺 | 係 | 透 | 去 | 齊 | 六五還 | | | 定去開齊蟹四 | 特計 | 透開 4 | 他弔 | 見去開齊蟹四 | 古詣 |
| 24024 | 16 正 | | 362 | 遞 | 眺 | 係 | 透 | 去 | 齊 | 六五還 | | | 定去開齊蟹四 | 特計 | 透開 4 | 他弔 | 見去開齊蟹四 | 古詣 |
| 24025 | 16 正 | | 363 | 鬄 g* | 眺 | 係 | 透 | 去 | 齊 | 六五還 | | 廣韻只有心開昔三，思積切一讀。集韻還有定母 | 透去開齊蟹四 | 他計 | 透開 4 | 他弔 | 見去開齊蟹四 | 古詣 |
| 24026 | 16 正 | | 364 | 地 | 眺 | 係 | 透 | 去 | 齊 | 六五還 | 十六部十七部兩讀注在彼 | | 定去開脂止三 | 徒四 | 透開 4 | 他弔 | 見去開齊蟹四 | 古詣 |
| 24028 | 16 正 | 94 | 365 | 麗 | 亮 | 係 | 賚 | 去 | 齊 | 六五還 | | | 來去開齊蟹四 | 郎計 | 來開 3 | 力讓 | 見去開齊蟹四 | 古詣 |
| 24029 | 16 正 | | 366 | 儷 | 亮 | 係 | 賚 | 去 | 齊 | 六五還 | 平去兩讀注在彼 | | 來去開齊蟹四 | 郎計 | 來開 3 | 力讓 | 見去開齊蟹四 | 古詣 |
| 24032 | 16 正 | | 367 | 龘 | 亮 | 係 | 賚 | 去 | 齊 | 六五還 | | | 來去開齊蟹四 | 郎計 | 來開 3 | 力讓 | 見去開齊蟹四 | 古詣 |
| 24033 | 16 正 | | 368 | 癘 | 亮 | 係 | 賚 | 去 | 齊 | 六五還 | | | 來去開齊蟹四 | 郎計 | 來開 3 | 力讓 | 見去開齊蟹四 | 古詣 |
| 24035 | 16 正 | | 369 | 蘺 | 亮 | 係 | 賚 | 去 | 齊 | 六五還 | 平去兩讀 | | 來去開齊蟹四 | 郎計 | 來開 3 | 力讓 | 見去開齊蟹四 | 古詣 |
| 24036 | 16 正 | 95 | 370 | 智 | 軫 | 係 | 照 | 去 | 齊 | 六五還 | | | 知去開支止三 | 知義 | 章開 3 | 章忍 | 見去開齊蟹四 | 古詣 |
| 24037 | 16 正 | | 371 | 忮 | 軫 | 係 | 照 | 去 | 齊 | 六五還 | | | 章去開支止三 | 支義 | 章開 3 | 章忍 | 見去開齊蟹四 | 古詣 |
| 24038 | 16 正 | | 372 | 觶 | 軫 | 係 | 照 | 去 | 齊 | 六五還 | | | 章去開支止三 | 支義 | 章開 3 | 章忍 | 見去開齊蟹四 | 古詣 |
| 24039 | 16 正 | 96 | 373 | 謚 | 寵 | 係 | 助 | 去 | 齊 | 六五還 | | | 船去開脂止三 | 神至 | 徹合 3 | 丑隴 | 見去開齊蟹四 | 古詣 |
| 24040 | 16 正 | 97 | 374 | 翅 | 哂 | 係 | 審 | 去 | 齊 | 六五還 | | | 禪去開支止三 | 是義 | 書開 3 | 式忍 | 見去開齊蟹四 | 古詣 |
| 24042 | 16 正 | | 375 | 豉 | 哂 | 係 | 審 | 去 | 齊 | 六五還 | | | 書去開支止三 | 施智 | 書開 3 | 式忍 | 見去開齊蟹四 | 古詣 |
| 24043 | 16 正 | | 376 | 啻 | 哂 | 係 | 審 | 去 | 齊 | 六五還 | | | 書去開支止三 | 施智 | 書開 3 | 式忍 | 見去開齊蟹四 | 古詣 |
| 24044 | 16 正 | 98 | 377 | 積 | 甑 | 係 | 井 | 去 | 齊 | 六五還 | | | 精去開支止三 | 子智 | 精開 3 | 子孕 | 見去開齊蟹四 | 古詣 |
| 24045 | 16 正 | | 378 | 歕 | 甑 | 係 | 井 | 去 | 齊 | 六五還 | | 缺 16 部，增。廣韻還有平聲一讀 | 精去開支止三 | 子智 | 精開 3 | 子孕 | 見去開齊蟹四 | 古詣 |

| 韻字編號 | 部序 | 組數 | 字數 | 韻字及何氏反切 | | | 韻字何氏音 | | | | 何萱注釋 | 備　注 | 韻字中古音 | | 上字中古音 | | 下字中古音 | |
|---|---|---|---|---|---|---|---|---|---|---|---|---|---|---|---|---|---|---|
| | | | | 韻字 | 上字 | 下字 | 聲 | 調 | 呼 | 韻部 | | | 聲調呼韻攝等 | 反切 | 聲呼等 | 反切 | 聲調呼韻攝等 | 反切 |
| 24046 | 16 正 | 99 | 379 | **朿** | 淺 | 係 | 淨 | 去 | 齊 | 六五翼 | | | 清去開支止三 | 七賜 | 清開 3 | 七演 | 見去開齊蟹四 | 古詣 |
| 24047 | 16 正 | | 380 | 誎 | 淺 | 係 | 淨 | 去 | 齊 | 六五翼 | | | 清去開支止三 | 七賜 | 清開 3 | 七演 | 見去開齊蟹四 | 古詣 |
| 24048 | 16 正 | | 381 | 刺 | 淺 | 係 | 淨 | 去 | 齊 | 六五翼 | 去入兩讀 | | 清去開支止三 | 七賜 | 清開 3 | 七演 | 見去開齊蟹四 | 古詣 |
| 24049 | 16 正 | | 382 | 莿 | 淺 | 係 | 淨 | 去 | 齊 | 六五翼 | | | 清去開支止三 | 七賜 | 清開 3 | 七演 | 見去開齊蟹四 | 古詣 |
| 24050 | 16 正 | | 383 | 漬 | 淺 | 係 | 淨 | 去 | 齊 | 六五翼 | | | 從去開支止三 | 疾智 | 清開 3 | 七演 | 見去開齊蟹四 | 古詣 |
| 24051 | 16 正 | | 384 | 眥 | 淺 | 係 | 淨 | 去 | 齊 | 六五翼 | | 原文缺 16 部，增。也許此處為支止三 | 從去開齊蟹四 | 在詣 | 清開 3 | 七演 | 見去開齊蟹四 | 古詣 |
| 24052 | 16 正 | 100 | 385 | **睨** | 仰 | 企 | 我 | 去 | 齊 | 六五翼 | | | 疑去開齊蟹四 | 五計 | 疑開 3 | 魚兩 | 溪去開支止重四 | 去智 |
| 24053 | 16 正 | | 386 | 覞 | 仰 | 企 | 我 | 去 | 齊 | 六五翼 | | | 疑去開齊蟹四 | 五計 | 疑開 3 | 魚兩 | 溪去開支止重四 | 去智 |
| 24054 | 16 正 | 101 | 387 | 壻 | 想 | 企 | 信 | 去 | 齊 | 六五翼 | | | 心去開齊蟹四 | 蘇計 | 心開 3 | 息兩 | 溪去開支止重四 | 去智 |
| 24055 | 16 正 | | 388 | **賜** | 想 | 企 | 信 | 去 | 齊 | 六五翼 | | | 心去開支止三 | 斯義 | 心開 3 | 息兩 | 溪去開支止重四 | 去智 |
| 24057 | 16 正 | 102 | 389 | **臂** | 丙 | 係 | 謗 | 去 | 齊 | 六五翼 | | | 幫去開支止重四 | 卑義 | 幫開 3 | 兵永 | 見去開齊蟹四 | 古詣 |
| 24058 | 16 正 | | 390 | 嬖 | 丙 | 係 | 謗 | 去 | 齊 | 六五翼 | | | 幫去開齊蟹四 | 博計 | 幫開 3 | 兵永 | 見去開齊蟹四 | 古詣 |
| 24059 | 16 正 | 103 | 391 | 譬 | 品 | 係 | 並 | 去 | 齊 | 六五翼 | | | 滂去開支止重四 | 匹賜 | 滂開重 3 | 丕飲 | 見去開齊蟹四 | 古詣 |
| 24060 | 16 正 | | 392 | **避** | 品 | 係 | 並 | 去 | 齊 | 六五翼 | | | 並去開支止重四 | 毗義 | 滂開重 3 | 丕飲 | 見去開齊蟹四 | 古詣 |
| 24061 | 16 正 | | 393 | 薜 | 品 | 係 | 並 | 去 | 齊 | 六五翼 | | | 並去開齊蟹四 | 蒲計 | 滂開重 3 | 丕飲 | 見去開齊蟹四 | 古詣 |
| 24063 | 16 正 | 104 | 394 | **桂** | 舉 | 恚 | 見 | 去 | 撮 | 六六桂 | | | 見去合齊蟹四 | 古惠 | 見合 3 | 居許 | 影去合支止重四 | 於避 |
| 24064 | 16 正 | | 395 | 蠲 | 舉 | 恚 | 見 | 去 | 撮 | 六六桂 | 平去兩讀注在彼 | 玉篇古玄古迷二切 | 見平合先山四 | 古玄 | 見合 3 | 居許 | 影去合支止重四 | 於避 |
| 24066 | 16 正 | | 396 | 炅 | 舉 | 恚 | 見 | 去 | 撮 | 六六桂 | | | 見去合齊蟹四 | 古惠 | 見合 3 | 居許 | 影去合支止重四 | 於避 |
| 24067 | 16 正 | 105 | 397 | **恚** | 永 | 桂 | 影 | 去 | 撮 | 六六桂 | | | 影去合支止重四 | 於避 | 云合 3 | 于憬 | 見去合齊蟹四 | 古惠 |
| 24068 | 16 正 | | 398 | 娡 | 永 | 桂 | 影 | 去 | 撮 | 六六桂 | | | 影去合支止重四 | 於避 | 云合 3 | 于憬 | 見去合齊蟹四 | 古惠 |
| 24072 | 16 正 | 106 | 399 | **繣** | 許 | 恚 | 曉 | 去 | 撮 | 六六桂 | 平去兩讀注在彼 | | 匣去合佳蟹二 | 胡卦 | 曉合 3 | 虛呂 | 影去合支止重四 | 於避 |
| 24073 | 16 正 | 107 | 400 | **隔** | 艮 | 策 | 見 | 入 | 開 | 六七隔 | | | 見入開麥梗二 | 古核 | 見開 1 | 古恨 | 初入開麥梗二 | 楚革 |
| 24074 | 16 正 | | 401 | 槅 | 艮 | 策 | 見 | 入 | 開 | 六七隔 | | | 見入開麥梗二 | 古核 | 見開 1 | 古恨 | 初入開麥梗二 | 楚革 |
| 24075 | 16 正 | | 402 | 鬲虎* | 艮 | 策 | 見 | 入 | 開 | 六七隔 | | | 見入開麥梗二 | 各核 | 見開 1 | 古恨 | 初入開麥梗二 | 楚革 |

| 韻字編號 | 部序 | 組數 | 字數 | 韻字及何氏反切 | | | 韻字何氏音 | | | | 何萱注釋 | 備注 | 韻字中古音 | | 上字中古音 | | 下字中古音 | |
|---|---|---|---|---|---|---|---|---|---|---|---|---|---|---|---|---|---|---|
| | | | | 韻字 | 上字 | 下字 | 聲 | 調 | 呼 | 韻部 | | | 聲調呼韻攝等 | 反切 | 聲呼等 | 反切 | 聲調呼韻攝等 | 反切 |
| 24076 | 16 正 | 108 | 403 | **礐** | 口 | 策 | 起 | 入 | 開 | 六七隔 | | | 溪入開陌梗二 | 苦格 | 溪開 1 | 苦后 | 初入開麥梗二 | 楚革 |
| 24077 | 16 正 | 109 | 404 | **戹** | 案 | 策 | 影 | 入 | 開 | 六七隔 | | | 影入開麥梗二 | 於革 | 影開 1 | 烏旰 | 初入開麥梗二 | 楚革 |
| 24079 | 16 正 | | 405 | 餩 | 案 | 策 | 影 | 入 | 開 | 六七隔 | | | 影入開麥梗二 | 於革 | 影開 1 | 烏旰 | 初入開麥梗二 | 楚革 |
| 24080 | 16 正 | | 406 | 呝 | 案 | 策 | 影 | 入 | 開 | 六七隔 | | | 影入開麥梗二 | 於革 | 影開 1 | 烏旰 | 初入開麥梗二 | 楚革 |
| 24081 | 16 正 | | 407 | 軶 | 案 | 策 | 影 | 入 | 開 | 六七隔 | | | 影入開麥梗二 | 於革 | 影開 1 | 烏旰 | 初入開麥梗二 | 楚革 |
| 24083 | 16 正 | | 408 | 阸 | 案 | 策 | 影 | 入 | 開 | 六七隔 | | | 影入開麥梗二 | 於革 | 影開 1 | 烏旰 | 初入開麥梗二 | 楚革 |
| 24084 | 16 正 | | 409 | 搹 | 案 | 策 | 影 | 入 | 開 | 六七隔 | | | 見入開麥梗二 | 古核 | 影開 1 | 烏旰 | 初入開麥梗二 | 楚革 |
| 24085 | 16 正 | | 410 | 搤 | 案 | 策 | 影 | 入 | 開 | 六七隔 | | | 影入開麥梗二 | 於革 | 影開 1 | 烏旰 | 初入開麥梗二 | 楚革 |
| 24086 | 16 正 | | 411 | 鬛 | 案 | 策 | 影 | 入 | 開 | 六七隔 | | | 影入開麥梗二 | 於革 | 影開 1 | 烏旰 | 初入開麥梗二 | 楚革 |
| 24087 | 16 正 | 110 | 412 | **翮** | 漢 | 策 | 曉 | 入 | 開 | 六七隔 | | | 匣入開麥梗二 | 下革 | 曉開 1 | 呼旰 | 初入開麥梗二 | 楚革 |
| 24088 | 16 正 | | 413 | 礋 | 漢 | 策 | 曉 | 入 | 開 | 六七隔 | | | 匣入開麥梗二 | 下革 | 曉開 1 | 呼旰 | 初入開麥梗二 | 楚革 |
| 24089 | 16 正 | 111 | 414 | 鬡 | 曩 | 策 | 乃 | 入 | 開 | 六七隔 | | | 娘入開麥梗二 | 尼戹 | 泥開 1 | 奴朗 | 初入開麥梗二 | 楚革 |
| 24091 | 16 正 | | 415 | **疒** | 曩 | 策 | 乃 | 入 | 開 | 六七隔 | | | 娘入開麥梗二 | 尼戹 | 泥開 1 | 奴朗 | 初入開麥梗二 | 楚革 |
| 24092 | 16 正 | 112 | 416 | **謫** | 諍 | 策 | 照 | 入 | 開 | 六七隔 | | | 知入開麥梗二 | 陟革 | 莊開 2 | 側迸 | 初入開麥梗二 | 楚革 |
| 24094 | 16 正 | | 417 | 賾* | 諍 | 策 | 照 | 入 | 開 | 六七隔 | | | 莊入開麥梗二 | 側革 | 莊開 2 | 側迸 | 初入開麥梗二 | 楚革 |
| 24095 | 16 正 | | 418 | 嫧 | 諍 | 策 | 照 | 入 | 開 | 六七隔 | | | 莊入開麥梗二 | 側革 | 莊開 2 | 側迸 | 初入開麥梗二 | 楚革 |
| 24097 | 16 正 | | 419 | 幘 | 諍 | 策 | 照 | 入 | 開 | 六七隔 | | | 莊入開麥梗二 | 側革 | 莊開 2 | 側迸 | 初入開麥梗二 | 楚革 |
| 24098 | 16 正 | | 420 | 簀 | 諍 | 策 | 照 | 入 | 開 | 六七隔 | | | 莊入開麥梗二 | 側革 | 莊開 2 | 側迸 | 初入開麥梗二 | 楚革 |
| 24099 | 16 正 | | 421 | 磔 | 諍 | 策 | 照 | 入 | 開 | 六七隔 | | | 知入開麥梗二 | 陟革 | 莊開 2 | 側迸 | 初入開麥梗二 | 楚革 |
| 24100 | 16 正 | 113 | 422 | 冊 | 茝 | 隔 | 助 | 入 | 開 | 六七隔 | | | 初入開麥梗二 | 楚革 | 昌開 1 | 昌紿 | 見入開麥梗二 | 古核 |
| 24101 | 16 正 | | 423 | 曹 | 茝 | 隔 | 助 | 入 | 開 | 六七隔 | | | 初入開麥梗二 | 楚革 | 昌開 1 | 昌紿 | 見入開麥梗二 | 古核 |
| 24103 | 16 正 | | 424 | 柵 | 茝 | 隔 | 助 | 入 | 開 | 六七隔 | | 柵柵 | 初入開麥梗二 | 楚革 | 昌開 1 | 昌紿 | 見入開麥梗二 | 古核 |
| 24105 | 16 正 | | 425 | 茦* | 茝 | 隔 | 助 | 入 | 開 | 六七隔 | | | 初入開麥梗二 | 測革 | 昌開 1 | 昌紿 | 見入開麥梗二 | 古核 |
| 24106 | 16 正 | | 426 | **策** | 茝 | 隔 | 助 | 入 | 開 | 六七隔 | | | 初入開麥梗二 | 楚革 | 昌開 1 | 昌紿 | 見入開麥梗二 | 古核 |
| 24107 | 16 正 | | 427 | 敇** | 茝 | 隔 | 助 | 入 | 開 | 六七隔 | | | 初入開麥梗二 | 楚革 | 昌開 1 | 昌紿 | 見入開麥梗二 | 古核 |
| 24109 | 16 正 | | 428 | 皟 | 茝 | 隔 | 助 | 入 | 開 | 六七隔 | | | 初入開麥梗二 | 楚革 | 昌開 1 | 昌紿 | 見入開麥梗二 | 古核 |
| 24111 | 16 正 | | 429 | 嘖 | 茝 | 隔 | 助 | 入 | 開 | 六七隔 | | | 崇入開麥梗二 | 士革 | 昌開 1 | 昌紿 | 見入開麥梗二 | 古核 |

| 韻字編號 | 部序 | 組數 | 字數 | 韻字及何氏反切 | | | 韻字何氏音 | | | | 何萱注釋 | 備　注 | 韻字中古音 | | 上字中古音 | | 下字中古音 | |
|---|---|---|---|---|---|---|---|---|---|---|---|---|---|---|---|---|---|---|
| | | | | 韻字 | 上字 | 下字 | 聲 | 調 | 呼 | 韻部 | | | 聲調呼韻攝等 | 反切 | 聲呼等 | 反切 | 聲調呼韻攝等 | 反切 |
| 24112 | 16 正 | 114 | 430 | **涑 g*** | 稍 | 隔 | 審 | 入 | 開 | 六七隔 | | | 生入開麥梗二 | 色責 | 生開 2 | 所教 | 見入開麥梗二 | 古核 |
| 24113 | 16 正 | 115 | 431 | **檗** | 保 | 策 | 謗 | 入 | 開 | 六七隔 | | | 幫入開麥梗二 | 博厄 | 幫開 1 | 博抱 | 初入開麥梗二 | 楚革 |
| 24114 | 16 正 | | 432 | 糪 | 保 | 策 | 謗 | 入 | 開 | 六七隔 | | | 幫入開麥梗二 | 博厄 | 幫開 1 | 博抱 | 初入開麥梗二 | 楚革 |
| 24116 | 16 正 | | 433 | 檗 | 保 | 策 | 謗 | 入 | 開 | 六七隔 | | | 幫入開麥梗二 | 博厄 | 幫開 1 | 博抱 | 初入開麥梗二 | 楚革 |
| 24117 | 16 正 | | 434 | 繴 g* | 保 | 策 | 謗 | 入 | 開 | 六七隔 | | | 幫入開麥梗二 | 博厄 | 幫開 1 | 博抱 | 初入開麥梗二 | 楚革 |
| 24120 | 16 正 | 116 | 435 | 畫 | 戶 | 脈 | 曉 | 入 | 合 | 六八畫 | | | 匣入合麥梗二 | 胡麥 | 匣合 1 | 侯古 | 明入開麥梗二 | 莫獲 |
| 24121 | 16 正 | | 436 | **劃** | 戶 | 脈 | 曉 | 入 | 合 | 六八畫 | | | 匣入合麥梗二 | 胡麥 | 匣合 1 | 侯古 | 明入開麥梗二 | 莫獲 |
| 24122 | 16 正 | | 437 | 嫿 | 戶 | 脈 | 曉 | 入 | 合 | 六八畫 | | | 匣入合麥梗二 | 胡麥 | 匣合 1 | 侯古 | 明入開麥梗二 | 莫獲 |
| 24124 | 16 正 | | 438 | 譮 | 戶 | 脈 | 曉 | 入 | 合 | 六八畫 | | | 見入合麥梗二 | 古獲 | 匣合 1 | 侯古 | 明入開麥梗二 | 莫獲 |
| 24125 | 16 正 | 117 | 439 | 脈 | 慢 | 劃 | 命 | 入 | 合 | 六八畫 | | | 明入開麥梗二 | 莫獲 | 明開 2 | 謨晏 | 曉入開麥梗二 | 呼麥 |
| 24126 | 16 正 | | 440 | 衇 | 慢 | 劃 | 命 | 入 | 合 | 六八畫 | | | 明入開麥梗二 | 莫獲 | 明開 2 | 謨晏 | 曉入開麥梗二 | 呼麥 |
| 24127 | 16 正 | | 441 | 霢 | 慢 | 劃 | 命 | 入 | 合 | 六八畫 | | | 明入開麥梗二 | 莫獲 | 明開 2 | 謨晏 | 曉入開麥梗二 | 呼麥 |
| 24128 | 16 正 | 118 | 442 | **毄** | 竟 | 益 | 見 | 入 | 齊 | 六九毄 | | | 溪入開錫梗四 | 苦擊 | 見開 3 | 居慶 | 影入開昔梗三 | 伊昔 |
| 24129 | 16 正 | | 443 | 擊 | 竟 | 益 | 見 | 入 | 齊 | 六九毄 | | | 見入開錫梗四 | 古歷 | 見開 3 | 居慶 | 影入開昔梗三 | 伊昔 |
| 24130 | 16 正 | | 444 | 轚 | 竟 | 益 | 見 | 入 | 齊 | 六九毄 | | | 見入開錫梗四 | 古歷 | 見開 3 | 居慶 | 影入開昔梗三 | 伊昔 |
| 24131 | 16 正 | | 445 | 墼 | 竟 | 益 | 見 | 入 | 齊 | 六九毄 | | | 見入開錫梗四 | 古歷 | 見開 3 | 居慶 | 影入開昔梗三 | 伊昔 |
| 24132 | 16 正 | | 446 | 蒰 | 竟 | 益 | 見 | 入 | 齊 | 六九毄 | | | 見入開錫梗四 | 古歷 | 見開 3 | 居慶 | 影入開昔梗三 | 伊昔 |
| 24133 | 16 正 | | 447 | 鬷* | 竟 | 益 | 見 | 入 | 齊 | 六九毄 | | | 溪入開麥梗二 | 克革 | 見開 3 | 居慶 | 影入開昔梗三 | 伊昔 |
| 24135 | 16 正 | 119 | 448 | **屐** | 儉 | 益 | 起 | 入 | 齊 | 六九毄 | | | 群入開陌梗三 | 奇逆 | 群開重 3 | 巨險 | 影入開昔梗三 | 伊昔 |
| 24136 | 16 正 | 120 | 449 | **益** | 隱 | 錫 | 影 | 入 | 齊 | 六九毄 | | | 影入開昔梗三 | 伊昔 | 影開 3 | 於謹 | 心入開錫梗四 | 先擊 |
| 24137 | 16 正 | | 450 | 溢 | 隱 | 錫 | 影 | 入 | 齊 | 六九毄 | | | 以入開質臻三 | 夷質 | 影開 3 | 於謹 | 心入開錫梗四 | 先擊 |
| 24138 | 16 正 | | 451 | 嗌 | 隱 | 錫 | 影 | 入 | 齊 | 六九毄 | | | 影入開昔梗三 | 伊昔 | 影開 3 | 於謹 | 心入開錫梗四 | 先擊 |
| 24140 | 16 正 | | 452 | 齸 | 隱 | 錫 | 影 | 入 | 齊 | 六九毄 | | | 影入開昔梗三 | 伊昔 | 影開 3 | 於謹 | 心入開錫梗四 | 先擊 |
| 24142 | 16 正 | | 453 | 易 | 隱 | 錫 | 影 | 入 | 齊 | 六九毄 | 去入兩讀義分 | | 以入開昔梗三 | 羊益 | 影開 3 | 於謹 | 心入開錫梗四 | 先擊 |
| 24143 | 16 正 | | 454 | 瘍 | 隱 | 錫 | 影 | 入 | 齊 | 六九毄 | | | 以入開昔梗三 | 羊益 | 影開 3 | 於謹 | 心入開錫梗四 | 先擊 |
| 24144 | 16 正 | 121 | 455 | 闃 | 向 | 益 | 曉 | 入 | 齊 | 六九毄 | | | 曉入開錫梗四 | 許激 | 曉開 3 | 許亮 | 影入開昔梗三 | 伊昔 |
| 24145 | 16 正 | | 456 | 歡 | 向 | 益 | 曉 | 入 | 齊 | 六九毄 | | | 透去開齊蟹四 | 他計 | 曉開 3 | 許亮 | 影入開昔梗三 | 伊昔 |

| 韻字編號 | 部序 | 組數 | 字數 | 韻字及何氏反切 | | | 韻字何氏音 | | | | 何萱注釋 | 備注 | 韻字中古音 | | 上字中古音 | | 下字中古音 | |
|---|---|---|---|---|---|---|---|---|---|---|---|---|---|---|---|---|---|---|
| | | | | 韻字 | 上字 | 下字 | 聲 | 調 | 呼 | 韻部 | | | 聲調呼韻攝等 | 反切 | 聲呼等 | 反切 | 聲調呼韻攝等 | 反切 |
| 24146 | 16 正 | | 457 | 奊 | 向 | 益 | 曉 | 入 | 齊 | 六九骰 | | | 匣入開屑山四 | 胡結 | 曉開 3 | 許亮 | 影入開昔梗三 | 伊昔 |
| 24147 | 16 正 | | 458 | 覡 | 向 | 益 | 曉 | 入 | 齊 | 六九骰 | | | 匣入開錫梗四 | 胡狄 | 曉開 3 | 許亮 | 影入開昔梗三 | 伊昔 |
| 24149 | 16 正 | 122 | 459 | 嫡 | 典 | 益 | 短 | 入 | 齊 | 六九骰 | | | 端入開錫梗四 | 都歷 | 端開 4 | 多殄 | 影入開昔梗三 | 伊昔 |
| 24152 | 16 正 | | 460 | 適 | 典 | 益 | 短 | 入 | 齊 | 六九骰 | 兩讀義異 | | 端入開錫梗四 | 都歷 | 端開 4 | 多殄 | 影入開昔梗三 | 伊昔 |
| 24153 | 16 正 | | 461 | 滴 | 典 | 益 | 短 | 入 | 齊 | 六九骰 | 去入兩讀。說文段注埤蒼有渧字，讀去聲，即滴字也 | 與滴異讀 | 端入開錫梗四 | 都歷 | 端開 4 | 多殄 | 影入開昔梗三 | 伊昔 |
| 24154 | 16 正 | | 462 | 鏑 | 典 | 益 | 短 | 入 | 齊 | 六九骰 | | | 端入開錫梗四 | 都歷 | 端開 4 | 多殄 | 影入開昔梗三 | 伊昔 |
| 24155 | 16 正 | | 463 | 樀 | 典 | 益 | 短 | 入 | 齊 | 六九骰 | | | 端入開錫梗四 | 都歷 | 端開 4 | 多殄 | 影入開昔梗三 | 伊昔 |
| 24157 | 16 正 | | 464 | 鸇 | 典 | 益 | 短 | 入 | 齊 | 六九骰 | | | 端入開錫梗四 | 都歷 | 端開 4 | 多殄 | 影入開昔梗三 | 伊昔 |
| 24158 | 16 正 | 123 | 465 | 敵 | 眺 | 益 | 透 | 入 | 齊 | 六九骰 | | | 定入開錫梗四 | 徒歷 | 透開 4 | 他弔 | 影入開昔梗三 | 伊昔 |
| 24159 | 16 正 | | 466 | 擿 g* | 眺 | 益 | 透 | 入 | 齊 | 六九骰 | 兩見義分 | | 透入開錫梗四 | 他歷 | 透開 4 | 他弔 | 影入開昔梗三 | 伊昔 |
| 24166 | 16 正 | | 467 | 䠘 | 眺 | 益 | 透 | 入 | 齊 | 六九骰 | 兩讀義同注在彼 | | 定入開錫梗四 | 徒歷 | 透開 4 | 他弔 | 影入開昔梗三 | 伊昔 |
| 24167 | 16 正 | | 468 | 覿 | 眺 | 益 | 透 | 入 | 齊 | 六九骰 | 或作覿。覿字四部十六部兩讀注在彼 | 覿在 4 部儥字下。與儥異讀 | 透入開錫梗四 | 他歷 | 透開 4 | 他弔 | 影入開昔梗三 | 伊昔 |
| 24169 | 16 正 | | 469 | 狄 | 眺 | 益 | 透 | 入 | 齊 | 六九骰 | | | 定入開錫梗四 | 徒歷 | 透開 4 | 他弔 | 影入開昔梗三 | 伊昔 |
| 24170 | 16 正 | | 470 | 逖 | 眺 | 益 | 透 | 入 | 齊 | 六九骰 | | | 透入開錫梗四 | 他歷 | 透開 4 | 他弔 | 影入開昔梗三 | 伊昔 |
| 24171 | 16 正 | | 471 | 惕 | 眺 | 益 | 透 | 入 | 齊 | 六九骰 | | | 透入開錫梗四 | 他歷 | 透開 4 | 他弔 | 影入開昔梗三 | 伊昔 |
| 24172 | 16 正 | | 472 | 鬄 | 眺 | 益 | 透 | 入 | 齊 | 六九骰 | | | 透入開錫梗四 | 他歷 | 透開 4 | 他弔 | 影入開昔梗三 | 伊昔 |
| 24174 | 16 正 | | 473 | 鬄 | 眺 | 益 | 透 | 入 | 齊 | 六九骰 | | | 透入開錫梗四 | 他歷 | 透開 4 | 他弔 | 影入開昔梗三 | 伊昔 |
| 24175 | 16 正 | 124 | 474 | 秝 | 亮 | 益 | 賚 | 入 | 齊 | 六九骰 | | | 來入開錫梗四 | 郎擊 | 來開 3 | 力讓 | 影入開昔梗三 | 伊昔 |
| 24176 | 16 正 | | 475 | 厤 | 亮 | 益 | 賚 | 入 | 齊 | 六九骰 | | | 來入開錫梗四 | 郎擊 | 來開 3 | 力讓 | 影入開昔梗三 | 伊昔 |
| 24177 | 16 正 | | 476 | 歷 | 亮 | 益 | 賚 | 入 | 齊 | 六九骰 | | | 來入開錫梗四 | 郎擊 | 來開 3 | 力讓 | 影入開昔梗三 | 伊昔 |
| 24178 | 16 正 | | 477 | 曆 | 亮 | 益 | 賚 | 入 | 齊 | 六九骰 | | | 來入開錫梗四 | 郎擊 | 來開 3 | 力讓 | 影入開昔梗三 | 伊昔 |
| 24179 | 16 正 | | 478 | 櫪 | 亮 | 益 | 賚 | 入 | 齊 | 六九骰 | | | 來入開錫梗四 | 郎擊 | 來開 3 | 力讓 | 影入開昔梗三 | 伊昔 |
| 24180 | 16 正 | | 479 | 瀝 | 亮 | 益 | 賚 | 入 | 齊 | 六九骰 | | | 來入開錫梗四 | 郎擊 | 來開 3 | 力讓 | 影入開昔梗三 | 伊昔 |

| 韻字編號 | 部序 | 組數 | 字數 | 韻字及何氏反切 | | | 韻字何氏音 | | | | 何萱注釋 | 備　注 | 韻字中古音 | | 上字中古音 | | 下字中古音 | |
|---|---|---|---|---|---|---|---|---|---|---|---|---|---|---|---|---|---|---|
| | | | | 韻字 | 上字 | 下字 | 聲 | 調 | 呼 | 韻部 | | | 聲調呼韻攝等 | 反切 | 聲呼等 | 反切 | 聲調呼韻攝等 | 反切 |
| 24181 | 16 正 | | 480 | 磿 | 亮 | 益 | 賚 | 入 | 齊 | 六九般 | | | 來入開錫梗四 | 郎擊 | 來開 3 | 力讓 | 影入開昔梗三 | 伊昔 |
| 24182 | 16 正 | | 481 | 瓑 | 亮 | 益 | 賚 | 入 | 齊 | 六九般 | | | 來入開錫梗四 | 郎擊 | 來開 3 | 力讓 | 影入開昔梗三 | 伊昔 |
| 24183 | 16 正 | | 482 | 酈 | 亮 | 益 | 賚 | 入 | 齊 | 六九般 | | | 來入開錫梗四 | 郎擊 | 來開 3 | 力讓 | 影入開昔梗三 | 伊昔 |
| 24184 | 16 正 | | 483 | 鬲 | 亮 | 益 | 賚 | 入 | 齊 | 六九般 | | | 來入開錫梗四 | 郎擊 | 來開 3 | 力讓 | 影入開昔梗三 | 伊昔 |
| 24185 | 16 正 | | 484 | 醽 | 亮 | 益 | 賚 | 入 | 齊 | 六九般 | | | 來入開錫梗四 | 郎擊 | 來開 3 | 力讓 | 影入開昔梗三 | 伊昔 |
| 24186 | 16 正 | | 485 | 蒚 | 亮 | 益 | 賚 | 入 | 齊 | 六九般 | | | 來入開錫梗四 | 郎擊 | 來開 3 | 力讓 | 影入開昔梗三 | 伊昔 |
| 24187 | 16 正 | 125 | 486 | **摘** | 軫 | 益 | 照 | 入 | 齊 | 六九般 | | | 知入開麥梗二 | 陟革 | 章開 3 | 章忍 | 影入開昔梗三 | 伊昔 |
| 24189 | 16 正 | 126 | 487 | 擿 | 寵 | 益 | 助 | 入 | 齊 | 六九般 | 重見義分 | | 澄入開昔梗三 | 直炙 | 徹合 3 | 丑隴 | 影入開昔梗三 | 伊昔 |
| 24195 | 16 正 | | 488 | **蹢** | 寵 | 益 | 助 | 入 | 齊 | 六九般 | | | 澄入開昔梗三 | 直炙 | 徹合 3 | 丑隴 | 影入開昔梗三 | 伊昔 |
| 24196 | 16 正 | | 489 | 麵 | 寵 | 益 | 助 | 入 | 齊 | 六九般 | 重見 | | 澄入開昔梗三 | 直炙 | 徹合 3 | 丑隴 | 影入開昔梗三 | 伊昔 |
| 24200 | 16 正 | | 490 | 滯 | 寵 | 益 | 助 | 入 | 齊 | 六九般 | | 滯廣韻有澄昔，直炙切 | 澄入開昔梗三 | 直炙 | 徹合 3 | 丑隴 | 影入開昔梗三 | 伊昔 |
| 24201 | 16 正 | 127 | 491 | 啺 | 始 | 益 | 審 | 入 | 齊 | 六九般 | | 韻目歸入寵益切，改為始益切，待考 | 書入開昔梗三 | 施隻 | 書開 3 | 詩止 | 影入開昔梗三 | 伊昔 |
| 24202 | 16 正 | | 492 | 睗 | 始 | 益 | 審 | 入 | 齊 | 六九般 | | 韻目歸入寵益切，改為始益切，待考 | 書入開昔梗三 | 施隻 | 書開 3 | 詩止 | 影入開昔梗三 | 伊昔 |
| 24203 | 16 正 | | 493 | 湜 | 始 | 益 | 審 | 入 | 齊 | 六九般 | | 韻目歸入寵益切，改為始益切，待考 | 禪入開職曾三 | 常職 | 書開 3 | 詩止 | 影入開昔梗三 | 伊昔 |
| 24204 | 16 正 | | 494 | **寔** | 始 | 益 | 審 | 入 | 齊 | 六九般 | | 韻目歸入寵益切，表中作審母字頭。改為始益切，待考 | 禪入開職曾三 | 常職 | 書開 3 | 詩止 | 影入開昔梗三 | 伊昔 |
| 24205 | 16 正 | | 495 | 亘 | 始 | 益 | 審 | 入 | 齊 | 六九般 | | 韻目歸入寵益切，改為始益切，待考 | 書入開昔梗三 | 施隻 | 書開 3 | 詩止 | 影入開昔梗三 | 伊昔 |
| 24206 | 16 正 | | 496 | 適 | 始 | 益 | 審 | 入 | 齊 | 六九般 | 兩見異義 | 韻目歸入寵益切，改為始益切，待考 | 書入開昔梗三 | 施隻 | 書開 3 | 詩止 | 影入開昔梗三 | 伊昔 |

| 韻字編號 | 部序 | 組數 | 字數 | 韻字及何氏反切 | | | 韻字何氏音 | | | | 何萱注釋 | 備注 | 韻字中古音 | | 上字中古音 | | 下字中古音 | |
|---|---|---|---|---|---|---|---|---|---|---|---|---|---|---|---|---|---|---|
| | | | | 韻字 | 上字 | 下字 | 聲 | 調 | 呼 | 韻部 | | | 聲調呼韻攝等 | 反切 | 聲呼等 | 反切 | 聲調呼韻攝等 | 反切 |
| 24208 | 16 正 | 128 | 497 | 脊 | 甑 | 錫 | 井 | 入 | 齊 | 六九轂 | 肯隸作脊 | | 精入開昔梗三 | 資昔 | 精開 3 | 子孕 | 心入開錫梗四 | 先擊 |
| 24209 | 16 正 | | 498 | 蹐 | 甑 | 錫 | 井 | 入 | 齊 | 六九轂 | | | 精入開昔梗三 | 資昔 | 精開 3 | 子孕 | 心入開錫梗四 | 先擊 |
| 24210 | 16 正 | | 499 | 膌 | 甑 | 錫 | 井 | 入 | 齊 | 六九轂 | | | 從入開昔梗三 | 秦昔 | 精開 3 | 子孕 | 心入開錫梗四 | 先擊 |
| 24211 | 16 正 | | 500 | 鰿 | 甑 | 錫 | 井 | 入 | 齊 | 六九轂 | | | 精入開昔梗三 | 資昔 | 精開 3 | 子孕 | 心入開錫梗四 | 先擊 |
| 24212 | 16 正 | | 501 | 趚 | 甑 | 錫 | 井 | 入 | 齊 | 六九轂 | | | 清入開昔梗三 | 七迹 | 精開 3 | 子孕 | 心入開錫梗四 | 先擊 |
| 24213 | 16 正 | | 502 | 迹 | 甑 | 錫 | 井 | 入 | 齊 | 六九轂 | | | 精入開昔梗三 | 資昔 | 精開 3 | 子孕 | 心入開錫梗四 | 先擊 |
| 24214 | 16 正 | | 503 | **績** | 甑 | 錫 | 井 | 入 | 齊 | 六九轂 | | | 精入開錫梗四 | 則歷 | 精開 3 | 子孕 | 心入開錫梗四 | 先擊 |
| 24216 | 16 正 | | 504 | 積 | 甑 | 錫 | 井 | 入 | 齊 | 六九轂 | | | 精入開昔梗三 | 資昔 | 精開 3 | 子孕 | 心入開錫梗四 | 先擊 |
| 24217 | 16 正 | 129 | 505 | **磧** | 淺 | 錫 | 淨 | 入 | 齊 | 六九轂 | | | 清入開昔梗三 | 七迹 | 清開 3 | 七演 | 心入開錫梗四 | 先擊 |
| 24219 | 16 正 | | 506 | 刺 | 淺 | 錫 | 淨 | 入 | 齊 | 六九轂 | 去入兩讀注在彼 | | 清入開昔梗三 | 七迹 | 清開 3 | 七演 | 心入開錫梗四 | 先擊 |
| 24222 | 16 正 | 130 | 507 | 霓 | 仰 | 錫 | 我 | 入 | 齊 | 六九轂 | 平入兩讀注在彼 | | 疑入開屑山四 | 五結 | 疑開 3 | 魚兩 | 心入開錫梗四 | 先擊 |
| 24223 | 16 正 | | 508 | 戹 | 仰 | 錫 | 我 | 入 | 齊 | 六九轂 | | | 疑入開錫梗四 | 五歷 | 疑開 3 | 魚兩 | 心入開錫梗四 | 先擊 |
| 24224 | 16 正 | | 509 | 鶂 | 仰 | 錫 | 我 | 入 | 齊 | 六九轂 | 鶃或作鶂 | | 疑入開錫梗四 | 五歷 | 疑開 3 | 魚兩 | 心入開錫梗四 | 先擊 |
| 24226 | 16 正 | | 510 | 鷊 | 仰 | 錫 | 我 | 入 | 齊 | 六九轂 | | | 疑入開錫梗四 | 五歷 | 疑開 3 | 魚兩 | 心入開錫梗四 | 先擊 |
| 24227 | 16 正 | 131 | 511 | **錫** | 想 | 益 | 信 | 入 | 齊 | 六九轂 | | | 心入開錫梗四 | 先擊 | 心開 3 | 息兩 | 影入開昔梗三 | 伊昔 |
| 24228 | 16 正 | | 512 | 緆 | 想 | 益 | 信 | 入 | 齊 | 六九轂 | | | 心入開錫梗四 | 先擊 | 心開 3 | 息兩 | 影入開昔梗三 | 伊昔 |
| 24229 | 16 正 | | 513 | 裼 | 想 | 益 | 信 | 入 | 齊 | 六九轂 | | | 心入開錫梗四 | 先擊 | 心開 3 | 息兩 | 影入開昔梗三 | 伊昔 |
| 24230 | 16 正 | | 514 | 析 | 想 | 益 | 信 | 入 | 齊 | 六九轂 | | | 心入開錫梗四 | 先擊 | 心開 3 | 息兩 | 影入開昔梗三 | 伊昔 |
| 24231 | 16 正 | | 515 | 晳 | 想 | 益 | 信 | 入 | 齊 | 六九轂 | | | 心入開錫梗四 | 先擊 | 心開 3 | 息兩 | 影入開昔梗三 | 伊昔 |
| 24233 | 16 正 | | 516 | 碏 g* | 想 | 益 | 信 | 入 | 齊 | 六九轂 | | | 心入開昔梗三 | 思積 | 心開 3 | 息兩 | 影入開昔梗三 | 伊昔 |
| 24234 | 16 正 | | 517 | 淅 | 想 | 益 | 信 | 入 | 齊 | 六九轂 | | | 心入開錫梗四 | 先擊 | 心開 3 | 息兩 | 影入開昔梗三 | 伊昔 |
| 24235 | 16 正 | | 518 | 蜥 | 想 | 益 | 信 | 入 | 齊 | 六九轂 | | | 心入開錫梗四 | 先擊 | 心開 3 | 息兩 | 影入開昔梗三 | 伊昔 |
| 24236 | 16 正 | | 519 | 槲 | 想 | 益 | 信 | 入 | 齊 | 六九轂 | 平入兩讀 | 何氏此處存古，依諧聲讀析聲，此處取析廣韻音。不做時音分析 | 心入開錫梗四 | 先擊 | 心開 3 | 息兩 | 影入開昔梗三 | 伊昔 |
| 24238 | 16 正 | 132 | 520 | 辟 | 丙 | 錫 | 謗 | 入 | 齊 | 六九轂 | | | 幫入開昔梗三 | 必益 | 幫開 3 | 兵永 | 心入開錫梗四 | 先擊 |
| 24239 | 16 正 | | 521 | 躃 | 丙 | 錫 | 謗 | 入 | 齊 | 六九轂 | | | 幫入開昔梗三 | 必益 | 幫開 3 | 兵永 | 心入開錫梗四 | 先擊 |

| 韻字編號 | 部序 | 組數 | 字數 | 韻字及何氏反切 | | | 韻字何氏音 | | | | 何萱注釋 | 備　注 | 韻字中古音 | | 上字中古音 | | 下字中古音 | |
|---|---|---|---|---|---|---|---|---|---|---|---|---|---|---|---|---|---|---|
| | | | | 韻字 | 上字 | 下字 | 聲 | 調 | 呼 | 韻部 | | | 聲調呼韻攝等 | 反切 | 聲呼等 | 反切 | 聲調呼韻攝等 | 反切 |
| 24240 | 16 正 | | 522 | 襞 | 丙 | 錫 | 謗 | 入 | 齊 | 六九骰 | | | 幫入開昔梗三 | 必益 | 幫開 3 | 兵永 | 心入開錫梗四 | 先擊 |
| 24241 | 16 正 | | 523 | 檗 | 丙 | 錫 | 謗 | 入 | 齊 | 六九骰 | | | 幫入開昔梗三 | 必益 | 幫開 3 | 兵永 | 心入開錫梗四 | 先擊 |
| 24242 | 16 正 | | 524 | **璧** | 丙 | 錫 | 謗 | 入 | 齊 | 六九骰 | | | 幫入開昔梗三 | 必益 | 幫開 3 | 兵永 | 心入開錫梗四 | 先擊 |
| 24243 | 16 正 | | 525 | 壁 | 丙 | 錫 | 謗 | 入 | 齊 | 六九骰 | | | 幫入開錫梗四 | 北激 | 幫開 3 | 兵永 | 心入開錫梗四 | 先擊 |
| 24244 | 16 正 | | 526 | 癖 | 丙 | 錫 | 謗 | 入 | 齊 | 六九骰 | | | 滂入開昔梗三 | 芳辟 | 幫開 3 | 兵永 | 心入開錫梗四 | 先擊 |
| 24245 | 16 正 | 133 | 527 | 辟 | 品 | 錫 | 並 | 入 | 齊 | 六九骰 | | | 章入開昔梗三 | 之石 | 滂開重 3 | 丕飲 | 心入開錫梗四 | 先擊 |
| 24246 | 16 正 | | 528 | 闢 | 品 | 錫 | 並 | 入 | 齊 | 六九骰 | | | 並入開昔梗三 | 房益 | 滂開重 3 | 丕飲 | 心入開錫梗四 | 先擊 |
| 24247 | 16 正 | | 529 | 劈 | 品 | 錫 | 並 | 入 | 齊 | 六九骰 | | | 滂入開錫梗四 | 普擊 | 滂開重 3 | 丕飲 | 心入開錫梗四 | 先擊 |
| 24248 | 16 正 | | 530 | 甓 | 品 | 錫 | 並 | 入 | 齊 | 六九骰 | | | 並入開錫梗四 | 扶歷 | 滂開重 3 | 丕飲 | 心入開錫梗四 | 先擊 |
| 24250 | 16 正 | | 531 | **僻** | 品 | 錫 | 並 | 入 | 齊 | 六九骰 | | | 滂入開錫梗四 | 普擊 | 滂開重 3 | 丕飲 | 心入開錫梗四 | 先擊 |
| 24252 | 16 正 | | 532 | 鸊* | 品 | 錫 | 並 | 入 | 齊 | 六九骰 | 鸊或書作鷿鷉 | | 滂入開錫梗四 | 匹歷 | 滂開重 3 | 丕飲 | 心入開錫梗四 | 先擊 |
| 24253 | 16 正 | | 533 | 革 | 品 | 錫 | 並 | 入 | 齊 | 六九骰 | | | 並入開昔梗三 | 房益 | 滂開重 3 | 丕飲 | 心入開錫梗四 | 先擊 |
| 24254 | 16 正 | 134 | 534 | **糸** | 面 | 錫 | 命 | 入 | 齊 | 六九骰 | | | 明入開錫梗四 | 莫狄 | 明開重 4 | 彌箭 | 心入開錫梗四 | 先擊 |
| 24255 | 16 正 | | 535 | 冖* | 面 | 錫 | 命 | 入 | 齊 | 六九骰 | | | 明入開錫梗四 | 莫狄 | 明開重 4 | 彌箭 | 心入開錫梗四 | 先擊 |
| 24257 | 16 正 | | 536 | 覛 | 面 | 錫 | 命 | 入 | 齊 | 六九骰 | | | 明入開錫梗四 | 莫狄 | 明開重 4 | 彌箭 | 心入開錫梗四 | 先擊 |
| 24258 | 16 正 | | 537 | 幦 | 面 | 錫 | 命 | 入 | 齊 | 六九骰 | | | 明入開錫梗四 | 莫狄 | 明開重 4 | 彌箭 | 心入開錫梗四 | 先擊 |
| 24259 | 16 正 | | 538 | 幎 | 面 | 錫 | 命 | 入 | 齊 | 六九骰 | 十一部去十六部入兩見 | 11 部音為陽平 | 明入開錫梗四 | 莫狄 | 明開重 4 | 彌箭 | 心入開錫梗四 | 先擊 |
| 24261 | 16 正 | | 539 | 蓂 | 面 | 錫 | 命 | 入 | 齊 | 六九骰 | 十一部平十六部入兩讀 | 15 部無此字，韻目作「又見十五部平」，誤 | 明入開錫梗四 | 莫狄 | 明開重 4 | 彌箭 | 心入開錫梗四 | 先擊 |
| 24264 | 16 正 | | 540 | 溟 | 面 | 錫 | 命 | 入 | 齊 | 六九骰 | 上入兩讀 | | 明入開錫梗四 | 莫狄 | 明開重 4 | 彌箭 | 心入開錫梗四 | 先擊 |
| 24265 | 16 正 | 135 | 541 | **狊** | 舉 | 役 | 見 | 入 | 撮 | 七十狊 | | | 見入合錫梗四 | 古闃 | 見合 3 | 居許 | 以入合昔梗三 | 營隻 |
| 24267 | 16 正 | | 542 | 鶪 | 舉 | 役 | 見 | 入 | 撮 | 七十狊 | | | 見入合錫梗四 | 古闃 | 見合 3 | 居許 | 以入合昔梗三 | 營隻 |
| 24268 | 16 正 | | 543 | 郹 | 舉 | 役 | 見 | 入 | 撮 | 七十狊 | | | 見入合錫梗四 | 古闃 | 見合 3 | 居許 | 以入合昔梗三 | 營隻 |
| 24269 | 16 正 | 136 | 544 | **役** | 永 | 鶪 | 影 | 入 | 撮 | 七十狊 | | | 以入合昔梗三 | 營隻 | 云合 3 | 于憬 | 見入合錫梗四 | 古闃 |
| 24270 | 16 正 | | 545 | 疫 | 永 | 鶪 | 影 | 入 | 撮 | 七十狊 | | | 以入合昔梗三 | 營隻 | 云合 3 | 于憬 | 見入合錫梗四 | 古闃 |
| 24271 | 16 正 | | 546 | 豛 | 永 | 鶪 | 影 | 入 | 撮 | 七十狊 | | | 以入合昔梗三 | 營隻 | 云合 3 | 于憬 | 見入合錫梗四 | 古闃 |
| 24273 | 16 正 | | 547 | 坄 | 永 | 鶪 | 影 | 入 | 撮 | 七十狊 | | | 以入合昔梗三 | 營隻 | 云合 3 | 于憬 | 見入合錫梗四 | 古闃 |
| 24275 | 16 正 | | 548 | 椵 | 永 | 鶪 | 影 | 入 | 撮 | 七十狊 | | | 匣入開錫梗四 | 胡狄 | 云合 3 | 于憬 | 見入合錫梗四 | 古闃 |

## 第十六部副編

| 韻字編號 | 部序 | 組數 | 字數 | 韻字及何氏反切 | | | 韻字何氏音 | | | | 何萱注釋 | 備注 | 韻字中古音 | | 上字中古音 | | 下字中古音 | |
|---|---|---|---|---|---|---|---|---|---|---|---|---|---|---|---|---|---|---|
| | | | | 韻字 | 上字 | 下字 | 聲 | 調 | 呼 | 韻部 | | | 聲調呼韻攝等 | 反切 | 聲呼等 | 反切 | 聲調呼韻攝等 | 反切 |
| 24277 | 16副 | 1 | 1 | 敨 | 案 | 街 | 影 | 陰平 | 開 | 六三街 | | | 影平開佳蟹二 | 於佳 | 影開1 | 烏旰 | 見平開佳蟹二 | 古膎 |
| 24278 | 16副 | | 2 | 娾 | 案 | 街 | 影 | 陰平 | 開 | 六三街 | | | 影平開齊蟹四 | 烏奚 | 影開1 | 烏旰 | 見平開佳蟹二 | 古膎 |
| 24280 | 16副 | 2 | 3 | 欸 | 漢 | 街 | 曉 | 陰平 | 開 | 六三街 | | | 曉平開佳蟹二 | 火佳 | 曉開1 | 呼旰 | 見平開佳蟹二 | 古膎 |
| 24281 | 16副 | 3 | 4 | 傾 | 秩 | 街 | 助 | 陰平 | 開 | 六三街 | | | 初平開佳蟹二 | 楚佳 | 澄開3 | 直一 | 見平開佳蟹二 | 古膎 |
| 24282 | 16副 | | 5 | 扠 | 秩 | 街 | 助 | 陰平 | 開 | 六三街 | | | 徹平開佳蟹二 | 丑佳 | 澄開3 | 直一 | 見平開佳蟹二 | 古膎 |
| 24283 | 16副 | | 6 | 靫 | 秩 | 街 | 助 | 陰平 | 開 | 六三街 | | | 初平開佳蟹二 | 楚佳 | 澄開3 | 直一 | 見平開佳蟹二 | 古膎 |
| 24285 | 16副 | | 7 | 艄* | 秩 | 街 | 助 | 陰平 | 開 | 六三街 | | | 初平開佳蟹二 | 初佳 | 澄開3 | 直一 | 見平開佳蟹二 | 古膎 |
| 24287 | 16副 | | 8 | 舣 | 秩 | 街 | 助 | 陰平 | 開 | 六三街 | | | 初平開麻假二 | 初牙 | 澄開3 | 直一 | 見平開佳蟹二 | 古膎 |
| 24288 | 16副 | | 9 | 芆 | 秩 | 街 | 助 | 陰平 | 開 | 六三街 | | | 初平開佳蟹二 | 楚佳 | 澄開3 | 直一 | 見平開佳蟹二 | 古膎 |
| 24289 | 16副 | 4 | 10 | 揳 | 漢 | 厓 | 曉 | 陽平 | 開 | 六三街 | | | 匣平開佳蟹二 | 戶佳 | 曉開1 | 呼旰 | 疑平開佳蟹二 | 五佳 |
| 24290 | 16副 | | 11 | 褉 | 漢 | 厓 | 曉 | 陽平 | 開 | 六三街 | | | 匣平開佳蟹二 | 戶佳 | 曉開1 | 呼旰 | 疑平開佳蟹二 | 五佳 |
| 24291 | 16副 | 5 | 12 | 羪 | 曩 | 厓 | 乃 | 陽平 | 開 | 六三街 | | | 娘平開佳蟹二 | 妳佳 | 泥開1 | 奴朗 | 疑平開佳蟹二 | 五佳 |
| 24292 | 16副 | 6 | 13 | 齸 | 傲 | 鞵 | 我 | 陽平 | 開 | 六三街 | 齸或作齷，齒不正，玉篇 | 玉篇作五街切 | 疑平開佳蟹二 | 五佳 | 疑開1 | 五到 | 匣平開佳蟹二 | 戶佳 |
| 24293 | 16副 | | 14 | 啀 | 傲 | 鞵 | 我 | 陽平 | 開 | 六三街 | | | 疑平開佳蟹二 | 五佳 | 疑開1 | 五到 | 匣平開佳蟹二 | 戶佳 |
| 24294 | 16副 | | 15 | 捱* | 傲 | 鞵 | 我 | 陽平 | 開 | 六三街 | | | 疑平開佳蟹二 | 宜佳 | 疑開1 | 五到 | 匣平開佳蟹二 | 戶佳 |
| 24296 | 16副 | | 16 | 涯 | 傲 | 鞵 | 我 | 陽平 | 開 | 六三街 | | | 疑平開佳蟹二 | 五佳 | 疑開1 | 五到 | 匣平開佳蟹二 | 戶佳 |
| 24297 | 16副 | 7 | 17 | 簰* | 抱 | 厓 | 並 | 陽平 | 開 | 六三街 | | | 並平開佳蟹二 | 蒲街 | 並開1 | 薄浩 | 疑平開佳蟹二 | 五佳 |
| 24298 | 16副 | | 18 | 牌 | 抱 | 厓 | 並 | 陽平 | 開 | 六三街 | | | 並平開佳蟹二 | 薄佳 | 並開1 | 薄浩 | 疑平開佳蟹二 | 五佳 |
| 24300 | 16副 | | 19 | 鵯 | 抱 | 厓 | 並 | 陽平 | 開 | 六三街 | | | 並平開佳蟹二 | 薄佳 | 並開1 | 薄浩 | 疑平開佳蟹二 | 五佳 |
| 24301 | 16副 | 8 | 20 | 韎 | 莫 | 鞵 | 命 | 陽平 | 開 | 六三街 | | | 明平開佳蟹二 | 莫佳 | 明開1 | 慕各 | 匣平開佳蟹二 | 戶佳 |
| 24302 | 16副 | 9 | 21 | 瘑 | 廣 | 鼃 | 見 | 陰平 | 合 | 六四乖 | | | 見平合皆蟹二 | 古懷 | 見合1 | 古晃 | 影平合佳蟹二 | 烏媧 |
| 24303 | 16副 | 10 | 22 | 勫 | 曠 | 鼃 | 起 | 陰平 | 合 | 六四乖 | | | 溪平合皆蟹二 | 苦淮 | 溪合1 | 苦謗 | 影平合佳蟹二 | 烏媧 |
| 24304 | 16副 | 11 | 23 | 餜 | 甕 | 菲 | 影 | 陰平 | 合 | 六四乖 | | 反切有問題 | 曉平合佳蟹二 | 火媧 | 影合1 | 烏貢 | 見平合皆蟹二 | 古懷 |

| 韻字編號 | 部序 | 組數 | 字數 | 韻字及何氏反切 | | | 韻字何氏音 | | | | 何萱注釋 | 備　注 | 韻字中古音 | | 上字中古音 | | 下字中古音 | |
|---|---|---|---|---|---|---|---|---|---|---|---|---|---|---|---|---|---|---|
| | | | | 韻字 | 上字 | 下字 | 聲 | 調 | 呼 | 韻部 | | | 聲調呼韻攝等 | 反切 | 聲呼等 | 反切 | 聲調呼韻攝等 | 反切 |
| 24305 | 16 副 | 12 | 24 | 喽* | 甕 | 碑 | 影 | 陰平 | 合二 | 六五規 | | 正編切上字作罋 | 影平合戈果一 | 烏禾 | 影合 1 | 烏貢 | 幫平開支止重三 | 彼爲 |
| 24307 | 16 副 | | 25 | 稜* | 甕 | 碑 | 影 | 陰平 | 合二 | 六五規 | | 正編切上字作罋 | 影平合支止重三 | 邕危 | 影合 1 | 烏貢 | 幫平開支止重三 | 彼爲 |
| 24308 | 16 副 | | 26 | 𩙤 | 甕 | 碑 | 影 | 陰平 | 合二 | 六五規 | | 正編切上字作罋 | 影平合灰蟹一 | 烏恢 | 影合 1 | 烏貢 | 幫平開支止重三 | 彼爲 |
| 24309 | 16 副 | | 27 | 涹 | 甕 | 碑 | 影 | 陰平 | 合二 | 六五規 | | 正編切上字作罋 | 影平合戈果一 | 烏禾 | 影合 1 | 烏貢 | 幫平開支止重三 | 彼爲 |
| 24310 | 16 副 | | 28 | 䅺 | 甕 | 碑 | 影 | 陰平 | 合二 | 六五規 | | 正編切上字作罋 | 影平合支止重三 | 於爲 | 影合 1 | 烏貢 | 幫平開支止重三 | 彼爲 |
| 24311 | 16 副 | | 29 | 蜲 | 甕 | 碑 | 影 | 陰平 | 合二 | 六五規 | | 正編切上字作罋 | 影平合支止重三 | 於爲 | 影合 1 | 烏貢 | 幫平開支止重三 | 彼爲 |
| 24313 | 16 副 | 13 | 30 | **餧** | 煩 | 危 | 乃 | 陽平 | 合二 | 六五規 | | 玉篇沒查到 | 泥平合灰蟹一 | 乃回 | 泥合 1 | 乃管 | 疑平開支止重三 | 魚爲 |
| 24314 | 16 副 | 14 | 31 | **𥇖*** | 路 | 餧 | 賚 | 陽平 | 合二 | 六五規 | | | 來平合脂止三 | 倫追 | 來合 1 | 洛故 | 泥平合灰蟹一 | 乃回 |
| 24315 | 16 副 | | 32 | 摞* | 路 | 餧 | 賚 | 陽平 | 合二 | 六五規 | | | 來平合脂止三 | 倫追 | 來合 1 | 洛故 | 泥平合灰蟹一 | 乃回 |
| 24316 | 16 副 | | 33 | 㒩* | 路 | 餧 | 賚 | 陽平 | 合二 | 六五規 | | | 來平合脂止三 | 倫追 | 來合 1 | 洛故 | 泥平合灰蟹一 | 乃回 |
| 24317 | 16 副 | 15 | 34 | 骫 | 臥 | 餧 | 我 | 陽平 | 合二 | 六五規 | | | 疑平合麻假二 | 五瓜 | 疑合 1 | 吾貨 | 泥平合灰蟹一 | 乃回 |
| 24318 | 16 副 | | 35 | 峗 | 臥 | 餧 | 我 | 陽平 | 合二 | 六五規 | | | 疑平合支止重三 | 魚爲 | 疑合 1 | 吾貨 | 泥平合灰蟹一 | 乃回 |
| 24319 | 16 副 | | 36 | 桅 | 臥 | 餧 | 我 | 陽平 | 合二 | 六五規 | | | 疑平合灰蟹一 | 五灰 | 疑合 1 | 吾貨 | 泥平合灰蟹一 | 乃回 |
| 24320 | 16 副 | | 37 | 鮠 | 臥 | 餧 | 我 | 陽平 | 合二 | 六五規 | | | 疑平合灰蟹一 | 五灰 | 疑合 1 | 吾貨 | 泥平合灰蟹一 | 乃回 |
| 24321 | 16 副 | | 38 | 犩 | 臥 | 餧 | 我 | 陽平 | 合二 | 六五規 | | | 疑平合微止三 | 語韋 | 疑合 1 | 吾貨 | 泥平合灰蟹一 | 乃回 |
| 24323 | 16 副 | 16 | 39 | 鞋** | 竟 | 谿 | 見 | 陰平 | 齊 | 六六羈 | | | 見平開齊蟹四 | 決倪 | 見開 3 | 居慶 | 溪平開齊蟹四 | 苦奚 |
| 24324 | 16 副 | 17 | 40 | 豀 | 儉 | 雞 | 起 | 陰平 | 齊 | 六六羈 | | | 溪平開齊蟹四 | 苦奚 | 群開重 3 | 巨險 | 見平開齊蟹四 | 古奚 |
| 24325 | 16 副 | | 41 | 鸂 | 儉 | 雞 | 起 | 陰平 | 齊 | 六六羈 | | | 溪平開齊蟹四 | 苦奚 | 群開重 3 | 巨險 | 見平開齊蟹四 | 古奚 |
| 24326 | 16 副 | | 42 | 屏** | 儉 | 雞 | 起 | 陰平 | 齊 | 六六羈 | | 玉篇：音溪 | 溪平開齊蟹四 | 苦奚 | 群開重 3 | 巨險 | 見平開齊蟹四 | 古奚 |
| 24327 | 16 副 | 18 | 43 | 欵* | 向 | 雞 | 曉 | 陰平 | 齊 | 六六羈 | | | 曉平開齊蟹四 | 馨奚 | 曉開 3 | 許亮 | 見平開齊蟹四 | 古奚 |
| 24328 | 16 副 | | 44 | 䶆 | 向 | 雞 | 曉 | 陰平 | 齊 | 六六羈 | | | 曉平開齊蟹四 | 呼雞 | 曉開 3 | 許亮 | 見平開齊蟹四 | 古奚 |
| 24329 | 16 副 | | 45 | 槣 | 向 | 雞 | 曉 | 陰平 | 齊 | 六六羈 | | | 曉平開齊蟹四 | 呼雞 | 曉開 3 | 許亮 | 見平開齊蟹四 | 古奚 |
| 24331 | 16 副 | 19 | 46 | 腣 | 典 | 谿 | 短 | 陰平 | 齊 | 六六羈 | | | 端平開齊蟹四 | 都奚 | 端開 4 | 多殄 | 溪平開齊蟹四 | 苦奚 |
| 24333 | 16 副 | | 47 | 腿 | 典 | 谿 | 短 | 陰平 | 齊 | 六六羈 | | | 端平開齊蟹四 | 都奚 | 端開 4 | 多殄 | 溪平開齊蟹四 | 苦奚 |
| 24334 | 16 副 | | 48 | 剅 | 典 | 谿 | 短 | 陰平 | 齊 | 六六羈 | | | 端平開齊蟹四 | 都奚 | 端開 4 | 多殄 | 溪平開齊蟹四 | 苦奚 |
| 24335 | 16 副 | | 49 | 䚦 | 典 | 谿 | 短 | 陰平 | 齊 | 六六羈 | | | 端平開齊蟹四 | 都奚 | 端開 4 | 多殄 | 溪平開齊蟹四 | 苦奚 |
| 24337 | 16 副 | | 50 | 猅* | 典 | 谿 | 短 | 陰平 | 齊 | 六六羈 | | | 定平合模遇一 | 同都 | 端開 4 | 多殄 | 溪平開齊蟹四 | 苦奚 |

| 韻字編號 | 部序 | 組數 | 字數 | 韻字及何氏反切 | | | 韻字何氏音 | | | | 何萱注釋 | 備注 | 韻字中古音 | | 上字中古音 | | 下字中古音 | |
|---|---|---|---|---|---|---|---|---|---|---|---|---|---|---|---|---|---|---|
| | | | | 韻字 | 上字 | 下字 | 聲 | 調 | 呼 | 韻部 | | | 聲調呼韻攝等 | 反切 | 聲呼等 | 反切 | 聲調呼韻攝等 | 反切 |
| 24338 | 16副 | | 51 | 磾 | 典 | 谿 | 短 | 陰平 | 齊 | 六六羉 | | | 端平開齊蟹四 | 都奚 | 端開4 | 多殄 | 溪平開齊蟹四 | 苦奚 |
| 24339 | 16副 | 20 | 52 | 廝 | 眺 | 谿 | 透 | 陰平 | 齊 | 六六羉 | | | 透平開齊蟹四 | 土雞 | 透開4 | 他弔 | 溪平開齊蟹四 | 苦奚 |
| 24340 | 16副 | | 53 | 鷈 | 眺 | 谿 | 透 | 陰平 | 齊 | 六六羉 | | | 透平開齊蟹四 | 土雞 | 透開4 | 他弔 | 溪平開齊蟹四 | 苦奚 |
| 24341 | 16副 | | 54 | 騠 | 眺 | 谿 | 透 | 陰平 | 齊 | 六六羉 | | | 透平開齊蟹四 | 土雞 | 透開4 | 他弔 | 溪平開齊蟹四 | 苦奚 |
| 24342 | 16副 | 21 | 55 | 衼 | 軫 | 雞 | 照 | 陰平 | 齊 | 六六羉 | | | 見上合支止重三 | 過委 | 章開3 | 章忍 | 見平開齊蟹四 | 古奚 |
| 24343 | 16副 | | 56 | 衼 | 軫 | 雞 | 照 | 陰平 | 齊 | 六六羉 | | | 章平開支止三 | 章移 | 章開3 | 章忍 | 見平開齊蟹四 | 古奚 |
| 24344 | 16副 | | 57 | 廷 | 軫 | 雞 | 照 | 陰平 | 齊 | 六六羉 | | | 章平開支止三 | 章移 | 章開3 | 章忍 | 見平開齊蟹四 | 古奚 |
| 24345 | 16副 | | 58 | 紋 | 軫 | 雞 | 照 | 陰平 | 齊 | 六六羉 | | | 章平開支止三 | 章移 | 章開3 | 章忍 | 見平開齊蟹四 | 古奚 |
| 24346 | 16副 | | 59 | 秓** | 軫 | 雞 | 照 | 陰平 | 齊 | 六六羉 | | | 章平開支止三 | 章移 | 章開3 | 章忍 | 見平開齊蟹四 | 古奚 |
| 24347 | 16副 | | 60 | 疧 | 軫 | 雞 | 照 | 陰平 | 齊 | 六六羉 | | | 章平開支止三 | 章移 | 章開3 | 章忍 | 見平開齊蟹四 | 古奚 |
| 24348 | 16副 | | 61 | 敍 | 軫 | 雞 | 照 | 陰平 | 齊 | 六六羉 | | | 章平開支止三 | 章移 | 章開3 | 章忍 | 見平開齊蟹四 | 古奚 |
| 24350 | 16副 | | 62 | 鴦 | 軫 | 雞 | 照 | 陰平 | 齊 | 六六羉 | | | 章平開支止三 | 章移 | 章開3 | 章忍 | 見平開齊蟹四 | 古奚 |
| 24351 | 16副 | | 63 | 螫 | 軫 | 雞 | 照 | 陰平 | 齊 | 六六羉 | | | 章平開支止三 | 章移 | 章開3 | 章忍 | 見平開齊蟹四 | 古奚 |
| 24352 | 16副 | | 64 | 豝* | 軫 | 雞 | 照 | 陰平 | 齊 | 六六羉 | | | 影入開麥梗二 | 乙革 | 章開3 | 章忍 | 見平開齊蟹四 | 古奚 |
| 24353 | 16副 | | 65 | 軛* | 軫 | 雞 | 照 | 陰平 | 齊 | 六六羉 | | | 影入開麥梗二 | 乙革 | 章開3 | 章忍 | 見平開齊蟹四 | 古奚 |
| 24355 | 16副 | | 66 | 秖** | 軫 | 雞 | 照 | 陰平 | 齊 | 六六羉 | | 玉篇：音秖 | 章平開支止三 | 章移 | 章開3 | 章忍 | 見平開齊蟹四 | 古奚 |
| 24356 | 16副 | | 67 | 賀 | 軫 | 雞 | 照 | 陰平 | 齊 | 六六羉 | | | 知平開支止三 | 陟離 | 章開3 | 章忍 | 見平開齊蟹四 | 古奚 |
| 24357 | 16副 | 22 | 68 | 𥘸** | 寵 | 谿 | 助 | 陰平 | 齊 | 六六羉 | | | 澄平開支止三 | 直知 | 徹合3 | 丑隴 | 溪平開齊蟹四 | 苦奚 |
| 24358 | 16副 | | 69 | 髭 | 寵 | 谿 | 助 | 陰平 | 齊 | 六六羉 | | | 徹平開支止三 | 丑知 | 徹合3 | 丑隴 | 溪平開齊蟹四 | 苦奚 |
| 24359 | 16副 | 23 | 70 | 灑* | 哂 | 雞 | 審 | 陰平 | 齊 | 六六羉 | | | 生平開支止三 | 山宜 | 書開3 | 式忍 | 見平開齊蟹四 | 古奚 |
| 24360 | 16副 | | 71 | 襹 | 哂 | 雞 | 審 | 陰平 | 齊 | 六六羉 | | | 生平開支止三 | 所宜 | 書開3 | 式忍 | 見平開齊蟹四 | 古奚 |
| 24361 | 16副 | | 72 | 麗 | 哂 | 雞 | 審 | 陰平 | 齊 | 六六羉 | | | 生平合魚遇三 | 所菹 | 書開3 | 式忍 | 見平開齊蟹四 | 古奚 |
| 24362 | 16副 | | 73 | 廝 | 哂 | 雞 | 審 | 陰平 | 齊 | 六六羉 | | | 心平開支止三 | 息移 | 書開3 | 式忍 | 見平開齊蟹四 | 古奚 |
| 24363 | 16副 | | 74 | 撕 | 哂 | 雞 | 審 | 陰平 | 齊 | 六六羉 | | | 心平開齊蟹四 | 先稽 | 書開3 | 式忍 | 見平開齊蟹四 | 古奚 |
| 24364 | 16副 | | 75 | 燍 | 哂 | 雞 | 審 | 陰平 | 齊 | 六六羉 | | | 心平開支止三 | 息移 | 書開3 | 式忍 | 見平開齊蟹四 | 古奚 |
| 24365 | 16副 | | 76 | 蟖* | 哂 | 雞 | 審 | 陰平 | 齊 | 六六羉 | | | 心平開支止三 | 相支 | 書開3 | 式忍 | 見平開齊蟹四 | 古奚 |
| 24366 | 16副 | | 77 | 斯* | 哂 | 雞 | 審 | 陰平 | 齊 | 六六羉 | | | 心平開支止三 | 相支 | 書開3 | 式忍 | 見平開齊蟹四 | 古奚 |

| 韻字編號 | 部序 | 組數 | 字數 | 韻字及何氏反切 | | | 韻字何氏音 | | | | 何萱注釋 | 備注 | 韻字中古音 | | 上字中古音 | | 下字中古音 | |
|---|---|---|---|---|---|---|---|---|---|---|---|---|---|---|---|---|---|---|
| | | | | 韻字 | 上字 | 下字 | 聲 | 調 | 呼 | 韻部 | | | 聲調呼韻攝等 | 反切 | 聲呼等 | 反切 | 聲調呼韻攝等 | 反切 |
| 24367 | 16副 | | 78 | 鐁 | 哂 | 雞 | 審 | 陰平 | 齊 | 六六羈 | | | 心平開支止三 | 息移 | 書開3 | 式忍 | 見平開齊蟹四 | 古奚 |
| 24368 | 16副 | | 79 | 磃 | 哂 | 雞 | 審 | 陰平 | 齊 | 六六羈 | | | 心平開支止三 | 息移 | 書開3 | 式忍 | 見平開齊蟹四 | 古奚 |
| 24369 | 16副 | | 80 | 燍 | 哂 | 雞 | 審 | 陰平 | 齊 | 六六羈 | | | 心平開支止三 | 息移 | 書開3 | 式忍 | 見平開齊蟹四 | 古奚 |
| 24370 | 16副 | | 81 | 蕲 | 哂 | 雞 | 審 | 陰平 | 齊 | 六六羈 | | | 心平開支止三 | 息移 | 書開3 | 式忍 | 見平開齊蟹四 | 古奚 |
| 24371 | 16副 | | 82 | 鷉 | 哂 | 雞 | 審 | 陰平 | 齊 | 六六羈 | | | 心平開支止三 | 息移 | 書開3 | 式忍 | 見平開齊蟹四 | 古奚 |
| 24372 | 16副 | | 83 | 蜤 | 哂 | 雞 | 審 | 陰平 | 齊 | 六六羈 | | | 心平開支止三 | 息移 | 書開3 | 式忍 | 見平開齊蟹四 | 古奚 |
| 24373 | 16副 | | 84 | 頋 | 哂 | 雞 | 審 | 陰平 | 齊 | 六六羈 | | | 心平開支止三 | 息移 | 書開3 | 式忍 | 見平開齊蟹四 | 古奚 |
| 24374 | 16副 | | 85 | 禠* | 哂 | 雞 | 審 | 陰平 | 齊 | 六六羈 | | | 心平開支止三 | 相支 | 書開3 | 式忍 | 見平開齊蟹四 | 古奚 |
| 24375 | 16副 | | 86 | 虒** | 哂 | 雞 | 審 | 陰平 | 齊 | 六六羈 | | | 心平開支止三 | 思移 | 書開3 | 式忍 | 見平開齊蟹四 | 古奚 |
| 24376 | 16副 | | 87 | 磃 | 哂 | 雞 | 審 | 陰平 | 齊 | 六六羈 | | | 心平開支止三 | 息移 | 書開3 | 式忍 | 見平開齊蟹四 | 古奚 |
| 24377 | 16副 | 24 | 88 | 幝 | 丙 | 谿 | 謗 | 陰平 | 齊 | 六六羈 | | | 幫平開支止重四 | 府移 | 幫開3 | 兵永 | 溪平開齊蟹四 | 苦奚 |
| 24378 | 16副 | | 89 | 犤 | 丙 | 谿 | 謗 | 陰平 | 齊 | 六六羈 | | | 幫平開齊蟹四 | 邊兮 | 幫開3 | 兵永 | 溪平開齊蟹四 | 苦奚 |
| 24379 | 16副 | | 90 | 睥 | 丙 | 谿 | 謗 | 陰平 | 齊 | 六六羈 | | | 幫平開支止重三 | 班糜 | 幫開3 | 兵永 | 溪平開齊蟹四 | 苦奚 |
| 24380 | 16副 | | 91 | 渒 | 丙 | 谿 | 謗 | 陰平 | 齊 | 六六羈 | | | 幫平開支止重四 | 府移 | 幫開3 | 兵永 | 溪平開齊蟹四 | 苦奚 |
| 24381 | 16副 | | 92 | 豍 | 丙 | 谿 | 謗 | 陰平 | 齊 | 六六羈 | | | 幫平開齊蟹四 | 邊兮 | 幫開3 | 兵永 | 溪平開齊蟹四 | 苦奚 |
| 24382 | 16副 | | 93 | 觯 | 丙 | 谿 | 謗 | 陰平 | 齊 | 六六羈 | | | 幫平開齊蟹四 | 邊兮 | 幫開3 | 兵永 | 溪平開齊蟹四 | 苦奚 |
| 24383 | 16副 | | 94 | 鵯 | 丙 | 谿 | 謗 | 陰平 | 齊 | 六六羈 | | | 幫平開支止重四 | 府移 | 幫開3 | 兵永 | 溪平開齊蟹四 | 苦奚 |
| 24385 | 16副 | | 95 | 痺* | 丙 | 谿 | 謗 | 陰平 | 齊 | 六六羈 | | | 並去開脂止重四 | 毗至 | 幫開3 | 兵永 | 溪平開齊蟹四 | 苦奚 |
| 24386 | 16副 | 25 | 96 | **剕** | 品 | 谿 | 並 | 陰平 | 齊 | 六六羈 | | | 滂平開齊蟹四 | 匹迷 | 滂開重3 | 丕飲 | 溪平開齊蟹四 | 苦奚 |
| 24387 | 16副 | 26 | 97 | 跂 | 儉 | 奚 | 起 | 陽平 | 齊 | 六六羈 | | | 群平開支止重四 | 巨支 | 群開重3 | 巨險 | 匣平開齊蟹四 | 胡雞 |
| 24388 | 16副 | | 98 | 敧 | 儉 | 奚 | 起 | 陽平 | 齊 | 六六羈 | | | 群平開支止重四 | 巨支 | 群開重3 | 巨險 | 匣平開齊蟹四 | 胡雞 |
| 24390 | 16副 | | 99 | 菽* | 儉 | 奚 | 起 | 陽平 | 齊 | 六六羈 | | | 群平開支止重四 | 翹移 | 群開重3 | 巨險 | 匣平開齊蟹四 | 胡雞 |
| 24391 | 16副 | | 100 | 秖 | 儉 | 奚 | 起 | 陽平 | 齊 | 六六羈 | | | 群平開支止重四 | 巨支 | 群開重3 | 巨險 | 匣平開齊蟹四 | 胡雞 |
| 24392 | 16副 | | 101 | 蚔 | 儉 | 奚 | 起 | 陽平 | 齊 | 六六羈 | | | 群平開支止重四 | 巨支 | 群開重3 | 巨險 | 匣平開齊蟹四 | 胡雞 |
| 24393 | 16副 | | 102 | 蒚 | 儉 | 奚 | 起 | 陽平 | 齊 | 六六羈 | | | 群平開支止重四 | 巨支 | 群開重3 | 巨險 | 匣平開齊蟹四 | 胡雞 |
| 24394 | 16副 | | 103 | 衹 | 儉 | 奚 | 起 | 陽平 | 齊 | 六六羈 | | | 群平開支止重四 | 巨支 | 群開重3 | 巨險 | 匣平開齊蟹四 | 胡雞 |
| 24395 | 16副 | 27 | 104 | 蝷 | 隱 | 奚 | 影 | 陽平 | 齊 | 六六羈 | | | 以平開支止三 | 弋支 | 影開3 | 於謹 | 匣平開齊蟹四 | 胡雞 |

| 韻字編號 | 部序 | 組數 | 字數 | 韻字及何氏反切 | | | 韻字何氏音 | | | | 何萱注釋 | 備注 | 韻字中古音 | | 上字中古音 | | 下字中古音 | |
|---|---|---|---|---|---|---|---|---|---|---|---|---|---|---|---|---|---|---|
| | | | | 韻字 | 上字 | 下字 | 聲 | 調 | 呼 | 韻部 | | | 聲調呼韻攝等 | 反切 | 聲呼等 | 反切 | 聲調呼韻攝等 | 反切 |
| 24398 | 16副 | 28 | 105 | 胜 | 向 | 提 | 曉 | 陽平 | 齊 | 六六羈 | | | 匣平開齊蟹四 | 胡雞 | 曉開3 | 許亮 | 定平開齊蟹四 | 杜奚 |
| 24399 | 16副 | | 106 | 貕** | 向 | 提 | 曉 | 陽平 | 齊 | 六六羈 | | | 曉平開齊蟹四 | 許奚 | 曉開3 | 許亮 | 定平開齊蟹四 | 杜奚 |
| 24400 | 16副 | | 107 | 猤* | 向 | 提 | 曉 | 陽平 | 齊 | 六六羈 | | | 匣平開齊蟹四 | 弦雞 | 曉開3 | 許亮 | 定平開齊蟹四 | 杜奚 |
| 24401 | 16副 | | 108 | 槉 | 向 | 提 | 曉 | 陽平 | 齊 | 六六羈 | | | 匣平開齊蟹四 | 胡雞 | 曉開3 | 許亮 | 定平開齊蟹四 | 杜奚 |
| 24402 | 16副 | | 109 | 蒵 | 向 | 提 | 曉 | 陽平 | 齊 | 六六羈 | | | 匣平開齊蟹四 | 胡雞 | 曉開3 | 許亮 | 定平開齊蟹四 | 杜奚 |
| 24404 | 16副 | | 110 | 奚 | 向 | 提 | 曉 | 陽平 | 齊 | 六六羈 | | | 匣平開齊蟹四 | 胡雞 | 曉開3 | 許亮 | 定平開齊蟹四 | 杜奚 |
| 24405 | 16副 | 29 | 111 | 㡗 | 眺 | 奚 | 透 | 陽平 | 齊 | 六六羈 | | | 定平開齊蟹四 | 杜奚 | 透開4 | 他弔 | 匣平開齊蟹四 | 胡雞 |
| 24406 | 16副 | | 112 | 鞮** | 眺 | 奚 | 透 | 陽平 | 齊 | 六六羈 | | 玉篇：音提 | 定平開齊蟹四 | 杜奚 | 透開4 | 他弔 | 匣平開齊蟹四 | 胡雞 |
| 24407 | 16副 | | 113 | 崹 | 眺 | 奚 | 透 | 陽平 | 齊 | 六六羈 | | | 定平開齊蟹四 | 杜奚 | 透開4 | 他弔 | 匣平開齊蟹四 | 胡雞 |
| 24408 | 16副 | | 114 | 鶗 | 眺 | 奚 | 透 | 陽平 | 齊 | 六六羈 | 鶗或作鵜 | | 定平開齊蟹四 | 杜奚 | 透開4 | 他弔 | 匣平開齊蟹四 | 胡雞 |
| 24409 | 16副 | | 115 | 鶗* | 眺 | 奚 | 透 | 陽平 | 齊 | 六六羈 | | | 禪平開支止三 | 常支 | 透開4 | 他弔 | 匣平開齊蟹四 | 胡雞 |
| 24410 | 16副 | | 116 | 蝭 | 眺 | 奚 | 透 | 陽平 | 齊 | 六六羈 | | | 定平開齊蟹四 | 杜奚 | 透開4 | 他弔 | 匣平開齊蟹四 | 胡雞 |
| 24412 | 16副 | | 117 | 瑅 | 眺 | 奚 | 透 | 陽平 | 齊 | 六六羈 | | | 定平開齊蟹四 | 杜奚 | 透開4 | 他弔 | 匣平開齊蟹四 | 胡雞 |
| 24413 | 16副 | | 118 | 鍉 | 眺 | 奚 | 透 | 陽平 | 齊 | 六六羈 | | | 定平開齊蟹四 | 杜奚 | 透開4 | 他弔 | 匣平開齊蟹四 | 胡雞 |
| 24415 | 16副 | | 119 | 蕛* | 眺 | 奚 | 透 | 陽平 | 齊 | 六六羈 | | | 定平開皆蟹二 | 度皆 | 透開4 | 他弔 | 匣平開齊蟹四 | 胡雞 |
| 24417 | 16副 | 30 | 120 | 廲 | 亮 | 奚 | 賚 | 陽平 | 齊 | 六六羈 | | | 來平開齊蟹四 | 郎奚 | 來開3 | 力讓 | 匣平開齊蟹四 | 胡雞 |
| 24418 | 16副 | | 121 | 孋 | 亮 | 奚 | 賚 | 陽平 | 齊 | 六六羈 | | | 來平開支止三 | 呂支 | 來開3 | 力讓 | 匣平開齊蟹四 | 胡雞 |
| 24419 | 16副 | | 122 | 穲 | 亮 | 奚 | 賚 | 陽平 | 齊 | 六六羈 | | | 來平開支止三 | 呂支 | 來開3 | 力讓 | 匣平開齊蟹四 | 胡雞 |
| 24420 | 16副 | | 123 | 鱺* | 亮 | 奚 | 賚 | 陽平 | 齊 | 六六羈 | | | 生上開支止三 | 所綺 | 來開3 | 力讓 | 匣平開齊蟹四 | 胡雞 |
| 24421 | 16副 | | 124 | 蠬 | 亮 | 奚 | 賚 | 陽平 | 齊 | 六六羈 | | | 來平開支止三 | 呂支 | 來開3 | 力讓 | 匣平開齊蟹四 | 胡雞 |
| 24423 | 16副 | | 125 | 劙 | 亮 | 奚 | 賚 | 陽平 | 齊 | 六六羈 | | | 來平開支止三 | 呂支 | 來開3 | 力讓 | 匣平開齊蟹四 | 胡雞 |
| 24425 | 16副 | | 126 | 酘** | 亮 | 奚 | 賚 | 陽平 | 齊 | 六六羈 | | 玉篇：音离 | 來平開支止三 | 呂支 | 來開3 | 力讓 | 匣平開齊蟹四 | 胡雞 |
| 24426 | 16副 | 31 | 127 | 踟 | 寵 | 提 | 助 | 陽平 | 齊 | 六六羈 | | | 澄平開支止三 | 直離 | 徹合3 | 丑隴 | 定平開齊蟹四 | 杜奚 |
| 24427 | 16副 | 32 | 128 | 唲 | 攘 | 奚 | 耳 | 陽平 | 齊 | 六六羈 | | | 日平開支止三 | 汝移 | 日開3 | 人漾 | 匣平開齊蟹四 | 胡雞 |
| 24429 | 16副 | | 129 | 絸* | 攘 | 奚 | 耳 | 陽平 | 齊 | 六六羈 | | | 日平開支止三 | 如支 | 日開3 | 人漾 | 匣平開齊蟹四 | 胡雞 |
| 24431 | 16副 | 33 | 130 | 柢 | 哂 | 奚 | 審 | 陽平 | 齊 | 六六羈 | | | 禪平開支止三 | 是支 | 書開3 | 式忍 | 匣平開齊蟹四 | 胡雞 |
| 24432 | 16副 | 34 | 131 | 祝 | 仰 | 奚 | 我 | 陽平 | 齊 | 六六羈 | | | 疑平開齊蟹四 | 五稽 | 疑開3 | 魚兩 | 匣平開齊蟹四 | 胡雞 |

| 韻字編號 | 部序 | 組數 | 字數 | 韻字及何氏反切 | | | 韻字何氏音 | | | | 何萱注釋 | 備注 | 韻字中古音 | | 上字中古音 | | 下字中古音 | |
|---|---|---|---|---|---|---|---|---|---|---|---|---|---|---|---|---|---|---|
| | | | | 韻字 | 上字 | 下字 | 聲 | 調 | 呼 | 韻部 | | | 聲調呼韻攝等 | 反切 | 聲呼等 | 反切 | 聲調呼韻攝等 | 反切 |
| 24434 | 16副 | | 132 | 伿 | 仰 | 奚 | 我 | 陽平 | 齊 | 六六鸝 | | | 疑平開齊蟹四 | 五稽 | 疑開3 | 魚兩 | 匣平開齊蟹四 | 胡雞 |
| 24435 | 16副 | 35 | 133 | 麲 | 品 | 奚 | 並 | 陽平 | 齊 | 六六鸝 | | | 並平開支止重四 | 符支 | 滂開重3 | 丕飲 | 匣平開齊蟹四 | 胡雞 |
| 24436 | 16副 | | 134 | 焷 | 品 | 奚 | 並 | 陽平 | 齊 | 六六鸝 | | | 並平開支止重四 | 符支 | 滂開重3 | 丕飲 | 匣平開齊蟹四 | 胡雞 |
| 24437 | 16副 | | 135 | 崥 | 品 | 奚 | 並 | 陽平 | 齊 | 六六鸝 | | | 並平開齊蟹四 | 部迷 | 滂開重3 | 丕飲 | 匣平開齊蟹四 | 胡雞 |
| 24440 | 16副 | | 136 | 椑 | 品 | 奚 | 並 | 陽平 | 齊 | 六六鸝 | | | 並平開支止重四 | 符支 | 滂開重3 | 丕飲 | 匣平開齊蟹四 | 胡雞 |
| 24442 | 16副 | | 137 | 廲 | 品 | 奚 | 並 | 陽平 | 齊 | 六六鸝 | | | 並平開支止重四 | 符支 | 滂開重3 | 丕飲 | 匣平開齊蟹四 | 胡雞 |
| 24444 | 16副 | 36 | 138 | 鼊 | 面 | 提 | 命 | 陽平 | 齊 | 六六鸝 | | | 明平開齊蟹四 | 莫兮 | 明開重4 | 彌箭 | 定平開齊蟹四 | 杜奚 |
| 24445 | 16副 | 37 | 139 | 袿 | 舉 | 奎 | 見 | 陰平 | 撮 | 六七規 | | | 見平合齊蟹四 | 古攜 | 見合3 | 居許 | 溪平合齊蟹四 | 苦圭 |
| 24446 | 16副 | | 140 | 稑* | 舉 | 奎 | 見 | 陰平 | 撮 | 六七規 | | | 影平合佳蟹二 | 烏蝸 | 見合3 | 居許 | 溪平合齊蟹四 | 苦圭 |
| 24447 | 16副 | | 141 | 罜 | 舉 | 奎 | 見 | 陰平 | 撮 | 六七規 | | | 見平合齊蟹四 | 古攜 | 見合3 | 居許 | 溪平合齊蟹四 | 苦圭 |
| 24448 | 16副 | | 142 | 鴝 | 舉 | 奎 | 見 | 陰平 | 撮 | 六七規 | | | 見平合齊蟹四 | 古攜 | 見合3 | 居許 | 溪平合齊蟹四 | 苦圭 |
| 24449 | 16副 | | 143 | 摫 | 舉 | 奎 | 見 | 陰平 | 撮 | 六七規 | | | 見平合支止重四 | 居隋 | 見合3 | 居許 | 溪平合齊蟹四 | 苦圭 |
| 24450 | 16副 | | 144 | 槻 | 舉 | 奎 | 見 | 陰平 | 撮 | 六七規 | | | 見平合支止重四 | 居隋 | 見合3 | 居許 | 溪平合齊蟹四 | 苦圭 |
| 24451 | 16副 | | 145 | 鬹** | 舉 | 奎 | 見 | 陰平 | 撮 | 六七規 | | | 見平合支止三 | 古隨 | 見合3 | 居許 | 溪平合齊蟹四 | 苦圭 |
| 24452 | 16副 | | 146 | 鼓* | 舉 | 奎 | 見 | 陰平 | 撮 | 六七規 | | | 見平合支止重四 | 俱為 | 見合3 | 居許 | 溪平合齊蟹四 | 苦圭 |
| 24453 | 16副 | 38 | 147 | 觟 | 郡 | 規 | 起 | 陰平 | 撮 | 六七規 | | | 溪平合齊蟹四 | 苦圭 | 群合3 | 渠運 | 見平合支止重四 | 居隋 |
| 24454 | 16副 | | 148 | 娃* | 郡 | 規 | 起 | 陰平 | 撮 | 六七規 | | | 溪平合佳蟹二 | 空媧 | 群合3 | 渠運 | 見平合支止重四 | 居隋 |
| 24455 | 16副 | | 149 | 挂 | 郡 | 規 | 起 | 陰平 | 撮 | 六七規 | | | 溪平合齊蟹四 | 苦圭 | 群合3 | 渠運 | 見平合支止重四 | 居隋 |
| 24456 | 16副 | | 150 | 桂 | 郡 | 規 | 起 | 陰平 | 撮 | 六七規 | | | 溪平合齊蟹四 | 苦圭 | 群合3 | 渠運 | 見平合支止重四 | 居隋 |
| 24457 | 16副 | | 151 | 蛙 | 郡 | 規 | 起 | 陰平 | 撮 | 六七規 | | | 溪平合齊蟹四 | 苦圭 | 群合3 | 渠運 | 見平合支止重四 | 居隋 |
| 24458 | 16副 | 39 | 152 | 黊* | 永 | 規 | 影 | 陰平 | 撮 | 六七規 | | 表中字頭作䵷，韻目中無此字 | 影平合齊蟹四 | 淵畦 | 云合3 | 于憬 | 見平合支止重四 | 居隋 |
| 24459 | 16副 | 40 | 153 | 睳 | 許 | 規 | 曉 | 陰平 | 撮 | 六七規 | | | 曉平合齊蟹四 | 呼攜 | 曉合3 | 虛呂 | 見平合支止重四 | 居隋 |
| 24460 | 16副 | 41 | 154 | 鑴 | 恕 | 規 | 審 | 陰平 | 撮 | 六七規 | | | 生平合支止三 | 山垂 | 書合3 | 商署 | 見平合支止重四 | 居隋 |
| 24461 | 16副 | 42 | 155 | 檇 | 永 | 蕤 | 影 | 陽平 | 撮 | 六七規 | | | 以平合支止三 | 悅吹 | 云合3 | 于憬 | 日平合脂止三 | 儒隹 |
| 24465 | 16副 | 43 | 156 | 眭 | 許 | 蕤 | 曉 | 陽平 | 撮 | 六七規 | | 表中字頭作巂，韻目中無此字 | 匣平合齊蟹四 | 戶圭 | 曉合3 | 虛呂 | 日平合脂止三 | 儒隹 |

| 韻字編號 | 部序 | 組數 | 字數 | 韻字及何氏反切 | | | 韻字何氏音 | | | | 何萱注釋 | 備注 | 韻字中古音 | | 上字中古音 | | 下字中古音 | |
|---|---|---|---|---|---|---|---|---|---|---|---|---|---|---|---|---|---|---|
| | | | | 韻字 | 上字 | 下字 | 聲 | 調 | 呼 | 韻部 | | | 聲調呼韻攝等 | 反切 | 聲呼等 | 反切 | 聲調呼韻攝等 | 反切 |
| 24466 | 16 副 | | 157 | 劚 | 許 | 蕤 | 曉 | 陽平 | 撮 | 六七規 | | 表中字頭作巂，韻目中無此字 | 匣平合齊蟹四 | 戶圭 | 曉合 3 | 虛呂 | 日平合脂止三 | 儒隹 |
| 24467 | 16 副 | | 158 | 驨 | 許 | 蕤 | 曉 | 陽平 | 撮 | 六七規 | | 表中字頭作巂，韻目中無此字 | 匣平合齊蟹四 | 戶圭 | 曉合 3 | 虛呂 | 日平合脂止三 | 儒隹 |
| 24468 | 16 副 | | 159 | 獾 | 許 | 蕤 | 曉 | 陽平 | 撮 | 六七規 | | 表中字頭作巂，韻目中無此字。玉篇：音攜 | 匣平合齊蟹四 | 戶圭 | 曉合 3 | 虛呂 | 日平合脂止三 | 儒隹 |
| 24469 | 16 副 | 44 | 160 | 槜** | 俊 | 蕤 | 井 | 陽平 | 撮 | 六七規 | | | 精平合支止三 | 子隨 | 精合 3 | 子峻 | 日平合脂止三 | 儒隹 |
| 24470 | 16 副 | 45 | 161 | 巋* | 馭 | 攜 | 我 | 陽平 | 撮 | 六七規 | | 表中字頭作广旁，韻目中無此字 | 疑平合齊蟹四 | 五圭 | 疑合 3 | 牛倨 | 匣平合齊蟹四 | 戶圭 |
| 24471 | 16 副 | | 162 | 痓g* | 馭 | 攜 | 我 | 陽平 | 撮 | 六七規 | | 表中字頭作广旁，韻目中無此字 | 疑平開齊蟹四 | 研奚 | 疑合 3 | 牛倨 | 匣平合齊蟹四 | 戶圭 |
| 24472 | 16 副 | | 163 | 鍷* | 馭 | 攜 | 我 | 陽平 | 撮 | 六七規 | | 表中字頭作广旁，韻目中無此字 | 溪平合齊蟹四 | 傾畦 | 疑合 3 | 牛倨 | 匣平合齊蟹四 | 戶圭 |
| 24473 | 16 副 | 46 | 164 | 檞 | 艮 | 蠏* | 見 | 上 | 開 | 五八解 | | | 見上開佳蟹二 | 佳買 | 見開 1 | 古恨 | 匣上開佳蟹二 | 下買 |
| 24474 | 16 副 | 47 | 165 | 㽹 | 口 | 蠏* | 起 | 上 | 開 | 五八解 | | | 溪上開皆蟹二 | 苦駭 | 溪開 1 | 苦后 | 匣上開佳蟹二 | 下買 |
| 24475 | 16 副 | | 166 | � | 口 | 蠏* | 起 | 上 | 開 | 五八解 | | | 溪上開佳蟹二 | 苦蟹 | 溪開 1 | 苦后 | 匣上開佳蟹二 | 下買 |
| 24476 | 16 副 | | 167 | 雉 g* | 口 | 蠏* | 起 | 上 | 開 | 五八解 | | | 溪上開皆蟹二 | 口駭 | 溪開 1 | 苦后 | 匣上開佳蟹二 | 下買 |
| 24477 | 16 副 | 48 | 168 | 矮 | 案 | 蠏* | 影 | 上 | 開 | 五八解 | | | 影上開佳蟹二 | 烏蟹 | 影開 1 | 烏旰 | 匣上開佳蟹二 | 下買 |
| 24478 | 16 副 | 49 | 169 | 獬 | 漢 | 買 | 曉 | 上 | 開 | 五八解 | | | 匣上開佳蟹二 | 胡買 | 曉開 1 | 呼旰 | 明上開佳蟹二 | 莫蟹 |
| 24479 | 16 副 | | 170 | 嶰 | 漢 | 買 | 曉 | 上 | 開 | 五八解 | | | 匣上開佳蟹二 | 胡買 | 曉開 1 | 呼旰 | 明上開佳蟹二 | 莫蟹 |
| 24480 | 16 副 | | 171 | 蟹* | 漢 | 買 | 曉 | 上 | 開 | 五八解 | | | 匣上開佳蟹二 | 下買 | 曉開 1 | 呼旰 | 明上開佳蟹二 | 莫蟹 |
| 24481 | 16 副 | | 172 | 簈* | 漢 | 買 | 曉 | 上 | 開 | 五八解 | | | 匣上開佳蟹二 | 下買 | 曉開 1 | 呼旰 | 明上開佳蟹二 | 莫蟹 |
| 24482 | 16 副 | 50 | 173 | 鉙* | 諍 | 買 | 照 | 上 | 開 | 五八解 | | | 知上開皆蟹二 | 知駭 | 莊開 2 | 側迸 | 明上開佳蟹二 | 莫蟹 |
| 24483 | 16 副 | | 174 | 釲 | 諍 | 買 | 照 | 上 | 開 | 五八解 | | | 知上開皆蟹二 | 知駭 | 莊開 2 | 側迸 | 明上開佳蟹二 | 莫蟹 |
| 24484 | 16 副 | 51 | 175 | 豸* | 秩 | 蠏* | 助 | 上 | 開 | 五八解 | | | 澄上開佳蟹二 | 丈蟹 | 澄開 3 | 直一 | 匣上開佳蟹二 | 下買 |
| 24486 | 16 副 | 52 | 176 | 灑* | 稍 | 蠏* | 審 | 上 | 開 | 五八解 | | | 生上開佳蟹二 | 所蟹 | 生開 2 | 所教 | 匣上開佳蟹二 | 下買 |
| 24487 | 16 副 | 53 | 177 | 睚 | 傲 | 買 | 我 | 上 | 開 | 五八解 | | | 疑上開皆蟹二 | 五駭 | 疑開 1 | 五到 | 明上開佳蟹二 | 莫蟹 |

| 韻字編號 | 部序 | 組數 | 字數 | 韻字及何氏反切 | | | 韻字何氏音 | | | | 何萱注釋 | 備注 | 韻字中古音 | | 上字中古音 | | 下字中古音 | |
|---|---|---|---|---|---|---|---|---|---|---|---|---|---|---|---|---|---|---|
| | | | | 韻字 | 上字 | 下字 | 聲 | 調 | 呼 | 韻部 | | | 聲調呼韻攝等 | 反切 | 聲呼等 | 反切 | 聲調呼韻攝等 | 反切 |
| 24489 | 16副 | | 178 | 娾 | 傲 | 買 | 我 | 上 | 開 | 五八解 | | | 疑上開皆蟹二 | 五駭 | 疑開1 | 五到 | 明上開佳蟹二 | 莫蟹 |
| 24490 | 16副 | 54 | 179 | 嘪 | 莫 | 蠏* | 命 | 上 | 開 | 五八解 | | | 明上開佳蟹二 | 莫蟹 | 明開1 | 慕各 | 匣上開佳蟹二 | 下買 |
| 24491 | 16副 | | 180 | 鷶 | 莫 | 蠏* | 命 | 上 | 開 | 五八解 | | | 明上開佳蟹二 | 莫蟹 | 明開1 | 慕各 | 匣上開佳蟹二 | 下買 |
| 24492 | 16副 | | 181 | 蕒 | 莫 | 蠏* | 命 | 上 | 開 | 五八解 | | | 明上開佳蟹二 | 莫蟹 | 明開1 | 慕各 | 匣上開佳蟹二 | 下買 |
| 24493 | 16副 | 55 | 182 | 罫* | 廣 | 鮭 | 見 | 上 | 合 | 五九丫 | | | 見上開佳蟹二 | 古買 | 見合1 | 古晃 | 匣上合麻假二 | 胡瓦 |
| 24494 | 16副 | | 183 | 拐 | 廣 | 鮭 | 見 | 上 | 合 | 五九丫 | | | 群上合佳蟹二 | 求蟹 | 見合1 | 古晃 | 匣上合麻假二 | 胡瓦 |
| 24495 | 16副 | 56 | 184 | 䠄 | 苦 | 丫 | 起 | 上 | 合 | 五九丫 | | | 群上合佳蟹二 | 求蟹 | 溪合1 | 康杜 | 見上合佳蟹二 | 乖買 |
| 24496 | 16副 | 57 | 185 | 竩 | 廣 | 磊 | 見 | 上 | 合二 | 六十詭 | | 其下應接苦磊切 | 見上合支止重三 | 過委 | 見合1 | 古晃 | 來上合灰蟹一 | 落猥 |
| 24497 | 16副 | | 186 | 庋 | 廣 | 磊 | 見 | 上 | 合二 | 六十詭 | | 其下應接苦磊切 | 見上合支止重三 | 過委 | 見合1 | 古晃 | 來上合灰蟹一 | 落猥 |
| 24498 | 16副 | | 187 | 佹 | 廣 | 磊 | 見 | 上 | 合二 | 六十詭 | | 其下應接苦磊切 | 見上合支止重三 | 過委 | 見合1 | 古晃 | 來上合灰蟹一 | 落猥 |
| 24499 | 16副 | | 188 | 歁* | 廣 | 磊 | 見 | 上 | 合二 | 六十詭 | | 其下應接苦磊切 | 見上合支止重三 | 古委 | 見合1 | 古晃 | 來上合灰蟹一 | 落猥 |
| 24500 | 16副 | | 189 | 鞄* | 廣 | 磊 | 見 | 上 | 合二 | 六十詭 | | 其下應接苦磊切 | 見上合支止重三 | 古委 | 見合1 | 古晃 | 來上合灰蟹一 | 落猥 |
| 24502 | 16副 | | 190 | 庪* | 廣 | 磊 | 見 | 上 | 合二 | 六十詭 | | 其下應接苦磊切 | 見上合支止重三 | 古委 | 見合1 | 古晃 | 來上合灰蟹一 | 落猥 |
| 24503 | 16副 | 58 | 191 | 躭 | 竟 | 弭 | 見 | 上 | 齊 | 六一頍 | | | 章上開支止三 | 諸氏 | 見開3 | 居慶 | 明上開支止重四 | 綿婢 |
| 24504 | 16副 | 59 | 192 | 訡 | 隱 | 弭 | 影 | 上 | 齊 | 六一頍 | | | 影上開齊蟹四 | 烏弟 | 影開3 | 於謹 | 明上開支止重四 | 綿婢 |
| 24505 | 16副 | | 193 | 吟 | 隱 | 弭 | 影 | 上 | 齊 | 六一頍 | | | 影上開齊蟹四 | 烏弟 | 影開3 | 於謹 | 明上開支止重四 | 綿婢 |
| 24506 | 16副 | 60 | 194 | 暥 | 向 | 弭 | 曉 | 上 | 齊 | 六一頍 | | | 匣上開齊蟹四 | 胡禮 | 曉開3 | 許亮 | 明上開支止重四 | 綿婢 |
| 24507 | 16副 | | 195 | 篹 | 向 | 弭 | 曉 | 上 | 齊 | 六一頍 | | | 匣上開齊蟹四 | 胡禮 | 曉開3 | 許亮 | 明上開支止重四 | 綿婢 |
| 24508 | 16副 | 61 | 196 | 尟 | 眺 | 弭 | 透 | 上 | 齊 | 六一頍 | | | 透上開齊蟹四 | 他禮 | 透開4 | 他弔 | 明上開支止重四 | 綿婢 |
| 24509 | 16副 | | 197 | 題 | 眺 | 弭 | 透 | 上 | 齊 | 六一頍 | | | 定上開齊蟹四 | 徒禮 | 透開4 | 他弔 | 明上開支止重四 | 綿婢 |
| 24511 | 16副 | 62 | 198 | 蠡 | 亮 | 徙 | 賚 | 上 | 齊 | 六一頍 | | | 來上開齊蟹四 | 盧啓 | 來開3 | 力讓 | 心上開支止三 | 斯氏 |
| 24512 | 16副 | | 199 | 蠃 | 亮 | 徙 | 賚 | 上 | 齊 | 六一頍 | | | 來上合戈果一 | 郎果 | 來開3 | 力讓 | 心上開支止三 | 斯氏 |
| 24513 | 16副 | | 200 | 纍 | 亮 | 徙 | 賚 | 上 | 齊 | 六一頍 | | | 來上合支止三 | 力委 | 來開3 | 力讓 | 心上開支止三 | 斯氏 |
| 24514 | 16副 | 63 | 201 | 庋** | 軫 | 徙 | 照 | 上 | 齊 | 六一頍 | | | 章上開支止三 | 之氏 | 章開3 | 章忍 | 心上開支止三 | 斯氏 |
| 24515 | 16副 | | 202 | 汎 | 軫 | 徙 | 照 | 上 | 齊 | 六一頍 | | | 章上開支止三 | 諸氏 | 章開3 | 章忍 | 心上開支止三 | 斯氏 |
| 24516 | 16副 | 64 | 203 | 粍 | 寵 | 弭 | 助 | 上 | 齊 | 六一頍 | | | 澄上開支止三 | 池爾 | 徹合3 | 丑隴 | 明上開支止重四 | 綿婢 |
| 24518 | 16副 | 65 | 204 | 惿* | 哂 | 弭 | 審 | 上 | 齊 | 六一頍 | | | 禪上開支止三 | 上紙 | 書開3 | 式忍 | 明上開支止重四 | 綿婢 |
| 24519 | 16副 | | 205 | 崼** | 哂 | 弭 | 審 | 上 | 齊 | 六一頍 | | 玉篇：音是 | 禪上開支止三 | 承紙 | 書開3 | 式忍 | 明上開支止重四 | 綿婢 |

| 韻字編號 | 部序 | 組數 | 字數 | 韻字及何氏反切 | | | 韻字何氏音 | | | | 何萱注釋 | 備　注 | 韻字中古音 | | 上字中古音 | | 下字中古音 | |
|---|---|---|---|---|---|---|---|---|---|---|---|---|---|---|---|---|---|---|
| | | | | 韻字 | 上字 | 下字 | 聲 | 調 | 呼 | 韻部 | | | 聲調呼韻攝等 | 反切 | 聲呼等 | 反切 | 聲調呼韻攝等 | 反切 |
| 24521 | 16副 | 66 | 206 | 掜 | 仰 | 徙 | 我 | 上 | 齊 | 六一頍 | | | 疑上開齊蟹四 | 研啓 | 疑開3 | 魚兩 | 心上開支止三 | 斯氏 |
| 24522 | 16副 | | 207 | 睨 | 仰 | 徙 | 我 | 上 | 齊 | 六一頍 | | | 疑上開齊蟹四 | 研啓 | 疑開3 | 魚兩 | 心上開支止三 | 斯氏 |
| 24523 | 16副 | | 208 | 垷 | 仰 | 徙 | 我 | 上 | 齊 | 六一頍 | | | 疑上開齊蟹四 | 研啓 | 疑開3 | 魚兩 | 心上開支止三 | 斯氏 |
| 24527 | 16副 | 67 | 209 | 蓰* | 想 | 弭 | 信 | 上 | 齊 | 六一頍 | | | 心上開支止三 | 想氏 | 心開3 | 息兩 | 明上開支止重四 | 綿婢 |
| 24528 | 16副 | 68 | 210 | 蘼 | 丙 | 弭 | 謗 | 上 | 齊 | 六一頍 | | | 幫上開支止重三 | 并弭 | 幫開3 | 兵永 | 明上開支止重四 | 綿婢 |
| 24531 | 16副 | | 211 | 捭 | 丙 | 弭 | 謗 | 上 | 齊 | 六一頍 | | | 幫上開支止重三 | 并弭 | 幫開3 | 兵永 | 明上開支止重四 | 綿婢 |
| 24532 | 16副 | 69 | 212 | 諀 | 品 | 徙 | 並 | 上 | 齊 | 六一頍 | | | 滂上開支止重四 | 匹婢 | 滂開重3 | 丕飲 | 心上開支止三 | 斯氏 |
| 24533 | 16副 | 70 | 213 | 葞 | 面 | 徙 | 命 | 上 | 齊 | 六一頍 | | | 明上開支止重四 | 綿婢 | 明開重4 | 彌箭 | 心上開支止三 | 斯氏 |
| 24534 | 16副 | | 214 | 蝆 | 面 | 徙 | 命 | 上 | 齊 | 六一頍 | | | 明上開支止重四 | 綿婢 | 明開重4 | 彌箭 | 心上開支止三 | 斯氏 |
| 24535 | 16副 | 71 | 215 | 烾* | 郡 | 縈 | 起 | 上 | 撮 | 六二烓 | | | 溪上合支止三 | 犬縈 | 群合3 | 渠運 | 日上合支止三 | 如累 |
| 24536 | 16副 | 72 | 216 | 萿 | 永 | 縈 | 影 | 上 | 撮 | 六二烓 | | | 以上合支止三 | 羊捶 | 云合3 | 于憬 | 日上合支止三 | 如累 |
| 24537 | 16副 | | 217 | 芛 | 永 | 縈 | 影 | 上 | 撮 | 六二烓 | | | 以上合支止三 | 羊捶 | 云合3 | 于憬 | 日上合支止三 | 如累 |
| 24541 | 16副 | | 218 | 臛* | 永 | 縈 | 影 | 上 | 撮 | 六二烓 | 瘡也，玉篇 | 說文創裂也一曰疾瘍或作臛。玉篇作羊水切。疑為衍字 | 以上合支止三 | 尹捶 | 云合3 | 于憬 | 日上合支止三 | 如累 |
| 24542 | 16副 | 73 | 219 | 矋* | 許 | 縈 | 曉 | 上 | 撮 | 六二烓 | | | 曉上合脂止重四 | 虎癸 | 曉合3 | 虛呂 | 日上合支止三 | 如累 |
| 24544 | 16副 | 74 | 220 | 嵳g* | 縓 | 攍 | 淨 | 上 | 撮 | 六二烓 | | | 從去合脂止三 | 秦醉 | 清合3 | 七絹 | 以上合支止三 | 羊捶 |
| 24545 | 16副 | 75 | 221 | 霍* | 廣 | 磊 | 見 | 上 | 合二 | 六十詭 | | 原入縓攍切，誤，改為廣磊切。其下應接苦磊切 | 見上合支止重三 | 古委 | 見合1 | 古晃 | 來上合灰蟹一 | 落猥 |
| 24546 | 16副 | | 222 | 鴝 | 廣 | 磊 | 見 | 上 | 合二 | 六十詭 | 或作雉 | 原入縓攍切，誤，改為廣磊切。其下應接苦磊切。玉篇作九彼切 | 見上合支止重三 | 過委 | 見合1 | 古晃 | 來上合灰蟹一 | 落猥 |
| 24549 | 16副 | 76 | 223 | 尯 | 苦 | 磊 | 起 | 上 | 合二 | 六十詭 | | | 溪去合脂止重三 | 丘愧 | 溪合1 | 康杜 | 來上合灰蟹一 | 落猥 |
| 24551 | 16副 | | 224 | 郈 | 苦 | 磊 | 起 | 上 | 合二 | 六十詭 | | | 群上合脂止重三 | 暨軌 | 溪合1 | 康杜 | 來上合灰蟹一 | 落猥 |
| 24552 | 16副 | 77 | 225 | 譭 | 戶 | 磊 | 曉 | 上 | 合二 | 六十詭 | | | 曉上合支止重三 | 許委 | 匣合1 | 侯古 | 來上合灰蟹一 | 落猥 |
| 24553 | 16副 | | 226 | 檓 | 戶 | 磊 | 曉 | 上 | 合二 | 六十詭 | | | 曉上合支止重三 | 許委 | 匣合1 | 侯古 | 來上合灰蟹一 | 落猥 |
| 24554 | 16副 | | 227 | 蘐* | 戶 | 磊 | 曉 | 上 | 合二 | 六十詭 | | | 曉上合支止重三 | 虎委 | 匣合1 | 侯古 | 來上合灰蟹一 | 落猥 |
| 24555 | 16副 | 78 | 228 | 膢* | 杜 | 磊 | 透 | 上 | 合二 | 六十詭 | | | 泥上合灰蟹一 | 弩罪 | 定合1 | 徒古 | 來上合灰蟹一 | 落猥 |

| 韻字編號 | 部序 | 組數 | 字數 | 韻字及何氏反切 | | | 韻字何氏音 | | | | 何萱注釋 | 備注 | 韻字中古音 | | 上字中古音 | | 下字中古音 | |
|---|---|---|---|---|---|---|---|---|---|---|---|---|---|---|---|---|---|---|
| | | | | 韻字 | 上字 | 下字 | 聲 | 調 | 呼 | 韻部 | | | 聲調呼韻攝等 | 反切 | 聲呼等 | 反切 | 聲調呼韻攝等 | 反切 |
| 24556 | 16副 | 79 | 229 | 篧** | 煗 | 磊 | 乃 | 上 | 合二 | 六十詭 | | | 娘上合支止重三 | 女委 | 泥合1 | 乃管 | 來上合灰蟹一 | 落猥 |
| 24557 | 16副 | 80 | 230 | 掩* | 臥 | 磊 | 我 | 上 | 合二 | 六十詭 | | | 疑上合微止三 | 魚鬼 | 疑合1 | 吾貨 | 來上合灰蟹一 | 落猥 |
| 24558 | 16副 | | 231 | 硊 | 臥 | 磊 | 我 | 上 | 合二 | 六十詭 | | | 疑上合支止重三 | 魚毀 | 疑合1 | 吾貨 | 來上合灰蟹一 | 落猥 |
| 24559 | 16副 | | 232 | 鮠** | 臥 | 磊 | 我 | 上 | 合二 | 六十詭 | | 玉篇魚鬼切，按此 | 疑上合微止三 | 居偉 | 疑合1 | 吾貨 | 來上合灰蟹一 | 落猥 |
| 24560 | 16副 | 81 | 233 | 繲 | 艮 | 曬 | 見 | 去 | 開 | 六二懈 | | 韻目上字作民，誤 | 見去開佳蟹二 | 古隘 | 見開1 | 古恨 | 生去開佳蟹二 | 所賣 |
| 24561 | 16副 | | 234 | 廨 | 艮 | 曬 | 見 | 去 | 開 | 六二懈 | | 韻目上字作民，誤 | 見去開佳蟹二 | 古隘 | 見開1 | 古恨 | 生去開佳蟹二 | 所賣 |
| 24562 | 16副 | | 235 | 痎 | 艮 | 曬 | 見 | 去 | 開 | 六二懈 | | 韻目上字作民，誤 | 見去開佳蟹二 | 古隘 | 見開1 | 古恨 | 生去開佳蟹二 | 所賣 |
| 24563 | 16副 | 82 | 236 | 隘 | 案 | 曬 | 影 | 去 | 開 | 六二懈 | | | 影去開佳蟹二 | 烏懈 | 影開1 | 烏旰 | 生去開佳蟹二 | 所賣 |
| 24564 | 16副 | | 237 | 榏 | 案 | 曬 | 影 | 去 | 開 | 六二懈 | | | 影去開佳蟹二 | 烏懈 | 影開1 | 烏旰 | 生去開佳蟹二 | 所賣 |
| 24565 | 16副 | 83 | 238 | 邂 | 漢 | 懈 | 曉 | 去 | 開 | 六二懈 | | | 匣去開佳蟹二 | 胡懈 | 曉開1 | 呼旰 | 見去開佳蟹二 | 古隘 |
| 24566 | 16副 | 84 | 239 | 徸 | 諍 | 懈 | 照 | 去 | 開 | 六二懈 | | | 知去合佳蟹二 | 竹賣 | 莊開2 | 側迸 | 見去開佳蟹二 | 古隘 |
| 24567 | 16副 | | 240 | 膪 | 諍 | 懈 | 照 | 去 | 開 | 六二懈 | | | 知去合佳蟹二 | 竹賣 | 莊開2 | 側迸 | 見去開佳蟹二 | 古隘 |
| 24569 | 16副 | | 241 | 諰 | 諍 | 懈 | 助 | 去 | 開 | 六二懈 | | 韻目歸入諍懈切，表中作助母字頭 | 初去開佳蟹二 | 楚懈 | 莊開2 | 側迸 | 見去開佳蟹二 | 古隘 |
| 24570 | 16副 | | 242 | 杈** | 諍 | 懈 | 助 | 去 | 開 | 六二懈 | | 韻目歸入諍懈切 | 初去開麻假二 | 初訝 | 莊開2 | 側迸 | 見去開佳蟹二 | 古隘 |
| 24571 | 16副 | | 243 | 衩 | 諍 | 懈 | 助 | 去 | 開 | 六二懈 | | 韻目歸入諍懈切 | 初去開佳蟹二 | 楚懈 | 莊開2 | 側迸 | 見去開佳蟹二 | 古隘 |
| 24574 | 16副 | | 244 | 浂 | 諍 | 懈 | 助 | 去 | 開 | 六二懈 | | 韻目歸入諍懈切 | 初去開佳蟹二 | 楚懈 | 莊開2 | 側迸 | 見去開佳蟹二 | 古隘 |
| 24575 | 16副 | 85 | 245 | 黐 | 稍 | 蠏* | 審 | 去 | 開 | 六二懈 | 不黏之皃，廣韻 | 正字作㾕。玉篇所懈切，又作曬 | 生去開佳蟹二 | 所賣 | 生開2 | 所教 | 匣上開佳蟹二 | 下買 |
| 24576 | 16副 | | 246 | 矖 | 稍 | 蠏* | 審 | 去 | 開 | 六二懈 | | | 生去開佳蟹二 | 所賣 | 生開2 | 所教 | 匣上開佳蟹二 | 下買 |
| 24578 | 16副 | 86 | 247 | 睚 | 傲 | 懈 | 我 | 去 | 開 | 六二懈 | | 表中此位無字 | 疑去開佳蟹二 | 五懈 | 疑開1 | 五到 | 見去開佳蟹二 | 古隘 |
| 24579 | 16副 | 87 | 248 | 罣 | 廣 | 派 | 見 | 去 | 合 | 六三卦 | | | 見去合夬蟹二 | 古賣 | 見合1 | 古晃 | 滂去開佳蟹二 | 匹卦 |
| 24581 | 16副 | 88 | 249 | 繣 | 戶 | 派 | 曉 | 去 | 合 | 六三卦 | | | 匣去合佳蟹二 | 胡卦 | 匣合1 | 侯古 | 滂去開佳蟹二 | 匹卦 |
| 24583 | 16副 | | 250 | 澅 | 戶 | 派 | 曉 | 去 | 合 | 六三卦 | | | 匣去合佳蟹二 | 胡卦 | 匣合1 | 侯古 | 滂去開佳蟹二 | 匹卦 |
| 24584 | 16副 | 89 | 251 | 庍 | 布 | 卦 | 謗 | 去 | 合 | 六三卦 | | 字頭误。應為庌。取庌廣韻音 | 幫去開佳蟹二 | 方卦 | 幫合1 | 博故 | 見去合夬蟹二 | 古賣 |

| 韻字編號 | 部序 | 組數 | 字數 | 韻字及何氏反切 | | | 韻字何氏音 | | | | 何萱注釋 | 備　注 | 韻字中古音 | | 上字中古音 | | 下字中古音 | |
|---|---|---|---|---|---|---|---|---|---|---|---|---|---|---|---|---|---|---|
| | | | | 韻字 | 上字 | 下字 | 聲 | 調 | 呼 | 韻部 | | | 聲調呼韻攝等 | 反切 | 聲呼等 | 反切 | 聲調呼韻攝等 | 反切 |
| 24585 | 16副 | 90 | 252 | 柧 | 普 | 卦 | 並 | 去 | 合 | 六三卦 | | | 滂去開佳蟹二 | 匹卦 | 滂合1 | 滂古 | 見去合夬蟹二 | 古賣 |
| 24586 | 16副 | 91 | 253 | 諉 | 甕 | 傫 | 影 | 去 | 合二 | 六四諉 | | 集韻有三讀 | 娘去合支止三 | 女恚 | 影合1 | 烏貢 | 來上合灰蟹一 | 魯猥 |
| 24587 | 16副 | 92 | 254 | 稜 | 巽 | 傫 | 信 | 去 | 合二 | 六四諉 | | 集韻有三讀 | 心去合支止三 | 思累 | 心合1 | 蘇困 | 來上合灰蟹一 | 魯猥 |
| 24591 | 16副 | 93 | 255 | 敁 | 竟 | 係 | 見 | 去 | 齊 | 六五躧 | | | 見去開支止重四 | 居企 | 見開3 | 居慶 | 見去開齊蟹四 | 古詣 |
| 24592 | 16副 | 94 | 256 | 跂 | 儉 | 係 | 起 | 去 | 齊 | 六五躧 | | | 溪去開支止重四 | 去智 | 群開重3 | 巨險 | 見去開齊蟹四 | 古詣 |
| 24593 | 16副 | | 257 | 跻** | 儉 | 係 | 起 | 去 | 齊 | 六五躧 | | | 溪去開支止重四 | 去智 | 群開重3 | 巨險 | 見去開齊蟹四 | 古詣 |
| 24594 | 16副 | | 258 | 䟸 | 儉 | 係 | 起 | 去 | 齊 | 六五躧 | | | 群去開支止重三 | 奇寄 | 群開重3 | 巨險 | 見去開齊蟹四 | 古詣 |
| 24596 | 16副 | | 259 | 甈 | 儉 | 係 | 起 | 去 | 齊 | 六五躧 | | | 溪去開齊蟹四 | 苦計 | 群開重3 | 巨險 | 見去開齊蟹四 | 古詣 |
| 24597 | 16副 | 95 | 260 | 㛳 | 隱 | 係 | 影 | 去 | 齊 | 六五躧 | | | 以去開祭蟹三 | 餘制 | 影開3 | 於謹 | 見去開齊蟹四 | 古詣 |
| 24598 | 16副 | | 261 | 枍 | 隱 | 係 | 影 | 去 | 齊 | 六五躧 | | | 影去開齊蟹四 | 於計 | 影開3 | 於謹 | 見去開齊蟹四 | 古詣 |
| 24599 | 16副 | | 262 | 殪 | 隱 | 係 | 影 | 去 | 齊 | 六五躧 | | | 影去開支止重四 | 於賜 | 影開3 | 於謹 | 見去開齊蟹四 | 古詣 |
| 24600 | 16副 | | 263 | 螠 | 隱 | 係 | 影 | 去 | 齊 | 六五躧 | | | 影去開支止重四 | 於賜 | 影開3 | 於謹 | 見去開齊蟹四 | 古詣 |
| 24601 | 16副 | 96 | 264 | 傒 | 向 | 企 | 曉 | 去 | 齊 | 六五躧 | | | 匣去開齊蟹四 | 胡計 | 曉開3 | 許亮 | 溪去開支止重四 | 去智 |
| 24602 | 16副 | 97 | 265 | 踶** | 典 | 係 | 短 | 去 | 齊 | 六五躧 | 蹋也，玉篇 | 玉篇丁戾切 | 端去開齊蟹四 | 丁戾 | 端開4 | 多殄 | 見去開齊蟹四 | 古詣 |
| 24603 | 16副 | | 266 | 偙 | 典 | 係 | 短 | 去 | 齊 | 六五躧 | | | 端去開齊蟹四 | 都計 | 端開4 | 多殄 | 見去開齊蟹四 | 古詣 |
| 24604 | 16副 | 98 | 267 | 捺 | 眺 | 係 | 透 | 去 | 齊 | 六五躧 | | | 透去開齊蟹四 | 他計 | 透開4 | 他弔 | 見去開齊蟹四 | 古詣 |
| 24606 | 16副 | | 268 | 䅠 | 眺 | 係 | 透 | 去 | 齊 | 六五躧 | | | 透去開齊蟹四 | 他計 | 透開4 | 他弔 | 見去開齊蟹四 | 古詣 |
| 24608 | 16副 | | 269 | 鮷 | 眺 | 係 | 透 | 去 | 齊 | 六五躧 | | | 定去開齊蟹四 | 特計 | 透開4 | 他弔 | 見去開齊蟹四 | 古詣 |
| 24610 | 16副 | 99 | 270 | 欐 | 亮 | 係 | 賚 | 去 | 齊 | 六五躧 | | | 來去開齊蟹四 | 郎計 | 來開3 | 力讓 | 見去開齊蟹四 | 古詣 |
| 24611 | 16副 | 100 | 271 | 忮 | 軫 | 係 | 照 | 去 | 齊 | 六五躧 | | | 章去開支止三 | 支義 | 章開3 | 章忍 | 見去開齊蟹四 | 古詣 |
| 24612 | 16副 | | 272 | 禔 | 軫 | 係 | 照 | 去 | 齊 | 六五躧 | | | 禪去開支止三 | 是義 | 章開3 | 章忍 | 見去開齊蟹四 | 古詣 |
| 24614 | 16副 | 101 | 273 | 觶** | 寵 | 係 | 助 | 去 | 齊 | 六五躧 | | | 徹去開齊蟹四 | 丑戾 | 徹合3 | 丑隴 | 見去開齊蟹四 | 古詣 |
| 24615 | 16副 | 102 | 274 | 揓* | 哂 | 係 | 審 | 去 | 齊 | 六五躧 | | 把也或作揓。上字原為哂，疑應為哂 | 書去開支止三 | 施智 | 書開3 | 式忍 | 見去開齊蟹四 | 古詣 |
| 24616 | 16副 | | 275 | 㮛 | 哂 | 係 | 審 | 去 | 齊 | 六五躧 | | 棄也。疑上字應為哂 | 書去開支止三 | 施智 | 書開3 | 式忍 | 見去開齊蟹四 | 古詣 |
| 24617 | 16副 | 103 | 276 | 積 | 甑 | 係 | 井 | 去 | 齊 | 六五躧 | | | 精去開支止三 | 子智 | 精開3 | 子孕 | 見去開齊蟹四 | 古詣 |
| 24618 | 16副 | 104 | 277 | 殨 | 淺 | 係 | 淨 | 去 | 齊 | 六五躧 | | | 從去開支止三 | 疾智 | 清開3 | 七演 | 見去開齊蟹四 | 古詣 |

| 韻字編號 | 部序 | 組數 | 字數 | 韻字及何氏反切 | | | 韻字何氏音 | | | | 何萱注釋 | 備　注 | 韻字中古音 | | 上字中古音 | | 下字中古音 | |
|---|---|---|---|---|---|---|---|---|---|---|---|---|---|---|---|---|---|---|
| | | | | 韻字 | 上字 | 下字 | 聲 | 調 | 呼 | 韻部 | | | 聲調呼韻攝等 | 反切 | 聲呼等 | 反切 | 聲調呼韻攝等 | 反切 |
| 24619 | 16副 | | 278 | 庲 | 淺 | 係 | 淨 | 去 | 齊 | 六五還 | | | 清去開支止三 | 七賜 | 清開3 | 七演 | 見去開齊蟹四 | 古詣 |
| 24620 | 16副 | 105 | 279 | 睤 | 品 | 係 | 並 | 去 | 齊 | 六五還 | | | 滂去開齊蟹四 | 匹詣 | 滂開重3 | 丕飲 | 見去開齊蟹四 | 古詣 |
| 24621 | 16副 | | 280 | 貏* | 品 | 係 | 並 | 去 | 齊 | 六五還 | | | 幫上開支止重三 | 補靡 | 滂開重3 | 丕飲 | 見去開齊蟹四 | 古詣 |
| 24623 | 16副 | | 281 | 廦 | 品 | 係 | 並 | 去 | 齊 | 六五還 | | | 幫去合佳蟹二 | 方賣 | 滂開重3 | 丕飲 | 見去開齊蟹四 | 古詣 |
| 24624 | 16副 | | 282 | 躄 | 品 | 係 | 並 | 去 | 齊 | 六五還 | | | 滂去開支止重四 | 匹賜 | 滂開重3 | 丕飲 | 見去開齊蟹四 | 古詣 |
| 24625 | 16副 | | 283 | 簿 | 品 | 係 | 並 | 去 | 齊 | 六五還 | | | 並去開齊蟹四 | 蒲計 | 滂開重3 | 丕飲 | 見去開齊蟹四 | 古詣 |
| 24626 | 16副 | 106 | 284 | 睍 | 舉 | 恚 | 見 | 去 | 撮 | 六六桂 | | | 見去合支止重四 | 規恚 | 見合3 | 居許 | 影去合支止重四 | 於避 |
| 24628 | 16副 | | 285 | 筀 | 舉 | 恚 | 見 | 去 | 撮 | 六六桂 | | | 見去合齊蟹四 | 古惠 | 見合3 | 居許 | 影去合支止重四 | 於避 |
| 24629 | 16副 | | 286 | 鴂 | 舉 | 恚 | 見 | 去 | 撮 | 六六桂 | | | 見去合齊蟹四 | 古惠 | 見合3 | 居許 | 影去合支止重四 | 於避 |
| 24630 | 16副 | | 287 | 瑀** | 舉 | 恚 | 見 | 去 | 撮 | 六六桂 | 玉名，玉篇。廣韻 | | 邪去合支止三 | 似睡 | 見合3 | 居許 | 影去合支止重四 | 於避 |
| 24631 | 16副 | | 288 | 餵* | 舉 | 恚 | 見 | 去 | 撮 | 六六桂 | 飽也，玉篇 | 玉篇作徒屋切。這個讀音有點奇怪，疑為衍字 | 定入合屋通一 | 徒谷 | 見合3 | 居許 | 影去合支止重四 | 於避 |
| 24632 | 16副 | | 289 | 洼 | 舉 | 恚 | 見 | 去 | 撮 | 六六桂 | | | 影去開先山四 | 於甸 | 見合3 | 居許 | 影去合支止重四 | 於避 |
| 24633 | 16副 | 107 | 290 | 恚** | 許 | 恚 | 曉 | 去 | 撮 | 六六桂 | | | 匣去合齊蟹四 | 胡桂 | 曉合3 | 虛呂 | 影去合支止重四 | 於避 |
| 24634 | 16副 | | 291 | 煃** | 許 | 恚 | 曉 | 去 | 撮 | 六六桂 | | | 溪去開齊蟹四 | 虛計 | 曉合3 | 虛呂 | 影去合支止重四 | 於避 |
| 24635 | 16副 | | 292 | 儶 | 許 | 恚 | 曉 | 去 | 撮 | 六六桂 | | | 匣去合齊蟹四 | 胡桂 | 曉合3 | 虛呂 | 影去合支止重四 | 於避 |
| 24636 | 16副 | 108 | 293 | 脃** | 緅 | 恚 | 淨 | 去 | 撮 | 六六桂 | | | 清去合祭蟹三 | 此芮 | 清合3 | 七絹 | 影去合支止重四 | 於避 |
| 24637 | 16副 | 109 | 294 | 叉** | 選 | 恚 | 信 | 去 | 撮 | 六六桂 | | | 心去開支止三 | 息累 | 心合3 | 蘇管 | 影去合支止重四 | 於避 |
| 24638 | 16副 | 110 | 295 | 愅 | 艮 | 策 | 見 | 入 | 開 | 六七隔 | | | 見入開麥梗二 | 古核 | 見開1 | 古恨 | 初入開麥梗二 | 楚革 |
| 24639 | 16副 | | 296 | 諽* | 艮 | 策 | 見 | 入 | 開 | 六七隔 | | | 見入合麥梗二 | 各核 | 見開1 | 古恨 | 初入開麥梗二 | 楚革 |
| 24640 | 16副 | | 297 | 膈 | 艮 | 策 | 見 | 入 | 開 | 六七隔 | | | 見入開麥梗二 | 古核 | 見開1 | 古恨 | 初入開麥梗二 | 楚革 |
| 24641 | 16副 | | 298 | 鬲 | 艮 | 策 | 見 | 入 | 開 | 六七隔 | | 韻目作膈 | 見入開麥梗二 | 古核 | 見開1 | 古恨 | 初入開麥梗二 | 楚革 |
| 24642 | 16副 | | 299 | 嗝 | 艮 | 策 | 見 | 入 | 開 | 六七隔 | | | 見入開麥梗二 | 古核 | 見開1 | 古恨 | 初入開麥梗二 | 楚革 |
| 24643 | 16副 | | 300 | 籊 | 艮 | 策 | 見 | 入 | 開 | 六七隔 | | | 見入開麥梗二 | 古核 | 見開1 | 古恨 | 初入開麥梗二 | 楚革 |
| 24644 | 16副 | 111 | 301 | 覗 | 案 | 策 | 影 | 入 | 開 | 六七隔 | | | 影入開麥梗二 | 於革 | 影開1 | 烏旰 | 初入開麥梗二 | 楚革 |
| 24645 | 16副 | | 302 | 雹* | 案 | 策 | 影 | 入 | 開 | 六七隔 | 雹或作雹 | | 影去開佳蟹二 | 烏懈 | 影開1 | 烏旰 | 初入開麥梗二 | 楚革 |
| 24646 | 16副 | | 303 | 貌 | 案 | 策 | 影 | 入 | 開 | 六七隔 | | | 影入開麥梗二 | 於革 | 影開1 | 烏旰 | 初入開麥梗二 | 楚革 |

| 韻字編號 | 部序 | 組數 | 字數 | 韻字及何氏反切 | | | 韻字何氏音 | | | | 何萱注釋 | 備注 | 韻字中古音 | | 上字中古音 | | 下字中古音 | |
|---|---|---|---|---|---|---|---|---|---|---|---|---|---|---|---|---|---|---|
| | | | | 韻字 | 上字 | 下字 | 聲 | 調 | 呼 | 韻部 | | | 聲調呼韻攝等 | 反切 | 聲呼等 | 反切 | 聲調呼韻攝等 | 反切 |
| 24647 | 16副 | | 304 | 蚅* | 案 | 策 | 影 | 入 | 開 | 六七隔 | | | 影入開麥梗二 | 乙革 | 影開1 | 烏旰 | 初入開麥梗二 | 楚革 |
| 24648 | 16副 | 112 | 305 | 緆** | 漢 | 策 | 曉 | 入 | 開 | 六七隔 | | | 匣入開麥梗二 | 下革 | 曉開1 | 呼旰 | 初入開麥梗二 | 楚革 |
| 24649 | 16副 | | 306 | 滆 | 漢 | 策 | 曉 | 入 | 開 | 六七隔 | | | 匣入開麥梗二 | 下革 | 曉開1 | 呼旰 | 初入開麥梗二 | 楚革 |
| 24650 | 16副 | 113 | 307 | 觮* | 曩 | 策 | 乃 | 入 | 開 | 六七隔 | | | 娘入開陌梗二 | 昵格 | 泥開1 | 奴朗 | 初入開麥梗二 | 楚革 |
| 24652 | 16副 | 114 | 308 | 顛 | 諍 | 策 | 照 | 入 | 開 | 六七隔 | | | 莊入開麥梗二 | 側革 | 莊開2 | 側迸 | 初入開麥梗二 | 楚革 |
| 24654 | 16副 | | 309 | 瞔* | 諍 | 策 | 照 | 入 | 開 | 六七隔 | | | 莊入開麥梗二 | 側革 | 莊開2 | 側迸 | 初入開麥梗二 | 楚革 |
| 24655 | 16副 | | 310 | 膭 | 諍 | 策 | 照 | 入 | 開 | 六七隔 | | | 莊入開麥梗二 | 側革 | 莊開2 | 側迸 | 初入開麥梗二 | 楚革 |
| 24656 | 16副 | | 311 | 蠙 | 諍 | 策 | 照 | 入 | 開 | 六七隔 | | | 莊入開麥梗二 | 側革 | 莊開2 | 側迸 | 初入開麥梗二 | 楚革 |
| 24658 | 16副 | | 312 | 樆 | 諍 | 策 | 照 | 入 | 開 | 六七隔 | | | 知入開麥梗二 | 陟革 | 莊開2 | 側迸 | 初入開麥梗二 | 楚革 |
| 24659 | 16副 | | 313 | 鏑 g* | 諍 | 策 | 照 | 入 | 開 | 六七隔 | | | 知入開麥梗二 | 陟革 | 莊開2 | 側迸 | 初入開麥梗二 | 楚革 |
| 24661 | 16副 | | 314 | 謫g* | 諍 | 策 | 照 | 入 | 開 | 六七隔 | | | 知入開麥梗二 | 陟革 | 莊開2 | 側迸 | 初入開麥梗二 | 楚革 |
| 24662 | 16副 | 115 | 315 | 愩 | 茝 | 隔 | 助 | 入 | 開 | 六七隔 | | | 初入開麥梗二 | 楚革 | 昌開1 | 昌紿 | 見入開麥梗二 | 古核 |
| 24663 | 16副 | | 316 | 謮 | 茝 | 隔 | 助 | 入 | 開 | 六七隔 | | | 崇入開麥梗二 | 士革 | 昌開1 | 昌紿 | 見入開麥梗二 | 古核 |
| 24664 | 16副 | | 317 | 皟 | 茝 | 隔 | 助 | 入 | 開 | 六七隔 | | | 初入開麥梗二 | 楚革 | 昌開1 | 昌紿 | 見入開麥梗二 | 古核 |
| 24665 | 16副 | | 318 | 蹟 | 茝 | 隔 | 助 | 入 | 開 | 六七隔 | | | 初入開麥梗二 | 楚革 | 昌開1 | 昌紿 | 見入開麥梗二 | 古核 |
| 24666 | 16副 | | 319 | 賾** | 茝 | 隔 | 助 | 入 | 開 | 六七隔 | | | 崇入開麥梗二 | 仕革 | 昌開1 | 昌紿 | 見入開麥梗二 | 古核 |
| 24667 | 16副 | | 320 | 積 | 茝 | 隔 | 助 | 入 | 開 | 六七隔 | | | 崇入開麥梗二 | 士革 | 昌開1 | 昌紿 | 見入開麥梗二 | 古核 |
| 24668 | 16副 | | 321 | 積* | 茝 | 隔 | 助 | 入 | 開 | 六七隔 | | | 崇入開麥梗二 | 士革 | 昌開1 | 昌紿 | 見入開麥梗二 | 古核 |
| 24670 | 16副 | | 322 | 粣* | 茝 | 隔 | 助 | 入 | 開 | 六七隔 | | | 初入開麥梗二 | 測革 | 昌開1 | 昌紿 | 見入開麥梗二 | 古核 |
| 24671 | 16副 | | 323 | 拺 | 茝 | 隔 | 助 | 入 | 開 | 六七隔 | | | 初入開麥梗二 | 楚革 | 昌開1 | 昌紿 | 見入開麥梗二 | 古核 |
| 24673 | 16副 | | 324 | 憡 | 茝 | 隔 | 助 | 入 | 開 | 六七隔 | | | 初入開麥梗二 | 楚革 | 昌開1 | 昌紿 | 見入開麥梗二 | 古核 |
| 24674 | 16副 | | 325 | 蚑* | 茝 | 隔 | 助 | 入 | 開 | 六七隔 | | | 初去開麻假二 | 楚嫁 | 昌開1 | 昌紿 | 見入開麥梗二 | 古核 |
| 24675 | 16副 | 116 | 326 | 遈** | 稍 | 隔 | 審 | 入 | 開 | 六七隔 | | | 禪入開職曾三 | 時職 | 生開2 | 所教 | 見入開麥梗二 | 古核 |
| 24676 | 16副 | | 327 | 痮 | 稍 | 隔 | 審 | 入 | 開 | 六七隔 | | | 生入開麥梗二 | 山責 | 生開2 | 所教 | 見入開麥梗二 | 古核 |
| 24677 | 16副 | | 328 | 鞕 | 稍 | 隔 | 審 | 入 | 開 | 六七隔 | | | 生入開麥梗二 | 山責 | 生開2 | 所教 | 見入開麥梗二 | 古核 |
| 24678 | 16副 | | 329 | 栜 | 稍 | 隔 | 審 | 入 | 開 | 六七隔 | | | 生入開麥梗二 | 山責 | 生開2 | 所教 | 見入開麥梗二 | 古核 |
| 24679 | 16副 | | 330 | 鏼* | 稍 | 隔 | 審 | 入 | 開 | 六七隔 | | | 生入開麥梗二 | 色責 | 生開2 | 所教 | 見入開麥梗二 | 古核 |
| 24680 | 16副 | | 331 | 揀 | 稍 | 隔 | 審 | 入 | 開 | 六七隔 | | | 生入開麥梗二 | 山責 | 生開2 | 所教 | 見入開麥梗二 | 古核 |

| 韻字編號 | 部序 | 組數 | 字數 | 韻字及何氏反切 | | | 韻字何氏音 | | | | 何萱注釋 | 備　注 | 韻字中古音 | | 上字中古音 | | 下字中古音 | |
|---|---|---|---|---|---|---|---|---|---|---|---|---|---|---|---|---|---|---|
| | | | | 韻字 | 上字 | 下字 | 聲 | 調 | 呼 | 韻部 | | | 聲調呼韻攝等 | 反切 | 聲呼等 | 反切 | 聲調呼韻攝等 | 反切 |
| 24681 | 16 副 | | 332 | ⿱雨斥 | 稍 | 隔 | 審 | 入 | 開 | 六七隔 | | | 生入開麥梗二 | 山責 | 生開 2 | 所教 | 見入開麥梗二 | 古核 |
| 24683 | 16 副 | 117 | 333 | **⿰革鬲** | 傲 | 策 | 我 | 入 | 開 | 六七隔 | | | 疑入開麥梗二 | 五革 | 疑開 1 | 五到 | 初入開麥梗二 | 楚革 |
| 24684 | 16 副 | | 334 | ⿰弓鬲 | 傲 | 策 | 我 | 入 | 開 | 六七隔 | | | 疑入開麥梗二 | 五革 | 疑開 1 | 五到 | 初入開麥梗二 | 楚革 |
| 24685 | 16 副 | 118 | 335 | ⿰山辟 | 保 | 策 | 謗 | 入 | 開 | 六七隔 | | | 幫入開麥梗二 | 博厄 | 幫開 1 | 博抱 | 初入開麥梗二 | 楚革 |
| 24686 | 16 副 | 119 | 336 | ⿰目畫 | 戶 | 脈 | 曉 | 入 | 合 | 六八畫 | | | 曉入合麥梗二 | 呼麥 | 匣合 1 | 侯古 | 明入開麥梗二 | 莫獲 |
| 24687 | 16 副 | | 337 | ⿰月畫 | 戶 | 脈 | 曉 | 入 | 合 | 六八畫 | | | 曉入合麥梗二 | 呼麥 | 匣合 1 | 侯古 | 明入開麥梗二 | 莫獲 |
| 24688 | 16 副 | | 338 | 嚍 | 戶 | 脈 | 曉 | 入 | 合 | 六八畫 | | | 匣入合麥梗二 | 胡麥 | 匣合 1 | 侯古 | 明入開麥梗二 | 莫獲 |
| 24689 | 16 副 | | 339 | ⿰忄畫 | 戶 | 脈 | 曉 | 入 | 合 | 六八畫 | | | 曉入合麥梗二 | 呼麥 | 匣合 1 | 侯古 | 明入開麥梗二 | 莫獲 |
| 24690 | 16 副 | | 340 | ⿰豸畫 | 戶 | 脈 | 曉 | 入 | 合 | 六八畫 | | | 曉入合麥梗二 | 呼麥 | 匣合 1 | 侯古 | 明入開麥梗二 | 莫獲 |
| 24691 | 16 副 | | 341 | ⿰扌畫 | 戶 | 脈 | 曉 | 入 | 合 | 六八畫 | | | 曉入合麥梗二 | 呼麥 | 匣合 1 | 侯古 | 明入開麥梗二 | 莫獲 |
| 24692 | 16 副 | | 342 | ⿰巾畫 | 戶 | 脈 | 曉 | 入 | 合 | 六八畫 | | | 曉入合麥梗二 | 呼麥 | 匣合 1 | 侯古 | 明入開麥梗二 | 莫獲 |
| 24693 | 16 副 | 120 | 343 | **⿸厂危*** | 臥 | 劃 | 我 | 入 | 合 | 六八畫 | | | 疑入合沒臻一 | 五忽 | 疑合 1 | 吾貨 | 匣入合麥梗二 | 胡麥 |
| 24696 | 16 副 | 121 | 344 | 祇** | 慢 | 劃 | 命 | 入 | 合 | 六八畫 | | | 明入開陌梗二 | 莫伯 | 明開 2 | 謨晏 | 匣入合麥梗二 | 胡麥 |
| 24697 | 16 副 | | 345 | ⿱莫鳥* | 慢 | 劃 | 命 | 入 | 合 | 六八畫 | | | 明入開麥梗二 | 莫獲 | 明開 2 | 謨晏 | 匣入合麥梗二 | 胡麥 |
| 24699 | 16 副 | 122 | 346 | ⿸广屐** | 儉 | 益 | 起 | 入 | 齊 | 六九鬩 | | 玉篇：音屐 | 群入開陌梗三 | 奇逆 | 群開重 3 | 巨險 | 影入開昔梗三 | 伊昔 |
| 24700 | 16 副 | 123 | 347 | 膉 | 隱 | 錫 | 影 | 入 | 齊 | 六九鬩 | | | 影入開昔梗三 | 伊昔 | 影開 3 | 於謹 | 心入開錫梗四 | 先擊 |
| 24701 | 16 副 | | 348 | ⿰益阝 | 隱 | 錫 | 影 | 入 | 齊 | 六九鬩 | | | 影入開昔梗三 | 伊昔 | 影開 3 | 於謹 | 心入開錫梗四 | 先擊 |
| 24702 | 16 副 | | 349 | 埸 | 隱 | 錫 | 影 | 入 | 齊 | 六九鬩 | | | 以入開昔梗三 | 羊益 | 影開 3 | 於謹 | 心入開錫梗四 | 先擊 |
| 24703 | 16 副 | | 350 | ⿰耒易* | 隱 | 錫 | 影 | 入 | 齊 | 六九鬩 | | | 以入開昔梗三 | 夷益 | 影開 3 | 於謹 | 心入開錫梗四 | 先擊 |
| 24704 | 16 副 | | 351 | ⿸尸易 | 隱 | 錫 | 影 | 入 | 齊 | 六九鬩 | | | 以入開昔梗三 | 羊益 | 影開 3 | 於謹 | 心入開錫梗四 | 先擊 |
| 24705 | 16 副 | 124 | 352 | ⿰狊欠 | 向 | 益 | 曉 | 入 | 齊 | 六九鬩 | | | 曉入開錫梗四 | 許激 | 曉開 3 | 許亮 | 影入開昔梗三 | 伊昔 |
| 24706 | 16 副 | | 353 | ⿰忄闃 | 向 | 益 | 曉 | 入 | 齊 | 六九鬩 | | | 曉入開錫梗四 | 許激 | 曉開 3 | 許亮 | 影入開昔梗三 | 伊昔 |
| 24707 | 16 副 | | 354 | ⿰氵闃 | 向 | 益 | 曉 | 入 | 齊 | 六九鬩 | | | 曉入開錫梗四 | 許激 | 曉開 3 | 許亮 | 影入開昔梗三 | 伊昔 |
| 24708 | 16 副 | | 355 | ⿰巾闃 | 向 | 益 | 曉 | 入 | 齊 | 六九鬩 | | | 曉入開陌梗二 | 呼格 | 曉開 3 | 許亮 | 影入開昔梗三 | 伊昔 |
| 24709 | 16 副 | | 356 | ⿱竹鬲 | 向 | 益 | 曉 | 入 | 齊 | 六九鬩 | | | 曉入開錫梗四 | 許激 | 曉開 3 | 許亮 | 影入開昔梗三 | 伊昔 |
| 24711 | 16 副 | | 357 | ⿱圭目 | 向 | 益 | 曉 | 入 | 齊 | 六九鬩 | | | 曉入合錫梗四 | 呼狊 | 曉開 3 | 許亮 | 影入開昔梗三 | 伊昔 |
| 24712 | 16 副 | 125 | 358 | ⿰啇斗 | 典 | 益 | 短 | 入 | 齊 | 六九鬩 | | | 端入開錫梗四 | 都歷 | 端開 4 | 多殄 | 影入開昔梗三 | 伊昔 |
| 24713 | 16 副 | | 359 | ⿰禾啇* | 典 | 益 | 短 | 入 | 齊 | 六九鬩 | | | 透入開錫梗四 | 他歷 | 端開 4 | 多殄 | 影入開昔梗三 | 伊昔 |

| 韻字編號 | 部序 | 組數 | 字數 | 韻字及何氏反切 | | | 韻字何氏音 | | | | 何萱注釋 | 備　注 | 韻字中古音 | | 上字中古音 | | 下字中古音 | |
|---|---|---|---|---|---|---|---|---|---|---|---|---|---|---|---|---|---|---|
| | | | | 韻字 | 上字 | 下字 | 聲 | 調 | 呼 | 韻部 | | | 聲調呼韻攝等 | 反切 | 聲呼等 | 反切 | 聲調呼韻攝等 | 反切 |
| 24714 | 16副 | | 360 | 甋 | 典 | 益 | 短 | 入 | 齊 | 六九毄 | | | 端入開錫梗四 | 都歷 | 端開4 | 多殄 | 影入開昔梗三 | 伊昔 |
| 24715 | 16副 | | 361 | 樀 | 典 | 益 | 短 | 入 | 齊 | 六九毄 | | | 端入開錫梗四 | 都歷 | 端開4 | 多殄 | 影入開昔梗三 | 伊昔 |
| 24716 | 16副 | | 362 | 墒* | 典 | 益 | 短 | 入 | 齊 | 六九毄 | | | 端入開錫梗四 | 丁歷 | 端開4 | 多殄 | 影入開昔梗三 | 伊昔 |
| 24717 | 16副 | 126 | 363 | 鮇 | 眺 | 益 | 透 | 入 | 齊 | 六九毄 | | | 定入開錫梗四 | 徒歷 | 透開4 | 他弔 | 影入開昔梗三 | 伊昔 |
| 24718 | 16副 | | 364 | 梑 | 眺 | 益 | 透 | 入 | 齊 | 六九毄 | | | 定入開錫梗四 | 徒歷 | 透開4 | 他弔 | 影入開昔梗三 | 伊昔 |
| 24719 | 16副 | | 365 | 荻 | 眺 | 益 | 透 | 入 | 齊 | 六九毄 | | | 定入開錫梗四 | 徒歷 | 透開4 | 他弔 | 影入開昔梗三 | 伊昔 |
| 24720 | 16副 | | 366 | 蔏** | 眺 | 益 | 透 | 入 | 齊 | 六九毄 | | | 書平開陽宕三 | 舒羊 | 透開4 | 他弔 | 影入開昔梗三 | 伊昔 |
| 24721 | 16副 | | 367 | 犒 | 眺 | 益 | 透 | 入 | 齊 | 六九毄 | | | 定入開錫梗四 | 徒歷 | 透開4 | 他弔 | 影入開昔梗三 | 伊昔 |
| 24722 | 16副 | | 368 | 摲* | 眺 | 益 | 透 | 入 | 齊 | 六九毄 | | | 透入開錫梗四 | 他歷 | 透開4 | 他弔 | 影入開昔梗三 | 伊昔 |
| 24723 | 16副 | | 369 | 踼 | 眺 | 益 | 透 | 入 | 齊 | 六九毄 | | | 透入開錫梗四 | 他歷 | 透開4 | 他弔 | 影入開昔梗三 | 伊昔 |
| 24724 | 16副 | | 370 | 鶍** | 眺 | 益 | 透 | 入 | 齊 | 六九毄 | | 玉篇：音惕 | 透入開錫梗四 | 他歷 | 透開4 | 他弔 | 影入開昔梗三 | 伊昔 |
| 24725 | 16副 | 127 | 371 | 曆 | 亮 | 益 | 賚 | 入 | 齊 | 六九毄 | | | 來入開錫梗四 | 郎擊 | 來開3 | 力讓 | 影入開昔梗三 | 伊昔 |
| 24726 | 16副 | | 372 | 酈 | 亮 | 益 | 賚 | 入 | 齊 | 六九毄 | | | 來入開錫梗四 | 郎擊 | 來開3 | 力讓 | 影入開昔梗三 | 伊昔 |
| 24728 | 16副 | | 373 | 癧 | 亮 | 益 | 賚 | 入 | 齊 | 六九毄 | | | 來入開錫梗四 | 郎擊 | 來開3 | 力讓 | 影入開昔梗三 | 伊昔 |
| 24729 | 16副 | | 374 | 擽 | 亮 | 益 | 賚 | 入 | 齊 | 六九毄 | | | 來入開錫梗四 | 郎擊 | 來開3 | 力讓 | 影入開昔梗三 | 伊昔 |
| 24730 | 16副 | | 375 | 趰* | 亮 | 益 | 賚 | 入 | 齊 | 六九毄 | | | 來入開錫梗四 | 狼狄 | 來開3 | 力讓 | 影入開昔梗三 | 伊昔 |
| 24731 | 16副 | | 376 | 靂 | 亮 | 益 | 賚 | 入 | 齊 | 六九毄 | | | 來入開錫梗四 | 郎擊 | 來開3 | 力讓 | 影入開昔梗三 | 伊昔 |
| 24733 | 16副 | | 377 | 蔗 | 亮 | 益 | 賚 | 入 | 齊 | 六九毄 | | | 來入開錫梗四 | 郎擊 | 來開3 | 力讓 | 影入開昔梗三 | 伊昔 |
| 24734 | 16副 | | 378 | 攊 | 亮 | 益 | 賚 | 入 | 齊 | 六九毄 | | | 來入開錫梗四 | 郎擊 | 來開3 | 力讓 | 影入開昔梗三 | 伊昔 |
| 24735 | 16副 | | 379 | 鬲 | 亮 | 益 | 賚 | 入 | 齊 | 六九毄 | | | 來入開錫梗四 | 郎擊 | 來開3 | 力讓 | 影入開昔梗三 | 伊昔 |
| 24736 | 16副 | | 380 | 曆 | 亮 | 益 | 賚 | 入 | 齊 | 六九毄 | | | 來入開錫梗四 | 郎擊 | 來開3 | 力讓 | 影入開昔梗三 | 伊昔 |
| 24737 | 16副 | | 381 | 褷* | 亮 | 益 | 賚 | 入 | 齊 | 六九毄 | 褷或作褷衺 | | 來入開錫梗四 | 狼狄 | 來開3 | 力讓 | 影入開昔梗三 | 伊昔 |
| 24738 | 16副 | | 382 | 鱺 | 亮 | 益 | 賚 | 入 | 齊 | 六九毄 | | | 來入開錫梗四 | 郎擊 | 來開3 | 力讓 | 影入開昔梗三 | 伊昔 |
| 24739 | 16副 | | 383 | 驪 | 亮 | 益 | 賚 | 入 | 齊 | 六九毄 | | | 來入開錫梗四 | 郎擊 | 來開3 | 力讓 | 影入開昔梗三 | 伊昔 |
| 24740 | 16副 | | 384 | 轣* | 亮 | 益 | 賚 | 入 | 齊 | 六九毄 | | | 來入開錫梗四 | 狼狄 | 來開3 | 力讓 | 影入開昔梗三 | 伊昔 |
| 24741 | 16副 | | 385 | 翮 | 亮 | 益 | 賚 | 入 | 齊 | 六九毄 | | | 來入開錫梗四 | 郎擊 | 來開3 | 力讓 | 影入開昔梗三 | 伊昔 |
| 24742 | 16副 | | 386 | 釃 | 亮 | 益 | 賚 | 入 | 齊 | 六九毄 | | | 來入開錫梗四 | 郎擊 | 來開3 | 力讓 | 影入開昔梗三 | 伊昔 |

| 韻字編號 | 部序 | 組數 | 字數 | 韻字及何氏反切 | | | 韻字何氏音 | | | | 何萱注釋 | 備　注 | 韻字中古音 | | 上字中古音 | | 下字中古音 | |
|---|---|---|---|---|---|---|---|---|---|---|---|---|---|---|---|---|---|---|
| | | | | 韻字 | 上字 | 下字 | 聲 | 調 | 呼 | 韻部 | | | 聲調呼韻攝等 | 反切 | 聲呼等 | 反切 | 聲調呼韻攝等 | 反切 |
| 24743 | 16副 | 128 | 387 | 樀 | 寵 | 益 | 助 | 入 | 齊 | 六九骰 | | | 透入開錫梗四 | 丑歷 | 徹合3 | 丑隴 | 影入開昔梗三 | 伊昔 |
| 24744 | 16副 | 129 | 388 | 勣 | 甑 | 錫 | 井 | 入 | 齊 | 六九骰 | | | 精入開錫梗四 | 則歷 | 精開3 | 子孕 | 心入開錫梗四 | 先擊 |
| 24746 | 16副 | | 389 | 趚 | 甑 | 錫 | 井 | 入 | 齊 | 六九骰 | | | 清入開昔梗三 | 七迹 | 精開3 | 子孕 | 心入開錫梗四 | 先擊 |
| 24747 | 16副 | | 390 | 積 | 甑 | 錫 | 井 | 入 | 齊 | 六九骰 | | | 精入開昔梗三 | 資昔 | 精開3 | 子孕 | 心入開錫梗四 | 先擊 |
| 24748 | 16副 | | 391 | 樍 | 甑 | 錫 | 井 | 入 | 齊 | 六九骰 | | | 精入開錫梗四 | 則歷 | 精開3 | 子孕 | 心入開錫梗四 | 先擊 |
| 24749 | 16副 | | 392 | 鶺 | 甑 | 錫 | 井 | 入 | 齊 | 六九骰 | | | 精入開錫梗四 | 則歷 | 精開3 | 子孕 | 心入開錫梗四 | 先擊 |
| 24751 | 16副 | 130 | 393 | 靗* | 淺 | 錫 | 淨 | 入 | 齊 | 六九骰 | | | 清入開昔梗三 | 七迹 | 清開3 | 七演 | 心入開錫梗四 | 先擊 |
| 24752 | 16副 | | 394 | 䟄 | 淺 | 錫 | 淨 | 入 | 齊 | 六九骰 | | | 清入開錫梗四 | 倉歷 | 清開3 | 七演 | 心入開錫梗四 | 先擊 |
| 24753 | 16副 | | 395 | 褄 | 淺 | 錫 | 淨 | 入 | 齊 | 六九骰 | | | 清入開昔梗三 | 七迹 | 清開3 | 七演 | 心入開錫梗四 | 先擊 |
| 24754 | 16副 | | 396 | 擠* | 淺 | 錫 | 淨 | 入 | 齊 | 六九骰 | | | 從入開昔梗三 | 秦昔 | 清開3 | 七演 | 心入開錫梗四 | 先擊 |
| 24755 | 16副 | | 397 | 塉 | 淺 | 錫 | 淨 | 入 | 齊 | 六九骰 | | | 從入開昔梗三 | 秦昔 | 清開3 | 七演 | 心入開錫梗四 | 先擊 |
| 24756 | 16副 | 131 | 398 | 嵲** | 仰 | 錫 | 我 | 入 | 齊 | 六九骰 | 臬嵲山皃，玉篇 | 玉篇魚結切 | 疑入開屑山四 | 魚結 | 疑開3 | 魚兩 | 心入開錫梗四 | 先擊 |
| 24757 | 16副 | 132 | 399 | 惁 | 想 | 益 | 信 | 入 | 齊 | 六九骰 | | | 心入開錫梗四 | 先擊 | 心開3 | 息兩 | 影入開昔梗三 | 伊昔 |
| 24758 | 16副 | | 400 | 晰 | 想 | 益 | 信 | 入 | 齊 | 六九骰 | | | 心入開錫梗四 | 先擊 | 心開3 | 息兩 | 影入開昔梗三 | 伊昔 |
| 24760 | 16副 | | 401 | 菥 | 想 | 益 | 信 | 入 | 齊 | 六九骰 | | | 心入開錫梗四 | 先擊 | 心開3 | 息兩 | 影入開昔梗三 | 伊昔 |
| 24763 | 16副 | | 402 | 蜥 | 想 | 益 | 信 | 入 | 齊 | 六九骰 | | | 心入開錫梗四 | 先擊 | 心開3 | 息兩 | 影入開昔梗三 | 伊昔 |
| 24764 | 16副 | 133 | 403 | 鐴 | 丙 | 錫 | 謗 | 入 | 齊 | 六九骰 | | | 幫入開昔梗三 | 必益 | 幫開3 | 兵永 | 心入開錫梗四 | 先擊 |
| 24765 | 16副 | | 404 | 鼊 | 丙 | 錫 | 謗 | 入 | 齊 | 六九骰 | | | 幫入開錫梗四 | 北激 | 幫開3 | 兵永 | 心入開錫梗四 | 先擊 |
| 24766 | 16副 | | 405 | 鼊 | 丙 | 錫 | 謗 | 入 | 齊 | 六九骰 | | | 幫入開錫梗四 | 北激 | 幫開3 | 兵永 | 心入開錫梗四 | 先擊 |
| 24767 | 16副 | 134 | 406 | 慦 | 品 | 錫 | 並 | 入 | 齊 | 六九骰 | | | 滂入開錫梗四 | 普擊 | 滂開重3 | 丕飲 | 心入開錫梗四 | 先擊 |
| 24768 | 16副 | | 407 | 霹 | 品 | 錫 | 並 | 入 | 齊 | 六九骰 | | | 滂入開錫梗四 | 普擊 | 滂開重3 | 丕飲 | 心入開錫梗四 | 先擊 |
| 24770 | 16副 | | 408 | 癖 | 品 | 錫 | 並 | 入 | 齊 | 六九骰 | | | 滂入開錫梗四 | 普擊 | 滂開重3 | 丕飲 | 心入開錫梗四 | 先擊 |
| 24772 | 16副 | | 409 | 躃 | 品 | 錫 | 並 | 入 | 齊 | 六九骰 | | | 並入開錫梗四 | 扶歷 | 滂開重3 | 丕飲 | 心入開錫梗四 | 先擊 |
| 24773 | 16副 | | 410 | 澼 | 品 | 錫 | 並 | 入 | 齊 | 六九骰 | | | 滂入開錫梗四 | 普擊 | 滂開重3 | 丕飲 | 心入開錫梗四 | 先擊 |
| 24774 | 16副 | | 411 | 𨳞 | 品 | 錫 | 並 | 入 | 齊 | 六九骰 | | | 並入開昔梗三 | 房益 | 滂開重3 | 丕飲 | 心入開錫梗四 | 先擊 |
| 24775 | 16副 | | 412 | 甓 | 品 | 錫 | 並 | 入 | 齊 | 六九骰 | | | 並入開昔梗三 | 房益 | 滂開重3 | 丕飲 | 心入開錫梗四 | 先擊 |
| 24776 | 16副 | | 413 | 覕 | 品 | 錫 | 並 | 入 | 齊 | 六九骰 | | | 滂入開覺江二 | 匹角 | 滂開重3 | 丕飲 | 心入開錫梗四 | 先擊 |

| 韻字編號 | 部序 | 組數 | 字數 | 韻字及何氏反切 | | | 韻字何氏音 | | | | 何萱注釋 | 備注 | 韻字中古音 | | 上字中古音 | | 下字中古音 | |
|---|---|---|---|---|---|---|---|---|---|---|---|---|---|---|---|---|---|---|
| | | | | 韻字 | 上字 | 下字 | 聲 | 調 | 呼 | 韻部 | | | 聲調呼韻攝等 | 反切 | 聲呼等 | 反切 | 聲調呼韻攝等 | 反切 |
| 24777 | 16副 | | 414 | 鎃 | 品 | 錫 | 並 | 入 | 齊 | 六九毄 | | | 滂入開錫梗四 | 普擊 | 滂開重3 | 丕飲 | 心入開錫梗四 | 先擊 |
| 24778 | 16副 | 135 | 415 | 覭 | 面 | 錫 | 命 | 入 | 齊 | 六九毄 | | | 明入開錫梗四 | 莫狄 | 明開重4 | 彌箭 | 心入開錫梗四 | 先擊 |
| 24779 | 16副 | | 416 | 醸* | 面 | 錫 | 命 | 入 | 齊 | 六九毄 | | | 明入開錫梗四 | 莫狄 | 明開重4 | 彌箭 | 心入開錫梗四 | 先擊 |
| 24780 | 16副 | | 417 | 篾g* | 面 | 錫 | 命 | 入 | 齊 | 六九毄 | | 玉篇莫辟切 | 明入開麥梗二 | 莫獲 | 明開重4 | 彌箭 | 心入開錫梗四 | 先擊 |
| 24781 | 16副 | | 418 | 緳 | 面 | 錫 | 命 | 入 | 齊 | 六九毄 | | | 明入開錫梗四 | 莫狄 | 明開重4 | 彌箭 | 心入開錫梗四 | 先擊 |
| 24782 | 16副 | | 419 | 驙 | 面 | 錫 | 命 | 入 | 齊 | 六九毄 | | | 明入開錫梗四 | 莫狄 | 明開重4 | 彌箭 | 心入開錫梗四 | 先擊 |
| 24783 | 16副 | | 420 | 貘 | 面 | 錫 | 命 | 入 | 齊 | 六九毄 | | | 明入開錫梗四 | 莫狄 | 明開重4 | 彌箭 | 心入開錫梗四 | 先擊 |
| 24784 | 16副 | | 421 | 蟆 | 面 | 錫 | 命 | 入 | 齊 | 六九毄 | | | 明入開錫梗四 | 莫狄 | 明開重4 | 彌箭 | 心入開錫梗四 | 先擊 |
| 24785 | 16副 | | 422 | 蓂* | 面 | 錫 | 命 | 入 | 齊 | 六九毄 | | | 明入開錫梗四 | 莫狄 | 明開重4 | 彌箭 | 心入開錫梗四 | 先擊 |
| 24786 | 16副 | | 423 | 濗 | 面 | 錫 | 命 | 入 | 齊 | 六九毄 | | | 明入開錫梗四 | 莫狄 | 明開重4 | 彌箭 | 心入開錫梗四 | 先擊 |
| 24787 | 16副 | | 424 | 敱** | 面 | 錫 | 命 | 入 | 齊 | 六九毄 | | 反切疑有誤 | 微平合文臻三 | 武分 | 明開重4 | 彌箭 | 心入開錫梗四 | 先擊 |
| 24788 | 16副 | 136 | 425 | 俣 | 舉 | 役 | 見 | 入 | 撮 | 七十狊 | | | 見入合錫梗四 | 古闃 | 見合3 | 居許 | 以入合昔梗三 | 營隻 |
| 24789 | 16副 | | 426 | 湨 | 舉 | 役 | 見 | 入 | 撮 | 七十狊 | | | 見入合錫梗四 | 古闃 | 見合3 | 居許 | 以入合昔梗三 | 營隻 |
| 24790 | 16副 | | 427 | 犑 | 舉 | 役 | 見 | 入 | 撮 | 七十狊 | | | 見入合錫梗四 | 古闃 | 見合3 | 居許 | 以入合昔梗三 | 營隻 |
| 24792 | 16副 | | 428 | 鶪 | 舉 | 役 | 見 | 入 | 撮 | 七十狊 | | | 見入合錫梗四 | 古闃 | 見合3 | 居許 | 以入合昔梗三 | 營隻 |
| 24793 | 16副 | 137 | 429 | **闃** | 郡 | 役 | 起 | 入 | 撮 | 七十狊 | | | 溪入合錫梗四 | 苦鶪 | 群合3 | 渠運 | 以入合昔梗三 | 營隻 |
| 24794 | 16副 | | 430 | 踑 | 郡 | 役 | 起 | 入 | 撮 | 七十狊 | | | 溪入合錫梗四 | 苦鶪 | 群合3 | 渠運 | 以入合昔梗三 | 營隻 |
| 24796 | 16副 | 138 | 431 | 砉 | 永 | 鶪 | 影 | 入 | 撮 | 七十狊 | | | 曉入合錫梗四 | 呼狊 | 云合3 | 于憬 | 見入合錫梗四 | 古闃 |
| 24797 | 16副 | | 432 | 䨏 | 永 | 鶪 | 影 | 入 | 撮 | 七十狊 | | | 以入合昔梗三 | 營隻 | 云合3 | 于憬 | 見入合錫梗四 | 古闃 |
| 24798 | 16副 | | 433 | 儁 | 永 | 鶪 | 影 | 入 | 撮 | 七十狊 | | | 以入合昔梗三 | 營隻 | 云合3 | 于憬 | 見入合錫梗四 | 古闃 |
| 24799 | 16副 | | 434 | 鰒 | 永 | 鶪 | 影 | 入 | 撮 | 七十狊 | | | 以入合昔梗三 | 營隻 | 云合3 | 于憬 | 見入合錫梗四 | 古闃 |
| 24800 | 16副 | | 435 | 蛟 | 永 | 鶪 | 影 | 入 | 撮 | 七十狊 | | | 以入合昔梗三 | 營隻 | 云合3 | 于憬 | 見入合錫梗四 | 古闃 |
| 24801 | 16副 | | 436 | 役** | 永 | 鶪 | 影 | 入 | 撮 | 七十狊 | | | 以入合昔梗三 | 營隻 | 云合3 | 于憬 | 見入合錫梗四 | 古闃 |
| 24802 | 16副 | | 437 | 趬g* | 永 | 鶪 | 影 | 入 | 撮 | 七十狊 | | | 以入合昔梗三 | 營隻 | 云合3 | 于憬 | 見入合錫梗四 | 古闃 |
| 24803 | 16副 | | 438 | 鈠 | 永 | 鶪 | 影 | 入 | 撮 | 七十狊 | | | 以入合昔梗三 | 營隻 | 云合3 | 于憬 | 見入合錫梗四 | 古闃 |
| 24804 | 16副 | 139 | 439 | **瞁** | 許 | 役 | 曉 | 入 | 撮 | 七十狊 | | | 曉入合昔梗三 | 許役 | 曉合3 | 虛呂 | 以入合昔梗三 | 營隻 |
| 24806 | 16副 | 140 | 440 | **復** | 繚 | 役 | 淨 | 入 | 撮 | 七十狊 | | | 清入合昔梗三 | 七役 | 清合3 | 七絹 | 以入合昔梗三 | 營隻 |
| 24808 | 16副 | 141 | 441 | **緙** | 褊 | 役 | 謗 | 入 | 撮 | 七十狊 | | | 幫入開錫梗四 | 北激 | 幫開重4 | 方緬 | 以入合昔梗三 | 營隻 |

## 第十七部正編

| 韻字編號 | 部序 | 組數 | 字數 | 韻字及何氏反切 | | | 韻字何氏音 | | | | 何萱注釋 | 備注 | 韻字中古音 | | 上字中古音 | | 下字中古音 | |
|---|---|---|---|---|---|---|---|---|---|---|---|---|---|---|---|---|---|---|
| | | | | 韻字 | 上字 | 下字 | 聲 | 調 | 呼 | 韻部 | | | 聲調呼韻攝等 | 反切 | 聲呼等 | 反切 | 聲調呼韻攝等 | 反切 |
| 24809 | 17 正 | 1 | 1 | 柯 | 艮 | 多 | 見 | 陰平 | 開 | 六八柯 | | | 見平開歌果一 | 古俄 | 見開 1 | 古恨 | 端平開歌果一 | 得何 |
| 24810 | 17 正 | | 2 | 舸 | 艮 | 多 | 見 | 陰平 | 開 | 六八柯 | | | 見平開歌果一 | 古俄 | 見開 1 | 古恨 | 端平開歌果一 | 得何 |
| 24811 | 17 正 | | 3 | 渮* | 艮 | 多 | 見 | 陰平 | 開 | 六八柯 | | （缺原字）地位按渮 | 見平開歌果一 | 居何 | 見開 1 | 古恨 | 端平開歌果一 | 得何 |
| 24815 | 17 正 | | 4 | 哥 | 艮 | 多 | 見 | 陰平 | 開 | 六八柯 | | | 見平開歌果一 | 古俄 | 見開 1 | 古恨 | 端平開歌果一 | 得何 |
| 24816 | 17 正 | | 5 | 歌 | 艮 | 多 | 見 | 陰平 | 開 | 六八柯 | | | 見平開歌果一 | 古俄 | 見開 1 | 古恨 | 端平開歌果一 | 得何 |
| 24817 | 17 正 | | 6 | 滒 | 艮 | 多 | 見 | 陰平 | 開 | 六八柯 | | | 見平開歌果一 | 古俄 | 見開 1 | 古恨 | 端平開歌果一 | 得何 |
| 24818 | 17 正 | | 7 | 茄 | 艮 | 多 | 見 | 陰平 | 開 | 六八柯 | | | 見平開麻假二 | 古牙 | 見開 1 | 古恨 | 端平開歌果一 | 得何 |
| 24820 | 17 正 | 2 | 8 | 娿 | 案 | 多 | 影 | 陰平 | 開 | 六八柯 | | | 影平開歌果一 | 烏何 | 影開 1 | 烏旰 | 端平開歌果一 | 得何 |
| 24821 | 17 正 | | 9 | 妸 | 案 | 多 | 影 | 陰平 | 開 | 六八柯 | | | 影平開歌果一 | 烏何 | 影開 1 | 烏旰 | 端平開歌果一 | 得何 |
| 24822 | 17 正 | | 10 | 婐 | 案 | 多 | 影 | 陰平 | 開 | 六八柯 | | | 影平開歌果一 | 烏何 | 影開 1 | 烏旰 | 端平開歌果一 | 得何 |
| 24823 | 17 正 | | 11 | **阿** | 案 | 多 | 影 | 陰平 | 開 | 六八柯 | | | 影平開歌果一 | 烏何 | 影開 1 | 烏旰 | 端平開歌果一 | 得何 |
| 24824 | 17 正 | | 12 | 疴 | 案 | 多 | 影 | 陰平 | 開 | 六八柯 | | | 溪去開麻假二 | 枯駕 | 影開 1 | 烏旰 | 端平開歌果一 | 得何 |
| 24825 | 17 正 | | 13 | 旖 | 案 | 多 | 影 | 陰平 | 開 | 六八柯 | | | 影平開支止重三 | 於離 | 影開 1 | 烏旰 | 端平開歌果一 | 得何 |
| 24828 | 17 正 | | 14 | 椅 | 案 | 多 | 影 | 陰平 | 開 | 六八柯 | | | 影平開支止重三 | 於離 | 影開 1 | 烏旰 | 端平開歌果一 | 得何 |
| 24829 | 17 正 | | 15 | 猗 | 案 | 多 | 影 | 陰平 | 開 | 六八柯 | | | 影平開支止重三 | 於離 | 影開 1 | 烏旰 | 端平開歌果一 | 得何 |
| 24830 | 17 正 | 3 | 16 | **訶** | 海 | 歌 | 曉 | 陰平 | 開 | 六八柯 | | | 曉平開歌果一 | 虎何 | 曉開 1 | 呼改 | 見平開歌果一 | 古俄 |
| 24831 | 17 正 | | 17 | 抲 | 海 | 歌 | 曉 | 陰平 | 開 | 六八柯 | | | 曉平開歌果一 | 虎何 | 曉開 1 | 呼改 | 見平開歌果一 | 古俄 |
| 24832 | 17 正 | | 18 | 㢦* | 海 | 歌 | 曉 | 陰平 | 開 | 六八柯 | | | 曉平開歌果一 | 虎何 | 曉開 1 | 呼改 | 見平開歌果一 | 古俄 |
| 24833 | 17 正 | 4 | 19 | **多** | 帶 | 歌 | 短 | 陰平 | 開 | 六八柯 | | | 端平開歌果一 | 得何 | 端開 1 | 當蓋 | 見平開歌果一 | 古俄 |
| 24834 | 17 正 | 5 | 20 | **它** | 坦 | 多 | 透 | 陰平 | 開 | 六八柯 | | | 透平開歌果一 | 託何 | 透開 1 | 他但 | 端平開歌果一 | 得何 |
| 24835 | 17 正 | | 21 | 拕 | 坦 | 多 | 透 | 陰平 | 開 | 六八柯 | 平上兩讀 | | 透平開歌果一 | 託何 | 透開 1 | 他但 | 端平開歌果一 | 得何 |
| 24838 | 17 正 | | 22 | 詑 | 坦 | 多 | 透 | 陰平 | 開 | 六八柯 | | | 透平開歌果一 | 土禾 | 透開 1 | 他但 | 端平開歌果一 | 得何 |

| 韻字編號 | 部序 | 組數 | 字數 | 韻字及何氏反切 | | | 韻字何氏音 | | | | 何萱注釋 | 備　注 | 韻字中古音 | | 上字中古音 | | 下字中古音 | |
|---|---|---|---|---|---|---|---|---|---|---|---|---|---|---|---|---|---|---|
| | | | | 韻字 | 上字 | 下字 | 聲 | 調 | 呼 | 韻部 | | | 聲調呼韻攝等 | 反切 | 聲呼等 | 反切 | 聲調呼韻攝等 | 反切 |
| 24839 | 17 正 | 6 | 23 | **[illegible]** | 諍 | 多 | 照 | 陰平 | 開 | 六八柯 | | | 徹平開麻假二 | 敕加 | 莊開 2 | 側迸 | 端平開歌果一 | 得何 |
| 24841 | 17 正 | 7 | 24 | **眵** | 茝 | 多 | 助 | 陰平 | 開 | 六八柯 | | | 昌平開支止三 | 叱支 | 昌開 1 | 昌紿 | 端平開歌果一 | 得何 |
| 24843 | 17 正 | | 25 | 离 | 茝 | 多 | 助 | 陰平 | 開 | 六八柯 | 离隸作离 | | 徹平開支止三 | 丑知 | 昌開 1 | 昌紿 | 端平開歌果一 | 得何 |
| 24844 | 17 正 | | 26 | 螭 | 茝 | 多 | 助 | 陰平 | 開 | 六八柯 | 螭隸作螭 | | 徹平開支止三 | 丑知 | 昌開 1 | 昌紿 | 端平開歌果一 | 得何 |
| 24845 | 17 正 | | 27 | 摛 | 茝 | 多 | 助 | 陰平 | 開 | 六八柯 | 摛或作摛 | | 徹平開支止三 | 丑知 | 昌開 1 | 昌紿 | 端平開歌果一 | 得何 |
| 24851 | 17 正 | | 28 | 㙨* | 茝 | 多 | 助 | 陰平 | 開 | 六八柯 | | | 初平開佳蟹二 | 初佳 | 昌開 1 | 昌紿 | 端平開歌果一 | 得何 |
| 24852 | 17 正 | | 29 | 縒 | 茝 | 多 | 助 | 陰平 | 開 | 六八柯 | | 表中作：縿 | 初平開支止三 | 楚宜 | 昌開 1 | 昌紿 | 端平開歌果一 | 得何 |
| 24853 | 17 正 | 8 | 30 | **槎** | 粲 | 多 | 淨 | 陰平 | 開 | 六八柯 | 平上兩讀 | | 崇平開麻假二 | 鉏加 | 清開 1 | 蒼案 | 端平開歌果一 | 得何 |
| 24856 | 17 正 | 9 | 31 | 傞 | 散 | 多 | 信 | 陰平 | 開 | 六八柯 | | | 心平開歌果一 | 素何 | 心開 1 | 蘇旱 | 端平開歌果一 | 得何 |
| 24857 | 17 正 | | 32 | **娑** | 散 | 多 | 信 | 陰平 | 開 | 六八柯 | | | 心平開歌果一 | 素何 | 心開 1 | 蘇旱 | 端平開歌果一 | 得何 |
| 24858 | 17 正 | 10 | 33 | 何 | 海 | 羅 | 曉 | 陽平 | 開 | 六八柯 | 平上兩讀 | | 匣平開歌果一 | 胡歌 | 曉開 1 | 呼改 | 來平開歌果一 | 魯何 |
| 24860 | 17 正 | | 34 | 荷 | 海 | 羅 | 曉 | 陽平 | 開 | 六八柯 | | | 匣平開歌果一 | 胡歌 | 曉開 1 | 呼改 | 來平開歌果一 | 魯何 |
| 24861 | 17 正 | | 35 | 苛 | 海 | 羅 | 曉 | 陽平 | 開 | 六八柯 | | | 匣平開歌果一 | 胡歌 | 曉開 1 | 呼改 | 來平開歌果一 | 魯何 |
| 24862 | 17 正 | | 36 | **河** | 海 | 羅 | 曉 | 陽平 | 開 | 六八柯 | | | 匣平開歌果一 | 胡歌 | 曉開 1 | 呼改 | 來平開歌果一 | 魯何 |
| 24863 | 17 正 | 11 | 37 | 佗 | 坦 | 羅 | 透 | 陽平 | 開 | 六八柯 | | 與 17 正完全同音，但意思有差別，所以保留 | 定平開歌果一 | 徒河 | 透開 1 | 他但 | 來平開歌果一 | 魯何 |
| 24865 | 17 正 | | 38 | **沱** | 坦 | 羅 | 透 | 陽平 | 開 | 六八柯 | | | 定平開歌果一 | 徒河 | 透開 1 | 他但 | 來平開歌果一 | 魯何 |
| 24867 | 17 正 | | 39 | [illegible] | 坦 | 羅 | 透 | 陽平 | 開 | 六八柯 | | | 定平開歌果一 | 徒河 | 透開 1 | 他但 | 來平開歌果一 | 魯何 |
| 24868 | 17 正 | | 40 | 鮀 | 坦 | 羅 | 透 | 陽平 | 開 | 六八柯 | | | 定平開歌果一 | 徒河 | 透開 1 | 他但 | 來平開歌果一 | 魯何 |
| 24869 | 17 正 | | 41 | 阤 g* | 坦 | 羅 | 透 | 陽平 | 開 | 六八柯 | 平上兩讀注在彼 | | 定上開歌果一 | 待可 | 透開 1 | 他但 | 來平開歌果一 | 魯何 |
| 24871 | 17 正 | | 42 | 鼉 | 坦 | 羅 | 透 | 陽平 | 開 | 六八柯 | 十四部十七部兩讀 | 缺 14 部，見箺者增 | 定平開歌果一 | 徒河 | 透開 1 | 他但 | 來平開歌果一 | 魯何 |
| 24873 | 17 正 | | 43 | 驒 | 坦 | 羅 | 透 | 陽平 | 開 | 六八柯 | 十四部十七部兩讀義分 | | 定平開歌果一 | 徒河 | 透開 1 | 他但 | 來平開歌果一 | 魯何 |

| 韻字編號 | 部序 | 組數 | 字數 | 韻字及何氏反切 | | | 韻字何氏音 | | | | 何萱注釋 | 備　注 | 韻字中古音 | | 上字中古音 | | 下字中古音 | |
|---|---|---|---|---|---|---|---|---|---|---|---|---|---|---|---|---|---|---|
| | | | | 韻字 | 上字 | 下字 | 聲 | 調 | 呼 | 韻部 | | | 聲調呼韻攝等 | 反切 | 聲呼等 | 反切 | 聲調呼韻攝等 | 反切 |
| 24876 | 17 正 | 12 | 44 | **那** | 曩 | 河 | 乃 | 陽平 | 開 | 六八柯 | | | 泥平開歌果一 | 諾何 | 泥開 1 | 奴朗 | 匣平開歌果一 | 胡歌 |
| 24877 | 17 正 | | 45 | 儺 | 曩 | 河 | 乃 | 陽平 | 開 | 六八柯 | 十四部十七部兩讀 | | 泥平開歌果一 | 諾何 | 泥開 1 | 奴朗 | 匣平開歌果一 | 胡歌 |
| 24878 | 17 正 | | 46 | 挼 g* | 曩 | 河 | 乃 | 陽平 | 開 | 六八柯 | | | 泥平合戈果一 | 奴禾 | 泥開 1 | 奴朗 | 匣平開歌果一 | 胡歌 |
| 24879 | 17 正 | | 47 | 婀 | 曩 | 河 | 乃 | 陽平 | 開 | 六八柯 | | | 泥平合戈果一 | 奴禾 | 泥開 1 | 奴朗 | 匣平開歌果一 | 胡歌 |
| 24882 | 17 正 | | 48 | 鱯 | 曩 | 河 | 乃 | 陽平 | 開 | 六八柯 | | | 泥平開歌果一 | 諾何 | 泥開 1 | 奴朗 | 匣平開歌果一 | 胡歌 |
| 24883 | 17 正 | 13 | 49 | 詈 | 朗 | 河 | 賚 | 陽平 | 開 | 六八柯 | | 韻目歸入曩河切，據副編加朗河切 | 來去開支止三 | 力智 | 來開 1 | 盧黨 | 匣平開歌果一 | 胡歌 |
| 24884 | 17 正 | | 50 | **羅** | 朗 | 河 | 賚 | 陽平 | 開 | 六八柯 | | 韻目歸入曩河切，表中作賚母字頭，據副編加朗河切 | 來平開歌果一 | 魯何 | 來開 1 | 盧黨 | 匣平開歌果一 | 胡歌 |
| 24885 | 17 正 | | 51 | 蘿 | 朗 | 河 | 賚 | 陽平 | 開 | 六八柯 | | 韻目歸入曩河切，據副編加朗河切 | 來平開歌果一 | 魯何 | 來開 1 | 盧黨 | 匣平開歌果一 | 胡歌 |
| 24886 | 17 正 | | 52 | 謧 | 朗 | 河 | 賚 | 陽平 | 開 | 六八柯 | | 韻目歸入曩河切，據副編加朗河切 | 來平開支止三 | 呂支 | 來開 1 | 盧黨 | 匣平開歌果一 | 胡歌 |
| 24888 | 17 正 | | 53 | 縭 | 朗 | 河 | 賚 | 陽平 | 開 | 六八柯 | | 韻目歸入曩河切，據副編加朗河切 | 來平開支止三 | 呂支 | 來開 1 | 盧黨 | 匣平開歌果一 | 胡歌 |
| 24889 | 17 正 | | 54 | 醨 | 朗 | 河 | 賚 | 陽平 | 開 | 六八柯 | | 韻目歸入曩河切，據副編加朗河切 | 來平開支止三 | 呂支 | 來開 1 | 盧黨 | 匣平開歌果一 | 胡歌 |
| 24890 | 17 正 | | 55 | 離 | 朗 | 河 | 賚 | 陽平 | 開 | 六八柯 | | 韻目歸入曩河切，據副編加朗河切 | 來平開支止三 | 呂支 | 來開 1 | 盧黨 | 匣平開歌果一 | 胡歌 |
| 24893 | 17 正 | | 56 | 蘺 | 朗 | 河 | 賚 | 陽平 | 開 | 六八柯 | | 韻目歸入曩河切，據副編加朗河切 | 來平開支止三 | 呂支 | 來開 1 | 盧黨 | 匣平開歌果一 | 胡歌 |
| 24894 | 17 正 | | 57 | 杝 | 朗 | 河 | 賚 | 陽平 | 開 | 六八柯 | 平上兩讀 | 韻目歸入曩河切，據副編加朗河切 | 以平開支止三 | 弋支 | 來開 1 | 盧黨 | 匣平開歌果一 | 胡歌 |
| 24897 | 17 正 | 14 | 58 | **齹** | 茝 | 羅 | 助 | 陽平 | 開 | 六八柯 | | | 崇平開佳蟹二 | 士佳 | 昌開 1 | 昌紿 | 來平開歌果一 | 魯何 |
| 24899 | 17 正 | 15 | 59 | 鹺 | 粲 | 河 | 淨 | 陽平 | 開 | 六八柯 | | | 清平開歌果一 | 七何 | 清開 1 | 蒼案 | 匣平開歌果一 | 胡歌 |

| 韻字編號 | 部序 | 組數 | 字數 | 韻字及何氏反切 | | | 韻字何氏音 | | | | 何萱注釋 | 備注 | 韻字中古音 | | 上字中古音 | | 下字中古音 | |
|---|---|---|---|---|---|---|---|---|---|---|---|---|---|---|---|---|---|---|
| | | | | 韻字 | 上字 | 下字 | 聲 | 調 | 呼 | 韻部 | | | 聲調呼韻攝等 | 反切 | 聲呼等 | 反切 | 聲調呼韻攝等 | 反切 |
| 24901 | 17 正 | | 60 | 鬖 | 粲 | 河 | 淨 | 陽平 | 開 | 六八柯 | 平上兩讀 | | 從平開歌果一 | 昨何 | 清開 1 | 蒼案 | 匣平開歌果一 | 胡歌 |
| 24903 | 17 正 | | 61 | 瘥 | 粲 | 河 | 淨 | 陽平 | 開 | 六八柯 | 平去兩讀 | | 從平開歌果一 | 昨何 | 清開 1 | 蒼案 | 匣平開歌果一 | 胡歌 |
| 24907 | 17 正 | | 62 | 羗* | 粲 | 河 | 淨 | 陽平 | 開 | 六八柯 | | 束炭也。羗集韻有從平支，叉宜切 | 崇上開麻假二 | 仕下 | 清開 1 | 蒼案 | 匣平開歌果一 | 胡歌 |
| 24908 | 17 正 | | 63 | 艖 | 粲 | 河 | 淨 | 陽平 | 開 | 六八柯 | | | 從平開歌果一 | 昨何 | 清開 1 | 蒼案 | 匣平開歌果一 | 胡歌 |
| 24909 | 17 正 | | 64 | 鹺 | 粲 | 河 | 淨 | 陽平 | 開 | 六八柯 | 䰈或作鹺 | | 從平開歌果一 | 昨何 | 清開 1 | 蒼案 | 匣平開歌果一 | 胡歌 |
| 24910 | 17 正 | | 65 | 暛 | 粲 | 河 | 淨 | 陽平 | 開 | 六八柯 | | | 從平開歌果一 | 昨何 | 清開 1 | 蒼案 | 匣平開歌果一 | 胡歌 |
| 24911 | 17 正 | | 66 | 嵯 | 粲 | 河 | 淨 | 陽平 | 開 | 六八柯 | | | 初平開支止三 | 楚直 | 清開 1 | 蒼案 | 匣平開歌果一 | 胡歌 |
| 24912 | 17 正 | | 67 | 虘 | 粲 | 河 | 淨 | 陽平 | 開 | 六八柯 | 五部十七部兩讀 | | 從平開歌果一 | 昨何 | 清開 1 | 蒼案 | 匣平開歌果一 | 胡歌 |
| 24914 | 17 正 | | 68 | 鄌 | 粲 | 河 | 淨 | 陽平 | 開 | 六八柯 | 五部十七部兩讀。改作酇，非十四部酇字。……本為～縣，今為酇縣，古今字異也……萱按說文邑部酇字當讀祖版切，與鄌改之酇形同音義異 | 即鄌為古字，酇為今字。而作為鄌的今字，酇與十四部的酇只是形體相同，音義皆異。可以看作異讀 | 從平開歌果一 | 昨何 | 清開 1 | 蒼案 | 匣平開歌果一 | 胡歌 |
| 24916 | 17 正 | 16 | 69 | 誐 | 傲 | 河 | 我 | 陽平 | 開 | 六八柯 | | | 疑平開歌果一 | 五何 | 疑開 1 | 五到 | 匣平開歌果一 | 胡歌 |
| 24917 | 17 正 | | 70 | 娥 | 傲 | 河 | 我 | 陽平 | 開 | 六八柯 | | | 疑平開歌果一 | 五何 | 疑開 1 | 五到 | 匣平開歌果一 | 胡歌 |
| 24918 | 17 正 | | 71 | 俄 | 傲 | 河 | 我 | 陽平 | 開 | 六八柯 | | | 疑平開歌果一 | 五何 | 疑開 1 | 五到 | 匣平開歌果一 | 胡歌 |
| 24919 | 17 正 | | 72 | 峨 | 傲 | 河 | 我 | 陽平 | 開 | 六八柯 | | | 疑平開歌果一 | 五何 | 疑開 1 | 五到 | 匣平開歌果一 | 胡歌 |
| 24920 | 17 正 | | 73 | 硪 | 傲 | 河 | 我 | 陽平 | 開 | 六八柯 | | | 疑平開歌果一 | 五何 | 疑開 1 | 五到 | 匣平開歌果一 | 胡歌 |
| 24921 | 17 正 | | 74 | 鵞 | 傲 | 河 | 我 | 陽平 | 開 | 六八柯 | 鵝或作鵞 | | 疑平開歌果一 | 五何 | 疑開 1 | 五到 | 匣平開歌果一 | 胡歌 |
| 24922 | 17 正 | | 75 | 䖸* | 傲 | 河 | 我 | 陽平 | 開 | 六八柯 | | | 疑平開歌果一 | 牛河 | 疑開 1 | 五到 | 匣平開歌果一 | 胡歌 |
| 24923 | 17 正 | | 76 | 蛾 | 傲 | 河 | 我 | 陽平 | 開 | 六八柯 | | | 疑平開歌果一 | 五何 | 疑開 1 | 五到 | 匣平開歌果一 | 胡歌 |
| 24924 | 17 正 | | 77 | 莪 | 傲 | 河 | 我 | 陽平 | 開 | 六八柯 | | | 疑平開歌果一 | 五何 | 疑開 1 | 五到 | 匣平開歌果一 | 胡歌 |

| 韻字編號 | 部序 | 組數 | 字數 | 韻字及何氏反切 | | | 韻字何氏音 | | | | 何萱注釋 | 備　注 | 韻字中古音 | | 上字中古音 | | 下字中古音 | |
|---|---|---|---|---|---|---|---|---|---|---|---|---|---|---|---|---|---|---|
| | | | | 韻字 | 上字 | 下字 | 聲 | 調 | 呼 | 韻部 | | | 聲調呼韻攝等 | 反切 | 聲呼等 | 反切 | 聲調呼韻攝等 | 反切 |
| 24925 | 17 正 | 17 | 78 | **戈** | 古 | 科 | 見 | 陰平 | 合 | 六九戈 | | | 見平合戈果一 | 古禾 | 見合 1 | 公戶 | 溪平合戈果一 | 苦禾 |
| 24926 | 17 正 | | 79 | 鍋 | 古 | 科 | 見 | 陰平 | 合 | 六九戈 | | | 見平合戈果一 | 古禾 | 見合 1 | 公戶 | 溪平合戈果一 | 苦禾 |
| 24927 | 17 正 | | 80 | 媧 | 古 | 科 | 見 | 陰平 | 合 | 六九戈 | | | 見平合麻假二 | 古华 | 見合 1 | 公戶 | 溪平合戈果一 | 苦禾 |
| 24928 | 17 正 | | 81 | 騧 | 古 | 科 | 見 | 陰平 | 合 | 六九戈 | | | 見平合麻假二 | 古华 | 見合 1 | 公戶 | 溪平合戈果一 | 苦禾 |
| 24929 | 17 正 | | 82 | 蝸 | 古 | 科 | 見 | 陰平 | 合 | 六九戈 | | | 見平合麻假二 | 古华 | 見合 1 | 公戶 | 溪平合戈果一 | 苦禾 |
| 24931 | 17 正 | | 83 | 緺 | 古 | 科 | 見 | 陰平 | 合 | 六九戈 | | | 見平合麻假二 | 古华 | 見合 1 | 公戶 | 溪平合戈果一 | 苦禾 |
| 24933 | 17 正 | | 84 | 檛 | 古 | 科 | 見 | 陰平 | 合 | 六九戈 | | | 見平合戈果一 | 古禾 | 見合 1 | 公戶 | 溪平合戈果一 | 苦禾 |
| 24934 | 17 正 | | 85 | 過 | 古 | 科 | 見 | 陰平 | 合 | 六九戈 | | | 見平合戈果一 | 古禾 | 見合 1 | 公戶 | 溪平合戈果一 | 苦禾 |
| 24936 | 17 正 | | 86 | 濄 | 古 | 科 | 見 | 陰平 | 合 | 六九戈 | | | 影平合戈果一 | 烏禾 | 見合 1 | 公戶 | 溪平合戈果一 | 苦禾 |
| 24937 | 17 正 | 18 | 87 | **科** | 曠 | 戈 | 起 | 陰平 | 合 | 六九戈 | | | 溪平合戈果一 | 苦禾 | 溪合 1 | 苦謗 | 見平合戈果一 | 古禾 |
| 24938 | 17 正 | | 88 | 虧 | 曠 | 戈 | 起 | 陰平 | 合 | 六九戈 | | | 溪平合支止重三 | 去為 | 溪合 1 | 苦謗 | 見平合戈果一 | 古禾 |
| 24939 | 17 正 | | 89 | 窠 | 曠 | 戈 | 起 | 陰平 | 合 | 六九戈 | | | 溪平合戈果一 | 苦禾 | 溪合 1 | 苦謗 | 見平合戈果一 | 古禾 |
| 24940 | 17 正 | | 90 | 咼 | 曠 | 戈 | 起 | 陰平 | 合 | 六九戈 | | | 溪平合佳蟹二 | 苦緺 | 溪合 1 | 苦謗 | 見平合戈果一 | 古禾 |
| 24942 | 17 正 | 19 | 91 | **倭** | 甕 | 戈 | 影 | 陰平 | 合 | 六九戈 | 十六部十七部兩讀注在彼 | | 影平合戈果一 | 烏禾 | 影合 1 | 烏貢 | 見平合戈果一 | 古禾 |
| 24945 | 17 正 | 20 | 92 | 戲 | 會 | 戈 | 曉 | 陰平 | 合 | 六九戈 | 平去兩讀義別 | 集韻有心歌一，桑何切 | 曉平開支止重三 | 許羈 | 匣合 1 | 黃外 | 見平合戈果一 | 古禾 |
| 24948 | 17 正 | | 93 | 麾 | 會 | 戈 | 曉 | 陰平 | 合 | 六九戈 | | | 曉平合支止重三 | 許為 | 匣合 1 | 黃外 | 見平合戈果一 | 古禾 |
| 24949 | 17 正 | | 94 | **撝** | 會 | 戈 | 曉 | 陰平 | 合 | 六九戈 | | | 曉平合支止重三 | 許為 | 匣合 1 | 黃外 | 見平合戈果一 | 古禾 |
| 24950 | 17 正 | | 95 | 隝 | 會 | 戈 | 曉 | 陰平 | 合 | 六九戈 | | | 曉平合支止重三 | 許為 | 匣合 1 | 黃外 | 見平合戈果一 | 古禾 |
| 24953 | 17 正 | | 96 | 竵 | 會 | 戈 | 曉 | 陰平 | 合 | 六九戈 | | | 曉平合佳蟹二 | 火媧 | 匣合 1 | 黃外 | 見平合戈果一 | 古禾 |
| 24954 | 17 正 | 21 | 97 | **涶** | 杜 | 戈 | 透 | 陰平 | 合 | 六九戈 | 涶隸作涶。平去兩讀異字 | 與唾異讀 | 透平合戈果一 | 土禾 | 定合 1 | 徒古 | 見平合戈果一 | 古禾 |
| 24955 | 17 正 | 22 | 98 | 腄 | 壯 | 科 | 照 | 陰平 | 合 | 六九戈 | 腄隸作腄 | | 知平合支止三 | 竹垂 | 莊開 3 | 側亮 | 溪平合戈果一 | 苦禾 |
| 24956 | 17 正 | | 99 | **髽** | 壯 | 科 | 照 | 陰平 | 合 | 六九戈 | | | 莊平合麻假二 | 莊華 | 莊開 3 | 側亮 | 溪平合戈果一 | 苦禾 |
| 24957 | 17 正 | | 100 | 簻 | 壯 | 科 | 照 | 陰平 | 合 | 六九戈 | | | 知平合麻假二 | 陟瓜 | 莊開 3 | 側亮 | 溪平合戈果一 | 苦禾 |
| 24958 | 17 正 | 23 | 101 | **吹** | 蠢 | 戈 | 助 | 陰平 | 合 | 六九戈 | | | 昌平合支止三 | 昌垂 | 昌合 3 | 尺尹 | 見平合戈果一 | 古禾 |

| 韻字編號 | 部序 | 組數 | 字數 | 韻字及何氏反切 | | | 韻字何氏音 | | | | 何萱注釋 | 備注 | 韻字中古音 | | 上字中古音 | | 下字中古音 | |
|---|---|---|---|---|---|---|---|---|---|---|---|---|---|---|---|---|---|---|
| | | | | 韻字 | 上字 | 下字 | 聲 | 調 | 呼 | 韻部 | | | 聲調呼韻攝等 | 反切 | 聲呼等 | 反切 | 聲調呼韻攝等 | 反切 |
| 24959 | 17 正 | | 102 | 龡 | 蠢 | 戈 | 助 | 陰平 | 合 | 六九戈 | 平去兩讀義分 | | 昌平合支止三 | 昌垂 | 昌合 3 | 尺尹 | 見平合戈果一 | 古禾 |
| 24961 | 17 正 | | 103 | 炊 | 蠢 | 戈 | 助 | 陰平 | 合 | 六九戈 | | | 昌平合支止三 | 昌垂 | 昌合 3 | 尺尹 | 見平合戈果一 | 古禾 |
| 24962 | 17 正 | | 104 | 榱 | 蠢 | 戈 | 助 | 陰平 | 合 | 六九戈 | | | 生平合脂止三 | 所追 | 昌合 3 | 尺尹 | 見平合戈果一 | 古禾 |
| 24963 | 17 正 | 24 | 105 | **沙** | 爽 | 戈 | 審 | 陰平 | 合 | 六九戈 | | 韻目歸入蠢戈切，表中作審母字頭，據副編加爽戈切 | 生平開麻假二 | 所加 | 生開 3 | 疎兩 | 見平合戈果一 | 古禾 |
| 24964 | 17 正 | | 106 | 魦 | 爽 | 戈 | 審 | 陰平 | 合 | 六九戈 | | 韻目歸入蠢戈切，據副編加爽戈切 | 生平開麻假二 | 所加 | 生開 3 | 疎兩 | 見平合戈果一 | 古禾 |
| 24966 | 17 正 | 25 | 107 | **朘** | 纂 | 科 | 井 | 陰平 | 合 | 六九戈 | | | 精平合灰蟹一 | 臧回 | 精合 1 | 作管 | 溪平合戈果一 | 苦禾 |
| 24967 | 17 正 | 26 | 108 | **縗** | 措 | 戈 | 淨 | 陰平 | 合 | 六九戈 | | | 清平合灰蟹一 | 倉回 | 清合 1 | 倉故 | 見平合戈果一 | 古禾 |
| 24969 | 17 正 | 27 | 109 | 衰 | 巽 | 戈 | 信 | 陰平 | 合 | 六九戈 | | | 生平合脂止三 | 所追 | 心合 1 | 蘇困 | 見平合戈果一 | 古禾 |
| 24970 | 17 正 | | 110 | 痿 | 巽 | 戈 | 信 | 陰平 | 合 | 六九戈 | | 表中作广 | 生平合脂止三 | 所追 | 心合 1 | 蘇困 | 見平合戈果一 | 古禾 |
| 24971 | 17 正 | | 111 | 趖 | 巽 | 戈 | 信 | 陰平 | 合 | 六九戈 | | | 心平合戈果一 | 蘇禾 | 心合 1 | 蘇困 | 見平合戈果一 | 古禾 |
| 24972 | 17 正 | | 112 | **莎** | 巽 | 戈 | 信 | 陰平 | 合 | 六九戈 | | | 心平合戈果一 | 蘇禾 | 心合 1 | 蘇困 | 見平合戈果一 | 古禾 |
| 24973 | 17 正 | 28 | 113 | **波** | 貝 | 科 | 謗 | 陰平 | 合 | 六九戈 | | | 幫平合戈果一 | 博禾 | 幫開 1 | 博蓋 | 溪平合戈果一 | 苦禾 |
| 24974 | 17 正 | | 114 | 陂 | 貝 | 科 | 謗 | 陰平 | 合 | 六九戈 | | | 幫平開支止重三 | 彼為 | 幫開 1 | 博蓋 | 溪平合戈果一 | 苦禾 |
| 24976 | 17 正 | | 115 | 紴 | 貝 | 科 | 謗 | 陰平 | 合 | 六九戈 | | | 幫平合戈果一 | 博禾 | 幫開 1 | 博蓋 | 溪平合戈果一 | 苦禾 |
| 24978 | 17 正 | | 116 | 磻 g* | 貝 | 科 | 謗 | 陰平 | 合 | 六九戈 | 十四部十七部兩讀 | 缺十四部，據磻字在廣韻中的讀音，增普環切，見 14 部 | 幫平合戈果一 | 逋禾 | 幫開 1 | 博蓋 | 溪平合戈果一 | 苦禾 |
| 24979 | 17 正 | | 117 | 羆 | 貝 | 科 | 謗 | 陰平 | 合 | 六九戈 | | | 幫平開支止重三 | 彼為 | 幫開 1 | 博蓋 | 溪平合戈果一 | 苦禾 |
| 24980 | 17 正 | 29 | 118 | 頗 | 佩 | 戈 | 並 | 陰平 | 合 | 六九戈 | 平上兩讀 | | 滂平合戈果一 | 滂禾 | 並合 1 | 蒲昧 | 見平合戈果一 | 古禾 |
| 24983 | 17 正 | | 119 | **坡** | 佩 | 戈 | 並 | 陰平 | 合 | 六九戈 | | | 滂平合戈果一 | 滂禾 | 並合 1 | 蒲昧 | 見平合戈果一 | 古禾 |

| 韻字編號 | 部序 | 組數 | 字數 | 韻字及何氏反切 | | | 韻字何氏音 | | | | 何萱注釋 | 備注 | 韻字中古音 | | 上字中古音 | | 下字中古音 | |
|---|---|---|---|---|---|---|---|---|---|---|---|---|---|---|---|---|---|---|
| | | | | 韻字 | 上字 | 下字 | 聲 | 調 | 呼 | 韻部 | | | 聲調呼韻攝等 | 反切 | 聲呼等 | 反切 | 聲調呼韻攝等 | 反切 |
| 24984 | 17 正 | 30 | 120 | **爲** | 甕 | 禾 | 並 | 陽平 | 合 | 六九戈 | 平去兩讀義分 | | 云平合支止三 | 薳支 | 影合 1 | 烏貢 | 匣平合戈果一 | 戶戈 |
| 24986 | 17 正 | 31 | 121 | 禾 | 會 | 摩 | 曉 | 陽平 | 合 | 六九戈 | | 韻目歸入甕禾切，表中作曉母字頭，據副編加會摩切 | 匣平合戈果一 | 戶戈 | 匣合 1 | 黃外 | 明平合戈果一 | 莫婆 |
| 24987 | 17 正 | | 122 | 咊 | 會 | 摩 | 曉 | 陽平 | 合 | 六九戈 | | 韻目歸入甕禾切，據副編加會摩切 | 匣平合戈果一 | 戶戈 | 匣合 1 | 黃外 | 明平合戈果一 | 莫婆 |
| 24988 | 17 正 | | 123 | 龢 | 會 | 摩 | 曉 | 陽平 | 合 | 六九戈 | | 韻目歸入甕禾切，據副編加會摩切 | 匣平合戈果一 | 戶戈 | 匣合 1 | 黃外 | 明平合戈果一 | 莫婆 |
| 24989 | 17 正 | | 124 | 盉 | 會 | 摩 | 曉 | 陽平 | 合 | 六九戈 | | 韻目歸入甕禾切，據副編加會摩切 | 匣平合戈果一 | 戶戈 | 匣合 1 | 黃外 | 明平合戈果一 | 莫婆 |
| 24991 | 17 正 | 32 | 125 | **覶***| 磊 | 禾 | 賚 | 陽平 | 合 | 六九戈 | 覶或作覼。十四部十七部兩讀 | | 來平合戈果一 | 盧戈 | 來合 1 | 落猥 | 匣平合戈果一 | 戶戈 |
| 24994 | 17 正 | | 126 | 羸 | 磊 | 禾 | 賚 | 陽平 | 合 | 六九戈 | | | 來平合支止三 | 力為 | 來合 1 | 落猥 | 匣平合戈果一 | 戶戈 |
| 24995 | 17 正 | | 127 | 鏍 | 磊 | 禾 | 賚 | 陽平 | 合 | 六九戈 | | | 來平合戈果一 | 落戈 | 來合 1 | 落猥 | 匣平合戈果一 | 戶戈 |
| 24996 | 17 正 | | 128 | 贏 | 磊 | 禾 | 賚 | 陽平 | 合 | 六九戈 | | | 來平合戈果一 | 落戈 | 來合 1 | 落猥 | 匣平合戈果一 | 戶戈 |
| 24997 | 17 正 | | 129 | 贏 | 磊 | 禾 | 賚 | 陽平 | 合 | 六九戈 | 平上兩讀義分 | | 來平合戈果一 | 落戈 | 來合 1 | 落猥 | 匣平合戈果一 | 戶戈 |
| 24999 | 17 正 | 33 | 130 | **錘** | 蠢 | 禾 | 助 | 陽平 | 合 | 六九戈 | | 韻目歸入磊禾切，表中作助母字頭，據副編加蠢禾切 | 澄平合支止三 | 直垂 | 昌合 3 | 尺尹 | 匣平合戈果一 | 戶戈 |
| 25001 | 17 正 | 34 | 131 | 㼿* | 爽 | 禾 | 審 | 陽平 | 合 | 六九戈 | | | 禪平合支止三 | 是為 | 生開 3 | 疎兩 | 匣平合戈果一 | 戶戈 |
| 25002 | 17 正 | | 132 | 埀 | 爽 | 禾 | 審 | 陽平 | 合 | 六九戈 | | | 禪平合支止三 | 是為 | 生開 3 | 疎兩 | 匣平合戈果一 | 戶戈 |
| 25003 | 17 正 | | 133 | **陲** | 爽 | 禾 | 審 | 陽平 | 合 | 六九戈 | | | 禪平合支止三 | 是為 | 生開 3 | 疎兩 | 匣平合戈果一 | 戶戈 |
| 25005 | 17 正 | | 134 | 鉈 | 爽 | 禾 | 審 | 陽平 | 合 | 六九戈 | | 廣韻另一讀為書支，式支切 | 禪平開麻假三 | 視遮 | 生開 3 | 疎兩 | 匣平合戈果一 | 戶戈 |
| 25006 | 17 正 | 35 | 135 | 銼 | 措 | 禾 | 淨 | 陽平 | 合 | 六九戈 | | | 從平合戈果一 | 昨禾 | 清合 1 | 倉故 | 匣平合戈果一 | 戶戈 |
| 25008 | 17 正 | | 136 | 姓 | 措 | 禾 | 淨 | 陽平 | 合 | 六九戈 | | | 心平合戈果一 | 蘇禾 | 清合 1 | 倉故 | 匣平合戈果一 | 戶戈 |
| 25009 | 17 正 | | 137 | **睉** | 措 | 禾 | 淨 | 陽平 | 合 | 六九戈 | | | 從平合戈果一 | 昨禾 | 清合 1 | 倉故 | 匣平合戈果一 | 戶戈 |

| 韻字編號 | 部序 | 組數 | 字數 | 韻字及何氏反切 | | | 韻字何氏音 | | | | 何萱注釋 | 備注 | 韻字中古音 | | 上字中古音 | | 下字中古音 | |
|---|---|---|---|---|---|---|---|---|---|---|---|---|---|---|---|---|---|---|
| | | | | 韻字 | 上字 | 下字 | 聲 | 調 | 呼 | 韻部 | | | 聲調呼韻攝等 | 反切 | 聲呼等 | 反切 | 聲調呼韻攝等 | 反切 |
| 25010 | 17 正 | | 138 | 痤 | 措 | 禾 | 淨 | 陽平 | 合 | 六九戈 | | | 從平合戈果一 | 昨禾 | 清合 1 | 倉故 | 匣平合戈果一 | 戶戈 |
| 25011 | 17 正 | 36 | 139 | 譌 | 五 | 禾 | 我 | 陽平 | 合 | 六九戈 | | | 疑平合戈果一 | 五禾 | 疑合 1 | 疑古 | 匣平合戈果一 | 戶戈 |
| 25012 | 17 正 | | 140 | 吪 | 五 | 禾 | 我 | 陽平 | 合 | 六九戈 | | 正文增 | 疑平合戈果一 | 五禾 | 疑合 1 | 疑古 | 匣平合戈果一 | 戶戈 |
| 25013 | 17 正 | | 141 | 鈋 | 五 | 禾 | 我 | 陽平 | 合 | 六九戈 | | 正文增 | 疑平合戈果一 | 五禾 | 疑合 1 | 疑古 | 匣平合戈果一 | 戶戈 |
| 25014 | 17 正 | | 142 | 囮 | 五 | 禾 | 我 | 陽平 | 合 | 六九戈 | | 正文增 | 疑平合戈果一 | 五禾 | 疑合 1 | 疑古 | 匣平合戈果一 | 戶戈 |
| 25016 | 17 正 | 37 | 143 | 隨 | 巽 | 禾 | 信 | 陽平 | 合 | 六九戈 | 遀隸作隨 | | 邪平合支止三 | 旬為 | 心合 1 | 蘇困 | 匣平合戈果一 | 戶戈 |
| 25018 | 17 正 | 38 | 144 | 皤 | 佩 | 禾 | 並 | 陽平 | 合 | 六九戈 | 十四部十七部兩讀 | | 並平合戈果一 | 薄波 | 並合 1 | 蒲昧 | 匣平合戈果一 | 戶戈 |
| 25019 | 17 正 | | 145 | 鄱 | 佩 | 禾 | 並 | 陽平 | 合 | 六九戈 | 十四部十七部兩讀 | | 並平合戈果一 | 薄波 | 並合 1 | 蒲昧 | 匣平合戈果一 | 戶戈 |
| 25020 | 17 正 | 39 | 146 | 麻 | 昧 | 禾 | 命 | 陽平 | 合 | 六九戈 | | | 明平開麻假二 | 莫霞 | 明合 1 | 莫佩 | 匣平合戈果一 | 戶戈 |
| 25021 | 17 正 | | 147 | 摩 | 昧 | 禾 | 命 | 陽平 | 合 | 六九戈 | | | 明平合戈果一 | 莫婆 | 明合 1 | 莫佩 | 匣平合戈果一 | 戶戈 |
| 25022 | 17 正 | | 148 | 髍* | 昧 | 禾 | 命 | 陽平 | 合 | 六九戈 | 髍或作癵麼。平上兩讀。據鄭氏髍音麼，知先漢已分二字矣，然實同字而有平上兩音耳 | 何氏認為該字還可以讀麼，但不必另立字形 | 明平合戈果一 | 眉波 | 明合 1 | 莫佩 | 匣平合戈果一 | 戶戈 |
| 25023 | 17 正 | | 149 | 靡 | 昧 | 禾 | 命 | 陽平 | 合 | 六九戈 | 十六部上十七部平兩讀注在彼 | | 明平開支止重三 | 武悲 | 明合 1 | 莫佩 | 匣平合戈果一 | 戶戈 |
| 25026 | 17 正 | | 150 | 縻 | 昧 | 禾 | 命 | 陽平 | 合 | 六九戈 | | | 明平開支止重三 | 靡為 | 明合 1 | 莫佩 | 匣平合戈果一 | 戶戈 |
| 25027 | 17 正 | | 151 | 蘪 | 昧 | 禾 | 命 | 陽平 | 合 | 六九戈 | | | 明平開支止重三 | 靡為 | 明合 1 | 莫佩 | 匣平合戈果一 | 戶戈 |
| 25028 | 17 正 | | 152 | 麕 | 昧 | 禾 | 命 | 陽平 | 合 | 六九戈 | 麋俗有麕 | 韻目字頭作麋 | 明平合戈果一 | 莫婆 | 明合 1 | 莫佩 | 匣平合戈果一 | 戶戈 |
| 25030 | 17 正 | | 153 | 糜 g* | 昧 | 禾 | 命 | 陽平 | 合 | 六九戈 | | | 明平開支止重三 | 忙皮 | 明合 1 | 莫佩 | 匣平合戈果一 | 戶戈 |
| 25032 | 17 正 | | 154 | 爢 | 昧 | 禾 | 命 | 陽平 | 合 | 六九戈 | | | 明平開支止重三 | 靡為 | 明合 1 | 莫佩 | 匣平合戈果一 | 戶戈 |
| 25033 | 17 正 | | 155 | 醿 | 昧 | 禾 | 命 | 陽平 | 合 | 六九戈 | | | 明平開支止重三 | 靡為 | 明合 1 | 莫佩 | 匣平合戈果一 | 戶戈 |
| 25035 | 17 正 | | 156 | 礳g* | 昧 | 禾 | 命 | 陽平 | 合 | 六九戈 | 平去兩見 | | 明平合戈果一 | 眉波 | 明合 1 | 莫佩 | 匣平合戈果一 | 戶戈 |

| 韻字編號 | 部序 | 組數 | 字數 | 韻字及何氏反切 | | | 韻字何氏音 | | | | 何萱注釋 | 備　注 | 韻字中古音 | | 上字中古音 | | 下字中古音 | |
|---|---|---|---|---|---|---|---|---|---|---|---|---|---|---|---|---|---|---|
| | | | | 韻字 | 上字 | 下字 | 聲 | 調 | 呼 | 韻部 | | | 聲調呼韻攝等 | 反切 | 聲呼等 | 反切 | 聲調呼韻攝等 | 反切 |
| 25036 | 17 正 | 40 | 157 | **加** | 竟 | 豿 | 見 | 陰平 | 齊 | 七十加 | | | 見平開麻假二 | 古牙 | 見開 3 | 居慶 | 影平開齊蟹四 | 烏奚 |
| 25037 | 17 正 | | 158 | 嘉 | 竟 | 豿 | 見 | 陰平 | 齊 | 七十加 | | | 見平開麻假二 | 古牙 | 見開 3 | 居慶 | 影平開齊蟹四 | 烏奚 |
| 25038 | 17 正 | | 159 | 痂 | 竟 | 豿 | 見 | 陰平 | 齊 | 七十加 | | 表中作：平去兩讀。正文沒有寫。此字查不到其他讀音。何氏在此可能是參考了枷的異讀情況。此處是不是體現了何氏的方音？暫不做異讀處理 | 見平開麻假二 | 古牙 | 見開 3 | 居慶 | 影平開齊蟹四 | 烏奚 |
| 25039 | 17 正 | | 160 | 枷 | 竟 | 豿 | 見 | 陰平 | 齊 | 七十加 | 平去兩讀 | 正文增 | 見平開麻假二 | 古牙 | 見開 3 | 居慶 | 影平開齊蟹四 | 烏奚 |
| 25040 | 17 正 | | 161 | 迦 | 竟 | 豿 | 見 | 陰平 | 齊 | 七十加 | | | 見平開麻假二 | 古牙 | 見開 3 | 居慶 | 影平開齊蟹四 | 烏奚 |
| 25041 | 17 正 | | 162 | 奇 | 竟 | 豿 | 見 | 陰平 | 齊 | 七十加 | 兩讀義分 | 與奇異讀 | 見平開支止重三 | 居宜 | 見開 3 | 居慶 | 影平開齊蟹四 | 烏奚 |
| 25043 | 17 正 | | 163 | 畸 | 竟 | 豿 | 見 | 陰平 | 齊 | 七十加 | | | 見平開支止重三 | 居宜 | 見開 3 | 居慶 | 影平開齊蟹四 | 烏奚 |
| 25044 | 17 正 | | 164 | 攲 | 竟 | 豿 | 見 | 陰平 | 齊 | 七十加 | | | 見平開支止重三 | 居宜 | 見開 3 | 居慶 | 影平開齊蟹四 | 烏奚 |
| 25047 | 17 正 | 41 | 165 | **犄** | 儉 | 豿 | 起 | 陰平 | 齊 | 七十加 | | | 溪平開支止重三 | 去奇 | 群開重 3 | 巨險 | 影平開齊蟹四 | 烏奚 |
| 25048 | 17 正 | | 166 | 徛 g* | 儉 | 豿 | 起 | 陰平 | 齊 | 七十加 | 平去兩讀 | | 溪平開支止重三 | 丘奇 | 群開重 3 | 巨險 | 影平開齊蟹四 | 烏奚 |
| 25051 | 17 正 | | 167 | 踦 | 儉 | 豿 | 起 | 陰平 | 齊 | 七十加 | 平上兩讀 | 只一見，另一見應入竟豿切，六五掎小韻中。見筆者增 | 溪平開支止重三 | 去奇 | 群開重 3 | 巨險 | 影平開齊蟹四 | 烏奚 |
| 25052 | 17 正 | | 168 | 觭 | 儉 | 豿 | 起 | 陰平 | 齊 | 七十加 | | | 溪平開支止重三 | 去奇 | 群開重 3 | 巨險 | 影平開齊蟹四 | 烏奚 |
| 25053 | 17 正 | | 169 | 猗 | 儉 | 豿 | 起 | 陰平 | 齊 | 七十加 | | | 溪平開支止重三 | 去奇 | 群開重 3 | 巨險 | 影平開齊蟹四 | 烏奚 |
| 25057 | 17 正 | 42 | 170 | **豿** | 漾 | 加 | 影 | 陰平 | 齊 | 七十加 | | | 影平開齊蟹四 | 烏奚 | 以開 3 | 餘亮 | 見平開麻假二 | 古牙 |
| 25058 | 17 正 | 43 | 171 | 읪 | 哂 | 豿 | 審 | 陰平 | 齊 | 七十加 | | | 書平開支止三 | 式支 | 書開 3 | 式忍 | 影平開齊蟹四 | 烏奚 |
| 25059 | 17 正 | | 172 | 攱 | 哂 | 豿 | 審 | 陰平 | 齊 | 七十加 | | | 書平開支止三 | 式支 | 書開 3 | 式忍 | 影平開齊蟹四 | 烏奚 |
| 25060 | 17 正 | | 173 | **施** | 哂 | 豿 | 審 | 陰平 | 齊 | 七十加 | | | 書平開支止三 | 式支 | 書開 3 | 式忍 | 影平開齊蟹四 | 烏奚 |

| 韻字編號 | 部序 | 組數 | 字數 | 韻字及何氏反切 | | | 韻字何氏音 | | | | 何萱注釋 | 備注 | 韻字中古音 | | 上字中古音 | | 下字中古音 | |
|---|---|---|---|---|---|---|---|---|---|---|---|---|---|---|---|---|---|---|
| | | | | 韻字 | 上字 | 下字 | 聲 | 調 | 呼 | 韻部 | | | 聲調呼韻攝等 | 反切 | 聲呼等 | 反切 | 聲調呼韻攝等 | 反切 |
| 25061 | 17 正 | | 174 | 蓌 | 哂 | 嫛 | 審 | 陰平 | 齊 | 七十加 | | | 書平開支止三 | 式支 | 書開 3 | 式忍 | 影平開齊蟹四 | 烏奚 |
| 25063 | 17 正 | 44 | 175 | 厜 | 甑 | 嫛 | 井 | 陰平 | 齊 | 七十加 | | | 精平合支止三 | 姊規 | 精開 3 | 子孕 | 影平開齊蟹四 | 烏奚 |
| 25064 | 17 正 | | 176 | **觜*** | 甑 | 嫛 | 井 | 陰平 | 齊 | 七十加 | | | 精平開麻假三 | 咨邪 | 精開 3 | 子孕 | 影平開齊蟹四 | 烏奚 |
| 25065 | 17 正 | 45 | 177 | **旇** | 品 | 加 | 並 | 陰平 | 齊 | 七十加 | | | 滂平開支止重三 | 敷羈 | 滂開重 3 | 丕飲 | 見平開麻假二 | 古牙 |
| 25067 | 17 正 | | 178 | 鈹 | 品 | 加 | 並 | 陰平 | 齊 | 七十加 | | | 滂平開支止重三 | 敷羈 | 滂開重 3 | 丕飲 | 見平開麻假二 | 古牙 |
| 25068 | 17 正 | | 179 | 鮍 | 品 | 加 | 並 | 陰平 | 齊 | 七十加 | | | 滂平開支止重三 | 敷羈 | 滂開重 3 | 丕飲 | 見平開麻假二 | 古牙 |
| 25069 | 17 正 | | 180 | 披 | 品 | 加 | 並 | 陰平 | 齊 | 七十加 | 平去兩讀 | | 滂平開支止重三 | 敷羈 | 滂開重 3 | 丕飲 | 見平開麻假二 | 古牙 |
| 25074 | 17 正 | 46 | 181 | **奇** | 儉 | 匜 | 起 | 陽平 | 齊 | 七十加 | 重見義分 | 與竒異讀 | 群平開支止重三 | 渠羈 | 群開重 3 | 巨險 | 以平開支止三 | 弋支 |
| 25076 | 17 正 | | 182 | 騎 | 儉 | 匜 | 起 | 陽平 | 齊 | 七十加 | 平去兩讀義分 | | 群平開支止重三 | 渠羈 | 群開重 3 | 巨險 | 以平開支止三 | 弋支 |
| 25078 | 17 正 | | 183 | 錡 | 儉 | 匜 | 起 | 陽平 | 齊 | 七十加 | 平上兩讀 | | 群平開支止重三 | 渠羈 | 群開重 3 | 巨險 | 以平開支止三 | 弋支 |
| 25081 | 17 正 | 47 | 184 | 迻 | 漾 | 趍 | 影 | 陽平 | 齊 | 七十加 | | | 以平開支止三 | 弋支 | 以開 3 | 餘亮 | 澄平開支止三 | 直離 |
| 25082 | 17 正 | | 185 | **移** | 漾 | 趍 | 影 | 陽平 | 齊 | 七十加 | | | 以平開支止三 | 弋支 | 以開 3 | 餘亮 | 澄平開支止三 | 直離 |
| 25083 | 17 正 | | 186 | 栘 | 漾 | 趍 | 影 | 陽平 | 齊 | 七十加 | | | 以平開支止三 | 弋支 | 以開 3 | 餘亮 | 澄平開支止三 | 直離 |
| 25086 | 17 正 | | 187 | 簃 | 漾 | 趍 | 影 | 陽平 | 齊 | 七十加 | | | 以平開支止三 | 弋支 | 以開 3 | 餘亮 | 澄平開支止三 | 直離 |
| 25087 | 17 正 | | 188 | 匜 | 漾 | 趍 | 影 | 陽平 | 齊 | 七十加 | 十六部十七部兩讀 | 缺 16 部，增 | 以平開支止三 | 弋支 | 以開 3 | 餘亮 | 澄平開支止三 | 直離 |
| 25090 | 17 正 | | 189 | 暆 | 漾 | 趍 | 影 | 陽平 | 齊 | 七十加 | 十六部十七部兩讀 | 缺 16 部。玉篇余支切 | 以平開支止三 | 弋支 | 以開 3 | 餘亮 | 澄平開支止三 | 直離 |
| 25091 | 17 正 | | 190 | 郵 | 漾 | 趍 | 影 | 陽平 | 齊 | 七十加 | | | 云平開尤流三 | 羽求 | 以開 3 | 餘亮 | 澄平開支止三 | 直離 |
| 25092 | 17 正 | 48 | 191 | **叒*** | 向 | 趍 | 曉 | 陽平 | 齊 | 七十加 | | | 匣平開麻假二 | 何加 | 曉開 3 | 許亮 | 澄平開支止三 | 直離 |
| 25093 | 17 正 | 49 | 192 | 趍 | 寵 | 匜 | 助 | 陽平 | 齊 | 七十加 | | | 澄平開支止三 | 直離 | 徹合 3 | 丑隴 | 以平開支止三 | 弋支 |
| 25094 | 17 正 | | 193 | **馳** | 寵 | 匜 | 助 | 陽平 | 齊 | 七十加 | | | 澄平開支止三 | 直離 | 徹合 3 | 丑隴 | 以平開支止三 | 弋支 |
| 25095 | 17 正 | | 194 | 池 | 寵 | 匜 | 助 | 陽平 | 齊 | 七十加 | | | 澄平開支止三 | 直離 | 徹合 3 | 丑隴 | 以平開支止三 | 弋支 |
| 25096 | 17 正 | 50 | 195 | 宜 | 仰 | 趍 | 我 | 陽平 | 齊 | 七十加 | | | 疑平開支止重三 | 魚羈 | 疑開 3 | 魚兩 | 澄平開支止三 | 直離 |
| 25098 | 17 正 | | 196 | **儀** | 仰 | 趍 | 我 | 陽平 | 齊 | 七十加 | | | 疑平開支止重三 | 魚羈 | 疑開 3 | 魚兩 | 澄平開支止三 | 直離 |
| 25099 | 17 正 | | 197 | 轙 | 仰 | 趍 | 我 | 陽平 | 齊 | 七十加 | 平上兩讀注在彼 | | 疑平開支止重三 | 魚羈 | 疑開 3 | 魚兩 | 澄平開支止三 | 直離 |

| 韻字編號 | 部序 | 組數 | 字數 | 韻字及何氏反切 | | | 韻字何氏音 | | | | 何萱注釋 | 備注 | 韻字中古音 | | 上字中古音 | | 下字中古音 | |
|---|---|---|---|---|---|---|---|---|---|---|---|---|---|---|---|---|---|---|
| | | | | 韻字 | 上字 | 下字 | 聲 | 調 | 呼 | 韻部 | | | 聲調呼韻攝等 | 反切 | 聲呼等 | 反切 | 聲調呼韻攝等 | 反切 |
| 25101 | 17 正 | | 198 | 檥 g* | 仰 | 趍 | 我 | 陽平 | 齊 | 七十加 | | | 疑平開支止重三 | 魚羈 | 疑開 3 | 魚兩 | 澄平開支止三 | 直離 |
| 25102 | 17 正 | | 199 | 廲 | 仰 | 趍 | 我 | 陽平 | 齊 | 七十加 | | | 疑平合支止重三 | 魚為 | 疑開 3 | 魚兩 | 澄平開支止三 | 直離 |
| 25103 | 17 正 | | 200 | 鄯 | 仰 | 趍 | 我 | 陽平 | 齊 | 七十加 | | | 疑平開支止重三 | 魚羈 | 疑開 3 | 魚兩 | 澄平開支止三 | 直離 |
| 25104 | 17 正 | | 201 | 䨩* | 仰 | 趍 | 我 | 陽平 | 齊 | 七十加 | | | 疑平開支止重三 | 魚羈 | 疑開 3 | 魚兩 | 澄平開支止三 | 直離 |
| 25105 | 17 正 | 51 | 202 | **皮** | 品 | 趍 | 並 | 陽平 | 齊 | 七十加 | | | 並平開支止重三 | 符羈 | 滂開重 3 | 丕飲 | 澄平開支止三 | 直離 |
| 25106 | 17 正 | | 203 | 疲 | 品 | 趍 | 並 | 陽平 | 齊 | 七十加 | | | 並平開支止重三 | 符羈 | 滂開重 3 | 丕飲 | 澄平開支止三 | 直離 |
| 25107 | 17 正 | | 204 | 罷 | 品 | 趍 | 並 | 陽平 | 齊 | 七十加 | 平上兩讀 | | 並平開支止重三 | 符羈 | 滂開重 3 | 丕飲 | 澄平開支止三 | 直離 |
| 25110 | 17 正 | | 205 | 藣 | 品 | 趍 | 並 | 陽平 | 齊 | 七十加 | | | 幫平開支止重三 | 彼為 | 滂開重 3 | 丕飲 | 澄平開支止三 | 直離 |
| 25112 | 17 正 | 52 | 206 | **嬀** | 眷 | 羲 | 見 | 陰平 | 撮 | 七一嬀 | | | 見平合支止重三 | 居為 | 見合重 3 | 居倦 | 曉平開支止重三 | 許羈 |
| 25113 | 17 正 | | 207 | 鄬 | 眷 | 羲 | 見 | 陰平 | 撮 | 七一嬀 | | | 云平合支止三 | 薳支 | 見合重 3 | 居倦 | 曉平開支止重三 | 許羈 |
| 25115 | 17 正 | | 208 | 鑼 | 眷 | 羲 | 見 | 陰平 | 撮 | 七一嬀 | | | 並上開佳蟹二 | 薄蟹 | 見合重 3 | 居倦 | 曉平開支止重三 | 許羈 |
| 25116 | 17 正 | 53 | 209 | 㬻* | 許 | 嬀 | 曉 | 陰平 | 撮 | 七一嬀 | | | 定上合戈果一 | 杜果 | 曉合 3 | 虛呂 | 見平合支止重三 | 居爲 |
| 25117 | 17 正 | | 210 | **羲** | 許 | 嬀 | 曉 | 陰平 | 撮 | 七一嬀 | | | 曉平開支止重三 | 許羈 | 曉合 3 | 虛呂 | 見平合支止重三 | 居爲 |
| 25118 | 17 正 | | 211 | 犧 | 許 | 嬀 | 曉 | 陰平 | 撮 | 七一嬀 | | | 曉平開支止重三 | 許羈 | 曉合 3 | 虛呂 | 見平合支止重三 | 居爲 |
| 25119 | 17 正 | 54 | 212 | **䆒** | 舜 | 嬀 | 審 | 陰平 | 撮 | 七一嬀 | | | 以平合支止三 | 悅吹 | 書合 3 | 舒閏 | 見平合支止重三 | 居爲 |
| 25120 | 17 正 | 55 | 213 | **綏** | 選 | 嬀 | 信 | 陰平 | 撮 | 七一嬀 | | 表中作：娞 | 心平合脂止三 | 息遺 | 心合 3 | 蘇管 | 見平合支止重三 | 居爲 |
| 25121 | 17 正 | 56 | 214 | **桵** | 汝 | 䰎 | 耳 | 陽平 | 撮 | 七一嬀 | | | 日平合脂止三 | 儒隹 | 日合 3 | 人渚 | 云平合支止重三 | 于嬀 |
| 25122 | 17 正 | 57 | 215 | **哿** | 艮 | 可 | 見 | 上 | 開 | 六三哿 | | | 見上開歌果一 | 古我 | 見開 1 | 古恨 | 溪上開歌果一 | 枯我 |
| 25123 | 17 正 | 58 | 216 | **可** | 口 | 我 | 起 | 上 | 開 | 六三哿 | | | 溪上開歌果一 | 枯我 | 溪開 1 | 苦后 | 疑上開歌果一 | 五可 |
| 25124 | 17 正 | | 217 | 坷 | 口 | 我 | 起 | 上 | 開 | 六三哿 | | | 溪上開歌果一 | 枯我 | 溪開 1 | 苦后 | 疑上開歌果一 | 五可 |
| 25126 | 17 正 | | 218 | 軻 | 口 | 我 | 起 | 上 | 開 | 六三哿 | | | 溪上開歌果一 | 枯我 | 溪開 1 | 苦后 | 疑上開歌果一 | 五可 |
| 25129 | 17 正 | 59 | 219 | **閜** | 案 | 可 | 影 | 上 | 開 | 六三哿 | | | 影上開歌果一 | 烏可 | 影開 1 | 烏旰 | 溪上開歌果一 | 枯我 |
| 25130 | 17 正 | 60 | 220 | **閜** | 海 | 可 | 曉 | 上 | 開 | 六三哿 | | | 曉上開麻假二 | 許下 | 曉開 1 | 呼改 | 溪上開歌果一 | 枯我 |
| 25131 | 17 正 | | 221 | 何 | 海 | 可 | 曉 | 上 | 開 | 六三哿 | 平上兩讀注在彼 | | 匣上開歌果一 | 胡可 | 曉開 1 | 呼改 | 溪上開歌果一 | 枯我 |
| 25133 | 17 正 | 61 | 222 | **轁** | 帶 | 可 | 短 | 上 | 開 | 六三哿 | | | 昌上開麻假三 | 昌者 | 端開 1 | 當蓋 | 溪上開歌果一 | 枯我 |

| 韻字編號 | 部序 | 組數 | 字數 | 韻字及何氏反切 | | | 韻字何氏音 | | | | 何萱注釋 | 備注 | 韻字中古音 | | 上字中古音 | | 下字中古音 | |
|---|---|---|---|---|---|---|---|---|---|---|---|---|---|---|---|---|---|---|
| | | | | 韻字 | 上字 | 下字 | 聲 | 調 | 呼 | 韻部 | | | 聲調呼韻攝等 | 反切 | 聲呼等 | 反切 | 聲調呼韻攝等 | 反切 |
| 25134 | 17 正 | | 223 | 痑 | 帶 | 可 | 短 | 上 | 開 | 六三哿 | | | 端去開歌果一 | 丁佐 | 端開 1 | 當蓋 | 溪上開歌果一 | 枯我 |
| 25137 | 17 正 | 62 | 224 | 袉 | 坦 | 可 | 透 | 上 | 開 | 六三哿 | | 表中字頭作訑，韻目中沒收此字 | 定上開歌果一 | 徒可 | 透開 1 | 他但 | 溪上開歌果一 | 枯我 |
| 25139 | 17 正 | | 225 | 拕 | 坦 | 可 | 透 | 上 | 開 | 六三哿 | 平上兩讀注在彼 | 表中字頭作訑，韻目中沒收此字 | 定上開歌果一 | 徒可 | 透開 1 | 他但 | 溪上開歌果一 | 枯我 |
| 25142 | 17 正 | | 226 | 哆 | 坦 | 可 | 透 | 上 | 開 | 六三哿 | | 表中字頭作訑，韻目中沒收此字 | 端上開歌果一 | 丁可 | 透開 1 | 他但 | 溪上開歌果一 | 枯我 |
| 25144 | 17 正 | 63 | 227 | **砢** | 朗 | 可 | 賚 | 上 | 開 | 六三哿 | | | 來上開歌果一 | 來可 | 來開 1 | 盧黨 | 溪上開歌果一 | 枯我 |
| 25145 | 17 正 | 64 | 228 | 鮺* | 諍 | 可 | 照 | 上 | 開 | 六三哿 | 鮺俗有鮺鮓 | | 莊上開麻假二 | 側下 | 莊開 2 | 側迸 | 溪上開歌果一 | 枯我 |
| 25146 | 17 正 | 65 | 229 | 𠂇 | 宰 | 可 | 井 | 上 | 開 | 六三哿 | | | 精上開歌果一 | 臧可 | 精開 1 | 作亥 | 溪上開歌果一 | 枯我 |
| 25147 | 17 正 | 66 | 230 | **鬌** | 粲 | 可 | 淨 | 上 | 開 | 六三哿 | 平上兩讀注在彼 | | 清上開歌果一 | 千可 | 清開 1 | 蒼案 | 溪上開歌果一 | 枯我 |
| 25149 | 17 正 | | 231 | 槎 | 粲 | 可 | 淨 | 上 | 開 | 六三哿 | 平上兩讀注在彼 | | 崇上開麻假二 | 士下 | 清開 1 | 蒼案 | 溪上開歌果一 | 枯我 |
| 25151 | 17 正 | 67 | 232 | **我** | 傲 | 可 | 我 | 上 | 開 | 六三哿 | | | 疑上開歌果一 | 五可 | 疑開 1 | 五到 | 溪上開歌果一 | 枯我 |
| 25152 | 17 正 | | 233 | 騀 | 傲 | 可 | 我 | 上 | 開 | 六三哿 | | | 疑上開歌果一 | 五可 | 疑開 1 | 五到 | 溪上開歌果一 | 枯我 |
| 25153 | 17 正 | | 234 | 轙 | 傲 | 可 | 我 | 上 | 開 | 六三哿 | 平上兩讀 | | 疑上開支止重三 | 魚倚 | 疑開 1 | 五到 | 溪上開歌果一 | 枯我 |
| 25155 | 17 正 | 68 | 235 | **罷** | 倍 | 可 | 並 | 上 | 開 | 六三哿 | 平上兩讀注在彼 | | 並上開支止重三 | 皮彼 | 並開 1 | 薄亥 | 溪上開歌果一 | 枯我 |
| 25158 | 17 正 | 69 | 236 | **果** | 古 | 瑣 | 見 | 上 | 合 | 六四果 | | | 見上合戈果一 | 古火 | 見合 1 | 公戶 | 心上合戈果一 | 蘇果 |
| 25159 | 17 正 | | 237 | 裸 | 古 | 瑣 | 見 | 上 | 合 | 六四果 | | | 見去合桓山一 | 古玩 | 見合 1 | 公戶 | 心上合戈果一 | 蘇果 |
| 25160 | 17 正 | | 238 | 淉* | 古 | 瑣 | 見 | 上 | 合 | 六四果 | | | 見上合戈果一 | 古火 | 見合 1 | 公戶 | 心上合戈果一 | 蘇果 |
| 25161 | 17 正 | | 239 | 裹 | 古 | 瑣 | 見 | 上 | 合 | 六四果 | | | 見上合戈果一 | 古火 | 見合 1 | 公戶 | 心上合戈果一 | 蘇果 |
| 25163 | 17 正 | | 240 | 蠣* | 古 | 瑣 | 見 | 上 | 合 | 六四果 | | | 見上合戈果一 | 古火 | 見合 1 | 公戶 | 心上合戈果一 | 蘇果 |
| 25164 | 17 正 | | 241 | 冎 | 古 | 瑣 | 見 | 上 | 合 | 六四果 | | | 見上合麻假二 | 古瓦 | 見合 1 | 公戶 | 心上合戈果一 | 蘇果 |
| 25165 | 17 正 | | 242 | 丫 | 古 | 瑣 | 見 | 上 | 合 | 六四果 | 十六部十七部兩讀 | | 見上合麻假二 | 古瓦 | 見合 1 | 公戶 | 心上合戈果一 | 蘇果 |
| 25167 | 17 正 | 70 | 243 | 敤 | 曠 | 瑣 | 起 | 上 | 合 | 六四果 | | | 溪去合戈果一 | 苦臥 | 溪合 1 | 苦謗 | 心上合戈果一 | 蘇果 |
| 25169 | 17 正 | | 244 | 稞 | 曠 | 瑣 | 起 | 上 | 合 | 六四果 | | | 溪平合戈果一 | 苦禾 | 溪合 1 | 苦謗 | 心上合戈果一 | 蘇果 |

| 韻字編號 | 部序 | 組數 | 字數 | 韻字及何氏反切 | | | 韻字何氏音 | | | | 何萱注釋 | 備注 | 韻字中古音 | | 上字中古音 | | 下字中古音 | |
|---|---|---|---|---|---|---|---|---|---|---|---|---|---|---|---|---|---|---|
| | | | | 韻字 | 上字 | 下字 | 聲 | 調 | 呼 | 韻部 | | | 聲調呼韻攝等 | 反切 | 聲呼等 | 反切 | 聲調呼韻攝等 | 反切 |
| 25170 | 17 正 | | 245 | **顆** | 曠 | 瑣 | 起 | 上 | 合 | 六四果 | | | 溪上合戈果一 | 苦果 | 溪合 1 | 苦謗 | 心上合戈果一 | 蘇果 |
| 25171 | 17 正 | | 246 | 午 | 曠 | 瑣 | 起 | 上 | 合 | 六四果 | | | 溪去合麻假二 | 苦化 | 溪合 1 | 苦謗 | 心上合戈果一 | 蘇果 |
| 25172 | 17 正 | 71 | 247 | **婐** | 甕 | 果 | 影 | 上 | 合 | 六四果 | | | 影上合戈果一 | 烏果 | 影合 1 | 烏貢 | 見上合戈果一 | 古火 |
| 25174 | 17 正 | | 248 | 瘍 | 甕 | 果 | 影 | 上 | 合 | 六四果 | | | 云上合支止三 | 韋委 | 影合 1 | 烏貢 | 見上合戈果一 | 古火 |
| 25175 | 17 正 | | 249 | 蔿 | 甕 | 果 | 影 | 上 | 合 | 六四果 | | | 云上合支止三 | 韋委 | 影合 1 | 烏貢 | 見上合戈果一 | 古火 |
| 25176 | 17 正 | | 250 | 闖 | 甕 | 果 | 影 | 上 | 合 | 六四果 | | | 云上合支止三 | 韋委 | 影合 1 | 烏貢 | 見上合戈果一 | 古火 |
| 25177 | 17 正 | | 251 | 薳 | 甕 | 果 | 影 | 上 | 合 | 六四果 | | | 云上合支止三 | 韋委 | 影合 1 | 烏貢 | 見上合戈果一 | 古火 |
| 25178 | 17 正 | | 252 | 瓦 | 甕 | 果 | 影 | 上 | 合 | 六四果 | | | 疑上合麻假二 | 五寡 | 影合 1 | 烏貢 | 見上合戈果一 | 古火 |
| 25180 | 17 正 | 72 | 253 | 夥 | 會 | 瑣 | 曉 | 上 | 合 | 六四果 | 錁或作夥 | | 匣上合戈果一 | 胡果 | 匣合 1 | 黄外 | 心上合戈果一 | 蘇果 |
| 25181 | 17 正 | | 254 | **踝** | 會 | 瑣 | 曉 | 上 | 合 | 六四果 | | | 匣上合麻假二 | 胡瓦 | 匣合 1 | 黄外 | 心上合戈果一 | 蘇果 |
| 25182 | 17 正 | | 255 | 鯉 | 會 | 瑣 | 曉 | 上 | 合 | 六四果 | | | 匣上合麻假二 | 胡瓦 | 匣合 1 | 黄外 | 心上合戈果一 | 蘇果 |
| 25183 | 17 正 | | 256 | 娛 | 會 | 瑣 | 曉 | 上 | 合 | 六四果 | | | 匣上合麻假二 | 胡瓦 | 匣合 1 | 黄外 | 心上合戈果一 | 蘇果 |
| 25184 | 17 正 | | 257 | 猧 | 會 | 瑣 | 曉 | 上 | 合 | 六四果 | | | 匣上合戈果一 | 胡果 | 匣合 1 | 黄外 | 心上合戈果一 | 蘇果 |
| 25185 | 17 正 | | 258 | 禍 | 會 | 瑣 | 曉 | 上 | 合 | 六四果 | | | 匣上合戈果一 | 胡果 | 匣合 1 | 黄外 | 心上合戈果一 | 蘇果 |
| 25186 | 17 正 | 73 | 259 | **朵** | 董 | 瑣 | 短 | 上 | 合 | 六四果 | | | 端上合戈果一 | 丁果 | 端合 1 | 多動 | 心上合戈果一 | 蘇果 |
| 25187 | 17 正 | | 260 | 娱 | 董 | 瑣 | 短 | 上 | 合 | 六四果 | | | 端去合戈果一 | 都唾 | 端合 1 | 多動 | 心上合戈果一 | 蘇果 |
| 25188 | 17 正 | | 261 | 垛 | 董 | 瑣 | 短 | 上 | 合 | 六四果 | | | 定上合戈果一 | 徒果 | 端合 1 | 多動 | 心上合戈果一 | 蘇果 |
| 25189 | 17 正 | | 262 | 埵* | 董 | 瑣 | 短 | 上 | 合 | 六四果 | | | 端上合戈果一 | 都果 | 端合 1 | 多動 | 心上合戈果一 | 蘇果 |
| 25192 | 17 正 | | 263 | 鬌 | 董 | 瑣 | 短 | 上 | 合 | 六四果 | | | 端上合戈果一 | 丁果 | 端合 1 | 多動 | 心上合戈果一 | 蘇果 |
| 25193 | 17 正 | | 264 | 綵 | 董 | 瑣 | 短 | 上 | 合 | 六四果 | 十四部平十七部仄兩讀注在彼 | | 端上合戈果一 | 丁果 | 端合 1 | 多動 | 心上合戈果一 | 蘇果 |
| 25197 | 17 正 | | 265 | 椯 g* | 董 | 瑣 | 短 | 上 | 合 | 六四果 | | | 端上合戈果一 | 都果 | 端合 1 | 多動 | 心上合戈果一 | 蘇果 |
| 25198 | 17 正 | 74 | 266 | 隋 | 杜 | 瑣 | 透 | 上 | 合 | 六四果 | | | 透上合戈果一 | 他果 | 定合 1 | 徒古 | 心上合戈果一 | 蘇果 |
| 25199 | 17 正 | | 267 | **憜** | 杜 | 瑣 | 透 | 上 | 合 | 六四果 | | | 定上合戈果一 | 徒果 | 定合 1 | 徒古 | 心上合戈果一 | 蘇果 |
| 25200 | 17 正 | | 268 | 嫷 | 杜 | 瑣 | 透 | 上 | 合 | 六四果 | | | 透上合戈果一 | 他果 | 定合 1 | 徒古 | 心上合戈果一 | 蘇果 |
| 25202 | 17 正 | | 269 | 隓 | 杜 | 瑣 | 透 | 上 | 合 | 六四果 | | | 定上合戈果一 | 徒果 | 定合 1 | 徒古 | 心上合戈果一 | 蘇果 |

| 韻字編號 | 部序 | 組數 | 字數 | 韻字及何氏反切 | | | 韻字何氏音 | | | | 何萱注釋 | 備　注 | 韻字中古音 | | 上字中古音 | | 下字中古音 | |
|---|---|---|---|---|---|---|---|---|---|---|---|---|---|---|---|---|---|---|
| | | | | 韻字 | 上字 | 下字 | 聲 | 調 | 呼 | 韻部 | | | 聲調呼韻攝等 | 反切 | 聲呼等 | 反切 | 聲調呼韻攝等 | 反切 |
| 25203 | 17 正 | | 270 | 橢 | 杜 | 瑣 | 透 | 上 | 合 | 六四果 | | | 透上合戈果一 | 他果 | 定合 1 | 徒古 | 心上合戈果一 | 蘇果 |
| 25204 | 17 正 | | 271 | 鏞 | 杜 | 瑣 | 透 | 上 | 合 | 六四果 | | | 定上合灰蟹一 | 徒猥 | 定合 1 | 徒古 | 心上合戈果一 | 蘇果 |
| 25205 | 17 正 | | 272 | 鰖 | 杜 | 瑣 | 透 | 上 | 合 | 六四果 | | | 定上合戈果一 | 徒果 | 定合 1 | 徒古 | 心上合戈果一 | 蘇果 |
| 25207 | 17 正 | | 273 | 陊 | 杜 | 瑣 | 透 | 上 | 合 | 六四果 | | | 定上開歌果一 | 徒可 | 定合 1 | 徒古 | 心上合戈果一 | 蘇果 |
| 25209 | 17 正 | | 274 | 妥 | 杜 | 瑣 | 透 | 上 | 合 | 六四果 | | | 透上合戈果一 | 他果 | 定合 1 | 徒古 | 心上合戈果一 | 蘇果 |
| 25210 | 17 正 | 75 | 275 | 娜 | 煗 | 果 | 乃 | 上 | 合 | 六四果 | 婀俗有娜 | | 泥上開歌果一 | 奴可 | 泥合 1 | 乃管 | 見上合戈果一 | 古火 |
| 25211 | 17 正 | | 276 | 餒 | 煗 | 果 | 乃 | 上 | 合 | 六四果 | | | 泥上合灰蟹一 | 奴罪 | 泥合 1 | 乃管 | 見上合戈果一 | 古火 |
| 25212 | 17 正 | 76 | 277 | **蓏** | 磊 | 果 | 賚 | 上 | 合 | 六四果 | | | 來上合戈果一 | 郎果 | 來合 1 | 落猥 | 見上合戈果一 | 古火 |
| 25213 | 17 正 | | 278 | 羸** | 磊 | 果 | 賚 | 上 | 合 | 六四果 | | 玉篇：郎戈郎果二切 | 來上合戈果一 | 郎果 | 來合 1 | 落猥 | 見上合戈果一 | 古火 |
| 25214 | 17 正 | | 279 | 蠃 | 磊 | 果 | 賚 | 上 | 合 | 六四果 | | | 來上合戈果一 | 郎果 | 來合 1 | 落猥 | 見上合戈果一 | 古火 |
| 25215 | 17 正 | | 280 | 廲 | 磊 | 果 | 賚 | 上 | 合 | 六四果 | | | 來去合戈果一 | 魯過 | 來合 1 | 落猥 | 見上合戈果一 | 古火 |
| 25219 | 17 正 | | 281 | 臝 | 磊 | 果 | 賚 | 上 | 合 | 六四果 | 殰或作臝 | | 來去合戈果一 | 魯過 | 來合 1 | 落猥 | 見上合戈果一 | 古火 |
| 25220 | 17 正 | | 282 | 羸 | 磊 | 果 | 賚 | 上 | 合 | 六四果 | 平上兩讀義分 | | 來上合戈果一 | 郎果 | 來合 1 | 落猥 | 見上合戈果一 | 古火 |
| 25222 | 17 正 | 77 | 283 | 捶 | 壯 | 瑣 | 照 | 上 | 合 | 六四果 | | | 章上合支止三 | 之累 | 莊開 3 | 側亮 | 心上合戈果一 | 蘇果 |
| 25223 | 17 正 | | 284 | **箠** | 壯 | 瑣 | 照 | 上 | 合 | 六四果 | | | 章上合支止三 | 之累 | 莊開 3 | 側亮 | 心上合戈果一 | 蘇果 |
| 25224 | 17 正 | | 285 | 騒 | 壯 | 瑣 | 照 | 上 | 合 | 六四果 | | | 章上合支止三 | 之累 | 莊開 3 | 側亮 | 心上合戈果一 | 蘇果 |
| 25226 | 17 正 | | 286 | 邅 | 壯 | 瑣 | 照 | 上 | 合 | 六四果 | | | 知去合虞遇三 | 中句 | 莊開 3 | 側亮 | 心上合戈果一 | 蘇果 |
| 25229 | 17 正 | 78 | 287 | **隳*** | 爽 | 果 | 審 | 上 | 合 | 六四果 | | | 來上合灰蟹一 | 魯猥 | 生開 3 | 踈兩 | 見上合戈果一 | 古火 |
| 25230 | 17 正 | 79 | 288 | **厄** | 五 | 果 | 我 | 上 | 合 | 六四果 | | | 影入開麥梗二 | 於革 | 疑合 1 | 疑古 | 見上合戈果一 | 古火 |
| 25231 | 17 正 | 80 | 289 | 貟 | 巽 | 果 | 信 | 上 | 合 | 六四果 | | | 心上合戈果一 | 蘇果 | 心合 1 | 蘇困 | 見上合戈果一 | 古火 |
| 25232 | 17 正 | | 290 | **瑣** | 巽 | 果 | 信 | 上 | 合 | 六四果 | | | 心上合戈果一 | 蘇果 | 心合 1 | 蘇困 | 見上合戈果一 | 古火 |
| 25233 | 17 正 | | 291 | 麬 | 巽 | 果 | 信 | 上 | 合 | 六四果 | | | 心上合戈果一 | 蘇果 | 心合 1 | 蘇困 | 見上合戈果一 | 古火 |
| 25234 | 17 正 | | 292 | 貟 | 巽 | 果 | 信 | 上 | 合 | 六四果 | | | 心去合戈果一 | 先臥 | 心合 1 | 蘇困 | 見上合戈果一 | 古火 |
| 25235 | 17 正 | | 293 | 溑 | 巽 | 果 | 信 | 上 | 合 | 六四果 | | | 心上合戈果一 | 蘇果 | 心合 1 | 蘇困 | 見上合戈果一 | 古火 |
| 25236 | 17 正 | 81 | 294 | 彼 | 貝 | 果 | 謗 | 上 | 合 | 六四果 | | 韻目歸入巽果切，據副編加貝果切 | 幫上開支止重三 | 甫委 | 幫開 1 | 博蓋 | 見上合戈果一 | 古火 |

| 韻字編號 | 部序 | 組數 | 字數 | 韻字及何氏反切 | | | 韻字何氏音 | | | | 何萱注釋 | 備注 | 韻字中古音 | | 上字中古音 | | 下字中古音 | |
|---|---|---|---|---|---|---|---|---|---|---|---|---|---|---|---|---|---|---|
| | | | | 韻字 | 上字 | 下字 | 聲 | 調 | 呼 | 韻部 | | | 聲調呼韻攝等 | 反切 | 聲呼等 | 反切 | 聲調呼韻攝等 | 反切 |
| 25237 | 17 正 | | 295 | 跛 | 貝 | 果 | 謗 | 上 | 合 | 六四果 | 彼俗有跛 | 韻目歸入巽果切，據副編加貝果切 | 幫上合戈果一 | 布火 | 幫開 1 | 博蓋 | 見上合戈果一 | 古火 |
| 25239 | 17 正 | | 296 | 彼* | 貝 | 果 | 謗 | 上 | 合 | 六四果 | 彼俗有跛 | 韻目歸入巽果切，據副編加貝果切 | 幫去合戈果一 | 補過 | 幫開 1 | 博蓋 | 見上合戈果一 | 古火 |
| 25240 | 17 正 | | 297 | 柀 | 貝 | 果 | 謗 | 上 | 合 | 六四果 | | 韻目歸入巽果切，據副編加貝果切 | 幫上開支止重三 | 甫委 | 幫開 1 | 博蓋 | 見上合戈果一 | 古火 |
| 25242 | 17 正 | | 298 | **簸** | 貝 | 果 | 謗 | 上 | 合 | 六四果 | | 韻目歸入巽果切，表中作謗母字頭，據副編加貝果切 | 幫去合戈果一 | 補過 | 幫開 1 | 博蓋 | 見上合戈果一 | 古火 |
| 25243 | 17 正 | 82 | 299 | 頗 | 佩 | 果 | 並 | 上 | 合 | 六四果 | 平上兩讀注在彼 | | 滂上合戈果一 | 普火 | 並合 1 | 蒲昧 | 見上合戈果一 | 古火 |
| 25246 | 17 正 | | 300 | **駊** | 佩 | 果 | 並 | 上 | 合 | 六四果 | | | 滂上合戈果一 | 普火 | 並合 1 | 蒲昧 | 見上合戈果一 | 古火 |
| 25248 | 17 正 | 83 | 301 | **靡** | 昧 | 瑣 | 命 | 上 | 合 | 六四果 | | | 明上開支止重三 | 文彼 | 明合 1 | 莫佩 | 心上合戈果一 | 蘇果 |
| 25249 | 17 正 | | 302 | 髍 | 昧 | 瑣 | 命 | 上 | 合 | 六四果 | 髍或作廳麼。平上兩讀注在彼 | 據平聲讀音里的何注，此處取麼廣韻音 | 明上合戈果一 | 亡果 | 明合 1 | 莫佩 | 心上合戈果一 | 蘇果 |
| 25250 | 17 正 | 84 | 303 | **掎** | 竟 | 妓 | 見 | 上 | 齊 | 六五掎 | | | 見上開支止重三 | 居綺 | 見開 3 | 居慶 | 昌上開支止三 | 尺氏 |
| 25251 | 17 正 | | 304 | 踦 | 竟 | 妓 | 見 | 上 | 齊 | 六五掎 | 平上兩讀 | 據何氏注，還應有此一讀。據踦的廣韻音，增加在竟妓切，六五掎小韻中 | 見上開支止重三 | 居綺 | 見開 3 | 居慶 | 昌上開支止三 | 尺氏 |
| 25252 | 17 正 | | 305 | 剞 | 竟 | 妓 | 見 | 上 | 齊 | 六五掎 | | | 見上開支止重三 | 居綺 | 見開 3 | 居慶 | 昌上開支止三 | 尺氏 |
| 25253 | 17 正 | 85 | 306 | **綺** | 儉 | 妓 | 起 | 上 | 齊 | 六五掎 | | 韻目歸入竟妓切，表中作起母字頭，據副編加儉妓切 | 溪上開支止重三 | 墟彼 | 群開重 3 | 巨險 | 昌上開支止三 | 尺氏 |

| 韻字編號 | 部序 | 組數 | 字數 | 韻字及何氏反切 | | | 韻字何氏音 | | | | 何萱注釋 | 備注 | 韻字中古音 | | 上字中古音 | | 下字中古音 | |
|---|---|---|---|---|---|---|---|---|---|---|---|---|---|---|---|---|---|---|
| | | | | 韻字 | 上字 | 下字 | 聲 | 調 | 呼 | 韻部 | | | 聲調呼韻攝等 | 反切 | 聲呼等 | 反切 | 聲調呼韻攝等 | 反切 |
| 25254 | 17 正 | 86 | 307 | 也 | 漾 | 妼 | 影 | 上 | 齊 | 六五掎 | 十六部十七部兩讀。萱按也又見十六部，與矣音義皆同，矣在一部，異部同音也 | 這里有一個異部同音問題。筆者理解的異部同音就是古音不同部，但在何氏的語音中已同音 | 以上開麻假三 | 羊者 | 以開 3 | 餘亮 | 昌上開支止三 | 尺氏 |
| 25256 | 17 正 | | 308 | 虵 | 漾 | 妼 | 影 | 上 | 齊 | 六五掎 | 十六部十七部兩見 | 缺 16 部 | 以上開支止三 | 移爾 | 以開 3 | 餘亮 | 昌上開支止三 | 尺氏 |
| 25258 | 17 正 | | 309 | 酏 | 漾 | 妼 | 影 | 上 | 齊 | 六五掎 | 十六部十七部兩讀 | 缺 16 部 | 以上開支止三 | 移爾 | 以開 3 | 餘亮 | 昌上開支止三 | 尺氏 |
| 25260 | 17 正 | | 310 | **倚** | 漾 | 妼 | 影 | 上 | 齊 | 六五掎 | | | 影上開支止重三 | 於綺 | 以開 3 | 餘亮 | 昌上開支止三 | 尺氏 |
| 25261 | 17 正 | | 311 | 輢 | 漾 | 妼 | 影 | 上 | 齊 | 六五掎 | | | 影上開支止重三 | 於綺 | 以開 3 | 餘亮 | 昌上開支止三 | 尺氏 |
| 25263 | 17 正 | 87 | 312 | 誃 | 寵 | 掎 | 助 | 上 | 齊 | 六五掎 | | | 昌上開支止三 | 尺氏 | 徹合 3 | 丑隴 | 見上開支止重三 | 居綺 |
| 25265 | 17 正 | | 313 | 妼 | 寵 | 掎 | 助 | 上 | 齊 | 六五掎 | | | 昌上開支止三 | 尺氏 | 徹合 3 | 丑隴 | 見上開支止重三 | 居綺 |
| 25267 | 17 正 | | 314 | 侈 | 寵 | 掎 | 助 | 上 | 齊 | 六五掎 | | | 昌上開支止三 | 尺氏 | 徹合 3 | 丑隴 | 見上開支止重三 | 居綺 |
| 25268 | 17 正 | | 315 | 庈 | 寵 | 掎 | 助 | 上 | 齊 | 六五掎 | | | 昌上開支止三 | 尺氏 | 徹合 3 | 丑隴 | 見上開支止重三 | 居綺 |
| 25269 | 17 正 | | 316 | **袳** | 寵 | 掎 | 助 | 上 | 齊 | 六五掎 | | | 昌上開支止三 | 尺氏 | 徹合 3 | 丑隴 | 見上開支止重三 | 居綺 |
| 25270 | 17 正 | | 317 | 垑 | 寵 | 掎 | 助 | 上 | 齊 | 六五掎 | | | 昌上開支止三 | 尺氏 | 徹合 3 | 丑隴 | 見上開支止重三 | 居綺 |
| 25271 | 17 正 | | 318 | 烙 | 寵 | 掎 | 助 | 上 | 齊 | 六五掎 | | | 昌上開支止三 | 尺氏 | 徹合 3 | 丑隴 | 見上開支止重三 | 居綺 |
| 25272 | 17 正 | | 319 | 鉹 | 寵 | 掎 | 助 | 上 | 齊 | 六五掎 | | | 昌上開支止三 | 尺氏 | 徹合 3 | 丑隴 | 見上開支止重三 | 居綺 |
| 25276 | 17 正 | | 320 | 杝 | 寵 | 掎 | 助 | 上 | 齊 | 六五掎 | 平上兩讀注在彼 | | 徹上開支止三 | 敕豸 | 徹合 3 | 丑隴 | 見上開支止重三 | 居綺 |
| 25277 | 17 正 | | 321 | 阤 | 寵 | 掎 | 助 | 上 | 齊 | 六五掎 | 平上兩讀 | | 澄上開支止三 | 池爾 | 徹合 3 | 丑隴 | 見上開支止重三 | 居綺 |
| 25279 | 17 正 | 88 | 322 | **齮** | 仰 | 妼 | 我 | 上 | 齊 | 六五掎 | | | 疑上開支止重三 | 魚倚 | 疑開 3 | 魚兩 | 昌上開支止三 | 尺氏 |
| 25280 | 17 正 | | 323 | 錡 | 仰 | 妼 | 我 | 上 | 齊 | 六五掎 | 平上兩讀注在彼 | | 疑上開支止重三 | 魚倚 | 疑開 3 | 魚兩 | 昌上開支止三 | 尺氏 |
| 25283 | 17 正 | | 324 | 檥 | 仰 | 妼 | 我 | 上 | 齊 | 六五掎 | 平上兩讀注在彼 | | 疑上開支止重三 | 魚倚 | 疑開 3 | 魚兩 | 昌上開支止三 | 尺氏 |
| 25286 | 17 正 | 89 | 325 | **灺** | 想 | 妼 | 信 | 上 | 齊 | 六五掎 | | | 邪上開麻假三 | 徐野 | 心開 3 | 息兩 | 昌上開支止三 | 尺氏 |

| 韻字編號 | 部序 | 組數 | 字數 | 韻字及何氏反切 | | | 韻字何氏音 | | | | 何萱注釋 | 備　注 | 韻字中古音 | | 上字中古音 | | 下字中古音 | |
|---|---|---|---|---|---|---|---|---|---|---|---|---|---|---|---|---|---|---|
| | | | | 韻字 | 上字 | 下字 | 聲 | 調 | 呼 | 韻部 | | | 聲調呼韻攝等 | 反切 | 聲呼等 | 反切 | 聲調呼韻攝等 | 反切 |
| 25287 | 17 正 | 90 | 326 | **䝿** | 去 | 蘤 | 起 | 上 | 撮 | 六六䝿 | | | 溪上開齊蟹四 | 康禮 | 溪合 3 | 丘倨 | 以上合支止三 | 羊捶 |
| 25288 | 17 正 | 91 | 327 | 蘤 | 永 | 䝿 | 影 | 上 | 撮 | 六六䝿 | | | 以上合支止三 | 羊捶 | 云合 3 | 于憬 | 溪上開齊蟹四 | 康禮 |
| 25290 | 17 正 | | 328 | **豶** | 永 | 䝿 | 影 | 上 | 撮 | 六六䝿 | | | 以上合支止三 | 羊捶 | 云合 3 | 于憬 | 溪上開齊蟹四 | 康禮 |
| 25292 | 17 正 | 92 | 329 | **䉤*** | 選 | 䝿 | 信 | 上 | 撮 | 六六䝿 | | | 心上合支止三 | 選委 | 心合 3 | 蘇管 | 溪上開齊蟹四 | 康禮 |
| 25293 | 17 正 | 93 | 330 | 癉 | 帶 | 賀 | 短 | 去 | 開 | 六七賀 | | 據玉篇丁佐切音，增此一讀 | 端去開歌果一 | 丁佐 | 端開 1 | 當蓋 | 匣去開歌果一 | 胡箇 |
| 25294 | 17 正 | 94 | 331 | 賀 | 海 | 㸰 | 曉 | 去 | 開 | 六七賀 | | | 匣去開歌果一 | 胡箇 | 曉開 1 | 呼改 | 精去開歌果一 | 子賀 |
| 25295 | 17 正 | | 332 | **地** | 海 | 㸰 | 曉 | 去 | 開 | 六七賀 | 十六部十七部兩讀 | 韻目歸入海㸰切，表中作透母字頭 | 定去開脂止三 | 徒四 | 曉開 1 | 呼改 | 精去開歌果一 | 子賀 |
| 25296 | 17 正 | 95 | 333 | **左** | 宰 | 㸰 | 井 | 去 | 開 | 六七賀 | | 韻目歸入海㸰切，表中作井母字頭 | 精去開歌果一 | 則箇 | 精開 1 | 作亥 | 精去開歌果一 | 子賀 |
| 25299 | 17 正 | | 334 | 㸰* | 宰 | 㸰 | 井 | 去 | 開 | 六七賀 | | | 精去開歌果一 | 子賀 | 精開 1 | 作亥 | 精去開歌果一 | 子賀 |
| 25300 | 17 正 | 96 | 335 | **瘥** | 餐 | 賀 | 淨 | 去 | 開 | 六七賀 | 平去兩讀注在彼 | 正文切上字作粲 | 初去開佳蟹二 | 楚懈 | 清開 1 | 七安 | 匣去開歌果一 | 胡箇 |
| 25303 | 17 正 | 97 | 336 | **餓** | 傲 | 賀 | 我 | 去 | 開 | 六七賀 | | | 疑去開歌果一 | 五个 | 疑開 1 | 五到 | 匣去開歌果一 | 胡箇 |
| 25304 | 17 正 | 98 | 337 | **課** | 曠 | 貨 | 起 | 去 | 合 | 六八課 | | | 溪去合戈果一 | 苦臥 | 溪合 1 | 苦謗 | 曉去合戈果一 | 呼臥 |
| 25305 | 17 正 | | 338 | 髁 | 曠 | 貨 | 起 | 去 | 合 | 六八課 | | | 溪去合戈果一 | 苦臥 | 溪合 1 | 苦謗 | 曉去合戈果一 | 呼臥 |
| 25308 | 17 正 | 99 | 339 | **爲** | 甕 | 課 | 影 | 去 | 合 | 六八課 | 平去兩讀義分 | | 云去合支止三 | 于偽 | 影合 1 | 烏貢 | 溪去合戈果一 | 苦臥 |
| 25310 | 17 正 | 100 | 340 | 譌 | 會 | 課 | 曉 | 去 | 合 | 六八課 | | | 曉去合麻假二 | 呼霸 | 匣合 1 | 黃外 | 溪去合戈果一 | 苦臥 |
| 25312 | 17 正 | | 341 | 匕 | 會 | 課 | 曉 | 去 | 合 | 六八課 | | | 曉去合麻假二 | 呼霸 | 匣合 1 | 黃外 | 溪去合戈果一 | 苦臥 |
| 25313 | 17 正 | | 342 | 化 | 會 | 課 | 曉 | 去 | 合 | 六八課 | | | 曉去合麻假二 | 呼霸 | 匣合 1 | 黃外 | 溪去合戈果一 | 苦臥 |
| 25314 | 17 正 | | 343 | **貨** | 會 | 課 | 曉 | 去 | 合 | 六八課 | | | 曉去合戈果一 | 呼臥 | 匣合 1 | 黃外 | 溪去合戈果一 | 苦臥 |
| 25315 | 17 正 | | 344 | 傀 | 會 | 課 | 曉 | 去 | 合 | 六八課 | | | 曉去合麻假二 | 呼霸 | 匣合 1 | 黃外 | 溪去合戈果一 | 苦臥 |
| 25317 | 17 正 | | 345 | 齔 | 會 | 課 | 曉 | 去 | 合 | 六八課 | | | 初上開真臻三 | 初謹 | 匣合 1 | 黃外 | 溪去合戈果一 | 苦臥 |
| 25318 | 17 正 | | 346 | 魤 | 會 | 課 | 曉 | 去 | 合 | 六八課 | | | 曉去合麻假二 | 呼霸 | 匣合 1 | 黃外 | 溪去合戈果一 | 苦臥 |

| 韻字編號 | 部序 | 組數 | 字數 | 韻字及何氏反切 | | | 韻字何氏音 | | | | 何萱注釋 | 備注 | 韻字中古音 | | 上字中古音 | | 下字中古音 | |
|---|---|---|---|---|---|---|---|---|---|---|---|---|---|---|---|---|---|---|
| | | | | 韻字 | 上字 | 下字 | 聲 | 調 | 呼 | 韻部 | | | 聲調呼韻攝等 | 反切 | 聲呼等 | 反切 | 聲調呼韻攝等 | 反切 |
| 25319 | 17 正 | 101 | 347 | **稽** | 杜 | 課 | 透 | 去 | 合 | 六八課 | | | 定去合戈果一 | 徒臥 | 定合 1 | 徒古 | 溪去合戈果一 | 苦臥 |
| 25320 | 17 正 | | 348 | 唾 | 杜 | 課 | 透 | 去 | 合 | 六八課 | 或涶。涶平去兩見異字 | 與涶異讀 | 透去合戈果一 | 湯臥 | 定合 1 | 徒古 | 溪去合戈果一 | 苦臥 |
| 25321 | 17 正 | 102 | 349 | **贏** | 磊 | 課 | 賚 | 去 | 合 | 六八課 | | | 來去合戈果一 | 魯過 | 來合 1 | 落猥 | 溪去合戈果一 | 苦臥 |
| 25322 | 17 正 | | 350 | 纝 | 磊 | 課 | 賚 | 去 | 合 | 六八課 | | | 來去合戈果一 | 魯過 | 來合 1 | 落猥 | 溪去合戈果一 | 苦臥 |
| 25323 | 17 正 | 103 | 351 | **溠** | 壯 | 課 | 照 | 去 | 合 | 六八課 | | | 莊去開麻假二 | 側駕 | 莊開 3 | 側亮 | 溪去合戈果一 | 苦臥 |
| 25326 | 17 正 | | 352 | 諈 | 壯 | 課 | 照 | 去 | 合 | 六八課 | | | 知去合支止三 | 竹恚 | 莊開 3 | 側亮 | 溪去合戈果一 | 苦臥 |
| 25327 | 17 正 | | 353 | 娷 | 壯 | 課 | 照 | 去 | 合 | 六八課 | | | 知去合支止三 | 竹恚 | 莊開 3 | 側亮 | 溪去合戈果一 | 苦臥 |
| 25328 | 17 正 | 104 | 354 | **甀*** | 蠢 | 課 | 助 | 去 | 合 | 六八課 | | | 澄去合支止三 | 馳僞 | 昌合 3 | 尺尹 | 溪去合戈果一 | 苦臥 |
| 25329 | 17 正 | | 355 | 籥 | 蠢 | 課 | 助 | 去 | 合 | 六八課 | 平去兩讀義分 | | 昌去合支止三 | 尺僞 | 昌合 3 | 尺尹 | 溪去合戈果一 | 苦臥 |
| 25331 | 17 正 | 105 | 356 | **睡** | 爽 | 課 | 審 | 去 | 合 | 六八課 | | | 禪去合支止三 | 是僞 | 生開 3 | 疎兩 | 溪去合戈果一 | 苦臥 |
| 25332 | 17 正 | | 357 | 甀 | 爽 | 課 | 審 | 去 | 合 | 六八課 | | | 禪去合支止三 | 是僞 | 生開 3 | 疎兩 | 溪去合戈果一 | 苦臥 |
| 25333 | 17 正 | 106 | 358 | 侳 | 纂 | 課 | 井 | 去 | 合 | 六八課 | | | 精去合戈果一 | 則臥 | 精合 1 | 作管 | 溪去合戈果一 | 苦臥 |
| 25334 | 17 正 | | 359 | **挫** | 纂 | 課 | 井 | 去 | 合 | 六八課 | | | 精去合戈果一 | 則臥 | 精合 1 | 作管 | 溪去合戈果一 | 苦臥 |
| 25335 | 17 正 | 107 | 360 | 坐 | 措 | 課 | 淨 | 去 | 合 | 六八課 | | | 從上合戈果一 | 徂果 | 清合 1 | 倉故 | 溪去合戈果一 | 苦臥 |
| 25336 | 17 正 | | 361 | **坐** | 措 | 課 | 淨 | 去 | 合 | 六八課 | | | 從去合戈果一 | 徂臥 | 清合 1 | 倉故 | 溪去合戈果一 | 苦臥 |
| 25337 | 17 正 | | 362 | 剉 | 措 | 課 | 淨 | 去 | 合 | 六八課 | | | 清去合戈果一 | 麤臥 | 清合 1 | 倉故 | 溪去合戈果一 | 苦臥 |
| 25338 | 17 正 | | 363 | 莝 | 措 | 課 | 淨 | 去 | 合 | 六八課 | | | 清去合戈果一 | 麤臥 | 清合 1 | 倉故 | 溪去合戈果一 | 苦臥 |
| 25339 | 17 正 | 108 | 364 | **臥** | 五 | 課 | 我 | 去 | 合 | 六八課 | | | 疑去合戈果一 | 吾貨 | 疑合 1 | 疑古 | 溪去合戈果一 | 苦臥 |
| 25340 | 17 正 | | 365 | 偽 | 五 | 課 | 我 | 去 | 合 | 六八課 | | | 疑去合支止重三 | 危睡 | 疑合 1 | 疑古 | 溪去合戈果一 | 苦臥 |
| 25341 | 17 正 | 109 | 366 | 譒 | 貝 | 課 | 謗 | 去 | 合 | 六八課 | | | 幫去合戈果一 | 補過 | 幫開 1 | 博蓋 | 溪去合戈果一 | 苦臥 |
| 25342 | 17 正 | | 367 | **播** | 貝 | 課 | 謗 | 去 | 合 | 六八課 | | | 幫去合戈果一 | 補過 | 幫開 1 | 博蓋 | 溪去合戈果一 | 苦臥 |
| 25343 | 17 正 | 110 | 368 | **破** | 佩 | 課 | 並 | 去 | 合 | 六八課 | | | 滂去合戈果一 | 普過 | 並合 1 | 蒲昧 | 溪去合戈果一 | 苦臥 |
| 25344 | 17 正 | 111 | 369 | **磨** | 昧 | 課 | 命 | 去 | 合 | 六八課 | | 韻目歸入佩課切，表中作命母字頭，據副編加昧課切 | 明去合戈果一 | 模臥 | 明合 1 | 莫佩 | 溪去合戈果一 | 苦臥 |

| 韻字編號 | 部序 | 組數 | 字數 | 韻字及何氏反切 | | | 韻字何氏音 | | | | 何萱注釋 | 備注 | 韻字中古音 | | 上字中古音 | | 下字中古音 | |
|---|---|---|---|---|---|---|---|---|---|---|---|---|---|---|---|---|---|---|
| | | | | 韻字 | 上字 | 下字 | 聲 | 調 | 呼 | 韻部 | | | 聲調呼韻攝等 | 反切 | 聲呼等 | 反切 | 聲調呼韻攝等 | 反切 |
| 25346 | 17 正 | | 370 | 礳 | 味 | 課 | 命 | 去 | 合 | 六八課 | 平去兩見 | 韻目歸入佩課切，據副編加味課切 | 明去合戈果一 | 模臥 | 明合 1 | 莫佩 | 溪去合戈果一 | 苦臥 |
| 25348 | 17 正 | 112 | 371 | **駕** | 竟 | 刅 | 見 | 去 | 齊 | 六九駕 | | 原作刅 | 見去開麻假二 | 古訝 | 見開 3 | 居慶 | 昌去開支止三 | 充豉 |
| 25349 | 17 正 | | 372 | 枷 g* | 竟 | 刅 | 見 | 去 | 齊 | 六九駕 | 平去兩讀注在彼 | 原作刅 | 見去開麻假二 | 居訝 | 見開 3 | 居慶 | 昌去開支止三 | 充豉 |
| 25350 | 17 正 | | 373 | 寄 | 竟 | 刅 | 見 | 去 | 齊 | 六九駕 | | 原作刅 | 見去開支止重三 | 居義 | 見開 3 | 居慶 | 昌去開支止三 | 充豉 |
| 25351 | 17 正 | 113 | 374 | **倚** | 儉 | 駕 | 起 | 去 | 齊 | 六九駕 | | | 影去開支止重三 | 於義 | 群開重 3 | 巨險 | 見去開麻假二 | 古訝 |
| 25354 | 17 正 | | 375 | 徛 | 儉 | 駕 | 起 | 去 | 齊 | 六九駕 | 平去兩讀注在彼 | 廣韻另一讀為見母去聲 | 群上開支止重三 | 渠綺 | 群開重 3 | 巨險 | 見去開麻假二 | 古訝 |
| 25356 | 17 正 | | 376 | 騎 | 儉 | 駕 | 起 | 去 | 齊 | 六九駕 | 平去兩讀義分 | | 群去開支止重三 | 奇寄 | 群開重 3 | 巨險 | 見去開麻假二 | 古訝 |
| 25358 | 17 正 | 114 | 377 | 刅 | 寵 | 駕 | 助 | 去 | 齊 | 六九駕 | | | 昌去開支止三 | 充豉 | 徹合 3 | 丑隴 | 見去開麻假二 | 古訝 |
| 25359 | 17 正 | 115 | 378 | **誼** | 仰 | 駕 | 我 | 去 | 齊 | 六九駕 | | | 疑去開支止重三 | 宜寄 | 疑開 3 | 魚兩 | 見去開麻假二 | 古訝 |
| 25360 | 17 正 | | 379 | 義 | 仰 | 駕 | 我 | 去 | 齊 | 六九駕 | | | 疑去開支止重三 | 宜寄 | 疑開 3 | 魚兩 | 見去開麻假二 | 古訝 |
| 25361 | 17 正 | | 380 | 議 | 仰 | 駕 | 我 | 去 | 齊 | 六九駕 | | | 疑去開支止重三 | 宜寄 | 疑開 3 | 魚兩 | 見去開麻假二 | 古訝 |
| 25362 | 17 正 | 116 | 381 | **詖** | 丙 | 駕 | 謗 | 去 | 齊 | 六九駕 | | | 幫去開支止重三 | 彼義 | 幫開 3 | 兵永 | 見去開麻假二 | 古訝 |
| 25364 | 17 正 | | 382 | 賥 | 丙 | 駕 | 謗 | 去 | 齊 | 六九駕 | | | 幫去開支止重三 | 彼義 | 幫開 3 | 兵永 | 見去開麻假二 | 古訝 |
| 25368 | 17 正 | | 383 | 披 g* | 丙 | 駕 | 謗 | 去 | 齊 | 六九駕 | 平去兩讀注在彼 | | 幫去開支止重三 | 彼義 | 幫開 3 | 兵永 | 見去開麻假二 | 古訝 |
| 25370 | 17 正 | 117 | 384 | 髲 | 品 | 駕 | 並 | 去 | 齊 | 六九駕 | | | 並去開支止重三 | 平義 | 滂開重 3 | 丕飲 | 見去開麻假二 | 古訝 |
| 25371 | 17 正 | | 385 | **被** | 品 | 駕 | 並 | 去 | 齊 | 六九駕 | | | 並去開支止重三 | 平義 | 滂開重 3 | 丕飲 | 見去開麻假二 | 古訝 |
| 25373 | 17 正 | | 386 | 帔 | 品 | 駕 | 並 | 去 | 齊 | 六九駕 | | | 滂去開支止重三 | 披義 | 滂開重 3 | 丕飲 | 見去開麻假二 | 古訝 |
| 25375 | 17 正 | | 387 | 鞁 | 品 | 駕 | 並 | 去 | 齊 | 六九駕 | | | 並去開支止重三 | 平義 | 滂開重 3 | 丕飲 | 見去開麻假二 | 古訝 |
| 25376 | 17 正 | 118 | 388 | **瞡** | 眷 | 譼 | 見 | 去 | 撮 | 七十瞡 | | | 見去合支止重三 | 詭偽 | 見合重 3 | 居倦 | 曉平合支止重四 | 許規 |
| 25378 | 17 正 | 119 | 389 | **貤** | 永 | 譼 | 影 | 去 | 撮 | 七十瞡 | | | 以去開支止三 | 以豉 | 云合 3 | 于憬 | 曉平合支止重四 | 許規 |
| 25380 | 17 正 | 120 | 390 | **戲** | 許 | 譼 | 曉 | 去 | 撮 | 七十瞡 | 平去兩讀義別 | | 曉去開支止重三 | 香義 | 曉合 3 | 虛呂 | 曉平合支止重四 | 許規 |
| 25382 | 17 正 | 121 | 391 | **譼** | 選 | 貤 | 信 | 去 | 撮 | 七十瞡 | | | 曉平合支止重四 | 許規 | 心合 3 | 蘇管 | 以去開支止三 | 以豉 |

## 第十七部副編

| 韻字編號 | 部序 | 組數 | 字數 | 韻字及何氏反切 | | | 韻字何氏音 | | | | 何萱注釋 | 備　注 | 韻字中古音 | | 上字中古音 | | 下字中古音 | |
|---|---|---|---|---|---|---|---|---|---|---|---|---|---|---|---|---|---|---|
| | | | | 韻字 | 上字 | 下字 | 聲 | 調 | 呼 | 韻部 | | | 聲調呼韻攝等 | 反切 | 聲呼等 | 反切 | 聲調呼韻攝等 | 反切 |
| 25383 | 17 副 | 1 | 1 | 牁 | 艮 | 多 | 見 | 陰平 | 開 | 六八柯 | | | 見平開歌果一 | 古俄 | 見開 1 | 古恨 | 端平開歌果一 | 得何 |
| 25384 | 17 副 | | 2 | 猲 | 艮 | 多 | 見 | 陰平 | 開 | 六八柯 | | | 見平開麻假二 | 古牙 | 見開 1 | 古恨 | 端平開歌果一 | 得何 |
| 25385 | 17 副 | | 3 | 蚵** | 艮 | 多 | 見 | 陰平 | 開 | 六八柯 | | 玉篇：音哥 | 見平開歌果一 | 古俄 | 見開 1 | 古恨 | 端平開歌果一 | 得何 |
| 25386 | 17 副 | | 4 | 菏* | 艮 | 多 | 見 | 陰平 | 開 | 六八柯 | | | 見平開歌果一 | 居何 | 見開 1 | 古恨 | 端平開歌果一 | 得何 |
| 25387 | 17 副 | | 5 | 甋* | 艮 | 多 | 見 | 陰平 | 開 | 六八柯 | | | 見平開歌果一 | 居何 | 見開 1 | 古恨 | 端平開歌果一 | 得何 |
| 25388 | 17 副 | 2 | 6 | 珂 | 侃 | 多 | 起 | 陰平 | 開 | 六八柯 | | 韻目歸入艮多切，表中作起母字頭。正文作侃多切 | 溪平開歌果一 | 苦何 | 溪開 1 | 空旱 | 端平開歌果一 | 得何 |
| 25389 | 17 副 | | 7 | 齣 | 侃 | 多 | 起 | 陰平 | 開 | 六八柯 | | 韻目歸入艮多切。正文作侃多切 | 溪平開麻假二 | 苦加 | 溪開 1 | 空旱 | 端平開歌果一 | 得何 |
| 25390 | 17 副 | | 8 | 䵆 | 侃 | 多 | 起 | 陰平 | 開 | 六八柯 | | 韻目歸入艮多切。正文作侃多切 | 溪平開麻假二 | 苦加 | 溪開 1 | 空旱 | 端平開歌果一 | 得何 |
| 25391 | 17 副 | | 9 | 歌* | 侃 | 多 | 起 | 陰平 | 開 | 六八柯 | | 韻目歸入艮多切。正文作侃多切 | 溪平開歌果一 | 丘何 | 溪開 1 | 空旱 | 端平開歌果一 | 得何 |
| 25392 | 17 副 | 3 | 10 | 錒 | 案 | 多 | 影 | 陰平 | 開 | 六八柯 | | | 影平開歌果一 | 烏何 | 影開 1 | 烏旰 | 端平開歌果一 | 得何 |
| 25393 | 17 副 | | 11 | 䋍 | 案 | 多 | 影 | 陰平 | 開 | 六八柯 | | | 影平開歌果一 | 烏何 | 影開 1 | 烏旰 | 端平開歌果一 | 得何 |
| 25394 | 17 副 | | 12 | 屙** | 案 | 多 | 影 | 陰平 | 開 | 六八柯 | | | 影平開歌果一 | 烏何 | 影開 1 | 烏旰 | 端平開歌果一 | 得何 |
| 25395 | 17 副 | | 13 | 漪 | 案 | 多 | 影 | 陰平 | 開 | 六八柯 | | | 影平開支止重三 | 於離 | 影開 1 | 烏旰 | 端平開歌果一 | 得何 |
| 25396 | 17 副 | | 14 | 犄 | 案 | 多 | 影 | 陰平 | 開 | 六八柯 | | | 影平開支止重三 | 於離 | 影開 1 | 烏旰 | 端平開歌果一 | 得何 |
| 25397 | 17 副 | 4 | 15 | 訶 | 海 | 歌 | 曉 | 陰平 | 開 | 六八柯 | | 原入案多切，據正編改為海歌切 | 曉平開歌果一 | 虎何 | 曉開 1 | 呼改 | 見平開歌果一 | 古俄 |
| 25398 | 17 副 | | 16 | 呿 | 海 | 歌 | 曉 | 陰平 | 開 | 六八柯 | | 原入案多切，據正編改為海歌切。集韻聲母為曉 | 溪平開歌果一 | 苦何 | 曉開 1 | 呼改 | 見平開歌果一 | 古俄 |
| 25399 | 17 副 | | 17 | 呵 | 海 | 歌 | 曉 | 陰平 | 開 | 六八柯 | | 原入案多切，據正編改為海歌切 | 曉平開歌果一 | 虎何 | 曉開 1 | 呼改 | 見平開歌果一 | 古俄 |

| 韻字編號 | 部序 | 組數 | 字數 | 韻字及何氏反切 | | | 韻字何氏音 | | | | 何萱注釋 | 備注 | 韻字中古音 | | 上字中古音 | | 下字中古音 | |
|---|---|---|---|---|---|---|---|---|---|---|---|---|---|---|---|---|---|---|
| | | | | 韻字 | 上字 | 下字 | 聲 | 調 | 呼 | 韻部 | | | 聲調呼韻攝等 | 反切 | 聲呼等 | 反切 | 聲調呼韻攝等 | 反切 |
| 25401 | 17副 | 5 | 18 | 袤* | 帶 | 多 | 短 | 陰平 | 開 | 六八柯 | | 上字原為案，誤，改為帶。下字正編為歌。集韻原作戈，誤，改為歌 | 端平開歌果一 | 當何 | 端開1 | 當蓋 | 端平開歌果一 | 得何 |
| 25402 | 17副 | 6 | 19 | 鮀 | 坦 | 多 | 透 | 陰平 | 開 | 六八柯 | | 上字原為案，誤，改為坦 | 定平開歌果一 | 徒河 | 透開1 | 他但 | 端平開歌果一 | 得何 |
| 25404 | 17副 | | 20 | 鼧* | 坦 | 多 | 透 | 陰平 | 開 | 六八柯 | | 上字原為案，誤，改為坦。集韻原作戈，誤，改為歌 | 透平開歌果一 | 湯河 | 透開1 | 他但 | 端平開歌果一 | 得何 |
| 25405 | 17副 | | 21 | 吔** | 坦 | 多 | 透 | 陰平 | 開 | 六八柯 | | 上字原為案，誤，改為坦 | 透平開歌果一 | 吐多 | 透開1 | 他但 | 端平開歌果一 | 得何 |
| 25407 | 17副 | 7 | 22 | 膠 | 諍 | 多 | 照 | 陰平 | 開 | 六八柯 | | | 知去開麻假二 | 陟駕 | 莊開2 | 側迸 | 端平開歌果一 | 得何 |
| 25408 | 17副 | | 23 | 䅥* | 諍 | 多 | 照 | 陰平 | 開 | 六八柯 | | | 知平開麻假二 | 陟加 | 莊開2 | 側迸 | 端平開歌果一 | 得何 |
| 25411 | 17副 | 8 | 24 | 暆* | 茝 | 多 | 助 | 陰平 | 開 | 六八柯 | | | 徹平開支止三 | 抽知 | 昌開1 | 昌紿 | 端平開歌果一 | 得何 |
| 25412 | 17副 | | 25 | 黐 | 茝 | 多 | 助 | 陰平 | 開 | 六八柯 | | | 徹平開支止三 | 丑知 | 昌開1 | 昌紿 | 端平開歌果一 | 得何 |
| 25414 | 17副 | | 26 | 螭 | 茝 | 多 | 助 | 陰平 | 開 | 六八柯 | | | 徹平開支止三 | 丑知 | 昌開1 | 昌紿 | 端平開歌果一 | 得何 |
| 25415 | 17副 | | 27 | 鎈 | 茝 | 多 | 助 | 陰平 | 開 | 六八柯 | | | 初平開麻假二 | 初牙 | 昌開1 | 昌紿 | 端平開歌果一 | 得何 |
| 25416 | 17副 | | 28 | 剗 | 茝 | 多 | 助 | 陰平 | 開 | 六八柯 | | | 初平開麻假二 | 初牙 | 昌開1 | 昌紿 | 端平開歌果一 | 得何 |
| 25418 | 17副 | 9 | 29 | 搓 | 餐 | 多 | 淨 | 陰平 | 開 | 六八柯 | | 正編切上字作粲 | 清平開歌果一 | 七何 | 清開1 | 七安 | 端平開歌果一 | 得何 |
| 25420 | 17副 | | 30 | 蹉 | 餐 | 多 | 淨 | 陰平 | 開 | 六八柯 | | | 清平開歌果一 | 七何 | 清開1 | 七安 | 端平開歌果一 | 得何 |
| 25422 | 17副 | | 31 | 磋 | 餐 | 多 | 淨 | 陰平 | 開 | 六八柯 | | | 清平開歌果一 | 七何 | 清開1 | 七安 | 端平開歌果一 | 得何 |
| 25425 | 17副 | 10 | 32 | 抄 | 散 | 多 | 信 | 陰平 | 開 | 六八柯 | | | 心平開歌果一 | 素何 | 心開1 | 蘇旱 | 端平開歌果一 | 得何 |
| 25426 | 17副 | | 33 | 靿 | 散 | 多 | 信 | 陰平 | 開 | 六八柯 | | | 心平開歌果一 | 素何 | 心開1 | 蘇旱 | 端平開歌果一 | 得何 |
| 25428 | 17副 | | 34 | 桬 | 散 | 多 | 信 | 陰平 | 開 | 六八柯 | | | 生平開麻假二 | 所加 | 心開1 | 蘇旱 | 端平開歌果一 | 得何 |
| 25429 | 17副 | | 35 | 莎 | 散 | 多 | 信 | 陰平 | 開 | 六八柯 | | | 心平開歌果一 | 素何 | 心開1 | 蘇旱 | 端平開歌果一 | 得何 |
| 25430 | 17副 | | 36 | 騗* | 散 | 多 | 信 | 陰平 | 開 | 六八柯 | | 地位按騗 | 心平開歌果一 | 桑何 | 心開1 | 蘇旱 | 端平開歌果一 | 得何 |

| 韻字編號 | 部序 | 組數 | 字數 | 韻字及何氏反切 | | | 韻字何氏音 | | | | 何萱注釋 | 備　注 | 韻字中古音 | | 上字中古音 | | 下字中古音 | |
|---|---|---|---|---|---|---|---|---|---|---|---|---|---|---|---|---|---|---|
| | | | | 韻字 | 上字 | 下字 | 聲 | 調 | 呼 | 韻部 | | | 聲調呼韻攝等 | 反切 | 聲呼等 | 反切 | 聲調呼韻攝等 | 反切 |
| 25431 | 17 副 | | 37 | 些 | 散 | 多 | 信 | 陰平 | 開 | 六八柯 | | 17 部出現了兩次。此處的些沒有任何解釋。查廣韻確有平聲一讀，很可能是何氏讀音中有平聲，但他認為古音中沒有，所以列在此卻無釋義 | 心平開麻假三 | 寫邪 | 心開 1 | 蘇旱 | 端平開歌果一 | 得何 |
| 25434 | 17 副 | | 38 | 桬 | 散 | 多 | 信 | 陰平 | 開 | 六八柯 | | | 心平開麻假三 | 思嗟 | 心開 1 | 蘇旱 | 端平開歌果一 | 得何 |
| 25435 | 17 副 | 11 | 39 | 翗** | 侃 | 河 | 起 | 陽平 | 開 | 六八柯 | | 韻目下字作何 | 群平開歌果一 | 巨何 | 溪開 1 | 空旱 | 匣平開歌果一 | 胡歌 |
| 25436 | 17 副 | 12 | 40 | 魺 | 海 | 羅 | 曉 | 陽平 | 開 | 六八柯 | | | 匣平開歌果一 | 胡歌 | 曉開 1 | 呼改 | 來平開歌果一 | 魯何 |
| 25437 | 17 副 | | 41 | 蚵 | 海 | 羅 | 曉 | 陽平 | 開 | 六八柯 | | | 匣平開歌果一 | 胡歌 | 曉開 1 | 呼改 | 來平開歌果一 | 魯何 |
| 25439 | 17 副 | | 42 | 訶* | 海 | 羅 | 曉 | 陽平 | 開 | 六八柯 | | 地位按訶 | 匣平開歌果一 | 寒歌 | 曉開 1 | 呼改 | 來平開歌果一 | 魯何 |
| 25441 | 17 副 | 13 | 43 | 砣* | 坦 | 羅 | 透 | 陽平 | 開 | 六八柯 | | | 定平開歌果一 | 唐何 | 透開 1 | 他但 | 來平開歌果一 | 魯何 |
| 25442 | 17 副 | | 44 | 痆* | 坦 | 羅 | 透 | 陽平 | 開 | 六八柯 | | | 定平開歌果一 | 唐何 | 透開 1 | 他但 | 來平開歌果一 | 魯何 |
| 25443 | 17 副 | | 45 | 跎 | 坦 | 羅 | 透 | 陽平 | 開 | 六八柯 | | | 定平開歌果一 | 徒河 | 透開 1 | 他但 | 來平開歌果一 | 魯何 |
| 25444 | 17 副 | | 46 | 迱 | 坦 | 羅 | 透 | 陽平 | 開 | 六八柯 | | | 定平開歌果一 | 徒河 | 透開 1 | 他但 | 來平開歌果一 | 魯何 |
| 25445 | 17 副 | | 47 | 軺 | 坦 | 羅 | 透 | 陽平 | 開 | 六八柯 | | | 定平開歌果一 | 徒河 | 透開 1 | 他但 | 來平開歌果一 | 魯何 |
| 25446 | 17 副 | | 48 | 舵 | 坦 | 羅 | 透 | 陽平 | 開 | 六八柯 | 平上兩讀。玉篇舟部。舵柁同字可兩讀不可劃分。玉篇舵平柁上殊不必 | 與柁異讀 | 定上開歌果一 | 徒可 | 透開 1 | 他但 | 來平開歌果一 | 魯何 |
| 25447 | 17 副 | | 49 | 酡 | 坦 | 羅 | 透 | 陽平 | 開 | 六八柯 | | | 定平開歌果一 | 徒河 | 透開 1 | 他但 | 來平開歌果一 | 魯何 |
| 25448 | 17 副 | | 50 | 紽 | 坦 | 羅 | 透 | 陽平 | 開 | 六八柯 | | | 定平開歌果一 | 徒河 | 透開 1 | 他但 | 來平開歌果一 | 魯何 |
| 25449 | 17 副 | | 51 | 饚 | 坦 | 羅 | 透 | 陽平 | 開 | 六八柯 | | | 定平開歌果一 | 徒河 | 透開 1 | 他但 | 來平開歌果一 | 魯何 |

| 韻字編號 | 部序 | 組數 | 字數 | 韻字及何氏反切 | | | 韻字何氏音 | | | | 何萱注釋 | 備　注 | 韻字中古音 | | 上字中古音 | | 下字中古音 | |
|---|---|---|---|---|---|---|---|---|---|---|---|---|---|---|---|---|---|---|
| | | | | 韻字 | 上字 | 下字 | 聲 | 調 | 呼 | 韻部 | | | 聲調呼韻攝等 | 反切 | 聲呼等 | 反切 | 聲調呼韻攝等 | 反切 |
| 25450 | 17 副 | | 52 | 鞑* | 坦 | 羅 | 透 | 陽平 | 開 | 六八柯 | | 韻目作鮀。集韻原作戈，誤，改為歌 | 定平開歌果一 | 唐何 | 透開 1 | 他但 | 來平開歌果一 | 魯何 |
| 25451 | 17 副 | | 53 | 鴕* | 坦 | 羅 | 透 | 陽平 | 開 | 六八柯 | | 集韻原作戈，誤，改為歌 | 定平開歌果一 | 唐何 | 透開 1 | 他但 | 來平開歌果一 | 魯何 |
| 25453 | 17 副 | | 54 | 佗 | 坦 | 羅 | 透 | 陽平 | 開 | 六八柯 | | 與 17 正完全同音，但意思有差別，所以保留 | 透平開歌果一 | 託何 | 透開 1 | 他但 | 來平開歌果一 | 魯何 |
| 25454 | 17 副 | | 55 | 牠 | 坦 | 羅 | 透 | 陽平 | 開 | 六八柯 | | | 定平合戈果一 | 徒和 | 透開 1 | 他但 | 來平開歌果一 | 魯何 |
| 25456 | 17 副 | | 56 | 狏 | 坦 | 羅 | 透 | 陽平 | 開 | 六八柯 | | | 定平開歌果一 | 徒河 | 透開 1 | 他但 | 來平開歌果一 | 魯何 |
| 25457 | 17 副 | | 57 | 鼉 | 坦 | 羅 | 透 | 陽平 | 開 | 六八柯 | | | 定平開歌果一 | 徒河 | 透開 1 | 他但 | 來平開歌果一 | 魯何 |
| 25458 | 17 副 | 14 | 58 | 難 | 曩 | 河 | 乃 | 陽平 | 開 | 六八柯 | | 上字韻目作向，誤 | 泥平開歌果一 | 諾何 | 泥開 1 | 奴亥 | 匣平開歌果一 | 胡歌 |
| 25459 | 17 副 | | 59 | 難* | 曩 | 河 | 乃 | 陽平 | 開 | 六八柯 | 或作哪 | 上字韻目作向，誤 | 泥平開歌果一 | 囊何 | 泥開 1 | 奴朗 | 匣平開歌果一 | 胡歌 |
| 25460 | 17 副 | | 60 | 腪 | 曩 | 河 | 乃 | 陽平 | 開 | 六八柯 | 雜骨醬，玉篇。萱按：此蓋臡腝之俗字耳，在此非也，當附十四部臡腝下 | 上字韻目作向，誤。依何氏注，此條當移至 14 部。查 14 部已有腪字，此處可刪。玉篇丁安切。何氏為什麼還放在這裏，待考 | 端平開寒山一 | 都寒 | 泥開 1 | 奴朗 | 匣平開歌果一 | 胡歌 |
| 25461 | 17 副 | | 61 | 犻 | 曩 | 河 | 乃 | 陽平 | 開 | 六八柯 | | 上字韻目作向，誤 | 泥平開歌果一 | 諾何 | 泥開 1 | 奴朗 | 匣平開歌果一 | 胡歌 |
| 25462 | 17 副 | | 62 | 那* | 曩 | 河 | 乃 | 陽平 | 開 | 六八柯 | | 上字韻目作向，誤 | 泥平開歌果一 | 囊何 | 泥開 1 | 奴朗 | 匣平開歌果一 | 胡歌 |

| 韻字編號 | 部序 | 組數 | 字數 | 韻字及何氏反切 | | | 韻字何氏音 | | | | 何萱注釋 | 備　注 | 韻字中古音 | | 上字中古音 | | 下字中古音 | |
|---|---|---|---|---|---|---|---|---|---|---|---|---|---|---|---|---|---|---|
| | | | | 韻字 | 上字 | 下字 | 聲 | 調 | 呼 | 韻部 | | | 聲調呼韻攝等 | 反切 | 聲呼等 | 反切 | 聲調呼韻攝等 | 反切 |
| 25463 | 17 副 | | 63 | 哪* | 曩 | 河 | 乃 | 陽平 | 開 | 六八柯 | | 上字韻目作向，誤 | 泥平開歌果一 | 囊何 | 泥開 1 | 奴朗 | 匣平開歌果一 | 胡歌 |
| 25466 | 17 副 | | 64 | 梛* | 曩 | 河 | 乃 | 陽平 | 開 | 六八柯 | | 上字韻目作向，誤 | 泥平開歌果一 | 囊何 | 泥開 1 | 奴朗 | 匣平開歌果一 | 胡歌 |
| 25467 | 17 副 | 15 | 65 | 囉 | 朗 | 河 | 賚 | 陽平 | 開 | 六八柯 | | | 來平開歌果一 | 魯何 | 來開 1 | 盧黨 | 匣平開歌果一 | 胡歌 |
| 25468 | 17 副 | | 66 | 攞 | 朗 | 河 | 賚 | 陽平 | 開 | 六八柯 | | | 來上開歌果一 | 來可 | 來開 1 | 盧黨 | 匣平開歌果一 | 胡歌 |
| 25469 | 17 副 | | 67 | 儸 | 朗 | 河 | 賚 | 陽平 | 開 | 六八柯 | | | 來平開歌果一 | 魯何 | 來開 1 | 盧黨 | 匣平開歌果一 | 胡歌 |
| 25470 | 17 副 | | 68 | 孋* | 朗 | 河 | 賚 | 陽平 | 開 | 六八柯 | | | 來平開歌果一 | 良何 | 來開 1 | 盧黨 | 匣平開歌果一 | 胡歌 |
| 25471 | 17 副 | | 69 | 饠 | 朗 | 河 | 賚 | 陽平 | 開 | 六八柯 | | | 來平開歌果一 | 魯何 | 來開 1 | 盧黨 | 匣平開歌果一 | 胡歌 |
| 25472 | 17 副 | | 70 | 鑼 | 朗 | 河 | 賚 | 陽平 | 開 | 六八柯 | | | 來平開歌果一 | 魯何 | 來開 1 | 盧黨 | 匣平開歌果一 | 胡歌 |
| 25473 | 17 副 | | 71 | 籮 | 朗 | 河 | 賚 | 陽平 | 開 | 六八柯 | | | 來平開歌果一 | 魯何 | 來開 1 | 盧黨 | 匣平開歌果一 | 胡歌 |
| 25474 | 17 副 | | 72 | 欏 | 朗 | 河 | 賚 | 陽平 | 開 | 六八柯 | | | 來平開歌果一 | 魯何 | 來開 1 | 盧黨 | 匣平開歌果一 | 胡歌 |
| 25475 | 17 副 | | 73 | 羅* | 朗 | 河 | 賚 | 陽平 | 開 | 六八柯 | | | 來平開歌果一 | 良何 | 來開 1 | 盧黨 | 匣平開歌果一 | 胡歌 |
| 25476 | 17 副 | | 74 | 羅 | 朗 | 河 | 賚 | 陽平 | 開 | 六八柯 | | | 來平開歌果一 | 魯何 | 來開 1 | 盧黨 | 匣平開歌果一 | 胡歌 |
| 25477 | 17 副 | | 75 | 鑼* | 朗 | 河 | 賚 | 陽平 | 開 | 六八柯 | | | 來平開歌果一 | 良何 | 來開 1 | 盧黨 | 匣平開歌果一 | 胡歌 |
| 25478 | 17 副 | | 76 | 褵** | 朗 | 河 | 賚 | 陽平 | 開 | 六八柯 | | | 來平開之止三 | 力之 | 來開 1 | 盧黨 | 匣平開歌果一 | 胡歌 |
| 25479 | 17 副 | | 77 | 慲 | 朗 | 河 | 賚 | 陽平 | 開 | 六八柯 | | | 來平開支止三 | 呂支 | 來開 1 | 盧黨 | 匣平開歌果一 | 胡歌 |
| 25481 | 17 副 | | 78 | 鄬* | 朗 | 河 | 賚 | 陽平 | 開 | 六八柯 | | | 來平開支止三 | 鄰知 | 來開 1 | 盧黨 | 匣平開歌果一 | 胡歌 |
| 25482 | 17 副 | | 79 | 璃 | 朗 | 河 | 賚 | 陽平 | 開 | 六八柯 | | | 來平開支止三 | 呂支 | 來開 1 | 盧黨 | 匣平開歌果一 | 胡歌 |
| 25483 | 17 副 | | 80 | 黐* | 朗 | 河 | 賚 | 陽平 | 開 | 六八柯 | | | 來平開支止三 | 鄰知 | 來開 1 | 盧黨 | 匣平開歌果一 | 胡歌 |
| 25484 | 17 副 | | 81 | 膔* | 朗 | 河 | 賚 | 陽平 | 開 | 六八柯 | | | 來平開支止三 | 鄰知 | 來開 1 | 盧黨 | 匣平開歌果一 | 胡歌 |
| 25485 | 17 副 | | 82 | 樆 | 朗 | 河 | 賚 | 陽平 | 開 | 六八柯 | | | 來平開支止三 | 呂支 | 來開 1 | 盧黨 | 匣平開歌果一 | 胡歌 |
| 25486 | 17 副 | | 83 | 糲* | 朗 | 河 | 賚 | 陽平 | 開 | 六八柯 | | | 來平開支止三 | 鄰知 | 來開 1 | 盧黨 | 匣平開歌果一 | 胡歌 |
| 25487 | 17 副 | | 84 | 穲 | 朗 | 河 | 賚 | 陽平 | 開 | 六八柯 | | | 來平開支止三 | 呂支 | 來開 1 | 盧黨 | 匣平開歌果一 | 胡歌 |
| 25488 | 17 副 | | 85 | 穲* | 朗 | 河 | 賚 | 陽平 | 開 | 六八柯 | | | 來平開脂止三 | 良脂 | 來開 1 | 盧黨 | 匣平開歌果一 | 胡歌 |
| 25489 | 17 副 | | 86 | 篱 | 朗 | 河 | 賚 | 陽平 | 開 | 六八柯 | | | 來平開支止三 | 呂支 | 來開 1 | 盧黨 | 匣平開歌果一 | 胡歌 |

| 韻字編號 | 部序 | 組數 | 字數 | 韻字及何氏反切 | | | 韻字何氏音 | | | | 何萱注釋 | 備　注 | 韻字中古音 | | 上字中古音 | | 下字中古音 | |
|---|---|---|---|---|---|---|---|---|---|---|---|---|---|---|---|---|---|---|
| | | | | 韻字 | 上字 | 下字 | 聲 | 調 | 呼 | 韻部 | | | 聲調呼韻攝等 | 反切 | 聲呼等 | 反切 | 聲調呼韻攝等 | 反切 |
| 25491 | 17副 | | 87 | 𩰠 | 朗 | 河 | 賚 | 陽平 | 開 | 六八柯 | | | 來平開支止三 | 呂支 | 來開1 | 盧黨 | 匣平開歌果一 | 胡歌 |
| 25492 | 17副 | | 88 | 鸝 | 朗 | 河 | 賚 | 陽平 | 開 | 六八柯 | | | 來平開支止三 | 呂支 | 來開1 | 盧黨 | 匣平開歌果一 | 胡歌 |
| 25493 | 17副 | | 89 | 蠫 | 朗 | 河 | 賚 | 陽平 | 開 | 六八柯 | | | 來平開支止三 | 呂支 | 來開1 | 盧黨 | 匣平開歌果一 | 胡歌 |
| 25494 | 17副 | | 90 | 廲* | 朗 | 河 | 賚 | 陽平 | 開 | 六八柯 | | | 來平開支止三 | 鄰知 | 來開1 | 盧黨 | 匣平開歌果一 | 胡歌 |
| 25495 | 17副 | | 91 | 羅 | 朗 | 河 | 賚 | 陽平 | 開 | 六八柯 | | | 來平開支止三 | 呂支 | 來開1 | 盧黨 | 匣平開歌果一 | 胡歌 |
| 25496 | 17副 | | 92 | 灕 | 朗 | 河 | 賚 | 陽平 | 開 | 六八柯 | | | 來平開支止三 | 呂支 | 來開1 | 盧黨 | 匣平開歌果一 | 胡歌 |
| 25497 | 17副 | 16 | 93 | 訑 | 茝 | 羅 | 助 | 陽平 | 開 | 六八柯 | | | 澄平開支止三 | 直離 | 昌開1 | 昌紿 | 來平開歌果一 | 魯何 |
| 25498 | 17副 | | 94 | 齸 | 茝 | 羅 | 助 | 陽平 | 開 | 六八柯 | 齒斷也，廣韻 | 兩見都在十七部 | 澄平開支止三 | 直離 | 昌開1 | 昌紿 | 來平開歌果一 | 魯何 |
| 25499 | 17副 | | 95 | 𦨖g* | 茝 | 羅 | 助 | 陽平 | 開 | 六八柯 | | | 澄平開宵效三 | 馳遙 | 昌開1 | 昌紿 | 來平開歌果一 | 魯何 |
| 25501 | 17副 | 17 | 96 | 䑘 | 餐 | 河 | 淨 | 陽平 | 開 | 六八柯 | | 正編切上字作粲，正文也是 | 初去合脂止三 | 楚愧 | 清開1 | 七安 | 匣平開歌果一 | 胡歌 |
| 25503 | 17副 | | 97 | 醝 | 餐 | 河 | 淨 | 陽平 | 開 | 六八柯 | | 正編切上字作粲，正文也是 | 從平開歌果一 | 昨何 | 清開1 | 七安 | 匣平開歌果一 | 胡歌 |
| 25504 | 17副 | | 98 | 艖 | 餐 | 河 | 淨 | 陽平 | 開 | 六八柯 | | 正編切上字作粲，正文也是 | 從平開歌果一 | 昨何 | 清開1 | 七安 | 匣平開歌果一 | 胡歌 |
| 25506 | 17副 | | 99 | 𩮧* | 餐 | 河 | 淨 | 陽平 | 開 | 六八柯 | | 正編切上字作粲，正文也是 | 從平開歌果一 | 才何 | 清開1 | 七安 | 匣平開歌果一 | 胡歌 |
| 25507 | 17副 | | 100 | 蒫 | 餐 | 河 | 淨 | 陽平 | 開 | 六八柯 | | 正編切上字作粲，正文也是 | 從平開歌果一 | 昨何 | 清開1 | 七安 | 匣平開歌果一 | 胡歌 |
| 25510 | 17副 | | 101 | 䇥 | 餐 | 河 | 淨 | 陽平 | 開 | 六八柯 | 平上兩讀 | 正編切上字作粲，正文也是 | 從平開歌果一 | 昨何 | 清開1 | 七安 | 匣平開歌果一 | 胡歌 |
| 25512 | 17副 | 18 | 102 | 睋 | 傲 | 河 | 我 | 陽平 | 開 | 六八柯 | | | 疑平開歌果一 | 五何 | 疑開1 | 五到 | 匣平開歌果一 | 胡歌 |
| 25513 | 17副 | | 103 | 哦 | 傲 | 河 | 我 | 陽平 | 開 | 六八柯 | | | 疑平開歌果一 | 五何 | 疑開1 | 五到 | 匣平開歌果一 | 胡歌 |
| 25514 | 17副 | | 104 | 䄉 | 傲 | 河 | 我 | 陽平 | 開 | 六八柯 | | | 疑平開歌果一 | 五何 | 疑開1 | 五到 | 匣平開歌果一 | 胡歌 |
| 25515 | 17副 | | 105 | 䄉* | 傲 | 河 | 我 | 陽平 | 開 | 六八柯 | | | 疑平開歌果一 | 牛河 | 疑開1 | 五到 | 匣平開歌果一 | 胡歌 |
| 25516 | 17副 | | 106 | 珴* | 傲 | 河 | 我 | 陽平 | 開 | 六八柯 | | | 疑平開歌果一 | 牛河 | 疑開1 | 五到 | 匣平開歌果一 | 胡歌 |
| 25517 | 17副 | | 107 | 皒* | 傲 | 河 | 我 | 陽平 | 開 | 六八柯 | | | 疑平開歌果一 | 牛河 | 疑開1 | 五到 | 匣平開歌果一 | 胡歌 |

| 韻字編號 | 部序 | 組數 | 字數 | 韻字及何氏反切 | | | 韻字何氏音 | | | | 何萱注釋 | 備　注 | 韻字中古音 | | 上字中古音 | | 下字中古音 | |
|---|---|---|---|---|---|---|---|---|---|---|---|---|---|---|---|---|---|---|
| | | | | 韻字 | 上字 | 下字 | 聲 | 調 | 呼 | 韻部 | | | 聲調呼韻攝等 | 反切 | 聲呼等 | 反切 | 聲調呼韻攝等 | 反切 |
| 25518 | 17 副 | | 108 | 䂵 | 傲 | 河 | 我 | 陽平 | 開 | 六八柯 | | | 疑上開歌果一 | 五可 | 疑開 1 | 五到 | 匣平開歌果一 | 胡歌 |
| 25519 | 17 副 | 19 | 109 | 瞷* | 古 | 科 | 見 | 陰平 | 合 | 六九戈 | | | 見平合麻假二 | 姑華 | 見合 1 | 公戶 | 溪平合戈果一 | 苦禾 |
| 25520 | 17 副 | | 110 | 歄 | 古 | 科 | 見 | 陰平 | 合 | 六九戈 | | | 見平合佳蟹二 | 古蛙 | 見合 1 | 公戶 | 溪平合戈果一 | 苦禾 |
| 25521 | 17 副 | | 111 | 頢* | 古 | 科 | 見 | 陰平 | 合 | 六九戈 | | | 見平合麻假二 | 姑華 | 見合 1 | 公戶 | 溪平合戈果一 | 苦禾 |
| 25522 | 17 副 | | 112 | 瘑 | 古 | 科 | 見 | 陰平 | 合 | 六九戈 | | | 見平合戈果一 | 古禾 | 見合 1 | 公戶 | 溪平合戈果一 | 苦禾 |
| 25523 | 17 副 | | 113 | 踻* | 古 | 科 | 見 | 陰平 | 合 | 六九戈 | | | 見平合麻假二 | 姑華 | 見合 1 | 公戶 | 溪平合戈果一 | 苦禾 |
| 25524 | 17 副 | | 114 | 堝 | 古 | 科 | 見 | 陰平 | 合 | 六九戈 | | | 見平合戈果一 | 古禾 | 見合 1 | 公戶 | 溪平合戈果一 | 苦禾 |
| 25525 | 17 副 | | 115 | 嘓 | 古 | 科 | 見 | 陰平 | 合 | 六九戈 | | | 見平合戈果一 | 古禾 | 見合 1 | 公戶 | 溪平合戈果一 | 苦禾 |
| 25527 | 17 副 | | 116 | 鍋鳥* | 古 | 科 | 見 | 陰平 | 合 | 六九戈 | | | 見平合戈果一 | 古禾 | 見合 1 | 公戶 | 溪平合戈果一 | 苦禾 |
| 25528 | 17 副 | | 117 | 蝸 | 古 | 科 | 見 | 陰平 | 合 | 六九戈 | | | 見平合戈果一 | 古禾 | 見合 1 | 公戶 | 溪平合戈果一 | 苦禾 |
| 25530 | 17 副 | | 118 | 譌 | 古 | 科 | 見 | 陰平 | 合 | 六九戈 | | | 見平合佳蟹二 | 古蛙 | 見合 1 | 公戶 | 溪平合戈果一 | 苦禾 |
| 25531 | 17 副 | | 119 | 瘪 | 古 | 科 | 見 | 陰平 | 合 | 六九戈 | | | 見平合戈果一 | 古和 | 見合 1 | 公戶 | 溪平合戈果一 | 苦禾 |
| 25532 | 17 副 | | 120 | 婳* | 古 | 科 | 見 | 陰平 | 合 | 六九戈 | | | 見平合戈果一 | 古禾 | 見合 1 | 公戶 | 溪平合戈果一 | 苦禾 |
| 25533 | 17 副 | | 121 | 舸* | 古 | 科 | 見 | 陰平 | 合 | 六九戈 | | | 見平開歌果一 | 居何 | 見合 1 | 公戶 | 溪平合戈果一 | 苦禾 |
| 25534 | 17 副 | | 122 | 媧 | 古 | 科 | 見 | 陰平 | 合 | 六九戈 | | | 見平合戈果一 | 古禾 | 見合 1 | 公戶 | 溪平合戈果一 | 苦禾 |
| 25535 | 17 副 | | 123 | 茇* | 古 | 科 | 見 | 陰平 | 合 | 六九戈 | | | 見平合戈果一 | 古禾 | 見合 1 | 公戶 | 溪平合戈果一 | 苦禾 |
| 25536 | 17 副 | | 124 | 藒* | 古 | 科 | 見 | 陰平 | 合 | 六九戈 | | | 見平開麻假二 | 居牙 | 見合 1 | 公戶 | 溪平合戈果一 | 苦禾 |
| 25537 | 17 副 | 20 | 125 | 髃 | 曠 | 戈 | 起 | 陰平 | 合 | 六九戈 | | | 溪平合麻假二 | 苦瓜 | 溪合 1 | 苦謗 | 見平合戈果一 | 古禾 |
| 25538 | 17 副 | | 126 | 闆* | 曠 | 戈 | 起 | 陰平 | 合 | 六九戈 | | | 溪平合佳蟹二 | 空媧 | 溪合 1 | 苦謗 | 見平合戈果一 | 古禾 |
| 25539 | 17 副 | | 127 | 僫 | 曠 | 戈 | 起 | 陰平 | 合 | 六九戈 | | | 溪平合戈果一 | 苦禾 | 溪合 1 | 苦謗 | 見平合戈果一 | 古禾 |
| 25540 | 17 副 | | 128 | 絅** | 曠 | 戈 | 起 | 陰平 | 合 | 六九戈 | | | 溪平合戈果一 | 口和 | 溪合 1 | 苦謗 | 見平合戈果一 | 古禾 |
| 25541 | 17 副 | | 129 | 㪶 | 曠 | 戈 | 起 | 陰平 | 合 | 六九戈 | | | 溪平合戈果一 | 苦禾 | 溪合 1 | 苦謗 | 見平合戈果一 | 古禾 |
| 25542 | 17 副 | | 130 | 蝌 | 曠 | 戈 | 起 | 陰平 | 合 | 六九戈 | 蚪或書作蝌 | | 溪平合戈果一 | 苦禾 | 溪合 1 | 苦謗 | 見平合戈果一 | 古禾 |
| 25543 | 17 副 | | 131 | 萪 | 曠 | 戈 | 起 | 陰平 | 合 | 六九戈 | | | 溪平合戈果一 | 苦禾 | 溪合 1 | 苦謗 | 見平合戈果一 | 古禾 |
| 25544 | 17 副 | | 132 | 窠 | 曠 | 戈 | 起 | 陰平 | 合 | 六九戈 | | | 溪平合戈果一 | 苦禾 | 溪合 1 | 苦謗 | 見平合戈果一 | 古禾 |
| 25545 | 17 副 | 21 | 133 | 猧* | 甕 | 戈 | 影 | 陰平 | 合 | 六九戈 | | | 影平合戈果一 | 烏禾 | 影合 1 | 烏貢 | 見平合戈果一 | 古禾 |
| 25546 | 17 副 | 22 | 134 | 嗚 | 會 | 戈 | 曉 | 陰平 | 合 | 六九戈 | | | 曉平合支止重三 | 許爲 | 匣合 1 | 黃外 | 見平合戈果一 | 古禾 |

| 韻字編號 | 部序 | 組數 | 字數 | 韻字及何氏反切 | | | 韻字何氏音 | | | | 何萱注釋 | 備注 | 韻字中古音 | | 上字中古音 | | 下字中古音 | |
|---|---|---|---|---|---|---|---|---|---|---|---|---|---|---|---|---|---|---|
| | | | | 韻字 | 上字 | 下字 | 聲 | 調 | 呼 | 韻部 | | | 聲調呼韻攝等 | 反切 | 聲呼等 | 反切 | 聲調呼韻攝等 | 反切 |
| 25548 | 17副 | | 135 | 鵅 | 會 | 戈 | 曉 | 陰平 | 合 | 六九戈 | | | 曉平合支止重三 | 許爲 | 匣合1 | 黄外 | 見平合戈果一 | 古禾 |
| 25549 | 17副 | 23 | 136 | 褓* | 董 | 科 | 短 | 陰平 | 合 | 六九戈 | | | 端平合戈果一 | 都戈 | 端合1 | 多動 | 溪平合戈果一 | 苦禾 |
| 25550 | 17副 | | 137 | 雔 | 董 | 科 | 短 | 陰平 | 合 | 六九戈 | | | 端平合灰蟹一 | 都回 | 端合1 | 多動 | 溪平合戈果一 | 苦禾 |
| 25551 | 17副 | 24 | 138 | 屦* | 杜 | 科 | 透 | 陰平 | 合 | 六九戈 | | | 透平合灰蟹一 | 通回 | 定合1 | 徒古 | 溪平合戈果一 | 苦禾 |
| 25552 | 17副 | 25 | 139 | 膼 | 壯 | 科 | 照 | 陰平 | 合 | 六九戈 | | | 知平合麻假二 | 陟瓜 | 莊開3 | 側亮 | 溪平合戈果一 | 苦禾 |
| 25553 | 17副 | 26 | 140 | 髿 | 爽 | 戈 | 審 | 陰平 | 合 | 六九戈 | | | 心平合戈果一 | 蘇禾 | 生開3 | 疎兩 | 見平合戈果一 | 古禾 |
| 25555 | 17副 | | 141 | 裟 | 爽 | 戈 | 審 | 陰平 | 合 | 六九戈 | | | 生平開麻假二 | 所加 | 生開3 | 疎兩 | 見平合戈果一 | 古禾 |
| 25556 | 17副 | | 142 | 砦 | 爽 | 戈 | 審 | 陰平 | 合 | 六九戈 | | | 生平開麻假二 | 所加 | 生開3 | 疎兩 | 見平合戈果一 | 古禾 |
| 25559 | 17副 | 27 | 143 | 遳 | 措 | 戈 | 淨 | 陰平 | 合 | 六九戈 | | | 清平合戈果一 | 七戈 | 清合1 | 倉故 | 見平合戈果一 | 古禾 |
| 25560 | 17副 | | 144 | 篞* | 措 | 戈 | 淨 | 陰平 | 合 | 六九戈 | | | 清平合戈果一 | 村戈 | 清合1 | 倉故 | 見平合戈果一 | 古禾 |
| 25561 | 17副 | | 145 | 獕* | 措 | 戈 | 淨 | 陰平 | 合 | 六九戈 | | | 生平合脂止三 | 雙隹 | 清合1 | 倉故 | 見平合戈果一 | 古禾 |
| 25562 | 17副 | 28 | 146 | 誰 | 巽 | 戈 | 信 | 陰平 | 合 | 六九戈 | | | 心平合戈果一 | 蘇禾 | 心合1 | 蘇困 | 見平合戈果一 | 古禾 |
| 25563 | 17副 | | 147 | 唆 | 巽 | 戈 | 信 | 陰平 | 合 | 六九戈 | | | 心平合戈果一 | 蘇禾 | 心合1 | 蘇困 | 見平合戈果一 | 古禾 |
| 25564 | 17副 | | 148 | 梭 | 巽 | 戈 | 信 | 陰平 | 合 | 六九戈 | | | 心平合戈果一 | 蘇禾 | 心合1 | 蘇困 | 見平合戈果一 | 古禾 |
| 25565 | 17副 | 29 | 149 | 菠* | 貝 | 科 | 謗 | 陰平 | 合 | 六九戈 | | | 幫平合戈果一 | 逋禾 | 幫開1 | 博蓋 | 溪平合戈果一 | 苦禾 |
| 25566 | 17副 | 30 | 150 | 玻 | 佩 | 戈 | 並 | 陰平 | 合 | 六九戈 | | | 滂平合戈果一 | 滂禾 | 並合1 | 蒲昧 | 見平合戈果一 | 古禾 |
| 25567 | 17副 | 31 | 151 | 訸** | 會 | 摩 | 曉 | 陽平 | 合 | 六九戈 | | | 匣平合戈果一 | 胡戈 | 匣合1 | 黄外 | 明平合戈果一 | 莫婆 |
| 25568 | 17副 | | 152 | 沶* | 會 | 摩 | 曉 | 陽平 | 合 | 六九戈 | | | 匣平合戈果一 | 胡戈 | 匣合1 | 黄外 | 明平合戈果一 | 莫婆 |
| 25569 | 17副 | | 153 | 苿 | 會 | 摩 | 曉 | 陽平 | 合 | 六九戈 | | | 匣平合戈果一 | 戶戈 | 匣合1 | 黄外 | 明平合戈果一 | 莫婆 |
| 25570 | 17副 | 32 | 154 | 碢 | 杜 | 禾 | 透 | 陽平 | 合 | 六九戈 | | | 定平合戈果一 | 徒和 | 定合1 | 徒古 | 匣平合戈果一 | 戶戈 |
| 25571 | 17副 | | 155 | 堶 | 杜 | 禾 | 透 | 陽平 | 合 | 六九戈 | | | 定平合戈果一 | 徒和 | 定合1 | 徒古 | 匣平合戈果一 | 戶戈 |
| 25572 | 17副 | 33 | 156 | 腡 | 磊 | 禾 | 賚 | 陽平 | 合 | 六九戈 | | | 來平合戈果一 | 落戈 | 來合1 | 落猥 | 匣平合戈果一 | 戶戈 |
| 25573 | 17副 | | 157 | 蠃 | 磊 | 禾 | 賚 | 陽平 | 合 | 六九戈 | | | 來平合戈果一 | 落戈 | 來合1 | 落猥 | 匣平合戈果一 | 戶戈 |
| 25574 | 17副 | | 158 | 贏 | 磊 | 禾 | 賚 | 陽平 | 合 | 六九戈 | | | 來平合戈果一 | 落戈 | 來合1 | 落猥 | 匣平合戈果一 | 戶戈 |
| 25575 | 17副 | | 159 | 羸* | 磊 | 禾 | 賚 | 陽平 | 合 | 六九戈 | | | 來平合戈果一 | 盧戈 | 來合1 | 落猥 | 匣平合戈果一 | 戶戈 |
| 25576 | 17副 | | 160 | 蠃 | 磊 | 禾 | 賚 | 陽平 | 合 | 六九戈 | | | 來平合戈果一 | 落戈 | 來合1 | 落猥 | 匣平合戈果一 | 戶戈 |
| 25577 | 17副 | | 161 | 蠃 | 磊 | 禾 | 賚 | 陽平 | 合 | 六九戈 | | | 來平合戈果一 | 落戈 | 來合1 | 落猥 | 匣平合戈果一 | 戶戈 |

| 韻字編號 | 部序 | 組數 | 字數 | 韻字及何氏反切 | | | 韻字何氏音 | | | | 何萱注釋 | 備注 | 韻字中古音 | | 上字中古音 | | 下字中古音 | |
|---|---|---|---|---|---|---|---|---|---|---|---|---|---|---|---|---|---|---|
| | | | | 韻字 | 上字 | 下字 | 聲 | 調 | 呼 | 韻部 | | | 聲調呼韻攝等 | 反切 | 聲呼等 | 反切 | 聲調呼韻攝等 | 反切 |
| 25578 | 17 副 | | 162 | 蘦 | 磊 | 禾 | 賚 | 陽平 | 合 | 六九戈 | | | 來平合戈果一 | 落戈 | 來合 1 | 落猥 | 匣平合戈果一 | 戶戈 |
| 25581 | 17 副 | 34 | 163 | 倕 | 爽 | 禾 | 審 | 陽平 | 合 | 六九戈 | | | 禪平合支止三 | 是為 | 生開 3 | 疎兩 | 匣平合戈果一 | 戶戈 |
| 25582 | 17 副 | 35 | 164 | 矬 | 措 | 禾 | 淨 | 陽平 | 合 | 六九戈 | | | 從平合戈果一 | 昨禾 | 清合 1 | 倉故 | 匣平合戈果一 | 戶戈 |
| 25584 | 17 副 | | 165 | 塷 | 措 | 禾 | 淨 | 陽平 | 合 | 六九戈 | | | 從平開山山二 | 昨閑 | 清合 1 | 倉故 | 匣平合戈果一 | 戶戈 |
| 25586 | 17 副 | | 166 | 痤* | 措 | 禾 | 淨 | 陽平 | 合 | 六九戈 | | | 從平合戈果一 | 徂禾 | 清合 1 | 倉故 | 匣平合戈果一 | 戶戈 |
| 25587 | 17 副 | 36 | 167 | 趍** | 五 | 禾 | 我 | 陽平 | 合 | 六九戈 | | | 疑平合戈果一 | 五和 | 疑合 1 | 疑古 | 匣平合戈果一 | 戶戈 |
| 25588 | 17 副 | | 168 | 仯 | 五 | 禾 | 我 | 陽平 | 合 | 六九戈 | | | 疑平合麻假二 | 五瓜 | 疑合 1 | 疑古 | 匣平合戈果一 | 戶戈 |
| 25589 | 17 副 | | 169 | 吪** | 五 | 禾 | 我 | 陽平 | 合 | 六九戈 | | 玉篇：音訛 | 疑平合戈果一 | 五禾 | 疑合 1 | 疑古 | 匣平合戈果一 | 戶戈 |
| 25590 | 17 副 | | 170 | 䚲 | 五 | 禾 | 我 | 陽平 | 合 | 六九戈 | | | 疑平合戈果一 | 五禾 | 疑合 1 | 疑古 | 匣平合戈果一 | 戶戈 |
| 25591 | 17 副 | 37 | 171 | 讗* | 選 | 禾 | 信 | 陽平 | 合 | 六九戈 | | | 邪平合支止三 | 旬爲 | 心合 3 | 蘇管 | 匣平合戈果一 | 戶戈 |
| 25592 | 17 副 | | 172 | 瓗* | 選 | 禾 | 信 | 陽平 | 合 | 六九戈 | | | 邪平合支止三 | 旬爲 | 心合 3 | 蘇管 | 匣平合戈果一 | 戶戈 |
| 25593 | 17 副 | | 173 | 瓗* | 選 | 禾 | 信 | 陽平 | 合 | 六九戈 | | | 邪平合支止三 | 旬爲 | 心合 3 | 蘇管 | 匣平合戈果一 | 戶戈 |
| 25594 | 17 副 | | 174 | 隨 | 選 | 禾 | 信 | 陽平 | 合 | 六九戈 | | | 邪平合支止三 | 旬為 | 心合 3 | 蘇管 | 匣平合戈果一 | 戶戈 |
| 25595 | 17 副 | 38 | 175 | 婆 | 佩 | 禾 | 並 | 陽平 | 合 | 六九戈 | | | 並平合戈果一 | 薄波 | 並合 1 | 蒲昧 | 匣平合戈果一 | 戶戈 |
| 25596 | 17 副 | | 176 | 蔢 | 佩 | 禾 | 並 | 陽平 | 合 | 六九戈 | | | 並平合戈果一 | 薄波 | 並合 1 | 蒲昧 | 匣平合戈果一 | 戶戈 |
| 25597 | 17 副 | | 177 | 緐** | 佩 | 禾 | 並 | 陽平 | 合 | 六九戈 | | 玉篇：音婆 | 並平合戈果一 | 薄波 | 並合 1 | 蒲昧 | 匣平合戈果一 | 戶戈 |
| 25598 | 17 副 | | 178 | 擵* | 佩 | 禾 | 並 | 陽平 | 合 | 六九戈 | 十四部十七部兩見注在彼 | 玉篇作蒲摩切 | 並平合戈果一 | 蒲波 | 並合 1 | 蒲昧 | 匣平合戈果一 | 戶戈 |
| 25599 | 17 副 | | 179 | 夥** | 佩 | 禾 | 並 | 陽平 | 合 | 六九戈 | | 玉篇：音杷 | 並平開麻假二 | 蒲巴 | 並合 1 | 蒲昧 | 匣平合戈果一 | 戶戈 |
| 25600 | 17 副 | 39 | 180 | 縻 | 昧 | 禾 | 命 | 陽平 | 合 | 六九戈 | | | 明平開支止重三 | 靡為 | 明合 1 | 莫佩 | 匣平合戈果一 | 戶戈 |
| 25601 | 17 副 | | 181 | 麽 | 昧 | 禾 | 命 | 陽平 | 合 | 六九戈 | | | 明平開麻假二 | 莫霞 | 明合 1 | 莫佩 | 匣平合戈果一 | 戶戈 |
| 25602 | 17 副 | | 182 | 麼 | 昧 | 禾 | 命 | 陽平 | 合 | 六九戈 | | | 明平合戈果一 | 莫婆 | 明合 1 | 莫佩 | 匣平合戈果一 | 戶戈 |
| 25603 | 17 副 | | 183 | 魔 | 昧 | 禾 | 命 | 陽平 | 合 | 六九戈 | | | 明平合戈果一 | 莫婆 | 明合 1 | 莫佩 | 匣平合戈果一 | 戶戈 |
| 25604 | 17 副 | | 184 | 顭 | 昧 | 禾 | 命 | 陽平 | 合 | 六九戈 | | | 明平開麻假二 | 莫霞 | 明合 1 | 莫佩 | 匣平合戈果一 | 戶戈 |
| 25605 | 17 副 | | 185 | 䯵 | 昧 | 禾 | 命 | 陽平 | 合 | 六九戈 | | | 明平合戈果一 | 莫婆 | 明合 1 | 莫佩 | 匣平合戈果一 | 戶戈 |
| 25606 | 17 副 | | 186 | 痲 g* | 昧 | 禾 | 命 | 陽平 | 合 | 六九戈 | | | 明平開麻假二 | 謨加 | 明合 1 | 莫佩 | 匣平合戈果一 | 戶戈 |
| 25607 | 17 副 | | 187 | 䃺 | 昧 | 禾 | 命 | 陽平 | 合 | 六九戈 | | | 明平合戈果一 | 莫婆 | 明合 1 | 莫佩 | 匣平合戈果一 | 戶戈 |

| 韻字編號 | 部序 | 組數 | 字數 | 韻字及何氏反切 | | | 韻字何氏音 | | | | 何萱注釋 | 備　注 | 韻字中古音 | | 上字中古音 | | 下字中古音 | |
|---|---|---|---|---|---|---|---|---|---|---|---|---|---|---|---|---|---|---|
| | | | | 韻字 | 上字 | 下字 | 聲 | 調 | 呼 | 韻部 | | | 聲調呼韻攝等 | 反切 | 聲呼等 | 反切 | 聲調呼韻攝等 | 反切 |
| 25609 | 17 副 | | 188 | 摩 | 昧 | 禾 | 命 | 陽平 | 合 | 六九戈 | | | 明平開麻假二 | 莫霞 | 明合 1 | 莫佩 | 匣平合戈果一 | 戶戈 |
| 25610 | 17 副 | | 189 | 靡 | 昧 | 禾 | 命 | 陽平 | 合 | 六九戈 | | | 明平開麻假二 | 莫霞 | 明合 1 | 莫佩 | 匣平合戈果一 | 戶戈 |
| 25611 | 17 副 | | 190 | 醿 | 昧 | 禾 | 命 | 陽平 | 合 | 六九戈 | | | 明平開支止重三 | 靡為 | 明合 1 | 莫佩 | 匣平合戈果一 | 戶戈 |
| 25613 | 17 副 | | 191 | 㦟* | 昧 | 禾 | 命 | 陽平 | 合 | 六九戈 | | | 明平開支止重三 | 忙皮 | 明合 1 | 莫佩 | 匣平合戈果一 | 戶戈 |
| 25615 | 17 副 | | 192 | 䥸** | 昧 | 禾 | 命 | 陽平 | 合 | 六九戈 | | | 明平開歌果一 | 莫羅 | 明合 1 | 莫佩 | 匣平合戈果一 | 戶戈 |
| 25616 | 17 副 | | 193 | 䕷 | 昧 | 禾 | 命 | 陽平 | 合 | 六九戈 | | | 明平開支止重三 | 靡為 | 明合 1 | 莫佩 | 匣平合戈果一 | 戶戈 |
| 25619 | 17 副 | | 194 | 嚰* | 昧 | 禾 | 命 | 陽平 | 合 | 六九戈 | | | 明平合戈果一 | 眉波 | 明合 1 | 莫佩 | 匣平合戈果一 | 戶戈 |
| 25620 | 17 副 | 40 | 195 | 珈 | 竟 | 夥 | 見 | 陰平 | 齊 | 七十加 | | | 見平開麻假二 | 古牙 | 見開 3 | 居慶 | 影平開齊蟹四 | 烏奚 |
| 25621 | 17 副 | | 196 | 袈 | 竟 | 夥 | 見 | 陰平 | 齊 | 七十加 | | | 見平開麻假二 | 古牙 | 見開 3 | 居慶 | 影平開齊蟹四 | 烏奚 |
| 25622 | 17 副 | | 197 | 跏 | 竟 | 夥 | 見 | 陰平 | 齊 | 七十加 | | | 見平開麻假二 | 古牙 | 見開 3 | 居慶 | 影平開齊蟹四 | 烏奚 |
| 25623 | 17 副 | | 198 | 笳 | 竟 | 夥 | 見 | 陰平 | 齊 | 七十加 | | | 見平開麻假二 | 古牙 | 見開 3 | 居慶 | 影平開齊蟹四 | 烏奚 |
| 25624 | 17 副 | | 199 | 枷* | 竟 | 夥 | 見 | 陰平 | 齊 | 七十加 | | | 見平開麻假二 | 居牙 | 見開 3 | 居慶 | 影平開齊蟹四 | 烏奚 |
| 25625 | 17 副 | | 200 | 架* | 竟 | 夥 | 見 | 陰平 | 齊 | 七十加 | | | 見平開麻假二 | 居牙 | 見開 3 | 居慶 | 影平開齊蟹四 | 烏奚 |
| 25626 | 17 副 | | 201 | 豭 | 竟 | 夥 | 見 | 陰平 | 齊 | 七十加 | | | 見平開麻假二 | 古牙 | 見開 3 | 居慶 | 影平開齊蟹四 | 烏奚 |
| 25627 | 17 副 | | 202 | 砳* | 竟 | 夥 | 見 | 陰平 | 齊 | 七十加 | 砳或書作珈 | | 見平開麻假二 | 居牙 | 見開 3 | 居慶 | 影平開齊蟹四 | 烏奚 |
| 25628 | 17 副 | | 203 | 泇* | 竟 | 夥 | 見 | 陰平 | 齊 | 七十加 | | | 見平開麻假二 | 居牙 | 見開 3 | 居慶 | 影平開齊蟹四 | 烏奚 |
| 25629 | 17 副 | | 204 | 迦* | 竟 | 夥 | 見 | 陰平 | 齊 | 七十加 | | | 見平開麻假二 | 居牙 | 見開 3 | 居慶 | 影平開齊蟹四 | 烏奚 |
| 25630 | 17 副 | | 205 | 踦* | 竟 | 夥 | 見 | 陰平 | 齊 | 七十加 | | | 見平開支止重三 | 居宜 | 見開 3 | 居慶 | 影平開齊蟹四 | 烏奚 |
| 25631 | 17 副 | | 206 | 觭 | 竟 | 夥 | 見 | 陰平 | 齊 | 七十加 | | | 見平開支止重三 | 居宜 | 見開 3 | 居慶 | 影平開齊蟹四 | 烏奚 |
| 25633 | 17 副 | | 207 | 掎* | 竟 | 夥 | 見 | 陰平 | 齊 | 七十加 | | 玉篇俱為切 | 見去開支止重三 | 居義 | 見開 3 | 居慶 | 影平開齊蟹四 | 烏奚 |
| 25634 | 17 副 | | 208 | 椅* | 竟 | 夥 | 見 | 陰平 | 齊 | 七十加 | | | 見平開支止重三 | 居宜 | 見開 3 | 居慶 | 影平開齊蟹四 | 烏奚 |
| 25636 | 17 副 | 41 | 209 | 畸* | 儉 | 夥 | 起 | 陰平 | 齊 | 七十加 | | | 溪平開支止重三 | 丘奇 | 群開重 3 | 巨險 | 影平開齊蟹四 | 烏奚 |
| 25637 | 17 副 | | 210 | 踦 | 儉 | 夥 | 起 | 陰平 | 齊 | 七十加 | | | 溪平開支止重三 | 去奇 | 群開重 3 | 巨險 | 影平開齊蟹四 | 烏奚 |
| 25638 | 17 副 | | 211 | 崎 | 儉 | 夥 | 起 | 陰平 | 齊 | 七十加 | | | 溪平開支止重三 | 去奇 | 群開重 3 | 巨險 | 影平開齊蟹四 | 烏奚 |
| 25639 | 17 副 | 42 | 212 | 鵸 | 漾 | 加 | 影 | 陰平 | 齊 | 七十加 | | | 群平開支止重三 | 渠羈 | 以開 3 | 餘亮 | 見平開麻假二 | 古牙 |
| 25640 | 17 副 | 43 | 213 | 謕* | 寵 | 加 | 助 | 陰平 | 齊 | 七十加 | | | 書平開支止三 | 商支 | 徹合 3 | 丑隴 | 見平開麻假二 | 古牙 |
| 25641 | 17 副 | 44 | 214 | 㧒* | 哂 | 夥 | 審 | 陰平 | 齊 | 七十加 | | | 書平開支止三 | 商支 | 書開 3 | 式忍 | 影平開齊蟹四 | 烏奚 |

| 韻字編號 | 部序 | 組數 | 字數 | 韻字及何氏反切 | | | 韻字何氏音 | | | | 何萱注釋 | 備　注 | 韻字中古音 | | 上字中古音 | | 下字中古音 | |
|---|---|---|---|---|---|---|---|---|---|---|---|---|---|---|---|---|---|---|
| | | | | 韻字 | 上字 | 下字 | 聲 | 調 | 呼 | 韻部 | | | 聲調呼韻攝等 | 反切 | 聲呼等 | 反切 | 聲調呼韻攝等 | 反切 |
| 25642 | 17 副 | | 215 | 嫢* | 哂 | 黟 | 審 | 陰平 | 齊 | 七十加 | | | 書平開支止三 | 商支 | 書開 3 | 式忍 | 影平開齊蟹四 | 烏奚 |
| 25643 | 17 副 | | 216 | 溡* | 哂 | 黟 | 審 | 陰平 | 齊 | 七十加 | | | 書平開支止三 | 商支 | 書開 3 | 式忍 | 影平開齊蟹四 | 烏奚 |
| 25644 | 17 副 | | 217 | 葹 | 哂 | 黟 | 審 | 陰平 | 齊 | 七十加 | | | 書平開支止三 | 式支 | 書開 3 | 式忍 | 影平開齊蟹四 | 烏奚 |
| 25645 | 17 副 | 45 | 218 | 鑒 | 丙 | 黟 | 謗 | 陰平 | 齊 | 七十加 | | | 幫平開支止重三 | 彼為 | 幫開 3 | 兵永 | 影平開齊蟹四 | 烏奚 |
| 25646 | 17 副 | | 219 | 襬 | 丙 | 黟 | 謗 | 陰平 | 齊 | 七十加 | | | 幫平開支止重三 | 彼為 | 幫開 3 | 兵永 | 影平開齊蟹四 | 烏奚 |
| 25647 | 17 副 | | 220 | 犤 | 丙 | 黟 | 謗 | 陰平 | 齊 | 七十加 | | | 並平開支止重三 | 符羈 | 幫開 3 | 兵永 | 影平開齊蟹四 | 烏奚 |
| 25649 | 17 副 | | 221 | 籭 | 丙 | 黟 | 謗 | 陰平 | 齊 | 七十加 | | | 幫平開支止重三 | 彼為 | 幫開 3 | 兵永 | 影平開齊蟹四 | 烏奚 |
| 25650 | 17 副 | 46 | 222 | 怶* | 品 | 加 | 並 | 陰平 | 齊 | 七十加 | | | 幫去開支止重三 | 彼義 | 滂開重 3 | 丕飲 | 見平開麻假二 | 古牙 |
| 25651 | 17 副 | | 223 | 姕* | 品 | 加 | 並 | 陰平 | 齊 | 七十加 | | | 見平開肴效二 | 居肴 | 滂開重 3 | 丕飲 | 見平開麻假二 | 古牙 |
| 25652 | 17 副 | | 224 | 耚 | 品 | 加 | 並 | 陰平 | 齊 | 七十加 | | | 滂平開支止重三 | 敷羈 | 滂開重 3 | 丕飲 | 見平開麻假二 | 古牙 |
| 25653 | 17 副 | | 225 | 秛 | 品 | 加 | 並 | 陰平 | 齊 | 七十加 | | | 滂平開支止重三 | 敷羈 | 滂開重 3 | 丕飲 | 見平開麻假二 | 古牙 |
| 25655 | 17 副 | | 226 | 翍** | 品 | 加 | 並 | 陰平 | 齊 | 七十加 | | 玉篇：音披 | 滂平開支止重三 | 敷羈 | 滂開重 3 | 丕飲 | 見平開麻假二 | 古牙 |
| 25657 | 17 副 | | 227 | 刔* | 品 | 加 | 並 | 陰平 | 齊 | 七十加 | | | 並平開支止重三 | 蒲糜 | 滂開重 3 | 丕飲 | 見平開麻假二 | 古牙 |
| 25658 | 17 副 | | 228 | 跛 | 品 | 加 | 並 | 陰平 | 齊 | 七十加 | | | 滂平開支止重三 | 敷羈 | 滂開重 3 | 丕飲 | 見平開麻假二 | 古牙 |
| 25659 | 17 副 | | 229 | 狓 | 品 | 加 | 並 | 陰平 | 齊 | 七十加 | | | 滂平開支止重三 | 敷羈 | 滂開重 3 | 丕飲 | 見平開麻假二 | 古牙 |
| 25660 | 17 副 | 47 | 230 | 琦 | 儉 | 匜 | 起 | 陽平 | 齊 | 七十加 | | | 群平開支止重三 | 渠羈 | 群開重 3 | 巨險 | 以平開支止三 | 弋支 |
| 25661 | 17 副 | | 231 | 碕 | 儉 | 匜 | 起 | 陽平 | 齊 | 七十加 | | | 群平開支止重三 | 渠羈 | 群開重 3 | 巨險 | 以平開支止三 | 弋支 |
| 25665 | 17 副 | | 232 | 伽* | 儉 | 匜 | 起 | 陽平 | 齊 | 七十加 | | | 群平開戈果三 | 永迦 | 群開重 3 | 巨險 | 以平開支止三 | 弋支 |
| 25666 | 17 副 | 48 | 233 | 拸 | 漾 | 趍 | 影 | 陽平 | 齊 | 七十加 | | | 以平開支止三 | 弋支 | 以開 3 | 餘亮 | 澄平開支止三 | 直離 |
| 25667 | 17 副 | | 234 | 庈 | 漾 | 趍 | 影 | 陽平 | 齊 | 七十加 | | | 以平開支止三 | 弋支 | 以開 3 | 餘亮 | 澄平開支止三 | 直離 |
| 25668 | 17 副 | | 235 | 鄬* | 漾 | 趍 | 影 | 陽平 | 齊 | 七十加 | | | 以平開支止三 | 余支 | 以開 3 | 餘亮 | 澄平開支止三 | 直離 |
| 25669 | 17 副 | | 236 | 貤 | 漾 | 趍 | 影 | 陽平 | 齊 | 七十加 | | | 以平開支止三 | 弋支 | 以開 3 | 餘亮 | 澄平開支止三 | 直離 |
| 25670 | 17 副 | | 237 | 䑥** | 漾 | 趍 | 影 | 陽平 | 齊 | 七十加 | | | 以平開支止三 | 弋支 | 以開 3 | 餘亮 | 澄平開支止三 | 直離 |
| 25671 | 17 副 | | 238 | 簃* | 漾 | 趍 | 影 | 陽平 | 齊 | 七十加 | | | 以平開支止三 | 余支 | 以開 3 | 餘亮 | 澄平開支止三 | 直離 |
| 25672 | 17 副 | | 239 | 坨* | 漾 | 趍 | 影 | 陽平 | 齊 | 七十加 | | | 以平開支止三 | 余支 | 以開 3 | 餘亮 | 澄平開支止三 | 直離 |
| 25673 | 17 副 | | 240 | 眵* | 漾 | 趍 | 影 | 陽平 | 齊 | 七十加 | | | 以平開支止三 | 余支 | 以開 3 | 餘亮 | 澄平開支止三 | 直離 |
| 25674 | 17 副 | | 241 | 虒 | 漾 | 趍 | 影 | 陽平 | 齊 | 七十加 | | | 以平開支止三 | 弋支 | 以開 3 | 餘亮 | 澄平開支止三 | 直離 |

| 韻字編號 | 部序 | 組數 | 字數 | 韻字及何氏反切 | | | 韻字何氏音 | | | | 何萱注釋 | 備注 | 韻字中古音 | | 上字中古音 | | 下字中古音 | |
|---|---|---|---|---|---|---|---|---|---|---|---|---|---|---|---|---|---|---|
| | | | | 韻字 | 上字 | 下字 | 聲 | 調 | 呼 | 韻部 | | | 聲調呼韻攝等 | 反切 | 聲呼等 | 反切 | 聲調呼韻攝等 | 反切 |
| 25675 | 17 副 | | 242 | 浾* | 漾 | 趍 | 影 | 陽平 | 齊 | 七十加 | | | 以平開支止三 | 余支 | 以開 3 | 餘亮 | 澄平開支止三 | 直離 |
| 25677 | 17 副 | | 243 | 訑* | 漾 | 趍 | 影 | 陽平 | 齊 | 七十加 | | | 以平開支止三 | 余支 | 以開 3 | 餘亮 | 澄平開支止三 | 直離 |
| 25683 | 17 副 | | 244 | 椸 | 漾 | 趍 | 影 | 陽平 | 齊 | 七十加 | | | 以平開支止三 | 弋支 | 以開 3 | 餘亮 | 澄平開支止三 | 直離 |
| 25684 | 17 副 | | 245 | 鄅* | 漾 | 趍 | 影 | 陽平 | 齊 | 七十加 | | | 云平開尤流三 | 于求 | 以開 3 | 餘亮 | 澄平開支止三 | 直離 |
| 25685 | 17 副 | | 246 | 飿* | 漾 | 趍 | 影 | 陽平 | 齊 | 七十加 | | | 澄平開支止三 | 陳知 | 以開 3 | 餘亮 | 澄平開支止三 | 直離 |
| 25686 | 17 副 | | 247 | 齸 | 漾 | 趍 | 影 | 陽平 | 齊 | 七十加 | 或作齕，齒斷見，玉篇 | 玉篇直離切。如果按照也系列，應當是 16 部 17 部各一見，但該字兩見都出現在 17 部。廣集玉均只有澄母一讀，此處出現可以看作是為了附會也系列。此處取褫字讀音，齸字實際上并沒有此音 | 以平開支止三 | 弋支 | 以開 3 | 餘亮 | 澄平開支止三 | 直離 |
| 25687 | 17 副 | | 248 | 趆** | 漾 | 趍 | 影 | 陽平 | 齊 | 七十加 | | | 澄平開支止三 | 直知 | 以開 3 | 餘亮 | 澄平開支止三 | 直離 |
| 25688 | 17 副 | 49 | 249 | 㳻* | 哂 | 匜 | 審 | 陽平 | 齊 | 七十加 | | | 禪平開麻假三 | 時遮 | 書開 3 | 式忍 | 以平開支止三 | 弋支 |
| 25689 | 17 副 | 50 | 250 | 齳 g* | 仰 | 趍 | 我 | 陽平 | 齊 | 七十加 | 齳或作齷，齒不正，玉篇 | | 初平開支止三 | 叉宜 | 疑開 3 | 魚兩 | 澄平開支止三 | 直離 |
| 25691 | 17 副 | | 251 | 萓* | 仰 | 趍 | 我 | 陽平 | 齊 | 七十加 | | | 疑平開支止重三 | 魚羈 | 疑開 3 | 魚兩 | 澄平開支止三 | 直離 |
| 25692 | 17 副 | | 252 | 騇* | 仰 | 趍 | 我 | 陽平 | 齊 | 七十加 | | | 疑平開支止重三 | 魚羈 | 疑開 3 | 魚兩 | 澄平開支止三 | 直離 |
| 25694 | 17 副 | | 253 | 鱶* | 仰 | 趍 | 我 | 陽平 | 齊 | 七十加 | | | 疑平開支止重三 | 魚羈 | 疑開 3 | 魚兩 | 澄平開支止三 | 直離 |
| 25696 | 17 副 | 51 | 254 | 庋** | 品 | 趍 | 並 | 陽平 | 齊 | 七十加 | | | 奉平開支止重三 | 扶宜 | 滂開重 3 | 丕飲 | 澄平開支止三 | 直離 |
| 25697 | 17 副 | | 255 | 蚾* | 品 | 趍 | 並 | 陽平 | 齊 | 七十加 | | | 幫上合戈果一 | 補火 | 滂開重 3 | 丕飲 | 澄平開支止三 | 直離 |
| 25698 | 17 副 | 52 | 256 | 迦* | 眷 | 羲 | 見 | 陰平 | 撮 | 七一媯 | | | 見平開戈果三 | 居伽 | 見合重 3 | 居倦 | 曉平開支止重三 | 許羈 |
| 25699 | 17 副 | | 257 | 潙 | 眷 | 羲 | 見 | 陰平 | 撮 | 七一媯 | | | 見平合支止重三 | 居為 | 見合重 3 | 居倦 | 曉平開支止重三 | 許羈 |
| 25701 | 17 副 | 53 | 258 | 骲 | 去 | 羲 | 起 | 陰平 | 撮 | 七一媯 | | | 溪平合戈果三 | 去靴 | 溪合 3 | 丘倨 | 曉平開支止重三 | 許羈 |

| 韻字編號 | 部序 | 組數 | 字數 | 韻字及何氏反切 | | | 韻字何氏音 | | | | 何萱注釋 | 備注 | 韻字中古音 | | 上字中古音 | | 下字中古音 | |
|---|---|---|---|---|---|---|---|---|---|---|---|---|---|---|---|---|---|---|
| | | | | 韻字 | 上字 | 下字 | 聲 | 調 | 呼 | 韻部 | | | 聲調呼韻攝等 | 反切 | 聲呼等 | 反切 | 聲調呼韻攝等 | 反切 |
| 25702 | 17副 | | 259 | 佂* | 去 | 羲 | 起 | 陰平 | 撮 | 七一嬀 | 䟢或作佂 | | 溪平開戈果三 | 去伽 | 溪合3 | 丘倨 | 曉平開支止重三 | 許羈 |
| 25703 | 17副 | 54 | 260 | 餵 | 永 | 嬀 | 影 | 陰平 | 撮 | 七一嬀 | | | 影平合戈果三 | 於靴 | 云合3 | 于憬 | 見平合支止重三 | 居爲 |
| 25704 | 17副 | | 261 | 肥 | 永 | 嬀 | 影 | 陰平 | 撮 | 七一嬀 | | | 影平合戈果三 | 於靴 | 云合3 | 于憬 | 見平合支止重三 | 居爲 |
| 25705 | 17副 | 55 | 262 | 扎 | 許 | 嬀 | 曉 | 陰平 | 撮 | 七一嬀 | | | 曉平合戈果三 | 許肥 | 曉合3 | 虛呂 | 見平合支止重三 | 居爲 |
| 25706 | 17副 | | 263 | 毗* | 許 | 嬀 | 曉 | 陰平 | 撮 | 七一嬀 | | | 曉平合戈果三 | 呼肥 | 曉合3 | 虛呂 | 見平合支止重三 | 居爲 |
| 25707 | 17副 | | 264 | 靴 | 許 | 嬀 | 曉 | 陰平 | 撮 | 七一嬀 | | | 曉平合戈果三 | 許肥 | 曉合3 | 虛呂 | 見平合支止重三 | 居爲 |
| 25708 | 17副 | | 265 | 嘽 | 許 | 嬀 | 曉 | 陰平 | 撮 | 七一嬀 | | | 曉平合戈果三 | 許肥 | 曉合3 | 虛呂 | 見平合支止重三 | 居爲 |
| 25709 | 17副 | | 266 | 焁 | 許 | 嬀 | 曉 | 陰平 | 撮 | 七一嬀 | | | 曉平開支止重三 | 許羈 | 曉合3 | 虛呂 | 見平合支止重三 | 居爲 |
| 25711 | 17副 | | 267 | 忚 | 許 | 嬀 | 曉 | 陰平 | 撮 | 七一嬀 | | | 曉平開齊蟹四 | 呼雞 | 曉合3 | 虛呂 | 見平合支止重三 | 居爲 |
| 25712 | 17副 | | 268 | 曦* | 許 | 嬀 | 曉 | 陰平 | 撮 | 七一嬀 | | | 曉平開支止重三 | 虛宜 | 曉合3 | 虛呂 | 見平合支止重三 | 居爲 |
| 25713 | 17副 | | 269 | 羲* | 許 | 嬀 | 曉 | 陰平 | 撮 | 七一嬀 | | | 疑平開支止重三 | 魚羈 | 曉合3 | 虛呂 | 見平合支止重三 | 居爲 |
| 25714 | 17副 | | 270 | 曦* | 許 | 嬀 | 曉 | 陰平 | 撮 | 七一嬀 | | | 曉平開支止重三 | 虛宜 | 曉合3 | 虛呂 | 見平合支止重三 | 居爲 |
| 25715 | 17副 | | 271 | 攕** | 許 | 嬀 | 曉 | 陰平 | 撮 | 七一嬀 | | | 曉平開支止重三 | 許宜 | 曉合3 | 虛呂 | 見平合支止重三 | 居爲 |
| 25716 | 17副 | | 272 | 瓥* | 許 | 嬀 | 曉 | 陰平 | 撮 | 七一嬀 | | | 曉平開支止重三 | 虛宜 | 曉合3 | 虛呂 | 見平合支止重三 | 居爲 |
| 25717 | 17副 | | 273 | 櫼* | 許 | 嬀 | 曉 | 陰平 | 撮 | 七一嬀 | | | 曉平開支止重三 | 虛宜 | 曉合3 | 虛呂 | 見平合支止重三 | 居爲 |
| 25718 | 17副 | | 274 | 戲 | 許 | 嬀 | 曉 | 陰平 | 撮 | 七一嬀 | | | 曉平開支止重三 | 許羈 | 曉合3 | 虛呂 | 見平合支止重三 | 居爲 |
| 25719 | 17副 | | 275 | 壉 | 許 | 嬀 | 曉 | 陰平 | 撮 | 七一嬀 | | | 曉平開支止重三 | 許羈 | 曉合3 | 虛呂 | 見平合支止重三 | 居爲 |
| 25720 | 17副 | | 276 | 巇 | 許 | 嬀 | 曉 | 陰平 | 撮 | 七一嬀 | | | 曉平開支止重三 | 許羈 | 曉合3 | 虛呂 | 見平合支止重三 | 居爲 |
| 25721 | 17副 | | 277 | 潧 | 許 | 嬀 | 曉 | 陰平 | 撮 | 七一嬀 | | | 曉平開支止重三 | 許羈 | 曉合3 | 虛呂 | 見平合支止重三 | 居爲 |
| 25722 | 17副 | | 278 | 獻 | 許 | 嬀 | 曉 | 陰平 | 撮 | 七一嬀 | | | 曉平開支止重三 | 許羈 | 曉合3 | 虛呂 | 見平合支止重三 | 居爲 |
| 25723 | 17副 | 56 | 279 | 銼 | 俊 | 羲 | 井 | 陰平 | 撮 | 七一嬀 | | | 精平合戈果一 | 子能 | 精合3 | 子峻 | 曉平開支止重三 | 許羈 |
| 25724 | 17副 | 57 | 280 | 浽 | 選 | 嫣 | 信 | 陰平 | 撮 | 七一嬀 | | | 心平合脂止三 | 息遺 | 心合3 | 蘇管 | 見平合支止重三 | 居爲 |
| 25725 | 17副 | | 281 | 鋖 | 選 | 嫣 | 信 | 陰平 | 撮 | 七一嬀 | | | 心平開脂止三 | 息夷 | 心合3 | 蘇管 | 見平合支止重三 | 居爲 |
| 25726 | 17副 | | 282 | 陖* | 選 | 嫣 | 信 | 陰平 | 撮 | 七一嬀 | | | 心平合脂止三 | 宣隹 | 心合3 | 蘇管 | 見平合支止重三 | 居爲 |
| 25727 | 17副 | | 283 | 篓* | 選 | 嫣 | 信 | 陰平 | 撮 | 七一嬀 | | | 心平合戈果一 | 蘇禾 | 心合3 | 蘇管 | 見平合支止重三 | 居爲 |
| 25728 | 17副 | 58 | 284 | 瘸 | 去 | 桵 | 起 | 陽平 | 撮 | 七一嬀 | | | 群平合戈果三 | 巨靴 | 溪合3 | 丘倨 | 日平合脂止三 | 儒隹 |
| 25729 | 17副 | 59 | 285 | 鷸** | 永 | 桵 | 影 | 陽平 | 撮 | 七一嬀 | | | 云平合支止重三 | 于嬀 | 云合3 | 于憬 | 日平合脂止三 | 儒隹 |

| 韻字編號 | 部序 | 組數 | 字數 | 韻字及何氏反切 | | | 韻字何氏音 | | | | 何萱注釋 | 備注 | 韻字中古音 | | 上字中古音 | | 下字中古音 | |
|---|---|---|---|---|---|---|---|---|---|---|---|---|---|---|---|---|---|---|
| | | | | 韻字 | 上字 | 下字 | 聲 | 調 | 呼 | 韻部 | | | 聲調呼韻攝等 | 反切 | 聲呼等 | 反切 | 聲調呼韻攝等 | 反切 |
| 25730 | 17副 | 60 | 286 | 驣 | 呂 | 鱧 | 賚 | 陽平 | 撮 | 七一嫣 | | | 來平合戈果三 | 縷髗 | 來合3 | 力舉 | 云平合支止重三 | 于嬀 |
| 25732 | 17副 | 61 | 287 | 稄 | 汝 | 鱧 | 耳 | 陽平 | 撮 | 七一嫣 | | | 日平合脂止三 | 儒隹 | 日合3 | 人渚 | 云平合支止重三 | 于嬀 |
| 25733 | 17副 | 62 | 288 | 舸 | 艮 | 可 | 見 | 上 | 開 | 六三哿 | | | 見上開歌果一 | 古我 | 見開1 | 古恨 | 溪上開歌果一 | 枯我 |
| 25734 | 17副 | | 289 | 笴 | 艮 | 可 | 見 | 上 | 開 | 六三哿 | | | 見上開歌果一 | 古我 | 見開1 | 古恨 | 溪上開歌果一 | 枯我 |
| 25735 | 17副 | | 290 | 笴 | 艮 | 可 | 見 | 上 | 開 | 六三哿 | | | 見上開寒山一 | 古旱 | 見開1 | 古恨 | 溪上開歌果一 | 枯我 |
| 25736 | 17副 | | 291 | 簹 | 艮 | 可 | 見 | 上 | 開 | 六三哿 | | | 見上開歌果一 | 古我 | 見開1 | 古恨 | 溪上開歌果一 | 枯我 |
| 25737 | 17副 | | 292 | 魺 g* | 艮 | 可 | 見 | 上 | 開 | 六三哿 | | | 見上開歌果一 | 賈我 | 見開1 | 古恨 | 溪上開歌果一 | 枯我 |
| 25738 | 17副 | 63 | 293 | 跒 | 侃 | 我 | 起 | 上 | 開 | 六三哿 | | 正編上字作口 | 溪上開麻假二 | 苦下 | 溪開1 | 空旱 | 疑上開歌果一 | 五可 |
| 25739 | 17副 | | 294 | 啊** | 侃 | 我 | 起 | 上 | 開 | 六三哿 | | 正編上字作口 | 溪上開麻假二 | 口下 | 溪開1 | 空旱 | 疑上開歌果一 | 五可 |
| 25740 | 17副 | | 295 | 炣** | 侃 | 我 | 起 | 上 | 開 | 六三哿 | | 正編上字作口 | 溪上開歌果一 | 口我 | 溪開1 | 空旱 | 疑上開歌果一 | 五可 |
| 25741 | 17副 | | 296 | 岢 | 侃 | 我 | 起 | 上 | 開 | 六三哿 | | 正編上字作口 | 溪上開歌果一 | 枯我 | 溪開1 | 空旱 | 疑上開歌果一 | 五可 |
| 25742 | 17副 | 64 | 297 | 裒 | 案 | 可 | 影 | 上 | 開 | 六三哿 | | | 影上開歌果一 | 烏可 | 影開1 | 烏旰 | 溪上開歌果一 | 枯我 |
| 25743 | 17副 | | 298 | 樌 | 案 | 可 | 影 | 上 | 開 | 六三哿 | | | 影上開歌果一 | 烏可 | 影開1 | 烏旰 | 溪上開歌果一 | 枯我 |
| 25744 | 17副 | | 299 | 錒 h* | 案 | 可 | 影 | 上 | 開 | 六三哿 | | | 影上開歌果一 | 倚可 | 影開1 | 烏旰 | 溪上開歌果一 | 枯我 |
| 25745 | 17副 | 65 | 300 | 頙 | 海 | 可 | 曉 | 上 | 開 | 六三哿 | | | 曉上開歌果一 | 虛我 | 曉開1 | 呼改 | 溪上開歌果一 | 枯我 |
| 25747 | 17副 | | 301 | 诃 | 海 | 可 | 曉 | 上 | 開 | 六三哿 | | | 曉上開歌果一 | 虛我 | 曉開1 | 呼改 | 溪上開歌果一 | 枯我 |
| 25748 | 17副 | | 302 | 哻* | 海 | 可 | 曉 | 上 | 開 | 六三哿 | | | 匣上開歌果一 | 下可 | 曉開1 | 呼改 | 溪上開歌果一 | 枯我 |
| 25750 | 17副 | | 303 | 碋* | 海 | 可 | 曉 | 上 | 開 | 六三哿 | | | 匣上開歌果一 | 下可 | 曉開1 | 呼改 | 溪上開歌果一 | 枯我 |
| 25751 | 17副 | 66 | 304 | 頦 | 帶 | 可 | 短 | 上 | 開 | 六三哿 | | | 端上開歌果一 | 丁可 | 端開1 | 當蓋 | 溪上開歌果一 | 枯我 |
| 25752 | 17副 | 67 | 305 | 爹 | 坦 | 可 | 透 | 上 | 開 | 六三哿 | | 當與奓異讀 | 定上開歌果一 | 徒可 | 透開1 | 他但 | 溪上開歌果一 | 枯我 |
| 25753 | 17副 | | 306 | 他** | 坦 | 可 | 透 | 上 | 開 | 六三哿 | | | 透上開歌果一 | 他可 | 透開1 | 他但 | 溪上開歌果一 | 枯我 |
| 25755 | 17副 | | 307 | 柁 | 坦 | 可 | 透 | 上 | 開 | 六三哿 | 平上兩讀注在彼 | 與舵異讀 | 定上開歌果一 | 徒可 | 透開1 | 他但 | 溪上開歌果一 | 枯我 |
| 25757 | 17副 | 68 | 308 | 㑨 | 曩 | 可 | 乃 | 上 | 開 | 六三哿 | | | 泥上開歌果一 | 奴可 | 泥開1 | 奴朗 | 溪上開歌果一 | 枯我 |
| 25758 | 17副 | | 309 | 𧘂 | 曩 | 可 | 乃 | 上 | 開 | 六三哿 | | | 泥上開歌果一 | 奴可 | 泥開1 | 奴朗 | 溪上開歌果一 | 枯我 |
| 25759 | 17副 | | 310 | 橠 | 曩 | 可 | 乃 | 上 | 開 | 六三哿 | | | 泥上開歌果一 | 奴可 | 泥開1 | 奴朗 | 溪上開歌果一 | 枯我 |
| 25760 | 17副 | | 311 | 臡* | 曩 | 可 | 乃 | 上 | 開 | 六三哿 | | | 泥上開咍蟹一 | 曩亥 | 泥開1 | 奴朗 | 溪上開歌果一 | 枯我 |
| 25762 | 17副 | | 312 | 轙* | 曩 | 可 | 乃 | 上 | 開 | 六三哿 | | | 泥上開歌果一 | 乃可 | 泥開1 | 奴朗 | 溪上開歌果一 | 枯我 |

| 韻字編號 | 部序 | 組數 | 字數 | 韻字及何氏反切 | | | 韻字何氏音 | | | | 何萱注釋 | 備　注 | 韻字中古音 | | 上字中古音 | | 下字中古音 | |
|---|---|---|---|---|---|---|---|---|---|---|---|---|---|---|---|---|---|---|
| | | | | 韻字 | 上字 | 下字 | 聲 | 調 | 呼 | 韻部 | | | 聲調呼韻攝等 | 反切 | 聲呼等 | 反切 | 聲調呼韻攝等 | 反切 |
| 25765 | 17 副 | 69 | 313 | 囉 | 朗 | 可 | 賚 | 上 | 開 | 六三哿 | | | 來上開歌果一 | 來可 | 來開 1 | 盧黨 | 溪上開歌果一 | 枯我 |
| 25766 | 17 副 | | 314 | 儸 | 朗 | 可 | 賚 | 上 | 開 | 六三哿 | | | 來上開歌果一 | 來可 | 來開 1 | 盧黨 | 溪上開歌果一 | 枯我 |
| 25767 | 17 副 | | 315 | 轠* | 朗 | 可 | 賚 | 上 | 開 | 六三哿 | | | 來上開歌果一 | 朗可 | 來開 1 | 盧黨 | 溪上開歌果一 | 枯我 |
| 25768 | 17 副 | | 316 | 礲* | 朗 | 可 | 賚 | 上 | 開 | 六三哿 | | | 來上開歌果一 | 朗可 | 來開 1 | 盧黨 | 溪上開歌果一 | 枯我 |
| 25769 | 17 副 | | 317 | 攞* | 朗 | 可 | 賚 | 上 | 開 | 六三哿 | | | 來上開歌果一 | 朗可 | 來開 1 | 盧黨 | 溪上開歌果一 | 枯我 |
| 25770 | 17 副 | | 318 | 樢 | 朗 | 可 | 賚 | 上 | 開 | 六三哿 | | | 來上開歌果一 | 來可 | 來開 1 | 盧黨 | 溪上開歌果一 | 枯我 |
| 25771 | 17 副 | | 319 | 斵 | 朗 | 可 | 賚 | 上 | 開 | 六三哿 | | 玉篇力可切 | 來上開歌果一 | 來可 | 來開 1 | 盧黨 | 溪上開歌果一 | 枯我 |
| 25772 | 17 副 | | 320 | 鏑 | 朗 | 可 | 賚 | 上 | 開 | 六三哿 | | | 來上開歌果一 | 來可 | 來開 1 | 盧黨 | 溪上開歌果一 | 枯我 |
| 25773 | 17 副 | | 321 | 暫 | 朗 | 可 | 賚 | 上 | 開 | 六三哿 | | | 來上開歌果一 | 來可 | 來開 1 | 盧黨 | 溪上開歌果一 | 枯我 |
| 25775 | 17 副 | 70 | 322 | 恀 | 茝 | 可 | 助 | 上 | 開 | 六三哿 | | | 昌上開支止三 | 尺氏 | 昌開 1 | 昌紿 | 溪上開歌果一 | 枯我 |
| 25776 | 17 副 | | 323 | 胗 | 茝 | 可 | 助 | 上 | 開 | 六三哿 | | | 娘去開麻假二 | 乃亞 | 昌開 1 | 昌紿 | 溪上開歌果一 | 枯我 |
| 25777 | 17 副 | 71 | 324 | 䍧** | 宰 | 可 | 井 | 上 | 開 | 六三哿 | | | 精上開歌果一 | 作可 | 精開 1 | 作亥 | 溪上開歌果一 | 枯我 |
| 25778 | 17 副 | | 325 | 䟢 | 宰 | 可 | 井 | 上 | 開 | 六三哿 | | | 精平開麻假三 | 子邪 | 精開 1 | 作亥 | 溪上開歌果一 | 枯我 |
| 25779 | 17 副 | 72 | 326 | 瑳* | 散 | 可 | 信 | 上 | 開 | 六三哿 | | | 心上開歌果一 | 想可 | 心開 1 | 蘇旱 | 溪上開歌果一 | 枯我 |
| 25780 | 17 副 | | 327 | 鎈** | 散 | 可 | 信 | 上 | 開 | 六三哿 | | 玉篇作相可切 | 心上開歌果一 | 相可 | 心開 1 | 蘇旱 | 溪上開歌果一 | 枯我 |
| 25781 | 17 副 | | 328 | 褨 | 散 | 可 | 信 | 上 | 開 | 六三哿 | | | 心上開歌果一 | 蘇可 | 心開 1 | 蘇旱 | 溪上開歌果一 | 枯我 |
| 25782 | 17 副 | 73 | 329 | 罷力 | 倍 | 可 | 並 | 上 | 開 | 六三哿 | | | 並上開佳蟹二 | 薄蟹 | 並開 1 | 薄亥 | 溪上開歌果一 | 枯我 |
| 25783 | 17 副 | 74 | 330 | 惈 | 古 | 瑣 | 見 | 上 | 合 | 六四果 | | | 見上合戈果一 | 古火 | 見合 1 | 公戶 | 心上合戈果一 | 蘇果 |
| 25784 | 17 副 | | 331 | 剻* | 古 | 瑣 | 見 | 上 | 合 | 六四果 | | | 見上合戈果一 | 古火 | 見合 1 | 公戶 | 心上合戈果一 | 蘇果 |
| 25785 | 17 副 | | 332 | 夥 | 古 | 瑣 | 見 | 上 | 合 | 六四果 | | | 見上合戈果一 | 古火 | 見合 1 | 公戶 | 心上合戈果一 | 蘇果 |
| 25787 | 17 副 | | 333 | 餜* | 古 | 瑣 | 見 | 上 | 合 | 六四果 | | | 見上合戈果一 | 古火 | 見合 1 | 公戶 | 心上合戈果一 | 蘇果 |
| 25788 | 17 副 | | 334 | 猓 | 古 | 瑣 | 見 | 上 | 合 | 六四果 | | | 見上合戈果一 | 古火 | 見合 1 | 公戶 | 心上合戈果一 | 蘇果 |
| 25789 | 17 副 | | 335 | 蝸 | 古 | 瑣 | 見 | 上 | 合 | 六四果 | | | 見上合支止重三 | 過委 | 見合 1 | 公戶 | 心上合戈果一 | 蘇果 |
| 25791 | 17 副 | | 336 | 㗻 | 古 | 瑣 | 見 | 上 | 合 | 六四果 | 㗻或作㗻 | | 見上合麻假二 | 古瓦 | 見合 1 | 公戶 | 心上合戈果一 | 蘇果 |
| 25792 | 17 副 | | 337 | 篙 | 古 | 瑣 | 見 | 上 | 合 | 六四果 | | | 見上合麻假二 | 古瓦 | 見合 1 | 公戶 | 心上合戈果一 | 蘇果 |
| 25793 | 17 副 | | 338 | 鮕 | 古 | 瑣 | 見 | 上 | 合 | 六四果 | | | 見上合麻假二 | 古瓦 | 見合 1 | 公戶 | 心上合戈果一 | 蘇果 |

| 韻字編號 | 部序 | 組數 | 字數 | 韻字及何氏反切 | | | 韻字何氏音 | | | | 何萱注釋 | 備　注 | 韻字中古音 | | 上字中古音 | | 下字中古音 | |
|---|---|---|---|---|---|---|---|---|---|---|---|---|---|---|---|---|---|---|
| | | | | 韻字 | 上字 | 下字 | 聲 | 調 | 呼 | 韻部 | | | 聲調呼韻攝等 | 反切 | 聲呼等 | 反切 | 聲調呼韻攝等 | 反切 |
| 25795 | 17 副 | 75 | 339 | 暐 | 甕 | 果 | 影 | 上 | 合 | 六四果 | 暍或作暐 | 暍字，玉篇作于鬼切，日光也 | 云上合微止三 | 于鬼 | 影合 1 | 烏貢 | 見上合戈果一 | 古火 |
| 25796 | 17 副 | | 340 | 僞 | 甕 | 果 | 影 | 上 | 合 | 六四果 | | | 云上合支止三 | 韋委 | 影合 1 | 烏貢 | 見上合戈果一 | 古火 |
| 25797 | 17 副 | | 341 | 蘤 | 甕 | 果 | 影 | 上 | 合 | 六四果 | | | 云上合支止三 | 韋委 | 影合 1 | 烏貢 | 見上合戈果一 | 古火 |
| 25798 | 17 副 | | 342 | 蔿* | 甕 | 果 | 影 | 上 | 合 | 六四果 | | | 云上合支止三 | 羽委 | 影合 1 | 烏貢 | 見上合戈果一 | 古火 |
| 25799 | 17 副 | | 343 | 鵗* | 甕 | 果 | 影 | 上 | 合 | 六四果 | | | 云上合支止三 | 羽委 | 影合 1 | 烏貢 | 見上合戈果一 | 古火 |
| 25800 | 17 副 | | 344 | 倮* | 甕 | 果 | 影 | 上 | 合 | 六四果 | | | 影上合戈果一 | 鄔果 | 影合 1 | 烏貢 | 見上合戈果一 | 古火 |
| 25802 | 17 副 | | 345 | 碨* | 甕 | 果 | 影 | 上 | 合 | 六四果 | | | 影上合戈果一 | 鄔果 | 影合 1 | 烏貢 | 見上合戈果一 | 古火 |
| 25803 | 17 副 | | 346 | 矮 | 甕 | 果 | 影 | 上 | 合 | 六四果 | | | 影上合戈果一 | 烏果 | 影合 1 | 烏貢 | 見上合戈果一 | 古火 |
| 25805 | 17 副 | | 347 | 邷 | 甕 | 果 | 影 | 上 | 合 | 六四果 | | | 疑上合麻假二 | 五寡 | 影合 1 | 烏貢 | 見上合戈果一 | 古火 |
| 25806 | 17 副 | 76 | 348 | 碼* | 會 | 瑣 | 曉 | 上 | 合 | 六四果 | | | 曉上合支止重三 | 虎委 | 匣合 1 | 黃外 | 心上合戈果一 | 蘇果 |
| 25807 | 17 副 | | 349 | 過 | 會 | 瑣 | 曉 | 上 | 合 | 六四果 | | | 匣上合戈果一 | 胡果 | 匣合 1 | 黃外 | 心上合戈果一 | 蘇果 |
| 25808 | 17 副 | | 350 | 煤 | 會 | 瑣 | 曉 | 上 | 合 | 六四果 | | | 曉上合灰蟹一 | 呼罪 | 匣合 1 | 黃外 | 心上合戈果一 | 蘇果 |
| 25811 | 17 副 | | 351 | 瓡* | 會 | 瑣 | 曉 | 上 | 合 | 六四果 | | | 匣上合麻假二 | 戶瓦 | 匣合 1 | 黃外 | 心上合戈果一 | 蘇果 |
| 25812 | 17 副 | | 352 | 騍 | 會 | 瑣 | 曉 | 上 | 合 | 六四果 | | | 匣上合麻假二 | 胡瓦 | 匣合 1 | 黃外 | 心上合戈果一 | 蘇果 |
| 25814 | 17 副 | 77 | 353 | 禍* | 董 | 瑣 | 短 | 上 | 合 | 六四果 | | | 端上合戈果一 | 都果 | 端合 1 | 多動 | 心上合戈果一 | 蘇果 |
| 25815 | 17 副 | | 354 | 埵* | 董 | 瑣 | 短 | 上 | 合 | 六四果 | | | 端上合戈果一 | 都果 | 端合 1 | 多動 | 心上合戈果一 | 蘇果 |
| 25816 | 17 副 | | 355 | 褍 | 董 | 瑣 | 短 | 上 | 合 | 六四果 | | | 端上合戈果一 | 丁果 | 端合 1 | 多動 | 心上合戈果一 | 蘇果 |
| 25818 | 17 副 | | 356 | 綞 | 董 | 瑣 | 短 | 上 | 合 | 六四果 | | | 端上合戈果一 | 丁果 | 端合 1 | 多動 | 心上合戈果一 | 蘇果 |
| 25819 | 17 副 | | 357 | 綶 | 董 | 瑣 | 短 | 上 | 合 | 六四果 | | | 端上合戈果一 | 丁果 | 端合 1 | 多動 | 心上合戈果一 | 蘇果 |
| 25821 | 17 副 | | 358 | 鞢 | 董 | 瑣 | 短 | 上 | 合 | 六四果 | | | 端上合戈果一 | 丁果 | 端合 1 | 多動 | 心上合戈果一 | 蘇果 |
| 25823 | 17 副 | | 359 | 瓾 | 董 | 瑣 | 短 | 上 | 合 | 六四果 | | | 定上合戈果一 | 徒果 | 端合 1 | 多動 | 心上合戈果一 | 蘇果 |
| 25824 | 17 副 | | 360 | 睬* | 董 | 瑣 | 短 | 上 | 合 | 六四果 | | | 透上合戈果一 | 吐火 | 端合 1 | 多動 | 心上合戈果一 | 蘇果 |
| 25825 | 17 副 | | 361 | 埵 | 董 | 瑣 | 短 | 上 | 合 | 六四果 | | | 定上合戈果一 | 徒果 | 端合 1 | 多動 | 心上合戈果一 | 蘇果 |
| 25827 | 17 副 | 78 | 362 | 腇* | 杜 | 瑣 | 透 | 上 | 合 | 六四果 | | 原為董瑣切，據正編加杜瑣切 | 透上合戈果一 | 吐火 | 定合 1 | 徒古 | 心上合戈果一 | 蘇果 |

| 韻字編號 | 部序 | 組數 | 字數 | 韻字及何氏反切 | | | 韻字何氏音 | | | | 何萱注釋 | 備　注 | 韻字中古音 | | 上字中古音 | | 下字中古音 | |
|---|---|---|---|---|---|---|---|---|---|---|---|---|---|---|---|---|---|---|
| | | | | 韻字 | 上字 | 下字 | 聲 | 調 | 呼 | 韻部 | | | 聲調呼韻攝等 | 反切 | 聲呼等 | 反切 | 聲調呼韻攝等 | 反切 |
| 25828 | 17 副 | | 363 | 湇* | 杜 | 瑣 | 透 | 上 | 合 | 六四果 | | 原為董瑣切，據正編加杜瑣切 | 透上合戈果一 | 吐火 | 定合 1 | 徒古 | 心上合戈果一 | 蘇果 |
| 25829 | 17 副 | | 364 | 篟 | 杜 | 瑣 | 透 | 上 | 合 | 六四果 | | 原為董瑣切，據正編加杜瑣切 | 定上合戈果一 | 徒果 | 定合 1 | 徒古 | 心上合戈果一 | 蘇果 |
| 25830 | 17 副 | | 365 | 徦** | 杜 | 瑣 | 透 | 上 | 合 | 六四果 | | 原為董瑣切，據正編加杜瑣切 | 透上合戈果一 | 湯果 | 定合 1 | 徒古 | 心上合戈果一 | 蘇果 |
| 25831 | 17 副 | | 366 | 倇* | 杜 | 瑣 | 透 | 上 | 合 | 六四果 | | 原為董瑣切，據正編加杜瑣切 | 透上合灰蟹一 | 吐猥 | 定合 1 | 徒古 | 心上合戈果一 | 蘇果 |
| 25832 | 17 副 | | 367 | 㷧 | 杜 | 瑣 | 透 | 上 | 合 | 六四果 | | 原為董瑣切，據正編加杜瑣切 | 透上合灰蟹一 | 吐猥 | 定合 1 | 徒古 | 心上合戈果一 | 蘇果 |
| 25833 | 17 副 | | 368 | 腇 | 杜 | 瑣 | 透 | 上 | 合 | 六四果 | | 原為董瑣切，據正編加杜瑣切 | 透上合灰蟹一 | 吐猥 | 定合 1 | 徒古 | 心上合戈果一 | 蘇果 |
| 25834 | 17 副 | | 369 | 骽 | 杜 | 瑣 | 透 | 上 | 合 | 六四果 | | 原為董瑣切，據正編加杜瑣切 | 透上合灰蟹一 | 吐猥 | 定合 1 | 徒古 | 心上合戈果一 | 蘇果 |
| 25835 | 17 副 | | 370 | 鵎 | 杜 | 瑣 | 透 | 上 | 合 | 六四果 | | 原為董瑣切，據正編加杜瑣切 | 透上合戈果一 | 他果 | 定合 1 | 徒古 | 心上合戈果一 | 蘇果 |
| 25836 | 17 副 | 79 | 371 | 扼 | 煗 | 果 | 乃 | 上 | 合 | 六四果 | | | 泥上合戈果一 | 奴果 | 泥合 1 | 乃管 | 見上合戈果一 | 古火 |
| 25839 | 17 副 | | 372 | 婑 | 煗 | 果 | 乃 | 上 | 合 | 六四果 | | | 泥上合灰蟹一 | 奴罪 | 泥合 1 | 乃管 | 見上合戈果一 | 古火 |
| 25840 | 17 副 | | 373 | 䫋 | 煗 | 果 | 乃 | 上 | 合 | 六四果 | | | 泥上合灰蟹一 | 奴罪 | 泥合 1 | 乃管 | 見上合戈果一 | 古火 |
| 25841 | 17 副 | | 374 | 颏 | 煗 | 果 | 乃 | 上 | 合 | 六四果 | | | 泥上合灰蟹一 | 奴罪 | 泥合 1 | 乃管 | 見上合戈果一 | 古火 |
| 25842 | 17 副 | 80 | 375 | 縲g* | 磊 | 果 | 賚 | 上 | 合 | 六四果 | 腂或作縲 | | 來上合脂止三 | 魯水 | 來合 1 | 落猥 | 見上合戈果一 | 古火 |
| 25843 | 17 副 | | 376 | 腂** | 磊 | 果 | 賚 | 上 | 合 | 六四果 | 腂或作縲 | 玉篇作力水切 | 來上合脂止三 | 力水 | 來合 1 | 落猥 | 見上合戈果一 | 古火 |
| 25845 | 17 副 | 81 | 377 | 㞋** | 壯 | 瑣 | 照 | 上 | 合 | 六四果 | | | 知上合麻假二 | 竹瓦 | 莊開 3 | 側亮 | 心上合戈果一 | 蘇果 |
| 25846 | 17 副 | | 378 | 䔢* | 壯 | 瑣 | 照 | 上 | 合 | 六四果 | | | 知上開麻假二 | 竹下 | 莊開 3 | 側亮 | 心上合戈果一 | 蘇果 |
| 25847 | 17 副 | 82 | 379 | 䊬 | 蠢 | 果 | 助 | 上 | 合 | 六四果 | | | 徹上合麻假二 | 丑寡 | 昌合 3 | 尺尹 | 見上合戈果一 | 古火 |
| 25848 | 17 副 | | 380 | 嗖* | 蠢 | 果 | 助 | 上 | 合 | 六四果 | | | 初上合麻假二 | 楚瓦 | 昌合 3 | 尺尹 | 見上合戈果一 | 古火 |
| 25849 | 17 副 | 83 | 381 | 謏 | 爽 | 果 | 審 | 上 | 合 | 六四果 | | | 生上合麻假二 | 沙瓦 | 生開 3 | 踈兩 | 見上合戈果一 | 古火 |
| 25850 | 17 副 | | 382 | 傻 | 爽 | 果 | 審 | 上 | 合 | 六四果 | | | 生上合麻假二 | 沙瓦 | 生開 3 | 踈兩 | 見上合戈果一 | 古火 |

| 韻字編號 | 部序 | 組數 | 字數 | 韻字及何氏反切 | | | 韻字何氏音 | | | | 何萱注釋 | 備　注 | 韻字中古音 | | 上字中古音 | | 下字中古音 | |
|---|---|---|---|---|---|---|---|---|---|---|---|---|---|---|---|---|---|---|
| | | | | 韻字 | 上字 | 下字 | 聲 | 調 | 呼 | 韻部 | | | 聲調呼韻攝等 | 反切 | 聲呼等 | 反切 | 聲調呼韻攝等 | 反切 |
| 25852 | 17 副 | 84 | 383 | 脞 | 措 | 瑣 | 淨 | 上 | 合 | 六四果 | | | 清上合戈果一 | 倉果 | 清合 1 | 倉故 | 心上合戈果一 | 蘇果 |
| 25853 | 17 副 | | 384 | 爼 | 措 | 瑣 | 淨 | 上 | 合 | 六四果 | | | 精上合麻假二 | 餕瓦 | 清合 1 | 倉故 | 心上合戈果一 | 蘇果 |
| 25855 | 17 副 | | 385 | 磋 | 措 | 瑣 | 淨 | 上 | 合 | 六四果 | | | 初上合麻假二 | 叉瓦 | 清合 1 | 倉故 | 心上合戈果一 | 蘇果 |
| 25856 | 17 副 | | 386 | 溇* | 措 | 瑣 | 淨 | 上 | 合 | 六四果 | | | 初上合麻假二 | 楚瓦 | 清合 1 | 倉故 | 心上合戈果一 | 蘇果 |
| 25857 | 17 副 | | 387 | 嵳* | 措 | 瑣 | 淨 | 上 | 合 | 六四果 | | | 從上合戈果一 | 粗果 | 清合 1 | 倉故 | 心上合戈果一 | 蘇果 |
| 25858 | 17 副 | 85 | 388 | 啝* | 五 | 果 | 我 | 上 | 合 | 六四果 | | | 影上合戈果一 | 鄔果 | 疑合 1 | 疑古 | 見上合戈果一 | 古火 |
| 25860 | 17 副 | 86 | 389 | 摃 | 巽 | 果 | 信 | 上 | 合 | 六四果 | | | 心上合戈果一 | 蘇果 | 心合 1 | 蘇困 | 見上合戈果一 | 古火 |
| 25861 | 17 副 | | 390 | 削* | 巽 | 果 | 信 | 上 | 合 | 六四果 | | | 心上合戈果一 | 損果 | 心合 1 | 蘇困 | 見上合戈果一 | 古火 |
| 25862 | 17 副 | | 391 | 鎖 | 巽 | 果 | 信 | 上 | 合 | 六四果 | | | 心上合戈果一 | 蘇果 | 心合 1 | 蘇困 | 見上合戈果一 | 古火 |
| 25863 | 17 副 | | 392 | 鞼* | 巽 | 果 | 信 | 上 | 合 | 六四果 | | | 心上合戈果一 | 損果 | 心合 1 | 蘇困 | 見上合戈果一 | 古火 |
| 25864 | 17 副 | | 393 | 磒 | 巽 | 果 | 信 | 上 | 合 | 六四果 | | | 心上合戈果一 | 蘇果 | 心合 1 | 蘇困 | 見上合戈果一 | 古火 |
| 25865 | 17 副 | | 394 | 鄖 | 巽 | 果 | 信 | 上 | 合 | 六四果 | | | 心上合戈果一 | 蘇果 | 心合 1 | 蘇困 | 見上合戈果一 | 古火 |
| 25866 | 17 副 | | 395 | 鱳g* | 巽 | 果 | 信 | 上 | 合 | 六四果 | 鰒俗有鱳 | | 心上合戈果一 | 損果 | 心合 1 | 蘇困 | 見上合戈果一 | 古火 |
| 25867 | 17 副 | | 396 | 篌 | 巽 | 果 | 信 | 上 | 合 | 六四果 | | | 心上合戈果一 | 蘇果 | 心合 1 | 蘇困 | 見上合戈果一 | 古火 |
| 25868 | 17 副 | 87 | 397 | 佊 | 貝 | 果 | 謗 | 上 | 合 | 六四果 | | | 幫上開支止重三 | 甫委 | 幫開 1 | 博蓋 | 見上合戈果一 | 古火 |
| 25870 | 17 副 | 88 | 398 | 叵 | 佩 | 果 | 並 | 上 | 合 | 六四果 | | | 滂上合戈果一 | 普火 | 並合 1 | 蒲昧 | 見上合戈果一 | 古火 |
| 25871 | 17 副 | | 399 | 叵* | 佩 | 果 | 並 | 上 | 合 | 六四果 | | | 滂上合戈果一 | 普火 | 並合 1 | 蒲昧 | 見上合戈果一 | 古火 |
| 25872 | 17 副 | | 400 | 洍* | 佩 | 果 | 並 | 上 | 合 | 六四果 | | | 滂上合戈果一 | 普火 | 並合 1 | 蒲昧 | 見上合戈果一 | 古火 |
| 25873 | 17 副 | | 401 | 駊* | 佩 | 果 | 並 | 上 | 合 | 六四果 | | | 滂上合戈果一 | 普火 | 並合 1 | 蒲昧 | 見上合戈果一 | 古火 |
| 25874 | 17 副 | | 402 | 髲** | 佩 | 果 | 並 | 上 | 合 | 六四果 | | | 並上開支止重三 | 皮彼 | 並合 1 | 蒲昧 | 見上合戈果一 | 古火 |
| 25875 | 17 副 | | 403 | 嶺 | 佩 | 果 | 並 | 上 | 合 | 六四果 | | | 滂上合戈果一 | 普火 | 並合 1 | 蒲昧 | 見上合戈果一 | 古火 |
| 25876 | 17 副 | 89 | 404 | 靡 | 昧 | 瑣 | 命 | 上 | 合 | 六四果 | | | 明上開支止重三 | 文彼 | 明合 1 | 莫佩 | 心上合戈果一 | 蘇果 |
| 25877 | 17 副 | | 405 | 礳* | 昧 | 瑣 | 命 | 上 | 合 | 六四果 | | | 明上合戈果一 | 母果 | 明合 1 | 莫佩 | 心上合戈果一 | 蘇果 |
| 25878 | 17 副 | | 406 | 嚰 | 昧 | 瑣 | 命 | 上 | 合 | 六四果 | | | 明上合戈果一 | 亡果 | 明合 1 | 莫佩 | 心上合戈果一 | 蘇果 |
| 25879 | 17 副 | | 407 | 躎 | 昧 | 瑣 | 命 | 上 | 合 | 六四果 | | | 明上開支止重三 | 文彼 | 明合 1 | 莫佩 | 心上合戈果一 | 蘇果 |
| 25880 | 17 副 | | 408 | 𡾰* | 昧 | 瑣 | 命 | 上 | 合 | 六四果 | | | 明上開支止重三 | 母被 | 明合 1 | 莫佩 | 心上合戈果一 | 蘇果 |
| 25881 | 17 副 | | 409 | 灖* | 昧 | 瑣 | 命 | 上 | 合 | 六四果 | | | 明上開支止重三 | 母被 | 明合 1 | 莫佩 | 心上合戈果一 | 蘇果 |

| 韻字編號 | 部序 | 組數 | 字數 | 韻字及何氏反切 | | | 韻字何氏音 | | | | 何萱注釋 | 備　注 | 韻字中古音 | | 上字中古音 | | 下字中古音 | |
|---|---|---|---|---|---|---|---|---|---|---|---|---|---|---|---|---|---|---|
| | | | | 韻字 | 上字 | 下字 | 聲 | 調 | 呼 | 韻部 | | | 聲調呼韻攝等 | 反切 | 聲呼等 | 反切 | 聲調呼韻攝等 | 反切 |
| 25882 | 17副 | 90 | 410 | 觭** | 竟 | 姼 | 見 | 上 | 齊 | 六五掎 | | | 見上開支止重三 | 居綺 | 見開3 | 居慶 | 昌上開支止三 | 尺氏 |
| 25883 | 17副 | | 411 | 顣 | 竟 | 姼 | 見 | 上 | 齊 | 六五掎 | | | 影平開支止重三 | 於離 | 見開3 | 居慶 | 昌上開支止三 | 尺氏 |
| 25884 | 17副 | 91 | 412 | 婍 | 儉 | 姼 | 起 | 上 | 齊 | 六五掎 | | | 溪上開支止重三 | 墟彼 | 群開重3 | 巨險 | 昌上開支止三 | 尺氏 |
| 25885 | 17副 | | 413 | 徛 | 儉 | 姼 | 起 | 上 | 齊 | 六五掎 | | | 溪上開支止重三 | 墟彼 | 群開重3 | 巨險 | 昌上開支止三 | 尺氏 |
| 25887 | 17副 | | 414 | 痔 | 儉 | 姼 | 起 | 上 | 齊 | 六五掎 | | | 溪上開支止重三 | 墟彼 | 群開重3 | 巨險 | 昌上開支止三 | 尺氏 |
| 25888 | 17副 | | 415 | 庴 | 儉 | 姼 | 起 | 上 | 齊 | 六五掎 | | | 影上開佳蟹二 | 烏蟹 | 群開重3 | 巨險 | 昌上開支止三 | 尺氏 |
| 25889 | 17副 | | 416 | 螧 | 儉 | 姼 | 起 | 上 | 齊 | 六五掎 | | | 群上開支止重三 | 渠綺 | 群開重3 | 巨險 | 昌上開支止三 | 尺氏 |
| 25890 | 17副 | 92 | 417 | 胣 | 漾 | 姼 | 影 | 上 | 齊 | 六五掎 | | | 以上開支止三 | 移爾 | 以開3 | 餘亮 | 昌上開支止三 | 尺氏 |
| 25892 | 17副 | | 418 | 庞** | 漾 | 姼 | 影 | 上 | 齊 | 六五掎 | | | 以去開祭蟹三 | 弋勢 | 以開3 | 餘亮 | 昌上開支止三 | 尺氏 |
| 25893 | 17副 | | 419 | 箷 | 漾 | 姼 | 影 | 上 | 齊 | 六五掎 | | | 以上開支止三 | 移爾 | 以開3 | 餘亮 | 昌上開支止三 | 尺氏 |
| 25894 | 17副 | | 420 | 顣** | 漾 | 姼 | 影 | 上 | 齊 | 六五掎 | | | 影上開支止重三 | 乙跂 | 以開3 | 餘亮 | 昌上開支止三 | 尺氏 |
| 25895 | 17副 | 93 | 421 | 磣* | 軫 | 掎 | 照 | 上 | 齊 | 六五掎 | | | 知上開麻假二 | 竹下 | 章開3 | 章忍 | 見上開支止重三 | 居綺 |
| 25896 | 17副 | | 422 | 簅 | 軫 | 掎 | 照 | 上 | 齊 | 六五掎 | 平上兩讀注在彼 | | 莊上開麻假二 | 側下 | 章開3 | 章忍 | 見上開支止重三 | 居綺 |
| 25898 | 17副 | 94 | 423 | 扡 | 寵 | 掎 | 助 | 上 | 齊 | 六五掎 | | | 以上開支止三 | 移爾 | 徹合3 | 丑隴 | 見上開支止重三 | 居綺 |
| 25899 | 17副 | 95 | 424 | 狏 | 哂 | 掎 | 審 | 上 | 齊 | 六五掎 | | | 禪上開支止三 | 承紙 | 書開3 | 式忍 | 見上開支止重三 | 居綺 |
| 25901 | 17副 | 96 | 425 | 簾* | 仰 | 姼 | 我 | 上 | 齊 | 六五掎 | | | 疑上開支止重三 | 語綺 | 疑開3 | 魚兩 | 昌上開支止三 | 尺氏 |
| 25902 | 17副 | 97 | 426 | 胈** | 丙 | 掎 | 謗 | 上 | 齊 | 六五掎 | | | 幫上開支止重三 | 波美 | 幫開3 | 兵永 | 見上開支止重三 | 居綺 |
| 25903 | 17副 | 98 | 427 | 殔 | 品 | 掎 | 並 | 上 | 齊 | 六五掎 | | | 滂上開支止重三 | 匹靡 | 滂開重3 | 丕飲 | 見上開支止重三 | 居綺 |
| 25904 | 17副 | | 428 | 灑* | 品 | 掎 | 並 | 上 | 齊 | 六五掎 | | | 並上開佳蟹二 | 部買 | 滂開重3 | 丕飲 | 見上開支止重三 | 居綺 |
| 25905 | 17副 | 99 | 429 | 擠 | 永 | 簃 | 影 | 上 | 撮 | 六六簃 | | | 以上合脂止三 | 以水 | 云合3 | 于憬 | 溪上開齊蟹四 | 康禮 |
| 25906 | 17副 | | 430 | 髓* | 永 | 簃 | 影 | 上 | 撮 | 六六簃 | | | 心上合支止三 | 選委 | 云合3 | 于憬 | 溪上開齊蟹四 | 康禮 |
| 25907 | 17副 | | 431 | 餕 | 永 | 簃 | 影 | 上 | 撮 | 六六簃 | | | 書上開麻假三 | 書冶 | 云合3 | 于憬 | 溪上開齊蟹四 | 康禮 |
| 25908 | 17副 | | 432 | 菙 | 永 | 簃 | 影 | 上 | 撮 | 六六簃 | | | 禪上合支止三 | 時髓 | 云合3 | 于憬 | 溪上開齊蟹四 | 康禮 |
| 25909 | 17副 | 100 | 433 | 餚 | 選 | 簃 | 信 | 上 | 撮 | 六六簃 | | 下字原作軫，據正編改 | 心上合支止三 | 息委 | 心合3 | 蘇管 | 溪上開齊蟹四 | 康禮 |
| 25910 | 17副 | | 434 | 瀡 | 選 | 簃 | 信 | 上 | 撮 | 六六簃 | | 下字原作軫，據正編改 | 心去合支止三 | 思累 | 心合3 | 蘇管 | 溪上開齊蟹四 | 康禮 |

| 韻字編號 | 部序 | 組數 | 字數 | 韻字及何氏反切 | | | 韻字何氏音 | | | | 何萱注釋 | 備注 | 韻字中古音 | | 上字中古音 | | 下字中古音 | |
|---|---|---|---|---|---|---|---|---|---|---|---|---|---|---|---|---|---|---|
| | | | | 韻字 | 上字 | 下字 | 聲 | 調 | 呼 | 韻部 | | | 聲調呼韻攝等 | 反切 | 聲呼等 | 反切 | 聲調呼韻攝等 | 反切 |
| 25911 | 17 副 | | 435 | 蓶** | 選 | 軫 | 信 | 上 | 撮 | 六六軫 | | 下字原作軫，據正編改 | 心上合支止三 | 息觜 | 心合 3 | 蘇管 | 溪上開齊蟹四 | 康禮 |
| 25912 | 17 副 | 101 | 436 | 乜 | 沔 | 蓶 | 命 | 上 | 撮 | 六六軫 | | 表中此位無字 | 明上開麻假三 | 彌也 | 明開重 4 | 彌兖 | 以上合支止三 | 羊捶 |
| 25913 | 17 副 | 102 | 437 | 襩 | 海 | 佐 | 曉 | 去 | 開 | 六七賀 | | | 匣去開歌果一 | 胡箇 | 曉開 1 | 呼改 | 精去開歌果一 | 子賀 |
| 25914 | 17 副 | | 438 | 澬 | 海 | 佐 | 曉 | 去 | 開 | 六七賀 | | | 匣去開歌果一 | 胡箇 | 曉開 1 | 呼改 | 精去開歌果一 | 子賀 |
| 25915 | 17 副 | | 439 | 讃* | 海 | 佐 | 曉 | 去 | 開 | 六七賀 | | | 匣去開歌果一 | 何佐 | 曉開 1 | 呼改 | 精去開歌果一 | 子賀 |
| 25917 | 17 副 | | 440 | 袔* | 海 | 佐 | 曉 | 去 | 開 | 六七賀 | | | 匣去開歌果一 | 何佐 | 曉開 1 | 呼改 | 精去開歌果一 | 子賀 |
| 25918 | 17 副 | | 441 | 謌* | 海 | 佐 | 曉 | 去 | 開 | 六七賀 | | | 曉去開歌果一 | 許箇 | 曉開 1 | 呼改 | 精去開歌果一 | 子賀 |
| 25919 | 17 副 | | 442 | 藹* | 海 | 佐 | 曉 | 去 | 開 | 六七賀 | | | 曉去開歌果一 | 許箇 | 曉開 1 | 呼改 | 精去開歌果一 | 子賀 |
| 25920 | 17 副 | | 443 | 蔛* | 海 | 佐 | 曉 | 去 | 開 | 六七賀 | | | 曉去開歌果一 | 許箇 | 曉開 1 | 呼改 | 精去開歌果一 | 子賀 |
| 25922 | 17 副 | 103 | 444 | **跢** | 帶 | 賀 | 短 | 去 | 開 | 六七賀 | | | 端去開歌果一 | 丁佐 | 端開 1 | 當蓋 | 匣去開歌果一 | 胡箇 |
| 25923 | 17 副 | 104 | 445 | **儸g*** | 朗 | 賀 | 賚 | 去 | 開 | 六七賀 | | | 來去開齊蟹四 | 郎計 | 來開 1 | 盧黨 | 匣去開歌果一 | 胡箇 |
| 25924 | 17 副 | | 446 | 邏 | 朗 | 賀 | 賚 | 去 | 開 | 六七賀 | | | 來去開歌果一 | 郎佐 | 來開 1 | 盧黨 | 匣去開歌果一 | 胡箇 |
| 25925 | 17 副 | | 447 | 躍* | 朗 | 賀 | 賚 | 去 | 開 | 六七賀 | | | 來去開歌果一 | 郎佐 | 來開 1 | 盧黨 | 匣去開歌果一 | 胡箇 |
| 25926 | 17 副 | | 448 | 癰 | 朗 | 賀 | 賚 | 去 | 開 | 六七賀 | | | 來去開歌果一 | 郎佐 | 來開 1 | 盧黨 | 匣去開歌果一 | 胡箇 |
| 25927 | 17 副 | | 449 | 襬 | 朗 | 賀 | 賚 | 去 | 開 | 六七賀 | | | 來去開歌果一 | 郎佐 | 來開 1 | 盧黨 | 匣去開歌果一 | 胡箇 |
| 25928 | 17 副 | | 450 | 纙* | 朗 | 賀 | 賚 | 去 | 開 | 六七賀 | | | 來去開歌果一 | 郎佐 | 來開 1 | 盧黨 | 匣去開歌果一 | 胡箇 |
| 25929 | 17 副 | 105 | 451 | 袓 | 宰 | 賀 | 井 | 去 | 開 | 六七賀 | | | 精去開歌果一 | 則箇 | 精開 1 | 作亥 | 匣去開歌果一 | 胡箇 |
| 25930 | 17 副 | 106 | 452 | **些** | 散 | 賀 | 信 | 去 | 開 | 六七賀 | 十五部平十七部去兩讀注在彼。彼本音此音轉也 | 17 部出現了兩次。與 15 平柴異讀 | 心去開歌果一 | 蘇個 | 心開 1 | 蘇旱 | 匣去開歌果一 | 胡箇 |
| 25933 | 17 副 | 107 | 453 | 鍋 | 古 | 課 | 見 | 去 | 合 | 六八課 | | | 見去合戈果一 | 古臥 | 見合 1 | 公戶 | 溪去合戈果一 | 苦臥 |
| 25934 | 17 副 | | 454 | 划 | 古 | 課 | 見 | 去 | 合 | 六八課 | | | 見去合戈果一 | 古臥 | 見合 1 | 公戶 | 溪去合戈果一 | 苦臥 |
| 25936 | 17 副 | | 455 | 涐 | 古 | 課 | 見 | 去 | 合 | 六八課 | | | 見去合戈果一 | 古臥 | 見合 1 | 公戶 | 溪去合戈果一 | 苦臥 |
| 25937 | 17 副 | 108 | 456 | 瘝 | 曠 | 貨 | 起 | 去 | 合 | 六八課 | | | 見去合戈果一 | 古臥 | 溪合 1 | 苦謗 | 曉去合戈果一 | 呼臥 |
| 25938 | 17 副 | 109 | 457 | 涴 | 甕 | 課 | 影 | 去 | 合 | 六八課 | | 正編切上字為甕 | 影去合戈果一 | 烏臥 | 影合 1 | 烏貢 | 溪去合戈果一 | 苦臥 |
| 25940 | 17 副 | | 458 | 逶* | 甕 | 課 | 影 | 去 | 合 | 六八課 | | | 影去合戈果一 | 烏臥 | 影合 1 | 烏貢 | 溪去合戈果一 | 苦臥 |
| 25941 | 17 副 | 110 | 459 | 佪 | 會 | 課 | 曉 | 去 | 合 | 六八課 | | | 匣去合戈果一 | 胡臥 | 匣合 1 | 黃外 | 溪去合戈果一 | 苦臥 |

| 韻字編號 | 部序 | 組數 | 字數 | 韻字及何氏反切 | | | 韻字何氏音 | | | | 何萱注釋 | 備注 | 韻字中古音 | | 上字中古音 | | 下字中古音 | |
|---|---|---|---|---|---|---|---|---|---|---|---|---|---|---|---|---|---|---|
| | | | | 韻字 | 上字 | 下字 | 聲 | 調 | 呼 | 韻部 | | | 聲調呼韻攝等 | 反切 | 聲呼等 | 反切 | 聲調呼韻攝等 | 反切 |
| 25942 | 17 副 | | 460 | 囮** | 會 | 課 | 曉 | 去 | 合 | 六八課 | | | 匣去合戈果一 | 戶臥 | 匣合 1 | 黃外 | 溪去合戈果一 | 苦臥 |
| 25943 | 17 副 | | 461 | 杹 | 會 | 課 | 曉 | 去 | 合 | 六八課 | | | 曉去合麻假二 | 呼霸 | 匣合 1 | 黃外 | 溪去合戈果一 | 苦臥 |
| 25945 | 17 副 | 111 | 462 | 殊* | 董 | 課 | 短 | 去 | 合 | 六八課 | | | 端去合戈果一 | 都唾 | 端合 1 | 多動 | 溪去合戈果一 | 苦臥 |
| 25947 | 17 副 | | 463 | 剁 | 董 | 課 | 短 | 去 | 合 | 六八課 | | | 端去合戈果一 | 都唾 | 端合 1 | 多動 | 溪去合戈果一 | 苦臥 |
| 25948 | 17 副 | | 464 | 稞* | 董 | 課 | 短 | 去 | 合 | 六八課 | | | 定去合戈果一 | 徒臥 | 端合 1 | 多動 | 溪去合戈果一 | 苦臥 |
| 25949 | 17 副 | | 465 | 桗 | 董 | 課 | 短 | 去 | 合 | 六八課 | | | 端去合戈果一 | 都唾 | 端合 1 | 多動 | 溪去合戈果一 | 苦臥 |
| 25951 | 17 副 | 112 | 466 | 鬌* | 杜 | 課 | 透 | 去 | 合 | 六八課 | | | 透去合戈果一 | 吐臥 | 定合 1 | 徒古 | 溪去合戈果一 | 苦臥 |
| 25952 | 17 副 | | 467 | 毻 | 杜 | 課 | 透 | 去 | 合 | 六八課 | | | 透去合戈果一 | 湯臥 | 定合 1 | 徒古 | 溪去合戈果一 | 苦臥 |
| 25955 | 17 副 | 113 | 468 | 攍 g* | 磊 | 課 | 賚 | 去 | 合 | 六八課 | | | 來去合戈果一 | 臥盧 | 來合 1 | 落猥 | 溪去合戈果一 | 苦臥 |
| 25956 | 17 副 | | 469 | 摞* | 磊 | 課 | 賚 | 去 | 合 | 六八課 | | | 來去合戈果一 | 臥盧 | 來合 1 | 落猥 | 溪去合戈果一 | 苦臥 |
| 25957 | 17 副 | | 470 | 穲* | 磊 | 課 | 賚 | 去 | 合 | 六八課 | | | 來去合戈果一 | 臥盧 | 來合 1 | 落猥 | 溪去合戈果一 | 苦臥 |
| 25958 | 17 副 | 114 | 471 | 腄 | 壯 | 課 | 照 | 去 | 合 | 六八課 | | | 章去合支止三 | 之睡 | 莊開 3 | 側亮 | 溪去合戈果一 | 苦臥 |
| 25959 | 17 副 | 115 | 472 | 謚 | 蠢 | 課 | 助 | 去 | 合 | 六八課 | | | 初去開佳蟹二 | 楚懈 | 昌合 3 | 尺尹 | 溪去合戈果一 | 苦臥 |
| 25960 | 17 副 | | 473 | 硾 | 蠢 | 課 | 助 | 去 | 合 | 六八課 | | | 澄去合支止三 | 馳偽 | 昌合 3 | 尺尹 | 溪去合戈果一 | 苦臥 |
| 25962 | 17 副 | 116 | 474 | 垭** | 爽 | 課 | 審 | 去 | 合 | 六八課 | | 玉篇作時夜切，瓦器也 | 禪去開麻假三 | 時夜 | 生開 3 | 疎兩 | 溪去合戈果一 | 苦臥 |
| 25963 | 17 副 | 117 | 475 | 葰* | 纂 | 課 | 井 | 去 | 合 | 六八課 | | | 精去合戈果一 | 祖臥 | 精合 1 | 作管 | 溪去合戈果一 | 苦臥 |
| 25966 | 17 副 | | 476 | 脞* | 纂 | 課 | 井 | 去 | 合 | 六八課 | | | 精去合戈果一 | 祖臥 | 精合 1 | 作管 | 溪去合戈果一 | 苦臥 |
| 25968 | 17 副 | | 477 | 砦 g* | 纂 | 課 | 井 | 去 | 合 | 六八課 | | | 精去合戈果一 | 祖臥 | 精合 1 | 作管 | 溪去合戈果一 | 苦臥 |
| 25970 | 17 副 | 118 | 478 | 鄇* | 措 | 課 | 淨 | 去 | 合 | 六八課 | | | 清去合戈果一 | 寸臥 | 清合 1 | 倉故 | 溪去合戈果一 | 苦臥 |
| 25971 | 17 副 | | 479 | 髟** | 措 | 課 | 淨 | 去 | 合 | 六八課 | | | 清去合戈果一 | 七臥 | 清合 1 | 倉故 | 溪去合戈果一 | 苦臥 |
| 25972 | 17 副 | | 480 | 座 | 措 | 課 | 淨 | 去 | 合 | 六八課 | | | 從去合戈果一 | 徂臥 | 清合 1 | 倉故 | 溪去合戈果一 | 苦臥 |
| 25973 | 17 副 | 119 | 481 | 瓦* | 五 | 課 | 我 | 去 | 合 | 六八課 | | | 疑去合麻假二 | 吾化 | 疑合 1 | 疑古 | 溪去合戈果一 | 苦臥 |
| 25974 | 17 副 | 120 | 482 | 賟** | 巽 | 課 | 信 | 去 | 合 | 六八課 | | | 心去合戈果一 | 先臥 | 心合 1 | 蘇困 | 溪去合戈果一 | 苦臥 |
| 25975 | 17 副 | | 483 | 誜 | 巽 | 課 | 信 | 去 | 合 | 六八課 | | | 生去合麻假二 | 所化 | 心合 1 | 蘇困 | 溪去合戈果一 | 苦臥 |
| 25977 | 17 副 | 121 | 484 | 攠* | 昧 | 課 | 命 | 去 | 合 | 六八課 | | | 明去合戈果一 | 莫臥 | 明合 1 | 莫佩 | 溪去合戈果一 | 苦臥 |
| 25978 | 17 副 | | 485 | 爢** | 昧 | 課 | 命 | 去 | 合 | 六八課 | | | 明去開歌果一 | 莫个 | 明合 1 | 莫佩 | 溪去合戈果一 | 苦臥 |
| 25979 | 17 副 | 122 | 486 | 庩 | 竟 | 郊 | 見 | 去 | 齊 | 六九駕 | | 下字原為郊 | 見去開麻假二 | 古訝 | 見開 3 | 居慶 | 昌去開支止三 | 充豉 |

| 韻字編號 | 部序 | 組數 | 字數 | 韻字及何氏反切 | | | 韻字何氏音 | | | | 何萱注釋 | 備　注 | 韻字中古音 | | 上字中古音 | | 下字中古音 | |
|---|---|---|---|---|---|---|---|---|---|---|---|---|---|---|---|---|---|---|
| | | | | 韻字 | 上字 | 下字 | 聲 | 調 | 呼 | 韻部 | | | 聲調呼韻攝等 | 反切 | 聲呼等 | 反切 | 聲調呼韻攝等 | 反切 |
| 25980 | 17 副 | | 487 | 閜* | 竟 | 叝 | 見 | 去 | 齊 | 六九駕 | | | 見平開麻假二 | 居牙 | 見開 3 | 居慶 | 昌去開支止三 | 充豉 |
| 25981 | 17 副 | | 488 | 腧 | 竟 | 叝 | 見 | 去 | 齊 | 六九駕 | | | 見去開支止重三 | 居義 | 見開 3 | 居慶 | 昌去開支止三 | 充豉 |
| 25982 | 17 副 | 123 | 489 | 䋙 | 漾 | 駕 | 影 | 去 | 齊 | 六九駕 | | | 以去開脂止三 | 羊至 | 以開 3 | 餘亮 | 見去開麻假二 | 古訝 |
| 25983 | 17 副 | | 490 | 𡳞 | 漾 | 駕 | 影 | 去 | 齊 | 六九駕 | | | 以去開支止三 | 以豉 | 以開 3 | 餘亮 | 見去開麻假二 | 古訝 |
| 25984 | 17 副 | 124 | 491 | 䏧 | 哂 | 駕 | 審 | 去 | 齊 | 六九駕 | | | 書去開支止三 | 施智 | 書開 3 | 式忍 | 見去開麻假二 | 古訝 |
| 25986 | 17 副 | | 492 | 揓* | 哂 | 駕 | 審 | 去 | 齊 | 六九駕 | | | 書去開支止三 | 施智 | 書開 3 | 式忍 | 見去開麻假二 | 古訝 |
| 25987 | 17 副 | 125 | 493 | 䤁 | 仰 | 駕 | 我 | 去 | 齊 | 六九駕 | | | 疑去開支止重三 | 宜寄 | 疑開 3 | 魚兩 | 見去開麻假二 | 古訝 |
| 25988 | 17 副 | 126 | 494 | 岥** | 丙 | 駕 | 謗 | 去 | 齊 | 六九駕 | | | 並去開支止重三 | 被義 | 幫開 3 | 兵永 | 見去開麻假二 | 古訝 |
| 25989 | 17 副 | 127 | 495 | 㢸 | 品 | 駕 | 並 | 去 | 齊 | 六九駕 | | | 並去開支止重三 | 平義 | 滂開重 3 | 丕飲 | 見去開麻假二 | 古訝 |
| 25990 | 17 副 | 128 | 496 | 𢷾 | 去 | 隳 | 起 | 去 | 撮 | 七十賜 | | | 曉平開支止重三 | 許羈 | 溪合 3 | 丘倨 | 曉平合支止重四 | 許規 |
| 25991 | 17 副 | 129 | 497 | 嚱 | 許 | 隳 | 曉 | 去 | 撮 | 七十賜 | | | 曉去開支止重三 | 香義 | 曉合 3 | 虛呂 | 曉平合支止重四 | 許規 |
| 25992 | 17 副 | 130 | 498 | 髊 | 翠 | 隳 | 井 | 去 | 撮 | 七十賜 | | | 從去開支止三 | 疾智 | 清合 3 | 七醉 | 曉平合支止重四 | 許規 |

# 主要參考文獻

1. 〔梁〕顧野王，1987，《大廣益會玉篇》，中華書局。
2. 〔清〕段玉裁，1988，《説文解字注》，中華書局。
3. 〔清〕何萱，1936，《韻史》，臺灣商務印書館。
4. 《宋本廣韻・永祿本韻鏡》，江蘇教育出版社，2002。
5. 《宋刻集韻》，中華書局，2005。
6. 包擬古，1980，《原始漢語與漢藏語》，潘悟雲、馮蒸譯，中華書局，1995。
7. 鮑明煒、王均，2002，《南通地區方言研究》，江蘇教育出版社。
8. 北京大學中文系語言學教研室 2003，《漢語方音字彙》（第二版重排本），語文出版社。
9. 陳芳，2004，《姚文田古音學研究》，福建師範大學博士論文。
10. 陳芳，2006，《姚文田諧聲理論研究》，《閩江學院學報》，第 3 期。
11. 陳鴻，2005，《諧聲與上古音斷代研究》，《福建論壇・人文社會科學版》，專輯。
12. 陳亞川，1986，《反切比較法例説》，《中國語文》，第 2 期。
13. 陳燕，1992，《試論段玉裁的合韻説》，《天津師範大學學報》，第 3 期。
14. 陳復華、何九盈，1987，《古韻通曉》，中國社會科學出版社。
15. 陳新雄，1995，《怎樣才算是古音學上的審音派》，《中國語文》，第 5 期。
16. 丁聲樹、李榮，1984，《漢語音韻講義》，上海教育出版社。
17. 董同龢，2004，《漢語音韻學》，中華書局。
18. 方環海，1998，《論〈古今中外音韻通例〉的音系性質及其語音史地位》，《古漢語研究》，第 2 期。

19. 方環海，2005a，《〈古今中外音韻通例〉聲系的幾個問題》，《語言研究》，第 25 卷，第 2 期。
20. 方環海，2005b，《清末江淮官話音系中的聲母系統述論》，《徐州師範大學學報》，第 2 期。
21. 方環海，2006，《論清末江淮官話的韻類及其語音特徵》，中國音韻學研究會，汕頭大學文學院編，《音韻論集》，中華書局。
22. 方孝嶽，1957，《論諧聲音系的研究和「之」部韻讀》，《中山大學學報》，第 3 期。
23. 方孝嶽，2005，《廣韻韻圖》，中華書局。
24. 馮蒸，1989，《中古果假二攝合流性質考略》，《古漢語研究》，第 4 期。
25. 馮蒸，1992，《〈爾雅音圖〉音注所反映的宋初四項韻母音變》，《宋元明漢語研究》（程湘清主編），山東教育出版社。
26. 馮蒸，1994a，《〈爾雅音圖〉音注所反映的宋初非敷奉三母合流》，《雲夢學刊》，第 4 期。
27. 馮蒸，1994b，《〈爾雅音圖〉音注所反映的宋代知莊章三組聲母演變》，《漢字文化》，第 3 期。
28. 馮蒸，1996，《〈爾雅音圖〉音注所反映的五代宋初等位演變：兼論〈音圖〉江/宕、梗/曾兩組韻攝的合流問題》，《語言研究》，增刊。
29. 馮蒸，1997a，《歷史上的禪日合流與奉微合流兩項非官話音變小考》，《馮蒸音韻論集》，學苑出版社。
30. 馮蒸，1997b，《〈切韻〉「痕魂」、「欣文」、「哈灰」非開合對立韻說》，《漢語音韻學論文集》，首都師範大學出版社。
31. 馮蒸，1997c，《北宋邵雍方言次濁上聲歸清類現象試釋》，《漢語音韻學論文集》，首都師範大學出版社。
32. 馮蒸，1997d，《論〈四聲等子〉和〈切韻指掌圖〉的韻母系統及其構擬》，《漢語音韻學論文集》，首都師範大學出版社。
33. 馮蒸，1997e，《〈爾雅音圖〉的聲調》，《語言研究》，第 1 期。
34. 馮蒸，1998，《〈爾雅音圖〉音注所反映的五代宋初重韻演變》，《漢語史研究集刊》（第一輯），巴蜀書社。
35. 馮蒸，1999，《語言文字詞典》，學苑出版社。
36. 馮蒸，2001，《漢語音韻學應記誦基礎內容總覽》，《漢字文化》，第 2 期。
37. 馮蒸，2003，《〈說文〉形聲字基本聲首音系研究（上）》，《語言》第四卷，首都師範大學出版社。
38. 馮蒸，2006a，《論〈切韻〉的分韻原則：按主要元音和韻尾分韻，不按介音分韻——〈切韻〉有十二個主要母音說》，《馮蒸音韻論集》，學苑出版社。
39. 馮蒸，2006b，《漢語音韻研究方法論》，《馮蒸音韻論集》，學苑出版社。
40. 馮蒸，2006c，《王力、李方桂漢語上古音韻部構擬體系中的「重韻」考論——兼論上古音冬部不宜併入侵部和去聲韻「至隊祭」三部獨立說》，《馮蒸音韻論集》，學苑出版社。
41. 馮蒸，2006d，《論漢語上古聲母研究中的考古派和審音派》，《馮蒸音韻論集》，學苑出版社。
42. 耿振生，1992，《明清等韻學通論》，語文出版社。
43. 耿振生，2002，《古音研究中的審音方法》，《語言研究》，第2期。
44. 顧黔，1996，《何萱〈韻史〉及其音韻學思想研究》，《南京大學學報》，第4期。
45. 顧黔，2001，《通泰方言音韻研究》，南京大學出版社。
46. 郭錫良，1986，《漢字古音手冊》，北京大學出版社。
47. 洪梅，2006，《近代漢語等呼觀念的演化研究》，福建師範大學碩士學位論文。
48. 胡安順，2001，《音韻學通論》，中華書局。
49. 胡安順，2002，《漢語輔音韻尾對韻腹的穩定作用》，《方言》，第1期。
50. 黄理紅，2007，《江永古者學述評》，陝西師範大學碩士學位論文。
51. 黄易青，2004，《論上古喉牙音向齒頭音的演變及古明母音值——兼與梅祖麟教授商榷》，《古漢語研究》，第1期。
52. 簡啓賢，2006，《反切比較法補説》，《音韻論集》，中華書局。
53. 蔣冀騁，1997，《近代漢語音韻研究》，湖南師範大學出版社。
54. 蔣冀騁、吴福祥，1997《近代漢語綱要》，湖南教育出版社。
55. 蔣希文，1992，《整理反切的方法》，《貴州大學學報》，第2期。
56. 蔣希文，2005，《從現代方言論中古知莊章三組聲母在〈中原音韻〉裏的讀音》，貴州人民出版社。
57. 金有景，1984，《論日母》，《羅常培紀念論文集》，商務印書館。
58. 金有景，1998，《漢語史上[ï]（ʅ，ʅ）音的產生年代》，徐州師範大學學報。
59. 黎新第，1995，《南方系官話方言的提出及其在宋元時期的語音特點》，《重慶師院學報》哲社版，第1期。
60. 李紅，2005，《〈九經直音〉中所反映的知、章、莊、精組聲母讀如/t/現象》，《延邊大學學報》(社會科學版)，第38卷，第4期。
61. 李開，1996，《戴震〈聲類表〉考蹤》，《語言研究》，第1期。
62. 李榮，1956，《切韻音系》，科學出版社。
63. 李文，1999，《審音派界定標準淺析》，《鎮江師專學報》，第2期。
64. 李葆嘉，1991，《論李元的古聲互通説》，《徐州師範學院學報》，第2期。
65. 李方桂，1980，《上古音研究》，商務印書館。
66. 李無未，2005，《音韻文獻與音韻文存》，吉林文史出版社。
67. 李無未，2006，《漢語音韻學通論》，高等教育出版社。
68. 李新魁，1980，《戴震〈聲類表〉簡述》，《求是學刊》，第4期。
69. 李新魁，1983，《〈中原音韻〉音系研究》，中州書畫社。

70. 李新魁，1983，《漢語等韻學》，中華書局。
71. 李新魁，1985，《〈射字法〉聲類考》，《古漢語論集》(第一輯)，湖南教育出版社。
72. 李新魁，1986，《漢語音韻學》，北京出版社。
73. 李新魁，1993a，《上古「曉匣」歸「見溪群」說》，《李新魁自選集》，河南教育出版社。
74. 李新魁、麥耘，1993b，《韻學古籍述要》，陝西人民出版社。
75. 李新魁，1993c，《漢語共同語的形成和發展》，《李新魁自選集》，河南教育出版社。
76. 李新魁，1993d，《論近代漢語共同語的標準語》，《李新魁自選集》，河南教育出版社。
77. 劉冠才，2007，《兩漢韻部與聲調研究》，四川出版集團巴蜀書社。
78. 劉志成，2004，《漢語音韻學研究導論——傳統語言學研究導論卷一》，四川出版集團巴蜀書社。
79. 魯國堯，1986，《宋詞陰入通諧現象的考察》，《音韻學研究》第二輯，中華書局。
80. 魯國堯，2001，《通泰方言研究史脞述》，《方言》，第 4 期。
81. 魯國堯，2003a，《泰州方音史與通泰方言史研究》，《魯國堯語言學論文集》，江蘇教育出版社。
82. 魯國堯，2003b，《論宋詞韻及其與金元詞韻的比較》，《魯國堯語言學論文集》，江蘇教育出版社。
83. 陸志韋，2003a，《釋〈中原音韻〉》，《陸志韋集》，中國社會科學出版社。
84. 陸志韋，2003b，《古反切是怎樣構造的》，《陸志韋集》，中國社會科學出版社。
85. 羅常培，2004a，《〈中原音韻〉聲類考》，《羅常培語言學論文集》，商務印書館。
86. 羅常培，2004b，《從「四聲」說到「九聲」》，《羅常培語言學論文集》，商務印書館。
87. 羅常培，2004c，《京劇中的幾個音韻問題》，《羅常培語言學論文集》，商務印書館。
88. 羅常培，2004d，《泰興何石閭〈韻史〉稿本跋》，《羅常培語言學論文集》，商務印書館。
89. 馬君花，2008，《〈資治通鑒音注〉音系研究》，首都師範大學博士學位論文。
90. 麥耘，1995a，《〈切韻〉元音系統試擬》，《音韻與方言研究》，廣東人民出版社。
91. 麥耘，1995b，《論近代漢語-m 韻尾消變的時限》，《音韻與方言研究》，廣東人民出版社。
92. 麥耘，1995c，《古全濁聲母清化規則補議》，《音韻與方言研究》，廣東人民出版社。
93. 麥耘，2004，《漢語語音史上的 ï 韻母》，《音韻論叢》，齊魯書社。
94. 寧忌浮，2000，《古今韻會舉要及相關韻書》，中華書局。

95. 甯繼福，1985，《中原音韻表稿》，吉林文史出版社。
96. 潘悟雲、朱曉農 1982《漢越語和〈切韻〉唇音字》，《語言文字研究專輯》（上），上海古籍出版社。
97. 潘悟雲，1987，《諧聲現象的重新解釋》，《溫州師院學報》，第 4 期。
98. 潘悟雲，1999，《漢藏語中的次要音節》，《中國語言學的新拓展——慶祝王士元教授六十五歲華誕》，香港城市大學出版社。
99. 潘悟雲，2000a，《流音考》，《東方語言與文化》1 輯，東方出版中心。
100. 潘悟雲，2000b，《漢語歷史音韻學》，上海教育出版社，2000。
101. 邵榮芬，1982，《切韻研究》，中國社會科學出版社。
102. 邵榮芬，1991，《〈中原音韻〉音系的幾個問題》，《〈中原音韻〉新論》，北京大學出版社。
103. 邵榮芬，1997a，《匣母字上古一分爲二試析》，《邵榮芬音韻學論集》，首都師範大學出版社。
104. 邵榮芬，1997b，《匣母字一分爲二再證》，《邵榮芬音韻學論集》，首都師範大學出版社。
105. 邵榮芬，1997c，《〈切韻〉尤韻和東三等唇音聲母字的演變》,《邵榮芬音韻學論集》，首都師範大學出版社。
106. 邵榮芬，1997d，《〈五經文字〉的直音和反切》,《邵榮芬音韻學論集》，首都師範大學出版社。
107. 沈兼士，2004，《廣韻聲系》，中華書局。
108. 沈建民，2007，《〈經典釋文〉音切研究》，中華書局
109. 施向東，1999，《試論上古音幽宵兩部與侵緝談盍四部的通轉》，《天津大學學報》，第 1 期。
110. 孫俊濤，2007，《明三種韻書比較研究——徐孝〈重訂司馬溫公等韻圖經〉、呂坤〈交泰韻〉、李登〈書文音義遍考私編〉》，福建師範大學碩士學位論文。
111. 孫宜志，2005，《方以智〈切韻聲原〉與桐城方音》，《中國語文》，第 1 期。
112. 孫玉文，2005，《試論跟明母諧聲的曉母字的語音演變（二）》，《湖北大學學報・哲社版》，第 5 期
113. 孫玉文，2005，《試論跟明母諧聲的曉母字的語音演變（一）》，《古漢語研究》，第 1 期。
114. 唐作藩，1994，《論清代古音學的審音派》，《語言研究》，增刊。
115. 汪如東，2003，《通泰方言的吳語底層及歷史層次》，《東南大學學報》，第 5 卷，第 2 期。
116. 王力，1980，《漢語史稿》，中華書局。
117. 王力，1981，《古代漢語》（第二冊），中華書局。
118. 王力，1982，《龍蟲並雕齋文集》（第三冊），中華書局。

119. 王力，1987，《漢語語音史》，《王力文集》（第十卷），山東教育出版社。
120. 王力，1990，《清代古音學》，《王力文集》（第十二卷），山東教育出版社。
121. 王國維，1959，《周代金石文韻讀序》，《觀堂集林》卷八，中華書局。
122. 王甯、黄易青，2003，《黄侃先生古本音説中的聲韻「相挾而變」理論——兼論古今音變的「條件」》，《陝西師範大學學報》，第4期。
123. 王士元，2002a，《競爭性演變是殘留的原因》，《王士元語言學論文集》，商務印書館。
124. 王士元，2002b，《辭彙擴散的動態描寫》，《王士元語言學論文集》，商務印書館。
125. 吳安其，2005，《精母的諧聲和擬音》，《民族語文》，第1期。
126. 徐通鏘，1996，《歷史語言學》，商務印書館。
127. 徐小兵，2008，《泰興方言音韻研究》，南京師範大學碩士學位論文。
128. 徐中舒，1995，《漢語大字典》，四川辭書出版社,湖北辭書出版社。
129. 許寶華、潘悟雲，1994，《釋二等》，《音韻學研究》第三輯，中華書局。
130. 薛鳳生，1999，《論支思部的形成和演進》，《漢語音韻學十講》，華語教學出版社。
131. 楊劍橋，1998，《現代漢語音韻學》，復旦大學出版社。
132. 楊劍橋，2005，《漢語音韻學講義》，復旦大學出版社。
133. 楊耐思，1981，《中原音韻音系》，中國社會科學院。
134. 楊耐思，1997，《近代漢語音論》，商務印書館。
135. 葉祥苓，1979a，《〈類音〉五十母考釋（上）》，《南京師範大學學報·社會科學版》，第2期。
136. 葉祥苓，1979b《〈類音〉五十母考釋（下）》，《南京師範大學學報·社會科學版》，第3期。
137. 殷方，1990，《清段玉裁的〈古十七部諧聲表〉初探》，《漢字文化》，第2期。
138. 于靖嘉，1986，《戴東原〈轉語二十章〉考》，《山西大學學報》，第3期。
139. 于靖嘉，1988，《戴東原〈轉語〉（〈聲類表〉）解析》，《山西大學學報》，第4期。
140. 曾曉渝，1983，《試論調值的陰低陽高》，《西南師範大學學報·哲社版》，第4期。
141. 張民權，2002，《清代前期古音學研究》，北京廣播學院出版社。
142. 張衛東，1984，《論中古知照系部分字今讀同精組》，《深圳大學學報》（創刊號）。
143. 張亞蓉，2008，《〈説文解字〉的諧聲關係與上古音研究》
144. 張玉來，1998，《論近代漢語官話韻書音系的複雜性成因分析》，《山東師範大學學報·社科版》，第1期。
145. 張玉來，2000，《近代漢語共同語的構成特點及其發展》，《古漢語研究》，第2期。
146. 張竹梅，2007，《〈中州音韻〉研究》，中華書局。
147. 趙誠，1996，《上古諧聲和音系》，《古漢語研究》，第1期。
148. 趙元任，1956，《現代吳語的研究》，科學出版社。

149. 趙振鐸，1984，《〈廣韻〉的又讀字》，《音韻學研究》（第一輯），中華書局。

150. 鄭張尚芳，1987，《上古音構擬小議》，《語言學論叢》（第十四輯），商務印書館。

151. 鄭張尚芳，1995a，《重紐的來源及其反映》，《第四屆國際暨第十三屆全國聲韻學學術研討會論文集》。

152. 鄭張尚芳，1995b，《方言中的舒聲促化現象》，《中國語言學報》，第5期

153. 鄭張尚芳，1998a，《〈蒙古字韻〉所代表的音系及八思巴字一些轉寫問題》，《李新魁教授紀念文集》，中華書局。

154. 鄭張尚芳，1998b，《漢語史上展唇後央高母音 ɯ、ɨ 的分佈》，《語言研究》音韻學研究專輯。

155. 鄭張尚芳，2000，《中古音的分期與擬音問題》，《中國音韻學研究會第十一屆學術討論會漢語音韻學第六屆國際學術研討會論文集》，香港：文化教育出版社有限公司。

156. 鄭張尚芳，2002，《從〈切韻〉音系到〈蒙古字韻〉音系的演變對應法則》，（香港）《中國語文研究》，第1期。

157. 鄭張尚芳，2003a，《中古三等專有聲母非、章組、日喻邪等母的來源》，《語言研究》，第2期。

158. 鄭張尚芳，2003b，《上古音系》，上海教育出版社。

159. 周遠富，2002，《方以智〈通雅〉與上古聲紐研究（1）》，《語言研究》，第4期。

160. 周祖謨，1988b，《敦煌變文與唐代語音》，《周祖謨語言文史論集》，浙江古籍出版社。

161. 周祖謨，1993，《宋代汴洛音與〈廣韻〉》，《周祖謨學術論著自選集》，北京師範學院出版社。

162. 周祖謨，2004a，《宋代汴洛方音考》，《問學集》（下冊），中華書局。

163. 周祖謨，2004b，《關於唐代方言中四聲讀法的一些資料》，《問學集》（上），中華書局。

164. 周祖謨，2004c，《萬象名義中之原本玉篇音系》，《問學集》（上），中華書局。

165. 周祖庠，1995，《原本玉篇零卷音韻》，貴州教育出版社。

166. 周祖庠，2006，《新著漢語語音史》，上海辭書出版社。

167. 朱聲琦，1997，《從古代注音及一字兩讀等看喉牙聲轉》，《聊城師範學院學報》（哲學社會科學版），第4期。

168. 朱聲琦，1998a，《從古今字、通假字等看喉牙音轉》，《徐州市範大學學報》（哲學社會科學版），第3期。

169. 朱聲琦，1998b，《從漢字的諧聲系統看喉牙聲轉——兼評「上古音曉匣歸見溪群」說》，《南京師大學報》（社會科學版），第2期。

170. 朱聲琦，2000，《百音之極，必歸喉牙》，《江蘇教育學院學報》（社會科學版），第10期。

171. 竺家寧，1994a，《近代音史上的舌尖韻母》，《近代音論集》（中國語文叢刊），臺灣學生書局。

172. 竺家寧，1994b，《論皇極經世聲音唱和圖之韻母系統》，《近代音論集》（中國語文叢刊），臺灣學生書局。

# 後 記

在我的求學之路上，有許多親人和朋友給予我關懷和支持，有許多受人景仰、令人尊敬的老師給予我指導和幫助。回想幾年來走過的風風雨雨，我心中感慨良多：感謝命運之神的眷顧讓我有幸遇到他們，有了他們的陪伴，我才可以在艱辛的求學道路上快樂地走到現在。

我要感謝一直以來默默支持著我的親人們，尤其是我的父母和愛人。一直以來，父親都是我最崇拜的人。他是鉗工出身，爲了給我更好的家庭教育，他對數學、物理、統計，甚至美術、音樂、圍棋都進行自學，還自修了北大的心理學并取得了專科學歷。我上大學之後，父親一直很關心我的學業，他非常支持我在學術的道路上向縱深行進。博士論文定題之後，父親爲我論文資料的搜集和整理做了很多工作。由於《韻史》這部書古老少見，圖書館無法複印，我將原書拍照之後，由表妹劉惠姊複印，父親重新修版。這位年逾花甲的老父親，爲了我的論文，又學會了打字、學會了使用畫圖工具、學會了四角號碼檢字法、學會了網購圖書，甚至對一些音韻學大家和他們的作品也有所瞭解。多少個日日夜夜，父親將我拍的書稿輸入電腦，把上面的汙漬用「橡皮擦」一點一點擦掉，對每個字一點一點調整，最後還將圖片打印並裝訂成書。我手裏的《韻史》，是父親辛辛苦苦做出來的，與原書相比，頁面非常乾淨，那是父親的辛勞和對我滿滿的愛。在論文進入到出版流程之後，父親更是廢寢忘食、日以繼夜地幫我整理、校對。那厚厚的書稿不知被他翻過了多少遍，對原書、標頁碼、查字典、寫古字……父親帶著花鏡，一手拿著筆，一手拿著放大鏡，經常在書桌前一坐就是一整天。母親勤勞儉樸，爲全家人操勞至今，在生活上無微不至地照顧我們。她把最好的都留給我們，自己省吃儉用，操持家務。看到我們緊張地工作，她顧不得休息，也拿著稿子幫我數字數，排序號。母親的溫婉能幹讓我很踏實，當我勞累困惑時，聽聽她的聲音，靠靠她的肩膀，心中的陰霾和不快就會一掃而空，重新打起精神投入到緊張的工作和學習中去。愛人孫學義一直陪伴在我身邊，經常鼓勵我、開導我。爲了我能夠安心寫作，他在繁忙的工作之餘，除了承擔家務勞動，還幫我做了許多論文編輯、排版和校對工作，爲我節省了許多時間和精力。看著父親的白髮，母親的皺紋，愛人削瘦的臉龐，我心中充滿感激的同時也無比愧疚，這份對我的愛與關懷我何以報答！

我衷心感謝我的兩位導師——首都師範大學的馮蒸先生和陝西師範大學的胡安順先生。

1999 年我步入大學，首次接觸音韻學就對它產生了深厚興趣，畢業後有幸跟隨胡安順先生繼續學習。胡老師既是治學嚴謹的學者，無私傳授給我音韻學知識，又是和藹可親的長輩，非常關心我們的生活。多年來，胡老師一家給了我很多的關心和幫助。在博士論文寫作期間，我還經常打電話向胡老師求教，每想起這些，我心中就充滿感激之情。讀研期間，我拜讀了一些大家的作品，尤其喜歡首都師範大學馮蒸先生的文章。雖然是內容深刻的學術論文，但馮先生的文字特別有親和力，讀起來有一種天高、雲淡、風清的感覺，讓人心情舒暢。投入到先生門下，繼續研讀漢語音韻學，這個想法逐漸在我心中生根發芽。2007 年，我實現了夢想，考入首都師範大學文學院，成爲馮蒸先生的學生。馮先生是位學識廣博且深厚的音韻學家，他治學嚴謹，學術造詣相當深厚，我一直爲自己可以聆聽先生的教誨心存幸運和感激。他高瞻遠矚，非常重視理論研究的重要性，又可以用最平實的語言將深奧的理論知識傳授給我們。在馮老師的課堂上，最常聽到的是同學們茅塞頓開時的感嘆聲。在求學過程中，我常常被一些問題困擾，馮老師三兩句話的提點就能讓我豁然開朗。馮老師時刻關心我們的學習和生活。在學習上，他熱心幫助我們購買資料，甚至把自己收藏多年、不輕易示人的寶貴資料借給我們複印或饋贈。他強調治學一定要嚴謹，對學生要求很嚴格，對細節問題都要想清楚、弄明白。每當我遇到問題的時候，先生都予以悉心指導和無私幫助。在論文寫作過程中，先生指點我從多個角度研究，提出不少修改意見和建議，並時時糾正我出現的錯誤，使文中的錯訛減少到最低。我的畢業論文得以如期寫成并即將付梓，與先生的教導、督促和關懷是分不開的。在生活上，他是一位平實和藹的長輩，對學生關懷備至。他經常詢問我們有什麼實際困難或想法，發現問題後他都會耐心開導、熱心幫助。我畢業前夕，馮先生腳傷未癒，卻還是拄著拐杖來學校爲我答疑解惑、組織答辯。回想起先生的悉心教誨與關懷幫助，我心中的感激和感動無法言說！

我還要感謝中國社會科學院語言研究所研究員鄭張尚芳先生。在讀博期間，我可以有機會向鄭張先生求教，這眞是我的幸運。首次與先生見面，是在地壇書市上的偶遇。記得當時我特別興奮，請求與先生合影，先生欣然應允。鄭張尚芳先生在學術界享有極高的名望和聲譽，但先生卻是這般地和藹可親，平易近人，讓我感到一陣溫暖。在求學過程中，我不止一次向先生請教，或發郵件、或登門打擾。每次當面求教，鄭張先生都是做好了準備等待我到來，詢問我問題所在，對我這樣淺學之人所提出的各種幼稚的問題都一一解答。在畢業論文寫作過程中，先生耐心地啓發我找到新的寫作角度，找出各種資料供我對比參照，給我提供例證，更是指出我文章中的錯誤，在排版、用字上先生也都一一指點。先生的博學和從容，對後學晚輩的教誨和寬容，讓我深深感動。聆聽鄭張先生的教誨，總會有一股暖流在心中涌動，在獲取知識的同時也帶給我如沐春風般的溫暖。

在做論文的時候，我還不止一次地向中國社會科學院語言研究所的麥耘先生請教。麥先生在解答的同時又爲我的論文寫作提供了新的角度並將有關資料贈送給我，對此我一直心存感激。在論文的修改過程中，我也經常向先生發郵件請教問題，先生都非常有針對性地一一爲我解答，細緻而具体，並且特意在文尾附上一句「如有問題，可再聯繫」，這對像我這樣的淺學之人來說是莫大的鼓勵。

還有許多師友是我要感謝的：中國社會科學院民族學與人類學研究所的孫伯君先生幫助我解決了許多論文寫作中的實際問題。孫先生非常仔細地審閱了我的論文，除了內容上的指導，對我行文中的遣詞用字也一一提點，使我的論文更加正規，質量有了進一步提高。天津師範大學的陳燕先生和南開大學的施向東先生在爲我答疑解惑的同時還給了我很多鼓勵；廈門大學的葉玉英師姐爲我提供了許多非常實用的程序，并對我在寫作過程中遇到的問題悉心解答。首都師範大學的李紅老師手把手地教我如何寫作，並將有關資料的電子版提供給我，耐心地解答我提出的各種細小問題，給我的論文寫作以莫大幫助。黃天樹先生、周建設先生在我論文的寫作和進一步完善過程中給予了我很多建議、幫助、鼓勵和支持。師姐馬君花對我論文中的問題悉心解答，給我提供了許多寫作建議並將論文慷慨贈送，她的畢業論文成了我論文寫作的重要參考資料。師妹李琴爲我提供了許多參考資料和寫作建議。師兄王沖、李亦輝、蔡成普、齊航福、曹強、王偉，師姐王艷華、趙宏濤，師妹張瑋瑋、倪源、李紅、楊娟、王艷春、張釗、謝婉玉、萬秋菊、李品品、李静、劉芹、杜薇等人以及好友和學友楊芳、袁德娟、侯崢、陸永娟、紀芳芳、劉影、馬婧、馮雷、郄純浩、李晨、吳昊、黃杰君、燕海雄等等，還有許多好友我無法悉數，正是有了這些好友的陪伴，我的學習生活才可以如此多彩和充實。

論文即將出版，我的家人爲我感到欣慰；我的導師和學友給了我很多的幫助；單位的領導和同事在爲我高興的同時也全力支持我的工作；花木蘭文化出版社的許錟輝、杜潔祥、陳世東、楊嘉樂老師爲出版此書奔波勞作，高小娟、沈藝樺等老師們爲本書校正付出了艱苦勞動……在此，我謹向所有關懷、幫助、支持和指導我的親人、師長和好友們致以深深的謝意！

此文是在我的博士論文基礎上、盡量按照答辯前後各位評審專家所提出的意見進行修改而成，但由於我才智粗疏、水平有限，雖殫精竭慮，亦難副學界師友雅望。未盡之處甚多，懇請各位老師和學人不吝賜教，謝謝！

韓　禕

2013 年 8 月